《雷雨》研究资料

池周平 编

曹禺研究资料长编

长江出版社
上海科学技术文献出版社

图书在版编目（CIP）数据

《雷雨》研究资料 / 池周平编 .
—武汉：长江出版社，2020.8（2023.1 重印）
（曹禺研究资料长编）
ISBN 978-7-5492-7104-7

Ⅰ．①雷… Ⅱ．①池… Ⅲ．①曹禺（1910-1996）—
话剧—戏剧文学评论 Ⅳ．①I207.34

中国版本图书馆 CIP 数据核字（2020）第 134613 号

项目统筹：张　树
责任编辑：邱　萍　王　珺
封面设计：汪　雪　彭　微

《雷雨》研究资料
池周平　编
出版发行：上海科学技术文献出版社
地　　址：上海市长乐路 746 号　200040
出版发行：长江出版社
地　　址：武汉市解放大道 1863 号　430010
经　　销：各地新华书店
印　　刷：武汉市金港彩印有限公司
规　　格：787mm×1092mm　1/16
印　　张：33
字　　数：700 千字
版　　次：2020 年 8 月第 1 版　2023 年 1 月第 2 次印刷
书　　号：ISBN 978-7-5492-7104-7
定　　价：190.00 元

编委会

丛书总序

史料与现实的关系

以刘川鄂为带头人的湖北大学中国现当代文学学科不仅注重作家作品、文学社团、文学现象和文学思潮的研究，同时也把大量的精力投入到中国现当代文学历史资料的发掘和整理中，从对湖北作家的相关史料发掘整理和研究出发，逐渐拓展到对文学史上重要作家作品的史料整理和研究。显然，这样的学科发展战略目标，是循序渐进、良性循环的学术策略。正是在这样的学术背景下，由刘川鄂、刘继林两位教授担任主编，湖北大学中国现当代文学学科团队精心编选的《曹禺研究资料长编》（共十一卷），旨在将业已僵化的著名大作家研究导向一种新的研究范式之中，让围绕曹禺的学术研究重新焕发出活气来。

一切学术研究的基础首先就是史料的梳理，离开了史料的依托，研究就如悬在空中的楼阁，看许多现实问题也就囿于平面化。正如编选者在其中的《曹禺综合研究资料》卷“导言”所言：“研究文学史上名有定论的作家本来就有一定难度，加上随着时间的推移，史料和研究视角越来越难发掘，未来的曹禺研究工作会越来越难超出前人的成果，越来越难找出有新意有理据的命题。”显而易见，史料的重新发掘和编选，直指的是学术研究的拓展。编选者在研究资料的选取上，充分注意到一些重要的历史节点。比如将1949年作为研究资料编选的历史切分点，并不完全是由于学科的界限，我以为更是一种对学术态度的历史检验，其中的奥妙就在于作为当时的剧评家和研究者采取的是什么样的学术价值观——是凭着自己的学术良知和艺术审美对作家作品进行判断，还是跟着时代的潮流风向标走，这才是艺术评论生与死的考验。

曹禺是中国现当代文学史上的一个具有特别意义的作家，属于那种“井喷”以后就戛然而止的剧作家。“曹禺现象”恰恰是中国现当代作家在文学史变迁中最具代表性的范例，他才是与我们文学思潮史上最贴切，也是最契合文学史解剖的研究对象。如果我们意识不到这样一个“曹禺现象”在文学史上的独特意义，即便是再多的文学史资料的呈现，在许多研究者的视野中，恐怕也是一个盲点。所以，我们只有重新解读曹禺作品，重新梳理各个不同时代的曹禺研究资料，或许才能真正获取解剖“曹禺现象”的密码。只有回到历史的原点和原典之中，站在一个新的历史制高点上，我们才能看清曹禺作品的思想内容和艺术内涵，才能廓清许许多多迷失在历史河流中的“飞鱼”和“蜉蝣”行状。

毋庸置疑，自《雷雨》开始的曹禺戏剧创作，是中国戏剧史上历经八十七年的奇迹，也是中国现当代文学史上“最雷雨”的戏剧发生的时段，它见证的是中国文学在启蒙主义进入一个复杂的现代语境窗口时的深刻内涵，同时也是中国戏剧文学在艺术方法和艺术技巧上借鉴西方戏剧第一次“吃螃蟹”的历程。如何看待这一现象，应该是值得研究者注意的问题。

之所以说《雷雨》在启蒙主义的窗口上，强化了对封建的专制主义的批判，用“最雷雨”的批判现实主义方法抨击了家长制戕害人性的本质，是因为尽管窗外雷电交加，但是，那个“铁屋子”里仍然在演绎着一幕幕人间的悲剧，也只有悲剧才最能引起人们心灵的震撼。从某种意义上来说，它引起的不仅仅是亚里士多德古典悲剧的“同情和怜悯”，从悲剧的本质意义上来说，“最雷雨的”《雷雨》才是见证历史的活剧。这样一出活剧贯穿于中国文学的过去、现在和未来，这才是《雷雨》的意义所在。因此，也只有翻开这八十七年对《雷雨》以及曹禺几个代表作的批评研究、传播接受的历史，我们方才可以看出这套丛书的重大意义所在。

之所以说《雷雨》是中国戏剧汲取西方戏剧艺术方法与技巧精华的真正开端，为中国戏剧走向现代奠定了坚实的基础，并在一定程度上影响了整个文学领域对外开放的格局，让人们知晓中国文学正因为有了世界文学艺术方法和技巧的参照，才成为独特的艺术，只有“拿来”，方才可以攻玉，才能走向新生；亦只有熟悉了自《雷雨》开始的两种艺术观的争论，在史料的长廊中寻觅到艺术的真谛，我们的文学艺术才能得到长足的发展。

我充分理解湖北大学文学院编辑这套研究资料的良苦用心，囿于曹禺研究的停滞不前、文学史研究的基本定型，没有史料的重现，就不足以唤醒人们的价值理念，就不能触发研究者的研究冲动，也就不能让这个领域的研究走向深入。编选者认为四十余年来“海内外、多视角全面推进”的曹禺研究格局成就很大，似乎过于乐观了一点。尽管涌现出的著述颇丰，但多为重复叠加的著述，难免捉襟见肘，鲜有能够警醒世人、真正拓展研究深度和广度的扛鼎之作。而这套即将面世的丛书，将极大催生新见解、新角度的曹禺研究著述的问世。在某种程度上，它应该是曹禺研究的“助产士”。

道路是曲折的，也是十分艰难的，今后也许会更加艰难，但是我们仍然要前行，谁让你是一个只能尊重历史的研究者呢？！

中国现代文学研究会会长
南京大学文学院教授　　丁　帆

2020年10月1日草于南大和园

目录

导言：众声喧哗论《雷雨》 …… 池周平 1
雷雨在东京 …… 余一 10
再说雷雨 …… 余一 13
《雷雨》的写作 …… 曹禺 15
《雷雨》的演出 …… 吴天 17
《雷雨》 …… 方海春 18
《雷雨》——曹禺先生作 …… 刘西渭 22
《雷雨》及其作者 …… 丁戈 26
《雷雨》的检视 …… 文干 28
读《〈雷雨〉的检视》后 …… 白榴 30
我如何写《雷雨》 …… 曹禺 32
《雷雨》日译本序 …… 曹禺 39
《雷雨》及其作者 …… 王其居 41
《雷雨》 …… 海流 44
《雷雨》(书评) …… 王运成 46
关于《雷雨》 …… 郭沫若 50
谈《雷雨》的剧本 …… 逸穆 51
《雷雨》的故事思想人物 …… 罗山 53
悲剧的发展——评《雷雨》 …… 张庚 58
谈《雷雨》 …… 胡钟达 63
评《雷雨》 …… 霍威 65
《雷雨》的人物与性格 …… 君君 70

论《雷雨》里的八个人物 …… 试　工 71

《雷雨》与运命悲剧 …… 欧阳予倩 74

《雷雨》的年龄问题 …… 秦伏塞　萧豪全 76

周蘩漪、鲁侍萍及四凤
——《雷雨》三女性所带出的现实问题 …… 林英鸣 78

曹禺作品研究(上) …… 冼　群 82

论《雷雨》(上、中、下) …… 郑学稼 88

漫谈《雷雨》 …… 黎　宾 103

评《雷雨》的蘩漪 …… 杜之鹭 107

关于《雷雨》在苏联上演的通信(节选)——致阿·柯索夫 …… 曹　禺 110

《雷雨》人物谈 …… 钱谷融 111

读《〈雷雨〉人物谈》——和钱谷融同志商榷 …… 胡炳光 123

谈谈《雷雨》的几个场面——戏剧结构学习札记 …… 沈明德 126

响的什么雷？下的什么雨？——批判反动剧本《雷雨》 …… 红卫江 135

关于《雷雨》的命运观念问题——答胡炳光同志 …… 钱谷融 141

简谈《雷雨》 …… 曹　禺 146

曹禺谈《雷雨》 …… 148

《雷雨》论 …… 田本相 156

《雷雨》若干分歧问题探讨 …… 辛宪锡 180

谈谈《雷雨》中的周蘩漪——与钱谷融先生商榷 …… 周　音 192

创作的回顾——曹禺谈自己的剧作 …… 夏　竹 199

《雷雨》研究二题 …… 朱栋霖 201

也谈《雷雨》戏剧冲突的主线 …… 潘克明 208

《雷雨》的典型意义和人物塑造 …… 王富仁 216

《雷雨》研究述评 …… 潘克明 230

试论《雷雨》的基督教色彩 …… 宋剑华 256

从《雷雨》的演出史看《雷雨》 …… 孔庆东 267

情感的憧憬　恐惧的表征——论《雷雨》的命运观 …… 吴建波 282

《雷雨》冲突结构模式论辩 …… 廖安厚 290

"诗样的情怀"——试论曹禺剧作内涵的多解性 …… 邹红 295
永远的雷雨 …… 王蒙 304
两个阶级之间的爱情故事——曹禺《雷雨》症候分析 …… 蓝棣之 308
《雷雨》与神话原型——曹禺戏剧新论之一 …… 刘家思 317
令人憧憬和痴迷的艺术境界
——关于《雷雨》欣赏答问录(节录) …… 钱谷融 殷国明 325
细读《雷雨》——现代文学名作细读之三 …… 陈思和 339
"升到上帝的座"上重新审读曹禺的《雷雨》
——《雷雨》本源真诠 …… 高浦棠 350
形而上的困惑与追问
——论曹禺《雷雨》创作时期思想的几个主题 …… 张先飞 361
《雷雨》中的"雷雨"意象及其原型分析 …… 杨敏 万春 369
罪感与救赎——论《雷雨》中"序幕""尾声"的美学意义 …… 库慧君 377
论《雷雨》舞台指示词的效用与艺术 …… 杨剑龙 387
《雷雨》的创造 …… 钱理群 397
《雷雨》的神秘命运色彩探微 …… 陈国华 408
非理性世界中的人类生存困境——对《雷雨》主题的再认识 …… 郭运恒 414
论《雷雨》的超现实性 …… 陈军 420
《雷雨》最初文本的结构、叙事和主题 …… 王晓枫 429
"完形"方法与命运原型模式的呈现
——《雷雨》艺术方法及其悲剧主题的重新探讨 …… 杨朴 杨旸 435
"绝子绝孙"的《雷雨》 …… 张耀杰 444
因革命之名:重释《雷雨》的乱伦悲剧主题 …… 陈奇佳 460
论《雷雨》的形式意味 …… 李扬 469
《雷雨》主题的多义性解读 …… 丁罗男 478
存在主义的"诗"之"思"——论作为象征剧的《雷雨》 …… 杨经建 486
论《雷雨》故事与结构的经典性 …… 胡德才 497
悲悯天地间的"残忍"——论《雷雨》的逆向构思 …… 陈国恩 506
后记 …… 516

导言：众声喧哗论《雷雨》

池周平

《雷雨》剧本发表及演出成功以来，引起了评论界及公众的广泛关注。八十余年来，《雷雨》剧本已然成为中国现代戏剧史上的经典，关于《雷雨》的研究资料可谓汗牛充栋。编者在中国知网以"《雷雨》"为主题进行跨库查询，查询到的结果共计 6403 条，在中文期刊库查询到的文献资料共 3132 条，其中核心期刊文章 999 篇，CSSCI 期刊文章 277 篇。关于一个作家的单篇作品研究如此蔚为大观，在中国文学史上的确是一个较为罕见的现象，这也充分证明了《雷雨》的巨大影响与文学史地位。

一

1933 年暑假，临近毕业的清华大学外文系学生万家宝，在青春的冲动和热恋的激情中，整日待在学校的图书馆里，开始了已经构思五年之久的话剧《雷雨》的创作。剧本创作完成后，万家宝将稿子交给自己的好友靳以，当时靳以正与郑振铎、巴金等人主办《文学季刊》杂志，为了避嫌，靳以将稿子一直放在抽屉里压了一年之久。后来他把稿子转交给巴金，巴金读完后，感动得落了泪，于是极力推荐，剧本全文得以一次性在《文学季刊》1934 年第 1 卷第 3 期上发表。

1934 年 12 月 2 日，浙江上虞县春晖中学学生在学校的大礼堂，首次演出了曹禺的《雷雨》全剧，虽然设备简陋，学生的表演技巧比较稚嫩，但因剧本的脍炙人口和同学们的认真演出，也曾使观众流下了不少眼泪。这是《雷雨》剧本的首次演出，但演出的影响十分有限。1934 年 8 月，日本学者武田泰淳和竹内好在读到《雷雨》剧本以后，深受感动，将剧本推荐给正在日本学习戏剧的中国留学生杜宣。杜宣又邀请吴天和刘汝醴，三人共同执导《雷雨》。1935 年 4 月 27—29 日，《雷雨》以中华话剧同好会的名义，在东京神田一桥讲堂公演，这是《雷雨》演出史上影响较大的一次演出。此次演出在中国留日学生中引起很大的反响，正在东京的巴金、郭沫若等人都观看了演出。巴金署名"余一"于 1935 年在上海《漫画生活》杂志相继发表《〈雷雨〉在东京》和《再说〈雷雨〉》，记录了自己的观演感想以及《雷雨》在东京被禁演的情况，同时还注意到观众的观演反应与剧本所表达的精神内涵之间的巨大落差。

吴天的《〈雷雨〉的演出》类似一篇导演说明，文章简单介绍了对剧本的个人理解，以及演出过程中对剧本所作的加工处理等。我们可以从中了解此次演出的具体情形。这次东京公演之前，导演杜宣、吴天等人也致信曹禺，告知因剧本的演出时间太长，不得已只好将

“序幕”和“尾声”删去了。就此曹禺给导演组写了一封回信，这封信后来被披露在东京出版的《质文》杂志上。在信中，曹禺对自己的创作意图进行了解释，并特别提示导演组自己的这个剧本“写的是一首诗”，而不是剧组及大部分观众所理解的“社会问题剧”[1]。这两篇文章同期发表在《质文》月刊 1935 年第 2 号上。同期，《学术界》发表了方海春的评论《雷雨》。[2] 方海春的《雷雨》从当时“普罗文学”盛行的格局出发，对《雷雨》的社会现实意义进行了批判，并对其中的戏剧结构、戏剧语言、舞台效果、故事情节设置上的缺陷进行了分析论述。由此开始，关于《雷雨》主题的纷争就在作者与演出者、观众及评论者间渐次展开。

在此期间的《雷雨》研究中，文学批评家刘西渭的《〈雷雨〉——曹禺先生作》一文是十分重要的一篇研究文献。该文从学理的角度对剧本进行了深入细致的探讨，认为《雷雨》是“一出具有伟大性的长剧”，并重点就剧本的两个核心问题，即“命运观念”和剧中人物蘩漪的评价问题进行了深入的分析。文章认为《雷雨》里“最有力量的一个隐而不见的力量”，是“命运观念”。这命运“藏在人物错综的社会关系和错综的心理作用里”。剧中的蘩漪是一个“反叛者”“被牺牲者”，富有“内在的生命”。同时，文章还指出《雷雨》在情节上“过了分”，需要“删削”“无用的枝叶”。[3] 1935 年 12 月，由复旦剧社排演的《雷雨》在上海公演。公演前，文干与白榴曾就该剧展开过讨论。文干认为有必要对曹禺的《雷雨》作一次系统的检视，并注意到剧本内容与现实生活之间的差异性。文干认为《雷雨》剧本存在“故事的发展”“空气过于阴郁”“罗曼蒂克气息过于浓厚”而“忽视了它的社会价值”等遗憾。而白榴则针对文干的观点提出了不同意见，并认为这正是《雷雨》与一般的社会问题剧的区别所在。[4] 针对《雷雨》发表及公演后所引发的评论及争议，曹禺在《大公报》“文艺”副刊发表了《我如何写〈雷雨〉》一文。文章详细介绍了《雷雨》的酝酿及创作过程，对《雷雨》的创作意图进行了重点阐释，该文后来收入文化生活出版社 1936 年版的《雷雨》单行本中，就是著名的《〈雷雨〉序》。针对曹禺的这篇《我如何写〈雷雨〉》，王其居作了细致的解读，认为“《雷雨》一剧，以深重的步伐迈入中国剧坛，其精炼过的创作技巧，及浓重的悲剧成分，无疑地收到了艺术的效果”，“《我如何写〈雷雨〉》这篇文字，也就乖觉地，只将那创作的‘骨’，依了作者的认识，提出在读者面前”。同时文章指出“在宇宙观上无出路，充塞满了世纪末的悲哀，《雷雨》代表着中间阶层的哀嚎，这里，有着它的社会意义”。[5]

除此之外，海流认为“《雷雨》的产生，确实为目前中国艺坛一个极大的收获。剧作者曹禺先生，用着精密老练的手法，写出宇宙里的‘残忍’与‘冷酷’，在这一点上，作者是极端成功的”。并对剧中的悲剧情节及人物形象也进行了简要的分析，认为人物刻画最为成功的是蘩漪，其他人物如鲁贵、鲁大海、周冲、鲁妈尤其是四凤，“无不是被刻画得一个一个活

① 曹禺：《〈雷雨〉的写作》，《质文》1935 年第 2 号。

② 方海春：《雷雨》，《学术界》1935 年第 1—2 期。

③ 刘西渭：《〈雷雨〉——曹禺先生作》，《大公报》（天津）1935 年 8 月 31 日。

④ 见文干《〈雷雨〉的检视》、白榴《读〈雷雨的检视〉后》、文干《戏剧与社会现实——〈雷雨〉再检视并答白榴先生》等文，载《复旦大学校刊》1935 年 10、11 月第 215—217 期。

⑤ 王其居：《〈雷雨〉及其作者》，《大公报》（天津）1936 年 2 月 7 日。

跃纸上，总之，这确实是一个成功的剧本”。[①] 王运成充分肯定了《雷雨》在话剧本土化方面所作的努力：“惟有中国的剧本，才能使中国人感觉到更大的亲切与兴奋，所以它的产生，也形成社会自身的要求”，认为“《雷雨》在时代的大‘雷雨’前出现，它暴露的只是黑暗的一角落。但是这部分的黑暗，已是现社会中很严重的问题——家族问题。作者巧妙地以一个大家庭的崩溃做题材，轻松地将它描画出来”。[②] 郭沫若认为“《雷雨》的确是一篇难得的优秀的力作。作者于全剧的构造，剧情的进行，宾白的运用，映画（电影）手法之向舞台艺术的输入，的确是费了莫大的苦心，而都很自然紧凑，没现出十分苦心的痕迹”。“作者所强调的悲剧，是希腊式的运命悲剧”，并从中国戏剧发展史的角度肯定了《雷雨》对中国古典戏剧传统的重要突破，给予《雷雨》很高的评价。[③]

在肯定《雷雨》创作成就的同时，霍威指出剧本存在的问题：“故事是生动的和紧张的，然而是虚构的和不合理的；情节是惊心而又吸引人的，然而却是离奇的和巧合的。戏剧的气氛是非常浓厚的，然而场面却又是十分简单的（一切故事的展开，都在一个客厅里面）。剧中人物的描写是颇为深刻而细腻的（如周朴园、鲁贵、四凤），然而又不免流于过分的夸张（如周蘩漪），流于虚构（如周冲）和美化（如鲁侍萍）。”文章从文学的社会功能是教育读众出发，对《雷雨》创作的浪漫主义手法颇有微词，认为作者的“浪漫主义的写作方法，到最后竟完完全全破坏了他自己的中心思想，只成了一出无结果的悲剧，反而不自觉的在意识上带到许多负的毒素与因子”，“如果在技巧和手法上，他脱下这件陈旧的浪漫主义的外衣，而彻底的走上写实主义的道路，那么，他所能供献给我们的，决不只是《雷雨》而已”。[④] 胡钟达在《谈〈雷雨〉》一文中，认为《雷雨》之所以伟大，就在于将“大家庭的内幕，封建资产者的罪恶，旧道德对于人性的戕贼，都完全暴露出来了”。[⑤]

张庚的《悲剧的发展——评〈雷雨〉》一文，是《雷雨》早期研究中的一篇代表性文献，虽然其中也有一些时评的感性化阐释，但文章从戏剧理论与舞台艺术、剧本的人物塑造与思想内涵等方面，对《雷雨》作了较为细致的分析，并从整个世界悲剧艺术发展史的角度，考察了《雷雨》的重要价值，这些观点对后来的《雷雨》研究产生了较为深远的影响。罗山的《〈雷雨〉的故事思想人物》全面分析了《雷雨》的故事、思想、人物，从而肯定了郭沫若对《雷雨》的基本评价，认为“作者所强调的悲剧，是希腊式的运命悲剧”。但是“全剧几乎蒙罩着一片浓厚的旧式道德的氛围气，而缺乏积极性……作者如要受人批评，最易被人注意到的怕就是这些地方”。“作者的人生观和世界观，若仍然拘囿于‘定命的观念论’里面，就是想更积极起来，把所强调的力点转移一个方向，恐怕也是很难的吧！”[⑥]君君的《〈雷雨〉的人物与性格》分析了剧中蘩漪这一形象前后的性格“矛盾”，认为蘩漪的性格发展缺乏内在的逻

① 海流：《雷雨》，《每周文艺》1936 年 3 月 5 日第 1 卷第 4 期。

② 王运成：《书评〈雷雨〉》，《南开高中学生》1936 年 3 月 18 日。

③ 郭沫若：《关于〈雷雨〉》，《东流》月刊 1936 年第 2 卷第 4 期。

④ 霍威：《评〈雷雨〉》，《嘤鸣》1936 年 5 月 20 日第 1 卷第 1 期。

⑤ 胡钟达：《谈〈雷雨〉》，《中学生文艺季刊》1936 年第 2 卷第 2 期。

⑥ 罗山：《〈雷雨〉的故事思想人物》，《清华周刊》1936 年第 44 卷第 7 期。

辑性，因此对曹禺所解释的蘩漪具有“最雷雨的性格”这一观点提出了质疑。试工的《论〈雷雨〉中的八个人物》认为剧中人物都是“充满了生命力的”①。剧作家欧阳予倩的《〈雷雨〉与运命悲剧》从西方运命悲剧的角度，认为《雷雨》与席勒的《美那西的新娘子》和威勒的《二月二十四日》等剧都有着 19 世纪初期运命悲剧的形式。

进入 1940 年代，《雷雨》研究进入问题讨论和系统化阶段。林英鸣的《周蘩漪·鲁侍萍及四凤——〈雷雨〉三女性所带来的现实问题》，从三个女性人物的分析入手，探讨了现实生活中的女性问题。冼群的《曹禺作品研究》比较系统地研究了曹禺的剧作，其中关于《雷雨》一节以“曹禺为什么写《雷雨》”这一问题切入，深入分析了曹禺的创作意图、剧本究竟有没有最后达成自己的创作目的，以及剧本打动读者观众的真正原因。文章对曹禺创作的世界观和创作方法，《雷雨》的“命运悲剧”问题也作了较为全面的分析论述。郑学稼的《论〈雷雨〉》（上、中、下）是一篇重要的评论文献，因为种种历史原因，在以往的诸多研究资料中均没有收录，以致淹没在历史的尘埃中。但郑学稼这篇研究文章影响不小，可惜由于时间久远，该文的上篇文字漫漶，难以辨认，好多词句只能靠字形进行猜测。该文从三个方面对《雷雨》作了较为全面的分析：一、关于《雷雨》的产生，文章认为《雷雨》所产生的巨大读者影响与剧本及作者的创作意图之间有着一定的距离，读者包括观众从《雷雨》所获得的认识与作者在《〈雷雨〉·序》中关于创作过程的解释显然存在着一定的差异性，所以“客观是固定的，但主观却不相同。”读者和观众所获得的感觉，“常不是作者所能预期的。”因此一般读者观众对《雷雨》有关“阶级斗争”的主题理解并不是作者的创作意图，尽管作者后来迫于时代社会思想的形势追认剧本在于“暴露大家庭的罪恶”，但却不承认有“创造罢工人物的情感”。由于当时革命形势的发展，让读者们产生了对作品的社会化解读。二、《雷雨》的剧情是一场典型的“命运悲剧”，全剧的剧情都是围绕着周朴园的“家庭”展开的，剧本中的人物之间有着错综复杂的血缘亲情关系，每个人都站在各自的位置上做着人生的挣扎，但最终都无法摆脱命运的安排，全剧最终以悲剧而告终。《雷雨》中人物的生活，就是“造物主”对人命运控制的活证。三、对于《雷雨》中的人物塑造，郑文给予了崇高的评价，认为“那些剧中人，没有一个没有显明的个性和动人的行为与表现”。对剧中的蘩漪、侍萍、周萍、周朴园、四凤、周冲、鲁大海及鲁贵等人物都作了较为中肯的分析与评价。文章最后总结说“《雷雨》是五四前后中国社会生活的素描”，它不是一个煽动阶级斗争的作品，“仅仅指出有那社会的现象”。②

总体上说，新中国成立以前的《雷雨》研究，除了刘西渭、张庚、郑学稼等人的文章比较注重对《雷雨》进行学理分析之外，大多停留在剧情介绍、阅读或观剧的个人感受等层面，对《雷雨》的思想内涵及美学价值还缺乏深入的思考。

---

① 试工：《论〈雷雨〉中的八个人物》，《文苑》1939 年第 5 期。

② 郑学稼：《论〈雷雨〉》（上、中、下），《中国青年》1943 年第 9 卷第 2、3、4 期。

二

新中国成立以后,《雷雨》研究进入一个新的历史阶段。

1958年,《雷雨》在苏联莫斯科中央运输剧院上演,导演阿·柯索夫致函曹禺,提出了有关剧本的五个问题,请曹禺发表意见。曹禺复信表示感谢、祝贺,并就阿·柯索夫提出的问题给予答复。信中,曹禺基本认同柯索夫对《雷雨》的主题,故事发生的年代,鲁大海所代表的时代精神等的认识,而对他提出的周朴园为什么隔绝蘩漪与家人的联系,作出了自己的解释。20世纪60年代初,沈明德的《谈谈〈雷雨〉的几个场面——戏剧结构学习札记》以《雷雨》中四个典型场面为例,对《雷雨》的戏剧结构进行了深入细致的分析,认为曹禺"创造了卓越的戏剧结构,将丰富的生活内容——尖锐复杂的冲突和鲜明饱满的人物性格——很'驯顺'地'嵌入'了舞台性所规定的有限的狭小的'框子'里去,并完满地体现了剧作家的社会见解和思想意图。"[①]

1962年,钱谷融发表了《〈雷雨〉人物谈》一文,这是钱谷融《雷雨》研究系列论文中的第一篇重要文献。该文对《雷雨》中的周朴园、蘩漪的形象进行了深入细致的分析论述,提出"蘩漪不但有'雷雨'的性格,她本人简直就是'雷雨'的化身。她操纵着全剧。她是整个剧本的动力"。并认为曹禺"在写《雷雨》时,把剧中的一个最主要的人物,就是那被称为'雷雨'的好汉漏掉了。其实,我认为他并没有漏掉,还是写进去了。那个人就是蘩漪"。[②] 该文发表后,胡炳光在《读〈雷雨〉人物谈》一文中,认为钱谷融的看法有失偏颇。他认为《雷雨》中漏掉的"第九个角色"应该是冥冥之中主宰着人们命运的一种力量。由此引发了关于《雷雨》主题内蕴与审美追求的深入探讨。但随着当时政治形势的变化,关于这个问题的讨论被粗暴地打断。钱谷融写于1963年的《关于〈雷雨〉的命运观念问题——答胡炳光同志》一直到1979年才得以公开发表。在这篇文章中,钱谷融肯定了"命运观念"对曹禺创作的影响,《雷雨》的悲剧结局,在客观上让读者和观众产生了神秘的宿命论思想,但这种效果并不是作者在创作时十分明确地设置的。

"文化大革命"中,曹禺跟其他很多作家一样,受到了严重的迫害。北京师范学院革命委员会主办的《文艺革命》1968年第5期曾推出"打倒反动作家曹禺专号",其中有两篇批判《雷雨》的"奇文":署名"红卫江"的《响的什么雷?下的什么雨?——批判反动剧本〈雷雨〉》和署名"多奇志"的《中国赫鲁晓夫与〈雷雨〉》。这两篇文章运用当年盛行的政治斗争方式对曹禺和《雷雨》进行了批判,可以让我们对当时政治运动的态势和文学批判的方式有一个大致的了解。正是由于政治大环境的影响,这一时期对曹禺《雷雨》的研究也基本处于停滞状态。

进入新时期,随着拨乱反正和思想解放的深入,关于《雷雨》的研究也逐步回到正常轨道。1979年曹禺应《收获》杂志的邀请,写了一篇《简谈〈雷雨〉》,回忆了自己创作《雷雨》的

① 沈明德:《谈谈〈雷雨〉的几个场面——戏剧结构学习札记》,《安徽文学》1962年第3期。

② 钱谷融:《〈雷雨〉人物谈》,《文学评论》1962年第1期。

过程。1979 年第 3 期的《人民戏剧》发表了王朝闻对曹禺的一个访谈记录。在访谈中，曹禺对《雷雨》的创作过程及戏剧创作技巧等问题进行了解释。这两篇文章是曹禺在新时期对《雷雨》创作的一个总结。但对照当年的《〈雷雨〉序》，我们可以发现，经过新中国成立后历次政治运动的“洗礼”，曹禺为适应当时的社会形势，说了一些背离自己当年的创作意图的冠冕堂皇的话。

新时期《雷雨》研究极其重要的一个学术成果，是 1980 年由上海文艺出版社出版的钱谷融的《〈雷雨〉人物谈》。该著收集了钱谷融此前关于《雷雨》人物的系列研究论文，并补充分析了剧本中的其他人物。该书对《雷雨》中的八个人物进行了细致深入的分析论述，逻辑严密，论述透彻，对人物身份及性格的把握准确精到，显示了极强的学理性，其中的诸多结论在学术界产生了极其深远的影响。周音的《谈谈〈雷雨〉中的周蘩漪——与钱谷融先生商榷》对钱谷融《〈雷雨〉人物谈》中对蘩漪的人物形象定位提出了质疑，认为钱谷融的观点与曹禺本人对剧本的解释不符甚至是相反的。在对蘩漪形象作了一番细致的分析之后，周音认为蘩漪不是什么“雷雨”的化身，只是一个“来自封建家庭内部的，为追求个人爱情与幸福，不甘忍受欺侮，反抗和破坏传统道德，而又始终不能摆脱对封建势力的寄生与依赖，最后终于走上毁灭的资产阶级的妇女典型”。[①] 针对《雷雨》研究中一直存在争议的诸多问题，辛宪锡在《〈雷雨〉若干分歧问题探讨》一文中，就主题思想、人物形象以及艺术技巧等进行了深入的探讨，对已有的研究观点进行了辨析，并提出了自己的独特理解。如认为剧本的主要人物不是蘩漪而是侍萍，正是侍萍才真正组织起了《雷雨》的戏剧冲突；《雷雨》的主题也不是曹禺“追认”的“暴露大家庭的罪恶”，而是“资产阶级由于其自身的罪恶，必然激起人们的觉醒与斗争，它无法避免衰亡的命运。这是历史发展的必然规律”。《雷雨》的结构是西方戏剧中的“锁闭式”结构的杰出范例。[②] 这些观念虽不乏新见，但还是没有脱离“社会问题剧”的认识层次。

此间的另一个重要成果是曹禺研究专家田本相的专著《曹禺戏剧论》。书中的《〈雷雨〉论》曾发表在 1979 年《戏剧艺术论丛》第 1 辑，该文从雷雨式的热情和个性、深刻的现实主义悲剧、在话剧民族化和群众化上的突破等三个方面，对《雷雨》的文学史价值和意义进行了深入透彻的分析论述。朱栋霖的《〈雷雨〉研究二题》集中探究了《雷雨》的戏剧冲突问题，朱栋霖首次提出《雷雨》戏剧结构的双重性观点，即周朴园与侍萍的冲突和周朴园与蘩漪的冲突共同构成了《雷雨》的主要戏剧冲突，同时，周萍与蘩漪的冲突也参与推动了戏剧的发展。潘克明的《也谈〈雷雨〉戏剧冲突的主线》则认为在《雷雨》错综复杂的矛盾冲突中，蘩漪与周萍之间的冲突，才是贯穿全剧的主线。王富仁的《〈雷雨〉的典型意义和人物塑造》从政治历史的角度对《雷雨》作了深入的剖析，从而肯定了“《雷雨》的杰出典型意义在于，它是稍后于《呐喊》《彷徨》的一个历史时期中国城市中进行的反封建伦理道德观念

---

① 周音：《谈谈〈雷雨〉中的周蘩漪——与钱谷融先生商榷》，《中国现代文学研究丛刊》1981 年第 3 期。

② 辛宪锡：《〈雷雨〉若干分歧问题探讨》，《中国现代文学研究丛刊》1981 年第 1 辑。

的斗争的一面镜子”。[①] 这也是20世纪80年代中国现代文学政治历史研究中的一篇重要论文。

新时期《雷雨》研究的一个重要开拓，是对曹禺剧作文化内涵的发掘。如宋剑华的《试论〈雷雨〉的基督教色彩》分析了基督教文化对曹禺剧作的深刻影响，并从三个方面论述了《雷雨》的基督教文化因素：“一、《雷雨》的矛盾结构模式——体现了‘上帝’的意志；二、周朴园性格的发展轨迹——从邪恶走向忏悔；三、《雷雨》的环境布局——基督教色彩的直接外现。”[②]这在《雷雨》剧本内涵的重新发现中具有开创性的意义。

孔庆东的《从〈雷雨〉的演出史看〈雷雨〉》仔细梳理了《雷雨》的演出历史，对曹禺的创作本意与演出效果之间的“巨大差距”进行了细致的分析，认为演出过程中改编了的《雷雨》剧本已经不是当初曹禺创作的那个《雷雨》了，两者之间已经产生了根本的变化，因而导致了观众对剧本的“误读”。吴建波的《情感的憧憬恐惧的表征——论〈雷雨〉的命运观》，首先分析了过去关于《雷雨》命运问题的分歧主要在于对“命运”观念的理解上存在误区，因此文章从哲学的层面对《雷雨》的命运观念及其文化内涵进行了深入的挖掘，探讨了《雷雨》命运观与儒家的因果报应、人生的偶然性因素、对人的救助力量的怀疑等内容的关联，最后肯定了曹禺从艺术审美的角度对命运问题的诗性表达。廖安厚的《〈雷雨〉冲突结构模式论辩》对研究界一直以来存在争议的《雷雨》结构问题进行了专题探索，提出《雷雨》并非过去大家所讨论的某种单一结构，而是一种网状式冲突结构，因而形成《雷雨》主题的多义性。邹红的《“诗样的情怀”——试论曹禺剧作内涵的多解性》，从《雷雨》的诗意特点出发，仔细考察了《雷雨》之所以“说不尽”的原因，是因为诗之为诗的突出特点就是其含义的模糊性和多义性。也正因为如此，才造成了对《雷雨》主题解读的各种分歧与争议。

1949年至80年代初期，关于《雷雨》的研究基本上还是在社会历史批评的框架内对《雷雨》的主题意蕴、人物形象、艺术结构、社会历史价值等方面进行论述。进入80年代以后，随着文学理论及批评方法的更新，《雷雨》研究才逐渐转向对其文化内涵、命运观念的哲学表征、文本及戏剧接受史和戏剧艺术特征等方面的探讨。

三

进入新世纪，随着《雷雨》经典地位的进一步确立，研究者们分别从各自熟悉和擅长的领域对《雷雨》进行了多元性解读。刘家思的《〈雷雨〉与神话原型》运用神话原型批评方法对《雷雨》进行了深入分析，文章对东西方神话中的英雄原型及其文化内涵进行了细致梳理，并以此为切入点对《雷雨》中的人物形象进行分析比照，从而推定剧本中的蘩漪和鲁大海比较集中地体现了东西方神话中英雄原型的精神特质。《雷雨》是人类远古英雄神话原型的现代性梦幻与回忆，正是这种原型心态，使《雷雨》获得了跨越文化与地域的艺术生命活力。陈思和的《细读〈雷雨〉》采用文本细读的方法对《雷雨》进行了细致的解读，文章围

① 王富仁：《〈雷雨〉的典型意义和人物塑造》，《文学评论丛刊》1985年第23辑。

② 宋剑华：《试论〈雷雨〉的基督教色彩》，《戏剧研究》1998年第1期。

绕《雷雨》的问世及读者接受的复杂性、蘩漪与周冲代表的丰富复杂的人性内涵、蘩漪的悲剧特征、周朴园对梅侍萍究竟有没有爱情以及我们应如何解读周朴园和鲁侍萍的相会等问题展开了细致深入的分析探讨，正是精彩的、丰富的人性内涵，充满紧张感的语言，奠定了《雷雨》在世界文学发展史上的经典性地位。高浦棠从探讨曹禺创作《雷雨》的主观意图出发，对《雷雨》故事情节的设置、动作的展开进行了细致分析，将戏剧冲突定位在人与神的对抗和搏击这一层面上，最终推定《雷雨》的主题在于上帝的最后审判和对人的拯救启示。只有在这个意义上理解了《雷雨》所有人物的命运结局，我们才不至于偏离作者的创作初衷，因而剧本的主题不仅仅只是“暴露大家庭的罪恶”，而且还是神在惩罚“大家庭的罪恶”。上帝虽然没有正式出场，但他以隐秘的手段“时时操纵着场上的八个人物”。①

杨敏、万春的《〈雷雨〉中“雷雨”意象及其原型分析》，运用原型理论对曹禺剧作中的“雷雨”意象进行了整体性分析，从总体上归纳了“雷雨”意象的特点，分析了人类集体无意识中“雷雨”的原型文化意义对“雷雨”意象营构的内在影响，并对《雷雨》中的“雷雨”意象的深层意蕴作了深入的挖掘。“雷雨”意象传达的多层意蕴，如罪的意识、自我灵魂的审视及救赎精神，触及人类灵魂中的集体无意识，委婉曲折地表达了曹禺对人类生存困境的关注，从而使《雷雨》产生了不朽的艺术魅力。沈捷《试论蘩漪性格中的恶魔性因素》从欧洲传统文学的“恶魔性”观点入手，细致地分析了恶魔性因素对蘩漪人物性格发展的推动作用。因此蘩漪这一文学形象超越了中国古典文学中的叛逆女性形象，正确认识和解读蘩漪性格中的恶魔性因素，我们才能真正理解《雷雨》主题及“雷雨”性格。库慧君的《罪感与救赎——论〈雷雨〉中“序幕”“尾声”的美学意义》将被诸多版本删除的“序幕”和“尾声”与全剧视为一个不可分割的整体，从文本的整体性角度对《雷雨》作了较为完整的解读，文章抓住“序幕”“尾声”中的背景设置，以基督教文化的“罪感与救赎”这一人性内涵对全剧主题与意义作了重新审视，并以此为切入点，分析了《雷雨》被误读的根源正是由于对文本的有意割裂，导致了读者将蕴藏人性审美的剧本误读为一个社会问题剧。

钱理群的《大小舞台之间——曹禺戏剧新论》是一部关于曹禺剧作的接受学研究专著，该书对尚处于个体创作状态的曹禺创作《雷雨》的过程及意图进行了深入的揭示，对《雷雨》创造的“生命”“郁热”“极端”“挣扎”与“残忍”“距离”“悲悯”作了细致的解读。郭运恒的《非理性世界中的人类生存困境——对〈雷雨〉主题的再认识》从《雷雨》特殊的话剧形式、复杂的人物形象以及神秘的戏剧氛围等方面，探讨了曹禺对非理性世界的体认和对人类生存困境的关注，从而从更深层次上获得对《雷雨》主题内涵的重新把握。陈军的《论〈雷雨〉的超现实性》从《雷雨》中的浪漫主义色彩、表现主义因子、整体的象征世界等方面论述了曹禺剧作多元创作方法的融合，以此指出了我们过去对《雷雨》单一的现实主义方法解读的误区。朱栋霖的专著《曹禺：心灵的艺术》一书，对曹禺戏剧创作进行了系统的研究，其中的《“雷雨”中的第一声呐喊》一章，对《雷雨》的创作背景、创作过程，曹禺的思想观

① 高浦棠：《“升到上帝的座”上重新审读曹禺的〈雷雨〉——〈雷雨〉本源真诠》，《陕西师范大学学报》2003年第5期。

念、创作意图、创作个性，《雷雨》的戏剧冲突、人物性格、戏剧结构及其与西方戏剧的关系，《雷雨》的美学价值及其文学史意义等诸多问题进行了全面而完整的分析探讨，在前人研究的基础上提出了不少新见。

李扬的《论〈雷雨〉的形式意味》则对《雷雨》的背景音乐、情节结构、"序幕""尾声"的设置等诸多形式因素进行了分析，这些形式技巧与作家要表达的主题融为一体，两者互为补充、相互衬托，最终形成了剧作在内容与形式上的高度统一。段耀国、施旭升的《论〈雷雨〉的意象世界》紧紧围绕剧本中的戏剧意象进行了深入探讨，对剧中的"雷雨""家"等核心意象的内涵进行了深入分析挖掘。《雷雨》研究最新的一篇重要论文是陈国恩的《悲悯天地间的"残忍"——论〈雷雨〉的逆向构思》，该文发表于《文学评论》2017 年第 4 期。该文从文学作品的构思过程探讨了曹禺创作《雷雨》，相较于一般现实主义文学的构思从生活到艺术的典型化路径，《雷雨》却是曹禺从内心冲动出发去寻找恰当的生活表现的逆向构思。文章从"文本的裂隙"，即剧本中一些不真实的细节和"漏洞"推理出曹禺创作的逆向构思方式，进而推导出对天地间"残忍"的巨大悲悯才是曹禺创作《雷雨》的内在驱动力，这正是《〈雷雨〉序》中曹禺所要表达的思想内涵。

21 世纪以来，《雷雨》的文学经典地位得到了进一步的强化，相关研究也在对文本进行深入细致解读的基础上，有了更加学理化的分析阐释，研究者们分别从曹禺的主观创作意图、《雷雨》创作的内在驱动力、人物原型、构思方式与内在结构、《雷雨》与西方戏剧的关系及其与西方现代主义哲学之间的关联、舞台表演效果等等方面，对《雷雨》研究作了大胆拓展，并取得了一些突破性的成果，使新世纪《雷雨》研究呈现出开放性、多元性、多维性的特点。

本卷《〈雷雨〉研究资料》，是对《雷雨》自发表以来八十余年研究成果的一次比较完整的系统梳理。本书所收录的都是《雷雨》研究过程中相对比较重要的文献，从中我们可以了解《雷雨》研究的发展历史和研究路向，为后续的《雷雨》研究提供一个基本的参照，同时也可以免去一些不必要的搜检之苦。除了本卷收集的《雷雨》专门研究文献以外，还有一些论述散见于其他的曹禺研究资料中，如周扬、吕荧、陈瘦竹、孙庆升等人的相关研究成果，因为本研究项目的分工不同，这些文献被收录到其他的研究专辑中，在此不一一赘述。还有一些同题的论文，因为本专集的篇幅限制，也只能择其一二选录。特此说明，不当之处敬请批评指正。

雷雨在东京

余 一[①]

周围接连地起了哄笑声。我在什么地方?

“在剧场厅子里坐满了观客,四周都是笑语和吵闹。这时候他的心就会感到剧痛,他会感到沙漠似的寂寞。在这热闹的人群中似乎就只有一个他孤寂的人,他的渴望,他的苦痛是完全和那些人不相关联的。”

在一篇小说里我曾写下了这样的句子,这并不是我的自白,我是在描写一个朋友。然而如今我自己也有这感觉,这经验了。

我是在什么地方呢?在剧场,和我那朋友一样。我来这里做什么?我是来看那热闹的人群吗?我是来听那轻松的哄笑声吗?

不,决不。我是来看一幕人生的悲剧。不错,正在舞台上开演的《雷雨》是一幕人生的大悲剧。

我几乎不能够相信我的耳朵了,我的耳边响着的确实是一些和玩具的气球一般的一撞就破的哄笑声,而且叫人想到发这种声音的就只会是一些影子。笑声在我的耳边碎了,一个一个地碎了。

在舞台上一个被开除了的公馆里的听差,在他的贫苦的家中对着他的同样被开除了的儿女,诉说着他的苦恼。他的每一句话都会使大部分的观众发出轻松的笑声。为什么呢?难道那个演员把那听差演成了一个可笑的人物吗?不,不!自然我得承认这晚上的演员们都不曾有过成功的表演,导演们也没有尽他们的职务,甚至剧本也有一些缺点。但是舞台上的听差却和真实的听差没有大的差别。舞台上的确表现了一个被践踏被侮辱的所谓下人的一生的悲剧,发出轻松的哄笑声的大部分观众是些什么人呢?所谓中国的留学生。

“戏已经做完了,再没有可做的了”,我旁边一位穿着学生服的专家骄傲地说,他做出很不耐烦的样子,而且时时和坐在他前一排的三个女朋友说些轻松的笑话,那些小姐们是观众中最爱发笑的份子。

不错,我认得这位专家,一个立达学园的毕业生。自然他不认识我。他为什么要认识我呢?他是一位专家。他在第二幕后的休息时间里对我说:“这剧本简直不合戏剧原理。”

---

① 巴金的笔名——编者注。

呵，我几乎要笑出声来了。这位专家懂得什么戏剧原理？他至多看过几次在中国上演的话剧罢。我回答他："那作者从事话剧连动也有好几年的历史了。我知道他写这剧本就花了三年以上的工夫。""那为什么我以前就没有听见过曹禺这个名字？也许他是一个演文明戏的戏子罢。"

说老实话，我这时候真想给他一记耳光！我不再理他了。我和他说话是我的一种耻辱。这种人只配去听鹤见祐辅的河马的讲演的。

大部分的观众仍然哄笑着。

舞台上的悲剧慢慢展开了。一个受尽了践踏和侮辱的贫穷的母亲不愿意她的女儿再去走她的错误的路，她要那天真活泼的女孩给她一个约言，不再见那富家的情人。这女儿在两种爱中间挣扎着，而且甚至她，甚至在这时候她也能够看见这社会制度在她母亲一家和她情人一家中间所掘的鸿沟，和她情人一家对她母亲一家所做过的不义的行为，同时也能够感到因这而起的仇恨，但是她究竟太年青了，爱情在她身上究竟还有着不可抗拒的绝大的力量，所以当这女儿怀着牺牲的心终于应允了母亲不再和情人见面时，这景象纵使由不熟练的演员来表演也应该是一幕撕裂人心的悲剧。我的心起了痛楚，一个朋友几乎淌出了眼泪，而那位专家呢？他似乎又要发什么议论了。

女儿应允了母亲以后却忍不住哭出声来扑倒在母亲身上。还不能了解女儿心理的母亲流着眼泪向女儿道歉，她说她太爱儿女了，不忍心眼看着女儿受人欺负……我悲痛地掉开了头。

出乎我意料之外，观众中又起了一阵轻松的哄笑。我再看舞台，那个惹人笑的听差又出现了。他的举动是那种人所惯有的，并没有一点可笑的地方。然而少爷小姐们笑了，轻松地笑了。一阵愤怒袭击了我。在愤怒中我听见了一阵"齿！齿！"的声音，这是对那些笑声的反抗，不，这是对那些笑声表示轻蔑，表示憎厌。原来在这里还有一些人不是来寻开心的，不是来看笑话的。还有一些人，他们来这里是为了想知道一点什么，为了想看见我们这社会内部的一角。

舞台上动作继续着，于是从托尔斯泰的《复活》里脱胎来的那一个场面展开了。"这毫无意思！"专家武断地自语说，他显出了瞌睡的样子。我不知道专家的戏剧原理是什么样的东西，但我疑心专家没看过《复活》。我读《复活》到那一段时很受感动。我读《雷雨》到这一段也很受感动。"女的在房里喝酒，对着一盏煤油灯哭，把头俯倒在桌子上。男的在外面敲窗户。女的跑去阻拦他，不让他进来……"这和什么样的戏剧原理不合呢？倘使专家责备说，在这一点作者把四凤——那婢女——写成了一个斯拉夫女性，或者拉丁女性，这倒是很对的。因为我读过《雷雨》，我总觉得四凤不是一个中国姑娘，更不像一个婢女。但这一层专家是不会懂得的。

第三幕完了，休息二十分钟以后，第四幕开始了。这一幕演得最失败，因为临时受警察署干涉不得不把时间缩短，场面缩短，结果第四幕只演出原剧的一半，而且成了牛头不对马嘴的东西，无怪乎爱笑的观众会发出更多的哄笑了。

这些哄笑曾有许多次引起那个穷苦的老婆子的笑容。观众责备那个角色"笑台"，而其实她的笑容，使得这悲剧受了大的损害的笑容，对于这个，观众也要负一部分的责任。

第一夜的雷雨就这样完结了，对于导演和演员们的失败，我不能说一句责备的话，我反而佩服他们的热心。

走出剧场，我望着拥挤的观众的背影，我奇怪他们究竟来这里干什么？这一想我的心就猛烈地痛起来了。

雷雨就这样完结了。我并不失望，我在这剧本未发表前就读过它，而且是我和另一个朋友两人负责把它发表的。不管它有着许多缺点，我爱它，我了解它，这并不是因为我认识那作者，事实上我自己就是在中国的旧家庭里面长大的。倘使我把我的见闻全部写出来，我在出版了《家》以后也还可以写出一本《雷雨》来。

但是写出来又有什么用呢？倘使写了剧本上演出来就只给那般发出轻松的哄笑声的人看！

(注)曹禺著的雷雨原剧发表于北平文学季刊一卷三期。最近由留日中国学生在东京排演。

原载《漫画生活》1935 年第 9 期

再说雷雨

余　一①

在上期本刊里写了《雷雨在东京》的文章，那时我究竟说过了些什么话，现在已经忘得干干净净。在这里每天都可看见种种奇怪的事情，倘使看得不够，那么我手边还有报纸。记得曾写一篇关于这里报纸的短文，但到了上海一个做编辑朋友的手里便永无消息。连他也不知道什么缘故，我当然更不会明白。但这并不能叫我从此不看报。一看报依旧要生气。不说别的，别人天天来个“膺惩”，虽说你能够讲“礼让”，或者你的脸皮再厚，你也会有些“下不去”。又如昨天来个什么贵客，今天再来个盟邦元首，你有钱，当然可趁这机会到台湾或更远的地方去考察一下；若是个穷学生，就免不了掉进拘留所去玩个十天八天，跟虱子做做朋友，尝尝此调的滋味。……许多事情塞满了一个小小的头脑，我的头脑，比世界有名的归威爱的和屠格涅夫的头脑小得多！我哪里还能够记得在一篇小文章里说过些什么话。

一个朋友问到我那文章的内容，这可窘了我。但恰好雷雨要在这里二次公演，我想再去看一回，票子已预先买好了。再看一次，至少可以唤起我的忘却的记忆，或者另为它写一点东西。我这样打算倒不错，可是——可是什么呢？雷雨不能演了。据说是公使馆干涉。

这一来我才记起我们的公使已经回来了。台湾地震时我还替他担过心，其实那时候他已经不在那里了。关于公使我听到种种的故事，但不必去管他，而且如今升格作大使了。干涉雷雨的公演，理由是男女学生合演“有伤风化”。有伤风化四个字是我加的。我究竟很聪明，他没说出口的话(?)我都能够知道。有伤风化四个字是中国人的得意杰作，做官的，办报的都会说，道学先生们更不肯把它忘记。又有一两位留学生攻击雷雨是乱伦的剧本，还写了信到公使馆去，这也是说它“有伤风化”。究竟“无伤风化”又是什么，那般喜欢维持风化的人知道吗？性的塔布在原始民族间是最有力量的。而一部分原始民族也很喜欢维持风化，譬如依亚柳人的规矩妻子就不能当着人对自己的丈夫讲话。但可惜那般人不读书，不能够在民俗学、人类学里面去照照自己的面目了。

① 巴金的笔名——编者注。

五四运动时代，我还是个小孩子，但那时候我们一般朋友就办了一种传播新思想的刊物，那刊物是因了攻击成都警察厅禁止女子剪发的缘故被勒令停刊的，但十年以后一个女子不剪发倒要算是落伍了。现在我还不老。我不相信又该轮到我把那停掉的刊物再来刊行一次。

原载《漫画生活》(上海)1935 年 6 月专号第 10 期

《雷雨》的写作

曹　禺

这是雷雨的作者曹禺先生致雷雨的导演者们的一封信，我们觉得非常有趣味。

他原来是在写一首诗，本意是要使读者和观众犹如在听一个神话似的，回到更古老、更幽静的境界里去。所以他对于序幕和尾声被删去了觉得真是可惜的事。这是多么意味深长的呢！

只是不知是因为是将序幕和尾声删去了的缘故呢还是怎么着，就这回在东京演出的情形上看，观众的印象却似乎完全与作者的本意相距太远了。我们从演出上所感觉到的，是对于现实的一个极好的暴露，对于殁落者的一个极好的讥嘲。

是的，易卜生或者也是在写诗，但他却终于也要遭到妇女们联合前来道谢的烦恼。这封信对于研究戏剧的人们也许很有意思的，至少是那作者的作品与他自己的世界观是否恰恰合致是可以看出一点的，固然这在历史上早有先例：如托尔斯泰他们也就每每逃不出这圈儿。至于在从事剧本创作的人们，则借以当作一面镜子大约也是很好的吧。①

××先生：

（前略）我写的是一首诗，一首叙事诗。（原谅我，我决不是套易卜生的话，我决没有这样大胆的希冀，处处来仿效他。）这诗不一定是美丽的，但是必须给读诗的一个不断的新的感觉。这固然有些实际的东西在内（如罢工……等），但决非一个社会问题剧。——因为几时曾有人说“我要写一首问题诗”？因为这是诗，我可以随便应用我的幻想，因为同时又是剧的形式，所以在许多幻想不能叫实际的观众接受的时候（现在的观众是非常聪明的，有多少剧中的巧合……又如希腊剧中的运命，这都是不能使观众接受的），我的方法乃不能不把这件事推溯，推、推到非常辽远时候，叫观众如听神话似的，听故事似的，来看我这个剧，所以我不得已用了“序幕”及“尾声”。而这种方法犹如我们孩子们在落雪的冬日，偎在炉火旁边听着白头发的老祖母讲从前闹长毛的故事，讲所谓“Once upon a time”的故事，在这氛围里是什么神怪离奇的故事都可以发生的。尔难道不喜（恕我夸张一点这是作者的虚荣心，尔且放过了这个），雷声轰轰过去，一个男子（哥哥）在黑得像漆似的夜里，走到一个少女（妹妹）窗前说着呓语，要推窗进来，那少女明明喜欢他，又不得不拒绝他，死命

① 此为原文编者的按语——编者注。

地抵着窗户，不让他亲近的场面，尔难道不觉得那少女在母亲面前跪誓，一阵一阵的雷声（至于雷雨象征什么，那我也不能很清楚地指出来，但是我已经用力使观众觉出来），那种莫名其妙的神秘终于使一个无辜的少女做了牺牲，这种原始的心理有时不也有些激动一个文明人心魂么？使他觉到自然内更深更不可测的神秘么？这个剧有些人说受易卜生的影响，但与其说是受近代人的影响，毋宁说受古代希腊剧的影响。至于尔说这是宿命论的腐旧思想，这自然是在一个近代人看，是很贴情入理的。但是假若我们认定这是老早老早的一个故事，在我们那 Once upon a time 的序幕前题下（序幕和第一幕只差十年，这是没有法子的事，不过这也给了相当辽远的感觉。）于是这些狂肆的幻想也可以稍稍松了一口气，叫观众不那样当真地问个究竟，而直接接受了它，当一个故事看。所以为着太长的原故，把序幕及幕尾声不得已删去了真是不得已的事情。我看见第三幕月份牌是一九三五年，四月廿七日，我只好是认为无法子的事情。而我为什么要用些三十年前旧事便会有些道理了。再，我的朋友！那序幕中的音乐是 Bacb① 作的 High Mass In Bmiuor' Beuedi Ctus yui Ceneit Donini Noniui，那点音乐是有点用意的，请设法借一唱盘（Columliu 公司有的），尔便会明白这点音乐会把观众带到远一点的过去境界内，而又可以在尾声内回到一个更古老、更幽静的境界内的。这剧收束应该使观众的感情又恢复到古井似的平静，但这平静是丰富的，如秋日的静野，不吹一丝风的草原，外面虽然寂静，我们知道草的下面，嗡嗡叫着多少的爬虫，落下多少丰富的谷种呢。

（下略）

原载《杂文（东京）》1935 年 7 月 15 日第 2 号

① 应作 Bach——编者注。

《雷雨》的演出

吴　天[1]

雷雨这个剧本，我在国内便读过，并且写过一点读后感一类的东西，发表在我们自己办的刊物上。那文章大致的意思是说这故事的传奇性太重，有些不自然的地方，并且在事象的再现上，作者显然有着一点主观的错误。但大体上是成功的。这次由刘汝醴、杜宣二先生和我负责导演出来，更证实了我那几点意见。

原剧有四幕，且有序幕及尾声，然就演出上讲，那首尾都是多余的，因此大胆地删除了，而在落幕前使鲁大海出现，这都是在求全剧的完善与统一的标的上修正的。关于这，作者曾有辩解（请参看曹禺氏来信），但我认为不满意，我们的改正不尽善或则有之（这全在上场时间，对白，下场的穿插的技巧，当时如给我们更多的时间，我想一定使鲁大海在结尾出现得更恰当），但出场的原则是并没有错的。因为我们认为鲁大海是暗示新兴的人物，作者不应使他"不知所终"，致使全剧陷入混乱感伤中。

这脚本的脚色，每个人的表演都很重，差不多成一种均衡状态，幸而觅到几个颇为恰合的人。而每个演员都肯努力、研究，这都是后来获得一点成功的主因。在这里我得特别举出几个人来，为饰鲁贵的王先生，饰侍萍的乔女士等，他们都是非常刻苦，潜心研究的。

每天排练，我们拿着 Director manuscript，想场面和表情。但是时间仓促，不能容许精细的修正。我时常感到自己能力的薄弱。演习的进步虽然是有的，但总不感到满足，甚至我怕这次会非常失败。（自然，这仅是我一个人的苦心，我是希望得太高了。）直到第一场公演后我才知道还没有完全失败。

但不幸第一天因为日本警厅视[2]的时间限制，第四幕中间割断了许多。这是使我非常伤心的事。而第二天便因此，演员把剧词弄得略有紊乱，只有第三天较为完美。可是那天偏偏落了雨，观众到得很少。

如果不苛求，据一班观众说是还好的。在我们，总算是有点安慰了。

原载《杂文（东京）》1935 年 7 月 15 日第 2 号

① 吴天为《雷雨》最早在日本公演时的排演导演之一——编者注。
② 应为"警视厅"——编者注。

《雷雨》

方海春①

在中国创造社的时代有过一个郁达夫已经是大家周知的事了。郁达夫的繁荣时代还在好多年以前，在那时候，他写过好多实在不坏的小说。其中，描写军阀或富人的小老婆和其前妻的儿子恋爱的故事，郁达夫在好久以前就提供给我们了。在郁达夫的时代写这种题材的小说，并且我也在那时代读了这小说，应该是一种幸福的事，原因是我又多知道了一点这世界上的秘密。大家也许并不否认，世界上无论哪种秘密，愈能争先发掘的人便愈为人们所惊异，所欣赏的，而第一次发掘秘密的人，说得俗点便可以说是伟大的了。社会是进化的论，无论在哪个时候，社会在它的过程中都隐藏着无限新奇的出乎我们意料之外的秘密的，这种秘密就要我们去发掘，我们是一点也不奇怪。每个世纪中最伟大的作家，不但供给了我们作品，并且打开了我们的眼界，提供我们实际的知识。假如你是一个善于解释世界的哲学家，也可以说，那伟大的作家的人类的最深层，给你提供了无以类比地那样适合你的原理的材料。这并不是什么奇怪的事情，在这宇宙里，前一瞬间和后一瞬间是绝对不会同一的。一瞬间有一瞬间自身的新奇现象存在，然而能够立刻捉住这一瞬间而提供给他自身的新奇现象的艺术家，一个世纪中不会很多的。比方说，封建制度它在没落的一刻刻过程中的每一瞬间，便有每一瞬间的贵族阶级腐败的新闻与秘密，市民社会在其没落过程中也是一样。不过，市民社会没落中的腐败现象是有自己的形态，有它自己所具有的那一瞬间的形态，它不但和封建时代的不同，并且它自己的前一瞬间和后一瞬间也是不同的。如果在本质上大同小异的现象，可能在同一社会阶段中反覆于多数不同之瞬间的话，那么只有最初一瞬间便捉到这现象才是宝贵的。市民社会在其崩溃其中的少爷、太太小姐恋爱的诸种形态，已经被十八世纪以来充斥市场的小说描述得近于反覆的了。《雷雨》中所描述的也是这种恋爱，可是我们却没有权利说，《雷雨》已经是剩腐的了，完全是过去的反覆。我们所要知道的，在历史上随便那种学说或创作的倾向，都有它自身发展的历史过程，这个过程便是由于部分的累积而集其大成。但这个现象，就是说这个集其大成的现象，发生在随便哪种学说或科学的那个负其使命的人身上，那人是会被世人所颂扬的，比方瓦特便是集机械发明的过去累积的发明而有其大成的。

R. Marn 便是集社会科学之大成的人。可是在文学上，负有这个运命的作者，毋宁是

① 即为欧阳凡海，时为日本留学生，东京“左联”的重要成员，编辑过《东流（东京）》杂志。关于欧阳凡海的资料可参见沈素芒《欧阳凡海的一生》（《新文学史料》1990 年第 2 期）一文——编者注。

暗淡、凄凉的。再说得妥当一点，或者就是回光返照的。这就是因为学术的累积本身是整理与分析，所以在其本身的体系本质上便是一个发明。而在文学上，无论怎样错纵地集中起了过去既经被人发掘过的死尸，因为失去艺术的独自性，在读者中到底失去光辉的。况且所谓“集其大成”这一点，在艺术上简直不能有截然的限界，只是限于某一定范围的前提下，我们不妨说，在富豪的家庭丑史之恋爱那一页的前提下，《雷雨》不妨是集大成的。而且，在其悲惨与深刻的度上，《雷雨》差不多可以说是达到它范围内的焦点了。

× × ×

《雷雨》在艺术上的表现，在它本身的对话上看不出特别高明的地方，这话我希望不是冤枉的。在《雷雨》的结构与布局上，是一个颓废的浪漫主义的骨子，是一个有计划的整严的悲剧。可是因它计划本身的整严，对浪漫主义已有了小程度的失节，而在描述上，特别是在对话的过程中，如果大家并不反对对话的行程应该与布局统一或调和，那么我可以说，《雷雨》里的对话，混有对《雷雨》本身十分不名誉的写实主义的血液，因为有这种血液，大大妨害了《雷雨》它原有的祖先血统上应该有的紧张、激越与本分的夸张。这是说《雷雨》不美的地方了。

不过，十分惊奇、而且真正抓住读者的是《雷雨》中对人物的插描。这种插描，一方面增加对话的光彩，另一方面却好像许多水仙花中插上一朵玫瑰。虽然使水仙花和自己混得更好看一点，却也似乎过于放了异彩，把水仙花的本质掷归自己的附属似的了。我应该说，《雷雨》中对人物的插描，在现下中国小说中也不会得到很多的。

作者在舞台效果上的苦心，一点也没有遮掩地表明是企图把《雷雨》写成舞台剧的。但如上面所说，作者的目的并未完全达到。

我是想说，《雷雨》毋宁还是剧文学吧？如果要上舞台演，纵使《雷雨》中的对话大大加以修改，无论如何，演出来的完美是及不上它原文所能表现的那些完美的。这里，我应该表示，这次《雷雨》在东京的公演我不曾去看是遗恨的。

× × ×

“普罗”似乎成了无可救药的时髦！对于赶这种时髦的人，我是说对“赶时髦”的人我是并不必需要鼓掌的吧？时代常常强奸作家是无足惊奇的，可是作家如果仅仅为了对时代卖笑反而使作品本身失节，我是不敢同情的。假如说张资平的三角恋爱里也居然插入了工人的示威，我怎么能够不苦笑呢？这不过是明显一点的例子。除此，我们不应该看一看目下中国文坛上的作品，不放一个工人或农民进去差不多是不敢发表的了那种倾向么？我怎么能够同意在哭着儿子被人们打了的封建的悲哀，也硬拉时代里革命那一类的招牌进去，这是一种颇近幽默，然而是难以乐观的现象。特别是像《雷雨》那样的作品里，虽然在中间无形中流露了两个不同的阶级如何恋爱的那个插话，可是作者的企图的中心并不在这一点，只要看那自头至尾的结构，作者所要写的就是一幅可诅咒的恋爱的悲哀的图，那么我有哪种权利抗议，《雷雨》中所写的矿山工人的罢工完全是并不必要的。如果有必要，除非为了时髦，因为我很知道，要描写鲁大海的身世，采取比这更与全剧调和的方法是还有的。我应该向大家说，《雷雨》的作者，因为要赶这种时髦，勉强地描述矿山的罢工情形，但为了不使这种情形扩大在剧本中反占主要地位，便不能不赶快结束矿山的情形，这使他不能不暂时反而妨害了时代、无条件地用矿山工人的被收买来陷鲁大海于孤境，然后才展得开他原定的方向。这是他歪曲了现实与中伤了时代，然而他原来的目的却无非想拉点时髦以增作品的光，也反而使作品受了时髦的害。

× × ×

单是这样还不够的，我在《雷雨》里发现一个非常贵重的宝物，也是这宝物才冲动着我使我非写这篇文章不可了。谁都没有权利看漏这一点的。现在，让我自己述说《雷雨》吧。

《雷雨》的序幕和它的尾声紧紧地构成一幅怆淡的图。这怕是作者苦心的焦点，然而这个苦心完全使我失望了。这话，这不看清下文，一定有人不理解的。那么请大家自己闭起眼睛来回想一下吧！自从鲁大海出场以后，一步紧凑一步，到了鲁妈出场，《雷雨》中所急转直下展开下去的，是一种混和在恋爱的士敏土中的极其浓厚的阶级的仇视与恶感。这种仇视与恶感在《雷雨》中像生龙活虎一般跳动着，像大雷一样对我们宣告说，恋爱无论怎样至圣至神，毕竟缝补不了阶级的裂痕，在这雷电交加中，充满着阶级的仇恨，而恋爱在这种仇恨下失去它超然的美貌了，它被扯成一片片的，它不但成了恋爱悲楚的根源，而且是必定、应该要来扯破恋爱的假面的了。鲁大海的话说的那样简明，真理是斩钉截铁一样活活地在阶级意识中的。他说："她是个穷人的孩子，她的将来是给一个工人当老婆、洗衣服、做饭、捡煤滓，哼，上学、念书、嫁给一个阔人当太太，那是一个小姐的梦！"在这儿摆一个小姐和一个穷女孩的梦是用一种愤怒的口气，截然一刀分开得明明白白的。这种界线，没有法子调和，无数梦想着的善男圣女在他爱的天国里都不能不在这条界线上碰碎了。《雷雨》一直到第三幕的末尾，全然是巧妙地把这条仇恨的界线有骨有肉地拖出来摆在我们面前了，数千元的支票在这条仇恨的界线上被撕得粉碎，而一个仁慈二少爷对四凤及鲁大海的一切同情都只买得一场讽笑般的拒绝。

鲁大海：二少爷，我们谈过话，我知道你在你们家里还算是明白点的。不过你记着，你以后再到这儿来，来——安慰我们，（突然凶暴地）我就打断你的腿。

周冲：打断我的腿？

鲁大海：（肯定的神态）嗯！

周冲：（笑）我想一个人无论怎样总不会拒绝别人的同情吧。

鲁大海：同情不是你同我的事，也要看看地位才成。

周冲：大海，我觉得你有时候有些偏见太重，有钱的人并不是罪人，难道说就不能同你们接近么？

鲁大海：你太年轻，多说你也不明白。痛痛快快地告诉你吧，你就不应当到这儿来，这儿不是你来的地方。

我并不想在《雷雨》中举例，因为我知道，假如要把我的说话下下都要举例证，那么，我起码要把《雷雨》的原文抄一遍半的。或者也有人知道，如果我们不是批评一篇文章的字字句句的修辞，如果我们是谈一篇文章全体的情态，那么举出数行么字句之无足轻重也是应该的吧？我这里所抄的，可以说是一种带便的摘录，摘录一种最单纯的字眼所表明的真理。鲁大海连在他的妹妹看来也是一个有奇怪的偏见的人，这原因是在他的妹妹已经是镀过金的了。然而我们可以说吧，阶级的偏见并不足奇的，问题只在哪一种偏见近于真理？而且，只有这种偏见才是人类历史的唯一根源！可是我们再看下去吧，到了第三幕的末尾，自从周萍在四凤的房内出现以后，《雷雨》那个剧的空气完全转到另一个方向去了。就是说，以前那种展开在恋爱中的阶级仇视，到这里渐渐被罩上一层悲惨的迷雾，而终于在迷雾中被掩没得几近于无了。全剧三分之二的那块宝贵的晶石，现在由于怆谈的罗曼谛克的悲伤的结局，由于作者原来的企图，把以前的那一面光耀烂朗的镜子的颜色渐渐转换到了人道与眼泪上去，而以前的那种活生生的阶级的仇视与愤怒，现在消沉在苦痛的旋涡中，快要被弄死了。因此，《雷雨》在终局上，仍然归结到一种可怕的死局，而以前所描述的那些在恋爱中的阶级的分裂，现在看起来却不禁令人误会是一种单纯少爷公子对使女的玩弄而已，这完全使《雷雨》陷入到无可救药的泥泞里。所以我前面说，对于序幕与尾声的那种结构上的苦心，我是失望的，而作者在序幕与尾声上加来两个姊弟，其用意无非是想加深《雷雨》的悲怆。可是，这种企图，完全把《雷雨》本身弄坏了。如果我大胆一点的话，作者如果自觉明了他一二三幕的宝贵之所在，那么，我说作者应该放弃他原定的企图，大约是并不苛求的吧。《雷雨》的作者体验到不能调和的阶级仇视，他能在恋爱的剧情中（编者：将）它活活捉住，这是一个新的发掘，这个发掘的宝贵有很大的价值，大家在期等着的但是什么缘故，《雷雨》的作者毕竟舍不得在这上面仍然糊上玫瑰色的哀情的圣油？既经揭开了的秘密，作者为什么又企图把它掩藏在一种归根到底还是超然的悲痛的深渊里？如其说，这办法能增加艺术的奥妙，能领读者入于神秘，不如说破坏了《雷雨》的统一，糊污了《雷雨》的美丽。

也许说这话有点越分，但我还是不想放弃说最后一句话的权利。我的意思是说，假如鲁妈不至于病倒，或者病倒了也不必一定要睡在周公馆的旧屋中和周太太一个病院，那么，鲁妈在见到周朴园时那一切强有力自制的描画，就一定不能够加强说阶级的仇恨能把伤痕也改了。但周朴园三十年来放着鲁妈的照片与保持她的习惯一事，如果容许我说句自私的话，我是希望也成为一种饱食暖衣者的自嘲资料的。但，我深深理解，作者自己一定以为这是杀风景的愿望。在作者看来，那病院的会客室中有那一个老妈跪在窗下，而后面唱弥撒的歌声配着大风琴，就使少了两个姊弟也好像是一个美人缺半个鼻子吧？

一九三五年五月六日

原载《学术界》1935 年复刊 1 第 1-2 期

《雷雨》——曹禺先生作[①]

刘西渭

“曹禺”原即万家宝先生[②],《雷雨》既是一个内行人的制作,虽说是处女作,勿怪立即抓住一般人的注意了。《雷雨》现在可以说做甚嚣尘上。我来赶会也敬一炷香,想来虽在发表一年之后,总可以用句道远心诚,恕了自己罢。在中国,几乎一切是反常的。举个眼前的例,剧本便要先发表,而后——还不见得有人上演。万一上演,十九把好剧本演个稀糟。《雷雨》便是这样一个例。在中国写剧评,不是有意刻薄,实际也是根据书本来估量,反比根据演出的成绩要正确些。

在《雷雨》里面,作者运用(无论他有意或者无意)两个东西,一个是旧的,一个是新的:新的是环境和遗传,一个十九世纪中叶以来的新东西;旧的是命运,一个古已有之的旧东西。我得赶紧声明,说是遗传在这里不如环境显明。有什么样的爹,有什么样的儿子,有什么样的周朴园,有什么样的周萍。但是作者真正用力写出的,却是环境与人的影响之大。同是一父母所生,周萍颐养在富贵人家,便成了一位“饱暖思淫欲”式的少爷,鲁大海流落在贫苦社会,便成了一位罢工的领袖。这点儿差别最可以从那两个有力而巧妙的巴掌看出来。第一个巴掌,是周萍打鲁大海(第二幕),打得鲁大海暴跳如雷;第二个巴掌,是鲁大海打周萍(第四幕),打得周萍忍气吞声。这两个前后气势不同的巴掌,不唯表明事变,也正透示在不同的环境之下,性格不同的发展。

然而这出长剧里面,最有力量的一个隐而不见的力量,却是处处令我们感到的一个命运观念。你敢说不是鬼差神遣吗?否则,二十年前的种子,二十年后怎么会开花结实呢?所以全剧临尾,鲁侍萍(母亲)痛苦道:“天知道谁犯了罪,谁造的这种孽!——他们都是可怜的孩子,不知道自己做的是什么。天哪,如果要罚,也罚在我一个人身上;我一个人有罪,我先走错了一步。如今我明白了,我明白了。事情已经做了的,不必再怨这不公平的天;人犯了一次罪过,第二次也就自然地跟着来。”做母亲到了她这步田地,自然多应和她一样想。但是,真正应该负起这些罪恶的不是周朴园(父亲)吗?周朴园不唯活了下来,而且不像两个发疯的女人,硬挣挣地活了下来。如若鲁侍萍不“再怨这不公平的天”,我们却不要怨吗?作者放过周朴园,实际往深处一想,我们马上就晓得作者未尝不有深意。弱者

① 原文无标题,原为《大公报(天津)》所登载的一篇“书报简评”,编者在此沿用了其他多种曹禺研究资料汇编中所采用的标题——编者注。

② 本年八月二十四日本报《本市附刊》揭露了作者的真名姓。

全死了,疯了,活着的是比较有抵抗力的人:一个从经验得到苟生的知识,一个是本性赋有强壮的力量:周朴园和鲁大海。再往深处进一层,从一个哲学观点来看,活着的人并不是快乐的人;越清醒,越痛苦;倒是死了的人,疯了的人,比较无忧无愁,了却此生债务。然而,在人情上,在我们常人的眼目中,怕不这样洒脱罢?对于我们这些贪恋人世的观众,活究竟胜过死。至于心理分析者,把活罪分析的比死罪还利害。然而在这出戏上,观众却没有十分亲切地感到。所以绕个圈子,我终不免栽诬作者一下,就是:周朴园太走运,作者笔下放了他的生。

但是,作者真正要替天说话吗?如若这里一切不外报应,报应却是天意吗?我怕回答是否定的,这就是作者的胜利处。命运是一个形而上的努力吗?不是!一千个不是!这藏在人物错综的社会关系和人物错综的心理作用里。什么力量决定而且隐隐推动全剧的进行呢?一个旁边的力量,便是鲁大海的报复观念;一个主要的力量,便是周蘩漪的报复观念。鲁大海要报复:他代表一个阶级,一个被压迫的阶级,来和统治者算账;他是无情的,因为社会就没有把情感给过他;他要牺牲一切,结局他被牺牲。他出走了,他不回来了。但是,我还得加给作者一个罪状,就是鲁大海写的有些不近人情。这是一个血性男子,往好处想;然而往坏处看,这是一个没有精神生活的存在。作者可以反驳我,说他没有受过教育。不错,他没有受过教育,但是,他究竟是一个人;而且在这出戏里,一个要紧的人。我说他不近人情,例如在尾声,从姑乙和老翁的对话,我们晓得他十年了,没有回来看看他生身的亲母。无论怎样一个大义灭亲的社会主义者,也绝不应该灭到无辜的母亲身上。也许有人说,他憎恶这一群上流人,不料自己便是上流人"种",所以便迁怒在那可怜的母亲身上了。我承认这话有道理;但是我更承认,他是一个缺乏思想的莽男子。他是一个初出犊儿不怕虎,可惜是叫同行的代表卖了自己还不知道。他并不可爱。可爱的人要天真,而且更要紧的是,要有弱点。他天真到了赤裸的地步;他却没有弱点。我说错了,他有弱点——老天爷!他有弱点!他追到周府(第四幕),要打死周萍,但是就在周萍闭目等死的时候,他不唯不打了,反而连枪都送给人:"我知道我的妈。我妹妹是她的命,只要你能够多叫四凤好好地活着,我只好不提什么了。"鲁大海也懂人情。他让了步!方才我说他不近人情,如今我一笔勾销。不过我是一个刀笔吏,必须找补一句,就是:这样一来,鲁大海的性格一致吗?我晓得这里有很好的戏剧效果,杀而不杀。不过效果却要出于性格的自然与必然的推演。①

① 作者或许想把鲁大海写成一个新式的英雄,但是因为生活的关系,往往停留在表皮,打不进这类人物的内心存在。《子夜》里面的某工头和这里的工头在同样的情形之下失败。提到《子夜》,我应理补充一句,就是二者同样具有伟大的性质。《子夜》之于小说,《雷雨》之于戏剧,有若干相同之点,二者故事虽说大不相同。

说实话，在《雷雨》里最成功的性格，最深刻而完整的心理分析，不属于男子，①而属于妇女。容我胡问一句，作者隐隐中有没有受到两出戏的影响？一个是希腊尤瑞彼得司(Euripides)的 *Hippolytus*，一个是法国拉辛(Racine)的 *Phédre*，二者用的全是同一的故事：后母爱上前妻的儿子。我仅说隐隐中，因为实际在《雷雨》里面，儿子和后母相爱，发生逆偷关系，而那两出戏，写的是后母遭前妻儿子拒绝，恼羞成怒。《雷雨》写的却是后母遭前妻儿子捐弃，妒火中烧。然而我硬要说做影响的，就是作者同样注重妇女的心理分析，而且全要报复。什么使这出戏有生命的？正是那位周太太，一个“母亲不是母亲，情妇不是情妇”的女性。就社会不健全的组织来看，她无疑是一个被牺牲者；然而谁敢同情她，我们这些接受现实传统的可怜虫？这样一个站在规常道德之外的反叛，旧礼教绝不容纳的淫妇，主有全剧的进行。她是一只沉了的舟，然而在将沉之际，如若不能重新撑起来，她宁可人舟两没。这是一个火山口，或者犹如作者所谓，她是那被象征着的天时，而热情是她的雷雨。她什么也看不见，她就看见热情；热情到了无聊寄托的时际，便做成自己的顽石，一跤绊了过去。再没有比从爱到嫉妒到破坏更直更窄的路了，简直比上天堂的路还要直还要窄。但是，这是一个生活在黑暗角落的旧式妇女。不像鲁大海，同是受压迫者，他却有一个强壮的灵魂。她不能像他那样赤裸裸地无顾忌；对于她，一切倒咽下去，做成有力的内在的生命。所谓热情也者，到了表现的时候，反而冷静到像叫你走进了坟窟的程度。于是你更感到她的阴鸷，她的力量，她的痛苦；你知道这有所顾忌的主妇，会无顾忌地揭露一切，揭露她自己的罪恶。从戏一开始，作者就告诉我们，她只有一个心思：报复。她不是不爱她亲生的儿子，是她不能分心；她会恨他，如若他不受她利用。到了不能制止自己的时候，她连儿子的前途也不屑一顾。她要报复一切，因为一切做成她的地位，她的痛苦，她的罪恶。她时时在恫吓；她警告周萍道：“小心，小心！你不要把一个失望的女人逼得太狠了，她是什么事都做得出来的。”周萍另有所爱，绝不把她放在心上。于是她宣布道：“好，你去吧！小心，现在(望窗外，自语)风暴就要起来了！”她是说天空的暴风雨，但是我们感到的，是她心里的暴风雨。在第四幕，她有一句简短的话，然而具有绝大的力量：“我有神精病。”她要报复的心思会让她变成一个通常所谓的利口。这于她是一种快感。鲁贵以为可以用她逆伦的秘密胁制她，但是这糊涂虫绝想不到“一个失望的女人什么事都做得出来”，绝不在乎他那点儿痛痒。我引为遗憾的就是，这样一个充实的戏剧性的人物，作者却

① 在男子中间，我最感到兴趣的，是二少爷周冲。作者写他追求四凤，最后宣告道：“不，不，我忽然发见……我觉得……我好像并不是真爱四凤；以前——我，我，我——大概是胡闹！”作者要写出一个春情发动时期的少年给我们看：周冲爱的不是女人，而是女性，或者再深刻些，是他那点儿赤子之心的理想。一句话，他爱的是爱情。在这出戏里，他最无辜。我觉得他死得实在可惜。不能不叫他死吗，亲爱的作者？你连一点安慰也不给我们，多狠心的人！为了报复起见，我得指摘两句。作者把周冲当作一个大人看待，写他爱一个女孩子，同时绝不透出他爱的只是自己那点儿憧憬，直到最后要紧关头，才叫他硬生生改口，未免突兀。他和他哥哥爱一个女孩子。我们一直希望他们冲突，结局却用他轻轻一改口，抹掉他在戏里的位置，毫无纠纷发生，未免令人失望。那么，要他干什么，仅仅就为作一个陪衬吗？我替周冲抱不平。所以同样的性格，作者就把周冲写失败了。法国十八世纪唯一的大喜剧家包马哟(Beaumarchais)(现译博马舍——编者注)，在他《费嘉洛的婚姻》(*Le Mariage de Figaro*)里，就把谢瑞班(Cherubin)写活了。

不把戏全给她做。戏的结局不全由于她的过失和报复。[1]

说实话，别瞧作者创造了那样一个真实的人物，作者的心力大半用在情节上，或者换一句话，用亚里士多德的术语，情节就是动作的动作上。在这一点，作者全然得到他企望的效果。我害怕，过了分也难说。第一次读完这出戏，我向朋友道：这很像电影。直到现在，我还奇怪上海的电影公司何以不来采用它，如若不是害怕有伤风化，那便是太不识货了。朋友告诉我，他喜欢这出戏，因为这简直是一部动人的小说。实际我的感觉或许不错，不过朋友以为绝像一部小说，却过甚其辞了。因为《雷雨》虽有这种倾向，仍然不失其为一出动人的戏，一部具有伟大性质的长剧。作者卖了很大的气力，这种肯卖气力的精神，值得我们推崇，这里所卖的气力也值得我们敬重。作者如若稍微借重一点经济律，把无用的枝叶加以删削，多集中力量在主干的发展，用人物来支配情节，则我们怕会更要感到《雷雨》的伟大，一种罗曼谛克、狂风暴雨的情感的倾泻，材料原本出自通常的人生，因而也就更能撼动一般的同情。

原载《大公报(天津)》1935 年 8 月 31 日《小公园》副刊

① 作者用力把重心点放在周太太身上，甚至于牺牲了周老爷的内心，我们完全同意。不过作者的头绪似乎多了些，而第四幕必须结束，于是就剩下我们受惊，也不知道同情谁好了。我们的注意力反而散在不知谁的身上去了。实际是，作者要我们同情他所有的人物，特别是两个疯了的太太。

《雷雨》及其作者

丁　戈

患着贫血症的中国剧坛，对于创作剧本尤其感着极度的缺乏。因此，一个较完整如《雷雨》的长剧，能博得读者和观众一致的赞美，那决不是一件偶然的事情。关于这篇剧本的写作和上演的批评文字，散见于报章杂志已有不少。这里只说一点个人的读后感。

作者为他这作品所给付的时间和精力都是异常可惊的。一篇近二十万字的长剧，而每字每句都会经过一番斟酌，作者认真的态度实为他人所不及。总观全剧，其技巧方面已是超过水平，甚至可以说是成熟。这一点作者应当感谢丰富的舞台经验的赐予。然而我们相信这篇东西决不是作者的杰作。因为作者受着传统力量的束缚，未能充分发挥他的才力。他的将来的成功，仍是要靠他的继续努力的。

作者写作的技巧，无疑的是受了易卜生的影响。这是不足为怪的，因为作者大部分戏团生活，都曾和易卜生发生了关系。他和易卜生一样的懂得如何布置一篇剧的结构，把舞台上人物的命运都操在他自己的笔尖上。因了作者太多着力于剧情的刻画，希图在这一点上抓住观众和读者的注意，于是就不免有些近于 melodramatic 的气息了。作者最成功的一点是人物的描写，这自然也是易卜生的授与。他会使一个人物的个性从他自己和旁人的嘴里轻巧的流露出来。不过他没有易卜生那样对自己的信心，所以他仍不得不用作者的口气给以详细的客观的渲染。

剧前的序幕和剧后的尾声，是作者的一个新的尝试。（严格的说，只是新的模拟。）同时也是作者唯一离开易卜生的尝试。然而，这尝试是失败了的。最大的原因是这一头一尾和剧的主体太不黏合，无论以事实或以情调论，那都是截然不能联贯的东西。如果是作一篇传奇读，这也许能增加读者的兴味，然而为了上演，这头尾就成了赘疣，那不但是毫无裨益，而且会破坏了整剧的统一性。

有着二十年历史的中国戏剧运动，始终未有迈过易卜生时代者，这不能不说是一件可异的事。我们并非否认易卜生以往对戏剧的功绩，然而我们怀疑他今后对剧运的价值。大战后的世界剧坛渐次离开写实主义的圈子，开始拓殖一个新的境界。这无疑的是要顺从戏剧观众的要求。这时代的观众对于易卜生那种繁复严整冷酷的手法已经渐渐感觉厌烦，他们所要求的乃是简单直觉白热的东西。

中国观众受了数十年来所谓旧剧的熏陶，对于太需要理解的剧本是难得接受的。因此，一向拼命上演易卜生之类的戏剧运动，就不能不归于失败了。我们觉得，要剧运能成功，必须由从事剧运者，尤其是剧作家，收起一切偏见，抛开个人癖嗜，彻底的去了解中国现在需要怎样的戏剧。“戏剧大众化”已是大家公认正确的路子，然而一个如《雷雨》的剧本，能为大众所接受吗？

无论以才力或是以经验论，《雷雨》的作者都是极有希望的。但这并非说《雷雨》这剧本能有什么特殊的价值，那最多不过是作者一个较有成绩的试验而已。作者以往并未有任何作品，而这第一次的尝试作能唤起普遍的注意，这足以证明作者有着丰富的能力。不过作者要对中国剧运有一点贡献，那决不是《雷雨》所能担负起来的。

作者对人生的认识太不够，这是主要的关键。我们并不迷信年龄和作品的关系，然而我们却相信要了解人生决不是从书本上可以得到的。以《雷雨》所表现的看来，作者所认识的人生不过是极狭隘的一隅。他只偶然的抓到一点，然后凭借自己的想象，加意描绘，使之扩大，能供为一篇长剧的题材。作者最初得到的主意，只是长子与继母的错综的种种关系。此外便都是东拼西凑的了。以整个的故事而论，那样离奇而巧合的情节，在现实人生中是找不到的。这一点可以说明作者并没有普遍的观察人生，他不过是利用传奇的故事，来博得观众的惊奇而已。

此外，关于技巧方面，作者虽然有了相当的成就，然而他似又过重琐碎的雕饰，使人觉出来是作者有意的搬弄。他用着易卜生最擅长的手法，把整个的情节在前三幕中尽量的展开，而加强了末一幕的力量，又完全集中在幕前三个人的死。不过作者在这最紧要的地方，却没有替他的角色安排一个适当场面。被电死的两个的结局过于牵强，而用手枪自杀的一个又失之庸俗了。

我们为了对于《雷雨》的作者怀着莫大的期望，所以不惜给以苛刻的批评。最后，我们希望他能多认识人生，多锻炼技巧，同时更能实际参加戏剧运动，多多了解观众。

原载《益世报（天津）》1935 年 9 月 27 日第 14 版

《雷雨》的检视

文　干

形式至上主义者，当以为一场戏剧之能否成功，全视乎导演者的手法与演员的表现是否优秀而定。不错，巧妙的手法与动人的表演，都足以增高戏剧的价值，但戏剧价值之决定者，却属于剧本的内容。因此，我们对于复旦剧社这次公演（第十九次）的剧本，似乎有加以检视的必要。

不管公演的是谁的《雷雨》，我们对他需要检视，现在且让我们来检视一下这次公演的曹氏的《雷雨》罢。

复旦剧社这次公演的剧本，据说是《雷雨》。说到《雷雨》，就使人想到俄国写实主义戏剧先锋奥斯脱罗夫斯基的《雷雨》来了，如果戏剧社能公演这剧的话，那是难能可贵的。不过，据剧社的报告，这次所公演的，并不是奥氏的《雷雨》，而是清华大学曹禺的《雷雨》。

曹氏的《雷雨》，是一出描写旧家庭中所发生的悲剧。悲剧，在题材与手法的处理上，都比喜剧来得困难，假使悲剧题材处理不当，就会走入感伤主义之途径上；手法处理疏忽，就会流入阴沉、苦涩的空气中，这是无容否认的。

在读过《雷雨》原著后，笔者觉得著者对于题材的处理，很能把握着现实，不致流入感伤主义之途径上。剧本的故事是这样开展的，一个矿务董事长的儿子，爱上了一个工人的妹妹，而她，就是董事长的私生儿，她经不起他的强迫，触电自杀了，而他，也因为救她而被电灼死。现实家庭的丑恶、虚伪，都被暴露无遗了，而现代矿场的罪恶，也轻轻地表现出来。

至于手法的处理，则全剧空气未免流于阴郁，正如华明先生在《本季的复旦剧社》一文中所引欧阳予倩先生的话一样，这剧阴郁的成分，是超过观 *Rats of Norway* 的。因为过于阴郁，其引起观众感情的力量，就会减少了许多，这是一件遗憾的事。

遗憾，在遗憾中，笔者觉得有一点喜悦，为什么呢？因为这剧能将现实社会的丑恶暴露。在现代社会下，所谓家庭制度是被破坏无遗了，如果要将现代家庭制的秩序形容出来，那么“黑暗”“混乱”几字就最好不过。如果形容还不够，要用具体的语句表现出来，那么就是家庭的黑暗，个人肉欲的高潮，婚姻之不自由，诱奸，私生子，自杀，血统的混乱，种族的无政府，一切一切，就是现代家庭秩序的特征，而其构成的因素，就是现代社会的机构，这些，那些，都在《雷雨》中表现出来。

这里有一点要注意的，就是《雷雨》的罗曼蒂克的气氛是过于浓厚了，会使读者不易透视到现代社会的黑暗，因而忽视了这剧的社会价值。

无论如何，在艰难困苦中的复旦剧社已决定公演这难以排演的《雷雨》了，精神是值得羡佩的。导演者的手法，演员的表演，还待演出后再讨论罢。

原载《复旦大学校刊》1935 年 10 月 28 日第 215 期

读《〈雷雨〉的检视》后

白　榴[1]

在上一期本刊上读到文干先生《〈雷雨〉的检视》一文，我很高兴关心话剧毕竟有人。他的持论，大致是正确的，譬如像下面的几句就很有是处：

……如果要将现代家庭制的秩序形容出来，那么“黑暗”“混乱”几字就最好。不过……一切一切都是现代家庭秩序的特征，而其构成的因素，就是现代社会的机构……

不过，或者因为文干先生不能如一个演员熟读烂读一个剧本的原故，不免在那说的话中就留下了可以商榷的余地。

首先，故事的发展，显然地不完全与文干先生所摘录的吻合，四凤（她并非如文干先生所说的私生儿）之死并非“经不起他的强迫”而“触电自杀”的。这虽然不是重要的一点，然而误解了故事，是容易连带地使人误解那借故事表现出来的意义的。

其次——这也是我欲与文干先生商榷最重要的一点，华明先生在《本季复旦剧社》一文中虽曾引及欧阳先生的话，说《雷雨》全剧的空气比 *Rats of Norway* 还阴郁，但并未说这就成了足以令人“遗憾”的地方。可是文干先生却以为“因为过于阴郁，其引起观众感情的力量，就会减少许多”，这话是不尽然的，使全剧空气阴郁化正是剧作者的手法，正欲以此而引起观众浓厚的感情的吧。现在复旦剧社还没演出，无以确证我的话，可是我是这样相信着了。

再其次，文干先生以为《雷雨》罗曼谛克气息过于浓厚，会使人不易透视其黑暗面，因而忽视了它的社会价值。在这一点上我有两点要说：第一，《雷雨》罗曼谛克气息是脱不了的，因为这无疑地受了那避重就轻的题材之限制，不过其罗曼谛克的气息也不像文干先生所说的那样浓厚罢了。第二，谈到一个剧本使人完全明白其社会意义和其社会价值，这叫人想起读者和观众的程度问题，不说远吧，单说上一季复旦剧社所公演的《委曲求全》吧，那该是多么明显地讽刺了暴露了丑恶的现实了呢，可是从许多观众的嘴里，听到他们所能记忆的是：校董校长风流，王太太风流，王先生是活乌龟……所以，倘使《雷雨》将来之演出一样使人忽略其社会价值，那也并不能完全归咎

① 作者为复旦剧社成员丁伯骝——编者注。

于罗曼谛克气息浓厚的缘故。

话止于此了。最后我重要复说一下的是：文干先生对于《雷雨》所"喜悦"的一点——即本文走上来所引的一段，是最值得重视的！

原载《复旦大学校刊》1935年11月4日第216期

我如何写《雷雨》①

曹　禺

我不知道怎样来表白我自己，素来我有些忧郁而暗涩；纵然在人前我有时也显露着欢娱，在孤独时却如许多精神总不甘于凝固的人，自己是不断地来苦恼着自己，这些年我不晓得“宁静”是什么，我不明了我自己，我没有希腊人所宝贵的智慧——“自知”。除了心里永感着乱云似的匆促，切迫，我从不能在我的生活里找出个头绪。所以当着要我来解释自己的作品，我反而是茫然的。

我很钦佩有许多人肯费了时间和精力，使用着说不尽的语言来替我的剧本下注脚；在国内这些次公演之后更时常地有人论断我是易卜生的信徒，或者臆测剧中某些部分是承袭了 Euripides 的 *Hippolytus* 或 Racine 的 *Phèdre* 的灵感。认真讲，这多少对我是个惊讶。我是我自己——一个渺小的自己：我不能窥探这些大师们的艰深，犹如黑夜的甲虫想象不来白昼的明朗。在过去的十几年，固然也读过几本戏，演过几次戏，但尽管我用了力量来思索，我追忆不出哪一点我是在故意模拟谁。也许在所谓“潜意识”的下层，我自己欺骗了自己：我是一个忘恩的仆隶，一缕一缕地抽取主人家的金线，织好了自己丑陋的衣服，而否认这些褪了色（因为到了我的手里）的金丝也还是主人家的。其实偷人家一点故事，几段穿插，并不寒伧。同一件传述经过古今多少大手笔的揉搓塑抹，演为种种诗歌、戏剧、小说、传奇也很有些显著的先例。然而如若我能绷起脸，冷生生地分析自己的作品（固然作者的偏爱总不容他这样做），我会再说，我想不出执笔的时候我是追念着哪些作品而写下《雷雨》，虽然明明晓得能描摹出来这几位大师的遒劲和瑰丽，哪怕是一抹、一点或一勾呢，会是我无上的光彩。

我是一个不能冷静的人，读自己的作品恐怕也不会例外。我爱着《雷雨》如欢喜在溶冰后的春天，看一个活剌剌的孩子在日光下跳跃，感觉如在粼粼的野塘边偶然听得一声青蛙那样的欣悦。我会呼出这些小生命是交付我有多少灵感，给与我若何的兴奋。我不会如心理学者立在一旁，静观小儿的举止，也不能如试验室的生物学家们，运用理智的刀来支解分析青蛙的生命，这些事应该交与批评《雷雨》的人们。他们知道怎样解剖论断：哪样就契合了戏剧的原则，哪样就是背谬的。我对《雷雨》的了解只是有如母亲抚慰自己的婴

① 本文最初发表于《大公报》，收入 1936 年文化生活出版社《雷雨》单行本时改为《雷雨·序》——编者注。

儿那样单纯的喜悦，感到的是一团原始的生命之感。我没有批评的冷静头脑，诚实也不容许我使用诡巧的言辞黠狡地袒护自己的作品；所以在这里（一个天赐的表白的机会），我知道我不会说出什么。这一年来批评《雷雨》的文章确实吓住了我，它们似乎刺痛了我的自卑意识，令我深切地感触自己的低能。我突地发现它们的主人了解我的作品比我自己要明切得多。他们能一针一线地寻出个原由，指出究竟，而我只有普遍地觉得不满、不成熟。每次公演《雷雨》或者提到《雷雨》，我不由己地感觉到一种局促，一种不自在，仿佛是个拙笨的工徒，只图好歹做成了器皿，躲到壁落里，再也怕听得顾主们恶生生地挑剔器皿上丑恶的花纹。

我说过我不会说出什么来。这样的申述也许使关心我的友人们读后少一些失望。累次有人问我《雷雨》是怎样写的，或者《雷雨》是为什么写的，这一类的问题。老实说，关于第一个，连我自己也莫明其妙；第二个呢，有些人们已经替我下了注释，这些注释有的我可以追认——譬如"暴露大家庭的罪恶"——但是很奇怪，现在忆起三年前提笔的光景，我以为我不应该用欺骗来炫耀自己的见地，我并没有显明地意识着我是要匡正、讽刺或攻击些什么。也许写到末了隐隐仿佛有一种情感的汹涌的流来推动我，我在发泄着被抑压的愤懑，毁谤着中国的家庭和社会。然而在起首，我初次有了《雷雨》一个模糊的影象的时候，逗起我的兴趣的，只是一两段情节，几个人物，一种复杂而又原始的情绪。

《雷雨》对我是个诱惑。与《雷雨》俱来的情绪蕴成我对宇宙间许多神秘的事物一种不可言喻的憧憬。《雷雨》可以说是我的"蛮性的遗留"，我如原始的祖先们对那些不可理解的现象睁大了惊奇的眼。我不能断定《雷雨》的推动是由于神鬼，起于命运或原于哪种显明的力量。情感上《雷雨》所象征的对我是一种神秘的吸引，一种抓牢了我心灵的魔。《雷雨》所显示的，并不是因果，并不是报应，而是我所觉得的天地间的"残忍"（这种自然的"冷酷"四凤与周冲的遭际最足以代表，他们的死亡自己并无过咎）。如若读者肯细心体会这番心意，这篇戏虽然有时为几段较紧张的场面或一两个性格吸引了注意，但连绵不断地若有若无地闪示这一点隐秘——这种种宇宙里斗争的"残忍"和"冷酷"。在这斗争的背后或有一个主宰来使用它的管辖。这主宰，希伯来的先知们赞它为"上帝"，希腊的戏剧家们称它为"命运"，近代的人们抛弃了这些迷离恍惚的观念，直截了当地叫它为"自然的法则"。而我始终不能给它以适当的命名，也没有能力来形容它的真实相。因为它太大，太复杂。我的情感强要我表现的，只是对宇宙这一方面的憧憬。

写《雷雨》是一种情感的迫切的需要。我念起人类是怎样可怜的动物，带着踌躇满志的心情，仿佛是自己来主宰自己的运命，而时常不是自己来主宰着。受着自己情感的或者理解的捉弄，一种不可知的力量的——机遇的或者环境的——捉弄；生活在狭的笼里而洋洋地骄傲着，以为是徜徉在自由的天地里、称为万物之灵的人物，不是做着最愚蠢的事么？我用一种悲悯的心怀来写剧中人物的争执。我诚恳地祈望着看戏的人们也以一种悲悯的眼来俯视这群地上的人们，所以我最推崇我的观众，我视他们如神仙，如佛，如先知，我献给他们以未来先知的神奇。在这些人不知道自己的危机之前，蠢蠢地动着情感，劳着心，用着手，他们已彻头彻尾地熟悉这一群人的错综关系，我使他们征兆似的觉出来这蕴酿中的阴霾，预知这样不会引出好结果。我是个贫穷的主人，但我请了看戏的宾客升到上帝的座，来怜悯地俯视着这堆蠕蠕的生物，他们怎样盲目地争执着，泥鳅似的在情感的火坑里打着昏迷的滚，用尽心力来拯救自己而不知千万仞的深渊在眼前张着巨大的口。他们正如一匹跌在泽沼里的羸马，愈挣扎，愈深沉地陷落在粘黏着死亡的泥坑里。周萍悔改了"以往的罪恶"。他抓住了四凤不放手，想由一个新的灵感来洗涤自己。但这样不自知地犯了更可怕的罪恶，这条路引到死亡。蘩漪是个最动人怜悯的女人。她不悔改，她如一匹执拗的马，毫不犹疑地踏着艰难的老道。她抓住了周萍不放手，想重拾起一堆破碎的梦而救出自己，但这条路也引到死亡。在《雷雨》里，宇宙是如一口残酷的井，落在里面，怎样呼号也难逃脱这黑暗的坑。自一面看，《雷雨》是一种情感的憧憬，一种无名的恐惧的表征。这种憧憬的吸引恰如儿稚时谛听脸上划着经历的皱纹的父老们，在森森的夜半，津津地述说坟头鬼火、野庙僵尸的故事，皮肤起了恐惧的寒栗，墙角似乎晃着摇摇的鬼影。然而奇怪，这"怕"本身就是个诱惑。我挪近身躯，咽着兴味的口水，心惧怕地忐忑着，却一把握着那干枯的手，央求"再来一个！再来一个！"所以《雷雨》的降生是一种心情在作祟，一种情感的发酵，说它为宇宙一种隐秘的理解乃是狂妄的夸张，但以它代表个人一时性情的趋止，对那些"不可理解的"起了莫名的爱好，在我个人短短的生命中是显明地划成一道阶段。

与这样原始或者野蛮的情绪俱来的还有其他的方面，那便是我性情中郁热的氛围。夏天是个烦躁多事的季节，苦热会逼走人的理智。在夏天，炎热高高升起，天空郁结成一块烧红了的铁，人们会时常不由己地更归回原始的野蛮的路，流着血，不是恨便是爱，不是爱便是恨；一切都走向极端，要如电如雷地轰轰地烧一场，中间不容易有一条折衷的路。代表这样的性格的是周蘩漪，是鲁大海，甚至于是周萍，而流于相反的性格，遇事希望着妥协、缓冲、敷衍的是周朴园，以至于鲁贵。但后者是前者的阴影，有了他们前者才显得明亮。鲁妈、四凤、周冲是这明暗的间色，他们做成两个极端的阶梯。所以在《雷雨》的氛围里，周蘩漪最显得调和。她的生命烧到雷火一样地白热，也有它一样的短促情感，郁热，境遇激成一朵艳丽的火花。当着火星也消灭时，她的生机也顿时化为乌有。她是一个最"雷雨的"（这是我的杜撰，因为一时寻不出适当的形容）性格，她的生命交织着最残酷的爱和最不忍的恨，她拥有行为上许多的矛盾，但没有一个矛盾不是极端的，"极端"和"矛盾"是《雷雨》蒸热的氛围里两种自然的基调，剧情的调整多半以它们为转移。

在《雷雨》的八个人物，我最早想出的，并且也较觉真切的是周蘩漪，其次是周冲。其他如四凤，如朴园，如鲁贵，都曾在孕育时给我些苦痛与欣慰，但成了形后反不给我多少满意。（我这样说并不说前两个性格已成功，我愿特别提出来只是因为这两种人抓住我的想象。）我欢喜看蘩漪这样的女人，但我的才力是贫弱的，我知道舞台上的她与我原来的企图，做成一种不可相信的参差。不过一个作者总不自已地有些姑息，对于蘩漪我仿佛是个很熟的朋友，我惭愧不能画出她一幅真实的像，近来盼望着遇见一位有灵魂、有技能的演员扮她，交付她血肉。我想她应该能动我的怜悯和尊敬，我会流着泪水哀悼这可怜的女人的。我会原谅她，虽然她做了所谓"罪大恶极"的事情——抛弃了神圣的母亲的天责。我算不清我亲眼看见多少蘩漪。（当然她们不是蘩漪，她们多半没有她的勇敢。）她们都在阴沟里讨着生活，心偏天样地高；热情原是一片浇不熄的火，而上帝偏偏罚她们枯干地生长在沙碛上。这类的女人许多有着美丽的心灵，然为着不正常的发展，为环境所窒息，她们变为乖戾，成为人所不能了解的，受着人的嫉恶，社会的压制；这样抑郁终身，呼吸不着一口自由的空气的女人，在我们这个现社会里不知有多少吧。在遭遇这样的不幸的女人里，蘩漪自然是值得赞美的。她有火炽的热情，一颗强悍的心，她敢冲破一切的桎梏做一次困兽的斗。虽然依旧落在火坑里，情热烧疯了她的心，然而不是更值得人的怜悯与尊敬么？这总较阉鸡似的男子们为着凡庸的生活怯弱地度着一天一天的日子更要为人所佩服的。

有一个朋友告诉我：他迷上了蘩漪。他说她的可爱不在她的"可爱"处，而在她的"不可爱"处，如若以寻常的尺来品衡她，她实在没有几分赢人的地方。不过聚许多所谓"可爱的"女人在一处，便可以鉴别出她是最富于魅惑性的。这种魅惑不易为人解悟，正如爱嚼姜片的才道得出辛辣的好处。所以必需有一种明白蘩漪的始能把握着她的魅惑，不然，只单觉得阴鸷可怖的。平心讲，这类女人总有她的"魔"，是个"魔"便有它的尖锐性。也许蘩漪吸住人的地方是她的尖锐。她是一柄犀利的刀，她愈爱的，她愈要划着深深的创痕。她满蓄着受着抑压的"力"，这阴鸷性的"力"怕是造成这个朋友着迷的原故。爱这样的女人需要有厚的口胃，铁的手腕，岩似的恒心，而周萍，一个情感和矛盾的奴隶，显然不是的。不过有人会问为什么她会爱这样一棵弱不禁风的草，这只好问她的运命，为什么她会落在周朴园这样的家庭中。

提起周冲，蘩漪的儿子，他也是我喜欢的人。我看过一次《雷雨》的公演，我很失望，那位演周冲的人有些轻视他的角色，他没有了解周冲，他只演到痴憨——那只是周冲粗犷的肉体——而忽略他的精神。周冲原是可喜的性格。他最无辜，而他与四凤同样遭受了惨酷的结束。他藏在理想的堡垒里，他有许多憧憬，对社会，对家庭，甚至对爱情。他不能了解他自己，他更不了解他的周围。一重一重的幻念茧似的缚住了他。他看不清社会，他也看不清他所爱的人们。他犯着年青人 Quixotic 的病，有着一切青春发动期的青年对现实那样的隔离。他需要现实的铁锤来一次一次地敲醒他的爱：在喝药那一景，他才真认识了父亲的威权所笼罩了的家庭。在鲁贵家里，忍受着鲁大海的侮慢，他才发现他和大海中间隔着一道不可填补的鸿沟。在末尾，蘩漪唤他出来阻止四凤与周萍逃奔的时候，他才看出他的母亲完全不是他所想的，而四凤也不是能与（他）在冬天的早晨，明亮的海空，乘着白的帆船，向着无边的理想航驶去的伴侣。连续不断的失望绊住他的脚，每次的失望都是一只尖利的锥，那是他应得的刑罚。他痛苦地感觉到现实的丑恶，一种幻灭的悲哀袭击他的心。这样的人即便不为"残忍"的天所毁灭，他早晚会被那绵绵不尽的渺茫的梦掩埋，到了与世隔绝的地步。甚至在情爱里，他依然认不清真实。抓住他的心的并不是四凤，或者任何美丽的女人。他爱的只是"爱"，一个抽象的观念，还是个渺茫的梦。所以当着四凤不得已地说破了她同周萍的事，使他伤心的却不是因为四凤离弃了他，而是哀悼着一个美丽的梦的死亡。待到连母亲——那是十七岁的孩子的梦幻画得最纯洁而慈恺的母亲——那样丑恶地为着情爱痉挛地喊叫，他才彻头彻尾地感觉到现实的粗糙。他不能再活下去，他被人攻下了最后的堡垒——青春期的儿子对母亲的那一点怀慕。他于是整个死了他生活最宝贵的部分——情感的激荡。以后那偶然的或者残酷的肉体的死亡对他算不得痛苦，也许反是最适当的了结。其实，在生前他未始不隐隐觉得他是追求着一个不可及的理想。他在鲁贵家里说过他的白日梦，那一段对着懵懂的四凤讲的"海，……天，……船，……光明，……快乐"的话（那也许是个无心的讥讽，他偏偏在那样地方津津地说着他最超脱的梦，那地方四周永远蒸发着腐秽的气息，瞎子们唱着唱不尽的春调，鲁贵如淤水塘边的癞蛤蟆哓哓地噪着他的丑恶的生意经）。在四凤将和周萍同走的时候，他只说："我觉得，……我好像是……我仿佛并不是爱四凤，我爱的是……"于是他慷慨地让四凤跟着周萍离弃了他。这不像一个爱人在申说，而是一个梦幻者探寻着自己。这样的超脱，无怪乎落在情热的火坑里的蘩漪是不能了解的了。

理想如一串一串的肥皂泡荡漾在他的眼前，一根现实的铁针便轻轻地逐个点破。理想破灭时，生命也自然化成空影。周冲是这烦躁多事的夏天里一出春梦。在《雷雨》郁热的氛围里，他是个不调和的谐音，有了他，才衬出《雷雨》的明暗，他的死亡和周朴园的健在都使我觉得宇宙里并没有一个智慧的上帝做主宰。而周冲来去这样匆匆，这么一个可爱的生命偏偏简短而痛楚地消逝，令我的情感要呼出"这确是太，太'残忍'的"。

写《雷雨》的时候我没有想到我的戏会为人演，但是为读者的方便，我用了很多的篇幅释述每个人物的性格。如今呢，《雷雨》的演员们可以藉此看出些轮廓。不过一个雕刻师总先摸清他的材料是有哪些弱点，才知用起斧子时哪些地方加谨慎，所以演员们也应该明了这几个角色的脆弱易碎的地方。这几个角色没有一个是一具不漏的网，可以不用气力网起观众的称赞。譬如演鲁贵的，他应该小心翼翼地做到"均匀""恰好"，不要小丑似的叫《雷雨》头上凸起了隆包，尻上长了尾巴，使它成了只是个可笑的怪物；演鲁妈与四凤的应该懂得"节制"（但并不是说不用情感），不要叫自己叹起来成风车，哭起来如倒海。要知道过度的悲痛的刺激会使观众的神经痛苦疲倦，再缺乏气力来怜悯，而反之，没有感情做柱石，一味在表面上下工夫更令人发生厌恶。所以应该有真情感，但是要学得怎样收敛、运蓄着自己的精力，到了所谓"铁烧到最热的时候再锤"，而每锤是要用尽了最内在的力量。尤其是在第四幕，四凤见着鲁妈的当口是最费斟酌的。两个人都需要多年演剧的经验和熟练的技巧，要找着自己情感的焦点，然后依着它做基准来合理地调整自己，成了有韵味的波纹。不要让情感的狂风卷扫了自己的重心，忘却一举一动应有理性的根据和分寸。具体说来，我希望她们不要嘶声喊嚎，不要重复地单调地哭泣。要知道这一景落眼泪的机会已经甚多，她们应该替观众的神经想一想，不应刺痛他们，使他感觉倦怠甚至于苦楚。她们最好能运用各种不同的技巧来表达一个单纯的悲痛情绪。要抑压着点，不要都发挥出来。如若必需有激烈的动作，请记着"无声的音乐是更甜美"，思虑过后的节制或沉静在舞台上更是为人所欣赏的。

周萍是最难演的，他的成功要看挑选的恰当。他的行为不易获得一般观众的同情，而性格又是很复杂的。演他，小心不要单调；须设法怎样充实他的性格，令我们得到一种真实感。还有，如若可能，我希望有个好演员，化开他的性格上一层云翳。起首便清清白白地给他几根简单线条，先画出一个清楚的轮廓，再慢慢地细描去。这样便井井有条，虽复杂而简单，观众才不会落在雾里。演他的人要设法替他找同情（犹如演蘩漪的一样），不然到了后一幕便会搁了浅，行不开。周朴园的性格比较是容易捉摸的，他也有许多机会做戏，如喝药那一景，认鲁妈的景，以及第四幕一人感触孤独寂寥的景，都应加一些思索（更要有思虑过的节制），才能演得深隽。鲁大海自然要个硬性的人来演，口齿举动不要拖泥带水，干干脆脆地做下去，他的成功更靠挑选的适宜。

《雷雨》有许多令人疑惑的地方，但最显明的莫如首尾的"序幕"与"尾声"。聪明的批评者多置之不提，这样便省略了多少引不到归结的争执。因为一切戏剧的设施须经过观众的筛漏；透过时间的洗涤，那好的会留存，粗恶的自然要滤出。所以我不在这里讨论"序幕"和"尾声"能否存留，能与不能总要看有否一位了解的导演精巧地搬到台上。这是个冒险的尝试，需要导演的聪明来帮忙。实际上的困难和取巧的地方一定也很多，我愿意将来有个机会来实验。在此地我只想提出"序幕"和"尾声"的用意，简单地说，是想送看戏的人们回家，带着一种哀静的心情，低着头，沉思地，念着这些在情热、在梦想、在计算里煎熬着的人们。荡漾在他们的心里应该是水似的悲哀，流不尽的，而不是惶惑的，恐怖的，回念着《雷雨》像一场噩梦；死亡，惨痛如一只钳子似的夹住人的心灵，喘不出一口气来。《雷雨》诚如有一位朋友说，有些太紧张（这并不是句恭维的话），而我想以第四幕为最。我不愿这样戛然而止，我要流荡在人们中间还有诗样的情怀。"序幕"与"尾声"在这种用意下，仿佛有希腊悲剧 Chorus① 一部分的功能，导引观众的情绪入于更宽阔的沉思的海。《雷雨》在东京出演时，他们曾经为着"序幕""尾声"费些斟酌，问到我，我写一封私人的信（那封信被冒然地披露出来是我至今想不明白的事），提到我把《雷雨》做一篇诗看，一部故事读，用"序幕"和"尾声"把一件错综复杂的罪恶，推……推到时间上非常辽远的处所。因为事理变动太吓人，里面那些隐秘不可知的东西对于现在一般聪明的观众情感上也仿佛不易明了，我乃罩上一层纱。那"序幕"和"尾声"的纱幕便给了所谓的"欣赏的距离"，这样看戏的人们可以处在适中的地位来看戏，而不致于使情感或者理解受了惊吓。不过演出"序幕"和"尾声"实际上有个最大的困难，那便是《雷雨》的繁长。《雷雨》确实用时间太多，删了首尾，还要演上四小时余，如若再加上这两件"累赘"，不知又要观众厌倦多少时刻。我曾经为着演出"序幕"和"尾声"想在那四幕里删一下，然而思索许久，毫无头绪，终于废然地搁下笔。这个问题需要一位好的导演用下工夫来解决，也许有一天《雷雨》会有个新面目，经

① Chorus：合唱队——编者注。

过一次合宜的删改。然而目前我将期待着好的机会，叫我能依我自己的情趣来删节，认真地搬到台上。

不过这个这个本头已和原来的不同，许多小地方都有些改动。这些地方我应该感谢颖如，和我的友人德瑞（巴金的化名——编者注）（谢谢他的友情，他病在医院为，还替我细心校对和改正），方序（靳以的笔名——编者注）和孝曾他们督催着我，鼓励着我，使《雷雨》才有现在的模样。在日本的，我应该谢谢秋田雨雀先生、影山三郎君和邢振铎君，有了他们的热诚和努力，《雷雨》的日译本才能出现，为它展开一片新天地。

末了，我将这本戏献给我的导师张彭春先生，他是第一个启发我接近戏剧的人。

原载《大公报》（天津版）1936 年 1 月 19 日

《雷雨》日译本序

曹　禺

承蒙秋田雨雀先生的推荐和三上于菟吉先生的厚意，译成日文的《雷雨》将由汽笛社出版，这是我从影山三郎、刑振铎二人最近给我的信中得知的。这个消息使作者感到惊异。不仅如此，这惊异恐怕使我深深地感到不能充分地表达自己的感情，除了说“荣幸……惭愧”之外，说不出别的话。一想到千里之外的两个朋友耗费了很多的时间，一句句地翻译这个冗长而累赘的故事，我只有由衷地表示感激。

我并不认为自己是个剧作家，丝毫也没想到自己的剧本会有人阅读、搬上舞台乃至译成日文。要不，我也会像许多天才作家一样不高兴，对时代不了解自己而愤慨。我是一个普通的人，只不过写了一个普通家庭可能发生的故事而已。因此，即使它会引起日本朋友的注目，那无疑也只是暂时的，说不定他们将来会醒悟到这种做法的轻率，会发现选中这个作品本身就是一个大错误。我想，这部作品会像水草下的鸟影一样飘然而过，也不知消失在何方。然而，对那种生命我并不感到可惜。何以如此呢？这是因为尊敬的日本朋友为它溅起的一时涟漪，对我来说已是预料之外的事了。对于远方的朋友，出于同情给《雷雨》带来了一个崭新的天地，我衷心表示感谢。

那么，我是如何表现自己的呢？我这个人胆小谨慎、忧郁、爱挑剔，不能理解自己。我缺乏希腊人的智慧——“自知之明”，心中只是乱云般的焦躁与一种不可摆脱的迫切的思绪。因此，当我谈论自己的作品时总是模糊不清的。

国内经多次公演后，许多批评家猜测我是三四个戏剧大家的信徒，乃至是灵感的继承者。正直的人们对我表示惊奇。我是我自己——一个渺小的自己。我到底不能窥知大师们苦炼后所达到的深奥，正像暗夜的甲虫不能想象白昼的明亮一样。过去十几年里，我读过几个剧本，也曾几次上过舞台，我拼命地怎么也想不出，究竟在哪一点上得到他人的东西，哪怕很少的一点，这或许是所谓“潜在意识”的下面被隐瞒着也未可知。我或许是不知恩的仆人，从主人家抽取一根根金丝，织成自己的丑陋的衣裳，却说这是我自己的，否认金丝是主人家的。自己如若能得到大师们的秀丽，哪怕一抹一点一句，对我就是莫大的荣幸了。

我生来不会冷静的谈吐，自然，谈论自己的作品也不例外。我喜爱《雷雨》，就好像在冰雪消融的春天，满怀喜悦地望着阳光下活泼乱跳的孩子一般。这种喜悦之情如同在粼粼闪光的池塘旁，冷不防传来一声蛙叫时一样，从这种小生命，我获得了各种灵感和兴奋。我不会像心理学家那样，冷静地观察儿童的举止，也不会像实验室里的生物学家那样，用理智的手术刀解剖和分析青蛙的生命。我对于《雷雨》，只不过如同母亲喜爱自己的孩子那样的喜悦。我不懂得冷静地谈吐的诀窍。那类事情也许应该委托给《雷雨》的批评家去办。事实上，这两年对《雷雨》的批评使得我发现，正是这些批评家们，对我作品的理解远远超过了我本人。甚至对为什么写《雷雨》这一问题，许多人也替我加了注释。当然，对此我予以承认，但是，我不能清楚明了地说，我是有意识地想要匡正什么，或讽刺、攻击什么。有时，我也想道，也许是某种模模糊糊的感情的驱使、流露出一种受压抑的愤怒，并对中国的家庭和社会进行了谴责。可是，最初出现模糊的构思时，使我感到兴奋的，不仅仅是一二个主题和几个人物，也不是因果报应，而是存在于这个世界上的“残忍”和“冷酷”。倘若读者试图知道这些的话，就会被其中若干比较紧张的场面或一二个人物的性格所吸引，而且通过全篇会理解忽隐忽现的斗争的“残忍”与“冷酷”。这个斗争的背后也许存在着某种东西，希伯莱先知们把它称为“神”，希腊剧作家称之为“命运”，近代人则抛弃这类模糊观念，把它叫作“自然法则”。

然而，那究竟是什么呢？……

总之，一种急迫的情感的积郁，使我执笔写了《雷雨》。

一九三六年一月十五日于天津

（张靖译）

原载影山三郎《雷雨》日译本，汽笛出版社 1936 年 2 月版

《雷雨》及其作者

王其居

一月十九日，大公报副刊《文艺》底星期特刊载出了一篇大约七千字的文章。《雷雨》底作者曹禺先生在《我如何写〈雷雨〉》的标题下，对于那作品及其中人物存在的社会意义，衷心地、严肃地抒发了自己底意见。

《雷雨》一剧，以沉重的步伐迈入中国剧坛，其精炼过的创作技巧，及浓重的悲剧成分，无疑地已收到了艺术的效果。在这种情形下，《我如何写〈雷雨〉》这篇文字，也就乖觉地，只将那创作的"骨"，依了作者的认识，提出在读者面前。

作者"心里永感着乱云似的匆促"，他是因为在受着"一种不可知的力量在捉弄"。

由于我们底艺术家底"欠安"，这作品的"骨"，也就禀赋了先天的风湿症，在那里隐隐作痛。

用了人对其所爱那种样的关心，试来对这作品的"骨"诊视一下，是可以被允许的吧。

《我如何写〈雷雨〉》这篇作者底自白，使我们诊视的进行更为应手；作者底感觉，是充分坚实而锐利的！

在创作《雷雨》这一紧张、细密、瑰丽的艺术外貌下面，还隐秘着什么东西呢？"这一点隐秘"，请作者来说，便是：

> "——这种种宇宙里斗争的'残忍'和'冷酷'。在这斗争的背后或有一个主宰来使用它的管辖。这主宰，希伯来的先知们赞它为'上帝'，希腊的戏剧家们称它为'命运'，近代人们抛弃了这些迷离恍惚的观念，直截了当地叫它为'自然的法则'。而我始终不能给它以适当的命名，也没有能力来形容它的真实相。因为它太大了，太复杂。我的情感强我表现的，只是对宇宙这一方面的憧憬。"

这里所谓"自然的法则"，不知作者如何理解。倘认为其存在是超人类、超社会，为人类智力所不能理解的，那么它和"上帝"是一家，我辈诚莫如之何。否则呢，我们就很愿意在此替作者声明保留，希望作者试去为这法则钻研一下！

由作者底宇宙观出发，而因此见到："人类是怎样可怜的动物"，"受着自己情感的或者理智的捉弄，一种不可知的力量的——机遇的或者环境的——捉弄"，并且他们"怎样盲目地争执着，泥鳅似的在情感的火坑里打着昏迷的滚，用尽心力来拯救自己"，结果是"这条路引到死亡"，"这条路也引到死亡"，在这些上面，纠结了作者的恐惧与悲哀。

法国资产阶级怎样骄傲地摘去了路易底王冠，至今由那些窳陋的西洋史教科书，也还能给人一个鲜明的影象。这一幕，那情节底紧张和对白底有力尚在其次，主要是：观众始

终有意识地赞美这一胜利！在资本主义社会底影响之下，观众对于王冠，起着意识的反叛作用！

犹如王冠是路易的装饰一样，“意识”便是社会的衣饰。那式样和色调，与衣者的内心有着“隐秘”的，不可分离的连系。

资产阶级怎样来改换路易的衣饰呢？

王冠什么的被抛进熔铁炉，封建社会那一套笨拙的执事，资产阶级将它巧妙地换了样式，装入保险箱里。

人们不再见封建社会笨拙讨厌的排场，从“神”底威严下解放出来，发达了“自我”意识。

《雷雨》，反封建地，强调着“自我”。然而也就在自我发展这一点上，遇着了封建的幽灵，结果竟一一为其窒死！

《雷雨》是整个地通过了资产阶级意识形态底艺术品吗？不是的！主人公如蘩漪、周萍，都只向着“爱”迈出了“自我”的一步；随着就想把自己的世界完全建筑在这固执的信念上面！他们“泥鳅似的在情感的火坑里打着昏迷的滚”。这种执着的信念，与其说它是资产阶级的，倒不如说是封建躯壳里的！如果这种封建哲学的“爱”不被窒死，而更进一步的话，则我们必将看见，它会更悲惨地粉碎在资产阶级社会秩序本身底矛盾里面！

所谓自由发展，资产阶级很绅士地只给了一个限制：人无论在日常生活上，或在宇宙观上，不能允许建立或依赖“保险箱”以外的任何体系！但这被允许的归宿，却又完全与资产阶级本身的利害相冲突。结果，资产阶级给人民的“自由”，只不过一场春梦！

不错，这是一场悲惨的纠葛，然而有什么神奇不可理解的成分存在着呢？主人公的意识，不是被某种特定的社会关系——而这种社会关系即被历史发展的必然法则所决定——所限定的吗？他们的“这条路引到死亡”，“这条路也引到死亡”，也正是那些意识支配下，不可避免的结果！也许那若干巧合是不可理解的，然而那毕竟只是巧合！巧合的事是并不太多的。况且有的地方，恐怕倒是为了增厚剧力而使然的吧。

在宇宙观上无出路，充塞满了世纪末的悲哀，《雷雨》代表着中间阶级底哀嚎，这里，有着它底社会意义。

“我并没有鲜明地意识着我是要匡正、讽刺或攻击些什么”，“说它（按：《雷雨》）为宇宙一部隐秘的理解乃是狂妄的夸张”，作者的这些自白是极为忠实的。

《雷雨》的作者对于人间底“残忍”和“冷酷”诚然未曾理解，然而，这竟是无法理解的吗？

资产阶级什么都用“自由竞争”来号召，而实际上它所炫耀的“自由”并不存在！一切“宇宙里斗争的”“残忍”和“冷酷”的表面化、刺目化，不是从这种土壤里长出来的惨痛的花吗？

《马赛曲》之后，资产阶级再也无力弹一支完整的调子，有的尽是些破败乐器发出来的噪音。劳动者傍着机器去了，剩下来的群众，那意识底步伐，便分散得异常零乱。在这种状态下，产生了所谓世纪末的悲哀，交织着各个阶级的各种烦恼。

阿尔志跋绥夫(M. Artsybashev)是这种型的艺匠,但他有大胆抉择的力量,虽然毕竟也是塞路。

目前的资产阶级连噪音也不再奏,所有的只是轰天的金鼓。我们的作者生活在浓重的火药气里,大约将不难找到人类的正路,而大步走去!

《雷雨》的单行本已于本月由文化生活社出版了。作者之前在本刊发表的自序也刊在原书之首。去年八月三十日《小公园》上曾有刘西渭先生对该剧的批评。

编者

原载《大公报(天津)》1936 年 2 月 7 日《文艺》副刊

《雷雨》[①]

海　流

为着并没有看过这个剧本在舞台上的演出，而欲给予它一个评价，也许得不到什么结果；不过，我们就这个剧本的本身，作一番忠实的“体验”，而由我们所感觉到的，说几句我们所想说的话，却也不是怎样不可能的事。

我们以为《雷雨》的产生，确实为目前中国艺坛一个极大的收获。剧作者曹禺先生，用着精密老练的手法，写出宇宙里的“残忍”与“冷酷”，在这一点上，作者是极端成功的。

《雷雨》为什么会成功一个绝大的悲剧呢？表面上看起来，那似乎是命运的作祟——现在有人谓之为自然的法则——可是在另一方面，未尝没有一只资产阶级的铁手在玩弄着或者说在压制着大多数的人类！此外就是剧中人物的极端与矛盾，正如作者在《我如何写〈雷雨〉》中所说：

> “周萍悔改了‘以往的罪恶’。他抓住了四凤不放手，想由一个新的灵感来洗涤自己。但这样不自知地犯了更可怕的罪恶，这条路引到死亡。蘩漪是个最动人怜悯的女人。她不悔改，她如一匹执拗的马，毫不犹疑地踏着艰难的老道。她抓住了周萍不放手，想重拾起一堆破碎的梦而救出自己，但这一路也引到死亡。”

进一步，我们以为造成这幕悲剧尖锐化的最大原因，却是他们间一种不“自然的”关系——人伦问题——关于这一点，第四幕末尾表现的最明显：周萍以为与他的后母蘩漪再爱下去，是一种莫大的痛苦，所以她爱上了四凤，他和四凤受了一次重大的打击之后，终于想逃跑，鲁妈（四凤的妈）含着泪悲伤地允许他们走，可是蘩漪不能够，她不能放过他们，她要指出他们的关系，那就是：鲁妈曾经与周朴园生下了周萍，复（因朴园不要了她）与鲁贵（四凤的父亲，现在周公馆的用人）生下了四凰（编者：应作凤）。蘩漪说这句话的时候，朴园，萍，冲（蘩漪的儿子），大海（鲁贵的儿子），凤，鲁妈都在这里，可以说是伤了各人的心，尤其是正想着度着爱情生活的周萍与四凤，简直即刻就要疯狂了。四凤美丽的梦被打破了，她由中门跑了出去——这正是午夜二时，外面大雨——给电触死了，周冲去救她，同归于尽。我认为冲的死更是不应当的，剧作者这样写没有多大道理的。接着，周萍用矿上的手枪，解决了自己的性命。这样便形成了这伟大的悲剧。也许有人说，蘩漪是个坏蛋，为什么要死命地拉着周萍呢？我却认为这是一件很自然的事；她还年青，她只比周萍大几岁，假使说因为她是周萍的后母，而不能企图与周萍去过春天的生活，这也不能怪她的现

① 曹禺作，载《文学季刊》第三期。《雷雨》的单行本已于上月由文化生活社出版。

在，只能怪她先前为什么要嫁给周朴园！此外，在同一个命运里，受着另一种痛苦的一个女人侍萍（即鲁妈）也是值得我们异常注意的人物，侍萍因为写那时年青，做周公馆的用人，给周朴园爱上了，算是娶了她，于是灾祸就来了。因周朴园要另娶过一人，终于把她迫走了，她生下的是周萍，而周萍便成了这悲剧的主角。怪谁呢？我们以为怪她（侍萍）为什么到这有钱的人家里来做用人。

在剧情上是够复杂的，同时，其悲剧的情分是浓重的。

有人说这个剧本只可当作文学作品读，似乎不尽然。不过，演出的时间上，因为有种种缘故，确也是一个值得讨论的问题。有些人主张把“序幕”与“尾声”删去，曹禺先生似乎不太高兴，不过，我们知道，“序幕”是写一个冬天的下午，天气很冷，并且有火炉，演员们又得穿皮衣或棉衣，而第一幕至第四幕是写夏天，出汗，挥扇子，穿纺绸，这样，演出的季节上，多少总有点困难，剧本所以与别的文字作品不同，当然不是没有理由的。为着这个原因，还是割爱的好。并且，据说这幕剧除了首尾，时间上尚须四小时余，这样更无办法。我想有机会搬到银幕上去，这个问题那就最容易解决，并且，我以为那样必然地更能得到更大的收获！

关于剧中人物个性的刻划，我认为周萍与蘩漪最为成功，例如第一九〇页——文学季刊——的对话：

萍：所以我就要走了，要叫我们见着，互相提醒我们最后悔的事情。

蘩：我不后悔。我向来做事没有后悔。

萍：我想，我很明白地对你表示过，这些日子，我没有见你，当然很明白。

蘩：很明白。

萍：那么，我是最糊涂、最不明白的人，我认后悔，为我生平做错了一件大事，我对不起自己，对不起弟，更对不起父亲。

蘩：但是你最对不起的人有一个，你反而轻轻地忘了。

萍：我最对不起的人，自然也有，但是我不必同你说。

蘩：（冷笑）那不是她，你最对不起的人是我，是你曾经引诱过的后母。

蘩：你欠了我一笔债，你对我负着责任，你不能看见了新世界就一个人跑。

除此以外，当然还有很多描写得很深刻、很迫真的地方，为节省篇幅起见，不能一一举出。再就是鲁贵的刻画，也挺过劲，差不多把一个低下人的一举一动都写得无余。鲁大海、周冲、鲁妈尤其是四凤无不是被刻画得一个一个活跃纸上，总之，这确实是一个成功的剧本。

这里要附带说一下的就是有许多对话，作者多加上了不必要的说明，实在是浪费的，例子很多，仍然为了上述的关系起见，恕未能引证；我想，这不过是作者用心过余的地方吧。

原载《每月文艺》1936 年 3 月 5 日第 1 卷第 4 期

《雷雨》(书评)

王运成

留意中国话剧的人,大都能感到优美话剧作品的产生,是怎样迫切的需要。固然,现在尽有人将外国的剧本,搬上中国的舞台。但是,那些并不能充分满足我们的需求,在语文风俗以及时代背景各方面,它并不能完全反映出中国社会的现实来。惟有中国的剧本,才能使中国人感觉到更大的亲切与兴奋,所以它底产生,也形成社会自身的要求。

比较着新颖,并且受人注意的剧本,就是曹禺先生所作的《雷雨》。这里,恕我大胆地对它提出一些意见,滥充它的书评。

雷雨剧的展开,是在《雷雨》过后,有一个老翁去医院探望两个病人:一个是他少年时代的情妇,一个是他底“发妻”。作者将这段过程当作序幕。

老翁周朴园,拥有矿产。他有两个儿子,大的叫萍是情妇所生;小的叫冲,是他底妻周蘩漪所生。在他离家两年的时间内,家里发生大变。萍和蘩漪在复杂情绪的冲动中,发生恋爱的关系。以后萍在彷徨悔悟的状态中,又占有了他家青年的女仆四凤,四凤底父亲鲁贵,就是他家的男仆。她的母亲鲁侍萍,是在某地一个学校做女仆的。

蘩漪为此燃起了妒火,特意把侍萍找来,要她把四凤带走。在这个关节,二十年前的冤偶,又逢到一起了——朴园发现四凤的娘,就是他弃掉的情妇。萍儿就是她给生的,而且代表矿工向他请愿的鲁大海就是萍儿的亲兄弟。

侍萍对他唯一的要求,便是看看她底第一个私生子——周萍。在见面后,朴园因为重视自己的“身份”就辞退全数鲁家的人。侍萍回家后,念着蘩漪的话,恐怕四凤蹈了她的覆辙。便再三地盘问她,但四凤没有说出真话,却在暴雨的一夜,重奔回周家。在那里,她窘迫地把真情告诉追来的侍萍与大海。这时只有鲁奶奶——侍萍——知道,他俩都是自己亲生的孩子。但是,她终究压抑着理智,答应四凤嫁给周萍。因为,四凤已怀了四月的孕了。

正在这时,蘩漪带着周冲出现了。她当着她唤来的朴园,积极的从中破坏。陷在这局面中的朴园,自觉他是这一切罪恶的根源。便将各人间的关系,全部说明。四凤听了奔出,周冲去拉。他俩都悲惨地,电死。周萍也用手枪自杀。

尾声中,老翁已探望过他疯了底妻。每年三十必要倚窗,期望他唯一的孩子——大海。回归的侍萍,仍旧狂人般倒卧在地上。

读过《雷雨》可以深切地体会到,一种酸楚的人生滋味。的确这故事是充满了悲剧的情调,这是它的好处,可也未尝不是坏处。因为,当实际的演出时,它会恰如作者所说的,给与观众过度的刺激。即或单纯地读它，也稍有这种倾向。幸亏作者在“序幕”和“尾声”中，加了些素淡的穿插，像两个旁观孩子的对话，使紧张的空气冲淡，也给与人们休息的功夫。

在大公报文艺副刊《我如何写〈雷雨〉》里，作者说过“‘序幕’和‘尾声’的用意，简单地说，是想送看戏的人们回家，带着一种哀静的心情……导引观众的情绪入于更宽阔的沉思的海”。不幸，我所看到公演的《雷雨》序幕与尾声都被删省掉。但是从书上所体会到的，起初觉得自己是流荡在一个回忆中，心情亢奋灼热得忍不住。可是尾声临到面前时，带给我的却是深致而又含蓄的滋味。从整个故事的波折上说，四凤周冲周萍三人的灭亡，如同给我一次剧烈的突击。尾声中不幸者歇斯底里(hysteria)的生活，却像那不断的苦水，滴滴的落在心上，永远延续着痛苦。

在《雷雨》的意识方面，作者比较着侧重在家族问题的检讨。它大胆地暴露现实的一角落，用事实代替歌颂和抨击。作者是生存于矛盾尖端的中国社会里，《雷雨》便是以这些矛盾做题材交织成的。不信的话，只须看看几个典型的人物就好了。

第一个典型是骄傲地维持着现状，想在这原则下面，以小的施舍，来洗净心灵的污迹的人。尽管理智是清明而且健全，但支配他的，却是情感上的矛盾。周朴园便是这样的人物，起初他感伤着，他弃掉的情妇死了，便怪样地纪念她，表示忏悔。更干脆地说，这便是人类惯于掩饰罪恶、宽恕自己的本性。可是当他发觉，她尚在人间，且已做了鲁贵妻的时候，又不由地顾虑犹疑起来。终归不顾她是在生活之鞭下，怎样折磨受苦。他所做的，只是想用些金钱去赎罪。虽然最后仍是从他口中把真实宣布了。可是，那不过是由于环境高度的逼迫罢了。这种人，在行为上是矛盾的结合体，个性上是妥协的，甚至于有些懦弱。

第二个典型是个性极强、自我表现也很烈的人。他们是罩在“全有或全无”的观念中(在这里，可以解作：不是爱，就是恨的意思)，周蘩漪就是它的代表，伟大的社会学家恩格斯(Friedrich Engels)曾说过：“虽然一夫一妻制，是近代的性爱，所由发展的一切为我们所知之家族形态中之惟一形态。但这并不是说，个人性爱完全的或主要的，当作夫妇相互之爱而发展。”显明的，这表明形式上与对偶家族(Pairing Family)划开的现行一夫一妻制，本质上仍不过罩上了件漂亮的外衣——女子单独受婚姻约束，男子却享着多妻的特权。蘩漪就是这父系社会里被摧残的妇女，因为周朴园给她的，只是张管教奴隶般的面孔。所以她才深深地恋上周萍，后来又被周萍撇开，便由爱转到恨。现实过度的使她不满，表现在她外部的自然是些“异态”。聪明的人说，这就叫“疯”。由爱转到恨，这是极端的矛盾，可是它的来源却是更值得研究的。

假如将第一种人看作消极的，第二种人便是积极的。理想的完美家族制，并不是要后者再统治前者，成为母权社会，而是要把“今日尚有力量足以左右配偶选择的一切经济顾虑，除去以后”，那时，使人们震撼的《雷雨》，才会必然的消灭掉。

曹禺先生对《雷雨》的人物，抱着下面的看法：“他们怎样盲目地争执着，泥鳅似的在情感的火坑里打着昏迷的滚……他们正如跌在泽沼里的羸马，愈挣扎，愈深沉地陷落在粘黏着死亡的泥坑里。”他对这些人物交织成的故事，也说过：“《雷雨》所显示的，并不是因果，并不是报应,而是我所觉得的天地间的'残忍'""我没有显明地意识着我是要匡正、讽刺或攻击些什么。"但是世间没有绝对的客观,一件作品中总有自我的流露。曹禺先生确曾在情感冲动时,"发泄着被压抑的愤懑,毁谤着中国的家庭和社会"。但是,那些都已化成《雷雨》的血肉,它使我们看到,动荡在崩溃边缘的中国家族社会的真相,我们所觉触的一部,便是与作者创作时并生的同感——残忍。因此《雷雨》可算是传递着作者思想,而且能反映出现实的作品。

以前说的,是家族部分的问题。可是读过作者的话后,《雷雨》显示的社会状态的检讨,也是值得重视的事实。周家和鲁家可以代表着现社会的两个阶级。两家里的尖锐冲突,是从那被人间的自然性摆布开的周萍和鲁大海。因为他们生活环境的悬殊,便培植成相反的个性思想。两人同为求生而斗争。他们的理想,前者是自我的,后者是为群众的。从各方面能看到,社会给与他们的待遇,是怎样的不平等。至于社会对于男女间约束的不平,在前面也已经论到。《雷雨》反映的社会,便是处处找得到矛盾和不平的现实。

艺术成就方面,它达到个相当美满的境界。特别在人物刻划的技巧上。作者雕塑出他们的形态,也清晰地造就他们的灵魂。

当蘩漪被读者认识后,有些人必然要惭愧地垂下头去。同时,意识到,被他们咀咒甚至践踏的妇女却怀着怎样伟大纯洁的人格美。对话中她的谩骂像一条条的鞭痕,抽在伪君子的心上。她的哀恳,表现失去社会同情的妇女们,已经尽了多大的力量去挣扎。憎恨与挚爱的火花,形成她整个的生涯。

鲁侍萍的安贫任命,一个咬紧着牙关,拿屈辱来承接摧残的女人,作者将她写成一个饱经世故的人物,她不反抗,却像以不幸的遭遇,增长着自己见识似的任凭命运摆弄。

周冲和四凤,同是人生经验很短促的青年,行为上也一般地幼稚。前者曾有心分一部分学费,给四凤入学校。又在四凤被辞去后,拿着他母亲的钱,冒雨送到她家。是想以人类间的爱,来解决社会问题的人道主义者(Humanism)。可惜社会太复杂了,他们却太单纯。惶惧中的四凤只有依赖周萍。结尾她发现他俩是有着原始血缘家族(the consanguine family)的关系时,却只有奔上她的末路——灭亡。作者活泼地将这种人刻划出来,更估定了他们的命运。

在这里只有鲁大海的创造,是不充分的明朗的。他是为群众而努力的人。他有着怒情,可不该是个"英雄"。作者给他的,是一副英雄的躯壳,和一些零落事实的追述。他的心灵人格,却不能明快地献出来。假若我不是陷在主观的错觉的话,我可以说,上面的缺憾是因为作者创作的动机,只在侧重地写出那发生在家族内的"残忍"罢了。

故事中事实的穿插布置,能说是妥实绵密。悲哀的情绪,随着事实,像水面的波纹,一道一道地流过来。微波里,有时冲击出一个浪花。又如同听着个飘零的旅人,轻拨慢拢地将酸楚的心曲弹奏,似在回忆着他的旧恨,实际的对照一下,才知那竟是现实的污丑!

唱着宿命论(Fatalism)的人们,他们永不会了解《雷雨》的来由。"希伯来的先知们,赞它为'上帝',希腊的戏剧家们,称它为命运"的,更不是《雷雨》的主宰。掩着眼睛逃避现实的人,读到《雷雨》,才认识"残忍"。在认识以后还须看清,人类不是注定要在"残忍"中讨生活的。宇宙间本没有甚么神秘，不要被他们迷上眼睛。应该努力地抓回那溜去的一切，可怕的残忍，自然会自消自灭。

《雷雨》在时代的大“雷雨”前出现，它暴露的只是黑暗的一角落。但是这部分的黑暗，已是现社会中很严重的问题——家族问题。作者巧妙地以一个大家庭的崩溃作题材，轻快地将它描画出来。隐讳在绅士们身下的黑暗，被一层层地揭开。读了它，自然会感觉到更大的亲切与兴奋，并且促醒你检讨自己认识环境！

一九三六·三一八·写

原载《南开高中学生》1936 年第 8 期

关于《雷雨》

郭沫若

《雷雨》的确是一篇难得的优秀的力作。作者于全剧的构造，剧情的进行，宾白的运用，映画手法之向舞台艺术的输入，的确是费了莫大的苦心，而都很自然紧凑，没现出十分苦心的痕迹。作者于精神病理学、精神分析术等，似乎也很有相当的造诣，以我们学过医学的人看来，就使用心地要去吹毛求疵，也找不出什么破绽。在这些地方，作者在中国作家中应该是杰出的一个，他的这篇作品相当地受同时人的欢迎，是十二分地可以令人首肯的。

作者所强调的悲剧，是希腊式的运命悲剧，但正因此和他的形式之新鲜相对照着，他的悲剧情调却不免有点古风。自从前世纪的初叶，门德尔(Mendel)的遗传律被再发现，遗传进化学(Genetics)、优生学(Eugenics)等有了莫大的进步以来，像近亲相爱那种的悲剧之必然性，是已经十分稀薄化了的。近亲相爱的悲剧只能存在于劣势的恶性因子之容易出现上；然于劣势的良性因子之有出现的可能上，则近亲相爱反成为可以奖励的行为而失掉了它的悲剧性。像英国有名的达尔文(Darwin)家，累代实行从兄弟结婚而屡有异才出现，正是这种科学的见地之无存心的较温和的实践。人生已可成为黑暗的运命之主人了。作者对于这一方面的认识似乎缺乏得一点，因此他的全剧几乎都蒙罩着一片浓厚的旧式道德的氛围气，而缺乏积极性。就是最积极的一个人格如鲁大海，入后也不免要阴消下去。作者如要受人批评，最易被人注意到的怕就是这些地方罢。

然而社会的进行总是跛足的，有时甚至如阿美巴①一样蠕动，科学的进步的见地要被社会的通俗观念跟踪起来，至少要迟得两三世纪，甚至还有两三千年前的旧观念往往在社会上都还在逞着暴威。念到这些上来，作者的悲剧情调之古风和他的艺术手法之新味间的矛盾正应该是目前的悲剧的社会，尤其中国的社会之矛盾一般之一局部的反映。

作者更新的作品我还没有看过，这点小小的矛盾说不定怕是已由他自己解除了的，因为在解除上并不困难，只消他把所强调着的力点转移一个方向而已。

然而《雷雨》依然是值得介绍的，这和梅兰芳式的旧剧不用说有云泥之差，就在中国的新剧界中也依然是难得的优秀的作品。

一九三六年一月廿三日　于鸿台

原载《东流(东京)》1936年4月1日第2卷第4期

① 可能指单细胞动物阿米巴(amoeba)，变形虫。——编者注。

谈《雷雨》的剧本

逸　穆

一般的认为近年来创作剧本的最大底收获的《雷雨》，在北方及日本已经把它在舞台上搬演过，而在这最近来，话剧空气甚为浓厚的上海，终于算是第一次的在舞台上出现了。现在想来谈谈我看后的一点点感想。

从剧本方面来说。自然，作者在这一剧中，其所想要抓住的中心，就是暴露出现社会底的大家庭中的种种黑幕，也就是所谓资产阶级的家庭私生活底恶劣。可是当我人看了这剧底演出之后，都使我们得不到作者所企图赋予给观众地那样强烈的印象，这未免是作者最大的失败。原因是在于作者对于主题的不全给与一种现实的认识和分析的结果，只是存留着一个模糊的阴影而已。自然在目前的这社会里，为《雷雨》中那种家庭的悲剧，是时时刻刻地存在着，作者的抓住这一社会弱点而作为它剧中的主题，是可以算为很好的一个现实的题材，但在作者的处理之后而产生的这剧本，却到处显露出他的对于现实的歪曲，和对于整个剧本底中心的不能发挥。甚至硬拉进了很多不必要的与这一问题绝对无关的社会问题进去！——如鲁大海的求见、矿工罢工等——而破坏了整个的调和，我的意思以为，作者既抓住了家庭的黑暗为中心，是不应该再连系入其他的问题了。这正是如《子夜》小说一样，硬把屠维岳那样的现实社会所无的人物事件拉进小说中，《雷雨》中的鲁大海就是这样的一个人物。所以，《雷雨》一剧，作者是完全没有做到他所必须表现的东西，只是空想的抓出一点点事实给与空想的表现出来罢了，诸如后母与大儿子的恋爱，作者根本就没有给与一种明显的分析，到底在现社会里为什么这类事情发生更多呢？而周朴园的硬把妻子说是神经病而把她压住在那不能呼吸到一点新生命的空气的家庭中，作者也没有更彻底的给它一种暗示。二儿子的同情劳工，以及有社会思想，作者也没有赋与他一点真的生命而发挥出来，甚至是一种极模糊的暗示都没有。至于鲁大海，作者的硬把他拉为剧中的一员，这就是使人看了生了很大的一个疑问，作者想赋与他的生命到底是在哪里，到处显露出来的——如手枪，做代表，对于周家的仇视，对于母亲的最后的舍弃——都是使我们不能理解的。总之，作者在这一剧之中，除了鲁大海是为了无巧不成戏毫无意识硬拉进来之外，就只有一个周朴园写得个性明白而已，其余的，都只是模模糊糊地。这失败的主要原因，就是在作者当抓住主题时候，失检和没有更深的去认识现实的社会。

不过，如《雷雨》这样的剧本，也不能就算是完全的无可取，不过是作者应该如何地去修改而已。因为在目前，不但是《雷雨》，还有许许多多的小说或剧本，都是因为作者的主题抓的不紧而又要硬加进其他的社会问题进去而失败。所以，我认为，无论写一个剧本或是小说，作者最要紧的还是抓住一个题材的中心而给它充分的发挥就好，假如拉进其他问题进去，中心往往就会变动而因此失去了真实甚至是歪曲了。

这里已谈了不少，只是关于剧本方面，至于这次的演出，因为限于篇幅和谈起来怕不甚简单，只好从略了。

原载《文化生活》1936 年第 2 卷第 2 期

《雷雨》的故事思想人物

罗　山

前些日子铁大剧团曾在清华公演《雷雨》一次。作者在文内提到的便是指那一次。不过以全篇说来是对《雷雨》剧本的批评，不是批评那一次公演。

——编者

《雷雨》的故事，是一个很凄惨的伦理关系的映画，人物，并不繁杂，可是那并不繁杂的人物彼此间的关系可不简单。在这繁复的关系里，有一条线索，就是那条线，在暗地里牵引着可爱可怜的人们，不自知的，走到覆亡，极悲惨的结局。

作者把它分作四幕，每幕排演费时差不多要一个钟头的样子，每一幕都非常紧张。因此为了给与相当的"欣赏距离"，换一句话说，就是为了"想送看戏的人们回家，带着一种哀静的心情。低着头，沉思的，念着这些在情热、在梦想、在计算里煎熬的人们。荡漾在他们的心里应该是水似的悲哀，流不尽的；而不是惶惑的、恐怖的，回念着雷雨像一场噩梦，死亡，惨痛如一只钳子似的夹住人的心灵，喘不出一口气来的原故"。作者在前，套上一个短短的序幕，在后附加一个短短的"尾声"。在书本上看，不算累赘，但是若搬上舞台，恐怕相当费事。第一，《雷雨》故事所可沉思回味之点，不外"造化不仁，以万物为刍狗"似的一杯辛辣的火酒，并不是一枚清沁淡远的可以细细咀嚼得来的橄榄。第二，别处排演靡看到，铁大公演时把它剪去了，是实在还觉得"在烧得火热的情节的逼凑后，一时冷不下来"的缘故。好在不关故事本身的进展，现在就直接简略地说说自一至四幕剧情的大概。

"说来话长，有三十年了吧，三十年前，周朴园还不是现在的样子，现在他五十五岁，是社会上有名望有地位的人，做了煤矿公司的董事长了，那时他还年青，年青人的好处靡有，年青人的错事，一样靡少做。其中一件，就是和家里使女鲁侍萍发生关系。这对当时社会制度，自然是一种侮辱，因为这种事，在两下的身份地位上着想，都不会容许。所以，一到和一个明媒正娶的姑娘蘩漪，放在一支天秤里，待他选择的时候，侍萍不够重，就被辞退了。祸根并不在这，偏偏侍萍也没有白白和他相好一回，给他留下两个白胖的大小子。大的借用一下他妈妈的名字，叫萍，留在周府，是现在还靡婚娶的大少爷；二的叫鲁大海，侍萍抱他投了河了。却又应了那句话人不该死，都得了救，换句话说，也就是都还得重新打起心肠，继续生活下去。侍萍就嫁给鲁贵，又给鲁贵生了个宝贝女儿'四凤'，但是，鲁贵并不贵，也可巧给周家人做了使唤人，跟他爸爸的女儿呢，也就做了'做什么都可以，怕只怕是'像她妈一样给大公馆帮主儿这宗事，帮的不是外人，神差鬼使的，自然又是周家。大海

也靡从胎里带来阔气，就在煤矿上干粗活，所可说的，就是做了矿工儿头，偏偏作的不是外人的矿，就是他现在骂的‘喝工人血的’他爸爸家的工。周老爷像所有的老爷一样，足够刚强，也足够严厉。出气是政治，说话是法律，常常在外办事，不常回家照料。蘩漪那时还年青，周萍年纪却不小，那样的家庭，那样的丈夫，他们又很容易的就犯了社会上的大不韪，一个爱了一个他不当爱的女人，一个爱了她不当爱的男人，萍也许是为了良心的诘责吧，还是为了那一个更年青的‘四凤’，一起首，就由他的弟弟‘周冲’——蘩漪的孩子的口里说出来，‘妈，可是哥哥现在真有点怪，他喝酒喝得很多，脾气很暴，有时他还到外国教堂去，不知干什么?’那样自暴自弃自恨，自求解脱的样子。周萍和四凤的关系，大海以为‘若是他真能真心娶她，也就算是得了解决’，周萍也愿意拿这做他忏悔的道路。但是，这在蘩漪身上，得怎样忍受呢？蘩漪不是一个没有计谋，没有感情，没有作为的女子，她把四凤的妈叫来，要拆开周萍和四凤的关系。周家也正为了鲁大海又鼓吹罢工，做了罢工头儿在周府上一闹，四凤、鲁贵也一窝儿卷了铺盖卷。但这并不足拆散那年青的鸳鸯，二少爷大少爷又都在雷雨的夜里追到四凤的家里，虽被大海一起赶走，四凤又在雷雨之下奔向周府。为了寻四凤，大海、侍萍、二少爷、大少爷、蘩漪、周老爷、鲁贵（也为了要挽回他的差事），在周朴园的客厅里，一起都见了面。什么样的阻止也是无效的，蘩漪宣布了周萍和侍萍的母子关系，和周萍和她自己从前的恋爱，朴园要周萍给侍萍叩头，他们才知道在他们身上有了不可挽回的罪过。四凤跑出触电自杀了，周萍利用了他爸爸用以镇压罢工工人军警的手枪自尽，周冲随四凤一路去，大海逃了，蘩漪和侍萍受不了这刺激发了疯”。就这样的完结的。

其实，重要的并不是这么样很凄惨、伦理关系繁复的故事，是这故事底里更深一层的意义，作者说是要想“送看戏的人们回家，带着一种哀静的心情，低着头，沉思的”，就是，那低着头沉思的究竟是什么？有些人给下注脚，说是“暴露大家庭的罪恶”，恐怕稍微聪明一点的观众，只要他自没有“大家庭的罪恶”“先见”，则他所得的印象、记忆，不会是那样。那是很笨的说法。虽然，作者自己也承认，“也许写到末了，隐隐仿佛有一种情感的汹涌的流来推动我，我在发泄着被压抑的愤懑，毁谤着中国的家庭和社会”。但是，这只是浮面的表像。所以作者又说：“然而，在起首，我初次有了《雷雨》一个模糊的影像的时候，逼起我的兴趣的，只是一两段情节，几个人物，一种复杂而又原始的情绪。”所以，提出什么“暴露大家庭的罪恶”，为作者主要写作的动机，不单作者自己，只要是细心读过的人，都要觉得真的“很奇怪”了。

那么，我们要问，逼起作者兴趣的究竟是什么？只是几个可怜的生物，追求着，挣扎着，而又皆不自知不自主的死亡的故事吗？若是那样，为什么只有这样的故事能引起作者兴趣，推动着他精心的去刻画呢？（简单地说来，这是通过了作者的人生观世界观的外面的表象。）

开头我们就提到，在这些人物繁复的关系里和故事的演进中，有着一条线索，就是那条线，在暗地里牵引着可爱而又可怜的人们，不自知的，而又不自主的，走上覆亡的道路，极悲惨的结局。也就是那条暗地里牵引着的线，使作者“对那些不可理解的现象睁大了惊奇的眼睛”。作者自己叫它“是我所觉得的天地间的‘残忍’”，他说，“连绵不断地、若有若无地闪示这一点隐秘——这种种宇宙里斗争的‘残忍’和‘冷酷’”。他更坦白、直截了当继续说道：“在这斗争的背后或有一个主宰来使用它的管辖。这主宰，希伯来的先知们称它为‘上帝’，希腊的戏剧家们称它为‘命运’，近代的人们撇弃了这些迷离恍惚的观念，直截了当地叫它为‘自然的法则’。”不管用什么样的名目，反正就是那么样的一条线，那线，作者无时无刻不意识着它，好像那就是宇宙的隐秘，最高最后在上的存在，指挥牵扯着这些并无罪咎的人们，在“不知道自己的危机之前，蠢蠢地动着情感，劳着心，用着手”，而他们未来先知的神，他“已彻头彻尾地熟悉这一群人的错综关系”，自有覆灭。其实这何尝靡有名目？这名目在哲学里讲，叫着形而上的观念论，有神论；以一个不可想象、不可捉摸的主宰，解释所有世界上的现象，宇宙的本质，他那神，在那把什么都排好了，虽然那排列并不可爱，更不合理，甚至非常残酷，但是，是排好了。一个一个小小的人物，他在情热，他在追求，他在计算，但是，什么都归无用，这样就更形成作者一个“定命”的观念。所以，他请读者和观众“升到上帝的座，来怜悯地俯视着这堆在下面蠕动的生物。他们怎样盲目地争执着，泥鳅似的在情感的火坑里打着昏迷的滚，用尽心力来拯救自己，而不知千万仞的深渊在眼前张着巨大的口。他们正如一匹跌在泽沼里的羸马，愈挣扎，愈深沉地陷落在死亡的泥沼里”。他的故事里的人物就是例证：“周萍悔改了‘以往的罪恶’。他抓住了四凤不放手，想由一个新的灵感来洗涤自己。但这样不自知地犯了更可怕的罪恶，这条路引到死亡。蘩漪是个最动人怜悯的女人。她不悔改，她如一匹执拗的马，毫不犹疑地踏着艰难的老道。她抓住了周萍不放手，想重拾起一堆破碎的梦而救出自己，但这条路也引到死亡。”

所以，虽然有人因此论断他的剧中某些部分是承袭了 Euripides 的 Hippolytus，固然不对。如作者说：“我追忆不出哪一点是在故意模拟谁。……我是一个忘恩的仆隶，一缕一缕地抽取主人家的金线，织好了自己丑陋的衣服，而否认这些褪了色的金丝也还是主人家的。”其实，认真地追究起来，“那可怜的人们，在受着命运的玩弄”，如 Euripidis 的 Oedipus The King 等纪元前五百年至三百年间的希腊剧作家，关于“定命这一点，确实是相通的。”例如，剧中周朴园和鲁侍萍的对话：

朴——（忽然严厉地）你来干什么？

鲁——不是我要来的。

鲁①——谁指使你来的？

朴②——（悲愤）命！不公平的命指使我来的。

作者，虽生在二十世纪的时代，可是，并非看到除“定命的思想”外已有这么一种哲学，它的任务是“改变这世界”。也没有看到必然的辩证的历史的发展，将来的是怎样一种社会。更不知道，这世界真有不竟为“自己打算的人们”，集体的为了远大的目标而工作、奋斗。

① 应为“朴”——编者注。

② 应为“鲁”——编者注。

关于作者人物的表现，在性格那方面说，都十分够味。因为他知道着重在人物的雕塑，又都精心的想过的缘故。本来，直到现在，从新文学创造的开始，能创造几个有生命的鲜活的典型人物，一出台就认识他，幕闭不忘记，真还不多，而《雷雨》中每个人的性格，自要读后，就能一直活跳摆在眼前，这是很可喜的事。例如，一开幕，正是鲁贵，正向他的女儿四凤撒赖要钱。他处处表现他小小的机智，他在那可以利用他女儿同周家大少爷的关系做要挟，就是他女儿说出这样的话“您说话的神气，真叫我心里想吐”，他也不在乎。同时，他明明知其如此，他还可以侃侃而谈，太太和大少爷的隐私。他认为抓住了那把柄，正是他的好造化，他为这个所以不怕周太太约侍萍，想辞他们父母两个的工，他在最后，也还想到利用这把柄向周太太要挽回他的地位。他看不起他的儿子鲁大海，但是，他对付不了那小子，他只有骂骂解恨。他只佩服一个人，那就只有老爷了。

周老爷真像个老爷样，他是这糜烂的社会典型的上层人物。第一他严厉，又能实际的对付着各方面的事情。由他逼“蘩漪”喝药，和处置罢工事件，揭示的非常的明白。

周冲完全是个孩子，一肚皮梗直的梦想。他爱上了四凤，他对四凤说了许多“海……天……船……光明快乐”的话，而四凤的回答呢，只是“二少爷真会说话！”他并不觉得怎样；后来四凤明白的拒绝了他，说他“另外有人”，他更觉得她高贵。

周蘩漪的强悍火炽，周萍的软弱多样，鲁大海的粗直决绝，侍萍的哀静明慧，都恰当身份。

就是到了结局，死了三个人，逃去一个，疯掉了两个，活的两个前后个性也还是调和的。鲁贵确是应该活的。可以借用曹聚仁先生的话：“因为他是从被侮辱层中磨练出的，他很能打算，他的狡猾够没落阶级的奔走者。他的人生看法很简单，有钱就行，他就活的有劲。周朴园受了很大的刺激，还是可以活的；因为他是旧时代的人物，他也还满意于自己的生活和教育的。死的三个都是旧时代的产儿，在新时代的浪头儿上站不住脚，所以碰死在时代的石碑上了。萍便是朴园的影子，代表小资产阶级的游离意识。冲的‘乐观’和四凤的‘恋爱至上主义’也代表了小资产阶级的一面，萍和四凤这一幕戏，假如再演下去，依旧要走周朴园的老路的，小资产阶级的本身没落了，所以他们也死去了。蘩漪是旧时代那玻璃屋子里的鲜花，空气、营养不足，变成了神经质的女子；侍萍是旧时代阶石的野草，践踏得太利害，也不能抽芽开花了。一个意识坚强的人物，只有工人‘鲁大海’，但他又似客串的性质。”

反过来看，《雷雨》的人物也并不是没有毛病。毛病也种自作者定命的观念，因为作者意识到一个未知之神，已竟把什么都排好了，而且那排列是非常岂有此理的残酷，小小的人物，无论怎样情热，梦想计算，也是没用。所以，所有的性格，并没有真的意识的斗争，不过，都是为了（除了鲁大海）得失计算。造了错误，一个溺水似的支手叉脚，尽量在逃避，而这逃避又是不可能。所以无论如何说，都还是一派旧社会消极的脚色。

所以，综合以上关于《雷雨》的故事，思想，人物的分析，我们认为，郭沫若氏的批评，大致还算正确：“作者所强调的悲剧，是希腊式的运命悲剧。自从前世纪的初叶，门德尔Mendal的遗传律被再发现，遗传进化学，优生学等有了莫大的进步以来，像近亲相爱那种的悲剧之必然性，是已经十分稀薄化了的。……作者对于这一方面的认识似乎缺乏得一点，因此全剧几乎都是蒙罩着一片浓厚的旧式道德的氛围气，而缺乏积极性，就是最积极的一个人格如鲁大海，入后也不免要阴削下去。作者如要受人批评，最易被人注意到的怕就是这些地方。”此外，可以补充的一点，就是作者的人生观和世界观，若仍然拘囿于“定命的观念论里面”，就是想更积极起来，把所强调的力点转移一个方向，恐怕也是很难吧！但这是并不是决不可能，我更热烈的希望着：作者更新的作品我还没有看过，这种毛病，说不定怕是已由他自己解除了的。

原载《清华周刊》1936 年 5 月 27 日第 44 卷第 7 期

悲剧的发展

——评《雷雨》

张　庚

蜜蜂建筑它的蜂窝，使人类的建筑师惭愧。最拙劣的建筑师起初就比最灵巧的蜜蜂高超，那原故是在于人类的建筑师在用蜂蜡建蜂窝之前，早就在他的头脑中把它建筑起来了。

——卡尔

一

批评的意义不是在于向作者吹毛求疵，甚至也不是如一般所想像的，“指导”作者如何去创作。真正的批评应当是向读者——观众来解释着作品的内容，它成功的原因，或者它之所以不能达到最崇高的境界的原因等等。

但就这点，已经是颇不易的工作了，圣伯甫(Sainte Beuve)说他在从事批评工作之前，总要把作品反复读上多少遍，然后才敢说到了解，才能走入作者所给与的世界里，才有胆量去解释给一般读者。

我不知道我有没有圣伯甫那样尖锐的领悟力。对于《雷雨》这剧作，我前后读了两遍，连看戏的演出一道算上，已有三遍了。这中间我也读到了许多批评演出和剧作的文字。有时候，我真感到我是走到作者的世界的边缘了，作者所创造的人物幻影似乎真也在我的周围出现了；然而很不幸，那不过是一刹那的事。这世界好像永远不能和我那么亲近，好像那寻找桃花源的渔人一样，他从前曾经无意中走到那里，但当他有心去寻求的时候，却迷失了路途，只留下一个模糊的“隔世之感”。

我常常感到这是我的不幸，因为在读到希腊的悲剧或者莎士比亚时，我陷到这同样的窘境之中。在那时候，我还有一种自解的地步：那是前时代的东西，对于那时代的生活习惯，社会一般的特性，以至于作者的世界观等等，我如果没有更多的知识，我对那些伟大的剧作是不能有深一层的同情。但对于《雷雨》我失去了这样的遁辞——作者是现代的人，写的不仅仅是中国的事，而且也是现代的事，是什么缘故使得我对作者的世界这样隔膜，像隔雨看山一样？

后来我读到曹禺先生的自白，我发现了有下面的一段话：

“《雷雨》对我是个诱惑，与《雷雨》俱来的情绪蕴成我对宇宙间许多神秘的事物一种不可言喻的憧憬。《雷雨》可以说是我的‘蛮性的遗留’，我如原始的祖先们对那些不可理解的现象睁大了惊奇的眼。我不能断定《雷雨》的推动是由于神鬼、起于命运或源于哪种显明的力量。情感上，《雷雨》所象征的对我是一种神秘的吸引，一种抓牢我心灵的魔。《雷雨》所显示的，并不是因果，并不是报应，而是我所觉得天地间的'残忍'……如若读者肯细心体会这番心意，这篇戏虽然有时为几段较紧张的场面或一两个性格吸引了注意，但连绵不断地、若有若无地闪示这一点隐秘——这种种宇宙里斗争的'残忍'和'冷酷'。在这斗争的背后或有一个主宰来使用它的管辖。这主宰，希伯来的先知们赞它为'上帝'，希腊的戏剧家们称它为'命运'，近代的人撇弃了这些迷离恍惚的观念，直截了当地叫它为'自然的法则'。而我始终不能给它以适当的命名，也没有能力来形容它的真实相。因为它太大，太复杂。我的情感强要我表现的，只是对宇宙这一方面的憧憬。"

从这自白中我才感到我的情感是太现代的了。我很少有机会去走到深山大泽之中，站到那万仞的匹练之前，听它那超越一切的吼声，我竟轻轻忘记了大自然的大力和人类的微小。我固然不是完全没有这种感觉，然而那也不过像小孩子对于死的感觉一样，只有一种不清楚的闪电似的一刹那的感觉，那对于他是多么遥远和不关切呢。

因此，我也联想到现代人都在渐渐忘记了他们祖先对自然的斗争，但那不是他们的过错。因为那逼近他们、日夜苦恼着他们的不是大自然的压力，而是别一种——人间的东西。

在安特列夫的剧作《往星中》里面，就表现出了现代人类苦恼的中心：那位老天文家虽然憧憬着远远的星空，然而他竟找不出第二个同伴；甚至他的儿子媳妇都是俯首向下，注视着人间。——自然的力量对于现代人类竟是这么的遥远。

二

希伯来人在旷野里被风沙侵蚀，受着饥饿寒冷，发生了不正当的死亡，他们这才产生了必要的安慰——耶和华。希腊人也以同样的理由产生了他们的泛自然崇拜，变成了美丽的神话。在理智上他们产生了自然哲学，在直感上他们产生了悲剧。然而悲剧家和哲学家走的是两条路，后者已经把宇宙间的神秘牵涉到人事上面来，他们在追求一个问题，就是人力可不可以战胜命运，那回答却往往是否定的。其所以否定的原因也可以说是那时人类还没有得到克服自然的技术，往往被自然压倒得原故，所以他们只好把这种文化限制的悲哀称做命运。

到了莎士比亚，人类的认识已经有了进步，人类关系渐渐频繁，对于自然也较淡忘了，于是他就把悲剧的原因放到性格上去。他们那时以为一切历史事件，都是由于人们的性格与性格之纠葛所构成。那时的英雄不是那些努力反抗命运的人，而是那具有坚强意志去与别人的意志战斗的人。伊丽莎白时代正是英国的发扬时代，海外殖民地、海上的霸权在当时的英国人看来，都需要具有坚强意志的开拓者、指挥者和国家统治者去争取。

十九世纪的法国浪漫派悲剧却和莎士比亚的不同，他们所见到的不是性格，而是人性与社会组织的梏桎相冲突。那时正是市民向贵族要求自由的时代，一班浪漫派所具有的是一种新的，打破一切桎梏的思想。他们的世界观是这样：旧的社会秩序是一切悲剧发生的泉源，他们悲剧中的英雄往往是向旧秩序宣战。

人类认识的成长正如一个小孩子认识的成长一样，是由极错误可笑的地方渐渐向正确的地步去的。他们常常为当时的一般环境所限制，产出一种在那环境最能解释现象的世界观，然而那时特定的环境一过，这种解释就现出破绽，不能说明周围现象了。所以到了现代，悲剧的主题转到了社会制度。好像是从易卜生以前，就有了这种转变。看起来，从命运、性格、人性一直到社会制度，是以曲线的进行来接近人类生活的悲剧的真理的。

我说真理，好像我的意思在武断说，越到近代，悲剧中世界观就越接近客观的真理似的。的确，我真有这个意思。我的理由是这样，人类认识是由于经验的增长而变得更正确的，绝没有经验少的时候反而倒更接近真理的事。

一位剧作家如果不能领会并且接受那根据最多经验来的世界观，那他就不是走着逐渐接近真理的路，也就自己妨碍了自己，使自己走不进最伟大的门限了。

《雷雨》的作者在这点可以说是陷入了悲剧，他对于现代人类社会所苦恼的中心是不接近的，同时也没有意识着去接近。他在自白中说："……在起首，我初次有了《雷雨》一个模糊的影象的时候，逗起我的兴趣的，只是一两段情节，几个人物，一种复杂而又原始的情绪。"一个剧作者，即使不是有意识地去做，他也可以达到接近真理的领域的，可是有一个条件，他必须生长在时代的最中心，在他社会地位的定命上，他就具有了对于人类和事物的新看法；然而这仍旧是不够的，剧作家的脑子如果不经过理论的，世界观的武装，他总会有些地方投降了自己的直观、偏见，而不能一直为真理服务到底。我不大知道《雷雨》作者的家庭和社会环境，但他不能不是一个知识份子。依据我大胆的想象，他也许是一位从地主家庭中成长起来的。所以在他不能先有一个正确的对社会事件的看法之前，他只有对于"愚蠢"的人类抱一种悲悯的心情。因为普遍在我们民族思想里的，是上代遗留下来的宿命论，作者对于这种哲学比之对于新的世界观，在生活上是更其接近的，即使是不意识的，可也是由传统中残留下来的。看他说：

> "所以《雷雨》的降生是一种心情在作祟，一种感情的发酵，说它为宇宙一种隐秘的理解乃是狂妄的夸张，但它以代表个人一时性情的趋止，对那些'不可理解的'莫名的爱好，在我个人短短的生命中是显明地划成一道阶段。"

这就是那更其接近的证明。

三

然而这剧作还是有它的深刻，有它的令人可亲的一面，那就是作者自己告诉我们，最先在他心中留下影象的人物典型的一面。他告诉我们说：

> "在《雷雨》里的八个人物，我最早想出的，并且也较觉真切的是周蘩漪，其次是周冲。其他如四凤，如朴园，如鲁贵，都曾在孕育时给我些苦痛与欣慰，但成了形后反不给我多少满意。"

在大体上说，作者在《雷雨》中最成功的一方面是人物。在别的方面我们抛开不说，但在人物典型的创造上说，作者是个不自觉的成功的现实主义者，“对于蘩漪我仿佛是个很熟的朋友，我惭愧不能画出她一幅真实的像，近来颇盼望着遇见一位有灵魂有技能的演员扮她，交付给她血肉，是想她应该能动我的怜悯和尊敬，我会流着泪水哀悼这可怜的女人。”从这段话里，我想起了那位雕刻家的故事；他的作品真是活了，有了血肉，有了生命了。《雷雨》中的人物在作者的眼所望到的处所，是常常会活生生地走出来的。比方蘩漪，也许作者有意或无意地，印像或深或浅地见得太多了，这在他的心中竟构成了这么一个不可灭的影子，一天天浓厚下来，成功了今日的蘩漪。蘩漪是个特异可爱的女人，为什么？因为她有不屈服的力，“强悍的心”，如作者自己所说，“在她莫明其妙时忽然来的力量。”作者自己也说：“我并没有显明地意识着我是要匡正、讽刺或攻击些什么”，但“……写到末了，隐隐仿佛有一种情感的汹涌的流来推动我，我在发泄着被抑压的愤懑，毁谤着中国的家庭和社会”。而这种愤懑是由蘩漪来传达的。岂不是为了作者亲见或间接感受到封建女性在大家庭中的可怜地位，甚至受到一种像蘩漪这样可爱的女性也免不了在其中毁灭的刺激而愤懑了，才写出来的么？是的，作者并没有想要批判什么，可是为了忠实于他的人物，爱他的人物，他的笔下到底忍不住发挥了痛快的暴露。因此他的剧作竟部分地有了反封建的客观意义。这难道是作者自己所预想的？不，这是他的人物典型——他的环境所给他的。还有，他的现实主义给他的。

作者自己说蘩漪和周冲对于他比较真切，其中似乎还应算上周萍这人物。也许作者并不爱这样一种人格，但无可否认地熟悉它。关于周萍性格的解说，将近一千五百字之多，就可见作者对他所知道的部分是到了细微之极的程度了。

每当蘩漪和周萍的场面，从每句对话中源源流出两个性格的显明的轮廓来。一切都是必然，不可免；在这里，作者是不意地击碎了自己的哲学——宿命论了。

什么东西使他击碎了自己的哲学的？他的人物，他的现实主义的创作方法。

在这里也仍旧存留着不幸，作者的现实主义没有一直继续下去，到了鲁大海、周朴园这两个的身上，忽然折转来，投降到自己的哲学方面——宿命论的结论去了。

鲁大海这个人格看起来对于作者是极生疏的，作者在塑它的时候，不像在塑蘩漪一样，每一刀都是有把握的。在作者创造它的时候，也许极力在脑筋中去构成他的完形。可是，有如巴尔扎克所说，一下子就飞去了。为了非完成不可，鲁大海才成了一个概念化的人物。没有从深处发出来的心声，而只有理论上发展出来的对话。前面的单纯，和结尾的愚懦，都还没有划出一个能当工人领袖人物的轮廓来。

再就是周朴园，在这人格上，作者是比在鲁大海的人格上熟习得多。然而比起他对于蘩漪或周萍来，那理解只能算是浅薄的。他很难得去说明这个人格的无性感的特性是什么地方来的，因此，到了最后才会有周朴园忽然感到衰老的表现。感到衰老还可以解释，但“……有些事简直是想不到的。天意很——有点古怪：今天一天叫我忽然悟到为人太——太冒险，太——太荒唐……今天大概是过去了。（自慰地）我想以后——不该再有什么风波。（不寒而栗地）不，不该”。——一个素来敢作敢当的人会忽然向命运投降，这是很希奇的。

这点还可以放过，但最后叫侍萍回家来住的这一个转变却绝对无从解释，如果强要解释，那么只有一个，就是作者在加重他想像中的人物的“无罪性”，这一切的悲剧，全由于那个“不可知”而来。

可是从此作者就抛弃了他的可贵的现实主义，无视了周朴园这人的社会关系以及由社会关系所形成的他的思想。形销骨立地构成了一个“纯性格”的典型，从周朴园的各方面，我很感到人格的形成也是由于一种神秘的力量，而没有社会的联系。

说这剧的失败是在于把性格悲剧，命运悲剧和社会悲剧混合在一起，粗看似乎是对的，但仔细一想，却恰恰相反，在现代的悲剧构成上，需要的正是混合，不，有机的统一，而这剧的失败，正是因为这不是统一而是混合，时时现出了裂痕和矛盾。

四

现在我得重新提到世界观的问题了。现代的剧作者如果没有一个进步的世界观，那他会把握不住一个悲剧题材所必不可少的“最集中的事件”。因为要把握它，正像要在矿砂中炼出金子一样，是需要炼矿术的知识的，要从驳杂的有常事件中找出集中的事件，就需要现代剧作的炼矿术——进步的世界观。

现代的人仍旧受着命运所支配，但这命运不是不可知，而是社会的。性格在现代的悲剧中也不是没有作用，但那性格不是神秘的，即是同样被那支配命运的力所支配的。正因为是一种人性的反抗，所以并非意志被命运所战败，而是命运与意志的统一。这也可以说是社会的悲剧，然而又已经超过了易卜生时代的只开医案的社会剧了。现代的剧作者应当不但是事件的旁观者，而且是事件的参加者指挥者，所以他必须批判了事件，不在悲观主义的窠臼之中，却握牢了乐观的，勇敢的，把失败（悲剧的事件）当做教训的态度。

《雷雨》的作者在创作过程上所表现的不幸，就是在我们反复述说的这点——世界观和他的创作方法上的矛盾。如果他的创作方法战胜了他的世界观，他的这个剧作是要更其深入和感人的，不幸的是也像他的故事一样，那不可知的力量战胜了他的创作方法。

最后我必须提到前面所引的卡尔的名言。一个现代的剧作者应当不只是一个蜜蜂，而应当是一个建筑师。不应当只是一个直观的诗人，而且还应当是一个社会科学家，在他的头脑里，应当有一个整个社会的建筑。

原载《光明》（上海）1936 年 6 月 10 日第 1 卷第 1 期

谈《雷雨》

胡钟达

《雷雨》的诞生，的确是中国戏坛上的一个“奇迹”，这并不是夸张，实在是因为中国新剧运动，虽有将近二十年的历史，但像这样深刻的作品，却还少有。

这是一个四幕悲剧，剧情很复杂，就是叙述下来，读者也不易明了。要详细的知道它的底蕴，只有找原作来读（看它上演当然是更好）。

“《雷雨》所显示的，并不是因果，并不是报应，而是我所觉得的天地间的‘残忍’……这种种宇宙里斗争的‘残忍’和‘冷酷’……的背后，或有一个主宰来使用它的管辖。”作者在序里这样说。显然的，作者以为这种悲剧的造成，是“上帝”或“命运”在作祟，是“自然的法则”。然而我们却以为这是中国封建社会的必然产生的悲剧，社会组织的不合理，和封建伦理道德的交织，就形成这样的悲剧。

因为社会上有了周朴园那样的封建的资产阶级，就有了周蘩漪和鲁侍萍这些女人的可悲的命运；有了周萍和蘩漪以及四凤那种伦理的不自然的关系，那么后来疯的疯，自杀的自杀，当然也是一种不可免的结果了。

《雷雨》除掉结构的紧凑和意义的严肃外，在性格的刻画上，也显示了作者的丰富的才能，这剧里的每个人物，都有他自己的活法的真实的生命。而在这些人物当中，蘩漪当然是最成功的。她本来是有青春、有热情的，然而不幸嫁到周朴园这样一个大家庭里，她的青春之火强制地被压下去，于是她变成一个阴鸷忧郁的女人了。原始的野性在她心里燃烧着，她竟爱上了她的晚子周萍。一个旧社会里的女人，抛弃了神圣的母亲的天责，做了这样“罪大恶极”的事情，的确是需要绝大的勇气的。而周萍呢？——一个情感和矛盾的奴隶，一个怀疑的、怯弱的、莫名其妙的人物。可是在他感情的潮涌起来的时候，他竟冒然的做出自己终身诅咒的事，铸成了一个天大的错。于是他痛苦了，他恨自己，他觉得这是罪恶，“我是个糊涂、最不明白的人。我后悔，我认为我生平做错了一个大事。我对不起自己，对不起弟弟，更对不起父亲。”这是他的自白。他的矛盾的生活，苦恼了自己，一方面不由自主的纵于酒、纵于热烈的狂欢，一方面疯狂地追求四凤（他家里的仆人），想在这个年青活泼的女孩子身上，找得到一点安慰。他又哪里知道四凤和他自己却是同母异父的兄妹呢！

然而蘩漪对于周萍回答的说话，差不多锋利得像把刀，处处刺着周萍的心。“你欠了我一笔债，你对我负着责任；你不能看见了新的世界，就一个人跑。……一个女子，你记着，不能受两代人的欺侮，你可以想一想。”她的性格，正如作者在序中所说的：“她如一匹执拗的马，毫不犹疑地踏着艰难的老道。她抓住了周萍不放手，想重拾起一堆破碎的梦而救出自己，但这条路也引到死亡。”在周萍和四凤想逃跑的一刹那，蘩漪又如幽灵似的出现了。她困兽犹斗地还想挣扎，可是当她认清了鲁侍萍（周萍和四凤的母亲），她突然发现了一个更悲惨的命运，她又有什么可说呢。

在全剧里，鲁侍萍的命运也许真的是最悲惨的，她是被周朴园遗弃了的一个漂泊天涯的女人。当她看见四凤又要走上她的老道，她不得不痛苦地喊出了：

“啊，天知道谁犯了罪，谁造的这种孽，……谁又料到天下会有这种事，偏又叫我的孩子们过着呢！”

在以上许多矛盾的纠缠中，大家庭的内幕，封建资产者的罪恶，旧道德对于人性的戕贼，都完全暴露出来了。《雷雨》之所以伟大者，大概就在此吧！

原载《中学生文艺季刊》1936 年 6 月 30 日第 2 卷第 2 号

评《雷雨》

霍　威

某一时代的艺术之发展，也同其他文化事业与一般思想的发展一样，是直接或间接为这一时代的社会条件所决定的。中国自从提倡新文学以来，已经有了十多年的历史，但是由于整个社会进化之停滞，新兴文艺的发展在各方面都受着阻碍，文艺园地里之歉收，当然并不是没有其深厚的客观原因。

但是，我们若果从另一方面来看，在新兴事业不能发展然而必须发展的条件之下，虽然受着各方面的阻碍，然而文化的车轮终究不能不逐渐的向前推移。由于少数人的努力，在中国这个沙漠似的艺术园地里，我们居然也能看得见几枝差强人意的花朵。最近，剧本《雷雨》之出现，更加证明这十几年提倡新文艺的历史不是白白地空过去的。

《雷雨》是一出四幕悲剧；故事是生动的和紧张的，然而是虚构的和不合理的；情节是惊心而又吸引人的，然而却是离奇的和巧合的。戏剧的气分是非常浓厚的，然而场面却又是十分简单的（一切故事的展开，都在一个客厅里面）。剧中人物的描写是颇为深刻而细腻的（如周朴园、鲁贵、四凤），然而又不免流于过分的夸张（如周蘩漪），流于虚构（如周冲）和美化（如鲁侍萍）。但是，这个剧本在结构上之紧凑，文字的优美，以及对话之自然和流畅，所有这些都证明它是一部多少成功了的艺术作品。

作者的意识很明显是小资产阶级的，但是他也有某种进步的倾向，他暴露了有钱人的罪恶，他揭发了他们家庭的污秽。他的写作手法就全般说是浪漫主义的，但在个别方面也有很好的写实主义的表现。粗俗而又卑鄙的鲁贵，凶残而又伪善的周朴园，都被刻划得活灵活现，证明我们的作者很有洞察社会的深处的能力。

从文艺的理论及其发展来说，继古典主义而起的浪漫主义，固然尽了很大的进步的历史作用，然而现在这种方法显然是已经过时了。它不能正确的反映现实的生活，它更不能给现实的人生以某种积极的指示。《雷雨》在写作上固然有相当的成功，但是我们正可以在这里看出浪漫主义之致命的弱点及其不能成为现代作家写作方法的原因。作者的主旨显然是想从几个少年人的惨死，从两个妇女的疯狂，来显露那个老年资本家的罪恶，可是他的浪漫主义的写作方法，到最后竟完完全全破坏了他自己的中心思想，只成了一出无结果的悲剧，反而不自觉的在意识上带到许多负的毒素与因子。

×　×　×

以下我们试将《雷雨》的剧情及其写作作一简略的分析：

《雷雨》的题材，是一个资本家家庭的乱伦的惨变。老主人——周朴园在少年时代，像一切富家子弟所惯干的把戏一样，爱上了他家里的丫头，并且私下生了两个小孩。但是社会的地位与环境，决定了贫贱的下女命定地只是供少爷们的开心，在这个少爷要娶一个门当户对的少奶奶以前，被他奸污了的那个丫头，自然不能不成为牺牲品而被逐出于这个有钱人的家庭，以至于投河自尽。这就是这一动人的悲剧之根源，也是一切的罪恶之真正起点。

谁知卅年以后，那个投河但被人救起的丫头的亲生女儿，竟又到了这同一周朴园的家里来当使女，也同样被周朴园的儿子所爱上，而且被他的两个儿子爱上了。那位爱上了使女的大少爷，正是周朴园卅年前与丫头所生的第一个私生子，而促使这位私生子的大少爷去爱上那个与他同母生的使女的人，却又正是他自己父亲的后妻，正是同他一样爱上了那个使女的周二少爷的母亲，他的私通者。一个儿子与一个后母之间不自然的关系，于是就把这个少年人弄成抑郁的、矛盾的、怀疑的和带神经病气质的人。他发现了那位使女以后，他才觉得似乎找着了他能活着的一点生机。他看见“她的活，她的年青，她的美”，他要在这位天真烂漫的少女身上，找着他作了罪恶以后的安慰，消除他的内心的矛盾。

真正一点不错，“反正有钱的人顶方便，做了坏事，容易装得就像作了好事一样，文明词越用越多，心里头越男盗女娼”。经鲁贵的口，我们的作者就是这样无情地揭破了有产者的家庭道德之真相与秘密。

有产者的道德外貌，事实上都是建筑在极不道德的台基上的。周朴园是一个模范市民，是一个模范家长，他具有一般人的所谓道德。然而正因为如此，所以为着每一个小工的人命可以扣三百块钱，而故意淹死两千二百个小工。他的原始资本的积累，原来“发的是绝子绝孙的昧心财”。他有他的阶级的觉悟，当他的基本利益被威胁时，他会毫不踌躇的唆使使警察打死三十多个工人。他更具有他的阶级所必须的才能，他会使用狡滑的或硬或软的办法去欺骗他的敌人，他会使用金钱的手段去收买工贼破坏工人的团结。此外，他正像一切杀人不眨眼的混世魔王一样，一方面杀人如麻，而一方面却又虔诚虔敬的诵经念佛，拜倒于西天如来佛和南海观世音菩萨之前。所以为了安慰他自己的灵魂，他也不妨在形式上假惺惺的装着诚心诚意的记念他的前妻——那个曾被他逼着而投河自尽了的丫头。“你不要以为我的心是死了，你以为一个人做了亏心的事就会忘了么？你看这些家具都是你从前顶喜欢的东西，多少年我总是留着，为着记念你。”“你的生日——四月十八——每年我总记得。一切都照着你是正式嫁过周家的人看待，甚至于你因为生萍儿受了病，总要关窗户，这些我都保留着，为的是不忘你。”

一个故意淹死两千二百个小工的人，可是为了赎救他自己逼死一个丫头的罪孽，竟至于虔诚到连关窗户的习惯都要保留。凶残的顶点，竟表现为伪善的忏悔，在我们的作者的笔下，周朴园是近代有产者的一个明快的典型。

在另一方面，我们看着与这个典型恰恰相反的另一典型，那就是工人鲁大海。像周朴园一样，他也具有他的阶级的觉悟，他有对于富有者之天生的深仇与宿恨。他有倔强的性格，他有激昂的感情，他是满蓄着精力的白热的人物。在周朴园那个罪恶滔天污秽不堪的家庭的场面上，这个坚决的工人领袖鲁大海之登场，激成一副强烈的对照。然而其出现也，却又是非常的自然，经过他的口而宣布周朴园过去的罪恶及其压迫工人的事实，这在技巧上找不出一点硬作的或生吞活剥的痕迹。

从整个剧情的发展来说，工人鲁大海之登场，只是尽了一点陪衬的作用，而鲁侍萍之出现于周朴园的家里，方才构成整个故事的连锁，加强整个剧情的紧张与浪漫性。可是作者在这一点上在写作上却并没有显得怎样的成功。虽然鲁妈与四凤那一段对话体现得非常亲切，虽然鲁妈看见那些旧的家具而表现了一种难堪的"神魂颠倒"，但是她与周朴园会面时，却是那样的安静和悠闲，他们两个的一问一答，俨然叙述一件与他们各不相关的故事一般。我们看不见神情的紧张，看不见心理的颤动和苦楚，我们更看不见在这种条件之下所应有的哀怨和惊异。

同时，我们的作者在意识上终究是小资产阶级的，他的题材，他的写作和处理的方法，始终是充满了浪漫主义的气分和调子。那个领导工人罢工的领袖，谁知竟是周朴园少年时代与鲁妈所生的第二个私生子。而我们这位勇敢的工人领袖，透过我们作者的意识和笔调，在人格上归根结底是不能一贯。他对于富有者的仇恨，在周萍半疯狂半欺骗的几句话以后，变成与他的敌人妥协了。他竟将他从敌人方面得来的武器，重复交还给那个拿他妹妹开心的敌人。这件事情在整个的故事和戏剧之开展上，似乎是不占什么重要地位，然而在作者的思想上，这个小小的动作是有极其重大的象征的意义。

在辛克莱的小说之中，我们常常可以看见一些"悔悟了"的资本家的子弟。他们同情无产阶级，他们皈依社会主义，他们甚至在行动上帮助工人的斗争和解放。事实上，这只是反映辛克莱的阶级调和的思想，反映他的彻头彻尾的小资产阶级的根性，在群众中散布麻醉的毒素和种子而已。辛克莱后来之脱离那个不彻底的美国社会党，进而彻底的走到拥护罗斯福的道路，当然不是偶然的。

看着《雷雨》中周二少爷，不禁令我们想起辛克莱小说中的某些人物。这位十七岁的少年，不仅对于谋解放的工人阶级有浓厚的同情，并且对于他所处的家庭制度存极端的厌恶。他需要爱情，他并且十分懂得爱情，他不仅爱他的爱人，他甚至于爱他的爱人的爱人。他充满着诗的幻想，他要"飞到一个真正干净，没有争执，没有虚伪，没有不平等的快乐地方"。像这样一个十分纯洁然而又十分解事的少年，自然只是在我们的作者头脑以内才能找得着的人物。社会经验告诉我们，地主或官僚的子弟偶然的或许有某种浪漫的革命行动，而资本家的子弟多半从小就养成十足的生意人的派头。

在有产者的家庭之中，由于礼教的防范和束缚，家中的主妇或少女，在男女性爱方面，往往不能得着正当的发展，因此而闹出许多的罪恶与笑话。社会上像这样的例子，真是不胜枚举。周蘩漪嫁给一个比她大二十多岁的丈夫，并且是一个暴虐的专制的丈夫，在这种条件之下，她自然不能不在性爱上另找出路。而且由于受着过分的长期抑制的结果，她的爱情更加变成火热和奔放。她本来是在虚荣和礼教的空气中消磨了她的青春和岁月的，而最后她竟像已经决堤之江河任随自己感情的泛滥。“体面？你也说体面？我在这样的体面家庭已经十八年啦。周家家庭里所出的罪恶，我听过，我见过，我做过。我始终不是你们周家的人。我做的事，我自己负责任。不像你们的祖父、叔祖，同你们的好父亲，偷偷做出许多可怕的事情，祸移在他人身上，外面还是一副道德面孔，慈善家，社会上的好人物。”

如果周蘩漪与周萍的恋爱，果然算是一种罪过的话，那这种罪恶，不过是周朴园家里的全部罪恶之必然的附带的产品。从周蘩漪自己的口里，活划出一个绝望了的女子之恋爱的狂热，同时更无情的显露了有产者家庭的罪恶。

一直到这里为止，我们的作者在处理周蘩漪这个人物上，尚没有多少可批评的地方，但后来他竟把她发展到狂热的极端。周蘩漪为了完成自己的爱情，甚至不惜与自己的情敌妥协，只要“你带我走，——带我离开这儿，日后，甚至于你要把四凤接来——一块住，我都可以，只要，只要，只要你不离开我。”周蘩漪为了自己的爱情，竟至完全忘了母子的地位和情感，企图利用自己儿子的爱情来破坏自己情敌们的计划。“我没有孩子，我没有丈夫，我没有家，我什么都没有，我什么都没有，我只要你说：你——你爱我！”

自然，这些都是作者为完成他的整个结构所不能不有过分渲染和夸张。

由于我们的作者之小资产阶级意识及其浪漫主义的技巧，这一乱伦的家庭事变，表现为鲁侍萍之绝望的痛苦和叹息，而结果则归于两个少年人之不意的（触电）死亡，一个少年人的自杀，而另一个少年人则毫无来由的跑掉了。四凤曾经向她母亲发誓，说如果再见了周家的人，“那天上的雷劈了我”，而四凤在背了这个誓言之后，果然触电而死。周朴园少年时代所造成的罪恶，只弄得“年青人反走在我们前头了”。天网恢恢，终究疏而不漏，因果报应，总是历历不爽。我们的作者对于麻醉了大部分中国人的因果命定之说，固未加以公然的倡导，然而剧中的客观叙述，却不啻给了观众们这样一种暗示与影响。

我们在上面已经说过，《雷雨》在结构上是慎密和紧凑的，而序幕尤其是来得突兀。这在文学的技巧上，自是一种好的办法。但是一开始，我们即被漆黑一团的神秘空气所包围，而引起了不少的惊疑。而在尾声上，在一个大惨变发生以后，在观众的情绪被作者调弄得无可如何的时候，却重新看见这一教堂附设医院的情景，重新听着远处教堂合唱弥撒声和大风琴声，重新看着那个老妇无出路的疯狂的表演。在这种氛围之中，很自然会令观众发生一种神秘的宗教的情感。在这种情感之中，作者所昭示给我们的主旨早已如泥牛入海踪迹全无了，所剩下来的只是不堪回首的叹息与唏嘘而已。

× × ×

如果艺术作品的任务，不只是激发我们的感情或满足人类之欣赏的欲望，而是有它一定的社会功能，如果文艺作者的任务，是在透过艺术的形象，给读者以某种推动，启示和教育的话，那我们决不可忘记教育者本身也是应该受教育的。经过批评界，读众有对于作者应尽之职责。作者教育读众，而教育这些教育者的人正是广大的被教育的读众。

在目前这个不能变革而又必须变革的时代之中，社会生活的各方面，对于我们的这些幸而生在这种动荡环境的文艺作家们，都提供了极其丰富的题材。社会上各种的阻碍，固然是一个惊人的力量，然而这决不是放弃人为的努力的理由。

如果我们这个极有希望的作家，在思想上抛弃那些模糊的、闪烁的和无定形的成分，而采取比较明白和确定一点的形式；如果他少去依靠他自己主观的想像，而多去集中精力观察现实的人生，力求把握住客观的真实；如果在技巧和手法上，他脱下这件陈旧的浪漫主义的外衣，而彻底的走上写实主义的道路，那么，他所能供献给我们的，决不只是《雷雨》而已。

中国的艺术园地，本来就是一片荒芜，在在都有待于极大的人为的努力和开发，虽然现在有了一点“雷雨”，然而这决不足以解我们长期的饥渴，我们难道不应该希望有更多更好的“雷雨”吗？

一九三六年五月二十日

原载《嘤鸣》1936 年 9 月 1 日第 1 卷第 1 期

《雷雨》的人物与性格

君　君

在我读完了《雷雨》这本剧本后，只觉得情绪昏昏而复杂。我自然没有文艺的观察力，但我对于整个的剧内的中心人物蘩漪却感到怀疑。作者的自序上说："她是一个最'雷雨'的性格。她的生命交织着最残酷的爱和最不忍的恨，她拥有行为上的许多矛盾，但没有一个矛盾不是极端的……"生命中既然盛炽着残酷的爱的火花，那么恨里就不容有不忍，这不是她矛盾，这正是她的"果敢阴鸷"还未彻底。她所以敢于逆伦，拼命的要抓住周萍的动力是在乎"情热烧疯了她的心"（序），这只能值得人的怜悯却谈不到值得人尊敬，她果然若像序里说的："她有强的心，她敢冲破一切的桎梏""果敢阴鸷"那样的女性，她不应该在周家十八年之久，她不应该在朴园的法律样的威严下暧昧的爱着周萍，更不能明明知道周萍爱上了四凤，而不使出阴鸷性的力。第三幕中尾随周萍到鲁家的窃听，第四幕向周萍的乞怜——"即使你要走，你带我也离开这儿，日后，甚至于你要把四凤接来一块儿住，我都可以，只要你不离开我。"以至山穷水尽的时候，却搬出来自己的十七岁的儿子使钳制四凤与周萍。这些，不应该是一个"果敢阴鸷""有强悍的心"的女人所能做得出的。作者把这些归之于她的"矛盾"与"命运"，但分析起来，到底是未出"一般"，所以这位有人迷上了的书中的女主角蘩漪，给我整个的印象却是不满足，我以为她缺乏的正是"极端"与"果敢"，而且还堕入了一般女性的平凡。假若这个蘩漪由我的想象来创造，不应该使她"矛盾""情热"可以"烧疯了她的心"，她要用她的"魔"她的"阴鸷"永远征服周萍。即使是在朴园的威严下，到了环境不能见容，她的果敢解决不了的时候，她可以自杀，那么我对她也将像作者一样的欢喜了。

别人，除了侍萍的伟大，周冲死得有价值外，给人觉得全剧的构造，是阴霾的气氛比较重，所以我读了这个剧后，两天来意念上是装入了黑暗了。

原载《明明》1938年第2卷第4期

论《雷雨》里的八个人物

试　工

《雷雨》是一个编得很致密的戏。剧中故事的发展、情节的变换与人物的性格，都给了非常的注意。虽然它是比较地以情节见长，可是对于人物，作者还是毫不放松地加细描写，使得他们的个性，不论在纸上或是在台上，都非常地活跃。

在这种人物底描写上，作者使用对照的地方很多，最明显的是专制阎王似的周朴园，与地狱里受罪的鬼似的蘩漪，大海的刚强与鲁贵的阴坏。此外，周萍、周冲、大海、四凤四个年轻人的内心生活，也有很鲜明的差别。周氏兄弟都是偏于浪漫气质的人，但周萍所有的是浪漫触到现实上的痛苦，周冲所有的是无拘束的想象上浪漫的痛快，大海不是生活在想象中的人物，他没作过少爷的梦，所有的只是对于丑恶现实的憎恨。而四凤呢，既没有浪漫，也没有梦想，她是一个现实的又极懂得爱的女孩子。

在这一出戏里，造成悲惨结局的罪魁祸首，自然是周朴园。他弃了侍萍，逼得她抱着刚生的孩子跳河；又在家里摆老爷架子；压迫得家中男女老少毫无生气；更激得蘩漪热情横泛，酿成家庭的惨变。——设若有谁通电声讨朴园，这些满可以与江堤出险、矿警开枪一同列入十大罪状中，毫不冤枉。但是话说回来，周朴园并不是绝对的坏人，——在《雷雨》里，所有受命运支配的八个傀儡，谁也不是绝对坏人，不是吗？——他有他的悲哀与软弱。多少年来，他忏悔着当初对侍萍的绝情，又因为家中人都怕他，躲着他的缘故，而感到寂寞与孤单，甚至可怜似的求他的儿子对他说些含着爱的话。他的地位与金钱是他有相当的利害。他能要手腕，平息了矿上的工潮，而没法赎回他自己年青时的过错。五千元，不错，是个颇不少的数目，但是拿来去买自己良心的安慰，舒别人卅年的哀怨，可是还不成。朴园——与一切有钱的人一样，相信钱为万物之灵。他永不会懂得世界上有的东西，是不能用钱当做代价来计算的。

蘩漪是一个内心生活很重，个性深刻，感情强烈的女子。她可以是个女伶，可以是个革命党，也可以是个疯子，但没法是个普通人。周家的环境，逼着她走了第三条路。她的生命力强，她会作诗、写字、画画。她冷起来的时候，能够石膏像似的生活在自己心里，几乎不与外界空气接触；热起来的时候，就毫无顾忌地想说便说，想做便做，像一颗炸弹，爆破了一切人为的束缚。她心中那团火，那团生命力，使她敢于反抗一切。这样，她很容易地叫人认为她是——多少有点——神经病，疯子！然而我们离开世俗的眼光来看，她果然是疯子么？其实并不！——哦，我说错了，她确是疯子，不错。她怎么会不是呢？腐败的社会把一切敢于反对它的人都封为疯子。它的不合理、不道德与不健全的组织，受不了他们无情的揭破与犀利的嘲笑，不是吗？她怎么会不是疯子呢？

她与周萍的故事是《雷雨》里很主要的副剧。在这个故事里，她仍是被抛弃的牺牲者。周萍是《雷雨》八个人中最没劲，最没出息的一个。他把握不住自己，有反抗环境的心，可是没有反抗环境的勇气。他有时也能认出周围人们，周围事情的不对，但是他没办法，没力量，于是改为归罪自己恨自己。这样自然比埋怨别人，恨别人省事得多，可是就养成了原谅一切的习惯。他会觉得人人都是好人，独他自己是头号的大混蛋！他也知道自己太软，而又硬不起来。偶尔他也因为一时的兴奋，冲破了人为的律条，可是跟着就发软，还是不得不跟那些“向来如此”的东西递降表。他觉出来家庭是个地狱，想逃出去，然而就是这逃的方式，他也是取那最妥协的。他偷偷摸摸地跟四凤恋爱，偷偷摸摸地想带她同走，他没“劲”！《复活》里尼克吕多夫亲王救活了格特林，而他扔掉了蘩漪不管！末了大海拿着手枪来找他，他能够坦白地叫大海打死他——你以为是他勇敢、大量么？并不然，倒纯粹因为这是解决所有纠纷的最“省劲”的办法。这些都充分表现出来，他是个中气不足，活着简直没什么价值的东西。

周冲在《雷雨》里，除了太幼稚，可以说是唯一完人。他没有受过现实的摧残，所以敢于有各种各样的梦想。（在我们的社会里，有各种各样梦想的人，是多么稀少而可珍贵呢！）鲁贵与四凤被周家辞了，他不但敢公开宣言说“这太不讲理了！”而且还敢于找父亲去质问。在家长独裁的周家，会有这么一个楞小子，真不能不说是奇迹！他理智与情感相称地发达，跟周萍一样，也会在心的深处分析自己，所以能够坦然地承认并不爱四凤。他受过爱的教育，而没受过恨的教育，他没法明白鲁大海。他深信爱与同情是没人拒绝的，想不到有人会认为这是怜悯的施舍，胜利者的骄傲！他的心太好，这可以说是他性格上惟一的缺点，然而是多么美丽的缺点呢？

鲁贵与蘩漪，是《雷雨》作者最用力描写的两个人。两人都有很长的场面，很多的对话，很重的性格特写。《雷雨》一开幕，鲁贵与四凤那段差不多有半点钟长的场面，要不仗着两人强烈的对照，鲁贵可笑而下作的行为（偷主人的烟，骗女儿的钱，吹牛、骂人），在上演时恐怕非失败不可。然而倘若说鲁贵是丑角，那又错了。鲁贵不是丑角，他是个真的活在世上的人。试拿鲁贵跟莫里哀笔下的仆人们比一比，你就知道他们有多大的差别。鲁贵的贪、坏、胆小、诡诈，与他的“吃点、喝点、玩点”的哲学，都是我们常见的德性。在周围人们身上，我们只有时看见鲁贵的一鳞一爪，把这些纯化都堆在一个人身上，就显得很可笑、很可恨，有时又很可怜。为着赌博，不惜花言巧语骗自己女儿底钱，这显出他有多么高尚的志气；喝了两钟酒，就叨叨不已，直到把儿子的手枪叨叨出来，才垂着头说：我错了！这显出他有多么勇敢的精神；被人辞了，钱都还了赌账，无聊地坐在家里，还非要喝茶不可，这显出他有多么良好的绅士风度；在屋外听着太太跟少爷吵完了嘴，再进来跟太太要求“赏碗饭吃”，这显出他有多么谦卑的礼貌。所以对于他，我们只有两个字去记录他一切的善良行为，表示我们由衷的钦佩，那就是小姐们常用来恭维别人的两个字——缺德！

顶可怜的人，无疑地是鲁妈了（或曰侍萍，随便）。别人可怜，别人都有着性格上的缺点。他们放纵自己底感情，到了悬崖还不肯勒马，有点自找。而鲁妈呢，从前的荒唐已经过去了，三十年来她努力重新做人。带着“私孩子”大海，她受尽世人的嘲笑与辱骂。三十年！她以为荒唐的报应已经过去了，谁知不公平的命运又把她投进儿女的纠纷里。见着朴园，她没有一点报复的心思，反而答应了第二天就带着孩子走。见着周萍，她三十年没有见面的亲生儿子，她连认都不想认，只是泪汪汪地看着。她是又贤惠，又刚强，又明理。她抑住自己的情感（这是多么难的事情！）完全冷静地处置一切，想避免什么可悲的事发生。她逼着女儿发誓不再见周家的人，以为会完全没事了，而事情就在永离周家远走济南的前几个小时发生了变化，女儿终于走了母亲三十年前错走的一条路。更可悲的是事情就发生在她自己一双亲儿女的身上。她看见无可挽救，还想独自担当一切痛苦，叫儿女们远走高飞，然而——尤其可悲的——朴园冒冒失失地宣布了真相，儿女双双自杀。这种种刺激，一步紧一步的命运，叫她怎么能不疯？鲁妈的身世，正是一部人的意志与命运斗争的惨史。——是的，人性是弱的，而命运是不公平的呀！

鲁大海是个粗线条的人物，他怀有空想，但终因无力而跑掉了。

四凤这个丫头颇可爱。在周、鲁两个家庭中，她显出了非常纯洁、天真的美，仿佛乱石堆里一朵野生的小花，给环境添了不少的美丽。自然，她不过是个平常的女孩子，可是她懂得爱。她极恳挚地爱着妈妈，也同样恳挚地爱着周萍。为了前者，她答应妈妈不再见周家的人。虽然不能遵守到底，但怎能怪她呢？人总是有感情的动物。她意志薄弱，没法反抗自然规律的管束。她与周萍在一块，被鲁妈看见，她愧极了，觉得妈不能再喜欢她了。她想跳河，又想引电，可是周萍的爱叫她还希望活着。及至朴园把事情说穿，她晓得了一切，恨自己惹母亲伤心，对周萍又没有办法，两种爱一齐破灭，她只好走那条命运为她预备好的一条路：自杀！用藤萝架上的电线，结束了短短的水泡似的十七年的生命。

雷雨完全是个命运的悲剧。我们看这几个人，都是充满了生命力的。他们要强，向上，不悲观，不消极。人人想用他们的努力，从眼前坏的环境到比较好的环境。他们有美丽的希望，美好的将来。他们应当快乐，兴奋，聪明，幸运，在这世界上高兴地活着。可是命运播弄着他们，他们摆脱不了。像网里的鱼一样，东奔西突，而终于不得不落在那注定的、惟一的篓子里。该有爱、有笑、有希望的人，偏失去爱、笑、希望；该活着的人偏死了，这就是命运，伟大的命运！我们渺小的傀儡有什么可说呢？

原载《文苑》1939 年第 1 期

《雷雨》与运命悲剧

欧阳予倩

运命悲剧，照现在剧坛的情形看来，似乎早已束之高阁，可是这种形式的剧本除掉曹禺氏的《雷雨》在中国还没有第二个呢！当我读着这个剧本的时候，令我想起以前读的席勒的《美西那的新娘子》和魏勒的《二月二十四日》等剧。

运命悲剧，差不多有一定的模子，开场的时候大约场面必然凄惨阴郁，剧中主人公所住的地方，大抵是连白天都没有人去的地方，光线多半黯淡，天上便酝酿着狂风暴雨，剧情必定是血族通奸，剧中的男女不知不觉犯了乱伦的罪，忽然来了一个想不到的人，把事情说个明白，于是全家归于破灭。

照以上所说的定型看来，曹禺的《雷雨》是一步一趋都在仿效着，第一幕一开场就是热天开着窗户，又是暴雨要来，又说家里阴森森出鬼；第二幕大少爷和女仆的恋爱关系，忽然被一个万想不到会来的人鲁妈，走来说明他们是同母兄妹；第三幕剧中的人全明白了，一切的经过，全趋破灭，照这样看来这个剧是十九世纪初期运命悲剧的形式。当周朴园发现鲁妈是他的妻子，他问："你怎么会来？"鲁妈说："命，不公平的命！"后来，鲁妈发现他的女儿的情人是她以前养的儿子，就叫着说："天呵，我的女儿都是干净的，他们什么都不知道！真要罚都罚在我身上吧！"这都是运命悲剧的写法。在运命悲剧里面用许多夸张的辞句，和许多强烈措辞是通常的惯例。

不过《雷雨》这个剧比《二月二十四日》那种戏，性质有不同的地方，我觉是比较好些。《雷雨》的作者尽管以运命为中心，他对于剧中人物，都能付以相当的性格，可是故事的进行并不是由于性格的冲突与发展，所以不能说是性格悲剧。

这个剧最特殊之点，就是他可以看得出老爷们纵欲无度的姿态，随意玩了穷人家的女儿，毫不负责地任意抛弃的残酷行为。

同时也可以看到无产斗士片影，听到一部分被压迫者的呻吟，那矿主周朴园包修江桥故意要江堤出险，淹死三百多个小工，他借此报销便又干没一笔抚恤金，发了财便成了采矿公司的董事长。像这样恶魔般的人，玩个把女人蹂躏几个无力抵抗者算什么事？而他对于梅妈的女儿侍萍，以为她死了，便那样记念她，这种地方恐怕心理上的矛盾的部分还是少，虚伪的部分还是多。看他处置他的后妻蘩漪，处置他的亲生子鲁大海，处置他们不期而遇的前妻，无非是自私自利倚势凌人的代表，作者对于这种人深恶痛绝自不待言，但他极力描写他家里的虚伪混乱，倘若把他的行为让运命去加以处罚，这就某一点说未免虚无缥缈，有搔不着痒处之感，而故事之所以缺乏现实感，却即因此，他的家庭就算是为运命所惩罚，他的社会势力丝毫不受影响；现在已经不是《太上感应篇》的时代，所以，演这个戏虽然是用其运命悲剧的形式写成，而其中活跃着的人的确是现社会常见的受尽了委屈无可伸诉的人们，归结与不公平之运命，这种情绪正弥漫于弱小者之间，问题的解决，在整个的将来，鲁妈母女作了牺牲，鲁大海也是一样，种种罪恶都由于周朴园一类人的势力所造成，这戏里叙述得很明白，这样看来，今日上演这个戏也自有其意义。

原载《时代(上海)》1939 年第 5 期

《雷雨》的年龄问题

秦伏塞　萧豪金

《雷雨》是曹禹[1]先生的戏剧三部曲之一，也是曹禹先生之成名作，从中国新文学运动以来，关于剧本的创作，始终不像诗和小说那样大量的供献给读者。可是曹禹先生的《雷雨》却实是一个成熟的剧本，创立了曹禹先生在剧坛成功的基础，给予这荒芜的剧坛上几注生命的力量。

虽然大部分人说《雷雨》只描写了家庭问题——一个旧家庭悲剧的演变。可是家庭的罪恶，家庭的问题，不仍是时代社会所影响而驱使的吗。作者用了四凤一个女孩子，联系了若干人复杂的关系。那悲惨苦楚的关系，使每个人都成了悲剧氛围里的人。这是周朴园的一手造成呢，是旧家庭呢，是时代呢，我们还不能不承认是时代的旧势力，演成了这整个的悲剧。

所以《雷雨》的成功实在是一件不可否认的事。

但是笔者在读《雷雨》时，却发现了《雷雨》的年龄问题是应该值得探讨一下的。这便是蘩漪的年龄与剧情的演变有了整个的冲突。

《雷雨》第一幕上，作者介绍大少爷周萍时，说周萍是约莫二十八九岁。同时此幕鲁贵向四凤说过这样的话："大少爷比太太只小六七岁"。所以蘩漪的年龄应该是三十五六岁了，第四幕上蘩漪对周萍说过："我在这个死地方监狱似的周公馆，陪着一个阎王十八年了"。所以蘩漪下嫁周家的时候，是十八岁的样子。

但是第三幕上，侍萍向周朴园苦述经历时说："三十年前，你为了要赶紧娶那位有钱有门第的小姐，你们逼着我冒着大雪出去，要我离开周家的门"。

如果这里的"娶那位有钱有门第的小姐"，"娶"字的意思是"订"不是"娶"，则剧情的冲突还小。如果是娶，那么蘩漪下嫁周家的年龄是五六岁，那么周朴园二十余岁，却娶一位五六岁的小姐，这岂不是一件绝对不可能的事吗。而且与蘩漪"陪着一个阎王十八年"的话也起了整个的矛盾。

事实上侍萍的："你为了要赶紧娶那位有钱有门第的小姐……"实在使读者观众觉得是娶而不像订的。

---

① 原文中的曹禹应为"曹禺"。——编者注。

现在《雷雨》早已风行全国，且曾有人译成英文介绍到国外去。笔者不才，何敢吹毛求疵，不过总觉得《雷雨》蘩漪的年龄实是一个疑团。笔者以前尚未见人讨论此题，乃草此文，希高见之士，教而解之。则感谢非浅。

原载《中国文艺（北京）》1940 年第 2 卷第 4 期

周蘩漪、鲁侍萍及四凤

——《雷雨》三女性所带出的现实问题

林英鸣

《雷雨》这部剧作，用不着在这里写出更多的推荐或解释底文字来。它在上海、香港、广州、汉口各大城市上演过统计不止一二百次，就在最近两年，上海也还把它接二连三的上演。现在，说点个人的话。

我看过三次《雷雨》；两次是话剧，一次是电影。至于原剧，我更经常的爱读，并且经常的介绍给太太们、姊妹们去读它。在这里，我更愿意将《雷雨》三女性——周蘩漪、鲁侍萍及四凤——所带出来的现实问题，与读者笔谈一下。

这剧情，一句话，是“暴露大家庭的罪恶”。而牺牲得最悲惨的，却是我们女性的灵魂与肉体。这原是情势之所必然。由于这个千年来东方封建传统的社会，跟着沦变成次殖民地的社会底中国，它的唯一特征，是旧的宗法残存势力，与新的资本主义文明(！)互相有机地利用与消长，把一切不可思议最不幸的活剧，找到忍受双重压迫与虐害底妇女身上演出！假如像这一类血淋淋的“活剧”，一天还未成为彻底的过去，那么，容我说句放肆的话来：这便等于中国一天还停留在最不合理的世界圈套里，苟且生存！

好在历史本身是不断要求进步的。而我们中国妇女，若从过去看现状，其自觉程度，与智识能力，则抗战中的今天，更不会像封建时代的随便给社会与人横加污辱而不敢叫出声来。就像《雷雨》中的周蘩漪吧，谈说起来，这不但使代表着荒淫无度一面底某种男性，感到吃惊与让步，就是我们妇女中，倘是目前侥幸过着所谓“幸福美满”底日子的，只要看过《雷雨》上演，或读过《雷雨》一次时，又谁能“无动于中”而加强自身的警惕性与认识力呢！?

我们先谈周蘩漪。她的身分，是资本家周朴园的非原配太太；她的地位，却是这“大家庭”底的主妇。

——她一望就知道是个果敢阴鸷的女人……有时为心中郁积的火燃烧着，她的眼光会充满了一个年青妇人失望后的痛苦与怨望。……但是她也有 更原始的一点野性：在她的心中，有狂热的思想；在她莫明其妙的决断时，忽然来的力量……

——我不后悔，我向来做事情没有后悔过。

——你欠了我一笔债(指曾经和她自己热恋过的周萍；这亦即是她的“异娘儿子”)，你对我负着责任；你不能看见了新有世界，就一个人跑。

——(气极)父亲，父亲，你撇开你的父亲吧！体面？你也说体面？(冷笑)我做的事，我自己负责任。不像你们……偷偷做出许多可怕的事情，祸移在人身上，外面还是一副道德的面孔，慈善家，社会上的好人物。

——这不是原谅不原谅的问题……一个女子，你记着，不能受两代人的欺侮！（指周萍和他的父亲，“玩厌了女人”就不负责任。）

——（冷笑）小心，小心，你不要把一个失望的女人，迫得太狠了，她是什么事都做得出来的。

以上是周蘩漪被“买”困在周家里，实际上早已让周朴园“玩够了”受摒弃后，再给周朴园之子周萍，说着“就是犯了灭伦的罪也干”，把她“引到一条母亲不像母亲，情妇不像情妇的路上去”。在这一情形下，周蘩漪爆发出她的咆哮与绝不后顾的反抗精神！

她在周朴园——这阎王式的丈夫面前，也同样勇猛地根本否定有“人性压迫”那一回事；一直战斗到底！

——谁说我的神经失常？你们为什么这样咒我？我没有病，我没有病，我告诉你，我没有病！

——……我忍了多少年了，我在这个死地方，监狱似的周公馆，陪着一个阎王十八年了，我的心并没有死；你的父亲只叫我生了冲儿，然而我的心……我没有孩子，我没有丈夫，我没有家，我什么都没有……（狂笑）冲儿你该死，该死！你有了这样的母亲，你该死（周冲因救四凤触电暴死）！

周蘩漪的“台词”，简直全是血写成的。我抄录到这里，可真使我不能相信这还是一个应该存在的人间！

“不能忍受的生活，应该用暴力来毁掉！”让我写这句话来，深致同情于疯狂（迫害狂！）而死的周蘩漪吧！

至于鲁妈（侍萍）及其女儿（四凤）。前者可以说是封建社会“世故型”的妇人，后者由于时代环境的影响，已经颇为懂得憧憬于资本主义文明底“少女之梦”了。然而，她“俩母女”所遭受的过程，并不因此而异其命运！

鲁妈在青春年少时，给主仆关系的少爷周朴园，要去她的贞血，并留下了她亲生的儿子（即上述的周萍），“为了要赶紧娶那位有钱有门第的小姐”，周朴园及其家人，压迫她冒着大雪离开周家。经过投河、做工、改嫁，并生了四凤，含辛茹苦，好容易活了几十年。由于她改嫁的丈夫鲁贵引带女儿四凤，“天晓得”竟又落在“周家”做工，而周朴园可又并不会死亡。鲁妈从远道回来为看她底女儿，反因此与恶魔（周朴园）重新互相对面：

——（愤怒）我没有找你，我没有找你，我以为你早死了。我今天没想到到这儿来，这是天要我在这儿又碰见你。

——哭？哼，我的眼泪早哭干了，我没有委屈，我有的是恨，是悔，是三十年一天一天我自己受的苦。你大概已经忘了你做的事！三十年前，过年三十的晚上，我生下你的第二个儿子（按：即是给鲁妈抱走，怀着投河遇救的鲁大海，亦即周萍之弟。大海长成后做了矿工）才三天，你为了要赶紧娶那位有钱有门第的小姐，你们逼着我冒着大雪出去，要我离开你们周家的门。

——我要提，我要提，我闷了三十年了！你结了婚，就搬了家，我以为这一辈子也见不着你了；谁知道我自己的孩子（指四凤）偏偏命定要跑到周家来，又做我从前在你们家里做过的事。

——我伺候你，我的孩子再伺候你生的少爷们。这是我的报应，我的报应。

——（苦笑）哼，你还以为我是故意来敲诈你才来的么？

——你？（笑）三十年我一个人都过了，现在我反而要你的钱？

鲁妈只要求见见亲生的儿子周萍。

——哦，以为我会哭哭啼啼叫他（周萍此时已经二十八岁了）认母亲么？我不会那样傻的。我难道不知道这样的母亲只给自己的儿子丢人么？（为了不合理的社会，就连血肉一体的母子，也一点的都谈不着什么亲情了！像这样“人为的”惨剧，何时消灭？——笔者）我明白他的地位，他的教育，不容他承认这样的母亲。……你不要怕，我就是告诉他，白白增加他的烦恼，他自己也不愿意认我的。

原来鲁妈所获得的“报应”还不止此。由于女儿长大不幸落在周家做侍婢，而四凤竟给同一生母的哥哥周萍诱奸成孕，等到“最后的时刻”这才知道：

——（沉重的悲伤，低声）啊，天知道谁犯了罪，谁造的这种孽！——他们都是可怜的孩子，不知道自己做的是什么。天哪，如果要罚，也罚在我一个人身上：我一个人有罪，我先走错了一步。（伤心地）如今我明白了，我明白了，事情已经做了的，不必再怨这不公平的天；人犯了一次罪过，第二次也就自然地跟着来。——（摸着四凤的头）他们是我的干净孩子，他们应当好好地活着，享着福。冤孽是在我心里头，苦也应当我一个人尝。他们快活，谁晓得就是罪过？他们年青，他们自己并没有成心做了什么错。今天晚上，是我让他们（指萍与四凤）一块儿走，这罪过我知道，可是罪过我现在替他们犯了；所有的罪孽都是我一个人惹的，我的儿女们都是好孩子，心地干净的，那么，天，真有了什么，也就让我一个人担当吧，——

综上所述，像这一类事情，是今天仍然普遍地存在与不断发生底活生生之现实呢？还是《雷雨》作者曹禺君单凭个人想象中所构成的“剧情”？这结论，让给可敬的读者、朋友、姊妹们去做吧。不过仍有若干地方，必须指出及说明，藉以完成写作的心愿与对于这一工作临到结束时之希望。

（一）为了篇幅所限，对于《雷雨》中三女性之一即四凤，笔者只好从旁述及，未能细论。幸而，描写“四凤式”底故事一类的著作，在一般报纸杂志上，也比较多见，所以本文特别侧重周蘩漪与鲁侍萍在《雷雨》中的研究与引叙。

（二）依我想：中国此刻需要更多的周蘩漪（我们谁也不容把她看成是失去了性底简单的满足而呼吼；这虽是她反抗现实的“直接动机”，但她发展下去的客观后果，多么坚强尖锐与沉痛！）而另一面，却必须尽力挽救几多几多的活在人间的鲁侍萍。这因为前者所代表的时代与性格，是生命力的爆烈与行为上一直孤往反抗到底的战斗精神！而后者由于真实环境所限，仅能从最悲惨最痛苦底长期生活磨炼中，获得一种“苦命人”的自卫力与经验学——所谓经验学也便是世故本身。她是教人“要吃过苦你然后可以知道怎样少吃苦或避免着吃苦”！但我们今天还正在吃苦，又要“等候明天知道”！那么，所能得出的逻辑的结论，便是“我们一辈子都要吃苦”！现在可不是“经验论”的世界了，自应拿出“武器的理论”与“理论的武器”去处理、解决问题才有生路！——所以鲁妈只好“归罪自身，吃苦完事”！而周蘩漪却是“尖锐做人，有仇必报”！

（三）《雷雨》在抗战中，尤其具有特殊的认识要义与深刻的人生影响；它要你感到切心之痛的，也许由于《雷雨》是社会伦理剧（从家庭本位写出）。而《雷雨》的三女性，又刚好把握着近代中国妇女一般的真实环境与内心生活——例如：代表所谓“文明家庭”底太太的周蘩漪；代表中国“苦命人”的鲁侍萍；而四凤，却更是不知多少虽或超“侍女”运命的“非知识”少女以至于小智识少女群，差不多都与她（四凤）一样的人生遭逢与生活感受呢。

原载《大公报（香港）》1940 年 12 月 30 日

曹禺作品研究(上)

洗　群

最近,工作不像过去那么繁乱,心情也似乎比较安定,每天可以抽出点时间静静地读书。我把曹禺先生底几部作品,很仔细地重读了几遍,自己觉得对于这一位我向素敬爱的作家和他底作品有了进一步的、新的了解。虽然所谓进一步的、新的了解是不是真切的、正确的,我并不敢断言,但仍想把读后一点零碎的意见和感想写出来,希望能供研究曹禺先生的朋友们些微的参考。

一、《雷雨》

《雷雨》是一个非常动人的剧本,特别是对于那些与大家庭多少有点渊源的读者。除了性格特殊倔强的以外,读《雷雨》恐怕很少不被感动得流泪的。

有人以为,这正是《雷雨》的优点——它真实地反映出了读者们曾经亲身经历过的或者亲眼看见过的大家庭生活;它暴露了大家庭底丑恶;它代替读者们宣泄了隐伏在心底多少年无法说出的痛苦的感情。

又有人以为,这正是《雷雨》底缺点——作者并没有"暴露什么罪恶"的企图,只是故意拿些"家庭底""伦理底"悲欢离合的故事,来迎合落后的中国观众的低级趣味,廉价地赚取观众们泪水。

对于上边两种说法,我大体上是同意前者的。我想从"曹禺为什么写《雷雨》?"这一问题开始,逐步地说出我对于《雷雨》这剧本的意见。

(A)曹禺为什么写《雷雨》?

《雷雨》写的是一个大家庭底故事,而且也是一个悲欢离合的故事。在《雷雨》里,我们看得出作者是在过份地玩弄技巧,过份地迁就观众;这些,都是真的。可是,我们因此就说《雷雨》底作者曹禺只是为了"迎合落后的中国观众底低级趣味"而写《雷雨》,这未免太过份地冤屈他了。这说法,不仅是轻视作者,简直就是侮辱作者。我是绝不同意这一说法的,因为无论从《雷雨》本身来看,从作者自己底解释(《雷雨》底序)来看,从他后几部作品来看,或者从他底创作态度以及他底私生活来看,曹禺绝不是一个没有头脑,没有思想,一味迎合观众的作家。相反地,曹禺确实是一个向上的、热情的、有正义感的青年人;虽然他底思想,他底作品,一直到今天还仍然有着不少的缺点。

然则,曹禺是不是为了"暴露大家庭的罪恶"而写《雷雨》的呢?我认为也不是的,至少不是意识地为了“暴露大家庭的罪恶”而写的。关于这一点，作者自己解释得顶清楚——“但是奇怪，现在回忆起三年前提笔的光景，我以为我不应该用欺骗来炫耀自己的见地，我并没有显明地意识着我要匡正、讽刺或攻击什么。”——(《雷雨》底序——P4)这从这几句简短的自白里，我们不仅可以看出作者底诚实、坦白，也可以证明作者并不是意识地为了要暴露大家庭底罪恶而写《雷雨》的。

说老实话，作者不但不是意识地要暴露什么，对于“大家庭为什么要发生这些罪恶”这一点，也没有完整深切的理解，他只是对于那些现象感到惊异而已。这正如一个小孩子亲眼看到他底父亲殴打他底母亲一样，他只觉得这件事不平常，可是却不懂得父亲为什么要做这不平常的事。

曹禺是一个出自大家庭的作家。虽然他自己不见得一定有《雷雨》中底那许多经历，可是他至少是常常“耳闻目见”那些大家庭底种种不合理的、丑恶的、可怕的现象，对于一个新一代的，接受新的学校和社会教育的青年人，那些现象自然会使他感到惊异。

曹禺为什么写《雷雨》？我以为，第一，因为《雷雨》底故事是在他底生活环境里最贴近他的，而且是最令他感到惊异的。

其次，正因为曹禺自己是生活在——至少是生活过——大家庭中的作家，正因为他看到了那些他自己底生活环境里底令他感到惊异的现象，因此，对于那些——和他生活在同一环境里的人物底不幸的遭遇，他本能的产生了一种亲切的同情与怜悯，这同情与怜悯正是他写《雷雨》底最根本的动机。

(B)《雷雨》究竟暴露了大家庭底罪恶没有？

前边说过，曹禺写《雷雨》并不是意识地为了要暴露大家庭底罪恶。现在，我们进一步看，《雷雨》究竟暴露了大家庭的罪恶没有？

这问题，只要看过《雷雨》的人，一定都能答复的——暴露了。

是的，《雷雨》是暴露了大家庭的罪恶的。虽然作者开始并不是要为“暴露”而写作，可是因为作者是一个向上的、热情的、有正义感的，受过新的学校和社会教育的作家，对于那些不合理的现象，至少在情感上他会感到厌恶、憎恨、愤懑。由于这些“情感的”反抗情绪底支使，他不自觉地(也就是非意识地)把那些不合理的现象忠实地反映到自己底作品里去了。所以，动机虽然不是为了“暴露”，结果却——“隐隐仿佛有一种情感的汹涌的流来推动我，我在发泄着被抑压的愤懑，毁谤着中国的家庭和社会”。(《雷雨》底序——P4)

这情形与巴尔扎克有些相近，巴尔扎克本身是个保皇党，他是属于贵族阶级底作家，可是他底作品却深刻地暴露了他所属阶级底丑恶、腐烂、卑劣与无耻。

(C)《雷雨》为什么那样动人？

问题现在应该进展到这里了——《雷雨》为什么那样动人？我以为：

第一，因为它真实——作者自己是来自那阶层底作家，那样的生活，是他最熟悉的。因为是他最熟悉的，所以写来也就最真实。例如前边曾经提到过的巴尔扎克，正因为他是来自贵族阶级的作家，他对于他那阶级底生活以及一切不合理的现象较之非贵族阶级底作家，熟悉、了解得更深切，所以反映在他底作品里，也较之别的作家更深刻、更真实。

第二，反映得真实不真实，不是无条件的，这是由作者对于现实的态度来决定的。大家庭底种种不合理的现象，曹禺虽然最熟悉，可是假使他对于那些不合理的现象不感到厌恨、愤懑，或者明知道不合理而故意歪曲它、掩饰它，那么反映在作品上不也就不真实了吗？所以真实不真实，主要地要由作者对于现实的态度来决定。前边我说过，曹禺是一个向上的、热情的、有正义感的作家，他不仅看到了那些不合理的现象，而且还厌恶、憎恨那些不合理的现象。正因为他对于那些现象有着厌恶、憎恨、愤懑的反抗情绪，所以他丝毫不隐讳地把那些丑恶的现象反映了出来。因此，这反映出来的才让你感到真实，因为真实，所以才特别动人。

第三，内容底真实与否，固然由作者对于现实的态度决定，但是还有一件事不能忽略的，那就是作者底写作技术。

《雷雨》出世以前的许多中国作家写的剧本，多半是小说似的——叙述多于动作。既没有完整丰富的故事，也没有严谨活泼的结构，人物更是非常单调、抽象、不生动、不凸出的。比方像田汉、熊佛西(这是过去的两位多产剧作家)底剧作，根本就谈不上形象化，只是几个穿了不同服装的人在“说”着作者心里想说的话，“说”着作者心里底感情。这样的剧本想要真正感动读者(或是观众)，当然是不可能的。

《雷雨》是突破了这可怜的水准的作品。它不仅有完整丰富的故事，严谨活泼的结构，特别是有了非常生动、凸出，真实的人物，这是应该归功于作者写作技术的熟练。传达一个真实的内容，是需要依赖作者底熟练的写作技术——技巧是表达内容的手段。

第四，我记得 Lessing 曾经说过这样的话：“戏剧的动作在英国观众和批评家的眼前不够多的，好奇心的启发也少，而我们德国人并不希望许多动作，只希望很多的性格描写——动作会叫我们疲乏，我们希望由一个简单的结构中，找出人物的性格来。”他这段话的意思是说明，海洋区域的观众爱看故事复杂的戏，大陆区域的观众爱看着重性格描写的戏。对于这段话，我们当然不能机械地去接受它，因为专门拿着地区的不同来解释观众的爱好，是不正确的。比方我们中国，既然也和德国一样是大陆区域底国家，可是中国底观众却恰好与德国底观众相反——爱看故事复杂情节曲折的戏。我以为观众底爱好，不是由“大陆”或者“海洋”决定的，是由他们底生活环境决定的。中国是一个半殖民地的国家，不仅农村仍停滞在封建社会里，就是都市也还存在着很深的封建残余势力。因此，整个的时代虽然前进了，可是中国大部分人民底思想、兴趣、习性、爱好、审美观念，道德标准——还某种程度地被封建意识强固地支配着。中国观众之特别喜爱《雷雨》，特别容易受它感动，并不是因为中国是属于“大陆”或者“海洋”区域的国家，而是因为《雷雨》底伦理的、大家庭底悲欢离合的故事，是他们最熟悉的、最感到亲切的，是最贴近他们底生活，他们底感情的。或者更具体地说：《雷雨》底生活，是他们曾经或正在过着的生活，《雷雨》底人物，是他们过去或现在的亲戚、朋友、家属，甚至于就是他们自己。

(D)《雷雨》究竟是一部什么样的作品？

这是最后的，也是最重要的一个问题，这问题是包括了曹禺底世界观和创作方法两部分的。

(1)《雷雨》是不是一部现实主义的作品？不是的。它是一部带着自然主义(或客观主义)的倾向的作品。我们可以由下面的三方面看出来——

(一)《雷雨》虽然暴露了大家庭底罪恶，可是他所暴露的只是一些大家庭底罪恶底现象，没有说明这些“罪恶”为什么会产生的，如何产生的(造成那些罪恶的社会的、阶层的原因)。它只是反映了现实底表皮，没有反映出“现实之本质的内容来”。有人以为《雷雨》幕后底雷和雨是象征的“悲剧的制造者”，这种说法是非常没有根据的。说雷和雨是象征的“大家庭将要崩溃”，或者象征的“环境的黑暗、恐怖”还勉强可以说得过去，用它来象征一种制度，那是“欺人自欺”的谎话，因为无论如何我们找不出一丝丝它是象征制度的证据来。究竟谁应该负这悲剧造成的责任呢？作者没有告诉我们。

真正现实主义的作品，是应该透过表面的现象显示出造成那事件的社会的、阶层的原因来的。《雷雨》没有做到这一点，所以我们说它不是现实主义的作品，只是自然主义(或客观主义)的作品。

(二)真正现实主义的作品，不仅要表现现实、说明现实，还应该“有着关于生活现象的判决的意义”。这意思是说，真正现实主义的作品，不是“纯客观”地反映现实，而是通过作者底世界观批判地反映现实的。根据这一点，我们来研究《雷雨》。

《雷雨》所表现的大家庭底悲剧，是不是通过了作者底世界观批判地反映出来的？当然不能说绝对不是——因为所谓绝对的客观地反映这是不可能的；可是《雷雨》底作者也不是意识地站在进步的阶层立场正确地、具体地批判他所表现的现实的。从他底作品里意味到的，只是作者底原始的，“个人底”，纯感情的对于他所表现的现实的一点点微弱的，抽象的反抗情绪而已。

没有对于作品所表现的现实的具体的，正确的批判的作品，虽然是写实主义(客观的写实主义)的作品，却不能算是真正现实主义的作品。所以我们说《雷雨》是自然主义(客观的写实主义)的作品。

(三)高尔基说过:“我们不但必需知道两个现实——过去与现在，——我们还必需知道第三个现实——将来的现实。——我们必需把这第三个现实包括在我们的活动之内，我们必需呈现它。没有它我们就不会了解什么是社会主义的现实主义的方法。”这——高尔基所说的第三个现实，是不是呈现在《雷雨》里了？可惜得很，《雷雨》仍旧没有做到。《雷雨》不但没有显示出那悲剧底社会的、阶层的意义，也没有显示出那悲剧底发展的倾向来。所以我们说它是自然主义的作品。

(2)很多人都认为，《雷雨》是一部“命运悲剧”——这说法是较之前者更严重的。

这说法究竟对不对，我以为还是需要从剧本本身去看：

曹禺是把《雷雨》底故事当做悲剧来处理的，这一点我想谁都不会否认。他既然把那事件当做悲剧来处理，那末它就有指出造成那悲剧的“责任者”的义务。因为任何事件的发生，必定会有它发生的原因(社会的)以及造成这事件的“责任者”(社会或个人)，这与法律既然承认某一时间是“犯罪行为”，它就一定会找得出犯罪的原因和“犯罪者”来——是同一道理的。曹禺是不是指出了造成那悲剧的“责任者”？没有。他既没有把责任放在社会肩上，也没有把责任放在任何剧中人肩上（他对于每一个剧中人都寄付了同情的）。他只告诉了我们这样一段悲剧故事，它没有指出为什么会造成这样的悲剧，也没有指出谁（社会或个人）应该负造成这悲剧的责任。相反地，他只在剧中给了我们一个很强烈的暗示，那就是——操纵这一群可怜的生物的，是一位不可知的宇宙底主宰。社会是不可知的吗？不是的。人是不可知的吗？也不是的。那末，曹禺暗示给我们的那不可知的主宰是什么呢？我想即使曹禺自己不承认那是“命运”，读者（或观众们）也会想到那是“命运”——最不可知的宇宙底主宰。

翻开《雷雨》底序文来看——“……在这斗争背后或有一个主宰来使用它的管辖，这主宰，希伯来的先知们赞它为‘上帝’，希腊的戏剧家们称它为‘命运’，近代的人抛弃这些迷离恍惚的观念，直截了当地叫它为‘自然的法则’。而我始终不能给它以适当的命名，也没有能力来形容它的真实相。因为它太大，太复杂。……”（序——P5）从曹禺底这一段自白里，我们可以看出，他一方面既不便承认那主宰是“上帝”或“命运”，一方面又不愿意承认那主宰是“自然的法则”，所以弄得自己“始终不能给它以适当的命名”。

其实，曹禺心目中底宇宙底主宰，不过是“新上帝”或者“新命运”，不然他为什么要把宇宙当成“一口残酷的井”（序——P7）而认为人们“落在里面，怎样呼号也难逃脱这黑暗的坑”（序——P7）呢？除了“上帝”或“命运”，此外还有什么是人力绝难抗拒的？

为了充分地证明人们说《雷雨》是一部“命运悲剧”的正确性，我想再引几段作者底自白。

“我不能断定《雷雨》的推动是由于神鬼，起于命运或源于那种显明的力量。情感上《雷雨》所象征的对我是一种神秘的吸引，一种抓牢我心灵的魔。《雷雨》所显示的，并不是因果，并不是报应，而是我觉得的天地间的‘残忍’（这种自然的‘冷酷’四凤与周冲的遭际最足以代表的死亡，自己并无过咎）。”——（序——P5）

“……而上帝偏偏罚她们枯干地生长在砂上。”——（序——P10）

“……只好问她的运命，为什么她会落在周朴园这样的家庭中。”——（序——P11）

够了，仅这短短的三段已经够证明作者把造成那悲剧的责任全盘推卸到“不可知的宇宙底主宰——命运”肩上去了。《雷雨》不是“命运悲剧”是什么？

最后，我还想解释一下，作者为什么会把《雷雨》写成“命运悲剧”的。我以为——

第一，由于作者对现实的不理解——他不理解规定人底意识，人底生活的是社会，因此，由“不可知”而把客观现实当成了宿命的东西，把主宰现实的认做是“命运”。

第二，由于他受了希腊悲剧底影响，希腊悲剧底特点，《雷雨》都具备了。（一）希腊悲剧是“命运悲剧”，剧中人全受一种不可知的“命运”操纵，“命运”不仅不可知也不可抗拒，凡抗拒“命运”的一定得不着好结果（所谓抗拒“命运”就是不安于现实）。《雷雨》中底蘩漪是一个最明显的例子。此外，周萍、周冲、四凤……都是属于不安于现实的人。所以他们的结果都是死亡。（二）希腊悲剧底主要人物，多半不是正常的性格，悲剧就是由于这些不正常的性格造成的（这些性格是没有社会基础的）。《雷雨》中的蘩漪，朴园，周萍，恰属于这一类。(三)希腊悲剧底故事多半是“巧合的”,因为巧合才能说明这是由“命运”所支配。《雷雨》也是一个巧合的故事——为什么四凤恰好也到了周家做丫头?为什么大海正好也到了周家矿上做工头?为什么鲁侍萍刚好嫁给一个在周家当了多年家人的鲁贵?为什么周萍恰好与四凤恋爱,而且还有了孕?为什么三十年后这帮冤家又都到周家来聚了头?这不是“巧合”是什么?这不是由于“命运”的作弄是什么?(四)希腊悲剧中常常是亲属通奸,因为这才最容易解释是“命运”的支使。《雷雨》中底蘩漪与周萍,周萍与四凤不是亲属通奸吗?(五)希腊悲剧是不主张剧情与观众太接近的。剧情与观众有若干距离的间隔,使观众看后不觉得是切身的刺激,这是最理想的作品。《雷雨》之用序幕尾声,将看戏的人回推远三十年,也就是为了希望使“看戏的人们回家,带着一种哀静的心情”,“荡漾在他们的心里应该是水似的悲哀,流不尽的;而不是惶惑的,恐怖的,……如一只钳子似的夹住人的心灵,喘不出一口气来”,“把一件错综复杂的罪恶推到时间上非常辽远的处所”……

《雷雨》太像希腊悲剧了。虽然我明知道作者不是故意的模仿,可是至少是受了它的影响。正因为作者受了希腊悲剧极深的影响,所以有意无意的把《雷雨》写成了“命运悲剧”。

原载《文化杂志》1941 年第 1 卷第 1 期

论《雷雨》(上、中、下)

郑学稼

一、《雷雨》的产生

曹禺先生成名的处女作,就是《雷雨》。

《雷雨》正像"五四""可怜的秋香",早在全国的舞台上演过,观众对它的人物的熟悉和感念,也许更甚于笔者。那么,为什么我们要研究它呢?

研究它,为着它是五四运动的文学传统被"拉丁化"袭灭后唯一的花朵。它在我们近十年文学史中的地位,超过前此许多成名作家的"杰作"。仅仅这一点,已足使它的读者们给与重新估计的必要了,何况,它在曹禺先生此后的著作生活中,还占着极其重要的一成。

若干人对《雷雨》曾发生了似乎非作者所有——这是我个人的感觉,和原作者无关——的感觉,如:这是一部编的阶级斗争的作品,但,当笔者相信聪明的读者读它后,却不愿相信这一结论。谁也不敢否认,《雷雨》中写到"罢工"的字眼,没有□[1]只□□情感的人物□□□,这些动作和人物,放在剧本《雷雨》中,并非占有主要的地位。若使我们更冷静地,从曹禺先生的已刊作品去估计,那么,《雷雨》的鲁大海,只是许多人物之一,塑他的人,似乎是偶然袭到的创作,不是他的中心形像。因此,自鲁大海塑好后,似乎被塑造者所忘却,我们不能在别的作品中,遇见那勇敢、热情、诚挚的剧中人。这是究竟何故呢?

说到这一问题,必然会追究曹禺先生怀着何种情绪,在当时写那《雷雨》,这追究似乎是多余的。因为,在《雷雨》的"序"中,作者曾说过这样的话:"累次有人问我《雷雨》是怎样写的,或者《雷雨》是为什么写的这一类的问题。老实说,关于第一个,连我自己也莫明其妙;第二个呢,有些人已经替我下了注释,这些注释有的我可以追认——譬如'暴露大家庭的罪恶'——但是很奇怪,现在回忆起三年前提笔的光景,我以为我不应该用欺骗来炫耀自己的见地,我并没有显明地意识着我是要匡正、讽刺或攻击些什么。也许写到末了,隐隐仿佛有一种情感的汹涌的流来推动我,我在发泄着被抑压的愤懑,毁谤着中国的家庭和社会。"[2]

这一自白,能够打消看完《雷雨》者的情绪吗?不能。笔者从未曾否认过,在曹禺先生的作品中,对中国的社会或者家庭感着不满;甚至他还接连地用他的作品"毁谤"它——这

① 以下原文因印刷及影印等原因,文字漫漶,难以辨认,用"□"替代——编者注。

② 文化生活出版社改订第十一版四页。下均指这版本。

是曹禺先生的权利,应该无人敢加非议的。因为被“毁谤”的早该“毁谤”了。——这又恰如曹禺先生的自述,只是“写到末了”的一种情绪的产物,不是规定的创作程序。但那在曹禺先生作品之阅读者的眼中,却没有什么效用。他的读者,是从人物发生兴趣,不是跟随作者塑造的情感走。我们尽管可以采用曹禺先生的自白,承认他在创作中,常读着“一种情感”,泄露出不满“中国的家庭和社会”——如《北京人》和《家》——但我们似乎有比这更多的感念。

说更多的感念吗?□□□□——□□□□□□□作者□□□□□的感念!□□□可以□出的,发问者却有□□作反面的答□:一个成名的作家,往往不能预料他的读者对你的作品的感觉。因为,□□□□的□□□□□□□□□,□□□□一种□□□□□的□□。它可以受□□的非议或夸奖,□之得到何种的反应,对于作者的关切,□□□□□;□□有两□□□:第一、反□的主张和让作者的抱负相反,甚至引起误解的纠纷;第二、□□非作者意料所及的反应——它如用正确的字义,应该就是同作品而生的意见。关于前者,暂不说它;关于后者,以《雷雨》为例,就是曹禺先生所谓的“注释”。

成功的作品,似成功的塑像。它有各种的形像,投射到观众的眼里。客观是固定的,但主观却不相同。不同之处,在于欣赏者的主观上修养,或支配主题的社会条件。因此,尽管已成名的作品,取得了“成名”的报酬,有时,也为着批判者主观上的修养不足,或支配他发表的条件,做出不合理的结论。

何以有这现象?最大的原因,在于成名的作品,是客观的反映。又可以换句话说,是现实之一隅——难有全部——的反映,正因为,它反映出现实之一隅的形象,所以,它在大众的心弦上,弹出共鸣的调子。它的人物,又因之引起读者或舞台下的观众的各种感觉。这种感觉,常不是作者所能预期的。我们可以说,伟大的作品,可给它的读者,引为政治斗争的工具——如斯托(H. Beecher Stowe)的《黑奴吁天录》(*Uncle Tom's Cabin*)对黑奴解放的影响——但他本人却不是政治宣言的起草者。

《雷雨》的情形,恰是如此,曹禺先生在事后追认,当自己写作时,曾有一种情感,迫使涌出反中国家庭的“毁谤”,但他却不承认——也许我不知道——他有创造罢工人物的情感。

问题在此:既然《雷雨》的作者,未曾怀着“煽动阶级斗争”的本意,那何以会引起它的一部分观众或读者的那样感觉呢?笔者企图答复它。

依一九三六年十一版的“序”文,作者有“现在回忆起三年前提笔的光景”一语,可以明白,《雷雨》是写于一九三三年间。这一年的年历,多少可引起人们的恐惧与愉快的回忆。因为在那时期,一方面我们可从历史的发展,知道民族的统一运动,正在展开。另一方面,我又知道,虽然“闽事变”结束,而日本帝国主义于制造这伪满之后,又迫订所谓“塘沽协定”。同时,夹在一喜一惧之间的,我们记着江西的“苏维埃共和国”——它成立于“九一八”后——正“庆祝”它的两周年。处在这个混乱——这是外表的现象,实际上并不如此。——的环境,最富于感动性的知识份子,似乎走上十字街头,他们尽管见不到革命职业家预言可实现的兆征,而他们总以为那是“终有一天会到来的”,既然会到来,那应该值得等候了。于是，有一部分人们不仅等待着，而且热烈地向革命职业家所自信代表的无产者，伸友好的手。另一部分，则把革命职业家正燃起的火种，□大地宣扬为□□的火焰。它就是一九三三年间的“罢工”。这场罢工，从目前的情况回顾它，是没有历史作用的，但在当时却不能使人们就会明白着它。

我们的曹禺先生呢？他不是革命职业家，他只是广大知识分子之一员，他不能不受广大同人感觉的感动。因此，当他执笔创作《雷雨》时，他自然而然把“罢工”的一幕，收入他的处女作中。当然，这不是他受任何方面的指使——似《子夜》的产生那样——只是客观给他的主观的小反应。曾生活于四十年代初的我们，才对这种反应加以苛责吗？那不能的。这是当时许许多多知识分子的通常现象，看着这一点，我们对于《雷雨》中鲁大海的写作，不能不给与莫大的谅解；何况，如后面的分析，那种“罢工”代表从周府出亡后之下落不明，正是当日革命职业家动作的写真。如果，我们在目前的现实中，找不到鲁大海——他总未回头遇到——那何必要记起鲁大海在周府上的小动作呢？

以上的叙述，只算是笔者——读者之一的他的感觉或“注释”。这种“注释”依原作者的“序”，似乎是多余的。因为他并没有明白地说过它。他所自供的，是□用随手创的□人物，表现“上帝”——或“希腊的戏剧家们”所称的“命运”——所支配的人类，在他的“残忍”与“冷酷”的指导下，演着使人酸鼻的悲剧（序五页）。他受演者们的行为所感动，带“一种悲悯的心情，来写剧中人物的争执。”他在写后，又指导最高在上它的读者们或观众们，“怜悯地俯视着这堆在下面蠕动的生物。他们怎样盲目地争执着，泥鳅似的在情感的火坑里打着昏迷的滚，用尽心力来拯救自己，而不知千万仞的深渊在眼前张着巨大的口。”（同上六页）依这样的自白，那《雷雨》确是“一种情感的憧憬，一种无名的恐惧的表征。”这一表征，不过是作者“一种心情在作祟，一种情感的发酵。”因此，他自己对他的作品的降生，做出这样的结论：“以它代表个人一时性情的趋止，对那些‘不可理解的’莫名其妙的爱好，在我个人短短的生命中是显明地划成一道阶段。”（同上七至八页）

如果，我们承认《雷雨》作者自供创作这一悲剧的心境是可靠——那应是可靠的——我们还要问着：何以，曹禺先生把他的处女作叫做《雷雨》？又何以，在全剧中用雷雨刺激观众，并使若干人物充当雷电的祭品呢？对于这一点，作者也有明白的解释。他为我们指出，那由于写作时期夏天的气候。他如此说：“夏天是个烦躁多事的季节，苦热会逼走人的理智。在夏天，炎热高高升起，天空郁结成一块烧红了的铁，人们会时常不由己地，更归回原始的野蛮的路，流着血，不是恨便是爱，不是爱便是恨；一切都走向极端，要如电如雷地轰轰地烧一场，中间不容易有一条折衷的路。”（同上八页）因此，在这雾团中的他，所创造的人物，不能不各走极端。走极端之自然的结果，是悲剧，谁也会理解的。

二、《雷雨》的剧情

确如《雷雨》作者的“追认”，它是“暴露大家庭的罪恶”。但这种“追认”是无需的，因为它虽然以“家庭”为题材，内中却潜伏许多经得起人们考究的其他事情。这些事情尽管是绕着一个“家庭”的轴子，如果没有它们——所谓被“暴露”的“大家庭”，便难有它的“罪恶”。

成为论题的“大家庭”，是指周朴园的家。

周氏是“约莫有五六十岁，鬓发已经斑白”的家长。依他的儿子的供述——当他的儿子毒骂着他时，他还没有吻白那毒骂他的“工人代表”，就是他的弃儿。——他“从前在哈尔滨包修江桥，故意叫江堤出险，……淹死了两千二百个小工，每一个小工的性命扣三百块钱”(一七五页)发了这三十余万“绝子绝孙的昧心财”的他，进一步经营矿山，充当董事长。他有了钱，连带地社会上也有了地位。于是，他的行为无一不和他的教育——德国的留学生、他的社会事业以及他的年龄相配合。他的外表，“像一切起家立业的大人物，他的威严在儿孙(应该说‘儿子’——稼)面前格外显得峻厉。”(八九页)这种的态度，从另一面看来，正是他的内心上某种弱点的补偿。至少可以说，是他对年轻时代之放浪生活的忏悔。这一段值得他忏悔的生活，是当他在无锡时，曾与一个使女周侍萍发生关系。她为他“生了两个儿子。生了第二个，才过三天，忽然”(一五七页)他不要她，留着大孩子，迫她抱着小的于“年三十夜里”投河。这虽然是“三十年前”的事，但他并未忘却它。因此，把他的长子命名为周萍，以为纪念。并且就当他迁家北上后，在家中还留一间房子陈设着他所欲纪念者生前所爱的家具。至于他的家主妇，后来由一位“有钱有门第的小姐”前来充当。这新的主妇——也许是名义上真正的唯一的主妇，又为他生了一个儿子——他叫做周冲。他为洗刷他年青时的罪恶，不，应该说，鉴于自己青年的放浪，要他的后代在他的严格管束中生活。这一理想，使他成为家庭的唯一“专横”者。他的妻，为着他死去□活力，他的儿子们把他视为家庭的暴君。自然这种的反感，他是不会觉察的。如果没有“上帝”的雷雨，在他面前发挥主宰人类命运的威力，他永久地不会由家庭宝座上跌下来。

在周府中，第一个反抗家长的人，不是别的，而是他的长子周萍。从小就失去生母的他，在那样“专横”者所支配的家庭中，并不能按照父亲的理想而养育。却相反地，像一般大家的阔少，他“约莫有二十八九”了，却未正式地娶亲。虽然外表上，没有使“女人醉心”的美，而却算是“面目清秀”的男子。正像《红楼梦》中被绰号为“天下愚顽第一，古今不肖无双”的他，在“暴君”所统治的小世界中过着家庭统治者青年所过的粉红色生活。当他的青春期感觉有一个伴侣的需要时，他就注目着他的后母——周蘩漪。她的苦闷，经不起他的诱惑，把他当为“再生”者。于是他不费力地占有她。当他在她身上找到某种欲望的满足后，他甚至于告诉她，他可以杀死她的丈夫！但这种反常的心注，时如周府一般人所传说的，是“鬼”的生活，终难在白天中度过。于是，他必然地把他的视线，从苦闷——或且说，从过分满足而感到“不自然关系”之应该割断的自觉中，偷偷地向四围投射。当他的眼光，照到一个处女时，他对她的热望，正像被他将要遗弃者受引诱时之热望着他。他就这样地受“命运”之神的支配，演他的父亲在青年期所演的旧戏。他自然未曾考虑到，在这一幕新剧中，应花的代价，而他却以为经过处女之香洗刷后，会走上再生之途。可惜，他的个性，不能使他完成他的抱负。结果，在旧好的热恋束缚下，他只好用酒对抗她所给与的基础。无需说，他还未明白，他的新欢却是与他有二分之一血统关系的女人。

这个女人，是周府的使女，名叫四凤。她是“约有十七八岁”的少女。当这朵“红艳艳”

的花枝，供奉于周家大少爷的桌上时，有灵机的她，并不曾感着物质上的事情。她只机械地满足她发育期间所欲满足的欲望——它叫做“爱”。为了它，她忘却一切，并且忘却她所爱者，在社会地位上，是不能与她偕老的。这种顾虑，并未曾在已经怀孕的她的心上逗留过；她所耽心的，是当她的父亲在她面前提及周府“闹鬼”的活鬼就是她的爱人和她的主母时，恐怕主母要她和所爱者分离。

分离是必要的了，因为蘩漪已经窥破周萍与四凤的秘密。这位“果敢阴鸷的女人”，虽然“是一个中国旧式女人，有她的文弱，她的哀静，她的明慧”（六二页）的特点，但她在朴园身上却找不出年轻的她所欲的和所需要的。于是，她受爱裨的鞭打。鞭打迫她跳出旧礼教的圈外，她正像“一只饿了三天的狗”找觅着“最喜欢的骨头”，而追求她的对象。在那周府中，配充当这一角色的，只有她名义上的儿子的周萍。于是，她被他——也可说是她所愿意的——诱上“后母不像后母，情妇不像情妇”的路。她在十字街头徘徊着。当她深解失恋的痛苦时，她的心里发生了“爱”的另一面，那就是“恨”。恨使她有时忘却了自己，甚至忘却了一切。尤其是当她的恨接着失去的爱时，她受自己亲生儿子周冲之天真的刺激，她不能不浸在苦海中。她最后明白——这是她主观的妄想，她要占据着她所爱者，只有解雇和她竞争的四凤。她不理解就没有四凤她也不能追回从她手上失去的周萍。

恰和生母之妒恨四凤的态度相反，周府的二少爷却爱着她。说他爱四凤，似乎有些失当。因为“才有十七岁”的他，还不理解这一字的奥妙。他之追求四凤，只算是刚走进青春期的少年对异性之好奇心本能的泄露而已。他的年龄，只适于“幻想许多许多不可能的事实”。（四七页）他只要有美好的梦，不会拒绝在其中活着的。他之被四凤所吸引，不是为着他的幻想，而是为着周府中可以满足他的幻想的，只有一个四凤。如是，正像中世纪骑士文学中的诗人歌咏贵族妇人，我们的周萍也用从书本得来的从，或从短短人生旅途所学来的词句赞美四凤。（上篇）

可是，四凤的爸爸，对于天真周冲之赞美自己女儿，不感到兴趣。他的精神，另聚集于夜里用汽车送他的女儿回到陋巷的“大少爷”。这是否说，他希望自己充当“周府的亲家”呢？似乎鲁贵并没有这么想过。已“四十多岁”的他，在“大家仆人”的长久生活中，深知人之可爱不如钱之可爱。知道这一点，他自认为“懂事”了。因此，他所望于四凤的，是她源源地给与慷慨的施舍。他用那施舍品，过着下流人所享受的生活。他违背妻子的嘱咐，把四凤送到周公馆当使女，已似渔翁之把香饵放在水中。到四凤投入周萍怀里时，他不感到自己生女之走入人生的险途，反庆祝他自己可有的前途。所以，他似乎本于良心地教训四凤说：“一个当差的女儿，收人家点东西，用人家一点钱，没有什么说不过去的。”（三八页）那是否说，他见不到四凤在周府可能的危险吗？他见到它。因为，他目击周萍同“他的后娘”在屋子中“闹过鬼”，他知道蘩漪在妒恨四凤。但他却不以为意，他自感只好要在“太太”面前略露出些语言，便可以把周公馆充当自己的寄主。

他的妻——鲁妈或鲁侍萍，却和鲁贵的念头完全相反。她自离开周家后，一嫁再嫁，最后嫁给鲁贵。她抚养着周府的弃儿——鲁大海，她又为鲁贵生了四凤。她的外貌虽然

"只有三十八九的样子",而她的经历却使她苍老些。她有高贵的性格,受它的指使,她把自己的希望寄托于儿女。至于她自己特地跑到济南为教会的教师服役。她不以服役为耻,但不愿她的女儿到"大家"中充当使女。这个不愿最大的原因,是恐怕她的女儿走上她的覆辙。

最后,我们要说的是鲁大海。虽然他的血液和四凤的不同,而在下层社会环境中长大的他,不能够有亲兄弟周萍的文明举动。他先拉过洋车,后来靠鲁贵的力量,在周家矿山当矿工。他的热情和产业中的优点,使他于两年的劳作中,成为工人的代表。当矿山逗起风潮时,他以代表的资格,回到家乡来。说到他的家,他爱他的母亲而深恶鲁贵。他深恶那"名义上"的爸爸,不是为着别的,而是为着鲁贵之"能很卑贱地谄笑"的性格。鲁大海深恶那类的人,正似产业工人之深恶流氓无产者。至于他对四凤,虽然在剧中没有什么说明,由他对周萍的谈话,可以反映他是爱护着他的妹妹。

上述的人物——周府的朴园、萍、冲和蘩漪,与鲁家的鲁贵、大海、鲁妈、四凤——在曹禺先生的笔下,演着上帝所指定扮演的悲剧。开始时候,恶作剧的创造主,以宽恕的态度,使三十年前曾欠了人生债务的周朴园,为着他的家庭和产业,而暂时地——不是永久地——忘却了他的债主。但正当他自感得意时,矿山忽传来罢工的消息。他接见那些代表,运用他留学德国时期所见到所读到的应付方法,他收买了愿意出卖自己的"工人代表",但内中却有一个人在反抗他。那就是鲁大海。这位离家到矿山服务两年的工人,在董事长的府里,会见他的爸爸和妹妹。他无意中面告四凤,"这不是你住的地方。""为什么?"事情十分简单。在他的直觉中,由两年在矿山看了周家所做的事,使他恨他们。因此,朴园的家,一切映在大海眼中的,都呈现着毫无是处。从周府说来,那威武的房子,阴沉沉地都是"矿上埋死的苦工人给换来的。"(四五页)从周府的人物说来,董事长的剥削,所得到的"报应",是他的长子"脸色发白,……像是要死的样子,"虽然周冲被他认为比较开明,但他总以为凡是"少爷"都不是他的友好者。

正当大海们的行动引起朴园烦恼时,周府的太太,也从楼上下来。她据说是病人,但她自己十分明白她的病源。她不是如她丈夫的希望,我觅克大夫诊视自己,而是我是觅周萍。凑巧她遇见四凤。她向使女探问周萍的行止,同时又见着他的亲生子周冲。他向她报告对四凤的求婚。她指点他,他的迷梦,只要父亲的一句话,就会打破。此后,她又见到她的心上人。她要逼起他三年前的旧情,但他却漫然地不以为意。

恰巧朴园踱进来。他带着喜悦的心境,向家属说矿工已经复工,和开除鲁大海。这引起周冲的反感,但他的父亲却已经地教训他:"你知道社会是什么?你读过几本关于社会经济的书?我记得我在德国念书的时候,对于这方面,我自命比你这种半瓶醋的社会思想要彻底的多!"(九二页)他接着表现的专横,他迫蘩漪喝药。同时,又教训放浪的周萍。他对他的儿子指出他的统治方针和希望:"我的家庭是我认为最圆满、最有秩序的家庭,我的儿子我也认为都还健全的子弟,我教育出来的孩子,我绝对不愿叫任何人说一点闲话的。"(一〇三页)

但事实的表现恰和他的希望相反。受他侮辱的蘩漪,向周萍申诉"引诱"的旧债。而周萍却在求自己的解脱，要到矿山去。

现在是鲁妈出现的机会了。她一回家，就知道女儿违背她的主意到周府帮人。她赶到那里，会见蘩漪。她担心自己的女儿重演她的悲剧，答应周府的太太，带回四凤，但命运却迫她在这一决心露出口里时，会见她不愿见的朴园。她对他并没有什么要求，而且她愿意把他的债务放在心里。当他由她口中知道她的过去时，他明白鲁大海是他的"骨肉"，但卑劣的他，以为她是有所要求而来。当他的"五千块钱的支票"破扯为碎片和得到"我这些年的苦不是你拿钱算得清的"（一六九页）回答时，他为自己的利益着想，辞退他认为一旦知道他对她的关系会要挟他的鲁贵。

这时候，鲁大海出现在朴园和鲁妈的眼前。他不知董事长就是他的生父，他侮辱朴园，换来周萍的打。这一对亲兄弟之不相识，正像鲁妈之不敢认周萍。如果，《雷雨》的读者，在这时际咀嚼它的作者在"序"中的自供，真会明白命运之神在暗中支配着人类的"残忍"。

当鲁家的人们离开周府回到陋巷后，鲁贵首先埋怨大海。忍不住名义上父亲的责骂，他拿出矿山警察遗下的手枪。这惊动了鲁妈，并担心他会用同一的手段，对付周府的人们。她收藏了它。在这纠纷中，四凤一心挂念着周萍会应约前来，但到来的，却是奉母命送钱的周冲。大海拒绝他的好意，并给与无理的侮辱。过了不多时光，他却和周萍在妹妹的房间会见。他将打他的仇人，而被打者赖鲁妈的救助而逃脱。

四凤只有一走了。她冒雨走进周府。为着她的走，引起鲁家全家的追踪。于是，夜半的周府，热闹起来。开始是朴园看不惯蘩漪夜半在大雨中淋了半夜，接着是周萍与她的决算。她失望之余，求助于周冲，希望他会破坏他的哥哥对四凤的关系；到她明白鲁妈就是梅小姐时，她请朴园来会见他的媳妇和旧情人。

被大海遇见的周萍，叙述他过去的错误和他对四凤的真爱，以求谅解。无意中，大海把手枪交还周府代表人的他。当他知道四凤失踪时，他惊异起来，但马上被一种啸声所抚慰；原来她来了。

四凤与周萍的会见，是悲剧结束的信号，由她引会了应该会见的人。当朴园命令周萍认鲁妈为母时，四凤为着羞恨，触电先死，继着是追她的周冲。愤愧父亲"不该生他"的周萍，在书房中用鲁大海所给与的手枪自杀。大海呢？和周府仆人吵打后扬长而去，不知下落。鲁妈和蘩漪因之发疯，被大事变遗下来的只有朴园和鲁贵。

结束上述的悲剧后，原作者曾对自己所造的人物，发出下面的叹息："生活在狭的笼里而洋洋地骄傲着，以为是徜徉在自由的天地里，称为万物之灵的人物不是做着最愚蠢的事么？"

说人为万物之灵，那是夸语。人只是可怜的、渺小的动物。他时常无知地在造物主面前"争执"。《雷雨》的人物的生活，不就是它的活证吗？

三、《雷雨》的人物

如果上面的论述，恰是《雷雨》作者的本意，那么，我们的曹禺先生过于悲观了。是否带着悲观的人生哲学的作者，方会写作悲剧，这一点，还未见过我国剧评家的详细论述。但在曹禺先生笔下描出的人物，却不是像木头的，而是活生生的。我们可以说，那些剧中人，没有一个没有显明的个性，和动人的行为与表现。说到这一点，谁能够吝惜他对曹禺先生的称赞呢？

说到人物的性格——就《雷雨》而言——曹禺先生为他的读者推荐周蘩漪。这个“果敢阴鸷的女人”，由她的外表：“脸色苍白，只有嘴唇微红，她的大而灰暗的眼睛，同高鼻梁”，确“令人觉得有些可怕。”（六二页）但这种似乎使人不敢接近的外表，乃是她“失望后的痛苦与怨望”的泄露，不是她内在的本性。她的本性，是需要异性的安慰。因此，她并不是不可亲近的人。像这样的女性，充当一个天真孩子的母亲，自然地在他的口中，会滚出这一赞词：“您不是一个平常的母亲，您最大胆，最有想像，又，最同情我的思想的。”（七五页）

原作者自述：“蘩漪是个最动人怜悯的女人。她不悔改，她如一匹执拗的马，毫不犹疑地踏着艰难的老道。”（序）这似乎指她对周萍的不正常关系。她自供，她在周朴园家里，被丈夫的“凶横”“渐渐地磨成了石头样的死人”。她“预备好棺材，安安静静地等死”，偏遇着周萍把她救活。她因之感激吗？不。她曾面告她的所爱者：你“把我救活了又不理我，撇得我枯死，慢慢地渴死”。（一二三页）一个人在这样液（编者：应作压）抑的环境中，不会再“安安静静地等死”的，那么，她之紧紧地抓着周萍，说服他，追迫他，是必然的；到这些手段都宣告失败时，她只好向他求怜悯，说：“萍，好了。这一次我求你，最后一次求你。……我有没（编者：应作没有）亲戚，没有朋友，没有一个可信的人。……你带我走——带我离开这儿，日后甚至于你要把四凤带来——一块儿住，我都可以，只要，只要你不离开我。”（二七一至七二页）可是这些的恳求，在两性的结合纽带已被“命运”之神切断后，反引起对方的冷骂。结果呢？她知道一切都完了。于是，她顺事态逻辑的发展，由爱走到恨的一边。充满果断心的她，追求爱神和礼请恨鬼，是用同一的热忱，在这转念之间，谁有权利苛责她破坏周萍和四凤的结合呢？那是没有的。至于她不自觉地扭动悲剧开关，那不是她的罪过。

似蘩漪那样的女性，在“五四”的前后的大家庭中，常常见过。她的时代，是民国纪元前，但不幸的她，却生活于混乱的民国初，她有旧因袭的惰性，她也有新社会的伦理。这两个相反的束缚，统一在她的行为中。为着后者，她敢接受周萍的“引诱”，相信这负心汉在山盟海誓后吐出的语言——愿爸爸的死，“就是死了灭伦的罪也干。”（一二二页）但前者却拉着她，使她的所爱者在这“不正常关系”的舆论前屈服。生活在那种不幸时代中的女人，还有什么前途呢？在五十年代，我们说着这类的女人，多少引不起年青人的兴趣。但在我们这一世代人的眼中，却不是如此。所以，曹禺先生说：“对于蘩漪，我仿佛是个很熟的朋友。”（序）他又说：“我算不清我亲眼看见多少蘩漪。（当然她们不是蘩漪，她们多半没有她的勇敢。）她们都在阴沟里讨着生活。”他接着加了下面的赞语：“这类的女人许多有着美丽的心灵，然为着不正常的发展和环境的窒息，她们变为乖戾，成为人所不能了解的。……在遭遇这样的不幸的女人里，蘩漪自然是值得赞美的。她有火炽的热情，一颗强悍的心，她敢冲破一切的桎梏，做一次困兽的斗。虽然依旧落在火坑里，情热烧疯了她的心，然而不是更值得人的怜悯与尊敬吗？这总比阉鸡似的男子们为着凡庸的生活怯弱地度着一天一天的日子更值得人佩服罢。”（序九至十页）

和蘩漪相照的，是梅侍萍——也就是观众曾为之流下了不少同情之泪的鲁妈。她和蘩漪一样，也是朴园生活上的债主。但她为着年龄的关系，柔弱地随旧社会的伦理走。她自知“侠女”不配充当主人公的太太，但她却明白，引她萌着这一念头的是朴园不是她自己。因此，到她自己陷于证实幻想的苦海时，她只能和旧时代的女性一样，为着衣食而渡过她的不幸——也许还为着她的母性爱。在宋儒所谓“饿死事以（编者：应作小），失节事大”的旧社会中，她敢一嫁再嫁，是为着什么呢？依她会见朴园时的自述：“我的眼泪早哭干了，我没有委曲，我有的是恨，是悔。”（一六三页）一个女人，为着“恨”和“悔”，能三十年如一日地捱过，这究竟为着什么呢？是要再见她的薄幸郎吗？不是的；她的心中，早没有了他。那为着什么？原作者并没有为我们指出。要明白，这是一个社会的问题。问题已现实地存着说，我们指摘地说：你文学家有解答的责任吗？

由于侍萍与蘩漪的年龄上有上下，所以，在表示对旧爱的动作中，也有不同。蘩漪对周萍，开始是暗示他忘却“闹鬼”，接着伸诉自己的内心苦楚，只希望他给她以安慰——甚至重温口惠不实的旧爱情语言。至于侍萍，却非如此。她对朴园的懊悔：“你不要以为我的心是死了。你以为一个人做一件于心不忍的事，就会忘了么？你看这些家具都是你从前顶喜欢的东西，多少年我总是留着，为着纪念你。……你的生日……每年我总记得。一切都照着你是正式嫁过周家的人看，甚至于你因为生萍儿，受了病，总要关窗户，这些习惯我都保留着，为的是不忘你，弥补我的罪恶。”（一六五页）只叹一口气答道：“现在我们都是上了年纪的人，这些傻话请你也不必说了。”“傻话”？记着这两字。侍萍是从三十年的痛苦生活中抓到它。它用为答复朴园的忏悔，若使不说太残忍，那是十分恰当的。

或许为着两人教养环境的不同，对于自己的遭遇，也抱着不同的反应。这表现在母性的方面更加明白。蘩漪把整个的心寄托在不可靠的周萍身上，她忘却周冲是她的儿子。从日常的生活看去，她对他，正像一个大姐姐之对小弟弟。虽然到周冲不能满足她的希望——破坏周萍与四凤的关系时，摆出母亲的架子，说：“冲儿，你为什么不说话呀？你为什么不抓着四凤问？你为什么不抓着你哥哥说话呀？”甚至于骂他：“你难道是死人？哑巴？是个糊涂的孩子。”（三一〇页）却露出她的马脚，说道：“你难道见着自己心上喜欢的人叫人抢去，一点儿都不动气吗？”接着她为一失望的情绪所袭，陷入似语无伦次的环境中，当她的儿子面前，自招：“你不要以为我是你的母亲，你的母亲早死了，早叫你父亲压死了，闷死了。现在我不是你的母亲。她是见着周萍又活了的女人。她也是要一个男人真爱她，要真真活着的女人。”（三一一至三一二页）她的结论，是对周萍所说的话：“我没有孩子，我没有丈夫，我没有家，我什么都没有，我只要你说：我——我是你的。”（三一三页）

可是，鲁妈的处世方针并非如此。她自己暗地悔恨青年时期的遭遇，她从那不幸的教训中，冀望自己的女儿有光明的前途。因此，她希望四凤，她爱护四凤。她不许四凤到公馆帮人，最大的动机，就为着恐年轻的四凤，蹈上自己的覆辙。所以，由周公馆回家的她，流泪地教训——不，应说是自责地抚慰她的女儿说：“凤儿，可怜的孩子不是我不相信你，我太爱你，我生怕外人欺负了你。我太不敢相信世界的人了。好孩子，你不懂妈的心，妈的苦多少年是说不出来的，你妈就是在年青的时候没有人来提醒——可怜，妈就是一步走错，就步步走错了。孩子，我就生了你这么一个女儿，我的女儿不能再像她妈似的……。”（二三二页）到她被现实证实她所怕的不幸是既成事实时，她痛心地自责，并举首问青天：“如果要罚，也罚在我一个身上。”但她在未得到答复之前，马上明白：“不必再怨这不公平的天……人犯了一次罪过，第二次也自然地跟着来。”于是她为她的儿女祷告：“这罪过我知道，可是罪过我替他们犯了；所有的罪孽都是我一个人惹的，我的儿女们都是好孩子，心地干净的，那么，天，若有了什么，也就让我一个人担待吧。”（三〇五页）在这里，谁也会认别了梅侍萍具着蘩漪所没有的伟大母性爱。

如果侍萍和蘩漪是可以对比的，那周萍和周朴园更可以放在天秤上去估评。这是一对父子，同时又是如蘩漪所说在“偷偷地做出许多可怕的事情，祸移在人身上，外面还是一副道德面孔，慈善家，社会上的好人物”（一二一页）的世家中的一对人物。他们俩先后地欺侮过同一的女人，同时又用不同的方法抛弃她。她就是蘩漪。

从周朴园的口中，我们早明白，到晚年他不断地在内心忏悔他的过失。上帝不会苛人责人，而许人自新。是本着这一念头而创造他的剧中人物呢？还是我们的曹禺先生为怜悯这可怜的生物，而网开一面呢？那非笔者所知。（中篇）

但是，周萍也有同一的表现。他悔恨不该和后母发生不正常的关系，他在他的弟弟面前自责，甚至他还冒失地把它向鲁大海倾诉。他不能和朴园唱同一的调子，而且在蘩漪面前还装着决绝的样子，那不是他狠心，是为着他的年龄，迫他只能如此地解决的事。这事情，是他的不幸运命的源泉。

从另一方面看去，朴园父子曾赤裸地表现出自私心。父亲遇着出于他意外的旧好时，一再压住情感，面告侍萍，“从前的旧恩怨，过了几十年，又何必再提呢?”并且怀疑到有人“指使”她来。接着虽然安了心，还把他的念头从钱财出发，甚至于企望以五千块钱的支票，补偿内心的遗憾。我相信，《雷雨》的读者或观众，阅看到这一段时，不禁鄙视朴园。有其父必有其子，在蘩漪一再恳求下的周萍，只有一句话：“你死吧”！朴园所以没有说过同一的语言，那为着已死者之突然的出现。

可是，也许敏感的人们，会在朴园父子之中找出这一分别。朴园之抛弃侍萍，和有钱有门第的女人结婚，而心里并未曾对蘩漪有爱情，只是扩大他所统治的对象，周萍却非如此，他真正地在爱着四凤。普罗米修斯为从天上偷火而被囚，引起人们的同情；那么，人能不为着“爱”而谅解周萍吗?

问题归结到“爱”的一字。周萍对四凤究竟取着何种的态度？是和鲁大海所说的玩“当老妈子的穷女儿”呢，还是真正地爱着她呢？如果依我们的观察，那可以如此说：开始时候，他之“爱”四凤，正像他的父亲年青时之爱侍萍。最大的证据，是他对知道他要到矿山去的四凤，要求同往时，有下面的对话：

四：你带我去好不好？

萍：不。

四：我好好地侍候你，你要这么一个人。我跟你缝衣服，烧饭做菜，我都做得好，只要你叫我跟你在一块儿。……

萍：你看不出来现在，我怎么能带你去？……

四：你带我走！我不连累你，要是外面因为我，说你的坏话，我立刻就走。你——你不要怕。（一一〇至一一一页）

结果呢？他急躁起来，似乎发誓地自称他不自私，他也不怕大家说“周家大少爷看上他家里面的女下人”。但，这种语言，不过是他对蘩漪之誓语的再版，所以，四凤的要求，并没有达到目的。

那是否说周萍对着四凤，就和朴园之对侍萍一样，从此舍弃着她呢？原作者在描述周萍的个性——“怀疑”和“怯弱”，已暗示我们，他是似浮萍，随水波走。因此，当事变刺激着他时，他可以发愤起来，反抗外面的压迫。如果这次发愤，是合于舆论所说的良心，那就可以反证人们所顾虑的他对四凤确有了“爱”；反过来，如果那发愤是本于自私心，就成了他之舍弃蘩漪的局面。前一种表现，是他对鲁大海的谈话，那些话语确是他当时心境的流露，说“我爱四凤”。我相信，我这样的解释和创造周萍者的原意相符合。因为他曾在“序”中告诉我们：周萍是“一个情感和矛盾的奴隶”。

那么，四凤呢？她只是一个情窦初开的小姑娘，她也许懂得爱情，也许她只是青春期的内在动力迫她接受“大少爷”的诱惑。此外，还有什么呢？古语说：“痴心女子负心汉”，这一句话在《雷雨》所引起的男女纠纷中，可得到恰当的注释。四凤爱周萍也作如是观——也仅能如是观。

四凤在《雷雨》中，并不能算做主角。因为她只是介于蘩漪、鲁妈及周冲之间的人物。她没有周冲的天真，但她的遭遇为着《雷雨》的支配结束得太早，所以也不像蘩漪们。她的生活，还不能超出她的教养所设的藩篱。因此，我们可以如此看四凤：她在那杏花巷中，所接触的下层阶级，在十至二十年代间，有两个生活的倾向：第一、还受旧社会的束缚，第二、已打破旧社会的桎梏。前者，使方跨入青春期的她，一受周冲的追求，便能够拒绝周冲；后者使自己忘却她是“女下人”，不能有配“大少爷”的社会权利——自然这是指所谓“社会舆论”而言。在这样苦境中生活的她，正像她所生活的社会是一个过渡的社会，也是一个过渡式的人物——由天真的周冲过渡到受社会虐待的鲁妈。她所以然使人们看不出是站在两个社会或时代之间，为着她的死出乎任何人的意外。

周冲是一个还未明白他所生活之世界的内容，就离开人世的人物。他之降生在周府，如果是他的幸福，那他之糊里糊涂地死亡，也是他的幸福。总之一句话，他是人类的幸运儿。

从人生的全面看来，似乎经过了下面的阶段：第一、当他呱呱坠地至结束少年期，他一切都是幸福的。第二、青年期的他，虽然偶然地看到人生丑恶的一面，但他却有顶天立地的勇气。似乎他比耶和华更有能力，不，他卑视这创造主，他要重改一个合法于共同理想的社会。同时,由于青春活力的鼓动,他还有追求异性的本能。这本能之发展,会使他忘却一切,并为它而牺牲一切。第三、是跨进中年期后,明白人生的一切,本是丑恶的,如果他不按那丑恶而更改面容,他就罕有纠正的勇气,多是取着内心不合作的态度。第四、是老年期。在这期间,他的生活像莎士比亚的分析,回到小孩时代去,因此他有孩童时代的良心,会忏悔过去的过失,甚至行善。此外,他惧怕一切,尤其是他所幻想的命运支配者。他等待这支配者的呼唤,正似驯羊之听牧人的驱使。我们的周冲呢?他应是方离开第一期而跨入第二期的人。

为着是这样的人物,他生活在幻想的世界里,他也为着这世界而礼赞,他面告四凤:"世界大得很,你应当读书,你就知道世界上有许多人跟我们一样地忍受着痛苦,慢慢地苦干,以后又得到快乐。"他接着鼓励四凤:"不,你不是平常的女人,你有力量,你能吃苦,我们都还年青,我们将来一定在这世界为着人类谋幸福。我恨这不平等的社会,我恨只讲强权的人,我讨厌我的父亲,我们都是被压迫的人,我们是一样。……"(二一五页)他在说这些话时,正像五四时期对大众演讲的青年。他忘却了四凤的教养还不配充当这种演讲的听众。因此正当他说得兴高采烈时,她打断他,说:"二少爷,你渴了吧,我跟你倒一杯茶。"此后的对话,是值得引述的:

冲:不,不要。

四:不,让我再伺候伺候你。

冲:你不要这样说话,现在的世界是不该存在的。我从来没有把你当做我的底下人,你是我的凤姐姐,你是我引路的人,我们的真世界不在这儿。

四:哦,你真会说话。

冲:有时我就忘了现在,忘了家,忘了你,忘了母亲,并且忘了我自己。我想,我像是在一个冬天的早晨,非常明亮的天空,……在无边的海上……哦,有一条轻得像海燕似的小帆船,在海风吹得紧,海上的空气闻得出有点腥,有点咸的时候,白色的帆张得满满地,像一只鹰的翅膀斜贴在海面上,飞,飞,向着天边飞。那时天边上只淡淡地浮着两三片白云,我们坐在船头,望着前面,前面就是我们的世界。

四:我们?

冲:对了,我同你。我们可以飞,飞到一个真真干净、快乐的地方。那里没有争执,没有虚伪,没有不平等的,没有……你说好么?

四:你想得真好。(二一五至二一六页)

从上面的对话,我们不难明白:周冲与四凤之间还有一道高墙。他对于她,是一种幻想生活的泄露。他可以把这态度对一切人。因此,除了她,他还同情工人,向鲁大海伸手。这样的青年,在五四期中,我们可以见到,而且是成群结阵地。

这种的青年,如原作者在"序"中所说,"需要现实的铁锤来一次一次地敲醒他的梦。在喝药那一景,他才真认识了父亲的威权笼罩下的家庭;在鲁贵家,忍受着鲁大海的侮慢,他才发现他和大海中间隔着一道不可填补的鸿沟;在末尾,蘩漪唤他出来阻止四凤与周萍奔逃的时候，他才看出他的母亲全不是他所想的那样，而四凤也不是能与他在冬天的早晨，明亮的海空，乘着白帆船向着无边的理想航驶去的伴侣。”因此，原作者说得好，像这样的青年，不仅不知道现实是什么，“甚至在情爱里，他依然认不清真实。抓住他的心的并不是四凤，或者任何美丽的女人。他爱的只是‘爱’，一个抽象的观念，还是渺茫的梦。”当他由这梦中被喊醒时他方张开口说着合于真实世界的语言：“我忽然发现……我觉得……我好像并不是真爱四凤；以前——我——我，我——大概是胡闹。”（三一〇页）说“胡闹”吗？若使活在真实世界中的人说这句话，并不过分；但在活在理想世界中的人们看来，那却是伤心的语言。因为，周冲的“爱”，是爱一般人的爱，不是男女间的爱。那个世俗的爱，是精神与物质的总和。所可惜的，是这天真的人，也可以说，由美梦中被喊醒的人，会说着合于真实世界的一句话后，便和那真实世界绝缘。这不是创造主的恶作剧，而是这伟大主宰之吝惜他给真实世界以一个真正的人。

周冲的超现实性，需要一群人物陪衬他。第一是使他忘却是骨肉之亲的朴园。他把这个老人看做家庭的暴君，人类的压迫者。第二是不像他理想的母亲，因为蘩漪在他眼前供述他所梦想不到的丑事。第三是他的哥哥，第四是拒绝他侮慢他的鲁大海。

鲁大海是一个超越剧中人物的人物。所以如此，因为他的时代，是大家庭时代，不是大工业时代。产业工作生活在大家庭时代，是不适合。但这个不适合，是一般论理（编者：应作理论）的，不是现实的。现实的中国，却确早有这类人。他痛恨资本家，他痛恨“少爷”的字句，总之一句话，他痛恨他所见的一切，因为这一切和他的生活环境全不相合。说到他的生活环境，和他的劳作环境也不符合。因此，他的意识夹杂着新和旧。新，是他会充当行会时期工匠所难有的敢见董事长的“工人代表”，旧的，他惧怕自己的妹妹，施行她所有的权利——接受男人的爱。像这种人，因为生得太早，所以在观众面前有突如其来及突如其去之感。他是否会再来呢？原作者没有明白地告诉我们，也许在《日出》中会找到一些暗示。

如果我们把鲁大海视为不合时代的产业工人，是合理的；那我们更有理由，把鲁贵看做中国社会所固有的流氓无产者。这类人，在产业不发达的世界里，有各种出现的形式，鲁贵即其中之一。他具有出自天性似的本领——谄笑。这个笑，使他在四凤面前夸口：是一个“机灵人”，“周家上上下下几十口子，哪一个不说我鲁贵刮刮叫。来这里不到两个月，我的女儿就在这公馆找上事，就说你哥哥，没有我，能在周家的矿上当工人么？”（三四页）从另一方面说来，鲁贵的“谄笑”，不是发自良心的，也就是说不是天性的，而是社会条件迫他不得不有的造作。所以，当他走进别的环境时，他会这样地批评周家：“周家的人从上到下就没有一个好东西。我伺候他们两年，他们那点出息我哪一样不知道。反正有钱的人顶方便，做了坏事，外面比做了好事装得还体面，文明词越用得多，心里头越男盗女娼。”（一九五页）这句话，他只确把“钱”的神通活现出来。那么，他会因之就鼓起勇气与“钱”对抗吗？他，不敢。恰恰相反。他为着它，“伺候”别人——只要他有钱。他由它，尊敬自己认为值得给与“董事长”或“老爷”之类尊称的人们。他比别人更认识它。为着它，他可以给四凤以他所生活之社会不应给的自由。他还教导她，说：“一个当差的女儿，收人家点东西，用人家一点钱，没有什么说不过去的。”（三八页）更甚于此的，他在她面前指点她：“人家(大少爷)当真地待你,你又做你的小姐梦啦。”(五六页)因此,他希望她尽量地收回她肉体的代价,那就是“钱”。所以,当他被迫离开周公馆后,他给四凤以严正的合于他的世故的训词:“你不要胡思乱想。这世界上没有一个人靠得住,只有钱是真的。”说完了这真心话,他怎能不叹口气接着说:“唉,偏偏你同你母亲不知道钱的好处。”(一〇九页)由剧情说来,鲁贵的下落也不明。但我们可以明白,无需那个交代。因为,中国有的就是他。人们到处可以找到他。

四、小结论

我们有理由说:《雷雨》是五四前后中国社会生活的素描。但这不是说,它没有给人们以若干的启示和教训。

如果,我们把“暴露大家庭的罪恶”一句话,做启示和教训的答案,似乎有些失当。因为除了它,我们还可以找到别的。

在那些中间,我应该说的,是原作者无意地在他的剧情中,流露出与世俗之见——《雷雨》是煽动阶级斗争的作品——完全相反之见解。它不是挑拨劳资的火并,仅仅指出有那社会的现象;最可怜的,是一群扩大这现象,或把这现象,与他所幻想之世界中某一段相合并的人,换句更明白的话:《雷雨》之讽刺或指摘中国乌托邦主义者,是非常动人的。可惜,它被惧怕泄露自己弱点的人们,用“阶级斗争”一语所遮掩。

这种人物,就是周冲。他的乌托邦,正是他所享受的权利,但他却过分地应用他的权利。他企图把他梦中的规条,应用于真实的世界。因此,他在他父亲面前,为鲁大海抱不平,说:“做了罢工工人的代表,并不见得就该开除。”虽然他的父亲教训他:“哼,现在一般青年人,跟工人谈谈,说两三句不关痛痒同情的话,像是一件很时髦的事情!”他并不理解,却顽固地反驳道:“我以为这些人替自己的一群努力,我们应当同情的。并且我们这样享福,同他们争饭吃,是不对的。这不是时髦不时髦的事。”(九一页)他这里的一切,是由伦理与人道出发,不是根据真实世界之演进。正为着他的立场是如此,所以,他还有一个机会,向他的父亲抗议开除鲁大海的“不公平”。(一七五页)

他以为本着自己的良心,可以与大海除去了因父亲所造成的藩篱,但这也是一个梦。它在他奉母命送钱到鲁家那一夜,便被打破了。他开始在无意中遇见大海时,以为会受对方的感激,谁知演出他从未想过的话剧。这些对话是带着浓厚的历史意义,值得我们引述的:

> 大:(向冲)奇怪得很!这么晚!周少爷会到我们这穷地方来——看我们。
>
> 冲:我正想见你呢。你,你不愿意——跟我拉拉手么?(把右手伸出去)。
>
> 大:(乖戾地)我不懂得外国规矩。
>
> 冲:(把手又缩回来)那么,让我说,我觉得我心里对你很抱歉的。
>
> 大:什么事?
>
> 冲:(红脸)今天下午,你在我们家里——
>
> 大:(勃然)请你少提那桩事。(二一八页)

这是很使对方难堪的礼貌。但比这更厉害的,是当四凤向他解释周冲是“好心意来安慰我们时”，他却面告周冲：“少爷，我们用不着你安慰，我们生成一副穷骨头，用不着你半夜的时候到这儿来安慰我们。”原来，他以为周冲是有所图谋于四凤。虽然他向大海声明：“我没想到你这么想。”而大海却从真实世界中的教训回答他：“可是，谁都这样想。”

若使我们把内中男女的纠葛，舍而不谈，这大海之拒绝周冲，在一九三三年间，有了重大的意义。那时，我们在社会中，见不少如周冲那样的人物，他向似大海那样的人，伸友谊的手，而受拒绝。真的周冲式人物，也许因之多一咀嚼的机会；但假的周冲，为着“训令”却千谋百计地取得大海的反响。

说到“拒绝”，曹禺先生有很好的描写。看下面的对话：

大：二少爷，我们谈过话，我知道你在你们家里还算是明白点的，不过你记着，以后你要到这儿来——来安慰我们（突然凶暴地）我就打断你的腿。

冲：打断我的腿？

大：（肯定的神态）嗯。

冲：（笑）我想一个人无论怎样总不会拒绝别人的同情吧。

大：同情不是你同我的事，也要看看地位才成。

冲：大海，我觉得你有时候有些偏见太重，有钱的人并不是罪人，难道说就不能同你们接近么？（二一九至二二〇页）

到这时候，周冲方大悟地说：“我没想到我父亲的话还是对的。”（二二一页）虽然，他临走时，还留恋地对大海说：“再见，我原谅你，我还是愿意做你的朋友，你愿意同我拉一拉手么？”（二二二页）但所得到的报酬，是大海“没有理他，把身子转进去”。可以说，在四十年代中国真正无产者，是以这态度对付革命职业家的。

我们十分明白，《雷雨》出版时，是传讲的出品。它何以受这一待遇？不仅由于对旧社会取得胜利的人们，光荣地，凯旋地在检阅旧社会之一面的没落，又带感伤，同情及愕然的心境来看无产者对革命职业家的拒绝。这确是一个悲剧，一个时代的悲剧。原作者之使大海和鲁贵的下落不明，周冲的死亡，那是带着一个历史哲学的意义。

说到旧社会的没落，从周萍的自杀，可以使我们明白，他不是受大海的打击，而是用自己的手枪结果了自己。它，原是周府的，大海不过从矿山带回来无意中用威胁的手段交还周家。这也是中国旧社会没落的写实。因为它之没落或死亡，不是中国的工业毁灭它，而是腐败的它，早发展到那一边界，所以在方抬头的产业工人所生活的时代，能够不费力地结果它。

但这似乎不是合理的解说。因为，如就曹禺先生所有创作发展的程序去说，这旧社会并没有随周萍的自杀而结束，还一再在《北京人》与《家》复活着呢！

这究为何故？另有解释的机会。（下篇）

原载《中国青年》1943 年第 9 卷第 2、3、4 期《书报评介》栏

漫谈《雷雨》

黎　宾

《雷雨》是曹禺先生的初期作品，它的价值早已有了定评。本用不着再有人来啰嗦了。不过因为定评似乎也已成为过去的事情，而《雷雨》在这几年来又非常流行，各处时常演出，观众也实在不少。那么今天再来谈谈它，也是必要的，即是使把已过的批评重复搬弄一次，让大家温习一次也不见得是多余的吧。

一、人是“命运的玩具”

《雷雨》是个家庭悲剧。在一个所谓高贵的半新半旧的封建家庭里，人们过着荒淫、丑恶和郁闷的生活。在这样一种腐烂的生活里，有的人被摧残和牺牲（如侍萍）；有的人则遇事妥协而感到满足（如周朴园）；有的就受不了那种牢笼般的窒息生活而站起来反抗（如蘩漪，周萍）；还有的正像才出生的雏燕，天真而纯朴的灵魂，朦胧地向往着一种自由愉快的生活（如周冲、四凤）。不管他们各人的人生意愿如何，结果却是一个非常残酷的破灭！青年人死的死了（周萍、周冲、四凤）走的走了，一直没有下落（鲁大海）。剩下的是那个遇事妥协的周朴园老头子和两个半死的女人——侍萍和蘩漪——后来两个都成了疯子。这结局的确是够残酷和悲惨了！

为什么这年青而当有活力的一群，对于糜烂、窒息生活的反抗，对于新的自由生活的追求不能得到应有的成功呢？为什么年青人都没有出路？都要死掉呢？这是太可悲的事情！这是太不公平的事情！

然而作者暗示我们说：这是“命运”早就安排定了的。人不过是“命运”手里的一件玩具而已。“命运”要你怎样你就得怎样，你又何必有时苦恼、反抗，有时高呼，狂欢?！这不完全是盲目的徒劳吗。这就是作者当时对人生的看法，也就是“雷雨”的主题。不信，请看他的自白：

“……我念起人类是怎样可怜的动物，带着踌躇满志的心情，仿佛是自己来主宰自己的命运，……受着自己的捉弄，一种不可知的力量的捉弄；生活在狭的笼里而洋洋地骄傲着，以为是徜徉在自由天地里，称为万物之灵的人物不是做着最愚蠢的事么？”（《〈雷雨〉序》第六页）

“……在雷雨里，宇宙正像一口残酷的井，落在里面，怎样呼号也难逃脱这黑暗的坑……”（序第七页）

二、离奇的情节

我们不能否认,《雷雨》是很受普通知识分子及一般小市民的欢迎的。主要的原因,应该是在于它的复杂离奇的情节。周朴园在三十年前当大少爷的时候,在无锡地方赶走了已被自己玩弄多年而且生了两个孩子的侍女——侍萍;可是三十年,他在北方已成了社会上相当有地位的人物时,这个被认为早已淹死的被弃的女人又会回到他的家里来。于是三十年前的恩怨,重又在他们的脑子里翻腾起来了。这很像中国旧的章回小说里那种"悲、欢、离、合""破镜重圆"的结构。

然而更巧的是:她的女儿四凤又在周府做侍女,而且又重复了母亲的命运,被第二代的大少爷周萍看中了,终于怀了孕。但他们这一对并不知道自己是同母异父的兄妹,却在做着甜美的幻梦,不顾一切地,想尽一切办法要想实现自己的美梦,而终于知道了自己的血缘关系,竟至脱离人世！这是什么力量在把他们拉拢,后来又让他们死去呢?不是别的,就是上面所提的"命运"。这种"命运"对人的捉弄,是与希腊悲剧的精神相仿佛的。

这种超现实的离奇情节,总能吸引一些观众,却太缺少社会意义了！这不是现实主义而是浪漫主义的手法。

三、神秘、阴森和恐怖

整个《雷雨》都是充满了阴森、神秘和恐怖的,特别是在"序幕"和"尾声"里神秘、阴森的气氛非常浓厚。

其次,周家的客厅里,提到过好几次闹鬼的事情;客厅的窗帘始终是不许开放的:这些都是为了显示出一种神秘、阴森和恐怖。

再说到剧里的雷和雨吧。总不免使人想起澳斯托洛夫斯基的《大雷雨》来。即使不说是有意的模仿,多少可以说前者是受了后者的影响。

第三幕,鲁妈逼着四凤起誓再不见周家的人时,那种种雷电和同幕周萍跑来鲁家与四凤相抱时的那种雷电是非常恐怖的;而这时,蘩漪站在窗外的雷雨交作中的那种场面,更把恐怖的气氛加强到了顶点。——

"雷声轰,大雨下……一阵风吹开窗户,外面黑点点的,忽然一片蓝森森的闪电,照见蘩漪的惨白发死青的脸露在窗台上面。她像个死尸,任着一条一条的雨水向散乱的头发上淋……。"

总之,全剧都被一种神秘、阴森和恐怖笼罩着。作者为什么要加强这种气氛?只是为了加强对观众的刺激,引动其好奇心,这更充分表现出一种浪漫主义的作风。

四、鲁大海不像工人

现在我来谈谈鲁大海的性格吧,我觉得他的性格不像工人。就血缘上来讲,他是周朴园的儿子，然而他们各自生活在一个不同的阶级里。父亲是矿场的董事长，儿子是矿工的领袖。在这种劳资斗争中，作者对周朴园那种老奸巨猾的性格处理上，是相当成功的，可是在处理鲁大海的性格上，实难使人同意。谁也觉得，鲁大海是有些粗暴轻浮和幼稚的，这在与周朴园性格的对比上，更显得明显！作为一种父子关系来看，儿子往往是没有父亲那么精明老练和世故；然而作为一个工人阶级的代表，一个矿工的领袖，实在令人失望！不论周朴园怎样老奸巨猾，对工人进行挑拨离间、贿赂收买和各个击破；不管鲁大海如何幼稚，总不至于在被其他几个代表出卖了之后，自己却一点风声都没有听到吧！这就不仅是表现鲁大海个人的幼稚，而且表现出整个工人阶级的脆弱和无能。如是，这就不仅是作者的技术问题，而是他对工人阶级的认识，和对罢工的态度问题。作者有意无意地觉得工人是幼稚的，罢工只是胡闹，他并没有给以多大的同情。

其次，在四凤与周萍的幽会被发觉之后，鲁大海最初是愤怒和反对的，要杀掉周萍，可是到后来，他却软了下来，把从资方缴过来的武器，甘心情愿地解除而归还原主，这是出人意料之外的——

鲁大海：可是——（叹一口气，递手枪与周萍）你还是拿去吧。这是你们镇上的东西。

周萍：（莫明其妙地）怎么？（接下枪）

鲁大海：……老太太们最糊涂。我知道我的妈。我妹妹是她的命，只要你能够叫四凤好好地活着，我只好不提什么了。（《雷雨》三〇一至三一一页）

于是，我们看见一个工人领袖那样可怜地向董事长大少爷缴了械，而乞求他给自己的妹妹“好好地活着”。

这不正是落后的封建农民意识，“生米已成熟饭”的观念在作祟吗？然而他是一个工人领袖啊，这里所表现的工人阶级实在太脆弱太低能了。这恐怕是由于作者当时对这一阶级认识的不够，因而太忽视了他们的力量的结果吧。

五、空虚和失望

那么这个剧演出后可能产生的效果是怎样的呢？也许有人认为它是把旧家庭的黑暗暴露给了观众，但在我看来并不是如此。作者只不过是把这样一种家庭黑暗丑恶的题材当作一种工具，去表现他自己的那种哲学思想。现在还是让我把他自己的话来说明吧——

“我用一种悲悯的心情来写剧中人物的争执。我诚恳地祈望着看戏的人们也以一种悲悯的眼来俯视这群地上的人们。所以我最推崇我的观众，我视他们如神仙，如佛，如先知，我献给他们以未来先知的神奇。在这些人不知道自己的危机之前，蠢蠢地动着情感，劳着心，用着手……。我使他们征兆似的觉出来这蕴酿中的阴霾，预知这样不会引出好结果。……”（序第六至七页）

一句话，作者所希望的效果是：我们应完全服服帖帖地听从“命运”的支配，不要作任何争执，即使要争执也是徒劳。你看！好一个宿命论的说教者啊！

这个剧，只能给那些有闲者一种生活上的调剂，刺激他们那麻木的感情，使他们感到紧张，离奇和悲伤。它只能使人感到悲观、失望和空虚，即是说叫人安分守己，听天由命。不要不满，不要反抗，不要多事，不是催人进取和斗争，而是麻痹人家，使其保守退后。它只有消极的毒害的作用，而没有积极的意义。

虽然这样，但并不妨碍曹禺在戏剧界的成就。因为《雷雨》只是他最初的作品，而他是在不断地进步啊。

原载《民主（桂林）》1946 年第 31 期

评《雷雨》的蘩漪

杜之鹭

蘩漪是剧作家曹禺所作四幕剧《雷雨》中的女主角，她是周朴园的继室，周朴园的儿子周萍名义上的年岁相当的母亲；为了青春之火的燃烧，她和周萍相爱了。但是，在旧礼教的压迫下如这样的情形会有好结果么？结果，这爱终于在畸情的发展中变质，周萍被牺牲了，而蘩漪也受刺激而疯狂，在中国千千万万被压迫的女人的悲剧中，又添上一页使人下泪的事实。作者在这剧里面以一种原始的力来刻划蘩漪，让一个热的蘩漪型显露在整个中国尚在过着窒息生活的妇女前面；这是一股将启发的呼号，在这时代，我们的女性是要明白自己，才能感到亲切的觉悟而发挥自己的力量的。

雷雨里面每一个角色都是有着极端矛盾，这极端的矛盾便构成了这极端剧烈而巨大的雷雨。

在《雷雨》中有着最标准的雷雨性格的，就是蘩漪。这是一个有着"极残酷的爱"和"极不忍的恨"的矛盾的典型人物，她是充分的认识真理，热烈的喜爱真理，执拗的追求真理。真理，就是最基本的，她的心灵的构成因素。但是，外界的压力，却冷酷无情地顽强地一步加深一步地来撕裂这心灵，竭力的要隔离开这两者间的联系。在这样的斗争中，蘩漪便以痛苦的，但却是勇敢地来忍受着，迈进着她前进的生命。

周家传统的封建氛围，透出了后代一贯的无人性的虚伪和残酷。周家的祖宗都是不清白的，这不清白的路从来便堆积着不断的无数的牺牲冤枉的血尸，虽然这血尸在周家后代的子孙的心里涂上一片血痕，一片永远缠缰着矛盾的血痕的；平白蠕动，有时战者会激发出他们的良心来；但是为了周家世袭着的正道思想和清白家风(?)，他们是宁愿把这片血痕的蠢动用绝大的压力抑下去的。由是周家便也永远拥有着无人性的虚伪和残酷。

"压迫人的人便没有真理。"不幸的蘩漪，却抱着真理钻进这压迫人的罪恶的周家来，而即写多方面的丑恶的环境，重重的躺着美好纯洁的生命。在中国，这腐朽而且旧的国度，到处都是布满着不平、黑暗、污浊与幻灭，蘩漪有什么办法呢？在满是不如意、无可奈何的遭遇中，她似乎失去了生命的活力，昏昏然如风化了的死人般，过着麻木的日子。

不，这不能说她无情感的挨过日子，而宁可说她是在痛苦的前进中，把情感一缕一缕的收拾起来储蓄着，这不但是在高压下，她的情感不能发泄的原因，使她这样做，同时也可以说她的神圣、贞洁的心内的情感为罪恶的环境所涂污，一个人有着天生的，必须自然的发泄出来的情感竟被阻住、抑住，而且自己视自己把它掩藏起来的这种痛苦，正是人世间最痛苦的痛苦，蘩漪在这种痛苦的折磨中，使她有时简直否认了自己的生命，自己忘记了自己，究竟是在哪儿，郁闷、寒冷、寂寞，旧日的和目前的是两个绝对相反的境界，这种种渐渐使她心上布满了伤痕，她的性情渐渐的失去了理性，她的生活渐渐超出了正常，她是渐渐成为一个乖戾和激情的畸形女人了。

有甚么东西能更剧烈为着这样畸形的女人，在不自然的情况下蕴藉起来的情感的溃裂呢？当有另外一个人卤莽的挑动她，而在苦痛中的她认为是可寄托而解放时，则这长时间积下来的大量的情感将如山洪般的直泄下来，而且是不可制止，不能够移转的，这时候的全部都是情感充塞满了的世界，一切都是在燃烧，在兴奋中如梦幻般地过去。

可是在这时候，却常常容易造成人间的悲剧——这并不是在《雷雨》中蘩漪是一个悲剧的角色，我才作如是说，实际上如此，在这整个境地中，天堂和地狱都把门开放了；这里善与恶互依倚，真和假在并肩，美丑一体，爱憎不分，黑暗与光明在彼此的边缘交流，而生与死也亲热的握着手。

所以，在这种境地中的人是盲目的，而蘩漪却不幸的，正正跌入这样的境地中，她爱着从乡下出来的萍——她名义上的儿子；也有这青春，有着热力，但也是一颗把心灵的根寄托在流动的水中的萍。他挑动着她，她爱他；她引诱他，他也爱她了。于是蘩漪终于为萍带入一条母亲不像母亲、情妇不像情妇的路上去。

虽然，蘩漪是一个最聪明、最大胆、最决断、最有想象力的女人，可是，在这样沉醉的境地中，她却不能解剖出萍的型式。萍能承受她情感的发泄，便是她的救生，萍的一切在这时都是好的。一直等到萍的狂烈冷却，恐惧这不自然的关系而开始避开时，她或许会觉悟而明白了，可是她自己已经被情热压迫到悬崖而不得不求萍的援手，不得不更加执拗的，更加倍的来爱萍了。

蘩漪的遭遇是悲惨的，但蘩漪与真理混成一片的心却从不曾在不幸的遭遇中帖服过。她自己的事情，她从不要人家管，更不怕别人家说闲话；她自己的决定，他也永不会追悔和转移，她和萍，她就只知道萍，她的一切都献给了她名义上的丈夫、她亲生的儿子，她的任何外在的东西都抛开了，否认了。她不让萍有另外的心，因为她自己的爱是忠诚的，是热烈的，所以萍也要同样的反应她。这样的人性，是执拗得如同在轨道中奔驰的地球，不会脱离，也不会停止的。因是，直到后来当萍又爱上了四凤，抱着四凤横在她奔驰前进的轨道上，成为障碍物时，她就尽大的感到困难了，她不能把这障碍物消灭，又不能跨越而过；于是，在情热的最高潮中，她只好冒险地、盲目地向前撞去，企图推开这可怕的仇敌，可是，她结果是爆炸了，四凤如愿消灭了，但跟着周萍也消灭了，她自己也毁灭自己。

最后，我引原著者曹禺先生对蘩漪的评论，来作这文章的完结：

"蘩漪的可爱不在她的'可爱'处，而在她的'不可爱'处；她是最富于魅惑性的。……明白蘩漪的人始能把握住她的魅惑，不然，就觉得她阴鸷可怕。……这类女人有妙的'魔'，是个'魔'便有她的尖锐性。……她是一柄犀利的刀，她愈爱的，她愈要划下深深的创痕。她满蓄着受压抑的、阴鸷性的力……爱这样的女人需要有厚的口胃、铁的手腕、岩似的恒心；而周萍，一个情感和矛盾的奴隶，显然不是的，为什么她会爱这样一棵弱不禁风的草呢？这只好问她的命运，为什么会落在周朴园这样的家庭中。”

原载《澄中校刊》1947 年第 3 期

关于《雷雨》在苏联上演的通信（节选）

——致阿·柯索夫

曹　禺

亲爱的阿·柯索夫同志：

读到你的信，十分快慰。很感谢您和您的演员们与艺术家们费了很大精神来研究并且准备上演中国剧本《雷雨》。我和我们剧院的同志们都认为这是中苏两国人民深厚友谊的具体表现。我个人尤其感到荣幸。

请允许我答复您提的问题。

我同意您前四个问题的答案。关于这个戏的含义，这个戏的发生年代，以及鲁大海代表的时代精神，我以为您的解释是对的。

只有第五个问题，我略有不同的看法：

周朴园是由封建家族（大地主）的子弟转化为成功的资本家的。他非常自信，觉得自己十分“正直”，他们的社会也认为他是“仁厚”“正直”的榜样。他根本不可能猜想他的长子与其后妻有暧昧关系。因为，他那样相信自己的道德和尊严。表面上看他的家庭尽管像死水一样，但在他的心目中这滩死水决不会腐臭。他以为别的资本家家庭会有这样的事，他的家庭不会发生这样的事。他从没这样想过，他并没有故意“孤立”他的妻子，但他自从把这位聪明、美丽却有些“叛逆性”的小姐（蘩漪）娶过来的时候，就发现他这个妻子不是他所企望的那样百依百顺的旧式瓶花。他失望了，对她冷淡起来。蘩漪总是有形无形地和他的思想、习惯与为人的方法有抵触的。这是“五四”以及所谓“解放”的资产阶级的女性，任性，傲慢，完全活在爱的情感当中，而这个“爱”是在比她岁数大得多的周朴园的身上得不到的。蘩漪不大和一般当时的阔太太小姐们来往，是一个“孤芳自赏”的女人。这一点也是周朴园认为乖张的。周朴园并不是故意使周围的人觉得她“不正常”或者“疯狂”，而他确实从心里觉得她是如此。周朴园是一个当时社会上所谓最正直的上层人物，而他自己一点也不知道他内心中是这样可怕的、伪善的。

姑且写了上面的话，但我不敢说是对的。请您留作参考吧。

《雷雨》这个剧本太长，需要大大删减。这个艰巨的工作恐怕要放在导演的身上了。

向您们剧院全体演员与舞台工作者致敬，祝你们的演出成功，并继续获得新的更大的成就。

原载《戏剧报》，1958 年 9 期

《雷雨》人物谈[①]

钱谷融

一、周朴园

周朴园出身于封建家庭而又到德国去留过学，是一个当时所谓“有教养”的人。但他从青年时代起，就干了不少伤天害理的事。他为了赶娶一位有钱有门第的小姐，就逼着和他刚生了孩子才三天的女人冒着大风雪去跳河；为了自己发财，就故意让承包的江堤出险，淹死了两千二百名小工；为了镇压工人运动，他就叫警察开枪打死了几十名工人……。而他个人的“事业”“地位”，就因干了这许多伤天害理的勾当而蒸蒸日上。他如今是一个煤矿公司的董事长，受到社会上一般人的尊敬，是一个非常“有体面”的人物。

他虽受着资产阶级的教养，却同封建地主阶级的思想感情有着深厚的血缘关系。他不但冷酷、自私，具有专横的统治心理，而且还十分的虚伪、假道德。这样一个人，和他周围的人之间自然要发生着尖锐的矛盾。而他，也终于在这些重重的矛盾中，陷入了难以自拔的境地。

周朴园第一次出场，恰好蘩漪、周萍、周冲三个人正在一起，在自己妻儿面前，他的威严、专横，就更能给人一个深刻的印象。剧作者安排他在这时与读者、观众见面，是很具匠心的。在介绍他入场时，作者对他作了这样的描绘：

> ……他约莫有五六十上下，须发已经斑白，戴着椭圆形的金边眼镜。一对沉鸷的眼在底下闪烁着。象一切起家立业的人物，他的威严在儿孙面前格外显得峻厉……。他有些胖，背微微地伛偻，腮肉松弛地垂下来。眼眶下陷，眸子却闪闪地放着光采。他的脸带着多年的世故和劳碌，一种冷峭的目光和偶然在嘴角上逼出的冷笑，看出他平日的专横、自是和倔强……。

这寥寥的几笔，就把周朴园的形象非常鲜明地勾勒出来了。专横、自是和倔强，确是周朴园性格中的一个非常突出的方面。

① 钱谷融的《〈雷雨〉人物谈》为系列论文，包括：1.《雷雨》人物谈——周朴园、蘩漪（《文学评论》1962年第1期）；2.“夏天里的一个春梦”——谈《雷雨》中的周冲（《文艺红旗》1962年第7—8期）；3.“哦，你是你父亲的儿子”——谈《雷雨》中的周萍（《文艺论丛》第7辑，上海文艺出版社1979年9月出版）；4.《雷雨》人物谈——四凤、鲁大海、鲁贵（《文学评论》1979年第6期；5.“不公平的命指使我来的！”——谈《雷雨》中的侍萍（《文艺论丛》第9辑，上海文艺出版社1980年1月出版）。后结集为专著《〈雷雨〉人物谈》由上海文艺出版社于1980年10月出版。今仅收录其最早一篇谈论周朴园和蘩漪的论文。——编者注。

蘩漪和周萍本来正在客厅里进行着一番微妙的口角，周冲虽然不懂得他们话中的含意，但也感觉到了他们之间的不协调，表示很不愿意听他们这样说话。所以，在这三个人之间，空气是很不平静的。特别是蘩漪和周萍之间，更在进行一场激烈的心对心的战斗。然而，就在这个时候，书房门打开了，周朴园出现在门口。客厅里的三个人就立刻变得肃静。周朴园缓缓的踱进来，弟兄两个异口同声地喊着“爸”，周冲并且问了一句：“客走了？”做父亲的对这热情而恭敬的招呼，只稍微点了一下头，却转过来用如下的问话招呼了他回来后第一次见面的妻子——蘩漪：“你怎么今天下楼来了，完全好了吗？”这虽然显示出他对蘩漪的关切，但口吻远不是很热情的。接着，在他用同样缺乏热情的“还好”二字回答了蘩漪对他的问候以后，就要蘩漪回到楼上去。他是这样说的：“你应当再到楼上去休息。”我们听得出他这句话的意思，他并不是怕蘩漪在楼下待久了累，才劝她上去休息一会，而是认为她根本应当在楼上休息，不应该下来。他的逼人的威严，他的专横、冷酷，在他初出场的这一刹那间，就充分表现出来了。而紧接着来的他对周冲的斥责，对蘩漪的威逼（逼她喝药），更把他这种性格刻划得形完神足、淋漓尽致。他就用这种冷酷、专横，维持着他的威严，建立起他引以自豪的家庭的“平静”而“圆满”的秩序。

当然，周朴园也并不是一味的冷酷、专横，他对待妻儿是恩威并施的。甚至，他还给他的妻儿以这样一种印象：仿佛他的冷酷、专横，只是对他们的“关心”和“爱护”的一种富有个性色彩的独特的表现形式。因此，他们对他是不能有过多的不满的，而他的冷酷和专横，在他们看来也只应该是威严，而不应该把它当做残暴。这里就显示出了周朴园性格中的另一个突出的方面——伪善。

他对待侍萍的态度，最深刻地揭露了他的伪善的一面。

据他自己向侍萍表白，他三十年来一直没有忘记过她。每年四月十八日，都不忘记为她做生日，一切都照着她是正式嫁过周家的人看待。我们也的确看到他屋子里的家具都还是从前侍萍所喜欢的旧物，他到东到西总都带着，而且陈设布置仍按照三十年前侍萍动用时的样子。甚至因为侍萍在生周萍时受了病，总要关窗户，因此他到现在，即使在夏天，这个房间的窗户，还是不许人打开。他穿衣服，不管是雨衣、衬衣，都爱穿旧的而不爱新的。他一听到侍萍的无锡口音，便很有深情地急着打听起所谓“梅小姐”的事来，并说想把她的坟墓修一修。……这些，似乎的确都证明他三十年来一直没有忘记侍萍，而且还是深情缱绻，朝夕怀念着她的。然而，很奇怪，当他知道他所怀念的这个人并没有死，而且现在就站立在他面前，就在跟他面对面地晤谈着时，他却忽然严厉地喝问对方：“你来干什么？”这样极端矛盾的态度，这样前后判若两人的声气，实在令人吃惊。不过，只待稍稍惊定，我们也就恍然大悟了。这“你来干什么？”的一声，含义是无比丰富的，它说明了许多问题。它虽然并没有把周朴园三十年来对侍萍的种种怀念一笔勾消，却也赋予了这些怀念以一种新的含义。或者，更确切些说，是揭示了这些怀念的一种不易为人察觉的、甚至连周朴园自己也不一定意识到的隐秘的意义。这一层意义一揭露，我们对周朴园的灵魂，周朴园的本质也就看得更清楚，有了更深的理解了。

周朴园三十年来对侍萍的种种怀念，是不是全是假的、虚伪的呢？从他居然能严厉地喝问侍萍"你来干什么?"里,从他前后一贯的为人处世的态度里,以及从他作为一个资产阶级的阶级本性里,我们都可以毫无疑问地作出肯定的回答,说他是假的,虚伪的。但是,我们却不能因此就认为周朴园真的一点感情也没有,认为他对侍萍的种种怀念表示都是故意装出来的,都是有意识地做给别人看的。这样想就把一个人的复杂的心理面貌简单化了,就将阻碍我们对周朴园的资产阶级本质作更深入一步的了解。阶级本质是渗透在具体的个性中,而且只有通过具体的个性才能表现出来的东西。而个性,则总是比较复杂的,总是充满着各种各样的矛盾,而且还常常是盖有各种各样的涂饰物的。吝啬汉可以慷慨于一时,杀人不眨眼的人有时也会大发善心。因为吝啬汉一时的慷慨,就不承认他是吝啬汉,因为残暴的人偶发的善心,就说他并不残暴,当然是不对的。但如果以为吝啬汉有的只是吝啬,残暴的人任何时候都是残暴的,也是一种简单化的看法。在一个人身上,可能有某种品质是比较突出的,但正象高尔基所说,这一种品质并不能够完全决定这个人的性格[①]。譬如,温斯顿·丘吉尔当然是一个坏到绝顶的人,"但是,"高尔基说,"如果剧作家只从这方面——即只把他作为一个心怀仇恨的人——来描写他,那么,这就不是完整的丘吉尔,因而也不是活生生的丘吉尔。"[②]处在复杂的阶级斗争环境中的人,特别是处在社会关系高度复杂化的现社会中的人,他们的个性总是比较复杂的。个性的复杂性并不否定或削弱个性的阶级性,而恰恰是更生动、更丰富地体现了他的阶级性,如果我们不估计到个性的这种复杂性,不去具体地观察研究这种复杂性,那么,我们对他的阶级本质即使也有可能正确的了解,但这种了解,就必然是抽象的而不是具体的,就必然是肤浅的而不是深刻的。因为这种了解,只是搬用了一个无可争辩的现成结论的结果,而并非自己实地观察的结果。我们说周朴园是虚伪的,乃是因为,整个地来看他时,归根到底来说时,他只能是虚伪的。但这并不等于完全否认周朴园具有任何真正的感情,也决不排斥周朴园对侍萍可以有某种程度的真正怀念。正如实际上并不爱人的陀思妥耶夫斯基,也可以本着极大的爱情来创造他的马尔麦拉多夫、喀拉马佐夫等人物一样[③],这是并不矛盾的。但陀思妥耶夫斯基在创作中所表现出来的对喀拉马佐夫等人的爱情,并不能推翻我们认为他实际上并不爱人的结论,而恰恰是——通过作品中所流露出来的思想倾向——更深刻地证实了这一结论。同样,周朴园对侍萍的某种程度的怀念,不但丝毫不能动摇我们认为周朴园是极端虚伪的看法,而恰恰是——从他的怀念的性质及其具体表现中——只有更其加深了我们的这一看法。我们说周朴园对侍萍是可以有某种程度的真正的怀念的,这也很容易理解。侍萍年轻时是很美的,他确曾欢喜过她,何况她又是周萍的母亲,怎能不常常想起她呢?一个人对于已经失去的东西,总是特别觉得可贵,特别惹人恋念的。尤其是他做了那样一件伤天害理的事(我们记得,他是为了赶娶一位有钱有门第的小姐,逼着刚生下孩子才三天的侍萍,在年三十夜冒着大风雪去跳河的),总不能毫无内疚。现在,侍萍既

① 《高尔基文学论文选》第二四九页。
② 同上书,第二四八页。
③ 参看高尔基的《我的创作经验》一文。

已死去（他一直以为她已经死了），对他就不再有什么威胁、不利，他就更容易想到她的种种可爱处而不胜怀念起来。这种怀念，又因他的灵魂的内疚，又因他的补过赎罪之心而愈益增加了它的重量，以至他自己都为这种“真诚的”怀念所感动了。他觉得自己虽然“荒唐”于前，却能“补过”于后，就仿佛也是个“道德高尚”的人了。这样，他对侍萍的怀念就做得愈益认真起来，并且还以此为豪，以此来教育周萍，来树立家庭的榜样。这样做，在他主观上可能的确是很“真诚”的，并无故意骗人的存心。但是，作为一个剥削阶级，他是不可能有什么真正高尚的感情的。他首先考虑的，总是自己的名誉、地位，自己的实际利益。在并不损害他的利益时，他是可以有一点感情的，但当他一发觉这种感情与他的利益相抵触，将要危及他的名誉、地位时，他就会立刻翻脸不认人，把这种感情一脚踢开。“你来干什么？”这一声就充分说明了这一点。在紧接着这一声以后的一长串的对话中，剧作者更进一步地揭示了周朴园的这种丑恶的阶级本质。我们不妨在这里稍停片刻，听一听他们的对话：

周朴园：（忽然严厉地）你来干什么？

鲁侍萍：不是我要来的。

周朴园：谁指使你来的？

鲁侍萍：（悲愤）命，不公平的命指使我来的！

周朴园：（冷冷地）三十年的工夫你还是找到这儿来了。

我们听得出，周朴园在说前两句话时，一定是声色俱厉的，而后一句话又是多么的冷酷无情。

“你来干什么？”他的内心的语言（潜台词）其实是说：“你想来敲诈我吗？”侍萍说：“不是我要来的。”他一定想：不是你自己要来敲诈我，那么准是有人指使你来敲诈我的了，所以他接着问：“谁指使你来的？”这一问一答不过是三二秒钟的时间，但是，我们可以想象得到，周朴园的内心变化却是异常剧烈的，他的问题却是经历了很长的路程的。他一定会想到这个人多半是鲁贵，而鲁贵又是那样的狡猾难对付，他就更感到事态的严重。等到听侍萍说了是“不公平的命指使我来的”后，他才觉得还好，还只是她自个儿找来的，总算并没有别人夹在里头，因而他就不象之前那么紧张了。但他还是认定侍萍是有意找上门来的，要摆脱她，解除这个麻烦，他想是总得费些周折、花些钱财的了。但不知她此来的目的究竟如何，且先听听她的口风再说吧。因而他才冷冷地说了一句“三十年的工夫你还是找到这儿来了”。他的潜台词，他的内心的真正意思，其实是：“那么你究竟想怎样呢？”但是，侍萍的思想、心情，却完全走着另一条路，并不是沿着他的内心线索前进的。她这一次到四凤的东家来，想不到竟遇到了三十年前那样毫无心肝地抛弃了自己的那个人。在与这个人的短短的接触中，她发现这个人似乎并不象他过去那样的无情，从他房间的陈设布置，从他依旧保留着的夏天关窗的习惯，从他对旧衣物的偏爱，特别是从他对“梅小姐”事件所流露出的兴趣和关心里，她知道这个人还是一直怀念着自己的。本来，她从这个人那里受到的凌辱、迫害，是说不尽、诉不完，无论如何也忘不了的。但毕竟事情已过去了三十年了，何况这个人还是她的大海和她另一个儿子的爸爸，而他如今又显得这样的多情。象侍萍这样一个心地纯洁而善良的女子，又受着封建伦理观念的严重影响，自然不免又一时“犯糊涂”，心软起来。因而，她刹那间几乎已经忘记了这个人过去对自己的种种不情不义、种种灭绝人性的行径，开始想用另外一种眼光来看他了[①]。而忽然，这个人重又露出了他的本相，而且把自己看得那样卑鄙、下贱，以为是有意来敲诈他的。这才使她重又清醒过来，她三十年来的悲愤、郁积，三十年来的血泪痛苦，一下子就象开了闸门的洪水一样奔涌出来了。她的这种感情爆发，使得周朴园有些害怕，怕张扬开去，有损自己的体面。因此，自此以下，他的语调就变了。起先是竭力的想稳住她，想使她的感情平静下来，所以他一则曰："你可以冷静点。现在你我都是有子女的人。如果你觉得心里有委屈，这么大年纪，我们先可以不必哭哭啼啼的。"再则曰："从前的旧恩怨，过了几十年，又何必再提呢?"三则曰："我看过去的事不必再提起来吧。"但是，侍萍并没有平静下来，她还是要提，她闷了三十年了，非提不可。于是周朴园又采取了另一种办法，想用感情来软化她。这样，我们就听到了他的如下的话：

> 你静一静。把脑子放清醒点。你不要以为我的心是死了，你以为一个人做了一件于心不忍的事就会忘了么？你看这些家具都是你以前顶喜欢的东西，多少年我总是留着，为着纪念你。

果然，他这番话立刻生了效。侍萍听到这里，低下了头，开始有些平静了。于是他以更加恳挚而悔罪的声调接下去说：

> 你的生日——四月十八日——每年我总记得。一切都照着你是正式嫁过周家的人看，甚至于你因为生萍儿，受了病，总要关窗户，这些习惯我都保留着，为的是不忘你，弥补我的罪过。

这一下他的目的完全达到了，现在是侍萍反过来请他不必再提这些了。把侍萍的感情稳住以后，他想这就可以谈到正题了。因而他说："那更好了。那么我们可以明明白白地谈一谈。"意思是说：既然你也认为过去的事可以无需再提，那么你就把你此来的目的、意图、要求，直截了当地提出来吧。但是，侍萍完全不理解他话中的意思，因为她从来就不曾有过这一类的心思、打算。因而她说："不过我觉得没有什么可谈的。"从她的这句话里，周朴园才想起了过去侍萍的高傲倔强的性格，再联系到刚才一连串的对话，他就发现侍萍的性情原来并没有什么大改变。这发现叫他安心。但他又想到，她现在是鲁贵的妻子，而鲁贵却是个很不老实的人，假使他夹在中间，事情就麻烦了。所以他就说出了"话很多。我看你的性情好象没有大改，——鲁贵象是个很不老实的人。"这样几句看来似乎不大连贯的话来。这一次，侍萍懂了他的意思了，叫他不用怕，满怀轻蔑地告诉他，她决不会让鲁贵知道这件事的。这下，他就完全放心了。在打听过被侍萍带走的他的另一儿子的消息以后，他要问的都问了，要知道的都知道了，他已解除了一切的恐惧与顾虑。于是他就剥去了一切的伪装，赤裸裸地露出了他的本相。所以他又忽然说："好！痛痛快快的！你现

① 譬如，她在周朴园的面前，有意透露了一些她自己的消息，目的当然是在于试探——良心的试探，一种多少带有谴责意味的试探——周朴园。但这种试探本身就是一种软弱、动摇的表示，就是她对周朴园的仇恨已有所冲淡的表示。更明显的是，当周朴园对她说了："好，你先下去吧。"以后，她竟有些不忍就走。她这时不但不象先前的急于想避开周朴园，反而问周朴园："老爷，没有事了?"而且"望着周朴园，泪要涌出。"(见《雷雨》，七九页。)

在要多少钱吧！”在这句话里，充满着令人恶心的铜臭气息，而这个资产阶级的卑鄙丑恶的灵魂，通过这句话也就被揭露无遗了。

不能不令人感到惊异的是，作者曹禺这时才不过二十三岁，他竟能把周朴园这样一个老奸巨猾、深藏不露的伪善者的灵魂，如此清晰、如此细致入微地勾勒出来，这样深刻的观察力，这样高超的艺术才能，真叫人叹赏不置。不过，最后一场中对周朴园的描写、处理，却不能说是同样成功的。在这一场戏里(其实，前面也或多或少地存在着这种情况)，作者思想上的不成熟以及他世界观中的严重弱点，和他的作为一个天才艺术家所特有的感受与表现的能力，同样清晰地呈现在我们眼前。

在周萍与四凤已经取得侍萍的同意，即将一同出走的当儿，周朴园被蘩漪叫了下来。他一下来，忽然又看到了已经说过再也不上周家的门的侍萍、四凤，而且他们还与蘩漪、周萍、周冲在一起，他当时的惊骇是可想而知的。作者这样写：

周朴园：(见鲁侍萍、鲁四凤在一起，惊)啊，你，你——你们这是做什么？

头上两个“你”字，可能是对着侍萍说的。他可能是一看到侍萍，在万分吃惊的当儿，就几乎脱口而出的说出“你怎么又来了？”这句话来，但他究竟是个老练而深沉的人，所以他终于竭力压住了他的惊慌，并且强作镇定地、不失他的威严本色地改问了一句：“你们这是做什么？”这时，蘩漪就拉着四凤告诉他，“这是你的媳妇，你见见”，又叫四凤“叫他爸爸”，并且指着侍萍，叫周朴园“也认识认识这位老太太”。接着，她又转过来向周萍说：“萍，过来！当着你的父亲，过来，给这个妈叩头。”周朴园看见侍萍重又回来，本来就已经是说不出的慌乱，如今蘩漪又不怀好意地一会儿叫他认这个，一会儿叫他认那个，而他又完全不知道周萍与四凤之间的事，所以蘩漪一上来说四凤是他的媳妇，他可能没有听清楚；即使听清楚了，在极度的慌乱中，在一心只想着他跟侍萍的关系时，也可能完全不理解“媳妇”两个字的意义，而蘩漪叫周萍给侍萍叩头——“给这个妈叩头”这句话，在他的耳中却特别响亮清晰。他既然并不知道周萍跟四凤的恋爱关系，当然也就不会想到蘩漪嘴里的这个“妈”字，并不是他心里所想的那个“妈”字的意思。于是，他就一心以为他跟侍萍的关系已被大家知道了(后来蘩漪的“什么，她是侍萍？”这样由衷的惊奇，不是也被他认为是故意的嘲弄吗？)，他当然就无法再隐瞒了。所以，他之承认侍萍，起先原是被迫的，并非出于自动。这些描写，都是十分真实而深刻的，是符合周朴园这样一个人的性格特色的。然而就在这里，作者却给了周朴园以过多的悔恨沉痛的感情，仿佛他真象所谓“天良发现”似的忽然真正忏悔起过去的罪恶来了。作者写他始而悔恨地对侍萍说：“侍萍，我想你也会回来的。”在这句话里，我们听得出，有的不仅是对自己的行为的悔恨，而且还含有对侍萍终于还是回来了的一种欣慰的感情。继而又沉痛地唤着周萍：“萍儿，你过来。你的生母并没有死，她还在世上。”(重点为作者所加)这样的口吻，也不象是因为隐瞒不了而只得假意敷衍的人的口吻了。紧接在这句话后面的是：

周萍：(半狂地)不是她！爸，不是她！

周朴园：(严厉地)混账！不许胡说。她没有什么好身世，也是你的母亲。

周萍：(痛苦万分)哦，爸！

周朴园：（尊重地）不要以为你跟四凤同母，觉得脸上不好看，你就忘了人伦天性。

鲁四凤：（痛苦地）哦，妈！

周朴园：（沉痛地）萍儿，你原谅我。我一生就做错了这一件事。我万没有想到她今天还在，今天找到这儿。我想这只能说是天命。（向鲁侍萍叹口气）我老了，刚才我叫你走，我很后悔，我预备寄给你两万块钱。现在，你既然来了，我想萍儿是个孝顺孩子，他会好好地侍奉你。我对不起你的地方，他会补上的。

这样的一番话，不但很能迷惑侍萍以及所有其他在场的人，而且也会冲淡读者和观众对周朴园的憎恨，而使整个作品的思想意义受到损害。当然，我们并不是说，周朴园决不会说这样的话，也并不是说，这样一番话就与周朴园的性格存在着怎样的牴牾。象周朴园这样一个人，在眼看真相已万难再行掩盖时，为了维持他的伪善面貌，维持他一向极力装扮的假道德，为了给他的儿子以“良好”榜样，为了维护他的家庭的“平静”而“圆满”的秩序，是完全有可能说出类似的话来的。问题是在于他说这些话时的态度与口吻。象上面这样的态度与口吻，恐怕是很难使人不受到迷惑的。作者应该使这些话成为对周朴园的伪善本质的更深一层的揭露，而这里却似乎是在肯定周朴园的忏悔心情了。这应该说是作者的一些弱笔。而这些弱笔的出现，并不是由于作者艺术表现能力方面的欠缺，而是与作者当时思想上的弱点直接联系着的。

在作者当时的世界观中，占主导地位的是民主主义与人道主义的思想。这种思想有它的进步性，也有它的局限性。在这种思想指导之下，他对当时那种人压迫人、人剥削人的现象，感到极大的愤怒和不平，所以他在作品里能够对充满这种现象的当时的社会，作出深刻的揭露与尖锐的抨击。但是，停留在这样的一个思想水平上，对造成这种现象的原因，是不可能有深刻而明确的认识的。因而，他虽然对社会的真实情况，有敏锐的感觉和强烈的爱憎，但究竟应该怎样正确地对待、批判这种现实，他就有些茫然了。因为，正确地对待和批判的能力，是只有在正确的思想指导下才能具备的。他对周朴园这个人物，应该说是了解得相当深的，他洞察他的肺腑，在他的笔下，这一人物的精神面貌可以说是展示得非常清晰了。但究竟应该怎样来评价这个人物呢？这个人当然决不是什么值得同情的好人，而是一个应该被批判、被否定的人物，这一点对曹禺来说，也是不成问题的。但批判应该掌握什么样的分寸？否定应该达到什么样的程度？这在曹禺，恐怕就不是很明确的了。而且，在他当时的世界观中，或多或少还存在着资产阶级的人性论思想，他就自然更加不能彻底否定周朴园这样一个人物了。在鞭打他的时候，他就免不了有一些手软，甚至给他以某种程度的“曲宥”，象他在《日出》的跋文（初版本）中提到潘月亭、李石清时所说的那样。而周朴园这种“天良发现”式的悔罪的声调，正是作者的手软的表现，正是作者对他作了某种程度的“曲宥”的表现。

二、蘩漪

在《日出》的跋文中，曹禺说，他在写《雷雨》时，把剧中的一个最主要的人物——就是那被称为"雷雨"的好汉——漏掉了。其实,我认为他并没有漏掉,还是写进去了。那个人就是蘩漪。在《雷雨》初版本的序言中,曹禺曾说蘩漪是一个最"雷雨的"性格,其实,照我看来,蘩漪不但有"雷雨的"性格,她本人简直就是"雷雨"的化身,她操纵着全剧,她是整个剧本的动力。不是吗,死命的拖住周萍不让他离去的是她,把侍萍(她好比是个定时炸弹)招到周公馆来的是她,关住四凤的窗户使周萍被鲁大海与侍萍发现的也是她,最后在周萍与四凤将要一同出走时,又是她叫来了周朴园,打乱了原来的局面,完成了这出悲剧。这样重要的一个人物,在她出场时,自然是应该特别郑重的介绍一番的。而作者的这段介绍,也真是光彩夺目,奇妙绝伦,实在舍不得不加引录:

> ……她一望就知道是个果敢阴鸷的女人。她的脸色苍白,只有嘴唇微红,她的大而灰暗的眼睛同高高的鼻梁令人觉得很美,但是有些可怕。在眉目间,在那静静的长的睫毛下面,看出来她是忧郁的,有时为心中的郁积的火燃烧着,她的眼光会充满了一个年轻妇人失望后的痛苦与怨望。她的嘴角向后略弯,显出一个受抑制的女人在管制着自己。她那雪白细长的手,时常在她轻轻咳嗽的时候,按着自己瘦弱的胸。直等自己喘出一口气来,她才摸摸自己胀得红红的面颊。她是一个中国旧式女人,有她的文弱,她的哀静,她的明慧,——她对诗文的爱好,但她也有更原始的一点野性:在她的心里,她的胆量里,她的狂热的思想里,在她莫名其妙的决断时忽然来的力量里。整个地来看她,她似乎是个水晶,只能给男人精神的安慰,她的明亮的前额表现出深沉的理解;但是当她陷于情感的冥想中,忽然愉快地笑着;当她见着她所爱的,快乐的红晕散布在脸上,两颊的笑涡也显露出来的时节,你才觉得出她是能被人爱的,应当被人爱的,你才知道她到底是一个女人,跟一切年轻的女人一样。她爱起你来象一团火,那样热烈,恨起你来也象一团火,把你烧毁的。然而她的外形是沉静的,忧烦的,她象秋天傍晚的树叶轻轻落在你的身旁,她觉得自己的夏天已经过去,生命的晚霞早暗下来了。

就是这样一个女人,落进了周朴园的魔掌,被他软禁在这个仿佛是与世隔绝的周公馆里,已经一十八年了。寂寞枯淡的生活,沉重窒息的空气,把她闷得气都透不过来,本来她已经不存在什么希望,只安安静静地等待着死亡的到来了。忽然,三年前,周萍从乡间跑来了,对她表示了爱慕。这虽是一株苍白无力、弱不禁风的小草,但因为他如今是出现在荒凉而阴冷的周公馆里,又是刚从乡间来,身上多少总还留着一些年轻人一点儿纯朴清新之气;而且,这个人他有时也会燃烧、发光,正如作者在他的出场介绍中所写的,当他冲动起来的时候,他的热情,他的欲望,也会象潮水般地涌上来。就是在他这种热情奔涌的时候,他赢得了蘩漪的心。而蘩漪犹如一株行将枯死的奇花,得到了点滴雨露的滋润,又逐渐有了些生气。她就按照她自己的性格,把她的生命、名誉,整个地交给了周萍。然而周萍毕竟是周朴园的儿子,他犹疑怯弱、胆小怕事,决不是值得蘩漪爱、值得蘩漪为他牺牲的人。后来,他又爱上了四凤,尽量回避着蘩漪,并且想离开周公馆,撇下蘩漪,一走了事。这样,蘩漪的"雷雨"般的性格,就爆发出来了。而《雷雨》这出悲剧,也就在她的性格力量的爆发下,在她的一手导演下完成了。

蘩漪在剧中的贯串动作，她的种种作为的直接目的，虽然是在于想留住周萍，但其结果，却往往是对周朴园的一种揭露。而且，她的揭露是那样的辛辣锋利，那样的痛快彻底。请看下面这一段对话：

周蘩漪：你最对不起的是我，是你曾经引诱过的后母！

周萍：（有些怕她）你疯了。

周蘩漪：你欠了我一笔债，你对我负着责任，你不能看见了新的世界，就一个人跑。

周萍：我认为你用的这些字眼，简直可怕。这种字句不是在父亲这样——这样体面的家庭里说的。

周蘩漪：（气极）父亲，父亲，你撇开你的父亲吧！体面？你也说体面？（冷笑）我在这样的体面家庭已经十八年啦。周家的罪恶，我听过，我见过，我做过。我始终不是你们周家的人。我做的事，我自己负责任。不象你们的祖父、叔祖，同你们的好父亲，偷偷做出许多可怕的事情，外表还是一副道德面孔、慈善家、社会上的好人物。

周萍：大家庭里自然不能个个是好人。不过我们这一房……

周蘩漪：都一样，你父亲是第一个伪君子。……

在《雷雨》中，周朴园是个罪魁祸首，许多条生命的疯狂和死亡，都是种因在他身上。那么，在这个剧本里，是谁最无情地揭露了他，给他以最有力的打击，让他当众出丑的呢？显然这个人就是蘩漪。蘩漪之所以要那样死命地拖住周萍，与其说是出于对周萍的爱，还不如说是出于对她自己的地位、处境的一种反抗，出于对周朴园所加给她的种种束缚限制，对周朴园的专横统治的一种反抗。在这个作品里，作为周朴园的一个主要的对立形象的，并不是鲁大海，也不是鲁侍萍，而是蘩漪。蘩漪是周家悲剧的导演者，是使得埋藏在周公馆下面的火药爆炸起来的引火人。为什么作者不以鲁大海或者侍萍作为周朴园的主要对立形象呢？鲁大海当然要比蘩漪站得高得多，他和周朴园之间的矛盾，也更能反映当时社会的本质的矛盾。就是侍萍，她所受的迫害也远较蘩漪为重，她的身世也更易得到人们的同情。而曹禺却偏偏选择了蘩漪作为向周朴园进攻的主将。这究竟是什么道理呢？我想，这应该是与他所要表达的思想，与他为作品所确立的思想主题有关的。

我们知道，矛盾冲突是剧情发展的基础，没有冲突，也就不会有戏剧。而一个剧作的艺术深度，也往往要看作者所选择的冲突和他通过作品所要表达的思想之间符合到什么程度而定。曹禺在这个剧本里，主要只是想揭露周家这样一个带有很浓厚的封建色彩的资产阶级家庭，以及这个家庭所赖以存在的社会的罪恶，并表达他的一种被压抑的、无法排解的愤懑。其所以是无法排解的，乃是因为他并未认真追究过这罪恶的最后的根源究竟来自哪里。他从他当时的认识水平出发，把批判的重点特别放在对周朴园的冷酷、专横和伪善的本质的揭露上。剧作的主要冲突的设立，人物关系的配置，都是以此为基准的。我们看，如果以侍萍作为周朴园的主要对立形象，以侍萍与周朴园的矛盾作为主要矛盾，那就应该把它放在另外一种背景下来处理，而作品的主题思想，也要与现在有所不同了。那么鲁大海怎样呢？鲁大海与周朴园之间的矛盾，完全是另外一种性质的矛盾，这种矛盾是不可调和的你死我活的矛盾。它最终必然要以周朴园这一阶级的彻底败亡作结束。作者在这个剧本里，显然主要并不是要表现这样一种矛盾的。所以他也决不会以鲁大海作为周朴园的主要对立形象。只有蘩漪，才能够最全面地揭露周家的罪恶，才能够把周朴园的冷酷、自私、专横和伪善的本质最充分地揭示出来。我们觉得，《雷雨》的内容和形式之间是最和谐的，艺术上是很完整、很有深度的，这在很大程度上应该说就是取决于其思想与冲突的一致。

从作品的具体表现来看，情况也确是如此。鲁大海与周朴园的冲突，侍萍与周朴园的冲突，都只在第二幕中稍稍接触了一下，侍萍甚至很少有要与周朴园斗争的意思。蘩漪与周朴园的冲突则不然，它是贯串全剧，始终存在的。单是面对面的正面冲突，在四幕之中就有四次之多。而且每一次冲突的结果，都使他们的关系发生了变化，都加速了剧情的发展。我们看到他们两方面的力量对比关系，在不断消长转化。蘩漪对周朴园的反抗，由消极逐渐转到积极，而且愈来愈激烈，愈来愈不可遏制，最后终于完全撕毁了周朴园的“尊严”，彻底破坏了周家的“平静”而“圆满”的秩序。这四次正面冲突就是：一、周朴园逼蘩漪吃药（第一幕）；二、周朴园催蘩漪去看病（第二幕）；三、蘩漪从鲁家回来后遇到周朴园（第四幕初）；四、蘩漪在周萍与四凤要一同出走的当儿把周朴园叫来（第四幕末）。在第一次冲突中，蘩漪的反抗性虽然也表现出来了，但那多半是抵御招架，属于消极的防守性质的。这从她所说的一些话里完全可以看出来。如：“我不愿喝这种苦东西。”“我不想喝。”“留着我晚上喝不成吗？”等等。而最后，她终于还是屈从了，虽然是带着极大的愤怒，而且主要并不是为了周朴园。第二次，蘩漪的态度就不同了，她就已经是以一种挑战的姿态出现了。周朴园早就两次派人催过蘩漪去看病了，蘩漪都没去。于是周朴园亲自跑来了：

周朴园：你怎么还不去？

周蘩漪：（故意地）上哪儿？

周朴园：克大夫还在等着，你不知道吗？

周蘩漪：克大夫？谁是克大夫？

你看，她岂但不知道克大夫在等着，她甚至连克大夫这名字仿佛还是第一次听到呢！然而事实上，我们知道，克大夫过去曾经给她看过病，几分钟前鲁贵又两次当面告诉过她，她自己也说过周冲也已向她提过要请克大夫来替她看病的事了。周朴园没有办法，只得再向她说明，克大夫就是“从前给你看病的克大夫”，她却说她根本没有病，就是有病，也不是医生治得好的。说着，她就管自向饭厅门走去。周朴园还想用他那家长的威严来喝住她，但是完全没有用：

周朴园：（大声喊）站住！你上哪儿去？

周蘩漪：（不在意地）到楼上去。

周朴园：（命令地）你应当听话。

周蘩漪：你！（不经意地打量他）忘了你自己是怎样一个人啦！（径自由饭厅门下）

这最后的“你！”的一声里，该是包含着多少的轻蔑和嘲弄之意！她的态度与上一次已经很不相同了。但是，在这一次冲突中，周朴园仍还保持着他的优势，尽管蘩漪回到了楼上，他还是让周萍陪着克大夫去替她看了病。到第三次，优势就转到了蘩漪一方面，蘩漪已经从防御者的地位转变成了一个进攻者了。

这是一个凄凉的雨夜，已经是半夜两点钟左右了。周朴园正寂寞地拿起了侍萍的相片，注目遐想，悄然出神。这时，蘩漪一声不响地从中门走了进来（她刚从鲁家回来），雨衣上的水还在往下滴，脸色惨白，鬓发也是湿漉漉的。她在这样的时候，突然以这样的姿态出现在周朴园的面前，周朴园的惊愕骇异之状是不难想象的。然而蘩漪却满不在乎。我们甚至可以想象得到，周朴园愈是惊愕，她就会愈显镇定，愈加感到一种满足的快意。我们看：

周蘩漪：（看见周朴园惊愕地望着她，冷漠地）还没有睡？（立在门前）

周朴园：你？（走近她）你上哪儿去了？冲儿找你一晚上。

周蘩漪：（平常地）我出去走走。

周朴园：这样大的雨，你出去走走？

周蘩漪：嗯——（忽然报复地）我有神经病。

周朴园：我问你，你刚才在哪儿？

周蘩漪：（厌恶地）你不用管。

周朴园：（打量地）你的衣服都湿了，还不脱了它？

周蘩漪：我心里发热，我要在外面冰一冰。

周朴园：（不耐烦地）不要胡言乱语的，你刚才究竟上哪儿去了？

周蘩漪：（望着他，一字一字地）在你的家里！

周朴园：（烦恶地）在我的家里？

周蘩漪：（微笑）嗯，在花园里赏雨。

周朴园：一夜晚？

周蘩漪：（快意地）嗯，淋了一夜晚。

这真够使周朴园狼狈的了。所以他惊疑地望着她，半晌说不出一句话来。而蘩漪则如一座石像般矗立在他面前一动不动。接着她又从周朴园的手里把侍萍的照片拿了过来，并且像逗小孩似的逗弄着周朴园。周朴园实在拿她没有办法，只好摆出家主的威严，命令她走开。然而，立刻就被蘩漪挡了回去。

周朴园：（愠怒）好，你上楼去吧，我要一个人在这儿歇一歇。

周蘩漪：不，我要一个人在这儿歇一歇，你给我出去。

周朴园：（严肃）蘩漪，我叫你上楼去！

周蘩漪：（轻蔑）我不愿意，告诉你，我不愿意。

可见这时两个人的力量对比关系，两个人的优劣地位，已经翻了一个身了。到了最后一场，蘩漪更以一个审判者的姿态，把周朴园叫了出来，当着众人的面——不但是当着剧中人物，而且也是当着广大观众的面——无情地撕毁了周朴园的庄严的外衣，剥落了他的道德的面具，而周朴园此时则完全处于一个消极的、被动的地位了。

（值得注意的是，蘩漪的力量的不断增强，并不是由于她的斗争更有把握，更有获胜的希望，恰恰相反，倒是由于她愈来愈意识到自己前途的无望，愈来愈感觉到自己的命运的暗淡。她的斗争一开始就带有一种悲剧的性质，她自己后来也渐渐的认识到她所作的种种努力，不过是一种徒劳的挣扎。但是，象她这样的性格，是决不能忍受别人的欺侮玩弄，决不能安于失败的命运的。她一定要反抗、要报复。她曾几次三番的对周萍下过警告："一个女子，你记着，不能受两代的欺侮，你可以想一想。""小心，小心！你不要把一个失望的女人逼得太狠了，她是什么事都做得出来的。""小心，现在风暴就要起来了。"这些就象暴雨来临前的轰雷闪电，一声紧似一声，一声更比一声震撼人心。但是，我们也听得出，其中固然包藏着咄咄逼人的威势，同时却也蕴含有深沉的绝望的悲哀。）

这四次冲突，不但每一次都深刻的揭示了周朴园和蘩漪两个人的性格，而且也进一步影响了两个人此后的行动，更加推动了事件的发展，把情节一步步的引向高潮。这是真正的戏剧性的冲突。正因为周朴园在威逼蘩漪吃药中，露出了那么狰狞的面目，所以才激起了她后来的更大的反抗。而且使她觉得这种生活实在无法忍受，更非死命的拖住周萍不可。她愈是要拖住周萍，就愈使周萍恐惧、厌恶，愈要迅速摆脱她。而在周朴园一面呢，看到她居然当着儿子的面也露出了反抗的意思，就觉得只有用更大的压力来对待她，只有更加防范着她点。而不知道他的压力、防范的每一次的加强，都只是促使她的反抗和"越轨"的行为愈益变本加厉，都只是促使她更要千方百计地，甚至是不择手段地拖住周萍。这样，结果就反而只有使他的家庭更失平静，使他自己更失尊严，最后终于在众人面前完全暴露了自己丑恶的原形。

在这个作品里，周朴园是一个带有浓厚的封建色采的资本家，他这种身份、地位，最足以代表半封建半殖民地社会里的统治势力，而他在剧中的贯串动作，他所一心追求的目标——维护家庭的秩序，保持自己的尊严——也正是那个社会里的统治势力所最关心、最要竭力撑持的。蘩漪的一言一动、所作所为，则无不在破坏这种秩序，撕毁这种尊严，因而蘩漪就是那个家庭和那个社会里的叛逆，是值得我们寄予同情、给以支持的。

当然，蘩漪毕竟还只是地主资产阶级队伍中的一员，譬如她对四凤就有着许多"上等人"的偏见。她所反对的，也只是周朴园的家长式的统治，只是对她个人的种种束缚限制，种种她所感到的个人不自由，而并没有比这更高一些的要求，更进一步的内容；而且，只要周萍能陪伴她，这"闷死人"的屋子也会使她留恋，她也会安于虚伪和欺骗的不自然的关系而不起来反抗。同时，不消说，她当然是个个人主义者，她为达到她的目的可以不择手段，最后甚至把自己的儿子拉出来借以破坏周萍和四凤的结合。这许多地方都是我们所不能不看到，因而不能给她以过高的评价，过多的赞扬的。不过，话又得说回来，在《雷雨》这一作品中，蘩漪的斗争性总算是很强的了，她对周朴园的揭露，也总算很辛辣、很无情的了。如果我们因为在她身上存在着以上所说的一些缺点和局限性，因而就鄙弃她、否定她，那也是很不对的。

一九五九年九月写，一九六一年九月改。

原载《文学评论》1962 年 1 期

读《〈雷雨〉人物谈》

——和钱谷融同志商榷①

胡炳光

编辑同志：

贵刊今年第一期钱谷融同志的《〈雷雨〉人物谈》，对周朴园、蘩漪的形象，作了细致的分析，对我在现代文学史的教学工作中，向同学们介绍曹禺的戏剧创作，有相当的参考价值，丰富了讲课内容。但在细读这篇文章之后，又发现了一个问题，觉得有必要提出来和作者商榷。

在分析蘩漪的形象时，钱谷融同志一开始写了这样一段话："在《日出》的跋文中，曹禺说，他在写《雷雨》时，把剧中的一个最主要的人物，就是那被称为'雷雨'的好汉，漏掉了。其实，我认为他并没有漏掉，还是写进去了。那个人就是蘩漪。在《雷雨》初版本的序言中，曹禺曾说蘩漪是一个最'雷雨的'性格，其实，照我看来，蘩漪不但有'雷雨'的性格，她本人简直就是'雷雨'的化身，她操纵着全剧，她是整个剧本的动力。"蘩漪是曹禺在创作《雷雨》前"最早想出来的，并且也较觉真切的"形象，这个重要的形象，明明出场，没有漏掉。按照钱谷融同志的意见，曹禺在《日出》的跋文中所说的话，就和原作有很大的出入。这难道是事实么？我细查《日出》的《跋》，知道原文是这样写的，现摘录如下：

> 我常纳闷何以我每次写戏总把主要的人物漏掉。《雷雨》里原有第九个角色，而且是重要的，我没有写进去，那就是称为"雷雨"一名好汉，他几乎总是在场，他手下操纵其余八个傀儡。而我总不能明显地添上这个人，于是导演们也仿佛忘掉他。我看几次《雷雨》的演出，我总觉得台上很寂寞的，只有那几个人跳进跳出，中间缺少了一点生命，我想大概因为那叫做"雷雨"的好汉没有出场，演出的人们无心中也把他漏掉。

以上根据一九五七年中国戏剧出版社出版的《日出》附录的《跋》。又据山东师范学院中文系编《曹禺研究资料汇编》收集作者的同一篇文章，还有下面一段话：

> 写《雷雨》我不能如旧戏里用一个一手执铁钉，一手带着巨锤，青面红发的雷公，象征雷雨中渺茫不可知的神秘，那是技巧上的不允许。

曹禺在这里所说的"漏掉"的是"第九个角色"，并非已经出场的那八个角色，更非包括

① 针对胡炳光的商榷，钱谷融曾著文《关于〈雷雨〉的命运观念问题——答胡炳光同志》(《戏剧艺术》1979年1期)予以回应。此外，围绕《〈雷雨〉人物谈》所引发的争议还有多篇论文，感兴趣者可进一步关注。

那八个角色之内的蘩漪。这个角色是“最重要”的，能“操纵其余八个傀儡”。作者“漏掉”他，并非在剧中没有写到他，而是因为“技巧上的不允许”，“不能明显地添上这个人”，所以虽写到他，而又不能让他出场，仿佛是“漏掉”的样子。这个角色是谁？显然是“象征雷雨中渺茫不可知的神秘”的人物，或者说，他就是在冥冥之中主宰着人们命运的一种力量。曹禺的话，是符合原作的内容的；而钱谷融的解释，把这个真正“漏掉”的角色，当作未曾漏掉的蘩漪，是和曹禺的愿意不符的。

我们说，蘩漪不是曹禺所指的“最重要的”而又漏掉的称为“雷雨”的好汉，并不等于说她不可能有“雷雨”般的性格。钱谷融同志谈到蘩漪有“雷雨的”性格，我是同意的。曹禺在《雷雨》的《序》中曾说：“在夏天……人们不是恨便是爱，不是爱便是恨；一切都是走向极端，要如电如雷的轰轰地烧一场，中间不容易有一条折衷的路。代表这样的性格是周蘩漪，是鲁大海……”蘩漪有热烈的爱和热烈的恨，她的性格就是“如电如雷的”。剧本第二幕的后面，写了蘩漪警告周萍的两句话：“小心，小心！你不要把一个失望的女人逼得太狠了，她是什么事都做得出来的。”“小心，现在（望窗外，自语）风暴就要起来了！”最后一句所说的“风暴”，显然不仅指自然的“风暴”，而主要的是指行为的“风暴”。就是说，她的“雷雨”般的性格要发作了。接下去在第三幕、第四幕写她关住四凤家的窗户，堵住周萍的退路；写她叫来了周冲，甚至叫来了周朴园，竭力设法破坏周萍和四凤的结合，使大家同归于尽，都可看到她的“雷雨”般猛烈的性格。

但是，肯定蘩漪具有“雷雨”般的性格，又不等于“她本人简直就是‘雷雨’的化身，她操纵着全剧，她是整个剧本的动力”。钱谷融同志为了阐明他的论点，曾接着举例说：“不是吗，死命的拖住周萍不让他离去的是她，把侍萍（她好比是个定时炸弹）招到周公馆的是她，关住四凤的窗户使周萍被鲁大海与侍萍发现的也是她，最后在周萍与四凤将要一同出走时，又是她叫来了周朴园，打乱了原来的局面，完成了这出悲剧。”如果把这些材料拿来说明蘩漪由于在剧中是一个被侮辱与被损害者，又处于和周朴园（周萍实际上又是他的化身）对立的一个重要地位，再加上她的性格的特点，对联结和推动剧中人物的矛盾冲突，起了相当大的作用，是比较适当的。但把它拿来说明上述论点，却未必精当。因为蘩漪并非那个尚未出场的叫做“雷雨”的好汉，她没有一种“神秘”的力量，不能算是“雷雨”的化身，因而也还不能真正起“操纵着全剧”的作用。按照作者的创作意图和剧本的实际内容来看，只有那个尚未出场的叫做“雷雨”的好汉，才能真正起“操纵着全剧”（“操纵其余八个傀儡”）的作用。他不但决定鲁妈和四凤等人的命运，就是蘩漪的命运，也由他决定。作者在《雷雨》的《序》中说：“我算不清我亲眼看见多少蘩漪。（当然她们不是蘩漪，她们多半没有她的勇敢。）她们都在阴沟里讨着生活，却心偏天样的高；热情原是一片浇不熄的火，而上帝偏偏罚她们枯干地生长在砂上。”“不过有人会问为什么她会爱上这样一棵弱不禁风的草，（指周萍——引者）这只好问她的命运，为什么她会落在周朴园这样的家里。”这两段话说明：不仅社会上一般的蘩漪受“上帝”的支配，而剧中的这一个蘩漪也同样受他的支配。剧中的第四幕，写蘩漪从周朴园那里得知鲁妈“就是萍儿的母亲”以后，立刻喊一声“天哪！”这一句话我们很熟悉，鲁妈在感到“天”“命”对自己的生活的压力时，就常常发出这样的呼喊。作者接着写“蘩漪渐渐移到周冲身边，她逐渐感受到另外一些人的更不幸的命运”，这是指那个没有出场的叫做“雷雨”的好汉，在支配着她和鲁妈等人的命运，不过鲁妈等人的命运，比她“更不幸”罢了。至于作者写蘩漪的儿子周冲，和四凤一样触电而死；在剧本的“序幕”和“尾声”尚未删去之前，还写蘩漪和鲁妈一样发疯——更可看出那个“雷雨”好汉对他们命运的支配作用。

看来，我们对作品中人物形象的分析，不仅是一个对人物本身的认识问题，而且也是关系到对作者的创作思想、创作意图，对作品的整个思想内容的认识问题。从钱谷融同志的文章来看，也是注意到当时曹禺世界观中占主导地位的民主主义思想的，因而他能说明周朴园和蘩漪两个形象的主要意义；但是他对曹禺当时的世界观的理解还有些不全面，忽视曹禺“从书上得来的命运观念”对创作的影响，因而在理解作者的创作意图、理解作品的整个思想内容方面，还发生了一些偏差，这就不能不影响到对人物形象的正确分析。这样，我在上面所提出的问题，就不仅在于说明钱谷融同志对曹禺《日出》的跋文在解释上有错误，还牵涉对整个作品的研究的问题了。

以上意见，愿提出和作者商榷，和读者讨论。

此致

敬礼

胡炳光

十一，四，于河北师大

原载《文学评论》1962年6期

谈谈《雷雨》的几个场面

——戏剧结构学习札记

沈明德

高尔基说:“剧本……是最难的文学形式。”然而,在驾驭这种最难的文学形式的过程中,曹禺获得了多方面的成就。他的创作《雷雨》《日出》《北京人》等,为中国现代戏剧史增添了光彩。学习曹禺的创作,对进一步理解剧本艺术的规律,有着积极的意义。

剧本这种文学形式之所以“最难”驾驭,在很大程度上是由舞台条件决定的。

人们既然坐在了剧院的观众席上,他们迫切地需要知道舞台上发生了一些什么事情,这些事情在什么地方什么时候发生;怎样开始,如何发展,在发展的过程中有些什么周折,以及结果是什么,从而告诉了观众在无穷尽的生活长流中的一个相对完整的生活过程。

是的,观众需要详详细细地知道完整的过程,但是他们又决不允许剧作家交代这一切花费过长的时间。通常,超过了三个半小时,观众就会感到疲倦,注意力开始分散,剧作家的任何别出心裁的努力都会徒劳无功。一个喜好艺术的人有耐心花费一个月甚至更多的时间来读完一部长篇小说,然而当他坐在观众席上的时候,他对每一分钟的花费都表现得十分吝啬。

观众需要清清楚楚地知道舞台上的事件的始终。但是他也决不允许剧作家自己走到舞台上来说明或帮助说明。舞台上的任何事件都必须通过角色的行动表现出来,而不能有任何外加的叙述。任何小说家都不能避免间接的叙述,甚至在最伟大的小说中,也不难找到间接叙述的极多的篇幅,在这里人物的行动暂时停止了。

较之于电影,话剧还多一层困难,这就是地点的限制。电影的前一分钟可以把镜头对准天空,后一分钟就可以转向海底。话剧就必须尽可能集中在不多的地点上,即使在具有转台的今天,选择地点的限制仍多于电影。这种地点的限制所造成的困难更加尖锐化。

这样我们大致就可以体会舞台条件。A·托尔斯泰曾指出:“舞台时间是运动的刺激物,这也就是舞台性。”[①]这就是说,舞台性是一定的较短的时间内行动的完整表现。这就成了剧作家创作过程中的巨大困难。这困难自然表现在剧本的各方面艺术因素当中,而我们认为尤其突出地在戏剧结构问题上表现出来。曹禺的才华也正表现在他从容不迫地克服了这困难,争取到了创造的主动性。他创造了卓越的戏剧结构,将丰富的生活内容——尖锐复杂的冲突和鲜明饱满的人物性格——很“驯顺”地“嵌入”了舞台性所规定的

① A·托尔斯泰:《我的编剧经验》(《电影艺术译丛》1956年1月号)。

有限的狭小的“框子”里去，并完满地体现了剧作家的社会见解和思想意图。他所创造的戏剧结构是紧凑、有力而又巧妙的。

在某种意义上说，场面是整个戏剧结构的一个细胞(我们当然还能找到更小单位的细胞)。把许多场面有机地联系起来，将情节从一个场面合理地转入另一个场面，使戏剧冲突和人物性格得到充分的发展和体现，就构成了完整的戏剧结构。因而，戏剧结构紧凑完整与否，常常取决于场面的配置和容量。以下，我准备通过《雷雨》中四个场面的欣赏和剖析，来粗略地窥探一下戏剧结构的某些问题。当然，这只是一些读剧过程中零星的札记，远非对曹禺戏剧的结构艺术的全面研究。

《雷雨》第一幕开首鲁贵和四凤父女两人的那一场戏，常被认为“冗长”，仿佛这场戏的作用纯然是为了叙述和交代剧情。那末，就让我们首先来谈一谈这场戏。

诚然，这场戏确实叙述和交代了不少剧情的线索，没有它，《雷雨》剧情的进一步发展是不可能的。这一场戏我们可以从鲁贵喋喋不休的饶舌里听到很多事情。离家两年的鲁妈(侍萍)就要从济南回来，看望自己的儿子和女儿；而儿子大海又不是鲁贵和鲁妈所生，是鲁妈的前夫之子。从鲁贵的谈话中观众也知道了四凤和大少爷周萍的难以公开的恋爱关系，以及由于老爷周朴园和太太蘩漪在年龄上的悬殊和相互感情的不睦，使蘩漪和周朴园的前妻之子周萍也有着一段暧昧关系——这也等于告诉观众，《雷雨》中有着一局相当复杂和紧张的三角恋爱的纠葛……总之，在鲁贵对四凤的谈话中伏下了很多条剧情进一步发展的线索，使得以后的每一场戏对于观众都成为可以理解的了。可见，这一场戏对于整个情节发展的作用和价值是每一个人都能给予肯定的。

然而，在开场用两个人的长篇谈话来交代剧情，这是不少无能的剧作者所采用的无可奈何的手段。这一场戏也用两个人物的谈话(而且是较长的)来交代剧情的端倪，能否说是剧作家的不高明呢？这里需要进一步分析，且慢下结论。

中国古典戏曲时常用一个人物(甚至不是剧中人)在情节开始之前，先来交代一下故事的背景概况等等，如“副末开场”这种办法。然而，这种方式对于话剧是不适当的。话剧的结构的困难就在于它要求，任何时候人物都是按着自己的性格逻辑行动。鲁贵和四凤不是剧作家用线索来报道剧情的“木偶”。在这场戏中，他们正按自己的本性生活着行动着。而由于两个人物的行动在特定的相互关系中，发生了冲突，在这冲突的基础上又形成了这一场戏本身精彩的情节。这场交代剧情线索的场面，仍使观众饶有兴味。

在这场戏中，鲁贵行动的目的是企图从四凤身上先弄点钱，好还掉今天难过门的赌债，并进一步以要胁的手段控制住四凤，使四凤成为他永久的储金库，落而复生的摇钱树，供他“喝点、赌点、玩点”(鲁贵语)。开始时，鲁贵竭力从旁将话题引到钱上，然后暗示周萍和四凤的关系，据此向四凤“借”钱，在他看来“一个当差的女儿，收人家点东西，用人家点钱，没有什么说不过去的”。可是，不知眼色(实际上是害怕泄密)的四凤，偏偏故作不懂。怒从心来，鲁贵便拉下脸皮，俨然摆出了一副父亲管教女儿的面孔。“好孩子，你以为我真装糊涂，不知道你同这混帐大少爷的事么？”“我是你的爸爸，我就要管你。”接着便拿出证据：“……半夜送你回家的那位是谁？坐汽车，醉醺醺，只对你胡话的那位是谁啊？”……至

此，四凤只得完全缴械，老老实实地掏出钱交给他。然而，鲁贵的全部目的还没有达到。为了以后能源源不断地从四凤那里要到钱，他就必须帮助四凤巩固地保持和周萍的关系。他深深地知道，这关系的最大的敌人是蘩漪，于是这个“严厉的父亲”又转而十分体贴似的将他曾在一个夜晚怎样偷看到蘩漪和周萍的“一出戏”活龙活现地告诉了四凤，要四凤“聪明着点”——防备蘩漪。

从旁敲侧击到公开的威逼，从公开的威逼又一转而为热心的献计，一个性格鲜明的形象就站在了观众的眼前。他是这样的一个鲁贵，生活荒淫堕落，品性无耻卑鄙，而又象一个狐狸似的精于算计。他有奴才的卑顺，也有主子的专横与狡黠。

四凤在这场戏中也不是陪衬，在与鲁贵的冲突中，剧作家开展了她的心理活动。开始时，这个入世未深的少女对鲁贵的进攻采取了守势，接着她的章法便完全紊乱了。由于和周萍的不宜公开的关系，使她在鲁贵的卑鄙的要胁之下，由心慌意乱终至完全屈服。剧作家深入地剖析了人物的内心，表现了四凤一方面竭力摆脱鲁贵的纠缠，另一方面又那样急切地希望从鲁贵那里得知周萍和蘩漪两者关系的底蕴，使她也不能坚决摆脱鲁贵的纠缠；因为她和周萍的社会地位的差异，使她对这恋爱关系的信心是不足的。爱得越热烈，就越感到信心不足。鲁贵的饶舌使她厌烦，也使她留意。在这场戏里，她的心里恐惧、慌乱、焦躁和矛盾俱来。

这就是《雷雨》的第一场戏。戏剧的开始常常使剧作家感到特别困难。在开首的场面中，人物的关系处理得是否动人，场面展开得是否有戏剧性，情节线索交代得是否清晰，这一切决定着观众对戏剧的继续发展充满兴趣还是漠不关心。这场戏的奥妙就在于它摆脱纯粹的“过场戏”的可能性，在展开总情节的同时，剧作家不放松对登场人物作深刻的心理分析，在登场人物性格冲突的基础上构成了这一场戏本身极为生动的情节。由于这场戏本身充满了活泼的运动性，这运动又牵引着总情节的发展线索；这双重因素的有机结合，能够保证《雷雨》的整个结构紧凑有力；在舞台短促的时间限度内，在舞台的运动的不停歇的条件下，完满地表现了丰富的人生内容。我们可以要求剧作家写得更简洁一些，曹禺也曾自谦“写得罗唆”①，然而首先应当肯定这场戏写得十分成功，体现了戏剧结构的艺术规律。

《雷雨》为第二幕鲁妈登场后的那场戏，写来波澜起伏，使人应接不暇，可以使人紧张到喘不过气来。仔细品味这场戏，可以发现曹禺戏剧结构上的一个重要的艺术技巧。

为了割断四凤和周萍的关系，以捍卫自己最后的生趣，蘩漪面见了刚下火车的鲁妈。鲁妈上场时，戏剧的节奏还是轻快的。刚见到离别两年的女儿，鲁妈的心情是快慰的。但是，突然，就象远天飞来了一颗炮弹在凝滞的空气中爆炸，气氛一下子充满了莫可名状的紧张。当鲁妈歇下，开始环视周家客厅的陈设的时候，她看到那红木书桌，那有镜台的柜子，又看到那在郁闷的大热天还紧闭着的窗户……她就象突然溜进了可怕的梦境，就要突

① 张葆莘：《曹禺同志谈剧作》（《文艺报》1957年2期）。

然地遇见狰狞的恶魔。在这里，剧作家安置了一个对于戏剧性来说是卓有成效的细节。鲁妈为了再次证实一下自己是否真的又回到几十年前造成了她凄惨身世的周家，她惊悸地吩咐四凤："凤儿，你去看，你去看，那柜子靠右第三个抽屉里，有没有一只小孩穿的绣花虎头鞋。"这细节有力地拉紧了观众的心弦，心几乎要从口中弹出来了。打开抽屉，并没有那双绣花虎头鞋，观众又轻轻地呼出了一口气。但是一波才落，一波又起，剧作家在一松一紧中更有力地把握住观众。紧接着，鲁妈问明白了这家子有两个少爷，并且姓周，又从桌子上拿起了那张使她大吃一惊的相片——那一张印着自己三十年前面貌的相片，她终于喊出了"哦，好不公平的天哪！"——她的最可怕的犹疑完全证实了！

这里，鲁妈三十年来惨痛的遭遇，历历地在观众的内心视觉前展开。整个《雷雨》的戏剧冲突在仅仅的二十四小时内展开，然而它容纳了三十年的生活内容。这场戏在这里起了重要的作用。

无庸置疑，在这场戏中所交代的鲁妈悲惨的身世会博得观众深切的同情，甚至使心软的观众流下大量的眼泪。然而，在这同情与流泪的同时，观众的心情又为什么这样紧张呢？观众心里不断在嘀咕着："以后怎样呢？"

显然，第二幕自鲁妈上场，不仅交代了鲁妈三十年来的遭际，而且将蘩漪和四凤之间存在的矛盾推向表面化紧张化了；同时又选择了绝妙的艺术细节，以巨大的艺术力量冲击了观众的感官，告诉了观众那不该发生恋爱关系的兄妹周萍和四凤偏偏发生了恋爱关系；本该保持父慈子孝关系的周朴园和鲁大海偏偏落在了两个敌对的不能调和的阶级里……这就预示着事件的飓风即将到来。鲁妈三十年身世的交代的作用之一在于将那正在发展着的几对冲突，有力地纠缠在一个纽结——血缘关系上，加剧了这些冲突、增强了悬念，从而迅速地将悲剧引向高潮。每个观众都清楚地看到这罪恶深重的种子，正是这道貌岸然的周朴园一手种下，他使这些无辜的人们正走向悲剧渊薮的边沿；这样就推动着观众去关注这群人们怎样不可挽回地落入悲剧的深渊。同情、怜悯混杂着紧张与焦急，就成为此刻汇涌在观众心里的感情。

由这场戏可以使我们深刻地体会到戏剧结构的一个重要的问题。当剧幕打开的瞬间，开始了舞台上的生活。然而，这一段生活的开始，恰是前一段生活的终止；确切的说，这正在开始的生活是前一段生活的继续。这两段生活必不可免地保持着一定的因果关系。为了使观众清楚地了解正在舞台上进行着的一段活动的意义，就必须同时使观众清楚了解前一段生活中和这一段生活中有关的那些方面。在一篇文章里高尔基就说："这种'往日历史'（即剧幕打开前的那一段生活——沈按），即使对于有经验的剧作者来说也常常是一块绊脚石……"[①]可见把两段生活在舞台性规定的条件下溶和地表现出来是有困难的，然而又是必须表现的。马克思在谈到拉萨尔的戏剧时说："我必须责备你让自己的人物关于自己回忆得太多……"[②]马克思在这里决不是反对表现过去的生活，他只是不满意

① 转引自《高尔基〈底层〉的艺术特点》（《剧本》1954年7月号）。
② 马克思：《给拉萨尔的信》。

拉萨尔在表现过去生活的时候，妨碍了“现行生活”运动的应有速度，妨碍了特定的环境中人物按着自己本性的行动，人物在一定程度上仅仅成为交代“过去生活”的工具——也即“回忆得太多”。《雷雨》第二幕的这场戏之所以这样生动紧张，就在于剧作家在表现“过去生活”——鲁妈三十年遭遇的时候，巧妙地避开了高尔基所说的那块“绊脚石”而让“过去生活”在表现“现行生活”的同时显现出来；不仅如此，剧作家巧妙地使这种“过去生活”与“现行生活”的紧密结合，这种“过去生活”对“现行生活”的调节和服务，正是戏剧结构的“辩证法”。即使表现人物一瞬间行动的雕塑艺术，也需要凝结住“来势”“现状”和“去势”。然而，这毕竟只是要求观众的想象去加以补充，而戏剧则要求在结构中实际地加以表现。因而，这“辩证法”体现，在戏剧结构的构思中有其特殊的困难。剧作家常常在它面前经受严重的考验。在这考验面前，曹禺显示了艺术才华，创造出如此紧张，如此富有艺术效果的戏剧结构。有人认为“过去的生活”和“现行生活”的结合主要在第一幕。这看法是过于狭隘的；事实上，在曹禺的戏剧中，这种结合不仅在第一幕，而且结合的方式和具体作用也是丰富多采，并不是一样的。《雷雨》第二幕的这场就是证明。

下面，我们来谈谈《雷雨》第一幕结尾，周朴园逼迫蘩漪喝药的那一场戏。这场戏也是令人难忘的，对于我们理解戏剧结构的特点也有启发。

戏剧的时间限制是很严格的，它要求在一个不长的时间内完满地展开一个相对完整的生活过程。这就提出了使戏剧结构能够高度集中生活内容的要求。剧作家往往也采用这样的手段。在写一场戏的时候，除了要避免陷入纯粹“过场戏”的窘境，使一场戏不仅作为整个线索中的一个必要的环节，而且具有本身丰富动人的情节（如第一幕开首鲁贵和四凤的那场戏）而外，剧作家也常会考虑是否可能在一场戏中将几条情节线索，几对冲突合理地纽结起来，从而在一场戏中表现更多人物的性格特征，这样，剧作家就必须用他的才华的力量巧妙地选择一个“焦点”，将几条线索符合生活逻辑地纠结在这个“焦点”上，使几对冲突围绕着这个“焦点”同时展开。在此基础上使两个以上的人物同时显示各自不同的性格特征。这样，不仅能使生活内容高度集中，而且会产生一种特殊的艺术效果。它会使那主要线索更加清晰，更加突出，一场戏也会表现得丰富多彩，引人入胜。《雷雨》第一幕结尾的这场戏正表现了结构艺术中的这一技巧。

这一场戏，主要表现了周朴园和蘩漪之间的关系。这个成家立业的家长式的人物，为了巩固和维护这家庭的封建式的资产阶级的秩序，强暴地抑制人的起码的意志力，专横地扼杀人的起码的个性要求。他要专注的并不是蘩漪喝药与否，而是服从自己的命令与否。他要削平蘩漪性格的棱角，使她变成自己意志顺从的奴隶，并通过蘩漪“教育”（实际上是驯服）周冲。

这时舞台上，除了周朴园和蘩漪两个人物及他们之间的冲突而外，还有周萍和周冲。这两个人物并不是拱手插腰地站在那里旁观的，而是从他们自身的性格本性出发，加入了主要的冲突（喝药与否的冲突），而同时便引出了其他两条线索，展开了其他的两对冲突。周朴园为了制服蘩漪的执拗，首先命令周冲把药端过去“请母亲喝！”第二步便是命令周萍：“走，走到你母亲面前！跪下，劝你的母亲。”这样就引出了两对线索、两对冲突，从而也是显示了周萍和周冲的性格。

周冲，这是一个藏身于理想的仙宫之中的青年，他用自己美丽的幻想的五彩，装饰了一个充满善良、平等与互爱的人间天堂。他曾经把四凤尊崇为一个最卓越的女性，他告诉过蘩漪，他要娶四凤为妻。他想要求周朴园把自己的教育费分一部分出来帮助四凤去克服那在他看来是"唯一"的缺点——即没有受过教育。蘩漪真实地告诉他："你父亲一句话就把你所有的梦打破了。"他的回答却是："我不相信。"然而在这场戏中，这个坚信自由平等与互爱的青年必须违背自己的意志去顺从周朴园的专横的命令，他必须用自己的双手捧起这碗象征着专横的苦药送给自己的母亲——这一个在他看来是最大胆最有想象而又最同情自己思想的"不平常"的母亲。他的幻想中的人间天堂遭受了第一次重重的轰击。他痛苦地意识到："妈的话是对的。"——父亲并不是实现自己美丽梦想的支持者，相反却在他身上看到了可怕的专横。这里在周朴园和周冲的矛盾中刻划了周冲的性格（当然也进一步刻划了周朴园的性格）。

使观众更加激动的是这一场戏中所表现的另一对冲突——周萍和蘩漪的冲突。我们知道蘩漪不仅是周萍的继母，而且也曾经是他的不公开的情人。蘩漪之爱周萍，是追求人生的幸福，而尤其是对周朴园的一种反抗。因而能否反抗周朴园即是能否真爱蘩漪的试金石。然而，在周朴园的命令之下，周萍没有丝毫的反抗；他口中虽叫了一声"哦，爸爸！"仿佛难以忍受，脚步却顺从地移向蘩漪，准备当着周朴园的面向蘩漪跪下去。于是蘩漪疯狂地将这碗药喝了下去。在这场戏中，给予蘩漪最严重的刺激，并不是周朴园的专横（她对周朴园本人不抱有希望，这专横也已司空见惯），而是周萍的卑怯和懦弱。蘩漪为了摆脱这死水一样的生活，"想重新拾起一堆破碎的梦而救出自己"[①]就必须死死地抓住周萍，而周萍却是那么一棵不经力的弱草。他是真正的"父亲的儿子"（蘩漪语），蘩漪在周朴园和他那里受到了残酷的"两代人的欺侮"（蘩漪语）。一种绝望的预感刺激着蘩漪把那碗药喝下去。这场戏中所展开的蘩漪和周萍之间的冲突的深意就在于此。

（顺便提及，一个扮演蘩漪的女演员在这场戏中如果仅仅考虑到和周萍的"不自然"的关系，忽略了由于周萍的卑怯和懦弱所引起的深重的刺激，那将是对蘩漪的反抗性格的一种歪曲。有位演员同志把蘩漪将药喝下去这一举动解释作为了挽救周萍的窘境。这种理解磨平了蘩漪和周萍的冲突的尖锐性，必然给这场戏带来损害。）

这一场戏，在一定瞬间同时显示了人物相互之间复杂的关系，使戏剧结构十分紧凑。然而一场戏无论纠结着多少条线索，展开多少对人物之间的冲突，都必须在一个总的气氛中来显示这种复杂性，这样才能使戏剧结构没有斧凿的痕迹。这就要求剧作家熟悉自己的人物必须达到呼之欲出的程度，同时必须具备着丰富的想象力和虚构的才华。从上面这场戏的分析中，我们看到曹禺正是这样的剧作家。曹禺在这场戏中之所以能够既显示了纷纭复杂的冲突关系，又使这些冲突关系统一在一个总的气氛中（或者说是集中在一个

① 曹禺：《〈雷雨〉序》。

事件上)，就在于他熟悉人物的心理特征，他能够想象人物在这一场合将如何行动，也能想象在另一场合人物又会有什么特殊的反应，在这基础上剧作家才能虚构一个总的气氛。导演焦菊隐同志说的对:“……只有从人物内心活动世界，从人物对生活环境的内在感觉出发，来刻划人物，气氛才能成为必然的结果……”①气氛不是凭空制造的。这场戏所显示的总的气氛即是:专横势力以它罪恶的伦理观念毒害和扼杀了正常的人间关系，使这人间关系阴冷到残酷的地步。而这总的气氛被剧作家运用想象和虚构，艺术地集中在这一场戏中的一碗药的纠葛上。

《雷雨》第二幕鲁大海登场和周朴园针锋相对的那场戏，在艺术上也是有很重要的意义。在这场戏中，我们可以看到曹禺怎样在戏剧结构的创造中运用了偶然因素。现在我们就结合着这场戏来谈这个问题。

现实生活中的某些事件，往往在一个较长的时间过程中进展，戏剧却必须使之在尽可能集中的时间内;现实生活中的某些事件，往往分散在天南地北，戏剧却需要使它们集中在不多的几个地点甚或是一个地点;现实生活中的某些人物，往往老死不相往来，戏剧却常常要他们相遇，并在他们之间构成各种性质的关系。舞台条件的限制，使戏剧结构表现在这个问题上是突出的。在看一出戏之后，有些人会说:“天下事有这样巧吗?”虽然在看戏的时候曾感动过他，使他大欢喜或大悲伤过……

但是为了艺术地体现现实生活丰富多采的现象以揭示它的本质，剧作家几乎是必须利用各种各样偶然的“假定”。偶然的“假定”可以解决现实生活的无限性和戏剧结构的有限性之间的矛盾。毫不夸张地说，没有“假定”就没有戏剧。别林斯基早就注意到偶然的“假定”在戏剧中的合法地位，在谈到莎士比亚的《奥赛罗》的时候，他说:“如果奥赛罗迟一分钟使苔丝德蒙娜窒息，或者敲门的叶美丽扬早一点打开门，一切真相就可以大白，苔丝德蒙娜就可以得救，但悲剧将因此被断送了。”②从曹禺的戏剧看也是如此，如果在《日出》里，方达生并没有突然到来，小东西也并不躲在白露的房间里(或者只躲在白露的邻室)，那末白露的自杀就可能推迟甚或不自杀;如果《家》中，瑞珏分娩的时间放在高太爷咽气的前面，瑞珏也许就不至于为避“血光之灾”搬到郊外去分娩，瑞珏或许能够免于一死……但这样一来，《日出》将不成其为《日出》，而《家》也天知道会变成怎样一副可怜的模样。

曹禺是一位艺术思维十分发达的剧作家，他善于选择、虚构及运用“偶然”事件来构成高度集中的、富有艺术性的戏剧结构，以及变化多端震荡人心的戏剧情节。当然，这决不是玩弄巧合的“噱头”，制造无意义的惊险以及追求廉价的戏剧效果。这只能培养观众的低级趣味，它和真正的艺术没有丝毫共同之处。“偶然”在曹禺的戏剧中所以应该重视，在于它构成了高度集中的戏剧结构;“偶然”事件，可以说是一种“触媒剂”，能使那具有高度生活真实的必然因素集中而迅速地显现出来，推动生活真实向艺术真实跃进，从而表现出人与人之间本质的关系，揭开埋藏在人物内心的那些有意义的素质。这可看作是现实主

① 焦菊隐《〈契诃夫戏剧集〉译后记》。

② 转引自E·霍罗多夫:《论最后一幕戏》(《剧本》1956年7月号)。

义戏剧艺术的“辩证法”——即“偶然”和“必然”在戏剧结构中的统一与结合。

《雷雨》的整个结构就充满着“偶然”，特别是那巧而又巧的血缘关系。也有人在评论《雷雨》时片面地夸大了曹禺戏剧结构中的那些“偶然”因素的意义，从而抹杀了本质，歪曲了曹禺戏剧的真实意义。他们认为《雷雨》显示了“命运的主宰”“宇宙的主宰”……一句话，显示了一种莫可名状的宿命力量。这固然是没有看到《雷雨》的主导方面，同时也表现了对于戏剧结构方法的缺乏深知。虽然，曹禺在当时思想上存在着的模糊的东西，唯心论的因素，也给这种错误的看法找到了生长的空隙。

（顺便提及，曹禺当时思想上的一些缺陷以及对于生活的不够理解，使他在某些时候不能严格的遵循“偶然”必须和“必然”统一的戏剧艺术的“辩证法”，夸大了“偶然”因素的片面内含，而终于造成了一些不能不受到指责的缺陷。这在《原野》一剧中得到集中的表现。）

现在所要分析的《雷雨》第二幕鲁大海和周朴园针锋相对的那场戏，却是曹禺在戏剧结构中成功的运用“偶然”因素从而取得显著艺术实效的例证，不管曹禺本人是否能充分明确这场戏的意义。

作为罢工工人的代表，鲁大海来询问董事长周朴园对于复工条件的态度。这时候周朴园已经从鲁妈那里得知自己在二十多年前遗弃的儿子就是鲁大海。儿子成了自己的敌人。然而这种父子——直接的血缘关系并没有改变作为资本家（董事长）的周朴园对于罢工工人的仇恨。

周朴园：（打量鲁大海）你叫什么名字。

鲁大海：（大笑）董事长，您不要摆架子了。你难道不知道我是谁么？

周朴园：你？我只知道你是罢工闹得最凶的工人代表。

“只知道”三个字鲜明地说明在周朴园心中鲁大海的身份首先是工人代表（并且是闹得最凶的），虽然他已知道他是自己的儿子。这是经过了二十多年分离的父子，第一次见面的情形。随后周朴园就幸灾乐祸地告诉鲁大海，他已经买通其他的三个工人代表，罢工已宣告失败。鲁大海义正辞严地痛斥了周朴园，尖锐地揭开周朴园那副道貌岸然的假面具，暴露了周朴园剥削残害工人的血淋淋的真实面目。这时候在场的“哥哥”周萍——真正的“父亲的儿子”，为了维护周朴园的“尊严”，制止鲁大海的痛骂，竟“勇敢”地走到鲁大海面前，重重打了鲁大海两个嘴巴，并命令仆人们对鲁大海施以群殴。

鲁妈也是在场人物。她目睹这一幕“人间悲剧”——父亲怎样对儿子加以压榨和陷害，哥哥怎样对弟弟加以肉体上的无情的侮辱，她终于无法忍受了，她悲愤地喊出“哦，这真是一群强盗！”（虽然是含着眼泪的）。

不管曹禺本人意识到与否，这一场戏所显示的不是血缘关系纽结起来的“不可知的命运”，而是血淋淋冷冰冰的阶级的敌对关系。任何父子兄弟的血缘关系都没有将这种敌对性调和起来，这种阶级的敌对关系超然于一切其他关系（包括血缘关系）之上。这一场戏中作为“偶然”因素的血缘关系不仅没有掩盖作为“必然”因素的阶级敌对关系，相反更加突出了作为“必然”因素的阶级敌对关系。紧张、鲜明、富有色彩，“偶然”因素在这里产生了艺术的无可比拟的表现力，分散的生活中的人物、事件和本质，围绕这“偶然”集中一起了。

在现实主义的戏剧艺术中，“偶然”因素乃是迅速显现生活真实的触媒剂，构成高度集中的戏剧的粘结物。现实主义戏剧艺术创造并不排斥“偶然”因素。相反，一个剧作家的才华常常表现在如何以巨大的艺术概括力量，巧妙而恰当地选择、虚构并在戏剧结构中运用“偶然”因素。

由于舞台时间的限制和舞台运动的性能，造成了生活内容和戏剧结构之间尖锐的矛盾。以上，我们通过四个作为整个戏剧结构的细胞——场面的分析，初步理解了曹禺如何卓越地有成效地克服这个尖锐的矛盾，从而显示了高度艺术才华的几个问题。

我们要用A·托尔斯泰的一句道破真相的话来结束这篇札记的叙述。他说：“舞台剧本的建筑（结构）的奥秘，就是要使观众在两个半小时内领会一群人物的完整历史。”①我们说，剧作家曹禺正是参悟了这种奥秘的大师。

原载《安徽文学》1962年3期

① A·托尔斯泰：《我的编剧经验》（《电影艺术译丛》1956年1月号）。

响的什么雷？下的什么雨？

——批判反动剧本《雷雨》[①]

红卫江

解放前媚蒋、亲美，解放后又投靠了中国赫鲁晓夫、彭真、周扬一伙的“三开”文人曹禺，从三十年代到六十年代一直利用戏剧进行反党反人民的罪恶活动。毒草话剧《雷雨》就是他“影响”最大、流毒最广的一部“代表作”，是曹禺发家的老本，是献媚蒋贼、投靠美帝的敲门砖，是部美化资产阶级、诬蔑劳动人民、宣扬阶级调和、阶级投降和资产阶级“人性论”的大毒草。1934 年这部大毒草一出笼，立即被反共老手巴金、章靳以相中，迫不及待地在巴金主编的《文学季刊》上发表，一时轰动剧坛，曹禺从此也就登上了“戏剧权威”的宝座。

大毒草《雷雨》不仅是蒋匪统治下的“当代名剧”，而且在日寇侵占的上海仍然可以畅演无阻，解放以后又被中国赫鲁晓夫一伙捧为“五四以来的优秀剧目”。三十多年来，这部“三开”戏，不仅被国内的阶级敌人、资产阶级老爷太太少爷小姐视为掌上明珠，而且也被某些资本主义、修正主义国家的老板捧入他们的“艺术宝库”。

曹禺自我标榜说：“《雷雨》是暴露大家庭的罪恶的”，有“历史的现实的意义”。也有人吹捧说《雷雨》是“暴露资产阶级罪恶的现实主义作品”。很奇怪，一部“暴露”资产阶级“罪恶”的作品，却得到了国内外一切资产阶级和反动派的喜爱，却受到了广大工农兵的强烈反对和唾弃，曹禺在《雷雨》这个黑葫芦里究竟卖的是什么药？现在是彻底把它砸开，用毛泽东思想的显微镜好好照一下的时候了。

歌颂资产阶级的妖“雷”　丑化劳动人民的黑“雨”

毛主席教导我们：“你是资产阶级文艺家，你就不歌颂无产阶级而歌颂资产阶级；你是无产阶级文艺家，你就不歌颂资产阶级而歌颂无产阶级和劳动人民：二者必居其一。”反动作家曹禺在大毒草《雷雨》里，竭力美化、歌颂和同情以周朴园、周萍为代表的大资产阶级，竭力丑化、歪曲、诬蔑以鲁大海等人为代表的工人阶级和劳动人民，充分暴露了曹禺这个

① “文化大革命”时期，曹禺及其剧作《雷雨》受到了错误批判。北京师范学院革命委员会《文艺革命》编辑部曾在 1968 年第 5 期《文艺革命》杂志上辟“打倒反动作家曹禺”专栏，刊发有《打倒反动作家曹禺》本刊评论员文章以及署名红卫江的《响的什么雷？下的什么雨？——批判反动剧本〈雷雨〉》、多奇志《中国赫鲁晓夫与〈雷雨〉》等 8 篇批判文章。今仅收录红卫江的《响的什么雷？下的什么雨？——批判反动剧本〈雷雨〉》一文，以窥见当时文艺批判的历史特性。

资产阶级文艺家的反动本质。

《雷雨》中的周朴园，是某煤矿公司的董事长，是个疯狂吸吮工人血汗、镇压工人运动，侮辱迫害劳动人民的刽子手和吸血鬼。但是在曹禺笔下，这个双手沾满人民鲜血的家伙却成了"重礼仪"，有"良心"，善于"闭门思过"的慈善家。周朴园年青时曾侮辱了他家的女佣人——侍萍，后来又遗弃了她，但当他又娶了小老婆之后，却又"良心发现"，念念不忘那个被他遗弃了的女佣人，甚至连侍萍当年某些生活习惯都保留着，真是"爱的至诚"！三十年后，当他重新遇到这个女佣人时，又"深表忏悔"，并定要偿她一笔巨款，说是"这于我的心也安一点"。对这样一个人面兽心的老吸血鬼，曹禺却竭尽美化之能事。

周家的大少爷周萍，是助其狗父镇压工人运动的刽子手，是个生活糜烂的资产阶级恶少。而曹禺却把他说成是"有道德观念的、有情爱的，但同时又是渴望着生活""性格上那些粗涩的渣滓经过了教育的提炼成为精细而优美的"人。这个周萍和他父亲一样是个大淫棍，他先侮辱和抛弃了自己的后母，又去纠缠和侮辱他家的女佣人——四凤。对这样一个资产阶级的恶少，曹禺更是充满了美化和同情。为了表现周萍对四凤的所谓"真挚爱情"，曹禺让他"把生命交给了这个女孩子"，他不怕别人议论"周家的大少爷爱上了他家的女下人"，并要带四凤双双出走。走到最后，因为失去了四凤，周萍也用一粒子弹结束了自己的性命，以表示他对"爱情"的"忠贞"。

毛主席教导我们："世上决没有无缘无故的爱，也没有无缘无故的恨。至于所谓'人类之爱'，自从人类分化成阶级以后，就没有过这种统一的爱。"而在曹禺笔下，却为周朴园父子的虚伪"爱情"戴上了一副"通情达理"的假面具，其用心完全是为了掩盖周朴园父子玩弄侮辱劳动妇女的反动本质。

此外，曹禺更把周朴园的小老婆，一个精神空虚、思想堕落、性情变态的坏女人——周蘩漪，肉麻地加以吹捧，说什么"在遭受这样不幸的女人里，蘩漪自然是值得赞美的"。"她有火炽的热情，一颗强悍的心，她敢冲破一切的桎梏，做一次困兽的搏斗。"什么"火炽的热情"？完全是资产阶级情欲的放纵。什么"困兽的搏斗"？无非是为了满足自己的情欲而不择手段地胡来。而曹禺却打着"个性解放"的幌子对其百般美化，真是反动透顶！

无独有偶，中国赫鲁晓夫早在 1941 年就让他的臭老婆读《雷雨》剧本，要她向蘩漪学习，并说，"蘩漪将来可以入党"。真是什么阶级说什么话。的确，象蘩漪这样的社会渣滓，加入刘氏所鼓吹的"修养"党，那倒是可算标准的"党员"。

对比之下，我们再看看曹禺对工人阶级和劳动人民的形象又是怎样描写的。鲁大海是剧中出现的唯一的工人代表，(其余三个工人代表还没有出场就被周朴园收买了，成了可耻的叛徒。)而这个鲁大海不仅没有对资本家进行坚决斗争，相反，却对周萍说："你父亲虽坏，看着还顺眼"，一个工人阶级的代表，居然对骑在他头上的大资本家看着"顺眼"，这不是对工人阶级的诬蔑是什么？这还不算，这个鲁大海居然对打过他两个嘴巴的资产阶级大少爷大讲"人情"，握手言和，并且亲口应允把自己的妹妹嫁给这个狗崽子。更有甚者，还让鲁大海把从资本家手中夺来的镇压工人运动的手枪，乖乖地还给周萍，并且说："这是你矿上的东西！"这不是公开宣扬向阶级敌人缴枪投降又是什么？

对于周家的女佣人鲁妈和四凤，曹禺也极力加以歪曲、丑化。在那人吃人的旧社会，有多少《白毛女》中的喜儿式的人物因遭到地主和资产阶级的压迫而走向坚决反抗的道路，然而在曹禺笔下的鲁妈和四凤，却对侮辱残害她们的资产阶级老爷少爷感情缠绵，百依百顺。曹禺竟别有用心地把这些当作“中国妇女几千年来形成的美德”来歌颂，这是对中国劳动妇女的恶毒诬蔑，是我们绝对不能容忍的！

“为什么人的问题，是一个根本的问题，原则的问题。”在工农运动风起云涌资产阶级岌岌可危的三十年代，曹禺如此明目张胆地美化资产阶级、丑化劳动人民更有着他阴险的政治目的。

对抗革命的挡路“雷”　阶级调和的麻醉“雨”

伟大领袖毛主席教导我们：“在现在世界上，一切文化或文学艺术都是属于一定的阶级，属于一定的政治路线的”。反动文人曹禺在《雷雨》的“序幕”中，一再叫嚷“现实的丑恶”“幻灭的悲哀”，并且狂喊：“我在发泄着被抑压的愤懑，毁谤着中国的家庭和社会”。这个资产阶级的孝子贤孙，在三十年代的初期，究竟为什么对中国的社会如此不满？他究竟受到了什么力量的“抑压”？他要“毁谤”的又是谁？我们不妨看一看在大毒草《雷雨》出笼前后，中国社会究竟是什么现状。

《雷雨》是一九三四年出笼的，当时正是我们党领导广大工农群众胜利地粉碎了国民党反动派的五次“围剿”，开辟新的根据地，建立人民政权，新的革命高潮开始到来的时候。正如我们伟大领袖毛主席在一九三〇年发表的《星星之火，可以燎原》一文中所预言的：“中国是全国都布满了干柴，很快就会燃成烈火。……只要看一看许多地方工人罢工、农民暴动、士兵哗变、学生罢课的发展，就知道这个‘星星之火’，距‘燎原’的时期，毫无疑义地是不远了。”又说：“伴随着帝国主义和中国民族工业的矛盾而来的，是中国民族工业得不到帝国主义的让步的事实，这就发展了中国资产阶级和中国工人阶级之间的矛盾，中国资本家从拼命压榨工人找出路，中国工人则给以抵抗。”当时的现实就是这样的。曹禺果真要毁谤旧中国反动统治下的“家庭和社会”吗？那么，他就不可能不在剧本把抨击矛头对准以周朴园为代表的大资产阶级，而在这百万工农齐踊跃的年代里，他也不能不把自己的希望寄托在工人阶级身上，不能不去歌颂在党领导下的工人运动。然而在《雷雨》中曹禺所表现出来的倾向却恰恰相反，他的“幻灭的悲哀”，实际上是对大地主大资产阶级行将灭亡的命运唱出的挽歌，他的“被抑压的愤懑”，实际上是对即将“燎原”的革命烈火，对一切工人运动的仇恨恐惧。从他对大资本家周朴园的描绘中，我们可以清楚地看到：一方面，竭力为周朴园的罪恶涂脂抹粉，另一方面，又对这个阶级矛盾空前尖锐的形势下而经常感到“寂寞”的周朴园寄予无限同情；而工人阶级的唯一代表鲁大海则被描写成毫无阶级觉悟，单枪匹马只会蛮干，最后向阶级敌人缴枪投降的可耻叛徒。此外，曹禺更通过戏剧情节的安排，力图向我们证明：工人罢工的结果只能是劳资双方“两败俱伤”。从这里不难看出反动文人曹禺对革命的工人运动是何等的仇视！

曹禺之所以这样描写决不是偶然的，他曾经对人介绍说“《雷雨》中的周朴园是写关于父亲爱及严的问题，我的父亲平时对待子女就是这样……这是正确的。”原来《雷雨》中的周朴园就是曹禺狗父的化身。曹禺的狗父万德尊是大军阀曹锟手下的陆军中将，曾任宣化镇守使，后来又当了黎元洪的秘书，是个双手沾满了劳动人民鲜血的刽子手。在波澜壮阔的革命洪流中，一切剥削阶级都面临着被葬入坟墓的下场，反动文人曹禺对这革命的风暴恨得要死，怕得要命，从他反动的阶级立场出发，竭力挽救反动统治阶级即将灭亡的命运，一方面为大资产阶级大唱挽歌，一方面对蓬勃发展的革命工人运动发泄着他疯狂的仇恨。这一切都证明了曹禺是资产阶级的孝子贤孙，是忠实维护剥削阶级反动统治的反动文人。

为了达到维护反动阶级的反动统治，镇压工农革命斗争的罪恶目的，曹禺在大毒草《雷雨》中，要尽了封建阶级和资产阶级欺压人民的种种招术，在竭力美化资产阶级，丑化劳动人民的同时，又大肆宣扬超阶级的“感情”“良心”的抽象渺茫的“人类之爱”。他挖空心思地把周、鲁两家对立的阶级安排上父子、母子、情人的“血缘”关系，企图用“人伦天性”“骨肉之情”“情人之恋”等资产阶级人性论，把劳资两家拴在一起，互念互爱。在《雷雨》里，“爱随时随地都是一个创造奇迹的神”。你看，资产阶级的大少爷可以“真诚地”“不顾一切地”去爱“女下人”四凤，而作为“女下人”的四凤又是对资产阶级大少爷周萍“爱得至诚”；嗜血成性的大资本家周朴园可以为一个被他玩弄后又遗弃了的女佣人“自我忏悔”，“弥补罪过”，而作为女佣人的鲁妈对曾经侮辱损害了她的资产阶级“老爷”周朴园可以不念旧恶，不忘旧情，真是天下奇闻！曹禺搞这一套的目的，无非是要证明即使“在一个分成利益针锋相对的诸阶级的社会里”，也是可以“不分性别，不分阶级的互相亲嘴”，彼此相爱的。然而这正是早在一八八六年就被恩格斯批驳了的反动谬论。

毛主席教导我们：“在阶级社会里就是只有带着阶级性的人性，而没有什么超阶级的人性。”曹禺在《雷雨》中所竭力渲染的所谓超阶级的“人性”，实际上就是掩盖阶级矛盾，抹煞阶级斗争的烟幕弹！就是要搞阶级调和、“合二而一”，就是让工人阶级和劳动人民向地主资产阶级妥协投降，借此维护剥削阶级的反动统治。曹禺的用心是何其毒也！

在大力贩卖反动的“人性论”的同时，反动文人曹禺又从反动统治阶级的破烂箱里扯出一面“宿命论”的破旗，用来掩盖阶级矛盾，麻醉人民的革命斗志。他通过《雷雨》中各种人物的不同遭遇，大肆宣扬人类都是“可怜的动物”，是一群“蠕动的生物”，各自为了生存而“盲目地争执着”，此外，曹禺更发明了一种荒谬绝伦的“季节冲动论”，胡说什么“夏天是个烦躁多事的季节，苦热会逼走人的理智，……不是恨便是爱，不是爱便是恨，一切都走向极端。”真是荒唐无稽到了极点！为了掩盖阶级矛盾，曹禺把这种“宇宙里斗争的残忍和冷酷”最后归结为“背后有一个主宰使用它的管辖”，这主宰，或称为“上帝”，或称为“命运”或称为“自然的法则”。任何人一旦落在这被“上帝”所“管辖”的“残酷的井”里，无论“怎样呼号也逃不脱这黑暗的坑。”这里曹禺贩卖了一整套反动透顶的唯心史观，明目张胆地否认我国几千年的文明史是阶级斗争历史，把剥削阶级对广大劳动人民的压榨，说成是“上帝”“命运”的安排，企图要被压迫人民相信“命运”，服从“上帝”，不要反抗，不要斗争，乖乖地听任剥削阶级的残酷压迫，否则，就要落到象《雷雨》中的人们那样“悲惨”的结局。曹禺这个大官僚资产阶级的孝子贤孙，为了维持他本阶级的反动统治，反对革命的工人运动真是机关算尽，把资产阶级的各种"法宝"都拿出来了。

够了！铁的事实证明，反动文人曹禺所"愤懑"和所"毁谤"的，决不是什么资产阶级"大家庭的罪恶"和罪恶的旧社会，恰恰相反，他是在为那个即将被革命风暴埋入坟墓的资产阶级"大家庭"和旧社会唱挽歌。《雷雨》决不是什么有"历史的和现实的意义"的作品，而是歪曲现实、篡改我国阶级斗争历史的大毒草。曹禺在三十年代革命高潮中抛出的大毒草《雷雨》，是一响对抗革命的挡路的"雷"，是一场阶级调和的麻醉"雨"。其根本目的是配合国民党反动派对中国共产党的反革命"围剿"，遏制风起云涌的工农革命运动，维护大地主、大资产阶级的反动统治。

对于买办性的大资产阶级，我们伟大领袖毛主席曾尖锐地指出："它坚决地反对无产阶级及其政党在思想上、政治上、组织上的发展，而要加以限制，而要采取欺骗、诱惑、(溶解)和打击等等破坏政策，并以这些政策作为它投降敌人和分裂统一战线的准备。"这些话正是对大资产阶级的孝子贤孙曹禺的最深刻的揭露和最有力的抨击。

复辟资本主义的招魂"雷"　中国赫鲁晓夫的变天"雨"

一九五三年，毛主席亲自制定了党在过渡时期的总路线，要"逐步实现国家的工业化，并逐步实现国家对农业、手工业和对资本主义工商业的社会主义改造。"毛主席还英明地指出："这是要把资本主义制度和一切剥削制度彻底埋葬的一场革命。"正因为这是一场革命，行将灭亡的资产阶级和一切剥削阶级当然要作最后挣扎，于是作为他们代理人的中国赫鲁晓夫便跳了出来，对抗毛主席的革命路线，高叫"为巩固新民主主义制度而斗争！"并且叫嚷什么"中国不是资本主义太多了，而是资本主义太少了""要发展资本主义剥削，这种剥削是进步的""剥削越多功劳越大""这个历史功劳是永垂不朽的"等等，公开鼓吹"剥削有功"的反动谬论，妄图阻挡社会主义革命的历史车轮，把中国引向资本主义道路。与此同时，文艺界的反革命修正主义分子周扬一伙，在文艺战线上紧密配合，提出开放"五四以来的优秀剧目"，把一批三十年代歌颂资产阶级的反动剧目放出笼，为中国赫鲁晓夫复辟资本主义大造反革命舆论。主子下令，爪牙紧跟，于是旧人艺的走资派和反动"权威"立即决定首先上演曹禺的大毒草《雷雨》，为在全国上演三十年代的反动剧目鸣锣开道。

在无产阶级专政的条件下，反共老手曹禺做贼心虚，为了掩饰《雷雨》的反动面目，他曾企图把剧本中丑化工人和美化资本家过于露骨的词句和情节作些修改，不想二阎王周扬却执意不肯，下令"要保持原来的面目"。为了更好地体现"原来的面目"，旧北京人艺的走资派决定由曾任国民党演剧队少校导演的夏淳担任导演，并特选了一批国民党的残渣余孽、三十年代的臭"权威"担任剧中的主要角色，并且让这班国民党的残渣余孽到一个封建军阀、窃国大盗袁世凯的国务总理朱××家里去"体验生活"，真是混蛋透顶！

经过八个月的苦心经营，在一九五四年，大毒草《雷雨》正式上演了。这部诲淫诲盗散发着资产阶级臭气的大毒草一上台，一批资产阶级的遗老遗少、流氓阿飞立即象苍蝇逐臭一般嗡嗡而来，"欣赏"得有滋有味。而广大工农兵群众看了无不义愤填膺，一位解放军战士看了戏后，气愤地说："我看这个戏里的人物没一个好玩艺，乌七八糟的，就是宣传阶级调和。"一针见血地击中了这部毒草戏的要害。一位工人同志给北京人艺写信控诉和抗议《雷雨》对于青年工人的毒害。这时剧院的走资派和反动"权威"开始感到"压力"。但就在这时，中国赫鲁晓夫看了演出，连连称赞："深刻！很深刻！非常深刻！"这个"大人物"的赞扬，不仅为《雷雨》的演出稳住了阵脚，而且使这出戏很快从首都跑向全国，并由此为三十年代文艺的大泛滥打开了闸门。

中国赫鲁晓夫为什么如此吹捧《雷雨》？就是因为《雷雨》中所表现的反动内容适应了他复辟资本主义的政治需要。用一九五三年决定排演《雷雨》时曹禺的话来说，就是："《雷雨》中有一股力量，这股力量是建国初期所需要的"。什么力量？就是资本主义的力量，就是中国赫鲁晓夫所说的"资本家的积极性"，就是资产阶级意识形态对于社会主义革命的破坏力！曹禺的这句话，一语道破了《雷雨》在解放后重新上演的目的，就是要打响资本主义的招魂"雷"，下一场中国赫鲁晓夫的变天"雨"，为反革命复辟大造舆论。

金猴奋起千钧棒，玉宇澄清万里埃。无产阶级文化大革命的红色风暴，扫荡了旧社会遗留下来的一切阴霾，扫荡了一切妄想变我们社会主义之天的妖雷毒雨，扫荡了一切隐藏在阴暗角落里的害人虫！光焰无际的毛泽东思想的红太阳，照亮了七亿神州，照亮了五洲四海！反共老手曹禺及其黑后台中国赫鲁晓夫、彭真、周扬之流，在光天化日之下已经完全暴露了反革命的原形。今天我们要高举革命大批判的战笔，把反动文人曹禺和他的臭名昭著的黑作品彻底批判，批臭！

原载北京师范学院革命委员会《文艺革命》1968年第5期"打倒反动作家曹禺"专号

关于《雷雨》的命运观念问题

——答胡炳光同志

钱谷融

胡炳光同志在他写给《文学评论》编辑部的信中①，指出我在《〈雷雨〉人物谈》中把蘩漪当作"雷雨"的化身，当作被作者漏掉的第九个角色，是不符合作者的原意的。就事论事地说，这一指正当然是对的，而且绝无争辩的余地。《雷雨》的作者曹禺自己说，他在《雷雨》中把那位名叫"雷雨"的好汉给漏掉了，我却偏偏要说他没有漏掉，倒象是我比作者自己更清楚似的。而且曹禺明明说被漏掉的是第九个角色，既然现在连蘩漪本人在内，《雷雨》的全部出场人物只有八个，那么这个被漏掉的人，怎么可能就是蘩漪呢？这岂不是个明显的错误？错得岂非有些出乎情理之外？显然，我这样说的意思，无非是在于强调蘩漪的"雷雨的"性格，在于突出她在剧情冲突中的地位与作用。这种"取一点而不顾其余"的说法，虽然未免牵强，却也应该是可邀谅解的。其实，严格说来，曹禺的"漏掉"云云的话，却也是不够恰切的。如他自己所说，他之所以不把那个名叫"雷雨"的好汉写出来，并不是因为他在无意中"漏掉"了这个角色，而是由于"技巧上的不允许"。我甚至以为，就连"技巧上的不允许"这样的话，也还只是一种并无任何实际意义的说辞。事实上，在这个作品中，根本就不需要有这个角色（这后面还要谈到）。他之所以要这样说，也还是为了行文的方便。他是为了要引出下面的话来，为了要说明他在《日出》中没有能够把那个最重要的角色写进去的那番苦衷才这样说的。

想来，胡炳光同志并不是不知道、或者不能够体谅我的这番用意。如果，在他看来，我的错误仅只停留在这一理解本身上，他也许就不一定肯浪费笔墨来指正我了。他是因为我的这一误解还"关系到对作者的创作思想、创作意图"，关系到"对作品的整个思想内容的认识问题"，才觉得有必要把这个问题提出来同我讨论的。而我在这一方面呢，也正因为这个问题关系重大，而且自己觉得在这上面的确还有许多不很明确的地方，所以也愿意乘这个机会把我的一点粗浅的、很可能是错误的理解简略地说一说，以进一步就教于胡炳光同志和读者同志们。

胡炳光同志认为，由于我把蘩漪当作了"雷雨"的化身，而不知道"雷雨"实际上所代表的是"在冥冥之中主宰着人们命运的一种力量"，因而也就不能全面地理解曹禺当时的世界观，也就忽视了曹禺"从书本上得来的命运观念"对创作的影响。的确，无论从《日出》的

① 见《文学评论》1962 年第 6 期。

跋文中，或是从《雷雨》的序文中，曹禺都是把“雷雨”当作一种神秘的力量，当作一个或许存在的不可测知的主宰的。那么，我为什么在我的那篇文章中，完全丢开了曹禺的这种说法，而不去指出——象许多研究家所作过的那样——在《雷雨》中存在着命运观念呢？我这样做，有下面三点原因。

第一，我觉得曹禺的这种说法，是事后追加上去的，而并非在创作构思中就已存在的认识；对于我们分析剧作的思想，虽有参考价值，却不一定就是最好的凭证。即使这种认识确乎在构思中就已产生，但作者的主观意图还不等于就是作品的客观思想；分析作品的思想，还是应该从作品本身出发，还是应该根据作品所描绘的整个生活画面，所提供的人物相互间的全部复杂关系，而作出实事求是的论断的。何况，曹禺的这种说法，本身就是很含混的，我们并不能够肯定那就是意味着“命运观念”；他自己就始终没有把那个神秘的力量，那个或有的主宰称做“命运”过。在《雷雨》的序文中，原来还有如下的一段话，在现在的版本中已被删去了（山东师范学院中文系编的《曹禺研究资料汇编》中也没有这一段），现在为了大家讨论、研究的方便起见，不妨把它抄录出来：

> 《雷雨》对我是个诱惑。与《雷雨》俱来的情绪蕴成我对宇宙间许多神秘的事物一种不可言喻的憧憬，《雷雨》可以说是我的“蛮性的遗留”，我如原始的祖先们对那些不可理解的现象睁大了惊奇的眼。我不能断定《雷雨》的推动是由于神鬼，起于命运或源于哪种显明的力量。情感上《雷雨》所象征的对我是一种神秘的吸引，一种抓牢我心灵的魔：《雷雨》所显示的，并不是因果，并不是报应，而是我所觉得的天地间的“残忍”，（这种自然的“冷酷”，四凤与周冲的遭际最足以代表。他们的死亡，自己并无过咎。）如若读者肯细心体会这番心意，这篇戏虽然有时为几段较紧张的场面或一两个性格吸引了注意，但连绵不断地若有若无地闪示这一点隐秘——这种种宇宙里斗争的“残忍”和“冷酷”。在这斗争的背后或有一个主宰来使用它的管辖。这主宰，希伯来的先知们称赞它为“上帝”，希腊的戏剧家们称它为“命运”，近代的人撇弃了这些迷离恍惚的观念，直截了当地叫它为“自然的法则”。而我始终不能给它以适当的命名，也没有能力来形容它的真实相。因为它太大，太复杂。我的情感强要我表现的，只是对宇宙这一方面的憧憬。
>
> （《雷雨》，文化生活出版社版第4—5页。）

可见他自己对于“雷雨”所象征的究竟是什么，也并没有一个明确的观念。他只觉得那是一种神秘的吸引，一种抓牢他心灵的“魔”。它对于他是不可理解的，因而他也不能给它以适当的名称。“上帝”“命运”之类的说法固然不能被他接受，就是近代人的“自然的法则”这样的解释，他也不见得赞同。他并且明白地指出《雷雨》所显示的，并不是因果，并不是报应。我们怎么能够就把他的这些话作为他有“命运观念”的证据呢？不错，他的这些话的确在读者心目中引起了某种神秘主义的感觉，但反映在青年曹禺身上的这种神秘主义倾向，也还不能说就是一种哲学信念，而只能说是由于认识和理解的能力的不足而来的一种惊奇与惶惑。他能够既不安于“上帝”“命运”之类的迷信的说法，又不接受“自然的法则”这种机械论的解释，这显示出他的理智的清明，也是他终于能抵御住神秘主义的吸引，而没有成为它的俘虏的原因。我想，当年的曹禺所不能理解和说明的道理，今天我们有了马克思列宁主义的思想指导，应该是可以作出合理的、科学的解释的了。他在《雷雨·序》和《日出·跋》中所说的一些话，只能作为我们研究他的这些作品时的参考，它们本身也同那些作品一样，应该是我们分析解剖的对象，而不应该把它们当作分析作品时的指导性依据，更不能就用它们来代替对作品的分析、研究。

第二，我的那篇文章的任务，只在于分析周朴园和蘩漪两个人物，而不在于全面论述作者的思想。单从这两个人物身上，是并不能够证明作者在当时的思想中有命运观念存在的。周朴园可能是个有命运观念和相信因果报应之说的人。譬如第四幕中，他背着蘩漪告诉周萍要小心防范她，说“有些事简直是想不到的。世界上的事真是奇怪”。在最初的版本里，这后面的一句本来是写作“天意很——有点古怪”的。此外大概还可以找到一些其他的证据。在那样的时代、那样的社会里，在一些人头脑中有命运观念，本是不足为怪的事，例如侍萍就更是一个突出的例子。但这也顶多只能说是周朴园或鲁侍萍有命运观念，而不能据此就说作者有命运观念。至于蘩漪，那就恐怕很难说她一定也有命运观念了。单是喊一声“天哪！”，或是对别人的“更不幸”的命运有所感受，是不足以证明她就真的相信有“天”有“命”的。即使我们承认这些可以作为蘩漪也有命运观念的证据，但依旧并不能作为作者也有命运观念的证据。要论定作者有命运观念，不能仅仅根据周朴园或蘩漪的这些台词，而必须有更为充足、更易令人信服的理由才行。至于体现在这两个人物身上的作者当时世界观中的消极面，则是完全可以从别的方面去加以说明的。我在我的那篇文章中，已经试着作了说明，尽管说的不一定正确。

第三，虽然整个地来考察这个作品的思想时，确乎有某些根据要使我们怀疑到命运观念的存在，但我又终于不敢就作这样的论断；因为我觉得，这里依旧是容许作别样的解释的。

什么是我所谓有可以使我们怀疑到《雷雨》中有命运观念的存在的根据呢？

《雷雨》这个剧作在艺术上的一个突出的优点，就是它的矛盾冲突的高度集中。别林斯基在谈到戏剧的特点时，曾这样说：在这里“每个人物都追求着自己的目的，并且只为自己而行动，从而不自觉地促成这出戏的整个事件。”《雷雨》中所表现出来的人物与事件、性格与冲突以及人物相互之间的关系，的确是符合于别林斯基的这种说法的。剧中的八个人物，每一个人都各有他自己的强烈的意向和情欲，各有他自己所追求的目的，而且都在各各为着他自己的目的而行动着。譬如，周朴园所追求的是维持自己的尊严和家庭的秩序；蘩漪所追求的是要留住周萍，让周萍永远陪伴自己；周萍则想避开蘩漪，逃出周公馆；四凤又想跟周萍一起走，想跟周萍结合；周冲在追求着四凤的爱；而侍萍却要把四凤带出周公馆，使她脱离险地；鲁贵想的是能够永远保住周公馆的饭碗；而鲁大海则要为工人阶级的利益而向周朴园进行坚决的斗争。在这许多相互矛盾着的目的和行动之间，就形成了极端复杂、极端紧张的冲突。那末，这场冲突的结果怎样呢？结果却是，这八个人中的每一个都全失败了！蘩漪留不住周萍，周萍也走不出去；侍萍带不走四凤，四凤也不能跟

周萍结合；周冲得不到四凤的爱，鲁贵也不能重回周家；鲁大海的罢工斗争失败了，而周朴园也完全失去了家庭的秩序和自己的尊严。谁是胜利者呢？谁实现了自己的目的和愿望呢？谁也不是，谁也没有。真要是有的话，那就只能是作者在序文中所说的天地间的“残忍”和自然界的“冷酷”，或者是那被希伯来的先知们赞为“上帝”，被希腊的戏剧家们称为“命运”的宇宙的或有的主宰。这就很自然的要我们相信《雷雨》中确有宿命论思想的存在了。再联系到作者在《日出·跋》中所说的那番话，（即胡炳光同志的信中引用过的，把“雷雨”当作被漏掉的第九角色，而且是最重要的角色，说他几乎总是在场，其余八个人物都受着他的操纵，仿佛是他手下的傀儡一样的那一段。）就更要使人觉得作者通过对作品中人物的关系和他们的命运的安排，似乎的确主要就在于阐明一种神秘的宿命论的思想了。所以，我对于许多评论家和文学史家在指出《雷雨》中有宿命论思想时所提出的论据，虽不尽同意，但对他们的这一结论，则是并不想加以反对的。然而，要我自己也明白地来主张这种说法，却又总觉得心有未安，意有未惬，总觉得这不一定就是最恰当、最合乎作品和作者的思想实际的说法。

我们知道，曹禺之写作《雷雨》，并不是从观念出发的。当他初次有了《雷雨》一个模糊的印象的时候，逗起他的兴趣的，“只是一两段情节，几个人物”以及“一种复杂而原始的情绪”。而在这许多人物中，他最早想出的，而且较觉真切的便是蘩漪与周冲。对于这两个人物，他是带着极大的同情，以一种又怜又爱，并且混杂着某种程度的尊敬和感情来写他们的；不但在他的序文中作了这样的自白，我们通过作品所得到的感受也证实了这一点。《雷雨》中所表达出来的正面的、积极的思想，主要是同蘩漪和周冲这两个人物的要求和愿望联系在一起的；无论作者的主观意图，或是作品的客观思想，都是如此。这种思想的实质是什么呢？那就是在他当时的世界观中占主导地位的民主主义思想和人道主义思想。而他所谓的“复杂而原始的情绪”，无非是由于眼看他所同情的善良而无辜的周冲四凤等人，在那样的社会里，却偏偏遭到这样残酷的命运，而产生的一种强烈的愤懑之情罢了。这种愤懑之情，当然并不是仅仅由于目击了蘩漪、周冲这类人的不合理的遭遇而来，这是生活在当时的黑暗社会里的曹禺的心头所早已积压着的一种情绪。又因为他“不惯于在思想上用工夫”，没有认真去追究过这罪恶的根源究竟来自哪里，而且在他当时的思想水平下，恐怕也不见得能完全搞清楚这个问题，因而他的这种愤懑之情，就显得是无法排解、甚至简直是不可言喻的了；他就只能称之为“一种复杂而又原始的情绪了”。至于《日出·跋》中的那段话，虽然似乎是说明了《雷雨》全剧的动力，都是来自“雷雨”所象征的那种力量，或者说都是“命运”——我们就姑且把那种力量称做“命运”——在操纵着一切。但是如果我们仔细的考察一下作品的实际情况，就会看出作品的动力，其实是来自作品本身所提供的冲突，是来自人物之间的相互关系的——而蘩漪在这里面又扮演着一个特别重要的角色。这里，一点也不需要有什么冲突以外的、人物相互关系以外的力量的推动。我们能不能指出作品中有哪一点是不合乎生活的逻辑，或者是神秘而不可理解的呢？人物的每一个行动，情节的每一个发展，都有性格和冲突的内在依据，根本无需乎“雷雨”这位好汉的插手。所以，我觉得，如果说《雷雨》中的极端复杂而又紧张的冲突所造成的这样一种不可避免的悲惨的结局，在客观上不免有容易使人产生神秘的宿命论思想的消极倾向，这是完全有根据的，我同意这种说法。但如果说，作者在这个作品中，就是有意来表现这种宿命论思想的(哪怕持这种说法的同志也说这并不是主要的)，我就总觉得不能毫不怀疑。或者，如果比这走得更远，说作者在创作构思中，就已预先把“命运”作为全剧的动力，让它来操纵全剧，剧中人的一切活动，都在说明着它的存在，显示着它的不可抗拒的威力，那我就更加期期以为不可。不管这样的说法可以从作者自己的话中找到怎样有利的论据。

以上就是我所以没有在《〈雷雨〉人物谈》中指出《雷雨》的作者有命运观念的原因。我虽然对作者主观上有没有宿命论思想的问题，采取一种保留的态度，但我并不否认《雷雨》这一作品在客观上的确显示了这样的消极倾向；并且肯定地认为这种消极倾向也应该到作者当时的世界观中去找寻说明。只是在如何来具体地说明这一问题上，我和胡炳光同志以及别的一些同志们，还有不尽相同的看法。

一九六三年一月八日

附记：我的《〈雷雨〉人物谈》一文发表以后，曾读到胡炳光同志给《文学评论》编辑部的一封信，提出了一些不同的看法。我曾写此文作答。当时未能刊出。现把它发表出来，恳切地希望胡炳光同志和读者们指正。

1978 年 11 月 25 日

原载《戏剧艺术》1979 年 1 期

简谈《雷雨》

曹　禺

《收获》邀我写一篇创作回忆录，题目是关于《雷雨》，我恰在生病，只好写一篇短文来应景。

我的父亲是一个军阀官僚，但他退休很早。他虽是一个军官，但胆小，没打一次仗，倒经常聚集一些不得志的清客幕僚在家里吟诗赋词。他自己也会写诗，写对联，甚至会写文言小说。他把自己的文字集在一块儿，取名为《杂货铺》。

我的家庭是一个很不愉快，但又充满骚客词人气味的地方。我的父亲大约自己觉得失意，因此他反对我搞什么文艺或作官，竭力主张我学医，当一个自由职业的医生。我经过几番斗争，考了两次北京的协和医学院，都没有考取，终于在文学艺术耳濡目染的环境中，搞了戏剧这个行业。

我搞戏应该说开始于十五岁的时候，参加了南开新剧团。我演过不少外国戏和中国戏，读过的剧本和其他文学书籍就更多了。从我十五岁到现在，我一直没离开话剧事业。我很快就发现我不适合演戏，我想，还是写剧本吧。我也翻译过一点外国剧本，很获教益，因为翻译比读和演更能深入地学得它的妙处。

我写《雷雨》有一段酝酿过程。我刚读完南开中学，便立志想写《雷雨》这一类的剧本，因为我自己的生活圈子里已经看到了一些像蘩漪和周朴园这样的人物。《雷雨》中的每个人物都有真实的影子，但又不是一个人，而是集中了很多人物的特点，再加以我的创造。我写剧本有时是从头到尾按顺序写出来的，如《日出》。但《雷雨》不是这样，我先写出的是最吸引我的一些片段，如第三幕四凤对母亲发誓和以后周萍推窗进入四凤卧室的戏，又如第一幕中喝药以及第二幕鲁侍萍和周朴园相认的戏。后来如何穿插，又费了一番思考，才组织成这样一个剧本。其实动笔的时间并不多，连反复修改，不过七八个月。

我记得写的时候，就在清华大学旧图书馆的杂志室里，白天晚上就在一个座位上，完全忘记了学校上课的钟声。我当时感到创作是十分快乐的，而不是皱着眉头硬挤的苦事，因为找材料、搞结构、组织大纲这些苦事已经过去了，而且那些人物已经活生生地在我的脑中转。

写完之后，我喘了一口气，仿佛四五年朝思暮想的心事终于完了。但我并不怎么想发表，就把稿子交给了我童年的朋友章靳以，那时他正在编《文学季刊》。靳以是我在南开初中的同学，我们的友谊多年没有断过。我在清华大学读书时，他把巴金介绍给我，那时他们两人已经在文坛上赫赫有名了，尤其是巴金，其实他们那时和我一样，还都是不满三十岁的青年。巴金很快就成了我的好朋友。他们在北海三座门租了一个小院子，我在学校没事时也常去坐坐，我记得在座的还有沈从文、卞之琳等，我则是一个不知名的爱好文艺的青年。

那时靳以和郑振铎在编辑《文学季刊》，他们担任主编，巴金是个编委，还有冰心和别人。靳以也许觉得我和他太接近了，为了避嫌，把我的这个剧本暂时放在抽屉里。过了一段时间，他偶尔对巴金谈起，巴金从抽屉中翻出这个剧本，看完之后，主张马上发表。靳以当然欣然同意，这个剧本就在《文学季刊》第三期上刊载了。我始终感谢巴金和靳以这两位把我引进中国剧作者行列的编辑。不仅是我，他们发现的有前途的青年作者是不少的。他们不但选稿，还亲自校对，我记得《雷雨》的稿子就是巴金亲自校对的。我知道靳以也做了极好的编辑工作。

《雷雨》后来在文学界引起的反响是我当初没有想到的。我曾经说过我写《雷雨》是在写一首诗。当时我对诗的看法是不正确的，认为诗是一种超脱的、不食人间烟火的艺术。我自己只是觉得内心有一种要求，非这样写不可。评论家们说我写这个剧本有比较进步的思想在指导着我，我当时还不大领会。后来我才渐渐懂得，无论写什么，一个作家总逃不脱时代精神的影响，或者是反映了时代精神，或者是反对时代精神，跟着时代前进的就是进步的。

巴金对我说过："《雷雨》是一部不但可以演，也可以读的作品。"他的这句话是说中了我的本意的。我写这个戏确实不但想着看戏的观众，也是想着看不到演出的读者的。《雷雨》发表后，成为许多人谈论的一个题目，这又成了我思想上的负担，很怕今后再写不出什么东西来。我个人总希望下一部作品和上一部不雷同，人物各有特色，不要同样的人物换一身衣服又出现在舞台上。在《雷雨》以后，我又写了一些剧本，是否做到了这一点，自己也难说。

关于我创作《雷雨》的经过，当然还有许多闲话可聊，但由于眼前时间和精力的限制，就写到这里吧。

原载《收获》1979 年第 2 期

曹禺谈《雷雨》

去年九月，王朝闻同志拜访曹禺同志，请他谈谈创作《雷雨》的经过，曹禺同志作了两个小时的长谈，内容殊为可贵。本刊征得曹禺同志同意，将记录作了整理，并经他亲自核正，发表于此。文中段落提示为编者所加。

——编者

我对剧中人和事非常熟悉

《雷雨》《日出》《北京人》这三个剧本，都是我青年时期写的。写完《雷雨》是二十三岁，《日出》是二十五岁，《北京人》是三十岁。那时我为什么能够写这种作品呢？还是毛主席说的：生活是文艺创作的唯一源泉。这句话千真万确。当然，这里据说的生活，不是今天我们常讲的工农兵的斗争生活，而是我那时所接触、所了解到的生活。我对自己作品里所写到的人和事，是非常熟悉的。我出身在一个官僚家庭里，看到过许多高级恶棍、高级流氓；《雷雨》《日出》《北京人》里出现的那些人物，我看得太多了，有一段时期甚至可以说是和他们朝夕相处。因此，我所写的就是他们所说的话、所做的事。说实在话，那时候我对阶级呀，半殖民地的社会性质呀这样一些概念并不很清楚。比较准确地反映我的思想的是这样一句话："时日曷丧，予及汝偕亡。"对旧的社会制度和统治者，我是痛恨的，什么时候你们完蛋了，我跟着一起死掉都心甘情愿。统治者，就是周朴园、金八、潘经理，甚至曾浩，这样一些腐败、专制的人物和寄生虫们。这三部作品里写的几乎都是这些家伙，而很少有正面人物。因为那时我很少接触到工农群众；不是完全没有接触，但的确了解很少。

不劳动者不得食是我的主导思想

旧的必然灭亡，新的会是什么样子？谁又代表着新生的力量呢？我当时不能回答得很好。但也并非全然没有希望，没有寄托。在《雷雨》里我写了一个鲁大海，这是一个工人。当然写得很不象样子，很不成熟，但我是同情这个人，甚至佩服这个人的。《日出》里我没法子写一大批劳动者，所以写了一群幕后的打夯工人——黎明的太阳升起的时候，黑暗必将逝去，在黑暗里生活的"动物"们，也必将随之消灭，而这些打夯工人，却在为建设新的大厦打基础。他们边劳动边唱着夯歌："日出东来满天的大红！要想吃饭就得做工！"

——不劳动者不得食。你说它朴素也罢，粗鲁也罢，浅薄也罢，这么一个基本的概念、感觉，正是我的主导思想。我在这些剧本里所抨击的，正是那一群不劳而食、不劳而获，把劳动人民踩在脚下的荒淫无耻的坏蛋，以及依附于他们、同样过着寄生生活的“帮闲”们。“五四”以来的进步的知识分子，总希望找到一个出路，但出路是什么，又不是很明确。在我的作品里，虽然也有看见光明前途的人物，但基本上还是体现了这么一种倾向。

我与戏剧的接近

我执笔写《雷雨》只用了半年时间，但写作之前已经构思了五年。有写这个剧本的想法，是早在十八岁的时候，我用了整整五年时间构思剧本和琢磨人物。因为我想酝酿得尽量成熟些，写得集中些，而不愿意零敲碎打、写写改改。这费了我很大劲儿。

作为一个作者，具备广泛的文学素养很重要，从幼年我就喜欢阅读古今中外文艺作品。我开始接近戏剧是在十五六岁的时候，那时刚上中学，我参加了“南开新剧团”，距现在半个多世纪了。那时我们演了德国作家霍普曼（Hauptmann）的一个戏，叫《织工》，是写工人罢工的，最后失败了。这个戏给了我很大影响。这之后还演过易卜生、莫里哀等人的戏，也常常演“南开新剧团”自己编的戏。一直到我二十几岁以前，每年都参加演戏，从未间断。这些演出活动对我很有好处。使我晓得了观众喜欢看什么，不喜欢看什么，需要看什么，不需要看什么。戏剧要教育观众，但演戏、写戏的人首先要懂得观众、了解观众。当然啰，戏剧是一种文艺形式，缺乏感人的艺术力量，光喊口号是不行的。要使人从作品反映的生活中慢慢悟出道理来。生活有无比的丰富性，你尊重生活、深入生活，就会看到许许多多真实的人，就会发现鲜明的人物性格，这才能塑造出典型来。譬如周朴园，并非真的有那么一个姓周名朴园的人，但生活中确实有许许多多张朴园、王朴园、赵朴园、李朴园，他是这个人的鼻子、那个人的眼睛，又一个人的事情……总之是一个大坏蛋。

周朴园坏到了连自己都不认为自己是坏人

周朴园这个人可以说是坏到家了，坏到连自己都不认为自己是坏人的程度。他自己，在当时社会上当然是“名流”“贤达”，他认为他的家庭也是个“最圆满、最有秩序”的“理想家庭”，他教育的儿子周萍，也是个好儿子，“健全的子弟”，其实已经腐烂透顶了。三十年前，周朴园为了和一个门当户对的阔小姐结婚，把遭受他凌辱、迫害并为他生了两个孩子的丫头鲁侍萍，在大年三十晚上硬是从家里赶了出来。大儿子他留下来了，这就是周府大少爷周萍，二儿子才生下三天，病得奄奄一息，就让侍萍抱走了。可以想象得到，那情景是多么凄惨。无依无靠、走投无路的侍萍急得没法，只好跳河。跳河而又不死，连孩子也被救起，这就是后来的鲁大海。周萍和鲁大海，同父同母的亲兄弟，由于社会、阶级地位和生活环境不同，走上了完全不同的两条路，再也没有办法相处在一起了。鲁大海对周朴园怀着极端强烈的憎恨，这不只是他一个人的家仇家恨，而是阶级的仇恨。不知道为什么，当时我鼓捣出了这么一大堆东西来。可能是因为常看报纸的关系。那时的确常常闹罢工。我听到过一件真实的事情，一个资本家在哈尔滨修一座江桥，他故意让江桥出险，使几千个工人丧生。他是承包商，从每个工人身上扣二百块钱。我所写的周朴园就是这样发了一笔昧心财、血腥财，从此他才阔起来。这样一个人，你说他没道德，他可觉得自己高尚得很哩，觉得自己最崇高、最了不起了。他又是那么"多情"，那个被他糟蹋过的丫头，都被他升格为"前妻"了，甚至连他和这个丫头胡搞、后来生了孩子的那间房子，房子里的摆设，他都一直保持原样，不准别人动一动。他自以为是好丈夫、好父亲、正人君子，其实是个在外杀人如麻、在家专制横暴的魔王。他这个人永远觉得自己是正确的。当三十年后侍萍又来到他家见到周萍时，他让周萍跪下，说：不要以为她自身低下，却是你生身之母，不要忘了……多么冠冕堂皇！他竟没有一点自愧自疚。他对侍萍的怀念可能是真的。因为他自和侍萍分别后，结过两次婚，第一次是个阔小姐，抑郁而死；第二次就是和蘩漪。两次婚姻都不如意。他花天酒地地放荡过，但从来也没有尝到过什么是幸福。回想起来，还是和侍萍相处的日子，在他罪恶生涯中多少给他留下了些美好的记忆。他对侍萍的思恋、怀念，便成了他后半生用来自欺欺人、经常咀嚼的一种感情了。这既可填补他那丑恶空虚的心灵，又可显示他的多情、高贵。

所有人物都在第一幕里交了锋

在第一幕，差不多所有的人都交了锋，见了面，种种矛盾冲突都聚拢一起、爆发开来。周朴园与鲁侍萍见面一场，我用了点技巧。从与蘩漪的谈话中，侍萍已经知道，自己最怕的事终于发生了，而且比自己所能想象的还要坏。她之所以没有马上站起来就走，是因为自己整整受了三十年苦，万万没想到，阴差阳错今天又回到了这个家，碰到了这个人。既来了，她想看看这个人的心底有多黑。一开始，周朴园错把她当成了家里新来的仆人，大不高兴，责备为什么又把窗户打开了等等……似乎对昔日的侍萍充满了无限的柔情和哀思；继而又命她向太太去要衣服；当侍萍接口回答：是不是那件烧了一个小洞又织补上，并在上面绣了一个"萍"字的旧绸衣？这时他才感到诧异。当他知道，站在自己面前的，竟然就是他三十年来一直标榜着念念不忘、被他始乱终弃、投江自尽的侍萍时，他惊呆了，脱口而出的话就是"你来干什么？"和"谁指使你来的？"这和从前完全不是一回事了，刚才那满天的怀念呀，眷恋呀，柔情蜜意呀，全都无影无踪了。"命，那不公平的命指使我来的。"这句话出自侍萍身上，是很自然的，旧社会象这样一个妇女，怎么能没有一点宿命论思想？今天人们可能不理解：你受了这么大的委屈，他还问你干什么来了、谁让你来的，你该骂他，怎么这么软弱？我说这是生活，是真实，是悲愤。"你自然想不到，侍萍的相貌有一天也会老得连你都不认识了。"此时的周朴园再装不象了！"好！痛痛快快的，你现在要多少钱吧！"他开了一张支票。登时，赤裸裸的金钱关系出来了。伪善的假面具被扒下后他是那么冷酷无情。而且他也感到幻灭：当初那么可爱的一个女孩子，今天怎么老成了这个样子，而且成了对他的社会地位的一种严重威胁。所以，非再次把她赶走不可。他的阶级本能使他没有任何考虑，而马上做出这种决断。侍萍心想，我这些年受的痛苦，绝不是你这几个臭钱所能算得清的。对此，周朴园简直不能理解，而且生气了："你还要怎么样？""我就是想看看我的孩子。"这不能不给她看，因为她一闹就更不得了。下面就又是属于技巧的东西了，鲁大海也来了，周萍也来了，鲁妈也在这儿，碰到了她的两个儿子，一个变成了资产阶级少爷，一个成了罢工工人的代表，正在反对他的父亲——外国煤矿的资方代表。周朴园告诉鲁大海：在你离开煤矿以后，其他代表已签字同意复工，你们罢工失败了，你已经被开除了。鲁大海悲愤不过，大骂周朴园，把他最丑的事兜了出来。周朴园虽然很气，但还能撑着。周萍这个“孝子”却上前打了大海两巴掌。侍萍没有想到会看到这样的场面，自己的儿子竟变成了这样一个鬼东西，她连一声“萍儿”都叫不出口了：“你是萍，——凭——凭什么打我的儿子？”母子、兄弟，成了这样阶级对立的关系。为了把事情掩盖起来，周朴园立刻解雇四凤、鲁贵，和他们断绝一切关系。他怕得很，直到第四幕，他还要寄钱给鲁妈，不是为了慈悲，而是因为他不放心，非用钱堵他们的嘴不可。鲁妈很有骨气，钱她不会收，但她信命、认命。周朴园这个人物，是比较难于分析的。鲁妈也是写起来比较费劲的一个人物。

还有一个人物就是蘩漪生的二少爷周冲。他很天真，是个同情鲁大海的小知识分子，受过高中教育，受过“五四”以来新思想的影响，看过一些进步刊物。这是“周府”上比较可爱的人物。但他毕竟出身在这样一个家庭里，当第三幕鲁大海从家里撵他出门时，他说了一句话：我没想到我父亲说的话，还是对的。不但老大说他父亲的话是对的，连老二这个开明的知识分子，遇到阶级跟阶级碰头的当口，他也想不开。在写《雷雨》的时候，我还不懂得工人阶级，但我渺茫地觉得还是工人们干净，工人们了不起，而有钱人的钱全是血腥气的。而且这帮人伪善到了极点，他们吃素，是因为吃荤吃得太多了；他们念佛，是因为坑人、害人、杀人太多了，想要拯救灵魂，死后好上天堂——还是利己的目的。

“三一律”和巧合

“三一律”不是完全没有道理。《雷雨》这个戏的时间，发生在不到二十四小时之内，时间统一，可以写得很集中。故事发生的地点是在一个城市里，这样容易写一些，而且显得紧张。还有一个动作统一，就是在几个人物当中同时挖一个动作、一种结构，动作在统一的结构里头，不乱搞一套，东一句、西一句弄得人家不爱看。这说的都是“三一律”在艺术上的好处。不过，后来我感到，戏老是这样写法也不行。我一直认为，无论写什么戏，下一个一定要和上一个不一样。《日出》和《雷雨》写法不一样，《北京人》又力求从写法、结构、人物种种，有所不同，有所创造。

戏总是让人家愿意看，看了第一幕想看第二幕，看了第二幕还想看第三幕。老实说，一部《雷雨》全是巧合。明明是巧合，是作者编的，又要让人看戏时觉不出是巧合，相信生活本来就是这样，应该是这样。这就要写出生活逻辑的依据以及人物性格、人与人之间关系的必然性来。还拿周朴园与鲁妈相见一场来说，他们的语言、行动、反应，必然都是这个样子。从一开幕周朴园不许开窗户到教训周萍：你知道你为什么叫萍这个名字吗？总之在人前把他的这位“前妻”神圣化得厉害。到后来的突然一变，正是这个人物本质、人物个性的必然表现。他做了对不起人的事、缺德事，还硬要往自己脸上贴金，表现自己如何了不起，如何崇高、伟大。换一个张朴园、王朴园，也可能就不这样。这正是他最坏、最可恨

的地方。正因为写了这一点，人家觉得真实、可信，是这么回事，就不会再认为是巧合、偶然。

重视舞台气氛

关于《雷雨》的舞台气氛。这是我对写戏很注意的一个问题。也就是把自然界的现象和剧情的发展联系起来，用以表现人物、人和人之间的关系，有时可以起到很大作用。《雷雨》的第一幕，既没有雷，也没有雨。我把剧本里的八个人都放在雷雨之前的令人窒息的空气里，闷，热，一丝风都没有。鲁贵满脸油汗地絮叨着客厅"闹鬼"，向女儿勒索钱用；四凤则为母亲的即将到来而烦躁，显得心不在焉；蘩漪出场后非要打开窗户，尽管盛暑时开窗户会更热，但她实在忍受不了，非透一口气不可；周朴园则依然君临一切地施展他的淫威，逼着关窗户，当众逼着蘩漪吃药。这是在同一气候条件下，写出各自的心情、性格，使人们认识这个家庭的种种矛盾和混乱，获得危机即将爆发的预感，把沉闷、压抑、窒息、紧张传染给观众。有时需要滚过天边的一串闷雷，有时需要瓢泼大雨，当蘩漪到杏花巷，从外面把四凤家窗户关死时，是一道闪电照在她鬼样的惨白的脸上，当侍萍逼着四凤起誓今后再不和周家的人来往时，当顶响起了一声撕魂裂魄的炸雷。我要感谢北京人艺搞舞台音响效果的冯钦同志，他跟《雷雨》这个戏的演出，不下百场，对剧本理解得很深，在设计音响效果、传达剧本精神上很有研究。

对第一幕周朴园逼蘩漪喝药一段戏，我琢磨得时间比较长。蘩漪年轻时非常漂亮，会画画，写一笔好字，受的旧式教育，又加上一点"五四"以来的新思想影响。她本来也是有许多憧憬的。为了门当户对，受"父母之命、媒妁之言"，稀里糊涂嫁给了周朴园。周朴园在德国留过学，在本身的封建专制主义上加上了德国威廉二世式的专制主义。蘩漪最不堪忍受的，是当着孩子们的面受屈辱。而周朴园为了表现自己的话在这个家里就是法律，偏要她给孩子们做个"服从的榜样"，硬逼着没有病的蘩漪喝下他命令熬的药。蘩漪一再反抗，他一再进逼。最后当周朴园要和她发生过不正当关系的周萍跪在地上，叫她"母亲"，"劝"她喝药时，她真的被逼得要发疯了，她受不住这一跪呀。第二幕蘩漪和他闹翻时，说了一句："你！你忘了你自己是怎样一个人啦！"这些地方，我把气氛搞得很浓。"吃药"一场，也是写人，写周朴园，写蘩漪，也写了四凤、周冲和周萍。

写戏应该有大纲

写戏应该有个大纲。我搞了五年，就是反复地在想这些人物，想各种各样的人物性格，想他们的历史，想把这样一些人物凑拢在一起，使他们发生关系，让他们在一种规定情景下碰见，而时间又不超过二十四小时，这都使我费了好大好大的劲。因为不把这一切想好，更容易返工。写作当中常常发生非推翻你原来结构不可的事情。什么道理呢？因为写着写着把当初没想到的地方想清楚了，把人物心灵深处的东西挖出来了，情节再这么搞不行了，就不象那个人了，于是结构非改不可。所以事先要尽量想好，有个大纲，把一切想深想透。然后是不是一定要从头写起呢？那倒不一定。回想起来我最先写的是第三幕周萍和四凤推窗户的一段戏，再就是第一幕吃药的那一段，而不是按我的大纲的顺序写的。那时我在清华大学读书，躲在图书馆一个专门搁外国杂志的屋子里头，只有我一个人，从早到晚不停地写。因为把结构搞好了，人物在脑子里都活了，他们的一切我都清楚极了，这时候写戏真是一种快乐。那半年之内我简直不知过的是什么日子，是天堂还是地狱。这可能和打仗一样，指挥员把一切都部署好，知己知彼，稳操胜算，就可去抽烟了。剩下的不过是人物性格有时要改一改，结构多少变一变，大架子不会再动了。创作是非常艰苦的事，但也是一种愉快，而不能是受罪。

人物和人物关系的复杂性

我想再谈谈人物，谈谈人物的复杂性，人物关系的复杂性。拿蘩漪来说，这个人物从第一幕到第四幕，一直是发展的、流动的，从未停止在一点上。她当然是个资产阶级的太太，许多人觉得她又坏又狠，但她基本上是个受害者；她地道地是她那个阶级的人物，但她没有自由，渴望自由。现在的观众很难理解这个人物，因为他们不懂得旧社会。我年纪很轻的时候就听到、见到过许多这类事情。旧社会女的没有机会同男人接触，有钱人家后娘和前妻之子发生暧昧关系的事，实在太多太多了。蘩漪是统治阶级营垒中的一员，但在周宅这座牢狱里，又是个受囚禁者。您看她对待侍萍的态度，完全是个官太太。她要把四凤撵走，可是说得多么巧妙。她只能说假话，因为真情是绝不能说出口的——她和四凤在争夺同一个情人。她在四凤面前、侍萍面前，在周朴园面前、周萍面前以及在自己的儿子周冲面前，表现出各种不同的复杂的心情和态度。即以她和周萍的关系说，第一幕她表现为不在乎的样子，外松内紧，暗中加紧种种布置。第二幕对周萍就带威胁性了："你不要把一个失望的女人逼得太狠了，她是什么事都做得出来的。"第三幕那一手，可以说是非常狠的报复喽！但第四幕在最没有办法的时候，在这个家里一分钟也活不下去的时候，在她刚刚亲眼看到周萍和四凤发生关系之后，她又只能转而恳求她所鄙视的周萍，把她也带走。蘩漪这个人有不能令人容忍的地方，也有值得同情的地方。其他人物也都在发展之中、流动之中。这样才曲折有致，都是真实的人物。

周萍这个人物太混账、太卑鄙了，演这个人，对他的"坏"要让观众慢慢觉得才好。细想一想这个人简直坏到没有一点人味了。这个家里"闹鬼"，是他主动勾引的蘩漪。家里搅得这么乱七八糟，明天就要走了，还要跑到四凤家里去玩一通，而又不预备带她走。这个人太可怕、太糜烂了。他接触、玩弄女人之多，绝不只是台上的两个。他玩弄四凤，又甩不掉她，因为四凤太爱他了。对四凤有人也不理解，觉得她给工人阶级丢脸，巴结阔少爷。这太简单化了。四凤是个纯洁天真的少女，但常年在周家帮工，慢慢也沾染上了这个家里的习惯和趣味，多少沾染上了"奴仆性格"。四凤对周冲这个年轻孩子并不欣赏，把他看成个小牛犊，认为他不懂得爱情，觉得倒是老大有一套，衣着、风度、神态，有一种病态的美，对女人会来事。周萍花天酒地的生活和乌七八糟的事，正是他父亲过去经历过的那一套。周朴园留学回来，也是终日这么鬼混。过了五十岁，才忽然"改邪归正"了，变成典型的"慈父"和"模范家长"了。有一点不知大家注意了没有，就是周朴园这样一个铁腕人物，这样一个刚愎凶恶的人，也会感到寂寞和幻灭。第四幕一开始，已是深夜两点，周朴园忽然孤独得要命，找谁也找不到。他当然可以去嫖妓女，寻欢作乐，但这套早玩腻了。家里面，老婆不喜欢他，谁也不接近他，他忽然希望得到点家庭的温暖，感觉到人生无常。特别是经历了白天的事情，怎么也摆脱不了空虚幻灭。他知道大儿子不可靠，难以继承父业，还是小儿子好一些，所以一反常态地对周冲表示："你找我么？""快活么？""你今天早上说要拿学费帮一个人，你说说看，能答应的总是要答应的。"谁知白天周冲早已尝够了他的味道，再不肯说什么。过一会儿蘩漪回来了，浑身水淋淋地。"你上哪儿去了？"蘩漪望着他，一字一字地吐出："在你的家里！……在花园赏雨。"这真是刺痛他哟，使他感到这个家里空气的可怕。为什么这段戏要这样写？是要显示周朴园这个人另一部分的性格。有人问是不是你同情这个资本家了？不是，因为这是一个人物，他必然有这一面。总之，从这些人物身上可以看得出来，他们的性格是有层次的，有发展的，有两面性的。当然，并不是每一个人物都如此，鲁贵没有什么发展，只是一味地坏。这要看戏剧结构是否允许写出他性格发展的层次来。只能重点地写、重点地给，每一个人都写、都给，是不可能的。写人物写出发展来，并不那么容易。

知道无产阶级的历史是重要的，知道点资产阶级的生活、历史，也是必要的。它可以帮助你了解，旧社会是一种如何复杂的社会。非常可惜的是我对工人阶级、对革命斗争知道得太少，有人可以写这类作品写得很成功，我就不能；知道不能，也就不写了，除非今后再好好地深入生活。《雷雨》这样的东西我写得出来，就因为我对这种生活太熟悉了。之所以还是用了五年时间，是因为《雷雨》的结构太费事。周萍自杀的手枪，原来写成是矿上的，是鲁大海给的，就不合适，后来改成是他临走之前他父亲给他防身的，就很自然了。其实周萍是不会轻易自杀的。这个人既卑劣又怯懦，尽管他已经是个活厌了的人，要不是这么多事凑在一起，一时冲动，他也不会去自杀。周萍、周冲都太软弱，都继承不了他父亲的事业。这是个必然灭亡的阶级。

从生活中挖出来

写戏的人接受前人的经验很重要，要"古为今用，洋为中用"。拿我个人体验来说，读外国剧本、中国剧本，真有好处。人们常说"千古文章一大抄"，"用"就得"抄"。但这种"抄"绝不是人家怎么说你怎么说，而是要把它"化"了，变成你从生活中提炼出来的东西。借鉴与抄袭的界限就在于此。譬如后母与前妻之子发生关系，或是女人遭遗弃而复仇的故事，从古希腊起，一直为各种戏剧所一再表现。能不能说凡是写了这样的事情就是抄袭呢？这要看你写的题材、事件、人物等等，是从你的生活中挖出来的，还是从人家书上抄下来的。作品的主题是从作品所反映的生活中流露出来的，归纳出来的，它反映作者对生活的认识、理解，美学思想和社会思想。我写《雷雨》时，没有任何人告诉我要我写什么，但我终于写了，非写出来不可，非写成这样不可。这可能就是时代的脉搏和精神吧。那个时代、那个社会，我实在受不了，还是那句话："时日曷丧，予及汝偕亡。"非要把这个社会毁掉了算，《雷雨》《日出》《北京人》都是这个样子。我感觉这个旧社会要动，要变，再不变不得了，什么人都得毁掉了。至于变成什么样，我说不出来，非要我说就要了我的命了。提出问题容易，开方子就很难。现在研究新文学史的人很多，常有人来找我，引马克思、恩格斯的话认证我写的剧本。他们的分析不是不正确，但当时我并没有想到这些，经他一引，竟和马克思说的一样。其实我哪儿有那么多马克思主义，我不过是一个普通的、有正义感的知识分子，又生在那么个鬼环境里，就写出这么个东西。如果得到我的一句话，就作为考据的依据，用来证明自己的见解是正确的，这不一定科学。因为今天我所说的，已经不完全是当时所想的了，可能已经在合理化，在掩饰当时一些不对的地方了。尽管是我的话，也并不都是靠得住的。还是真正用马克思主义的观点做认真的、客观的分析，或许能看出点合乎道理的地方。

剧本的生命在于演出

我认为剧本和小说不一样，小说可以定稿，剧本永远定不了稿，因为它的生命在于演出。剧作家的创作，仅是戏剧创作的一个重要的部分，此外，它还需要导演、演员、观众共同完成。剧本的修改，最靠得住的，是演出之后的修改。演员改、导演改、观众改，使它慢慢好起来。剧本是活东西，只要这个剧本还在演出，还有生命力，它就得不断创造，不断地改。我对我的剧本就是这个态度，大家随便演，随便改。但我不能老跟着一块改，我得抓紧时间搞点新的东西，属于我的时间已经不多了，我要抢时间，尽可能把所有的力量拿出来，多写几部戏，为“四个现代化”贡献点力量。

王育生记录整理，原载《人民戏剧》1979 年第 3 期

《雷雨》论

田本相

《雷雨》是曹禺的第一部戏剧作品，也是中国话剧史上一部杰出的作品。

曹禺写作《雷雨》时，不过是一个年青的大学生。经过他数载艰辛酝酿写成的这部剧作将会遭遇怎样的命运，在那个万马齐喑扼杀人才的时代，是很难预料的。因此，当我们评论《雷雨》时，不能不提到巴金。是巴金首先发现了《雷雨》，是巴金首先发现了曹禺这位戏剧创作的天才，也是巴金把《雷雨》披露于世的。

巴金回顾他读到《雷雨》原稿时的情景说："我感动地一口气读完它，而且为它掉了泪。不错，我落了泪，但是流泪以后我却感到一阵舒畅，同时我还觉得有一种渴望，一种力量在我身内产生了。我想做一件事情，一件帮助人的事情，我想找个机会不自私地献出我的微少的精力。"①正是在巴金的无私而热情的帮助下，《雷雨》终于一九三四年发表在郑振铎、靳以主编的《文学季刊》第三期上。

《雷雨》发表后，受到了文艺界的重视。随着《雷雨》的公开上演，它受到日益众多的观众的欢迎。在三十年代的话剧舞台上，就观众对一部剧作的欢迎程度来说，还没有同《雷雨》相媲美的。茅盾最近说，"三十年代末《雷雨》在上海演出，震惊剧坛"。他还以"当年海上惊雷雨"的诗句来赞美《雷雨》演出的成功②。由此可见当年观众欢迎《雷雨》的盛况了。

当时避居日本的郭沫若，看到这个剧本后也给予很高的评价。他说："《雷雨》的确是一篇难得的优秀力作。作者于全剧的构造、剧情的进行、宾白的运用、电影手法之向舞台之输入，的确是费了莫大的苦心，而都很自然紧凑，没有现出十分苦心的痕迹。作者于精神病理学，精神分析术等，似乎也有相当的造诣。以我们学过医学的人看来，就使用心地要去吹毛求疵，也找不出什么破绽。在这些地方，作者在中国作家中应该是杰出的一个。他的这篇作品相当地受到同时人的欢迎，是可以令人首肯的。"③这可以说是对《雷雨》的最早的重要评论之一。

郭老的这篇文字是同《雷雨》的首次演出相联系的。据杜宣同志回忆，首次把《雷雨》搬上舞台是在日本。当时，杜宣正在日本专攻戏剧。大约一九三五年初，有两位研究中国现代文学的日本专家武田泰淳和竹内好，把《雷雨》的剧本推荐给杜宣。武田说："这个剧

① 巴金：《蜕变·后记》，文化生活出版社 1948 年版。

② 茅盾：《赠曹禺》并"作者附注"，1979 年 1 月 28 日《人民日报》。

③ 郭沫若：《关于曹禺的〈雷雨〉》，《沫若文集》第 11 卷第 113 页。

本写得很好。"他们并且展开了热烈的研讨，一致认为"《雷雨》虽然受到欧洲古代命运悲剧和近代易卜生的影响很大，但它是中国的，是我们戏剧创作上的重大收获"。后来，杜宣等同志终于克服种种困难，于一九三五年四月在东京演出了《雷雨》。虽只演出三次，但"盛况是空前"的。由于这次演出把一些进步的爱好戏剧的留日学生组织起来，并成立了中华戏剧座谈会和后来的留日剧人协会。因为在此次演出中，日本警视厅要审查剧本，便由邢振铎翻译为日文。后经影山三郎的审定修饰，《雷雨》日译本在东京出版。其中收有左翼作家秋田雨雀的介绍文章，前面有郭沫若写的序言。这些，说明《雷雨》问世后，是得到了日本文艺界左翼作家的重视的。

自三十年代而后，这个剧本虽受到国民党反动派的禁演，但是它不胫而走，千百次在上演着，受到广大观众的热烈欢迎。不但受到城市观众的欢迎，而且受到农村观众的欢迎。这里有一条材料，是很能说明问题的，它记录了抗日战争中边区"雪夜演《雷雨》，风雨看演出"的盛况。一九四一年春天，周巍峙领导的西北战地服务团排演《雷雨》，许多老乡坐在台下看彩排，一直熬到天亮不肯离去，第二天照样下地劳动。"有一次老乡要求看《雷雨》，开幕前，忽然飘落下鹅毛大雪，我们想改天再演，老乡不同意，坐在台下不走。……于是拉起大幕就演开了。雪越下越大，观众坐在雪地石头上，一动也不动。台上演员虽然穿着单衣裳，看到老乡这样热爱戏剧的精神，感动得浑身象火烧似的，也忘记了寒冷。"他们没料想到老乡"对于演《雷雨》这样的大戏竟是如此热爱"，"说起来真是个奇迹"①。《雷雨》在农民中演出受到这样热烈的欢迎，这个事实再一次证明它是一部成功的剧作。

几十年来，文艺界对《雷雨》的成就是没有分歧的。但是，从《雷雨》受到群众欢迎这样一个实际出发，值得我们沉思的是，中国的话剧运动还处在一个比较艰难的发展阶段，当时话剧作为一个外来的艺术形式还处于一个扎根于中国土壤的过程之中，那么《雷雨》为什么受到欢迎？它在中国的话剧创作中带来了哪些新的东西，有着它自己的哪些独特的贡献呢？这倒是需要我们进一步探讨的问题。我们认为，《雷雨》的创作标志着曹禺是以一个具有自己创作个性的剧作家出现在剧坛上的。他写出了一部杰出的现实主义作品，并成功地进行了一次话剧民族化群众化的初步的尝试。这些不但成为《雷雨》受到群众欢迎的原因，而且以此确立了曹禺在中国话剧史上的重要地位。我们准备从这三个方面来讨论《雷雨》的成就和不足。

一、雷雨式的热情和个性

曹禺是以一个具有自己的创作个性和独特的创作风格的剧作家出现在中国话剧史上的。

《雷雨》首先展示给我们的印象，曹禺是一个内心滚沸着巨大热情的作家。这种巨大热情的特色，不但决定着《雷雨》的创作风貌，而且使它产生一种格外动人心弦的艺术感染

① 贾克：《一支活跃在敌人后方的戏剧尖兵》，《中国话剧运动五十年史料集》第2辑第115页。

力量。他曾说，他“写《雷雨》是一种情感的迫切的需要”。在创作中“隐隐仿佛有一种情感的汹涌的流来推动我，我在发泄着被抑压的愤懑”①。确实，那个光怪陆离的社会现实太黑暗了，“梦魇一般的可怖的人事”“化成多少严重的问题，死命地突击着我。这些问题灼热我的情绪，增强我的不平之感，有如一个热病患者”②。强烈的社会责任感焦灼着青年作家火热的心胸，按捺不住的愤懑不可遏止地迸涌而出。

曹禺是有着他鲜明的创作个性的。他曾描绘过他在孕育着《雷雨》时的热情沸涌的情景：与《雷雨》中人物和情节俱来的“那便是我性情中郁热的氛围。夏天是个烦躁多事的季节，苦热会逼走人的理智。在夏天，炎热高高升起，天空郁结成一块烧红了的铁，人们会时常不由己地，更归回原始的野蛮的路，流着血，不是恨便是爱，不是爱便是恨；一切都走向极端，要如电如雷地轰轰地烧一场，中间不容易有一条折衷的路”③。如果我们给予作家这种焦灼着的热情以概括，那便是雷雨般的个性和雷雨式的热情。正是这种热情的个性，它打印在《雷雨》的环境氛围、情节场面和人物性格之中。

某些古典戏剧理论家，经常用戏剧诗人这个称号赠给那些优秀的剧作家。我们认为，曹禺从《雷雨》开始便显示了他的戏剧诗人的特点，他把他的独特的诗意感受熔铸在他的剧作之中。④

应当提出的是，曹禺他不但是一位具有自己的巨大热情的作家，而且是一位对现实生活作着执着的探求的作家。他在捶胸顿足地拷问着现实，拷问着自己，寻求着对现实课题的哲学的回答。

只要是一位严肃的艺术家，他总是对现实作着严肃的思索，表现出一个艺术家特有的哲学沉思。正如高尔基所说，一个艺术家他总是“发现自己，发现自己的对生活、对人们，对特定的事实的主观态度，并把这种态度用自己的形式和自己的语言表达出来”⑤。曹禺在《雷雨》中充分展现了他自己的对现实生活的独特的理解和感受，表现着他对现实生活的自己的哲学见解。

但是，也有些评论文章以为曹禺当时并不是一个马克思主义者，他对现实生活的理解是有着严重的偏颇的。甚至曹禺自己认为他写《雷雨》时，好象也没有一个明确的目的：“有人问我《雷雨》是怎样写的，或者《雷雨》是为什么写的，这一类的问题。老实说，关于第一个，连我自己也莫名其妙；第二个呢，有些人已经替我下了注释，这些注释有的我可以追认——譬如‘暴露大家庭的罪恶’。”⑥一个并非马克思主义的作家，并非不可能对现实生活的某些方面具有自己的真知灼见。一个宣布自己对现实生活好象没有确定见解的作家，

① 曹禺：《雷雨·序》，文化生活出版社1947年版。

② 曹禺：《日出·跋》，文化生活出版社1947年版。

③ 曹禺：《雷雨·序》，文化生活出版社1947年版。

④ 关于曹禺的热情的个性，可参看拙作《论〈雷雨〉〈日出〉的艺术风格》，《南开大学学报》1978年4、5期合刊。

⑤ 转引自《现代文艺理论译丛》第1辑第211页。

⑥ 曹禺：《雷雨·序》，文化生活出版社1947年版。

反而写出了具有深刻思想性的作品却是不可能的。特别是一个剧作家，当他面对着他作品中充满着矛盾冲突的戏剧世界时，不可能不流露出他对现实世界矛盾冲突的看法，表明他的矛盾观。他不是用哲学的语言，而是用着艺术形象的语言显示着他的哲学观点。在《雷雨》中，曹禺是有着他自己的哲学的。

他自己的哲学集中体现在他所谓"对宇宙间许多神秘的事物一种不可言喻的憧憬"之中。对曹禺的这种"憧憬"的深入分析，是我们揭开作家创作个性秘密的前提，正是在这样一个问题上有着众说纷纭的评论和解释。

曹禺在《雷雨·序》中曾说：

> 《雷雨》对我是个诱惑。与《雷雨》俱来的情绪蕴成我对宇宙间许多神秘的事物一种不可言喻的憧憬，《雷雨》可以说是我的"蛮性的遗留"，我如原始的祖先们对那些不可理解的现象睁大了惊奇的眼。我不能断定《雷雨》的推动是由于神鬼，起于命运或源于哪种显明的力量。情感上《雷雨》所象征的对我是一种神秘的吸引，一种抓牢我心灵的魔。

一些评论者根据这些言论，也根据剧情，便得出作者是有着宿命论的结论。的确，这些话是有着神秘主义色彩的，但是，我们应当寻根追底，其中所说的，与情绪俱来的对宇宙的憧憬到底包括着什么内容？难道真是那种"神鬼"的力量抑或命运的观念吗？不可否认，《雷雨》中有着希腊命运悲剧的那种影响，也受到易卜生戏剧的影响。问题的困难，还在于作者也曾经在解放初期承认他是有着宿命论的。他曾说："我把一些离奇的亲子关系纠缠一道，串上我从书本上得来的命运观念，于是悲天悯人的思想歪曲了真实，使一个可能有些社会意义的戏变了质，成为一个有落后倾向的剧本。这里没有阶级观点，看不见当时新兴的革命力量；一个很差的道理支持全剧的思想，《雷雨》的宿命观点，它模糊了周朴园所代表的阶级的必然的毁灭。"①这里，作家是触及到他的某些思想弱点的，但是，我们不应当停留在这些简单的结论上。我们应当采取历史的辩证的方法，对作家的思想加以全面的分析，才能更好地揭示作家的思想感情的个性同他的创作的关系。

曹禺曾提醒细心的读者注意他在《雷雨序》中的另一段话：

> 《雷雨》所显示的，并不是因果，并不是报应，而是我所觉得的天地间的"残忍"，（这种自然的"冷酷"，四凤与周冲的遭际最足以代表，他们的死亡，自己并无过咎。）如若读者肯细心体会这番心意，这篇戏虽然有时为几段较紧张的场面或一两个性格吸引了注意，但连绵不断地若有若无地闪示这一点隐秘——这种种宇宙里斗争的"残忍"和"冷酷"。在这斗争的背后或有一个主宰来使用它的管辖。这主宰，希伯来的先知们称赞它为"上帝"，希腊的戏剧家们称它为"命运"，近代的人撇弃了这些迷离恍惚的观念，直截了当地叫它为"自然的法则"。而我始终不能给它以适当的命名，也没有能力来形容它的真实相。因为它太大，太复

① 曹禺：《我对今后创作的初步认识》，《文艺报》第3卷第1期。

杂。我的情感强要我表现的，只是对宇宙这一方面的憧憬。（着重号是引者加的）

在这段话里比较清楚地揭示了曹禺对宇宙憧憬的真实内容：第一，作家明确表示《雷雨》并非要显示那些因果报应之类的唯心主义观念；第二，他着重强调指出，《雷雨》始终闪现的隐秘是宇宙里斗争的残忍和冷酷。这就告诉我们，作家不但看到了宇宙的斗争，而且看到了这种斗争的残酷性。在这些语言中概括着他对现实社会的阶级斗争和对这些斗争的残酷性认识。第三，作家认为宇宙里斗争的背后是有主宰的，但究竟是什么力量在主宰着这一切，表现出他的困惑。不过，对于这个主宰，他没有诉诸上帝，也没有归因于命运，更没有说它是"自然的法则"。作家在这样一个问题上感到没有能力给予概括。我们认为，作家对宇宙里斗争的看法其主导方面是唯物的，有着辩证的因素，表现了他对宇宙里斗争某些规律的探求。在接触到宇宙斗争的源泉的课题时，他虽未能追溯到底，但是却有着对支配宇宙里斗争的必然性的探求和窥视，也有着未能找到这个源泉的困惑。正是这种困惑带来他对宇宙里斗争的某种神秘感。所有这些，构成了曹禺自己的"对宇宙间许多神秘的事物一种不可言喻的憧憬"，这就是曹禺自己的哲学。

正因为作家对现实世界的认识具有唯物的辩证的因素，执着于对现实斗争中严肃课题的思索和探求，使他比较深刻而真实地展开了生活中阶级对立的图景。在《雷雨》中，那些纠缠着血缘关系和亲子关系错综复杂的戏剧冲突里，许多地方表现了紧张而激烈的阶级冲突。

以血缘纠葛而连结起来的周家和鲁家，构成了《雷雨》中使人眼花缭乱的复杂纠葛，它的戏剧冲突正是在这样错综交织的种种关系中组织起来的。几乎剧中每个人物都卷入血缘纠葛之中，但是透过这层血缘关系的纱帷，令人看到的是更真实更典型的阶级关系。周朴园明知鲁大海是自己的儿子，却不以亲子关系而放弃开除他的念头，硬是把鲁大海开除了。周朴园冷笑着说："我自己的骨肉在矿上鼓动罢工，反对我！"[①]这说明周朴园是置阶级关系于骨肉情义之上的。尽管周萍不知道鲁大海是自己的胞弟，他为着维护父亲的尊严而打了鲁大海，兄弟冲突的背后依然是阶级的对立。鲁侍萍深深知道，周萍是不会认她作母亲的，"我明白他的地位，他的教育，不容他承认这样的母亲。"在这里，作家十分令人信服地勾勒出阶级关系的清晰图画。亲子关系和血缘关系不仅没有掩盖阶级的对立，反而表现了不以人们意志为转移的阶级冲突。作家感到"始终不能给它以适当命名，也没有能力来形容它的真实相"，作家不能以科学的语言概括出来的东西，却以逼真而生动的艺术形象展现出来。

在《雷雨》中，那些看来是在所谓命运观念导演下的人物的悲剧遭遇，许多地方都更真实地反映了阶级斗争的残酷性和必然性。

在希腊悲剧中，反映人和命运的冲突时，总是把仆人的悲剧遭遇归因于命运的捉弄，

① 凡引《雷雨》中文字，均出自文化生活出版社 1947 年版。

相信命运无所不在的威慑。如索福克勒斯的悲剧《俄狄浦斯王》就把俄狄浦斯杀父娶母最后导致悲愤欲狂、刺瞎眼睛的悲剧结局，看成是命运的捉弄，是由于拉伊俄斯的罪恶而命中注定了他的儿子俄狄浦斯的悲剧。这种命运观念带有迷信性质。这种命运悲剧的唯心主义性质同这些悲剧产生的年代的社会条件、自然科学水平的状况是相适应的，同时社会对自然界认识的愚昧状态是分不开的。不能把《雷雨》中人物命运的悲剧看成是这种命运观念的产物。

的确，《雷雨》中的一些人物的命运是太巧合了，从表面上看来似乎是命运在捉弄他们。三十年前，鲁侍萍被周朴园糟踏了，抛弃了，险些悲惨地死去；而三十年后，又好象是鬼使神差地使他们再度重逢。不仅如此，她的女儿四凤又在重蹈着侍萍的覆辙，而这个“爱”着自己女儿的人却又是她的亲生儿子周萍。这些，似乎都有一种神秘的命运主宰着。于是，也就有人认为《雷雨》中这种悲剧命运的描写，是易卜生《群鬼》中所谓“父亲造的孽，要在儿女身上遭到报应”的“自然的法则”在驱使着。其实易卜生的《群鬼》也并不是宣传那种遗传的命运观念，把人物的命运诉诸报应之类的“自然的法则”。透过欧士华的生理遗传的影响，在这个年青人的悲剧中，依然反映的是资产阶级社会制度不可医治的病态，他的悲剧是客观的社会关系造成的。而在《雷雨》中，鲁侍萍的悲剧遭遇真实地表现了被侮辱被损害的下层不幸人们的痛苦，人物命运的巧合性更深刻地反映了人物命运的残酷性。作家把日常生活中的阶级压迫的残忍和冷酷戏剧化了。对于鲁侍萍说来，她本身所遭受的欺凌和蹂躏已经悲惨了，她最恐惧的是怕女儿重蹈覆辙。但是，她最担心的事犹如晴天霹雳般地发生了。这样，鲁侍萍不但在同周朴园的重逢中重新咀嚼那三十年来未曾减却的人生痛苦和屈辱，而四凤的重蹈覆辙更使她不得不在未曾愈合的伤痕上又插下新的刀刃。当她悲天怆地地喊出：“啊，天知道谁犯了罪，谁造的这种孽！”于是便有人把侍萍的宿命的悲叹看成是作者宿命论的反映了。我们认为，恰是在这样的巧合的戏剧安排之中，透露着作家对现实生活中某种具有必然性的规律的探求。只要那剥削阶级的社会制度依然存在，被压迫人民的命运就暂时难以从那“残酷的井”中挣脱出来，因此，他们的悲剧就具有不可避免的性质。《雷雨》中那些看来是为神秘命运捉弄的地方，都惊人地反映出剥削阶级造成劳动人民悲剧的必然性，从偶然反映了必然，从个别反映了一般，获得它的普遍的意义。这正象杜勃罗留波夫说的：“把崇高的思想自由地转化为生动的形象，同时在人生的一切最特殊、最偶然的事实中，完全认识它的崇高而普遍的意义。”[①]在《雷雨》中是有着作家独特的生活所凝聚起来的哲理的光辉的。他虽然不能明确指出那个主宰着这宇宙里斗争的是什么，但是，从整个剧情的发展中却对造成劳动群众悲剧的剥削制度提出了控诉。

在曹禺对宇宙的憧憬中，深刻地反映着他的苦闷，他渴望找出打开宇宙斗争奥秘的钥匙，但不能得到它。这对于一个具有强烈社会责任感的年青作家来说，为此苦苦思索而变

① 杜勃罗留波夫：《杜勃罗留波夫选集》第1卷第166页。

得焦灼不安了："我应该告罪的是我还年青，我有一股年青人按捺不住的习性，问题临在头上，恨不得立刻搜索出一个答案，苦思不得的时候便冥眩不安。流着汗，急躁地捶击着自己，如同肚内错投了一副致命的药剂。"[①]这种追索问题答案的紧张和焦躁，痛苦和不安都一起注入到《雷雨》之中了。请看他笔下的人物吧！无论是蘩漪、侍萍、四凤，还是周萍，都打印着作家这种苦闷的印痕，他们挣扎着、抗争着，但等待他们的是"不知千万仞的深渊在眼前张大着巨大的口"。当作家自己还看不到一条明确的道路时，他又怎能为自己的人物指明一条出路呢？这种苦闷是由于作家没有正确的世界观的指导而产生的，也是由于作家对中国革命的任务、对象、动力和前途缺乏正确理解而引起的。

我们也不能回避作家宿命论的问题。曹禺对宇宙的憧憬中，就其思索着的内容来说是现实的，其主导倾向是唯物的，但按其形式来说又带着神秘的色彩。当他不能对宇宙里斗争的主宰作出科学的回答时，就觉得这个世界变得有些神秘了。他越是"睁大了惊奇的眼睛"观察到现实斗争的残忍和冷酷，越是对现实探本求源，便越是感到一种"无名的恐惧"，似乎是一种"不可知的力量"在主宰着这一切。他说："写《雷雨》，我不能如旧戏里用一个一手执铁钉，一手举着巨锤青面红发的雷公，象征《雷雨》中渺茫不可知的神秘，那是技巧上的不允许。"[②]所以，《雷雨》中是有着这种神秘气息的。当《雷雨》的悲剧走向结局时，特别是当周朴园最后出场宣布了侍萍的真实身分，几乎在场的所有人物都发出了宿命的浩叹。鲁侍萍原就表现了她的宿命思想，她呼喊着"天"，并不奇怪。蘩漪也惊愕周朴园这突然而来的宣布，喊出"天哪！"周朴园把侍萍重新找到周家门上来说成是"天命"。一个老仆人也说这场悲剧是"天意"。四凤向着周萍怪笑着忍不住地喊出："啊，天！"在这场戏中笼罩着浓厚的宿命的气氛，使这悲剧的结局带上了神秘的色彩。约翰·霍华德·劳逊说："戏剧的高潮，即全剧最紧张的一点，最完整地表现了剧作家心目中的现实发展规律。高潮通过一次平衡状态的变化——它创造出力量间的新的平衡——而解决了冲突；促使事件变得不可避免的必然性正是剧作家所认识到的必然性，它表达了动作的社会意义。"[③]正是在《雷雨》的高潮中，更突出地暴露出作者思想的局限。当他还不能深刻地科学地把握着社会发展的规律时，又怎么能指望作家对他的人物的前途和斗争的结局作出科学的回答呢？在这里，他对宇宙里斗争背后主宰的困惑以及由此而引起的"渺茫不可知的神秘"感便产生了作用。他把这种不可知的神秘感也戏剧化了。

但是，我们不认为作家是相信宿命论的。但当他所面临的社会冲突十分激烈而残酷，同时又不可能给予科学解决时，就可能被逼得退向不可知的神秘主义。因此，从哲学意义上看来，我们不应当否认《雷雨》表现出来的宿命的神秘色彩，这正是作家世界观中不可知的唯心主义因素造成的。同时，我们又不能简单地笼统地归结为宿命论。这是因为曹禺始终是面对着残酷的现实，他从现实生活出发并以现实生活为依据提炼他的艺术形象的，

① 曹禺：《日出·跋》，文化生活出版社1947年版。

② 曹禺：《日出·跋》，文化生活出版社1947年版。

③ 约翰·霍华德·劳逊：《戏剧与电影的剧作理论与技巧》第225页。

他的方法是科学的或者是比较科学的，他深入到现实世界的错综复杂的关系中去，因此，在许多方面表现出他对现实生活发展的某些本质方面和必然性的理解。即使在弥漫着宿命的神秘色彩的悲剧结局中，也使人们看到《雷雨》悲剧的不可避免的必然性。这个悲惨的结局归根结底是客观社会条件的使然，是周朴园所代表的剥削制度的罪恶造成的。总之，曹禺把他对宇宙的理解的科学的方面和局限的方面都一起戏剧化了。他自己的哲学创造了他自己的戏剧天地。

这样，在《雷雨》中，我们便看到了为作家自己的哲学和自己的热情熔铸起来的创作个性。一方面有着作家对现实世界阶级斗争及其残酷性的真实描绘，展现着他对支配现实斗争的规律的探寻，表现出对社会发展规律的某些必然性的认识；一方面又表现着他苦苦寻求，但找不到宇宙斗争隐秘的焦灼和苦闷。因之，无论是《雷雨》的环境描写、人物刻划、场面和情节的安排，都显现着作家的创作个性。“被抑压的愤懑”，“要如电如雷地轰轰地烧一场”的破坏旧世界的激情，以及未能找到对宇宙斗争隐秘的焦灼和苦闷，都注入《雷雨》的环境氛围的描写之中。他所塑造的悲剧人物都有着曹禺的创作个性的特征：“在《雷雨》里，宇宙正象一口残酷的井，落在里面，怎样呼号也难逃脱这黑暗的坑。”[①]在一个令人窒息的典型环境里，它的悲剧人物都在拼命挣脱，但都难以逃出“那残酷的井”，而这些悲剧人物都有着被压抑的痛苦和愤懑，作家总是深入他们痛苦的内心世界里，抒发着他们各自的感情。在《雷雨》中，作家自己的哲学不但点燃起自己的热情，而且作家自己的热情又在加强着渲染着自己的哲学，化为强烈而激荡的思想力量。他的戏剧的世界为作家雷雨般的热情拥抱着渗透着，显现出《雷雨》的紧张而热烈的抒情风格。

我们分析了作家的创作个性，并不是笼统地肯定作家的创作个性，它是有着偏颇和局限的。在特定意义上说，任何创作个性总是带有偏颇的，特长和偏颇也总是结伴而生的。只要回顾一下自二十世纪初中国话剧诞生以来的历史，我们还没有看到有一个剧作家象曹禺这样带着强烈而鲜明的创作个性和自己的创作风格出现在话剧舞台上。因此，当这个具有自己创作个性的作家出现在话剧史上的时候，它是征兆着中国话剧开始走向它的成熟阶段了。

二、深刻的现实主义悲剧

《雷雨》是一部杰出的现实主义悲剧。曹禺是作为一个杰出的现实主义剧作家出现在中国话剧史上的。

在中国的话剧舞台上，截至《雷雨》的诞生，我们还没有看到一位剧作家在一出戏里写出如此众多的具有鲜明个性的典型人物，写出如此真实而深刻的悲剧作品。的确，《雷雨》不象有些左翼作家的剧作，有着鲜红的色彩和高亢的革命音调以及呼着革命口号的革命的主人公；但是，它却在错综复杂的人物纠葛中反映了旧社会的现实关系，展开了一幅半

① 曹禺：《雷雨·序》，文化生活出版社 1947 年版。

封建半殖民地社会的典型图画，从而揭示出那个时代的某些本质方面。

《雷雨》写于一九三三年。剧本所反映的时代，大约是从一八九四年到一九二四年这段历史期间。（在第二幕，周朴园曾问鲁侍萍："你在无锡是什么时候？"鲁说："光绪二十年，离现在有三十多年了。"据此，我们判定该剧约略反映的时代。）这三十年正是中国社会急剧变动的时期。其间经历了许多重大历史事件，经历了从旧民主主义革命到新民主主义革命的转折。在帝国主义侵略下，中国社会加速着半封建半殖民地化的过程。地主兼官僚资产阶级是这种社会形态的畸形产物，代表着中国最落后和最反动的生产关系。人民革命的浪潮前仆后继，无产阶级日益发展着壮大着，最终成为独立的政治力量登上历史舞台。但是，它毕竟还处在幼年时期。广大的劳动人民依然呻吟在豪绅统治之下，暂时处于不可摆脱的悲剧命运之中。

曹禺创作《雷雨》的时代，是在一九二七年大革命失败之后。三十年代初期如毛泽东同志所说那是"中国黎明前最黑暗的年代"（见毛泽东书写鲁迅诗《无题》后记），也如鲁迅《无题》中所说，那是个"于无声处听惊雷"的时代。革命的高潮在母腹里孕育着，人民的反抗怒火在地下奔突着。时代的低气压虽然是郁闷的，但却呼唤着雷电的爆发，预示着大雷雨的袭来。曹禺以其对时代的敏锐感受，把他的感受结晶为雷雨的艺术形象，在整个的戏剧气氛上透露出时代的精神。

《雷雨》，人们通常把它称为"家庭剧"。家庭作为社会的细胞，它的动荡不安往往可以显示着社会的动态和趋势。《雷雨》以其杰出的现实主义艺术，从周、鲁两个家庭的纠葛深入进去，比较深刻地反映了"五四"前后三十年之间中国这个半封建半殖民地社会的某些侧面。它以特有的透视力和剖析力，展示了畸形的具有强烈封建性的资产阶级的罪恶，从家庭的残酷和腐败透露出那畸形的社会制度必然崩溃的信息。

周、鲁两家是有着它的典型性的。它们代表着近代中国社会急剧变动的两极趋势。周朴园的家是一个由封建宗法家庭转化成功的资产阶级家庭，而鲁侍萍的家则是在社会剧变中被抛到一起而拼凑起来的家庭。这两个家庭都是中国社会加速着半封建半殖民地化过程的畸形产物。《雷雨》的戏剧冲突正是建筑在周、鲁两家基本对立的情势上。曹禺把《雷雨》的故事安放在长达三十年的背景上，他企图从历史发展的过程上，揭示这两个家庭两极分化的历史渊源，使全剧的悲剧冲突在历史积累酝酿中得到它爆发的力度和深度。

尽管从外部表现形式看来，《雷雨》的情节线索是一具由血缘亲子关系结成的错综交织的网，但在其三条主要情节线索上却反映着深刻的社会矛盾和斗争。一条是周朴园同蘩漪的矛盾，反映着封建势力的禁锢压迫和资产阶级对爱情、家庭的民主自由要求的斗争；一条是以鲁侍萍、四凤等同周朴园的矛盾，则深刻地反映着被侮辱被损害的下层不幸的人民同剥削阶级势力的斗争；一条则是鲁大海同周朴园的矛盾，反映着工人阶级同剥削阶级的斗争。剧本是以蘩漪和周朴园的矛盾冲突为中心的，但是我们只有从这三条矛盾线索上整体地把握《雷雨》的错综复杂的纠葛，才能深入揭示出《雷雨》现实主义的深刻性以及矛盾冲突的典型性。

周朴园究竟是怎样一个代表人物？周朴园的家庭究竟是怎样一个家庭？一般评论都

认为周朴园是一个带有浓厚封建性的资本家，认为周朴园的家庭是一个带有浓厚封建色彩的资产阶级家庭。但是，作家强调周朴园是“一个万恶的封建势力代表人物”①，最近作家还说：“周朴园这个人很坏，他是地主兼官僚资产阶级。”②这些，对我们研究这个人物是有启示的。周朴园所建立的家庭是一个专横冷酷统治的家庭。这个家不象巴金的《家》所写的高家是一个典型的封建宗法的大家庭，但是，他和这样封建家族的传统道德、传统秩序有着一脉相承的深厚联系。同时，它也不象《子夜》里吴荪甫这样的民族资本家的家庭，但它却压榨着工人，同官警有着牢固的政治关系。这个家庭是封建阶级和资产阶级杂交的畸形物，它以强烈和浓厚的封建性为特征，周朴园妄图维护的正是那种封建的大家庭的秩序。

周朴园原是封建家族的公子哥儿。三十年前，当他蹂躏、侮辱家里的侍女侍萍时，他还是一个纨绔子弟。由于近代社会的急剧发展，使他较早地接触了资本主义的剥削文明，他曾到德国留学，甚至呼吸过当时流行的社会思潮。他嘲讽他的儿子周冲说：“你知道社会是什么？你读过几本关于社会经济的书？我记得我在德国念书的时候，对于这方面，我自命比你这种半瓶醋的社会思想要彻底的多！”可见，他曾经是个追逐过时髦的社会思潮的人物。无论就其留学的经历和后来的经济地位，他都可能发展成为一个典型的资产阶级式的人物。但是，他却转化为一个封建性很强的资产阶级人物。他要确立的“最圆满，最有秩序的家庭”，也是一个具有强烈封建性的黑暗王国。在他身上，人们几乎嗅不到更多的资产阶级的“文明”气息，甚至连他的生活习惯都保留着一种遗老的臭味。喝的是普洱茶，吃斋而且念经。如果不是梳着分头，戴着椭圆形的金边眼镜，穿着皮鞋，人们很可能把他看成是《家》里的高老太爷，《祝福》《离婚》中的鲁四老爷和七大人式的人物。曹禺令人信服地勾勒出周朴园性格的深刻根源，这个“起家立业”的人物，他的发家史就带着野蛮的封建盘剥的血腥味。他包修江桥，故意叫江堤出险，一次就淹死了二千二百个小工。他从每个小工的性命中捞到三百块钱。如鲁大海揭露的，周朴园“发的是断子绝孙的财”。他对付矿上的罢工工人，也采取野蛮的手段，勾结官警开枪镇压，是毫无任何“文明”可言的。在家族生活中，他就是一个专制暴君，“他的意见就是法律”，任何人都是不得违抗的。强迫蘩漪喝药的场面，表现了他极端冷酷而专横的面孔。在对待侍萍的态度上，深刻地暴露出这个所谓“仁厚”“正直”“道德”的“社会上的好人物”的卑污灵魂。他可以把被他蹂躏的侍萍的照片放在桌案上，甚至保留着她过去的生活习惯，似乎他在“忏悔”，并怀着“内疚”，记念着“死者”。而侍萍真的出现在他的面前，他则换了一副面孔，威逼利诱，软硬兼施，惊慌异常：“你来干什么？”“好！痛痛快快地！你现在要多少钱吧？”活生生地刻划出他的伪善的面目。在周朴园的伦理道德的精神面貌中，封建性的东西融化了资产阶级的道德文明。因此，他的思想、作风、气质是一种杂交的产物，但以浓厚的封建色彩为其特征。于是在他的精神威严下，这个家庭禁锢得如同罐头一样，是呼吸不到一点自由的空气的。

① 曹禺：《我对今后创作的初步认识》，《文艺报》第 3 卷第 1 期。
② 胡受昌：《就〈雷雨〉访曹禺同志》，《破与立》1978 年第 5 期。

周家，它是一个“可以闷死人”的地方。

在周朴园的性格塑造中，显示出作家现实主义的洞察力：一个资产阶级的家庭，却有着根深蒂固的传统道德、传统秩序，布满着令人窒息的毒气；一个可能转化为典型的资产阶级式的人物，却扮演了专制暴君的角色。这就深刻地揭示出几千年来的封建制度有着一种可怕的传统力量，也反映着半封建半殖民地社会长成的资产阶级，同封建阶级有着深刻的政治的、经济的、思想的血肉联系。当一些研究者认为《雷雨》通过周朴园“暴露了资产阶级的罪恶”，或者说“揭露了资产阶级的反动、虚伪、残暴和精神上的脆弱”时[①]，就忽视了剧本所强调的重点。曹禺的杰出之处，不在于他揭露了一个具有封建性的资产阶级，而在于他揭露了中国资产阶级的封建性，这正是《雷雨》现实主义的深刻地方。

蘩漪是曹禺塑造得最成功的人物，也是作家赋予同情的人物。这个形象的成功不是因为她具有多么崇高的思想，而是她乖戾、阴骘、极端的性格折射出封建势力的强大压力，反映出那个可怕的环境是怎样把一个怀着自由要求的女性逼到一条绝路上去的。

蘩漪，据作者说，“这是‘五四’以后‘解放’的资产阶级女性”[②]。她是十八年前周朴园用骗取侍萍的“同样手段”，把她骗到周家来的。十八年来，在周朴园的牢笼里，使这个原是活泼的金丝鸟，被活活地困住了。残酷的精神折磨，把她“渐渐地磨成了石头样的死人”。十八年来，她看透了周朴园伪君子的道德面孔，她也深知“周家的空气满是罪恶”，她只好“安安静静地等死”。在作家看来，蘩漪是“有火炽的热情，一颗强悍的心，她敢冲破一切的桎梏”“有美丽的心灵”的女性。其实，她的要求是不高的，她渴望的自由，不过是一个资产阶级女性对爱情、婚姻和家庭的自由要求。她曾对周萍说：“你不能看见了新的世界，就一个人跑。”她所谓的“新的世界”，指的是周萍企图逃出这个罪恶的家庭。由此看来，她的理想也是可怜的。但是，蘩漪却连周萍那样逃脱的可能似乎也没有的。有人曾说过，为什么这个女人“不在家庭外寻求安慰”，却让这个女人“活着象死去一样”？蘩漪痛苦地说过“我逃不开”！在周朴园的统治秩序下，它禁绝着一切正常的见解和正常的行为，它扼杀着一切生的气息和活的生机，阻碍一切合理的正当的要求。正是周家这个环境的禁锢性，使得她不能逃去，也逼得她变成乖戾、阴骘和极端的。因此，当周萍出现在她的面前时，她就拼命抓住不放了。是周萍又把她“救活了”，使她看到了生机，点燃了窒息的热情。于是，她拼尽了一切力量要逃出这“残酷的井”，甚至把她的性命、名誉统统交给周萍也在所不顾了。为什么她要抓住周萍“这样一棵弱不禁风的草”？作者回答得好，这只能问“为什么她会落在周朴园这样的家庭中”。只有在这样畸形的家庭环境，才能产生这样畸形的乱伦关系，而归根结底它又是那畸形社会的产物。

僵死的封建的统治秩序，在一个资产阶级家庭里依然顽固地守着阵地，致使一个资产阶级女性被逼得发疯了，逼得她发出最愤懑的抗议，起来捣乱着这个家庭的“圆满”“秩序”，而没有丝毫调和的余地。在这点上，正看到作家观察的深刻性。作家曾说，蘩漪的

① 笔者提出讨论的一些问题，对引文一般不列出姓名，也不注明出处。
② 曹禺：《关于〈雷雨〉在苏联上演的通信》，《戏剧报》1958年第9期。

“心偏天样地高”，“而上帝偏偏罚她们枯干地生长在砂上”。应当说，不是上帝罚她们枯干在砂上，而是客观上，在中国这半封建半殖民地的社会条件下，不能也不可能为资产阶级的自由提供一个赖以充分发展的土壤。不是周萍把“一个失望的女人逼得太狠了”，而是在那个家庭里折射出的社会环境逼迫的结果。当有人把蘩漪悲剧的原因说成“是资产阶级生活在灭绝一切与它相抵的美好的东西”时，他们正是忽视了禁绝一切自由呼吸的封建势力的窒息杀人的力量。也许人们认为，把蘩漪的悲剧说成是对资产阶级生活的控诉，就提高了它的意义。在我们看来，在蘩漪和周朴园的冲突中，作家真实地反映了周家的家庭关系，极为深刻地揭示出反封建的现实的和深远的意义，直到今天读来都有着启示。

蘩漪悲剧性格的深刻性，还在于透过她的悲剧命运昭示着，在中国追求资产阶级个性解放、个性自由的道路是行不通的。当蘩漪的热情爆发时，的确有着她的尖锐性。她“满蓄着受着抑压的‘力’”，“她是一柄犀利的刀”，有着“铁的手腕”，甚至叫人感到“阴鸷可怕”。这一切看来都似乎具有“雷雨的”性格；但是，她又是多么孱弱啊！在利己主义的发条上产生的反抗力量毕竟是软弱的，不能持久的。而从追求个性自由产生的爱情也并不是美丽的，也不可能把她引导到一条幸福的道路上去。因此，当她撕碎着周朴园这个腐朽罪恶的家庭的伪善面纱时，往往也在撕碎着她自己的面目；当她破坏着自己的罪恶家庭时，也在破坏着别人的幸福；当她要求着自己的自由时，也在损害着别人的自由。尽管作家喜爱这个人物，给予她更多的赞美；但是作家难能可贵之处，就在于他没有违反生活的真实，也没有违反她性格发展的逻辑，在她的悲剧命运的发展中，真实刻划出追求自由的资产阶级的利己主义的性质，也写出了一个资产阶级女性追求个性解放的悲剧。这个悲剧性格形成的复杂原因是被作家真实地刻划出来了。

蘩漪的形象出现在这个家庭，它表明“五四”以来要求个性解放的思潮也渗透到黑暗王国里来了，它在冲击着据守在资产阶级家庭里的封建堡垒。“她的生命烧到电火一样地白热，也有它一样的短促”，她的生命的火花，照出那罪恶的家庭和社会的黑暗。她的抑压的力，捣毁着传统的秩序，促进着这罪恶家庭的崩败，这就是蘩漪性格的典型意义的另一侧面。

周萍是这个畸形家庭的产儿，他是更加不肖的一代。在腐朽罪恶的土壤里是很难生长出健壮的树木的。他的性格苍白、空虚而懦弱。尽管他有时意气冲动，甚至崇拜着他的父亲，但他决没有“起家立业”的强大心胸，也没有继承这“最圆满、最有秩序”的家庭传统的健全胃口。他有爱的冲动，但他没有蘩漪那样“火炽的热情”，也没有四凤那样“纯洁的心灵”。他同继母的乱伦关系，既是罪恶的产物，又是罪恶的本身，显示着这个家庭日趋崩溃腐烂的征兆。他追求四凤，与其说是对爱情的渴望，毋宁说是从绝望中挣扎出来填补空虚寻找刺激的行动。他没有生的目标，也没有活的希望。他说，“他活厌了”。这一切，也都因为他也感受着这个家庭的罪恶和窒息的空气，他对蘩漪说：“在这样的家庭，每天都想着过去的罪恶，这样活活地闷死么?”确实，他的心灵也怀着痛苦和悔恨，周萍没有果敢逃出罪恶家庭的勇气，他有的是身陷于泥沼而不能自拔的痛苦。他的痛苦是诞生他的阶级的毫无前途日益崩败的反映。他最后开枪打死了自己，也并不突然。即使他和四凤没有同母异父的血缘关系，他们的结论也注定是悲剧的，他的前途也是颓丧的。作家同样对他寄托了过多的同情，似乎多少美化了他的不值得美化的痛苦，也多少原宥了他的罪恶。他是属于那个崩溃的中看不到前途和希望的颓唐的一代。他的死虽然是剥削阶级罪恶制度的牺牲品，也有着一定的悲剧意义，而他的自杀在更多意义上是为那个崩溃腐朽的阶级敲响了丧钟。

如果说《雷雨》仅仅写了蘩漪和周朴园的矛盾冲突，那么，它不过做了一般批判现实主义可以做的事情。而《雷雨》的现实主义，对旧社会批判和控诉的力量则主要是从被压迫人民中间吸取来的。在这方面，曹禺继承着“五四”新文学的现实主义传统，特别是继承了鲁迅的革命现实主义精神，从被压迫群众的立场上提出被压迫人们的悲剧命运的课题，因此，才具有格外激动人心的力量。在《雷雨》中，鲁侍萍、四凤等人的戏不象蘩漪的戏那么集中突出，但是却汹涌着深厚的人民的力量，激荡着人民的愤怒和仇恨的浪潮。这些，正是《雷雨》吸引着广大群众的主要原因。博马舍说：悲剧中“苦难中的人越和我的身分地位近似，我对他的同情心就越大。”①显然，那些历经着苦难的鲁侍萍、四凤等人的命运，牵动着千百万观众的心弦。

侍萍的形象是一个有着纯朴而善良灵魂的劳苦妇女的形象。当她还是一个纯洁无邪的少女时，就被周朴园蹂躏了践踏了，逼得她走投无路去投河自杀。尔后，便开始了漫长的苦难命运。“她一个单身人，无亲无故，带着一个孩子在外乡什么事都做。讨饭，缝衣服，当老妈，在学校里伺候人”，“为着她自己的孩子，她嫁过两次”。三十多年来，她饱尝了人间的辛酸和痛苦，但是，她却顽强地活着受苦，而把一切屈辱和眼泪都深深地埋在心底。她可以忍受着一切，即使同鲁贵这样一个不识羞耻、趋炎附势的奴才生活在一起，她也能忍耐着。从外表看来，她似乎是逆来顺受安于命运摆弄的了，但是，作家的现实主义的深刻笔触，却在她身上揭示出一个被侮辱的普通妇女的无比坚韧的生活耐力和顽强的生活意志。

侍萍的悲惨遭遇，使我们很容易联想到祥林嫂的悲剧命运。鲁迅对祥林嫂的悲剧命运的描绘是极为深刻的，他着意揭示一个平凡而善良的农村妇女在政权、族权、神权、夫权的绳索下，精神上所受的痛苦折磨。在祥林嫂一生的挣扎中，连起码的生活希望都不可得到。鲁迅于这个善良灵魂的毁灭中，发出了对整个封建制度的强烈抗议。而曹禺笔下的侍萍形象，则渗透着鲁迅小说的现实主义精神。他着意写侍萍命运的残酷性，从中揭示她内心蕴蓄着的屈辱和血泪，以及她内心深处埋藏着的仇恨和反抗力量。

侍萍所郁积的痛苦和仇恨太深了，当她和周朴园再度重逢时，三十年前的旧景再现眼前，三十年来的苦难一起涌上心头，而周朴园以为是谁指使她找上门来的。只是在这特定的情景下，她才变得激动起来，倾露出她心中的愤怨和痛苦：

周朴园：你可以冷静点。现在你我都是有子女的人，如果你觉得心里有委

① 转引自《戏剧与电影的剧作理论与技巧》第45页。

屈，这么大年纪，我们先可以不必哭哭啼啼的。

鲁侍萍：哭？哼，我的眼泪早哭干了，我没有委屈，我有的是恨，是悔，是三十年一天一天我自己受的苦。……

侍萍这些从心底深处发出来的控诉声音，字字句句都凝聚着深沉的力量，表现了她内心积累的愤怨和仇恨象一座待发的火山，一旦遇到时机，便会冲破表层爆发出反抗的怒火。作家从这个妇女身上发现了被压迫妇女潜在的反抗性。她对周朴园虚伪而丑恶的本质有着清醒的认识。当周朴园企图用钱来收买她，并且伪善地借此弥补他的罪过时，她把五千元的支票撕碎了，说："我这些年的苦不是你拿钱算得清的。"侍萍的行动在撕碎着周朴园以及他所代表的阶级的虚伪面纱，揭露了他们的精神道德的堕落、腐朽和无耻。侍萍深深懂得，她的苦不是钱能算得清的，但是，究竟怎样才算得清呢？她还不懂得。这就表明，仇恨已经在日常生活中郁积着，雷雨在普通人民心中酝酿着，作家在这里感受到普通妇女中所蕴藏着的力量。

侍萍对生活是有着期望的。虽然她觉得自己的命运已是注定了，再也没有任何企求，但是，她把自己毕生痛苦换来的人生经验，凝结成她唯一的希望，就是盼着女儿不要再遭受同样的命运，而这点可怜的希望就成为她唯一的精神支柱。可是，生活就是这样残酷，连这一点起码的希望都落空了。当她最担心的事情终于发生了的时候，她确实再经不住这沉重的打击了。她在呼着天，向着天发出了宿命的悲叹："天知道谁犯了罪，谁造的这种孽！""天哪，如果要罚，也罚在我一个人身上"，"天，真有了什么，就让我一个人担待吧"。的确，这位老人还有着因袭的宿命的重担，这是不奇怪的。但是，谁都知道发生在眼前的惨痛的事实，她是承担不了的。因此，这个无辜的妇女发出悲愤的宿命叹息，便化为对罪恶的社会制度的控诉。她越是呼喊着天，悔恨着自己，便越是产生着对那个吃人社会的抗议的力量。在这个交织着血泪的悲剧形象中，作家的现实主义的描绘，诱导人们去思索着，究竟是什么原因给她带来如此深重的苦难和不幸。

如果说侍萍的悲剧是深重的，那么，女儿四凤的悲剧就更为惨重。四凤的悲剧并不完全是母亲悲剧的重演，在某种意义上说来，她所承受的生活打击较之母亲更为沉重，她所遭受的精神痛苦更为剧烈。作家于这样一个纯洁而无辜的少女的心灵上，深刻地揭示她所不能承受的精神打击，便最强烈地发出了他的愤怒抗议，彻底暴露了那个社会的黑暗和罪恶，也彻底否定了那个人吃人的社会。

四凤是一个有纯洁心灵的少女形象。她健康、活泼、大方，她很爱笑，但又很有分寸，庄重中又显露着诚恳。在她身上体现着一个下层社会少女的青春美、心灵美和品德美。

当我们开始看到她时，由于她和周萍的关系，实际上她已处于不幸的命运之中了。但是，她并不晓得在她的爱情追求中潜藏着危机，她更不知道那罪恶的社会正在张开巨大的口。周萍悔改了"从前的罪恶"，但是，他又以"更可怕的罪恶"的手把四凤捉住了。周萍和四凤的关系，同样是周家罪恶空气里的产物。

最先给实际上处于不幸地位的四凤带来精神折磨的是她的父亲鲁贵。他明明知道，"周家的人从上到下就没有一个好东西"，他也清楚周萍和蘩漪闹鬼的阴私，他更知道眼下周萍和四凤的关系。但是，这个作父亲的却不提醒女儿采取措施；相反，他却拿着这些把柄威逼利诱，软硬兼施，拼命来敲诈四凤的钱。他把这一件件四凤不知道的隐情告诉给她，是为了更好地掌握她，把她变成自己的摇钱树，满足他贪婪的需要。而这些，对这位充满着幻梦的少女来说，无疑是当头棒喝，使她那天真无邪的心灵笼罩上一层浓重的阴影，精神上产生了危机感，变得害怕恐惧起来。

她的心灵上的压力和精神上的恐惧越来越增大了。蘩漪忌恨着她，破坏着她和周萍的关系，还玩弄着手腕把她撵出周家大门。四凤见到她便胆怯起来，提心吊胆地应付她。同时，四凤还承受着来自周朴园的精神威慑。她亲眼目睹周朴园强迫蘩漪喝药的情景，这就使她原本恐惧不安的心情更加胆战心惊，“我怕万一老爷知道了，我怕！”可见，周朴园的淫威在四凤的心灵中产生多大的精神恐惧了。

她曾抱着希望，恳求周萍把她带走，挣脱这令人可怕的境地。周萍不但无意把她带走，反而死死地缠着她。其中还插进了周冲的追求，这样，就更使得她的精神陷入一种复杂的困扰、折磨之中。四凤最害怕的也是最担心的，是怕鲁妈知道她的事，来自这个方面的精神压力更加沉重。她知道妈妈疼爱她，最不愿意她出来做事，也知道妈妈对她最担心。但是，自从鲁妈到了周家不久，她对四凤就产生了疑虑，而随着事件的发展，她的疑虑增加了。特别是周冲来到鲁家，她的疑虑似乎被证实了，她就一次又一次逼问着四凤，直到让四凤在雷声隆隆中发誓。这种逼问真是太无情了，对四凤来说太可怕了。仔细寻来，鲁妈的担心，给四凤造成的精神压力，其根源仍然是来自那个罪恶的社会制度。鲁妈对女儿的担心，是她毕生痛苦和屈辱得来的教训。她唯恐女儿做出傻事。这样，四凤不仅承受她自身悲剧带来的精神痛苦，还承受着来自母亲积累了三十年痛苦的压力。这一切，对四凤来说，都显得格外沉重了。她始终怀着恐惧不安，直到她怀着巨大的精神恐惧死去。在这个无辜的少女的巨大精神恐惧中，揭露着旧社会制度的残酷和罪恶。这个制度在吞噬着无辜的生命，在毁灭着一个无辜少女的青春美、心灵美和品德美。这个罪恶的社会制度自身在宣告着它的黑暗腐朽，它再也没有任何存在的合理性了。

在描写被压迫人民的命运中，显示着曹禺是一位深知他们的痛苦的作家。《雷雨》的现实主义有着深厚的人民性，它爆发奴隶们的反抗声音，写出了奴隶们的血泪和仇恨。曹禺在总结他的创作经验时说：他的剧作如《雷雨》等之所以受到群众的首肯，是因为“它们多少记录了旧社会的人们所遭受的苦难”。还说：“当时大家为什么认为这些作品有些地方还可取呢？大约因为我衷心憎恶的人物，也是当时的观众所痛恨的。我们忍受着同样的折磨，在暗无天日的旧社会里，一同恨着那些凶恶丑陋的上层人物。长期举着鞭子的主人们，恨不得教奴隶们变成无言的畜牲，终身默默挨着鞭打。如果其中有人呐喊一声：‘我们是人，你们才是畜牲！’积恨已久的奴隶便立刻听出：‘这声音是我们的。’所以当时，在反动的统治下，有人企图用艺术形象，尽管止于片面地表现出被压迫者对旧社会的憎恨，尽管不深刻地道出他们对统治者的愤怒，被压迫的人们就会双手欢迎，甚至放过其中的浅薄和过失。”[①]正是由于作家抒发了奴隶们的愤怒、仇恨和抗议，抒发了他们的感情，喊出了奴隶们的声音，使得《雷雨》的现实主义有了它思想的和感情的深度。

鲁大海的形象在剧中出现，使《雷雨》的现实主义有了鲜明的时代特色，也使《雷雨》的反封建的主题注入了新的阶级内容。无疑，这个形象是工人阶级的力量在现实中的发展对作家产生影响的产儿，也是左翼革命文学发展对作家产生影响的结果。

不能说鲁大海的形象“完全失败了”。

鲁大海确实是一个不够成熟的工人形象，也是一个不够完美的形象，这种情形，是同当时工人阶级的不够成熟，同作家思想觉悟的不够成熟的情形相适应的。尽管作家对工人的生活是不熟悉的，但是，他仍然鲜明地揭示了这个青年工人身上的反抗精神和他对周朴园所代表的阶级的满腔仇恨。他确是一个“火山的爆发”，“满蓄着精力的白热的人物”。作家一开始便把他写成一个参加罢工斗争的领袖人物。在一场被周朴园血腥镇压的罢工之后，他作为谈判代表出现在周家，从这里透露出真正动摇着周家走向崩溃的力量是在下边。从一个侧面揭示了在社会的底层正汹涌着反抗的浪潮。这样，就使周家的腐朽罪恶及其必然崩溃的趋势有了典型意义。

如果说蘩漪对周家罪恶的揭露是从她个人的受压抑而发出来的，那么，她的揭露也只限于她了解的这个家庭过去和现在的罪恶。侍萍的愤怒揭露虽概括着被压迫群众的痛苦和仇恨，但是，她只能从她个人悲惨的人生经历中去揭露。鲁大海的揭露的性质则是不同的。无论是对周朴园包修江桥还是镇压罢工的揭露，都更深刻地揭露了他的反动的面目及其剥削阶级的本性，揭露了他阴狠毒辣的镇压手腕和野蛮残酷压榨工人的血腥罪行。假使《雷雨》中失去鲁大海同周朴园这条情节线索，周朴园的典型特征就会被削弱，就会损害了他的真实性，也会削弱了《雷雨》的思想意义，失去了它的时代精神。

也有人认为，作家把鲁大海写得太“粗暴、横蛮”，“不近人情”，“使他成了一个极不真实的、僵冷的形象”。的确，作家对他性格的刻划有着某些简单、概念的欠缺。但是，许多描写仍然真实地刻划出他对反动剥削阶级有着清醒的认识。即使周朴园收买了其他的罢工代表，鲁大海不但毫无妥协之意，而且更激起他的反抗，表现了他鲜明的阶级立场，显示着他工人阶级斗争的彻底精神。他对妹妹四凤的劝告、批评，他对周萍的认识，都具有着一个工人阶级的品格。这些并非“不近人情”，或者表现着“僵冷”的形象。他的“粗暴”的地方，象拿枪对着鲁贵，或者是拿枪威吓着周萍，是有些“横蛮”的。但是，鲁大海身上的“粗暴”或他带有自发性的行为，同当时某些左翼作家作品中对工人粗暴的描写是多少有些关联的。只要我们读过那时左翼作家的某些“左”倾的文学倡导，就更不足为怪了。所以说，鲁大海性格塑造上的毛病同当时左翼革命文艺的不成熟也是有关联的，是不可苛求的。

周恩来同志曾实事求是地肯定了鲁大海的形象，并且肯定了《雷雨》所透露的时代精

① 曹禺：《曹禺选集·自序》，开明书店1951年版。

神。“关于时代精神。总理说：演现代戏可以表现时代精神，演历史剧也可以表现时代精神。不会因为我们今天又是集体所有制又是全民所有制，到将来全部是全民所有制，就把现在写的剧本否定了。……有人问《雷雨》中鲁大海为什么不领导工人革命？《日出》中为什么工人只在后边打夯，不把小东西救出来？因为当时工人只有那样的觉悟程度，作家只有那样的认识水平。这是合乎那个时代进步作家的认识水平的。”①这些，为我们正确分析《雷雨》的时代精神、评价鲁大海形象都提供了历史地辩证地分析问题的范例。据此，我们认为，鲁大海的形象尽管塑造上有着缺点，但是，他出现在《雷雨》之中，无疑反映了作家对正在从事反抗斗争的无产阶级有着他的期望和憧憬。作家能够把现实生活中工人阶级的斗争戏剧化，正是努力探求着彻底破坏那个罪恶的家庭和社会的力量。

总括我们对《雷雨》现实主义的分析，我们是不同意把《雷雨》列入批判现实主义作品的行列之中的。《雷雨》的现实主义是同“五四”以来的革命现实主义传统一脉相承的，并且是为左翼革命文学的战斗精神所照亮的。它所反映的是“五四”前后三十年中国社会的现实关系，它彻底地否定了那个吃人的社会，昂扬着彻底的反封建的战斗精神，而且有着新民主主义革命的时代亮色。恩格斯在给明娜·考茨基的信中说：“此外，在我们的环境中，小说主要地是供给资产阶级圈子的读者，即不直接属于我们的人，因此，在我看来，一部具有社会主义倾向的小说，如果它能真实地描写现实的关系，打破对于这些关系的性质的传统的幻想里，粉碎资产阶级世界的乐观主义，引起对于现存秩序的永久性的怀疑，那末，纵然作者没有提供任何明确的解决，甚至没有明显地站在哪一边，这部小说也是完全完成了自己的使命的。”②如果我们用恩格斯的教导来衡量《雷雨》的话，那也是十分剀切的。在我们看来，应当把作家的政治倾向和作品的倾向看作是既有联系又有区别的两个方面。当我们过去仅仅以作家本身是否是“左翼”的，他是否参加了“左联”来衡量、评价作品的倾向时，就有时看不到一些进步作家，尽管他们不是“左翼”的，却写了具有社会主义倾向的作品，而有时对这些作品有意无意地作了过低的评价，《雷雨》就是属于这种情况。

从中国话剧的发展历史来看，《雷雨》的现实主义应该有着它不可忽视的历史地位。联系到作家后来的创作，如他的《日出》、《北京人》等，他的现实主义对奠定和形成中国话剧的现实主义传统，同样作出了他杰出的贡献，并且对后来的话剧创作也产生了良好的影响。

三、在话剧民族化群众化上的突破

话剧作为一种从外国移入的戏剧形式，如何在中国民众中间扎根，如何成为群众喜闻乐见的民族话剧，它需要经过一个民族化群众化的历史过程。

自从一九〇七年春柳社在日本演出《茶花女》《黑奴吁天录》以来，到《雷雨》的诞生，中国话剧运动几经倡导，艰苦挣扎，已有二十多年的历史，是有成绩的。特别是到左翼戏剧

① 转引自赵寻：《牢记周总理教导，发扬“广州会议”精神》，《文艺报》1979 年第 1 期。

② 恩格斯：《马克思恩格斯论艺术》第 1 卷第 7 页。

运动的兴起，使得话剧有了新的发展。但是，由于种种主观客观的原因，话剧的民族化群众化始终是个未得解决的问题。《雷雨》的创作，曹禺汲取了话剧发展史的经验教训，在话剧的民族化群众化上作了一次初步的但却是成功的尝试，是值得我们加以认真研究和总结的。

从人们的印象看来，一般总是把曹禺看成是一个接受外国戏剧影响的产物。一些研究者指出：《雷雨》的故事、结构、人物以及表现手法都沿袭了外国戏剧的艺术。有人说，《雷雨》是“希腊式的运命悲剧”；也有人说，《雷雨》“更接近易卜生的《群鬼》”，甚至有人干脆把曹禺说成是“易卜生的信徒”。值得我们深究的是，为什么一部受外国戏剧影响这样浓重的作品，反而会得到中国观众如此热烈的欢迎呢？在中国话剧史上不是没有教训的。一般观众对外国戏剧并不欢迎，因演出外国戏剧而失败的例子也屡见不鲜。如一九二一年上演肖伯纳的《华伦夫人之职业》就失败了，事后引起戏剧界一番热烈的检讨。那时就有人说：“西洋剧，在中国人看来俱是空中楼阁，不觉得需要”（汪仲贤语）；也有人说：西洋剧有着“西洋的风俗习惯和说话口气”“西洋社会看惯分幕的戏剧和藏头露尾的情节”“实在与中国相去得远”。这样就使中国“看客当然要加几分的难受”（陆明悔语），①而观众对一些模仿外国戏剧的作品也有隔膜之感。总之，洋腔洋调是不切合中国观众的需要和口味的。那时已有痛切改革之必要了，提出要“替普通看客设想”，创造中国人自己的“新剧”。一九二九年，左翼戏剧运动提出了“无产阶级戏剧”的口号，并倡导话剧到群众中去，适应了时代发展的潮流，无疑是一个进步。正是在这样的历史酝酿过程中，曹禺的《雷雨》，在话剧创作的民族化群众化上有了较大的突破。

《雷雨》的尝试成功，在于作家吸取外国戏剧的优长而不忽视民族戏剧的宝贵经验，同时，在借鉴外国戏剧和继承中国戏剧的传统上，都融化为自己的东西，用来表现民族的现实生活而有了自己的创造。这样，就形成了《雷雨》的民族特色和个人风格。

当时，曹禺总结出来的向外国戏剧借鉴的经验是独具胆识的。

《雷雨》演出后，有人臆测剧中某些部分承袭了外国戏剧大师的作品。曹禺答辩说：“在过去的十几年，固然也读过几本戏，演过几次戏，但尽管我用了力量来思索，我追忆不出哪一点是在故意模拟谁”，“我想不出执笔的时候我是追念着哪些作品而写下《雷雨》”。同时，他以十分形象的比喻概括了他借鉴外国戏剧的经验，他说：“也许在所谓‘潜意识’的下层，我自己欺骗了自己；我是一个忘恩的仆隶一缕一缕地抽取主人家的金线，织好了自己丑陋的衣服，而否认这些褪了色（因为到了我的手里）的金线也还是主人家的。”②抽取别人的金线来织好自己的衣裳，这真是绝妙的总结。恰好表明了，他在借鉴外国戏剧时，不模仿、不抄袭，创造性地把别人的优长运用到自己的创作中去。如他所说，是经过了一番“揉搓塑抹”的消化功夫，吸收到自己的作品中来的。在《雷雨》中，作家可能借鉴了希腊命运悲剧那种善于描写人物悲剧命运的长处；但是，《雷雨》的悲剧人物的命运全然是中国

① 参看洪深：《中国新文学大系戏剧集·导言》。

② 曹禺：《雷雨·序》，文化生活出版社1947年版。

的、民族的，它的悲剧性的矛盾都植根在中国现实生活的土壤里。也许作家从莎士比亚那里学习了他善于通过情节的生动性和丰富性刻划出人物性格的真实性和丰富性的创作手法，但是，无论是蘩漪还是鲁侍萍性格的复杂性和丰富性，都是半封建半殖民地社会中复杂的现实关系的产物。蘩漪这个性格乖戾的女性，决不同于《群鬼》中的阿尔文太太，也不是《玩偶之家》中娜拉的翻版，更不是奥尼尔《奇异的间隔》中尼娜式的放纵女人。《雷雨》终究是一个中国作家以他反封建的鲜明立场，对中国社会中的人物命运和斗争生活进行自己的观察的结果。作家借鉴外国戏剧不过是用它来表现自己的观察。

最近曹禺还感慨地说："《雷雨》毕竟是中国人写的嘛！"[①]这表明着，他不但是用中国人的眼睛来观察反映生活，而且是写给中国观众看的，并且也适应中国观众的需要和爱好去创作。《雷雨》民族化群众化的一条宝贵经验，在于作家比较自觉地在创作中面向中国观众，注意他们的兴趣、爱好和需要。

一切戏剧艺术都需要观众来支持。在一定意义上说，没有观众的戏剧就不能认为是十分成功的。当爱克曼对歌德说，为剧场写作是件困难而费力不讨好的事情时，歌德说："重要的是，作家要懂得采取适合观众爱好和兴趣的道路。如果作者的才能与观众的倾向一致，那么，就大功告成了。"[②]这确是睿智的见解。曹禺创作《雷雨》就比较自觉地走了一条适合中国观众爱好和兴趣的道路。由于作家长期观赏戏剧和演戏的实践体验，使他深深懂得普通的观众是"剧场的生命"，自然也是戏剧的生命。他说："写戏的人最感觉苦闷而又最容易逗起兴趣兴味的就是一个戏由写作到演出中的各种各样的限制，而最可怕的限制便是普通观众的趣味。怎样一面会真实不歪曲，一面又能叫观众感到愉快，愿意下次再来买票看戏，常是使一个从事于戏剧的人最头痛的问题。"[③]既不能为了迎合观众而损害作品的严肃内容，又要考虑他们的爱好、兴味，这是一个艰巨的课题。曹禺立志要写"经得起演的东西"，这便给自己提出了一个困难而光荣的美学使命。由此出发，他不但在戏剧内容上考虑到群众所能接受的程度，而且在艺术上，他把借鉴外国戏剧创作的经验同创造性地汲取群众喜闻乐见的中国民族戏剧的优秀传统结合起来。把曹禺这些戏剧美学的见解，放在当时的话剧理论中也是富有创见并切中时弊的。《雷雨》，可以说是作家这种戏剧美学的实践。

那么，我们现在看看作家是怎样把借鉴外国戏剧同继承民族戏剧的优秀传统结合起来，又是怎样在进行具体的艺术创造时，把中国观众的欣赏习惯考虑进去的。

首先，在《雷雨》的情节和结构上，它注意到中国观众要故事、要穿插、要场面的欣赏习惯，使《雷雨》具有故事的传奇性、冲突场面的紧张性和结构上的明了性。

关于《雷雨》的结构、情节。有的评论者过多强调了它对希腊悲剧和易卜生戏剧的借鉴，特别是《群鬼》的影响。我们并不否认这些影响，但是，不应忽视民族戏剧对它的作用。

① 胡受昌：《就〈雷雨〉访曹禺同志》，《破与立》1978年第5期。

② 爱克曼辑录：《歌德谈话录》，《古典文艺理论译丛》第11期第205页。

③ 曹禺：《日出·跋》，文化生活出版社1947年版。

应当指出的是，即使他借鉴《群鬼》的结构方法，也是为我所用，借以实现他的创作企图。陈瘦竹同志曾说："曹禺的《雷雨》在某些方面曾受到易卜生的《群鬼》的影响，但是我们应该看到，《雷雨》和《群鬼》在结构上某些相似之处，并不是曹禺任意模仿易卜生，而是取决于他自己的创作意图。曹禺所以要从三十年前的矛盾着眼，而从一天之内的冲突落笔，我们应该从《雷雨》的主题思想找到解释。在他看来，一切剥削阶级的罪恶，都有历史根源，而且愈来愈严重，因此只有从历史的发展过程中，才能彻底揭露旧中国家族和社会制度的弊害，才能充分表现受害者的悲惨命运。"①应当补充的是，就《雷雨》的人物和事件的错综交织的复杂性来说，较之《群鬼》，它所面临的结构上的难度是更为艰巨的。而就《雷雨》戏剧冲突的性质及其尖锐性来说，也较《群鬼》更为紧张和激烈了。曹禺必须解决他所面临的结构任务。尽管他借鉴了《群鬼》的某些结构方法，但是，无论在选择和安排情节上，都更多地考虑了中国观众的兴味，更多汲取了中国民族戏剧的编剧方法。曹禺说，中国的观众，"他们要故事，要穿插，要紧张的场面。"②

《雷雨》的故事是格外引人入胜的。它把外国悲剧中人物命运的偶然性、巧合性同中国民族戏剧的故事的传奇性熔为一炉了。清代戏曲家李渔，主张戏曲艺术题材要"奇特"，要求"未经人见而传之"。这就是说，故事情节应脱开窠臼，不落俗套。他还说："若此等情节已见之戏场，则千人共见，万人共见，绝无奇矣，焉用传之。"③《雷雨》可谓题材"奇特"，"未经人见而传之"的剧作了。《雷雨》的故事，即使放在中国丰富多彩的戏曲剧目中，也是很新颖的。如蘩漪和周萍的乱伦关系，它本身就是很大胆的。而把这些众多人物错综复杂的关系纳入一个完整的悲剧故事之中，在当时的话剧创作中，也是屈指可数的。在《雷雨》中，异想天开的情节接踵而起，置人于悬念之中；紧张火爆的场面迎面而来，令人处于难以预料之境。谁能料想，一个公馆的大少爷勾引上自家的侍女，而这个侍女就是他同母异父的胞妹；可谁又能料到，这位大少爷同他的继母又有过乱伦的关系。这一切都使《雷雨》的情节出人意料之外，但又在情理之中。作家从生活中提取了他的故事，他把生活中的矛盾冲突戏剧化了。正如李渔所说："凡作传奇只当求于耳目之前，不当索诸闻见之外。"而《雷雨》正是把"耳目之前"的生活矛盾，大胆升华为"闻见之外"的戏剧情节。

值得注意的是，当作家把这些复杂的故事情节组织在一个统一的戏剧结构之中时，不仅显示着作家组织情节的巨大才能，而且表现了他熟谙民族戏曲结构的底里。尽管情节复杂，但为了照顾中国观众的欣赏习惯，于人物的关系、事件的缘起及其周折变化，在关目上都交代得清清楚楚。《雷雨》避免外国戏剧那种"藏头露尾"的结构，事件顺序展开，首尾贯通，使整个结构具有一种通俗易懂的明了性。如作家在第一幕就以鲁贵和四凤为引线，把周萍和蘩漪的关系，把四凤和周萍的关系，还有周冲对四凤的追求都交代清楚；第二幕开场不久把最重要的人物关系即周朴园和鲁侍萍的关系也点破了。观众心里对他们的纠

① 陈瘦竹、沈蔚德：《论〈雷雨〉〈日出〉的结构艺术》，《文学评论》1960 年第 5 期。
② 曹禺：《日出跋》，文化生活出版社 1947 年。
③ 李渔：《闲情偶寄》。

葛关系一目了然。只是剧中的一些人物还没有弄清同另外一些人物的关系。周朴园虽知道周萍、鲁大海、四凤是什么人了，可是他并不知道周萍和四凤、周萍和蘩漪的关系。鲁侍萍也是这样。反过来说，周萍并不知道鲁侍萍是自己的母亲，四凤就是他同母的妹妹。所以到第三幕第四幕，观众只是期待这些剧中人物尚未明白的关系的逐步揭晓，以及这些人物纠葛如何发展如何结局了。因此，《雷雨》的故事虽然复杂，但在结构上却一目了然。真是纳繁复于单纯之中，寓众事于一体之内，明彻剔透，紧密严谨。

中国的戏曲是很讲究“排场有起伏转折”之妙的。如《桃花扇》《长生殿》《赵氏孤儿》等在组织情节上，极尽跌宕起伏之能事，把情节的曲折性和场面的紧张性结合起来。《雷雨》在其曲折的故事发展中，几乎每一幕都配置了紧张热烈的戏剧冲突场面，使剧情于起伏之中进行得有声有色，扣人心弦。如第三幕，作家把剧情安放在杏花巷鲁家龌龊不堪的环境里展开，在全剧结构中，这一幕有意识地把下层社会的悲惨不幸同周家客厅里所表现的上层社会的罪恶加以对比，加强了它的揭露和控诉的主题。而这一幕的剧情安排，波澜起伏，跌宕有致。幕启，暴雨刚刚过去，但仍然郁热难堪，预示着将有更大的雷雨到来。鲁侍萍一家人，因白天发生的事每个人的心情都显得异常烦恶。鲁贵以为鲁大海罢工砸了他的弄钱差事而不满了。他喝得醉醺醺地吵骂着，侮辱着侍萍；鲁大海满腔怒火不得抒发，面对鲁贵的无理叫骂以致拿枪施以威吓；四凤此刻心情恐惧不安，而鲁侍萍更加心事重重，非把女儿带走不可。在这烦恶的争吵声浪中，人物的情绪在躁动着，矛盾在潜伏着、酝酿着，更大的危机还在前头等待着。恰是在这郁结着烦躁的氛围中，周冲到来了。他带着对四凤的纯真的爱情梦幻到来了，他带着白帆张满、鹰飞海空的自由的畅想到来了。尽管周冲的幻想曲弹奏着人道主义的调子，但也寄托着作家对“我们的世界”的热烈向往。浓郁的抒情，梦幻般的憧憬，强烈对比出现实的昏暗、污浊和丑恶。紧接着便是鲁妈“残酷”地逼着四凤不见周家人的一场戏，戏剧冲突陡然变得紧张起来。当四凤对着雷声起誓时，真是紧张得令人透不过气来。此波未平，彼波又起。周萍在蓝色的闪电中突然出现了，这场戏就达到了令人惊心动魄的地步。在这第三幕中，情节进行的节奏和场面的起伏变化，极尽转折之妙。如孔尚任所说：“排场有起伏转折，俱独辟境界，突如而来，倏然而去，令观者不可预拟其局面。”①

其次，在描写环境、塑造人物上，《雷雨》吸取了中国戏曲和古典诗词的抒情艺术，寓情于景，情景交融，力求创造一个富于诗意的戏剧境界。

曹禺不止一次说，中国戏曲的编剧特点是很值得学习的。“在不重要的地方只几笔带过，在需要大段抒发人物感情的地方抓住不放。”②在这里透露出，作家抓住了中国戏曲善于在矛盾冲突中刻划人物感情的特点。在中国戏曲中，为了很好地刻划人物性格，往往使人物通过唱腔抒发感情，展现其丰富而细腻的内心世界。透过写人物的情来刻划人物性格。如关汉卿的《包待制智斩鲁斋郎》刻划张珪的形象就是这样。张珪瞒着妻子，因慑于

① 孔尚任：《〈桃花扇〉凡例》。

② 颜振奋：《曹禺创作生活片断》，《剧本》1957年第7期。

鲁斋郎的淫威把她送给了鲁斋郎。张珪内心十分痛苦。于是作家给他安排了“南吕一枝花”“梁州第七”两段唱腔，使之把内心交织着的羞愧、愤怒和痛苦的复杂感情抒发出来，而人物性格也得到展现。为此，作家不惜笔墨，翻来覆去，直到把情写得淋漓尽致，同时把性格也写透了。如果说中国戏曲是借“唱情”而写人物，那么《雷雨》则是借“说情”而写人物了。在人物的台词中，人物的感情得到抒发，人物的性格得到展现。如第二幕蘩漪乞求周萍不要走的一场戏，人物性格展开激烈冲突。蘩漪拼命抓住周萍不放，求他不要弃她而去，而周萍则拼命脱开困境。作家不是停留在表面的纠葛上，而是借此让他们各抒其情各展胸臆。在周萍拼命摆脱的动作中，着意揭示他感情的懦弱、厌烦和苦闷；在蘩漪死死抓住对方不放的动作中，揭示她受抑压的痛苦、怨恨和愤懑，对周朴园对周家罪恶的满腔怒火化为不可遏止的控诉激情，淋漓尽致地刻划出她那特有阴鸷性的爱和恨。同样，写周朴园和鲁侍萍重逢的场面，作家不惜笔墨，也是为了使鲁侍萍积郁三十年的恨和悔抒发出来。在这些地方，显示着作家戏剧诗人的特色，作家的热情转化为人物性格的激情。使人物展现着他们内心的隐秘，使观众直接听到他们心灵的声音、深藏的痛苦和叹息。有些人物的台词是可以作为诗来读的。

《雷雨》这种抒情风格是格外浓郁的。在当时，我们还很少看到一个剧作家在孕育着他的剧作时，象曹禺这样把他的巨大热情浇铸在作品之中。曹禺把他对时代的感受和对现实的激情同自然界雷雨的形象交织起来，使得《雷雨》中雷雨般的热情和雷雨的形象浑然一体，形成一个完整的情景交融的诗意境界。雷雨既是整个戏剧的氛围，又是剧情进行的节奏。雷雨既是破坏旧世界力量的象征，又蕴藏着作家对宇宙不可知的神秘憧憬和苦闷。几乎剧中人物无不呼吸着雷雨的气息，感受着雷雨的激荡。第一幕开场，暴雨前的郁热闷人的空气低压着，四凤喘着气，嚷着“真热”，显然作家并不是单写天气，也暗示着人物内心的烦闷。好象蘩漪对雷雨的感觉更为锐敏，她的心情始终和雷雨的变化伴随着。在第二幕中，她那段雷雨前的独白，使内心火山待发的愤懑和郁闷的自然气氛水乳交融：

> 热极了，闷极了，这里真是再也不能住的。我希望我今天变成火山的口，热烈烈地冒一次，什么我都烧个干净，当时我就再掉在冰川里，冻成死灰，一生只热热地烧一次，也就算够了。我过去的是完了，希望大概也是死了的。哼，什么我都预备好了，来吧，恨我的人，来吧，叫我失望的人，叫我忌妒的人，都来吧，我在等候着你们。

这可以说是蘩漪的诗。借景抒情，情切动人。尽管作家没有具体描绘自然的氛围，但从蘩漪对雷雨前低气压的感受上得到了更逼真的展现，同时，把周家环境的禁锢逼人的气氛也真实地描绘出来了。在这样一个特定环境中，正好衬托出蘩漪此时此地的心情，显示出环境把她逼得非来场喷发燃烧不可。象这样情景交融的境界，在《雷雨》中渗透着，具有强烈的艺术魅力。作家的诗意感受，使他寻求着戏剧的诗意境界的创造。狄德罗说：“美妙的一场戏所包含的意境比整个剧本所能供给的情节还要多；正是这些意境使人们回味不已，倾听忘倦，在任何时期都感动人心。”①我们认为，《雷雨》对戏剧的意境创造，是凝结着中国戏曲和古典诗词意境创造的精灵的。在这方面，《雷雨》使我们领略着民族艺术的风姿和精神。在他后来的创作中，我们也看到作家追求诗的意境创造，追求着抒情风格，即使他曾经追求着契诃夫的风格，但仍然看到作家始终是用民族艺术的风姿和精神去融合去摄取的。

最后，在戏剧语言的锤炼上，是《雷雨》民族化的突出成就。

远的不说，在《雷雨》诞生之前，话剧语言是很少有成功的范例的。由于作家多系知识分子，因此，往往用书面语言写作。要么，有欧化的毛病，要么，在白话中掺杂着文言词汇，显得知识分子腔调较浓，而人物的语言缺乏个性化和戏剧性。不能说《雷雨》全然摒弃了这些弊端，但它确实从民族的现代的日常生活语言中提炼出比较规范的话剧语言。可以说，在话剧语言的提炼上，《雷雨》是第一个获得成功的作品。

《雷雨》的语言是简洁而易懂的，即使没有文化的人也能听得明白真切。它避免了外国话剧中那种长篇台词，句子短，更少欧化语法，是从普通话提炼加工而成的。它是简洁的，但又是饶有兴味的，含蓄蕴藉。听来，有令人品尝的余地，演来，能为演员提供深入挖掘的内涵。看来说的都是普通话，但放在特定的环境和特定的人物关系下，就有着格外诱人的戏剧魔力。

《雷雨》的人物语言是个性化的。一般说来，每个人物的语言都符合自己的身分、地位、教养和气质，即使语言的节奏、韵味和分寸也是不同的。同时，它的语言又具有抒情性。“既必须通俗易懂又必须有诗意，既应象诗而又应象日常人们说的话”。因此，它的语言具有独特的抒情特色，具有散文的诗意美和无韵的音乐美。

我们初步探讨了《雷雨》民族化群众化的成就，当然并不是说它完美无缺了。由于那时作家毕竟没有同工农大众结合起来，无论在思想内容上和艺术创造上，还是有着距离的。但是，如果我们从中国话剧发展历史来看，它的尝试就有着开路的探索作用。特别是在一些评论过多看到它受外国戏剧影响的情况下，我们把这个问题提出来，或许对研究曹禺的创作道路乃至中国话剧民族化群众化的历史经验和教训，多少会起到抛砖引玉的作用。

最后，我们还得对本章的意图稍加概括。我们是把《雷雨》作为曹禺创作道路的起点，并把它放到中国话剧史上提出上述三个问题加以讨论的。我们认为，这三点体现着《雷雨》在话剧史上的地位和意义。同时，曹禺的创作道路并不是平坦的，它经历了一个曲折发展的历史过程，当我们肯定他是一个具有自己个性的作家时，我们仍要在他未来的创作道路发展变化中，研究他的创作个性是怎样在时代的风云中磨砺着，又是在怎样的艺术追求中变化着。我们肯定《雷雨》的杰出现实主义成就，也会从作家后来的剧作中，看到他是怎样经历着曲折而前进。对于《雷雨》民族化群众化的问题也是这样，我们把它放在这样

① 狄德罗：《论戏剧艺术》，《文艺理论译丛》1958 年第 1 期第 154 页。

一个起点上，以便测量他的未来。《雷雨》在中国话剧史上的出现，是值得重视的。它以这三个方面的突出特色交织在一起而变得光彩照人了。我们认为：《雷雨》是标志着中国话剧走向成熟阶段而飞出的第一只燕子；它的现实主义成就为中国话剧的现实主义传统奠定了一块有力的基石；而它的民族化群众化的尝试，显示着中国话剧民族化群众化的最初实绩。

原载《戏剧艺术论丛》第1辑，人民文学出版社1979年10月出版

《雷雨》若干分歧问题探讨

辛宪锡

一

《雷雨》是我国现代戏剧史上一篇难得的力作。它象一座蕴量丰富的矿，只要人们认真勘探，不懈挖掘，总会得到新的收获。何况，这个戏集结了那么多矛盾，增加了人们探索的兴趣。

作者的思想是矛盾的。他说："我并没有显明地意识到我是要匡正、讽刺或攻击些什么。也许写到末了，隐隐仿佛有一种情感的汹涌的流来推动我，我在发泄被抑压着的愤懑，毁谤着中国的家庭和社会。"①主观上，作者"用一种悲悯的心情来写剧中人物的争执"，而他的犀利的现实主义笔触，又无情地揭穿了社会的罪恶。这就是世界观与创作的矛盾。

作者对作品的态度与解释也是矛盾的。他爱《雷雨》，"如欢喜在溶冰后的春天，看一个活泼泼的孩子在日光下跳跃，或如在粼粼的野塘边偶然听得一声青蛙那样的欣悦。"②可是，他又讨厌《雷雨》。"写完《雷雨》，渐渐生出一种对于《雷雨》的厌倦。我很讨厌它的结构，我觉得有些'太象戏'了。"③这好比父母对于孩子，爱与恨总是交织在一起的。再如，《雷雨》的一个要害是有没有宿命论的问题。曹禺"觉得宇宙里并没有一个智慧的上帝做主宰"，"《雷雨》所显示的，并不是因果，并不是报应，而是我所觉得的天地间的'残忍'"。这是否定宿命论的存在。可是，作者又说："在写作中，我把一些离奇的亲子关系纠缠一道，串上我从书本上得来的命运观念，于是悲天悯人的思想歪曲了真实，使一个可能有些社会意义的戏变了质，成为一个有落后倾向的剧本。这里没有阶级观念，看不见当时新兴的革命力量；一个很差的道理支持全剧的思想，《雷雨》的宿命观点，它模糊了周朴园所代表的阶级的必然的毁灭。"④这又承认有宿命论，矛盾显而易见。

对于《雷雨》的主题思想、人物形象、戏剧冲突以及艺术技巧等问题，不仅作者与评论者之间认识不一，而且在评论者、导演和观众之间也存在许多分歧意见。

所以，人民文学出版社在一九七八年出版《曹禺选集》时，作者在后记中写道："我唯愿

① 《雷雨》序。
② 《雷雨》序。
③ 曹禺：《怎样写〈日出〉》。
④ 《我对今后创作的初步认识》。

读者们认真地、批判地、历史唯物主义地对待它们”。我认为，这也应当包括认真地对待作者本人的意见。曹禺同志是一位严肃的剧作家，谦虚的剧作家，很少对自己的作品发表评论。我们应该认真地、细心地分辨哪些是作者自谦之词，哪些是符合作品实际的真实思想，从而对《雷雨》作出恰如其分的评价。

二

曹禺在自序中谈及《雷雨》的起因时说：“我初次有了《雷雨》一个模糊的影象的时候，逗起我的兴趣的，只是一两段情节，几个人物，一种复杂而原始的情绪。”

这里，人们要问：《雷雨》的戏剧冲突是怎样组织起来的呢？

有的评论家认为：“在这个作品里，作为周朴园的一个主要的对立形象的，并不是鲁大海，也不是鲁侍萍，而是蘩漪。……只有蘩漪，才能够最全面地揭露周家的罪恶，才能够把周朴园的冷酷、自私、专横和伪善的本质最充分地揭示出来。”[①]

我觉得，这个看法很值得商榷。因为矛盾冲突是剧情发展的基础，没有矛盾冲突就没有戏；剧作家如何组织戏剧冲突，直接影响到一个剧作的思想与艺术的深度。

不可否认，蘩漪与周朴园处于尖锐对立的地位，她对周朴园的揭露是很有力的。但是，作为《雷雨》全部戏剧情节的纽带的，却不是蘩漪，而是侍萍。《雷雨》的戏剧冲突，是以侍萍的命运悲剧作为贯穿线索组织起来的。这有如下一些表现：

（一）《雷雨》的戏剧冲突，由压迫者与受害者双方组成。周朴园显然是压迫者一方，受害者一方有许多人，而以侍萍受的迫害为最深。她不但本人与周朴园有根本利害的冲突，而且许多人的命运都与她有关，她还连结着受害者一方。四凤是她的女儿，也是她的影子。四凤的遭遇，从某种意义上说，就是她三十年前的遭遇的重复。蘩漪的遭遇，也与她的遭遇有某些共同之处。她曾被周朴园无情地抛弃，几乎投河而死；蘩漪忍受不了周朴园的专横统治，也象被投进了监狱，精神受窒息。她痛苦地喊出：“我也不是周朴园的妻子。”所以，从实质上看，蘩漪的遭遇就是侍萍过去的遭遇的继续。至于在鲁大海与侍萍身上，也曲折地、不同程度地反映着侍萍的悲惨遭遇。这就使《雷雨》中的一切矛盾，自然而然地集中到侍萍和周朴园两人身上，由此构成剧作的主要矛盾。这样的戏剧冲突，概括反映了深刻的社会矛盾，具有重大的典型意义与美学价值。

（二）《雷雨》的戏剧冲突，包含许多事件，但中心事件是侍萍的命运悲剧。它构成一个完整的故事，呈一条纵线，贯穿全剧。其他一系列事件，或近或远地与这条纵线相联结，丰富冲突的内容，推动着剧情的发展。有的戏剧理论家曾提出以兴趣作为组织矛盾冲突的贯串线：“戏的开场是抓住兴趣，戏的发展是增加兴趣，转机或高潮是提高兴趣，戏的结果是满足。”[②]如果从这个角度看，在《雷雨》的许多事件中，最能引起观众兴趣的，还是侍萍的遭遇。人们急于知道，她三十年前被周朴园抛弃后，为什么没有死？她如今来到周公馆，

---

① 钱谷融：《〈雷雨〉人物谈》，《文学评论》1962年1期。

② 韦尔特：《独幕剧的艺术技巧》

见到周朴园后又将怎样？她能把热恋中的四凤带走吗？她会不会认周萍？如果四凤被带走，周萍怎么办？蘩漪又怎样报复？等等。真是牵一发而动全身。这一连串悬念，造成了整个戏剧冲突的总悬念：周公馆必将大乱，又将如何结局？

（三）从《雷雨》戏剧冲突的几个发展阶段看，四幕戏中，侍萍的戏作为重场贯穿始终。第一幕，虽然侍萍没有出场，但处处在写她。从第一段戏鲁贵父女的对话中，就十分突出地把侍萍引了出来。鲁贵告诉四凤，他妈一下火车就要到周公馆来，而且是蘩漪要她来的，吓得四凤惧悔交集，流下了眼泪。她说："无论如何，我在这儿的事，不能让妈知道的。"因为侍萍不让她"到公馆帮人"。接着，四凤向蘩漪告假，蘩漪问："是你母亲从济南回来了么？"又描了一笔。后来，周冲提起哥哥死去的母亲，蘩漪马上制止说："你父亲回来了，你少说你哥哥的母亲，免得你父亲又板起脸，叫一家子不高兴。"这就把今日之鲁妈、往昔之侍萍与周朴园联系在一起，越来越引起人们的疑问和期待。最后，周朴园让家里保持三十年前的老样子，虔诚地"纪念"侍萍，并训斥儿子周萍："那我请你为你的生母，把现在的行为完全改过来。"这一幕的上升动作，实际上落到了未出场的侍萍身上。在这一幕的每一段戏里，都有侍萍。全剧八个人，除侍萍自己外，七个登场人物，个个都念叨她。在作了这一番浓重渲染、充分准备以后，到第二幕侍萍发现来到三十年前的周公馆，偏偏又把自己的女儿四凤放到这个家里时，她怎能不悲愤地喊出"天哪"！这是第一个打击。接着蘩漪向她辞了四凤，虽未完全说穿真相，但给她精神上又一次重大打击，因为她最怕女儿重蹈她的覆辙，"做出什么胡涂事"。而到了她与周朴园相遇一段戏，冲突已发展到惊心动魄的地步。再加上她目睹两个儿子鲁大海和周萍在自己面前打架，她悲痛到了极点。她的反抗的呼声："这真是一群强盗"，响彻剧场，激起了观众强烈的共鸣！可以说，在第二幕里，侍萍的戏已经盖过蘩漪与周萍的一段戏。她对周朴园的残酷与伪善的本质作了最有力、最彻底的揭露。第三幕有四段戏：鲁贵被周家辞退后在家里发牢骚；周冲来送钱，被大海轰走；侍萍逼四凤起誓——一辈子不见周家的人；四凤与周萍在家幽会，终于被侍萍发现。这一幕的重心仍在三、四两段。第四幕，戏剧冲突发展到高潮，也正是周朴园当着蘩漪、周萍、四凤、周冲的面，认侍萍那一段戏。从此，真相大白，剧情突变，引起转机，很快就到了结局：四凤、周萍、周冲三人丧生，蘩漪疯狂，侍萍向周朴园发出最后的控诉，昂首离去。

这样看来，侍萍的命运悲剧实为《雷雨》多条线索中的一条主线。假如没有这一条主线，就组织不起《雷雨》的完整丰富、尖锐紧张的戏剧冲突。如果把蘩漪看作是"周家悲剧的导演者，是使得埋藏在周公馆下面的火药爆炸起来的引火人"①，那末侍萍就是这场悲剧的主演者，是真正埋藏在周公馆下面的一颗重磅炸弹。我们必须仔细体会剧作家的艺术匠心。

三

这里涉及到《雷雨》的另一个重要问题，即它的主角是谁？

① 钱谷融：《〈雷雨〉人物谈》，《文学评论》1962年第1期。

这个问题，多年来争论不休。许多人认为主角是蘩漪，也有的剧院曾考虑过主角是不是周朴园？

作者曹禺讲过三种意见：

（一）“我的主角是鲁妈”。

（二）“我这个戏是八仙过海”，即八个人每人都是主角。

（三）“我常纳闷何以我每次写戏总把主要的人物漏掉。《雷雨》里原有第九个角色，而且是最重要的我没有写进去，那就是称为“雷雨”的一名好汉。我几乎总不能明显地添上这个人，于是导演们也仿佛忘掉他。我几次看《雷雨》的演出，我总觉得台上很寂寞的，只有几个人能跳进跳出，中间缺了一点生命，我想大概因为那叫做“雷雨”的好汉没有出场，演出的人们无心中也把他漏掉。”①

那末，《雷雨》究竟有没有主角？主角是谁？

我认为，《雷雨》的主人公是侍萍（即鲁妈）。理由是：

（一）如前所述，《雷雨》的戏剧冲突是以侍萍的命运悲剧作为贯串线索组织起来的。既然侍萍与周朴园的冲突是中心事件，为什么周朴园不是主角？因为在这一对矛盾中，侍萍处于主导地位，是矛盾的主要方面。她无情地揭露了周朴园过去的罪恶，识破了周朴园如今妄图收买她的骗局，给了这个残酷、虚伪的资本家沉重的打击。侍萍已不是三十年前的奴隶，她有所觉悟，敢于反抗，周朴园已经奈何不了她。相反，过去的强者，由于罪恶被揭穿，再难假装“好人”，而陷入狼狈的境地。

（二）《雷雨》的主题，如果按照流行的说法，是“暴露大家庭的罪恶”。那末，谁“暴露”得最有力？这直接取决于人物所受的迫害以及由此而激起的反抗。这一点，蘩漪不能与侍萍相比。蘩漪过着优裕的寄生生活，有一定的人身自由，她苦于精神被窒息。侍萍则受着人身与精神的双重摧残。蘩漪最悲处，莫过于她对周萍说的这句话：“一个女子，你记着，不能受两代的欺侮”。而侍萍与四凤母女两代，同受周家的“欺侮”，岂不更悲？另外，蘩漪与侍萍对周朴园都有反抗，但两人反抗的意义也不同。蘩漪的悲剧，激起的是资产阶级妇女追求个性解放的浪花；而侍萍的悲剧，汹涌的是劳动人民争取翻身解放的时代浪潮。就以主人公体现主题以及主题的丰富深刻性而言，《雷雨》的主角也当是侍萍，而不是蘩漪。

（三）曹禺最近说：写《雷雨》时，“《凤凰涅槃》给他的启示，就是要破坏。”②那末，谁来摧毁这个以周公馆为代表的罪恶世界？作者当时在思想上并不十分明确，还没有充分认识无产阶级的力量。所以，他虽设想有一个“名叫‘雷雨’的好汉”做主人公，但他“总不能明显地添上这个人”。结果，这位“好汉”只能成为作者的一种观念，他所期求的一种精神力量。当然，也不能叫鲁大海来充当这条“好汉”。由于《雷雨》的故事发生在周公馆内，是以家庭悲剧的题材反映深刻的社会问题的，所以在广阔的社会背景下发生的矿工罢工运动，

① 曹禺：《怎样写〈日出〉》。

② 胡受昌：《就〈雷雨〉访曹禺同志》，《破与立》1978年第5期。

在这里只能作为一条副线出现，这样，鲁大海既不配当主人公，那位“好汉”也不可能出场。否则，这个戏就不是《雷雨》了。就象大观园里不可能出现一位农民英雄做为《红楼梦》的主人公一样。《雷雨》的主人公只能是侍萍。侍萍是以自己的方式，向周朴园作斗争的。她与蘩漪、鲁大海等一群被压迫者的反抗，只能动摇周朴园的家庭秩序，而不可能一下子把周公馆摧毁。这是生活的真实，也是艺术的真实。

对侍萍应作何分析，它是否反映了宿命论思想，这是一个颇为重要的问题。

讨论这个问题，我们不要忘了当时所处的时代。作者是把侍萍放在旧中国二十年代的周公馆那样一个典型环境中，刻划她的性格的。作为一个被压在社会底层的普通劳动妇女，在遭受极度的精神打击，又在事态急速发展变化而毫无思想准备的情绪中，呼天哭地，这是十分自然的，是一种真实的思想感情，怎能看作是宿命论的表现？

其实，三十年后的侍萍已不信天命，苦难的遭遇已使她得到觉悟。她恨周朴园，恨周朴园那一类人，亦即恨有钱者阶级。正是这伙人，造成了世间的不平。所以，她决不允许自己的女儿再到大公馆里去做事，不管是周公馆，还是张公馆、李公馆。这难道不是阶级觉悟？在那个时代，还是一种朴素的也是最可贵的觉悟。后来，当周朴园向她问起自己的儿子鲁大海时，她明确回答：“他现在跟你完完全全是两样的人。”她再也不受利诱，不受欺骗，毅然把一张五千块钱的支票撕掉。可见，侍萍是有阶级立场、阶级觉悟、阶级感情的，她对周朴园作了揭露、反抗与斗争。她的缺点是，觉悟不够彻底，反抗仍有限度，如对周萍流露出来的“亲子之爱”，对自己过去的遭遇的忏悔，都明显地带着那个社会所造成的劳动妇女精神奴役的创伤。但是，她正处于觉醒中，正在消除旧社会阶级压迫蒙在她身上的灰尘。这是一把带锈的铁锤。她自然不如蘩漪那柄寒光闪闪的钢刀耀眼。

四

蘩漪是《雷雨》里塑造得最成功的人物，一个最动人的形象。无怪作者对她那样偏爱，许多人迷上了她，把她当作主人公。

这是一个独特的形象，是“五四”以来新文学画廊里所没有见过的，的确是一个“这一个”。她的语言和行动都有鲜明的特征。她不是爱便是恨，爱得深也就恨得深，完全走向极端，没有调和的余地。她的可爱，她的迷人之处，就在于她的尖锐。

蘩漪的遭遇也是独特的。她受着周家两代的迫害，被引到了“一条母亲不象母亲，情妇不象情妇的路上”。她的可悲，就在她那样挣扎，“也难逃脱这黑暗的坑”，最终把自己烧毁。

关于这个形象，作者在自序里已作过充分的、精辟的阐述，这里无需多加评论。倒是有两个问题，值得提出来商讨。

（一）蘩漪是不是个人主义者？

不少人认为，她是一个个人主义者，或利己主义者。其实，这是对她的思想性格的曲解。从她在剧中的表现即她与人们的冲突来看，她并没有什么自私自利的地方，不能把她当作个人主义者看待。她与周萍“闹鬼”，是为了反抗周朴园的专横统治。她深深地爱上了周萍，交出了自己的“性命，名誉”。这显然不是利己主义，而表现了一种为爱情与自由而献身的精神。只是当周萍抛弃了她，就象他父亲抛弃自己引诱过的人一样，而且他又“爱”上了四凤，蘩漪这才看透他，原来是个“没有用，胆小怕事，不值得人为他牺牲的东西!”于是，爱变成恨，她开始了报复，由她的极端性格酿成的疯狂的报复。这种报复，是对玩世不恭的资产阶级纨绔子弟的谴责与惩罚，这也不是什么利己主义。真正的爱情，本身就是排他的。蘩漪所以恨周萍，恰恰反衬出这位周家大少爷的卑鄙自私。蘩漪这位资产阶级妇女，在戏里作为一个正面人物，一个资产阶级家庭中的受害者与反抗者的形象，作者没有写她的阶级特征——个人主义，而突出她另一方面的阶级特质——为自由而斗争的崇高精神，在文艺创作中是完全可以的。正如作者所说，蘩漪有着“美丽的心灵”、“雷雨”的性格，应该更加得到人们的“怜悯与尊敬”。我们千万不能用社会学的抽象概念，简单地来衡量艺术作品中具有鲜明个性的活生生的人物形象。

(二)蘩漪的缺点是什么?

她的缺点不是个人主义，而是资产阶级的阶级偏见与爱情至上主义。剧中虽未交代蘩漪的出身，但从周朴园抛弃“下等人的姑娘”，娶她为妻，可见她以前是有钱人家的小姐。她的社会地位，她过的寄生生活，她所受的教养，使她的思想意识深深地打上了资产阶级的烙印。如她鄙视四凤的人格，嘲笑四凤“始终是个没受过教育的下等人”，指责周冲“简直没有点男人气，我要是你，我就杀了她(指四凤)，毁了她”。这就是资产阶级太太的阶级本性的一种表现。蘩漪之所以使有些人感到可恨，这恐怕也是一个原因。

蘩漪这一生，并未经历多少人生的坎坷。她的全部生活，她最后对周冲说的这段话是个极好的概括:“我忍了多少年了，我在这个死地方，监狱似的周公馆，陪着一个阎王十八年了，我的心并没有死;你的父亲只叫我生了冲儿，然而我的心，我这个人还是我的。就只有他(指周萍)才要了我整个的人，可是他现在不要我，又不要我了。”蘩漪的心所以没有死，就因为她心里有对真挚爱情的强烈向往。在蘩漪的心目中，她的所作所为都是为了爱情;只要得到周萍的爱情，把她带走，就可以跳出火坑——监狱似的周公馆，获得自由与幸福。好象这就是一条妇女解放之路。这种脱离社会制度与阶级压迫、把爱情置于一切之上的观点，正反映了作者思想上的局限。

所以，应该说，《雷雨》在思想倾向上的缺点，不是通过侍萍形象所表现出来的宿命论观点，而是通过蘩漪形象所表现出来的资产阶级的爱情至上主义。当然，在二十年代中期，对于一个要极力摆脱封建专制的丈夫的女人来说，这未尝不是一种反抗。

五

《雷雨》里的一股摧毁性力量是鲁大海。他是一个新人，也有一种“雷雨”的性格。

这个形象的塑造，作者最不满意，认为是“可怕的失败，僵硬，不真实”。不少批评家也觉得，这是《雷雨》的败笔。

奇怪的是，解放后曹禺曾想修改这个人物，但周总理认为不要改，还是保持原样。曹禺尊重总理的意见，未作修改。

我们要问，为什么总理不让修改呢？这个人物是“完全失败了”吗？他究竟反映了生活的真实，还是歪曲了生活的真实？

这里，首先要澄清一个文艺理论问题：一个阶级不能只有一个最先进的典型，而可以按照实际生活塑造出许许多多、各式各样的典型形象来。

鲁大海是一个有觉悟的工人。他立志坚定，嫉恶如仇，爱憎分明，粗犷直爽。这是他的性格的主要方面。但是他年轻幼稚，缺乏斗争经验，简单生硬，不讲究斗争方法，所以，他上了董事长的当。如果说，周朴园积几十年统治经验，心狠手毒，老奸巨猾，是一只老狐狸，那末，象鲁大海这样到矿上才几年的初生之犊，自然不是他的对手。

鲁大海作为一个有缺点的正面人物，在二十年代中期那样的时代条件下，还是比较真实的。《雷雨》写成于一九三三年，作者开始酝酿则在一九二八年。故事发生的时间当在二十年代中期。有的剧院则把它反映的时代背景放在一九二一年夏天，中国共产党成立前夕。如果是这样，“五四”运动的风暴刚过，党还没有成立，工人运动还处在自发状态，鲁大海这个形象的真实性与可信性就更大。

由于这个戏写的是家庭悲剧，不是周、鲁两家的人，就很难卷进矛盾冲突中来，所以，作者安排了鲁大海与周朴园和血缘关系。有此关系，不能认为就是血统的纠葛。恰恰相反，戏中所展示的矛盾的实质，正好否定了血统论。从先天看，鲁大海与周萍同是周朴园的儿子，但由于后天有别，大海与侍萍站在一起，周萍则倒向周朴园。由此而展开的两种阶级力量的搏斗，显得何等鲜明。在这里，不仅可以看到作者的编剧艺术，而且也闪烁着作者的思想锋芒。如果不顾具体题材的特点与特定的时代背景，非要把鲁大海写成先进工人阶级的成熟的典型，那是反历史主义的，那都是真正违背了艺术的真实性。高尔基在批评当时苏联有些剧作时曾说：“我国大多数剧作家的‘创作’，都不外乎是把一些事实机械地、常常是不加思索地任意拼凑在一起，纳入‘预定意图’的框子内，同时，这些事实的‘阶级内容’既写得肤浅，对‘意图’也考虑得同样不深刻；没有经过慎重考虑的意图是会歪曲事实的，它显示不出事实的意义；此外，还要添上一套按照‘阶级特征’来评定人物的愚蠢公式。”[①]我们有些评论家对鲁大海的指责，似乎就是用的这种“框子”与“愚蠢公式”。

戏剧与其他艺术作品塑造形象的方式不同，人物只有置身于戏剧冲突之中，才会使他的思想性格碰击出耀眼的火花。在《雷雨》中，就缺少这种契机，来凸现鲁大海的性格。如第三幕，四凤与周萍在雷雨之夜相会，尽管鲁大海闯进闯出，暴跳如雷，表面上似乎很突出，但由于他没有真正卷进这场命运冲突，总象一个局外人，他就不能给人留下深刻的印象。相反，蘩漪在蓝森森的闪电中出现，尽管她一句台词也没有，但人们瞥见她那张惨白、恐怖的脸，这个被爱情与仇恨之火烧成的疯子、活鬼，给人印象之深刻、强烈，是永远也不会忘记的。

如果用历史唯物主义的观点来看问题，考虑到作者当时的认识水平以及对工人生活

① 《文学论文选》:《论剧本》。

的熟悉程度，鲁大海这个形象的塑造，并没有“完全失败”。与其说，这是作者的一个败笔，倒不如说是一次试笔。作者作为一个剥削阶级家庭的逆子、二十四岁的青年，怀着巨大的热情，努力在作品中塑造时代新人的形象，其精神是十分可贵的。《雷雨》创作意图的体现，也需要这种新人形象。

六

鲁大海的兄弟——周萍，这是《雷雨》中一个最复杂的人物。

作者认为，他具有与周朴园相反的性格。其实，他许多地方象他的父亲。他出于资产阶级阔少爷的阶级劣根性，在精神空虚、一时冲动之下，引诱了他的后母，使蘩漪跌进可怜又可悲的深渊。然而，他又没有勇气去爱蘩漪。正如作者所说：“爱这样的女人需要厚的口胃，铁的手腕，岩似的恒心，而周萍，一个情感和矛盾的奴隶，显然不是的。”

周萍的待人处世、所作所为，无不受封建礼教与资产阶级意识的支配。他欺骗了自己的父亲，又忠于自己的父亲。在家里，蘩漪敢反抗，周冲有自己的思想，只有他才把父亲的话当“法律”，惟命是从。周朴园强迫蘩漪吃药，他甘当帮办。蘩漪揭穿周朴园是“第一个伪君子”，他极力为父亲辩护，而且厚颜无耻地说：“如果你以为你不是父亲的妻子，我自己还承认我是我父亲的儿子。”当鲁大海揭露周朴园故意淹死二千多个小工，发“昧心财”时，他竟冲向鲁大海，打了他两个嘴巴，骂他“混账东西”。他显然是资产阶级门第里一个打手。可以想见，如果他到矿上去，必然是继承他父亲的血腥事业。所以，就思想性格的阶级本质讲，他与周朴园是一脉相承的。

当然，周家父子的性格也不完全一致。周朴园作为我国第一代官僚资本家的典型，他有精明强干的一面，这反映了资产阶级在创业时期的积极进取精神。到第二代周萍身上，他的性格已变得十分软弱，表现出一种空虚颓废的精神状态。他与蘩漪不愿继续那种不正当关系，一则慑于社会舆论与封建道德规范，二是经受不住“对不起父亲”的良心谴责。所以，他抛弃蘩漪，倒向四凤，妄图在这个丫头身上求得精神安慰，填补他那空虚的灵魂。其实，他并不真正爱四凤。四凤那样哀求他把自己带走，他还是推托，不愿把她带走。他怕他的父亲，要先“跟父亲说明白”。试想，周朴园是一个“明白”人吗？他如果“明白”，就不会丢弃已生两个孩子的下等人——侍萍，去娶一位“有钱有门第的小姐”了。这一点，蘩漪看得很清楚，当周冲表示要娶四凤时，她说：“你父亲一句话就把你所有的梦打破了。”可见，在周萍与四凤之间，横着一条不可逾越的阶级的鸿沟。他与四凤，就是没有那层血缘关系，也不可能结合在一起。这个悲剧，有着深刻的社会根源与阶级根源，是不可避免的。

应该说，周萍与蘩漪才是两种性格。一个软弱动摇，妥协投降；一个坚强不屈，反抗斗争。一个自觉维护以周朴园为代表的资产阶级家庭秩序；一个在客观上动摇了那种家庭秩序。所以，蘩漪赢得人们的同情是很自然的。而周萍，如作者所说，“他的行为不易获得一般观众的同情”，原因就在这里。

那末，作者又为什么要人们来“同情”周萍呢？曹禺说：“演他的人要设法替他找同情（犹如演蘩漪的一样），不然到了最后一幕便会搁了浅，行不开。”

请仔细体会“最后一幕”四个字！最后一幕，周萍终于没能走出周公馆，没能逃避残酷的现实，挣脱悲剧命运。他终于明白，自己来到世上，自己的存在，就是一个罪恶。这个空虚、脆弱的灵魂，最后对周朴园喊出了这样一句话：“您不该生我！”这是一个多余的人在生命走到最后一刻，向资产阶级发出的无力的控诉。这微弱的声音，虽不是天上的响雷，却使周朴园大为震惊。也只是在这儿，周萍才得到人们的一点同情。他那样效忠于父亲，最后仍然死在父亲家里，成了资产阶级与封建专制制度的牺牲品。作者巧妙地运用艺术的反衬法，使作品所揭露的封建主义和官僚资产阶级的罪恶，达到了极为深刻的地步！

周萍性格的复杂性，他身上的全部矛盾，只有从作者创作这个戏的总意图出发，才能迎刃而解。

七

现在，我们可以来探讨这个戏的主题了。

《雷雨》的主题，流行的看法是“暴露大家庭的罪恶”。作者在自序中说，既然大家也这样讲，他“可以追认”。

《雷雨》写了一个周公馆，这是一个从封建地主家庭发展而来的官僚资产阶级家庭。这个家庭，有着表面的繁荣，表面的稳定。在周朴园心目中，这是一个“最圆满，最有秩序”的家庭。这位资本家正当年富力强，也很有心计，很有魄力。为了维护家庭秩序，他用尽手段，费尽了心机。他搬了家，从南方搬到北方，为的是掩人耳目，逃避过去的罪责。他关心蘩漪的身体，严厉管教儿子，处处小心防范，都是为了这个家庭的安稳与兴盛。他未出家门就开除了鲁大海，收买了其他几个工人代表，把一场罢工工潮镇压下去。他处在不断的紧张的会客中，与官僚政权保持着牢固的联系。……然而，不管周朴园怎样拉住黑幕，却掩盖不了这个事实：周公馆内早已乱了套，正处在危机四伏的崩溃的边缘，暴风雨的前夕。

《雷雨》的创作意图，“就是要破坏”，亦即摧毁周公馆，摧毁那个罪恶的世界。

这个意图，作者通过三条线索来展示：一是侍萍的命运悲剧；二是蘩漪、四凤、周萍（包括周冲）的爱情悲剧；三是以鲁大海为代表的罢工斗争。这三条线索交织在一起，在周公馆内同时展开，矛头都指向周朴园。在这种曲折、复杂、尖锐的斗争中，周朴园的罪恶——从家庭到社会，从历史到现实——得到了全面的彻底的揭露。人们从血泪中取得教训，从痛苦中认清了他的面目。鲁妈觉醒了，骂他是“强盗”；蘩漪早已看透，骂他是“伪君子”；周萍后悔莫及，骂他“不该生”自己；鲁大海认出本质，骂他是“老混蛋”，是一个发“昧心财”的吸血鬼。这个道貌岸然的“恶魔”最后终于落个众叛亲离、家败人亡的结局。

周朴园的下场，向人清楚地表明：资产阶级由于其自身的罪恶，必然激起人们的觉醒与斗争，它无法避免衰亡的命运。这是历史发展的必然规律。

这样，《雷雨》的主题至少应该包含三个因素：资产阶级的罪恶，这是前提；人们的觉醒与斗争，这是条件；资产阶级的必然灭亡，这是结果。在那个社会里，资产阶级的罪恶比比皆是，揭露这一点并不十分困难。如果在资产阶级的罪恶统治下，人们逆来顺受，麻木不仁，那么魔鬼不但不会消灭，还会作出更大的罪孽。《雷雨》的可贵，更在于写出了人们的觉醒和抗争，这就使魔鬼逃避不了覆灭的命运。《雷雨》处处在写命运，最后集中到一点，就是资产阶级不配有好的命运。《雷雨》所反映的正是这样一个完整、丰富、深刻的主题。“暴露大家庭的罪恶”之说，只是揭示了作品主题的一个方面，而且还不是主要方面。

由于主题的丰富性、深刻性，《雷雨》发挥了强大的战斗作用，具有重大的时代意义。从这一点说，它与一九三三年同年诞生的另一部巨著——茅盾的长篇小说《子夜》，完全可以媲美。

“子夜”，黑暗的时刻，这是黎明前的黑暗，“子夜”过去，光明必将来到；“雷雨”，圣洁之水，它可以冲洗天地间的污物，“雷雨”之后，就是丽日晴天。渴望光明，确信未来，使这两部巨著进入我国“五四”以来新文学的代表作之列。

八

曹禺觉得《雷雨》“太象戏”，“很讨厌它的结构”。

我不明白，《雷雨》的戏剧结构有什么不好？既然写戏，就要“象戏”，戏味越足越好。

所谓戏剧结构，就是根据题材的特点与主题的要求，按照人物性格发展的逻辑，组织戏剧冲突与安排情节的艺术。衡量一个戏的结构，最高标准是它的整体的有机统一。这是理想的戏剧结构。清代戏剧理论家李渔在《闲情偶记》的“密针线”一章中说：“编戏有如缝衣，其初则以完全者剪碎，其后又以剪碎者凑成。剪碎易，凑成难。凑成之工，全在针线紧密；一节偶疏，全篇之破绽出矣。每编一折，必须前顾数折，后顾数折。顾前者，欲其照映；顾后者，便于埋伏。照映、埋伏，不止照映一人，埋伏一事，凡是此剧中有名之人，关涉之事，与前此、后此所说之话，节节俱要想到。”①《雷雨》就是用“金线”精心缝制而成的艳装。

《雷雨》的结构，是戏剧的“锁闭式”②结构的杰出范例。它时间集中，全部故事发生在二十四小时之内；它地点集中，三幕在周家，一幕在鲁家；它的登场人物经过极严格的选择，一共八人，戏在现在的危机中开头，并以现在的情节为主，把过去的情节用回顾方式渐渐透露出来，推动剧情迅速向高潮发展。这样，情节集中紧凑，人物性格富有深度，收到了良好的艺术效果。这个戏，不仅戏剧冲突组织得好，而且对于戏剧结构的各个环节，如纵的情节线索的安排，横的发展阶段的布局（分幕分场或戏的开端、发展、高潮、结局即起、承、转、合），以及戏剧结构中的许多重要手段，如重点与穿插、期待与悬念、突转与发现等等，都处理得很好，积累了宝贵的经验。由于篇幅所限，这里仅就作者处理情节发展的偶然性与必然性问题，作一些初步探讨。

不少人认为，《雷雨》的情节巧合太多，充满了偶然性事件。的确如此：周朴园三十年前抛弃的侍萍，三十年后又突然回到周公馆；侍萍的丈夫和女儿恰巧又在周家当佣人，儿子鲁大海在周朴园的矿上当工人；后母与长子发生不正当关系，偏又碰上同母兄妹相爱；在周萍与四凤

① 见《中国古典戏曲论著集成》。

② 为论述方便，这里采用西欧流行的结构分类，即霍罗多夫所说“开放式”和“锁闭式”，劳逊所说“人像展览式”。

的关系中，又插进一个同父兄弟周冲等等。一个戏，能容许写这么多偶然事件吗？人们明明知道戏是编出来的，为什么还沉浸在戏剧情境之中，而不怀疑它的真实性？这是因为：

（一）生活中本来存在偶然事件。生活矛盾丰富多样，无比复杂，全部社会生活就由必然性、可然性与偶然性的事件所组成。同时，在实际生活中，偶然性又往往与必然性、可然性相联系。如在旧社会，丫头侍女被老爷蹂躏而后抛弃，是司空见惯的现象。这是那个社会制度的产物。由此而来、与此相联系的有两种情形，或丫头惨死，老爷继续当“好人”，胡作非为，这是常见的；或老爷的罪恶被揭穿，受谴责，再也当不了“伪君子”，这是个别的。侍萍三十年前后的遭遇，把生活的必然性与偶然性联系起来，从而反映了社会生活一个方面的本来面目，这是完全可以的。

（二）生活中，必然性与偶然性的关系，是一般与个别的关系，共性与个性的关系。偶然中往往包含着必然，必然性通过偶然性而得到体现。如：后母蘩漪与长子周萍发生不正当关系，这是偶然的，但偶然中包含着必然。唯物主义哲学的一个基本原则是，一切以时间、地点、条件为转移。在周公馆那监狱般的家庭环境中，蘩漪所处的阶级地位，她的生活习性，她的阶级偏见与门第观念，决定她不可能冲出牢笼，到新的天地中去爱新的人。她只能抓住周萍。这样，她的悲剧命运就是不可避免的了。

（三）在戏中，并不是每一个偶然因素或偶然事件，都能反映出生活的必然性，这就要求剧作家运用说明、伏笔、照应等手法，使它合乎情理，合乎人物性格发展的逻辑，而变成人们可以理解、可以接受的东西。《雷雨》在这方面真可谓匠心独运，无懈可击。鲁大海为什么偏偏在周家的矿上当工人？鲁贵对四凤这样说：“他哪一点对得起我？当大兵，拉包月车，干机器匠，念书上学，哪一行他是好好地干过！好容易我荐他到了周家的矿上去，他又跟工头闹起来，把人家打啦。”这说明，鲁大海曾干过很多事，只是在走投无路的情况下，凭着他爸爸的那层可怜的关系，才到周家的矿上。这在那个社会里，是唯一的求生之路。有此说明，这一情节就变得合情合理了。第三幕中，蘩漪在暴雨之夜突然出现在四凤家的窗口，这完全出乎人之所料，但它符合人物性格发展的逻辑，因而是可信的。蘩漪的性格，在第一、二幕中已经非常清楚：趋向极端，不是爱，便是恨。她所追求的东西，不惜任何手段去争取；她所憎恨的东西，不惜令其毁灭。她知道周萍要到四凤家去，她严厉警告周萍：“小心，小心！你不要把一个失望的女人逼得太狠了，她是什么事都做得出来的。”作者在这之前又特意伏了一笔，她问过四凤家的住址。所以蘩漪的这个突然举动，既出乎意外，又合乎情理——合乎人物性格发展之理，合乎剧情发展之理，而不是故弄玄虚，故作惊人之笔。

（四）在戏中，偶然性往往被用来作“催化剂”，加速剧情的发展。这是戏剧的特殊要求，因它受时间、地点、场景的限制，事件不可能完全按照生活顺序，缓慢地渐次发展。如周朴园镇压罢工工人，恰恰就把鲁大海开除了。侍萍刚回家，突然发现到了三十年前的周家，从而马上决定第二天就走，并把女儿带走。这在实际生活中，往往不会这样巧，而在戏中不但可以容许，而且是必需的。

曹禺在写第二个戏《日出》的时候，“决心舍弃《雷雨》中所用的结构，不再集中于几个人身上。”这是题材的特点决定作品的结构方式，叫做“量体裁衣”。这里，并无好坏、高下之分。《日出》采用了“人像展览式”结构，以片断方式展示众多的人物形象与广阔的社会风貌。而新作《王昭君》，又回到《雷雨》的结构方式，故事情节还是“集中于几个人身上”，它具有“开放式”结构的某些特点，但基本上还是“锁闭式”结构。

九

关于《雷雨》的艺术技巧，作者曾说：“我用的过份。”

我认为，确有过份之处。这主要表现在两个方面。

一是人为地强化冲突，结果因不合情理，削弱了戏剧性。如第三幕鲁妈逼四凤起誓，要她“永远不见周家的人”。当时已到半夜，鲁妈明天就要把她带走，而且“永远不回这儿来了”，这个问题已不存在，非要逼她起那个誓，就有点不合情理，露出了人工造作的痕迹。四凤倘真需要起誓，也应该这样说：“一切都没有瞒妈。”因为鲁妈是怀疑四凤有什么事瞒着她。但四凤却起誓说：“那——那天上的雷劈了我”（也许这是为了与后来四凤触电而死相照应）。所以，无论从规定情境看，还是从誓词内容看，这都是人为地强化冲突。虽然这段戏很紧张热闹，有剧场效果，但缺乏戏剧性。

二是伏笔、照应、渲染过多，致使剧情的推进不够明快。如写四凤触电，事先有四处伏笔。第一次是蘩漪听说花园藤萝架上的旧电线落下来了，走电，要叫电灯匠来修理。第二次是四凤被辞退时，蘩漪又说鲁贵去叫电灯匠就回来。第三次是鲁贵在家说已经叫完电灯匠。第四次是周朴园问电线修理了没有，仆人说已叫过电灯匠，因大雨不好修理，明天再来。这四处伏笔是为四凤触电作的事先准备。后面，还有一处照应，即四凤跑到周家花园里那根电线杆底下，忽然想死，刚要去碰那根电线，看见周萍窗口的灯光，就没有死。最后，真相揭穿，四凤才跑去自杀，仆人来说：“四凤碰着那条走电的电线。二少爷不知道，赶紧拉了一把，两个人一块中电死了。”对于这种剧情发展中的重要情节，事先有所准备是必要的，这才不显得突然。但准备过份，象这儿，伏笔连同照应、结果在内，前后达六次之多，就有些繁复了。其实，四凤不是偶然触电，而是有意自杀，有二三处交代足矣。类似这样的笔墨多了，势必影响剧情的进展。这也是剧作冗长的一个原因。

当然，技巧用得有点过份，对《雷雨》来说，不过是白璧微瑕。《雷雨》具有杰出的艺术成就。作者掌握了一套塑造舞台形象、组织戏剧冲突、渲染舞台气氛、运用戏剧语言的成熟的技巧。这是戏剧创作所特有的技巧。在《雷雨》里，形象是那样鲜明，八个人物，每人都有自己独特的个性，栩栩如生；冲突是那样尖锐，错综复杂，又一丝不乱，环环相扣，引人入胜；气氛是那样和谐、逼真，使人如临其境；语言是那样朴实洗炼，又生动，又富于韵味。这是一个戏味十足的戏。观众看戏，读者读剧本，都是一种艺术享受、美感享受。

《雷雨》既是一部处女作，也是作者到目前为止的一部登峰造极之作。这是一个普遍的文艺现象。这究竟是什么道理，难道不值得我们进一步探讨么？

1979 年 3 月 20 日

原载《中国现代文学研究丛刊》1981 年第 1 期

谈谈《雷雨》中的周蘩漪

——与钱谷融先生商榷

周　音

曹禺同志的《雷雨》问世将近半个世纪了。由于这个剧本在思想和艺术上的巨大成功，数十年来，《雷雨》已经成为文学评论家们研究的重要课题，其评论文章真可以说是汗牛充栋。其中，影响比较大的要算钱谷融先生的一系列文章。他不仅全面系统地分析了《雷雨》的每一个人物，而且对《雷雨》的戏剧结构、语言艺术都做了深入的剖析。他深刻的见地对我们研究《雷雨》是很有启发和教益的。但这并不是说，钱先生的某些观点就没有商榷的余地。他的《〈雷雨〉人物谈》(原载《文学评论》一九六二年第一期)初发表时，就曾引起人们的注意，也有些同志提出异议。比如：胡炳光同志就写出《读〈雷雨〉人物谈》(载《文学评论》一九六二年第六期)一文，对钱先生的"蘩漪简直就是雷雨的化身"这一观点提出不同意见。事隔十几年，钱先生在一九七九年第一期《戏剧艺术》中，发表了题为《关于〈雷雨〉的命运观念问题——答胡炳光同志》，接着又在《语文学习》一九八〇年第四～五期上连续发表了《简论〈雷雨〉》，再次重申和强调了早在一九六二年《〈雷雨〉人物谈》里提出的基本观点，即蘩漪"是雷雨的化身"和曹禺"选择了蘩漪作为向周朴园进攻的主将"。

究竟蘩漪是不是"雷雨的化身"，是不是"向周朴园进攻的主将"，钱先生在答胡炳光的文章中认为这是一个无可争议、不值得浪费笔墨的问题。然而，我们却认为对蘩漪的评价问题，将直接涉及到曹禺同志的创作思想以及《雷雨》的主题，这是一个原则的问题。因此有必要再"浪费些笔墨"加以探讨。

首先，我们清楚地看到，在分析蘩漪这一形象时，钱先生不论在一九六二年发表的《〈雷雨〉人物谈》中，还是在一九八〇年发表的《简论〈雷雨〉》中，都是和曹禺同志本人的有关说明不相符甚至恰恰相反的。

先看曹禺同志本人的说明：

"我常常纳闷何以我每次写戏总把主要的人物漏掉。《雷雨》原有第九个角色，我没有写进去，那就是称为'雷雨'的一名好汉。他几乎总是在场，他手下操纵八个傀儡，而我总不能明显地添上这个人，于是导演们也仿佛忘掉他。"(《日出》跋)

在《雷雨》序中，曹禺这样写到：

"在《雷雨》的氛围里，周蘩漪最显得调和。她的生命烧到电火一样白热，也有它一样地短促，情感，郁热，境遇，激成一朵艳丽的火花，当着火花消灭时，她的生机也顿时化为乌有。她是一个最'雷雨的'(原是我的杜撰，因为一时找不到适当形容词）性格，她的生命交织着最残酷的爱和最不忍的恨，她拥有行为上许多的矛盾，但没有一个矛盾不是极端的，‘极端’和‘矛盾’是《雷雨》蒸热氛围里两种自然的基调，剧情的调整多半以它为转移。”

再看钱谷融先生是怎样说的吧。

在《〈雷雨〉人物谈》里，钱先生说：

“在《日出》跋文中，曹禺说，他在写《雷雨》时，把剧中的一个最主要的人物，就是被称为‘雷雨’的好汉，漏掉了。其实，我认为他并没有漏掉，还是写进去了。那个人就是蘩漪。在《雷雨》初版的序言中，曹禺曾说蘩漪是一个最‘雷雨’的性格，其实，照我看来，蘩漪不但有‘雷雨’的性格，她本人简直就是‘雷雨’的化身，她操纵着全剧，她是整个剧本的动力。”

在《简论〈雷雨〉》中，钱先生又这样说：

“曹禺曾经说蘩漪是一个最‘雷雨的’性格。其实，她简直就是‘雷雨’的化身，整个剧情仿佛是由她在操纵着，她差不多成为这个剧本的矛盾冲突发展的动力。”

现在，我们把曹禺同志对自己作品及人物的说明，与钱先生对作品及人物的理解，加以比较，就会发现这样的问题，钱先生把作品中的蘩漪代替了曹禺所漏掉的“雷雨”。不是吗？曹禺说作品“漏掉”了的“雷雨”，钱先生说，不，还是写进去了，那就是蘩漪；曹禺说是“雷雨”几乎总是在场，手下操纵八个傀儡，钱先生说，不，是蘩漪操纵着全剧，她是整个剧本的动力；曹禺说蘩漪的性格是最“雷雨”的（曹禺已意识到这种提法不准确），钱先生说，不，蘩漪简直就是“雷雨”的化身。

在文学史上，评论家历来十分注意作家本人对于文学作品所做的各种说明，需要唱反调的时候，多半是作者处在非常时期，有些意见不能直接表达，必须隐蔽、歪曲的时候。曹禺对《雷雨》和蘩漪的上述说明不属于这种情况，因此我们认为钱先生有意与作者唱反调并不是恢复作者本来的创作意图，恰恰相反，钱先生这样做正是歪曲曹禺塑造蘩漪的真正意图。

曹禺塑造蘩漪的真正意图在于揭露和控诉封建势力的残酷和罪恶，鞭挞当时中国的半封建半殖民地社会制度，同时告诉人们所谓资产阶级个性解放的要求在当时的中国是没有出路的。

下面结合作品《雷雨》，谈谈我们对周蘩漪的认识。

蘩漪原是一个“心偏天样高”的女人，但她嫁到周公馆之后，在周朴园的专横统治下，只能把被击碎的“憧憬”和失望后的痛苦与怨恨常常地埋藏在心底，“安安静静地等死”。作者满怀同情写出了蘩漪作为一个追求爱情和幸福，追求自由与平等的资产阶级女性身受的封建势力的摧残。第一幕“吃药”一场，给人们留下极其深刻的印象，可以说那是蘩漪十八年来在周公馆生活的缩影，它真实而集中地表现了周朴园的专横而凶残的嘴脸及其对蘩漪的强大压力。因此，虽然蘩漪和周萍的爱情并不那么美好，但是蘩漪仍把它当作生命的支柱，灵魂的寄托。由此，引起人们对这个窒息爱情和自由，充满罪恶的中国封建家

庭的憎恶和对蘩漪一定程度的同情。当周萍又要抛弃蘩漪的时候，作者以欣赏和赞美的心情写出了蘩漪为追求“爱情”所表现出的英勇。为了留下周萍，避免自己被遗弃的悲剧发生，蘩漪“满蓄着受着抑压的力”爆发了，她使用了铁的手腕，采取了一系列措施，然而终于无济于事而彻底幻灭。蘩漪被周萍彻底抛弃并最终与周公馆同归于尽，走上精神崩溃的道路，说明在半封建半殖民地的中国，在封建势力统治仍旧异常强大的情况下，所谓资产阶级个性解放的要求不可能得到充分发展，是毫无出路的。

蘩漪没有出路的原因，就在于她始终不能摆脱对封建势力的依附和寄生，在她与封建势力英勇搏斗的背后潜藏着软弱和动摇，这正是蘩漪身上所具有的浓厚的时代色彩和阶级特征。

比如说，她早就认清了周朴园的嘴脸和周公馆的罪恶，并在周萍面前借题发挥，用极辛辣而尖刻的语言，撕下周朴园“道学家”的面纱，揭露周公馆的罪恶。但十几年来，她却从未离开周公馆一步，始终与周朴园保持虚伪的夫妻关系。她早就发觉了周萍对她的欺骗，知道自己三年来得到的不是爱情而是侮辱，但她仍在亲眼看见周萍与四凤拥抱之后，向周萍苦苦乞求可怜的“爱情”，请周萍不要离开自己。蘩漪对周公馆的寄生和对周萍的依恋，恰好说明她是软弱无力的，只要有了周萍的“爱”，哪怕在“监狱似的周公馆”，她也能继续生活下去。

因此，我们说，蘩漪反抗周朴园的最高形式是与周萍的“乱伦”，蘩漪追求的最终目的是长久保持她与周萍的不正常的暧昧关系。

作者曹禺并没有把蘩漪写成“动力”的象征，而是如实地写出了她的斗争以及她在全剧高潮中的动摇。

正当她截住周萍、四凤和侍萍的去路，得意洋洋地让这个认爸爸，叫那个认妈妈的时候，周朴园以为自己与鲁侍萍的关系已经败露，为了变被动为主动，继续维持他在全家的地位，忽然一本正经地命令周萍认鲁侍萍为母亲。他当然不会晓得，这样一来，就意味着这个最圆满、最有秩序的家庭的总崩溃。恰恰就在这时，一向英勇的蘩漪，空前地怯懦起来，非但失去控制局面的能力，而且惊恐万状、目瞪口呆。她先是渐渐地靠近儿子周冲，似乎要与他相依为命，而后又向着周萍表示了无比的忏悔：“萍，我，我万想不到是——是这样，萍——。”

作者的成功之处，就在于他一方面写出了蘩漪在封建势力的摧残、压迫、欺侮下的痛苦、绝望，另一方面又写出了她不甘忍受侮辱所展开的英勇斗争。同时还写出了她的软弱、动摇以及最后的不可避免的悲惨结局。

综上所述，我们可以看到，蘩漪根本不是什么“雷雨”的化身，更不是推动和操纵全剧的动力。

我们只能认为，《雷雨》中的蘩漪是我国二十世纪二十年代初期，来自封建家庭内部的，为追求个人爱情与幸福，不甘忍受欺侮，反抗和破坏传统道德，而又始终不能摆脱对封建势力的寄生与依赖，最后终于走上毁灭的资产阶级的妇女典型。塑造这一典型形象的深刻意义就在于：不论封建统治势力如何顽固地企图用传统的封建礼教维护他们的统治，维系他们的社会秩序，但是历史在前进，“五四”新思潮已经冲击到封建堡垒的内部，危机已经形成，暴风雨即将来临，并正在促使封建势力的崩溃与灭亡。另一方面，它又无可辩驳地证明，在半封建半殖民地的社会制度下，以利己主义为出发点的所谓资产阶级追求个性解放的要求是不可能实现的。

那么，为什么钱谷融先生不顾作者一系列说明，不顾作品实际，硬要说“蘩漪简直就是‘雷雨’的化身”，是“整个剧本的动力”呢？我想除了钱先生把象征作品主题的“雷雨”，与代表蘩漪性格特征的“雷雨”混为一谈之外，还有一个更重要的原因，就是他把“蘩漪”当作“向周朴园进攻的主将”。

在前后相隔十八年的两篇论文(《〈雷雨〉人物谈》和《简论〈雷雨〉》)中，钱先生始终排斥鲁侍萍和鲁大海“作为周朴园主要对立形象”，而竟一字不差地重复写道：“只有蘩漪，才能够最全面地揭露周家的罪恶，才能够把周朴园的冷酷、自私、专横和伪善的本质最充分地揭示出来。”

“曹禺却偏偏选择了蘩漪作为向周朴园进攻的主将。”

这样看来，钱先生把蘩漪称为“雷雨”的化身，决不是一个简单的提法问题，也不是如他自己所说，无非是“只顾一点，不及其余”①的问题，这里涉及了一个重大的原则问题，即如何看待资产阶级个性解放要求在半封建半殖民地社会中的地位和作用问题，同时涉及到对《雷雨》现实主义深刻意义的认识问题。

谁都知道，曹禺同志的《雷雨》是我国二十世纪二十年代初期半封建半殖民地社会的一面镜子。它通过周鲁两家两代八口人之间错综复杂的矛盾斗争，揭示出旧世界必然走向崩溃和灭亡的历史命运。其中周朴园是当时社会统治势力的代表人物，蘩漪则是“‘五四’以及‘解放’的资产阶级女性”②，作者说她“任性、傲慢，完全活在爱的情感当中”③。假如，仅仅把这样一个有着资产阶级个性解放要求的女性，当作向周朴园，即是向当时统治阶级势力进攻的主将，那只能说钱先生在评论中不适当地夸大和抬高了蘩漪的地位和作用，而走到自己的反面。

我们知道，二十年代初期的中国，无产阶级刚刚登上历史舞台。由于帝国主义的侵略，中国社会存在着诸多矛盾，比如资产阶级和封建主义的矛盾，工人阶级和资产阶级的矛盾，广大被侮辱被损害的下层劳动人民与剥削阶级势力的矛盾等等。所有这些，在曹禺同志的“雷雨”中无一不得到最充分、最真实的描写。不妨说，蘩漪与周朴园的矛盾，反映了资产阶级个性解放、对爱情、自由的追求与封建专制主义的矛盾；鲁大海和周朴园的矛盾，反映了工人阶级与资产阶级的矛盾；而鲁侍萍、鲁四凤与周朴园的矛盾，则反映了广大被侮辱被损害的下层劳动人民与剥削阶级势力的矛盾。只有这三组矛盾之间错综复杂的斗争，才构成了《雷雨》的全部内容，体现了《雷雨》的深刻主题。忽视其中任何一组矛盾和

① 钱谷融：《关于〈雷雨〉的命运观念问题——答胡炳光同志》，见《戏剧艺术》1979年1期。
② 曹禺：《关于〈雷雨〉在苏联上演的通讯》。
③ 同上。

斗争，或者只强调蘩漪和周朴园的矛盾和斗争，都势必影响我们对《雷雨》现实主义深刻性的理解。诚然，在剧本中，作者对蘩漪和周朴园的矛盾和斗争作了突出的描绘，但是作者并没有用这一对矛盾掩盖或取代其他两对矛盾，而是把这三组矛盾巧妙地交织成一个有机的不可分割的整体。同时，我们还必须看到，像蘩漪和周朴园这样的资产阶级个性解放的要求与封建专制主义斗争的故事，在西方近代文学史上是屡见不鲜的。正由于曹禺的《雷雨》既真实而生动地反映了蘩漪和周朴园的矛盾，同时又真实而生动地反映了产业工人鲁大海与“封建家族（大地主）的子弟转化为成功的资本家”[①]的周朴园的矛盾，反映了中国下层不幸劳动妇女鲁侍萍、鲁四凤与统治阶级势力代表人物周朴园的矛盾，这才使“雷雨”打上了鲜明的时代色彩和中国社会特征的烙印，而成为区别中外文学史上的一切爱情悲剧故事，具有独特时代和民族特点的优秀的现实主义杰作。

然而，钱先生为了突出蘩漪的地位和作用，强调只有蘩漪才能揭露周家的罪恶，揭露周朴园的本质，只有蘩漪才是向周朴园进攻的主将，竟说“鲁大海与周朴园的冲突、侍萍与周朴园的冲突，都只在第二幕中稍稍接触了一下，侍萍甚至很少有要与周朴园斗争的意思。”[②]

真是这样吗？

鲁侍萍三十年来忍辱负重，顽强挣扎，以惊人的意志和耐力活在人间，这不是对周朴园的反抗吗？她到周公馆连一口汽水也不喝，说“那是人家的东西”，穷人和有钱人的界限在她的脑际里是何等分明！她千里迢迢来找女儿，为的是不让女儿重蹈自己受骗的覆辙，这难道不是对周朴园之流的仇恨和反抗吗？至于说，她与周朴园狭路相逢的第二幕，鲁侍萍面对面控诉和揭露了周朴园的罪恶，像剥笋皮、抽茧丝一样，一层一层无情地扒下周朴园伪装的画皮，暴露他虚伪、自私、冷酷、残忍和专横的阶级本性，更是她对周朴园斗争最生动、最激烈、最集中的描写。保持穷人的骨气，与周朴园势不两立，正是鲁侍萍最可宝贵的性格，也是她受骗之后时时记取的沉重教训。怎么能说“鲁侍萍很少有要与周朴园斗争的意思”呢？说到鲁大海，更是作者有意识塑造的与周朴园直接对立的形象，是他率领工人群众在周朴园的矿里闹罢工，是他当面揭露周朴园破坏罢工的阴谋，是他当众揭发周朴园血腥罪恶的发家史，怎么能说他与周朴园的矛盾只是“稍稍接触了一下”？难道不正是因为有了鲁大海才使《雷雨》反封建的主题注入了新的阶级内容，从而具有更鲜明的时代色彩吗？当然，由于时代和作者生活的局限，曹禺同志没有把鲁大海这一形象塑造得象蘩漪那样鲜明丰满，但这一形象的作用却无论如何是蘩漪所代替不了的。

在《雷雨》序言中，曹禺说：“我算不清我亲眼看见多少蘩漪（当然她们不是蘩漪，她们多半没有她勇敢），她们都是在阴沟里过着生活，却心偏天样的高；热情原是一片烧不熄的火，而上帝偏偏罚她们枯干地生长在砂上。这类女人许多有着美丽的心灵，然为着不正常的开展，和环境的窒息，她们变为乖戾，成为人所不能了解。受着人的嫉恶，社会的压制，

① 曹禺：《关于〈雷雨〉在苏联上演的通讯》。

② 钱谷融：《简论〈雷雨〉》，见《语文学习》1980年第4期。

这样抑郁终身，呼吸不着一口自由的空气的女人在我们这个现实社会里不知有多少吧。”十分清楚，蘩漪原本只是“这类女人”当中最勇敢的。“这类女人”的挣扎和反抗，构成了中国社会反封建的一个重要方面，但其结局则只能是悲剧性的。蘩漪的反抗虽然激烈，其结局也并不例外。因此，她们在“我们这个社会里”，不能，也根本不可能成为向封建统治势力周朴园之流进攻的主将。曹禺虽然同情和欣赏他的蘩漪，但是并没有给她过多的崇高思想和道德力量，而是恰如其分地揭示出她炽烈追求的背后，仍潜藏着无法克服的软弱。

因此，无论从作者创作思想，还是从作品实际分析，曹禺都不曾把蘩漪作为向周朴园进攻的主将，钱先生的“曹禺却偏偏选择了蘩漪作为向周朴园进攻的主将”的说法，实在是强加于人。

现在应该特别指出的是，由于钱先生这样强加于人，这样有意修正和歪曲作者的原意，所导致的直接后果是，把曹禺本人一再申明的，写作《雷雨》时，对中国革命动力认识是模糊和朦胧的，篡改成是清醒而明确的。——在《雷雨》诸人物和矛盾斗争中，“偏偏选择了蘩漪作为向周朴园进攻的主将”。这样，不仅贬低了《雷雨》，同时歪曲了作家世界观的真实性。

曹禺写作《雷雨》的年代，正是中国大革命失败之后，蒋介石对革命力量进行围剿的黑暗年代。对于远离革命中心，正在北京读书的青年曹禺来说，他还不能十分清楚地看到中国社会发展趋势，这是正常而合理的。然而，对于旧世界的愤恨，对于现实生活的执着探求，终于使他写出了《雷雨》。当演出成功，人们热烈赞扬《雷雨》的时候，曹禺同志却在《雷雨》序言中诚实地说：“我以为我不应该用欺骗来炫耀自己的见地，我并没有显明意识着我要匡正、讽刺或攻击什么。”他实事求是地讲了自己心里话，说“我不能断定《雷雨》的推动是由于鬼神，起于命运或源于哪种显明的力量。情感上《雷雨》所象征的对我是一种神秘的吸引，一种抓牢我心灵的魔。”“我始终不能给它以适当的命名，也没有能力来形容它的真实相，因为它太大，太复杂。”所以，在《日出》跋文中，他进一步说明自己的苦衷：“写《雷雨》我不能如旧戏里用一个一手执铁钉、一手带着巨锤，青面红发的雷公，象征雷雨中渺茫不可知的神秘，那是技巧上的不允许。”曹禺在当时，对《雷雨》的象征，始终感到困惑，这是真实的，也是十分动人的。所以我们敬爱的周总理早在重庆时，就曾对曹禺说：“我欣赏你的，就是你的剧本是合乎你的思想水平的。”①

曹禺当时还不是一个马克思主义者，他还不可能正确理解和认识阶级斗争的客观规律，并用科学的语言明确地表达出来。但是，现实主义帮助了他，使他十分明确的就是，他所生活的现实社会已经充满了各种矛盾，这些矛盾斗争激化的结果必然导致这个社会的崩溃和灭亡。而促成这个社会灭亡的力量决不是他《雷雨》中某一、二个人物所能代表的，也不是《雷雨》中某一、二个矛盾所能促成的。因此，他既没有把鲁大海这一工人阶级形象作为向周朴园进攻的主将，也没有把蘩漪作为向周朴园进攻的主将。操纵和推动《雷雨》

① 见《周恩来论文艺》(人民文学出版社 1979 年北京 1 版)。

的动力,如果说当年曹禺还感到它"太大""太复杂",从而有些"神秘"和"困惑"感觉的话,那么在今天,我们只能说它是一种不以人们意志为转移的阶级斗争客观规律。这是当时作者充分感到而还没有充分认识的力量,但是,他却在他的《雷雨》当中,艺术地体现了这种力量的无处不在。可以说,这个客观规律就是全剧的主宰,也就是作者想添而又无法添加的那个"雷雨"好汉。剧中八个人物,无一不卷在家庭夫妻、父子血缘当中,然而透过这表面的纱帷,我们所看到的却是真实而典型的阶级关系。周朴园并不因为鲁大海是他的亲生儿子,而放弃开除他的念头;周萍为了维护父亲的尊严亲手打了弟弟鲁大海;鲁侍萍非常明白,周萍的地位、教养,决不允许他认自己为母亲。这一切,无疑都是阶级地位决定的。《雷雨》中八个人物的生活和命运,真实而深刻地反映了阶级斗争规律的残酷性。

钱先生武断地把蘩漪看作"雷雨"的化身,是推动剧本矛盾冲突发展的动力,把她当作"向周朴园进攻的主将",说只有她才能全面揭露周朴园的本质,表面上似乎在提高蘩漪这一形象的意义,实际上,却是对曹禺的《雷雨》的极大歪曲和贬低。

原载《中国现代文学研究丛刊》1981 年第 3 期

创作的回顾

——曹禺谈自己的剧作

夏　竹

去年十月，曹禺同志在杭州讲学，谈了《雷雨》《日出》《王昭君》等剧的创作意图。虽然曹禺同志一再申明，由作者来分析自己的作品，往往带着主观感情，因而是不全面的，但是，听讲者一致认为，曹禺同志所谈的创作情况，对于我们理解作品、进行教材研究，是有很大的启发的。为此，笔者把他在杭州的多次讲话整理成文，以飨读者。文章已经曹禺同志审阅，并作了少许改动。

关于《雷雨》

写《雷雨》是为反封建。我生长在封建气氛很浓的家庭里，我周围的亲属、朋友，差不多都是封建社会里的核心人物，代表了封建社会的丑恶、黑暗，使我感到可厌、可恨，不能自制。写《雷雨》的时候，我还在大学念书。初生之犊不怕虎。我只有一个反封建的思想，便开始思索结构，有时甚至动笔了。我不是一幕一幕顺着写的，而是对哪一段最有感情就先写，怕感情流失掉。我先写的是第三幕周萍到四凤家敲窗一段，后写周朴园逼周蘩漪吃药，再写周朴园与鲁侍萍相见……看起来，象是拼凑，但实际上，我有一个详尽的结构，我心中反封建的主题思想是十分明确、清晰的。

周朴园是个资本家，也是一个“人”。周朴园是一个比较复杂的人物。他是封建家庭专制主义的代表，但并不是没有人性。例如他对鲁侍萍（即鲁妈）的爱情，应该说不是虚伪的。三十多年前，周朴园是个大少爷，曾到德国求过学，并不像他后来的儿子周萍那样胡闹。而鲁侍萍当时是周家的侍女。这女孩子当时漂亮、伶俐，还读过些书。在日常的接触中，周朴园感到鲁侍萍很懂事，能听得懂他讲的话，服侍很周到，于是，对鲁侍萍产生了感情，犹如《红楼梦》中贾宝玉对晴雯、袭人那样。以后，就发生了关系，生了两个孩子。周朴园的父母也是默认了的，已成了周朴园的偏房。后来，鲁侍萍被周家赶走，周朴园是不情愿的，但在“父母之命、媒妁之言”的时代，他又是没有办法阻止的。何况在赶走之前，周家始终未让他与鲁侍萍见上一面。剧本第二幕中，鲁侍萍有这样两句台词：“三十年前，过年三十的晚上我生下你的第二个儿子才三天，你为了要赶紧娶那位有钱有门第的小姐，你们逼着我冒着大雪出去，要我离开你们周家的门。”我在这里不用“你”，而用“你们”，就包含了这个意思。鲁侍萍被赶走后，经过三十年的变迁，周朴园的地位变了，人也变得凶狠了，这是一方面。另一方面，他还一直保持着初恋时对鲁侍萍的感情。所以，他保留了她的照片，牢记着四月十八日是她的生辰，客厅的摆设仍保持着三十年前的老样子。这不是虚伪，而是周朴园对鲁侍萍的真诚的怀念。但一旦相见相认，情况就起了变化。周朴园印象里的鲁侍萍，是个年轻美貌的女子，如今站在面前的鲁侍萍却已经老得不像样了，满脸皱纹，穿一身土头土脑的衣服，已经不是他过去所爱的鲁侍萍了。这使他从美好的记忆回到了现实。第一句话就问："你来干什么？"继而又拿出资本家对待工人的架势，企图用五千元（奉币）支票打发她走。应该说，这也是"人性"，一个剥削者的人性。

鲁侍萍和周蘩漪是两个不同的妇女典型。我写这两个人物，想通过她们不同性格的对比，提出妇女解放的问题。鲁侍萍是封建社会里被压迫妇女的代表。她贫穷，没有身份，遭到了像敫桂英、李慧娘那样的命运。但她有志气，很强悍，虽然她相信命运，但始终没有在恶势力面前低头。三十年前，她在周家当侍女，与大少爷周朴园产生了爱情，并生了两个孩子，结果被周家赶了出去。她走投无路，投河未死，但也活不好，嫁过两次，都未建立起满意的家庭。三十年来，她尽管恨周家的一切人，但对同周朴园共同生活的日子，还是怀念的。所以当她无意中走进周家的门时，马上认出了她三十年前见过的一切，她想走，却未能挪动一步；想回避，但当周朴园出现时，又终究吐出了真情，因为她想看看今天的周朴园究竟是什么样子。但是，她所看到的周朴园，已不是三十年前那个多情的少爷了。周朴园已经变得凶狠无情了，从而勾起了她新的痛苦和仇恨，断然拒绝"恩赐"，立即把四凤带回……

周蘩漪也是一个受压迫的妇女，但出身和生活道路与鲁侍萍不同。她是一个富家的阔小姐，有文化，读《西厢》，也读点《新青年》。她嫁给周朴园，应该说是门当户对，但是并不幸福。她并不爱周朴园，更不愿受周朴园的管束。于是，她同名义上的儿子——周萍发生了关系。尽管周萍乱七八糟，后来又厌弃她，但她仍采取恳求、报复等种种方法抓住周萍不放，因为这是她的第一次爱情。可是，在那个社会，她还是失去了一切。

鲁侍萍和周蘩漪这两个女子都遭受封建势力的迫害，都没有得到她们所追求的爱情和幸福。

《雷雨》的矛盾主线是周朴园与鲁侍萍的矛盾。这个戏的矛盾主线是什么？在我写的时候，确实没有想过。以后问的人多了，逼得我去思索。《雷雨》的结构，不合乎李笠翁所讲的编剧方法。李笠翁要求线索比较简单，从头至尾贯串一条线，而我的写法是把好几根线穿插在一起。到底为什么这样写，我也说不清楚，大概是我当时对每个人物的印象都很深，觉得这个人物要写，那个人物也要写，所以造成众多的矛盾线索。《雷雨》写了两家人——周家和鲁家。这两家有极密切的关系，又有很深的矛盾。按我的意见，戏的中心人物是周朴园，他的对立面是鲁侍萍。要说矛盾主线，这就是矛盾主线，其他人物的矛盾，都是周朴园、鲁侍萍身上派生的。——我虽然这样分析，自己还是怀疑这种分析是否科学。

原载《语文学习》1981 年第 5 期

《雷雨》研究二题

朱栋霖

一、《雷雨》的主要戏剧冲突

《雷雨》的戏剧冲突复杂多样，究竟哪组矛盾是主要戏剧冲突，历来众说纷纭。

一种意见认为，周朴园与侍萍的冲突是戏剧冲突的主线。这种意见看到了周朴园与侍萍冲突的本质是封建阶级对劳动妇女的压迫，具有深刻的社会、阶级意义，而且四凤的悲剧是侍萍悲剧的继续，周萍的死亡也与这有关，它是《雷雨》整个悲剧的历史的根。但是，这组冲突无法包括剧中周朴园与蘩漪、周萍与蘩漪这两组重要冲突。这些冲突，在内容上不是阶级压迫的线索能概括得了的，在戏剧结构上也不是靠侍萍的命运悲剧串联组织起来的。而且周朴园家迫害侍萍的事件并没有成为舞台上正面表现的戏剧动作，仅仅作为戏剧前情、戏剧背景，作为悲剧的历史根源而存在，以此来推动“现在的戏剧”的发展的。侍萍与周朴园之间的主要动作在第二幕基本完成，第一、三、四幕的戏剧高潮（喝药、蘩漪关窗迫使周萍暴露、蘩漪痛斥周萍父子）都不是主要表现这组冲突。从戏剧冲突体现主题的完美深刻程度看，也不是周朴园与侍萍的冲突。究竟谁暴露旧家庭最深刻，谁摧毁旧家庭最有力？周朴园与侍萍的矛盾反映封建主义的阶级压迫，但《雷雨》侧重揭露的是封建主义统治的专制、冷酷，在精神上对人、对人性的扼杀与摧残，在这点上，蘩漪的悲剧具有更深刻的意义。侍萍在剧中的贯串动作是千方百计带女儿离开周家，避免过去悲剧的重演，她对周家人避之唯恐不及，不想对周朴园有所抗争，更谈不上摧毁周公馆；而剧中形成一股雷雨般的爆炸破坏力量，要报复要捣毁这个家庭的，不是侍萍，而是蘩漪。所以，另一种意见认为，周朴园与蘩漪的冲突是戏剧的主要冲突。从这组冲突所体现的矛盾性质上讲，可以被认为是符合实际生活中的主要矛盾的。

但是，在戏剧艺术中，实际生活中的主要矛盾有时并不一定就是主要戏剧冲突。戏剧冲突来源于生活矛盾，但戏剧冲突不是照搬生活，从生活到艺术，还有作家艺术构思的主观能动作用。艺术构思的独创性也表现在对戏剧冲突设置的独特手法上，曹禺正是另辟蹊径，从另一独特角度来反映生活本质的。而且，在戏剧情节的具体表现中，这组冲突也不能构成主要冲突。虽然周朴园与蘩漪两人的正面冲突被认为有四个回合，但第二、三个回合（第二幕周朴园催蘩漪看病、第四幕蘩漪从外归来遇到周朴园）仅是短暂的接触，不是情节发展的重要场面；第四个回合即第四幕蘩漪叫来周朴园，那也不是直接与周朴园斗，而是为了对付周萍。第一个回合即周朴园逼蘩漪喝药，看起来是这一说法最有力的根据，其实不尽然。因为这一冲突中真正的感情高潮不在蘩漪与周朴园之间显现，而在蘩漪与周萍心灵之间爆发。周朴园先是叫四凤端药给太太，然后自己出马，再叫周冲劝喝。曹禺用层层推进手法，最后写周朴园命周萍跪劝，从而有力地显示了蘩漪与周萍之间那微妙复杂而动人心魄的心灵交锋。对于蘩漪来说，最不能忍受的不在周朴园本人的威逼，而在周萍这一跪。再次，蘩漪与周朴园的关系在剧中固然是变化着的，但是促使他们关系变化，加速剧情发展、影响其他矛盾的，具体表现在剧中也不是蘩漪与周朴园的冲突，而是来自另一股力量的冲击——蘩漪与周萍的矛盾。因此，周朴园与蘩漪的冲突也不是戏剧的主要冲突。

研究这一问题，应该考虑到《雷雨》艺术构思的独特性和戏剧冲突、结构的复杂性。如果《雷雨》以直露简截地描写蘩漪与周朴园冲突为了事，这样的处理未免落入窠臼。“五四”以来的同类题材，大多是以个性解放的主人公同封建势力代表人物直接斗争为主要内容的。曹禺在《雷雨》中运用一个独特的艺术构思来开掘生活。他以封建专制统治势力与受压迫者的矛盾作为全剧的基本矛盾，将封建家庭的统治者周朴园作为剧中全部悲剧事件的总根子，种种矛盾、种种悲剧的爆发都在于揭露周朴园的面目和他所代表的阶级的罪恶，在这个意义上，周朴园是全剧的中心人物，并以周氏其人为引线，一端联结劳动妇女鲁侍萍受戕害的悲剧，引出四凤、鲁大海等一干人事，其中工人代表鲁大海与董事长周朴园的斗争又将周朴园与侍萍的这组冲突作了更深的开掘，赋予鲜明的时代、阶级斗争色彩。周朴园的另一端与追求个性解放的女性蘩漪的不幸命运和反抗相联，引出周萍、周冲两个人物。前一条线索是悲剧的历史根源，后一条线索则是戏剧中的现实，体现了反封建与个性解放的主题。这就形成了《雷雨》冲突设置、戏剧结构的双重性。

《雷雨》构思的独特性与结构的复杂性更表现为：剧本是通过蘩漪与周萍的冲突来反映与推动蘩漪与周朴园冲突的，并且以这组冲突来勾联上述两条线索；尤其在戏剧结构上，是以蘩漪与周萍冲突为中心来组织全剧事件，决定其他矛盾发展，推动总的戏剧情节进展的。周朴园用封建专制手段压迫蘩漪的结果，使她爱上了周萍。她同周萍关系的形成与后来的发展，是这个特殊性格的女性为了追求个人幸福，对周朴园专制主义的挑衅与反叛。蘩漪面临着双重的冲突，双重的悲剧。冲突的根本性质当然是人的个性解放要求与封建专制统治势力的矛盾，她与周朴园的冲突是这矛盾的直接体现。她与周萍的冲突是这问题引起的，而曹禺着力描写蘩漪与周萍的冲突，以此更深刻地反映蘩漪与周朴园的尖锐矛盾。由于周萍始乱终弃行为系由周朴园直接或间接造成，就又形成对周朴园封建主义的控诉。这个构思使《雷雨》剧情更丰满多姿，主题更深刻厚实。由于周萍后来又爱上四凤，就铸成剧中蘩漪、周萍、四凤三人的矛盾纠葛，四凤正重蹈其母覆辙，周萍又是侍萍的亲生儿子。这就将上述侍萍、蘩漪两条线索紧紧扭结在一处。在剧中，曹禺着力表现的是蘩漪发现周萍另爱上四凤，要甩掉自己出走，因而想方设法截住周萍。蘩漪的贯串动作，她的种种作为的直接目的都是千方百计留住周萍不放，这个贯串动作的发射对象是周萍而不是周朴园。大幕拉开，全剧的戏剧动作就是从这里开始的。由于蘩漪与周萍矛盾的开始激化，导致周家的种种人物关系一下子失去了平衡，接着造成一连串戏剧激变。因此，曹禺不从三十年前侍萍与周朴园的旧事写起，不从十八年前蘩漪初进周府写起，也不从三年前蘩漪与周萍恋爱写起，而从蘩漪发现周萍另有所欢、正想甩掉自己去矿上之际落笔，戏剧开头几个场面的总目的就是引出并一再强调这个全剧矛盾的焦点。这样又便于从主从、因果的相互关系陆续展开各组冲突和联系剧中另两条重要线索。

正是蘩漪与周萍的冲突才处于剧情发展的轴心，各组冲突的焦点，并制约和影响着其他矛盾的发展。《雷雨》第一幕主要写了如下场面，都以蘩漪、周萍冲突为轴心，逐步把戏引向中心：一、鲁贵说“闹鬼”；二、蘩漪与四凤谈起大少爷；三、周冲与蘩漪谈及周萍；四、蘩漪提醒周萍“这屋子曾经闹过鬼”；五、周朴园逼蘩漪喝药；六、周朴园教训周萍。在第一、二、三、四场面中完成了如阿契尔《剧作法》中所说的第一幕的任务：“清楚而明快地写出它的引子，然后就及时地表明问题的焦点”，①通过上升动作巧妙地规定并预示了戏剧总的发展方向，造成观众对戏剧进展的一个总的悬念、总的期待，即对蘩漪、周萍事件的紧张关注；在最后周朴园盘问周萍的场面中，紧张感也是出于对同一事件的关注，作者通过这个悬置把已规定了的期待（戏剧兴趣）再强调了一下。第一幕的幕布就落在这个期待上。在整个剧中，蘩漪与周萍单是面对面的交锋就有七次之多（不应忽视第三幕中蘩漪的动作），环环发展。这组冲突不仅贯串全剧，而且牵一发动全身，处于各组矛盾的中心，影响着其他矛盾的发展，决定着剧情的总进展及高潮、结局的形成、爆发。它是戏剧发展的总动力。正是由于蘩漪与周萍的冲突（而不是蘩漪与周朴园的冲突或周朴园与侍萍的冲突），才促成周萍与四凤关系的变化，才把鲁妈招到周公馆来，迫使周萍四凤的关系暴露在侍萍面前（第三幕高潮），造成周、鲁两家历史与现实种种矛盾的爆发；也是由于周萍使蘩漪一次次绝望，她才转过来对周朴园的反抗一次次激烈起来，绝望中的爆发力量愈益增强；最后，仍是由于蘩漪与周萍的冲突，为了对付周萍，她推出另一个人物周冲，叫来周朴园，撕毁一切，引爆了一切悲剧。

二、《打出幽灵塔》·《雷雨》·创作个性

曹禺创作《雷雨》受国内外戏剧文学的一定影响。比曹禺稍早的女作家白薇的《打出幽灵塔》，就是这样一个剧本。

《打出幽灵塔》是三幕四场悲剧。十九年前恶少胡灿污辱了采矿师女儿肖森，肖森生下一女后怀着屈辱与痛苦去法国学习美术。戏剧开幕已是十九年后的中国大革命时期。土豪劣绅胡荣生（即胡灿）的家庭是个地主兼资本家的家庭，是个充塞着种种罪行、丑恶、

① 威廉·阿契尔：《剧作法》，第144页。

淫欲、残暴的“幽灵塔”。他的妾郑少梅不堪蹂躏，为了不甘忍受肉体上的污辱、灵魂上的悲哀，便向女联提出与胡荣生离婚，而内心暗暗爱着胡荣生的前妻之子胡巧鸣。胡巧鸣“是个阴郁气氛很重的青年”，他也不满于罪恶的家庭，要胡荣生服从农协决定，将谷粜给农民；同时，他与胡荣生现在的养女、过去的丫环肖月林热恋着（实际上肖月林就是当年肖森遗下的女儿，因而他们又是同父异母兄妹），并提出要和月林结婚。而月林既爱着胡巧鸣，又爱着当初的情人凌侠。女联委员肖森为解决郑少梅离婚事来到胡家，肖森看到胡荣生就是十九年前污辱自己的恶少胡灿。原来，肖森到法国学习美术后，现在已回来参加女联工作。肖森声诉了自己十九年来的悲愤，向胡提出要回自己的女儿，而胡说当初送到育婴堂里就没有了。肖森愤而离去，其时她已暗自认出胡的养女肖月林就是自己要找的女儿。后来，郑少梅终于离开了胡家，而肖月林因不愿忍受胡荣生暴力污辱，遭胡开枪击死，这时肖森赶来击毙了胡荣生。

剧本《打出幽灵塔》作于一九二八年，连载于鲁迅主编的《奔流》杂志第一至第四期，同年由湖风书店出版单行本。《雷雨》开始酝酿于一九二九年，完成于一九三三年。我们看到，两剧有许多相似之处：一、两剧的题材与主题都是反封建家庭，控诉妇女所受的蹂躏；二、《雷雨》的几个重要人物周朴园、鲁侍萍、四凤、蘩漪、周萍以及他们的身份、相互关系，在前一个剧本中相应地存在，又如《打》剧中胡荣生家的账房贵一始终暗中爱着肖森，而《雷雨》中周朴园家的佣人鲁贵则是鲁侍萍现在的丈夫；三、构成《雷雨》情节的三组基本事件：周朴园对鲁侍萍的始乱终弃、后母与前妻之子的暧昧关系、周萍与四凤的兄妹相恋，在前一个剧本中相应具备；四、《雷雨》情节发展的基本骨架，在前一个剧本中初具轮廓；五、在戏剧结构上，《雷雨》中周朴园与鲁侍萍三十年前的旧事，是作为背景处理的，因女方来到而在第二幕中被重新提出，这在前一个剧中亦复如此。有的研究者津津乐道于《雷雨》人物关系的错综复杂性，把这视为《雷雨》的主要艺术成就，其实这并非曹禺独创。在他之前，外国有易卜生《群鬼》，中国有欧阳予倩《屏风后》和这里所举《打出幽灵塔》，都是类似情况。如果曹禺仅仅以这炫耀于人，那他就不过是个编剧匠罢了。

《雷雨》决不是《打出幽灵塔》的翻版，它是曹禺艺术独创性的产物。活动在这两个剧本的戏剧世界中的，是两列互相对应的人物形象。比较一下这些人物形象的异同，我们将会发现《雷雨》的创造性和剧作家曹禺的创作个性。

《打出幽灵塔》中的胡荣生蹂躏妇女，喜新厌旧，是个无耻地追逐肉欲的好色之徒。曹禺笔下的周朴园并不是那种一眼就能看穿的贪欲好色的坏蛋。作者深刻描绘了他伪善面目掩盖下的专横、冷酷的灵魂。

周朴园伪善而专横、冷酷的灵魂在家庭生活关系中，在对妇女的态度中被揭露得更为淋漓尽致。他年青时候爱上了女佣梅妈的女儿侍萍，后来为了自己的将来，为他生了两个孩子的侍萍被逼投河自尽。这就显出他的灵魂多么自私狠毒！但是他后来内疚了，忏悔了，用着好多办法纪念她（特别是他发现现在的妻子对自己并不那么柔顺，就愈发追悔起前景来)。这样,他感到既对得起死者,也给妻子、儿辈做了榜样。但是当还活着的侍萍第二次出现在周朴园面前时,怕影响他正人君子的名誉、声望,一下子就剥露了他用银光涂饰起来的铅一般毒的心。他声色俱厉地一句句逼问着侍萍:“你来干什么?”“谁指使你来的?”“以后鲁家的人永远不许再到周家来”,并且立即开除了那个在自己矿上做工的鲁大海。这是多么冷酷、专横!因此,着意于人物灵魂的描绘,深入把握具有独特个性的内心世界,从而显示形象的深度,这就成了《雷雨》富有艺术创造性的第一个重要特征。周朴园对待蘩漪等妻儿的行动,是他在戏剧中的主要行动,也是曹禺揭露这个伪善而又专横冷酷的封建家长的本质最为深刻之处。曹禺不是浮面地看到了封建家长的荒唐、粗暴、独断专制,而是将他的透视力深入封建家庭精神生活领域,着眼于从渗透在漫长无边的日常生活的思想情感精神活动中,来揭露周朴园如何从精神上、从感情上、从心灵上压迫、折磨、控制他的妻儿,扼杀着人性,窒息着跳动的心灵。他运用冷酷的专制手段狠狠地将其他人纳入他的封建统治轨道。应该说,曹禺所选取的这一独特的角度比一般表面的暴露更为入木三分,将腐朽的封建主义的罪恶揭露得更为彻底。这是曹禺创造性的第二个重要特征。

为了深入开掘与表现生活,曹禺进一步发挥他长于深入精神生活领域来刻划人物与表现人物在生活中的相互关系这一才能,又塑造了蘩漪、周萍、周冲的形象。这里显示出曹禺创造性的第三个重要内容:善于感受有关人生、爱情、家庭领域的悲剧性生活,描写此中人性的追求、心灵的反抗及其毁灭的悲剧。

《打出幽灵塔》中郑少梅一是不愿再做妾,二是想到与其日后被他丢弃,不如及早脱离,因此要离开胡荣生。她与胡荣生的冲突很平缓,最后在女联帮助下轻易地获得了喜剧性的结局,这个形象是较单薄的。曹禺却塑造了一个具有深刻典型意义的妇女形象,是热烈地追求个人自由与幸福,反抗封建压迫的女性。与郑少梅不同的是,一是将蘩漪作为全剧的重要人物,剧本的灵魂,描写她“雷雨”的性格;二是激化了她与周朴园的矛盾;三是强化与突出了她与周萍的关系冲突;四是描写了她深刻的悲剧结局。她在同周朴园、同周萍一次比一次激烈的冲突中,喷发出多少令人炫目的反封建的怒焰,她被压抑的阴鸷的灵魂深处燃烧着多旺的个性解放的要求的烈火。蘩漪的悲剧形象,响彻着受到“五四”个性解放思想影响的一代妇女的灵魂的呼唤。蘩漪完全是曹禺的一个崭新创造,而不同于郑少梅。

《打出幽灵塔》中的肖森是采矿师的女儿,被辱后到法国留学,在剧中她是以女联委员的身份为帮助胡荣生的妾逃出火坑而重到胡家的,并且最后亲手击毙胡荣生。鲁侍萍则不同,她是女佣梅妈的女儿,被辱后含恨自尽不成,在社会最低层颠沛流离。在剧中她是因蘩漪要辞退四凤被叫来而重到周公馆的,她并没有肖森那种传奇式的经历,而且在剧中表演的是最不忍的悲剧命运。曹禺极为成功地描写了这个善良妇女精神上所遭受的重重不堪忍受的打击,对她复杂的内心世界作了异常丰富的刻画。这也是《打》剧中肖森形象所没有的。

曹禺通过周朴园、蘩漪、周萍这组矛盾控诉周朴园为代表的封建主义扼杀人性、压迫妇女的罪恶，表现反封建与个性解放主题。由于鲁侍萍与周朴园之间三十年前一段旧事重提，而四凤又在重演母亲的悲剧，就从历史的纵的角度揭露了周朴园的罪恶，深化了主题。由于鲁侍萍与四凤是劳动妇女，这就揭示了反封建斗争的社会的阶级的内容，从更为深广的社会意义上开掘了生活，这是《雷雨》主题的又一层深化。这是《打》剧所不及的。特别是工人代表鲁大海这一人物的设计，他不像《打出幽灵塔》中农协委员凌侠那样卷入爱情纠葛，而是将中国二十年代劳资斗争的风云卷进了周朴园的家庭内部，对立阶级的斗争在父子之间展开，给剧本的反封建主题增添了时代的、阶级的新因素。

从以上的比较分析中，我们看到曹禺从他所受影响与借鉴的作品那里似乎仅仅找到题材的轮廓，找到艺术耕耘的土地，他用自己的眼睛去看别人见过的东西，在旁人司空见惯的地方开掘出深刻的新意。而我们从《雷雨》的上述几个重要特征来看，曹禺一出手就是个成熟的有着鲜明创作个性的作家。

对于艺术家来说，所谓创作个性就是作为艺术家的内心的精神面貌，是他对世界的独特感受，对生活的理解与艺术发现诸方面所具有的独特性，也就是他以自己个人的独特手段从审美上掌握生活的能力。高尔基指出："艺术家就是这样一个人，他善于探讨个人的——主观的——印象，从其中找出有着普遍意义的——客观的——东西，并善于把自己的形式赋予自己的观念。"[①]我国古代著名文论家刘勰早就指出，这种创作个性的特点和重要性是"各师其心，其异如面"。[②] 屠格涅夫将这称为"自己的声音"。[③] 曹禺的创作个性，他的"自己的声音"是鲜明而突出的。他是一个面向现实社会、对人生对生活有着严肃探索与执着追求的作家。他生活在人吃人的社会，目睹被压迫者受迫害、遭吞噬的现状，感受到"使人不成其为人"的痛苦。他的创作思想深受"五四"思潮影响。同"五四"科学、民主两大战斗旗帜密切联系的是"五四"人道主义精神。把人从千百年来沉重的封建主义枷锁下解放出来，是"五四"的时代呼声。曹禺年青时代深受鲁迅、郭沫若为代表的"五四"新文化影响，这些思想影响碰合上他个人从社会上获得的感受，就激发起他对人的深切关注。这里还要特别提到曹禺创作思想的另一个来源。他熟读莎士比亚、易卜生、契诃夫、奥尼尔剧本，不仅受到丰富的艺术滋养，而且这四位戏剧大师的人道主义精神也与曹禺的内在思想甚为合拍。莎士比亚是个人文主义者，契诃夫对人倾注了深刻的同情，奥尼尔反映了人性的强烈欲望，而著名的易卜生主义就是个性主义思想，他一贯宣传与强调个性解放与个人意志的自由翱翔。以上种种，形成了曹禺进步的创作思想，形成了他创作个性的核心。他总是从人是社会最高价值体这个角度，从人在社会上的命运、追求、痛苦的角度去观察社会、感受生活，从而形成他对生活进行艺术概括的独特性。人，就成为曹禺创作

① 转引自《现代文艺理论译丛》，第1辑第210页。

② 刘勰：《文心雕龙·体性》。

③ 转引自《作家的创作个性与文学的发展》（米赫拉普钦科著），第2章。

的着眼点，"摧毁黑暗社会吧，让人成为人!"这不仅是《雷雨》的主题呼喊，也成为曹禺解放前戏剧创作的一贯主题。同时，曹禺的创作个性还表现为半封建半殖民地中国的社会现实，迫使他追索问题的答案，因苦思不得其解而焦灼不安，按捺不住愤懑、痛苦、焦灼，汇涌成这位《雷雨》作者的内心也是"雷雨"的，"雷雨"般的激荡与热烈。他创作时，那与剧中人物、情节俱来的"便是我性情中郁热的氛围"，"一切都走向极端，要如雷如电地轰轰地烧一场，中间没有一条折衷的路"。① 而且创作个性又与作家个人气质、性格有关。曹禺小时候"整个家庭都是郁闷的"②，由于家庭、环境和天性，他个性中"素来有些忧郁而暗涩"。③ 他感情丰富细腻，富有诗人气质和敏感。因此他长于描写有关人生、爱情、家庭生活，善于感受、体会此中悲剧性的内容，这些题材跟他创作个性的内在很接近，能迅速点燃起他内心激情。他笔下最成功的人物是三类：象蘩漪那样心灵渴望受到压抑的悲剧女性(还有鲁侍萍、陈白露、愫方和梅、瑞珏、鸣凤)，象周萍那样内心忧郁的中年男子(还有曾文清、焦大星、觉新)，像周朴园那样的封建家长(还有曾皓)，而这些形象，渗透着他的创作个性的痕印，是曹禺式的人物。以上种种因素构成了曹禺鲜明独特的创作个性，而与郭沫若、田汉、洪深等剧作家截然分开。

原载《苏州大学学报》1982 年第 2 期

① 曹禺：《雷雨·序》，文化生活出版社 1936 年版。

② 《曹禺同志谈剧作》，《文艺报》1975 年第 2 期。

③ 曹禺：《雷雨·序》，文化生活出版社 1936 年版。

也谈《雷雨》戏剧冲突的主线

潘克明

戏剧的结构是在时间和空间上对戏剧冲突的组织。从纵的方面来分析一部剧作的结构，就是看它有几条戏剧冲突的线索，哪一条是主线，哪一条或哪几条是副线，这些线索又是如何组织成一个统一有机的整体的。《雷雨》的冲突线索多且复杂，比较重要的有周朴园和蘩漪的冲突、周朴园和侍萍的冲突、蘩漪和周萍的冲突，此外还有鲁大海和周朴园、周萍的冲突、蘩漪和四凤的冲突、蘩漪和周冲的冲突、大海和鲁贵的冲突等。其中哪一条是主线呢？对此，历来意见不一。大体有三种看法：一种认为是周朴园和蘩漪的冲突："在这个作品里，作为周朴园的一个主要的对立形象的，并不是鲁大海，也不是侍萍，而是蘩漪。……只有蘩漪，才能够最全面地揭露周家的罪恶，才能够把周朴园的冷酷、自私、专横和伪善的本质充分地揭示出来。"①另一种认为是周朴园和侍萍的冲突："在这出戏的总体构思中，鲁侍萍和周朴园之间的关系，是全剧结构的中心，其他人物之间错综复杂的矛盾纠葛，都被它牵动着、影响着"②。还有一种则认为是蘩漪和周萍的冲突："这出戏里……每个人物有不同的愿望和企图，互相发生或大或小的意志冲突，构成错综复杂的戏剧冲突。但贯串在全剧的自始至终的主要冲突是蘩漪与周萍之间的冲突。"③我认为最后一种看法是符合《雷雨》的结构实际的。

我们知道，一部剧作的主题思想要通过戏剧冲突来体现。各条冲突线都从一定的方面，在一定的程度上体现着主题，而最直接、最深刻地体现主题的是冲突的主线。不论哪条线索都有自己的发展趋向和过程，对剧情发展都有一定的推动作用，但只有主线是贯串全剧的始终的，并推动全剧不断向纵深进展。剧本的各条冲突线索都不是彼此孤立，而是相互作用的。主线在不同的程度上制约着、影响着各条副线，而所有副线则从不同的角度对主线的发展起到烘托、加强的作用。我想主要就这些方面来谈谈对《雷雨》戏剧冲突的主线的看法，以求教于各位评论的同志。

一

《雷雨》的主题不是一句话可以概括的，按作者自己说的，别人对这个戏的主题下的

① 钱谷融：《〈雷雨〉人物谈》。
② 谭霈和：《论戏剧性》。
③ 顾仲奕：《编剧理论与技巧》。

"注释",他"可以追认"的是"暴露大家庭的罪恶"。就先以这一点来说吧,在《雷雨》里哪条冲突线最能体现出这一思想呢?有的评论者说侍萍对大家庭的罪恶暴露得"最有力","这一点,蘩漪不能与侍萍相比。蘩漪过着优裕的寄生生活,有一定的人身自由,她苦于精神被窒息。侍萍则受着人身与精神的双重摧残"①。这不能说没有一点道理。但是侍萍因为遭遗弃早就离开了周公馆,她对"大家庭的罪恶"的暴露仅止于周朴园对她的迫害,而蘩漪由于受周家"两代的欺侮",比侍萍更清楚大家庭罪恶的底细,对被侮辱与被损害的痛苦感受也更深。她虽然没有亲见侍萍被周朴园始乱终弃的悲剧,但在进周公馆三年时从周朴园酒后吐露中知道了这件事。当然她知道得太晚了,她自己也已被周朴园"用同样手段"骗来了,"逃不开"。在周朴园的专横、冷酷的家长统治下,她一直过着呼吸不到一口自由空气,享受不到一丝爱情幸福的囚禁式的生活,被"渐渐地磨成了石头样的死人"。她和侍萍,虽然一个是太太,一个是丫头,但她是把自己和侍萍看成同一命运的。她从侍萍的遭遇看到了自己的归宿,所以她真心同情侍萍。正因如此,当她一旦发觉自己对周萍的报复所严重伤害的恰恰是侍萍时,才会感到那样揪心的痛悔。更悲惨的是,她又受到了周朴园的儿子周萍的"欺侮"。是周萍把她"引到一条母亲不象母亲,情妇不象情妇的路上去"。可很快地周萍又学着"父亲的英雄榜样",举起"我是我父亲的儿子"的庄严的盾牌,不负责任地把这个可怜的女人丢开不管了。周萍的作为是周朴园三十年前所作所为的翻版,不愧为子承父业,可以说集中反映了封建大家庭和封建伦理道德的罪恶。正因为这样,这种种罪恶在蘩漪身上留下的创痛,就比侍萍要深,她对它们的揭露也就"最有力"。我们听听她对周萍所作的饱含着辛酸和悲愤的控诉吧:

> "我在这样的体面家庭已经十八年啦。周家家庭里所出的罪恶,我听过,我见过,我做过。我始终不是你们周家的人。我做的事,我自己负责任。不象你们的祖父、叔祖,同你们的好父亲,偷偷做出许多可怕的事情,祸移在人身上,外面还是一副道德面孔,慈善家,社会上的好人物。"②

这一字一句象一团团烈火,把蒙在封建大家庭的统治者们鬼脸上的圣洁的面纱烧得个精光,露出了他们丑恶、腐朽的本相。这是不能不使侍萍相形见绌的。因此,我认为蘩漪和周萍的冲突最能体现《雷雨》的"暴露大家庭的罪恶"的思想。

《雷雨》的主题思想还不止于此,它还通过人物之间错综复杂而又夺人心魄的意志冲突,启示人们:只要被统治的人们起来反抗,封建家庭和封建伦理道德的崩溃就是无可挽回的。那么,在这个戏里最有反抗性的是谁呢?促使"监狱似的周公馆"土崩瓦解的又主要是哪条冲突线发展的结果呢?有同志说也是侍萍和她对周朴园的反抗。诚然,侍萍对周朴园是作了反抗的。她不受欺骗,拒绝利诱,毅然把周朴园给她的企图抵销三十年怨恨的五千元支票撕掉。但是,从根本上说,她并不想公开揭发周朴园的罪恶,更丝毫没有动摇他的统治的念头。她只想带着女儿远走高飞,"希望这一生不至于再见"这个冤家。她

① 《中国现代文学研究丛刊》1981年第一辑第162页。

② 本文所引《雷雨》的文字,均根据文化生活出版社1936年初版本。

再三对大海说“周家的事算完了，我们姓鲁的永远不提他们了”。对工人在矿上流的血，儿子挨的打，她的态度是“这一本账算不清楚，报复是完不了的”。直到周萍和四凤的乱伦关系暴露，要双双出走，她还不想揭开事情的原委，把造成这场悲剧的罪魁周朴园暴露到光天化日之下。原因就在于她把自己遭受的欺凌和迫害，看作是对自己造下的“冤孽”的“报应”，认为“犯了一次罪过，第二次也就自然地跟着来”，这完全是“天定”。她对于这种残酷的“命”，就象希腊悲剧中那些善良人物一样，采取四处躲避的消极态度。因此，她和周朴园的冲突这条线索，不能深刻体现出剧作主题的主要方面。鲁大海同周朴园的冲突又如何呢？鲁大海对周朴园的仇恨是深刻的，反抗也不可谓不激烈。但到周朴园的统治面临崩溃的关键时刻，他却后退了。按最初发表的本子看，大海发现周萍和四凤的暧昧关系，找周萍算账，但听到他一番似乎发自肺腑的自我剖露后，竟然同意他们的结合，而当侍萍坚决反对时，他还表示不理解。这样他实际上就把自己对周朴园的统治作过的一点反抗全都抵销掉了。[①] 只有蘩漪才是最有反抗性的，只有她同周萍的冲突才直接地有力地体现出了《雷雨》的反抗封建统治的主题思想。

作者说蘩漪有“最‘雷雨’”的性格。这主要地就表现在对封建家长统治的强烈反抗，和对封建伦理道德的大胆冲击。她同前房的儿子周萍发生了乱伦关系，这自然是“不正常的发展”，但对于周朴园的“最圆满，最有秩序的家庭”来说，却是一种“正常”的冲击。只要看看这个所谓“灭伦的罪”，是在周萍向蘩漪表示恨自己的父亲，“愿他死”之后犯下的，就不难看出它的叛逆意义了。侍萍被周朴园迫害了，还认为是自己犯了见不得人的“罪过”。可是蘩漪对自己的乱伦行为却始终不后悔，不认为有什么“罪过”，她一再表示“我不这样看，我的良心不是这样做的”。就因为她把这看成是在给自己争取作为一个女人应享有的，“要一个男人真爱她，要真真活着”的正当权利。既然这样，当她被周萍从“可以闷死人”的封建统治下救活了，周萍又要撇下她让她再“枯死，慢慢地渴死”，她是决不甘心的，因此非极力拖住周萍不可。这仍然是对封建家庭加给她的人身和精神的桎梏的一种反抗。正是在这里，蘩漪和周萍的冲突显示了深刻的内容和根源。周萍也“是渴望着生活，觉得自己是个有肉体的人”，可是他更向往象父亲那样“依循着一般人所谓的道德生活下去，为模范市民，模范家长”，因此刚刚越出了封建的雷池一步，就内心充满了“不定，犹疑，怯弱”，很快又“真诚”地向封建伦理道德忏悔、归降了。这样，蘩漪和他的冲突，就决不是什么反对喜新厌旧的问题，而是一个要反叛封建统治，一个要维护封建统治的不可调和的斗争。随着冲突的发展，对封建统治的反抗也愈益加剧。最后蘩漪的反抗到了极点，要和那个恶贯满盈的封建大家庭同归于尽了。曹禺曾经说过他在写《日出》时的思想，就是《尚书·汤誓》里的那句“时日易丧，予及汝偕亡！”的誓言。其实他在写《雷雨》时，对可诅咒的封建家庭，何尝不也是怀着这样的感情呢？而蘩漪为解决她和周萍的冲突采取的最后行动，正是集中反映了这种强烈的反抗精神，也使剧作的主题得到了圆满的体现。

---

① 作者自己对鲁大海这个形象也感到是个“可怕的失败”，在后来的版本中把他同意周萍和四凤出走的情节改掉了。

我们不妨设想，如果去掉蘩漪和周萍的冲突这条线索，侍萍宁肯忍痛让周萍、四凤兄妹双双出走，也不想把冤仇的盖子揭开，这个封建大家庭可能还得以苟延下去。这样虽然在一定程度上也能“暴露大家庭的罪恶”，但这个戏的主题就远不会如现在这样深刻了。从这个意义上可以说：没有蘩漪和周萍的冲突，就不会有《雷雨》，不会有《雷雨》如此巨大的社会价值和艺术魅力。所以，以全面、深刻地体现主题来看，《雷雨》的戏剧冲突的主线应该是蘩漪和周萍的冲突线。

二

《雷雨》里究竟哪一条冲突线是贯串全剧始终，构成这个艺术有机体的脊骨的呢？霍罗道夫说：“在第一幕里，能应当包含着戏剧的‘雷管’，好比一根‘导火线’通向后边的几幕戏”[①]。毫无疑问，这个“雷管”应该是戏剧的主要冲突，而这根“导火线”正是能促使主要冲突到“后边的几幕戏”最终爆发的戏剧因素。侍萍是个重要人物，但她在第二幕才上场，如果她同周朴园的冲突是主要冲突，那么，第一幕里戏剧的“雷管”和“导火线”在哪里呢？有同志说：“第一幕，虽然侍萍没有出场，但处处在写她”，如鲁贵父女的对话中谈到了她，蘩漪向四凤问到了她，周朴园在训诫周萍时也提到了她[②]。其实这些只是在为第二幕侍萍出场作铺垫，这种写法曹禺在别的剧作中也使用过，如《家》里写梅的出场就是如此。但能认为梅的“命运悲剧实为”《家》的“多条线索中的一条主线”吗？在第一幕里侍萍不仅没有和周朴园正面冲突，也没有直接卷入其他人物的冲突之中。蘩漪和周萍的迂回交锋，周朴园逼蘩漪吃药等，都和侍萍没有关系。到第二幕，侍萍才同周朴园发生了冲突，可双方又都不想冲突下去。周朴园“永远不许”鲁家的人再来，侍萍也“希望这一生不至于再见”周朴园。如果没有蘩漪和周萍的冲突起引爆作用，侍萍和周朴园的冲突是不会发展以至激化到现在这样的。怎么能说他们的冲突“都作为重场戏贯串始终”[③]呢？那么，蘩漪和周朴园的冲突又怎样呢？他们的冲突在全剧中确实占着重要的位置，但是二人正面的冲突并不多，激化的程度也比不上蘩漪和周萍的冲突。有的同志认为蘩漪和周朴园的冲突是主要冲突的一个理由是：“蘩漪在剧中的贯串动作，她的种种作为的直接目的，虽然是在于想留住周萍，但其结果，却往往是对周朴园的一种揭露”[④]。我们说，蘩漪的冲突的主要对立面并不是周朴园，而是周萍。引起戏剧“雷管”爆炸的“导火线”，并不是蘩漪对周朴园的揭露，而是她为实现“想留住周萍”的“直接目的”的种种努力。试问：蘩漪在爱上周萍之前，有没有同周朴园发生激烈的冲突？她自己不是说过，在这之前“她已经预备好棺材，安安静静地等死”了吗？正是由于蘩漪和周萍的冲突，才使得她和周朴园的冲突变得紧张起来。所以也不能说蘩漪和周朴园的冲突是全剧的主要冲突线，真正“都作为重场戏贯串始

① 《第一幕》，《剧本》月刊1956年6月号。

② 《中国现代文学研究丛刊》1981年第一辑第159—160页。

③ 《中国现代文学研究丛刊》1981年第一辑第159页。

④ 《〈雷雨〉人物谈》第31页。

终”的也还是蘩漪和周萍的冲突线。

全剧帷幕一拉开，鲁贵父女的大段对话，可以说是为开端作准备的“破题”。它的作用主要就在说明周萍曾同他的后母“闹鬼”，现在又同四凤有着暧昧关系。霍罗道夫在谈到奥斯特罗夫斯基《没有陪嫁的女人》一剧开头，作为破题的柯努罗夫和沃热瓦夫的一段对话时，指出，“在这个破题性的场面里，行动已经开始了，而且不是什么从属的行动，而是剧本的贯串行动——为拉丽莎而斗争。正是以这儿开始，有一条直线一直牵到拉丽莎最后的一句充满悲剧的慨叹：‘我是一件东西！’”[①]《雷雨》的这个破题性场面也是这样。在这里，实际上“已经开始了”的行动，也同样不是什么“从属的行动”，而是“剧本的贯串行动”，即周萍要摆脱蘩漪，蘩漪则要缠住周萍这个主要冲突。

第一幕的上升动作是在周朴园训斥周萍“这两年来在家里很不规矩”，而周萍误以为他同蘩漪的乱伦关系已经败露那个场面。虽然对周萍来说，只是一场虚惊，但这结果却是更坚定了他要摆脱和蘩漪的不正常关系的决心。劳逊说：“那些使全剧得以进展下去的人物和环境的变化，则存在于上升动作中”[②]。《雷雨》的上升动作中包含的“使全剧得以进展下去的人物和环境的变化”，就是周萍和蘩漪之间一走一留的冲突。所以这个上升动作也是落到了蘩漪和周萍的冲突上。有同志根据周朴园用侍萍的“名讳”教训周萍这一点，断定第一幕的上升动作“实际上落到了未出场的侍萍身上”[③]。这显然是不准确的。

我们再来看看从上升动作到高潮这全剧的主要部分。劳逊把这个部分分成四部曲：决心——面对困难——毅力的考验——高潮。蘩漪和周萍的冲突这条主线正是按这四部曲进展的。

第二幕开场不久，展开了蘩漪和周萍的第一次正面的冲突。这是前一幕的上升动作合逻辑地发展。蘩漪哀求周萍不要忘了旧日的情意，撇下她不负责任地一个人走掉；并且大胆地重申了她既不是周冲的母亲，也不是周朴园的妻子。这显示了她叛逆的“决心”。周萍虽勉强负起了自己的责任，承认了自己的过错，却毫不犹豫地声称“我是我父亲的儿子”，要求结束“这种不自然的关系”。蘩漪“面对困难”，发出了“一个女人……不能受两代的欺侮”的呼号，其中不无威胁的意味。接下来蘩漪要侍萍把四凤带走，这还是她同周萍的冲突的继续，不过转为间接的罢了。这一幕的结束也是落在蘩漪和周萍的冲突上的。这是他们第二次正面冲突。话虽然不多，但冲突的程度加剧了，气氛也更紧张了。蘩漪说出了“小心，小心！你不要把一个失望的女人逼得太狠了，她是什么事都做得出来的”，警告周萍“风暴就要起来了”。而周萍却冷冷地表示“领悟”。这里，我们感到蘩漪的“决心”更大了，但“面对”的“困难”，也更艰巨了，激烈的冲突是不可避免了。这就把戏合情合理地推进到了第三幕蘩漪对周萍的报复。

第三幕从表面看，蘩漪同周萍没有发生正面的冲突，但是蘩漪站在四凤卧室的窗外，

① 《戏剧结构》第 79 页。

② 《戏剧与电影的剧作理论与技巧》第 306 页。

③ 《中国现代文学研究丛刊》1981 年第一辑第 160 页。

“痉挛地不出声地苦笑，泪水流到眼角下，望着里面只顾拥抱的”周萍和四凤，以及“伸进手，拉着窗扇，慢慢地由外面关上”的动作，却比她同周萍唇枪舌剑的冲突强烈不知多少倍。只不过这里的冲突不是通过语言动作，而是完全借助外部动作的。这样的外部动作正如黑格尔说的是“起源于心灵”[①]的，又如斯坦尼斯拉夫斯基说的“充满内心活力”[②]的，它深刻有力地揭示出了蘩漪彼时彼地对周萍的“最残酷的爱和最不忍的恨”，对四凤的何等强烈的忌妒以及对周萍施行报复的“决心”。因而这个动作是极富戏剧性的，对表现尖锐的戏剧冲突来说，其作用真堪称“此时无声胜有声”。正是蘩漪的这个外部动作造成了周萍和四凤幽会的败露，使两家人都集中到了周公馆，终至演出了震撼人心的最后一幕。

第四幕蘩漪从鲁家回来同周萍的一大段戏是所谓的“必需场面”。如劳逊所说，如果后边的高潮是“最后的决战”的话，那么这里的“必需场面”正是观众“所期望的决战”。蘩漪亲眼目睹了周萍和四凤的幽会，濒临绝望了，可她的执拗又驱使她再次妄图挽回残局，于是她软硬兼施、刚柔并济地同周萍作了最后的交锋。她时而恳求、劝诱，时而又恐吓、威胁。为了打动周萍的心，她不惜忍让到了一个女人所无法忍让的地步。尽管如此，仍然丝毫不能动摇周萍的意志，得到的最后回答只是周萍的“你真是一个疯子!”“我要你死!”这样蘩漪就面临“毅力的考验”，决心同周萍进行“最后的决战”了。

高潮是戏剧冲突发展的顶点。既然冲突主线是贯串全剧的，自然高潮首先应该是冲突主线发展的顶点。我们看《雷雨》的高潮是不是这样？如果高潮也有发展层次，逐步上升的话，那么这个戏的高潮从发端逐步上升到极点，都是蘩漪和周萍的冲突这条主线在起着主要作用。高潮起于蘩漪叫出周冲来破坏周萍和四凤的爱情，这可以说是高潮的第一个层次；蘩漪这一着棋没有成功，就公开了自己已经不是周冲的母亲，也不是周萍的后母的特殊身份，陷周萍于极其狼狈的境地，这是高潮的第二个层次；最后一个层次，也就是高潮的顶点，就是蘩漪叫出周朴园，使他一手造成的两家人的血缘纠葛和乱伦关系真相大白，结果四凤和周萍自杀，周冲惨死，蘩漪和侍萍发疯[③]。

综上所述，从开场（破题）——开端（上升动作）——进展——高潮——结局这剧情发展全过程来看，蘩漪和周萍这条冲突线自始至终是贯串着的。“戏剧的运动是由一系列平衡状态的变化来推动进行的。”[④]《雷雨》全剧的运动，正是主要由蘩漪和周萍之间的“一系列平衡状态的变化”来推动进行。

三

一个戏的冲突主线不但贯串全剧，对推动剧情发展起主要作用，而且还或多或少、或直接或间接地制约着或影响着其他冲突线的发展。我们再来看看蘩漪和周萍的这条冲突

① 《美学》第一卷270页。
② 《戏剧理论译文集》第一辑第91页。
③ 也是据初版本而言。
④ 劳逊：《戏剧与电影的剧作理论与技巧》第228页。

线的发展同其他冲突线的关系。

同蘩漪和周萍的冲突线关系最密切的是蘩漪和周朴园的冲突线。蘩漪和周萍的几次冲突，一次比一次升级，而每次冲突之前，都有她和周朴园的冲突起激化剂的作用。先是周朴园逼蘩漪吃药，接着就发生了蘩漪和周萍的第一次冲突。蘩漪一上来就说："我希望你明白方才的情形。这不是一天的事情。"蘩漪在周朴园逼她吃药时虽然暂时忍顺了，但想到他"十几年来象刚才一样的凶横"，今后还要无限期地在他的"淫威"下活受罪，就更激发起对这种生活的无比憎厌，也就更珍惜、留恋和周萍的关系中获得的那点可怜的幸福，再三要求周萍不要离开她。第二幕中周朴园催蘩漪去看病，蘩漪由忍顺变为直接和他顶撞了。这反映蘩漪对周朴园的反感、不满加深了，她要缠住周萍的念头也就更强烈了，所以接下来她和周萍的冲突也升级了，由恳求发展为警告。第四幕蘩漪从鲁家回来，对周朴园的态度进而变为蔑视、嘲弄，这是比顶撞更令周朴园难堪的。她见周朴园拿着侍萍的相片，先是"轻蔑地"说："哼，又是那个女人的相片！"接着"抢过去"看，"很好看""很温存""很聪明""真年轻"地揶揄了一番。这反映蘩漪更看清了周朴园对自己从来也没有过真正的感情。这使她对自己在周公馆的地位和处境愈感到悲愤，对周朴园专横、冷酷的统治憎恶愈甚。由此蘩漪再次萌生了使周萍旧情死灰复燃的念头：即使周萍"把四凤接来——一块儿住"，也强似被人家"像个怪物似的守着"、"等死"。于是就展开了她和周萍最后交锋的那个场面。蘩漪的希望彻底幻灭之后，决定采用严酷的报复手段，这也是由她对周朴园的报复（以嘲弄形式表现出来）发展、激化而来的。显然，作者一次接一次地渲染蘩漪和周朴园的冲突，主要是为了逐步增强蘩漪和周萍的冲突。从这方面看，蘩漪和周朴园的冲突线是为突出蘩漪和周萍的冲突线服务的。

周朴园和侍萍的冲突这条线也是受蘩漪和周萍的冲突线制约的。首先，侍萍之所以重进周公馆，同周朴园发生冲突，完全是蘩漪为了撵走四凤，夺回周萍的爱情而招她来的结果；其次，周朴园和侍萍的冲突，也只有靠蘩漪和周萍的冲突的作用，才得以发展下去。相反，即使没有由周朴园和侍萍的关系造成的血缘纠结，周萍和蘩漪之间走与留的不可调和的冲突，照样发展和激化，悲剧结局仍然不可避免，尽管会以另一种形式表现出来。那末，周朴园和侍萍这条冲突线对蘩漪和周萍的冲突线起着怎样的作用呢？周朴园在对待侍萍的态度上，再充分不过地暴露了他的自私、冷酷和虚伪。人们不难想到：侍萍是周朴园日夜萦绕心间的人，一旦"死而复生"，周朴园尚且对她如此，那么被他视为有"精神病"的"怪物"的蘩漪的命运又会怎样呢？这样，蘩漪在剧中的作为，她对周萍的爱和恨，更让人怜悯和同情了。由此可见，周朴园和侍萍这条冲突线也是服务于蘩漪和周萍的冲突线的。

鲁大海和周朴园、周萍的冲突线同蘩漪和周萍的冲突线的关系，似乎不象前面两种关系那么直接，但仍然存在着前者对后者的某种烘托关系，尽管比较间接。作者通过周朴园和鲁大海之间的阶级冲突，表现出了周朴园在社会上敲骨吸髓地剥削劳动人民，并血腥镇压他们的反抗，连对自己的当工人的亲生儿子大海也不讲一丝感情，完全是一派资本家对工人的凶横态度。这对他在家庭里对妻子蘩漪的人格独立的合理要求的压制，从而激起蘩漪以她自己的方式进行反抗，不就是一种烘托吗？周萍当着亲生母亲的面，打了亲弟弟大海的嘴巴，以表示对父亲的忠顺。他在摆脱蘩漪对他的爱情时，不也是拿承认"我是我父亲的儿子"来作为护身符的吗？前一个冲突对后一个冲突也形成了一定的烘托关系。而最后蘩漪本想借大海之手阻止周萍和四凤的出走，不料大海同意了他们的结合，蘩漪不得不采取进一步的报复手段——叫出周冲来破坏。这里鲁大海和周萍的冲突线又进而加剧了蘩漪和周萍的冲突线的发展。

至于蘩漪和侍萍母女的冲突线、蘩漪和周冲的冲突线，完全是由蘩漪和周萍这条冲突线生发出来的，反过来它们又对后者起了加强作用。比如蘩漪挤走情敌四凤，使周萍更加厌恶蘩漪，更要抓紧四凤，导致公开向蘩漪摊牌。

从以上分析可以看出，在全剧多条冲突线中，蘩漪和周萍的这条冲突线是居于主导地位的，它制约着、影响着其他的冲突线，其他的冲突线则在不同的程度上，从不同的方面为加强它的发展服务。

总括起来，我认为《雷雨》的戏剧冲突的主线应该是蘩漪和周萍的冲突线。确认了这一点，不仅有助于深刻认识这个戏的反封建主题及其战斗意义，而且能对全剧的贯串动作和反贯串动作把握得更为准确，对人物形象系统理解得更为透彻。一句话，可以更懂得作者，更懂得他的这部代表现代戏剧高峰的现实主义杰作。

1982 年 1 月初稿

原载《中国现代文学研究丛刊》1982 年第 3 期

《雷雨》的典型意义和人物塑造

王富仁

杜勃罗留波夫说，“我们认为艺术作品的主要价值是它的生活真理……如果能够判断作者的眼光在现象的本质里，究竟深入到何种程度，究竟宽阔到何种程度——那么他的才能究竟是否伟大，也可以得到解决了”。[1] 曹禺的《雷雨》自发表至今的近半个世纪中，始终保持着经久不衰的新鲜生命力，其原因绝不仅仅在于它情节的新奇、结构的严谨、语言的精练、诗意的浓郁等等纯艺术性的因素，而主要在于他深刻揭示了历史的真实和生活的真理。本文试图结合它的典型人物的塑造探索一下它的典型意义。

一

我认为，理解《雷雨》全部意义的关键在于明确意识到周朴园的存在并对他的典型意义有一个较清晰的了解。离开他，全剧就会变色；离开他，就将失去评判所有其他人物的主要客观依据。

周朴园是一个什么样的人物呢？他是一个非驴非马、亦驴亦马的“怪物”，是旧中国畸形社会历史发展的产物，是半封建半殖民地旧中国的“特产”。

“周朴园在家庭里是一个顽迷专制的家长，在生产上又是一个懂得榨取、压迫和欺骗工人的方法，口里衔着雪茄烟的资本家。”[2]也就是说，他是社会政治经济关系中的资本家和家庭伦理道德关系中的封建家长的怪诞结合的产物。正是这怪诞而又是真实的结合中，存在着他有别于世界文学中同类艺术形象的独立“民族特征”，存在着他有别于中国新文学中其他反面艺术形象的独立典型意义。

“资产阶级在它已经取得了统治的地方把一切封建的、宗法的和田园诗般的关系都破坏了。它无情地斩断了把人们束缚于天然首长的形形色色的羁绊，它使人和人之间除了赤裸裸的利害关系，除了冷酷无情的‘现金交易’，就再也没有任何别的联系了。”“资产阶级撕下了罩在家庭关系上的温情脉脉的面纱，把这种关系变成了纯粹的金钱关系。”[3]周朴园这个中国资本家阶级的代表人物，在政治和经济上已经取得了自己的统治地位，但却丝毫没有迹象表明，想要把家庭关系中那封建的、宗法的关系也破坏一下，他仍然热衷于维

① 《黑暗的王国》。见《杜勃罗留波夫选集》，新文艺出版社 1956 年版，第一卷第 174 页。

② 周扬：《论〈雷雨〉和〈日出〉》。见《光明》第 2 卷第 8 期（1937 年）。

③ 马克思、恩格斯：《共产党宣言》。《马恩选集》第 1 卷第 253、254 页。

护自己的“体面家庭”，“外表还是一副道德面孔，是慈善家，是社会上的好人物”①。他以“天然首长”的资格君临在周公馆的家长制的宝座上，实行着控世界上最严酷无情的封建家长制专制统治。这个畸形的“怪物”，不但在巴尔扎克的发达资本主义国家社会关系的巨幅画卷《人间喜剧》中难以发现与之类似的面影，即使在易卜生、列夫·托尔斯泰这些不发达资本主义国家的文学大师的作品中，也难以找到和他的本质相同的伙伴。曹禺的《雷雨》，曾受到易卜生剧作的影响，特别是与他的《玩偶之家》，更有明显的相似之处，但是，人人可以看到，周朴园与托伐·海尔茂之间，是存在着遥远的思想距离的。海尔茂和娜拉之间，是一种在表面被肯定为“平等”关系中的实质上的不平等，是在“爱情”联系中的玩弄与被玩弄的关系。海尔茂对娜拉的束缚和控制，更多地表现为一种潜在的意识本质，甚至是他自己的潜意识中，也没有将妻子置于他个人绝对统治之下的主观动机。所以当娜拉一旦觉醒，他没有利用个人的任何强权制止娜拉的出走。恩格斯在谈到资产阶级的婚姻关系时说：“婚姻仍然是阶级的婚姻，但在阶级内部则承认当事者享有某种程度的选择的自由。在纸面上，在道德理论上以及在诗歌描写上，再也没有比认为不以相互性爱和夫妻真正自由同意为基础的任何婚姻都是不道德的那种观念更加牢固不可动摇了。总之，由爱情而结合的婚姻被宣布为人的权利……”②易卜生的《玩偶之家》所暴露的正是这种表面承认“平等”而实质上不平等的资产阶级的婚姻家庭关系。列夫·托尔斯泰《安娜·卡列尼娜》中的卡列宁也与海尔茂的艺术形象有着较为相近的特征。周朴园较之他们，在经济关系中更带有严格的资产阶级性质，他本人就是一个产业资本家，但在家庭伦理道德关系中则是地地道道的封建专制主义者。他在工人阶级的肉体痛苦中吮吸着自己的物质营养，同时还在自己的妻子儿女的精神痛苦中汲取自己的精神营养。对他来说，不但在政治和经济上，而且在家庭关系中，“平等”“人权”都是根本不可理解的字眼儿，他要求的是对他绝对的、无条件的服从，公开地用严酷的封建等级制威压着自己家庭中的每一个成员。这种非驴非马、亦驴亦马的“怪物”形象，在世界文学的反面人物的画廊中不是独具一格的吗？

但是，周朴园这种“怪物”恰恰反映了中国产业资产阶级的一个非常重要的本质方面。就其主体而言，西欧资产阶级是从中世纪末期的手工业者和作坊主成长起来的，在它正式得到政权之前的几个世纪中，一直处于受压迫、受禁锢的“第三等级”的地位上。为了谋取自身的思想解放和社会解放，在漫长的历史进程中，它一直高举着“自由、平等、博爱”的旗帜与封建贵族阶级的传统观念和专制统治进行着斗争。当它转化为统治阶级之后，它没法也不需要公开抛弃这个自己使用了几个世纪的思想武器，而只是以保留了经济上的不平等关系而蚀空了它的大部分实际内容。可是，中国的产业资产阶级、远没有那么“光荣的”“出身”，也没有经历过如此长期的反封建斗争。它主要是在外国资本主义的刺激之下，由封建官僚和农村的封建地主阶级投资于城市资本或兼营工业资本而产生的。所以，

① 《雷雨》第二幕（周蘩漪语）。

② 恩格斯：《家庭、私有制和国家的起源》。《马恩选集》第4卷第77页。

从它一开始，便具有浓厚的封建性质，洋务派“中学为体，西学为用”的思想是它当时的指导思想。在此后的发展中，它受到帝国主义和封建主义的双重压迫，有反帝反封建的政治经济要求，但刚刚脱胎于封建地主阶级的中国产业资本家，对中国反封建伦理道德的思想斗争，并没有表现出更大的积极性。我们可以看到，反封建思想革命的义旗首先是由进步的小资产阶级知识分子举起的，其中有在外国进步思潮影响下的知识分子，有广大的青年学生，有在封建家庭受到严重束缚的青年男女。在争取个性解放的反封建思想斗争中，他们一直是主要的力量。应当说，中国产业资产阶级的这一典型特征，在中国新文学作品中表现得是很不充分的。巴金的《激流三部曲》，生动地描绘了封建大家庭内部封建与反封建的思想斗争；茅盾的《子夜》，重点反映了民族资产阶级与买办资产阶级的经济斗争。关于《子夜》的开端，朱自清先生曾经指出：“书中‘父与子’的冲突，便是封建道德与资本主义道德的冲突。但作者将吴荪甫的老太爷，写得那么不经事，一到上海，便让上海给气死了，未免干脆得不近情理。”[①]很显然，除了结构相反的考虑之外，作者主要是在象征意义上使用这一细节的。它标志着封建道德观念和封建势力在大上海的灭亡，资产阶级道德观念和资产阶级势力在大上海的胜利。但严格讲来，这在本质上是不真实的：一、封建道德观念的实质不是厌世丑恶，而是在虚伪的外表下掩盖住最可耻的丑行和最肮脏龌龊的心迹，吴老太爷那种“真诚的”态度并不能代表这一观念本身，鲁迅《肥皂》中的四铭一面津津有味地欣赏“孝女”的美，一面大谈其维持风化，才是中国传统封建道德的本质表现；二、思想观念和意识形态比经济制度具有更大的稳固性和灵活性，大上海资本主义经济的胜利决不能宣布封建道德观念影响的消失，它依然会寄存在封建地主阶级之外的人们身上而继续发挥自己的思想影响。这虽不能影响《子夜》整体的杰出意义，但却客观上说明了，当时人们在重视描写中国产业资产阶级政治、经济上动摇性和软弱性的同时，却往往忽略它在道德观念上与封建地主阶级的历史联系，而正是它思想软弱性和妥协性的典型表现。在这方面填补了中国新文学的空白的，是曹禺的《雷雨》。不论就其形象的鲜明性上，还是就其思想含义的丰富性上，周朴园都是新文学史上屈指可数的同类人物的一个突出代表，是有其不可替代的独立典型意义的。

当然，曹禺对周朴园这一典型形象的塑造，绝非从对中国社会历史发展的理性分析和逻辑判断中引申出来的，而是从具体的、真实的生活感受和现实经验中提炼出来的。他说：“周朴园是由封建家庭(大地主)的子弟转化为成功的资本家的。”[②]更重要的是，曹禺以异常敏锐的感觉，在周朴园这类产业资本家的身上清晰地嗅出了一股浓郁的封建伦理道德观念的陈腐恶臭的气味。正像周恩来同志指出的那样：“演《雷雨》，不熟悉封建社会的生活，演成资本主义社会的家庭，就不像了。”[③]之所以如此，是因为周朴园虽然在社会经济关系上已经成为资本家阶级的代表人物，但在家庭伦理关系上，他依然是一个典型的封建

① 朱自清：《子夜》。见于《文学季刊》1卷2期(1934年4月)。

② 《关于〈雷雨〉在苏联上演的通信——曹禺致阿·柯索夫》。见《戏剧报》1958年第9期。

③ 周恩来：《在文艺工作座谈会和故事片创作会议上的讲话》。见《周恩来论文艺》，第102页。

家长。通过这一典型形象，曹禺不但深刻揭示了中国产业资产阶级的一个非常重要的本质方面，而且以独特的方式表现了中国封建传统观念的顽固性，中国反封建思想革命斗争的长期性和复杂性。《雷雨》向我们表明：在中国有着两千年思想统治历史的封建伦理道德观念，不但会由它的倡导者封建地主阶级不遗余力地维持它的存在，而且在本质上属于封建地主阶级对立的资产阶级的许多代表人物仍会在一个相当长的时期维持着它的统治地位，它还会寄存在其他阶级的人们身上继续生存并施展其无形的桎梏力量。

周朴园这一基本特征在剧本中是怎样显示出来的呢？我认为，曹禺当时对他的具体而又真实的强烈感受，首先决定了这个剧本的整体结构方式。

根据周朴园各方面的社会活动，《雷雨》主要存在着三条不同的情节线，由此也产生了三种不同的主要结构方式：

一、周朴园和鲁侍萍的矛盾纠葛为主要情节线，这样，剧本就要从周朴园对鲁侍萍始乱终弃开始，在舞台上集中展开他对鲁侍萍母女两代人的摧残和蹂躏。这种结构方式突出表现的是作为一般剥削阶级代表人物的周朴园对被侮辱、被损害者的“小人物”的践踏和压迫，是鲁侍萍一生命运的悲剧。在这种结构方式中，蘩漪、大海两个人物最多只能以背景人物出现在舞台上，远不会得到现在这样的重要地位。

二、以周朴园和鲁大海的阶级矛盾和阶级斗争为主要情节线。这样，剧本的主要结构方式就要从周朴园对工人的压榨剥削、工人阶级的痛苦生活写起，以鲁大海领导工人罢工及其最终失败为主要内容。这一情节线展开的是作为资产阶级的代表人物周朴园对工人阶级的鲁大海等工人群众的剥削、压榨和镇压，是工人阶级的觉醒、反抗和斗争。全剧则是一出反映劳资斗争的社会剧。在这种结构方式中，蘩漪、侍萍、四凤都将退居更次要的地位。周萍的思想面貌就要发生很大的变化。

很显然，以上两种结构方式，都没有可能突出表现出周朴园的封建性的一面。那么，第三种，也就是现有的结构方式的存在意义也就非常明确了，它有效地揭示了周朴园这个资本家在伦理道德观念上的封建性特征。对于作者采用血缘关系的密网联系剧中人物的方法，曾有很多人感到不理解，认为他削弱了作品的思想性。岂不知正是因为作者采用了这种独特的处理方法，才把一般的社会矛盾（周朴园与鲁侍萍的矛盾）、资产阶级与工人阶级的矛盾（周朴园与鲁大海的矛盾）全部网罗进了周朴园的家庭为主要阵地展开的封建伦理道德与反封建伦理道德的思想斗争中来了。而家庭正是中国传统封建道德影响最深刻、统治最严密的领域，是这种道德的藏污纳垢之地。不论作者当时是否意识到，但当他一旦把自己的聚光镜集中到了这一点上，《雷雨》的主要矛盾冲突就是一定的了。其他的矛盾只能从属于这种矛盾、服从于这种矛盾。剧中的人物也要被放在这种中心矛盾中去塑造、去衡量和评判。

二

假若脱离开《雷雨》的反封建伦理道德的中心矛盾冲突，脱离开周朴园这个反面艺术形象，蘩漪简直是一个十恶不赦的无耻女人。她践行了世界上最令人作呕的丑恶罪行，与自己的儿子（虽然是名义上的）通奸犯科；她厚颜无耻，丧尽了任何羞耻心，恬不知耻地死缠住周萍不放；她有着那些恶毒的女人所能有的最强烈的嫉妒心，为了保住周萍的爱情而不惜千方百计支走自己的情敌——四凤，不惜冒着倾盆大雨跟踪监视周萍，并且反关上窗户把周萍置于危险的境地；她是蔑视劳动人民的资本家太太、极端的个人主义者、庸俗的爱情至上主义者，是一个连自己的亲生儿子也不暇顾及的无情女人……总之，在她身上，体现着人类所能有的最恶劣的情欲。但是，却正是这个人物，深深震撼了人们的心。她像一个魔鬼一样抓住读者和观众，猛烈地搅动你平静的心，用死力拽住你内心深处似乎不情愿交出的同情心。甚至连那些素以德性坚定而自满自足、见到蘩漪这类女人会下意识地马上用手捂住眼睛的人，也会由于压抑不住的好奇心而从指缝里偷偷瞧她一瞧。

这是为什么呢？

恩格斯在肯定了黑格尔所说的“恶是历史发展的动力借以表现出来的形式”这一命题之后，接着解释说：“这里有双重的意思，一方面，每一种新的进步都必然表现为对某一神圣事物的亵渎，表现为对陈旧的、日渐衰亡的，但为习惯所崇奉的秩序的叛逆，另一方面，自从阶级对立产生以来，正是人的恶劣情欲——贪欲和权势欲成了历史发展的杠杆，关于这方面，例如封建制度和资产阶级的历史就是一个独一无二的持续不断的证明。”[①]恩格斯所说的双重意义，对于蘩漪都是适用的。作者正是在剧中的中心冲突中，在她的行为与周朴园所施加的封建窒息力量的关联中，在她的反叛对周朴园所维护的封建家长制“正常”伦理秩序的威慑力量中，才使读者在她的“不正常”的行为中看到了带有必然性的正常的一面，看到了她值得怜悯和同情乃至应当支持和引导的东西。在蘩漪身上，善恶因素是如此复杂地交织在一起，以致我们难以把它们截然分开。几乎她的每一个行动、每一句台词，都既非绝对的恶，又非绝对的善。我认为，这种善恶因素的复杂交织，就是蘩漪性格的一个特征。

蘩漪善恶因素的复杂交织，是通过她的第一个主要特征即软弱性与执拗热烈的结合具体体现出来的。

按照曹禺后来的设想，她受的是旧式的家庭教育，也接受了“五四”以来的新思想的影响。[②] 但她为什么竟肯屈服于父母之命而嫁给自己并不爱的周朴园呢？是由于她的软弱；她为什么长期甘愿幽囚在令人窒息的周公馆里而不敢毅然冲破周朴园的禁锢到广大的人世间寻求自己的爱之所在呢？也是由于她的软弱。蘩漪“有她的纤弱的一面。只要有周萍的爱，这‘闷死人’的屋子也会使她留恋，她会安于虚伪和欺骗的不自然的关系里”。[③] 可以说，蘩漪原来要求个性解放、争取自由的愿望并不是异常强烈的，假若她能在周朴园身上得到哪怕像易卜生的《玩偶之家》中托伐·海尔茂对娜拉的那么一丁点儿情爱——尽管这种情爱实际是虚伪的、不平等的——甚或假若周朴园对她少施加些封建性的束缚和禁

① 恩格斯：《路德维希·费尔巴哈与德国古典哲学的终结》。见《马恩选集》第4卷第233页。

② 参看《曹禺谈〈雷雨〉》。见《人民戏剧》1979年第3期。

③ 周扬：《论〈雷雨〉和〈日出〉》。

锢，恐怕她素性软弱的心灵中也不会迸发出如此强烈的愤怒火花。但是，中国封建的伦理道德对妇女的禁锢是如此的严密，体现着这种道德的周朴园对她的精神压迫也便是不会有任何止境的了。她软弱到什么程度，它就会压迫到什么程度，甚至她要下楼来，也要受到谴责了，她是否需要吃药，也要听从于周朴园的命令了。这种压迫像一个用沉重的力按下来的活塞一样，总会要把原来稀薄疏散的空气压缩到最小体积。在这时，软弱势必会转化为执拗，文静也势必转化为热烈。但是，当蘩漪已经蓄足了反抗的力，再也不难耐周公馆窒息人的气息的时候，她已经被密闭在了周公馆这个狭小的容器中了。在这里只有一个周萍，是她唯一可以托付爱情与命运的对象，她也便必然地践行了与自己名义上的儿子私通的"丑行"。而这种"丑行"，恰恰是封建伦理道德观念的压迫的沉重性造成的，是周朴园实行最严酷的封建统治的结果。假若说这是"丑恶"的话，这实际是封建伦理道德最易导致的"丑恶"，而对于蘩漪，则是她向这种道德、向周朴园维护的封建秩序的第一次严重挑战，是具有进步意义的一种行动。

在这里，我们描述一下周朴园这个反面人物的第二个主要特征。在剧中，他体现着中国传统的伦理道德观念，同时也具备着这种道德的固有特征：虚伪性和残酷性。他表面道貌岸然，却隐瞒着自己所犯下的最可怕的罪行；他一副道德面孔，却实行着政治、经济和精神上的最惨无人道的统治。周朴园的这一性格特征和全剧的反对封建伦理道德的中心矛盾冲突，必然形成这样一种情势：在剧中，谁能不但在言词上而且在行动上彻底破坏周朴园维持着的"正常"封建伦理道德关系，谁能最坚决、最尖锐地公开抓破周朴园在伦理道德上的虚伪面皮，谁能无情地挞伐封建伦理道德的合理性和合法性，谁就会最强烈地吸引住读者和观众的注意力，谁也就会获得他们在感情上的呼应。在《雷雨》中，这个人物是谁呢？是蘩漪！作者认为她是"最雷雨"的性格："她有火炽的热情，一颗强悍的心，她敢冲破一切的桎梏，做一次困兽的斗。"[①]表面看来，她在全剧中一直在追求的是爱情，但这种追求本身，就是对周朴园封建夫权的直接挑战，就是埋在周公馆下面的十万两无烟火药，就是对封建伦理道德的最果决的叛逆。在剧中，她第一次向读者、观众和周萍宣布并控诉了周公馆的罪恶，第一个公开声称自己不是周朴园的妻子，表示了对现行的封建伦理关系的无视。在剧中，她是为封建伦理道德、为周朴园下的一副毒性剂。我认为，这就是为什么她能得到读者和观众的强烈关注的根本原因，也是作者成功地塑造了这一人物形象的根本原因。她带着她本阶级的许多局限性，她有着很多不可避免的弱点，但在她对封建伦理道德所做的大胆叛逆面前、在她在剧本中心矛盾中所起的巨大作用面前，都退居到了次要的地位。

关于周萍，作者说："他的行为不会获得一般观众的同情的，而性格又是很复杂的……演他的人要设法替他找同情。"[②]这是为什么呢？我认为，他在剧中是一个犹疑徘徊在蘩漪与周朴园这对立的两极之间的中介线上的人，他再向前跨出的一步、哪怕是极其微小的一步，都会

---

① 曹禺：《〈雷雨〉序》。见《雷雨》，文化生活出版社 1936 年版。

② 曹禺：《〈雷雨〉序》。

使他成为周朴园思想领地的人。他自始至终被各种矛盾关系牵制着，他犹豫、迟疑、随时准备跨出这关键的一步。他已经抬起腿来，把腿伸了过去，但临终又收回来，停在了中介线的这一侧。因为他处于中介线上，所以他不易获得人们的同情；因为他被各种矛盾关系所牵掣，所以他性格中充满了矛盾、是矛盾的，但他到底没有跨过这关键性的一步，所以演他的人还要“设法替他找同情”。他的第一个也是最基本的一个性格特征便是这种复杂的矛盾性和面对过渡的趋向性，由此派生的第二个主要特征便是软弱性和动摇性。假若说蘩漪现在的软弱属于过去，那么他的软弱代表现在；假若说蘩漪现在的软弱主要属于她的阶级，那么他的既属于他的阶级也属于他的个人；假若说蘩漪的软弱里包着一个岩样的硬核，那么他的软弱简直只是一摊烂泥，一把抓去，连扎手的东西也没有，只是到了剧终，人们才感受到里面多少有一点类似胶状物的东西。而对他的理解，关键又在于如何看待他对蘩漪和四凤的爱情纠葛。

很多同志都倾向于笼统地否定周萍对蘩漪和四凤的爱情关系，很可能作者现在也改持了这种观点。我认为这将导致对全剧理解的紊乱。在原剧中，作者异常明确地告诉我们，周萍对蘩漪的爱伴随着的是对封建伦理道德观念的反抗，是对周朴园的憎恨；而对蘩漪的离弃，伴随着的则是对封建伦理道德的妥协和对周朴园的屈服：

> 蘩：你忘记了在这屋子里，半夜，你说的话么？你说你恨你的父亲，你说过，你愿他死，就是犯了灭伦的罪也干。
>
> 萍：你忘了，那是我年轻，我一时冲动，说出来这样糊涂的话。
>
> 萍：你没有权利说这种话，你是冲弟弟的母亲。
>
> 蘩：我不是！我不是！自从我把我的性命、名誉，交给你，我什么都不顾了。我不是他的母亲，不是，不是，我也不是周朴园的妻子。
>
> 萍：（冷冷地）如果你以为你不是父亲的妻子，我自己还承认我是我父亲的儿子。
>
> 蘩：（不曾想到他会说这一句话，呆了一下）哦，你是你父亲的儿子。——这些日子你特别不来看我，是怕你的父亲？
>
> 萍：也可以说是怕他，才这样的吧。
>
> 蘩：你这一次到矿上去，也是学着你父亲的英雄的榜样，把一个真正明白你、爱你的人丢开不管么？
>
> 萍：这么解释也未尝不可。
>
> 蘩：（冷冷地）这么说，你到底是你父亲的儿子。（笑）父亲的儿子！（忽然冷静地）哼，都是些没有用的，胆小怕事，不值得人为他牺牲的东西！我恨我早没有知道你！①

这段台词很清晰地使我们看到，周萍和蘩漪的结合，决不仅仅是一种性关系的结合，也不仅仅是纯爱情的结合，同时还是一种思想的结合。当时的周萍，不是现在这种犹疑动

① 《雷雨》第二幕。引自一九五四年人民文学出版社版《曹禺剧本选》。该版本除一些文字的变动，基本保留了原来的思想面貌，以下对剧本的引文皆依这个版本。

摇的周萍，他曾无视周公馆的封建伦理关系，无视周朴园的封建家长制的威严，所以当现在他声称自己是“父亲的儿子”的时候，连蘩漪也是没有料到的。周萍对蘩漪的离弃，我们可以为之找到种种借口，例如年龄的差距、四凤的吸引、感情的易变等等，但根本原因却是他终于慑于社会的强大封建力量，受到这种思想的严重浸染，失去了抗争的勇气，开始向周朴园及其代表的封建秩序投降了。后来，他还曾对鲁大海说：“那时我太糊涂，以后我越过越怕，越恨、越厌恶。我恨这种不自然的关系，你懂吗？我要离开她……”[①]他分明是由于怕，由于“恨这种不自然的关系”，才失去了对蘩漪的爱，他离开了蘩漪，向周朴园的一侧走去。

但是，他的退却暂时还不表现为变成周朴园式的封建秩序和封建道德的自觉维护者，他只是不再想亲自与它对立并破坏它。而对四凤的爱情，就是企图在蘩漪和周朴园之间找一个中立点或曰避风港憩息下来。对一个“下等人”女儿的爱，也是与封建的联谊制有所抵牾的，但到底没有直接破坏封建人伦关系那样的尖锐性质。我们也不能否认他对四凤爱情的诚心，否则我们便无法理解他最后的自杀。可牵动人心弦的是他的出走。他的软弱、他向周朴园的屈服，使他不敢公开争取自己与四凤的爱情的结合，而现在的出走，则随时使人感到四凤有重蹈鲁侍萍覆辙的可能。四凤要求把她带走，他怎么敢呢？他抬起腿来，时刻有迈出这关键性一步的可能，迈出这一步，我们便会在台上看到第二个周朴园。但由于情势的变化，他终于收回了自己的腿，并准备带走四凤，而这时，他也就走到了自己的生命的尽头。

周萍是站在中介线上的人物，所以对我们分析评判《雷雨》及其人物的标准十分敏感。在对《雷雨》的分析中，我们离不开两个标准：一、政治立场的标准；二、阶级的伦理道德的标准。依照第一种标准，周朴园是资产阶级，剧中也就仅存在着资产阶级和工人阶级及普通劳动群众的两种立场，不但周萍将被划入反动派的一边，蘩漪也不能予以肯定。依照第二种标准，则剧中出现了三种意识形态，一是周朴园为代表的封建伦理道德，二是以蘩漪为代表的资产阶级个性解放者的伦理道德，三是以鲁大海、鲁侍萍为代表的劳动群众的伦理道德。我认为，在《雷雨》这样一个以反封建思想为中心矛盾冲突的剧本中，应当以阶级的伦理道德为基本的标准，也就是说，只有属于封建伦理道德的自觉维护者的周朴园才完全属于反面的典型形象，而第二、三类人物都不应当予以简单的否定，当然，在第二、三类人物的评价中，我们还要参照政治立场的标准，但作为人物在剧中可能起到的作用（并非对人物的具体评价）仍然要取决于（她）在反封建思想斗争中的立场和地位。所以，这个基本标准是贯穿始终的。模糊了这个基本标准，我们在评价剧中人物时就将陷入混乱，而周萍则将是我们笔下的第一个牺牲品。很显然，曹禺在创作《雷雨》的当时，激动着他的心的也主要是封建伦理道德对人们的桎梏作用和扼杀作用，这就是为什么吃药的场面会首先浮现在他的脑际的主要原因。我认为，正是曹禺这种观照现实的审美态度，使他在与周朴

① 《雷雨》第四幕。

园所体现的封建伦理道德观念的关系变化中塑造和把握周萍这个人物，具体地描绘他、表现他，把他塑造成一个虽然复杂而仍然有血有肉的鲜明人物形象。这个人物充分体现了那些剥削阶级家庭出身的青年，在反封建思想斗争中的不坚定性，显示了他们时刻有向封建思想投降的发展趋向性。

鲁侍萍是一个被侮辱与被损害的劳动妇女形象。她的存在，对封建制度的残酷性是一个证明，对封建伦理道德的虚伪性是一个揭露，对周公馆的正常封建秩序是一个威胁，对周朴园是一个严峻的抗议。整个剧中的暴风雨，有赖于她的出现而酝酿成熟；整个剧本的悲剧结局，有赖于她的出现而得以完成。周朴园一得知面前站的是她，便立即露出了惶恐的神色，为了使她永不返回周公馆，他不惜做出任何牺牲。这就是这个人物在剧中主要矛盾冲突中起到的作用。但这种作用，是鲁侍萍一生命运的客观事实本身蕴蓄的，而不是她主观追求的目的。鲁侍萍这个人物，在舞台的现实斗争中并没有与周朴园体现的封建伦理道德观念进行有目的的斗争。她恨周朴园，但仍夹杂着淡淡的留恋；她抗议自己不幸的命运，但也流露着宿命论的观念。更重要的是，她并没有意识到封建制度和封建伦理道德是她一生悲惨命运的根本原因。甚至在得知四凤和周萍的爱情关系之后，她还认为是自己的过错。

> 鲁：（低声）啊，天知道谁犯了罪，谁造的这种孽！——他们都是可怜的孩子，不知道自己做的是什么。天哪，如果要罚，也罚在我一个人身上；我一个人有罪，我先走错了一步。……①

也正是由于她无法了解自己命运的根本原因，所以她不敢揭破自己与周朴园、自己与周萍、周萍与四凤的关系，而这也就影响了她对封建制度、封建道德及其体现者周朴园揭露力量的发挥。这也是周朴园希望她做到的。她之后嫁给鲁贵，也反映了她对命运的忍从，在鲁贵与侍萍家庭关系的描写中，她也表现出了委曲求全的软弱性的一面。所以，她虽然较之蘩漪在这种斗争中处于更加有利的地位，但并没有表现出反封建思想的更炽热的感情和更猛烈的冲击力量。作者通过对她的真实描绘。一方面同情地描写了她的一生的悲剧命运，另一方面也表现了她的命运观念等思想弱点，概括了那些尚未觉悟的劳动群众的特点。

四凤表现上没有卷入与周朴园的直接斗争，但她的存在却在两个方面关涉到这种斗争：一、她的真挚、纯真的爱情追求，有她没有阶级觉悟的一面，但这种爱情追求本身，与封建主义的禁欲主义和封建联姻制则是不相调和的；二、她的悲剧结局是封建伦理道德吃人的又一证明。

关于周萍和四凤的悲剧结局，我们有时还被一些表面现象所迷惑。例如，有的同志说："作者在这个社会悲剧中加上了许多性爱和血缘的纠结，给人的印象是要解开这个结几乎是不可能的。蘩漪和周萍的不正常关系，周萍和四凤的血缘关系，都尖锐到只有用主

① 《雷雨》第四幕。

人公的毁灭才能得到解决的地步。好像只因为周萍和四凤是同母兄妹，他们才会得到悲剧的结局，这就不仅掩盖了它的社会性质，而且正如思基同志所说，‘周萍自杀的结局对观众没有教育意义，损害了作品的思想性和艺术性。’”[①]实际上，不是剧中的血缘关系掩盖了这个悲剧的社会意义，而是我们没有看到这种血缘关系形成的社会原因。任何成功的近亲恋爱的悲剧都是特定社会的反映。在古希腊，这类悲剧是家庭制形成初期原始杂婚制残余的产物；在资本主义社会，这类悲剧是资产阶级荒淫无耻行为的结果。同样，在《雷雨》中，四凤和周萍的恋爱悲剧是周朴园对鲁侍萍始乱终弃罪恶行为造成的，是封建联姻制的产物。不消灭封建联姻制，不消灭周朴园这类的罪恶行径，这个“结”确实是解不开的，作者硬要给它解开，就等于原宥了封建制；消灭了产生它的社会根源，这个“结”也就系不上，也就不存在解不解的问题。在这里，周萍和四凤的个人，几乎是没有任何主动权的。

周冲没有直接卷入剧中的主要矛盾冲突，他也没有这种能力，不论对周朴园还是对蘩漪、周萍和四凤，他都没有发生实际的推动力。他只以自己的美丽的幻想与周朴园代表的丑恶社会和丑恶思想对立着。他的死亡象征着不切实际的幻想在铁的现实打击下的必然破灭。

以上所说的一群，是自觉不自觉与封建思想对立过或对立着的一群。其中有两个营垒：一、以蘩漪为代表的资产阶级个性解放的一翼。他们的目标是狭小的，但行动是自觉的；他们的本质是软弱的，但挣扎是猛烈的；在政治立场上，他们不属于先进阶级，但在思想斗争中，他们在剧中的特定情况下是进步的、正义的。二、以鲁侍萍为代表的被侮辱与被损害的劳动群众的一翼。他们受到的实际伤害是沉重的，但对于封建思想本质的认识还缺乏自觉性；他们自身蕴蓄的实际力量是巨大的，但在思想斗争中还没有得到充分的发挥。周萍就其过去属于前者，四凤部分地属于前者（对爱情的真诚追求），部分地属于后者（在经济地位和思想觉悟上）；周冲不属于任何一翼，但又可属于任何一翼，因为社会时间还没有在他身上打下比较明确的阶级烙印。由于该剧反封建思想斗争的基本性质所决定，前一翼在剧中居于更显要的地位。但所有这一群都因其各自不同的弱点而带有软弱性的共同特征，由此决定了全剧的悲剧结局。

表面上，鲁贵与全剧的思想斗争毫无关联，他没有介入全剧的中心矛盾冲突，但他的不介入正是介入的一种特殊方式。在迄今为止所有以阶级对立为特征的社会中，都会从社会不同阶级的身上排泄出一些社会的渣滓。他们没有节操，不相信任何道德准则；他们会当面恭奉任何强权者，但背后又会诅咒他们；他们专门注视着社会的丑恶，但从不想消灭它们，而是为自己的卑劣行为辩护；他们没有任何社会理想，一生只追逐着蝇头小利，并为此不惜出卖任何人，包括自己的妻子儿女；他们欺软怕硬，厚颜无耻，卑琐庸俗，保守守旧……鲁贵就是这常被称为“小市民”阶层的一个。严格讲来，他不属于任何阶级，他并不自觉地维护任何阶级的利益，但又以其自己的卑劣和庸俗而成为所有邪恶势力的社会支柱。就其社会效能而言，他在剧中对周朴园是一个无形的支持。有的同志认为，他“本质

① 刘正强：《曹禺的世界观和创作》，见《处女地》1958 年第 6 期。

上是好的”“是一个应该同情的人物”①。这是不对的。他理应受到作者的鄙夷，我们也应当向他脸上吐唾沫。

上述所有的人物，不论在剧中的地位和作用如何，不论其思想和性格有多大差异，但有一点是共同的，即我们对他们的感情态度和理性要求之间没有多么大的差距，我们再也不感到他们缺乏太多的东西。但对于鲁大海这个人物，解放后有很多同志感到不满足：全剧中唯一一个工人阶级的人物，难道应当是这样的吗？他应当高大得多！一九五一年开明版的《曹禺选集》中，作者在鲁大海的台词中加入了很多政治术语，力图使鲁大海的形象高大起来，结果却是适得其反，既失去了历史的真实，也严重破坏了这个人物形象的鲜明性和完善性。其内在原因何在呢？我认为，作者本人对鲁大海这个人物的真实社会内涵还没有更自觉、更明确的认识，一些读者、观众乃至评论家对鲁大海提出的一些理性要求，也是违背这个人物所应具有的社会典型意义的。

我认为，鲁大海性格的核心恰恰在于他的不可避免的矛盾性，他是政治立场的鲜明性和思想斗争立场的不明确性的矛盾统一体。他的真实生命在此，他的社会典型意义也在此。在《雷雨》所设置的斗争环境和中心矛盾冲突中，鲁大海这类的工人暂时还不可能以叱咤风云的英雄人物的面目出现，这是由鲁大海自身的条件决定了的，也是由中国历史客观发展规律及其特点规定了的。

在中国现代史上，中国工人阶级遇到了较之西欧工人阶级更加复杂的历史情况，尤其是在社会伦理道德观念斗争的领域里。当西欧工人阶级登上了社会政治历史舞台时，西欧资产阶级已经基本为它扫清了封建主义思想的垃圾，它所面临的是单一的批判资产阶级思想的任务。在漫长的资产阶级历史发展中，西欧工人阶级不但在力量上壮大了，而且受到了长期资产阶级思想的启蒙教育，接受了一切可以接受的资产阶级反封建主义的思想结果，提高了政治、思想和文化的修养。也就是说，在社会伦理观念的斗争中，西欧工人阶级面临的任务是单一的，而自身的素养则是充足的。但中国工人阶级所面临的思想斗争任务要复杂得多，而自身的素养则薄弱得多。在思想影响上，中国几千年的封建统治者一直遵循着儒家“以道德治国”的路线，用一整套严密的封建伦理道德观念禁锢人心，在整个社会有着根深蒂固的思想影响。中国没有发生过彻底的资产阶级政治革命，更没有广泛持久的资产阶级思想启蒙运动，中国工人阶级一开始便面临着封建主义意识形态和资产阶级意识形态的双重矛盾。作为政治经济上中国工人阶级直接对立面的资产阶级，不但在有形的政治斗争中具有双重性的特征——对这一特征我们是经历了一系列痛苦历程才较为明确地认识到了——而且在思想斗争中也具有其双重性，这个无形领域里的特征不但处于自发阶段的中国工人阶级很难敏锐地把握住，而且在政治上进入自觉阶段以后也要有一个由不认识到认识、由不自觉到自觉的漫长而痛苦的认识过程。与此同时，中国工人阶级刚刚从受封建思想桎梏较浓厚的农民阶级中脱胎出来，他们虽然在政治经济上备受压迫而具有强烈的政治革命要求，但在思想斗争的领域里，其准备条件是较为薄弱

① 吴伯之：《写在〈雷雨〉演出之前》，见《解放日报》1959年8月19日。

的。在这里，不但需要热情，需要勇气，需要牺牲精神，同时还需要理论修养、历史知识和对中国几千年封建传统的明确认识。曹禺就是不自觉地把自发斗争的工人鲁大海领到这样一个复杂的领域之中来了。

假若我们不是从主观愿望，而是从具体的人物形象出发，我们便可清晰地看到，鲁大海身上也正体现着中国工人阶级素有的优点和弱点两方面。他在周朴园的矿上受到残酷的剥削和压榨，领导工人罢工，斗争是坚决的，阶级立场是明朗的。但是，当他一介入周公馆内进行的这场个性解放的思想斗争，他的弱点一面暴露出来了。作为一个象征意义的细节，我们可以举出他的那把手枪。很显然，作者为了暗示他即将走上武装斗争的道路，设置了这把手枪，但它在整个舞台上却并没有起到任何实际作用，只是吓唬了一下鲁贵。因为在《雷雨》所展开的这场斗争中，手枪是无用武之地的。相反，鲁大海一置身于这场斗争，他与任何人，甚至自己的母亲、妹妹都是隔膜的。这种隔膜，一方面由于他不熟悉这种环境，但更重要的是反映了他缺乏对各种思想表现的分辨能力，而且他自己身上也还潜在着许多属于封建思想性质的因素。他对蘩漪、周萍的态度，原因还可说是复杂的，我们难以硬性进行分析，可对周冲的简单拒斥态度，却分明留有封建血统论的思想观念。像周冲这样一个不更事的孩子，即使没有公开表示对罢工工人的同情，也是不应与成人一样对待的，阶级的烙印还不可能鲜明地打在他的身上。鲁大海之所以对他表现出简单粗暴的态度，主要由于他是周朴园家的人，是资本家的“少爷”。这绝不能认为是无产阶级的阶级观点。而实质是封建血统论，扩大起来，便会成为“地主资本家狗崽子”理论。四凤在爱上周萍之后，心里不但暗暗怕着母亲，也暗暗怕着哥哥，这反射出他们二人都有决定她爱情选择的权利，也反映着他们平时这方面的态度。在原本的剧本中，鲁大海曾对周萍说，他看到周朴园还顺眼些，一看到周萍就生气，我觉得，这是颇能说明些问题的……总之，虽然作者并没有自觉地表现他的这一思想侧面，但从人物的自身活动中，从其真实描写上，仍然可以看到他封建伦理观念影响的蛛丝马迹。由于这些原因，鲁大海在《雷雨》的舞台上是无法以英雄人物的面目出现的，硬要他以这种面目出现，就要损害这一人物形象，违背历史的和细节的真实。周恩来同志说：“有人问：为什么鲁大海不领导工人革命？……让他去说吧，这意见是很可笑的，因为当时工人只有那样的觉悟程度。”[①]《雷雨》对鲁大海这一人物的塑造又一次充分证明：只有真实地反映现实，刻画作者所眼见的真实人物形象，才会具有一定的社会典型意义，尽管这种典型意义是作者当时也可能没有意识到的。假若说鲁大海这个形象还不够很充实、很丰满的话，决不是因为曹禺没有加给他更高大的英雄面貌，而在于他还没有更深入地把握住这一真实形象的客观内在含义，所以在描写时不够自觉和明确。

三

最后，我们再回到周朴园这个人物身上。

① 周恩来：《对在京的话剧、歌剧、儿童剧作家的讲话》。

上面我们谈到了他的前两个重要特征：一、政治经济关系中的资本家和伦理道德关系中的封建家长的怪诞结合；二、虚伪性和残酷性的结合。现在我们补叙他的另外两个重要特征：三、强固性和虚弱性的结合；四、鲜明的阶级性与内心复杂性的结合。

在剧中，谁是最强固有力的人物呢？是周朴园。不但周萍、周冲、四凤、鲁贵有慑于他的威力，即使蘩漪也不得不常常屈服于他的严厉，只是在最后，她才更无顾忌地对他的威严显示出公然的反叛。在全剧的结尾，周萍、周冲、四凤被严酷的现实和不可解的思想矛盾碾碎了年轻的生命，在初发表时的“序幕”和“尾声”中，蘩漪、鲁侍萍患了神经病，鲁大海不知去向，只有周朴园尚健在人世。① 这实际都说明了封建势力及其伦理道德在当时社会中的强固性。在这种势力面前，以蘩漪为代表的软弱的资产阶级的社会个性解放势力，都难免被撞得粉碎，而走向悲剧的结局。

但是，周朴园的强固有力是相对的、暂时的，而不是绝对的、永久的。他还有其虚弱性的一面。他的怀念鲁侍萍，因素是复杂的，但其中一个最重要的方面是他已深深感到了自己的孤独、寂寞和冷落，是内心极度虚弱的表现。在雷雨之夜与周冲的一段对话，更充分地显示了他内心的空虚和软弱。虽然他暂时维持着自己在周公馆的家长制统治地位，但在周围人对他的无言的沉默中，他感受到了日益强烈的内心的反抗，鲁侍萍的出现，更加深了他的危机感。我认为，正是在周朴园的这种内心虚弱感的真实表现里，在蘩漪等人的无望的挣扎反抗中，在鲁大海工人罢工斗争的存在中，潜行着《雷雨》的一股昂扬的乐观主义情调。它使我们感到，虽然当时封建思想势力暂时还相当强大，但已是一种渐趋没落腐朽的思想，必将逐渐衰亡下去。

读者和观众都能清楚地看到，周朴园的阶级性特征是异常鲜明的，但他又绝不是这种阶级特征的具象化。作者对这个人物塑造的独特之处，在于他在周朴园的现在的表现里，糅进了他一生经历的全部可能存留的因素，从而显示着他的全部复杂性。

要认识周朴园的复杂性，我们必须正确对待他以往的经历和现在的表现。

绝大多数评论家都否认周朴园昔日对鲁侍萍爱情的合理性，我认为欠妥。人的阶级性，不是一生下来就具有的，而是在阶级的实践中逐渐产生和加固的。周朴园出身于封建家庭，但又在外国留过学，也曾接受过一些外国思潮的影响。他在斥责周冲时说：“你知道社会是什么？你读过几本关于社会经济的书？我记得我在德国念书的时候，对于这方面，我自命比你这种半瓶醋的社会思想要彻底得多！”②说明他当时还不是封建阶级的孝子。他对鲁侍萍的爱，和现在周萍对四凤的爱一样，完全可能是真诚的，这种爱本身不用受到谴责，因为它既有导致现在这种后果的可能性，也有可能导致他背叛阶级的可能性，这在现实中与文学作品中都是有先例的。但他不敢向封建家长公然正视自己的爱的权利，在阶级与爱情的最后抉择中，他回到了本阶级的立场上，依照封建联姻制结了婚，并为个人的阶级利益迫使鲁侍萍投水自尽。这时，只有这时，他过去的真诚的爱才导致了罪恶的后

① 参见《文学季刊》1934 年第 3 期。

② 《雷雨》第一幕。

果。此后的阶级实践加固了他的阶级性特征，但过去的经历也不可能消失得无影无踪，而是以浸透着阶级性的转化形态保留在了现在的思想感情中。当已不存在阶级与爱情对立的抉择时，在日暮之年的孤独寂寞中，尤其是当他再也没有得到过鲁侍萍曾给予他的爱情和温暖的情况下，他也就自然地产生对鲁侍萍的怀念。在这怀念里，有他自身的虚弱感觉，有他对自己所犯罪行的本能的恐惧，有自欺欺人的赎罪心理，有他对昔日幸福的留恋，也有对鲁侍萍的一丝“真诚的”怀念。因为这时的怀念已没有与他的阶级利益的直接对立性质，所以这种怀念也就与他的阶级性并不矛盾。当真的鲁侍萍又出现在他的面前时，他再一次面临着阶级与爱情的对立抉择，他也就很自然的表现出了自己的阶级立场，这也就把他平时的一切怀念之情的虚伪性和欺骗性全部暴露了出来，虽然这是他自己在过去也未曾意识到的。周朴园就是这么一个鲜明地体现着阶级性的人，同时又是一个这么复杂的人。他的阶级性没有影响他的复杂性，他的复杂性也没有销去他的阶级性。作者在周朴园一生的经历中把握他的现在，在他的全部复杂性中把握他的阶级性，从而使他成为一个成功的反面人物形象。

总之，我认为《雷雨》的杰出典型意义在于，它是稍后于《呐喊》《彷徨》的一个历史时期中国城市中进行的反封建伦理道德观念的思想斗争的一面镜子。封建思想依附在其他阶级的剥削者身上继续施展自己窒息人心的社会职能，它的暂时强大，它的日渐虚弱；觉醒的青年男女的挣扎反抗，他们的个性要求，他们的暂时弱小，他们的执著或动摇；劳动群众被吃的悲剧，他们的痛苦，他们的怨恨，他们身上的无形思想枷锁；工人阶级政治上的反抗，他们对中国思想斗争的暂时隔膜和不理解……这一切，在《雷雨》中都或多或少、或直接或间接、或自觉或不自觉地被反映了出来。

1982 年 12 月 4 日初稿

1983 年 4 月 12 日改毕于北京

原载《文学评论丛刊》第 23 辑（现代文学专号）1985 年 2 月

《雷雨》研究述评

潘克明

概述

曹禺的处女作《雷雨》是他的剧作中影响最大的一部，也是被评论、研究得最多的一部。据不完全统计，五十多年来，评论、研究《雷雨》的文章多达三百三四十篇，占研究曹禺剧作文章总数的三分之一强，还出版了一本专著。歌德说得好："优秀的作品无论你怎样去探测它，都是探不到底的。"[①]《雷雨》正仿佛一座蕴藏无限丰富的金矿，任人开采也不会有穷尽之时。

1934 年 7 月，《雷雨》在《文学季刊》一卷三期上刊出，并未受到特别重视。到 1935 年 4 月在东京神田一桥讲堂由中国留日学生组织的中华话剧同好会首演以后，才引起轰动。次月东京《帝大新闻》就发表专论赞赏中国戏剧从"梅兰芳"阶段发展到《雷雨》，是个飞跃[②]。五月东京出版的中国留日学生办的《杂文(质文)月刊》创刊号上也发表了白宁报道《雷雨》在东京公演的短文，指出《雷雨》剧本的问世，"在寂寞中的剧坛上""曾激起了一阵猛烈的浪花"。文章称颂剧本作者"运用他灵活的手段，内容穿插得非常的生动，他是描写一个资产阶级的家庭中错综复杂的恋爱关系，及残酷地暴露着他们淫恶的丑态。用夏夜猛烈的'雷雨'来象征这阶级的崩溃。"[③]这是国人在国外关于《雷雨》最早的一篇评介文章。接着七月出版的该杂志第 2 号又发表了吴天、罗亭的文章，还披露了曹禺致东京公演的导演者们的一封信《〈雷雨〉的写作》。

同年八月在国内由天津市立师范学校孤松剧团首演，同月当地的《益世报》《大公报》相继发表伯克、刘雯、不凡等人的评论。这些则可说是国内关于《雷雨》最早的评介文字。但这些文字多属于一般性的观后感，介绍演出情况，肯定演出的成功，往往只是一些鉴赏的印象和直感的判断，还说不上对剧作的研究。

随后就有一些具有一定理论价值、值得注意的评论文章出现。如刘西渭(李健吾)的《〈雷雨〉》、郭沫若在国外发表的《关于曹禺的〈雷雨〉》、张庚的《悲剧的发展——评〈雷

① 《歌德的格言和感想集》，中国社会科学出版社 1982 年 6 月版，75 页。

② 见田本相、张靖《曹禺年谱》，南开大学出版社 1985 年 9 月版，28 页。

③ 《〈雷雨〉在东京公演》，《杂文(质文)月刊》创刊号，1935 年 5 月 15 日。

雨〉》，特别是稍后一点周扬的《论〈雷雨〉和〈日出〉——并对黄芝岗先生的批评的批评》，他们都给了这个剧本以很高的评价。郭沫若赞赏它是“一篇难得的优秀的力作。作者于全剧的构造、剧情的进行、宾白的运用、电影手法之向舞台艺术的输入，的确是费了莫大的苦心，而都很自然紧凑，没有现出十分苦心的痕迹。”认为“作者在中国作家中应该是杰出的一个”①。周扬更是深刻分析了《雷雨》的“反封建制度”的主题，精辟地指出了它的“现实主义的成功”对人民民主革命的意义。说作者虽然“和实际斗争保持着距离”，却“用自己的方式去接近了它，把握了它，在他对现实的忠实的描写中，达到了有利于革命的结论”②。

初期的这几篇评论也对剧中一些问题提出了自己的看法。刘西渭最早提出“命运观念”的问题，张庚、周扬也都认为作者的世界观是有宿命论的缺陷，因而作者的世界观和创作方法之间存在着矛盾。刘西渭还最早指出《雷雨》受西方戏剧影响的问题。他们的看法虽然限于当时主客观条件，有的未能深入展开，有的未能解释得很清楚，但他们提出的问题，于后人多有影响。

解放初期，对于《雷雨》的研究，多是就这个戏的重新上演，从舞台演出的角度发表的一些文章，学术性不是那么强。

五十年代后期围绕着主要从《雷雨》中反映出来的作者世界观问题开展了讨论。代表两种不同观点的是甘竞、徐刚同刘正强。前者不同意长期流行的认为作家有宿命论观念的说法，后者则肯定作家确有宿命论思想，且认为作者的世界观和创作方法存在着矛盾。这一问题虽在《雷雨》研究早期就已涉及，这次讨论却是解放以来的第一次，故在当时颇吸引评论界重视。但讨论并没有能充分展开，这同当时政治上、意识形态上“左”的倾向明显抬头的背景不无关系。

1959年8月上海人民艺术剧院演出《雷雨》，作了不同于传统演法的新的处理，因而引起有些评论者的商榷。导演吴仞之基于要“解决同情谁、憎恨谁的问题”，“使封建压迫与劳资矛盾这两条线”“交织在一起”等的考虑，“把鲁家四人都理解成被迫害，引起人们同情的人们”。鲁贵也就被解释成一个“本质上是好的”“值得同情的人物”。对周蘩漪和周萍则解释成“极端的利己主义者”和“十足的资本家阔少”③。演出以后当即在《解放日报》《文汇报》及《新民晚报》上展开了讨论。导演对剧中人物所作的新解释，多不为评论者所接受。有人指出这“牵涉到如何运用马克思主义的观点来准确分析过去作品，也牵涉到如何正确理解这个剧本的主题思想、人物的典型意义和形象的表现方法等问题”④。

钱谷融自五十年代末就开始把《雷雨》的人物作为独立的专题进行深入的研究，于1962年陆续发表了周朴园、蘩漪、周冲三个人物的分论。这在《雷雨》研究方面是个好的尝

① 《关于曹禺的〈雷雨〉》，《东流》月刊（东京）第二卷第四期，1936年4月1日。

② 《论〈雷雨〉和〈日出〉》，《光明》第二卷第八号，1937年3月。

③ 《写在〈雷雨〉演出之前》，《解放日报》1959年8月19日。

④ 廖震龙：《评〈雷雨〉的新处理》，《上海戏剧》1960年第一期。

试，也是新的成果。透过对人物的分析，实际上对这部剧作的丰富的思想蕴涵和精湛的艺术表现作了全面的评论；加之论者的见解多有新颖独到、发人深思之处，所以受到人们的重视。但论者对周朴园的复杂性格的剖析，被有人批评为宣扬“人性论”。他把蘩漪看做“雷雨”的化身，也被认为忽略了作品中表现出的宿命论思想。于是，钱谷融的“人物谈”还没写完一半就因此而卡住。直到1979年才得以完成，于1980年出版了《〈雷雨〉人物谈》全书。这是国内关于《雷雨》研究的第一本专著。

对《雷雨》的结构艺术、戏剧冲突、人物刻划、艺术魅力、悲剧性质等也都有人论及，如陈瘦竹、沈蔚德1960年写的《论〈雷雨〉和〈日出〉的结构艺术》就是一篇有较高学术价值、影响也较大的文章。

粉碎“四人帮”以来，《雷雨》研究开创了新局面。关于“命运观念”、周朴园、蘩漪、周萍的形象、戏剧冲突的主要线索以及继承和借鉴等历来有争议的问题，都有人提出新的见解，并展开了讨论，它标志着对这部剧作的研究大大地前进了、深化了。诸如田本相的《〈雷雨〉论》、彬子的《论〈雷雨〉的主要冲突和主要人物》、钱谷融的几篇人物分论、陈丁沙的《论〈雷雨〉的戏剧结构》、高云雷的《浅析周朴园形象兼谈〈雷雨〉的主题》、晏学的《蘩漪与周萍》、辛宪锡的《〈雷雨〉若干分歧问题探讨》、王富仁的《〈雷雨〉的典型意义和人物塑造》等，都是在不同方面、不同层次上有所前进、有所突破的新成果。

还应提及的是，1982年中国戏剧出版社出版了北京人民艺术剧院编写的《〈雷雨〉的舞台艺术》，收录了导演、演员对剧本、人物的各自的理解和解释，也通过他们的艺术实践对一些有争议的问题提出了自己的看法。著名的舞台艺术家们对这部剧作再创造的丰富、宝贵的实践经验，为学术研究工作者同专业导、表演相结合，从综合艺术的全方位研究这部名剧，提供了十分有利的条件。

一、关于命运观念

诚如曹禺自己所说，“一部《雷雨》全都是巧合”①。剧作在表现人物命运上，特别是侍萍、四凤母女两代三十年间的遭遇上，突出地运用了巧合的情节手法，加上一些主要人物多次慨叹、悲呼“天”“命”，容易使人认为宣扬了神秘的宿命观念。嗣后，作家自己又在剧本的序文中谈到创作思想动因时，说了一大段有点神秘莫测、颇费理解的话：“《雷雨》对我是个诱惑。与《雷雨》俱来的情绪蕴成我对宇宙间许多神秘的事物一种不可言喻的憧憬。”“我不能断定《雷雨》的推动是由于神鬼，起于命运或源于哪种显明的力量。情感上《雷雨》所象征的对我是一种神秘的吸引，一种抓牢我心灵的魔。”②因此，《雷雨》中是否存在着命运观念（宿命论思想），成了这剧本研究中的一个难点。评论界大致有以下几种看法。

（一）肯定性意见

① 《曹禺谈〈雷雨〉》，《人民戏剧》1979年三期。

② 《〈雷雨〉序》，《雷雨》，文化生活出版社1936年1月初版。

最早提出《雷雨》里有命运观念的是刘西渭。他认为在这个戏里，作者运用了两个东西：一个是“新东西”，即“环境和遗传”；一个是“旧东西”，即“命运”。突出的则是后者。他说这部剧里“最有力量的一个隐而不见的力量，却是处处令我们感到的一个命运观念。你敢说不是鬼差神遣吗？否则，二十年前的种子，二十年后怎么会开花结果呢？”但他又说：“作者真正要替天说话吗？如果这里一切都不外报应，报应却是天意吗？我怕回答是否定的，这就是作者的胜利处。命运是一个形而上的努力吗？不是！一千个不是！这藏在人物错综的社会关系和人物错综的心理作用里。”①这就是说，《雷雨》是表现了命运观念的，不过是戏剧对现实生活的实际描写，却使人们感到造成悲剧的并不是“命运”，而是人物之间的社会关系和人物的性格本身。张庚更明确地认定《雷雨》的作者是有“自己的哲学——宿命论”的，这种“哲学”同他的现实主义创作方法存在着矛盾。说“如果他的创作方法战胜了他的世界观，他的剧作是要更其深入和感人的。不幸的是也象他的故事一样，那不可知的力量战胜了他的创作方法。”②周扬在这一点上和张庚持同样看法，认为“如果说反封建制度是这剧本的主题，那末宿命论就成了它的 Sub-Text(潜在主题)”。这导致了他的现实主义“不彻底，不充分”，“大大地降低了《雷雨》这个剧本的思想的意义”③。早期《雷雨》研究的这种看法，一直影响到解放后。

解放以来持肯定看法的有些评论，较之过去，不只是指出《雷雨》里有命运观念，及其给剧作带来的消极影响，而且着重从理论上作了较多的阐释和论证。他们根据曹禺对“自己的哲学”的表述，认为不能否认他写作《雷雨》时世界观是有唯物主义的成份，但同样不可否认也确实存在唯心主义的宿命论观点。说得最明确肯定的是近年李树凯的《曹禺剧作思想的几个问题——兼论曹禺的前期世界观》④。他从曹禺写这个戏要提出的问题、说明的道理和他对自己的憧憬所作的说明，把他当时的“指导思想”归纳如下：1. 深切感受到了宇宙间斗争的“残忍”与“冷酷”，对它既寒栗、恐怖，又满蓄着愤怒，认识到它的存在的不合理；2. 认为生活中的那些可怜的动物，是“在下意识的、盲目的情感、环境、机遇的捉弄下”，丧失了理智、盲目争斗，做出许多最愚蠢的事，从一个陷井拔脱出来，又落入了另一个更深的陷井里；3. 看到他的人物一个个落入难以逃脱的“黑暗的坑”，感到惊奇、茫然、不可理解。然而愈感到惊奇、茫然，愈紧紧地被它吸引，被它诱惑，竭力要描写它，表现它。李文说，剧作家写《雷雨》时的“指导思想”“显然是一种不可名状的、无法抗拒的唯心主义的‘天意观’即宿命论思想(当然，也不可否认曹禺写《雷雨》时的指导思想中有一定的唯物论的思想成份)。”刘正强也认为虽然曹禺自己说他的“命运观念”只是“从书本上得来的”，却应该承认他的世界观里确有这方面的缺陷。因为“人们的世界观大部分是接受而来的，有

① 《〈雷雨〉》，《大公报》(天津)1936 年 8 月 31 日。
② 《悲剧的发展——评〈雷雨〉》，《光明》第一卷第八号。
③ 《论〈雷雨〉和〈日出〉》，《光明》第二卷第八号。
④ 《西北师院学报》1985 年第四期。

的来自亲身经历，有的来自书本知识，他们自觉地或不自觉地相信了这些接受而来的东西，渐渐形成自己的看法。……当他接受某一信念的时候，也不可能不通过自己的思考。……尽管作家这时的认识还是‘模糊而不确定的’，它却不能不是作家世界观中的一部分。”①

这些评论者进一步认为，从剧本本身来看，许多情节的安排，都不仅仅出自加强戏剧性的需要，而是确实反映了作家在指导思想上的宿命论观点。刘正强说，作者在这个社会悲剧中加上了许多性爱和血缘的纠结，给人的印象是，“要解开这个结几乎是不可能的”。蘩漪和周萍的不正常关系，周萍和四凤的血缘关系，都“尖锐到只有用主人公的毁灭才能得到解决的地步”。鲁妈重到周家的这个偶然事件使已经解不开的扣子结得更紧，结果是只能用几个无辜生命的死亡和鲁妈的致疯来引起观众的恐惧和同情。这就使人感到一种“希腊悲剧式的力量”，“好象剧中活动着的人物，除了和环境奋斗不幸而致败以外，还有一种命运的权力可以支配人的行动，不幸的发生，好象就是注定了的。”因此，这些情节的安排，“不能认为只是纯粹为了加强戏剧性，这其中是有许多神秘性和宿命色彩的”。李树凯也认为从剧本本身来看，宿命论思想“贯穿在整个剧本的构思和情节安排上”。作家在这个戏里做了不少“有意的安排”，如侍萍抱定一个“远害”的思想，可三十年后她的女儿恰恰陷入了她陷入过的“黑暗的坑”；周萍爱上四凤，以为这是把自己从乱伦中拯救出来，万没料到又陷入了更深的陷井，等等。李文也说“不能把这些‘有意的安排’仅仅看做是为了巧妙的布局和彻底的戏剧性，因为从中表现出了一种思想：命运在播弄人。”他还认为解放初曹禺在《我对今后创作的初步认识》②一文中关于“《雷雨》的宿命观点”的自我批评是“实事求是的，也是可信的”。“这不仅不会对《雷雨》的思想、艺术价值和对剧作家的评价有任何贬损，相反它更能使读者正确地认识象曹禺这样杰出的作家的思想与艺术特色，以及他在我国现代文学史上所占有的不可替代的地位。”建领、君圭不仅认为象侍萍重回周宅的情节是体现了“命运的规律”，而且认为侍萍关于命运的台词“在一定程度上是反映了作者本人的（当然不是全部）思想的”。此外，雷电交加的气氛也加深了人们对命运主宰的感觉③。

（二）否定性意见

五十年代后期甘竞、徐刚发表的《也谈曹禺的〈雷雨〉和〈日出〉——兼论作家的世界观和创作方法》④就是这方面最早的代表。文章首先提出曹禺在《〈雷雨〉序》自述的那些引起人们争议的思想只是“从书本上得出来的”，“它们并不构成作家的真正的世界观，至少不是他世界观的主要方面”。他们说《雷雨》作者从生活实感和人物性格出发，真实地反映了社会生活的悲剧、阶级社会中人们不能掌握自己命运的悲剧，但由于“当时他对整个世界

① 《曹禺的世界观和创作方法》，《处女地》1958年第6期。

② 《文艺报》1950年第三卷第一期。

③ 《对〈雷雨〉讨论中的几点意见》，《处女地》1958年第四期。

④ 《处女地》1958年第二期。

的理性认识还是极其模糊而不确定的。他不明了他自己，对于复杂的社会生活现象更感到不可理解”，“他没有能力用抽象的术语对自己的作品作出正确的解释，而只能运用一些从书本上得来的模糊不清的概念”。接着他们指出剧作的内容本身，也并不存在宣扬宿命论的问题。从作品的整个艺术构思看，“作者并没有突出‘命运的力量’，把它作为事件发展的主宰”。作者运用较多的偶然性情节，不过是“为了加强戏剧性而作的有意的安排，他不过是想要通过偶然性事件来突出地表现生活中已经产生和必然产生的悲剧”。再从人物形象看，戏里“每个人物都有着真实的、具有象征意义的个性特征。”“他们自己的性格，包含着尖锐的内在矛盾的性格促使他们采取这样的或那样的行动。在各种不同性格冲突的基础上，开展着戏剧情节，导致悲剧的结局。这样的结局符合生活的真实，因此它是从事件和性格的内在发展中形成的。它和命运没有任何关系。”他们并未否认曹禺的世界观存在着缺陷，他们的看法是：由于脱离实际的政治斗争，没有和广大工农群众相结合，缺乏马克思主义的思想武器，作家的世界观“带有严重的、空想的、抽象的性质，其中混杂着小资产阶级所特有的主观主义的幻想和偏见，从书本上接受来的各式各样的‘哲学’。”世界观的这个缺陷使得作家“无法达到高度的历史真实性，不能有力地表现出现实生活中的革命情势和广阔的社会背景。他作品中积极的、光明的事物往往表现在抽象的、假定的形式中。缺乏最先进的世界观在某种情况下甚至使他脱离开了现实主义的道路，一度陷入了创作危机。”

甘、徐的意见一发表，就招来了驳难，此后这一种看法几乎没有人再提出。直到时隔二十年，进入社会主义历史发展新时期后，这个问题才得以重新被提起。1979 年陈丁沙在《论〈雷雨〉的戏剧结构》①中又明确否定“《雷雨》的思想主题流露着一种宣传宿命论的观点”的说法。他是从下面三个问题上作具体分析、探讨的：1. 作者当时的世界观有没有宿命论成分？2. 作品本身在客观上的作用是否宣扬了宿命论思想？3. 作品中的个别主人公（例如鲁妈）的思想是否反映了宿命观念，我们如何看待？关于第一个问题，他认为创作《雷雨》时，作者对生活的认识的确抱有某些“神秘的看法”，某些“不可知论的观念”。但是《〈雷雨〉序》中所运用的“天地间”和“宇宙”这类“抽象的神秘的”词汇，实际上就是指“人与人之间阶级斗争的社会现实”；他始终不能给他以适当命名、管辖宇宙里斗争的那个“主宰”，实际上是“自然界和阶级社会的‘法则’或‘规律’”。作家创作这个戏“并不是为了写出一个‘智慧的上帝’‘主宰’人们的命运，而是情感上要揭露出‘太残忍’的社会现实”。这和宿命观念是有界限的。对第二个问题，陈文说《雷雨》作者乃是为了“在完成主题中更富有激动人心的艺术冲击力量”，而把侍萍同周朴园和四凤同周萍这两件重复发生的十分相似的事故，独运匠心地交织在母女两代的身世经历中的。“这样的结构安排并没有丝毫违反生活逻辑的必然真实，而艺术概括的成就的确比普通的实际生活（素材）‘更高，更强烈，

① 《戏剧学习》，1979 年第四期。

更有集中性，更典型，更理想，因此就更带普遍性’。这是剧作《雷雨》的现实主义成就中的一个重要方面。”结局四凤、周冲的惨死和周朴园的健在，“不仅彻底消除了因果报应的宿命观念的罪状，而且是作品对阶级社会残酷现实的进一步揭露和控诉，是剧作的现实主义又一成就。”第三个问题，陈文说鲁妈的出身、教育以及所受当时社会环境的影响，迫使她从自身经历、遭遇中相信循环相报，相信命运的主宰，这是完全可以理解的。但是“作品中的人物有宿命观念，绝不等于作品本身或作者本人也具有宿命观念。”文章以鲁迅的《祝福》作类比，说鲁迅写了祥林嫂有宿命观念，人们绝不会因而去指责鲁迅本人或《祝福》这篇小说反映了宿命论观点。对于《雷雨》及其作者的结论，如果单纯从这一点来说，问题的性质完全是一样的。

1962 年初钱谷融在《〈雷雨〉人物谈》中曾因把蘩漪当作被作者漏掉的“第九个角色”，即“雷雨”的化身，而招致胡炳光的批评。胡文认为这样的说法是不知道“雷雨”实际上所代表的乃是“在冥冥之中主宰着人们命运的一种力量”，也就不能全面地理解曹禺当时的世界观，也就忽略了曹禺“从书本上得来的命运观念”对剧作的影响。为此，1963 年 1 月钱谷融写了答辩文章《关于〈雷雨〉的命运观念问题》，但到 1979 年才得以发表①。他也提出曹禺在《〈雷雨〉序》和《〈日出〉跋》中的一些说法，对判定《雷雨》中存在着命运观念都是不足为据的。因为这种说法是作者“事后追加上去的”，而并不是在创作构思中就已存在的认识。即使确乎在构思中就已产生，但“作者的主观意图还不等于就是作品的客观思想”，分析作品的思想，还是应该从作品本身出发，还是应该根据作品所描绘的整个生活画面，所提供的人物相互间的全部复杂关系，而作出实事求是的论断的。何况曹禺的那些容易引起人们某种神秘主义感觉的说法，也还不能说就是一种“哲学信念”，而只能说是“由于认识与理解的能力的不足而来的一种惊奇与惶惑”。他能够既不屑于“上帝”“命运”之类的迷信的说法，又不接受“自然的法则”这种机械的解释，“这显示出他的理智的清明，也是他终于能抵御住神秘主义的吸引，而没有成为它的俘虏的原因。”所以钱文觉得，如果说《雷雨》中的极端复杂而又紧张的冲突所造成的这样一种不可避免的悲惨结局，“在客观上不免有容易使人产生神秘的宿命论思想的消极倾向”，这是有根据的；但如果说，“作者在这个作品中就是有意要来表现这种宿命论思想的（哪怕持这种说法的同志也说这并不是主要的）”，他就表示怀疑。至于说“作者在创作构思中，就已预先把‘命运’作为全剧的动力，让它来操纵全剧，剧中人的一切活动，都在说明着它的存在，显示着不可抗拒的威力”，那他更是不以为然了。

（三）有的评论者不满足于上述两种看法，力图根据马克思主义“要真正地认识事物，就必须把握、研究它的一切方面，一切联系和‘中介’”②的方法，在对作家的思想加以全面分析的基础上，把《雷雨》的命运观念问题阐释得尽可能地辩证一些。

① 《戏剧艺术》1979 年第 1 期。

② 列宁：《再论工会、目前局势及托洛茨基和布哈林的错误》，《列宁选集》第四卷 474 页。

田本相在《〈雷雨〉论》[1]中就是努力这样做的。他的看法和上述两种意见都不尽相同，似显得比较辩证些。他着重剖析了曹禺的“自己的哲学”，认为这集中体现在所谓“对宇宙间许多神秘的事物一种不可言喻的憧憬”。所谓“憧憬”的真实内容，第一，“并非要显示那些因果报应之类的唯心主义观念”；第二，“始终闪现的隐秘是宇宙里斗争的残忍和冷酷”；第三，对这种斗争背后的“主宰”则表现出“困惑”，但又“没有诉诸上帝，也没有归因于命运，更没有说它是‘自然的法则’。”综上可见，“作家对宇宙里斗争的看法其主导方面是唯物的，有着辩证的因素，表现了他对宇宙里斗争某些规律的探求。”在《雷雨》中，那些纠缠着血缘关系和亲子关系错综复杂的戏剧冲突里，许多地方都“表现了紧张而激烈的阶级冲突”；那些看来是在所谓命运观念导演下的人物的悲剧遭遇，许多地方都“更真实地反映了阶级斗争的残酷性和必然性”。但是田文接着指出，曹禺对宇宙的憧憬，“按其形式来说又带着神秘的色彩”。他举出戏的高潮部分说明这一点：当悲剧走向结局时，特别是当周朴园宣布了侍萍的真实身份，几乎在场的所有人物都发出了“宿命的浩叹”。“在这场戏中笼罩着浓厚的宿命的气氛，使这悲剧的结局带上神秘的色彩。”作者“对宇宙里斗争背后的主宰的困惑”以及由此而引起的“渺茫不可知的神秘感”，在这里被戏剧化了。田文说：我们不认为作家是相信宿命论的。但是作家所面临的社会冲突十分激烈而残酷，同时又不可能给予科学解决时，就可能“被逼得退向不可知的神秘主义”。因此，“从哲学意义上看来，我们不应当否认《雷雨》表现出来的宿命的神秘色彩，这正是作家世界观中不可知的唯心主义因素造成的。”同时田文认为又不能简单地笼统地归结为“宿命论”。这是因为曹禺始终面对着残酷的现实，他从现实生活出发并以现实生活为依据提炼他的艺术形象，他的方法是科学的或者是比较科学的，他深入到现实世界的错综复杂的关系中去，因此，在许多方面表现出他对现实生活发展的某些本质方面和必然性的理解。即使在弥漫着宿命的神秘色彩的悲剧结局中，也使人们看到《雷雨》悲剧的不可避免的必然性。归根结底是客观的社会条件导致的，是周朴园所代表的剥削制度的罪恶造成的。

二、关于周朴园形象

周朴园并非《雷雨》中最主要的人物，但是他在全剧中却居于十分重要的地位。三条主要的冲突线索，即封建专制统治同资产阶级个性解放、自由民主要求的冲突，封建压迫同被迫害的下层普通人民的冲突，封建买办阶级 同工人阶级的冲突，都归结到他身上。离开了他，就无从认识剧作的主题，也难以理解其他人物。所以王富仁认为“理解《雷雨》全部意义的关键在于明确意识到周朴园的存在并对他的典型意义有一个较清晰的了解”[2]，这是很有道理的。关于周朴园，学术界长期以来有两个问题看法不一。

（一）周朴园是怎样一个代表人物，也就是怎样认识他的社会、阶级属性？大致说来，

① 《戏剧艺术论丛》1979 年第一期。

② 《〈雷雨〉的典型意义和人物塑造》，《文学评论丛刊》第二十三辑，1985 年 2 月。

有这样两类看法：

1. 认为周朴园是资本家的形象。如邱扬就把周朴园看作“资产阶级的代表人物”[①]。吴仞之解释周朴园“是一个血腥起家的买办资本家”，“他的性格的主要方面在于资本家的凶恶面目”[②]。辛宪锡在说明《雷雨》的主题时，指出“周朴园的下场，向人们清楚地表明，资产阶级由于其自身的罪恶，必然激起人们的觉醒与斗争，它无法避免衰亡的命运”，[③]显然也是这种看法。

2. 认为周朴园身上具有封建的和资产阶级的双重的阶级特征，但具体认识上又各有侧重。

有些人把资产阶级特征看成主要的，判定周朴园是“带有封建性的资本家”，在具体剖析其思想性格时，强调指出的是他的资产阶级特征。如钱谷融分析到周朴园重逢侍萍后要给她钱的言行，说这是“赤裸裸地露出了他的本相”，“充满着令人恶心的铜臭气息”，“这个资产阶级的卑鄙丑恶的灵魂”“被揭露无遗”[④]。

另有些人则侧重周朴园的封建性，判定他是封建势力的代表人物。

早年周扬就指出“周朴园在家庭里是一个顽迷专制的家长，在生产关系上又是一个懂得榨取、压迫和欺骗工人的方法的，口里衔着雪茄烟的资本家”。而他确认这个戏的主题是“反封建制度”[⑤]，显然他是把周朴园作为封建势力的代表来看待的。杨晦说周朴园属于“官商”。所谓“官”，“自然是一种封建势力，不过却往往到外国镀过金的”；所谓“商”，“却多半是洋商，或准洋商的买办之流”。据此，他肯定周朴园是“一个典型的封建人物”[⑥]。

田本相说周朴园的家庭是“封建阶级和资产阶级杂交的畸形物，它以强烈和浓厚的封建性为特征，周朴园妄图维护的正是那种封建的大家庭的秩序”。从伦理道德的精神面貌来看，也是“封建的东西融化了资产阶级的道德文明。因此，他的思想作风、气质是一种杂交的产物，但以浓厚的封建色彩为其特征。”田文还指出《雷雨》的现实主义深刻性“不在于揭露了一个具有封建性的资产阶级，而在于他揭露了中国资产阶级的封建性”，“这就深刻地揭示出几千年来的封建制度有着一种可怕的传统力量，也反映着半封建半殖民地社会长成的资产阶级同封建阶级有着深刻的政治的、经济的、思想的血肉联系。”[⑦]

高云雷认为周朴园有着“镇压罢工，软硬兼施，很会耍手腕”“会经商做生意”等资产阶级特征，但这并不是他的主导方面；主导方面是“浓重而顽固的封建性”。高文列述了这种封建性的一系列重要特征：1）浓厚的封建等级观念；2）反对资产阶级的意识形态；3）搞封

① 《旧中国资产阶级人物面影》，《光明日报》1954 年 7 月 10 日。
② 《写在〈雷雨〉演出之前》。
③ 《〈雷雨〉若干分歧问题探讨》，《中国现代文学丛刊》1981 年第一辑。
④ 《〈雷雨〉人物谈 · 一、周朴园》，《文学评论》1962 年第一期。
⑤ 《论〈雷雨〉和〈日出〉》。
⑥ 《曹禺论》，《青年文艺》新一卷第四期。
⑦ 《〈雷雨〉论》。

建性剥削；4)愚昧迷信，笃信宗教，相信天命；5)顽固坚持以宗法思想为核心的传统伦理道德，在家庭实行反动的封建专制统治，对抗正在崛起的资产阶级势力；6)对待侍萍的态度，十足地表现了他的封建阶级特征。据此，高文把周朴园看成是“封建买办典型，顽固的封建专制主义者，有些资产阶级色彩的封建阶级代表人物”。对周朴园作为资本家何以有如此浓重而顽固的封建性，高文是从他的封建买办的阶级特点来解释的：周朴园是属于清末民初在激烈的阶级斗争和形形色色的社会思潮的冲击下，从地主阶级中分化出来的“既当地主又当资本家，并与封建官僚、外国资本家有千丝万缕的联系”的那部分人，即所谓“封建买办”。他代表的是落后的生产关系，是一种腐朽、没落的社会势力。“这是区别于资产阶级的一个重要所在”。一般地说，封建买办应划入买办阶级的范畴，但剧本里主要表现周朴园的封建性。因此，还应该把他看作是一个“封建阶级的代表人物”①。

近年，王富仁在论及周朴园形象的典型意义时，虽仍持和周扬、田本相等基本相同的看法，但显示了其独到的深刻之处。王文是把周朴园置于《雷雨》的“中心矛盾冲突”即以封建家庭为主要阵地展开的“封建伦理道德与反封建伦理道德的思想斗争”中来考察的。他认为周朴园“是社会政治经济关系中的资本家和家庭伦理道德关系中的封建家长的怪诞结合的产物。正是在这怪诞而又真实的结合中，存在着他有别于世界文学中同类艺术形象的独立‘民族特征’，存在着有别于中国新文学中其他反面艺术形象的独立典型意义。”接着，王文指出周朴园身上的这种“怪诞结合”“恰恰反映了中国产业资产阶级的一个非常重要的本质方面”。他把中国产业资产阶级同西欧资产阶级作了比较，说前者远没有后者那种作为受压迫的“第三等级”的“光荣的”“出身”，也没有象后者那样经历过与封建贵族阶级的传统观念和专制统治的长期斗争。它主要是在外国资本主义的刺激之下，由封建官僚和农村的封建地主阶级投资于城市工业资本或兼营工业资本而产生的，所以，从它一开始，便具有浓厚的封建性质。诚然，它受到过帝国主义和封建主义的双重压迫，有反帝反封建的政治经济要求，但刚刚脱胎于封建地主阶级的中国产业资本家，“对中国反封建伦理道德的思想斗争，并没有表现出更大的积极性”。王文还认为以往新文学作品重视了描写中国产业资产阶级政治、经济上的动摇性和软弱性，却“往往忽略它在道德观念上与封建地主阶级的历史联系，而这正是它思想软弱性和妥协性的典型表现”。周朴园形象正好“在这方面填补了中国新文学的空白”。王文还深刻阐述了周朴园形象的巨大思想意义：“通过这一典型形象，曹禺不但深刻揭示了中国产业资产阶级的一个非常重要的本质方面，而且以独到的方式表现了中国封建传统观念的顽固性，中国反封建思想革命斗争的长期性和复杂性。《雷雨》向我们表明：在中国有着两千余年思想统治历史的封建伦理道德观念，不但会由它的倡导者封建地主阶级不遗余力地维持着它的存在，而且在本质上属于与封建地主阶级对立的资产阶级的许多代表人物仍会在一个相当长的时期维持着它

① 《浅析周朴园形象兼谈〈雷雨〉的主题》，《戏剧学习》1981年第2期。

的统治地位，它还会寄存在其他阶级的人们身上继续生存并施展其无形的桎梏力量。”①

（二）《雷雨》中有不少渲染周朴园对侍萍怀念、愧疚之情的描写，这同他对蘩漪的冷酷、寡情相对照，显得十分惹人注意。究竟如何看待周朴园对前者的感情，这也是长期以来有争议的一个问题。

解放初期的评论多少承认周朴园对付侍萍的这种感情还是有一定的真实性的。如凝壹的《周朴园真爱梅侍萍吗？》说：周朴园每当想到侍萍由于他的不义而自杀时，心里也不免有所“内疚”，他的种种怀念的表示就为了“平息自己的内疚，安慰自己的心灵，好象借此可以赎回年轻时的罪过。特别是到了暮年，他所认为“最圆满”的家庭，实际上并不圆满，“很自然地他对于为他牺牲了性命的聪明、美丽的侍萍，和她曾对他付予了纯真的爱情，更加深了追忆与眷念。于是这种缥缈、甜蜜的回忆，便填充了他的空虚的心。”但是这只限于“心灵上的追忆和仪式上的悼念”而已，一旦发现侍萍没有死去，“除了赤裸裸的个人利害、冷酷的现实以外，在人与人之间便再没有任何的联系了。”②

五十年代后期以来，随着阶级斗争“气温”的升高，理论批评的调子也愈益尖锐起来。上海人民艺术剧院 1959 年演出《雷雨》时，周朴园被处理成一个“血腥起家”、面目“凶恶”的“买办资本家”，对侍萍这样的被侮辱、被损害者，自然也不可能有丝毫真情可言。导演吴仞之认为，原剧本中周朴园纪念侍萍的一些情节和忏悔的语言，“人性论的味道较浓”③，因此在演出中统统删去，连他的“伪善”都不作一点表现了。

六十年代初，钱谷融不满于“把个人的复杂的心理面貌简单化”的看法，试图从阶级本质的一般性和个性的具体的复杂关系上来解释周朴园对侍萍的感情。他说：“阶级本质是渗透在具体的个性中，而且只有通过具体的个性才能表现出来的东西。而个性则总是比较复杂的，总是充满着各种各样的矛盾，而且还常常是盖有各种各样的涂饰物的，吝啬汉可以慷慨于一时，杀人不眨眼的人有时也会大发善心。因为吝啬汉的一时的慷慨，就不承认他是吝啬汉；因为残暴的人的偶发的善心，就说他并不残暴：当然是不对的。但如果以为吝啬汉有的只是吝啬，残暴的人任何时候都是残暴的，也是一种简单化的看法。……个性的复杂性并不否定或削弱个性的阶级性，而恰恰是更生动、更丰富地体现了他的阶级性，更充分、更深刻地揭示了他的阶级性。如果我们不估计到个性的这种复杂性，不去具体地观察研究这种复杂性，那么，我们对他的阶级本质即使也可能有正确的了解，但这种了解必然是抽象的，而不是具体的，是肤浅的，而不是深刻的。”根据这个道理，钱谷融这样解释周朴园对侍萍的感情：“我们说周朴园是虚伪的，乃是因为整个地来看他时，归根结底地来说时，他只能是虚伪的。但这并不等于完全否认周朴园具有任何真正的感情，也决不排斥周朴园对待侍萍可以有某种程度的真正的怀念。”因为“一个人对于已经失去的东西，

① 《〈雷雨〉的典型意义和人物塑造》。
② 《北京日报》1955 年 4 月 26 日。
③ 《写在〈雷雨〉演出之前》。

总是特别觉得可贵，特别感到恋念的。尤其是他做了一件伤天害理的事，……总不能毫无内疚。”钱谷融并未把这种“真正的怀念”感情加以绝对化，而认为是从属于、受制于周朴园的实际阶级利益。在并不损害利益时，他是可以有一点感情的，但当他一发觉这种感情与其利益相抵触，将要危及其名誉、地位时，他就会立刻把这种感情一脚踢开。因此，承认周朴园对侍萍具有某种程度的真正的怀念，“不但丝毫不能动摇我们认为周朴园是极端虚伪的看法，而恰恰是——从他的怀念的性质及其具体表现中——只有更其加深了我们的这一看法。”①

钱谷融的看法，对靠贴“阶级”标签解决复杂理论的庸俗社会学方法来说，是一个突破。这在“以阶级斗争为纲”的当时，无疑是要有相当的胆识和勇气，冒很大的风险的。果然很快就招来了严厉的驳难。王永敬批评他的“离开了阶级观点去观察人物，不能发现人物表面行为背后的实质。”说“对于阶级的人，对于不合自己的阶级利益的东西，决不会觉得可贵，决不会恋念。……也决不是任何一件伤天害理的事，对任何人，都总要引起内疚的。”他认为周朴园对侍萍的种种怀念表示，只是为了“隐瞒”三十年前的罪恶和解决眼前关于周萍的生母何在的疑题。由此，周朴园那种“怀念”“作为他自身的感情表现，是真实的；而对侍萍来说，其感情性质与内容完全是虚伪的，决没有任何真正的感情。”②王一纲、张履岳说人的感情“都是有阶级性的，不可能有任何‘真空的地带’与‘停滞的时刻’”。他们批评钱谷融把周朴园对待侍萍的“怀念”“歪曲地说成是一种不受阶级内容、阶级特征所‘决定’的‘真正的感情’和‘真正的怀念’”，这就“借周朴园的形象宣扬了资产阶级的‘人性论’”。③

此后，关于周朴园对侍萍的感情问题可以说成了一个不大不小的“禁区”，日益严酷的“阶级斗争”形势使评论者再不敢涉足。直到近几年，这个问题才又得以重新探讨，并愈益向深层次突进。

高云雷的看法就是富有一定新意的。他是把周朴园对侍萍的感情作为他思想性格上的封建性体现来认识的。他具体地梳理了周朴园重逢侍萍前后的感情发展线索：“未见侍萍前，怀念侍萍，见了侍萍，表示要承担抚养责任，为避免麻烦，辞退了鲁贵、四凤，虽表示断绝关系，但也‘于心不安’，‘藕断丝连’”；最后误以为侍萍又找上门来，“再一次剖白心迹，教育周萍，抚养生母，弥补自己的过错。”据此认为“周朴园对侍萍的态度虽然前后有矛盾，但是基本上是统一的，他对侍萍的感情是真实的——‘造孽于前，补过于后’，这正体现了周朴园封建阶级的特征，体现了周朴园的传统道德观念。”④

王富仁则继钱谷融之后，进一步从“鲜明的阶级性与内心复杂性的结合”上来剖析这

① 《〈雷雨〉人物谈·一、周朴园》
② 《谈〈《雷雨》人物谈〉后的异议》，《文学评论》1963年第四期。
③ 《周朴园的“深情缱绻”》，《上海文艺》1963年第八期。
④ 《浅析周朴园形象兼谈〈雷雨〉的主题》。

个问题。他首先肯定周朴园身上的“阶级性特征”是非常鲜明的，但他的阶级性也并非与生俱来的，而是“在阶级的实践中逐渐产生和加固的”。周朴园虽出身封建阶级，但出洋留过学，接受过外国新思潮的一定影响。从他自命在留学时的社会思想比儿子周冲现在的社会思想“要彻底得多”来看，他当时还不是“封建阶级的孝子”。他对侍萍的“爱”完全可能是真诚的。这种爱本身不应受到谴责，只有当他在阶级与爱情的最后抉择中，回到了本阶级的立场上，依照封建联姻制结了婚，并为个人的阶级利益迫使侍萍自尽。“这时，只有这时，他过去的真诚的爱，才导致了罪恶的后果。此后的阶级实践加固了他的阶级特征，但过去的经历也不可能消失得无影无踪，而是以浸透着阶级性的转化形态保留在了现在的思想感情中。”这就使他在暮年孤独寂寞的境况下，自然地会萌生对侍萍的怀念之情。这种怀念之情包含着十分复杂的因素：“有他自身的虚弱感受，有他对自己所犯罪行的本能的恐惧，有自欺欺人的赎罪心理，有他对昔日幸福的留恋，也有对鲁侍萍的一丝‘真诚的’怀念。”但是一旦侍萍又出现在他面前，他再一次面临着阶级与爱情的对立抉择，“他也就很自然地表现出了自己的阶级立场，这也就把他平时的一切怀念之情的虚伪性和欺骗性全部暴露了出来，虽然这是他自己在过去也未曾意识到的。”①王富仁的解释既遵循着马克思主义的阶级分析，又充分看到了典型形象包含的复杂性。揭示阶级性，并不忽视复杂性；重视复杂性，又不淡化阶级性。这是比较有说服力的。

三、关于蘩漪形象

蘩漪是剧作家“最早想出来的，并且也较觉真切的”②，并倾注了最大的热情，运用了最大的才力来塑造的一个人物，也是人们公认塑造得最成功的一个形象。

五十年代后期以来，蘩漪形象却曾遭到很大的贬抑。如1959年上海人民艺术剧院演出《雷雨》时，她被解释为“是一个极端的利己主义者”，“只能引起人们相对的同情”③。据有的评论文章中介绍，在实际演出中，这个人物被“处理得象一个善于寻衅的‘活鬼’……她的神情虽略带忧郁，却也看不出是一个被周家窒息得透不过气来的女人，也很难看出是被周朴园抑制得‘发疯’的女人。观众可以肯定，她没有什么痛苦和哀怨。”④“蘩漪这次被处理成一个十分自私、阴毒的女人。她老是噙着眼泪在狞笑。她给人的印象不能使人同情，她的某些阴毒的感情甚至叫人产生对周萍的原谅。”⑤

但是总的来说，自蘩漪这个十分独特、极富魅力的女性形象出现在舞台上以来，评论者对她的肯定评价是比较一致的。只是对她在剧中所起的作用及其性格特征的理解，有个逐渐深化的过程，并且在某些方面也存在一定的分歧。

---

① 《〈雷雨〉的典型意义和人物塑造》。
② 曹禺：《〈雷雨〉序》。
③ 吴仞之：《写在〈雷雨〉演出之前》。
④ 戈今：《〈雷雨〉的导演及其他——看上海人艺的演出》，《文汇报》1959年11月24日。
⑤ 廖震龙：《评〈雷雨〉的新处理》。

（一）关于蘩漪的性格

在《雷雨》研究早期，刘西渭提出“《雷雨》里最成功的性格、最深刻而完整的心理分析”属于女性，而女性中最成功的无疑是蘩漪，因为她“使这出戏有生命”。她是一个“被牺牲者”，一个“站在常规道德之外的反叛者”。她的性格的突出特征是“热情”，“她什么也看不见，她就看见热情；热情到了无可寄托的时际，便做成自己的顽石，一踤绊了过去”。但是她终究是“一个生活在黑暗角落的旧式妇女”，不象鲁大海那样能无所顾忌。因此她的热情表现出来反而“冷静到象叫你走进了坟窟的程度”。于是更让人感到“她的阴鸷、她的力量、她的痛苦”。“这有顾忌的主妇，会无顾忌地揭露一切”。她的戏剧行动线就是“从爱到嫉妒到破坏”①。周扬对蘩漪的独特性格的概括言简意赅，颇有见地：她“是一个最有斗争性的——即作者所谓最‘雷雨的’——性格”。“但她究竟还是一个中国的‘旧式女人’，有她的纤弱的一面。只要有周萍的爱，这‘闷死人’的屋子也会使她留恋，她会安于虚伪和欺骗的不自然的关系里。”周扬还提出，我们“应当把较多的同情给与她”②。刘西渭和周扬的看法对以后的评论者有较大的影响。

钱谷融《〈雷雨〉人物谈》中谈蘩漪的专节③和晏学的《蘩漪与周萍》④是解放以来研究蘩漪形象的优秀成果。他们都是从蘩漪与别的主要人物的矛盾冲突关系上来深刻把握她的性格的。有所不同的是，前者着重于蘩漪与周朴园的矛盾冲突，后者则着重于蘩漪与周萍的矛盾冲突。

钱谷融说“蘩漪不但有‘雷雨的’性格，她本人简直就是‘雷雨’的化身”。对蘩漪的“雷雨的”性格，钱文强调的是她的反抗性、斗争性，指出蘩漪在剧中的贯串动作看起来是要不择手段地留住周萍，挽回周萍对她的爱，实质上是“对她自己的地位、处境的一种反抗”，“对周朴园所加给她的种种束缚限制，对周朴园的专横统治的一种反抗”。蘩漪的反抗性格及其发展正是在同周朴园的一次比一次激烈的正面冲突中被深刻揭示出来的。在第一次冲突，即周朴园逼蘩漪吃药时，“蘩漪的反抗性虽然也表现出来了，但那多半是抵御招架，属于消极的防守性质的。”第二次冲突，周朴园催蘩漪去看病，她就以一种“挑战的姿态”出现了。但是，在这一次冲突中，周朴园仍还保持着他的优势。到了第三次冲突，蘩漪从鲁家回来后遇到周朴园，“优势就转到了蘩漪一方面，蘩漪已经从防御者的地位转变成一个进攻者”。待到最后的冲突，即在周萍与四凤将要一起出走的当口，蘩漪把周朴园叫出来，更以一个“审判者的姿态”“无情地撕毁了周朴园的庄严的外衣，剥落了他的道德的面具，而周朴园此时则已完全处于一个消极的、被动的地位了”。钱文指出蘩漪的一言一行，所作所为，无不在破坏周朴园要维护的封建家族秩序，撕毁周朴园要保持的封建家长

① 《〈雷雨〉》。

② 《论〈雷雨〉和〈日出〉》。

③ 《文学评论》1962 年第一期。

④ 《戏剧论丛》1981 年第三期。

的尊严，因而肯定她"就是那个家庭和那个社会里的叛逆，是值得我们寄与同情，给以支持的。"

晏学首先揭示了蘩漪独特的思想性格形成的根源：从清末到二十年代初这新旧交替、充满矛盾的时代影响溶合了封建门第的出身和教养的烙印。这就决定着蘩漪的思想性格的突出特点，正是"新与旧并存，矛盾集于一身"。晏学指出，由于受过"新的教育"，蘩漪不安于"三从四德"所规定的命运，而"要真真活着"。但她毕竟是个"旧式女人"，受到的"新的教育"又只有"一点"，因此，她所渴望的"真真活着"的内容，只是"在'个性解放'的鼓舞下，要求摆脱封建的桎梏，而按着合乎她'本性'的发展，以一个独立的人的资格，去追求和享受一种有爱情的生活。"这样的思想导致她以乱伦的方式去追求爱情。晏学认为蘩漪对爱情的热情追求，"实际上是摆脱封建桎梏，争取命运自主的一种觉醒的信号和重要的标志"；但是，"乱伦本身无疑是一种畸形的关系，而不是反封建的标志"。这正是蘩漪的悲剧。晏学着重从周萍与蘩漪"一走一留"的冲突中来具体揭示蘩漪的性格特征。她指出蘩漪与周萍的冲突，"不是一般的喜新厌旧，而是思想上的分道扬镳"：即"一个封建叛逆者与一个归顺者之间的不可避免的破裂"。蘩漪"是在与封建礼教抗争，在追求爱情的过程中，陷入'乱伦'的，而在她否认强加于她的为人妻、母的名分的同时，也否定了乱伦的关系"，因而她要求继续并发展同周萍的爱情关系。而周萍却从一开始就承认他们之间是乱伦关系，虽然在冲动之中他逾越了伦常的界限，但"前提是承认乱伦和自身犯罪"。因而在周朴园的"训诫"，特别是"身教"的威慑下，他"忏悔"了，决定与蘩漪决裂，做封建秩序的"顺民"。开始蘩漪并未认识到她与周萍之间破裂的实质，以为排除四凤就能留住周萍。及至周萍向她宣布："如果你以为不是父亲的妻子，我自己还承认我是我父亲的儿子"，蘩漪才真正明白，周萍除了"喜新厌旧"而外和她还有"思想上的分歧"。在蘩漪作了种种努力想唤回周萍对她的爱情而全盘失败之后，"被欺骗的愤懑，被遗弃的痛苦，嫉妒的怒火，报复的渴望……使她成为一把报复的刀，她要向敌人刺去。"但是当她发现自己不顾一切的报复竟伤害了比自己更不幸的人的时候，就显示出了她"内心的善良"。最后面对意想不到的大悲剧，特别是周冲的惨死，使蘩漪"不仅怀疑了自己的追求，而且否定了自己的苦斗"。她痛苦地谴责是自己杀害了心爱的儿子。晏学在这里深刻地指出："这个'受过一点新的教育的旧式女人'，就是在强烈追求'真真活着'的时候，内心也不无封建束缚造成的余悸。如今在巨大的不可解释的变故面前，她被封建的伦理道德压倒了。""这个生长在新旧交替的时代，在一个最黑暗的堡垒里，为了追求'真真活着'而苦斗一生的年轻女人，终于没有能够撞碎堡垒的厚壁冲出去，而在自我谴责中结束了悲剧的一生。"

钱、晏文章对蘩漪复杂性格的探讨有一个共同的特色，就是象演员体验角色一样，穿掘人物灵魂的底里，顺情循理地去把握这个话剧文学史上罕见的动人女性形象的性格的丰富内涵及其发展脉络。

近年，王富仁对蘩漪性格的探讨又提出了一些有新意、有深意的创见。他说蘩漪性格的第一个特征是"善恶因素的复杂交织"。他援引了恩格斯对黑格尔"恶是历史发展的动力借以表现出来的形式”这一命题的解释:“这里有双重意思,一方面,每一种新的进步都必然表现为对其一神圣事物的亵渎,表现为对陈旧的、日渐衰亡的但为习惯所崇奉的秩序的叛逆,另一方面,自从阶级对立产生以来,正是人的恶劣的情欲、贪欲和权势欲成了历史发展的杠杆,关于这方面,例如封建制度和资产阶级的历史就是一个独一无二的持续不断的证明。”[①]王文指出,恩格斯所说的“双重意思”对于蘩漪都是适用的。“作者正是在剧中的中心冲突中,在她的行为与周朴园所施加的封建窒息力量的关联中,在她的反叛对周朴园所维护的封建家长制‘正常’伦理秩序的威慑力量中,才使读者在她的‘不正常’的行为中看到了带有必然性的正常的一面,看到了她值得怜悯和同情乃至应当支持和引导的东西。”王文又指出,蘩漪性格的第一特征是通过她的第二个主要特征“软弱性与执拗热烈的结合”具体体现出来的。他认为蘩漪屈服于父母之命嫁给自己不爱的周朴园,到周公馆后又不敢冲破周朴园的禁锢,都是由于软弱。如若周朴园能给她哪怕象海尔茂对娜拉的那么一丁点儿实际是虚伪的、不平等的情爱;甚或周朴园如能减少点封建束缚,蘩漪的个性解放要求也不至于会如此强烈。这也说明着蘩漪的软弱。但是中国封建的伦理道德对妇女的精神压迫是如此严酷。这样,“软弱势必会转化为执拗,文静也势必转化为热烈”。这就导致了蘩漪乱伦的行为。王文说“假如说这是‘丑行’的话,这实际是封建伦理道德最易导致的‘丑行’,而对于蘩漪,则是她向这种道德、向周朴园维护的封建秩序的第一次严重挑战,是具有进步意义的一种行动。”[②]

(二)关于蘩漪在剧中的作用

钱谷融、王富仁都认为蘩漪在全剧中所起的巨大作用,在于她作为周朴园的主要对立形象,有力地揭示了戏的“主要矛盾”或曰“中心矛盾冲突”,从而有力地揭示了戏的主题思想。

钱文说,曹禺在《雷雨》里“主要只是想揭露周家这样一个带着很浓厚的封建色彩的资产阶级家庭,以及这个家庭所赖以存在的社会的罪恶,并表达他的一种被压抑的、无法排解的愤懑”,而“把批判的重点特别放在对周朴园的冷酷、专横和伪善的本质的揭露上”。为了完满地表达这种思想,作家选择了蘩漪作为“周朴园的一个主要的对立对象”,作为“向周朴园进攻的主将”和这个悲剧的“导演者”。他认为“只有蘩漪,才能全面地揭露周家的罪恶,才能够把周朴园的冷酷、自私、专横和伪善的本质充分地揭示出来”。[③]

王文指出,蘩漪在剧中“不但在言词上而且在行动上彻底破坏周朴园维持着的‘正常’封建伦理道德关系”,“最坚决、最尖锐地公开抓破周朴园在伦理道德上的虚伪面皮”,“无情地挞伐封建伦理道德的合理性和合法性”;“表面看来,她在全剧中一直在追求的是爱情,但这种追求本身,就是对周朴园封建夫权的直接挑战,就是埋在周公馆下面的十万两

---

① 《马克思恩格斯选集》第4卷233页。
② 《〈雷雨〉的典型意义和人物塑造》。
③ 《〈雷雨〉人物谈·二、蘩漪》。

无烟火药，就是对封建伦理道德的最果决的叛逆”。这就是蘩漪在“反封建伦理道德的中心矛盾冲突”中所起的“巨大作用”。①

周音、辛宪锡都不同意钱谷融的看法。周音说，把蘩漪当作“向周朴园进攻的主将”，是“不适当地夸大和抬高了蘩漪的地位和作用”，也是“歪曲曹禺塑造蘩漪的真正意图”。剧作家塑造这一形象，除了在揭露和控诉封建势力的残酷和罪恶，鞭挞当时中国的半封建半殖民地社会制度，还无可辩驳地证明，在当时的社会制度下，“以利己主义为出发点的所谓资产阶级追求个性解放的要求是不可能实现的”。周音说，象蘩漪这类女人“始终不能摆脱对封建势力的依附和寄生，在她与封建势力英勇搏斗的背后潜藏着软弱和动摇”，因而挣扎和反抗的结局只能是悲剧性的。她不能也根本不可能成为向封建统治势力周朴园之流进攻的主将。周音还认为钱谷融“这样有意修正和歪曲作者的原意”，导致的直接后果是，“把曹禺本人一再申明的，写作《雷雨》时，对中国革命动力认识是模糊和朦胧的，篡改成清醒而明确的”。这样“不仅贬低了《雷雨》，同时歪曲了作家世界观的真实性”。②

辛宪锡认为对大家庭的罪恶“‘暴露’得最有力”，“对周朴园的残酷与伪善的本质，作了最有力、最彻底的揭露”的，不是蘩漪，而是侍萍。他说：“蘩漪作为资产阶级家庭里的阔太太，过着优裕的寄生生活，有一定的人身自由，她主要是苦于精神被窒息。侍萍则受着人身与精神的双重摧残。蘩漪最悲处莫过于她对周萍说的这句话：‘一个女子，你记着，不能受两代的欺侮。’而侍萍与四凤母女俩，同受周家的‘欺侮’，岂不更悲？”又说蘩漪与侍萍对周朴园都有反抗，但两人反抗的意义也不同：“蘩漪的悲剧，激起的是资产阶级妇女追求个性解放的浪花；而侍萍的悲剧，能推动劳动人民争取翻身解放的时代浪潮。”辛文还认为，就组织戏剧冲突所起的作用来看，蘩漪也不及侍萍：“如果把蘩漪看作是‘周家悲剧的导演者，是使得埋藏在周公馆下面的火药爆炸起来的引火人’，那末侍萍就是这场悲剧的主演者，是真正埋藏在周公馆下面的那一颗重磅炸弹。”③

(三)关于蘩漪形象的意义

田本相说蘩漪悲剧性格的深刻性，在于让人们看到“僵死的封建的统治秩序，在一个资产阶级家庭里依然顽固地守着阵地，致使一个资产阶级女性都被逼得发疯了，逼得她发出最愤懑的抗议，起来捣乱着这个家庭的‘圆满’‘秩序’，而没有丝毫调和的余地”，这就极为深刻地揭示出“反封建的现实和深远的意义”。蘩漪悲剧性格的意义，还在于透过她的悲剧命运昭示着，“在中国追求资产阶级个性解放、个性自由的道路是行不通的”，“在利己主义的发条上产生的反抗力量毕竟是软弱，不能持久的。而从追求个性自由产生的爱情也并不是美丽的，也不可能把她引导到一条幸福的道路上去。”④

---

① 《〈雷雨〉的典型意义和人物塑造》。

② 《谈谈〈雷雨〉中的周蘩漪——与钱谷融先生商榷》，《中国现代文学研究丛刊》1981 年第 3 期。

③ 《〈雷雨〉若干分歧问题探讨》。

④ 《〈雷雨〉论》。

晏学指出，蘩漪只是一个接受了个性解放主张的有着封建烙印的资产阶级妇女，但是，这一形象的意义也正在这里："一个只'受过一点新教育的旧式女人'，一个因为被长期禁锢而在思想上有缺陷、行为上有病态的女人，都喊出了'我这个人还是我的'并且以自己所能采取的方式，为主宰自己的命运而抗争了，那么，周朴园和他所代表的反动阶级的统治，还能长治久安吗？"①

（四）关于蘩漪形象的局限

有些评论者认为蘩漪是一个"个人主义者"。如钱谷融说："不消说，她当然是个个人主义者，她为了达到她的目的可以不择手段，最后甚至把自己的儿子拉出来借以破坏周萍和四凤的结合。"②

辛宪锡则不同意说蘩漪是一个"个人主义者"或"利己主义者"，认为"这是对她的思想性格的曲解"。他说蘩漪爱上了周萍"是表现了一种为爱情与自由而献身的精神"，对周萍的报复"是对玩世不恭的资产阶级纨绔子弟的谴责与惩罚"，不是什么利己主义。辛宪锡认为作家把蘩漪作为一个正面人物，一个资产阶级家庭中的受害者与反抗者的形象，没有写她的阶级特征——"个人主义"，而突出她另一方面的阶级特征——"为自由而斗争的崇高精神"，在文艺创作中是完全可以的。那末蘩漪的缺点到底是什么？辛宪锡的看法是"资产阶级的阶级偏见与爱情至上主义"。还说通过蘩漪形象表现出来的"脱离社会制度与阶级压迫、把爱情置于一切之上的观点"，正反映了作者"思想上的局限"③。

四、关于周萍形象

（一）性格的复杂性

周萍可谓《雷雨》中性格最复杂的一个人物。剧作家在《〈雷雨〉序》中关于他归结了这样一句话"他的行为，不易获得一般观众的同情，而性格又很复杂的。"

有些评论者似乎过于侧重了前半句话，而忽视了或无视后半句话，因而对他采取了完全批判、否定的态度。如 1959 年上海人民艺术剧院演出《雷雨》时，周萍被解释为"一个十足的资本家阔少"，是周朴园"这个血腥起家的资本家家庭的道地的'卫士'"④。廖震龙也曾指出那次演出中更突出了周萍的"卑鄙无耻和极端利己主义行为"⑤。邱扬认为周萍作为周朴园的儿子"没有父亲那种在事业上的资产阶级'雄心'，显得更颓唐、不振作，懦弱怕事，自私自利，表现在感情问题上更多的是敷衍不敢负责任"。又说从他和四凤的关系上，"一方面我们可以在他的身上看到周朴园青年时代的影子，始乱而终弃之的剥削阶级对待女性的玩弄手法；另一方面也可以看出他和周朴园不同的地方，比周朴园更自私，更不忠

① 《蘩漪与周萍》。
② 《〈雷雨〉人物谈·二、蘩漪》。
③ 《〈雷雨〉若干分歧问题探讨》。
④ 吴仞之：《写在〈雷雨〉演出之前》。
⑤ 《评〈雷雨〉的新处理》。

于自己的感情”①。中国人民大学的《中国现代文学史》教材（1964 年版）这样评价周萍：他“是一个典型的资产阶级的纨绔子弟。社会和家庭的教养，养尊处优的生活环境，使他的性格具有封建主义和资本主义的双重性质。他对于父亲和这个罪恶的家庭一向抱着虔敬的态度，亦步亦趋地走着周朴园的老路。……他对蘩漪的过失，绝不能用‘年轻’‘幼稚’来辩护，对四凤也不是纯真的爱情。从他的可耻行径中，我们只能看到资产阶级的荒淫、卑鄙和龌龊。……他最后的自杀，符合他的空虚、怯弱的性格发展。他的死表现了这个阶级自身的破绽和危机，不能引起人们丝毫的惋惜。”吉林大学的《中国现代文学史》教材（1962 年版）对周萍也完全持批判态度，认为他的形象“正是颓废、腐朽的官僚资产阶级的形象”。

但是更多的评论者则是既充分看到了周萍“不易获得一般观众的同情”的一面，又顾及他“性格又是很复杂的”另一面。

钱谷融指出以往探讨周萍形象的偏颇：一种是“眼光只停留在一些表面的现象上，对他的所谓‘真诚’，所谓‘不得已的苦衷’，表现出过分的轻信，因而不适当地原谅他、同情他”；还有一种是“从他的思想本质出发，对他深恶而痛绝之，认为他的所言所行无一不是可鄙而可恨的，因此把他臭骂一顿了事，而不去进一步探索这个人物的性格形成的社会根源，发掘这一形象的深刻的典型意义。”钱文谈出自己的看法：“在作者笔下，周萍是被作为一个由于屈从于当时的统治势力，由于竭力想效忠这个统治势力，因而变得精神卑下、意志薄弱，无法解开他面对的重重矛盾，终于只能既损害了别人，也葬送了自己这样一个形象来处理的。”周萍在对待同蘩漪的关系上，之所以卑怯地背弃了自己的诺言，“都是一个‘怕’字在作祟：对他父亲的怕，对社会舆论的怕，对整个统治势力的怕。”说穿了，不过是从自私自利的动机出发，从个人的利害关系上着想。从这一点说，“他真不愧是周朴园的儿子”，“归根到底他和周朴园是同一类的人物”。但是，他和那个社会，和他所出身的阶级，还是“并不完全协调”的。他对四凤也是完全可能有“真正的爱情”的。就其思想起点来说，他是“和周冲、蘩漪等人颇为接近”的，在他身上也或多或少地反映出一些“‘五四’时期的时代特色”来。他之终于离开他原来的方向而成为现在这样的人，“正是周朴园和他所代表的社会一手造成的”②。

晏学也指出，在周萍与蘩漪决裂的过程中，“周朴园的思想原则、道德观念起了决定性作用”，所以使他在精神上完全成了周朴园的俘虏，成了封建礼教的“归顺者”。但是“他并不象人们谴责他的那样：‘是一个比他父亲更虚伪’，‘比他父亲更坏’，甚至‘简直坏到没有一点人味了’的人。”如果他象他父亲那样全身都浸透了最虚伪的封建道德，也就会象他父亲那样从容对付由自己乱伦造成的局面，而不会陷于悔恨之中和最后自己结束自己。周朴园那种“封建主义君子常用的‘赎罪’和‘金蝉脱壳’的手法”，周萍一样还没有来得及学

① 《旧中国资产阶级人物面影》。

② 《“哦，你是你父亲的儿子”——谈〈雷雨〉中的周萍》，《文艺论丛》第七辑，上海文艺出版社 1979 年 9 月版。

会。他临死前对父亲说的最后一句话“您不该生我!”正是“对自己一次再次地陷入乱伦关系的常常谴责”①。

王富仁对剧作家关于周萍性格的那句话,作了有独到见地的阐释。他认为,周萍“在剧中是一个犹疑徘徊在蘩漪与周朴园这对立的两极之间的中介线上的人”。正因为他处在中介线上,所以“他的行为不易获得一般观众的同情”;又因为他“被各种矛盾关系所牵掣”,所以他的“性格又是很复杂的”。王富仁归结周萍的“第一个也是最基本的一个性格特征便是这种复杂的矛盾性和向对立面过渡的趋向性”,由此派生的“第二个主要特征便是软弱性和动摇性”。王文还认为对周萍的理解,“关键又在于如何看待他对蘩漪和四凤的爱情纠葛”。他不同意笼统地否定周萍对她们的爱情关系,说:“周萍对蘩漪的爱伴随着的是对封建伦理道德观念的反抗,是对周朴园的憎恨;而对蘩漪的离弃,伴随着的则是对封建伦理道德的妥协和对周朴园的屈服”。“但是,他的退却暂时还不表现为变成周朴园式的封建秩序和封建道德的自觉维护者,他只是不再想亲自与它对立并破坏它。而对四凤的爱情就是企图在蘩漪和周朴园之间找一个中立点或曰避风港憩息下来。”王文认为,只要再向前跨出一步,就会变成“第二个周朴园”。但是由于情势的变化,他终于没有迈出“这关键性一步”②。

(二)是否值得同情?

紧接着对周萍性格复杂性的认识而来的另一个问题,是对作者所说的要设法替周萍“找同情”如何理解。对此也有不同的看法。

吉林大学的《中国现代文学史》教材(1962 年版)说“作者对周萍的形象的处理是抱有同情的,把他灵魂上的空虚和卑劣用性格上的犹疑、怯懦、冲动来掩盖,最后用自杀来作结局,这虽然加强了悲剧气氛,却不免损害了作品的思想性”,这“也反映了作者思想的局限性”。人民大学《中国现代文学史》教材(1964 年版)也认为“作者强调‘演他的人要替他找同情’,显然对他缺乏足够的认识,在个别细节的描写上也美化了他,给形象的创造带来一定的损害。”

较多的人特别是近年来的评论者则认为周萍不无值得同情之处。钱谷融指出周萍形象的性质和意义是不同于周朴园形象的性质和意义的,他们“不仅有互相补充的一面(都是腐朽的剥削阶级队伍中的一员),也还有互相对立的一面(在周萍身上还有某些与腐朽的剥削阶级不相协调的东西)”。从前者来说,对周萍的手下留情,给予原谅“是不适当的,是作者思想上的局限的表现”。而从后者来说,对周萍的手下留情,给予原谅,却又“有利于更无情地更彻底地揭露和鞭打周朴园,使得这一剧作的思想意义更加丰富,更加深刻”。钱文认为既要看到前者,也要看到后者。而对于一个评论家来说,“指出后一方面的意义,

① 《蘩漪与周萍》。
② 《〈雷雨〉的典型意义和人物塑造》。

引导读者和观众多从后一方面去考虑是尤其重要的”①。辛宪锡在指出曹禺要扮演周萍的人“设法替他找同情”,“不然到了最后一幕便会搁了浅,行不开”之后,他提示大家注意体会“最后一幕”四个字,说:“最后一幕,周萍终于没能走出周公馆,没能逃避残酷的现实,挣脱悲剧的命运。他终于明白,自己来到世上,自己的存在,就是一个罪恶,这个空虚、脆弱的灵魂,最后对周朴园喊出了这样一句话:‘您不该生我!’这是一个多余的人的生命走到最后一刻,向资产阶级发出的无力的控诉。……也只是在这儿,周萍才得到人们的一点同情。”②王富仁也认为周萍“到底没有跨出中介线,走向周朴园的一侧,成为周朴园思想领地的人”,所以演他的人还要“设法替他找同情”③。

(三)形象的意义

对周萍形象持完全否定态度的评论者,多半认为作家描写周萍同描写他父亲一样,都只是在暴露资产阶级的罪恶。如邱扬就认为,从周朴园和周萍两个人物的描绘中,“作者写出了当时残忍又怯弱、顽固地企图保存着自己的统治地位,却又不安地预感到即将衰亡的资产阶级的面貌。”④

但重视周萍性格复杂性的评论者,则肯定这一复杂的形象自有其独特不凡的意义。钱谷融指出,周萍形象对于周朴园形象来说,决不是“形象上的重复”。如果这样,那除了使我们也象痛恨周朴园一样地痛恨着周萍以外,不能给我们什么更多的东西。他说剧作家塑造周萍这一形象,目的当然也是在于揭露当时社会,鞭打当时社会的统治势力。但他显然“并不是把周萍直接作为统治势力的代表人物而加以揭露和鞭打的。他是从另一个角度,以另一种方式来实现这一目的的。”这“另一个角度”和“另一种方式”,指的就是通过周萍“终于离开他原来的方向而成为现在这样的人”的悲剧,“表明周朴园和他所代表的社会是怎样在摧毁着一切与他们的利益相抵触的东西,怎样在虐杀着一切多少有些生气的、不和他们同流合污的东西”⑤。晏学说,周萍形象的意义,“既不是周朴园年轻时的翻版,也不在于他是周朴园‘忠实的继承人’。他的无目的的活和羞愧绝望的死,恰恰是显示周朴园和他所代表的反动统治阶级已经面临后继无人了。”⑥田本相也认为周萍的自杀“在更多意义上是为那个崩溃腐朽的阶级敲响了丧钟”⑦。王富仁的看法则是这个形象“充分体现了那些剥削阶级家庭出身的青年,在反封建思想斗争中的不坚定性,显示了他们时刻有向封建思想投降的发展趋向性”⑧。

① 《“哦,你是父亲的儿子”——谈〈雷雨〉中的周萍》。
② 《〈雷雨〉若干分歧问题探讨》。
③ 《〈雷雨〉的典型意义和人物塑造》。
④ 《旧中国资产阶级人物面影》。
⑤ 《“哦,你是你父亲的儿子”——谈〈雷雨〉中的周萍》。
⑥ 《繁漪和周萍》。
⑦ 《〈雷雨〉论》。
⑧ 《〈雷雨〉的典型意义和人物塑造》。

五、关于鲁贵形象

鲁贵一向被理解为卑鄙庸俗的奴才形象，是批判、谴责的对象。但是五十年代末上海人民艺术剧院演出《雷雨》时，却一反以往普遍的看法，在他的身上做了翻案文章。导演吴仞之认为鲁贵虽然带有不少旧社会的习气，如爱钱、嗜赌、讲究吃喝玩乐等，但“从他的言行中，还是可以看到他对那个罪恶的社会制度的反抗的一面”，“对周家也是憎恨的”。这主要是指他在老婆儿女面前痛骂了周朴园一家子。所以他“本质上是好的”，同鲁家其他三人一样，“也是一个应该同情的人物”①。

对鲁贵的这种解释和处理，引起几乎所有评论这次演出的人的异议。廖震龙说，导演要修改人物应考虑到两个原则，第一是“不修改是否对剧本主题思想有损害”，第二是“按照我们主观的意图，作品是否提供修改的条件”。关于这一点，他的看法是：“原来鲁贵的性格并不会损害剧本的主题思想”，相反，这样修改了，“也并不有助于主题思想的突出”。他认为“不能把阶级分析作简单化的理解”。鲁贵“不是一般的‘下等人’”，其经济地位虽然是一个被剥削者，但他过的生活却和地主差不多，满身沾染了剥削阶级的丑恶习气。这就造成了他复杂和矛盾的性格：“只要能保住自己的生活，他可以过着卑躬屈膝低声下气的生活，他虽然对旧社会的罪恶有仇恨的一面，但这种仇恨是被庸俗无耻的生活深深地埋葬了的。”所以他的“本质已蜕化成不是好的了”。从这个意义上说，鲁贵形象也有一定的“悲剧性”，其性格也“具有深刻的典型意义”。至于第二点，廖文认为“作者在《雷雨》中所安排的特定情节是无法使鲁贵成为‘本质上是好的’人”的。那次演出中删去了第一幕中鲁贵向四凤要钱的情节和第三幕表现他与鲁大海尖锐矛盾的一些情节，“并不能完全改变他的本质”，“他的整个行为仍然是受到鄙视的”。如他向四凤谈“鬼”，提醒她“小心”，并非如有人理解的出自“爱护女儿之心”，而是“想在四凤身上打坏主意——捞些钱”。所以他一定要把四凤带到周公馆做事，后来又和鲁妈争夺四凤，极力张罗自己和四凤能重回周家去，这些都出于卑鄙的目的②。大椿对导演所说的鲁贵“对周家也是憎恨的”作了分析，指出鲁贵的“憎恨”是以个人利益的得或失而消失或上升的。通过他的行为表现出十足的阿谀谄媚的奴才气息，是一个有奶便是娘的人，这样的人在对己有利的情况下，在工厂会成为资本家压迫工人的工贼，在农村会成为地主的狗腿子③。

近年，王富仁在论及鲁贵形象时，也不同意五十年代末吴仞之对鲁贵的“修改”意见。他认为阶级对立的社会中，不同阶级身上都会排泄出一些“社会渣滓”，即被称为“小市民”的阶层。其特征是：“没有特操，不相信任何道德准则；他们会当面恭奉任何强权者，但背后又会诅咒他们；他们专门注视着社会的丑恶，但从不想消灭它们，而是为自己的卑劣行

① 《写在〈雷雨〉演出之前》。

② 《评〈雷雨〉的新处理》。

③ 《收获与问题——谈上海人民艺术剧院〈雷雨〉的演出》，《解放日报》1959年8月25日。

为辩护；他们没有任何社会理想，一生只追逐着蝇头小利，并为此不惜出卖任何人，包括自己的妻子儿女；他们欺软怕硬，厚颜无耻，卑琐庸俗，保守守旧……”。王富仁说鲁贵就是这“小市民”阶层中的一个，“严格讲来，他不属于任何阶级，他也并不自觉地维护任何阶级的利益，但又以其自己的卑劣和庸俗而成为所有邪恶势力的社会支柱”。他在剧中起的作用，正在于“对周朴园是一个无形的支持”，所以理应受到鄙夷、否定①。

六、关于戏剧冲突的主要线索

《雷雨》里矛盾冲突错综复杂，情节线索交织呈网状。既是一张网，有网络也必有纲绳，就是说在众多戏剧冲突线索中必有其主要者。能否准确地把握住冲突主线，关乎到能否对戏的主题思想的涵义、全剧的贯穿动作和反贯串动作以及整个人物形象系统作出正确的深刻的解释，舞台处理也才能比较准确。历来对这个问题主要有三种不同看法：

（一）蘩漪与周朴园的冲突。钱谷融、田本相、彬子、王富仁等皆持此说。

钱谷融认为《雷雨》的“主要冲突”乃是同“周朴园的冷酷、专横和伪善”的统治的斗争。而作为周朴园的主要对立形象的，并不是鲁大海，也不是鲁侍萍，而是蘩漪。“只有蘩漪，才能够全面地揭露周家的罪恶，才能够把周朴园的冷酷、自私、专横和伪善的本质充分地揭示出来”②。

彬子也说曹禺在写《雷雨》时，还缺乏阶级观点，他无意通过作品来描写阶级矛盾，来揭露阶级剥削和压迫的罪恶，而是出于一个进步知识分子的“正义感”和“个人好恶”，强烈地要“发泄那抑压的愤懑”，揭露周朴园这类人物的冷酷、自私、凶残和伪善，鞭挞他统治的家庭罪恶。剧作家认为在这类家庭里，蘩漪这样的人是“最能充分、彻底而又富于感情地进行反抗的”。于是他便十分自然而明智地选择了蘩漪作为剧中的主要人物，着力描绘她的爱、恨、痛苦和反抗，来揭露和鞭挞周朴园和他所代表的封建专制主义，这就构成了《雷雨》的主要戏剧冲突。彬子又分析了鲁妈与周朴园的矛盾、蘩漪与周萍的矛盾同蘩漪与周朴园这个主要矛盾的关系，指出鲁妈与周朴园的矛盾，是“蘩漪与周朴园矛盾激化后出现的”。作家的主要用意是通过鲁妈的遭遇，“从历史上揭露周朴园的冷酷、自私，抨击他那封建家庭的伪善”。至于蘩漪和周萍的矛盾则是“蘩漪和周朴园冲突的折光反映”。彬子还进一步指出作家在表现主要冲突上的独辟蹊径，认为“五四”后反封建题材的作品，“大多是让反封建、争取解放的主人公，与封建势力的代表者发生顶撞，进行斗争，最后主人公或胜利，或出走，或悲惨自刎”。《雷雨》与此不同，除了用蘩漪与周朴园直接顶撞的一些情节，揭示他们的冲突，反映他们的矛盾外，更主要的是“用蘩漪同周萍发生乱伦的性爱关系，并尽力要维持这种关系的特殊行为”，“曲折地反映她和周朴园的深刻矛盾”③。

---

① 《〈雷雨〉的典型意义和人物塑造》。

② 《〈雷雨〉人物谈·二、蘩漪》。

③ 《论〈雷雨〉的主要冲突和主要人物》，《戏剧界》1980年第5期。

王富仁认为《雷雨》全剧的“中心矛盾冲突”是反对周朴园为代表的封建伦理道德。而对封建伦理道德作了“最果决的叛逆”，对周朴园所维护的封建秩序形成“威慑力量”的，也正是蘩漪。王富仁并未忽视侍萍在主要矛盾冲突中起的重大作用，但指出“这种作用，是鲁侍萍一生命运的客观事实本身蕴蓄的，而不是她主观追求的目的。做为鲁侍萍这个人物，在舞台的现实斗争中并没有与周朴园体现的封建伦理道德观念进行有目的的斗争。”①

（二）侍萍与周朴园的冲突。谭沛生、辛宪锡、陈衍等持此说。

谭沛生在《论戏剧性》一书中谈到戏剧悬念，以《雷雨》为例时指出“这出戏，在错综复杂的人物关系的线索中，中心线是周朴园和鲁侍萍之间的关系，其他人物的关系都与此有着直接、间接的联系”。②

辛宪锡也认为“侍萍的命运悲剧实为《雷雨》多条线索中的一条主线”。他是从三个方面来论证的：1.“《雷雨》的戏剧冲突，由压迫者与受害者双方组成。周朴园显然是压迫者一方，受害者一方有许多人，而以侍萍受的迫害为最深。她不但本人与周朴园有根本利害的冲突，而且许多人的命运都与她有关，她还联结着受害者一方。……这就使《雷雨》中的一切矛盾自然而然地集中到侍萍与周朴园两人身上，由此构成剧作的主要矛盾”。2.《雷雨》的“中心事件是侍萍的悲惨遭遇。它构成一个完整的故事，呈一条纵线，贯串全剧。其他一系列事件，或近或远地与这条纵线相联结，丰富冲突的内容，推动着剧情的发展”。3.《雷雨》“四幕戏中，侍萍的戏都作为重场戏贯串始终”③。

陈衍说《雷雨》主要是“通过周朴园和鲁侍萍三十年前后的爱情纠葛，来揭露封建家庭和社会的罪恶，为妇女的自由解放呼吁”。写四凤与周萍、蘩漪与周萍的矛盾，都是为加深这一主题。在多种矛盾关系中，在剧情发展中，周朴园和侍萍的重逢“派生出或者说推动着剧中所有的矛盾”。这些矛盾或是由侍萍的到来所引起的，或是随着侍萍的到来逐渐尖锐起来，达到白热化④。

（三）蘩漪与周萍的冲突。顾仲彝、马琦、晏学、潘克明等皆持此说。

顾仲彝在《编剧理论与技巧》一书中谈到《雷雨》的戏剧冲突的发展形式时，说“这出戏里……每一人物有不同的愿望和企图，互相发生或大或小的意志冲突，构成错综复杂的戏剧冲突。但贯串在全剧的自始至终的主要冲突是蘩漪与周萍之间的冲突”⑤。

马琦也认为：“《雷雨》中蘩漪和周萍的情节线，是支配全剧的主要行动线，主要矛盾是由于蘩漪和周萍的矛盾才出现或加剧了的”⑥。

晏学指出，“在这场席卷周公馆一切人的风暴中，周萍与蘩漪是漩涡中的两个人物。

① 《〈雷雨〉的典型意义和人物塑造》。
② 《论戏剧性》，北京大学出版社 1981 年版，第 148 页。
③ 《〈雷雨〉若干分歧问题探讨》。
④ 《〈雷雨〉拾零》，《名作欣赏》1982 年第二期。
⑤ 中国戏剧出版社 1984 年 2 月版，第 128 页。
⑥ 《编剧概论》，陕西人民出版社 1981 年版，第 140—141 页。

他们一个要走，一个要留。这一走一留，构成了这个历时三十年的故事最后情节的主线"①。

潘克明则就这个问题从三个方面来阐述：1. 蘩漪与周萍的冲突"最直接、最深刻地体现主题"。首先最能体现《雷雨》的"暴露大家庭的罪恶"的思想。针对辛宪锡认为蘩漪在这方面"不能与侍萍相比"的看法，潘文指出"侍萍因为遭遗弃早就离开了周公馆，她对'大家庭的罪恶'的暴露仅止于周朴园对她的迫害，而蘩漪由于受周家'两代人的欺侮'，比侍萍更清楚大家庭罪恶的底细，对被侮辱与被迫害的痛苦感受也更深。""封建大家庭和封建伦理道德的罪恶""在蘩漪身上留下的创痛，就比侍萍要深，她对它们的揭露也就'最有力'。"其次，蘩漪"最有反抗性"，她同周萍的冲突直接有力地体现出了《雷雨》蕴涵的更高层次的思想："只要被统治的人们起来反抗，封建家庭和封建伦理道德的崩溃就是无可挽回的"。潘文也通过蘩漪与侍萍的比较，指出诚然侍萍对周朴园也是作了反抗的，"但是从根本上说，她并不想公开揭发周朴园的罪恶，更丝毫没有动摇他的统治的念头"。原因就在于她有认"命"的消极思想。而蘩漪却对封建家长统治进行了"强烈反抗"，对封建伦理道德作了"大胆冲击"。这主要从她和周萍的关系上显示出来。"蘩漪为解决她和周萍的冲突采取的最后行动"更是集中反映了"时日曷丧，予及汝偕亡"的强烈的反抗精神，"也使剧作的主题得到了圆满的体现"。2. 蘩漪与周萍的冲突是"贯串全剧始终，构成这个艺术有机体的脊骨"的。潘文从"开场（破题）——开端（上升动作）——进展——高潮——结局这剧情发展的全过程"具体剖析了蘩漪与周萍的冲突如何始终贯串着，并推动着全剧的运动进行。如早在作为"破题"的鲁贵父女一大段对话里就已经开始了"剧本的贯串行动"，即"周萍要摆脱蘩漪，蘩漪则要缠住周萍"。最后"戏的高潮从发端逐步上升到极点"，也"都是蘩漪和周萍的冲突这条主线在起着主要作用"。文章还说明侍萍在第一幕没有出场，自然"不会和周朴园正面冲突"，也"没有直接卷入其他人物的冲突之中"；到第二幕侍萍才同周朴园发生了冲突，可"双方又都不想冲突下去"。"如果没有蘩漪和周萍冲突起引爆作用，侍萍与周朴园的冲突是不会发展以至于激化到现在这样的"。至于蘩漪和周朴园的冲突也正是由于蘩漪和周萍的冲突，才"变得紧张起来"。所以，这两条冲突线都不是全剧主线。3."在全剧多条冲突线中，蘩漪和周萍的这条冲突线是居于主导地位的，它制约着、影响着其他的冲突线，其他的冲突线则在不同的程度上，从不同的方面为加强它的发展服务"。如蘩漪和周萍的几次冲突，一次比一次升级，而每次冲突之前，都有她和周朴园的冲突起激化剂的作用。后者是为突出前者服务的②。

七、关于剧作的民族化

《雷雨》明显地受外国戏剧的影响较多，这是曹禺研究者普遍的看法（有关评论将在本

① 《蘩漪与周萍》。

② 《也谈〈雷雨〉戏剧冲突的主线》，《中国现代文学研究丛刊》1982 年第 3 期。

书综合研究篇第三章中详加述介）。可是，这个戏并没有给本民族观众带来审美阻隔，相反无可置疑地受到他们异常热烈的欢迎和喜爱，成了中华民族现代戏剧宝库中的一颗闪现不灭光华的明珠。剧作家艺术上成功的关键在哪里呢？

对此，田本相的回答是：就在于作家“吸取外国戏剧的优长而不忽视民族戏剧的宝贵经验”，这就“在话剧创作的民族化群众化上有了较大的突破”，“形成了《雷雨》的民族特色和个人化风格”。

田本相着重分析了曹禺是“怎样把借鉴外国戏剧同继承民族戏剧的优秀传统结合起来，又是怎样在进行具体的艺术创造时，把中国观众的欣赏习惯考虑进去的”。他从以下三个方面加以说明：

首先，“在《雷雨》的情节和结构上，它注意到中国观众要故事，要穿插，要场面的欣赏习惯，使《雷雨》具有故事的传奇性、冲突场面的紧张性和结构上的明了性”。之一，是“把外国悲剧中人物命运的偶然性、巧合性同中国民族戏剧的故事的传奇性熔为一炉”。之二，“尽管情节复杂，但为了照顾中国观众的欣赏习惯，于人物的关系、事件的缘起及其周折变化，在关目上都交代得清清楚楚。它避免外国戏剧那种‘藏头露尾’的结构，事件顺序展开，首尾贯通，使整个结构具有一种通俗易懂的明了性”。之三，继承了中国戏曲“排场有起伏转折”的特点，“在其曲折的故事发展中，几乎每一幕都配置了紧张热烈的戏剧冲突场面，使剧情于起伏之中进行得有声有色，扣人心弦”。其次，在描写环境、塑造人物上，《雷雨》“吸取了中国戏曲和古典诗词的抒情艺术，寓情于景，情景交融，力求创造一个富有诗意的戏剧境界”。最后，在戏剧语言的锤炼上，《雷雨》也显示出民族化的突出成就①。

陈瘦竹对田本相关于《雷雨》“民族化”的看法提出了异议，认为田本相“对于曹禺所受外国戏剧影响不仅未加重视，而且立论稍嫌偏颇”。针对田文认为《雷雨》结构之所以是“民族化”的，而非外国式的，是在于它并不“藏头露尾”，而是“顺序展开，首尾贯通”，陈瘦竹说，《雷雨》恰恰没有按中国传统戏曲的“顺叙方法”，从三十年前周朴园对侍萍始乱终弃写起，而是在易卜生《群鬼》的启发下，“用倒叙或回溯方法，形成‘藏头露尾’的结构”。这“显然受到欧洲戏剧影响，而与传统戏曲并无继承关系。但我们决不会因此就说，《雷雨》不是民族化而是外国化的戏剧”。陈文还指出，外国戏剧结构也并非都是“藏头露尾”，即霍洛道夫称之为“锁闭式”的，莎士比亚剧作就大都是“顺序展开”即霍洛道夫称之为“开放式”的②。

节选自潘克明编著《曹禺研究五十年》，天津教育出版社，1987 年第 1 版

① 《〈雷雨〉论》。

② 为朱栋霖著《论曹禺的戏剧创作》所作《序言——关于曹禺剧作研究的若干问题》，人民文学出版社 1986 年二月版，第 44—46 页。

试论《雷雨》的基督教色彩

宋剑华

我们试图为《雷雨》研究另辟新径，对这部优秀作品的社会价值，做出真正的科学与求实的解释。因此，我们提出《雷雨》中的基督教色彩——这一长期以来被理论工作者所排斥、否认，但又是作品中客观存在的实际问题，加以讨论。

基督教是世界三大宗教之一。公元三世纪，古罗马帝国的政治危机日益加深，统治阶级为了加强对人民大众精神上的奴役，宣布基督教为国教，为全体臣民必须信奉的唯一宗教，强制推广普及。从此，崇尚基督教的热潮，便逐渐在欧洲盛行起来。在人类文化的发展史上，基督教曾是麻痹人民神经的“鸦片烟”，但也无可否认，它对西方文学的发展也产生过极大的影响。但丁、莎士比亚、弥尔顿、歌德、托尔斯泰等人的作品，都不同程度地沐浴着基督教的阳光。鸦片战争以后，做为西方文化的组成部分之一，基督教开始打入中国的现代文化生活，并影响到我国的现代文学创作。曹禺就是其中的一个。

他曾毫不忌讳地说：“我接触《圣经》是比较早的，小时候常到教堂去，究竟是个什么道理，我自己也莫名其妙。人究竟该怎么活着？为什么活着？应该走什么样的人生道路？那时候去教堂，也是在探索解决这些问题吧？当时我是有闲工夫的。我觉得宗教挺有意思，但对佛教不感兴趣，大约它太出世了。……在清华大学读书时，我对巴赫的宗教音乐也有过接触。我读了托尔斯泰的《复活》，就非常想看看复活节是怎么回事，也想看看大弥撒的仪式。”“我当时有一种感觉，好象是东撞西撞，在寻找着生活的道路。……甚至对基督教、天主教，我都想在里边找出一条路。”①

曹禺虽然不是一个基督教徒，但他从少年时代的对《圣经》感兴趣，到青年时代的希望从它那里寻找生活之路，基督教精神实际上已在他的思想深层，埋下了潜伏的影响。而这种影响，在他创作《雷雨》时，就被充分表现出来。当时的曹禺，还只是个二十五岁的朝气青年，但他所面对着的社会生活，却是五光十色、扑朔迷离。他不满现实的黑暗，痛恨阶级压迫，认为“人毕竟是要活着的，并且应该幸福地活着”；②但现实生活中的人，又都被卷入“不是恨便是爱，不是爱便是恨；一切都走向极端”“这种宇宙里斗争的‘残忍’和‘冷酷’”的

① 见曹禺《我的生活和创作道路》，载田本相著《曹禺剧作论》一书的附录部分，中国戏剧出版社 1981 年版。

② 曹禺《〈日出〉跋》，文化生活出版社 1937 年版。

漩涡之中;他预感到在这种斗争的背后有一个神奇的“主宰”力量,可又“没有能力来形容它的真相,因为它太大,太复杂”。[1] 虽然,他也曾经“间接地读过一点马克思主义的书,可是读不懂就放下了”。[2] 对现实生活的敏娜感受,激起他强烈的创作欲望,而理论修养的不足,又使他无法解答人生之谜。困顿、迷惘、朦胧、惆怅的矛盾心理,自然而然地把他的视线引向早已熟悉的《圣经》,试图从宗教中去寻求大千世界的真谛。

从本质上来说,基督教“只承认一切人的一种平等,即原罪平等”。[3] 它认为:生是善恶两种势力之间的长期斗争,在不远的将来,斗争结束,那时死者将会复活,并依照他们过去的功过是非得到相应的酬报,善良而忠诚者,可以进天国享受极乐,奸佞而邪恶者,便被打入地狱备受折磨。因为人一生下来就是有罪的,所以要不断忏悔、不断思过,只有这样,最后才能“赤身裸体,走向上帝”。这与主张人们消极“出世”的东方佛教,大不相同。

《雷雨》所显示的客观效果,正是人生中“善”与“恶”两大势力间的激烈征战,以及“上帝”(在作品中体现为自然力)所做出的公正裁决,这并非我们有意标新立异、别出心裁。从宏观角度来看,作者在狭小的空间与浓缩的时间里,以周、鲁两家的血缘纠葛为轴心,构成无数的矛盾运动,这些矛盾相互依存又彼此冲突,连接成一张巨大的矛盾“网”,作者生动地描绘出这张“网”从失调转向协调那一瞬间所爆发的悲壮场面。从微观角度来看,作品中每一个人物的灵魂,都在“不是恨便是爱,不是爱便是恨”的人间畸形关系中挣扎、哀号,并逐渐走向忏悔、净化。全剧的中心动作,是人性由“邪恶”向“忏悔”的转化过程,形成结构上“平衡”→“失调”→“平衡”的圆形循环轨迹。

空洞的说教,是毫无意义的。下面,我们从结构模式、中心人物、环境布局三个方面,来探讨基督教对《雷雨》的浸透影响。

一、《雷雨》的矛盾结构模式——体现了“上帝”的意志

凡是读过(或看过)《雷雨》的人,都认为它的情节“巧”得出奇,就连作者本人也说它的确“太象戏了”。这引起我们的兴趣。作者是怎样把众多人物和无数矛盾“巧”织在一起的呢?为此,我们曾做过很多次试验,力图给《雷雨》的矛盾系统建立一个科学的模式,但只成功了一次,见图一。

① 曹禺《〈雷雨〉序》,文化生活出版社 1947 年版。

② 见曹禺《我的生活和创作道路》,载田本相著《曹禺剧作论》一书的附录部分,中国戏剧出版社 1981 年版。

③ 恩格斯《反杜林论·十 道德和法·平等》,载《马克思恩格斯选集》第三卷,人民出版社 1976 年版。

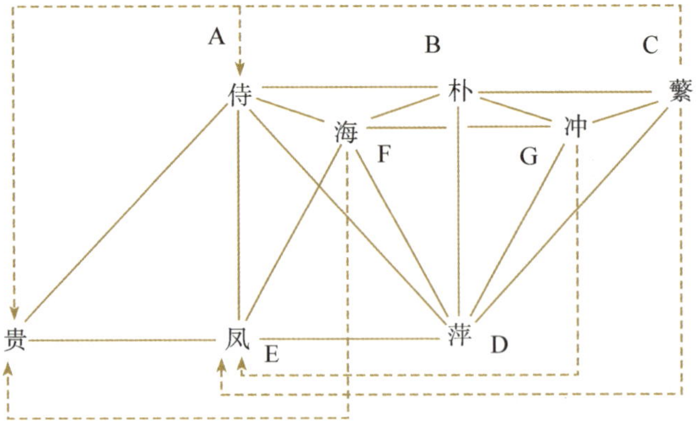

图一 《雷雨》的矛盾系统网络图

说明：1. 贵—鲁贵，侍—鲁侍萍，凤—鲁四凤，海—鲁大海，朴—周朴园，萍—周萍，冲—周冲，蘩—周蘩漪；

2. 图中的实线部分，是血缘（纯血缘与混杂血缘）矛盾关系；虚线部分，是非血缘矛盾关系。

从图一中，我们可以清晰地看到，周、鲁两家的各种矛盾关系（主要是实线部分），是由四个大三角形组成的平行四边形几何图形，其中又容纳了若干个小三角形，构成多种交叉循环状态。我们没有必要去猜测曹禺的算术几何学功底有多深，仅就图一来看，已充分显示出他高度的抽象思维能力和驾驭戏剧情节的能力。这些大小三角形，构成了许多几乎是全等的关系：

①ABF＝AHE＝BCG〔纯血缘的父（母）子（女）关系〕

②FED＝FGD〔同父（母）异母（父）的混杂血缘兄弟（妹）关系〕

③BFG＝BFD＝CGD＝AFE〔混杂血缘的父（母）子（女）关系〕

这些三角形的串联相接，又引伸出无数条直线，其中每一条直线（包括虚线）代表一对矛盾，那么，我们可以从图一中提取二十二对矛盾（有人曾说是十五对矛盾，数字显然不准确）。这众多的三角形和无数条直线，组成《雷雨》庞大的矛盾群体，其中每一个人物的矛盾构成都不是单一性的，而是多项性的。过去，理论研究工作者在这个矛盾群体中，只提炼出单一的“阶级关系”，围绕着它生发“微言大义”，这既不合理，同时也与作品实际相去甚远。孤立地看待周、鲁两家的关系，的确可以概括为压迫阶级与被压迫阶级的对立关系；抽象地理解鲁大海与周朴园之间的矛盾，也确实体现着无产阶级与资产阶级斗争的尖锐性。但是，当作者用一条条矛盾线将这两家的各种人物，纵横交错地编织在一起时，问题便不那么简单了。各种三角形关系的交叉循环，使阶级关系完全被血缘关系所融化，鲁大海在这张关系网中，也只处于次要地位（即子项）。并且，作者本人也多次说，他写《雷雨》时，并没有意识到无产阶级的存在，主观动机是对人的“极端性”与“原始性”的解剖分析。这一点，在作品中得到明显的表现。因此，我们认为：无论是作者的创作动因，还是作品的客观实际，在读者和观众头脑里建立的印象，绝不是血缘关系掩盖了阶级矛盾，而是阶级矛盾增加了血缘冲突的残酷性。单一地运用“阶级分析”法，无法正确地解释《雷雨》；我们更要通过对这部作品的还原处理，即对基督教的“原罪”与“报应”思想对《雷雨》整体构思的影响，做深入地开拓性研究，才能科学地解开“《雷雨》之谜”。

为了便于分析，我们对图一进行一次精减。在周、鲁两家的血缘矛盾中，鲁贵实际上是个局外人，故可把他省略；虚线所代表的非血缘冲突是次要矛盾，也可以略去不计。下面，我们对图一所表现出的基督教色彩做一解剖。

图一中的C、D、E三项，是全剧的主要外在表现形式，即乱伦关系；A、B、C三项，既是这种乱伦关系的产生之因，同时又是《雷雨》悲剧的承受者；F、G是做为“果”反作用“因”的一个组成部分。曹禺为什么选择乱伦关系做为全剧的主要表现形式呢？我们不排除其中“暴露大家庭的罪恶”的因素，但作者对此是后加追认的。① 那么，作者设计这一中心情节的最初动机是什么呢？我们认为是《圣经》中的“戒语”。基督教把血缘乱伦关系视为人生最大的罪恶，所以，在《圣经》的许多章节，传教人借“主”耶和华之口反复告诫他的信徒们：“不可露你继母的下体，羞辱了你的父亲。……不可露你继母的下体，这本是你父亲的下体。你的姐妹，不拘是异母同父的，是异父同母的，无论是生在家，生在外的，都不可露他们的下体。”“与继母行淫的，就是羞辱了他的父亲，总要把他们治死罪。……人若娶他的姐妹，无论是异母同父，是异父同母的，彼此见了下体，这是可耻的事，他们必在本民的眼前被剪除。他露了姐妹的下体，必担当自己的罪孽”（《旧约·利未记》）。“与继母行淫的，必受诅咒，……与异母同父，或异父同母的姐妹行淫的，必受诅咒”（《旧约·申命记》）。

周萍的行为，违反了基督教教义，犯了“与继母行淫”和与“姐妹行淫”罪（实际上也是人间之大忌）。他意识到与蘩漪之间的乱伦，是一种不可饶恕的罪过，多次说自己有罪，“对不起父亲”并极力想摆脱这种“不自然的关系”，表现了他恐惧和忏悔的心理，他不知道四凤是自己的妹妹，同她热恋、私通，甚至要娶她为妻，这本来是无罪的，但从道义上讲，这种关系仍是违反了人伦常规的。所以他的结局，虽然没有被别人“剪除”，却在良心的谴责之下，在家人（实际也是“本民”）面前自杀谢罪。

周萍之死，固然是本身罪孽的报应，也是周朴园、鲁侍萍、周蘩漪三个“原罪”应得的报应。如果我们把图一展开讨论，则可以清楚地看到这种报应的残酷性。D、E、F、G四项，构成兄弟、兄妹相煎的矛盾冲突，使A、B、C三项（父与母）面对着一种残酷的现实；D、E、F、G又与A、B、C之间构成父子、母子、母女的对抗冲突，又使A、B、C三项直接承受着情感上的打击。全剧的结局，只剩下三个“原罪”，其余人物都沦于死亡。在这群“不幸的孩子”当中，除周萍这个形象蒙有一层罪人的色彩之外，其他三人都是无辜的。特别是四凤和周冲，“他们的死，自己并无过咎”，②对此又做何解释？回答是：“上帝”的意志。在《旧约·何西阿书》第十章，记载着这样的惩恶誓词：“耶和华必纪念他们的罪孽，追讨他们的罪恶。……必不生产，不怀胎，不成孕，纵然养大了儿女，我却必然使他们丧子，甚至不留一

① 曹禺《雷雨·序》，文化生活出版社1947年版。
② 曹禺《雷雨·序》，文化生活出版社1947年版。

个。"《雷雨》的结局，不正是应验了这种咒语吗?！而在A、B、C三项中，侍萍与蘩漪最后都疯了，只剩下一个周朴园。他不仅承受着丧子的报应，同时又承受着疯妻的打击，因为他是周、鲁两家悲剧的真正"原罪"，所以，"上帝"要用最残忍的灭族手段，对他施行严厉的制裁。这种结构模式，我们在埃斯库勒斯的悲剧《俄狄浦斯王》里见过，在奥尼尔的代表作之一的《悲悼》(三部曲)里也见过。而这两部世界名著中的基督教色彩，已被专家学者们所公认，曹禺不但受过基督教的影响，而且他的《雷雨》也受到这两部名著的影响。因此，我们也就不难理解《雷雨》整体构思中所散发出的浓郁的基督教色彩。

根据图一所示，每一对矛盾冲突，最后都归结到网络系统的中心项——周朴园，揭示出全剧的中心人物。所以，对周朴园这一形象的准确把握，也就成了研究《雷雨》的一个重要前提。

二、周朴园性格的发展轨迹——从邪恶走向忏悔

周朴园是一个极其复杂的艺术形象，过去，研究工作者对他都是采取否定的态度。我们认为，对于这个人物，需要重新做出解释。

曹禺没有给周朴园安排一个"死"的结局，曾使许多人无法接受。要回答这个问题，还是应该回到《圣经》中去。《旧约·以西结书》第三十三章写道："主耶和华说。我指着我的永生起誓，我断不喜悦恶人死亡。惟喜悦恶人转离所行的道而活。"这绝不是"偶然的巧合"，作者的主观意图，实际上亦是如此。八十年代初，曹禺曾对一位访问他的专家说："周朴园，我只是写他吃素，没写他信佛，后来他成了天主教徒了。旧本《雷雨》的序幕和尾声写得不好，周朴园老了，后悔了，挺可怜的，进了天主教堂。"[①]这是解放后，作者的世界观发生了根本转变以后的新见解，但是，他并没有否定写《雷雨》时对这一人物的同情。这里有一点需要说明一下：解放以后，由于种种原因，曹禺曾对《雷雨》做过较大规模的修改，以突出作品的"阶级矛盾"和"阶级斗争"的政治色彩。他不仅删掉了足以反映《雷雨》基督教色彩的序幕和尾声，而且对于表现周朴园忏悔意识的语句，也改动很大。尽管如此，作者的主观意图并未被完全掩盖掉。我们在同一些青年朋友的交谈当中，仍发现他们有这样一种感受：周朴园并非是个完全否定的形象，人们对他所产生的，更多的是同情心。这应该引起理论研究工作者的重视。

我们说周朴园这一形象内涵极其复杂，这是因为：他既是"大家庭罪恶"的制造者，也是周、鲁两家悲剧的受害者；他既是剥削者、压迫者的化身，也是丈夫、父亲的实体；在他身上，既有残忍冷酷的"兽性"，也有丰富内在的"人性"。这种复杂成分的交融组合，构成他性格中的多元矛盾运动。随着剧情的发展，这些矛盾也不断分化，最后是人性战胜了兽

① 见曹禺《我的生活和创作道路》，载田本相著《曹禺剧作论》一书的附录部分，中国戏剧出版社1981年版。

性，灵魂也由“邪恶”走向“忏悔”。他的性格发展轨迹，在很大程度上体现了基督教的忏悔意识。

作者对这一人物的设计，安排了两个层次。

第一，《雷雨》的情节展开，体现了周朴园性格演变的历程。全剧的正剧总共四幕，周朴园出场三次（第一、二、四幕）。他第一次出场，给人一种蛮横刚愎的印象：“一对沉鸷的眼，在（眼镜）底下闪烁着。……一种冷峭的目光和偶然在嘴角逼出的冷笑，看出他平日的专横、自是和倔强”（注：本文所有引证的原文，均摘自一九三四年第三期《文学季刊》所载的《雷雨》原本）。他的话很少，却非常严厉：强迫蘩漪吃药，训斥周萍的不轨行为，打破周冲那天真浪漫的梦，激化了全剧的矛盾。这场戏，集中体现着他那“冷酷”的尊严。第二次出场，他与侍萍与鲁大海发生了激烈的矛盾冲突：侍萍的突然出现，给周朴园一向认为是“最圆满最有秩序的家庭”带来威胁，也勾起他对往日情人的忏悔意识。自私与自责的矛盾心理，使他惊恐不安；鲁大海与他的交锋，不仅揭露了他那不光彩的发家史，更使他面对着这样的现实——曾被他抛弃了的亲生骨肉，如今已变成自己的对立面。他憎恨、恐惧、痛心、忏悔。从表面上看，他的尊严压倒了情感，“兽性”征服了“人性”；实际上，从这时开始，他那蛮横刚愎的性格，已被恐惧感所中和。到了第三次出场，他的精神面貌已完全变了：在蘩漪的逼迫之下，他只好说出周、鲁两家血缘关系的真相，导致了一场惨不忍睹的悲剧发生。此时的周朴园，悲伤哀鸣的心理又取代了恐惧感，失落的人性完全复归。

在这里特别值得一提的，是作者在“序幕”与“尾声”中对周朴园的最后交待。悲剧发生过后十年的一个腊月三十晚上，周朴园来到教堂医院（原来的周公馆），看望疯了的侍萍和蘩漪。作者是这样描写的：

> “一位苍白的老年人走进来，穿着很考究的旧皮大衣。进门脱下帽子，头发斑白，眼睛深沉而忧郁，他的下颏有苍白的短须，脸上满是皱纹。……手有些颤抖，……衰弱地咳嗽两声。（序幕）
>
> “老妇（疯了的侍萍）至窗前，慢吞吞地拉开帷幕，痴呆地望着窗外。
>
> “老翁（周朴园）绝望地转过头，望着炉中的火光，外面忽尔闹着小孩们的欢笑声，同足步声。
>
> …………
>
> “老翁又望一望立在窗前的老妇人。转身坐在炉旁的圈椅上，呆呆地望着火，这时姑乙（教堂修女）坐左边长沙发上，拿着一本《圣经》来读。”（尾声）

首先，从外观上看，周朴园前后的变化判若两人，那双时常放出“冷峭的目光”的“沉鸷的眼”，已变得“沉静而忧郁”；“昔日的风彩”，也被颓唐所代替。与其说这是岁月催老的表现，还不如说是内心沉重负担压迫的结果。留给人的印象，也不再是个令人憎恶的“暴君”，而是一个凄惨楚楚的可怜老人。其次，教堂外面的节日景象和孩子们的欢闹声，与他的失子疯妻之痛，形成鲜明的对照，猛烈地冲击着他那孤独寂寞的心灵，增加了全剧的悲剧效果。再者，他面对着疯了的侍萍，修女在一旁读《圣经》，内心在忏悔、反省，精神上接受着宗教洗礼。我们若把全剧的结构联系起来加以考察，作者的精心构思便一目了然：序幕——忏悔意识，正剧——矛盾展开，尾声——忏悔意识，形成一个完整的循环圈；而周朴园性格的演变历程，又集中地体现了作者的意图和作品的主题。

第二，从鲁大海、鲁侍萍与周朴园之间的矛盾冲突中，看他的忏悔意识。在《雷雨》中，与周朴园构成直接冲突的主要人物，是鲁大海、周蘩漪和鲁侍萍。

周朴园与鲁大海之间的阶级对立关系，历来为研究者津津乐道，并一再强调这是作者思想的升华之处。鲁大海做为一个工人阶级的形象，的确表现了许多闪光的思想：他爱憎分明，嫉恶如仇，对于资本家的反动本质有深刻的认识。在罢工斗争中，他立场坚定，毫不妥协，正如周朴园所说的那样，“你是罢工闹得最凶的工头”。他敢蔑视周朴园的淫威，控诉他下令矿警“开枪打死三十个工人”的罪行；揭露他收买工人中的败类，瓦解罢工运动的无耻行为；诅咒他故意叫江堤出险，“淹死两千二百个小工”，从每个小工的保险费中扣除三百元钱的罪恶家史，是在发“绝子绝孙的昧心财！”这种无情的揭发和控诉，使周朴园狼狈不堪、无地自容。但是，请注意：其一，鲁大海并不知道周朴园是自己的生身父亲，故可以毫无顾忌地与对方交锋；如果他知道真相以后，后果又会怎样呢？其二，如果鲁大海这一形象的目的仅仅是为了揭周朴园的“短处”，那么他的戏也就可以到此而止了；但作者并未这样做，而是让他继续表演下去。这样一来，阶级矛盾关系，就必然屈居次要地位；而血缘纠葛，则成为我们注意的主要对象。

这一点，从周朴园的相反表现中，得到很好的印证。他已从侍萍口中知道了他和鲁大海之间的血缘关系，所以，尽管鲁大海对他谩骂诅咒，在他的心中引起极其复杂的反映，但他的行为举止却很有节制性。一方面，做为阶级的对立面，他憎恨气恼对方，下令开除鲁大海的工职；但另一方面，做为一个父亲，他对儿子的变化又深感痛心和内疚。因此，当他亲睹了周萍对鲁大海大打出手的兄弟相煎场面后，感情再也难以控制，厉声喝道：“不许打人！”并斥责周萍“你太莽撞了！”从这点我们可以看出，周朴园的“人性”并未完全泯灭，他的灵魂在经受着良心和道义的拷问。周朴园虽然没有原谅鲁大海的罢工行为，可是却为自己未尽到父亲的责任而后悔莫及。当周、鲁两家的悲剧发生以后，仆人向他报告鲁大海跑了。他立刻命令仆人去追，并哀伤地说：“我丢了一个儿子（指周冲被电死），不能再丢第二个了。”后来，他为了寻找鲁大海的下落，又付出了整整十年的代价。所以，我们认为：鲁大海与周朴园之间的对立冲突，既是对周朴园一生罪孽的一种无情报应，也是促使他走上忏悔赎罪道路的催化剂。对此，我们没有必要进行上纲上线的认识，束缚自己的手脚。

周朴园与周蘩漪、鲁侍萍之间的矛盾，是一种不同思想、不同性格类比之下所产生的矛盾冲突。蘩漪是个开放型的资产阶级新女性，她渴望自由幸福，追求个性解放，热情而开朗；侍萍则是一个典型的东方女性，淑静、温柔、勤劳、善良，在她的身上凝结着中国妇女的传统美德，同时也使人们看到我们民族古老文化的积淀。周朴园则介乎两者之间，资本主义世界的金钱铜臭气味，与传统的道德观念集为一体，形成这个中西方文化相结合的混血儿的性格骨架。在家庭观念上，主宰他思想的恰好又是传统的伦理道德，因此，周朴园在处理蘩漪与侍萍的关系上，“抑”与“扬”是明显不同的。他不喜欢蘩漪的个性冲动欲，压制她内心熊熊燃烧的情火，造成她性格的畸形发展，使蘩漪最终走向乱伦的罪恶之渊，毁灭了自己，也毁灭了别人。促使周朴园产生这般铁石心肠的真实原因，又是他与侍萍之间昔日纯真的爱情。他曾真心地爱过侍萍，与她结合，生下两个儿子，一同享受过天伦之乐。但后来，由于以周老太太为代表的封建家长势力的极力反对和他自己的私心作怪，在“情”与“利”的天平上，他终于出卖了自己的良心：赶走了侍萍，迎进有钱人家的小姐。从此，便在他的心中留下了一道深深的伤痕。特别是他与蘩漪结合以后，蘩漪的冲动、奔放与侍萍的温存、顺从，形成鲜明的比较，更使他产生了“新人不如故”之感。所以，几十年来，他一直保留着侍萍用过的东西，遵守着侍萍在时的某些习惯（如关窗子等）。在内心世界中，再造一个侍萍的心理形象。这些举动，都是周朴园忏悔意识的物化表现。有人说这是虚伪的假相，我们不这样看。正如蘩漪在讥讽他时所说的那样：“哼，又在看那个女人的相片！”的确，周朴园把侍萍的照片摆在柜子上，经常独自一人坐在屋里，回忆过去，闭门反省。可是，侍萍并没有“死”，又突然出现在周朴园的面前。这时，周朴园的内心失去了平衡。时而恐惧地试探，时而暴怒地责问，时而又温和地忆旧。他的目的，无非是要赶走现实中的“这个”侍萍，维护现有家庭的正常秩序；同时，他又感到内疚，拿出巨款供侍萍养老（虽然侍萍当面撕毁周朴园给她的五千元钱支票，但事后周朴园仍派人给她往济南汇去两万元）。金钱固然难以赎罪，但在当时的环境中，他也只能用这种方式，来表达他的忏悔赎罪心理。

我们不否认，周朴园这一形象给人一种“劝善惩恶”的感觉，这恰恰是基督教色彩在《雷雨》中的又一次明显泛现。

三、《雷雨》的环境布局——基督教色彩的直接外现

如果说，《雷雨》中的基督教色彩在结构模式与中心人物形象上，是暗示出来的话，那么，作者在《雷雨》的环境布局中，更是把这种色彩直接表现出来。在作品中，曹禺借助“雷雨”“教堂”“巴赫的宗教音乐”，构成一种独特的抒情模式，奏出一曲神秘的随想曲。

《雷雨》中表现为自然力的“雷雨”，是一种艺术性的象征，这一点已得到学术界的公认。但在它到底象征着什么东西的问题上，却产生了很大的分歧。我们认为：这个自然界的“雷雨”所象征的，是作品中几乎每个人都惊呼过的“天”——“上帝”的化身。《雷雨》中的主要人物，在悲剧暴发的前前后后，都大呼“天意”，向“天”哀鸣，因为他们都预感到“天”的惩罚即将来临。特别是周朴园，他在第四幕中，曾惊恐地对周萍说：“（畏缩地）不，不，有些事简直是想不到的。天意很——有点古怪；今天一天叫我忽然悟到为人太——太冒险，太——太荒唐；（疲倦地）我累得很。（如释重负）今天大概是过去了。（自慰地）我想以

后——不该，再有什么风波。（不寒而栗地）不，不该！”如果我们把“雷雨”与“天意”结合起来考察，就非常清楚了：“天”是“上帝”的化身，而“雷雨”则又是“天”的具体表现形式，在作品中，“雷雨”给人以沉闷、压抑、恐惧、威严的感觉，实际上，正是“天意”——“上帝”发怒惩恶力量的显现。因此，“雷雨”也就同整个剧情融为一体，代表着作者本人印象中，感到若即若离、模糊存在的“第九人物”。

在道具设计上，作者也是颇费了一番工夫的。比如，把周公馆变为教堂，表面上看，只是“物”的用途的变化；但这其中，却又深深隐含着一种无形的“神”的变化，即由罪恶（周公馆曾是罪恶之地）向忏悔（教堂本是洗礼忏悔的圣地）的演变。这与作品的主题、周朴园性格的走向，又完全吻合，使全剧的“人”与“物”形成一个协调的整体。解放后的改写本将序幕和尾声以及有关情节做了删改，实际上等于抹杀了作者最初的创作动因。

在序幕和尾声中，作者还有意地安排了一段管风琴伴奏的多声部合唱：“Bach: High Mass in B minor Benedictus qui venait Domini Nomini”（巴赫《B 小调弥撒曲》）。作者说：“那点音乐是有用意的”，因为它“会把观众带到远一点的过去境内，而且又可以在尾声中回到一个更古老、更幽静的境界内”，产生“叫观众如听神话似的，听故事似的”效果。[①] 巴赫的宗教音乐《B 小调弥撒曲》，以慢节奏、多声部，构成一种深沉、庄重的旋律，把人带入一种神秘的幻境。在这种音乐的作用下，人们往往会脱离现实，产生丰富的联想。用基督教徒的话来说，就是洗涤罪恶，憧憬“天国”。在《雷雨》的启幕与闭幕，作者两次运用这种音乐，特别是在尾声中，用这种宗教忏悔音乐，给观众留下最后一个印象，值得研究者深思。可以说，巴赫的《B 小调弥撒曲》，再次对《雷雨》的主题起了极好的烘托作用。

根据我们的全部分析，现在我们可以对图一的主体部分进行一次抽象：

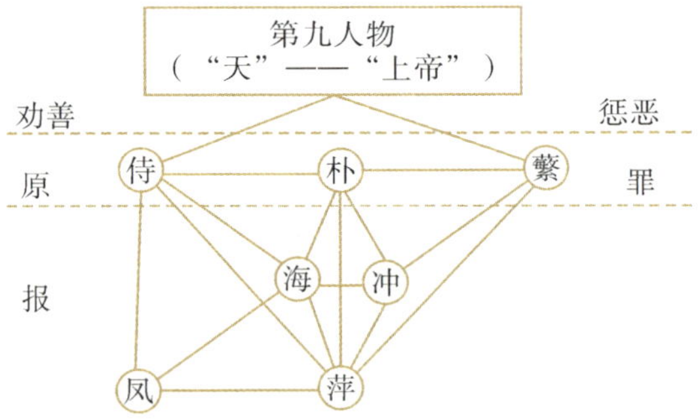

图二　《雷雨》的基督教色彩图示

图二把《雷雨》的基督教色彩揭示出来，以供研究者参考。在这里，我们有必要对“第九人物”——“天”——“上帝”这一奇特现象，做一解释。曹禺本人一再说《雷雨》中有个“主宰”力量的存在，“这个主宰，希伯来的先知们赞它为‘上帝’，希腊的戏剧家们称它为

① 转引自田本相、张靖编《曹禺年谱》1935 年部分。

'命运'。近代人撇弃了这些迷离恍惚的观念，直截了当地叫它为'自然的法则'，而我始终不能给他以适当的命名"。"我不能断定《雷雨》的推动是由于鬼神，起于命运或源于哪种明显的力量。"①作者对《雷雨》中到底存不存在"上帝"的影子的问题，做了既非肯定又非否定的回答。因此，许多研究者便主观地选择了"否定"的答案，回避了这一客观事实。

我们认为：这"第九人物"就是"上帝"的影子，在《雷雨》中，它牢牢控制着那张错综复杂的"网"。惩恶，它使那群"不幸的孩子"化为乌有，把侍萍、蘩漪变成疯子；劝善，它又引导着周朴园这个"原罪"之首走向反省、忏悔。它自始至终都在通过各种不同的自然物体，向人们显示着它的存在。

四、对《雷雨》社会价值的再认识——我们论点的总结

《雷雨》是一部具有巨大社会价值的优秀作品，无论是过去还是现在，它都以惊人的艺术生命力活跃在话剧舞台上，受到广大观众的高度评价。我们认为，这种社会价值与艺术价值的产生，其根本原因是作者对弱小者的同情和对强暴者的憎恨，表现了他宽阔的人道主义胸襟，并在一定程度上，较真实地揭示了"人"——这个文学主体的价值。

三十年代初期，由于革命势力与反革命势力发展的暂时不平衡，社会一片黑暗。尽管无产阶级文学已经亮出大旗，但多数有成就的作家，对于马克思主义和无产阶级革命并不了解。他们不满国民党的反动统治，但又找不到正确的出路，一方面探索人生，一方面又悲叹现实，这种状况，在当时的作家中几乎成了时代的通病。由于世界观的局限性，他们只能运用"人道主义"的武器，去争取人的价值与尊严，对黑暗的现实做了较深刻的暴露，却找不出它的病根。曹禺的《雷雨》，正是反映了他青年时代的苦闷、徬徨与探索、追求之间的矛盾心理。他敏感到这个社会把人性扭曲、颠倒了，可又苦于无力把它重新矫正过来。于是，借助艺术的想象力和基督教的神话，来发泄自己内心被压抑的情感。"幻想的动力是未得到满足的愿望，每一次幻想就是一个愿望的履行，它与使人不能感到满足的现实有关联。"②在《雷雨》中，曹禺借助"天"对周朴园所实行的无情惩罚，实际上正是用艺术的想象来满足这种得不到满足的"幻想"。所以，他把"上帝"做为公理的化身，让它对人生中的"善"与"恶"做出公正的裁决，并以此向社会敲响警钟。《雷雨》全剧的最后一个造型动作，是周朴园静听修女朗诵《圣经》，至于朗诵的是什么内容？我们不得而知。但是，仿佛有一种巨大的共鸣声，飞出舞台，传向社会，震撼着人们的心：邪恶者，忏悔吧——阿门！

这就是《雷雨》所表现出的客观效果。它反映了那些在黑暗中挣扎、哀号的弱小者的共同心声，即：弱小者的悲剧，能唤起强暴者的忏悔意识，使人间充满"和谐"与"仁爱"。这是一种幼稚的愿望，不仅在当时的社会环境中具有普遍意义；在世界上一切暴力、压迫、罪

① 曹禺《雷雨·序》，文化出版社1947年版。
② 弗洛伊德《创作家与白日梦》，载《现代西方文论选》。

恶尚未完全清除以前，由于人们自身存在的惰性、愚昧心理的支使，这种幼稚的愿望仍会普遍存在。艺术欣赏是一种特殊的思维活动，它“并非对于一个对象的欣赏，而是对于一个自我的欣赏。它是一种位于自己身上的直接的价值感应”。①《雷雨》之所以能在广大观众中引起强烈的情感共鸣，是因为他们从这部优秀作品的劝善惩恶行为中，得到了“愿望”的满足和心灵快感。

我们不否认《雷雨》中存在着“阶级矛盾”和“阶级斗争”，因为作者的目的是反映人生、探索人生，而人生又是包罗万象的，这不必大惊小怪。但无论从作者的主观意图，还是作品表现的客观效果来看，它都是一个次要因素。过去，我们评价一部艺术作品优劣好坏的标准只有一个，即“以阶级斗争为纲”，所以，为了维护一些著名作家的政治声誉，理论工作者便对他们的作品，在政治意义上无限拔高，点铁成金，《雷雨》研究亦是如此。这绝不是科学求实的态度。曹禺本人就非常反感这种庸俗的做法。他说：“我说作品的思想性，不是叫人看了那么直来直去，一览无余，不应该那么狭窄，那么简单，一看就知道是反封建、反这反那。”他认为，用马克思主义研究文艺作品是对的，但不能用马克思主义来代替文艺作品的主题。《雷雨》虽然浸透着基督教色彩，但却经历了时代的考验，这种现象在中外文学史都不少见。美国现代作家、诺贝尔文学奖的获得者海明威指出，“一件真正的艺术作品是经久不衰的，不管它的观点如何。”②《雷雨》正是这样的艺术作品。

最后说一句，托尔斯泰并未因为自己的作品中有宗教色彩而名誉受到损害，《复活》至今仍被世界上千千万万读者所崇拜，何况曹禺和他的《雷雨》呢？

1986.11月初稿于徐州师院

1986.12月修改于杭州湾

1987.元月定稿于南京师范大学

原载《中国现代文学研究丛刊》1988年第1期

① 里普斯《移情作用、内摹仿和器官感应》，载《现代西方文论选》。

② 《海明威谈创作》，三联书店1986年版。

从《雷雨》的演出史看《雷雨》

孔庆东

一部文学作品的效果才是它的存在。

——列奥·洛文达尔

《雷雨》在中国大地上一亮相，就有如惊雷瀑布，转瞬之间便征服了观众的心。《雷雨》以它杰出的构造和雄强的艺术魅力，不仅一再显示了自身的存在，更重要的是显示了中国话剧的存在。从哲学角度来讲，“存在”是一个过程，是一种飞逝，是一条历史的射线。《雷雨》就在这条历史的单行道上奔跑了半个多世纪。有多少人演过它，有多少人看过它，已然无法做出准确的统计。但是，它的效果存在着。考察这效果，能够使我们洞悉《雷雨》在这半个多世纪里是怎样存在的。从《雷雨》的怎样存在，也许还会使我们稍稍体会到一点这半个多世纪是怎样存在的。

所谓文学作品的效果，即是指它的接受史。作为一部话剧，它的接受史毫无疑问要以它的演出史为主。根据接受美学的观点，纯粹的案头剧本，已经丧失了戏剧的体裁意义，只能看作是一种“戏剧体”的小说。离开了导演和演员，离开了舞台和观众，戏剧就没有存在的价值和意义了。这种观点尽管还可商榷，但是，研究一部话剧的接受史，无疑应该把导演、演员、观众作为主要的接受客体。至于评论家，则应该视为观众中的一部分——具有一定权威性见解的一部分。曾在《雷雨》中扮演过周冲的董行佶说：“我认为作家的理解，代替不了演员的理解。”①其实作家、演员、观众的理解都是不可相互替代的，一部剧作就是在交叉钩连的理解框架上建立起自己的接受史大厦的。在这个接受过程中，演出者成了关键部分。他们一方面直接面对作者、面对剧本原作，对剧本进行“原始接受”，另一方面又直接面对观众，把“原始接受”之后的理解加以再创作，把这再创作的成品呈现给观众。因此可以说，一部话剧的接受史是以它的演出作为里程标记的。

《雷雨》首次登台，是 1935 年 4 月，距离它发表在《文学季刊》一卷三期上的 1934 年 7 月，已然过了大半年。当时，日本有两位关注中国文坛的青年学者武田泰淳和竹内好，他们读过剧本后，深为感动，便去找到中国留日学生杜宣。在讨论中一致认为《雷雨》“是戏剧创作上的巨大收获”，决定把它搬上舞台。于是，1935 年 4 月 27 日、28 日、29 日，《雷雨》以中华话剧同

① 《一场春梦》，《〈雷雨〉的舞台艺术》。

好会的名义，在东京神田一桥讲堂首次与世人见面，导演是吴天、刘汝醴、杜宣。

《雷雨》首演的具体情况，我们所知甚少。但 1935 年 2 月号的《杂文》在刊登了曹禺《〈雷雨〉的写作》时有一段编者按很值得注意："就这回在东京演出情形上看，观众的印象却似乎完全与作者的本意相距太远了。我们从演出上所感受到的，是对于现实的一个极好的暴露，对于没落者一个极好的讽刺。"

作者的本意与观众的印象不一致，这本是寻常之事，但如果"相距太远"，那就必有不寻常之理了。那么，在追踪《雷雨》演出史的第一个驿站，我们不妨先探究一下作者的本意大略是什么。

曹禺本人多次阐述、回答过创作《雷雨》的意图。在不同的时代、不同的场合，他的话是不尽一致的，甚至有时还出现矛盾。我认为最有说服力的、最能保证学术研究科学性的材料应当是作者在当时的解释。

在《雷雨》首演前，吴天、杜宣等人致信曹禺，说由于剧本太长，"把序幕和尾声不得已删去了，真是不得已的事情。"曹禺的回信就是那篇登在《杂文》上的《〈雷雨〉的写作》。在这里，曹禺第一次说明了他写的是什么：

"我写的是一首诗，一首叙事诗，……这诗不一定是美丽的，但是必须给读诗的一个不断的新的感觉。这固然有些实际的东西在内（如罢工……等），但决非一个社会问题剧。……在许多幻想不能叫实际的观众接受的时候，……我的方法乃不能不推溯这件事，推，推到非常辽远的时候，叫观众如听神话似的，听故事似的，来看我这个剧，所以我不得已用了《序幕》和《尾声》。"

在此，曹禺十分明确地表示了他写的不是一个社会问题剧，不是陈望道在《文学小辞典》中定义为"以社会上种种问题为题材的戏剧"[①]的那种问题剧。曹禺强调他写的是诗，他要叫观众接受诗的幻想，为此便需要一定的审美距离，所以才用了序幕和尾声，说"不得已"等于说是"必须"，非用不可。可是，在《雷雨》的第一次演出中，序幕和尾声就被删掉了。从那以后，它们就成了不准出生的婴儿，没有一个剧团把它们搬上舞台，甚至在后来出版的剧本中都不存在了，直到最近的《曹禺文集》才按原来的面貌收进了它们。曹禺对一首一尾的被割弃，在 1936 年的《雷雨》序中表示了更大的遗憾和惋惜。

"《雷雨》有许多令人疑惑的地方，但最显明的莫如首尾的'序幕'与'尾声'。聪明的批评者多置之不提，这样便省略了多少引不到归结的争执。……在此我只想提出'序幕'和'尾声'的用意，简单地说，是想送看戏的人们回家，带着一种哀静的心情。低着头，沉思地，念着这些在情热、在梦想、在计算里煎熬着的人们。荡漾在他们的心里应该是水似的悲哀，流不尽的；而不是惶惑的，恐怖的，回念着《雷雨》象一场噩梦，死亡，惨痛如一支钳子似的夹住人的心灵，喘不出一口气来。《雷雨》……有些太紧张……以第四幕为最。我不

① 《觉悟》1921 年。

愿这样戛然而止,我要流荡在人们中间还有诗样的情怀。‘序幕’与‘尾声’在这种用意下,仿佛有希腊悲剧 Chorus 一部分的功能,导引观众的情绪入于更宽阔的沉思的海。”

可以看出,曹禺是多么深情地眷恋着他那流产的序幕和尾声。他强调序幕和尾声的净化功能,这明显是受朱光潜美学思想的影响,企望由欣赏的距离带来心灵的净化。砍掉头尾等于砍掉了曹禺的美学风格。他对导演们武断地掐头去尾表示了不满,并希望能按原来的样子演出《雷雨》。其次,曹禺希望造成的美学效果是“哀静”,不使观众单独去恨某一个人物。所以,对待周朴园的态度也是衡量演出效果与作者原意差距的重要标志之一,序幕与尾声的存留,是关系到是否体现作者原意,关系到《雷雨》根本性质的问题,而决不是演出时间长短的技术性问题。正象曹禺在《日出》跋中再次埋怨的那样,删去序幕和尾声就仿佛删去了《日出》的第三幕,全剧的性质顿时变化。曹禺说如果要删《日出》的话,他宁肯“砍掉其余的三幕”,也要保存他最贴心的第三幕。其实,对于《雷雨》的一序一尾,他的心情又何尝不如此呢?可以说,经过导演们买椟还珠式的删去序幕和尾声之后所演出的《雷雨》,已经完全是另外一部《雷雨》了。

首先,戏剧的结构发生了根本变化。原来的结构是回顾式、宝盒式或者简单说是天方夜谭式。四幕主戏盛放在头尾之间,故事的结局已定,只是要人们回顾一下梦境。就好象《枕中记》里主人公在小客栈入睡又在小客栈醒来,虽然故事的主干是回顾他荣华富贵的梦境,但戏剧的主题是超越这个子结构、落实在母结构上的。《雷雨》删去了序幕和尾声也就是删去了母结构,类似于叙事学上把第三人称转变成第一人称。

其次,戏剧的美学效果发生了根本变化。删去头尾后,故事与观众的距离消失了。观众一开幕便置身于周公馆,四幕主戏直接呈现于观众面前,情感的雷电径直倾泻在观众的心头,没有巴赫的吟唱,只有贝多芬的怒吼,使人忘了这是演戏,忘记了生者死者都并不在此,强迫观众身临其境,去认同台上的角色,与剧中人一块痛苦、挣扎、恐怖。净化变成了征服。

最后,由于结构和美学效果的变化,作者的原意就根本无法实现了。曹禺的原意是要写叙事诗,写蘩漪的魔力、周冲的憧憬、侍萍的绝望、朴园的忏悔,可观众只看到了叙事,没有诗;曹禺的原意是要给人以辽远的幻想,故事发生在十年以前的又三十年前,可观众偏偏捉住了实际的社会问题而连哭带骂;曹禺的原意是要表现整个宇宙的“残酷”,所有的人都逃不脱罪恶的深渊,观众却说“雷雨”象征了资产阶级的崩溃。[①] ……

我们不必把作者的原意探究得过于条分缕析,反正它是出自一股原始的艺术冲动,要表现一种隐秘的、复杂的人类对宇宙的情感。重要的不在于这情感究竟如何定义,而是这情感一开始就遭到了误解并从此慢慢枯萎。

这样的误解并不是演出者有意要跟作者作对,也不会仅仅是由于剧本太长,而是演出者面对剧本所作出的一种本能的选择的结果。从《雷雨》以后的演出实践来看,演出者和

① 白宁《〈雷雨〉在东京公演》,《杂文》创刊号,1935 年 5 月 15 日。

观众都接受了这样的选择。

所以，读《雷雨》剧本与看《雷雨》演出有时会得出完全不同的结论。李广田读过《雷雨》后觉得其中的人物“简直没有办法来判决他们的是非，当然这里并不是没有是非的存在，不过我们是被另一种东西给破除了是非观念，于是不论他们是犯罪的，是无罪的，都赢到我们的同情。”他并由此判断《日出》不如《雷雨》。[①] 李蕤认为“在《雷雨》里，我们被作者引上一座高塔。……掩上书，适才有血有肉的人都渐小渐远地消失在我们再也望不到的远处……”[②]

而郭沫若观后说：“全剧几乎都蒙罩着一片浓厚的旧式道德的氛围气，而缺乏积极性。就是最积极的一个人格如鲁大海，入后也不免要阴消下去。作者如要受人批评，最易被人注意到的怕就是这些地方吧。”[③]郭沫若从社会悲剧角度来看《雷雨》，当然是取其所好。但他指出《雷雨》日后要被人从何处批评，是相当准确和富有洞见的。这是一个善于把握时代风云的弄潮儿对《雷雨》的具有代表性的评价。

鲁迅1936年4月向埃德加·斯诺介绍中国作家时说：“最好的戏剧家有郭沫若、田汉、洪深和一个新出现的左翼戏剧家曹禺。”鲁迅把曹禺看成“左翼”，而当时曹禺只发表了一部《雷雨》，可见鲁迅也是从社会问题的角度来看待《雷雨》的。

当时的另几位文坛魁斗如巴金、茅盾、沈从文也都是戴了社会问题的眼镜去看《雷雨》的。[④] 可见，《雷雨》主题意义的社会化是整个中国社会本能选择的结果，《雷雨》命中注定就要这样被演、这样被看。这只小船一旦从曹禺手中抛入社会的激流，它怎样漂泊、怎样沉浮，就再也不能完全依据作者的什么本意，而要参考上演它的那个时空的本意了。

《雷雨》在国内的首次演出，据目前公开发表的记载，是1935年8月天津市立师范学校孤松剧团在学校大礼堂进行的。1935年8月31日，天津《大公报》发表刘西渭的《〈雷雨〉》。这篇学术价值较高的文章虽主要是根据剧本写的，但从中也可看出一点对这次演出的评价。刘西渭首先就指出：“在中国，几乎一切是反常的。举个眼前的例，剧本便要先发表，而后——还不见得有人上演。万一上演，十九把好剧本演个稀糟。《雷雨》便是这样一个例。”刘文第一次提出了《雷雨》的“命运”问题，并领会到作者让周朴园活下来是因为“从一个哲学观点来看，活着的人并不是快乐的人；越清醒，越痛苦，倒是死了的人，疯了的人，比较无忧无虑，了却此生债务。”刘西渭深刻体会到了作者的原意是对周朴园有相当的同情，但他同时指出“观众却没有十分亲切地感到”。可见，孤松剧团的演出效果是使观众并不同情周朴园这个活着的清醒者，是使观众产生比较明显的爱憎的。演出次日，《大公

① 1936年12月27日《大公报》，李广田《我更爱〈雷雨〉》。
② 同上，李蕤《从〈雷雨〉到〈日出〉》。
③ 郭沫若《关于曹禺的〈雷雨〉》，1936年4月1日日本东京《东流》月刊2卷4期。
④ 参见1936年12月27日《大公报》集体评《日出》的一组文章。

报》发表的冯椒《〈雷雨〉的预演》(下)认为:“这剧本不单是告诉你一个家庭的故事,它潜在的有一个问题,‘婚姻制度’的问题,婚姻如何才能成一个健全的形式? ……”《大公报》随后发表的白梅《〈雷雨〉批判》认为剧作“对于社会婚姻和伦理制度都表示着不满,而实行反抗。”这些评论充分说明了《雷雨》是以社会问题剧的面目出现在中国舞台上的。

这一时期,上海复旦剧社也演出了《雷雨》。一系列学生剧团的演出,逐渐扩大了《雷雨》的影响。这些演出的水平虽然有限,但为以后高质量的职业演出做了有益的铺垫。

第一个上演《雷雨》的职业剧团是中国旅行剧团。“中旅”成立于1933年11月的上海,后来成为全国一流水平的职业话剧团,这与《雷雨》一剧是有着密切关系的。是“中旅”首排并且首演《雷雨》的,中旅把《雷雨》带遍大江南北,从三十年代一直演到解放初,到处受宠,使《雷雨》名扬四海。同时,《雷雨》也培养和锻炼了一大批中旅的艺术家,象唐槐秋、唐若青、陶金、赵慧深、章曼萍……《雷雨》成了中旅上座率最高、历演不衰的看家戏。中旅的演出,代表了三四十年代《雷雨》演出的权威水平,中旅的《雷雨》成为以后全国各剧团演出的蓝本,所以,中旅在《雷雨》演出史上占有十分重要的地位。考察中旅的演出就可以起到纲举目张的作用。

1935年春,中旅征得在清华大学的曹禺的同意,首排《雷雨》。可刚排完第一幕,就下来了禁演令,罪名是“乱伦”。三次请求公演,均被北平当局驳回。据陶金的回忆,“国民党说我们这出戏有伤风化,儿子跟后娘偷情不会有好影响,少爷和丫头恋爱同样很糟,于是这出戏被认为是有害的。一个星期后,警察抓走了八个演员,我是其中之一。我们被戴上手铐脚镣,并遭到拷打,他们逼着我们跪下,打我们,要我们承认是共产党。”①从这段话可以看出,国民党当局说他们“有伤风化”不过是个借口,怀疑他们有共产党思想才是真的。否则当时有那么多“有伤风化”的剧在上演,何以偏偏要拷打他们。可见,国民党当局作为一个特殊的接受群体,他们也认为《雷雨》首先是一个社会问题剧。后来,抗战期间,国民党中央宣传部向各地下达的文件上说:“曹禺所著《雷雨》剧本,不独思想上背乎时代精神,而情节上尤有碍于社会风化。此种悲剧,自非我抗战时期所需要,即应暂禁上演。”②这里明显是假装强调情节的毛病,实际上害怕他们所认为的“思想”。统治阶级的看法,尤其是他们的压制必然从反面激励人们更着重从社会问题角度来演这个剧、来看这个剧。时代一步步把《雷雨》造成了一部真正的社会剧,也许这正符合了戏剧的生存法则。

1935年10月13日,中旅第三次赴天津期间在天津新新影戏院公演了《雷雨》,这是职业剧团第一次上演此剧。观众反应热烈,演员们则觉得借此发泄了郁积在心中的苦闷。③

1936年2月5日,中旅第四次赴天津的次日,再次公演《雷雨》。《雷雨》在天津的成功给中旅带来巨大声誉,连同其他几出拿手戏,使中旅一跃独执全国话剧界的牛耳,从一个

① 引自马韦·克劳特《戏剧家曹禺》,《人物》1981年第四期。
② 转自田本相《曹禺传》295页。
③ 参见洪忠煌《中国旅行剧团史话》,《中国话剧史料集》第一辑153页。

四处流浪、朝不保夕的艺术家团体，变成了一个到处受欢迎、受赞誉的红剧团。

1936 年 5 月，中旅在上海公演《雷雨》，全城轰动，连演了三个月，场场客满，正如茅盾赠曹禺诗中所说"当年海上惊雷雨"。① 观众连夜排队，甚至有人从外地赶来观看。曹聚仁在《文坛五十年续编 · 戏剧的新阶段》中说《雷雨》与"各阶层小市民发生关联，从老妪到少女，都在替这群不幸的孩子们流泪"。这里所说的"这群不幸的孩子们"显然是不包括周朴园的，可见《雷雨》在观众中的效果还是使人为死者而痛心疾首，而不是"哀静"。

1936 年五六月份，中旅曾从上海去南京演过《雷雨》，演出的样式与同期在上海应是相同的。当时田汉在《暴风雨中的南京艺坛一瞥》中对《雷雨》提出了批评。他首先认为《雷雨》提出了许多社会问题，如大家庭的罪恶问题，青年男女的性道德问题，劳资纠纷问题等，然后指责作者把这些问题归于"不可抗拒的命运"，而不归于人物性格和时代背景。田汉主张应把《雷雨》修改成社会悲剧，他指责中旅的演出是"无批判的演出"。当时与田汉意见不同的是石三友的《关于〈雷雨〉的杂感》，他同意田汉说的《雷雨》的"积极精神不够"，但强调《雷雨》已完全尽了暴露的能事。实际上二人都是认为《雷雨》是"暴露文学"。另外则还有人痛斥《雷雨》的怨毒与不平，认为煽动性太厉害了。②

在中旅离开南京后，曹禺、马彦祥、戴涯等人发起的中国戏剧学会也于 1936 年秋公演了《雷雨》，曹禺亲自扮演周朴园。从现在的剧照上看，是有着一双明亮而又灼灼逼人的大眼睛，一副精明刚毅又十分内向的表情，薄而轻的眼镜，浓而黑的胡须，脸上同时写着软弱和坚强……大概曹禺自己最能体会这个爱不得、恨不得的周朴园了。

1936 年 10 月，中旅赴汉口演出《雷雨》。到 1939 年底，中旅共赴汉口三次，使《雷雨》在武汉产生了巨大影响，以至于武汉沦陷后，一批汉奸文人组织的武汉青年剧团也把《雷雨》列为重要剧目。比如 1942 年 4 月，中日文化一协会第一次代表大会在武汉召开，该团专场演出了《雷雨》，招待大会的代表。③ 这个剧团的宗旨是"以艺术的手段，来促进和平建国运动及建设东亚之新秩序"。该团多次获得"宣扬和平""和运先导"的奖旗，它把《雷雨》列为重要剧目，起码说明日伪统治当局并未象国民党当局那样害怕《雷雨》。

抗战期间，中旅多次演出《雷雨》，主要是作为一种老字号的保留剧目，由于是在日伪统治环境下演出，并无什么新意。

抗战结束后，1947 年的春节，中旅在南京飞龙阁上演过一段《雷雨》。直到 1949 年 9 月，北平解放后，唐槐秋召集部分故人，来到北平，以中旅名义在长安大戏院公演《雷雨》，这是全国解放前最后一次演出。

总结中旅的演出，有如下几个特点：

一、结构上没有序幕和尾声。这一点从历次演出的演员表上很容易得到证明。中旅

① 1979 年 1 月 28 日《人民日报》。

② 石三友《金陵野史》，江苏人民出版社。

③ 谈雯《武汉话剧史话》，《中国话剧史料集》第一辑 240 页。

之前的演出都是这样，中旅的做法更成为一种蓝本。

二、在人物与情节的关系上，更重视情节。这是剧团的商业性质所决定。特别是后来，演员的表演已经程式化，全靠技巧而缺乏激情了。这使观众关注“事”更甚于关注“人”。①

三、在人物形象塑造上，既有道德评价，也有社会评价。所以，遭到了批评界的两面夹击。有的攻击它有伤风化，有的则批评它社会意义不够明显。在周朴园的形象上，是以否定为主调，同时含有一定的同情。蘩漪和周萍的形象则以同情为主。②

这些特点使《雷雨》以社会问题剧的面貌在观众中留下了难以磨灭的印痕。批评界自从周扬的《论〈雷雨〉和〈日出〉》问世以后，认为《雷雨》是反封建的杰作就几乎成了不刊之论。

《雷雨》之所以被画成了这副脸谱，除去社会文化心理这只看不见的铁手外，当然也有它自身的潜在的转化机制。吕荧在 1944 年《曹禺的道路》一文中作过颇为详细的分析，他说：“由于人物的真实，由于观众的虚渺，悲剧《雷雨》不是作为神秘剧，而是作为社会剧被欢迎了。”吕荧比较清醒地意识到作者的原意并不是“暴露大家庭的罪恶”，而是要显示宇宙主宰的“残忍”。不过吕荧认为剧作可取之处仍在于它社会意义的一面，认为此乃曹禺“向现实踏出的最初的一步”。曹聚仁认为“曹禺在《雷雨》中的人类，都是有血有肉的活生生的人”，比如“周朴园的专横，蘩漪的苦痛，周萍的软弱，周冲的天真，鲁贵的卑鄙，鲁大海的刚强，鲁妈的悲惨经历，作者都通过精炼的带动作性的对话，有很细腻真实的描写。观众由爱与死的纠葛中，自然也可以体会到他们的社会性质”。所以，“在演出上，观众却不感觉《雷雨》的神秘，而是把它当作社会剧来欢迎了的”。③

确实，《雷雨》在主观创作意图上虽然是要写诗，但一旦进入具体的创作过程，曹禺就不可能摆脱他作为一个“社会人”所具有的种种现实情感和价值判断。曹禺在寂寞的童年里饱看了封建大家庭的罪恶，所以当他动笔来写“宇宙”的罪恶的时候，就不自觉地把抽象的观念外化为具有社会意义的艺术符号体系了。这个体系正是《雷雨》能够被当作社会问题剧来看待的内在原因。

除了中旅，还有许许多多剧团上演过《雷雨》，其中值得注意的是，1942 年初，焦菊隐在桂林为国防艺术社导演了《雷雨》。焦氏认为《雷雨》“从外形上讲，编剧技巧，全属于假古典主义”，而从内容上讲，则“发现它是属于自然主义，尤其是左拉创始的生物体系的自然主义的产品”。焦氏即是“站在自然主义的立场来排《雷雨》的”。他自称是“为了反封建的目的而上演《雷雨》”。他对于全剧的理解和介绍重在两点，一是“要强调社会的遗传性”，企图阐明“封建家庭之应当立予摧毁”，所以，他“不特别加强周朴园的悔悟”，并且“把周萍排成颓废的人物，因为若不那样会使他们得到观众的同情的”。二是尽量减少宿命的色彩，“把宿命的归纳变成封建家庭崩溃的必然性之显示”。可以看出，焦菊隐的导演观是带

① 见黄芝冈《〈雷雨〉到〈日出〉》，《曹禺研究专集》555 页。
② 参见洪忠煌《中国旅行剧团史话》。
③ 曹聚仁《文坛五十年续编》290 页，香港新文化出版社。

有明显的社会学气息的，实际上已经举起了反封建的大旗。不过，焦菊隐导演的这次《雷雨》，演出上失败了。[1] 原因可能是他一心要赶上时代，而此时却未免太超前了。因为反封建并不是1942年的中国的主导时代精神。他的设想在新中国成立以后得到了实现。

国统区演出的《雷雨》基本惟中旅马首是瞻。解放区《雷雨》上演得相对较少，如西北战地服务团、延安青年艺术剧院都在1941年演过《雷雨》。可是在强调文艺大众化的浪潮中，上演中外名剧被认为是脱离大众。[2]《雷雨》显然是不适合解放区的一般观众的。《雷雨》的黄金时代是三十年代。到了四十年代，无论在解放区、国统区抑或沦陷区，由于它被人们指定的反封建的意义与时代精神有所脱节，时代要求的是反帝、救亡和民族的独立、解放。所以，它自然就不大卖座了。

解放前上演的《雷雨》，基本上是依照文化生活出版社1936年的版本。当时曹禺毫不掩饰他的"原意"，并且他的"原意"也不难为评论家们所了解，但正如杨晦在《曹禺论》中指出的："我们所要求的，正跟曹禺的'用意'相反。我们不要'一种哀静的心情'，不要什么'欣赏的距离'。我们所要求的，是对于现实的认识与了解，是要作者指示给我们：这个悲剧的问题在哪里，这个悲剧在我们现实生活里的意义和影响，并且希望得到作者的指示，我们要怎样才能解决这个悲剧的问题。"杨晦的观点如此鲜明有力，这是一个巨大群体的声音在轰响。看来《雷雨》命中注定要被当作社会问题剧来看待、来要求，因为它毕竟诞生在这样一个充满种种社会问题、充满种种现实苦难的国度。无论是人民、政府还是艺术界，都没有雅兴去听它那神圣的巴赫音乐。《雷雨》成功了，但它是作为一部社会剧成功的，说不上这是它的幸还是不幸。

《雷雨》的演出史，以中华人民共和国成立为界碑，分成了鲜明的两个阶段。

《雷雨》在新中国成立后的演出有两点需要把握：

一、演出的范围大大扩展了，演出者以北京人民艺术剧院和上海的几个剧团为主。北京人艺1954年、1959年、1976年、1989年四次排演《雷雨》，《雷雨》成为北京人艺的骨干剧目之一。这与新中国成立前中旅与《雷雨》的关系十分酷似。

二、演出不象新中国成立前那样具有连续性。五十年代中期、五十年代末至六十年代初期、七十年代末至八十年代初期及最近八十年代末的演出，每次都展现出新的风貌。在整个"文革"期间及其前后，《雷雨》则从舞台上消失了十几年。

下面以北京人艺的演出为主纲，粗略描述一下新中国成立后一些较为重要的《雷雨》演出。

第一次是1954年2月19日，上海电影制片厂演员剧团在大众剧院上演的，赵丹导演，基本上沿袭中旅的风格。这是新中国成立后《雷雨》演出的开端，又是新中国成立前《雷雨》演出模式的最后告别。

---

① 焦菊隐《关于〈雷雨〉》。《焦菊隐文集》第二卷。

② 参见胡可《关于解放区的话剧》，《中国话剧史料集》第一辑。

1953 年，全国第二次“文代会”后，北京人艺决定选排一个五四以来的优秀剧目。经过讨论决定首先排演《雷雨》，导演夏淳。从那以后，北京人艺演出的《雷雨》，都是夏淳导演，这使得北京人艺的《雷雨》具有了演出风格上的连续性。夏淳还曾于 1988 年 2 月赴新加坡为新加坡实践话剧团担任了《雷雨》导演。①

夏淳接受导演任务后面临的第一个问题是，当时戏剧界公认中旅的演出是最标准的楷模，而夏淳“不想落入前人窠臼，而且认为现在再演《雷雨》一定不能停留在三十年代的水平上”。② 当时的时代要求也不允许重复中旅的娱乐性为主的演出样式。

夏淳根据自己的生活经历认为蘩漪“实在是并没有病的，她也不疯，她不应该是病态的”。周朴园则“虽然去德国留过学，现在是煤矿的董事长，可是他无论如何不是洋场中人，他不是洋奴思想很重的人”。夏淳“甚至觉得他是熟读了《曾文正公家书》，并以之来教诲子孙，且立为庭训以正家风的人”。③

夏淳还认为“《雷雨》不是一个以阶级斗争为题材的剧本。但是，它鲜明地刻划出以鲁大海为代表的中国工人阶级和以周朴园为代表的民族资产阶级之间的矛盾。阶级斗争虽然或隐或现地影响着剧中的每一个人物，但是从全剧看，它只能处在时代背景的位置上，不能成为贯穿全剧的动作线”。④

应该说，夏淳的这一认识是符合剧本实际的，这是一种很自觉的现实主义态度。但正象焦菊隐所说：“导演没有自己，他生在哪一个时代、哪一个环境，他就得顺着那一个时代、那一个环境的要求，给那一时代、那一环境一个满足，一个预示。”⑤

夏淳没能摆脱这个规律。在 1954 年排戏之初，他们就想在阶级斗争上作文章，突出了反抗与觉悟，并把人物分成左中右三派。假如第一次就这样演出，那么以后真是不可想象。须知，这是新中国成立后第一次正式排演五四以来的重要剧目，这不是一般的艺术演出，而是政治演出。所以，《雷雨》是要听号令的。就在《雷雨》刚开始排演不久，周恩来就十分关心。他说，你们怎么理解这个戏的主题呢？要知道这个戏的主题是反封建。⑥

周恩来高屋建瓴的一句话为《雷雨》定下了调子。周的话与新中国成立前周扬的评价连成一体，决定了《雷雨》在人们心目中的价值和意义。周扬的那篇文章也是这次排演的主要参考资料之一。⑦

早年领导过工运的彭真也通过分析鲁大海所处的时代，指出“他们进行的还是经济斗

① 北京人艺 1989 年《雷雨》演出戏单。
② 夏淳《生活为我释疑》，《〈雷雨〉的舞台艺术》。
③ 夏淳《生活为我释疑》，《〈雷雨〉的舞台艺术》。
④ 夏淳《生活为我释疑》，《〈雷雨〉的舞台艺术》。
⑤ 焦菊隐《关于〈雷雨〉》，《焦菊隐文集》第二卷。
⑥ 参见《周恩来论文艺》，人民文学出版社，1979 年 2 月。
⑦ 周扬《论〈雷雨〉和〈日出〉——并对黄芝冈先生的批评的批评》，原载《光明》1937 年 2 卷 8 期。

争”。① 这就更加否定了剧组的“阶级斗争”说。在排演中，人艺总导演焦菊隐几次亲临指导，他指出，“朴园这个人的感情是有冲突的”，鼓励演员“大胆地演一个资本家的感情”，他要求戏里最主要的东西是“生命，新鲜的、活泼的生命”。② 这与他 1941 年导演《雷雨》时的思想是一脉相承的，都是为了突出封建制度对生命的残杀。

于是，《雷雨》便以“反封建”的面目出现在新中国的舞台上。由于当时左的干扰并不明显，而主要是剧组成员的“庸人自扰”，所以，经过主题思想的确定，加上剧组演员“生活的基础比较扎实，同时在导、表演方面坚持不违背生活的真实，不违背人的自身的逻辑”，③ 这次演出获得了圆满成功。它比中旅的演出突出了主题，从重情节转向了重人物，是严格的现实主义之作。

北京人艺以后几年都是本着这次排练演出的。

1959 年，北京人艺第二次排演《雷雨》，这次所排的《雷雨》一直演到六十年代初。与上一次相比，《雷雨》发生了较大的变化。郑榕（饰周朴园）在《我认识周朴园的过程》中回忆道：“由于左倾思想的影响，阶级斗争的弦越绷越紧，只想加强表现阶级本质，别的方面全不顾了。”例如周朴园和鲁侍萍相认的一段台词是这样处理的：

“谁指使你来的？”（要怒目相对，似乎要追出其幕后的指使人。）

“我看过去的事不必再提了吧。”（要面孔冰冷，唯恐对方藕断丝连。）

“好，好，好，那么，你现在要什么？”（已经一刀两断，泾渭分明，视同路人了！）

周朴园与鲁大海见面一段的处理，“更是作为两个敌对阶级的代表人物在进行一场你死我活的斗争，丝毫也不能有什么父子之情”，周朴园的形象“剩下来的只不过是一具‘虚伪’加‘残暴’的躯壳而已”。④

扮演鲁大海的李翔六十年代初应上海《文汇报》之约，以《深题浅探》为题写过一篇表演札记，他认为：“作为当时罢工工人代表的鲁大海，不仅要在一定程度上反映我国工人阶级的某些素质，也要展现其在一定历史条件下和个人经历所形成的时代特征及个性特点。”⑤这段话说明在当时的演出的指导思想上，鲁大海是被当作一个时代的工人阶级典型来处理的。

这样的处理自有其时代的缘由。

1958 年 3 月 8 日，《雷雨》在苏联莫斯科中央运输剧院上演。导演阿·柯索夫在致曹禺的信中提出了五点看法，认为剧本的思想是“在资本主义社会里，社会不平等的现象产生了人类关系的悲剧，并且成为青年一代在道德上走上绝路，以致遭到毁灭的原因”。他认为剧本反映的是“对贫困阶级猖獗地剥削和压迫的时期”，《雷雨》象征着“中国剥削阶级

---

① 原文未注明出处。

② 焦菊隐《看〈雷雨〉二幕连排后的谈话》（一），《焦菊隐文集》第三卷。

③ 夏淳《生活为我释疑》，《〈雷雨〉的舞台艺术》。

④ 见《〈雷雨〉的舞台艺术》242、243 页。

⑤ 李翔《浅探而已》，《〈雷雨〉的舞台艺术》。

不可避免的毁灭”，鲁大海的行动“反映出一切革命的、进步的事物，它起而代替着正在瓦解、正在毁灭的周朴园的家庭”。对这四点看法，曹禺表示完全同意，只在第五点上，曹禺认为周朴园“是一个当时社会上所谓最正直的上层人物，而他自己一点也不知道他内心中是这样可怕的、伪善的”。①

1959 年 6 月，曹禺再一次修改《雷雨》，②突出了鲁大海的反抗性。例如第三幕中鲁大海要去拉车一段，增加了这样的台词：“我们要闹出个名堂来。妈，不要看他们这么霸道，周家这种人的江山是坐不稳的。”第四幕中周朴园叫人去追鲁大海时说的“我丢了一个儿子，不能再丢第二个了”则被删掉了。

这次修改过的本子由上海人民艺术剧院于 1959 年 8 月中旬公演，导演吴仞之。吴仞之把《雷雨》的主题思想归结为“资产阶级与劳动人民的道德观念的矛盾冲突”。他认为“《雷雨》描写的不是家庭悲剧，因为蘩漪不能放在主线上，也不能让人同情”。这次演出，引起了一场“不大不小的争鸣”。③ 因为导演立志要“解决同情谁、憎恨谁的问题”，“把鲁家四人都理解成为被迫害，引起人们同情的人们”，所以鲁贵被解释成一个“本质上是好的”“值得同情的人物”，周萍被解释成“十足的资本家阔少”④，而蘩漪则被“处理得象一个善于寻衅的‘活鬼’”“一个十分自私、阴毒的女人”。⑤ 这样的处理在学术界遇到了本能的反弹。不过，在当时的形势下，还是有许多人表示了支持和妥协。有的学者称赞曹禺的修改使“鲁大海和侍萍对周朴园的仇恨愈来愈深，斗争还将继续发展”。⑥

曹禺对《雷雨》的几番修改，正应了他自己后来所说：“一个作家总逃不脱时代精神的影响，或者是反映了时代精神，或者是反对时代精神”。曹禺认为“跟着时代前进的就是进步的”。⑦ 这一次京沪两地风格相近的演出，使《雷雨》又一次小心翼翼地做了时代的“宠儿”。

历史到了“文革”，《雷雨》再也睡不住宠儿的摇篮了。曹禺被打成牛鬼蛇神，《雷雨》自然成了他最大的罪状。吴祖光保存下来一份 1968 年北京师范学院革命委员会《文艺革命》编辑部编辑的“打倒反动作家曹禺”专号。目录中有两篇专批《雷雨》的：

《响的什么雷？下的什么雨？——批判反动剧本〈雷雨〉》……红卫江

《中国赫鲁晓夫与〈雷雨〉》……多奇志

在另一篇《打倒反动作家曹禺》的文章中，《雷雨》被痛斥为“极力宣扬阶级调和、阶级投降，鼓吹资产阶级人性论，大肆诬蔑中国共产党领导的工人运动”。⑧

---

① 《关于〈雷雨〉在苏联上演的通信》，《曹禺论创作》。

② 曹禺曾于 1951 年对《雷雨》大量修改，但并未上演过这个修改本。

③ 丁小平《第九个角色》，南开大学出版社《曹剧研究集刊》。

④ 《写在〈雷雨〉演出之前》，参见潘克明《曹禺研究五十年》。

⑤ 《写在〈雷雨〉演出之前》，参见潘克明《曹禺研究五十年》。

⑥ 陈瘦竹、沈蔚德《论〈雷雨〉和〈日出〉的结构艺术》，《文学评论》1960 年第 5 期。

⑦ 《简谈〈雷雨〉》，《收获》1979 年 2 期。

⑧ 见田本相《曹禺传》第三十章。

看来，如果硬说《雷雨》表现了阶级斗争，连那些帮派文艺路线的执行者们都是不予承认的。给《雷雨》扣上一顶顶政治帽子尽管荒唐可笑，但一语道破《雷雨》表现的是“人性”，还是很有眼力的！美国接受美学大师 R·C·霍拉勃说：“一方面文学可以满足特定社会集团的心理需要，另一方面它却危及社会秩序。”①也许，一部作品到了真正为社会所不容的时候，才会显露出它最本质的锋芒，也就是它的生命所在。拥有这一生命，《雷雨》虽然从剧坛上消失了十几年，但它不会死去。

粉碎“四人帮”后，随着思想解放的浪潮，现代文学研究界和戏剧界涌起了一股“曹禺热”。上海戏剧学院推出了朱端钧导演的《雷雨》。朱端钧认为：“《雷雨》是批判现实主义的作品，反映了阶级斗争，写了工人运动，写了劳工与资产者之间的矛盾冲突。”他“力求将命运悲剧与社会悲剧统一起来”。朱端钧导演的《雷雨》无论在上海公演还是在中央电视台转播，都引起了不同的反响和争论。② 这次演出既带着“文化大革命”前的旧模式，又含着一点突破的努力，可以视作《雷雨》演出史新阶段即将到来的一个信号。

1979 年 2 月，北京人艺第三次排演了《雷雨》。导演夏淳说：“从整体的处理上看自然一如既往，但……我们力求在以下两个问题上有更明确、更深刻的体现：一，还剧本以本来面目（主要指时代气息、对人物的解释和某几段戏的处理）；二，更鲜明、更准确地掌握和表现戏的主题。”③这两点中后者是关键。

夏淳又一次抓住了反封建这个主题，不过这一次他把反封建具体到了反家长制上。这既有夏淳本人的深切体会，也与当时的时代精神不谋而合。

夏淳认为：“我们说《雷雨》是一部伟大的现实主义作品，就是因为它通过一个家庭概括了旧中国的一个社会、一个时代。……家长制这个东西，直到今天还相当顽固地影响着我们的家庭、社会甚至国家。《雷雨》的现实性和深刻性就在这里。”④

抓住了这个主题，戏中的关键人物自然是周朴园了。夏淳强调他“一家之长”的身份，确定他为“一个出身于封建大家族的资产阶级，是一个封建主义的卫道者，是一个封建家长专制的典型”。⑤

在指导思想上突出反对家长制的同时，在具体演出中，仍然坚持了人艺的现实主义传统。如扮演周朴园的郑榕在第一幕中把出场前的心理准备设计为“回家团聚”，而不是“耍威风”。在与周萍、周冲的关系上，强调了父爱的一面，在与侍萍相认时，强调了真诚的一面。其他角色也从各自的角度力图表现出这一反封建的主题。如饰演周萍的苏民认为周萍是一种二十年代的“彷徨型的、苦闷的、软弱的青年”，“当初他对蘩漪的同情不但是真

① 《接受美学与接受理论》327、328 页，辽宁人民出版社。
② 丁小平《第九个角色》，南开大学出版社《曹剧研究集刊》。
③ 夏淳《生活为我释疑》，《〈雷雨〉的舞台艺术》。
④ 夏淳《生活为我释疑》，《〈雷雨〉的舞台艺术》。
⑤ 夏淳《生活为我释疑》，《〈雷雨〉的舞台艺术》。

的，而且在他特有的那种感情冲动之下，当时的反封建思想还可能表现得十分激烈”，周萍一方面是个具有“民主思想倾向的知识分子”，另一方面又具有自私、怯懦、不负责任的特性，从这复杂的两重性中，刻划出封建专制制度的吃人本质。①

1979 年与 1954 年两次排演的共同点，是强化反封建的主题。1954 年着重于社会学意义上的以至阶级对立意义上的反封建，所以排演初期在阶级斗争上大做文章，并且影响到后来终于出笼了以阶级斗争方式处理的《雷雨》。1979 年的排演，一方面把反封建具体到批判家长制上，另一方面有意无意冲淡了阶级对立意味，强调人物性格之间的对立。由于北京人艺良好的艺术传统，演员们读过原始剧本，参阅了以前历次演出的资料，结合自身的生活体验，并做了大量的案头工作和小品，所以不论主题如何变换，基本上都能做到真实细腻，有血有肉，保证了现实主义的风格和数百场演出的成功。

夏淳执导的《雷雨》，形成了鲜明的“人艺风格”。如果说解放前的《雷雨》演出是中旅一统天下，那么解放后的几十年间则是北京人艺独步一时。

然而 1982 年，《雷雨》演出史上出现了一个“异端”。这一年，天津人艺话剧团第四次公演《雷雨》，导演丁小平。

丁小平深入研究了曹禺的《雷雨》序、《日出》跋等资料后，认为《雷雨》的统帅应该是第九个角色，即“雷雨”。“我将第九个角色——号称‘雷雨’的好汉确定为全剧的演出形象，籍它来显示宇宙里斗争的残忍与冷酷，藉它来象征破坏旧世界的威慑力量。”②

丁小平在承认《雷雨》是现实主义的基础上，着重强调剧本的表现主义、象征主义色彩。他大胆突破传统《雷雨》演法的束缚，果敢运用了现代派戏剧的手法、技巧。在舞台布置上采用斜平台与框架结构，用空黑的背景来象征宇宙象一口残酷的井。在演出中安排了三个梦：鲁妈逝去的梦，四凤的噩梦，蘩漪的破碎的梦。并且，为了造成曹禺所期望的“欣赏距离”，在首尾安排了“空镜头”来代替序幕和尾声，用沉寂郁闷的空场开头，以雷雨交加中消失所有布景结尾。“是想送看戏的人们回家，带着一种哀静的心情……”③

丁小平是罕见的力图最大限度贴近作者原意的导演。曹禺在《雷雨》序中谈到序幕和尾声的存留与否时说“能与不能总要看有否一位了解的导演精巧地搬到台上”，“这个问题需要一个好的导演用番功夫来解决”。丁小平的现代派技巧充分体现了他用心的精巧，他确实下了一番细致的功夫来烧出《雷雨》的真味儿。然而这次创新的演出并没有获得一致好评。看来《雷雨》注定要背叛主人的原意，真的不是人力所能挽回的。

《雷雨》从国内演到国外，早已数不清演过多少场。1989 年 10 月至 11 月，为纪念《雷雨》发表五十五周年，北京人艺第四度排演《雷雨》，导演仍是夏淳。他出人意料地更新了全班人马，启用大批年青演员，并且在整个演出面貌上都让观众感到焕然一新。

① 苏民《周萍的“如实我说”》，《〈雷雨〉的舞台艺术》。
② 丁小平《第九个角色》，南开大学出版社《曹剧研究集刊》。
③ 丁小平《第九个角色》，南开大学出版社《曹剧研究集刊》。

周朴园历来都是身穿长袍马褂上台，以显示他浓重的封建色彩，连 1984 年上影摄制的影片中也是如此。而这次由顾威扮演的周朴园却西装革履。导演显然有意强调他留学德国的经历，有意强调他西化的一面，强调他本身内部与封建色彩对立的一面。他的性格，在阴冷的基调上融入“温情脉脉”的色素。周朴园从未这么富于人情味儿，这么不使人切齿痛恨，从未让人非但不把罪恶归于其一身，反而却对他产生一丝怜悯以至同情。

蘩漪的形像更强调了她的抑郁和苦闷，而少了些阴鸷和乖戾，这样做的效果是“减弱着观众对蘩漪的厌恶感，使人们在同情之中，不由得增添了一丝爱怜”。①

夏淳充分调动多年导演《雷雨》的艺术积淀，参照了各种学术的非学术的见解，反复琢磨剧本，深思熟虑以后，产生了崭新的独特的诠释。

这次演出更体现出角色之间的共性而不是外在的命运对立，强调出各个角色共同的痛苦、共同的良心和共同的劣根性，淡化了人物的社会身份和道德评价，更加深掘到内心底层，表现出他们灵魂上的自我搏斗。夏淳说他“力图将人物之间感情最真实和最本质的一面再现出来，使这出戏更具震撼力”②，他的努力观众普遍感觉到了。这次的《雷雨》虽没有运用什么新式技巧，但以饱经沧桑的体会，用非常精辟的现实主义达到了现代主义尚未达到的效果。除了没有序幕尾声外，在很大程度上与作者的原意有所契合。阶级斗争的气味自是一洗无余，社会悲剧的意味也不是那么绝对和肯定。它基本做到了让人们在一个更广阔的背景上去思考“谁之罪?”

当然，这次演出也必有时代氛围的光与影，但这就需要历史再前行一段里程，才能回头看清了。

《雷雨》的经久不衰，证明了它是一部伟大的戏剧。焦菊隐说：“每个伟大的剧本都有它的超时间性与超空间性，同时，很矛盾地，它又有它的时间性与空间性。”③《雷雨》就正是这样一部同时具有时空性和超时空性的“伟大剧本”。曹禺创作时，“并没有想到要上演”，“是在写一首诗”，他是从超时空的角度来写的，所以并不关心时代特色、社会环境、阶级成分，甚至细节上还有差错。他写的是宇宙间的残酷，是整个人间的苦难，这有助于《雷雨》具有永远挖掘不尽的潜力，有助于《雷雨》可以跨越时空，历久弥新。但另一方面，当实际演出时，又必然会体现出它具体的时空性。焦菊隐说：“在时间与空间变易的时候，上演早一时代的剧本，必然发现它的不现实性。……但导演能给剧本一个时代的新生命是现在新剧坛公认的权利。”④《雷雨》每一次重新粉墨登场，都被导演、演员赋予了新的生命，它都按照那个时代的要求，在作者的原意和的剧本框架上有所增减和误读。正是有了时空性，才有了各个时代对《雷雨》的不同解释。海德格尔在《存在与时间》中写道：“我们之所以将

① 田珍颖《重排〈雷雨〉有新意》，《北京晚报》1989 年 11 月 10 日。
② 《北京人艺再演名剧〈雷雨〉》。
③ 焦菊隐《关于〈雷雨〉》，《焦菊隐文集》第二卷。
④ 焦菊隐《关于〈雷雨〉》，《焦菊隐文集》第二卷。

某事解释为某事，其解释基点建立在先有（Vorhade）、先见（Vorsicht）与先概念（Vorgriff）之上，解释决不是一种对显现于我们面前事物的、没有先决因素的领悟。"①所谓先决因素，就是社会接受群体对作品的过滤。越是伟大的作品，社会就越要芟除其危害部分，夸大其有益部分。国民党禁演《雷雨》，"文化大革命"期间批判《雷雨》就证明了这一点。

本文以上沿着《雷雨》的演出史架设了十几处观测点，归纳起来可以看出，严格按照曹禺原意演出的根本没有。在东京首演之前，曾经试图按照原作排演过。从演员表可以看出是排过序幕和尾声的。这是唯一的一次。另一次企图实现作者原意的是 1982 年天津人艺丁小平导演的《雷雨》。可惜，这样的尝试，在中国社会里并不受欢迎。

第二种不被欢迎的处理方式，即是把《雷雨》当作阶级斗争的活教材。譬如 1959 年京沪两地的演出以及粉碎"四人帮"后上海戏剧学院的演出。这说明过于违背作品的本意也是不得人心的。

除去这两种不受欢迎的处理方式外，《雷雨》受欢迎的处理方式主要有两种。一种是解放前中旅的"唯艺术"型。它重视情节上的扣人心弦和戏剧冲突的悲剧效果，重视演员个人技能的发挥，也兼顾作品的思想内容，所以，它征服并造就了整整一代中国的话剧观众。西北战地服务团的一次演出，农民冒雪来看。② 其实《雷雨》的思想内涵农民何曾关心，他们要看的还是"戏"，是情节。

另一种大受欢迎的方式，是新中国成立后以北京人艺为代表的"反封建"型。它以 1954 年首演和 1979 年重演形成两次高潮。应该注意到，在这两个时期，《雷雨》都是作为第一个传统经典话剧被上演的。上演它起到了"用典"的效果，而它所担负的意识形态任务都是反封建、解放思想。由此可见反封建是我国社会的一项多么漫长而艰巨的事业。

较具独特意味的是 1989 年北京人艺第四次排演的《雷雨》。这次成功的演出在《雷雨》演出史上的地位须由后人来界定了，但它肯定也是时代发展的产物。这又一次证明了接受美学大师姚斯的论断："艺术作品的本质建立在其历史性上，亦即建立在从它不断与大众对话产生的效果上；艺术与社会之间的关系只能在问题与答案的辩证关系上加以把握。"③

《雷雨》与我们社会的辩证关系已然有了一个相当丰富的历史，这个历史还会开动着自己的铺路机，继续延伸下去。

1990. 5. 3. 14 时一稿

1990. 5. 24. 3 时改毕

原载《文学评论》1991 年第 1 期

① 参见三联书店《存在与时间》184 页。

② 田本相、张靖《曹禺年谱》58 页。

③ 姚斯《审美经验小辨》，转引自《接受美学与接受理论》355 页。

情感的憧憬　恐惧的表征

——论《雷雨》的命运观

吴建波

写《雷雨》是一种情感的迫切需要。我念起人类是怎样可怜的动物，带着踌躇满志的心情，仿佛是自己来主宰自己的命运，而时常不是自己来主宰着。受着自己——情感的或理解的——的捉弄，一种不可知的力量的——机遇的，或者环境的——捉弄；生活在狭的笼里而洋洋地骄傲着，以为是徜徉在自由的天地里、称为万物之灵的人物，不是做着最愚蠢的事么？……

《〈雷雨〉·序》

一

自《雷雨》问世以来，其命运色彩一直困扰着人们。回顾我们过去对此问题的研究，不外以下三种倾向性意见：

一是否认《雷雨》有命运观念，认为剧中人（侍萍等）的宿命论思想并不等于作品的主题及作者的世界观，曹禺的民主主义精神与现实主义创作方法使剧作表现出强烈的反封建的情绪，《雷雨》不是命运悲剧而是社会悲剧。

二是承认《雷雨》及作者世界观中有命运观的成分，但认为作者的民主主义思想和现实主义创作方法使作者战胜了命运观，作品在客观上起到了反封建的作用；因此命运观不是《雷雨》的主导思想，只是作为一种消极的思想因素，在一定程度上妨碍了作品的思想深度与艺术成就。

三是认为《雷雨》的主题是“命运”，血缘纠葛与偶然巧合使作品陷入神秘主义和不可知论，反映了曹禺的思想弱点与艺术失误。

上述三种意见分歧较大，但在价值取向与思维方式上却有一个共同点，即认为“命运观”是消极落后的神秘主义思想，否定《雷雨》者以此作为“批判武器”，肯定《雷雨》者则似乎不愿正视作品的命运观念。另外，在文章做法上也有一个共同的“盲点”，即没有仔细地探讨“命运”的涵义，把《雷雨》的命运观与历史上各种文化思想的命运观进行比较。这不能不引起笔者的疑问。

命运，指的是决定人的生存发展的某种超越性事物，人往往对之无可奈何，因为它超越个体甚至整个人类的力量；众多的宗教家、哲学家、文学艺术家都探讨过人的命运问题，对命运的不同看法形成了不同的命运学说，“宿命论”只是众多命运观中之一种。命运观的核心问题是怎样认识人自身的力量。过去我们曾一度认为，只有在缺乏人道与科学的古代才言“命”，其实并非如此。

从《圣经》到存在主义，从儒道到佛禅，从古希腊悲剧到荒诞派戏剧，人们都企图识破“命”之谜，认清人的自我形象。现代的科学精神和唯物主义并没有使人摒弃“命运”学说，因为人类依旧无法从现实困境中得到解脱。只要人还没有最终获得自由，彻底战胜自然、控制社会、优化人自身，就得“认命”，且必须孜孜不倦地探求。对命运的探求是人类为了自身的生存发展所做的一种积极努力，反映出人类自我意识的觉醒和人类思维所能达到的智慧高度，这正是人类之所以为人的文化标志。《雷雨》是曹禺用戏剧形式探求命运的结果，它是诗性的、艺术化的，也具有相当深邃的哲学内涵；它受到了各种命运观念的影响，但独特的人生体验与领悟又使它具有鲜明的个性色彩。

二

《雷雨》命运观内容之一：儒家式的因果报应。

“因果报应”源自于佛教，它认为生命及其延续并非偶然与个别，而是一个流动的轮回过程。人的有限的个体生命便在这种循环中获得无限，前生、此生、彼生形成因果关系，此生的善恶必然影响到彼生的优劣祸福，谓之“报应”。显然，它强调的是人的命运取决于自身“业”的累积，人必须对自身负责。曹禺说自己在寻求人生答案时读过“佛”，但《雷雨》的“因果报应”却摒弃了佛的“轮回”因素，受到了儒学生命观的影响。儒家既不承认基督的灵魂永生，也不相信来世与轮回，它认为个体生命总是要死的，但其价值与意义却可以通过子孙得到延续。就个体生命的相互关系而言，先辈是因，是神圣的，具有绝对权威；后辈是果，生存于前辈的庇荫之中。因此儒家很重视先辈的生命质量，“积德”是家长最起码、最自觉的要求，不积德的恶果必然在子女身上遭到报应。《雷雨》正是揭示前辈的浪漫与不负责任使下一代受到了惩罚。

周朴园与侍萍三十年前同居，而三十年后他们的子女却因不知是兄妹而发生爱情。为什么要构思这种血缘奸情故事作为《雷雨》情节的主体呢？它本身就蕴含着浓厚的因果色彩，周萍与四凤是同母异父兄妹这一无可更改的血缘关系，决定了二者性关系的乱伦性质。再加上曹禺在讲述这个故事时，让侍萍多次悲呼是自己“造的孽”，情愿忍受内心的道德折磨而承受罪责，并让周朴园最后终身赎罪。毫无疑问，这渗进了作者的情感倾向与价值判断：子女本是无辜的，报应他们是不公正的，应让先辈受到报复性惩罚。《雷雨》的锁闭式结构更加重了这种因果报应色彩。戏剧开场时，演出的是三十年后的结果，决定现实戏剧的性质的，是三十年前的历史剧情的发现。如果周朴园与侍萍不相认，周萍与四凤则只是主仆恋爱而已，《雷雨》也不会成为乱伦悲剧。而历史剧情无可避免地被发现，给人一种命定的感觉，似乎报应是必然的，只是迟早而已。戏剧结构绝非只具有形式的意义，它无意中包含着作者对生活的认识。曹禺选择这种特殊的叙述方式，是不是隐含着他对这种因果报应事件的敏感与默认呢？

《雷雨》中，不仅故事主体及叙述方式体现了因果报应，其他不少情节和人物关系也蕴含着因果关系。周朴园三十年前遗弃侍萍与儿子，三十年后侍萍以苍老倔强的形象使他的隐私暴露无遗，大海则以工人代表的身份揭露了他可耻的发家史。周朴园十八年来视

蘩漪为“疯子”，最后是蘩漪的疯狂性举动推周鲁两家人于囹圄之中，才使血缘与奸情大暴露。周萍与蘩漪始乱终弃，才导致了蘩漪的无情报复。……冤有头，债有主，谁也逃不脱这种因果链！

《雷雨》的“因果报应”思想非常接近于欧里庇得斯的命运悲剧，“种下荒凉，收获毁灭”，命运是人自身的邪恶所带来的必然结果。没有天堂地狱，生死轮回，它告诫和激励人必须对自己的此生行为负责。当然，这其中也有“宿命”的浩叹，即周萍四凤等后辈没有选择生命本源的自由，只能听命于遗传。周萍临死前曾诅咒父亲：“你不该生我”。自知不能改变生命之因便以结束生命之果为抗议。但这绝不是神秘主义和不可知论，而是人类的生存现实，无论是个体、种族乃至人类，我们能随心所欲选择自己的“祖先”吗？汤因比曾总结过西方人的现代命运观：“人一生的命运或者由祖先遗传下来的遗传因子的组合决定，或者由本人的环境决定，或者由一生中累积起来的因果报应决定。”并说：“我从自己的人生中，一直在直接体验着因果报应的作用。从我直接间接知道的人们的生涯中，也看到了因果报应。在人类社会和制度的种种历史中，也能看到因果报应在起作用。”[①]这与《雷雨》的命运观很相似。

三

《雷雨》命运观内容之二：人长期的主观努力不仅逃不脱意外的“节遇”，反而把自己陷入可悲的境地。

偶然，是命运观关注的重要问题。荀子认为“节遇之为命”[②]，并主张“制天命而用之”[③]。这里的“节遇”，便是意外与偶然。显然荀子是积极有为的，认为人可以战胜偶然。宋儒干脆“以常然者为命，以偶然者为遇”。“遇”不属于命，只是意外，不是常态；孔子有德无位不是命不好，只是遇不佳[④]。与中国儒学的这种偶然观相反，“基督教则认为决定个人命运的是创造宇宙、引导宇宙向自己确定目标前进的全能的神”，“神给人以人格，决定人的出生时间和场所，进而决定其社会地位”。[⑤]尽管到了现代，西方人不信神而推崇与自然科学精神相通的遗传，但“实际上不过是用另外的语言表达的基督教的信仰而已”。“就是说，在现实中个人偶然地继承了遗传因子是和基督教所说的‘预定命运’这种神的随意行为相通的”[⑥]。个体生命乃至人类全体对于神来说是偶然的，节遇对于个体来说，也是偶然的，人不能超越必然，个体对偶然往往无能为力，《雷雨》就是这种命运观。

一部《雷雨》，充溢着偶然的突发性与可怕性，它似乎是天造地设，力量无穷，随时随地都可以摧毁人的艰辛努力。侍萍一生含辛茹苦，极力避免与周朴园相会，不让女儿走自己

① 《展望二十一世纪》，国际文化出版公司1985年版，第40页。
② 荀子：《正命》。
③ 荀子：《天论》。
④ 张岱年：《中国哲学大纲》，中国社会科学出版社1982年版，第408页。
⑤ 《展望二十一世纪》，国际文化出版公司1985年版，第40页。
⑥ 《展望二十一世纪》，国际文化出版公司1985年版，第40页。

的老路，却毁于蘩漪最后无意的打击。周朴园三十年来痛心疾首，精心掩盖，真面目仍然暴露于同侍萍的偶然相遇。世界如此之大，为什么四凤偏偏在周家做使女？周冲和四凤怎么刚好就碰到了那根断了的电线？侍萍还不够坚韧吗？周朴园还不够虔诚吗？四凤还不够单纯吗？曹禺睁大了困惑的眼，悲哀地复述着他对于人生偶然的恐惧之情。

更可怕的是，《雷雨》诸人同偶然肉搏，不是偶然败退，却反而把自己陷入困境，推入深渊，主观动机与行为结果形成可悲的悖反。四凤到周家做工对于侍萍来说是意外之事，按常理，只要母亲坚持一以贯之的那条准则（不准女儿到有钱人家做工）就可避免重蹈覆辙，但她带走四凤之举却逼得四凤弃母而逃，辜负了她爱女儿的初衷。蘩漪叫周朴园下楼认“亲戚”对周朴园来说更是突然，他自作聪明想以“胸有成竹”认侍萍来击溃蘩漪的报复，却使血缘奸情总暴露。最后一幕中，四凤与周萍兄妹身份的证明只在刹那间，四凤企图避免突然降临于身的羞耻而冲出去，却碰到了更大的偶然：触电。偶然，成了超越人的巨大的外在物，威压摧毁着人的必然性努力。曹禺曾说他要请观众升到上帝的座，怜悯地俯视着这群地上蠕动着的生物。《雷雨》诸人劳心、动手，像泥鳅似的在情感的火坑里打着昏迷的滚，而不知千万仞的深渊在眼前张着巨大的口，每一步都是更接近死亡与毁灭。站在全能的必然的位置上看，他们是多么愚蠢可怜！动机与结果悖反的原因在于个体都是偶然物，根本无从了解自己在整个人物关系中的真正位置，个体总是执着于自己而不知全体，遭遇到偶然却识不破必然。只有上帝是全知全能的，但人却不是神！

四

《雷雨》命运观内容之三：对人的救助力量的怀疑。

基督教文化一方面认为人是神的偶然物，其命运权在上帝手中，另一方面又认为个体可以通过赎罪获得上帝的怜悯从而使灵魂得到拯救。在设置神以规范人的同时，对人还有一半信任。儒家文化对人更为乐观，它把人的完善交给人的自审能力，人不需借助外物仅凭自身的道德实践就可成为“圣贤”。所以儒家多主张“造命”[①]。但儒家也发现人不可完全战胜命，孔子到了五十方知“畏天命”，并说：“不知命，无以为君子”[②]，因而他们虽然主张“儒者只合言人事，不合言有数”[③]，但接着又说：“直到不得已处，然后归之于命可也”[④]。

《雷雨》诸人的人生，就是这种从“有为”到“不得已处方言命”的历程。周朴园是典型的儒家心态，“吾日三省吾身”，兢兢业业，惨淡经营，企图用忏悔终身来赎年轻时的罪过，以求得良心安顿与人格完美。但最终却是害己害人。第四幕里他夜半雨中感到的“天意的古怪”，就透露出他乃至曹禺对这种人生方式的否定：什么样的良心自救都是枉然！另一位企图“造命”之人便是侍萍，她死里获生，再次成家养儿育女，终身教导儿女躲避有钱

① 王心斋：《语录》。
② 孔子：《论语》。
③ 程颢、程颐：《外书五》。
④ 程颢、程颐：《外书五》。

人家，尤其是在知道四凤已同哥哥有私情之后仍然坚持要带走女儿。但这种积极有为的道德实践全是白费，女儿的惨死使她的人生行为遭到了血淋淋的否定。

人不能自救，也不能互救，《雷雨》在几个层面上显示了这一思想。第一，人与人之间相互不理解，隔膜几乎是与生俱来的。两代人的中间横着不可逾越的代沟：周朴园强横自是，从来也没理解过周萍的虚弱无能，周冲同情工人，周朴园讥他为“半瓶子醋”；周冲对四凤始爱终让，蘩漪恼怒悲哀至极：“你不是我的儿子”；四凤没有遵循也不理解“不到有钱人家做工”的母训，侍萍本该却没预料到女儿终会爱慕有钱人家的少爷。夫妻反目，同床异梦：蘩漪性格文弱哀静又乖戾张扬，追求爱与美，却被丈夫视为“疯子”；鲁贵与侍萍组成的只是一个生儿育女的合作“单位”，而不是一个有情有义的温暖之家，侍萍三十年的苦水只能对着造成自己终身苦难的周朴园倾诉而不能对鲁贵吐露一星半点就是明证。同代人、亲兄弟、情人之间也莫不如此。《雷雨》中的人物关系从血缘与社会身份来讲，是近之又近，亲之又亲，但从人格心境来看，相距却是十万八千里。所以剧中人的对话老是各唱各的调，紧张而不和谐，永远处于对立之中。

第二，本应是高尚利他的人生行为变异成自私自利，使人再一次失去获救的机会。周家父子对女性的爱，并不乏真诚，但这种爱是以利己为前提而不能长久利他，根本不包含自我牺牲与人格平等等宗教性情感。周萍爱四凤为的是把自己从母子乱伦的尴尬境地中拯救出来，却把四凤拖入了违背母训的地狱。蘩漪死死缠住周萍并千方百计拖住他，自然是真爱，能解情感沙漠之干枯，却把周萍陷入了“奸母弑父”的深渊。爱，在曹禺作品中从来就没有过轻松自由的特征，这种能使人获得自由、能使人从中实现自己的价值、被众多作家呕心沥血歌颂过的神圣情感，在《雷雨》中，竟是如此压抑人、摧残人！究其原因，就在于爱变质了，其中充斥着私欲、占有，这些与爱心背道而驰的因素。只要目睹一下周萍那种死活不能、左右不得的烦恼与萎靡状态，听一听四凤在隆隆雷声中撕心裂肺的誓言，就会对爱不寒而栗。爱，如何能成为人徜徉解放的途径！

第三，个体求爱求善的主观动机连带其生存方式，对于他人来说，都是负担与枷锁。《雷雨》诸人都是“好意”锁住并毁灭了对方，而自己还不自醒自觉。在周朴园看来，蘩漪是真病，他要按封建传统把蘩漪规范成自己欣赏的“贤妻良母”。鲁大海对周萍嫉恶如仇，想开枪打死他，为的是救妹妹，却不知周萍恰是四凤的命根子。最典型的是侍萍四凤母女的冲突，“发誓”这场戏把二者的爱心与伤心揭示得淋漓尽致。母亲为女儿不重蹈覆辙而狠心“逼誓”，女儿为减轻母亲的忧虑而违心“假誓”，双方的动机都是善良美好的。结果却恰恰戳到了对方的致命伤。《雷雨》中的人物关系，几乎全是生死冤家，总是在相互撕咬得鲜血淋漓，又含泪地舔着心灵的伤口。假设在冲突的双方中去掉一方，另一方就会活得轻松自如，如蘩漪没有丈夫的好心规范，周萍没有蘩漪的舍命之爱，四凤没有妈妈的“紧箍咒”，他们将何等自由！但生活的真实是每人都有自己的“管制者”，且缠且拽地一同滚向无救的命运之坑。

五

综上所述，《雷雨》显示的“命运”，不是一种外在于人的神秘物，而是人自身的局限所形成的异化力量。下面《〈雷雨〉·序》中这段话，表明曹禺对此有相当深刻的感受。他说："写《雷雨》是一种情感的迫切需要。我念起人类是怎样可怜的动物，带着踌躇满志的心情，仿佛自己来主宰自己的运命，而时常不能自己来主宰着。受着自己——情感的或理解的——捉弄，一种不可知的力量的——机遇的，或者环境的——捉弄；生活在狭的笼里而洋洋地骄傲着，以为是徜徉在自由的天地里、称为万物之灵的人物，不是做着最愚蠢的事么?"曹禺对《雷雨》的"命运"所做的多种解释历来使研究者困惑，笔者以为这段话最切合作品实际。曹禺说得很清楚，"命运"来自人的"情感"和"理性"，人的"机遇"和"环境"。虽然曹禺还说过：《雷雨》是"对宇宙间许多神秘的事物一种不可言喻的憧憬"，"为宇宙一种隐秘的理解"，宇宙的"主宰""太大，太复杂"，难以描清它的"真相"。《雷雨》原有第九角色"雷雨大汉"，象征"渺茫不知的神秘"，但作品本身却没有如此神秘莫测，它真实地显示了人不能改变"机遇"和"环境"，也无法战胜自己的"情感"和"理性"，透露出对人的怀疑。

对人的怀疑这一思想很容易被理解为消极落后，尤其是从命运的角度展示这一主题时，常被斥为神秘宿命的。其实并非如此。先从对人的存在困境的哲学探讨来看。人是什么？这个问题从人类产生自我意识那天起，就一直是宗教和哲学的永恒课题，人类为此可说是绞尽了脑汁。这种探讨的一个核心问题就是怎样看待人的局限性。悲观者认为人是一种悖论的存在，即动物性与精神性的矛盾统一体，人为战胜自己的"兽性"，便设置"神性"来要求自己，争取永恒。但人的种种努力均属徒劳，人连带他创造的文化终归毁灭。乐观者认为正是在这种悖论中显示出人的伟大，人可以凭借英雄主义精神以苦为乐，人可以创造符号及其文化证明自己比其他动物存在的优越性。我们经常称之为的"人的觉醒"，并不是指对人的盲目的乐观自信，人万能，而是指人对自己的矛盾存在、艰难困境有一种清醒的认识，认识到人的自私贪婪、渺小愚昧、狂妄自是等劣根性，认识到人在庞大的自然与社会中的真正位置。只有认识到人的局限性，才有可能寻求战胜局限的途径和方法，从而优化人自身。《雷雨》正是以对人的本性及处境的认识显示出它深邃的哲学内涵。

再从新文学对人的表现来看，揭示人的劣根性是新文学的主题之一。《狂人日记》发现人原来是一种互吃的野兽；《阿Q正传》嘲讽了人的苟延残喘与自以为乐。可以说，鲁迅的一系列小说写尽了人的"臭德行"。在郁达夫的作品里，人是那么脆弱与卑劣。老舍在写完祥子的堕落后感叹："人把自己从野兽中提拔出来，可是到现在人还把自己的同类驱逐到野兽里去。"在《〈围城〉·序》中，钱钟书说他是在写"无毛两足动物的基本根性"。曹禺也在反思人，"恨人群中一些冥顽不灵的自命为'人'的这一类动物"[①]。《雷雨》当之无愧是表现新文学精神的一流作品。

即使把《雷雨》放在戏剧文学史上看，曹禺也毫不逊色。古希腊悲剧表现了人类初年面对超越人的神秘力量时的困惑。莎士比亚描绘了世俗人生的种种丑态，"是生存还是毁灭?"发出了对人生意义的疑问；歌德的浮士德是那么脆弱，稍加引诱就把灵魂出卖给魔

---

① 曹禺：《〈日出〉跋》。

鬼。易卜生感觉到自己生活在“群鬼”之中，周围不是人，全是各种各样的鬼。布莱希特的《伽利略传》几易其稿，最后是以主人公在威压下背叛信仰而告终。《椅子》展示了人创造的物质使人无立足之地的窘境。《等待戈多》向人猛喝：戈多就是虚妄，肮脏懒惰的流浪汉就是人的自我形象！……《雷雨》正是以对人“愚蠢”与“冥顽”的批判与世界戏剧文学站在了同一水平线上。

六

但是，《雷雨》表现人与命运的关系，我们不能只看到这是对人的局限的真实再现，还必须看到它对人的同情与崇敬，戏剧艺术毕竟不是哲学，问题不在于是否写出人的真实处境，而在于作者在表现这种真实处境时的价值取向与感情态度。价值并非真实，而是给予的；情感也并不等于对客观现实的描写，它是主观的。如果作者在表现人的局限时，对人的种种努力取嘲讽与讥笑的态度，就会成为喜剧；反之，持同情与惋惜的态度，就是悲剧；如果对人绝望，就变成了荒诞与虚无。《雷雨》显然是悲剧的，曹禺是那么严肃而虔诚，没有半点轻松与一丝嬉笑，他认真地揭示出被毁灭事物的价值与意义。

《雷雨》对人的同情与崇敬，主要表现在作者对人企图战胜命运的种种努力作了满怀深情的描写。斯马特曾说：“如果苦难落在一个生性懦弱的人头上，他逆来顺受地接受了苦难，那就不是真正的悲剧。只有当他表现出坚毅和斗争的时候，才有真正的悲剧，哪怕表现出的仅仅是片刻的活力、激情和灵感，使他能超越平时的自己。悲剧全在于对灾难的反抗。陷入命运罗网中的悲剧人物奋斗挣扎，拼命想冲破越来越紧的罗网的包围而逃奔，即使他的努力不能成功，但在心中却总有一种反抗”①。《雷雨》就是这种悲剧观的典范作品。在周朴园身上，曹禺肯定了对此生负责的儒家心态，所以才把他的忏悔与赎罪写得那么真诚，使人感到这个罪人同时也是个善良老人。对蘩漪的困兽之斗，曹禺更是欣赏备至，就在于她有一股同命运抗争的野性与蛮力，性格最为“雷雨”。侍萍，并不是只知忍受顺从的可怜虫，三十年来，为战胜自己母女的宿命，她作出了最大的努力，坚韧不拔，自我牺牲，有一种异常坚强的道德力量。曹禺对《雷雨》诸人除了鲁贵外，有力有美的给予赞誉，无力无美的也给予同情，就连周萍的自杀，曹禺主观上也是把它当作同命运抗争的行为描写的，不然曹禺就不会担心演员在最后一幕“搁浅”，并要演员替周萍“找同情”。总而言之，《雷雨》洋溢着同命运抗争的激情，作者对毁灭人的势力充满了愤怒诅咒，以至于写完《雷雨》之后，这种情绪还在《〈雷雨〉·序》中滚滚流泻。正是从这个意义上看，《雷雨》是古典的，同对人彻底绝望的荒诞派戏剧划清了界限。

当然，《雷雨》毕竟是现实主义的悲剧，曹禺的创作心态是矛盾的，他一边满怀深情讴歌人反抗命运的斗争精神，又一边不无遗憾地再现这种抗争的失败，展示命运的强大与恐怖。曹禺是那么清醒地认识到人的有限性。因而我们不能说《雷雨》的命运观是乐观昂扬的，曹禺对命运，也像他的剧中人一样，有一种无可奈何之感。颜习斋曾把人对命运的态

① 转引自朱光潜：《悲剧心理学》，人民文学出版社1983年版，第206页。

度细致地区分为几个层次：造命回天，知命乐天，安命顺天，奉命畏天[①]。毫无疑问，曹禺不属造命回天这一最高层次；曹禺知命，却既不乐，也不顺。但也不能说曹禺是安命畏天的。庄子曾说“知其不可奈何而安之若命，德之至也”[②]，无论如何，曹禺没有修炼到道家这种“无为”境界，他对人生是执着多情的。

要准确地领悟到曹禺对命运的真实心态，有必要体会一下《雷雨》的序幕与尾声的用意。曹禺说是为了“把一件错综复杂的罪恶推到时间上非常辽远的处所”，不让观念受到“惊吓”与“恐怖”，而是带着“哀静的心情”，进入“宽阔的沉思的海”与“诗的情怀”[③]。明明是一个悲惨恐怖至极的命运故事，作者为什么非要观众对此持一种沉思的艺术情怀呢？作者自己当然是首先进入了这种“哀静”心态的。作者对命运的态度，即非形而上的，也非现实的，而是审美的。这显然是受到了尼采“酒神精神”的影响。“倘若人不是诗人、解谜者和偶然的拯救者，我如何能忍受做一个人”[④]，“只有在美之中才能静息和沉抑”[⑤]，“诗是一种保证，一种许诺，使人在现实的一切无秩序之中，在生存世界的所有不完满、厄运、偏激、片面和灾难性迷误中，与遥远得不可企及的真实意义相遇。”[⑥]人本来是宿命的，只有艺术才给它以意义。不要抱怨，不要争执，沉醉在悲剧诗里，罪恶和贪欲自然净化，这就是美的人生。在艺术沉醉和自我吟哦中，人找到了安身立命之处，寻到了抵抗命运的良方。曹禺对命运的思考，从对冷酷无情的现实的感受与剖析出发，以这种自我慰藉式的审美心态而告结。

原载《华中师范大学学报》1993 年第 2 期

① 颜习斋：《言行录》。
② 庄子：《人间世》。
③ 曹禺：《〈雷雨〉·序》。
④ 《尼采全集》第六卷，第 206 页。
⑤ 《尼采全集》第六卷，第 172 页。
⑥ 加达默尔：《美的现实性》，转引自刘小枫《拯救与逍遥》，第 56 页。

《雷雨》冲突结构模式论辩

廖安厚

一般说来，戏剧艺术因其所特有的直观性与舞台性，制约着它较之小说更注重矛盾冲突的典型化处理。冲突是剧情的基础，而戏剧结构则是从时空两维上对矛盾冲突的组织。矛盾冲突组合方式的多样化与个性化，便形成了既色彩纷呈又独具特色的结构形态。以往许多《雷雨》研究者会着眼于戏剧冲突，去分析《雷雨》情节的主副线，进而描述它的结构形态。但是在对《雷雨》的冲突结构，尤其是在所谓冲突主线的确认上，意见分歧，莫衷一是。归纳起来，主要有如下几种观点：

1. 周朴园与侍萍的冲突是《雷雨》结构的中心，全剧是以侍萍的命运悲剧作为贯穿线索。

2. 周朴园与蘩漪的矛盾冲突是情节主线，蘩漪是全剧的中心人物。

3. 贯穿全剧始终的主要冲突是蘩漪与周萍之间的矛盾。

4. 家庭纠葛是《雷雨》情节的主线。

上述观点，虽然对《雷雨》戏剧冲突的解读与阐释差异甚显，但是在结构形态的描述上却有着一致性，即主、副线交织并行发展的结构模式。

从戏剧冲突入手，去探究《雷雨》的结构形态，本来当无异议。但是，如果受制于线性思维的局囿，非要机械地强行划分出《雷雨》冲突的主副线，就难免会陷入各执一端的永无休止的争议之中。因为在《雷雨》中，很难确定哪种矛盾冲突是剧情发展的主线。但当我们从整体上去感知与把握《雷雨》的戏剧结构，即可将那复杂而似乎不规则的矛盾冲突“完形”为有序的结构形态：《雷雨》并非单向的线性结构，而是以周朴园和鲁贵为结构中心，各种矛盾冲突错综交织的网络式团块结构。

一

在戏剧作品中，冲突是剧情发展的外在表现形式，也是人物矛盾关系的集中显现，而《雷雨》中人物之间的矛盾关系呈现出多向性、网状式的特点。如图所示：

全剧八个人物，每个人物都有着自己独特的思想性格与情感追求，并为着自己的目标而行动，但是又与他人的追求目标相矛盾，发生直接或间接的冲突。因此，剧中人物都以自己为扭结点，与他人构成多向的网状矛盾关系，而且其中任何一组矛盾冲突的出现与展开，都与其他矛盾纠葛相交织、相关联，由此推动着整个剧情的发展。譬如，鲁大海首次出场，是以罢工工人代表的身份，闯入周公馆，找周朴园谈判。其间，他又先后同继父鲁贵以及周家大少爷——自己并不相识的嫡亲兄长周萍发生冲突。继后，他发现了自己同母异父的妹妹四凤与周萍的暧昧关系，怒不可遏，对周萍拔刀相向，但又受到母亲侍萍的喝叱与阻挡。隐情暴露，四凤羞愧难当，跑出家门，由此而促使周萍急欲离开自己厌倦与惧怕的精神囚笼——周公馆。周萍的逃避，又使蘩漪在绝望中孤注一掷，企图凭借周朴园的力量拆散周萍与四凤，从而使隐藏的血缘关系昭然若揭，将剧情推向高潮，并很快进入悲剧结局。再如，多被研究者们视为次要人物的周冲，与所处环境也有着网状式的矛盾冲突。他天真、纯洁、善良，生活在自由、平等、博爱的理想之中。他用纯真的眼光看待生活与周围的人们，但却处处碰壁。他同情母亲蘩漪，不满父亲的专制强暴；他关心并爱恋女仆四凤，却遭到父亲训斥，也不被大海理解；为了别人的幸福，他宁可牺牲一切，但是周萍与四凤却把他们的爱情关系瞒着他，母亲蘩漪甚至把他作为夺回情人的工具……毋需赘言，剧中其他人物与所处环境的关系也莫不如此。正是由于人物之间的互相牵制、纠缠和对立斗争，构成了《雷雨》错综交织、多维发展的冲突态式。

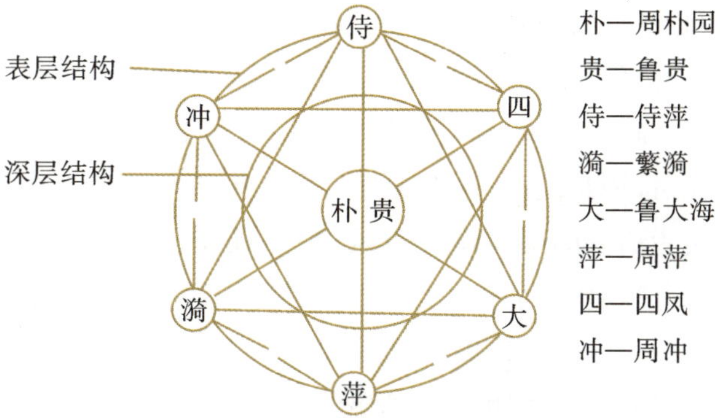

曹禺曾对作品中谁是主角讲过三种意见：(1)我的主角是鲁妈；①(2)我这个戏是八仙过海；②(3)这出戏中最重要的人物"那就是被称为雷雨的一名好汉"，被漏掉而未写进剧本的"第九个角色"。③ 由此可见，作者本人对《雷雨》的主角以及冲突主线也是困惑难定。这些似乎矛盾的说明，恰好反证了《雷雨》人物关系的多向性。因此，"八仙过海"的说法比较切合作品实际，即《雷雨》中没有绝对的主要人物，他们互为宾主，交相陪衬。或者说，八个人物在不同的戏剧环境中，各自都扮演着主角，并以自己为网点，构成辐集式的动作线。这些看似纷繁复杂的矛盾关系和人物动作线，经由周朴园和鲁贵扭结在一起，成为有序的结构整体。

周朴园，这个《雷雨》悲剧的制造者，剧中各种冲突与他都有着直接或间接的关联。他是矛盾扭结的一个中心点，在作品中明显可见，现评论界也多无异议，故在此不作赘述。至于鲁贵，这个似乎被研究者们遗忘的角色，在剧中也并非可有可无的穿插人物，而是全剧结构中的一个不可或缺的中心点。正是由于鲁贵，四凤进周公馆当了佣人，大海到周朴园开办的矿井做工，而侍萍在被赶出周家三十年后，才会鬼使神差般地重新踏进周公馆的大门。鲁贵似乎成了无形的纽带，将周、鲁两家斩不断的亲缘关系联结一体，周公馆与杏花巷鲁家便成了剧中人物活动的具体环境。此外，鲁贵也是悲剧的一个主要制造者，他影

① 转引自辛宪锡《〈雷雨〉若干分歧问题探讨》，《中国现代文学研究丛刊》八一年第一期。
② 转引自辛宪锡《〈雷雨〉若干分歧问题探讨》，《中国现代文学研究丛刊》八一年第一期。
③ 《日出·跋》。

响并推动着剧情的发展。正是因为鲁贵无视妻子侍萍的告诫，把女儿送进周公馆作女仆，由此埋下祸根。他早已明晓周公馆“闹鬼”的内幕，但出自卑劣的自私心理，他并不明告家人。眼见四凤与周家大少爷“相爱”，不过是自种苦果，也不阻止，反而以此要挟四凤，敲诈钱财，挥霍滥赌，这无疑是将女儿推入矛盾漩涡中，酿成悲剧。蘩漪也正是因为名为儿子、实为情人的周萍移情四凤，妒恨迁怒，借鲁贵传信，招来侍萍，要她领走四凤。侍萍的到来，使隐伏的危机逐渐明朗且趋于激化。后来鲁贵也因“城门失火，殃及池鱼”，被周公馆辞退。为了保住饭碗，他以“隐私”威胁蘩漪，同时又推波助澜，暗示侍萍就是鲁妈。蘩漪在最后濒临绝望之下，竟然公开自己与周萍的乱伦关系，引发了悲剧的结局，这固然与蘩漪“雷雨”式的性格有关；同时，“隐私”已被鲁贵知道，再无顾忌余地，也无疑起了催化剂的作用。

综上所述，可见鲁贵在剧作中，有着不可替代的独特作用。他是周鲁两家的联结点，是悲剧发生的动力源，他影响着其他人物的动作线。如果删除了这个人物，全剧的很多场面就难以衔接，人物的动作就会变得支离破碎，结构的统一性也不复存在。因此，在《雷雨》结构中，鲁贵与周朴园有着异曲同工的艺术作用，即将全剧人物之间的错综关系扭结整合，构成有机的结构系统。这种双元中心的结构形态，在我国戏曲创作中也不乏其例。昆曲《十五贯》中，况钟与过于执的冲突贯穿全剧，但是两者之间的冲突又紧紧围绕着熊友兰与苏戍娟的命运而展开，因而全剧的结构中心是这两个受害者——剧中的次要人物熊友兰和苏戍娟。但是《雷雨》又不同于《十五贯》，它没有情节冲突的主副线，而是以周朴园和鲁贵为中心的网状式冲突结构。

二

戏剧冲突及其结构形态，作为形式因素之一，它是内容的反映，也受到内容的制约。主题是内容的基本要素。因此《雷雨》戏剧冲突的设置及其结构方式，必然受到剧作主题的制约，同时也有力地表现了剧作主题。两者之间的异质同构、互为参照，为我们提供了观照《雷雨》冲突结构形态的又一视角。

关于《雷雨》的主题是有争议的。流行的观点是“暴露大家庭的罪恶”①，也有人认为，《雷雨》表现了阶级斗争的主题，还有人认为，《雷雨》具有宿命思想和命运观念，等等。曹禺对《雷雨》的主题也是迷惘的，当有人问他，《雷雨》是怎样写的，是为什么写的，他曾回答：“连我自己也莫名其妙”②。虽然曹禺后来也曾认同《雷雨》是“暴露大家庭的罪恶”，也承认过《雷雨》有宿命观念，但是显而易见，作者对《雷雨》的主题不无困惑，其说明也是矛盾的。

无论是作者还是研究者们对《雷雨》主题的不同阐释，在作品的戏剧冲突中都能找到一定依据或佐证材料。由此可见，《雷雨》的主题内涵不是单一的，而是多义的。对《雷雨》

① 《雷雨·序》。
② 《雷雨·序》。

主题解读的分歧和片面，与方法论的局囿不无关系，即从单向线性思维的角度，强行划分出《雷雨》冲突的主线，并由此演绎出剧作的主题。未能从多向思维的角度，去审视与把握剧作的冲突结构与主题之间的辩证统一关系。

《雷雨》的主题具有多义性，这种由不同层面耦合而成的主题结构系统，必然制约着戏剧冲突的构组不能单向平面式。反之，《雷雨》的网络式冲突结构则有力地显现了作品主题的多层意蕴。

在《雷雨》的网状式冲突中，周朴园与侍萍、蘩漪、鲁大海的矛盾，是富有社会意义的戏剧冲突。究其实质，周朴园与侍萍之间是压迫者与被压迫者的矛盾冲突；他与鲁大海的冲突，是资本家与工人的尖锐对立；他与蘩漪的冲突，是封建家庭内部专制与反专制的斗争。这三对相互交织的矛盾冲突，构成了网络式冲突的圆形外壳，揭示了剧作主题的表层结构（见上文中图示），即暴露了带有浓厚封建性的资产阶级家庭的罪恶，鞭挞了旧中国的黑暗现实，表现了某种反抗与叛逆的精神。如果说，上述三种矛盾冲突及其所揭示的剧作主题的表层意蕴，可以用“阶级斗争”的理论来进行分析；那么，交融于阶级对立中的血缘关系，涵盖在阶级矛盾之下的爱情纠葛，则不能完全纳入阶级斗争的范畴。它们交叉凝聚，构成网状结构的圆形内圈，显现了剧作主题的深层结构，即作者在对“人”的广镜头审视中，寓涵了自己对神秘“宇宙”的困惑，对人生苦难的探究。

蘩漪、周萍、四凤三人之间的爱情纠葛，内涵着丰富的人性内容。蘩漪与周萍身处于令人窒息的周公馆，为了摆脱内心苦闷，他们曾大胆相爱，以寻求精神慰藉。这种离经叛道的“乱伦”之举，虽然在一定程度上源自人的本能欲望，但也不乏合理的人性需求。周萍后来爱上四凤，也并非如有人所说的那样，纯属“玩弄”，其中也内含着真情。四凤的美貌多情、温柔善良，正是周萍理想爱情的追求目标，或者说，已化为他生活的某种希望。因此面对原是兄妹这个出乎意料又难以接受的严酷事实，周萍最后开枪自杀，与其说是以此洗掉内心的羞耻，勿宁认为这是理想爱情幻灭后的极度痛苦和绝望。但是，周萍对蘩漪的“始乱终弃”，蘩漪报复手段的阴鸷与偏执，四凤于爱情执着中给蘩漪、周冲带来的某种伤害，又显示出悖于“至善”准则的人性丑，以及由此而造成的人生苦痛。曹禺正是力图“攀上高山之巅，仔仔细细地望穿、判断这些叫做‘人’的东西是美是丑，究竟有怎样复杂的个性和灵魂”①，由此进而审视社会，索解“人生之谜”。

如果说，蘩漪、周萍、四凤三个人之间的爱情纠葛，可谓“美丑泯绝”，那么交织于网状冲突中的周冲，则是美好人性的化身。他在剧作结构中，已成为一个特殊的艺术视角，让人们由此去观察“天地间的‘残忍’”和“冷酷”②。周冲所向往的“没有争执，没有虚伪，没有不平等”的人间乐园，也正是曹禺所憧憬的美好人生和理想社会。它在客观上，便将批判的锋芒指向了扭曲人性的封建礼教和旧中国社会的黑暗现实。

《雷雨》的网络式冲突的结局，确实如同有的文章指出，呈现出两极性，即位于结构中

① 转引自田本相《曹禺传》第143页。

② 《雷雨·序》。

心与外圈上的父母辈活着，似乎成了悲剧的承受者，而子女辈则是悲剧性的死亡（或出走）。但是矛盾冲突的这种结局，并非如有的研究文章所认为，表现了作者“劝善惩恶”的命运观，而是寓涵了作者对人生苦难的究诘与索解。在剧作中，蘩漪出自极端的报复心理，安排周朴园与侍萍等人见面，是导致悲剧的直接原因；侍萍的消极逃避，对子女隐瞒真相，则是造成悲剧的间接原因，而周朴园与鲁贵，是相对于周冲的某种“丑”的极致，他们更是悲剧的制造者。正是这种人性的异化与道德的失落，给他人造成悲剧，也为自己带来苦痛的恶果，它是引发人生苦难的一个动力源。正如曹禺所说：“《雷雨》所显示的，并不是因果，并不是报应，而是我们所觉得天地间的‘残忍。’”①

与此同时，曹禺似乎认为，只有在人性建构中遵循“至善”的道德原则，实现自我完善，才能解除人生的苦难。剧作结构中心之一的周朴园，在遭受疯妻失子的精神打击之后，产生负罪感，最后在内省的忏悔中，复归人性的本真，弃恶择善，变丑为美，就显现了剧作的这个潜主题。曹禺对人生苦难的这种索解，虽然不乏人道主义的理想色彩，有着一定的局限性，但是它内涵的积极意义也不容否定。

综上所述，《雷雨》戏剧冲突的特定形态既受到主题结构的制约，也有力地揭示了剧作主题的丰富内涵，两者辩证统一，相得益彰。

《雷雨》对戏剧冲突的精心构筑，是富有创造性的成功的艺术尝试。它打破了“一人一事”的传统模式，改变了我国初期话剧创作偏重于故事搬演而缺乏整体戏剧性的疏陋状态，把我国的话剧创作推向了新的发展阶段。同时，它对曹禺以后的创作也有着明显的影响。继《雷雨》之后的《日出》《原野》《北京人》等优秀剧作，在戏剧冲突的构组上虽然各具特色，但是都摒弃了单向平面式的结构模式，表现了深广的生活内容与思想内涵。因此，对《雷雨》冲突结构模式的确认，不仅有助于对剧作主题、人物的理解把握，而且由此可以明显看到《雷雨》在曹禺创作及中国话剧史上的独特地位。

原载《中国现代文学研究丛刊》1993 年第 2 期

① 《雷雨·序》。

"诗样的情怀"
——试论曹禺剧作内涵的多解性

邹　红

内容提要:本文认为,将话剧作为诗来写,是形成曹禺剧作解性的原因之一。

一

可以有很多理由将曹禺比作中国的莎士比亚,诸如曹禺话剧创作所取得的突出成就,在中国现代话剧史上的巨大影响,以及曹禺所获得的世界性声誉等等。除此之外还有一点,那就是象歌德以"说不尽的莎士比亚"来形容莎翁剧作的丰富内涵一样,作为中国现代话剧史上最负盛名的剧作家,曹禺的创作不但揭开了中国话剧的新的篇章,也给后人留下了说不尽道不完的话题。从 1934 年曹禺的第一部作品《雷雨》问世,到 1996 年曹禺去世这 60 多年间,曹禺及其创作始终处在不断的争议和再认识之中。一方面,曹禺剧作的艺术魅力历久不衰,光景常新;而另一方面,作为 20 世纪中国现代文学史上一个特殊的文化思想景观,曹禺本人的创作经历同样是引起人们极大兴趣的问题。所以,如果说莎士比亚之深不可测主要是基于作品内蕴的丰厚或不确定,那么曹禺之耐人寻味,还在于不同时期读者(观众)对其作品的接受过程中所发生的误读或变异,在于这种误读或变异对曹禺创作思想、创作个性以至于创作手法的重大影响。就是说,所谓"说不尽的曹禺",并不仅仅是就曹禺剧作的本来内涵而言,同时也包含了接受者所赋予的意义,包含了曹禺本人在这一接受过程中的种种反应。

必须承认,作品一旦由作家创作出来,成为一种社会的存在,它的解释权就不只属于作者,每一位读者(观众)都会根据自己的期待视野去对之进行解读,从而形成种种不尽相同甚至出入甚大的看法,作出形形色色的评价。而所以如此,固然与其自身因素有关,也与他所面对的作品有关。所谓"横看成岭侧成峰,远近高低各不同",并不只是观察者的位置使然,如果对象本身形状单一,没有变化,那无论远看近看,高看低看,都不会产生成岭成峰的观感。能让读者形成不同看法乃至争议的作品,它本身一定或多或少、或显或隐地提供了产生歧解的可能,而且一定具备了较为丰厚的内蕴,呈现出多侧面的可视点。这样,当它为不同的读者所接受时,也就容易得到认同,虽然这种认同未必完全符合作者的创作初衷。而换一个角度来看,文学活动作为作家与读者之间经由作品连接的互动过程,读者的反应无疑会对作者产生这样或那样的影响,尤其是那些以处女作一举成名的作者,面对纷至沓来的肯定称誉和批评指责,面对种种出人意料甚至匪夷所思的意见,他难免不感到困惑,难免不作自我调整,甚至要在自我的审美取向与读者的现实需求之间进行艰难的抉择。这样，在他后来的创作生涯中，就必然会形成不断摇摆的创作走向，留下游移不定的创作轨迹，而导致了问题的复杂化。

曹禺的情况正是如此。

从文本的角度考察曹禺剧作，不能忽略这样一个事实：即曹禺屡次宣称他是把话剧作为“诗”来写的。

1935年4月，《雷雨》东京首演之前，导演吴天、杜宣致信曹禺，谈到对剧本的理解和演出处理问题，表示要删去序幕和尾声。曹禺在回信中第一次明确表示：

> 我写的是一首诗，一首叙事诗，……这诗不一定是美丽的，但是必须给读诗的一个不断的新的感觉。①

在写于1936年1月的《雷雨·序》中，曹禺再次表示：保留“序幕”和“尾声”的用意，在于让观众看完戏后，心中还流荡着一种“诗样的情怀”，使“观众的情绪入于更宽阔的沉思的海”。

在1983年5月给蒋牧丛的信中，曹禺写道：

> 《原野》是讲人与人的极爱和极恨的感情，它是抒发一个青年作者情感的一首诗。②

此外，1956年底，《剧本》杂志记者就话剧《家》的改编采访曹禺时，曹禺特别提到剧中觉新和瑞珏结婚一场戏中人物极富诗意的独白，“本想用诗的形式继续写下去，因为感到吃力，所以只写了这几段独白”。曹禺还表示他曾经想用诗的语言来写剧本，而且已在未完成的《三人行》中作过尝试③。

曹禺为什么要一再表明自己写的是“诗”？这是一个值得研究者深入思考而又未予以足够注意的问题。不错，是有不少研究者指出曹禺剧作具有浓郁的诗意，具有诗的若干特征。譬如说曹禺长于在剧作中营造诗的氛围，不少场面充满了诗情画意，并且在场景的布置和人物的塑造等方面，都借鉴了诗的表现技巧，而在诸如《家》《王昭君》等剧本中，更直接采用诗的形式来写作等等。还有人做了更进一步的研究，从曹禺早期的诗歌创作、莎士比亚诗剧和中国传统戏曲的影响等诸多方面探讨形成曹禺剧作诗化倾向的若干因素。

这些研究无疑是可贵的，但曹禺之所以屡次宣称他写的是诗，其原因尚不能由此而得到完全的解释。因为，在上述大多数研究中有一个共同的前提，就是将曹禺剧作的诗化倾向理解为在话剧创作中融入诗的成份，或者说，理解为曹禺对作为戏剧类型之一的诗剧风格的追求。这样，曹禺剧作尽管具有浓郁的诗意，甚至不乏诗的表现形式，但它本质上仍是戏剧，而不能真正作为诗来接受。我认为，说曹禺把话剧当作“诗”来写，和说曹禺话剧创作追求“诗剧”的风格，这两者实际的含义是不同的。把话剧作为“诗”来写，这就意味着

---

① 曹禺：《〈雷雨〉的写作》，原载《杂文》(质文)月刊1935年第2号，此处引文据田本相、刘一军主编之《曹禺全集》第5卷，花山文艺出版社1996年版，第9页。

② 转引自田本相《曹禺传》，北京十月文艺出版社1988年版，第464页。

③ 《曹禺同志漫谈〈家〉的改编》，原载《剧本》1956年第12期。

诗是本质的，内在的，在其中起决定作用的；而追求“诗剧”风格，则主要是外在地符合诗的形式方面的要求，使之具备诗的形式。当然话不能说得过于绝对，内在的诗性与外在的诗形也应该而且能够统一，这种情况在曹禺剧作中确实存在。但我们的问题在于探讨曹禺如此反复申述的原因，因此就有必要对两者加以区分。

如果我们将那种采用诗的形式写作的戏剧称之为“诗剧”的话，那么，有诗之魂而不必一定具备诗的形式的戏剧则可以称为“剧诗”。或者说，“诗剧”即用诗的形式写作的戏剧，而“剧诗”则是用戏剧的形式写作的诗。这里有必要说明的是，“剧诗”这个提法并非笔者的发明，张庚曾将中国传统戏曲称为“剧诗”①，而田本相在《曹禺评传》中则用它来指称曹禺剧作，并明确提出曹禺剧作具有“诗化现实主义”的特征。他将曹禺剧作的诗化现实主义特征作为贯穿《曹禺评传》全书的一条重要线索，不只是从纵向上梳理了曹禺剧作诗化现实主义特征形成和发展的脉络，而且从横向上对这一特征作了多方面的分析②。本文强调“诗剧”与“剧诗”的不同，意在突出曹禺剧作富于诗的意味，以期从“诗”的角度来认识《雷雨》《原野》等剧作，为我们理解曹禺剧作提供一个新的视角。

二

曹禺一再宣称自己写的是“诗”，自然是不满足于将《雷雨》等剧作视为“社会问题剧”，那么，他真正寄希望于读者、批评家的又是什么呢？

首先，从创作角度说，将戏剧作为诗来写，意味着曹禺在戏剧创作方式上与一般剧作家有较大的差异，而更接近于诗人的创作。我们看曹禺对自己创作状态的描述：

> 我象个比赛前的运动员，那样的兴奋，从清晨钻进图书馆，坐在杂志室一个固定的位置上，一直写到夜晚 10 时闭馆的时刻，才快快走出。夏风吹拂柳条唰唰地抚摸着我的脸，酷暑的蝉声聒噪个不停，我一点觉不出，人象是沉浸在《雷雨》里。

有时写得太舒畅了，又要跑出图书馆，爬上不远的土坡，在清凉的绿草上躺着，呆望着蓝天白云，一回头又张望着暮霭中忽紫忽青忽而粉红的远山石塔，在迷雾中消失。③

这段描述给我们似曾相识之感，它很容易使人联想到著名诗人郭沫若写作《地球，我的母亲》和《凤凰涅槃》时的情形。郭沫若称那是“一种神经性的发作”，在那样类似发狂的状态中“受着诗的推荡，鼓舞，终于见到了她的完成”④。具体的细节当然并不完全相同，但二者之间的确不乏相通，特别是那种为感兴、情绪所左右的，贯穿于整个创作过程的迷狂状态，更将两人的创作心态内在地联系在一起。曹禺曾说：“我是一个不能冷静的人”，而他在《雷雨·序》和《日出·跋》中那些充满情绪化的表述也证明了这一点。尽管曹禺也象

① 张庚：《戏曲艺术论》，中国戏剧出版社 1980 年版，第 40 页。

② 参见田本相《曹禺评传》，重庆出版社 1993 年版，第 51 页及该书第 13 章。

③ 曹禺手稿。转引自田本相《曹禺传》，北京十月文艺出版社 1988 年版，第 143 页。

④ 参见郭沫若《我的作诗的经过》，收入《郭沫若论创作》，上海文艺出版社 1983 年版，第 204—205 页。

大多数剧作家那样有一个收集准备素材阶段，但面对创作素材，他不是冷静地分析，理智地编排，而是一种全身心的投入，在真切的感受和体验中，在与对象的相互交融中去构思、创作的。那种“情感的汹涌的流”推动着他，左右着他，从而使他得以将诗的内涵纳入剧的形式之中。

除开创作过程中所特有的诗人情怀之外，曹禺戏剧创作还有一个突出的特点，即他常常不是先有一个明确的思想主题，考虑周详然后进入写作，而是先有一种朦胧的、类似于诗歌意境或音乐旋律的感受萦绕脑际，这不仅是曹禺戏剧构思的开端，而且也成为他整部作品的基本氛围。这一特点在曹禺前期的创作中尤为明显。

比如《雷雨》，正如我们先前所引，引发曹禺创作兴趣的，“只是一两段情节，几个人物，一种复杂而又原始的情绪”。这在作者脑海中构成了《雷雨》最初的“模糊的影象”。进入写作之后，曹禺也不是“一幕一幕顺着写的，而是对哪一段最有感情就先写”①。

《日出》的情况与此略有不同。据曹禺1981年和田本相的谈话，写作《日出》之前萦绕在作者心头的，是剧中人物诵读的几句诗：“太阳升起来了。黑暗留在后面。但是太阳不是我们的，我们要睡了”，其后才逐渐酝酿演化为具体的人物形象。这几句诗在《日出》一剧中至为重要。还在1937年《日出》发表后不久，著名作家叶圣陶便撰写了题为《其实也是诗》的评论文章，认为那几句诗可以看作是剧本的题词，他指出《日出》能将这种诗意的内涵隐藏在文字形象之后，让读者自己在阅读过程中感悟出来，“具有这样效果的，它的体裁虽是戏剧，其实也是诗”②。叶圣陶的这番见解，的确道出了曹禺的用心。

再如受波斯诗人欧涅尔一首小诗启迪的《原野》，不无诗剧《罗密欧与朱莉叶》影响的《家》，以及弥漫着作家早年在宣化时留下深刻印象的号声的《北京人》，所有这些剧作都以一种诗意的感受作为创作的触媒，也都成功地营造了诗的氛围。可见，曹禺的确是把话剧作为诗来写的，而且首先是以诗人特有的方式，以诗的精神来进行戏剧创作的。

其次，从作品角度说，将戏剧作为诗来写，并不一定是要求戏剧符合诗的形式规范，而毋宁说是追求诗的意境，使之具有浓郁的情感色彩和主观因素。

读曹禺的剧作，很少有人会忽视它那强烈的抒情特征，而曹禺本人对此也是确认的。如《雷雨·序》称“写《雷雨》是一种情感的迫切需要”，《雷雨》所着力表现的，是那种“不是恨便是爱，不是爱便是恨”的极端的情感。相应地，在剧本着力最多的人物蘩漪身上，便集中了“最残酷的爱和最不忍的恨”，“极端”和“矛盾”也因此成为“《雷雨》蒸热的氛围里这种自然的基调，剧情的调整多半以它为转移”。关于《原野》，曹禺说得更为明确：“《原野》是讲人与人的极爱和极恨的感情”，这在主人公仇虎和花金子两个人物身上得到了充分的表现。说实在话，曹禺笔下的人物很少不是情感型的，不论其在具体表现方式上是外露还是内敛。不错，相对于《雷雨》《原野》的浓烈来说，《北京人》和《家》要含蓄得多，但感情的表

① 夏竹：《创作的回顾——曹禺谈自己的创作》，原载《语文学习》1981年第5期。

② 原载1937年1月1日天津《大公报》，此处引文据田本相《曹禺评传》，重庆出版社1993年版，第90页。

现也深沉得多，隽永得多。在愫方与文清之间、瑞珏与觉新之间，感情的潜流始终在地表下汹涌着，奔腾着，虽然没有象《雷雨》那样轰轰烈烈烧一场，象《原野》那样以野性的形式来表露。英国湖畔诗人华兹华丝曾有一句名言：一切好诗都是强烈情感的自然流露。这恰与曹禺剧作的抒情特征相吻合。

作为诗歌中最为常见的象征性意象，在曹禺剧作中同样大量存在，甚至可以说俯拾即是。大概而言，曹禺剧作中的象征性意象包括三种情况：一种是以场景、道具方式存在的象征性意象，如《雷雨》中死气沉沉、充满压抑感的周公馆，《日出》中陈白露居住的饭店，以及《原野》中的黑林子和向远方延伸的铁轨，《北京人》中曾皓的棺材等等；二是以人物性格方式存在的象征性意象，《北京人》中的机器匠是一种类型，而更为普遍的则是剧作家赋予人物以某种象征意义，从而本身即是一个象征性意象，这可以具有"最雷雨的性格"的蘩漪为代表；三是由作品命名构成的象征性意象，诸如"雷雨""日出""原野""北京人"等，既是一个实存之物，同时又是某种观念的象征。这些象征性意象从不同层面烘托、渲染了戏剧的诗意氛围，而且成为戏剧有机的组成部分。它们在剧中的作用是如此重要，以至于一旦缺少了它们，演出就失去了内在的生命。

与象征性相关的还有表现性。曹禺的创作基本上取材于现实生活，而其作品也因此被视为现实主义之作，然而，为着充分或者说更好地表现自己对现实的审美感受，曹禺并不满足于仅仅按照生活的本来面目去进行描摹。我的意思不是说曹禺进行了某种合乎真实标准的艺术虚构，而是指在曹禺剧作中明显存在一些违反客观真实标准的安排，如《雷雨》和《原野》中便有不少经不起认真推敲的细节。对于这样一些明显的纰漏，我们固然可以将其解释为曹禺对生活缺乏必要的熟悉，或者是写作中的粗心，但如果曹禺本来就不曾有意追求细节真实，甚至有意超越客观真实，那我们又该如何评判呢？他在1935年的一封致吴天等人的信中明确表示："因为这是诗，我可以随便应用我的幻想，因为同时又是剧的形式，所以在许多幻想不能叫实际的观众接受的时候，（现在的观众是非常聪明的，有多少剧中的巧合……又如希腊剧中的运命，这都是不能使观众接受的。）我的方法乃不能不把这件事推溯，推，推到非常辽远时候，叫观众如听神话似的，听故事似的，来看这个剧。"①这里强调作者的"幻想"，强调这并非一件正在发生的事，就暗示了剧本的非写实成份。1980年，曹禺在和田本相的一次谈话中，又一再表示："现实主义的东西，不可能那么现实"②。看来，尽管曹禺难以拒绝现实主义这顶桂冠，但他仍然坚持自己创作与一般说的现实主义不完全相同。应该说，这种区别所在，主要就是曹禺前期创作中，尤其是《雷雨》和《原野》中的表现主义色彩。曹禺之所以特别宣称这两部作品是作为"诗"来写的，其原因正可由此得到部分的解释。

第三，从欣赏角度说，既然是作为"诗"来写的，那么这剧本当然也就要求被当作"诗"

① 曹禺：《〈雷雨〉的写作》，原载《杂文》（质文）月刊1935年第2号，此处引文据田本相、刘一军主编之《曹禺全集》第5卷，花山文艺出版社1996年版，第9页。

② 曹禺：《谈〈北京人〉》，《曹禺全集》卷5，花山文艺出版社1996年版，第76页。

来接受。我以为，这才是曹禺如此反复申辩的根本用意。而要求被当作“诗”来接受，就必须撇开那些既定的戏剧批评规范，将曹禺称之为“诗”的东西作为体验的对象而非认知的对象；就必须考虑诗不同于戏剧的若干特征，承认曹禺剧作的独特性而不是采用一个抽象的尺度；就必须从诗的意象入手去感受作品的情感氛围，领会其言外之意，而不是以客观真实来衡量裁决，将丰富的感性内涵抽绎为某种干枯的义理。

《雷雨》问世之后，随之而来的种种批评使曹禺感到“局促”“不自在”，甚至“自卑”。他自认为没有批评家的冷静头脑，不会象实验室里的生物学家解剖青蛙那样去肢解作品的生命。他说：“我对《雷雨》的了解只是有如母亲抚慰自己的婴儿那样单纯的喜悦，感到的是一团原始的生命之感。”①这番话虽说不无作家与批评家之间的隔阂，同时也道出了曹禺心目中的批评应该是什么样的。那就是批评应该建立在对作品感受、体验的基础之上，应该将对象视为一个有机体作整体把握，而不应条分缕析，破坏那种浑圆一体的生命之感。更重要的是，对于《雷雨》这样一部作为“诗”来写的剧本，首先要把握它的诗意氛围，领会作者所以设置序幕和尾声的用心，这才不会偏执一端，强行割裂作品。

《诗经》中有一句话：“他人之心，予忖度之”，曹禺认为这可用来说明批评家与作家的关系。一个好的批评家，应该能够“忖度”到作者的用心，而作者的用心，他通过作品表现出来的思想感情，是渗透在作品的具体形象之中的。尽管剧作家运用形象思维进行创作，批评家借助逻辑思维从事分析，但无论剧作家还是批评家都应该明白：“作品中的思想并不就是某一个人物说的台词，也不全是指某一种曲折的情节所显示的倾向”；一个剧本的“理”就是这部作品的灵魂，它“通过真实的人物，巧妙合理的结构，生动真实的语言，环境的气氛，以及作者无处不流露的深厚的情感，合在一起，透露出来的统一的思想结论”。因此对作品思想的领会就不能“仅仅依赖剧本的某一部分，某个人物，某一段精辟的语言”，而必须建立在对剧本作整体把握的基础上，必须融入接受主体的真切体验②。

三

回到本文开头提出的问题，从曹禺剧作本身的特点来探讨“说不尽”的原因，我们自然会发现这样一个颇有意思的现象：一方面，曹禺剧作因为未能如作者的创作初衷那样当作“诗”来接受而产生歧解，引起争议，从而成为“说不尽”的原因之一；但另一方面，如果人们果真把曹禺剧作当作“诗”来看，同样会产生歧解，会引起争议。

这其实是情理之中的。诗之为诗，一个相当突出的特点，就是其含义的模糊性或者说多义性，而好诗尤其如此。中国古人说“诗无达诂”（董仲舒），追求“言已尽而意无穷”（钟嵘）的效果，甚至认为“诗有可解，不可解，不必解，如镜花水月，勿泥其迹可也”（谢榛）；现代西方诗人，从浪漫主义到意象派，也都极为强调诗歌内涵的暗示性和不确定性，如法国象征主义诗人魏尔伦以诗朦胧与清朗浑然莫辨为诗之极致，瓦莱里主张诗歌“没有真实确

① 曹禺：《雷雨·序》。

② 参见曹禺《我的生活和创作道路》《漫谈剧作》。

定的含义，也不存在作者的权威”，等等。与戏剧相比，诗中更多非理性因素，更大的跳跃性，因此也就更容易造成读者的歧解。曹禺既然以诗为剧，追求诗的效果，当然不免要产生歧解。曹禺曾将自己的创作与茅盾作过对比，认为茅盾的创作是一种路子，而他本人的创作是另一种路子。茅盾的作品“时代写得那么准确，政治是什么人，经济是什么，情况都写上去了”，曹禺自己则有意不与现实联系那么紧，不写那么具体①。所以，曹禺剧作往往给人一种不确定的时间感和空间感，特别是《雷雨》和《原野》，故事的发生时间和地点都只有一个大致的范围。就是说，都比较“虚”。这样，在留给读者（观众）较大的想象余地的同时，也就会导致理解上的分歧。

而且，不论曹禺如何辩白，《雷雨》《原野》毕竟采取了剧的形式，因此人们理所当然地要用剧的眼光、剧的标准去欣赏和评判。据说著名话剧导演黄佐临曾一度认为曹禺剧作与自己的“写意戏剧观”相左，唯独《家》是一个例外，不少地方充满了诗意、诗的境界，所以黄佐临在 1985 年执导了《家》并获得成功。显然，这种看法更多地是着眼于《家》部分采用了诗的表现形式，着眼于诗的外部特征而得出的。值得注意的是，另一位与黄佐临齐名，而且明确主张戏剧应该有诗意的话剧导演焦菊隐，也没有特别钟情于曹禺剧作。为什么有着相近的艺术追求，曹禺和这两位导演之间却难以沟通呢？我以为，这不能不归因于“剧的形式”。对于象《雷雨》《原野》这类大型话剧，作者可以作为“诗”来写，但导演则很难作为“诗”来导。将戏剧由剧本搬上舞台，很重要的一环，就是要落实到具体的场景、人物。在这个过程中，虚的东西少了，实的部分多了。而一旦化虚为实，那些模糊的、不确定的东西被定型了，原本诉诸想象、感受、体验的东西必然也会相应地减少，那种整体的诗的氛围便很难得到完整的呈现。如果导演的阐释、处理与作者的预想有所出入——这几乎是必然的，歧解、争议便在所不免。

其实阅读又何尝不是如此。相对于篇幅短小的抒情诗来说，戏剧，尤其是象《雷雨》那样注重情节性，且不乏小说家手笔的作品，客观上确实很难整体把握。读者的注意力势必要分散在情节的进展，冲突的化解，以及人物的性格特征等方面去。由于构成戏剧主要内容的是事件和人物，因此读者不可能象对待诗歌那样，将剧本的各个单元（场景、场面）当作诗的个别意象来把握，在实际的阅读过程中，读者很难绝对保持一种纯粹的感受或体验状态而排斥认知，拒绝理性的介入。总之，“剧的形式”似乎本能地而且不可避免地要去解构诗的内涵，除非它获得了某种诗的载体。曹禺之由“剧诗”转向“诗剧”，是否也是有鉴于此呢？

最后还应该提到的，是曹禺那种在形式技巧上的不断探索求新，不断超越自我的努力，也在一定程度上成为引起争议的因素。作为一个戏剧诗人，曹禺天然地对艺术形式怀有极大的兴趣，在抒发诗情这个前提之下，他自觉尝试了多种可能的表现方式。正如我们看到的那样，《雷雨》试图以剧的形式表现作者那种“雷雨”般的激情，但与严谨的戏剧形式

① 曹禺与田本相的谈话，参见田本相《曹禺评传》第 159—160 页。

相伴而来的逼真的舞台幻觉，又似乎破坏了曹禺追求的诗意氛围，尽管刻意安排了序幕和尾声，却未能得到演出者和观众的认可。于是，在随后的《日出》中，他有意选择了较为松散的戏剧结构，希望将浓烈的诗情均匀地分散在全剧中，造成一种类似于印象画的效果，而结果是作者用力最多的第三幕被删除。失望之余的曹禺干脆完全摆脱传统的戏剧规范，以表现性、写意性、象征性为基本手段展示《原野》，这种明显的超前意识所受到的冷遇，甚至连曹禺都无意再去辩白。在经历了这一切之后，曹禺终于以《北京人》和《家》画上了一个令读者（观众）较为满意的句号。显然，相对于《雷雨》《日出》《原野》，《北京人》和《家》更易于被观众当作诗来看了。如果说《北京人》具有浓厚的散文诗的意味，那么《家》无疑更接近诗剧。然而，从剧诗到诗剧，在诗和剧之间，曹禺果真获得了完全的成功吗？恐怕从不同的角度会得出不同的答案。

当1935年曹禺致信吴天等人，表示“我写的是一首诗，一首叙事诗”时，他还有一个说明：“原谅我，我决不是套易卜生的话，我决没有这样大胆的希冀，处处来仿效他”。这里透露了一个信息，即曹禺这样说显然是认为自己的遭遇与当初易卜生的情况有感同身受之处。易卜生的《玩偶之家》问世后，引起强烈的反响，不同的读者（观众）根据自己的期待视野作出不同的理解。1898年，挪威女权运动组织特意设宴招待易卜生，祝贺《玩偶之家》所取得的成功，并感谢他为妇女解放所做的一切。而易卜生则表示：“我不是女权同盟的会员，我所写的东西并没有立意要使它成为宣传的工具。我是个诗人，而不是一般人所相信的我是社会思想家”[①]。易卜生宣称自己是诗人，同时否认自己曾为女权运动效力，这表明他本人并没有将《玩偶之家》当作一个“社会问题剧”来处理。这就是说，在易卜生看来，《玩偶之家》所包含的内容绝非妇女问题所能穷尽。曹禺正是有感于此，才在致吴天等人的信中申明自己写的是一首诗；而该信在《杂文》（质文）月刊发表时加的编者按中，也特别指出：“是的，易卜生或者也是在写诗，但他却终于也要遭到妇女们联合起来道谢的烦恼”。所不同者，编者将这一现象归因为作家世界观与其作品的不相吻合，归因为作品的现实意义超出了作家的创作初衷。

那么，问题的实质究竟是什么呢？

从作者一方说，自然是认为读者（观众）对作品作了片面的理解，将丰富圆融的意蕴肢解为单一的思想或观念。1980年，曹禺在《戏剧创作漫谈》一文中再次提到了易卜生对《玩偶之家》的解释。曹禺是这样叙述的：“《娜拉》演出后，轰动挪威和整个欧洲，一位妇女解放运动者十分热情地找到易卜生，请他解释《娜拉》的主题与思想，易卜生只简单地说了一句话：‘夫人，我写的是诗’”。曹禺接着写道：“易卜生的这个答复是有道理的。我想，他是说不能简单地用一种社会问题（如“妇女解放”），来箍住他对如此复杂多变的人生的深沉的理解。”[②]这里显然有曹禺本人夫子自道的意味，也可以看作是他对自己当年申述的一个说明。恰如《玩偶之家》不能仅仅理解为表现妇女解放一样，作为“诗”来写的《雷雨》试图

① 转引自焦菊隐：《论易卜生》，《焦菊隐文集》第一卷，文化艺术出版社1986年版，第23页。

② 见《曹禺全集》第5卷，花山文艺出版社1996年版，第297—298页。

表现的，也不仅仅是某个社会问题。

而从读者(观众)一方说，作品意蕴的显现，除了作家提供的文本之外，还有一个接受语境的问题，接受什么，如何接受，都与这个接受语境有着极为密切的关联。所以，是不是诗，并不取决于作者的意见，而是取决于读者(观众)，取决于一定时代读者的期待视野。事实上，不论易卜生如何辩白，《玩偶之家》在世界范围内都被当作一个反映妇女问题的社会问题剧来接受，在五四以后的中国尤其如此。曹禺的《雷雨》也不可能因为作者的申辩而改变读者(观众)业已形成的看法。如果演出者在当时果真能如曹禺所愿，将《雷雨》作为"一首诗"来处理的话，那么它绝不会产生那样的轰动效应。

总之，用"剧"的形式来容纳"诗"的内涵，非但不会减少产生歧解的可能，反倒使问题复杂化了。不过，从"诗"的角度来认识曹禺剧作，无疑可以给我们提供一个新的视点，不仅有助于我们了解曹禺的创作初衷，了解曹禺剧作的若干独特之处，同时也可以从一个特定的角度解释曹禺剧作一再产生歧解、引起争议的原因。至于曹禺剧作何以很少真正被当作"诗"来看，仅从"剧"的形式这个文本自身的因素来考察还不够，还必须延伸到接受环节。当然，这是下一篇文章的论题了。

原载《文学评论》1998 年第 3 期

永远的雷雨

王　蒙

为纪念曹禺先生逝世一周年，北京人民艺术剧院重新上演《雷雨》。我有幸被邀去看，距上一次看《雷雨》，倏忽四十余年矣。上一次是一九五六年，召开全国第一次青年创作积极分子会议时。（那时为了防止我们这一伙人骄傲，不让叫青年作家。）至今我记得儿童文学作家刘厚明看完于是之、胡宗温、朱琳、郑榕、吕恩等演的戏后对我说的话："我感到了艺术上的满足。"如今，厚明亦作古八年矣。

我从上小学就看《雷雨》，加上电影，看了不下七八次，许多台词——特别是第二幕的一些台词我已会背诵。我特别喜欢侍萍回忆三十年前旧事时说的"那时候还没有用洋火"这句话，我觉得现在的演员（不是朱琳）没有把这句话的沧桑感传达出来。我知道《雷雨》的情节与人物家喻户晓。我的缠足的、基本不识字的外祖母，在我七岁时就向我介绍过戏里的人物，她说鲁大海是一个"匪类"，而蘩漪是一个"疯子"。

《雷雨》表现了人的与（旧）社会的罪恶，毫不客气，针针见血。戏里表现出来的罪恶主要来源有二，一是阶级，二是性。不但周朴园是剥削压迫工人"下人"的魔王，蘩漪也是张口闭口下等人如何如何，把蘩漪说得如何富有革命性乃至这样的人可以成为共产党员（请参看拙著《踌躇的季节》）怕只是一厢情愿。《雷雨》是猛批了资产阶级的，比《子夜》揭露更狠，是现代文学史上突出地批判资产阶级的为数不太多（与反封建主题相比较）的重要作品之一。《雷雨》里充满了压抑、憋闷、腐烂、即将爆炸的气氛，这种气氛主要是由于周朴园的蛮横专制造成的。与憋气与闷气共生的，则是一股乖戾之气——早在明朝就有人注意到了弥漫于中华大地上的一股戾气。《雷雨》里的人物，多数如乌眼鸡，一种仇恨和恶毒、一种阴谋和虚伪毒化着一个又一个的心灵。周朴园、蘩漪、周萍、鲁贵、鲁大海，无不一身的戾气。当然，大海的戾气是周朴园逼出来的，你也不妨说旁人的戾气也应由周老爷负责——这就是戏之为戏了。实际上，找出了罪魁祸首直至除掉了罪魁祸首之后，各种问题并不会迎刃而解。但是压抑和憋闷再加上乖戾，就是在呼唤惊雷闪电，呼唤血腥，呼唤死亡——有了前边的那么多铺垫，你甚至会觉得不在最后一场死他个一串就是世无天理。从阶级斗争的角度来看，这种情势实际上是在呼唤革命。而从民主主义的观点来看，你也可以说是在呼唤民主——只有民主才能消除憋闷与乖戾二气。

戏里的阶级矛盾非常鲜明。每个阶级都有极端派或死硬派，有颓废派、天真派乃至造反派之类属。这种类属的配置，既是阶级的，又是戏剧——通俗戏剧的。有了这种配置，还愁没有戏吗？所缺少的，大概就是黑社会和妓女了，果然，到了《日出》里，这两类人物便也粉墨登场。

周朴园与鲁大海都很强硬。解放后的处理，加强了对于大海的同情，而减弱了他的“过激”的一面。但曹氏原著，似乎无意将其写成一个工人阶级的代表，他的工人弟兄的叛卖，也不符合歌颂工人阶级的意识形态要求。即使如此，整个压抑异常的戏里，只有大海拿出枪来整他的后老子一节令人痛快，令人得出麻烦与压迫还得靠枪杆子解决的结论。曹禺当时似乎还不算暴力革命派，但是从曹禺的戏里可以看到整个社会的矛盾的激化程度与激进思潮的席卷之势，连非社会革命派的作品里也洋溢着社会革命的警号乃至预报。呜呼！革命当然是必然的与不可避免的了。不管革命会付出多少代价，走多少弯路。不这样认识问题，就有向天真烂漫的周冲靠拢的意味了。

想来想去，全剧最具有人文精神的人物就是周冲，而周冲的表现竟成了讽刺，尤其此次演出，周冲给人的感觉如同滑稽人，着实令人可叹。四凤与鲁妈也够清洁的。但四凤叫人可怜，她的无知与奴性令人心烦——中国人毕竟走过了很长的一段路了。鲁妈更像一个圣者，一个理想主义者，她的撕支票至今仍然放射着反拜金主义的光辉。然而她抵抗不了“世道”，她是失败者，她可以到舞台上表演并赢得观众的同情的热泪，却于事无补；她无法兼善天下，连独善其身也根本做不到。她的质本洁来还洁去，令人想起失败的林黛玉来。她的不抵抗主义，则叫人想起圣雄甘地。她对“世道”的控诉，客观上也是通向革命的结论的。区区世道二字，承担了多少人多少代的仇恨与责任！这两个字在罪有应得的同时，是不是也太容易叫人忘却了自身的问题了呢？而不能自救者，能一定为世道改变所救吗？

对立的阶级都有自己的颓废派，或者叫叛徒，或者叫痞子。鲁贵是痞子无疑，蘩漪被父子两代人逼得也采取了痞子手段：从盯梢、关窗、锁门到告密。由于解放后大家喜欢搞两极对立思维，蘩漪是划到“好人”这一边的，所以论者大多为贤者讳，不提蘩小姐的这一面。周萍也是颓废派，他很痛苦。但此次濮存昕演的周萍，漫画化了，一举一动，观众都笑，连他最后为自杀开抽屉拿枪也是引起观众一阵哄笑，这太失败。濮存昕是一个优秀的演员，所以把大少爷演成这样的小丑，一个是两极对立的思维模式起作用，二是他还嫩，他不理解那种人格分裂的、自己极其痛苦也不断地给旁人制造痛苦的人物。

痞子的特点之一是出戏，它们是一种佐料。正因为人皆不愿痞，人都要约束自己包装自己使自己成为正人君子；这样，潜意识里积存了不少痞能，便想在舞台上看看痞戏，发泄发泄，嘲笑嘲笑，使某些潜能情意结得以释放。很多大人物都有痞的一面，例如刘邦、赵匡胤之类……伟大的齐天大圣，从玉皇大帝的门阀观点看，也只不过是个痞子。生旦净末丑里的丑虽然排行最后，却是不可少的。更出戏的却是疯子，疯而后痛快，疯而后本真，这是对体制也是对文化的抗议——哪怕是半疯或佯疯或被污蔑为疯。蘩漪就是应该有一点疯，在如此环境与遭际中不疯才是更大更可怕的精神疾患。而现在的演员把她演得一点不疯，反而减少了她的悲剧性。京剧里也是出来疯子就好看了——例如《宇宙锋》——否则，人人迈着方步，不是大人先生就是“坚陀曼”，还能有什么戏！我观看好莱坞影片已得出结论：中国样板戏的特点是戏不够，（阶级）敌人凑；美国肥皂剧与商业片的特点则是戏不够，心理变态凑。如果不写心理变态者，多少戏剧冲突都没有了呀。曹禺在这些方面用得很充分。

这就又扯到了性。因为美国影片里的心理变态者多是穷追并杀戮女性。《雷雨》中，阶级的罪恶表现为性罪恶，处理罢工事件云云则只是虚写。而事物一旦表现为性罪恶，就有点原罪的意思了。谁让人这么没有出息，生下来就带着全套家什。而性罪恶中最刺激的一是强奸，一是乱伦。而比较常见的被老百姓谴责的性罪恶是“始乱终弃”。强奸云云，《雷雨》中未有表现。但是乱伦，戏里是写了个不亦乐乎。曹氏很有火候，第一乱是周萍与蘩漪，二人并无血缘关系(但大少爷是他爸的亲儿子，所以也挺恶心)；第二乱，周萍与四凤，不知者不怪罪，只能罪天罪命。这就不像西方电影里动不动露骨地讲什么父亲与女儿如何如何，令人讨厌。现在，人们都知道什么弑父娶母的俄狄浦斯情结与恋父的伊赖克特拉情结了；其实要把弗洛伊德的学说贯彻到底，就应该讲讲周萍四凤情结。

《雷雨》里对周氏父子的“始乱终弃”也谴责得很厉害。半个世纪以前，即此戏诞生的年代，性问题上的一个重要观念就是男权中心，女子在性上永远是受害一方，被欺侮的一方，被“始乱终弃”者。同时，社会上又十分男性中心地厌恶与丑化女性之“妒”和此种妒之“毒”。这里既有事实根据，也有传统观念，这些都表现在《雷雨》里了。加上同情与可怜弱者，这戏的主题显得既传统又激进，既从俗又理想，它的价值判断有极大的接受面积。

《雷雨》已经在中国演了近七十年，七十年来长盛不衰。这确实是经典(即古典)之作，哪怕说此剧本有所借鉴，不是绝对地百分之百地原创也罢，只要戏好，就站得住，就大放光芒。其情节、人物性格与人物关系之周密与鲜明的处理，令人叫绝。同时，它的范式包括价值观念符合一个通俗戏的要求：乱伦、三角、暴力(大海与周萍互打耳光、大海用枪支威胁鲁贵)、死而又生、冤冤相报、天谴与怨天、跪下起誓、各色人物特别是痞子疯子的均衡配置、命运感与沧桑感、巧合、悬念、特别是各种功亏一篑、失之毫厘差之千里的“寸劲儿”，都用得很足很满。这种范式很有生命力与普遍性，能成为某种套子，所以别的剧本也可以套用，例如话剧《于无声处》。这种范式却也常常成为此类艺术样式特别是作者自己前进中的绊脚石，它太成功了太严密了太满了，高度“组织化”了，已经组织得风雨不透啦——没有为作者预留下发展与变通的空间。

经典与通俗并非一定对立，在古代毋宁说它们是相通的，如莎士比亚，如中国的几大才子书，如狄更斯。愈到现当代，所谓严肃文艺与通俗文艺愈拉开了距离，真不知道该为此庆贺还是悲哀。

反正现在似乎不是一个古典主义的时代，现在的通俗也商业化得吓人。中国的话剧本来就是后来引进的品种，飞快地走完了人家欧洲百年路程，飞快地并且夹生地走过了经典加通俗的阶段。

说到这里我想起一件有关曹禺的鲜为人知的故事。一九八〇年夏，曹老叫北京市文联(那时，曹兼任北京市文联主席)的人告诉我，他某日某时要到我家去。我当时住在北京前三门一个总共二十二平方米的住房里，闻之深感不安。到了他指定的时间，他老来了，说是来看望“学习”。他说是再过几天“七一”，北京市委要召开一个座谈会，他该如何发言，希望我给

“讲讲”。我颇意外，便胡乱谈了谈要强调三中全会精神呀之类的。我当然也借此机会表达了我对于曹老的剧作的喜爱与佩服。我们回顾了五十年代我把一个剧本习作寄给他，他接待了我一次并赏饭的情景。他说：“我一直为你担心……”他还感慨地说：“这几十年我都干了些什么呀！王蒙你知道吗？你知道问题在什么地方吗？从写完《蜕变》，我已经枯竭了！问题就在这里呀！我还能做些什么呢？”他的说法非常令我意外，我也为之十分震动。然而，我无法怀疑他的认真和诚恳，虽然平素他说话或有夸张失实的地方，也有喜欢当面给旁人戴高帽的地方。

关于曹禺解放后未有得力新作，一般认为是由于环境与政策所致，或者如吴祖光先生所说，是由于曹禺“太听话”了，对此我无异议。但是，我想提出一个问题：即除了上述公认的原因之外，是否还由于他的这种经典加通俗的范式使他难以为继呢？这一点，甚至曹禺本人也认识到了。所以他在《日出》的“跋”里说：“写完《雷雨》，渐渐生出一种对于《雷雨》的厌倦。我很讨厌它的结构，我觉出有些太像戏了……过后我每读一遍《雷雨》便有点要作呕（！——王加的惊叹号）的感觉。”（曹禺全集第一卷387页，花山文艺出版社一九九六年七月版）艺术上到处是悖论：戏不像戏不行，太像戏也不行，因为人们期待于艺术的不仅是艺术本身，人们期待于艺术的是生活，是宇宙的展示，是灵魂的自白与拷问，是人类的良心、智慧、痛苦和梦幻的大火……所谓纯粹的戏剧诗歌小说，往往是颇可观赏的精美的工艺品，而不是大气磅礴的浑如天成的震撼人心的巨著杰作。这里，《雷雨》是一个例外。因为《雷雨》给人的感觉可不只是一个精美的工艺品，它充满了痛苦、诅咒和恐怖——略略有一点廉价，却确实地激动人心。《雷雨》可说是通俗的经典与经典的通俗。例外虽然例外，它的太像戏的问题却瞒不过曹禺自己。曹禺二十三岁（一九三四年，也是鄙人呱呱坠地的一年）就写出了戏得无以复加的，生命力至今不衰的，其地位至今无与伦比的，雅俗共赏的（也许实际是不能脱俗的）《雷雨》，幸耶非耶？他后来的剧作乃至生活，究竟有没有突破他自己感到的这个太像戏（经典加通俗）的问题呢？要知道早在一九三六年，曹禺已经为之作过呕了！

这也说明谁也赢不到、哪部作品也得不到即垄断不了百分之百的点数，甚至《雷雨》这样的红了六十多年至今超不过它的成功之作也不例外；因为自己没有得到满点就怨天尤人或者愤世嫉俗可能是一种过分的反应。

我对话剧相当外行，但曹禺过世后，我一直觉得应该为他写点什么，我爱他的剧作，但又实在不怎么理解他。例如他晚年的一次精彩就相当出人意料。我说的是一九九三年政协八届一次会议时，他扶病前来与中央领导会见，他发言建议将（当时的）文联和一些协会解散，而他本人就是文联主席。这堪称振聋发聩。呜呼，斯人已矣，何人知之？我的冒冒失失的妄言，有待方家教正。

原载《读书》1998年第5期

两个阶级之间的爱情故事

——曹禺《雷雨》症候分析

蓝棣之

曹禺在80年代有两次谈话，对于自己的创作有很深刻的理论概括，其中谈及批评家与作家的关系，十分精辟。他说：批评家运用逻辑思维，应当而且可以看到作家创作时未曾意识到的地方。如果作家创作时就想得那么有条有理，那么，他就可能创作不出来了。我心里想的而又说不出来的，你这么一解释我就明白了。作家“有心”，批评家能够“忖度”它。曹禺还说：一个作家进行创作，他反映真实的生活，主要是运用形象思维。在他所描绘的社会生活中，他的世界观人生观就渗透在里边。作家反映真实的生活也就反映了他的政治观点、艺术观点。不是先有某种预定的观念。不能用马列主义观点代替作品的主题。主题不是事先规定好的，是从生活来的。（田本相：《曹禺访谈记》，收入《曹禺创作论》）

曹禺这段话里有几个要点值得注意：一，作家创作时的确存在着他未曾意识到的地方，对于他所创造的文本，也有他心里想的而又说不出来的含义。批评家的工作是对此加以解释，应当而且可以看得出来，批评家要能够“忖度”作家的“有心”。二，作家的世界观、人生观、政治观点和艺术观点，渗透在他所创造的文本里，批评家可以而且应当从文本里去分析。三，作品的主题不是事先规定好的，是在形象思维的过程中逐渐体现出来的。

曹禺这席话，有根据认为，部分的目的是在答复香港学者司马长风在《中国新文学史》里，对于曹禺创作的《雷雨》所作的批评。

司马长风在这本著作的有关章节里，一方面高度评价了《雷雨》的成就，称《雷雨》一经面世，话剧界前辈和诸位大家欧阳予倩、洪深、熊佛西、田汉等的剧作，便立刻黯然无光了。这些老大家不禁瞠目而视这个年方廿三的后进小子。另一方面，司马长风又尖锐批评了《雷雨》，称《雷雨》是一部多面投机的作品，甚至于说曹禺似乎对任何东西都无动于衷，执着的只是一点兴趣、一点野心。司马长风说要想了解曹禺初期作品的创作动机和内容成分，必须把握三个因素的微妙平衡：第一，在曹禺心目中，第一个权威的是观众，必须使观众感兴趣他才能出名，因此他的剧本，个别场景和情节味特浓。这是他成功的基础。第二，他要敷衍的是当道者，当时的政府，正实行“先安内后攘外”的政府。第三，他要应对的是弥漫上海文坛，号召阶级斗争的左派势力。

司马长风所说的“多面投机”，指的是他认为曹禺一方面在艺术深度上下功夫，一方面在政治上花枝招展；一方面要表现温良的人性，一方面又突出无情的阶级意识。在迎合国人传统观念(也敷衍南京政府),满足观众趣味方面,他不但把侍萍写成一个仰之弥高的伟大母亲,而且把剧中的反派主角周朴园,也写得深情款款。对于左派的敷衍,主要是突出矿工鲁大海,以及揭露周朴园的凶恶,但突出得都很失败。司马长风认为曹禺对于突出阶段仇恨粗心大意,缺乏热诚。例如剧本写鲁大海揭发周朴园从前在哈尔滨包修江桥,故意叫江堤出险,故意淹死了两千二百个小工。司马长风说他本人是哈尔滨人,那条江堤只有两丈多高,坡度很大,断不会有崩塌的危险,而江水不深,要想死一个都不容易,怎能同时淹死两千二百人?司马长风还认为,鲁大海这个无产阶级形象,也足以使马列主义者感到呕心。鲁大海是三个工人代表之一,一同进城找董事长周朴园谈判,结果另外两个工人代表受了收买,背着鲁大海在协议文件上签了字,自回矿山号召工人开工去了。其次,鲁大海发现妹妹与周萍有染,居然也顺水人情,赞同无产阶级女儿与资产阶级阔少爷结婚。诸如此类,在左派人士看来,都是阶级出卖和阶级投降,是对于无产阶级的侮辱。

司马长风认为,正是由于曹禺的面面俱到,广拜神佛,反而弄得多面不讨好:左派评论家对《雷雨》始终冷冰冰的,斥责他抱着"悲天悯人的心境",玩弄小资产阶级的人道主义;而反共评论家直斥他奉中共指示而写作,甚至连累而及于艺术评价,例如指《雷雨》一剧完全以易卜生的《群鬼》为蓝本,再加上俄国奥斯特洛夫斯基《大雷雨》的一点情节,而《日出》一剧始脱于法国小仲马的《茶花女》,《原野》则是受美国奥尼尔《琼斯皇帝》的启示而写成。

我想对于司马长风的这些批评,最能触动曹禺的,恐怕就是说他本"无动于衷",他的创作只是对于各方面政治力量的敷衍。曹禺为此的答复是说,他的人生观、世界观、政治观点、艺术观点,亦即他的"衷",他的"心",是渗透在作品里的东西,而不是作品之外的东西,同时,曹禺说他肯定是有动于衷的,只不过他的"衷"有可能在创作时还未意识到,希望批评家能够从中分析出来,把他心里想说而又说不出的东西解释出来。

司马长风的批评是深刻的,曹禺的答复是坦诚的。面对《雷雨》的文本,考虑到司马与曹禺双方的意见,我有兴趣的问题是:曹禺有什么非写不可的理由?在他的创作过程中,那些他未曾意识到的东西,表现在哪里,又是怎样推动他的创作?

《雷雨》是一部头绪太多的剧本,好几个故事交错在一起,作者并没有想得很清楚,作品的脉络也不是很清晰,这都给阅读带来困难。大概是在 1979 年,在北京语言文化大学(当时叫北京语言学院)的一次座谈会上,曹禺对我们谈起《雷雨》的一些情况。他说,在 50 年代,有一次他坐火车去外地,临座而不相识的乘客正好谈起了当时正在北京上演的《雷雨》,其中一位问这个剧说的是什么事,另一位回答说,是一家人乱搞男女关系的事。曹禺当时解嘲似的说,遇到这样的批评家,真是没有办法!这说明普通观众很难了解剧本取材和主旨。曹禺还说,有人对他说剧中人物鲁大海和周萍的年龄与剧中发生的故事对不上,剧中人物侍萍在 30 年前除夕抱着刚生下三天的孩子跳河自尽,由此推算起来,鲁大海应该 30 岁,周萍 31 岁,可是,在作品里,鲁大海却是 27 岁,周萍 28 岁。对此种责难,曹禺说:我写的是文学,不是数学,怎么可能拿数学的方法来分析文学呢,文学不能那么清楚呵。

尽管这样，经过对文本的反复分析，《雷雨》的主线还是可以清理出来的。剧本的主线是朴园、侍萍和周萍、四凤两代人前后30年的故事，而蘩漪是推动故事进展的力量，鲁贵是剧本的结构因素，大海起的作用是把这个家庭故事与时代沟通，周冲在这故事的边缘，虽然他也如他哥哥一样，深爱着四凤，然而还没有进入故事，但他观察和体验了这个故事。

这是一个延续和连续两代的出身资产阶级家庭的青年和无产阶级姑娘的恋爱悲剧故事。在一个半封建半殖民地而封建思想、伦理、道德根深蒂固的社会里，出身于资产阶级家庭的青年，与处于女佣下人地位的无产阶级姑娘平等相爱，渴望自由，对人的尊重，个性解放，具有历史的进步性。这里的故事多少有些像巴金的《家》里觉慧对鸣凤的恋情。鸣凤和四凤是这两个作品里的两只凤。

这里所发生的悲剧故事的特点在于：第一，有鲜明的叛逆性、时代性；第二，可以象征一切世俗不认可而当事人自有深情的恋情，可以象征任何情感对世俗的矛盾和对抗，并涵蕴着命运主题。

这是一个故事，一个延续的故事，一个两代人陷落其中的可怕的悲剧故事。分开来看，可以是两个故事：上一代人相爱、分手、忏悔的故事；下一代人承受父母的苦果，在不知情的情况下同母异父的兄妹相爱而酿成悲剧。在这个核心故事之四周，剧本还描写了蘩漪(周萍的后母)与前妻之子的恋情故事，周冲与四凤的恋爱故事，鲁大海与周朴园的罢工谈判故事等。蘩漪与周萍的恋情，“后母遭到前妻儿子捐弃，妒火中烧”虽然被刘西渭认为是全剧的“最深刻的而完整”的情节，然而，实际上它只是为推动核心故事进展的动因故事，并非全剧主线。其余两个故事就更可谓是插曲了，顶多可以说是重要插曲。

通过这些故事，主要是通过核心故事，写出了作者对于命运及其背后他不太清楚的根源的迷惘和愤怒，从而对于感情、爱情、命运及其悲剧原因，作了一次深刻的思索。最直接的是，它提出了个人情感与世俗社会的矛盾：相爱的人为什么总要分手？这大概就是曹禺当初在构思这个剧本时所说的话：“我想通过一个家庭的毁灭，表达自己一种复杂而原始的情绪，表现宇宙里斗争的残忍和冷酷。在这斗争的背后，也许有一个主宰，它就是上帝或说是命运，近代称它为‘自然法则’。究竟是什么，我也说不清。它太宏阔，太复杂。我总觉得有一种汹涌而来的感情，催动着我发泄长期压在心头的愤懑。”(《文学报》1993年7月2日)

自从《雷雨》问世以来，所谓深刻暴露资产阶级的罪恶乃是它的思想意义之所在，这种说法已成定论。这个说法是不错的，但要作一个重要补充：确切地说，所暴露的资本主义制度(还包括残存的封建思想形态)的罪恶。周朴园并非这一罪恶的制造者，作为一个出身资产阶级家庭的青年，他也是受害者。拆散周萍与四凤的，则是不可知的命运。

这恰恰不是两代资产阶级分子“始乱终弃”的故事，正好相反，是两代出身资产阶级家庭的青年一往情深而不可得的恋情。

北京人民艺术剧院在90年代初的一轮演出中，把周朴园处理成正面人物形象，并非没有根据。从观众的反应来说，也完全能够接受对于剧本的这种解读。我曾经问一个不到十岁的女孩子，从电视里观看《雷雨》话剧录相的观感，她回答说周朴园是剧中人里最好的人。

周朴园对侍萍是一种什么感情呢？他与侍萍，生了一个孩子，又再生一个，实在是非同寻常。谁都可以看得出来，这里面的爱是深厚的。推测起来，当初把侍萍赶出家门，以及要他娶名门闺秀，都是来自家庭的压力，甚至就是家长的意志，周朴园别无他法，推测起来，他定是很痛苦的。因此这痛苦延续了三十年，一直到剧本里的今天。我记得在电影故事片《雷雨》里，把侍萍强行赶出家门的，是周朴园的母亲。我想这是很有根据的。把刚生下第二个孩子才三天的侍萍赶出家门，肯定非周朴园所愿，因为在三十年之后再重逢侍萍时，他仍然急切地惦记着这个孩子。周朴园因为对侍萍之后名门闺秀的婚姻不满意，他才出国留学，假如他能从这门婚事找到爱情，他是不会急切地离开爱妻出国留学的。周朴园之所以对与名门闺秀的婚姻不满意，并不见得是这位名门闺秀本人怎样不好，其中的一个重要原因，是因为他心里仍然想着侍萍。我们假设这位名门闺秀是位温驯的女性，在这没有爱情的婚姻里无端地承受深深的难言的寂寞，没有经过太长的时间，她就因郁闷不乐而离开了人世。然后，周朴园娶了蘩漪。蘩漪没有什么家庭背景，深受西方新女性影响，热烈而任性，周朴园发现，他仍然无法对她产生爱情。这里的一个重要原因，也还是因为他对侍萍的无法排遣的怀念和思念。蘩漪虽说没有禁闭在自己的角色里，但她仍然是禁闭在闺楼上的疯女人。从《雷雨》最初版本的序幕和尾声来看，曹禺是有意要写一个倒过来的《简·爱》故事：后妻因丈夫怀念前面的情人而发疯，而《简·爱》是前妻因丈夫的新情人而疯狂。从这个比较中，尤其可见作者把周朴园对侍萍的思念与爱情，把一个出身资产阶级家庭的青年对于一位无产阶级的姑娘的感情，写得多么执着和深沉呵。

再看侍萍对周朴园的态度和感情。《雷雨》写得最精彩的，是周朴园与侍萍分别三十年后的偶然重逢。他们的重逢相认在第二幕，但在第一幕里已经作了很多的铺垫，很多渲染。可以说第一幕、第二幕都在写侍萍的来到，他们二人的重逢，以及周朴园长期以来从未消减的思念。侍萍的青春，她的幸福，可以说都给周朴园毁掉了，可是她非但没有多少怨恨，反而一往情深。她还记得屋子里的这些摆设，说明她从来没有想过要从心里抹去这一切。她说这次重逢是一场梦，据此可以说她来此是在寻梦，她想他认出自己来，是第二幕里这场谈话的动力与动因。如果她不想他认出自己来，那这场谈话早就结束了。如果她不想他认出自己来，那周朴园是无论如何也认不出她来的。侍萍的话处处都在引导，在回忆，在暗示，在倾诉，每句台词的潜在目标都是要再现当年的生活情景，都在追寻那逝去的梦。侍萍说“我没有找你，我以为你早死了”，以为你早死了，才没有找你，意味着如果知道你没有死的话，一定会寻你的；而且，相信你也会找我。侍萍又说“我以为这一辈子也见不到你了”，也就等于是说我一直希望、一直盼望、一直在梦想见着你，而今天终于见到了你，我的情怀，你难道还不可以猜想吗？侍萍还说“听说这位梅姑娘是不规矩的”，这也就是说他们之间发生的这一切，并不是周朴园单方面的行为和责任，这位梅姑娘也无视世俗的规矩，而从心里爱着一位贵族公子。

从侍萍对周朴园的感情，可以使我们把周朴园对侍萍的关系的性质看得更清楚，也就更明白周朴园是一个什么样的人。

再看周萍对四凤的爱情，也是被描写得纯洁真诚的。周萍因为对四凤的爱，宁愿忍受大海的一记耳光，并结束和忏悔了与蘩漪的关系。他爱得那样深，以至爱得很苦，苦闷和渴望都是为了四凤，甚至去矿上工作也是为了早日把四凤带出去。他不仅一往情深，而且爱得相当认真。显然这不是一场始乱终弃的爱情游戏。再看四凤，也是全身心地爱着周萍，母亲的嘱咐无济于事，还毫不犹豫地拒绝了周冲的"求婚"。总之，周萍与四凤的爱情，可以说是朴园和侍萍的爱情的重现。然而，也如同父母的爱情一样，他们的爱情也最终成为悲剧。

曹禺为什么要写这个前后两代人完全重复的出身资产阶级家庭的青年与无产阶级姑娘之间一往情深的爱情故事？又为什么都写成悲剧，两场爱情都结局悲惨？我想，如果我们这样对作者、对剧本提出问题，就会看到，前者是剧本的社会意义，后者是剧本的哲学意义。从剧本的社会意义说，作者不仅看到了阶级之间的矛盾对立，而且愿意看到两个阶级的青年之间的相爱和相通。重要的是，这样的行为对于出身资产阶级家庭的青年来说，是一种叛逆，具有显然的历史进步性。剧本因此而反映了出 30 年代全球红色的社会潮流。这里同时还包含着作者的审美理想，因为作者认为出身下层的劳动女性身上蕴藏有健康的可爱的令人向往的种种品质。一代又一代的贵族子弟不屑在上层寻觅妻室，而把爱情的眼光投向下层劳动少女，这也具有显然的历史进步性。这样看来，《雷雨》的时代的、阶级的和思想的倾向性，不也是很鲜明的吗？从剧本的哲学意义来说，这先后两代人的爱情悲剧，而且似乎是难以逃脱的悲剧，正是曹禺当年所说，是"宇宙里斗争的残忍和冷酷"，"在这斗争的背后，也许有一个主宰，它就是上帝或就是命运"。刻意写宇宙里斗争的残忍和冷酷，写命运无情，是《雷雨》的哲学意蕴。这多少有些如古希腊悲剧的哲学蕴含。然而这里写命运，肯定不是对于古希腊悲剧的轻而易举的模仿，而是年轻而敏感的曹禺对于社会的观察，同时也包含着他自己在最初的爱情受到挫折时对于命运的体验。不妨可以说剧本里的周冲的生活原型是曹禺本人，这不仅是指周冲那理想化的人生方式，而且是曹禺本人确实爱过四凤这样的姑娘。据曹禺的同学、著名长诗《宝马》的作者、历史学家孙毓棠说：周冲就是家宝自己，他同他们家的小丫头有过那么点意思。曹禺亲口告诉过孙毓棠，说他喜欢过他家里的那个小丫头，那姑娘心地单纯，聪明活泼，人又长得秀气，只是没有念过书。这样看来，曹禺是从自己经历来体验所谓"命运"的，所以能写出那份沉重与迷惘，又写得那么深情，足可以感染广大观众。

从剧本的核心故事，我们已经谈到了作者与剧本的联系。这种联系不妨可以再往深处分析。曹禺非写不可的理由，他有动于衷的那个东西，用他的敏感多思的心灵所感受过的诗化哲学的语言来说，是自己“一种复杂而又原始的情绪”，是“一种汹涌而来的感情”，“催动我长期压在心头的愤懑”，是“太宏阔、太复杂”“说不清”的东西；而从剧本的深层看，其实就是作者渴望在创作中实现生活中没有实现的梦想。从某种特殊的角度说，是一个在生活中没有得到爱、因求爱受挫折而内心有伤痕的作者，要通过文学创作来做一场梦，并希望在这梦里实现生活中未及实现未得满足的愿望。但请注意，在构思与创作的时候，作者是不明白的，他不知道他正在这样做，他只知道他要写一场悲剧。把创作当作满足梦想的一种方式，是作家无意识趋向所致。然而，他后来可以对此有所醒悟。这样，不就可以把《雷雨》看成曹禺的梦境了吗？

周朴园这个形象，作者对他的评价是明确的，可谓是剧本里的反面主角：“我脑子里的周朴园，他的影子就是我家的一个常客，一个在德国留学的董事长，他自诩沾有日耳曼民族的优越感，自命不凡极了。狂妄自大，唯我独尊。他的妻子、儿子，在他看来都是他的财产，他的附属品，对他只能唯命是从。在我所接触的人中，像这种门第观念根深蒂固，一脑门子封建礼教的老头多得很。他们老奸巨猾，诡计多端，但满口都是仁义道德，我恨透了这些人。”（《文学报》1993 年 7 月 2 日）然而，这只是构思阶段存在于作者脑子里的周朴园。作者的意图在通过语言、通过情节展开的时候，就不是作者所能完全控制的了，有时甚至完全不能控制。就通常的情况说，要想作者的意图构思按照本来的样子完全转化成作品艺术形象，这样的情况可以说是不可能的。特殊地说，对于周朴园这样的当时社会里很有地位权势的人物，作者在刻划他的形象的时候，的确是有某种政治无意识的，亦即是说，作者承受着来自政治社会和政府方面的压力，尽管他没有意识到或者没有都意识到。这差不多就是司马长风所指摘的把剧本中的反派主角周朴园写得深情款款。也就是说，司马长风的批评是有道理的，而且是深刻的，但曹禺冤枉在于：他不是有意为之的，这样做只是一种创作中的无意识趋向。作者政治无意识的另一个表现，就是他对于弥漫上海文坛、号召阶级斗争的左派力量的敷衍。说是敷衍，就是说他本来也不这样认为，所以他写周朴园决堤淹死了二千多名工人，就成了剧本的破绽，而被司马长风挑出来了。

这都说明，评价一个作品里的人物，不能完全根据作家的说法，只能根据作品本身。然而，又必须研究作者创作的意图，从创作意图与人物形象的相悖、相矛盾、相冲突中，也许就可以发现那些作家未意识到然而却在深处左右他创作的力量。找到这个无意识趋向，就可以对作品作出更深入更内在的解释，因为这样就不仅知其然，而且也知其所以然了。

茅盾的《子夜》在 1932 年问世，曹禺的《雷雨》在 1933 年写成，如果我们说周朴园与吴荪甫从阶级属性和社会地位上看，实质上是同一类人，甚至说《雷雨》受有《子夜》一些暗示，恐怕不是不可以成立的吧。与吴荪甫一样，周朴园也是一位工业资本家，他也不是庸俗卑琐的人物。他希望发展中国民族工业，所以他选择开发矿山。他也还“用一只眼睛望着政治”，所以他随口就可以说出这样的话：“我记得我在德国念书的时候，对于这方面，我自信比你这种半瓶醋的社会思想要彻底得多!”“现在一般青年人,跟工人谈谈,谈两三句不关痛痒、同情的话,象是一件很时髦的事情!”他不仅也如吴荪甫一样是工业界的骑士,而且也同样生不逢时,不能在几条战线上同时作战。当然这是虚写的,但读者从他那些没完没了在客厅、在书房紧张会见各方面的人士的时间安排,从他两年不回家的滞留矿上的情形,完全不难想象。当然,从时代和阶级说,吴荪甫也好,周朴园也好,都具有民族资本家的两面性质,他们的性格有正面和反面,有其复杂性、矛盾性,决不是时代的先进分子或理想人物。尽管这样,若说周朴园与鲁贵同为《雷雨》中的反面人物,作者对此二人皆投以同样鲜明的憎恶,恐怕与剧本的实际太离谱了。

剧本描写周朴园的形象,主要是三个情节:对侍萍的忏悔,对蘩漪的专横,对罢工的处理。周朴园处理罢工的手段,一方面表明他是有魄力、有政治眼光的企业家,因为他看出来鲁大海“这个人有背景”,便利用分化瓦解、各个击破的策略,使矿山得以复工;另一方面也表明他敌视工人运动,无视工人要求的反动性。周朴园对侍萍的忏悔,其感情当然是真实的,肯定不是虚伪的,而且还相当感人。有一种说法认为,当他弄清楚来在身边的女人即是当年的侍萍时,立即表现出警惕和冷酷,足以证明他的虚伪。其实,这里的矛盾不是感情自身的矛盾,而是感情与思想的矛盾。他的感情是怀旧的,思想是现实的;感情还在梦里,可思想却在现实里;感情是真实的,思想却是复杂的。所以,周朴园对侍萍的感情是真实的,忏悔是认真的,说他虚伪是一种经不起分析的说法。周朴园在让蘩漪喝药时表现的,说专横也好,说叫她服从也好,其实是儒家文化和儒家社会里“父亲”的形象。父亲是严格的,但严格要求来源于责任感。试想面对蘩漪的任性,面对身体有了病而又任性不喝药,那怎么行呢?周朴园在这种情况下带一点强制性,是一种出于关心和责任感的强制,出于一种着急的情感,很多观众都是认可的。而且,周朴园的方式并不是简单、粗暴、蛮横的,虽说有一点咄咄逼人,但也是不失尊重和礼貌的。有一种说法认为,周朴园以自己对于蘩漪的专制和冷酷的统治造成了蘩漪的精神痛苦,然后再以她有精神病为理由,把她关在阁楼里,而要她喝药就是为此所作的舆论准备。这种说法不符合剧本的实际。因为周朴园让蘩漪喝药显然并不是迫害的前奏,他把她的病放在心上,正如他把这个家庭每个成员的问题放在心上。在担负如此沉重的里里外外的责任的情况下,周朴园牺牲了自己的生活上的快乐和情趣。周朴园在这里的角色的性质,很值得仔细揣摩,如果简单地拿西方文化里的父亲或丈夫的标准做法来衡量周朴园,那是缺乏分析的,也是不公平的。

有必要指出,在剧本着力描写的这三个情节里,周朴园这个形象所表现出来的思想是复杂的、深刻的,对侍萍的忏悔里有警惕,对蘩漪的强制并非简单蛮横地命令或发脾气,对罢工的处理手段无情,但讲究策略。如果这就是曹禺所说的“老奸巨猾、诡计多端”,那只是周朴园内心深处的集体无意识,是周朴园所属儒家文化体系的无意识,周朴园本人是并不自觉的。如果这样对待感情与社会事态就是“老奸巨猾、诡计多端”,那么,凡是世代在儒家文化教育熏陶下成长的起来的人,无一可幸免,曹禺与我们大家都在其中了。

与对待周朴园的态度正好相反，作者十分喜爱蘩漪这个人物，然而也同样使我们感到有些奇怪。作者说之所以起蘩漪这个名字，是为了体现她坚强、刚毅而又复杂的性格，深邃而美好的内心。“她诚实，她懂得恨，又懂得爱，她发誓要生活在充满爱的世界里，和她挚爱的人永远生活在一起。我喜欢这样的性格，写着写着，不知不觉便迷上了她。”(《文学报》1993 年 7 月 2 日曹树钧文章《曹禺是怎样构思〈雷雨〉的》)作者说蘩漪这个人复杂而深邃，我们却觉得她简单又浅显，正如作者对周朴园这个人的性格的刻画，似乎明显得很，我们倒觉得要复杂得多。说蘩漪复杂深邃时的曹禺才二十一二岁，还是一个孩子。他是那样喜爱甚至迷上了蘩漪，可我们却不觉得蘩漪可爱，相反倒觉得她有些可怕，不敢恭维。她说周萍引诱她，其实，到底谁引诱了谁，并不清楚。通常情况下是年龄大者负有责任。蘩漪为了继续拥有周萍的爱情，为了阻止周萍与四凤感情的发展，并不与家里任何人商量，也不打招呼，就约了侍萍来周家，利用侍萍来达到拆开周萍与四凤关系的目的。更不择手段的是，她看到把四凤遣送回家这一着仍然不能阻止周萍对于四凤的感情的发展，她竟在一个雷雨之夜，把正在痛苦地约会的周萍与四凤封锁在四凤那间卧室里，这就是蘩漪所说的，你不要把一个女人逼上绝路，她是什么事都可以干得出来的！蘩漪在这里所做的，就是要利用鲁大海的鲁莽急躁意气用事和侍萍的深沉痛苦，来给一对把她排除在外的恋人以毁灭性的打击。在这当中，蘩漪虽然从不顾及儿子周冲的教育，却要利用他的纯洁的初恋的感情去牵制四凤，并与哥哥周萍决斗。所有这些手段，虽不必说是“老奸巨猾”，是不是也可谓“诡计多端”呢？而且，如果拿周朴园的“诡计多端”与蘩漪的“诡计多端”相比较，你会得出什么结论呢？

假如说蘩漪是“五四”精神启示下成长起来的一代新女性，拿《雷雨》问世之前新文学画廊来看看，她真是与众不同！试比较一下鲁迅《伤逝》里的子君，茅盾《蚀》里的静女士、孙舞阳、章秋柳，《子夜》里的林佩瑶、林佩珊，《林家铺子》里的那位林小姐，丁玲《莎菲女士的日记》里的莎菲，柔石《二月》里的陶岚，巴金《家》里的琴，等等，哪一个都不是蘩漪这样的。也许蘩漪多少有一些像茅盾长篇《幻灭》里的慧，但慧只是说说而已，她并没有做什么，而且她所以说要报复男人，从她的经历来看，是有道理的。可是蘩漪，她的报复没有充分根据，既不能肯定是周萍引诱了她，也就不能说是周萍抛弃了她。继母不能与丈夫之子相恋，这不是什么封建思想，而且是人类的“禁忌”，是任何时代的人都不能无视的，古希腊悲剧里所谓恋母情结，那指的是一种不意识到的情感，一种命运，象蘩漪这样明目张胆爱丈夫之子，世所罕见。无论如何，周萍要终止与蘩漪的恋情，是一种改正错误的行为，是正确的。蘩漪也该幡然悔改才是。如果说蘩漪的行为是以西方资产阶级女性的行为作榜样，然而有一点是起码的：西方女性要求个性解放与自由，但同时，也尊重别人的个性解放与自由。蘩漪最大的问题是，她对此没有任何思想准备，她压根儿就没有想到要尊重别人的自由和选择，她是极端的自我中心，唯我主义。如果说爱本身就包涵着某些自我牺牲和承受及对于自己的约束，蘩漪是丝毫也没有这些品质的。因此，也可以说她从来也没有爱过谁。蘩漪的变态，她自己要负很大的责任。同样，蘩漪的悲剧，也是她的思想和性格的悲剧。

这样的女性，有什么值得可爱的呢？曹禺竟如此喜爱她，真够奇怪的！然而，也许我们可以对剧作者在这里的无意识作一些分析。前文已经一再引证过，曹禺在写《雷雨》之前，喜欢过他家里的那个丫头。从“剧本里的周冲就是家宝自己”来推测，曹禺与那丫头的故事，也就好比剧本里周冲与四凤的情爱那样：周冲因四凤另有所爱，而得不到爱情。年幼的男孩子初恋大都是这样，读者不妨回忆一下屠格涅夫的中篇名著《初恋》就可知道。如果这里推测不错，那就是曹禺内心里压抑着爱的渴望，或者有着恋爱无法实现的压抑。曹禺在写《雷雨》之时，当时正在清华大学外文系读书，他正在热恋着法律系一年级的女生郑秀。可以推测，他不希望再错过这样的爱情，不希望郑秀是第二个四凤。因此，他渴望得到爱，渴望热烈的爱。他写蘩漪对于爱的热烈，差不多就等于是教育郑秀要向蘩漪学习，要郑秀如蘩漪那样爱他。现在再来读一遍曹禺对郑秀说的那一段话，也许你就会深有感触了：“她发誓要生活在充满爱的世界里，和她挚爱的人永远生活在一起。我喜欢这样的性格，写着写着，不知不觉就迷上了她。”这里所说的“不知不觉”就是作家的无意识趋向，曹禺“不知不觉”地就在蘩漪身上寄托了他的梦想和渴望。所以，在曹禺看来，蘩漪是那么可爱。然而作家又从戏剧故事发展的需要出发，设计了蘩漪请侍萍、关周萍、怂恿周冲等情节，这些情节把蘩漪的爱推向了反面，蘩漪不再是爱神了，而是一位复仇女神。这样，蘩漪这个形象，在作者心目中是爱神，而在观众心目中，则是可怕的不择手段的复仇女神。所以，曹禺爱她迷她，而观众却很困惑，很有保留，二者互相很是错位。然而，我们很多的研究者，只知道跟着作者跑，心想作品是他写的，他还能错吗？这个想法妨碍了完整、准确和全面地分析人物的思想行为，因而作了片面的评价。

原载《清华大学学报》1999 年第 1 期

《雷雨》与神话原型

——曹禺戏剧新论之一

刘家思

《雷雨》写成于 1933 年，当年曹禺才 23 岁，还是清华的一个大学生。这是曹禺的处女作，1934 年发表在《文学季刊》上。它的问世，标志着中国话剧的成熟，奠定了话剧在中国现代文学史上的地位。

曹禺说“写《雷雨》是一种情感的迫切的需要”，提笔时“并没有显明地意识着我是要匡正、讽刺或攻击些什么”，只是“隐隐仿佛有一种情感的汹涌的流来推动我，我在发泄着被抑压的愤懑，毁谤着中国的家庭和社会”。[①] 这也就是说，曹禺在写作之前并没有形成明确的创作意图，《雷雨》的创作并不是受创作主体明确的个体意识支配的。那么，《雷雨》怎么能获得如此大的成功呢？神话原型学派的代表人物荣格认为，艺术具有一种内在的驱动力，因为原型“总是要到处寻求表现”，[②]而艺术家就是被抓住的表达工具。所以，艺术家生在这个世界上就是为了膺承一项重大使命，必须牺牲个人的东西，听任神秘的集体无意识安排。他说：“艺术家不是一种具有自由意志，追求自己终极目标的人，他听凭艺术通过他来实现它的目标。”[③]由于负担过分沉重的使命，由于受不可遏止的创作激情的驱使，艺术家必然会不顾一切地去完成他的作品。可以说，《雷雨》的问世与成就，是神秘的集体无意识作用的结果。本文试图从神话原型的视角来重新解读《雷雨》。

一

神话原型批评是文学人类学批评的重要一翼，旨在探索文学与原始初民的原始经验、原始意象及其传承的历史联系。它特别注重上古神话、宗教仪式及其置换变形，认定后世文学是初民神话的移位，或文学世界中的深潜层面总涵容着神话原型，从而体现着人类的集体无意识或原始形象。神话和原型是它的两个核心概念。所谓神话，既特指远古时代人类创造的用来解释世界万物并信以为真的荒诞故事，又泛指以超现实的想象方式或象征方式创作的一切作品。而原型(archetype)一词出自希腊文 archetypos，意为“最初的范型”。柏拉图最早把它作为一个术语来使用，用来表示事物的理念。在神话原型批评中，

① 曹禺：《雷雨·序》，《曹禺全集》(5)，花山文艺出版社，1996 年 7 月 1 版第 14 页

② 荣格：《集体无意识概念》，转引自林一民《西方现代文论》，团结出版社，1990 年 2 月第 1 版，第 128 页

③ 荣格：《心理学与文学》，冯川、苏克译，生活·读书·新知三联书店，1987 年版，第 142 页

原型包含两层意思：一指原始模式、原始意象，二指在不同时代、不同地域的大量文学作品中反复出现的主题、情节、人物、意象或象征。弗莱指出："我用原型这个词指那种在文学中反复使用，并因此而具有了约定性的文学象征或象征群。"①神话原型大多由人与自然（包括生命本能）的关系生发出来，尤其是从人对未知的大自然的神秘体验中生发出来的，它纵贯从原始到现代的全部文学史和人类意识演化史，对于现代人征服自然、改造社会，认识人与社会的关系有着明显的影响和裹挟力，在后人的创造性想象中不断地重复出现，成为艺术创作中的一个永恒的源泉。

弗雷泽指出："人类的需求，不管什么地方，也不管什么时候，基本上是相似的"②，这些需求尤其是通过古代的神话，巫术和宗教信仰反映出来的。荣格指出，"表达原型的方式是神话和童话"③。神话是原始先民在征服自然、改造自然中产生的，是"揭示灵魂性质的最早和最突出的心理现象"④，表现了原始人朴素的对自然的理解和征服自然、改造自然的愿望与意志。在上古神话中出现的人物都是一些神通广大、顶天立地的英雄，他们在强大的自然力面前从不妥协，坚强不屈，有扭转乾坤、改造宇宙的胸怀、意志、气魄和力量。中国神话中的女娲、夸父、后羿、共工、精卫、刑天、鲧、大禹、黄帝、蚩尤；印度神话中的毗湿奴、群主、黑天、湿婆；希腊神话中的宙斯、阿基里斯、大埃阿斯、奥德修、安泰、柏修斯、柏勒洛丰、赫克托耳、海格立斯、依阿宋、伊里逆思、亚加米农、提修斯、奥菲士、奥吉亚斯等等都是以力量和智勇著称的英雄。例如女娲"抟黄土作人"，"炼五色石以补苍天，断鳌足以立四极（此二句亦见《列子·汤问》），杀黑龙以济冀州，积芦灰以止淫水"，是一位智能高强、富于巨力的英雄，也是原始初民征服自然的理想与力量的化身。后羿手握红色的弓和带白色羽毛的箭，"诛凿齿于畴华之野，杀九婴于凶水之上，缴大风于青丘之泽……"不仅展示了力量的巨大和弓箭的神奇，还表现了原始先民与恶劣环境挑战的英雄威力。精卫溺于东海，故"常衔于西山之木石，以填于东海"，刑天为帝断其首，"乃以乳为目，以脐为口，操干戚以舞"，他们至死不屈、奋力反抗、坚决斗争的精神，成为我们民族传统精神的宝贵财富。在古印度神话中，作为宇宙最高神亦称保护神的毗湿奴，生着四只手，分别拿着神螺、神盘、神杵（一柄大锤）和莲花，还有一张神弓和一把神剑，他躺在大海中一条千头巨蛇身上，有时坐在莲花上，或骑在大鹏鸟上。他能创造世界，也能降魔，往往下凡化身为人或动物除暴安良。智慧之神群主有四只手，分别拿着贝壳、铁饼、棍棒和睡莲，能禳灾除邪、解危济困。室犍陀有三头十二臂，手持弓箭，身骑孔雀，是天兵天将的统帅。他率领诸小神打败了扰乱天堂的魔王答罗迦，为天堂赢得了和平。这都是有名的英雄神话故事。在古希腊神话中，主神宙斯持有雷、电、霹雳三样最有力的武器，迫使克洛诺斯吐出了吞下的

---

① 弗莱，转引自林一民《西方现代文论》，团结出版社，1990年2月第1版，第129页

② 弗雷泽：《金枝》转引自方克强《文学人类学批评》，第11页

③ 荣格：《集体无意识与原型》，林一民《西方现代文论·附录五》，团结出版社，1990年2月第1版，第146页

④ 荣格：《集体无意识与原型》，林一民《西方现代文论·附录五》，团结出版社，1990年2月第1版，第147页

子女，并镇压了提坦诸神，取得了天宫的统治权，成为一位俯视世界、无所不知的天神。赫克托耳勇武有力，武艺高明，令人望而生畏。在与希腊人的战争中，他是特洛伊的主将，英勇地守卫特洛伊城，明知命运险恶而毫不动摇地坚守职责，且能深情地对妻儿晓以大义，曾率领特洛伊人把希腊联军赶回到海边。海格立斯身高丈余，浑身是力，双目炯炯有神，角力拳击、驾驶战车、投枪射箭，无不娴熟。众神都喜欢他，送给他各种装备，把他武装了起来。在希腊神话中，他扬美德，惩恶行，曾完成了十二件大功劳，是希腊神话中最著名的大英雄。这些人物，无一不是以力量和智勇著称于世的英雄。这充分地表明，以英雄为内核的人类远古神话，超时空地实现了精神上的呼应与传承。

可以说，"英雄"是人类上古神话中反复显现的联通每一神话的精魂，是神话世界中最稳健最响亮的音符。人类原始先民在和大自然的斗争中，面对自然界的强大威力，积极寻求征服自然、改造自然的方法，就按照自己对自然的理解和要求创造了神话，也按照自己的形象创造了神，并将人类的集体力量夸大，理想化、英雄化以至于神化，努力歌颂和赞美自己的力量。毫无疑问，"英雄"是上古神话的精神内质，以英雄的强力抗恶，是世界文学的一大精神原型。

二

众所周知，《雷雨》是一个悲剧。剧中周公馆是一座监牢，充满着罪恶，它的制造者是周朴园。而冲破和毁灭这座牢狱的是周蘩漪和鲁大海，是他们的奋力反抗和斗争。笔者认为，这是曹禺从作为戏剧诗人的精神和心灵出发，对人类的精神和心灵进行的谈话，是原始初民战天斗地过程中产生的英雄神话的重现或回忆。也就是说，这是上古英雄原型心态的现代性表述。

《雷雨》诞生后，曹禺说："我写的是一首诗，一首叙事诗，……这固然有些实际的东西在内（如罢工……等），但决非一个社会问题剧。……因为这是诗，我可以随便应用我的幻想，因为同时又是剧的形式，所以，在许多幻想不能叫实际的观众接受的时候，（现在的观念是非常聪明的，有多少剧中的巧合——又如希腊剧中的命运，这都是不能使观众接受的。）我的方法乃不能不把这件事推溯，推，推到非常辽远的时候，叫观众如听神话似的，听故事似的，来看我这个剧，所以我不得已用了《序幕》及《尾声》，而这种犹如我们孩子们在落雪的冬日，偎在炉火旁边听着白头发的老祖母讲从前闹长毛的故事，讲所谓'Once upon a time'的故事，在这氛围里是什么神怪离奇的故事都可发生的"。从而使观众"回到一个更古老、更幽静的境界"里去。[①] 从这段文字中，我们看到作者表白的绝不仅是谈戏剧创作的技巧问题，还看到了作者对于远古神话的感应与贴近。作者在创作过程中依靠的是幻想，以此来制造神话似的故事。荣格告诉我们，美是一种幻想，这种幻想不仅是主观的，而且是自发的，是不由意识控制的。普雷斯科特（F. C. Prescott）也精辟地指出："神话创作者

① 曹禺《〈雷雨〉的写作》，《曹禺全集》(5)，花山文艺出版社，1996年7月1版，第9—11页

的心灵是原型，而诗人的心灵……在本质上仍是神话时代的心灵。”①这正是曹禺这位公认的戏剧诗人创作《雷雨》时艺术心理上本质特征的写照。对于《雷雨》的构想，曹禺说：“最初出现模糊的构思时，使我感到兴奋的，……是存在于这个世界上的‘残忍’和‘冷酷’。”②由于周朴园的冷酷和专制，蛮横和压抑，周公馆拥有的只是黑暗和残酷，充满着罪恶。周朴园所谓的体面，所谓的秩序，所谓的圆满，是牺牲了很多人的青春和幸福换来的，它的背后淤积了多少血泪！生活在这里的人们，没有民主、没有自由、没有平等。在“五四”精神的感召之下，他们愤怒了，打破了往日的平静，剧烈地争执着，“圆满”的周公馆终于被“雷雨”炸破了，“体面”背后的丑恶终于暴露了，宇宙惯有的秩序终于被时代潮流冲决了。而这一场悲剧的诞生，是曹禺主体心灵中英雄原型的心态促成的。这种原型心态，集中表现在蘩漪和鲁大海这两个人物身上。

曹禺说：“在《雷雨》的八个人物中，我最早想出来的，且也觉真切的，是蘩漪，……我喜欢看蘩漪这样的女人，……我想她应该能动我的怜悯和尊敬。”③且看曹禺在戏剧中对蘩漪的描写：

> 她是一个中国旧式女人，有她的文弱、她的哀静、她的明慧——她对诗文的爱好，但是她也有原始一点的野性：在她的心，她的胆量，她的狂热的思想，在她莫名其妙的决断时忽然来的力量。

在这段描写中，前后似乎藏着矛盾：一个文弱、哀静、明慧的旧式女人怎么还会有原始的野性！曹禺在创作后说：“我知道舞台上的她与我原来的企图，做成一种不可相信的参差。不过一个作者，总是不自主地有些姑息。”④这也就是说，作者是受灵感、潜意识和集体无意识的支配的。正如荣格所说：“每当创造力占据优势，人的生命就受无意识的统治和影响而违背主观愿望，意识到的自然就被一股内心的潜流所席卷，成为正在发生的心理事件的束手无策的旁观者。”⑤那么具体支配曹禺的无意识是什么呢？就是远古神话遗存的英雄神话原型。受它的支配，曹禺将原来定位为旧式女人的蘩漪写成了一个复仇女神，所以，“她一望就知道是个果敢阴鸷的女人”。可以说，没有蘩漪这位复仇女神，就没有《雷雨》，没有英雄的巨力与坚韧勇毅就斗不垮黑暗的周公馆。请看曹禺在《雷雨》创作完成后对蘩漪这个人物的满意情形：

> 蘩漪自然是值得赞美的。她有火炽的热情，一颗强悍的心，她敢于冲破一切的桎梏，做一次困兽的斗。虽然依旧落在火坑里，情热烧疯了她的心，然而不是更值得人的怜悯与尊敬么？这总比阉鸡似的男子们，为着凡庸的生活，怯弱地度着一天一天的日子更值得人佩服吧。
>
> ……她是最富于魅惑性的。这种魅惑不易为人解悟，正如爱嚼姜片的，才

---

① 普雷斯科特(F. C. Prescott)：《诗歌与神话》，转引自卡西尔《人论》第96页

② 曹禺：《〈雷雨〉日译本序》，《曹禺全集》(5)，花山文艺出版社，1996年7月1版，第24页

③ 曹禺：《雷雨·序》，《曹禺全集》(5)，花山文艺出版社，1996年7月1版第16页

④ 曹禺：《雷雨·序》，《曹禺全集》(5)，花山文艺出版社，1996年7月1版第16页

⑤ 荣格：《心理学与文学》，冯川、苏克译，生活·读书·新知三联书店，1987年版，第142页

道得出辛辣的好处。所以，必须有一种明白蘩漪的人，才能把握她的魅惑。不然就只会觉得她阴鸷可怖。平心讲，这类女人总有她的“魔”，是个“魔”便有她的尖锐性。也许蘩漪吸住人的地方，是她的尖锐。她是一柄犀利的刀。她愈爱的，她愈要划着深深的创痕。她满蓄着受压抑的“力”，这阴鸷性的“力”，怕是造成这个朋友着迷的缘故。

可以说，这是对一尊生命女神的赞美，是对于时代英雄的歌颂。《雷雨》正是蘩漪抓住他的想象而诞生的一个神话故事。曹禺说：“我不能断定《雷雨》的推动是由于神鬼，起于命运或源于哪种显明的力量。”①这正说明是英雄神话原型所推动的。虽然蘩漪最终以悲剧结局，但她和夸父、精卫、刑天等神话英雄一样，“是一个胜利者”。② 这种胜利在于它对生命意义的唤醒。多年以后，曹禺接受一位西方记者采访时的谈话，证实了这种英雄原型心态在创作中的影响：“蘩漪反抗了，……在那样一种社会里，我同情蘩漪，她是一位英雄（着重号引者加），因为它敢于打破一切枷锁。是的，她行为不检，做了种种错事，但这也需要勇气。”③

鲁大海是一个具有浓厚神话原型氛围与质地的英雄人物。他身材魁伟，眉毛粗黑，眼睛锐利，性格倔强，情感热烈，表情严肃冷静，是一个“满蓄着精力的人物”。他微微有点口吃，说话简短，义正辞严，词锋锐利，粗犷有力。他是一个传奇式的人物，刚出生三天，母亲被逼得走投无路，抱着他跳河自杀，大难不死，被慈善人救起，如今已长大成人，在周朴园开办的煤矿当工人，煽动煤矿工人罢工，罢工被血腥镇压后，又成了罢工谈判的代表。剧本展示的是他从六百里外的煤矿来到周公馆等着与煤矿的董事长进行谈判。而这位董事长正是他的生父，二十几年前抛弃其母子的周朴园。他爱憎分明，嫉恶如仇，站在正义的立场上坚定不移，对黑暗的敌对势力坚决斗争，毫不妥协。他对周朴园义正辞严的揭露，对他进行的不屈不挠的斗争，是蘩漪、侍萍等所不可替代的。无论是带头罢工、代表工人谈判，还是对周朴园包修江桥、镇压罢工的揭露，都像“火山爆发”，是投向周朴园的毁灭性的炸弹。他对四凤的批评、劝告，对周萍的威吓、责骂与追打，对周冲的侮慠，对鲁贵的呵斥，都源于对黑暗社会的憎，对丑恶人物的恨，对不斗争者的怨，对不醒者的怒，对受苦的劳动者的爱。虽然表面上有些粗暴、横蛮、僵冷，但这是忠诚的、实在的、可信的。以往单纯地从阶级论的角度去审视，自然其缺点十分明显。而从原型批评的视角去看，无疑顺当得多了。当然，他也许在一定程度上带有左翼文学对曹禺影响的印记，但更重要的是作者紧张探索砸毁旧社会、旧家庭的结果。在他身上，不仅充满着英雄的巨力，而且有英雄的坚韧、顽强、果敢、勇毅的精神力量。这是神话英雄原型中英雄复仇模式的再现。

为什么这种原型会操纵曹禺的创作呢？荣格认为，集体无意识所形成的“原始意象”，从文化黎明时起便深藏并蛰伏在人的无意识之中，当时代脱节，人类犯了严重错误时，它便苏醒过来。它随着人类普遍观念前进，当普遍的清醒意识是片面的和虚假的时候，它才本能地出

① 曹禺《雷雨·序》，《曹禺全集》(5)，花山文艺出版社，1996 年 7 月 1 版第 16 页

② 茅盾：《夜读偶记》，百花文艺出版社，1958 年 8 月第 1 版第 32 页

③ 曹禺，转引自邹红《蛮性的遗留与悲剧的生成》，《海南师院学报》1992 年第 2 期

现在个人的梦中，出现在艺术家的幻觉中。于是，人们在绝望中找到了指路人，不平衡的时代精神恢复了平衡。《雷雨》描写的是20世纪初叶的五四时期（有的认为在五四运动之前的1918年）发生的事，无论是一个封建家庭，还是整个社会，这时都是极其黑暗的，正是“人类犯了严重错误”，“普遍的清醒意识是片面和虚假”的时候，这种无意识就本能地出现在他的幻想中。所以，曹禺说他“初次有了《雷雨》一个模糊的影像的时候，逗起我的兴趣的，只有一两段情节，几个人物，一种复杂而又原始的情绪”①，而“最早想出的，并且也较觉真切的，是周蘩漪”②。

三

神话原型表现着人类思维及经验的连续性和同一性。从前述看来，《雷雨》既打上了先天遗传的一种“种族记忆”的烙印，又表现了不同民族、不同地域人类集体潜意识的同一性。但我们必须指出这样一个客观事实，就是当我们从神话原型批评的角度来重新审视《雷雨》时，我们就惊异地发现，蕴含在《雷雨》中的英雄原型，主要承继的是西方神话中的英雄原型心态。中国神话与西方神话虽然在思维和经验上是同一的，但由于中、西方价值观念的差异，其英雄人物的差别也是十分明显的。

首先，中国神话中的英雄有着崇高而美好的道德情操，如女娲、共工、后羿、夸父、盘古、大禹等，都完美无缺，为世人所景仰。而西方神话中的英雄都显得粗俗和卑劣。正如古希腊哲学家色诺芬指出：“荷马和赫西奥德将对世人来说不光彩、不体面的一切加之于神，诸如盗窃、通奸、尔虞我诈。”③例如亚加米农的夺人所爱，奥德修的骗抢铠甲、盗取荣誉，奥吉亚斯的不讲信任等等，在西方神话中比比皆是。而爱情不专一，男女关系随意混乱，则更是普遍现象。他们大多放荡不羁。例如阳光之神阿波罗一生中曾与许多女子发生过恋爱纠纷。爱与美女神阿芙罗狄蒂嫁给了赫斐斯塔司后，先后又钟情和爱恋过战神亚力司、安基塞斯、阿多尼斯等。而主神宙斯，或化身为金雨与达那埃幽会，或携雷电与塞墨勒做爱，或变为壮牛劫走欧罗巴，或现身为天鹅引诱勒达，或以蛇形与佩尔塞福涅相会。

其次，中国神话中的英雄以大义为重，弱化自我，强调公心，是民族大众的理想寄托，例如共工、盘古、大禹、夸父、后羿等都是一心为公、为民造福的英雄。而西方神话中的英雄往往以自我为中心，突出自己，一见有人危害自己或者不遂己愿，就不择手段残酷地进行惩戒和报复。例如亚加米农执意夺得部将阿基里斯得到的女俘布里塞伊斯，致使阿不再参战，希腊联军从此以后一再失利。太阳神赫利俄斯常以失明来惩戒对他不敬的人。这尤其表现在英雄神话中的女神身上。复仇三女神、惩戒女神、妒忌女神等自不待说，就是狩猎女神、命运女神、文艺女神、智慧女神、爱情女神、不和女神等等都常常是无情地、不择手段地、残酷地去进行惩罚和报复。比如狩猎女神阿耳忒弥斯，她对于那些损害过她或

① 曹禺《雷雨·序》，《曹禺全集》(5)，花山文艺出版社，1996年7月1版第14页

② 曹禺《雷雨·序》，《曹禺全集》(5)，花山文艺出版社，1996年7月1版第16页

③ 转引自(美国)M. H. 詹姆森《古希腊神话》，《世界古代神话》第231页

对她不敬的人常常要给予惩罚，直到给他们带来死亡。赫加特神庙女祭司美狄亚为了惩罚依阿宋抛弃她另娶，不仅用魔法置格劳刻于死地，而且亲手用剑杀死了两个儿子，然后与依阿宋彻底决裂，逃往雅典。文艺女神缪斯，如有谁敢向她们挑战，就会受到她们无情的惩罚。命运女神摩伊拉，对于违抗其意志的就要进行严厉的惩罚。智慧女神、女战神雅典娜，因为美杜莎要和她比美，（一说因波塞冬在雅典娜神庙奸污了美杜莎，亵渎了她），她就将她变成一个面貌丑恶、可怕的女妖。不和女神厄里斯由于没有接到西蒂斯和珀琉斯结婚的邀请而极为生气，投来了不和的金苹果，酿成了为时十年的特洛伊战争。而且，中国神话中的女神对男子更多的是顺从与奉献，没有神的骄傲与不凡，西方女神对男子则是占有、支配和鄙视。即使是女神真心爱上男人，也爱得很蛮横专断，往往是高高在上，如果凡人胆敢拒绝女神的爱，那将是一场灾难。太阳神之女喀耳刻就曾使拒绝她的已婚的辟考斯变成一只啄木鸟。因而凡间男子爱上一个女神往往是很痛苦的，在多数情况下要被视为非礼和亵渎，要遭到惩罚或报复。

第三，西方神话中的英雄，男性往往少年时都经受了重大劫难，而且大多与水有着直接关系。中国神话却没有这种鲜明的特征。比如阿基里斯、俄狄浦斯、柏修斯、杜卡利翁、海格立斯、赫斐斯塔司、罗摩罗斯等等都经受了巨大的劫难，与水的关系密切。阿基里斯由于注定早死，出生以后，其母——爱琴海女神西蒂斯白天用天空琼浆擦他的身体，晚上将他放在火里锻炼，将他浸在冥河水里，使他全身刀枪不入。柏修斯的外祖父阿克西里俄斯国王从神示中得到自己将死于外孙之手，于是当柏修斯诞生后，随即将他母子二人装入木箱投入大海，他们漂到塞里福斯岛，被波吕得克忒斯所收留。希腊神话中最著名的大英雄海格立斯出生后，因害怕天后赫拉嫉恨，就被迫放在田野里，并受到赫拉派出的两条毒蛇的加害。火神和冶炼神赫斐斯塔司因为貌丑腿瘸，为母亲赫拉所厌恶，被从奥林帕斯山的天宫扔到了大海深处，在海底的一个深沟里藏了九年。罗马第一个国王罗摩罗斯与其孪生兄弟瑞穆斯出生后，阿穆利乌斯便禁闭了其母瑞亚·西尔维亚，并下令把他装在篮子里丢进台伯河淹死。但漂流而去的篮子最后被推上了河边的沙滩。玛尔斯派了一头母狼把婴儿带进了山洞，用狼奶哺育他们。

西方神话的这些特点，在蘩漪和鲁大海身上得到了充分的表现。蘩漪与周萍的乱伦闹鬼，她对周朴园的反抗，对周萍的报复，对四凤的敌视，对侍萍的侮慢，以及对周冲的指使与责骂都流贯着西方神话的精神内质。她的阴鸷，她的疯狂，她的刚烈，她的热情，……都深深地留下了西方神话英雄的心理印痕，虽然她的复仇也传承了精卫填海、刑天复仇的心理印迹。鲁大海流贯着从萨尔贡神话原型到萨恭达罗神话原型再到玄神话原型（江流儿、江流僧）再到岳飞神话原型的人类先天性无意识。他刚出生三天，母亲抱着他跳河自杀，被慈善人救起、大难不死，后来长大成人，勇敢有为，其身世与柏修斯、海格拉斯、罗摩罗斯等西方神话英雄极其相似，无疑这是西方神话原型的转换和承继。

为什么《雷雨》主要是西方神话英雄原型的象征与表现呢？用荣格的话来解释就是：艺术家“是一个在更高意义上的‘人’——他是‘集体人’——一个体现整个人类无意识的精神

生活并使之成形的人”[1]。我认为，除此之外，原因有三：一是话剧是舶来品，是西方传播过来的，其内质就隐藏着这种原型。希腊神话是古代希腊艺术和后世作家的重要题材，如希腊三大悲剧作家的剧作都承继着这种原型心态。有的是直接以古希腊神话为题材的，如《亚加米农》是埃斯库罗斯以亚加米农的事迹为题材写成的悲剧，《美狄亚》是欧里庇得斯以美狄亚的故事为题材写成的悲剧，对于海格立斯，索福克勒斯、欧里庇得斯都以他为题材写了悲剧，如《疯狂的海格立斯》便是欧里庇得斯有名的悲剧，《俄狄浦斯王》即索福克勒斯以俄狄浦斯的故事创作的典范之作。荷马的史诗《奥德修》《阿基里斯》都是直接以奥德修、阿基里斯的故事创作的。弥尔顿、莎士比亚、雪莱、济慈都在作品中描写了阿波罗的故事。二是曹禺读大学时即对希腊三大悲剧家的悲剧非常着迷，接受了其影响。他说：“这个剧有些人说受易卜生的影响，但与其说是受近代人的影响，毋宁说受古代希腊剧的影响”[2]。“我喜欢艾斯吉勒斯他那雄伟、深厚的感情；从欧里庇得斯，我企图学习他那观察现实的本领以及他的现实主义的表现方法，我很喜欢他的《美狄亚》”[3]希腊悲剧潜存着这种原型心态。劳逊指出：“借神的意志或自然力来体现命运，是希腊戏剧中的一个重要特色”[4]。如果说易卜生对他的影响是外在的话，那么希腊戏剧的影响则是内在的、精神心理的。三是西方神话英雄的这种特征与“五四”以来形成和提倡的个性解放的思想非常合拍，故潜存在主体心理上的英雄原型就自然而然地支配着他。

综上所述，《雷雨》是人类远古英雄神话原型的现代性梦幻与回忆。正是这种原型心态，使曹禺获得了巨大的成功。不过潜存在《雷雨》中的英雄原型心态主要是西方神话中的英雄原型的时代性置换，这恰恰说明人类集体潜意识在空间上的同一性、相通性以及文学的跨地域性。《雷雨》所拥有的这个特征，暗示出其世界性的艺术生命活力。

原载《解放军艺术学院学报》2000 年第 2 期

① 荣格：《心理学与文学》，冯川、苏克译，生活·读书·新知三联书店，1987 年版

② 曹禺《〈雷雨〉的写作》，《曹禺全集》(5)，花山文艺出版社，1996 年 7 月 1 版，第 9—11 页

③ 曹禺：见张葆莘《曹禺同志谈创作》，《曹禺全集》(7)，花山文艺出版社，1996 年 7 月第 1 版，第 285 页

④ 劳逊：《戏剧与电影的剧作理论与技巧》第 18 页，转引自孙庆升《曹禺论》，北京大学出版社，1986 年第 1 版，第 229 页

令人憧憬和痴迷的艺术境界

——关于《雷雨》欣赏答问录(节录)

钱谷融　殷国明

一、为什么说蘩漪是一个最“雷雨”的性格?

殷国明　钱先生,您是公认的研究《雷雨》的专家,这我知道,但是听很多人说,听您的当面讲演更精彩。郭瑞先生 1980 年写到过的:“去年我曾在庐山听钱先生一次讲演,他挥洒自如、左右逢源的谈锋给我印象极深。读《〈雷雨〉人物谈》,那情景又时时现于眼前。”所以我一直很想听您再讲《雷雨》。

钱谷融先生　是吗?这恐怕是曹禺所写的剧本的魅力所致,我只不过是一个痴迷的欣赏者而已。记得曹禺在《雷雨》的序文中有这样的话:“《雷雨》对我是个诱惑。与《雷雨》俱来的情绪蕴成我对宇宙间许多神秘的事物一种不可言喻的憧憬。”这段话在现在的版本中已被删去了,但是当时在我心中产生了很大共鸣,仿佛也是我当时的心态。因为《雷雨》已吸引住了我,已抓住了我的心,我情不自禁地要深入下去,把自己的感受写出来。

殷国明　我记得您在《关于〈雷雨〉的命运观念问题——答胡炳光同志》一文中引过这段话,曹禺先生还写道:“《雷雨》可以说是我的‘蛮性的遗留’,我如原始的祖先们对那些不可理解的现象睁大了惊奇的眼。我不能断定《雷雨》的推动是由于神鬼,起于命运或源于哪种显明的力量。情感上《雷雨》所象征的对我是一种神秘的吸引,一种抓牢我心灵的魔。《雷雨》所显示的,并不是因果,并不是报应,而是我所觉得的天地间的‘残忍’,(这种自然的‘冷酷’,四凤与周冲的遭际最足以代表。他们的死亡,自己并无过咎。)如若读者肯细心体会这番心意,这部戏虽然有时为几段较紧张的场面或一两个性格吸引了注意,但连绵不断地若有若无地闪示这一点隐秘——这种种宇宙里斗争的‘残忍’和‘冷酷’。在这斗争的背后或有一个主宰来使用它的管辖。”

我总觉得这里面有一种神秘的关联。曹禺先生所说的“蛮性”,在您身上就表现为一种对艺术的痴迷性吧。

钱谷融先生　能这样理解吗?我自己倒还没有想清楚。不过,自己当时和曹禺先生的某些想法产生共鸣是自然的,否则我也不会动笔,特别是剧中的人物、性格及其命运对我触动很深。

殷国明　我很想知道这种触动是一种什么样的触动。因为我总觉得在您的文章里蕴藏着一种别样的心理语言和气氛,而这是和您当时所处的生活处境和心理状态紧密相关的。比如您对蘩漪的理解就特别深刻，揭示了她被压抑状态中的心理特征。您说她是《雷雨》中的灵魂人物。

钱谷融先生　是的。我是这样说的，在《日出》的跋文中，曹禺说，他在写《雷雨》时，把剧中的一个最主要的人物，就是那被称为“雷雨”的好汉，漏掉了。其实，我认为他并没有漏掉，还是写进去了，那个人就是蘩漪。在《雷雨》初版本的序言中，曹禺曾说蘩漪是一个最“雷雨的”性格。其实，照我看来，蘩漪不但有“雷雨的”性格，她本人简直就是“雷雨”的化身，她操纵着全剧，她是整个剧本的动力。不是吗，死命地拖住周萍不让他离去的是她，把侍萍(她好比是个定时炸弹)招到周公馆来的是她，关住四凤的窗户使周萍被鲁大海与侍萍发现的也是她，最后在周萍与四凤将要一同出走时，又是她叫来了周朴园，打乱了原来的局面，完成了这出悲剧。

殷国明　我印象最深的是您对蘩漪出场的分析，写出了她所处的环境的压抑感，那种寂寞枯淡的生活，沉重窒息的空气，那种把她闷得气都透不过来的气息，您分析了她的绝望，她的柔弱，她如何“犹如一株行将枯死的奇花，得到了点滴雨露的滋润，又逐渐有了些生气”，等等，都不单单突出了蘩漪的性格特质，而且大大丰富了这个人物的内涵。说实在的，过去我读过《雷雨》，也看过《雷雨》的演出，但是都没有那么深刻的感受。这里面分明有您对生活对人特殊的感受和理解，并把这些感受和理解融进了对作品人物的分析之中。先生，可不可以这么说，您在某种程度上从蘩漪身上感受到了您自己？

钱谷融先生　你这问题提得很婉转，但是很有意思。不过，无论是把一个作家，还是一个评论家，把他和他笔下的人物或者所评论的人物混为一体，总是很牵强的。当然，这并不意味着我和我所评论的人物没有某种情绪上的沟通，特别是蘩漪这个形象，我是对她有所“偏爱”的。而这里所说的“偏爱”包括对她的同情，自然也倾注了自己的某种切身感受。

殷国明　这种感受是不是也有某种共通的“雷雨”般的性格和心理状态？我是说在当时情况下，您受到某种压抑，也最能感到某种生命的痛苦和期待？

钱谷融先生　我当然不能说完全没有，但是我分析蘩漪的“雷雨”性格首先是从作品本身出发的。很明显，《雷雨》这出悲剧，是在她的性格力量的爆发下，在她的一手导演下完成的。再者，在《雷雨》中，周朴园是个罪魁祸首，许多条生命的疯狂和死亡，都是种因在他身上。那么，在这个剧本里，是谁最无情地揭露了他，给他以最有力的打击，让他当众出丑的呢？显然这个人就是蘩漪。蘩漪之所以要那样死命地拖住周萍，与其说是出于对周萍的爱，还不如说是出于对她自己的地位、处境的一种反抗，出于对周朴园所加给她的种种束缚限制、对周朴园的专横统治的一种反抗。这就是《雷雨》这一剧作的冲突的基础，也就是它的思想主题的基础。

殷国明　我读到过先生在这方面非常细致的分析，令人不能不折服您对《雷雨》矛盾冲突的整体性把握，特别是为了说明蘩漪是“值得我们寄予同情，给以支持的”，您一次又一次冲破当时思想观念上的种种束缚，其中包含着一种情感上的执着，令我十分感动，您好象不是为一部话剧中的人物辩护，而是在为一个活生生的，与我们的感情息息相关的人辩护。

钱谷融先生　蘩漪就是一个活生生的，有血有肉的人物啊，怎么能够用僵硬的教条来理解呢？她是有生命的，所以愈是对她有所压抑，她的反抗、挣扎和报复就愈强烈，这些就是暴风雨来临前的轰雷闪电，一声紧似一声，一声更比一声震撼人心。

殷国明 所以《雷雨》的力量是在人心内部酝酿，并从人心内部发出来的。我总觉得这种氛围最能表现中国社会生活的某种状态，人们不是经常生活在这样一种压抑和沉闷的气氛中吗？难道不是经常期待和等待着沉默中的爆发和暴风雨的来临吗？所以，从鲁迅"于无声处听惊雷"的期待到粉碎"四人帮"后，宗福先创作《于无声处》，"雷雨"所表现的人心状态实在是一脉相承的。而时代的"大雷雨"又总是由无数人物性格和命运的"小雷雨"积累而成的。

钱谷融先生 但是蘩漪的"雷雨"性格是有独特性的。值得注意的是，蘩漪的力量的不断增强，并不是由于她的斗争更有把握，更有获胜的希望，恰恰相反，倒是由于她愈来愈意识到自己的前途的无望，愈来愈感觉到自己的命运的黯淡。她的斗争一开始就带有一种悲剧的性质。蘩漪对周朴园的反抗，由消极逐渐转到积极，而且愈来愈激烈，愈来愈不可遏制，最后终于完全撕毁了周朴园的"尊严"，彻底破坏了周家的"平静"而"圆满"的秩序。这都是在一种绝望的情绪中被逼出来的。

殷国明 这一个"逼"字是何等使人心痛啊，特别是周朴园迫使蘩漪喝药的那场戏，简直就是一片紧压人心头的阴霾，挥之不去。

钱谷融先生 正因为周朴园在威逼蘩漪喝药中，露出了那么狰狞的面目，所以才激起了她后来的更大的反抗，而且使她觉得这种生活实在无法忍受，更非死命地拖住周萍不可。她愈是要拖住周萍，又愈使周萍恐惧、厌恶，愈要迅速摆脱她。而在周朴园一面呢，看到她居然当着儿子的面也露出了反抗的意思，就觉得只有用更大的压力来对待她，只有更加防范着她点。而不知道他的压力、防范的每一次的加强，都只是促使她的反抗和"越轨"的行为愈益变本加厉，都只是促使她更要千方百计地甚至是不择手段地拖住周萍。这样，结果就反而只有使他的家庭更失平静，使他自己更失尊严。最后终于在众人面前完全暴露了自己丑恶的原形。

二、怎么理解《雷雨》中的命运观念？

殷国明 钱先生，人们都很关注《雷雨》中的命运观念，您当时写过一封《关于〈雷雨〉的命运观念问题》的答辩信，对自己的观点进行论述。我们怎样理解这一问题呢？

钱谷融先生 这不仅仅是为了如何评价蘩漪这个角色，甚至也不仅仅在于如何理解《雷雨》。因为，就事论事地说，这一指正当然是对的，而且绝无争辩的余地。《雷雨》的作者曹禺自己说，他在《雷雨》中把那位名叫"雷雨"的好汉给漏掉了，我却偏偏要说他没有漏掉，倒像是我比作者自己更清楚似的。而且曹禺明明说被漏掉的是第九个角色，既然现在连蘩漪本人在内，《雷雨》的全部出场人物只有八个，那么这个被漏掉的人怎么可能就是蘩漪呢？这岂不是个明显的错误？错得岂非有些出乎情理之外？显然，我这样说的意思，无非是在于强调蘩漪的"雷雨的"性格，在于突出她在剧情冲突中的地位与作用。这种"取其一点而不顾其余"的说法，虽然未免牵强，却也应该是可以谅解的。

殷国明 您的反驳很委婉，甚至很温和，但是又正是这种委婉和温和，更表明了自己观点的合理性。

钱谷融先生 其实，严格说来，曹禺的“漏掉”云云的话，也是不够恰切的。如他自己所说，他之所以不把那个名叫“雷雨”的好汉写出来，并不是因为他在无意中“漏掉”了这个角色，而是由于“技巧上的不允许”。我甚至以为，就连“技巧上的不允许”这样的话，也只是一种并无任何实际意义的说辞。因为这关系到“对作品的整个思想内容的认识问题”，才觉得有必要把这个问题提出来讨论。

殷国明 但是有人认为，由于您把蘩漪当作了“雷雨”的化身，而不知道“雷雨”实际上所代表的是“在冥冥之中主宰着人们命运的一种力量”，因而也就不能全面地理解曹禺当时的世界观，也就忽视了曹禺“从书本上得来的命运观念”对创作的影响。的确，无论从《日出》的跋文中，或是从《雷雨》的序文中，曹禺都是把“雷雨”当作一种神秘的力量，当作一个或许存在的不可测知的主宰的。

钱谷融先生 对此我谈了三点原因，大概是：第一，我觉得曹禺的这种说法，是事后追加上去的，而并非在创作构思中就已存在的认识；对于我们分析剧作的思想，虽有参考价值，却不一定就是最好的凭证。即使这种认识确乎在构思中就已产生，但作者的主观意图还不等于就是作品的客观思想；分析作品的思想，还是应该从作品本身出发，还是应该根据作品所描绘的整个生活画面，所提供的人物相互间的全部复杂关系，而作出实事求是的论断的。何况，曹禺的这种说法，本身就是很含混的，我们并不能够肯定那就是意味着“命运观念”；他自己就始终没有把那个神秘的力量，那个或有的主宰称作“命运”过。

第二，我的那篇文章的任务，只在于分析周朴园和蘩漪两个人物，而不在于全面论述作者的思想。单从这两个人物身上，是并不能够证明在作者当时的思想中有命运观念存在的。周朴园可能是个有命运观念和相信因果报应之说的人。但是这也顶多只能说是周朴园或鲁侍萍有命运观念，而不能据此就说作者有命运观念。至于蘩漪，那就恐怕很难说她一定也有命运观念了。单是喊一声“天哪！”或是对别人的“更不幸”的命运有所感受，是不足以证明她就真的相信有“天”有“命”的。即使我们承认这些可以作为蘩漪也有命运观念的证据，但依旧并不能作为作者也有命运观念的证据。要论定作者有命运观念，不能仅仅根据周朴园或蘩漪的这些台词，而必须有更为充足、更令人信服的理由。至于体现在这两个人物身上的作者当时世界观中的消极面，则是完全可以从别的方面去加以说明的。我在我的那篇文章中，已经试着做了说明，尽管说的不一定正确。

第三，虽然整个地来考察这个作品的思想时，确乎有某些根据要使我们怀疑到命运观念的存在，但我又终于不敢就作这样的论断；因为我觉得，这里依旧是容许作别样的解释的。

殷国明 我觉得你们的分歧不仅仅是对蘩漪这个人物的评价，更重要的是在其背后，这就是从什么出发去理解和评价艺术作品？当时最流行的就是以世界观为标准，用阶级斗争观念来分析和评价作家作品，而不是从作家作品的具体状况出发。这种艺术观念或者说艺术思维方式的不同和冲突才是最根本的，这也是您想在文章中努力想说明的。

钱谷融先生 是这样的。其实，关于《雷雨》中的人物有某种命运观念，我并没有多少异议，但是若把它提高到世界观的“高度”进行分析，并由此证明作者创作的目的主要在于阐明一种神秘的宿命论的思想，那就太不符合作者和作品的实际了。这在当时也很可能导致对《雷雨》的全面否定。

殷国明 所以您在文章中提到：“所以，我对于许多评论家和文学史家在指出《雷雨》中有宿命论思想时所提出的论据，虽不尽同意，但对他们的这一结论，则是并不想加以反对的。然而，要我自己也明白地来主张这种说法，却又总觉得心有未安，意有未惬，总觉得这不一定就是最恰当、最合乎作品和作者的思想实际的说法。”这里有一种很想不说，但又不能不说的感觉。我差不多感受到蘩漪被周朴园逼着去看病，但她坚决不去的情景了。

钱谷融先生 没那么严重吧。但是，人们无论如何评价《雷雨》中的宿命论思想，都应该承认，曹禺之写作《雷雨》，并不是从观念出发的。当他初次有了《雷雨》一个模糊的印象的时候，逗起他的兴趣的，“只是一两段情节，几个人物”，以及“一种复杂而又原始的情绪”。而在这许多人物中，他最早想出的而且较觉真切的便是蘩漪与周冲。对于这两个人物，他是带着极大的同情，以一种又怜又爱并且混杂着某种程度的尊敬的感情来写他们的；不但在他的序文中作了这样的自白，我们通过作品所得到的感受也证实了这一点。

殷国明 对批评家来说，这里不仅是要理解和说明作者的感情和感受，而且要进一步去追问作者所要表达的思想及其实质是什么。

钱谷融先生 这很清楚，《雷雨》中所表达出来的正面的、积极的思想，主要是同蘩漪和周冲这两个人物的要求和愿望联系在一起的，无论作者的主观意图，或是作品的客观思想，都是如此。这种思想的实质是什么呢？那就是在他当时的世界观中占主导地位的民主主义思想和人道主义思想。而他所谓的“复杂而又原始的情绪”，无非是由于眼看他所同情的善良而无辜的周冲、四凤等人，在那样的社会里，却偏偏遭到这样残酷的命运，而产生的一种强烈的愤懑之情罢了。这种愤懑之情，当然并不是仅仅由于目击了蘩漪、周冲这类人的不合理的遭遇而来，这是生活在当时的黑暗社会里的曹禺的心头所早已积压着的一种情绪。又因为他“不惯于在思想上用工夫”，没有认真去追究过这罪恶的根源究竟来自哪里，而且在他当时的思想水平下，恐怕也不见得能完全搞清楚这个问题，因而他的这种愤懑之情，就显得是无法排解甚至简直是不可言喻的了；他就只能称之为“一种复杂而又原始的情绪了”。

殷国明 这是一个很好的创作心理学分析例证。应该说，任何一部好的作品都不可能是观念化和概念化的产物，用所谓“先进的世界观”是不能创造出如此感人的艺术作品的。这在日后的创作实践中得到了印证。不过，曹禺在《日出·跋》中的那段话确实也有点含混。

钱谷融先生 至于《日出·跋》中的那段话，虽然似乎是说明了《雷雨》全剧的动力，都是来自“雷雨”所象征的那种力量，或者说都是“命运”——我们就姑且把那种力量称作“命运”——在操纵着一切。但是如果我们仔细地考察一下作品的实际情况，就会看出作品的动力，其实是来自作品本身所提供的冲突，是来自人物之间的相互关系的——而蘩漪在这里面又扮演着一个特别重要的角色。这里，一点也不需要有什么冲突以外的、人物相互关系以外的力量的推动。我们能不能指出作品中有哪一点是不合乎生活的逻辑，或者是神秘而不可理解的呢？人物的每一个行动，情节的每一个发展，都有性格和冲突的内在的依据，根本无需“雷雨”这位好汉的插手。所以，我觉得，如果说《雷雨》中的极端复杂而又紧张的冲突所造成的这样一种不可避免的悲惨的结局，在客观上不免有容易使人产生神秘的宿命论思想的消极倾向，这是完全有根据的，我同意这种说法。但如果说，作者在这个作品中，就是有意要来表现这种宿命论思想的——哪怕持这种说法的同志也说这并不是主要的——我就总觉得不能毫无怀疑。或者，如果比这走得更远，说作者在创作构思中就已预先把“命运”作为全剧的动力，让它来操纵全剧，剧中人的一切活动，都在说明着它的存在，显示着它的不可抗拒的威力，那我就更加期期以为不可。不管这样的说法可以从作者自己的话中找到怎样有利的论据。

殷国明　从您的文章中，我总感觉到一种力量在抗争，这就是反对一种观念性的“手”插手于文学创作和文学批评，尽管它有一种不可抗拒的威力。您还是在坚持文学创作中的“人”的因素，认为只有从具体的人物关系和性格出发，才能获得评价和理解作品艺术魅力的钥匙。

三、如何理解《雷雨》中的人物性格和语言特色？

殷国明　您的《〈雷雨〉人物谈》从开始就显得太温情脉脉，并没有显示出爱憎分明的阶级感情。比如您对周朴园，虽然一再揭露他的冷酷、专横和虚伪的本质，但是还是承认了他有人性的一面。对于这一点，陈思和先生在 1988 年的文章(可见香港《大公报》，1988 年 11 月 21 日、22 日，《春风化雨——钱谷融教授印象》)专门谈到：“在当时，现代文学研究领域中极左路线已占统治地位，庸俗的‘阶级论’取代了‘资产阶级人性论’。就连曹禺本人，还重新修改了自己三十年代的旧作《雷雨》，把周朴园家庭冲突改变成阶级斗争。钱谷融先生就在这样形势下，在《文学评论》上发表了论周朴园、蘩漪的文章，努力分析人物的复杂心理活动，以抗衡庸俗阶级论对美好人性、人情的粗暴践踏。比如，当论述周朴园对侍萍的感情中是否有真实性时，他直率地指出：‘我们说周朴园是虚伪的，乃是因为整个地来看他时，归根结底地来说，他只能是虚伪的。但这并不等于完全否认周朴园具有任何真正的感情，也决不排斥周朴园对待侍萍可以有某种程度的真正的怀念。’他从心理学的角度进一步论证了他的观点：‘一个人对已经失去的东西，总是特别觉得可贵，特别感到恋念的。尤其是他做了一件伤天害理的事……总不能毫无内疚’。这种小心翼翼的解说在今天来看似无甚稀奇，但在极左路线猖獗的年代里，能为人性做这样的辩护实在是需要极大的勇气。为此，他又一次地受到了批判。”

我觉得这段话说得很好。

钱谷融先生　我一向认为，文学应该强调和尊重个性。而个性，则总是比较复杂的，总是充满着各种各样的矛盾，而且还常常是盖有各种各样的涂饰物的。吝啬汉可以慷慨于一时，杀人不眨眼的人有时也会大发善心。因为吝啬汉的一时的慷慨，就不承认他是吝啬汉；因为残暴的人的偶发的善心，就说他并不残暴，当然是不对的。但如果以为吝啬汉有的只是吝啬，残暴的人任何时候都是残暴的，也是一种简单化的看法。在一个人的身上，可能有某一种品质是比较突出的，但这一种品质并不能够完全决定这个人的性格。处在复杂的阶级斗争环境中的人，特别是处在社会关系高度复杂化了的现实社会中的人，他们的个性总是比较复杂的。个性的复杂性并不否定或削弱个性的阶级性，而恰恰是更生动、更丰富地体现了他的阶级性，更充分、更深刻地揭示了他的阶级性。如果我们不估计到个性的这种复杂性，不去具体地观察研究这种复杂性，那么，我们对他的阶级本质即使也可能有正确的了解，但这种了解必然是抽象的而不是具体的，是肤浅的而不是深刻的。因为这种了解，只是搬用了一个无可争辩的现成结论的结果，而并非自己实地观察的结果。这样塑造出来的人物也必然是概念化的，缺乏生命活力的，也就不可能打动人。

殷国明　这也是您的《〈雷雨〉人物谈》具有久长魅力的原因之一。因为您尊重剧中的每一个人的个性生命，能够结合具体的艺术环境、气氛和冲突，从人物的口吻、声气、态度和细微的行为动作中捕捉和揭示人物的内心活动，发现一般人难以发现的心理动机和意向，使他们的个性生命有了更完全的体现。但是，您写了周朴园、蘩漪、周萍、周冲之后，为什么突然停止了其他几个人物的写作，而去研究曹禺戏剧的语言艺术了呢？

钱谷融先生　这个问题我不能确切地回答你。当然，谈语言是比谈作品的主题、思想和人物更纯粹一些，可能更少一些政治色彩，但是，这并不是我当时转向语言的主要原因。因为我确实太喜欢曹禺剧本中的语言了，每次读曹禺先生的剧本，总有一种既亲切而又新鲜的感觉，他那色彩明丽而又精炼生动的语言，常常很巧妙地把我带进一个艺术的世界，给予我无限的喜悦。

殷国明　那么先生是很看重艺术中语言因素的了？

钱谷融先生　是。我常常想，在人类所有的创造物中，语言恐怕要算是最神奇的一种了。它捉不住，摸不着，什么也不是，然而却能幻化为一切。正像俄罗斯民族的一句谚语所说，语言“不是蜜，却可以粘住一切东西”。特别是到了语言艺术家的手里，语言的作用更是奇妙到不可思议。它简直可以被用来建造起整个的世界来，而且可以建造得比我们的现实世界更加光怪陆离，更加惊心动魄。在《我怎样学习写作》中，高尔基说，当他第一次读到福洛培尔的《素朴的心》时，完全被这本小说所惊愕住了。他当时很不容易了解：为什么这些朴素的而且是他所听惯了的话，被一位作家放到一个厨娘的“毫无趣味”的小说里面去，就会这样地激动了他的心？他以为“这里面一定隐藏着一种玄秘的魔术”，于是他就“好多次机械地、并且像野蛮人一样地把书页放在太阳光里面照着看一看，想从字里行间找到这个魔术的谜。”类似的惊奇感，我们每一个人恐怕也都程度不同地体验过，当我读着曹禺同志的作品时，就不能不为他的语言的魔力所魅惑住。

殷国明　这么说，作为一个文学家来说，首先就得懂得并且善于发挥语言的这种魔力。

钱谷融先生　是这样的。尤其对一个优秀的文学家来说，语言是一块试金石。因为语言尽管可以有这样大的魔力，要能充分驾驭它，得心应手地运用它，却实在不是件容易的事。我们就常常苦于找不到恰当的语句来表达我们的思想感情。不但我们是如此，就是一些语言艺术家也常常为此而苦恼。有一位诗人就曾发出过这样的悲叹：“在世界上没有一种痛苦是比语言的痛苦更强烈的了。”狄德罗也抱怨着：“没有语言的帮助，你几乎什么都记不住，而要准确地表达出我们感觉到的东西，语言几乎永远不够使。”我国唐代诗人刘禹锡也慨叹着:“常恨言语浅,不如人意深。”在古今中外的许多大作家的创作经验谈中,诸如此类的说法多到举不胜举。正因为语言是这样的难于驾驭,杰出的语言艺术家才格外值得我们崇敬。

殷国明 但是我们一向对艺术语言重视不够,总是把它摆在一个从属的地位,排在艺术分析的最后面,而且分析起来也没有多少话好说,无非是准确、鲜明、生动之类,差不多已形成了一个套路。所以很少人能够就语言艺术写出大块、精彩的文章。

钱谷融先生 语言是一种取之不尽的艺术资源,具有丰富多样的内涵,而在语言艺术的各个门类里,各自存在着特殊的语言结构法则;为了追求语言的完美,诗人、小说家、剧作家,都各有他们具体的困难需要克服。但一般说来,剧作家面前的困难似乎要更多一些。这是因为:“剧本要求每个剧中人物用自己的语言和行动来表现自己的特征,而不用作者揭示。”就是说,“剧中人物之被创造出来,仅仅是依靠他们的台词,即纯粹的口语,而不是叙述的语言。”所以高尔基明白地指出:“剧本(悲剧和喜剧)是最难运用的一种文学形式”。这从下面这个简单的事实里也可以得到证明:在任何一个民族里,优秀的剧作家总要比优秀的诗人、优秀的小说家来得少些,而一些兼具诗人或小说家身份的剧作家,则也往往是先成为诗人或小说家,而后才成为剧作家的。

殷国明 您是说剧作家必须具备更高超的理解和驾驭语言的能力?

钱谷融先生 没错。剧本是为演出、为被搬上舞台而写,它要求把已经发生过的事当作正在发生的事,通过演员——也就是剧中人——的活动,具体地在舞台上,在观众的眼前展现出来。剧中人既是各种各样的,他们的语言就也应该是各种各样的。剧作家应该根据剧中人的性别、年龄的不同,出身、教养的不同,以及他们具体的生活经历、思想性格的不同,而赋予他们的语言以各种不同的特色。决不能让各种不同的人都刻板地说着同一种干巴巴的毫无个性色彩的语言。同时,这些人既然凑到一块来了,就不能各说各话,像井水不犯河水地互不干扰;他们不是为了和平共处,而是为了斗争才由剧作者把他们招集拢来的。那就应该让他们发生冲突——性格的冲突,让他们进行搏斗——意志的搏斗。在他们的对话中,应该或者直接而明显地或者间接而隐秘地体现出这种冲突、搏斗的情况,应该充满着动作性。

殷国明 这是一种活性因素,能够使舞台真正充满生机和活力。

钱谷融先生 也只有当剧中人的对话中充满着冲突和搏斗、充满着动作性的时候,才能够吸引住观众的兴趣和注意,观众才肯在剧场中坐上两三个钟点而不想中途退出。再有,观众坐在剧场中看戏,不同于在自己家里看小说。小说有几行一时看不懂,可以重新看过;遇到不认识的字眼,不熟悉的名词术语,还可以向工具书请教。在剧场里就没有这样的自由,一句台词一经说出以后,就再也追不回来;而且前一句刚了,后一句接着就到,既不能要求演员重说一遍,也不容你有从容思索的余闲。因此在台词中,就切忌出现抽象的议论、冗长的语句和冷僻的字眼,它应该干净利落,决不能拖泥带水。总括起来说,剧本中的语言必须是既富有个性色彩,而又充满着动作性,能把冲突一步步地推向前进的;而且还需要力求精炼生动,使演员容易说,观众容易懂。

四、如何欣赏《雷雨》的“动作性”？

殷国明 关于戏剧的动作性，我一直仅仅理解为语言之外的因素，所以我曾抱怨过中国的现代戏剧的毛病是话语太多，动作太少，往往适于阅读而不适用于舞台。这种情景甚至也表现在小说中，有些小说中的对话实在太长了，一个人一次讲话可以很长很长，有点像布道者的演说。

钱谷融先生 当然，在小说中也有对话，而且我们对小说中的对话也同样要求它们既能表现人物的个性，又能推动事件的发展；至于精炼生动，那更是文学语言的一般要求，不但对话需要如此，就是叙述的语言也应该是如此的。然而，在小说中，作者主要是通过自己的叙述和描绘来刻画人物、反映现实的，对话只居于次要的、从属的地位，离开了作者的叙述和描绘，人物的对话便会失去它的生动丰富的内容，我们便不容易察觉包含在对话中的人物的隐秘的动机。剧本却除了极少量的舞台指示以外，全部是由人物的对话组成的，一切都必须通过人物的对话表现出来，作者没有插嘴的余地。所以，一个小说家不善于写对话，他仍旧有可能成为一个好的小说家；如果一个从事于剧本创作的人只能写出一些拙劣的对话，那就什么都完了，他根本不能成为一个剧作家。

殷国明 而且，剧本中的对话是受到很大限制的，在时间和空间方面都有严格的规定，但是它们又不能仅仅表现当下即时的内容，还必须突破时空的限制，从当下中表达或暗示过去和将来的关系，从外在的话语中透露出内在的信息。但是，这是否对一个剧作家来说就足够了呢？

钱谷融先生 不，还有诗意。剧作家如果不是写诗剧，他当然可以不受诗的格律的束缚。但他的台词却仍必须具有诗意，——一种真正的、内在的诗意，而不是虚假的、表面的诗意。这种诗意是由于最集中地展现了生活中的矛盾冲突，最深刻地揭示了处在斗争中的人们的意志、情绪和愿望而来的，决不是仅仅依靠一些华丽的词藻、铿锵的音调所能达到的。它需要一种真正的诗的才能。正是在这样的意义上，别林斯基才把戏剧类的诗称为“最高一类的诗”，称为“艺术的冠冕”的。所以，一个真正的剧作家，他应该同时也是一个真正的诗人；而一个不是诗人的剧作家，正如约翰·霍华德·劳逊所说，就只能算是半个剧作家。

殷国明 我明白了，你是说在戏剧作品中，对语言的要求特别严，剧作家所面临的困难也特别多，不能战胜这些困难，满足这些要求，剧作家是难望有所成就的。

钱谷融先生 但真正的才能是任何限制都束缚不住，任何困难也阻遏不了的。在真正的才能面前，一切限制、困难，都成了促使它进一步成长发展的有利因素，都只是为它提供了充分展示自己身手的大好机会。戏剧的苛刻的限制，戏剧的特殊的困难，对于曹禺来说，就是如此。在他的创作过程中，曹禺不但巧妙地战胜了这些限制，顽强地克服了这些困难，他并且使它们反过来成了他自己的驯服的工具，从而加强了他的作品的艺术效果。我们上面所说的对于戏剧语言的要求，在曹禺的作品中，全都很好地实现了，全都得到了满足。他所写下的台词，都是既有鲜明的动作性，又有浓厚的抒情性，而且是充分个性化了的；同时又十分的精炼含蓄，意蕴深厚，充满诗的意味。真正做到了戏剧的因素与诗的因素的统一，使他的剧作得以跻身于最上乘的戏剧文学之列。

殷国明 如果说戏剧的才能是一种特殊的艺术才能，那么从这里是否可以生发出对戏剧才能的基本理解呢？

钱谷融先生 我想是可以的。戏剧的才能的一个最最基本的特征，就在于善于发现现实生活中的戏剧性，善于把生活现象戏剧化。体现在语言上，就是要使对话具有动作性——要从对话中来表现矛盾冲突，推动事件发展，同时揭示出人物的性格。曹禺的戏剧语言的一个最突出的优点，就在于对话的鲜明的动作性。他所写下的对话，总能够紧紧抓住我们的注意力，使我们的心脏伴随着剧情发展的节奏而一起跳动。因为他的对话，都是人物与事件、性格与冲突的统一，都是既能表现人物的性格，又能推动事件的发展，而且是通过人物性格的冲突来推动事件的发展，在事件的发展中来揭示人物的性格的。读着曹禺的剧本，我们的心头，总离不开紧张与激动，总很难有平静的时候。原因就在于他的对话，都是从行动着的人物的嘴里说出来的；都是贯串着强烈的动作性的。

殷国明 这种动作性，实际上不仅是人物内在冲突的强烈反应，而且紧扣着他们的生活境遇及其发展变化。

钱谷融先生 他们应该是行动着的。这些人物之所以说出这些话来，都是基于行动的需要，斗争的需要。他们是为了应付他们所面临的迫切的情势——或者为了进攻，或者为了防御，才说出这些话来的。所以在这些对话中，就充分反映出了这些人物在他们所面临的矛盾冲突中进行斗争的紧张情况，就富有吸引人们的注意、扣动人们的心弦的魅力。

殷国明 我记得您专门分析过《北京人》中的一场戏，是曾家一家子为愫方的婚事而向愫方"征询意见"的那一场。这是一种独特的"细读"方式，您是透语言之形迹，道人物内在之奥妙，不能不令人叹服。

钱谷融先生 令人叹服的是曹禺先生的戏剧才能。试看这一场戏写的完全是家人间的谈叙，而所谈的又是婚嫁的喜事，可是这里面却是危机四伏，紧张万分。而通过这一短短的场面，诸如曾皓的自私，思懿的狠毒，愫方的忠厚软弱，江泰的心直口快，以及曾皓与思懿之间的勾心斗角，文清与愫方之间的同病相怜，无不跃然纸上，历历如在目前，这是多么难得啊。作者运用语言的能力，实在不能不令人叹服。特别值得称道的是，这些语言尽管是那么的意味深长，既含蓄又锋利，既委婉而又尖刻，然而，它们却仿佛都是由人物脱口而出地说出来的，一点看不出作者的斧凿痕迹。而作者之所以能做到这一点，就是由于他深刻理解人物所处的实际情势，能够紧紧扣住人物所面临的矛盾冲突的缘故。

殷国明 您的这番分析改变了我一些想法，过去我总是把戏剧的动作与语言分开来看的，殊不知它们是联在一起的。而好的剧作家绝不会使它们相互对立和游离，而是使它们相互生发和伸展的，但是您又说过，使对话具有动作性，这是戏剧才能最最基本的特征——您用了两个"最"。这又意味着什么呢？

钱谷融先生 那就意味着，这种才能应该是所有能够被称为戏剧家的人，都多少具备的；不过，仅仅如此，还不足以显示出一般的戏剧家与杰出的戏剧家之间的区别来，尤其不能显示出这一位戏剧家与其他的戏剧家之间的区别来。那么，一般的戏剧家与杰出的戏剧家之间的差别，究竟在哪里呢？是不是可以这样说：杰出的戏剧家不但要善于把生活现象戏剧化，善于写出富有动作性的台词，而且要进一步能够使他的台词充满诗的意味，能够把他的作品提高到诗的境界。这样的戏剧家，古往今来，为数就不能说是很多了。而在这为数不多的剧作家的行列里，我以为曹禺应该是可以占一席之地的。曹禺的剧作，数量虽不多，却都有很高的思想艺术水平。尤其难得的是，他的剧作都洋溢着浓厚的诗意，都像诗篇一样的完整和谐。他的台词的动作性，也不同于那些仅仅依附于事件的进展上的表面的动作性，而是建立在性格与冲突的统一的基础上、有深刻的内在依据的。（我们上面举的例子就充分证明了这一点）这就使他与一般的剧作家区别开来而与杰出的剧作家比肩而立了。

五、为什么说曹禺是"杰出的剧作家"？（略）

六、如何理解《雷雨》中台词的抒情性？其特点是什么？

殷国明 您是说，正是这种抒情性的台词，打开了戏剧中人物的心灵世界？

钱谷融先生 是这样的。我们的作者让他们用抒情的语言，向我们打开了他们的心灵的窗户，使我们亲眼看到了他们内心的起伏变化的过程，尽管他们未交一言，未通一问，我们却知道他们早已是"心有灵犀一点通"了。

殷国明 实际上，诗的本真就是在这"心有灵犀一点通"上，也就是说，能够用语言最准确、最有力地传达出人们的某种心境，尤其是某种难以言传的心理状态。如果是这样，虽然是用散文、用日常口语说出来的，也是真正的诗。

钱谷融先生 更难得可贵的是，曹禺笔下的台词里面不但有着只有诗句才能容纳得下的浓厚的感情成分，就连它的音调和节奏，听起来也像诗句一样的圆润、有韵味。所以我说，曹禺本质上是一个诗人，他的剧作都有浓郁的诗意，都可以说是诗，而且是最高意义上的诗。不但《家》里觉新和瑞珏的独白是诗，不但《北京人》中洋溢着缠绵而淡远的诗意，就是一切其他的剧本，其他的对话，都有深刻的抒情诗的意味。而这种诗的意味，是从他的敏锐而深刻的艺术感受能力中，从他善于深入人物的灵魂，善于用艺术的语言揭开人物内心奥秘的能力中来的。

殷国明 中西美学都以诗学为根本，我想是很有道理的。尤其是戏剧，一直是在诗学范围内进行探讨的，都特别注意人类感情的表现和探索，因为历史上杰出的戏剧创作无不具有浓郁的诗意的，比如您所提到的莎士比亚、契诃夫的作品。

钱谷融先生 也许，最使我们感觉到曹禺同莎士比亚和契诃夫相接近的地方，就在他的台词的这种浓厚的抒情性上，就在他的剧作的这种深刻的诗的意味上了。读着《家》里觉新和瑞珏在洞房中说的大段诗白，我们不禁要惊呼："这简直是莎士比亚！"而他的《北京人》，也很自然地会使我们想起契诃夫的《樱桃园》来，但其实，如我们上面所说，曹禺与莎士比亚、曹禺与契诃夫，还是很不同的。这不同不但表现在总的风格上，表现在台词的动作性上，而且也从台词的抒情性上表现出来。

殷国明 这如何理解呢？

钱谷融先生 莎士比亚是一个才情横溢的诗人，他写戏有时就像在写诗。他的台词，简直是辞藻的海洋，比喻的森林，使你目眩神迷，应接不暇。而且他是不知道节制的，他一任着他的热情与想象的驱使，不断地使他的人物——不管是什么样的人物——从嘴里滔滔不绝地迸发出美丽的诗句来，仿佛他的这些人物也都是像他一样的才情富溢的人似的。泰纳曾说：莎士比亚有一种感应的天才，他知道怎样忘却自己而全神贯注到他所设想的对象身上去。然而实际上，对象在他不过是一些可以借以显示他的诗才的凭借罢了，他其实一刻也没有忘记过自己，离开过自己。

殷国明 可不可以说莎士比亚是个主观性很强的诗人呢？我觉得在他的台词中，包含着一种强烈的表现欲，你如果朗读他的台词，就会情不自禁地走动起来，表演起来，仿佛有一种力量在调动你的声调和手脚。

钱谷融先生 因为我们从他的人物身上，总可以看到他自己的影子。当他的人物在抒发他们的感情时，不管是欢喜还是悲哀，快乐还是忧伤，猜疑还是嫉妒，希望还是失望，一切全都是那么强烈，那么趋于极端，仿佛他的人物都是一些带着某种程度的狂热的人。他们的体温似乎要比我们的高好几度，而这几度高出的体温，其实是属于莎士比亚本人的，是莎士比亚感染给他们，是莎士比亚把它灌输到他们身上去的。所以，他的这些抒情味很浓的台词，其实是不完全切合他的人物所处的规定情境的，同他的人物所面临的矛盾冲突有时是有些游离的。

殷国明 是的。朗读他的台词，有时候会感到已经脱离了当时的剧情，进入了一种自言自语、忘乎所以的情景。好像是突然走神了，得靠其他人物的出场把你从某种"自我表演"中惊醒，重新唤回到剧情之中。但是这也是很能打动人的。

钱谷融先生 在这种地方，莎士比亚主要是以他的瑰奇的想象和富丽的文采，来吸引我们、打动我们的。这时，他的诗的才能，不是融合在他的戏剧的才能之内，而是突出于戏剧的才能之外，他的浪漫主义的诗人的身份，就盖过了他的现实主义的戏剧家的身份了。

殷国明 您说得非常对，莎士比亚在中国人的心目中，是一个带有罗曼蒂克意味的偶像，所以一般人反而对他的一些历史剧印象不深。

钱谷融先生 曹禺的诗的才能，却始终是融合在他的戏剧的才能之内的。他的台词的抒情性，从不脱离台词的动作性，而且根本就是从他的台词的动作性中派生出来的。曹禺才真是如泰纳所说，具有忘却自己而全神贯注到对象身上去的才能的人。他能十分真切而具体地感受到他的对象所感受到的一切。他在写作时，仿佛整个地进入了他的人物所处的环境、气氛之中，有着和他的人物所有的一样的完整的、现实的感觉。他所写的台词，都是切合人物的处境和心情的，他决不让他的人物说一句他们所不可能说，或是并不想说的话。而且，他的分寸感是那样的敏锐，他决不肯为了追求台词的机智、动人，为了追求表面的戏剧效果而使他的人物的语言夸张失度，以致破坏了真实感。

殷国明 这是非常难得的。从他的台词中我们可以体味到人物内在心理的运动，所以朗读他的台词就不能像莎士比亚那样手舞足蹈，你得沉下心来，用心来揣摩、体会和回味它们的意蕴。

钱谷融先生 因为他的台词的抒情性，就是从深入人物的心灵，细致而委婉地传达出人物在当前的矛盾冲突中的所思所感而来的；它总是渗透着人物的鲜明的目的、意向，决不停留在单纯的铺陈感情、描绘感情上。所以他的台词的抒情性，总是与他的台词的动作性结合在一起、统一而不可分拆的。

殷国明 这一点我原本感觉不深，但是经过您的具体分析之后才真切地体会到。真让人难以置信，曹禺写《雷雨》时仅二十出头，但是对人的心理活动有如此深刻的洞察和把握，尤其是人在特殊情景中微妙、曲折的心理意向，是很难捉摸的。这倒让我想起了《红楼梦》只有曹雪芹对人物的曲曲弯弯的心理有如此细微的洞察。而曹禺与契诃夫的区别又在哪里呢？

钱谷融先生 就他们表现在台词的抒情性方面的特点来说，曹禺与契诃夫确有许多很接近的地方。譬如，契诃夫也决不让他的人物毫无节制地去当众铺陈他的感情、描绘他的感情；他的人物也都是比较含蓄的，倾向于自我克制的；他的台词的抒情性，也主要是由于作者有着和他的人物一样的对于他们周围现实的完整而具体的感觉，由于作者深入了他的人物的心灵，委婉入微地传达出了人的内心感觉而来的。这些都是两个人比较接近的地方。

殷国明 这也许和他们的舞台观念有关，对莎士比亚来说，舞台并不专属于特定的人物和剧情，所以剧作者随时有可能插进来表演另外的东西，但是在曹禺和契诃夫笔下，舞台可就严密多了，它规定了一个特定的场景，而任何台词都要和这个场景相吻合的。

钱谷融先生 但是，如果联系到台词的抒情性与动作性之间的相互关系来看，两个人就显出不同来了。契诃夫的台词的抒情性和它的动作性之间，当然也是结合得很好的。但对比起来，显得更鲜明、更突出、更惹人注目的则是它的抒情性。它的动作性就要轻淡得多、朦胧很多：它仿佛只是渗透、交织在抒情性之中的一种配色似的，它是透过抒情性而表现出来的，是从属于、统一于抒情性的。曹禺的台词却恰恰相反，是动作性盖过了抒情性，他的台词的抒情性，是通过他的台词的动作性而表现出来的，它是从属于、统一于动作性的。所以，总的看来，契诃夫的剧作的诗意要更加深厚一些，更加浓重一些。不过，他的诗意是那样的含蓄、蕴藉，似乎更近于画中有诗的诗意；而曹禺的剧作的诗意却是流动的，活泼的，是更加接近于戏剧类的诗的本色的。

殷国明 也许这是因为曹禺戏剧中的台词总是紧扣着戏剧冲突进行的，这就使它的动作性和抒情性有了一种内在的驱动力。

钱谷融先生 是的。这种台词的鲜明的动作性，给曹禺的剧作带来一种生动紧张的气势，能紧紧地扣住读者和观众的心弦；台词的浓厚的抒情性，又使得曹禺的剧作具有深长隽永的情味，使读者和观众徘徊萦思，久久不能去怀。

殷国明 但是，这是不是曹禺剧作中的对话的全部特色呢？从您的《〈雷雨〉人物谈》中，我总能感觉到更具体的东西……

钱谷融先生 当然不是。因为所谓动作性和抒情性不是抽象的、空洞的，必须有所附丽。我上面说过，曹禺剧作中的对话都是从行动着的人物的嘴里说出来的；它是为人物所处的客观情势所规定，又服从着人物的主观意图，始终跟人物的积极的意向和愿望、跟人物所追求的贯串的目的紧密地联系在一起的。这样，就决定了他的对话必然是既有动作性，又有抒情性，同时又是充分个性化了的。

殷国明　在戏剧语言中，这三者是紧密联系在一起的，是不是？

钱谷融先生　当然，这原本是浑然一体而难以割裂的。但是戏剧台词的个性化自有其难度，是对艺术家综合素质的一种考验。因为人物的语言，透露出他的特殊的生活经验、教养和心理，每个人都各以他自己所特有的方式来讲话，我们从人物的独特的语言中，就可推知这个人的性格形成的社会历史背景。所以，作家们都非常重视人物语言个性化的工作，都竭力想为他的人物找到适合于他们的个性的独特的说话方式——独特的语汇，独特的语句结构，独特的语调节奏，等等。也只有在把握住了人物的独特的说话方式以后，作家才有可能借助于对话而创造出鲜明生动的人物形象来。

殷国明　但是这一点也适用于小说家。特别是一些现实主义大师非常注重这一点，他们笔下人物的话语就是性格化了的，往往使我们能够"先闻其声就知其人"。

钱谷融先生　但是这对于剧作家来说，更具有特别的意义，因为他们不可能像小说家一样具有表现人物性格的多种方式，他们除了通过对话来塑造人物以外，没有其他的路可走，因此，人物语言的个性化，对于剧作家来说，就更是一件头等重要的事。奥斯特洛夫斯基就曾这样说过："我们认为，塑造典型的第一个必要的艺术条件便是忠实地给出典型人物的传达方式，就是说，他的语言甚至口语的癖性。"曹禺剧作中的人物之所以能显得那样的鲜明生动，在很大的程度上，就是由于他的每一个人物的语言，都是有着与众不同的个人特色的缘故。不过，应该指出的是，曹禺的人物语言的个性化，并不仅仅是由于他把握住了人物的独特的语汇，独特的语句结构，独特的语调节奏等语言癖性而来，更主要的乃是由于他能时时扣紧戏剧冲突，对人物所处的规定情境以及他们的内心动态，有着十分深刻而真切的体会的缘故。台词的强烈的动作性，使曹禺的剧作生动紧张，扣人心弦；台词的浓厚的抒情性，使曹禺的剧作情味隽永，发人深思；而台词的鲜明的个性化，又使曹禺剧作中的人物，显得那样的具体、真切，仿佛就是在纸面上也可以触摸得到似的，给他的剧作带来了无限的艺术的魅力。

殷国明　我发现先生不仅仅是谈艺术语言问题了，而是在语言之中，或者说是透过语言揭示了艺术的诸多秘密。这使我更感到过去对艺术语言的忽视和无知。怪不得西方文论家后来都提出要回到文本和重视语言，也是因为过去太注重形而上的因素，而恰恰忽视了实实在在的艺术存在要素了。

七、如何理解曹禺在话剧艺术方面的贡献？（略）

八、关于曹禺的创作道路（略）

原载《文艺理论研究》2001 年第 5 期

细读《雷雨》

——现代文学名作细读之三

陈思和

中国的，也是世界的

我们今天所说的“世界文学名著”，通常有两种含义，一种就是西方文学名著。我们讨论巴尔扎克、雨果、陀思妥耶夫斯基、托尔斯泰、普希金，这当然是世界文学名著。但是在我想来，还有另外一个概念，全世界是一个整体，在这个世界上，如果达到一流水平的文学著作，都应该成为“文学名著”。我们过去通常认为“世界文学名著”一定是外国文学，中国跟世界好像是对立的。其实这个对立是不应该存在的。我们只有一种对立，就是中国文学与外国文学。如果讨论世界文学的话，那么全世界各个国家的优秀人类文化遗产都应该成为我们这个世界的文化名著。所以在这个意义上说，中国文学名著跟外国文学名著是同等的，是在一个层面上来对话，中国的文学同样可以列入世界文学名著的行列。

而且，通常在一般人的眼睛里，说《红楼梦》《儒林外史》、李白杜甫的诗、关汉卿的戏剧是世界文学名著，大家还是能够认可，那么对于现代文学呢？特别是20世纪以来中国现代文学，它是在整个西方社会思潮、在西方文学的影响之下，开始从事自己的文学创作，是在世界文学的大格局下产生的。比如，鲁迅、曹禺、巴金、老舍等，当我们讨论这些作家的时候，常常会讲这些作家曾经受到过西方文学的影响。今天我们要讲曹禺的《雷雨》，一讲《雷雨》大家马上会想到，《雷雨》曾经受到过像欧洲的伟大戏剧家易卜生、美国戏剧家奥尼尔的影响等，都会举出一系列的例子来证明中国的现代文学，是在西方文学的影响下产生出来。那么，在别人的影响下形成自己的文学创作，这样的作品能不能成为世界文学名著？我想还是可以的。因为任何一个国家都可能受到国外的文学影响。20世纪以来，人类信息沟通特别频繁，在这样一个时代，很难区分某一个国家、某一个地域的独特的思想，很多问题都是连成一片的，都是在一个世界性的文化现象当中产生出来。比如，曹禺的《雷雨》中表现的人性压抑、乱伦都是世界文学所共有的问题。在这样的情况下，中国文学虽然是后起的，但同样在自己的文化氛围和社会环境中，能够形成自己独特的对世界性主题的回应。比如说我们讲一个大家庭的崩溃。大家庭的崩溃全世界都有，德国托玛斯·曼写过《布登博洛克一家》，英国高斯华尔绥写过《福尔塞世家》，波兰莱蒙特写过《农民》，这样一系列的世界性的文学名著；但是，在中国就会形成像曹雪芹的《红楼梦》、巴金的《家》、曹禺的《雷雨》，它有自己非常独特的社会环境，表现出对这一主题的独特的挖掘。

我觉得这就是中国现代文学中的世界性因素。

正因为它能够对应世界性的主题和文化现象，所以中国现代文学完全有这个资格、有这个能力达到世界一流名著的水平。所以我就斗胆把曹禺的《雷雨》放到这样一个讲坛上去介绍。我一点没有妄自菲薄。我一直觉得，中国像鲁迅的小说，像曹禺的戏剧，完全可以达到世界一流的水平。什么是文学的标准？文学的标准只能有两种，第一，是对人性刻画的深度和人性所展示的丰富性。世界一流的文学，人性展示一定是丰富的，而不是单调的；第二，衡量一部文学作品的优秀与否，主要是看它表达这样一个主题的时候对于自己民族的语言运用得好不好，能不能将本民族的语言达到最大限度的丰富性与包含性。有很多好的主题，可是它语言用得疙疙瘩瘩的，这样的作品就很难评价它好。所以，我想，人性的深度和丰富性，以及语言的包容量和丰富性，这是衡量文学的主要标准。那么，在这两个要求下，我认为，曹禺先生当时 23 岁时候写的《雷雨》，完全能够达到世界一流的水平。

《雷雨》的问世及其寂寞

《雷雨》发表的过程有点曲折。这是报端都有介绍的，但传来传去并不准确。曹禺当时是清华大学的学生，才二十出头。他写出剧本以后交给了他的好朋友、《文学季刊》的主编之一靳以。靳以拿去给这个杂志的另一个主编郑振铎看。郑振铎是一位资深学者，但他一下子不能判断作品的优劣，就说它"写得有点乱"，当然一个二十出头的青年人写出来的剧本难免有点乱，靳以就把这个作品放下来，他怕别人说他是朋友徇私，不好意思再拿出来发表。不久，巴金从上海到北京，与靳以住在一起，靳以把剧本拿出来交给巴金。巴金一看之后非常感动，马上推荐给主编，这样《雷雨》才发表在 1934 年出版的《文学季刊》上。发表以后，这个作品也没有引起社会上的反响。第一次上演《雷雨》是在日本，是一批留日学生在神保町一个大学的礼堂里，结果演出引起了轰动，然后再回到中国，引起中国的反响。这很奇怪，与曹禺的其他剧本发表情况正好相反，《日出》当时上演以后，天津《大公报》连续发了两个专版，请了南方、北方的一批名作家去讨论，是轰轰烈烈的，《雷雨》刚刚问世的时候相对来说是比较寂寞。

这种寂寞就影响了对这个作品的理解。一部作品发表以后总是需要有批评家去阐释和宣传，然后被别人慢慢认可。《雷雨》是非常难以被评论家接受和宣传的，它讲的是乱伦，连曹禺自己都说不清楚。《雷雨》出单行本的时候他写了一篇序，承认"这些解释有的我可以追认——譬如'暴露大家庭的罪恶'"。"追认"这个词是什么意思？那可想而知，作者在创作时，脑子里也是一团混沌，也不清楚写的是什么东西。由于批评家没有办法去很好地分析、宣传、推荐它，所以这部作品的命运跟《日出》完全不一样。《日出》的主题非常清晰，它通过陈白露这个交际花的命运，写了"大鱼吃小鱼，小鱼吃虾米"的社会，所以一发表就受到普遍欢迎。曹禺自己都有点模糊了，他好几次都说到，《雷雨》写得太紧张，里面让人喘不过气来，编得太像"戏"了，用现在的话说就是太技巧化，比较"作"。曹禺这个说法影响了很多研究者，我看到很多讨论曹禺剧作的学者都是这样认为，《雷雨》太巧合，到了《日出》，曹禺才真正走向成熟，有的甚至说，曹禺早期学的是莎士比亚，到了《日出》就开始学契诃夫，层次更高了。但是，在我看来，《日出》是不能跟《雷雨》比的，《雷雨》在中国整个戏剧史上、中国现当代文学史上，也没有一个作品能够跟它比的。好就好在，《雷雨》是一部谁也说不清的作品。一部伟大的作品必然是体现人性的极其丰富，那人性太丰富就说不清楚，正因为说不清楚，它才成为一部说不尽的伟大的艺术作品。

蘩漪与周冲：人性的两极

曹禺本人说过："在起首，我初次有了《雷雨》一个模糊的影像的时候，逗起我的兴趣的，只是一两段情节，几个人物，一种复杂而又原始的情绪"，其中，"在《雷雨》里的八个人物，我最早想出的，并且也较觉真切的"（《雷雨》序），一个是蘩漪，这是作品中最恶毒、最激烈、性格最丰富的女人；可是，另外一个形象是谁呢？是周冲，是这个作品里最平淡、最单纯、最没有角色的一个小孩子。这两个人物引起了他的冲动，就使他创作了这样一个剧本。这不像有些作家，先要确立主题思想，写下剧本大纲，清清楚楚，然后一句句编台词。他是仅仅以一种冲动，在他脑子里活跃的两个人物，写下了这部作品。周冲给人的感觉是一身白，单纯得像小天使，而蘩漪是一身红，激烈如火、像魔鬼一样的女人。这两种截然不同的对比，在人性之间就形成了一股强大的张力，通过两极，窥探了人性的丰富和人性的深度。因此他写了这部作品。写到最后，曹禺先生自己都感到透不过气来，于是他又写下了一个序幕，一个尾声，来平息自己的感情。这就是一位作家创作时的真实思想。

再看这部作品的主题。很多人在评论《雷雨》时，都会认为它描写了一个大家庭的冲突，暴露大家庭的罪恶。在我看来，这部作品最难以启齿的问题就是人性犯罪。作品中写了三种乱伦：一是周萍和蘩漪的乱伦。在一个大家庭中，老夫少妻，相差 20 岁，丈夫是社会上的成功人士，每天忙于公务，年轻的妻子在封闭的家庭中非常苦闷。在故事发生前几年，丈夫前妻的儿子从乡下回到了这个家中，就是周萍，纯朴的周萍带了满身的乡土气息来到了这个家中，为蘩漪带来了清新的空气，用她自己的话说，"我已经预备好棺材，安安静静地等死，一个人偏把我救活了"，人性的欲望因此复苏，于是她爱上了这个年轻人，便发生了这种不可逆转的人性的罪恶——后母和丈夫前妻的儿子发生了乱伦的情欲。

这也带出了第二宗乱伦罪。随着周萍逐渐长大，乱伦的恐惧也逐渐膨胀，同时，周萍受不了蘩漪——一个 30 多岁的女人有许多要求，很疯狂的爱，他想摆脱她的控制，摆脱罪恶的感觉。为了摆脱这种罪恶，他爱上了一个 18 岁的小丫头，单纯、朴素的四凤。不谙世事的清纯丫头与半是疯狂的半老徐娘之间形成了强烈的对比，周萍当然舍弃蘩漪，而去爱那个小丫头。但是，四凤和周萍是同母异父的兄妹，两人不仅相爱，而且四凤已经怀孕，周萍从第一轮罪沦到了第二轮罪，即血缘的乱伦。这比前一个犯罪更严重。前者是家庭乱伦，这种家庭关系还是可以解体的，而第二轮犯罪是无法解体的。这是导致故事全部悲剧的原因。最后四凤的死，其实是自杀，她只能是这样，在当时作为一个十几岁的小姑娘，你让她怎么办，她有着不得不死的理由。周萍也只能自杀了。他与蘩漪奸情被揭发还能够逃走，还能够通过爱四凤来摆脱。可是当他发现事情结果非但没有拯救自己，反而陷入了更深一轮的罪孽后，他也别无选择，只能选择死路。故事发展到这里，就有悲剧不得不发生的理由。这里看上去很复杂，实际上完全符合逻辑推理，这就是悲剧的力量。悲剧的发生需要很多情节的推动，但其结果是必然的。

家庭的乱伦、血缘的乱伦，为什么会产生这样的悲剧？按照传统的说法，上辈子人造的孽，报应到了下一辈人的身上。周朴园年轻时和老妈子的女儿梅侍萍（鲁妈）相爱并且有了两个孩子：周萍和鲁大海。但是，刚刚生下鲁大海的时候，周朴园家里就逼着他赶走了梅侍萍，鲁大海因为刚生下来觉得养不活了才允许她抱走。很多年后，故事中的人物在命运的安排下重新碰面，30 年前的故事再次发生。这引出了第三宗罪——主仆之间不正常的恋情，结果始乱终弃，女方被遗弃，导致不可收拾的悲剧。

《雷雨》通过一系列的罪完成了对人性的拷问，而这一系列的罪都和人的情欲有关。人的情欲的三道扭曲——主人和仆人关系的扭曲、后母和前夫之子间关系的扭曲、兄妹间关系的扭曲，构筑了三个悲剧，即社会悲剧、家庭悲剧、伦理血缘悲剧，构成了这部作品所有的冲突，导致了最终的悲剧结局。《雷雨》通过这三道情欲被扭曲，拷问人性深处的罪恶感。这个故事说不清楚的地方也就在这里。故事太丰富了，内容太含糊了，社会冲突、家庭伦理、血缘关系交织在一起，构成了一部异常丰富的悲剧。所有的人都不能够去清晰地分析这个作品。因此我们只能抓住今天我们能够分析的东西去理解它。

《雷雨》中一共只有八个人物，每个人物都有其丰富的性格，从而构成了整部作品的冲突。至今为止，优秀的评论家分析《雷雨》都是从分析人物着手，只有通过对人物的不同理解，才能进入对作品的不同理解，形成对作品的多元解释。

《雷雨》中最早引起作者创作冲动的是两个人物：周冲和蘩漪。周冲是一个极其单纯的人，在这部作品中最没有性格，是一张白纸，整个人如同在梦中。在舞台上他是一身白，正处于做梦的年纪——17 岁，然后脑子里想的是“白色的帆张得满满地，像一只鹰的翅膀斜贴着海面在飞，飞，向着天边飞”，他对四凤有着朦胧的爱，但不强烈。他觉得所谓爱情就是要帮助别人，因此也会拿出零花钱给四凤读书。他也爱自己的父母，现在看来，周冲其实是一个幼稚的孩子。他是最不成熟、最简单的人物，看上去可有可无，但其实是非存在不可的。我觉得周冲身上，或多或少都有曹禺自己的影子。要一个二十几岁的初长成的青年，窥探如此丰富、严酷的命运和人性，压力实在太重。曹禺在窥探人性时充满了恐惧。所以他必须用一个小孩子的眼光去看整个世界，来保持舞台上的感情平衡。在整个悲惨污秽的故事中，有一个天使存在，有一个纯洁无瑕的人存在；他是这个黑暗王国中的一道光明。污秽、残酷的社会背景中有一点朦胧的理想存在其间，这是非常重要的。如果没有这丝理想存在，这部戏剧照样成立，但给人的感觉就是非常压抑的，没有一点亮色。虽然四凤也是一个花季少女，但加在她身上的罪孽比谁都重。一个无辜的女孩承担了最沉重的罪恶。所以整个社会就会让人感到喘不过气。这么黑暗的社会一定需要一点明亮，就像西方文学作品中的小天使形象一样。周冲也是非死不可的，单纯的理想在黑暗的社会中不可能继续存在下去,最美好的东西也会消失。但他的去世意义和四凤、周萍有所不同,四凤、周萍都是自杀,而周冲为了救四凤而牺牲自己。周冲的形象有些像无辜的羔羊,为了拯救别人献出了自己。他是整部作品中最高尚的人。如果没有周冲,《雷雨》的艺术境界都要低一个层次;有了周冲,整部作品就趋于一个完美的境界。

蘩漪的悲剧

在这部作品中,最重要的人物就是蘩漪,这是毫无疑问的。《雷雨》是一部悲剧,打开这部悲剧的钥匙在梅侍萍(鲁妈)手中。本来周朴园把 30 年前的悲剧掩盖得非常严实,但其中有一个破绽,就像在万里无云的天空中,远远地飘来一个黑点,逐渐近了,变成乌云,开始电闪雷鸣,然后倾盆大雨,最终毁灭世界。这个故事当中一开始不存在问题,但是蘩漪因为跟四凤争夺情人,特意叫来了鲁妈,一开始大家就知道四凤的妈妈要来了,这之后会发生些什么? 是一个悬念。事实上,这个家庭的矛盾就是当鲁妈慢慢从远方来到了周家而逐渐引发的。鲁妈就像是一把钥匙,一层层开启了所有的矛盾与悲剧,但在开启悲剧的过程中,鲁妈始终处于被动,因为开这把钥匙的手是蘩漪,家庭中所有悲剧都是蘩漪酿成的。蘩漪有自己的原则,她爱周萍,但周萍想要离开她,她才要梅侍萍到周家来。没想到鲁妈来了以后,发现这就是她 30 年前待过的周家,也发现了她的儿子和女儿的乱伦关系。之后转移到鲁妈的家里,周萍私自与四凤见面,这时蘩漪赶到,反锁了窗,使周萍暴露在众人面前。当时大家还没有意识到事情的严重性,除了鲁妈,有一场就是她逼着女儿对雷雨发誓,“永远不见周家的人”,否则“天上的雷劈了我”。这也与最后四凤的死遥相呼应。这场戏写得非常激烈。我觉得这段戏把《雷雨》所有紧张、残酷的主题都表现得淋漓尽致。鲁妈的逼迫、四凤的毒誓也都因为蘩漪反锁了窗,结果导致了整个隐情爆发。这对姑娘心灵的折磨非常非常残酷,鲁妈明明知道女儿爱这个少爷,可是只有她知道他们是兄妹,他们是不能相爱的,所以她不得不用这种起毒誓的方法来束缚女儿。没想到,一步错了就步步错,最后导致无法挽回的大惨剧。这第三幕的矛盾发展中蘩漪是关键性的。第四幕,又回到客厅。四凤觉得自己已经没办法了,一定要跟着周萍走,周萍也无所谓了,决定带了四凤要走了,连鲁妈也同意了,她说:“你们这次走,最好越走越远,不要回头。今天离开,你们无论生死,永远也不许见我。”她明明知道他们是兄妹俩也不管了,保护女儿要紧,她毕竟是个母亲,觉得女儿到了这个程度,宁可让他们一走了之。这个时候,好像问题是可以解决了,可是蘩漪又像魔鬼一样出现了,因为蘩漪的原则是不让周萍走。她走投无路到连自己母亲的廉耻都不顾了,居然把这个小天使周冲拖出来,说:“你难道见着自己心上喜欢的人叫人抢去,一点儿也不动气么?”但是,周冲这个天使根本就不会去抢的,他看到那么丑恶的场景,就心痛地说:“我忽然发现……我觉得……我好像我并不是真爱四凤。”这个时候,蘩漪无可奈何,就把周朴园引了出来,说:“我请你见见你的好亲戚。”她只是想通过周朴园来制止周萍和四凤的出走,没料想周朴园本来做贼心虚,一看这个场景,以为是他和梅侍萍(鲁妈)30 年前的奸情暴露了,他想先发制人,因为周朴园永远不错的,永远是个道德君子，所以他赶快想转为主动，就对周萍说："不要以为你跟四凤同母，觉得脸上不好看，你就忘了人伦天性。"结果得到了相反的效果，最受不了的就是四凤，她没想到她所爱的人是她的哥哥。这个时候悲剧就一发而不可收拾。

舞台上蘩漪这个人完全是值得我们同情的。作为一个三十几岁的女人，心如死灰时突然得到了一个爱情，她要死死抓住这根救命稻草，为此她毁灭这个世界都在所不惜，她最后连自己作为母亲的脸面、太太的脸面都不要，甚至于她跟周萍说道："你要把四凤接来——一块儿住，我都可以，只要，只要你不离开我。"她已经把自己降格到这么一个卑贱的地步，惟一的目标就是希望自己的恋人不要走，但周萍还是要走。所以，从蘩漪本人的悲剧性的性格来说，我是非常同情这个人的。我觉得在外国文学史上也找不到这么好的人物，作为一个女性，她为了获得自己的幸福，已经把自己放到脚下去踩了，用这样的方法来挽回已经失败的爱情，可是最后还是挽回不了。但是，也就是这么一个可怜人，她每走一步，身边就好像有一团火在燃烧，每走一步，就毁灭掉一些东西。最后她自己也不知道怎么走到这个地步，整个悲剧爆发出来。她都是无意的，因为在蘩漪眼睛里只有周萍，她只希望通过她的方法把周萍拉住，可是导致的悲剧却是整个家庭的崩溃，三条人命。

所以，这个故事，我觉得好就好在这里，蘩漪具有双重人格，一方面她受欺负受得最深，她身上融注了几千年来中国妇女被压迫的苦难的地位，按陀思妥耶夫斯基的作品里的人物，就是把"被侮辱与被损害的"形象推到了极致。在西方的文学名著里面，像《罪与罚》里面也有一个妓女，她一生像抹布一样，到处被人擦被人踩，西方作家往往在这么一个人物身上赋予了一种神圣的光芒，这个人被欺凌、被压迫，遭遇各种苦难，可是这个人的人性是神圣的，虽然是个妓女，甚至是个杀人犯，可实际上是个神，最后灵魂是要升上天堂的。西方有一个基督教的背景，基督教的传统，是讲究赎罪的，讲究历尽苦难，最后得到灵魂的升华。所以在西方文学里面，这样一个"被侮辱与被损害的"女性形象，她往往就是一个苦难的象征，她承受了各种各样苦难以后，她的灵魂就会升华，她会变得非常伟大，以忍受来完成对这个世界的创造。可是在中国，一个二十几岁的中国作家就不是这样来写的，蘩漪一方面是"被侮辱与被损害的"，历尽了苦难，可同时这个人又是一个魔鬼，她恰恰是灾难性的，每走一步，灾难就往前推一步，她不是故意的，可是，这个悲剧就这么发生。所以这个人身上同时承担了一个"圣者"和一个"魔鬼"的双重的个性。我觉得，这是非常有意思的一个命题。

在《雷雨》里面，作家写梅侍萍被赶出周家是27年前，因为鲁大海是27岁，蘩漪在27年前只有8岁，不可能嫁给周朴园，所以周朴园是为了娶另外一个女人才把梅侍萍赶走。这个女人是谁？这个剧本里一点都没有谈过，只知道她有点钱，也不知道她姓什么叫什么，有没有生过孩子，是怎么死的，整个就是空白，在这个家庭里面一点东西都没有留下。周冲是17岁，我们假定蘩漪结婚以后第一年生孩子，那就是18年，蘩漪是17岁嫁给周朴园的，应该说还是个小姑娘。我们完全可以想象，这个家庭里面，周朴园对蘩漪是没有感情的。一个年纪比她大20岁的男人，周朴园已经至少经历了三个女人，至少生过两个孩子了,所以他的感情世界是相当浑浊的,与一个 17 岁还是一张白纸的小姑娘是完全不可同日而语的。元稹诗云"曾经沧海难为水"。17 岁的蘩漪是很难走进 37 岁的成年人周朴园的心灵的,那等于说她被排除在爱情的门外。这样,一直到 30 岁左右,她才认识了周萍。这十三四年对一个女人来说,折磨是非常之大。整个故事没有写这一点,曹禺在这个剧本里只用了一个细节,就是吃药,因为说她有神经病嘛。可是,这个药很苦,她不想喝,男人一定要她喝,还叫周萍、周冲跪在她面前请求她喝。最后她没办法,就连着眼泪强咽着喝下去。然后她就对周萍说:"我希望你明白方才的情形。这不是一天的事情","十几年来像刚才一样的凶狠"。大家可以理解,这吃药完全是一个象征。从象征来说,药是苦的。她在这个家里,就像我们过去说黄连苦一样。

但转换为实际场景来说,我认为蘩漪确实是有神经病的,只是当时还处在一个比较轻度的状态,她还是会歇斯底里,会大喊大叫。特别是在这个被扭曲的家庭里面,她一方面义无反顾地爱上周萍,另一方面又要应付这么一个大家庭,鬼鬼祟祟地这么过日子,这个人的精神能不崩溃吗?在佣人看来,家庭在闹鬼;在丈夫看来,老婆是有神经病。对神经病患者当然不能好言好语,所以就可以用强制的手段,来压制她,要她吃药。所以她说:"你知道你走了以后,我会怎么样?"她会被他们所有的人都看成是神经病,在这个家是没法过了。所以,蘩漪实际上是一个疯女人,蘩漪在这么一个苦难当中被整个扭曲,最后总的爆发出来,已经有疯了这种感觉。那么,也正是因为她这种歇斯底里,这种疯狂,才使周萍受不了。一个二十几岁的男孩子,对前途还展开非常美妙的想象,却整天跟着一个半老不老的疯女人,他当然受不了,当然想摆脱蘩漪。我觉得,我们演电影、演戏,把蘩漪演得很漂亮,这是不符合事实的。蘩漪不应该很漂亮,蘩漪就是一个很偏执半疯狂的女人,只有这样的女人才能达到厉鬼似的变态的性格,那么才会导致后来所有悲剧的推论。

蘩漪在那儿就有一种不可捉摸的力量,这种力量使每个人的努力都是枉然的。蘩漪追求的是她的人性,可是她所有的做法都是违犯了人性的本质,这种互相矛盾的追求最后导致每个人的努力都付之东流,每个人都走向了反面。这个作品里面,蘩漪从一开始到最后,她就是想拉住周萍,最后没有拉住;周萍一心一意就是想摆脱蘩漪,追求四凤,最后也失败了;四凤一心一意就是想跟着周萍走,也失败了;鲁妈一心一意就是想把四凤带走,结果也带不走;周朴园一心一意想维持这个家庭的幸福、体面,最后周朴园的理想也破灭了;鲁贵想靠着这个富贵家庭白吃白喝,也破灭;包括鲁大海罢工斗争也失败了。这个作品里所有的人都是朝自己的反面在变化。这个不可捉摸的变化,就是蘩漪一手造成的,所以蘩漪实际上既是一个破坏的恶魔,又是一个公正的审判者,她使每个人的努力都变成徒劳。所以,我觉得,如果要进入《雷雨》,只能抓住蘩漪,蘩漪是这个作品里最重要的人物。由于她的动力,才开启了鲁妈这把钥匙,才使这个矛盾一点一点地暴露出来,最后整个悲剧爆发。

我觉得,这两个人物的个性,一个蘩漪的,一个周冲的,看上去好像是两个极端,由于这两个极端把所有人的性格矛盾都张扬开来,使整个剧本里面所有的人物性格都发生了变化。本来是单调的,现在都变得丰富了,本来是单面的,现在却被多面体多层次地来展示。所以《雷雨》这个作品特别不容易把握得住。

周朴园对梅侍萍有没有爱?

我再举一个人物为例:周朴园。《雷雨》里有一场戏是非常重要的,就是周朴园跟梅侍萍(鲁妈)30年以后的见面,这是非常精彩的一个片段。这个片段,我们过去往往是从一个社会阶级的观念出发去分析一个少爷跟一个丫环什么关系?那似乎一定是黄世仁和喜儿的关系。其实《雷雨》写的并不是那么回事,你们看这个作品就看得出来。首先,周朴园是爱当年的梅侍萍的,我认为,他们是真心相爱的,而且他爱梅侍萍爱得刻骨铭心。我现在没有任何证据证明,周朴园在爱梅侍萍以前是不是还爱过其他人,在这个戏里所看到的,周朴园第一个爱的是梅侍萍,而且他们相爱不是一天两天,不是偶然地一次喝醉酒,把一个丫环给强奸了,然后生了一个孩子。你看,他们两个人老是回忆"三十年以前",可是刚才我提醒过:梅侍萍被赶走是在27年以前。那么,也就是说,周朴园和梅侍萍,一个少爷和一个老妈子的女儿的恋爱的时间最起码是3年。而且,鲁妈出场的时候是47岁,27年以前被赶走,她是20岁,也就是说,她与周朴园相爱正好是四凤现在的年龄,17岁到20岁,这段时间是人生最美好的时间,她跟一个有钱的少爷相恋相爱,两个人同居了3年,生了两个孩子。我绝对不相信这两者之间是一个阶级压迫的关系,或者是什么少爷诱惑丫环的关系。梅侍萍不是偷偷摸摸地躲在家里给他生孩子,是在周家生的孩子啊,而且他们有自己的房间,有自己的环境布置,我们在舞台上看到的客厅的布置,就是当年梅侍萍在他们家里生活的环境。梅侍萍被赶走以后,周朴园保持了梅侍萍当年的所有家具和所有摆设,连梅侍萍当年生孩子不敢吹风要关窗这个习惯都保存下来了。好几次蘩漪说"热",要开窗,仆人就说,"老爷说过不叫开",为什么?已经"死掉"的大太太过去是怕开窗啊。你可以想象,梅侍萍在周朴园的身边的时候,她受宠爱到什么样的程度。所以,我认为周朴园把梅侍萍赶走以前,他们是有很深的爱情的。

由于这样的爱情才使周朴园有一种刻骨铭心的痛苦。这种痛苦就使他后来跟一个我们不知道名字的女人,包括蘩漪的爱情变得索然无味。第二个女人是最委屈的,这个女人嫁给他也不知道是干嘛的,后来就糊里糊涂死掉了。完全可以想象是在郁郁不乐的情况下去世的,连孩子都没有生出来。第二个是过了十年以后,蘩漪再嫁给周朴园,当时又是17岁,好像周朴园尽喜欢17岁的女孩,只生了一个孩子,蘩漪后来慢慢地就发疯了。周朴园除了梅侍萍以外,后面两任妻子都是不幸福的。那你可想而知,周朴园真的是一个曾经沧海难为水的人,他巨大的心灵的创伤,这种爱情的创伤其实是不能磨灭的。由于他心中的爱不能磨灭,就使他不能很无碍地融入到后来两个女人的爱情生活当中去,他不是见一个爱一个的人,不是看到新人忘记旧人的人。正因为这样才导致了后面两任妻子的悲剧。

那么,我们再回过来问,谁导致了这样一个不合理的婚姻制度?是谁一定要把梅侍萍从当年周府赶出去的?这里我们可以归结到一个封建家族的制度。曹禺没有讲清楚,但是,我想,有一个问题,如果梅侍萍仅仅满足于做一个有钱人家少爷的妾,这个悲剧是不会发生的。

在那个多妻制的社会里面，一个有钱的人先养一个丫头作为妾，然后再娶一个正房的妻子多的是。在一个封建家庭里，它容许自己的子弟，那些地主少爷外面去乱搞，花天酒地，也容许跟丫环生几个孩子，我们看过像《妻妾成群》之类的，但是，绝对不容许一个丫环做有钱人的太太。我们说门当户对嘛，所以他必须去娶一个门当户对的有钱的人来做他的太太。只有一种可能才会导致这个悲剧，就是梅侍萍不愿意在这个家庭里做妾，一个丫环想升格做正房的妻子，只有这种情况在封建家庭里是不被允许的，也只有这种可能使这个家庭使用毒招，把她连孩子一起赶走。当然，这个罪恶不一定由周朴园来承担。因为周朴园心目当中，梅侍萍早就是他的大太太了。所以他的家里一直保持着她的生活习惯，摆着她的照片，等等，我们不能说这是虚伪的，是因为他无可奈何。倒退30年，周朴园也就是二十四五岁的人，他上面还有老爷子，还有大家庭，真正掌握命运的也不是周朴园本人。

那么在这里我们能够得到两个信息。第一，我们感受到一个封建家庭的罪恶到底出在哪里？而在这个罪恶的过程当中，不仅鲁侍萍是牺牲者，周朴园也是牺牲者。第二，只有一种可能，当梅侍萍不愿意把自己处于一个妾的地位，她才会面临被这个家庭赶出去，这个家庭不承认她，甚至也不承认她的儿子。那么，假如这个情况是成立的，我们就可以看到，梅侍萍的品行是非常高贵的，这也是这个作品一直提到的，四凤对鲁贵说，“妈不像您，见钱就忘了命”。因为她妈妈是一个很清高的人，绝对不肯跟人家苟合的人。这里我们可以看出梅侍萍的个性，她不愿意处于一个被压迫的或者说屈辱的地位。我们不能说她想嫁给一个少爷就是品质不好，但是，她不愿意处于一个屈辱的地位，不愿意做这个少爷家庭里面的一个小妾，不愿意去跟别人分享爱人的爱情，这我觉得完全可以理解。后来她对子女的教育，对子女的态度，对鲁贵的态度，我们都可以看到，这是一个宁折不弯的、非常坚强的女性。这个女性跟蘩漪相比，蘩漪就不及她，蘩漪为了拉住自己的情人，宁可容忍周萍让四凤一起来住，她也能接受。

怎么来读周鲁相会这一幕？

分析到这里，我们就可以解释下面这一幕了。我把这一幕看成是像当年陆游和唐婉的故事一样。他们自己是相爱的，是因为社会环境、各种个性因素导致了这个家庭的破裂，所以周朴园心里是有深深的歉意，这种歉意结果害了他后来的两任妻子，他心里还是沉浸在梅侍萍的感情中。所以，他为什么叫四凤把两件旧衣服拿出来？这就是怀旧嘛。每当蘩漪闹得他心烦的时候，他就想到了梅侍萍，又想看看梅侍萍的遗物。这细节发生前就是他要蘩漪吃药，蘩漪不肯而大吵一场。我们完全可以想象，一个老头子，自己家庭生活一点都不幸福，一个妻子神经兮兮的，他恼火，又发不出来，看看妻子发了一通脾气以后，他想想还是前面一个老婆好，这种心情很正常。然后，你可以看到，他在家里一直保持了梅侍萍当年的生活环境，家具的摆设，包括生活习惯，就说明他心里一直没有忘。我们后来很多学者用阶级分析的眼光来看，周朴园是个坏蛋嘛，他是虚伪的，他要骗人，所以他这么做。他是吃饱了这么做！如果他虚伪，他根本用不着这样骗人，这很累嘛！这只有出于自己内心的爱情，我觉得如果一个人心里没有这种巨大的伤痛，就没法理解周朴园，也没法了解这样一种心理。

正好那个时候鲁妈到了这个家。蘩漪不知道这个情况，就随便拿了件雨衣给周朴园，周朴园说不是这件雨衣，我要找另外的，就碰到了当年的梅侍萍。这一段真是写得非常精彩！当周朴园看到鲁妈的时候，他脑子里就马上想起当年的情人。可是他当然是认为自己情人已经死了嘛，不会想到站在他面前的就是当年的梅侍萍，但因此就勾起他的怀旧情绪。所以他就问她，“你贵姓”，“你好像有点无锡口音”，“三十年前，在无锡有一件很出名的事情”“我想打听打听”。他是这么问起来的。鲁妈早就知道他就是周朴园，鲁妈是非常希望他认出她来，可是她也不敢认，所以这两个人就开始打哑谜。打哑谜过程中，周朴园忽然发现跟这个佣人话说太多了，赶快要把它收回来。周朴园开始说，“一个年轻小姐，……有一天夜里，忽然地投水死了”。鲁妈就故意刺他说，“她不是小姐”，“她是个下等人，不很守本分的”，是“因为不名誉的事情被人家赶出来的”。那么他说，“我们想把她的坟墓修一修”。你看，这两个人说话，周朴园是越来越沉浸在怀旧的感情当中，而鲁妈在刺激他的时候，实际上也情不自禁地陷入到怀旧当中。最后周朴园说，“你先下去，让我想一想”。实际上老头子要孤独，要一个人独自去怀旧，去回味自己的感情。可是鲁妈那个时候就不可能悄然而走。如果真的是像我这样解释的，她以前是宁折不弯，抱了这样一种坚强的心情离开这个家庭的，可是经过 30 年，她对于周朴园本人没有什么恨，当她发现周朴园到现在还在想念她，她就忍不住了，故意要把自己的身份亮出来，“老爷那种绸衬衣不是一共有五件？您要哪一件？”“不是有一件，在右袖襟上有个烧破的窟窿，后来用丝线绣成一朵梅花补上的？”等等，身份就暴露了，周朴园就“徐徐立起”，颤着声：“哦，你，你，你是——”大家发现了吗？这时候的鲁妈说了一句非常精彩的话，她说：“你自然想不到，侍萍的相貌有一天也会老得连你都不认识了。”我当时读了这句话很感动，真是精彩啊！一个妇女已经相隔了 30 年，人事沧桑，已经做了几十年的老妈子，已经变成了一个老太婆了，可是在她以前的情人面前，第一个想到的是“我已经老得连你也认不出来”，她心疼的是我已经那么苍老了，变得那么难看了，连你是我那么亲的人也认不出了，“侍萍的相貌有一天也会老得连你都不认识了”。当年的侍萍一定是以漂亮吸引了周家大少爷的。曹禺真的是绝了，怎么能写出这样好的话！

可是就在那个时候，周朴园突然说了一句很煞风景的话：“你来干什么？”“谁指使你来的？”这句话后来通常被人说，这就是阶级矛盾、阶级性，这个地主的本性就暴露出来了，前面都是虚伪的。我觉得不能这么说。因为她说了自己就是鲁妈，马上就使周朴园从怀旧的感情上回到了现实。他猛然想起对方的身份，她是鲁贵的太太，是鲁大海的母亲，四凤他是不会在乎的，他实际上是出于一个本能的反应，当然我们可以说，有点阶级因素在里面。这时他回到现实，他马上就想起这个问题：是你儿子还是鲁贵派你来的？鲁贵派你来，无非是敲竹杠；如果是你儿子，那麻烦更大了。鲁大海是工人运动的领袖，跟他两个人正在闹劳资矛盾，这涉及整个矿区的命运。这很符合周朴园的身份，周朴园毕竟当了那么多年董事长，社会上也是一个成功人士，社会经验、阅历非常丰富的，所以当他从怀旧当中拔出来以后，第一个反应就是你是现实当中的鲁大海的妈妈，你不是当年的梅侍萍了。这句话周朴园说出来是非常符合他的身份的，可是对鲁妈来说太残酷了，她还沉浸在自己是否“太老”的伤感里，她受的伤害是极大的。所以，她马上变得非常悲愤，她说：“命！不公正的命指使我来的。”我觉得这里就是一个受了 30 年委屈的女人一下子把这个怨恨吐向自己的男人，这句话其实半是撒娇，半是生气。哦，我跟你说了真相，你却突然问我，是谁派我来的？马上想到我的身份是鲁贵的妻子，而不是当年的情人了，所以她马上就说，这是不公正的命。而这个命是谁造成？就是你们周家。所以，这内涵非常丰富。台词的这种丰富的含义，很少有戏剧作品能够达到的。它既有现实的社会冲突，又有人与人之间的两性感情，男女的真挚的爱情，都非常丰富地交织在一起。

所以，如果我们仅仅把周朴园和鲁妈的关系看成一种阶级对立，丫环受骗，少爷侮辱妇女，等等。我觉得这是肤浅的、简单化的。如果简单地把他们说成是互相欺骗的，没有感情的，等等，也不符合人性的发展。我们只有看到了人性的丰富性，才能看到人性的悲剧性。实际上就是这样，人性越丰富，感情越细腻，我们性格当中往往悲剧性的因素越多。马大哈一样的人遇到问题嘻嘻哈哈地也就过去了。越是那种心灵丰富、感觉敏锐的人，他往往遭遇的悲剧性就越大。这样一些悲剧的性格，我觉得无论是周朴园、鲁妈、四凤、周萍，每个人身上都是这样。周朴园一方面是个罪恶的人，另一方面要摆脱罪恶，这也是一个非常矛盾的人物。

结语

所以这个作品很难用简单的公式去讲清楚。我们每个读者都能根据自己不同的年龄、阅历，根据我们不同的经验，在这部作品中读出自己的体会，那么，这才会有一个说不尽的《雷雨》，一个说不尽的曹禺。由于这样一种精彩的、丰富的人性的内涵，使这个语言充满了紧张感，就像我刚才说的，这样好的语言，这么恰如其分地把人性的矛盾体现出来，这真的是大师的作品，绝对不是一个我们随便耍耍嘴皮子可以写出来的作品。它几乎每一句话背后都有很深的潜台词，每一句话的背后都有极其丰富、可以截然对立的一种解释。俄罗斯评论家车尔尼雪夫斯基当时分析托尔斯泰的作品说，托尔斯泰的作品有一个最大特点，就是“心灵的辩证法”，你明明看到他的性格是这一面，可是他慢慢会发展到它的反面，你看《复活》也好，《安娜·卡列尼娜》也好，这些人物都是这样，他一开始出来是朝正面的，可最后走到反面。曹禺也是这样，曹禺每个人物的心灵历程，其实都是心灵辩证法的一个展示过程。这我觉得是艺术大师所必备的一个条件。所以，我认为《雷雨》这样的作品是一部世界名著，完全是当之无愧的。

2003. 3. 22

原载《南方文坛》2003 年第 5 期

“升到上帝的座”上重新审读曹禺的《雷雨》

——《雷雨》本源真诠

高浦棠

一、新视点：“升到上帝的座”

《雷雨》是曹禺经过长达5年时间的酝酿构思，于1933年完成其创作的，至今已有整整70年的历史。总结《雷雨》近70年的研究史，大体可分为下列几个阶段：

第一，20世纪30、40年代《雷雨》面世不久，曾产生过一批颇能贴近曹禺创作时主体思想景况的文章，这些文章艺术上着眼于《雷雨》与希腊悲剧的联系，思想上则着眼于对悲剧根源——命运观念的评说，如刘西渭的《〈雷雨〉——曹禺先生作》、周扬的《论〈雷雨〉和〈日出〉》、吕荧的《曹禺的道路》等。但这个时期的批评基本上是一种直观的感悟式批评，很少有人能进到学理层面去穷究。

第二，新中国成立前后，一大批学人开始用阶级分析方法对《雷雨》展开了社会历史批评，并很快成为主流批评话语，一直影响到改革开放初。这个时段内的批评，虽然对《雷雨》艺术思想意义的开掘没有多大进展，但在人物形象和语言艺术的分析方面取得了一些可喜的成果，并因此在一定程度上拓宽了认知《雷雨》艺术思想意义的界域，陈瘦竹、钱谷融等人的系列文章颇具代表性。但他们的批评仍然是一种外部观照和审视，阶级分析截断了将人性分析深入下去的思路，所以也就很难贴近曹禺创作的主旨。

第三，20世纪70年代末到80年代末，学术界普遍注意到并开始倡言《雷雨》中的人道主义、人性思想，并对过去一直困扰学术界的“命运观”也进行了新的探究，如朱栋霖和田本相等人的专著均显示出一种话语言说上的宽松自由和学理层面上的严谨系统，但在艺术思想界域的开掘方面并没有获得多少突破性进展。批评者仍然在《雷雨》艺术世界的外围徘徊。

第四，从20世纪80年代末开始，不少人注意到了曹禺创作中的宗教意识问题，并由此揭开了曹禺及《雷雨》研究新的一页。宋剑华认为：“《雷雨》……体现了‘劝善惩恶’的基督教伦理道德思想。”①(P180—181)王列耀认为作品“既淋漓尽致嫉恶如仇地‘暴露大家庭的罪恶’，又以‘悲悯’的心情对待每一个人物”②(P157)。而王本朝则认为《雷雨》“设置了

① 宋剑华.基督精神与曹禺戏剧[M].长沙：湖南师范大学出版社，2000.

② 王列耀.基督教文化与中国现代戏剧的悲剧意识[M].上海：上海三联书店，2000.

两个世界：世俗的家庭与神性的医院，表现了两种人生状态：挣扎与安宁，目的是对人性罪恶与拯救的探究”①(P168)。无疑上述观点都是《雷雨》研究史上有价值的新成果。然而认真审度这些成果，我们发现他们虽然从过去的直观感悟、社会分析进到了宗教阐释层面，但他们像以往所有的研究一样，仍然对曹禺创作《雷雨》时的主观构想没有引起足够的重视；他们虽然找到了将《雷雨》研究引向深入的突破口，但却忽略了曹禺自己提示的切入点，这便是那句颇为谦恭而又不乏深意的话：“我是个贫穷主人，但我请了看戏的宾客升到上帝的座，来怜悯地俯视着这堆在下面蠕动的生物。”②(P181)这意味着对《雷雨》文本的解读工作仍处在起步阶段。

我们知道，上帝自从将亚当和夏娃发落出伊甸园之后，就始终以悲悯的眼光关注着人类，而曹禺也说：“我用一种悲悯的心情来写剧中人物的争执。”③(P181)这说明曹禺在建构《雷雨》情节、熔铸主体情感时，形成了上帝与人类关系的质的同构与对应，如果我们打通了戏剧世界与人类世界的隔膜直白地说，那就是曹禺在处理他笔下的人物关系时，是与上帝坐在一起，表现出上帝对待人类的同一种态度，表达着上帝对人类施舍的同一种感情——“悲悯”。因此，我们如果想走进真正的《雷雨》文本世界，感同身受地把脉支撑《雷雨》文本世界的每根筋骨，就必须“升到上帝的座”来审视、透视《雷雨》。随着视角的转换，我们将在故事缘起、情节发展的内在律动、主要矛盾冲突的性质认定，以及如此写作《雷雨》的主旨等一系列戏剧艺术的根本问题上，得出相应的新的结论。下面我们从传统戏剧理论中戏剧构成各要素立论，分别阐释之。

二、缘起：憧憬神秘与心灵之魔

曹禺说：“我初次有了《雷雨》一个模糊的影像的时候，逗起我的兴趣的，只是一两段情节，几个人物，一种复杂而又原始的情绪。”④(P180)这里，“情节”“人物”“情绪”是互为表里的一体性结构。从戏剧艺术的角度看是情节，从艺术思想的角度看是人物及人物的情绪；情节是人物情绪的戏剧艺术表现形式，人物及情绪则是本源。

沿着这个思路，曹禺继续解说道：“与《雷雨》俱来的情绪蕴成我对宇宙间许多神秘的事物一种不可言喻的憧憬。”⑤(P180)这里曹禺已将“原始情绪”转化为“憧憬”，并在《雷雨·序》中对“憧憬”一词做过四次解说。第一次与“神秘的事物”相关；第二次与宇宙主宰的“残酷”相关；第三次与“无名的恐惧”并列；第四次说“恐惧”本身就是一种“吸引”，是一种不可言喻的“憧憬”。透过这些不同的表述，我们发现与“憧憬”相关的实质性内容是性爱，

① 王本朝. 20世纪中国文学与基督教文化[M]. 合肥：安徽教育出版社，2000.
② 曹禺. 雷雨：序[M]. 北京：人民文学出版社，1994.
③ 曹禺. 雷雨：序[M]. 北京：人民文学出版社，1994.
④ 曹禺. 雷雨：序[M]. 北京：人民文学出版社，1994.
⑤ 曹禺. 雷雨：序[M]. 北京：人民文学出版社，1994.

也就是说曹禺真正憧憬的神秘事物是性爱问题。前两次言说“憧憬”所涉及的具体人事是四凤与周冲的残酷性死亡，而他们的残酷死亡则与他们各自的爱情追求直接相关。后两次言说“憧憬”所涉及的人事，是令人恐惧而又具有神秘吸引力的“坟头鬼火，野庙僵尸的故事”。① (P181)对应在作品中的叙写主要指的是周萍与蘩漪“闹鬼”的故事，同时也牵涉到了周朴园与鲁侍萍之间的故事。

曹禺说：“我不能断定《雷雨》的推动是由于神鬼，起于命运或源于哪种显明的力量。情感上《雷雨》所象征的对我是一种神秘的吸引，一种抓牢我心灵的魔。”②(P180)这里曹禺进一步将他对神秘事物的憧憬转述为“神秘的吸引”，并把它与“心灵的魔”并列着作自己“情感上《雷雨》所象征的”。实际上曹禺之所以要这样表述，目的就在于他要说明《雷雨》作为一件艺术作品(其本质是情感性的)的缘起。如果说前面所说的“初次有了《雷雨》一个模糊的影象”是一种形象化的追述，那么这里的表述则是一种理性化的追溯。这种追溯把人们带进了曹禺创作《雷雨》时主体的内在世界。它表明，《雷雨》作为戏剧艺术作品的本源性推动力量，只能是情绪—情感，也就是曹禺所说的“情感上”所象征的是一种“神秘的吸引”与“心灵的魔”。

作为一种情感指向的象征符号，这种神秘吸引力在剧中人物的载体是周冲。周冲的情感状态和性情趋止是剧中所有性爱故事的最原始状态，周冲对《雷雨》中的所有事物都充满了神秘感，都不能理解，而最不能理解的是他母亲的变态行为和他自己对四凤的神秘之爱。他自己也说不清楚，四凤为什么会对他产生如此神秘的吸引力。他不断追寻这种吸引力的根底，要认清其真相。他甚至可以不惜一切地为这种探求、追寻作出牺牲，直到最后他为了四凤而献出了自己的生命。他的最终结果是一个没有具体内容的“爱”本身——这便是“情感上《雷雨》所象征的”“神秘的吸引”。而这种“神秘的吸引”体现在蘩漪身上，就变成了一种“心灵的魔”。因为周冲的爱是纯洁的，而蘩漪的爱则是不要伦常、“不顾一切”的。虽然我们不能断定周冲随着年龄渐长，在性爱问题上是否会像蘩漪那样着魔，但在这里却显出了一种截然不同的倾向。那么，周冲与蘩漪身上体现出来的性爱意识，在怎样的意义上或语境中构成了《雷雨》艺术情感链条上的原始起点呢?

从精神分析学的角度看，周冲与蘩漪的两种性爱追求，正可代表人类性本能浮出意识层面之后的两种意向：一种表现为具有超越性结构的情爱意识；一种则表现为具有攻击性结构的破坏意识。曹禺尽管在《雷雨·序》中曾有意无意地使用过弗洛伊德惯用的“潜意识”这个术语，但他从理性的角度追溯这个问题的根源时，却是用颇具宗教色彩的“神秘”“心灵的魔”等话语来概括的。由此看来，曹禺在理性上更倾向于上帝的立场与态度，或者说曹禺自己在审视他笔下的人物时，是与上帝坐在一起的，我们从“魔”的概念的追溯中即

① 曹禺.雷雨:序[M].北京:人民文学出版社,1994.
② 曹禺.雷雨:序[M].北京:人民文学出版社,1994.

可得到证明。

“魔”即魔鬼，也就是希伯来文的撒旦。“根据基督教的传说，魔鬼最初乃上帝所造天使之一，因其妄想与上帝较量并堕落，成为魔鬼。……魔鬼曾化身为蛇而潜入伊甸园内，引诱夏娃、亚当偷吃禁果，犯下原罪”。① (P329)另从《圣经·创世纪》看，人对神秘现象的憧憬，最初就表现为人对神秘现象的知识性探求，而这种探求的结果则直接导致了人类性意识的启蒙。夏娃和亚当经蛇引诱偷食善恶果之后最初感到的是“赤身裸体”的羞耻。如亚当和夏娃吃了善恶树上的果子后，“眼睛就明亮了，才知道自己是赤身裸体，便拿无花果的叶子，为自己编作裙子”。② (P3)由此看，曹禺之所以将情感上象征《雷雨》缘起的那种力量称作“神秘的吸引”和“心灵的魔”，正说明他对这个问题的态度是与上帝一致的。也正因此，《雷雨》中所有人物的行为动作都与人类价值天平上的罪孽砝码死死扭结为一体，因为人在上帝的眼中是有原罪的。

三、动作：情感火坑里的昏迷打滚

“动作”一词作为悲剧艺术的专门术语，虽然最早出自亚里士多德关于悲剧模仿行动“是借人物的动作来表达”③(P19)的理论，黑格尔沿用了“动作”概念，并打通了亚里士多德关于演员与剧中人物在表述上的隔膜，直接把动作看作是剧中人物形象的行动，即指各种伦理力量“显现于活动……导致动作情节”。④ (P286)根据黑格尔的意思，“动作”是“情节”的最基本构成单元，也就是亚里士多德所说的未经剧作者精心布局的剧中人物的“行动”。本文使用“动作”一词，基本上沿用黑格尔的意思，用一句通俗的话说就是剧中人各自都在什么样的目的规定下做什么。

曹禺说：“写《雷雨》是一种情感的迫切需要。”⑤(P180)《雷雨》中的人物大部分都被情感或情欲所困扰，有的在追逐情欲的满足，有的在追求情感的自我实现。周朴园因抛弃侍萍，30 年来一直为这场情感纠葛而经受着良心谴责。鲁侍萍在这场情感纠葛中认识到自己的过失后，竭力想远离周家以及所有的大户人家，以免自己特别是女儿四凤重蹈自己过去生活的覆辙。蘩漪从周朴园那里得不到爱，已经死了的心三年前突然因继子周萍的出现而复活了。可现在周萍又要抛弃她，为了重新寻回这可怜的爱，她不顾一切地死死拽住周萍不放。周萍认识到了与继母通奸的罪恶，他抓住四凤想竭力躲开蘩漪。周冲和四凤都因在生命的青春萌动期第一次感受到了爱情的神秘吸引，而着魔似的追逐着虚幻飘渺的爱。鲁贵为满足吃喝嫖赌欲望，不放过任何人和任何机会地在抓取着钱财。《雷雨》中

① 中国社会科学院世界宗教研究所基督教研究室. 基督教文化面面观[M]. 济南：齐鲁书社，1991.
② 圣经[M]. 南京：中国基督教协会，1998.
③ [希腊]亚里士多德. 诗学[M]. 北京：人民文学出版社，1962.
④ [德]黑格尔. 美学：第 2 卷(下册)[M]. 北京：商务印书馆，1981.
⑤ 曹禺. 雷雨：序[M]. 北京：人民文学出版社，1994.

的八个人物惟有鲁大海是不为性爱情感和情欲所累的另类人物。而在其他人物身上，情感和情欲的满足几乎就是他们生命的全部内容。

无论从世俗的角度还是从人性的意义看，人追求情感的自我实现都是天经地义的。从曹禺所生活的20世纪20、30年代中国社会思潮看，它也是符合时代潮流的。然而站在上帝的立场，人与神在对待感情的问题上就见出了分野。《圣经》认为，人类是亚当与夏娃结合的产物，人类为满足最基本的情感需要而结婚属正常行为。但是《圣经》却强烈要求人类必须把最圣洁的感情献给上帝，把上帝的意志作为人类自身行动的指灯和目标，必须全身心地践行与实现它。《圣经·新约》说："不要爱世界和世上的事。人若爱世界，爱父的心就不在他里面了。……这世界和其上的情欲却要过去，唯独遵行神的旨意的，是永远常存。"[1](P268)由此看，人与上帝的分野主要表现在自我情感实现的目标上，人的目标是人自身，上帝的目标则是上帝自己。

在实现人的情感愿望问题上，曹禺本来是站在人的立场上的，这从他对蘩漪的深深的同情及"喜欢""尊敬""佩服"中是可以一目了然的；他甚至对周萍也表达过一定程度的同情，如他提醒演员："演他的人要设法替他找同情。"[2](P187)但是曹禺对封建大家庭压抑、亵渎人的正常情感怀有深深的愤懑和极大的愤慨，同时由于他接受了现代文化思想的影响，这便使他对中国封建大家庭产生了极端的鄙夷情绪。在这诸多因素的合力影响下，使他在对待人的情感的态度上和处理人的情感的方式上最终又与上帝站在了一起。他选择家庭作为戏剧舞台上的人类世界，来对应上帝在天上看到的地上的人类世界，表达他对人的情感需要的艺术态度。

我们知道上帝在创造人类的时候并不是按照一个完美的标准创造出来的，因为人有接受魔鬼诱惑的原罪，也因此人类的祖先亚当被发落出伊甸园，"耕种他所自出之土"，并"终身"在地上"劳苦"。[3] (P3)这意味着人类决不能和上帝一样，以宇宙为家，只能局限在有限的土地上，不得自由。曹禺将《雷雨》中的所有人物都安排在有着血缘关系的周鲁两家共同生活的"狭的笼里"，"受着自己——情感的或者理解的——捉弄，一种不可知的——机遇的，或者环境的——捉弄"[4](P181)，从而自觉不自觉地走进情感的误区和理智的盲区。鲁迅曾在五四新文化运动中告诫国民："曙光就在头上，不抬起头，便永远只能看见物质的闪光。"[5](P62)《圣经》中上帝向所有先知传达的声音也都来自"天上""上头"。然而这些伟大声音的召唤，并没有触动《雷雨》中的人物，像经常去教堂的周萍是有可能听到圣灵的召唤的，但周萍和蘩漪一样把拯救自己的希望仍然寄托在自我情感实现的偶像上。

① 圣经：新约[M]. 南京：中国基督教协会，1998.
② 曹禺. 雷雨：序[M]. 北京：人民文学出版社，1994.
③ 圣经[M]. 南京：中国基督教协会，1998.
④ 曹禺. 雷雨：序[M]. 北京：人民文学出版社，1994.
⑤ 鲁迅. 热风[M]. 北京：人民文学出版社，1981.

他们只有性的需求,没有灵的感应。他们的行为动作,没有理性与律法的规范,没有智慧的导引,只能在“情感的火坑里打着昏迷的滚”。在上帝的眼里,他们简直就是一群“在下面(与天上对应的地上)蠕动的生物”。① (P181)

可以想见,如果他们不抬起头来聆听上帝的召唤,继续在过去的生命轨道上行进,那么,他们将不可避免地踏进万劫不复的罪恶深渊,——那“黑暗的坑”“残酷的井”。② (P181)

四、冲突:人与神的对抗、搏击

冲突,即矛盾冲突。戏剧与其他文学样式的本质区别就在于矛盾冲突。《雷雨》中有许多条线索上的矛盾冲突,我们这里要讨论的是《雷雨》的主要矛盾冲突,这个问题不仅在承载对象(即人物和人物关系)上并不确定,而且在质性认定上也有待作出新的探究。

关于《雷雨》中的主要矛盾冲突的不确定性,一者来自《雷雨》人物关系的复杂性,但更主要的还是来自曹禺自己的解说。综观曹禺对《雷雨》的解说,在新中国成立前后表现出两种截然不同的价值取向:新中国成立前他是站在悲剧艺术的纯粹审美立场进行解说的;新中国成立后则是用阶级分析法来评说其社会历史价值的。具体说新中国成立前曹禺的主要观点是《雷雨》“是一首诗,一首叙事诗”,“受古代希腊剧的影响”,有“宿命论”③的倾向。“有些人下的”“暴露大家庭的罪恶”的“注释”是“我可以追认”的思想,但写作时“我并没有显明地意识着我要匡正、讽刺或攻击些什么。”④(P180)1950 年曹禺在《我对今后创作的初步认识》中反复检讨了《雷雨》的创作,认为《雷雨》虽然“有些反封建的作用”,但“不分析社会的阶级性质”,“没有阶级观点”,没有“把罪恶的根源追究个明白”,以“宿命观点”作为“支持全剧的思想”,“模糊了周朴园所代表的阶级的必然的毁灭。”⑤按理说,在上述两种不同价值标准的评判体系之间,是完全有可能寻找到互相沟通的思维逻辑的,没有必要为标榜后者便否定前者,然而在新中国成立后很长一段时间内的主流批评话语,却只允许阶级分析方法的声音传播,而不允许有与此不相协调的音符流露,这便造成了《雷雨》矛盾主线在承载对象认定上的思想先行倾向。由于周朴园的阶级身份使得他自然成了《雷雨》主要矛盾的首要承载对象,另一方则由于解读者着眼点的不同而呈现出多样化的认定。钱谷融和朱栋霖认为《雷雨》的主题仍然是五四新文学传统的反封建与个性解放思想,因而与周朴园对立的主要矛盾的另一方是蘩漪。⑥ 曹禺自己说:“戏的中心人物是周朴园,他的

① 曹禺.雷雨:序[M].北京:人民文学出版社,1994.

② 曹禺.雷雨:序[M].北京:人民文学出版社,1994.

③ 曹禺.雷雨的写作[J].杂文,1935(7:2).

④ 曹禺.雷雨:序[M].北京:人民文学出版社,1994.

⑤ 曹禺.我对今后创作的初步认识[N].文艺报,1950-03-01.

⑥ 参阅钱谷融《〈雷雨〉人物谈》,《文学评论》1962 年第 1 期;朱栋霖《论曹禺的戏剧创作》,人民文学出版社 1986 年版,第 20 页。

对立面是鲁侍萍，……这就是矛盾主线。”①连竭力想颠覆传统批评话语权威的宋剑华也认为《雷雨》的主要矛盾是周鲁两家的矛盾。②

我们认为，《雷雨》主要矛盾的承载对象是周萍与蘩漪、四凤，他们三人之间的爱情纠葛和戏剧冲突构成了《雷雨》的矛盾主线。这个认定可从下列三个方面得到证明。第一，新中国成立前曹禺对《雷雨》的解说应该是最能真实地反映其创作初衷的，而在新中国成立前曹禺仅有的两次解说中重点解说对象则是周萍与蘩漪、四凤。如在《〈雷雨〉的写作》一文中惟一提到的人物就是“一个男子（哥哥）在黑得象漆似的夜里，走到一个少女（妹妹）窗前说着呓语，要推窗进来”。③ 而在《雷雨·序》中首先重点提到的人物还是周萍，接着又用大量篇幅介绍蘩漪。而对周朴园与鲁侍萍的介绍则与鲁贵、鲁大海相同。（这里周冲是个例外，因为作者喜欢周冲这样的人物，同时也因为周冲身上传达着曹禺自己的某种气息和气质。）特别是作者反复强调的要将“一件错综复杂的罪恶推到时间上非常辽远的处所”，不把它作为“社会问题剧”，而把它当作“一篇诗看，一部故事读”的初衷，是与阶级分析的社会功利观有着明确界限的。第二，从《雷雨》剧情的发展看，很容易让人感到周朴园与鲁侍萍之间矛盾的重要性来，其实这是一个错觉。《雷雨》剧情作为“有一定长度的行动”的起点是周萍想竭力摆脱蘩漪的纠缠，已经和四凤好了，蘩漪为了重新拉回周萍，传来了鲁侍萍，想让侍萍带走四凤，这才引出周朴园和侍萍相认一幕。在这幕戏中我们看到周朴园与鲁侍萍时隔 30 年仍然有矛盾，但并没有构成不可调和的冲突，反而通过调解，最后达成周鲁两家的人永不见面的协定。固然周朴园与鲁侍萍之间的故事是《雷雨》中所有矛盾的原发性矛盾，但他们之间真正的矛盾冲突已经处于过去时态中，在直观的戏剧文本中则呈示为一种遭遇性的矛盾，这样的矛盾并不能构成戏剧文本正面的和根本的冲突。在戏剧情节互为因果的链条上，只有周萍与蘩漪及四凤之间的情感纠葛事件处于正在进行状态中，其他如周朴园与蘩漪和周朴园与鲁侍萍之间的情感纠葛事件都处于过去时态中，是过去时态事件的延续。所以，如果说周朴园与鲁侍萍的矛盾是《雷雨》的主要矛盾，那么它也只能是文本世界处于隐伏状态中的主要矛盾，而显在的正面的矛盾冲突则是负载于周萍与蘩漪及四凤之间的情感纠葛中的。第三，曹禺虽然曾说过周朴园与鲁侍萍之间的矛盾是《雷雨》的“矛盾主线”，但曹禺接着这句话又说：“我虽然这样分析，自己还是怀疑这种分析是否科学。”④这实际上已经说明曹禺对用阶级分析方法所得结论的不确定性和有违其创作初衷的不自信。

既然《雷雨》的主要矛盾是周萍与蘩漪（包括四凤）之间的矛盾，那么这个矛盾的性质又该怎样认定呢？我们知道，他们之间的矛盾是由性爱情感引发的一起乱伦事件。如果

① 夏竹.创作的回顾——曹禺谈自己的创作[J].语文学习，1981(5).
② 参阅宋剑华《基督教精神与曹禺戏剧》，湖南师范大学出版社 2000 年版，第 180 页。
③ 曹禺.雷雨的写作[J].杂文，1935(7;2).
④ 夏竹.创作的回顾——曹禺谈自己的创作[J].语文学习，1981(5).

将乱伦放在中国传统文化语境中去认定，一般表述为造孽、作孽和罪孽，重在以“孽”来界定。如果将乱伦放在西方传统语境中去认定，一般则表述为罪过、犯罪或罪恶，也有表述为罪孽的，但很明显这种表述重在以“罪”来界定，如犹太教—基督教中上帝的诫命说：“逆伦之罪”为“必治死”之“大恶”。对照曹禺的表述，在这个问题上他又一次站在了上帝一边，因为他在《雷雨·序》中多次将“罪恶”与《雷雨》的主旨联系起来进行表述，即可证明这一点。

面对上帝亲自禁止的大恶之“逆伦”罪行，蘩漪“毫不犹疑地踏着艰难的老道”，死死“抓住周萍不放手。”①(P181)她很明白她和周萍干的是周家的“罪恶”，但她却执意孤行，无所顾忌，最后达到了疯狂的程度。从一面看去，蘩漪的行为是出自她的“本性”和“良心”，因为她受不了周朴园的压制，她不爱周朴园。但在上帝看来，蘩漪的行为就是公开亵渎上帝的神圣诫命，是以人的力量对神的权威所进行的反抗与搏击。周萍虽然“悔改了‘以往的罪恶’”，但却“不自知地犯了更可怕的罪恶”。② (P181)周萍之所以会落到这种境地，是因为他把四凤当作“洗涤自己过去罪恶的新的灵感”，实际上是简单的性爱情感对象的轮换，他并没有从心底意识深处认识到上帝诫命的威严与悔改的正确途径，更何况他所抓住的四凤又是自己同母异父的妹妹，其罪恶之深重自然不言自明。然而可怕的是他为了摆脱蘩漪，又像蘩漪死死抓住他一样地死死抓住四凤不放手。将周萍的行为放在上帝的价值坐标中审视，其蕴含更富深意：第一，他与蘩漪的矛盾是他的神性发现与蘩漪的人性追求之间的对抗与搏击；第二，他与四凤之间的关系则显示了他自身的人性追求与不可知的神性规定之间的对抗与搏击。实际上在中国文化中，伦常同样是神圣不可侵犯、动摇、亵渎的，乱伦在中国文化价值坐标中意味着对神圣的挑战。《雷雨》人物与神的对抗与搏击由此达到了极致。

五、收束：最后审判与拯救启示

所谓“收束”，就是结局。亚里士多德称之为行动的“结局”或前事的“结果”③(P25—26)；黑格尔称之为悲剧冲突的“调解”或“和解”④(P287—290)，而曹禺虽然在剧本中特别安排了“序幕”和“尾声”，但他在表述剧情的结局时却用了“收束”⑤这一概念，我们这里也尊曹禺而用之，因为曹禺所说的“收束”这一概念既包含亚里士多德所谓“结果”中的“发现”与“突转”因素，也包含着黑格尔所谓“和解”中神性的绝对伦理力量最后取胜的因素。

《圣经》各“先知书”“诗篇”“箴言”以及保罗各“传道书”中经常出现上帝必将对恶人施

① 曹禺.雷雨：序[M].北京：人民文学出版社，1994.
② 曹禺.雷雨：序[M].北京：人民文学出版社，1994.
③ [希腊]亚里士多德.诗学[M].北京：人民文学出版社，1962.
④ [德]黑格尔.美学：第2卷(下册)[M].北京：商务印书馆，1981.
⑤ 曹禺.雷雨的写作[J].杂文，1935(7:2).

行审判的训诫，特别是在“启示录”中创设性地描绘了基督再次降临人世施行最后审判的种种景象，这使得审判这一说法成了基督教的重要经义。在《创世纪》所记载的以色列民族的历史上，上帝的确曾两次施行过像“启示录”中所描绘的那种“最后审判”式的惩罚。第一次是“大洪水”事件，第二次是“索多玛”事件。这两次事件的结局都是存留义人，灭绝恶人。值得我们特别注意的是这两次事件的起因都与奸邪淫乱有关。如果我们将大洪水事件、索多玛事件与《雷雨》中的乱伦事件联系起来看，即可领悟到曹禺对《雷雨》人物命运最后结局的安排正象征着上帝对《雷雨》世界的最后审判。

《雷雨》虽然写的是一起家庭内的乱伦事件，但作为戏剧艺术作品，《雷雨》世界的罪恶无疑喻示着整个人类世界的罪恶。而且《雷雨》中的罪恶之人对上帝的权威尊严熟视无睹，对上帝的诫命听而不闻，他们明知道自己的行为是在犯罪，却毫无悔改之意。蘩漪说：“周家家庭里所出的罪恶，我听过，我见过，我做过。”并说：“我不后悔，我向来做事没有后悔过。”至于周萍，周冲说他“经常去教堂”，自然会聆听到上帝的教诲，然而他以死死抓住四凤不放来消解他对乱伦罪恶的悔恨，对此，即使四凤不是他的同母异父妹妹，他的行为也是不合上帝旨意的。上帝说：“与继母行淫的，就是羞辱了他父亲，总要把他们二人治死……人若娶他的姐妹，无论是异母同父的，是异父同母的，彼此见了下体，这是可耻的事，他们必在本民的眼前被剪除。”①(P163)我们从《雷雨》最后的结局中看到，周萍、四凤死了，死于他们的罪恶。蘩漪虽然还留着一具疯了的肉体，但她并没有出现在观众的“眼前”。

这里，应该特别说明的是《雷雨》中其他人物的生死结局，都与上帝的最后审判有着某种内在联系。鲁贵，“神情猥琐”“肉欲放纵”“卑贱”“贪婪”，为典型的奸邪之人，经上帝最后审判死去，乃罪有应得。鲁大海，性格“倔强”，“感情激昂”，体内“满蓄着”“火山爆发”般“白热”的“精力”，上帝本来就不提倡暴力，而鲁大海火山爆发般的精力外化表现为极端的仇恨，仇恨的指向则是自己的生身父亲周朴园及其家庭——这里边显然又隐伏着一种逆伦的罪过。我们认为，曹禺对鲁大海10年内没有音讯的安排至少表达了这样一个主要意思，即他是不能见容于上帝所统摄的世界中之人。周冲，一个天真烂漫处在梦幻季节里的青春少年，是曹禺最喜欢的人物，然而他却爱上了一个在文化上和地位上均不该爱也不可能得到爱的结果的对象——四凤，而且爱得那么痴迷，更不幸的是他的这份痴迷之情被卷进了一场罪恶之中(他是和哥哥周萍在争夺四凤，也有乱伦之嫌)。对于这样痴迷于性爱情感的人，上帝同样不能见容。他的死，在剧情中虽属意外，但放在上帝的价值坐标中，也不难找到几分理由。

《雷雨》中的人物，最后出现在观众眼前的只剩下“苍老”的周朴园和痴呆的鲁侍萍。特别是周朴园的结局，曹禺说：周冲的“死亡和周朴园的健在都使我觉得宇宙里并没有一

① 圣经[M].南京：中国基督教协会，1998.

个智慧的上帝做主宰”[①](P185)。的确,人类的智慧和上帝的智慧是有差异的,人要求情感的释放和自我的实现,而上帝则一方面命定人犯罪,另一方面又竭力引导人皈依。曹禺在《雷雨》的创作过程中,内心世界里始终存在着情感与理智抑或人的追求与上帝的意志之间互相矛盾的心理倾向,而在最后的剧情安排中又无情地站在了上帝的一边。瑞士著名神学家奥特总结西方基督教神学中人与上帝的关系时说:“上帝是主,人是他的造物;上帝颁布律令,人必须听从;人违犯律令,上帝惩罚逾越;但上帝爱人并愿意饶恕人的逾越行为,只要人满足信仰的忏悔条件。”[②](P158—159)奥特的总结也可以作《雷雨》人物命运结局的神学注解。《雷雨》世界是一个充满罪恶的世界,正像周萍自己所说的那样:“周家的空气满是罪恶”。《雷雨》中的八个人物都程度不等地行过与上帝诫命不相符合的事,然而绝大部分人(包括鲁大海和周冲)都没有站在上帝的立场审度过自己的邪恶和罪行,惟有周朴园一人在剧情中有明显的悔过倾向,最后又直接皈依了天主教。皈依就意味着悔过认罪,意味着灵魂归向上帝,也意味着上帝对其罪恶的赦免。正像奥特所说:“相信上帝存在的人既是罪人,又是义人,在其直观的心理上可见的尘世之中,人始终是一个罪人,但在这罪人的结构被指明的同时,人也是一个义人,一个已经和正在赦罪的人”。[③] (P154)正是基于此,在最后审判中周冲的年轻生命被上帝残酷地毁灭了,而周朴园则得到了上帝恩赐的怜悯。也正是基于此,鲁侍萍在《雷雨》的最后舞台上还留着一个颤巍巍的躯体,因为她也在第四幕中明确地表达过强烈的发自肺腑的悔罪愿望。只有在这个意义上理解《雷雨》所有人物的命运结局,我们才不至于偏离作者的创作初衷,从而走进真诠《雷雨》奥秘的世界。如果说“暴露大家庭的罪恶”是曹禺所追认的《雷雨》的注释,那么我们说并不是人在暴露,而是神在惩罚“大家庭的罪恶”。

上帝的最后审判并不意味着《雷雨》的最后完结。《圣经》作为上帝拯救人类历史的记录和全部圣言的结集,其最终是以“启示录”来收尾的。《雷雨》中上帝虽然没有出场,但他以隐秘的手段“时时操纵着场上的八个人物”,[④](P379)也给了我们诸多启示:第一,上帝是宇宙和人类的主宰,人类的所有行为始终被“管辖”在上帝统摄的界域内;人的行为一旦忤逆了上帝的意志,必然会遭受上帝的“残酷”惩罚。这也就是曹禺自己所说的“《雷雨》所象征的”是“抓牢我心灵的魔。《雷雨》所显示的……是我所觉得的天地间的‘残忍’‘冷酷’”。[⑤] (P180)更具体地说,《雷雨》象征的是事件的起由,显示的是事件的结局;起由是人类“蛮性的遗留”“原始的情绪”,结局是主宰者上帝的“残酷”的规定;起由是人的情欲,结局是上帝的意志。第二,人的情感世界是一个污浊躁动的世界,而上帝统摄的世界则是一

① 曹禺.雷雨:序[M].北京:人民文学出版社,1994.
② [瑞士]H·奥特.不可言说的言说[M].北京:生活·读书·新知三联书店,1995.
③ [瑞士]H·奥特.不可言说的言说[M].北京:生活·读书·新知三联书店,1995.
④ 曹禺.论戏剧[M].成都:四川文艺出版社,1985.
⑤ 曹禺.雷雨:序[M].北京:人民文学出版社,1994.

个清洁宁静的世界。在污浊躁动的内心情感驱动下，人生很难避免邪恶犯罪的陷阱。而人一旦陷在罪恶里要得到拯救，就必须皈依上帝。曹禺在《雷雨·尾声》的最后一段提示是："老人（周朴园）又望一望立在窗前的老妇（鲁侍萍），转身坐在炉旁的圈椅上，呆呆地望着火，这时姑乙在左边长沙发上坐下，拿了一本《圣经》读着。"对于这个结尾，他自己在《〈雷雨〉的写作》中又作了进一步的说明："这剧收束应该使观家的感情又恢复到古井似的平静，但这平静是丰富的，如秋日的静野，不吹一丝风的草原，外面虽然寂静，我们知道草的下面，嗡嗡叫着多少爬虫，落下多少丰富的谷种呢！"①这意思是说周朴园最终宁静地走进了上帝的神性世界，获得了新的生命。第三，曹禺在写作《雷雨》过程中，曾多角度、多层面考察过宗教问题。人与神亦即人与上帝的关系，以及人在这种关系中的出路问题作为《雷雨》的主旨，正是当时曹禺考察宗教问题时集中思考的问题，也是曹禺想通过戏剧文学"引导"观众去"沉思"②(P187)的问题，正如他自己所说：《雷雨》"说它为宇宙一种隐秘的理解乃是狂妄的夸张，但以它代表一个人一时性情的趋止，对那些'不可理解的'莫名的爱好，在我个人短短的生命中是显明地划成一道阶段。"③(P182)我们知道，曹禺说这话的时候《日出》已经发表，而比之《雷雨》，《日出》在人物命运安排方面，不仅显出许多亮色，也显出了人间社会的诸多必然逻辑性。

《陕西师范大学学报（哲学社会科学版）》2003 年第 5 期

① 曹禺.雷雨的写作[J].杂文，1935(7:2).
② 曹禺.雷雨的写作[J].杂文，1935(7:2).
③ 曹禺.雷雨的写作[J].杂文，1935(7:2).

形而上的困惑与追问

——论曹禺《雷雨》创作时期思想的几个主题

张先飞

1933年曹禺创作《雷雨》，1936年1月写了《雷雨·序》，他在创作《雷雨》前后时期主要思想在两种文本中得到充分体现，前者是思想具象化的文学结晶，后者是他对此期观念的理智叙述——向社会解释剧作主旨，自述此期基本观念。本文拟通过解读这些文本，分析曹禺这一时期的观念形态，即对他首次完整人生观念表述作一概括。

一、"蛮性的遗留"——首次把握宇宙的观念上的尝试

曹禺是现代作家中为数不多具有形而上追求的作家之一。《雷雨》是他首次从形而上高度完整把握、解释宇宙与世界的努力。《雷雨·序》中，曹禺用"蛮性的遗留"概括他创作《雷雨》，即进行这次思想总结时所处精神状态。"蛮性的遗留"是一个近代人类学常识性命题，由美国J. H. Moore提出，它大致在1924年由周作人于《狗抓地毯》中引入中国思想界，作为解释中国文明与生活现状的重要理论支持，并用以帮助他建构"生活的艺术"观。曹禺将此概念泛化，用于概括他创作《雷雨》时所处精神状态，在他看来这是与原始人相类似的状态：面对一无所知、尚未把握的宏大宇宙，全身心震撼于其神秘存在。他在《雷雨·序》中说："《雷雨》可以说是我的'蛮性的遗留'，我如原始的祖先们对那些不可理解的现象睁大了惊奇的眼。"①这是这种精神状态的一面；还有一面，即与这种震撼不可分割的是对宇宙与世界急迫地把握、解释的强烈欲望。因为作为具有意识、能进行主动活动的人，他存在的首要问题是确定自身意义与周围环境意义；外界神秘事物给他造成巨大心理压力，他必须将其观念化，即建立起一套解释系统，将整个外部世界纳入自己的观念范围，否则，作为真正意义上的人无法生存。曹禺所处这种精神状态，他用"憧憬"加以概括——"《雷雨》对我是个诱惑。与《雷雨》俱来的情绪蕴成我对宇宙间许多神秘的事物一种不可言喻的憧憬。"②

当然用"蛮性的遗留"曹禺还说明了一种心态——他与原始祖先一样，面对不可解的宇宙，充满莫名、巨大的恐惧，他称之为野蛮的情绪。

曹禺如何对宇宙、世界进行把握、解释呢？他进行了形而上的把握，不过这种把握完

① 曹禺著《雷雨·序》，见《曹禺全集》第1卷，花山文艺出版社1996年7月1日版。书中此文采用上海文化生活出版社所出单行本《雷雨》1936年1月版，是其初次发表的文本，第7页。

② 见《曹禺全集》第1卷，第7页。

全以情绪、氛围、形象、情节等具象化方式呈现、负载，正如其描述的，“我初次有了《雷雨》一个模糊的影像的时候，逗起我的兴趣的，只是一两段情节，几个人物，一种复杂而又原始的情绪。”[①]当然形而上概括的结果，是要抽演出一些高度凝炼化的总的主题，用以把握、解释世界。为何说是首次完整把握？他解释道：“《雷雨》的降生是一种心情在作祟，一种情感的发酵，说它为宇宙一种隐秘的理解乃是狂妄的夸张，但以它代表个人一时性情的趋止，对那些‘不可理解的’莫名的爱好，在我个人短短的生命中是显明地划成一道阶段。”[②]这说明他通过《雷雨》写作过程，对长期以来苦恼、困惑他的宇宙、生命，乃至整个世界的“谜”做了一次尝试性的完整解答——生命中首次观念总结，即“一种情感的发酵”。

曹禺的形而上概括抽演出一些高度凝炼化的总的主题，用以把握、解释世界。我们来分析一下几个主题及他在《雷雨》独立小世界中对各主题的具体展现。

二、中心主题：宇宙的“残忍”与人类无谓的“挣扎”

《雷雨·序》中曹禺先表明了他对宇宙的困惑与解答的冲动，紧接着表述了他这次对宇宙与世界总的把握得到的中心结论，即“宇宙的残忍”命题，这是他此期对世界的理解的中心主题。他说：“《雷雨》所显示的，并不是因果，并不是报应，而是我所觉得的天地间的‘残忍’，……连绵不断地若有若无地闪示这一点隐秘——这种种宇宙里斗争的‘残忍’和‘冷酷’。”[③]有人说这是曹禺的“命运”观，即他受到希腊悲剧“命运”观或其近代发展的影响，这么说有一定道理，因为“残忍”等总结确近于“命运”这种对宇宙、世界把握的方式，但曹禺的总结与各种命运观，是对相同、相近问题的不同解答，曹禺并非认同或接受了他人观念。他是这样解释此问题的：“在这斗争的背后或有一个主宰来使用它的管辖。……希伯来的先知们赞它为‘上帝’，希腊的戏剧家们称它为‘命运’，近代的人……叫它为‘自然的法则’。而我始终不能给它以适当的命名，也没有能力来形容它的真实相。因为它太大，太复杂。”[④]这是他在试图解释宇宙之“谜”时充满困惑的表述，可以看出，萦绕其心使其困惑的“利维坦”绝非传统命运观。

曹禺要突出与表现此理念，主要是以展现人类行为本身在宇宙间的际遇来说明宇宙的残忍，由此他引发出另一与“残忍”相应的概念——“挣扎”，用以描述人类在残忍命运下的挣扎、希望，以及最终毁灭……他在《雷雨·序》中这样表述：

> ……这堆在下面蠕动的生物。他们怎样盲目地争执着，……而不知千万仞的深渊在眼前张着巨大的口。他们……愈挣扎，愈深沉地陷落在死亡的泥沼里。……在《雷雨》里，宇宙正像一口残酷的井，落在里面，怎样呼号也难逃脱这

---

① 见《曹禺全集》第1卷，第7页。
② 见《曹禺全集》第1卷，第9页。
③ 见《曹禺全集》第1卷，第7页。
④ 见《曹禺全集》第1卷，第7页。

黑暗的坑。[1]

其理念在作品中确实实现了，并非只是主观自我辩护：他在剧中凸现出一重要意象，实为剧中人物精神中共存的幻象——“明天”，它最能突出表现此主题，总括出在宇宙残忍淫威下剧中所有人挣扎终告无效的命运。《雷雨》主干情节不出二十四小时，这一天中，“明天”一词出现率极高，人人都在谈论明天会怎样——计划着明天自己可以摆脱困境，且计划都已摆上议事日程；而且人人对“明天”的企划不仅是具体计划，更是他们对未来美好生活的无限希望，乃至梦想的精神家园的寄托处。作者一再表现出“明天”在每人心中的重要地位，及他们对此抱有的强烈执着态度，但在最后以最沉重打击击碎人人的幻梦，以此最终凸现出其思想主题。

具体到个别人物生存境遇上，主题也得到充分表达。以周朴园为例(这个人物最难被看作命运迫压下的一员)，曹禺塑造他，并未把他放到家庭外的社会生活中表现——正面暴露其铁腕、残忍与罪恶，而是着重写了家庭生活中的他，其道德、伦理生活的一面：从第一幕开始就暴露出他家庭生活极不和睦；他得不到家人间应有的正常心灵交通与相互关爱，显得异常孤独，所以念念不忘侍萍……第一幕四凤道出了这一情形：

> 我怕老爷念经吃素，不喜欢我们伺候他，听说老爷一向是讨厌女人家的。[2]
>
> 老爷还是那样。除了会客，念念经，打打坐，在家里一句话也不说。[3]

而旧房、家具则是他心境的象征：

> 鲁四凤……，老爷说原来的样子不好看，又把您添的新家具叫搬走了。这是老爷自己摆的(旧家具——论者注)。[4]
>
> 周蘩漪……，这老房子永远是这样闷气，家具都发了霉，人们也都是冒鬼气的！[5]

第二幕中其家庭陷入错综的血缘纠葛，说明其个人伦理生活有严重缺陷；随后在第四幕表现了他对不可知命运的恐惧，及由此引起的与他平日形象完全异样的精神衰老、软弱、畏缩的一面，在他与周萍谈话中充分显现：

> ……(严重地)在外面淋了一晚上的雨(指蘩漪——论者注)，说话也非常奇怪，我怕这不是好现象。——(觉得不好恶兆来了似的)我老了，我愿意家里平平安安地……[6]
>
> (畏缩地)不，不，有些事简直是想不到的。天意很——有点古怪，今天一天叫我忽然悟到为人太——太冒险，太——太荒唐，(疲倦地)我累得很。(如释重

---

① 见《曹禺全集》第1卷，第8页。

② 曹禺著《雷雨》，中国现代文学馆编，华夏出版社1997年1月1版。收录1934年7月《文学季刊》1卷3期《雷雨》最初发表文本。第35页。

③ 曹禺著《雷雨》，第37页。

④ 曹禺著《雷雨》，第34页。

⑤ 曹禺著《雷雨》，第35页。

⑥ 曹禺著《雷雨》，第137—138页。

负)今天大概是过去了。(自慰地)我想以后——不该,再有什么风波。(不寒而栗地)不,不该![1]

并且当他以为秘密泄露时,还表现了他在道德上的痛苦、忏悔,他说出一切,仍力图为维持完整的家作最后挣扎:

(悔恨地)侍萍,我想你也会回来的。[2]

(沉痛地)萍儿,你过来。你的生母并没有死……[3]

(沉重地)萍儿,你原谅我。我一生就做错了这一件事。我万没有想到她今天还在,今天找到这儿。我想这只能说是天命。(向鲁妈叹口气)我老了,刚才我叫你走,我很后悔,……现在你既然来了,我想萍儿……会好好地侍奉你。我对不起你的地方,他会补上的。[4]

而当挣扎无效,年轻生命一一崩溃时,他则只能完全听天由命。在这里作品最终显现出在残忍宇宙之下他所处的真实地位——与其他人物一样,都是被命运预先判决的可怜的人们。曹禺又特意安排他在十年后出现,垂老的他无限悔恨,一人绝望承担残忍命运、所有悲剧的重荷……以此充分印证、表达了曹禺的理念。[5]

三、"郁热"——对生命冲动的把握与第二主题:"极端"与"妥协"的冲突

从《雷雨·序》看,《雷雨》文本有分裂。前文论及曹禺从"蛮性的遗留",即"知"的方面对宇宙进行询问、把握,并由此生发出思考中心主题。他是站在高处俯瞰人类,人类被描绘成渺小可怜、盲目挣扎而终不免毁灭的生物。[6] 但他在作此论断同时,又从"情"的方面,对生命的存在状态及自身生命冲动进行了把握,同时他也从高高在上降到与人类同等地位,表达了对自己在内"人"的生命的探讨,这里的"人"有极强主体性,又有自决能力,并在他身上有着深为曹禺肯定、赞扬的生命特质。曹禺在作此探讨后,生发出另一思想主题:"极端"与"妥协"的冲突。此主题与上一主题不在同一层次。

《雷雨·序》中,曹禺对此主题具体这样表述:谈完第一主题后,他笔锋一转,"与这样原始或者野蛮的情绪俱来的还有其他的方面,那便是我性情中郁热的氛围。"[7]这里他用"郁热"为自己的生命冲动、特质作了概括,而且放在与自身精神中"蛮性的遗留"状态并列位置上。应注意的是,在讲此问题时,他是和《雷雨》独立的小世界放在一起讲的。他下面要讲到"夏天",本来是在谈《雷雨》发生的时间将给整出戏织造何种氛围,但实际"夏天"也是一个隐喻,曹禺借它来形容出"郁热"这一生命特质的基本情形,其实也正是借它来充分

① 曹禺著《雷雨》,第138页。
② 曹禺著《雷雨》,第165页。
③ 曹禺著《雷雨》,第165页。
④ 曹禺著《雷雨》,第166页。
⑤ 曹禺著《雷雨》,第3—12页。
⑥ 见《曹禺全集》第1卷,第8页。
⑦ 见《曹禺全集》第1卷,第9页。

表达出他此期的生命情态：

> 夏天……苦热会逼走人的理智。……人们会时常不由己地，更归回原始的野蛮的路，流着血，不是恨便是爱，不是爱便是恨；一切都走向极端，……中间不容易有一条折衷的路。[①]

这种生命特质或冲动的具体表现便是情感、行为的“极端”，从曹禺随后论述中可证明这种状态是他所推崇的生命状态；而与此相反，“妥协”“敷衍”、中庸的状态则为他所歧视、否定，因为这种生存状态与生命冲动完全相反。可以说，“极端”是生命旺盛的表现，而“妥协”是生命力极端匮乏的表现。曹禺这种对人生命冲动、特质的把握，整个被具象化到《雷雨》中，一方面其生命特质投射进作品，成为它的基本氛围；另一方面，他把他概括的人自身两种迥异生命状态具象化到戏剧人物身上。这样，人物冲突实际即是“极端”“妥协”两种生命状态的冲突，且这种冲突状态成为作品主题之一。他具体论述道：

> 代表这样的性格（极端——论者注）是周蘩漪，是鲁大海，甚至于是周萍，而流于相反的性格，遇事希望着妥协、缓冲、敷衍便是周朴园，以至于鲁贵。但后者是前者的阴影，有了他们前者才显得明亮。……“极端”和“矛盾”是《雷雨》蒸热的氛围里两种自然的基调，剧情的调整多半以它们为转移。[②]

不过曹禺肯定的是健全的生命的高度充溢、生命力的旺盛，是在如此意义上的“极端”的生命状态，此思考结论在对周萍塑造上有明晰体现。周萍给人最主要印象是怯弱、胆小的“美丽的空形”，及颓废的生活状态；但这只是表面现象，实际贯穿周萍生命活动的中心是旧的“力”的失去与新的“力”的渴求和找寻（这正是曹禺概括蘩漪时所用的“力”，描述“极端”的关键词）。在周萍小传中曹禺说：他身上曾有过“粗涩的渣滓”，原有“一种可以炼钢熔铁，火炽的，不成形的原始人生活中所有的那种‘蛮力’”（曾为蘩漪痴迷的健康的力）；但这一切被教育，温室生活损坏，[③]没有发展成稳定人性特质、健全坚定人格。周萍生活毫无计划，只凭直觉与感情的浪潮推动。他经常表现出的是时常的毫无理智控制的冲动，而且在冲动时完全无法自控，这使其情感、行动趋于极端，而这种趋于极端的冲动是完全扭曲、不健全的，是生命力被损坏后，欲望情感的变异，生命之力不正常的奔突。不过周萍这种生存状态同时又完全能说明他身上仍蕴含着强大的生命意志。作者在周萍身上表现出来的完全是一种被近代教育、近代生活损坏后发生变异的类似西方世纪末颓废式的精神特质。曹禺这样描述这种变异状态：

> ……你以为他是做不出惊人的事情，没有男子的胆量么？不，在他感情的潮涌起来的时候，……他会冒然地做出自己终身诅咒的事，而他生活是不会有计划的。……叫你觉得他不能克制自己，也不能有规律地终身做一件事。然而他明白自己的病，他在改，不，……永远地在悔恨自己过去由直觉铸成来的错误；因为

---

① 见《曹禺全集》第1卷，第9页。
② 见《曹禺全集》第1卷，第9页。
③ 曹禺著《雷雨》，第44—45页。

当着一个新的冲动来时，他的热情，他的欲望，整个如潮水似的冲上来，淹没了他。他一星的理智，只是一段枯枝卷在漩涡里，他便昏迷似的做出自己认为不应该做的事。这样很自然地一个大错跟着一个更大的错。所以他是有道德念的，有情爱的，但同时又是渴望着生活，觉得自己是个有肉体的人。……如一切好内省而又冲动的人，在他的直觉过去，理智冷回来的时候，他更刻毒地恨自己，更深地觉得这(乱伦的事情——论者注)是反人性……①

可以看到："病""错误""不能克制自己"、理智丧失、"反人性"……都是周萍自省时从反面做的价值判断，他知道它们是一种"内心的残疾"；②而渴望健全生活、健全的活的美的肉体……这些都是与以上判断完全相反的正面价值判断。所以这正说明他希望建立起坚定性格与稳定人性特质，他羡慕所有具此特质者，总之，本质上他是要求"新的力"，也希求用它进行自我拯救；于是他求助于四凤，自认为四凤身上有他紧要之物。他对四凤生命特质的认识，正可说明他对新的生命、生命力的看法：

……他要把自己拯救起来，他需要新的力，……把他由冲突的苦海里救出来……他见到四凤，当时就觉得她新鲜，她的"活"！他发现他最需要的那一点东西，是充满地流动着在四凤的身上。她有"年轻"，有"美"，有充溢着的血，固然他是注意到她是粗，但是他直觉到这才是他要的，突然地他厌恶一切忧郁过分的女人，忧郁已经蚀尽了他的心；他也恨一切经过教育陶冶的女人，(因为她们会提醒他的缺点)同一切细致的情绪，他觉得"腻"！

……他要动，要生，拉着四凤的衣裾，随着她上无羁绊的岸，……③

从此角度可完全看出，他选择四凤，放弃蘩漪，绝不仅是道德上的恐惧，更多的是由于对健全生命的渴求。

综上分析可见，周萍所有的的确是一种不求妥协、不愿敷衍，要求"不完全则宁无"("All or nothing")的"极端"性格特质，如果他面对的只能是妥协、敷衍的生活状态，那么他便会去选择"无"：颓废④，这是在求生命的毁灭，这正是近代西方式的颓废——生命强力的扭曲体现。⑤ 但他真正的理想还是求"完全"——完整健康的人性、"力"，这也正是曹禺要借他来揭示的健全生命情态。

四、"天边外"——曹禺思想的重要母题

曹禺很多思想主题几年内大多变化，但"天边外"主题一直贯穿一生创作，有人命名为

① 曹禺著《雷雨》，第 45 页。
② 曹禺著《雷雨》，第 45 页。
③ 曹禺著《雷雨》，第 46 页。
④ 曹禺著《雷雨》，第 49 页。
⑤ 参见：鲁迅《青年必读书》，1925 年 2 月 21 日《京报副刊》。朱自清《信三通》，见 O. M 编，《我们的七月》，亚东图书馆，1924 年 7 月初版，第 195—206 页。俞平伯《读〈毁灭〉》，1923 年 8 月《小说月报》，第 14 卷 8 号。其中关于颓废的论述。

"周冲情结"。如果说"极端"与"妥协"冲突主题是在描述人的生命状态及自身生命冲动，那么"天边外"主题则代表曹禺在《雷雨》创作时期及此后对人超越性一面的认知。

曹禺几乎所有作品中都有周冲的精神兄弟，或称为"周冲情结"的东西。《雷雨》对周冲的把握有两个层面：现实的层面，超越的层面。在现实层面周冲只能说是一个患了"青春病"的理想主义者，文本中展示了他对现实的一系列议论，这些都是此剧创作时代追求进步的青年共有的一些理想主义色彩极浓的观点：如劳工神圣，把劳动者理想化，劳动者是知识分子引路的人；反对强权、不平等社会状况；女性崇拜、神话爱情[①]……如果客观地看，一定意义上，周朴园对他的评价切中要害，[②]它们的确是一些时髦观念，可以说作者认为它们是一些极理念化，不免肤浅的社会理想，关键是它们对周冲来说实际只是一个幻梦，而后来这些幻梦接续破灭。不过作者对此并不惋惜，他在《雷雨·序》中精确分析了此层面上周冲的实际状况：

> ……他藏在理想的堡垒里，……他不能了解他自己，……他的周围。一重一重的幻念茧似的缚住了他。他看不清社会，……他所爱的人们。他犯着年轻人Quixotic病，有着一切青春发动期的青年对现实那样的隔离。他需要现实的铁锤来一次一次地敲醒他的梦。……连续不断的失望绊住他的脚，……那是他应受的刑罚。[③]

不过我们如仅把其向往当成一种青春病的症候，便会失之狭隘。如果考察曹禺后来创作的诸剧时，我们便会发现，"周冲情结"顽强地活在一些最美好、真挚的灵魂中，散放着异样光彩，由此可推知，"周冲情结"中一定存在被曹禺异常珍视，甚至成为他精神与创作母题的重要成分。这表明作者对周冲的把握还包括超越的层面，"周冲情结"中包含的是：永远与限制精神自由的现实平庸生活针锋相对的自由的精神状态，超越平庸现实的精神世界的无限追求与憧憬，以及人生的"诗意"的生存状态。尤金·奥尼尔曾用形象化的隐喻——"天边外"概括此状态，(《天边外》曾给年轻曹禺很深印象，"天边外"这一语汇也常为他借用。)"天边之内"的世界隐喻现实世界平庸生活状态，"天边外"则是一个包含无比广阔想象的空间——精神能向无限高远自由飞翔的空间。《雷雨》有一段周冲描述梦想的独白，[④]虽然还有流行观念痕迹，但其核心却是"天边外"命题。

从古典话剧或戏曲角度看，周冲所有幻想、议论多会给人多余、可笑的印象，且与紧张剧情格格不入，过于突兀、冗长，……但这正是契诃夫之后现代戏剧在主题表现与表达形式上的有意追求。《海鸥》第一幕有一段类似独白，那是充满看似不切实际理想、幻梦的康斯坦丁·特里勃列夫的剧本中一段诗体独白，充满象征意味、十分晦涩，且相当长。不论从意义还是表现形式上，两段独白都有相同之处：这些看似违反古典戏剧规范、多余之物，

① 曹禺著《雷雨》，第113页。
② 曹禺著《雷雨》，第49页。
③ 见《曹禺全集》第1卷，第11—12页。
④ 曹禺著《雷雨》，第114页。

在剧中都被相当醒目凸显出来，因为实际上，正是它们表达出整剧及作者观念世界中极重要的内核，剧中这样的表现形式具有极强主题意义表达功能，且表现的就是人的超越性追求——“天边外”主题。

这种超越性追求，实为西方近代文学/文明中，或更精确说美学现代性的一重要命题，“天边外”是此命题的一重要意象。从前期浪漫派始，西方不少有识之士对文艺复兴以来到工业革命后兴起的世俗文明、平庸化精神状态十分厌恶，于是从泛神化了的自然，带有中世纪神秘色彩的宗教，异教神话世界中……满足其对本体世界的追求，实际是在个人精神中建立超越的世界图景。真正在美学现代性意义上突出表达出此意念，始于波德莱尔。作为“现代”精神敏锐的“洞察者”，他不仅在艺术批评与散文诗中对其思考并有明晰表述，而且还在《恶之花》中塑造了只属于天空，与俗世格格不入的信天翁的著名意象，或凌空绝俗向高远无比处飞翔的鸟儿。之后这个真正现代意义的命题，逐渐成为现代人思考的普泛性命题，也是环绕甚至困扰他们精神的真实生存问题。从波德莱尔、魏尔伦、兰波的生活体验探险及“生活在别处”的宣告，到马拉美、瓦雷里沉溺的象牙庙塔……体现现代人超越性追求的“天边外”命题，不论成为一种生活状态，还是一种人生认知、生存态度，都在20世纪显现出惊人活力……甚至有人超出对“现代性”思考的范围，如米兰·昆德拉从存在哲学高度称其为“抒情态度”，[①]视之为每个人生存潜在的一种态势，人类生存基本范畴之一。

“天边外”命题中还包含一重重要因素：理想在现实中的尴尬地位。现代主义思考者们，在其对此命题思考的艺术作品或直接表述中，揭示出这样一种残酷真实——面对冷酷现实，理想（或说“梦”），理想者（或做梦、说梦者）往往面临真正意义上的悲剧结局，而这不可避免、必然发生，是在现代社会中的他们及其理想（“梦”）被判定的必然“命运”。我们在这些思考者的深切探讨中总能听到，在其做出结论，或描绘出人物结局时，往往都会同时发出无奈长叹、表现出挥之不去的深长感喟；虽往往同时再加以强作坚韧的对理想无比悲壮的礼赞，以增一点亮色，肯定不灭的生之意志，但终是掩不住那份阴惨、悲凉感叹的冷气，给人往往留下极残酷的撕裂感，甚至即使在以乐观态度出之的作品。曹禺也不免如此，他在《雷雨·序》中掩抑不住对周冲精神的珍视；并对这位超越性理想负载者生命最后毁灭表现出无比痛惜，以严厉的态度质问宇宙中的毫无公正。[②]

由以上历史描述可见，“天边外”命题完全可看作始于19世纪末，一直贯穿整个20世纪的广义现代主义思想运动的一个最基本的核心观念，或是思考起点之一；是现代人及文明中最基本的一种精神现象。

原载《文艺理论与批评》2004年第4期

① [捷]米兰·昆德拉著《生活在别处·英文版序言》，景凯旋译，见《小说的智慧》，艾晓明编译，时代文艺出版社，1992年2月第1版，第135页。

② 见《曹禺全集》第1卷，第12页。

《雷雨》中的“雷雨”意象及其原型分析

杨　敏　万　春

原型理论进入文学批评领域的一个最明显的表现，就是把“原始意象”和“集体无意识”的概念引入到对文学现象的分析。而“原始意象”和“集体无意识”的概念则为文学批评拓展了无限大的时空范围。从时间的维度来看，它把人类当下的精神现象与祖先的遗存联系起来，由这种对时间的跨越而触及了文学现象中的“永恒”问题；从空间的维度来看，它不仅揭示了个体与集体心灵世界的新领域，而且深入挖掘了“集体无意识”背后潜藏的人类心灵的相通性。因为此处的“集体”包含了两个层面的内涵——时间上由上古时代的最早祖先到今天的“我们”，空间上由本民族到所有的种族群类。所以，文学的原型分析最具价值的是它表现出的整体意识和远观视角。正因如此，它才为文学批评开拓一个全新的天地和维度。本文试图通过对曹禺《雷雨》中“雷雨”意象的原型分析，以期走入这一新的文学批评天地。

一、《雷雨》中的雷雨意象

曹禺对雷雨意象似乎情有独钟，在他的剧作《雷雨》《王昭君》《明朗的天》《胆剑篇》里都出现了雷雨意象。而对《雷雨》中的雷雨意象，曹禺格外重视：“《雷雨》里原有第九个角色，而且是最重要的，我没有写进去，那就是称为雷雨的一名好汉……我总不能明显地添上这个人，于是导演们也仿佛忘掉他。我看几次《雷雨》的演出，我总觉得台上很寂寞的，只有几个人跳进跳出，中间少了一点生命。我想大概因为那叫做‘雷雨’的好汉没有出场，演出的人们无心中也把他漏掉。”①(P329)

从总体上看，《雷雨》对雷雨意象的描绘与塑造主要通过以下几方面体现出来：

第一，多方面展示了雷雨到来之前的特有氛围。有时是对天气的直接刻画，有时则是以人物的动作、行为、语言来侧面表现这种氛围。在《雷雨》的第一幕，雷雨虽然没有出现，但到处弥漫着雷雨前的特有气息——郁热、潮湿，没有一丝风。“屋中很气闷，郁热逼人，空气低压着。外面没有阳光，天空灰暗，是将要落雨的神气。”②在这样的自然环境里，人人都感到郁热、烦躁，焦灼不安：忙着为蘩漪煎药的四凤，做着杂事的鲁贵，打球回来的周冲，

① 曹禺. 日出·跋[Z]. 曹禺戏剧集[Z]. 北京：人民文学出版社，1997.

② 曹禺. 雷雨[Z]. 曹禺文集：第一卷[Z]. 北京：中国戏剧出版社，1988.

从外面进屋的周萍。与郁热的雷雨前氛围相一致的是众人烦躁的情绪，四凤为母亲的到来而焦虑不安，鲁贵为还赌债唠叨着向四凤要钱，周萍因为蘩漪的纠缠而心绪不宁。第二幕的结尾是一场雷雨的降临，但此前依然是比第一幕更加压抑的雷雨前景象："午饭后，天气很阴沉，更郁热，潮湿的空气，低压着在屋内的人，使人成为烦躁的了。"鲁贵身上的白汗衫已经汗透了，四凤一边摇着扇一边微微叹着气，许多日没有下楼的蘩漪也下了楼，并亲自打开了窗户透气，在恳求周萍留下来不要走而遭到拒绝之后，她一语双关地对周萍说："风暴就要起来了！"连平日不动声色的周朴园也从郁热的氛围中感受到了雷雨即将到来的信息："大概是暴雨就要下来了。"第三幕的开始依然是更加郁热的气氛："天气还是郁热难堪，天空黑漆漆地布满了恶相的云，人们都像晒在太阳下的小草，虽然半夜里沾了点露水，心里还是热燥燥的，期望着再来一次的雷雨。"至此，雷雨意象已经是"未见其人，先闻其声"地占据了人们的心田。

第二，从光与声两方面描绘雷雨的强大声势，强化雷雨意象的特征。雷雨在剧中真正出现是在第二幕的结尾，曹禺以传神的手法通过对雷雨光与声的描绘展示它的威势和神韵。雷雨开始远距离出现是在当周冲哭着跑出去后，此时外面风雷大作，连周朴园都被惊动了，他喊周萍差下人来关窗，自己则站在窗前"望着外面的闪电"。第三幕的开始，雷雨开始声色俱厉地近距离出现在人们面前："无星的天空时而打着没有雷的闪电，蓝森森地一晃，闪露出来池塘边的垂柳在水面颤动着。闪光过去，还是黑黝黝的一片。"接着"雷又隐隐地响着"，"以后闪电更亮得蓝森森地可怕，雷也更凶恶似的隆隆地滚着"。在这些闪电和雷声之中，"青蛙像是吓得不敢多叫"，"野狗寂寞地狂吠着"。此后，曹禺不断进行着几乎相同的描述："雷声轰轰滚过去"，"外面的雷声"，"雷声大作，一声霹雳"，"雷声轰轰，大雨下"，"窗外蓝森森的闪电"。直到第三幕结束，暴风雨的声音压倒了一切。而进入第四幕，"外面还隐隐滚着雷，雨声淅沥可闻"，"除了偶尔天空闪过一片耀目的电光，蓝森森的看见树同电线杆，一瞬又是黑漆漆的"。接下来，仆人、蘩漪、四凤、侍萍接连从外面的雨地里走来，以浑身雨水淋漓的形象显示了外面大雨滂沱的情形。

第三，随着剧情的逐渐推进，写出了雷雨由远及近、由弱到强、渐行渐进的到来过程。在第一幕里，渲染的只是雷雨前的闷热气氛：天空灰暗，热气逼人，没有一丝风，几乎叫人喘不过气。此时雷雨正在酝酿之中。第二幕，闷热加剧，风声骤起，闪电出现，结尾后悄然降下一场热雨。第三幕，空气依然郁热闷人，更大的一场雨正在酝酿中，在青蛙断断续续的鸣叫和野狗惊恐的狂吠声中，闪电不时地划破天空，其后雷声渐起，愈来愈强，直至幕落，风雨裹着闪电雷声铺天盖地而来。第四幕，闪电雷声不断，大雨倾泻如注，冲倒了厂房，淹没了河沟。在此过程中，三死两疯的悲剧达到了高潮。

二、雷崇拜与雷雨意象

与中国文学作品中大量存在的雷雨意象一样，《雷雨》中雷雨意象出现的文化根源是一种集体无意识——雷雨崇拜，更具体地说是雷崇拜。

雷崇拜是上古时期自然崇拜的主要内容之一，人们对它的崇拜与对太阳、月亮、星辰及风、雨等崇拜结合起来共同形成了天体神崇拜体系。大致说来，古代先民的雷崇拜体现在几个主要方面：

其一，把雷当作与人类圣贤始祖有密切关系的神灵。如把黄帝说成是雷的儿子。《竹书纪年》："黄帝，轩辕氏，母曰附宝，见大电绕北斗枢星，光照郊野，感而孕二十五月而生帝于寿丘，弱而能言。"《河图帝纪通》："黄帝以雷精起。"也有把尧说成是雷之子。《春秋合诚图》："尧母庆都盖大帝之女，生于斗维之野，常三河东南，天大雷电，有血流阔天石之中，生庆都。"这里是在委婉地表示尧是其母与雷电结合后诞生的。《尚书·禹书·舜典》亦云："纳于大麓，烈风雷雨弗迷。"舜在大风雷雨之中不迷，是因为受到了雷的呵护。

其二，竭力探求雷的产生与形成。《易·屯》："雷雨之动，满盈。"《易·解》："天地解而雷雨作。"《淮南子·天文训》："阴阳相薄，感而为雷，激而为霆。"现代科学揭示雷乃是空中带电之云所起的放电现象，而上古初民则认为它的产生是天地相和、阴阳之气相互作用的结果。《礼记·月令》："仲春之月日夜分，雷乃发声，始电，蛰虫咸动，启户始出。"《礼记·月令》："仲秋之月日夜分，雷始收声。"这是对雷出现的季节的认识。

其三，全方位赞颂雷的声势与威力。从《诗经》开始，先民们就表现了对雷的声势的赞美。《诗经·召南·殷其雷》："殷其雷，在南山之阳。"《诗经·邶风·终风》："曀曀其阴，虺虺其雷。"其后各代同类的作品不胜枚举，有赞颂雷振聋发聩的声音的。《楚辞·九歌·山鬼》："雷填填兮雨冥冥，猿啾啾兮狖夜鸣。"柳宗元《乞巧文》："振笙簧触观者，舞悦夸谈雷吼。"有赞颂雷行动之迅疾的。枚乘《七发》："冥火薄天，兵车雷运。"张耒《大礼庆成赋》："令未脱口，雷运风传。"雷运，雷行迅疾。李白《古风》："精光射天地，雷腾不可冲。"有赞颂雷所向无敌的气势的。《诗·大雅·常武》："如雷如霆，徐方震惊。"《庄子·天运》："吾惊以雷霆。"《孙子·军争》："侵掠如火，不动如山，动如雷霆。"贾山《至言》："雷霆之所击，无不摧折者；万钧之所压，无不糜灭者。"雷霆万钧，比喻威势之大不可抗拒。

其四，把雷幻化成一个奇异的天上神灵，即雷神。在上古典籍中，雷神有多种称呼，有直接称雷神的。《山海经·海内东经》："雷泽中有雷神，龙身而人头，鼓其腹，在吴西。"《宋史·礼志》："州县祭社稷，祀风伯雨师雷神为小祀。"有称为雷公的。《越绝书·越绝外传记宝剑》："雨师扫洒，雷公击橐。"《论衡·雷虚》："图画之工，图雷之状，累累如连鼓之形，又图一人，若力士之容，谓之雷公。"有称作雷师的。《楚辞·离骚》："鸾凰为予先戒兮，雷师告予以未具。"《楚辞补注》："春秋合诚图云：轩辕，主雷雨之神，一曰雷师，丰隆也。"《文献通考》："雨师雷师为二坛，同遣司中司明司禄为四坛同遣。"此是说轩辕为主雷雨之神，又名丰隆。有称作雷郎的。《海录碎事·道释·鬼神》："民家女或为神所依，即呼为雷郎。"有称作雷精的。《埤雅》："车前之实，雷之精也。"《论衡》："子路感雷精而生，尚刚好勇。"还有称作雷兽的。《山海经·大荒东经》："东海中有流波山，其上有兽，声如雷，其名曰夔。黄帝得之，以其皮为鼓，橛以雷兽之骨，声闻五百里，以威天下。”《注》：“雷兽即雷神也。”

在先民们对自然之雷和神化之雷的观念中，交织了原始先民对雷的景仰与畏惧、期盼与担忧、亲近与疏离等多种复杂的情感，在他们的意识里，雷或雷神既和他们共居一个世界，常常出现在他们的生活里，又经常超越他们，成为一个能把握他们命运的天神。对于古代先民来说，每一代都曾经经历过雷打死人的事件，这些事件代代相传，人们于是产生了一个想象性的共识——打雷是天发怒的表现，如果有人做了不义之事，上天就会出面伸张正义，惩罚他。轰隆隆震耳的响声与划破夜空的电光都是在显示雷的威严。《观象玩占·总叙雷电》：“雷于天地为长子，主发声，二月出地，百八十日，雷出则万物出。八月入地，百八十日，雷入则万物入。入则除害，出则与利，人君之柄也。”汉王充《雷虚篇》：“盛夏之时，雷电迅疾，击折树木，坏败室屋，时犯杀人，世俗以为击折树木坏败室屋者，天取龙，其犯杀人也，谓之阴过。饮食人以为不洁净，天怒击而杀之。隆隆之声，天怒之音，若人之呴吁矣。”因此，每个人都必须在打雷之时全面地审视自己的行为，防止自己出现会遭雷击的过失。这种意识在《易经》里就有了集中体现。《易经·随卦》：“象曰泽中有雷，随君子以响晦入宴息。”《易经·颐卦》：“象曰山下有雷，颐君子以慎言语节饮食。”《易经·大壮卦》：“象曰雷在天上大壮，君子以非礼弗履。”《易经·解卦》：“天地解而雷雨作，雷雨作而百果草木皆甲，拆解之时义大矣哉！象曰雷雨作解，君子以赦过宥罪。”其后，《礼记·月令》亦云：“先雷三日，奋木铎以兆民曰：雷将发声，有不戒其容止者，生子不备，必有凶灾。”《礼记·玉藻》：“若有疾风迅雷甚雨，则必变，虽夜，必兴衣服冠而坐。”人一旦做了不义之事，就可能受到雷的惩罚。在古代杂记与传说中，记载着大量此类故事。

中国古代这种雷崇拜观念具有广阔的人类共同性。费尔巴哈论述道：“甚至在开化民族中，最高的神明也是足以激起人最大恐惧的自然现象之人格化者，就是迅雷疾电之神。有些民族除了‘雷’一字之外，没有其他字眼来表示神。……连天才的希腊人也干脆把最高之神叫做雷神。”①(P30)不少民族都把雷神当作最高神，如赫梯人奉雷神“提舒布”为一国之主神，②(P364—365)古代日耳曼人认为雷神托尔统治太空，掌握风雨雷电与五谷生长。斯拉夫人“相信只有一个神，即雷电之神才是万物之王”。③ (P242—243)而马来半岛上的色曼人称雷神为“克雷”，以为“克雷是不可见的、巨大的、无所不能的、无所不知的。他创造了人类，给他们灵魂，知道他们犯下的每一桩罪行。尽管他有时是仁慈而和善的。但是，当人们做错了事，他就会发怒，并用雷电警告或杀死他们”。

作为一个原型，古代关于雷与雷神的一切都在先民的心灵中积淀下来，代代相传，成为一个个精神事件。这些精神事件逐渐汇成先民们的一种集体无意识和原型，与其他原

① 宗教本质讲演录[M]. 北京：商务印书馆，1973.
② 托卡列夫. 世界各民族历史上的宗教[M]. 北京：中国社会科学出版社，1985.
③ 弗雷泽. 金枝：上[M]. 北京：中国民间文艺出版社，1987.

型一起共同构成了所有人类灵魂的“家”。由于雷是雨的先兆，紧随雷之后的总是雨，所以人们常常把雷与雨放在一起描写，雷雨于是成为一个同一的意象，即雷雨意象。只要一提到雷雨意象，人们就仿佛回到了遥远的上古时代，关于雷雨意象的一切就会涌上心头。面对雷雨意象，人们自然而然就会把它和正义与威严联系起来，仿佛它是天上的执法官在审视人间的一切，同时也会产生自我品格的反思与灵魂的拷问。而经典的文学作品之所以具有永恒的魅力，就是因为它们在表现对美的追求、对精神自由的追求过程中挖掘了人类的集体无意识和原型，让人们再次回到了精神的故园。这就如同荣格所说的那样：“一旦原型的情境发生，我们会突然获得一种不寻常的轻松感，仿佛被一种强大的力量运载或超度，在这一瞬间，我们不再是个人，而是整个族类，全人类的声音一起在心中回响。”①曹禺的《雷雨》正是这样一部作品。

三、《雷雨》中雷雨意象的深层意蕴

受古代一系列关于雷雨击杀罪恶之人经验的影响，曹禺在用雷雨意象烘托人物、渲染气氛的同时，更重要地表达了剧中人物罪的意识、灵魂的审视和救赎意识。

第一，用雷雨前的气氛表达人物罪的意识。由于对雷雨怀着强烈的崇拜与敬畏之情，面对它的到来，身负罪过的人都会产生罪的意识。在《雷雨》中，雷雨意象的构成首先是雷雨之前的闷热、潮湿、几乎令人窒息的气氛。此时，剧中人物罪的意识主要通过焦虑的情绪体现出来。从心理学上看，焦虑的首要特征表现为一种否定精神——当一个人面对未来感到两难、感到无所适从，这就是他对未来处境的否定。同时，人也会对过去的事情焦虑。而焦虑的意义是双向的，一方面它使人心境不宁，消融人的意志；另一方面，它又表现为人对当下处境的不满，从而使个体产生了改变现实的愿望。从实质上说，人的焦虑情绪的产生主要是由于罪的意识和救赎的困难。在《雷雨》第一幕及第二幕雷雨来临之前的郁热气氛里，主要人物几乎都处在焦虑的情绪之中，而焦虑的原因也几乎都源于罪的意识。四凤自觉违背了母亲的嘱咐，来到周家做女仆并与周家大少爷相爱，母亲即将到来，自己无法向她交代。她顾虑重重，一边不停擦汗，一边叹着气。周萍痛恨自己过去与蘩漪的乱伦关系，觉得犯了不可饶恕之罪。而周朴园之所以声色俱厉地勒令人赶紧把窗户关上，是由于他内心深处对侍萍当年犯下的罪过，是一种源于罪过的焦虑。鲁贵似乎也觉得自己让四凤进入周家是一种过失，因为他明白侍萍反对他这样做。在雷雨之前的郁热里，他们显得异常烦躁。曹禺用雷雨前特有的气氛，表达了剧中人物罪的意识。

第二，在阵阵雷声和闪电里表现人物灵魂的自我审视。基于雷电会惩恶扬善、击杀罪恶之人的观念，面对着越来越响的雷声、越来越近的雷雨，《雷雨》中的人物不自觉地进行自我灵魂的审视。其中周萍的表现最为明显，第一幕他一出场时，他的神态就透射出了一

① 荣格．心理学与文学[M]．冯川，苏克译．北京：三联书店，1987.

直在进行自我审视的内心世界："在他灰暗的眼神里，你看见了不定、犹疑、怯弱同冲突。当他的眼神暗下来，瞳仁微微地在闪烁的时候，你知道他在审阅自己的内心过失，而又怕人窥探出他是这样无能，只讨生活于自己的内心的小圈子里。""他明白自己的病，他在改，不，不如说在悔，永远地在悔恨自己过去由直觉铸成的错误。""他痛苦了，他恨自己，他羡慕一切没有顾忌，敢做一切坏事的人。""他精神颓丧，永远成了不安定的神情。"而单纯善良的四凤倾听雷声、注意闪电的行为里同样透视了她内心的自我审视。正因如此，所以她才会在响雷声中对母亲起誓时表现得十分痛苦十分无奈——侍萍："孩子，天上在打着雷，你要是以后忘了妈的话，见了周家的人呢？"四凤："（畏怯地）妈，我不会的，我不会的。"侍萍："孩子，你要说，你要说。假若你忘了妈的话，——"四凤："（不顾一切地）那——那天上的雷劈了我。（扑在母亲怀里）哦，我的妈呀！（哭出声）。"也正因如此，她才会在与周萍幽会时对天空滚过的雷声害怕至极。周朴园的自我灵魂审视一方面体现在雷电交加的深夜独自在书房中端详侍萍照片的细节，一方面体现在最后诚恳的认错上："（沉重地）萍儿，你原谅我。我一生就做错了这一件事。我万没有想到她今天还在，今天找到这儿。我想这只能说是天命。（向鲁妈叹口气）我老了，刚才我叫你走，我很后悔……"

第三，在雷雨之中展现人物的救赎意识。救赎意识体现在侍萍和周朴园身上是罪过的担当和补偿。在雷雨之夜，当侍萍知道四凤与周萍的乱伦关系之后，她沉重而悲伤地望着天道："啊，天知道谁犯了罪，谁造的这种孽！——他们都是可怜的孩子，不知道自己做的是什么。天哪，如果要罚，也罚在我一个人身上；我一个人有罪，我先走错了一步。如今我明白了，我明白了，事情已经做了的，不必再怨这不公平的天；人犯了一次罪过，第二次也就自然跟着来。——他们是我的干净的孩子，他们应当好好地活着，享着福。罪孽是在我心里头，苦也应当我一个人尝。他们快活，谁晓得就是罪过？他们年青，他们自己并没有存心做了什么错。今天晚上，是我让他们一块儿走，这罪过我知道，可是罪过我现在替他们犯了；所有的罪孽都是我一个人惹的，我的儿女们都是好孩子，心地干净的。那么，天，真有了什么，也就让我一个人担待吧。"在雷雨滂沱的环境中，周朴园最后去掉了所有的伪装，他真诚地对侍萍说："我老了，刚才我叫你走，我很后悔，我预备寄给你两万块钱。现在你既然来了，我想萍儿是个孝顺孩子，他会好好侍奉你。我对不起你的地方，他会补上的。"而周萍与四凤的救赎意识则体现在了自杀的行为上，他们以自我毁灭的方式，救赎自己也救赎他人。鲁大海面对家庭中让他极度痛苦的罪恶，他选择了出走，远离家人，远离故土，自我放逐，在自我放逐中救赎亲人的罪恶。

四、《雷雨》：表现集体无意识

所有的原型都是一种永恒的、集体的"种族记忆"，尽管它不为个人所察觉、所意识，却无时无刻不在人们的头脑里，并预定着个体的思维方式和行为方式。而文学的本质就在于表现集体无意识，作家们虽然以个人的身份表达主题，但其表现的本质却永远是属于集体的。个体只有沉浸到人类的无意识深层，把集体无意识传达出来，才能使文学作品具有感动读者的力量。所以，文学创作的源泉也就在于集体无意识或原型。文学家们往往不自觉地借助于神话来传达集体无意识，并且在客观上引导人们认识原型对人类生活的控制。在具体的文学批评中，原型有时是指一种故事母题的反复，有时是指象征和创作模式的置换变形，有时则是指意象的反复。对于个人来说，集体无意识或原型纯粹是抽象形式，要传达和领悟它，必须借助于原始意象。而作家的整个创作过程始终会伴随着集体无意识，在这个过程中，作家沉入到心灵的深层，在那里感受到人类集体精神的冲击过程，个体的自我不起主导作用，似乎要被潜流冲走。例如歌德与《浮士德》，歌德在创作时，浮士德的精神始终伴随着他；又如尼采在创作《查拉图士特拉如是说》时，主人公一直伴随着他。这两个人物都是一种原始意象，代表着人类的导师或救世主，这是智者的原型，自人类文明之初，就一直埋藏在人类的无意识当中。每当人们遇到难以解决的困惑或者感到迷茫时，这种原型就可能被激活。歌德和尼采敏锐地觉察到了那个时代人们精神上的困惑和内心精神的渴求，重新艺术地塑造了这一原型的意象。

就雷雨意象而言，自古以来人们对它的不断重复表现，也同样是人类行为和精神现象的规律性反复，这种规律是从远古先民时期就决定的。雷雨象征了正义与威严，作为奖善惩恶的天上神，它时时刻刻都在审视人间的丑恶与罪行，只要人间有了罪恶，它迟早会降临人间，挥动它的惩罚之剑——这一切都印在了每个人的无意识深处。只要人们感受到现实中存在着过失或罪恶，并且这些过失或罪恶又无法救赎时，雷雨意象就可能出现。作为一个剧作家的曹禺，雷雨意象时常出现在他的戏剧作品中。他的代表作《王昭君》《明朗的天》《胆剑篇》等，雷雨意象都占据着重要的地位。《王昭君》中的苦伶仃在向天神祈祷时这样唱道："轰隆隆，头顶上的雷！那是天神发怒的拳头劈上大地，草原上滚动着一个个火球。嘎啦啦，苍穹的闪电！那是天神的眼睛，望着宇宙……"这种对雷电的强烈崇拜之情正是自古以来人类对雷雨的主要情感特征。在《雷雨·序》中，曹禺说过自己创作《雷雨》的缘由："写《雷雨》是一种情感的迫切的需要。我念起人类是怎样的可怜动物，带着踌躇满志的心情，仿佛是自己来主宰自己的命运，而时常不是自己来主宰着。受着自己——情感的或者理解的——的作弄，一种不可知的力量的——机遇的或者环境的——作弄；生活在狭的笼里而洋洋地骄傲着，以为是徜徉在自由的天地里，称为万物之灵的人物不是做着最愚蠢的事么？""《雷雨》可以说是我的'蛮性的遗留'，我如原始的祖先们对那些不可理解的现象睁大了惊奇的眼。我不能断定《雷雨》的推动是由于神鬼，起于命运或源于哪种明显的力量。情感上《雷雨》所象征的对我是一种神秘的吸引，一种抓牢我心灵的魔。"①(P354)在此，他传达的正是集体无意识所起到的推动作用。怀着一种生命的悲剧意识，曹禺以为现实社会中的人类生活在一种摆脱不掉的悲剧生存境界之中，无论怎样挣扎都挣

① 曹禺.雷雨·序[A].曹禺戏剧集[Z].重庆：四川文艺出版社，1985.

脱不了悲剧的结局："我请了看戏的宾客升到上帝的座，来怜悯地俯视着这堆在下面蠕动的生物。他们怎样盲目地争执着，泥鳅似的在情感的火坑里打着昏迷的滚，用尽心力来拯救自己，而不知千万仞的深渊在眼前张着巨大的口。他们正如一匹跌在泽沼里的羸马，愈挣扎，愈深沉地陷落在死亡的泥沼里……"①(P356)而悲剧产生的根本原因是由于罪过，由于命运。关于雷雨的象征意义，他曾这样表露过："《雷雨》是一种情感的憧憬，一种无名的恐惧的表征。"②(P356)在《日出·跋》里他也如此说道："写《雷雨》，我不能如旧戏里用一个一手执铁钉，一手举着巨锤青面红发的雷公，象征《雷雨》中不可知的神秘，那是技巧上的不允许。"③(P329)由此可见，剧作《雷雨》中的雷雨意象与人们无意识中的雷雨原型相一致，是雷雨原型的又一次再现。

"艺术家不是一种具有自由意志追求自己终极目标的人，他听凭艺术通过他来实现它的目标。"④正是现实人类的生存状况激活了曹禺无意识深处的雷雨原型，才促使他创作出了《雷雨》这部经典剧作。而《雷雨》所传达出的关于雷雨的多层意蕴，如罪的意识、自我灵魂的审视以及救赎精神等，触及了人们灵魂中的某些根本的东西，也委婉曲折地表达了曹禺对现实社会人类生存境界的深情关注，从而使《雷雨》产生了不朽的艺术魅力。

《安徽大学学报(哲学社会科学版)》2005 年第 3 期

① 曹禺.雷雨·序[A].曹禺戏剧集[Z].重庆:四川文艺出版社,1985.
② 曹禺.雷雨·序[A].曹禺戏剧集[Z].重庆:四川文艺出版社,1985.
③ 曹禺.日出·跋[Z].曹禺戏剧集[Z].北京:人民文学出版社,1997.
④ 荣格.心理学与文学[M].冯川,苏克译.北京:三联书店,1987.

罪感与救赎

——论《雷雨》中“序幕”“尾声”的美学意义

库慧君

曹禺在1936年《雷雨》的“序”中专门讲到“序幕”和“尾声”。尽管他说“聪明的批评者”是不会去追究演出中“序幕”和“尾声”的问题，“这样便省略了多少引不到结论的争执”，[①]但显然他对这两部分的删存是十分在意的。虽然他也表达了对演出者删去“序幕”和“尾声”的理解，但这个“理解”也只是曹禺的一厢情愿，因为无论是演出者还是研究者，其实都不在意曹禺所特别在意的这个“序幕”和“尾声”的存在，似乎应理所当然地把它作为多余的部分加以删去。所以，我们至今所看到的《雷雨》通行本，是根本不知道还有“序幕”和“尾声”的。甚至《雷雨》发表了五十年后，[②]四川人民出版社1984年12月第一版竟把曹禺为1936年版所写的“序”中有关“序幕”和“尾声”的阐述也删节了。这也就不难理解为什么当代许多现代文学史、戏剧史提到《雷雨》时，仅仅只说是“四幕话剧”[③]，而只字不提原本还有“序幕”和“尾声”了。这必然导致读者对《雷雨》这部经典作品的印象是不完整的。“序幕”和“尾声”尽管在人物设置上，如小姐弟俩、两个姑奶奶与正文中的人物毫无瓜葛，甚至没有参与剧中的任何矛盾冲突，但是作为全剧来看，他们却是整个故事的“楔子”和“收束者”。而从全剧所蕴含的美学价值来看，“序幕”和“尾声”的删存与否，甚至会影响对整个作品的深入理解。

一、从“序幕”和“尾声”重探《雷雨》的悲剧性

《雷雨》发表七十年来，主流的理解认为这是一部“以二十年代前后的中国社会为背景，描写一个资产阶级化的封建社会家庭的悲剧。戏剧……从周朴园家庭内外各成员之间前后三十年的错综纠葛深入进去，写出了封建家庭不合理关系所造成的罪恶和悲剧，通过封建家庭的残忍和腐败，透露出整个黑暗社会必然崩溃的信息”。[④] 显然，在这种理解中所透露出的对《雷雨》悲剧性的概括是在社会伦理道德层面上的。对《雷雨》作如此的理解，固然有着比较充足的理论和文本上的依据，但是必须要指出的是，这种理解是以删掉

---

① 曹禺著：《雷雨·序》，文化生活出版社，1936年版，第Ⅴ、Ⅶ页。

② 由于笔者至今还没有见到《雷雨》的所有版本，故只能通过参考有限的资料来作出判断，特此注明。

③ 陈白尘、董健主编：《中国现代戏剧史稿》，中国戏剧出版社，1989年7月第一版，第394页。

④ 陈白尘、董健主编：《中国现代戏剧史稿》，中国戏剧出版社，1989年7月第一版，第394页

"序幕"和"尾声"的"节本《雷雨》"为研究对象的。也就是说，人们在作结论时依照的不是曹禺《雷雨》的原著。因此，这样的结论很难说是全面确切的，甚至不可避免地有断章取义之嫌。而要准确地把握作品，即真正理解作品的悲剧性，无疑对于"序幕"和"尾声"的探究是不可或缺的。

曹禺之所以要写作"序幕"和"尾声"，这与他的生活经历密不可分——他一直生活在苦闷中。童年时，他的苦闷来自于他在襁褓中便失去了母亲。尽管他的继母视他如己出，可是在他心里依然有着缺少生母关怀的深深的遗憾和无法排遣的忧郁；少年时，他的忧愤源于他通过对各种文学作品的阅读而对人的生存困境有了初步的了解，并且还为此"常常陷入一种追索的苦闷之中"[①]；而长大成人后，"在他的意识里逐渐增长着的是对社会的不平感，是对种种人事灼热胸膛的正义感，是对人生意义的朦胧追求，是对现实中贫富对立的强烈感受"。[②] 由此可见，在他成长的过程中，他的苦闷逐渐由对个人身世的不幸之感，而深化到对社会现状的不满，继而升华到对人生意义的积极探索，而探索的结果却让他陷入了更大的苦闷和迷茫中。也就是在苦闷的心情无法宣泄时，他早年对于基督教教义的解读和感悟似乎给他提供了一个释放心灵困惑的空间。正如他所说的："我接触《圣经》是比较早的，小时候常到教堂里去究竟是个什么道理，我自己也莫名其妙：人究竟该怎么活着？为什么活着？应该走什么样的人生道路？所以，那时候去教堂，也是在探索解决一个人生问题吧！"[③]由此看来，他日后将自己对西方宗教教义的理解与体悟引入到戏剧的创作中也是顺理成章的了。这也就让我们不难理解为什么《雷雨》里始终洋溢着的是一种神秘的宗教情绪，而这种宗教情绪在"序幕"和"尾声"中则表现得最为明显。

在"序幕"中曹禺将舞台设想为一个教堂附属医院，而把两个姑奶奶设想为天主教堂里的嬷嬷，并特别提示应在墙壁上悬挂钉在十字架上的耶稣像。曹禺的这些设想本身已让我们感到整个舞台弥漫着虔诚和悲悯的宗教氛围。曹禺试图营造这种氛围，其目的就是要将剧情中人物之间的矛盾冲突和错综复杂的关系与台上的这种氛围交融在一起，让十字架上耶稣基督的哀怜的眼光来关注剧中人物的命运，由此来表达他对基督教教义中"原罪论"的觉解。

《圣经》中说，人生而有罪。这种罪过源于人类祖先对上帝的背叛。因此人在出生时就打上了"原罪"的烙印。也因此，由原罪而赎罪就成为人一生的宿命，即渴望在生命终结时得到上帝的宽恕。然而，这里所说的"罪过"只是基督教教义中对于"原罪"的最初始的诠释。而实际上，所谓"人人有原罪"在基督教教义中"是说人人都有局限性，都有自由意志，所以也就都有这种背离上帝的倾向或可能"。[④] 所谓"上帝"在这里已经抽象为一种信

① 田本相著：《曹禺传》北京十月文艺出版社，1988 年 8 月第一版，第 54 页。

② 田本相著：《曹禺传》北京十月文艺出版社，1988 年 8 月第一版，第 54 页。

③ 张有煌编选：《曹禺论创作·我的生活和创作道路——同田本相的谈话》，上海文艺出版社，1986 年 11 月第一版，第 138 页。

④ 何光沪著：《基督教哲学与中国宗教人性论的相通》，选自徐志伟、赵敦华主编：《冲突与互补：基督教哲学在中国》，社会科学文献出版社，2000 年 10 月第一版，第 229 页。

仰的符号。曹禺在《雷雨》中也就是想借用基督教“原罪”意识的引申义，即人人都可能背离上帝而迷误自身。而这种背离的欲望又出于人所具有的自由意志，这就构成了人性的悖论或“人性的悲剧”。比如《雷雨》中的人物，似乎都出于“爱”的欲望，可却导致了爱的伤害和悲哀。为着“爱”，“周萍悔改了‘以往的罪恶’。他抓住了四凤不放手，想有一个新的灵感来洗涤自己……蘩漪是个最动人怜悯的女人。她不悔改，她如同一匹执拗的马，毫不犹豫地踏着艰难的老道，她抓住了周萍不放手……”①。侍萍又坚持要将四凤从她的情人身边带走……尽管剧中人都用各自不同的方式追求着共同的“信仰”，可是他们的行为方式却一再与他们所追求的信仰相背离。他们互相伤害着，在不知不觉间犯下了更加可怕的罪恶，并将自己推向了毁灭。然而，在这样的“犯罪”过程中，他们并不是被迫按照所谓不可更改、不可逾越的神谕来行动的，恰恰相反，他们都一直保持着头脑清醒，自由地选择着自己的行动方向，并且当他们发现了自己的过失时，也都怀着渴望救赎的意识尽力遏制可怕的悲剧的发生。只是由于采取的措施不当，反而催生了更大的悲剧：蘩漪为赢得爱人而竭力阻止情人与情敌私奔，结果无意中揭开了这个家庭中隐藏着的人际关系，导致了家庭矛盾的总爆发；鲁侍萍为阻止乱伦，被迫解密三十年前的一段往事，却在瞬间造成了整个家庭的崩溃，铸成了无法弥补的损失。而作品的悲剧性，也正是在这些“突转”和“发现”中被淋漓尽致地表达出来。——这就是作品所呈现出来的“人性的悲剧”。

基督教的所谓“原罪——犯罪（同时又是赎罪）——获得救赎”的循环教义，曹禺在《雷雨·序》中用一段晦涩的表白作出了诠释。曹禺一直强调《雷雨》这部作品不是为了显示因果，也不是报应，而是他“所觉得的天地间的‘残忍’……，种种宇宙里斗争的‘残忍’与‘冷酷’。在这种斗争的背后或有一个主宰来使用它的管辖。这主宰，希伯来的先知们赞它为‘上帝’，希腊的戏剧家们称它为‘命运’，……而我却不能给它以适当的命名，也没有能力来形容它的真实相”。② 而这种“残忍”从作品中所反映出来的，就是人的行为的可选择性与结果的未知性之间的激烈冲突，也即人们在寻找人生的出路、追求信仰的过程中，行为结果与信仰追求往往是相背离的。可是，尽管有这种痛苦的历程，人们却没有因此而放弃对人生的探索，仍不断地与生活、与自身的人性弱点作着顽强的斗争。这就是人性的悲剧之美。显然，曹禺在《雷雨》中融合了西方基督教文化中人的自我救赎与渴望获得救赎的虔诚心理。这从一个侧面展示了人类本质力量的伟大，又表达了人在面对现实世界却又无法发挥出潜力的悲哀。曹禺正是试图在《雷雨》的“序幕”和“尾声”中，将这种悲剧感加以点化。

如果说四幕剧中的人物都在“原罪”的自我意识中，在努力自我救赎的过程中迷失了自我的话，那么在“序幕”和“尾声”中，他们中间的一些人最终还是迎来了“自我的回归”。在四幕剧中受到极大伤害的鲁侍萍和蘩漪，她们在“序幕”和“尾声”中虽然精神失常了，但却在教堂医院里得到了温馨的治疗，并且她俩还将在安详虔诚的宗教氛围里度过余生，从

① 曹禺著：《雷雨·序》，文化生活出版社，1936 年版，第Ⅶ页。
② 曹禺著：《雷雨·序》，文化生活出版社，1936 年版，第Ⅴ页。

而回归到一种与世隔绝且与人无争的生存状态中。从这个层面上讲，这种“自我的回归”实际上只是她们所获得的一份来自于基督教的关怀，是宗教对她们的宽容和接纳。而这种宽容和接纳的本身却意味着另一重悲剧。即她们在寻找自己所期待的“爱”中，虽遭受了巨大伤害，但基督教所给予她们的关怀和救赎也只是出于宗教本身悲悯人类、救赎灵魂的教义而已，即只是为她们提供了一条虚无的超脱现实苦难生活的退路。曹禺对于这种“自我的回归”的阐释，不但体现了他对于人生在世的尴尬处境的思考，而且也反映了他对于人们追求信仰而不得的结果的无奈和苦闷，同时也表达了他对这些追求信仰而不得的人们的怜悯。

黑格尔曾经说过：“东方的世界观……一开始就是利用戏剧艺术的完备发展。因为真正的戏剧动作情节的前提需要人物已意识到个人自由独立的原则，或是至少需要已意识到个人有自由自决的权力，去对自己的动作及后果负责……在东方，只有中国人和印度人中间才有一种戏剧萌芽。但是……就连在中国人和印度人中间，戏剧也不是写自由的个人的动作的实现，而只是把生动的事迹和情感结合到某一具体情境，把这个过程摆在眼前展现出来。”①黑格尔对东方戏剧所作出的判断虽然有些偏颇，但是他却指出了东方的世界观对于东方戏剧创作的巨大影响。而这种影响不仅体现在戏剧创作上，而且也体现在对戏剧作品的理解上，东方民族属于“日神型民族”②，而“日神型民族的文化性格比较强调礼仪、秩序、中和、适度，个性淹没在社会之中”。③ 因此，东方人特别是中国人通常更多地是从理性原则、从道德标准出发，即从社会和整体来探讨戏剧作品的内在意蕴。这就是多年来学术界主流的研究视角在解读作品时只是从政治意识形态上来探讨的根本原因。这种探讨自然不可避免地忽略了作品中对于社会的活的细胞——人的心灵困惑的深切关怀。这种忽略，并不是研究者们思维方式上的缺陷，而是对《雷雨》中所体现出的西方文化元素的生疏和误解。

东方文化之所以认为西方文化是一种“罪感文化”，是基于基督教中人人有原罪的教义。然而，基督教教义中所谓的“罪”，并非如一般中国人所认为的“是指法律或道德上的罪过、罪恶或犯罪。一般国人正是在这一误解的基础上，不能接受‘人人的罪’的基督教说法”，④并由此想当然地推论出西方文化中的人性论是以“性恶论”为出发点的。这就使西方文化中的人性论与中国传统哲学中的人性论产生了激烈的矛盾。

其实以基督教或天主教精神为教义的西方文化，更多的是在关注“动态的人性”。所谓动态，是指“人的自由、心智和创造性……本身就意味着人及其行为的不可预测性”。也正是因为如此，人性才会从有限的真善美向着“至真”“至善”“至美”的境界而不断探索。

---

① ［德］黑格尔著：《美学》第三卷下，朱光潜译，商务印书馆，1981 年 7 月第一版，第 297—298 页。

② 苏国荣著：《宇宙之美人》，华文出版社，1999 年 1 月第一版第 1 页。

③ 苏国荣著：《宇宙之美人》，华文出版社，1999 年 1 月第一版第 1 页。

④ 何光沪著：《基督教哲学与中国宗教人性论的相通》，选自徐志伟、赵敦华主编：《冲突与互补：基督教哲学在中国》，社会科学文献出版社，2000 年 10 月第一版，第 228 页。

也即，人生总是处于过程之中的。《雷雨》“序幕”和“尾声”中的两个疯子，在她们身上同样印证着这样的过程，只是她们的结局使她们成了个人意志与既成事实相冲突的牺牲品。曹禺在这里以西方基督教式的情怀，给予了她们宗教意义上的关怀。这一点，在东方文化的背景下是难以被接受的。

中国传统文化以伦理道德为核心，并且将这种伦理道德法制化，由自律变成了更加严厉的他律，即不但注重个人道德的完善，而且更强调个人与社会伦理道德的完全融合。即中国的传统文化所关注的是社会的整体性和谐，而不是从个人本位的视角来看待人性。这种观念在中国传统的戏剧作品中的反映就是，人的个性被完全淹没在社会伦理道德的约束之中。在《雷雨》的四幕剧中，剧中人因违背了社会的伦理道德而受到惩罚，而这在传统的中国的文化观念看来是必然的，因为维系社会的伦理道德观念是不可撼动的。这就是“序幕”与“尾声”被删除的根本原因。

值得提出的是，曹禺虽然不赞成将“序幕”和“尾声”删去，然而他在面对已成事实的删改本时，他没有再作更多的、更强烈的反对。他之所以会持有这样的态度，主要有两方面的原因：一是，曹禺是极其注重戏剧作品的舞台演出的效果的，而删改本确实能节约演出时间，也能让观众快速地进入对戏剧的观赏状态，因此，他可以宽容舞台演出时间对作品的“序幕”和“尾声”所进行的删节；二是，在东方文化的背景下，他也只能对学术界以东方民族惯有的思维方式来探讨他的作品的研究方法表示理解和同情。但是，他也一直期待着有“好的机会，叫我能依我自己的情趣来删节《雷雨》，把它认真地搬到舞台上”。①

二、由“序幕”和“尾声”探寻《雷雨》被误读的根源

话剧在中国发生和发展的历史背景是极为特殊的。我们正是受到这样特殊的历史条件的限制，才会在理解戏剧作品的时候不自觉地过于注重该作品的社会现实意义，却忽略了其作为艺术作品本身所具有的审美价值。也正是因为这种审美上的偏差的影响，许多演出者、读者乃至研究者在解读《雷雨》时，才无法真正把握《雷雨》的艺术性。他们不仅将它定义在所谓“社会问题剧”这一简单而粗糙的范畴里，甚至还将原著中作者极为重视的“序幕”和“尾声”武断地删去了。然而，这些做法不仅反映出了人们对《雷雨》的误读，它更从一个侧面暴露出了长期以来人们对话剧艺术的本质的误解。

话剧最初是以“新剧”的形式，在辛亥革命前后的民族改革浪潮中，被当作宣传社会革命的有效工具而由当时的进步知识分子们引入国门的。在辛亥革命失败后，当“新剧”所张扬的革命题材已经没有市场时，取而代之的便是“除家庭儿女外无剧本，除毒杀淫盗外无事实，除爱情滑稽外无言论”②的庸俗市民剧，而这最终导致了“新剧”的衰落。“五四”时期，“一场反对旧思想、旧道德、旧文化的思想解放运动，以空前的规模和气魄冲击着整个

① 曹禺著：《雷雨·序》，文化生活出版社，1936 年版，第ⅹⅸ页。

② 啸天著：《编新剧宜扩充范围》，《新剧杂志》第一期，1914 年，转引自胡星亮著：《中国话剧与中国戏曲》，学林出版社，2000 年 9 月第一版，第 49 页。

民族的意识形态领域，震荡着全民族的精神世界”。① 在戏剧界，一场轰轰烈烈的戏剧革命也应运而生。进步戏剧家们大都以《新青年》为阵地，大量地译介包含着西方先进思想的外国戏剧作品。他们将这些有着进步思想的话剧作品作为宣传文化革新的有效工具，希望能以其中所宣扬的人道主义、民主主义、爱国主义精神，思想解放、个性解放、自由平等的要求，来启迪和教育处于新旧文化冲突之中的中国大众。这样的目的从社会意义上说，是无可厚非的，甚至在当时的社会环境下，在一定程度上这对开启民智还产生过积极的影响。可是就话剧艺术本身的发展而言，这种做法却极大地阻碍了话剧艺术在中国的发展，它使话剧一度成为政治的附庸，几乎让话剧丧失了作为一门艺术的独特魅力。而这种缺憾则主要是由以下两个方面的原因造成的：

其一，对西方话剧经典作品的严重“误读”。这以“新青年派”为典型。“新青年派”的剧作家和话剧的倡导者们之所以在其刊物《新青年》上推出“易卜生专号”，译介其作品及刊登有关生平和思想的专论，就是因为“Ibsen 敢于攻击社会，敢于独占多数”②的精神气质与当时所宣扬的民主主义和爱国主义的思想精髓不谋而合。然而必须要指出的是，以“新青年派”为代表的一大批进步的剧作家、读者，甚至“易卜生”的研究者，他们对易卜生的理解其实都是“断章取义”式的。他们的目光只是聚集在易卜生创作中期的部分作品上③，即那些关注社会现实生活、剖析社会各方面的弊病的剧作，而对他前期和后期的剧作则几乎不予理睬。而这种漠视必然使他们对易卜生作品的进步性的理解出现简单化的倾向，也即他们认为易卜生的进步性(革命性)仅仅就在于他敢于抨击社会的黑暗面，在于他积极鼓吹个性的自由和妇女的解放。然而这些进步的剧作家、读者和易卜生的研究者们却不自觉地忽略掉了始终贯穿于易卜生全部作品的重大主题，即关注“人的精神生活”④。

其二，话剧的倡导群体和创作群体对话剧的艺术本性的偏离。从 1917 年开始，胡适、钱玄同、刘半农、陈独秀、周作人、傅斯年等人作为鼓吹“创建中国现代话剧”的主将，就不断地在《新青年》杂志上发表讨论戏剧的文章，这引起了一场声势浩大的戏剧美学批判运动。这虽然大力推动了现代话剧在中国的广泛传播，但是由于他们中的大多数人并非戏剧家而是倡导新文化的思想家，⑤故他们并不是将话剧作为一门独特的艺术来给予关注和接受，而是希望能借助戏剧革命的力量来“救治中国政治上、道德上、艺术上、思想上一切的黑暗”。⑥ 随着话剧运动的不断深入，话剧的创作技巧和舞台的实践经验虽然不断地得到了话剧工作者的丰富和完善，但是大多数剧作家仍然乐于在话剧作品中反映新民主主义革命的重大主题，他们依然没有真正感悟到话剧的艺术本质。甚至是被誉为“中国话剧的三大奠基人”之一的田汉，他的作品亦有不少只是用来宣传反帝反封建的工具。如“《黄

① 陈白尘、董健主编：《中国现代戏剧史稿》，中国戏剧出版社，1989 年 7 月第一版，第 11 页。
② 鲁迅著：《集外集·〈奔流〉编校后记三》，选自《鲁迅全集》第七卷，人民文学出版社，1981 年。
③ 参见陈世雄著：《现代欧美戏剧史》，四川教育出版社，1994 年 10 月第一版，第 76—99 页。
④ 参见陈世雄著：《现代欧美戏剧史》，四川教育出版社，1994 年 10 月第一版，第 76 页。
⑤ 参见葛一虹主编：《中国话剧通史》，文化艺术出版社，1997 年 3 月第二次印刷，第 34 页。
⑥ 陈独秀著：《本志罪案之答辩书》，载《新青年》，1918 年第 6 卷第 1 期。

花岗》《孙中山之死》取材于资产阶级旧民主主义革命斗争的史实,……前者作于一九二五年'五卅'运动前夕,写得壮怀激烈、慷慨悲壮,充满反帝爱国的激情;后者……不啻是田汉向蒋介石政权的宣战书"。[①] 至于其他的戏剧家——郭沫若、洪深和创作《上海屋檐下》之前的夏衍,他们的戏剧作品实际上就是广义的"宣传剧",也几乎都偏离了话剧作为艺术的根本特性。而这正是造成中国话剧在很长一段时间内从思想上到艺术上都无法取得长足进步的根本原因。

曹禺在这样的文艺环境中竟能酝酿出《雷雨》这样一部无论从思想上还是从艺术上都超越了同时代的作品且具有极高审美价值的杰作,这无疑是中国剧坛的奇迹。他也因此被誉为"剧坛忽然跳出来的天才者"。

然而这个"奇迹"的出现也不是绝对"忽然"的。其实,曹禺成功的奥秘就在于他以一个真正的艺术家的敏感把握住了话剧作为一门艺术的本质特性。他是以审美的态度来理解话剧作品和进行话剧创作,而拒绝如当时主流的创作倾向那样"生生地把'剧'卖给'宣传政见'",[②]负责在作品中解答当时出现的社会问题;同样,曹禺在审美和创作上的这种自觉也不是纯粹"天才的",而是得益于他特殊的生活和学习经历。据他回忆,自小他就接受到了中国古典戏剧的熏陶。他不仅观赏了许多名家所排演的传统戏曲作品,而且还熟读、记诵家里所藏的《戏考》中的戏文并从中吸取了不少营养;[③]在进入南开中学的南开剧团后,他在张彭春的悉心指导下开始大量地阅读剧本、参与改编剧本和排练演出。[④] 这一切都让他深切地感受到了话剧艺术的独特魅力。就如他在读完张彭春所赠的《易卜生全集》后所感慨的那样:"话剧艺术原来有这么许多表现方法,人物可以那样真实,又那样复杂;那么多不同类型的男女人物,塑造得个个栩栩如生。表现方法又是那么灵活多样,明喻、暗喻、象征,各种手法运用自如。读他的剧作,使人感到妙趣横生。还有他的构思是那么精美巧妙,结构是那么精细严谨,……尤其是它的简洁,简直到了无可挑剔的地步,没有任何多余的与戏剧冲突无关的笔墨。真是大开了眼界!"[⑤]显然,曹禺感悟到了话剧艺术的三

① 陈白尘、董健主编:《中国现代戏剧史稿》,中国戏剧出版社,1989 年 7 月第一版,第 247—248 页。

② 曹禺著:《争强·序》,选自田本相、刘一军主编:《曹禺全集》第五卷,花山文艺出版社,1996 年 7 月第一版,第 5 页。

③ 参见田本相、刘一军编著:《苦闷的灵魂——曹禺访谈录》,江苏教育出版社,2001 年 1 月第一版,第 11—18 页。

④ 参见田本相、刘一军编著:《苦闷的灵魂——曹禺访谈录》,江苏教育出版社,2001 年 1 月第一版,第 13—18 页。在进入南开剧团前,曹禺就读过"当时文学研究会的人翻译的《织工》,德国的霍普特曼的作品,还有耿济之翻译的《巡按》等,读了几本,莎士比亚的作品也看了一些,《威尼斯商人》,当时叫《一磅肉》,还有《女律师》……",在进入南开剧团后,正赶上他们排王尔德的作品《少奶奶的扇子》,曹禺"天天看天天背,把剧本都翻烂了"。除此之外,曹禺还根据莫里哀的《悭吝人》改编了《财狂》并在剧中扮演了韩伯康,根据高尔斯华绥的《争斗》改编了《争强》,正如他所说的:"改编对我写戏大有好处。"至于演戏,曹禺演过易卜生的《国民公敌》,并在《娜拉》中饰演女角,在进入清华大学后,他还在《莫扎特》中演过主角。

⑤ 田本相、刘一军编著:《苦闷的灵魂——曹禺访谈录》,江苏教育出版社,2001 年 1 月第一版,第 14 页。

味。然而更加难能可贵的是，他的艺术追求并没有止于对话剧艺术独特美学特征和美学价值的真正地领悟和把握，他更将这些领悟融入到了戏剧创作的实践中，其处女作《雷雨》就是他将这种纯粹的艺术感悟转化为创作上的自觉后的产物。因此他一再强调着：《雷雨》“是一首诗，一首叙事诗，……这诗不一定是美丽的，但是必须给读诗的一个不断的新的感觉。这固然有些实际的东西在内（如罢工……），但决非一个社会问题剧”。[①] 而作品中“序幕”和“尾声”的设置，则更是集中体现了曹禺独特的美学追求。

首先，曹禺积极地追求着戏剧的诗意性。正如他晚年在回忆《雷雨》的创作时所说的：“我确实是把《雷雨》作为一首诗来写的。”[②]而为了追求“诗意”，曹禺不仅在《雷雨》中特别设置了“序幕”和“尾声”，还在其中特别引入了教堂的环境氛围和运用了宗教音乐——巴赫的《B小调弥撒曲》作为氛围背景[③]。显然，青年曹禺所追求的“诗意”在《雷雨》中已经具体为了一种“悲天悯人”的宗教情绪。而被誉为“古今所有弥撒曲中最伟大的杰作”[④]的《B小调弥撒曲》，它那能让人们心中不由得产生对上帝虔诚的情感的、能“唤起人们产生流逸飘忽、扑朔迷离的幻想，如在梦中游移，同时又使人内心充满深切的悲哀”[⑤]的基调恰好与曹禺在《雷雨》中所要表现的悲天悯人的宗教情绪是相吻合的。因此，曹禺选取了《B小调弥撒曲》中最具代表性的“男高音咏叹调”“Benedictus quivenait Domini Nomini”，[⑥]即“因主名而来的，当受赞美”[⑦]作为“序幕”和“尾声”的氛围背景，就是试图将这种悲天悯人的宗教情绪加以强化，并希望借此一方面能将观众们的情绪引到他所描述的境界，即使“看戏的人们也以一种悲悯的眼来俯视这群地上的人们，……来怜悯地俯视着这堆在下面蠕动的生物”[⑧]另一方面能使“诗意”持久而隽永地流淌在人们中间，也即通过“（那点音乐）……会把观众带到远一点的过去境界内，而又可以在尾声内回到一个更古老、更幽静的境界内”，[⑨]“引导观众的情绪入于更宽阔的沉思的海”，“从而使观众们的情感得到净化”。[⑩]

其次，曹禺试图在悲剧的创作过程中对人性的悲剧进行深度开掘。他自己也曾经对这样的创作倾向作过一段诗意的表白，他说：“我喜欢写人，我爱人，我写出我认为英雄的

① 曹禺著：《〈雷雨〉的写作》，选自田本相、刘一军主编：《曹禺全集》第五卷，花山文艺出版社，1996年7月第一版，第9页。

② 田本相、刘一军编著：《苦闷的灵魂——曹禺访谈录》，江苏教育出版社，2001年1月第一版，第21页。

③ 田本相、刘一军编著：《苦闷的灵魂——曹禺访谈录》，江苏教育出版社，2001年1月第一版，第21页。

④ 邵义强著：《巴洛克乐曲赏析》，河北教育出版社，2004年1月第一版，第219页。

⑤ [法]保·朗多尔米著：《西方音乐史》，朱少坤、周薇、王逢麟、佘熙译，人民音乐出版社，2002年3月第一版，第82页。

⑥ 曹禺著：《雷雨》，选自《曹禺戏剧选》，人民文学出版社，1997年11月第一版，第5页。

⑦ 邵义强著：《巴洛克乐曲赏析》，河北教育出版社，2004年1月第一版，第230页。

⑧ 曹禺著：《雷雨·序》，文化生活出版社，1936年版，第ⅵ页。

⑨ 曹禺著：《〈雷雨〉的写作》，选自田本相、刘一军主编：《曹禺全集》第五卷，花山文艺出版社，1996年7月第一版，第11版。

⑩ 曹禺著：《雷雨·序》，文化生活出版社，1936年版，第ⅹⅷ页。

可喜的人物；我也恨人，我写过卑微、琐碎的小人。我感到人是多么需要理解，又是多么难于理解。”[①]可见，他对人性是有十分深刻的见解的。因此我们也就不难理解为什么他常常会在作品中对由人性的弱点所造成的悲剧，流露出一种真挚而深沉的悲悯意识。而在《雷雨》“序幕”和“尾声”中，曹禺没有将身负重罪的周朴园和饱受创伤的鲁侍萍、周蘩漪直接推向死亡，反而心怀怜悯地让周朴园在宗教的感化中悔悟，让鲁侍萍和周蘩漪在癫狂中获得救赎的设计，这正是他对人性悲剧的理解的具体体现。在曹禺看来，《雷雨》中人性的悲剧之美存在于人不断地与生活、与自身的人性弱点作着顽强的斗争的过程中。假如以戏剧人物的“死亡”作为悲剧的最终结局，虽然能一时引起观众们内心的强烈感受，但是这种感受会随着时间的消逝而被渐渐地磨蚀。因为，无论是人物自主地选择“死亡”，还是剧作家有意安排人物遭受“死亡”，都意味着戏剧人物对现实生活中的苦难采取逃避和妥协的态度，而这从本质上讲就是人性怯弱的表现。这种怯弱对作品所蕴含的悲剧美必然起着消解的作用。而将“疯狂”及对宗教的皈依作为悲剧的最终结局的意味则不同：悲剧人物的“疯狂”不仅表现出他们的行为与现实世界之间所发生的激烈碰撞，而且更加突出了悲剧人物在灵魂里所掀起的巨大风暴；而悲剧人物的“在忏悔中醒悟”，则将人与自身的人性弱点相抗争的激烈性推向极致，因为他不仅要在清醒中面对现实的痛苦，同时还对自己的过失作着永无止境的忏悔，而且更要在追悔中不断寻求救赎灵魂的方法，因此也便能更充分地展示人与生活、与自身的人性弱点进行抗争的彻底性、人性本身的复杂性，以及“人性悲剧之美”的深刻性和崇高性。

再次，曹禺在创作过程中自觉地追求和积极地探索着现代戏剧美学观念，并将之应用于创作实践之中。这一点同样在《雷雨》“序幕”和“尾声”的人物设置中得到了充分的展示。在“序幕”和“尾声”里，曹禺特别设置了两个与四幕剧的剧情毫无瓜葛的人物——小姐弟俩。他试图通过描绘姐弟俩的争执，尤其是描绘弟弟的态度由高声地抗议“不，姐姐，我不爱听这个。……不，姐姐，我不爱听这个。……不，姐姐，我要你给我讲笑话”，[②]到倔强地坚持“不，你不告诉我这屋子怎么死了三个人，我不走”[③]转变，营造出“陌生化”的戏剧效果，并借此来淡化“舞台幻觉”，从而达到曹禺所期待的境界：“是想送看戏的人们回家，带着一种哀静。低着头，沉思着，念着这些在情热、在梦想、在算计里煎熬着的人们。荡漾在他们的心里应该是水似的悲哀，流不尽的；而不是惶惑的，恐怖的，回念着《雷雨》像一场噩梦，死亡，惨痛如一只钳子似的夹住人的心灵，喘不出一口气来。”[④]也即，他是想要通过这两个人物的活动来拉开舞台表演与现实世界之间的距离，从而构成一种激发观众的思考力的媒介，使观众们不再是简单地将感情转移到由演员来模仿扮演的角色上，而是让他

① 曹禺著：《曹禺论剧作·序》，选自田本相、刘一军主编：《曹禺全集》第五卷，花山文艺出版社，1996年7月第一版，第81页。

② 曹禺著：《雷雨》，选自《曹禺戏剧选》，人民文学出版社，1997年11月第一版，第11页。

③ 曹禺著：《雷雨》，选自《曹禺戏剧选》，人民文学出版社，1997年11月第一版，第13页。

④ 曹禺著：《雷雨·序》，文化生活出版社，1936年版，第ⅴⅶ页。

们保持冷静的审美心态来关注四幕剧中的悲欢离合，并能运用理智对这些人物和事件进行思考与评判。事实上，这也就是曹禺对“离间化”的一种尝试。而这不仅显示了一位艺术家独特的戏剧美学追求，它也给《雷雨》“罩上了一层纱”，使《雷雨》具有如此摄魂的魅力。

显然，曹禺走的是与他同时代的戏剧家们截然不同的创作路子。我们甚至可以认为，曹禺是中国百年话剧史上的一个例外，他早年所秉持着的创作理念无疑是走在当时中国剧坛最前沿的，而且他当时的创作水平和艺术水准已经远远超过了同时代的戏剧家们，甚至在他身后的数十年里，也没有一位后起之秀能望其项背。也正是因为曹禺的创作思想具有“超前性”，所以长期以来，已经深陷于“将话剧等同于‘宣传剧’”这种思维定势的人们才无法真正理解曹禺的作品。因此，自《雷雨》问世以来，不少评论家和研究者一直不厌其烦且盲目自信地为作品加上“暴露大家庭的罪恶”的注释来等着作者的追认，而对曹禺把《雷雨》仅仅当作“诗”，当作一种不可言喻的诱惑的告白却视而不见，更不用说去真正理解作品中所蕴含的宗教式的悲天悯人的情怀了。而《雷雨》的降生，恰恰是青年曹禺在“念起人类是怎样可怜的动物，带着踌躇满志的心情，仿佛是自己来主宰自己的命运，而时常不是自己来主宰着”[①]的悲剧后，所产生的要宣泄“一种情感的迫切的需要”[②]，《雷雨》的“序幕”和“尾声”则正是这种“情感”的点睛之处。可悲的是，由于上述的思维定势的限制，几乎没有人去真正地领会为什么曹禺为了保留“序幕”和“尾声”甚至想在那四幕里删去一下的苦心，他们依然为着演出时间太长和为着增强作品的“反封建性”的缘故将《雷雨》“斫去了‘序幕’和‘尾声’”，让它“无头无尾，直挺挺一段躯干摆在人们眼前”。[③] 而这样的做法无疑是反艺术的。

综上所述，“序幕”和“尾声”是《雷雨》中不可分割的一部分，无论是“序幕”和“尾声”的保留或是删除，都会引起对作品审美意义理解上的重大差异。而从人们对“序幕”和“尾声”删存与否的态度中，我们更体察到长期以来人们对于话剧这门独特艺术的理解。因此，本文的目的也不仅仅只是通过对《雷雨》的“序幕”和“尾声”的重新解读来论证它们的重要性及纠正人们的“误读”倾向，更是希望借此来反思这百年来我们对话剧本身的深度“误解”。

选自《世纪雷雨——2004年潜江曹禺学术研讨会论文集》，
中国文史出版社2005年9月

① 曹禺著：《雷雨·序》，文化生活出版社，1936年版，第Ⅴ—Ⅵ页。

② 曹禺著：《雷雨·序》，文化生活出版社，1936年版，第Ⅴ页。

③ 曹禺著：《日出·跋》，选自田本相、刘一军主编：《曹禺全集》第一卷，花山文艺出版社，1996年7月第一版，第390页。

论《雷雨》舞台指示词的效用与艺术

杨剑龙

在曹禺的话剧创作中，处女作《雷雨》以充沛的激情、独特的构思、跌宕的情节、生动的人物，奠定了其在中国现代话剧史上具有开拓意义的地位，使剧作成为舞台上久演不衰的经典剧目。在谈到《雷雨》时，曹禺说："巴金对我说过：'《雷雨》是一部不但可以演出，也可以读的作品。'他的这句话说中了我的本意的。我写这个戏确实不但想着看戏的观众，也是想着看不到演出的读者的。"①这在《雷雨》的舞台指示词中更可见此种努力。曹禺在剧作《雷雨》中，用了诸多篇幅的舞台指示词，对于交代舞台环境、勾勒角色性格、推动剧情发展等，都有着十分重要的作用，对于导演与演员把握角色性格、剧作矛盾、剧情演进等，都有着十分切实的指导意义。《雷雨》以其情景交融的氛围创造、精到凝练的神韵勾勒、多样化的修辞手法等，以细腻生动的抒情写意的笔触，使其舞台指示词如诗如画，充满着独特的艺术魅力，成为剧作不可或缺的重要组成部分，也使剧本具有相当的可读性。

一

曹禺对其处女作《雷雨》是十分珍爱的，他说："我是一个不能冷静的人，谈自己的作品恐怕也不会例外。我爱着《雷雨》如欢喜在溶冰后的春天，看一个活泼泼的孩子在日光下跳跃，或如在粼粼的野塘边偶然听得一声青蛙那样的欣悦。"②(P9)他以诗一样的语言表达其对于《雷雨》的珍爱。在《雷雨》的创作中，曹禺十分注意创造剧作情景交融的氛围，在舞台指示词中他以十分细腻生动的笔触精心描绘与创造剧作的氛围。

在剧作的《序幕》中，对于冬日下午在某教堂附设医院场景的描绘，在这个原本是周公馆的宽大客厅的描绘中，突出了"屋内所有的陈设都很富丽，但现在都呈现着衰败的景象"的特点：雕着半西洋化旧花纹笨重的门、满是斑点褪色的厚帷幔、放着暗涩的光金黄的铜门钮、门上脱落残蚀的轮廓同漆饰、年久失修褪了色深褐的墙、壁炉前的长旧圆椅、半人高的旧式紫檀小衣柜、红木漆桌上的两个旧烛台、墙上张贴着的大而旧的古油画。在充满着宗教色彩的氛围中，在陈旧而不乏富丽的衰败景象中，蕴蓄着十年前的一个悲剧故事，在

① 曹禺．简谈《雷雨》[J]．收获，1979(2)．

② 曹禺．《雷雨》序[A]．四川大学中文系．中国当代文学研究资料：曹禺专集(上)[Z]．四川大学中文系，1979．

充满着忏悔意味的情境中，将观众与读者带回十年前一个烦躁而多事的夏日。

英国戏剧理论家阿·尼柯尔在谈到悲剧时，特别强调运用超自然现象的手法于剧作气氛的创造。他说："不言而喻，悲剧中采取这种超自然现象的手法——从赤裸裸地表现一个鬼魂到单纯暗喻一种不明确的气氛——其表现手法实在多种多样，而且在那种气氛中并没有运用武断的话语，而是仅仅将一些模糊的暗示和半幻觉的、飘荡的思想情感的鬼火投在观众面前。"①(P127)在《雷雨》的创作中，曹禺也十分关注超自然现象手法的运用，关注对于悲剧气氛的创造，他常常用舞台指示词造成剧作的悲剧气氛。曹禺在谈到《雷雨》时说："我不能断定《雷雨》的推动是由于神鬼，起于命运或源于哪种明显的力量。情感上《雷雨》所象征的对我是一种神秘的吸引，一种抓牢我心灵的魔。《雷雨》所显示的，并不是因果，并不是报应，而是我所觉得的天地间的'残忍'……这种种宇宙里斗争的'残忍'和'冷酷'。"②(P10)在具有象征色彩的氛围的创造中，使剧作呈现出浓郁的悲剧色彩。

曹禺在谈到《雷雨》的舞台气氛时说："关于《雷雨》的舞台气氛。这是我写戏很注意的一个问题。也就是把自然界的现象和剧情的发展联系起来，用以表现人物、人与人之间的关系，有时可以起到很大的作用。《雷雨》的第一幕，既没有雷，也没有雨。我把剧本里的八个人都放到雷雨之前的令人窒息的空气里，闷、热，一丝风都没有。"③在第一幕开篇，曹禺十分细致地描绘周家客厅的场景，在华丽的气象中透露出闷热的氛围：

> 景——大致和序幕相同，但是全屋的气象是比较华丽的。这是十年前一个夏天的上午，在周宅的客厅里。
>
> 壁龛的帷幔还是深掩着，里面放着艳丽的盆花。中间的门开着，隔一层铁纱门，从纱门望出去，花园的树木绿荫荫地，并且听见蝉在叫。右边的衣服柜，铺上一张黄桌布，上面放着许多小巧的摆饰，最显明的是一张旧相片，很不调和地和这些精致东西放在一起。柜前面狭长的矮几，放着华贵的烟具同一些零碎物件。右边炉上有一个钟同鲜花盆，墙上，挂一幅油画。炉前有两把圈椅，背朝着墙。中间靠左的玻璃柜放满了古玩，前面的小矮凳有绿花的椅垫，左角的长沙发还不旧，上面放着三四个缎制的厚垫子。沙发前的矮几排置烟具等物，台中两个小沙发同圆桌都很华丽，圆桌上放着吕宋烟盒和扇子。
>
> 所有的帷幕都是崭新的，一切都是兴旺的气象，屋里家具非常洁净，有金属的地方都放着光彩。屋中很气闷，郁热逼人，空气低压着。外面没有阳光，天空灰暗，是将要落暴雨的神气。

虽然场景与序幕大致相同，却呈现出"一切都是兴旺的气象"：艳丽的花盆、绿荫荫的

---

① [英]阿·尼柯尔. 西欧戏剧理论[M]. 北京：中国戏剧出版社，1985.

② 曹禺.《雷雨》序[A]. 四川大学中文系. 中国当代文学研究资料：曹禺专集（上）[Z]. 四川大学中文系，1979.

③ 曹禺谈《雷雨》[J]. 人民戏剧，1979(3).

花园、绿花的椅垫、华丽的沙发圆桌、崭新的帷幕、洁净的家具。在华丽的客厅的描绘中突出雷雨即将来临前的气闷郁热。在摇着蒲扇揩汗的四凤、额上冒着汗珠吃力地擦银家具的鲁贵身上，更突出夏日令人窒息的闷热。

随着剧情的发展，曹禺始终关注与描述着雷雨到来前的这种令人窒息的空气。在第二幕中，曹禺写道："午饭后，天气很阴沉，更郁热，潮湿的空气，低压着在屋内的人，使人成为烦躁的了。"在剧情的发展中，郁热潮湿的空气使人更为烦躁，为角色之间的情感冲突、矛盾纠葛创造了独特的艺术氛围。

与其他几幕不同，第三幕的场景置于鲁贵的家里，曹禺将这个贫民区的氛围描写得十分真切细腻而有声有色：

杏花巷十号，在鲁贵家里。——

下面是鲁家屋外的情形：

车站的钟打了十下，杏花巷的老少还沿着那白天蒸发着臭气，只有半夜才从租界区域吹来一阵好凉风的水塘边上乘凉。虽然方才落了一阵暴雨，天气还是郁热难堪，天空黑漆漆地布满了恶相的黑云，人们都像晒在太阳下的小草，虽然半夜里沾了点露水，心里还是热燥燥的，期望着再来一次的雷雨。倒是躲在池塘芦苇根下的青蛙叫得起劲，一直不停，闲人谈话的声音有一阵没一阵地。无星的天空时而打着没有雷的闪电，蓝森森地一晃，闪露出来池塘边的垂柳在水面颤动着。闪光过去，还是黑黝黝的一片。

渐渐乘凉的人散了，四周围静下来，雷又隐隐地响着，青蛙像是吓得不敢多叫，风又吹起来，柳叶沙沙地。在深巷里，野狗寂寞地狂吠着。

以后闪电更亮得蓝森森地可怕，雷也更凶恶似的隆隆地滚着，四周却更沉闷地静下来，偶尔听见几声青蛙叫和更大的木梆声，野狗的吠声更稀少，狂雨就快要来了。

最后暴风暴雨，一直到闭幕。

车站传来的钟声、蒸发着臭气的水塘、布满了黑云的天空、池塘芦草下的蛙鸣、纳凉闲人的谈话声、蓝森森的闪电、深巷里野狗的狂吠、隆隆滚动的雷声、偶尔传来的木梆声，将杏花街夜晚的破败与燥热、偏僻与阴森，都通过声音与色彩的勾勒十分生动地展示了出来，为周萍、周冲寻找到杏花街鲁贵的家，为蘩漪跟踪周萍设置了一个独特的氛围与背景。木板床干净的夹被、烟草公司的广告画、有镜子梳子的小方桌、床下两三双很时髦的鞋、罩着鲜红美丽纸灯罩洋油灯等的描绘，展示出虽贫穷却整洁的四凤的个性。

在第四幕中，曹禺又将场景置于周家客厅，在周朴园独坐客厅形影相吊中蕴蓄着矛盾冲突的发展和激化：

景：——周宅客厅内。半夜两点钟的光景。

开幕时，周朴园一人坐在沙发上，读文件；旁边燃着一个立灯，四周是黑暗的。

外面还隐隐滚着雷声，雨声淅沥可闻，窗前帷幕垂了下来，中间的门紧紧地掩了，由门上玻璃望出去，花园的景物都掩埋在黑暗里，除了偶尔天空闪过一片耀目的电光，蓝森森的看见树同电线杆，一瞬又是黑漆漆的。

周朴园独自阅读文件的身影、隐约可闻的雷声、窗前低垂的帷幕、掩埋在黑暗里的花园、偶尔闪过的电光、如同电线杆的树木，都将这一幕家庭悲剧的氛围创造了出来。

剧作尾声中，远处教堂合唱弥撒声同大风琴声、呆望着周朴园却不相识的侍萍、痴呆地望着窗外的身影、呆望着炉火的老人、在沙发上读圣经的修女，都使这幕悲剧有了余韵袅袅的情境。

曹禺在谈到《雷雨》时说："我对《雷雨》的了解只是有如母亲抚慰自己的婴儿那样单纯的喜悦，感到的是一团原始的生命之感。"①(P9)他强调一种原始生命的感受。并说："与这样原始或野蛮的情绪俱来的还有其他的方面，那便是我性情中郁热的氛围。夏天是个烦躁多事的季节，苦热会逼走人的理智。"②(P12)曹禺将悲剧故事置于夏天这个烦躁多事季节，并努力创造这个令人窒息郁热的氛围，在具有象征意味的氛围描绘中，构成了人物活动的独特悲剧环境。

二

曹禺在谈到《雷雨》的人物性格的塑造时说："写《雷雨》的时候，我没有想到我的戏会有人排演，但是为着读者的方便，我用了很多的篇幅释述每个人物的性格。如今呢，《雷雨》的演员们可以借此看出轮廓。"③(P16)以舞台指示词阐释角色的性格，以精到凝练的神韵勾勒突出人物性格的轮廓，成为《雷雨》舞台指示词的独特之处。

在对于人物性格的刻画中，最用力的是蘩漪与周萍了，曹禺在由外至内、由表及里的描绘勾勒中，将角色的性格立体化地刻画了出来。曹禺勾画周蘩漪：

她一望就知道是个果敢阴鸷的女人，她的脸色苍白，只有嘴唇微红，她的大而灰暗的眼睛同高鼻梁令人觉得有些可怕。但是眉目间看出来她是忧郁的，在那静静的长的睫毛的下面。有时为心中的郁积的火燃烧着，她的眼光会充满了一个年青妇人失望后的痛苦与怨望，她的嘴角向后略弯，显出一个受抑制的女人在管制着自己。她那雪白细长的手，时常在她轻轻咳嗽的时候，按着自己瘦弱的

① 曹禺.《雷雨》序[A].四川大学中文系.中国当代文学研究资料：曹禺专集(上)[Z].四川大学中文系，1979.

② 曹禺.《雷雨》序[A].四川大学中文系.中国当代文学研究资料：曹禺专集(上)[Z].四川大学中文系，1979.

③ 曹禺.《雷雨》序[A].四川大学中文系.中国当代文学研究资料：曹禺专集(上)[Z].四川大学中文系，1979.

胸。直等自己喘出一口气来，她才摸摸自己胀得红红的面颊，喘出一口气。她是一个中国旧式女人，有她的文弱，她的哀静，她的明慧，——她对诗文的爱好，但是她也有更原始的一点野性：在她的心，她的胆量，她的狂热的思想，在她莫明其妙的决断时忽然来的力量。整个地来看她，她似乎是一个水晶，只能给男人精神的安慰，她的明亮的前额表现出深沉的理解，像只是可以供清谈的；但是当她陷于情感的冥想中，忽然愉快地笑着；当她见着她所爱的，红晕的颜色为快乐散布在脸上，两颊的笑涡也显露出来的时节，你才觉得出她是能被人家爱的，应当被人爱的，你才知道她到底是一个女人，跟一切年青的女人一样。她会爱你如一只饿了三天的狗咬着它最喜欢的骨头，她恨起你来也会像只恶狗狺狺地，不，多不声不响地恨恨地吃了你的。然而她的外形是沉静的，忧烦的，她会如秋天傍晚的树叶轻轻落在你的身旁，她觉得自己的夏天已经过去，西天的晚霞早暗下来了。

曹禺深入肯綮地刻画蘩漪果敢阴鸷的个性：苍白的脸色、微红的嘴唇、高耸的鼻梁、大而灰暗的眼睛、忧郁的神情、郁积的心火，令人觉得有些可怕。她的文弱、哀静、明慧、野性、狂热，她的可爱与可怖，她的外表的沉静忧郁，内在的疯狂与绝望，都在曹禺婉转而细腻的描绘中显现出来。提到蘩漪，曹禺说："她的生命烧到电火一样的白热，也有它一样的短促。情感，郁热，境遇，激成一朵艳丽的火花，当着火花消灭时，她的生机也顿时化为乌有。她是一个最'雷雨'的(原是我的杜撰，因为一时找不到适当的形容词)性格，她的生命交织着最残酷的爱和最不忍的恨，她拥有行为上的许多矛盾，但没有一个矛盾不是极端的。'极端'和'矛盾'是《雷雨》蒸热的氛围里两种自然的基调，剧情的调整多半以它为转移。"①(P12—13)最残酷的爱和最不忍的恨构成了蘩漪性格的果敢阴鸷，爱起来如火，恨起来似刀，她为了抓住即将失去的爱不惜挣个鱼死网破，构成了蘩漪的"雷雨"性格，这一长段的舞台指示词将其性格和盘托出。

曹禺细致深入地描绘周萍的外表与个性，尤其突出其性格的矛盾与冲突：

他约莫有二十八九，脸色苍白，躯干比他的弟弟略微长些。他的面目清秀，甚至于可以说美，但不是一看就使女人醉心的那种男子。他有宽而黑的眉毛，有厚的耳垂，粗大的手掌，乍一看，有时会令人觉得他有些憨气的；不过，若是你再长久地同他坐一坐，会感到他的气味不是你所想的那么纯朴可喜，他是经过了雕琢的，虽然性格上那些粗涩的渣滓经过了教育的提炼，成为精细而优美了；但是一种可以炼钢熔铁的，不成形的原始人生活中所有的那种"蛮"力，也就是因为郁闷，长久离开了空气的原因，成为怀疑的，怯弱的，莫明其妙的了。和他谈两三句话，便知道这是一个美丽的空形，如生在田野的麦苗移植在暖室里，虽然也开花

① 曹禺.《雷雨》序[A].四川大学中文系.中国当代文学研究资料：曹禺专集(上)[Z].四川大学中文系，1979.

结实，但是空虚脆弱，经不起现实的风霜。在他灰暗的眼神里，你看见了不定，犹疑，怯弱同冲突。当他的眼神暗下来，瞳人微微地在闪烁的时候，你知道他在密阅自己的内心过缺，而又怕人窥探出他是这样无能，只讨生活于自己的内心的小圈子里。但是你以为他是做不出惊人的事情，没有男子的胆量么？不，在他感情的潮涌起的时候，——哦，你单看他眼角间一条时时刻刻地变动的刺激人的圆线，极冲动而敏锐的红而厚的嘴唇，你便知道在这种时候，他会贸然地做出自己终身诅咒的事，而他生活是不会有计划的。他的嘴角松弛地垂下来。一点疲乏会使他眸子发呆，叫你觉得他不能克制自己，也不能有规律地终身做一件事。然而他明白自己的病，他在改，不，不如说是在悔，永远地在悔恨自己过去由直觉铸成的错误；因为当着一个新的冲动来时，他的热情，他的欲望，整个如潮水似的冲动起来，淹没了他。他一星星的理智，只是一段枯枝卷在漩涡里，他昏迷似的做出自己认为不应该做的事。这样很自然地一个大错跟着一个更大的错。所以他是有道德观念的，有情爱的，但同时又是渴望着生活，觉得自己是个有肉体的人。于是他痛苦了，他恨自己，他羡慕一切没有顾忌，敢做坏事的人，于是他会同情鲁贵；他又钦慕一切能抱着一件事业向前做，能依循着一般人所谓的道德生活下去，为模范市民，模范家长的人，于是他佩服他的父亲。他的父亲在他的见闻里，除了一点倔强冷酷，——但是这个也是他喜欢的，因为这两种性格他都没有——是一个无瑕的男子。他觉得他在那一方面欺骗他的父亲是不对了，并不是因为他怎么爱他的父亲（固然他不能说不爱他），他觉得这样是卑鄙，像老鼠在狮子睡着的时候偷叹一口气的行为，同时如一切好自省而又冲动的人。在他的直觉过去，理智冷回来的时候，他更刻毒地悔恨自己，更深地觉得这是反人性，一切的犯了罪的痛苦都牵到自己身上。他要把自己拯救起来，他需要新的力，无论是什么，只要能帮助他，把他由冲突的苦海中救出来，他愿意找。他见着四凤，当时就觉得她新鲜，她的“活”！他发现他最需要的那一点东西，是充满地流动着在四凤的身里。她有“青春”，有“美”，有充溢着的血，固然他也看到她是粗，但是他直觉到这才是他要的，渐渐他也厌恶一切忧郁过分的女人，忧郁已经蚀尽了他的心；他也恨一切经些教育陶冶的女人，（因为她们会提醒他的缺点）同一切细微的情绪，他觉得“腻”。

“一个美丽的空形”是曹禺勾勒周萍性格的基调，清秀的眉目、宽黑的眉毛、厚厚的耳垂、粗大的手掌，显得精细而优美。郁闷、怀疑、怯弱，灰暗的眼神、空虚脆弱的内心，极冲动而敏锐的红而厚的嘴唇，只讨生活于自己的内心的小圈子里，会贸然地做出自己终身诅咒的事，永远地在悔恨自己过去由直觉铸成的错误，缺乏果敢与倔强，好自省而又冲动，更刻毒地悔恨自己，竭力由冲突的苦海中拯救自己，成为周萍性格中难以摆脱的矛盾。他努力挣脱自己织成的爱的罗网，他如同“阉鸡似的男子们为着凡庸的生活怯弱地度着一天一天的日子”①(P13)。

曹禺在介绍四凤时，突出她的健康美丽大方：红润的脸色、水灵灵的眼睛、红艳艳的嘴唇、整齐的牙齿、嘴旁一对笑窝、过于发育的乳房、整洁的衣着、活泼的举动、大方的说话、爱笑的习惯，将一个聪慧健康的十七八岁少女的性格勾勒了出来。在勾画鲁贵时却突出其贪婪卑贱的个性：粗乱的眉毛、浮肿的眼皮、松弛的嘴唇、凹陷的眼圈、卑贱的谄笑、伛偻的身子、锐利的目光、贪婪的窥视、精明的算计、萎缩的胆量、华丽而不整齐的穿着，将一个贪婪而奴性的性格生动描出。在描画鲁大海时，突出其性格的倔强：魁伟的身体、粗黑的眉毛、锐利的眼神、微凹的两颊、突出的颧骨、尖长的下巴、大而薄的嘴唇、乱蓬蓬的胡须、锐利的言锋、满蓄着精力、蓝布的褂子、油渍的草帽、敞开的衣襟，将一个历经磨难的罢工领袖的性格绘出。在介绍鲁侍萍时，突出其饱经风霜风韵犹存：斑白的鬓发、白净的面貌、修长的睫毛、圆大的眸子、有些呆滞的眼神、朴素的衣着、整齐的牙齿、深深的笑窝、高贵的气质，“远远地看着，依然像大家户里落魄的妇人”。

在介绍周朴园时，曹禺突出他的专横与倔强：

［门大开，周朴园进，他约莫有五六十岁，鬓发已经斑白，戴着椭圆形的金边眼镜，一对沉鸷的眼在底下闪烁着。像一切起家立业的人物，他的威严在儿孙面前格外显得峻厉。……他的衣服很舒服地贴在身上，整洁，没有一些尘垢。他有些胖，背微微地伛偻，面色苍白，腮肉松弛地垂下来，眼眶略微下陷，眸子闪闪地放光彩，时常也倦怠地闭着眼皮。他的脸带着经年的世故和劳碌，一种冷峭的目光和偶然在嘴角逼出的冷笑，看着他平日的专横、自信和倔强。

斑白的鬓发、金边的眼镜、沉鸷的眼神、官纱的大褂、纺绸的衬衫、苍白的面色、伛偻的脊背、松弛的腮肉、下陷的眼眶、闪闪的眸子、冷峭的目光、嘴角的冷笑，都呈现出其性格的专横、自信和倔强。

曹禺说：“周冲是这烦躁多事的夏天里的一个春梦。在《雷雨》郁热的氛围里，他是个不调和的谐音，有了他，才衬出《雷雨》的明暗。”②(P16)曹禺以舞台指示词介绍周冲时，突出了这个十七岁青年的单纯与空想：

［周冲进。他身体很小，却有着很大的心，也有着一切孩子似的空想。他年青，才十七岁，他已经幻想过许多许多不可能的事实，他是在美的梦里活着的。现在他的眼睛欣喜地闪动着，脸色通红，冒着汗，他在笑。左腋下挟着一只球拍，右手正用白毛巾擦汗，他穿着打球的白衣服。

小的身体与大的心、孩子似的空想、欣喜闪动的眼睛、通红冒汗的脸色、纯朴的笑容、

① 曹禺.《雷雨》序[A].四川大学中文系.中国当代文学研究资料：曹禺专集(上)[Z].四川大学中文系，1979.

② 曹禺.《雷雨》序[A].四川大学中文系.中国当代文学研究资料：曹禺专集(上)[Z].四川大学中文系，1979.

白毛巾白球衣，都勾勒出这个青春少年的单纯与梦幻。

曹禺通过舞台指示词，将不同人物的不同性格都十分细致深入地勾勒了出来，在诸多细节方面都有着精心的考虑与构想。如在人物的衣着方面，曹禺都以不同的款式与色彩显示出人物的个性。他勾勒蘩漪："她通身是黑色。旗袍镶着灰银色的花边。"突出了蘩漪性格哀静阴鸷。他勾画鲁大海："他穿了一件工人的蓝布褂子，油渍的草帽在手里，一双黑皮鞋，有一只鞋带早不知失在那里。"展现出罢工领袖的粗犷执着。他描画周萍："现在他穿一件藏青的绸袍，西服裤，漆皮鞋，没有修脸。"凸现出周萍纨绔子弟性格的落魄空虚。他描写周朴园："他穿的衣服，还是二十年前的新装，一件圆花的官纱大褂，底下是白纺绸的衬衫，长衫的领扣松散着，露着颈上的肉。"展示出周朴园个性的威严专横。他描写四凤："她穿一件旧的白纺绸上衣，粗山东绸的裤子，一双略旧的布鞋。她全身都非常整洁"，显示出四凤性格的率真大方。他描绘鲁侍萍："她的衣服朴素而有身份，旧蓝布裤褂，很洁净地穿在身上。"展现出鲁侍萍个性的朴实与高贵。

周扬在评说《雷雨》时，强调曹禺描写人物的忠实。他说："对于人物描写的忠实，使作者不愿为他们所负不起的过失而贬谪他们。他仅仅把他们安放在一个阴森森的家庭环境里，那环境如像铁箍样箍住他们，使他们在里面盲目地行动着、煎熬着、挣扎着，一直到死亡。"[①]曹禺在《雷雨》的创作中，并没有明显的阶级意识，他是将剧作以一个家庭悲剧来描写的，他特别深入细致地刻画不同角色的不同性格，在不同角色的相互对照映衬中，突出人物的个性与神韵，在剧作舞台指示词的阐释中，将人物的鲜明个性绘出。

三

英国戏剧理论家威廉·阿契尔在谈到戏剧规律时说："戏剧是表现凡人同那些限制我们、贬低我们的神秘力量或自然力量斗争时的意志。我们之中的一个人活活地被推上舞台，去同命运、同社会法律、同一个和他自己一样的凡人进行斗争；如果必要的话，还同自己斗争；同野心、权利、偏见、愚蠢以及周围人的一切恶毒的行为进行斗争。"[②]这就道出了戏剧的矛盾冲突与艺术张力。他强调戏剧表现凡人与命运、社会、他人、自己等的斗争，使以往戏剧注重对于帝王贵族生活的描写，而转移到对于凡人俗事的叙述。

在《雷雨》的舞台指示词的撰写中，曹禺以多样化的修辞手法，使舞台指示词如诗如画，别具独特的艺术魅力。

独特的象征手法的运用，使舞台指示词具有了深邃的意境。曹禺的剧作中常常采用具有象征意味的物象，《雷雨》中的雷雨、《日出》中的日出、《原野》中的原野、《北京人》中的北京人，都具有一定的象征意味和内涵，曹禺甚至将这些具有象征意味的物象作为剧作中

---

① 周扬.论《雷雨》和《日出》[J].光明，1937(8).

② 威廉·阿契尔《剧作法》，转引自阿·尼柯尔《西欧戏剧理论》，中国戏剧出版社1985年版，第28—29页。

的一个特别的角色予以刻画。在其剧作选后记中，曹禺说："《雷雨》是我的第一声呻吟，或许是一声呼喊。在《日出》中，我想求得一线希望，一线光明。……写《北京人》时，我的诅咒比较明确些了。那种封建主义、资产阶级是早晚要进棺材的！"①(P425)作为第一声呻吟或呼喊的《雷雨》，曹禺精心地描绘雷雨来临前的闷热、烦躁令人窒息的气氛，在剧情的发展中逐渐让这场令人窒息的雷雨降临，也让周鲁两家的悲剧在这种氛围中爆发，使雷雨氛围的描述具有了不可或缺的重要性，在舞台指示词的描述中使雷雨的氛围有了象征意味，加强了这幕悲剧的震撼力和诗意。宋剑华先生在分析《雷雨》时，在剖析雷雨的氛围时说："作者刻意营造《雷雨》紧张压抑的恐怖氛围，无疑大大增强了这部作品的悲剧艺术效果。可是只要我们仔细体会一下，便能发现自然界的'雷雨'所象征的正是作品中每一个人都惊呼过的'天'——是'上帝'威严的化身。《雷雨》中的主要人物，在悲剧爆发的前前后后，都曾大呼'天意'，向'天'哀鸣，因为他们都预感到'天'的惩罚即将来临，由此而变得惶恐不安心态紊乱。"②(P197)从宗教的视阈揭示雷雨氛围的象征意蕴，具有独特的观照与见解。

精到的比喻手法的运用，使舞台指示词凸显出角色的性格。他勾勒鲁贵："他的眼睛锐利，常常贪婪地窥视着，如一只狼；他是很能计算的。"以狼比喻鲁贵的贪婪精明。他描绘鲁大海："……只有逼近地观察他，才觉出他的眼神同声音，还正是同他妹妹一样年轻，一样地热，都是火山的爆发，满蓄着精力的白热的人物。"以火山的爆发比喻其充沛的热情。他描绘蘩漪："她会爱你如一只饿了三天的狗咬着它最喜欢的骨头，她恨起你来也会像只恶狗狺狺地，不，多不声不响地恨恨地吃了你的。然而她的外形是沉静的，忧郁的，她会如秋天傍晚的树叶轻轻落在你的身旁，她觉得自己的夏天已经过去，西天的晚霞早暗下来了。"以饿狗啃骨头写出蘩漪的爱，以恶狗狂吠写出蘩漪的恨，以秋叶的飘落喻其沉静忧郁。他描摹周萍："和他谈两三句话，便知道这是一个美丽的空形，如生在田野的麦苗移植在暖室里，虽然也开花结实，但是空虚脆弱，经不起现实的风霜。"以暖室的麦苗比喻其空虚脆弱。他勾画跟踪周萍的蘩漪："忽然一片蓝森森的闪电，照见了蘩漪惨白发死青的脸露在窗台上面。她像个死尸，任着一条一条的雨水向散乱的头发上淋她。"将闪电照见蘩漪惨白的脸喻为死尸。他描绘绝望至极的蘩漪："蘩漪由中门上。不做声地走进来，雨衣上的水还在往下滴，发鬓有些湿。颜色是很惨白，整个面都像石膏的塑像。"将万念俱灰的蘩漪的神情绘出。他勾画失神落魄的四凤："四凤由中门进，头发散乱，衣服湿透，眼泪同雨水流在脸上，眼角黏着淋漓的鬓发，衣裳贴着皮肤，雨后的寒冷逼着她发抖，她的牙齿上下地震战着。她见萍如同失路的孩子再见着母亲呆呆地望着他。"将经受着深重的情感磨难的四凤的情态生动写出。比喻手法的运用，使《雷雨》的舞台指示词以简约的言辞达到

① 曹禺.《曹禺选集》后记[A].曹禺选集[M].北京：人民文学出版社，1965.
② 宋剑华.基督精神与曹禺戏剧[M].长沙：湖南师范大学出版社，2000.

言简意赅、意味深长的效果。

烘托对比手法的运用，使舞台指示词更显现出角色个性。曹禺在谈到《雷雨》时说："在夏天，炎热高高升起，天空郁结起一块烧红了的铁，人们会时常不由己地，更归回原始的路，流着血不是恨便是爱，不是爱便是恨；一切都走向极端，要如电如雷地轰轰地烧一场，中间不容易有一条折衷的路。代表这样的性格是周蘩漪，是鲁大海，甚至于周萍，而流于相反的性格，遇事希望妥协，缓冲，敷衍便是周朴园，以至于鲁贵。但后者是前者的阴影，有了他们前者才显得明亮。"①(P12)在剧作的舞台指示词中，我们可以感受到曹禺在塑造角色中的烘托对比的手法，以更加清晰地显现出角色的个性。大方活泼聪慧健康的四凤，与猥琐卑贱贪婪算计的鲁贵，形成了性格的烘托。通身黑色旗袍的蘩漪，与一身白色球衣的周冲，构成了性格的阴鸷与单纯的对比。身体魁伟感情激昂满蓄着精力的鲁大海，与脸色苍白犹疑怯弱空虚脆弱的周萍，形成了性格的烘托。创业者周朴园的专横自信倔强，与纨绔子弟周萍的犹疑怯弱空虚，构成了性格的对比。蘩漪的原始的野性、狂热的思想，与周朴园的维持秩序、念旧恋旧，构成了性格的冲突。在舞台指示词的生动描述中，使剧作中人物的个性有了鲜明的对照与烘托，更精当地展现出角色的个性。

曹禺在谈到《雷雨》的创作时曾经说："我写的是一首诗，一首叙事诗。""这诗不一定是美丽的，但是必须给读诗的一个不断的新的感觉。"②(P143,161)以写诗的努力写剧作，在《雷雨》的舞台指示词中就可见一斑。虽然剧作的舞台指示词有时显得过于冗长，但是在象征手法、比喻手法、对比手法的运用中，使剧作的舞台指示词创造了情景交融的氛围、勾勒了精到凝练的神韵，具有如诗如画意味，充满着独特的艺术魅力。

原载《陕西师范大学学报》2005 年第 5 期

① 曹禺.《雷雨》序[A].四川大学中文系.中国当代文学研究资料：曹禺专集(上)[Z].四川大学中文系，1979.

② 田本相.曹禺传[M].北京：十月文艺出版社，1988.

《雷雨》的创造

钱理群

一、“生命”

曹禺暂时还处于对背景的无知状态，他可以不顾及时代话语，而一味沉浸在个人话语的创造中。

因此，他才如此坦然地把他的创作活动视为一种“生命的创造”。他这样写道：

> 我对《雷雨》的了解只是有如母亲抚慰自己的婴儿那样单纯的喜悦，感到的是一团原始的生命之感。①

> 我爱着《雷雨》如欢喜在溶冰后的春天，看一个活泼泼的孩子在日光下跳跃，或如在粼粼的野塘边偶然听得一声青蛙那样的欢悦。我会呼出这些小生命是交付我有多少灵感，给予我若何的兴奋。②

他显然是将自己的个体生命体验注入他的人物，他的戏剧中；同时，又将这种属于个体的体验，升华为对于人类生命本原的体验，即所谓“一团原始的生命之感”。创造出来的新的生命体，既属于他：有着他的生活、体验、情感、个性、感受与感觉；又不完全属于他：是他生命所匮缺，又是他所渴求的。③

因此，他丝毫不隐讳：他的创作的原初冲动，来自发泄自己情感的内在要求，来自对于不可知的现象的莫名的困惑、恐惧、憧憬与诱惑，是一种生命的召唤：

> 现在回忆起三年前提笔的光景，……我并没有显明地意识到我要匡正讽刺或攻击些什么……《雷雨》的降生是一种心情的作祟，一种情感的发酵，说它为宇宙一种隐秘的理解乃是狂妄的夸张，但以它代表个人一时性情的趋止，对那些“不可理解的”莫名的爱好，在我个人短短的生命中是显明地划成一道阶段。④

---

① 曹禺：《〈雷雨〉序》，《曹禺文集》第1卷，第210页，中国戏剧出版社1988年版。

② 同上。

③ 曹禺的女儿万方在谈到她的父亲时，也这么说：“在他剧本里的许多人物身上都有他的影子，是他的某一部分分离，繁衍出来的。”（《我的爸爸曹禺》，原载《文汇月刊》1990年1期）

④ 曹禺：《〈雷雨〉序》，《曹禺文集》第1卷，第211、213页。

《雷雨》对我是个诱惑。与《雷雨》俱来的情绪蕴成我对宇宙许多神秘的事物一种不可言喻的憧憬。《雷雨》可以说是我的"蛮性的遗留",我如原始的祖先们对那些不可理解的现象睁大了惊奇的眼。我不能断定《雷雨》的推动是由于神鬼,起于命运或源于哪种显明的力量。情感上《雷雨》所象征的对我是一种神秘的吸引,一种抓牢我心灵的魔……①

而进入具体创造过程,如曹禺所说,"逗起我的兴趣的,只有一两段情节,几个人物,一种复杂而又原始的情绪"②,以及与之相联系的戏剧艺术的创造的冲动……

注重个体生命的主观投入与升华,而非社会现实的客观描摹;创作灵感来自"心灵的魔"的驱使与生命的冲动,而非社会时代精神的感召;创作的起点是情节、人物与情绪,而非科学的理性原则:这些都明显地有悖于前述背景中已经形成的创作规范。个人话语与时代话语之间的差异,几乎就已经预示着曹禺戏剧生命的某种命运。——尽管暂时这还只是后话。

二、"郁热"

根据曹禺的前述提示,我们的讨论将从情绪、人物、情节开始,以期由表及里地探寻曹禺"心灵的魔"——处于创作状态中的作家深层意识与心理(包括审美心理),进而把握真正属于曹禺的个人话语。

曹禺在《雷雨》自序中说他的性情中,有一种"郁热的氛围",③它让人想起了夏天,那个"烦躁多事的季节,苦热会逼走人的理智"。细心的读者不难发现,"郁热"同样也是《雷雨》的氛围,在某种意义上,《雷雨》是一个典型的夏天的戏剧。剧本中一再提示读者注意这一戏剧的自然背景:"屋中很气闷,郁热逼人,空气低压着"(第一幕),"午饭后,天气很阴沉,更郁热,湿潮的空气,低压着在屋内的人,使人成为烦躁的了"(第二幕),"虽然方才落了一阵暴雨,天气还是郁热难堪"(第三幕);连同在剧本中不断出现的蝉鸣(第一、二幕)、蛙噪(第三幕)、雷响(贯穿全剧),也都在不断地渲染这苦夏的背景。

这同时暗示着一种情绪、心理,以至性格。曹禺一再提示我们注意:鲁大海和他的妹妹鲁四凤"一样年轻,一样地热,都是火山的爆发,满蓄着精力的白热的人物"④;蘩漪不用

① 曹禺:《〈雷雨〉序》,《曹禺文集》第1卷,第211—213页。

② 同上书,第211页。

③ 曹禺曾对他的传记作者说:"你要写我的传,应该把我的心情苦闷写出来。"(见田本相《曹禺传》第一章"童年的苦闷")曹禺的传记材料表明,他性情的"郁热"是从小形成的:童年的曹禺是一个早熟而内向的孩子,他一方面善于幻想,时时陷入狂热的想象与热烈的追求中;一方面又因从小失去自己的母亲,心灵孤单、寂寞而敏感,承受着像坟墓一样沉闷的家庭氛围的重压。回忆起童年时代的生活,曹禺总要愤慨地说:"仿佛人要自由地呼吸一次,都需要用尽一生的气力!"追求的热烈与心灵压力的沉重二者互相撞击、激荡,就形成了曹禺性情中的"郁热"。

④ 曹禺:《雷雨》,《曹禺文集》第1卷,第26页。

说更是时时“为心中的郁结的火燃烧着”[①]；就连被认为是“一个美丽的空形”的周萍，生命元素里也有一种“可以炼钢熔铁，火炽”的蛮力，尽管郁闷着，一旦“一个新的冲动来时”，“他的热情，他的欲望”，也会“如潮水似的冲上来，又淹没了他”[②]。几乎剧本中每一个人物一出场，就高喊着“热”：忍受着外在的热，更煎熬着内心的热，烦躁、不安，又蕴涵着一种渴求，以及渴求中的兴奋与恐惧。“郁热”无疑构成了《雷雨》的氛围、人物的基调：这正是曹禺内在性情的外化、戏剧化。

对于曹禺和他所创造的人物，“郁热”不只是传达某种情绪的抽象词语，实在是一种生命的存在方式。

这昭示着一种巨大的不可扼制的情热——欲望与追求，一个永远躁动不安的灵魂。曹禺说过，他“羡慕那些有一双透明的慧眼的人，静静地沉思体会这包罗万象的人生，参悟出来个中的道理”，他也“爱那朴野的耕田大汉……不深虑地过着纯朴真挚的日子”，但他同时申明“两种可钦慕的人我都学不成”。[③] 他在这里实际上是拒绝了超越人生与逃避人生这两种中国传统的生存方式；他另有选择：“有如一个热病患者，我整日觉得身旁有一个催命的鬼低低地在耳边催促我，折磨我，使我得不到片刻的宁贴。”[④]这乃是一种情热，一种执着——对于社会，对于民族，对于人生，对于生命，以至对于宇宙万物。这既是关注、投入、体验，更是出于人的生命的本能的神秘的吸引。因此，曹禺说，他“如原始的祖先们对那些不可理解的现象睁大了惊奇的眼”[⑤]，从根本上说，这是一种发现的冲动，一种破坏与创造的欲求，于是就有了曹禺自己所说的“精神总不甘于凝固”，“不断地来苦恼自己”，终于“不晓得‘宁静’是什么”。[⑥] 但正是这种不稳定状态，才证明了这是真实的活的生命。因此，曹禺既苦恼于此，又酷爱于此，形成了解不开的情结。

于是，在《雷雨》中出现了周冲。曹禺说，这是《雷雨》八个人物中，他“最早想出来”“也较觉真切”，并且“抓住我的想象”的两个人物之一。而且，我们很快就发现，在几乎曹禺所有的剧本中，都出现周冲的精神姐妹，或者我们可以称之为“周冲情结”的东西。读者、观众大概很难忘怀《雷雨》里著名的周冲梦幻似的独白，那也是作者、导演与演员最着力处：

> 有时我就忘了现在，（沉醉在梦想里），忘了家，忘了你，忘了母亲，并且忘了我自己。像是在一个冬天的早晨，非常明亮的天空……在无边的海上……有一只轻得像海燕似的小帆船。在海风吹得紧，海上的空气闻得出有点腥，有点咸的时候，白色的帆张得满满的，像一只鹰的翅膀，斜贴在海面上飞，向着天边飞。那时天边上只淡淡地浮着两三片白云，我们坐在船头，望着前面，前面就是我们的

① 曹禺：《雷雨》，《曹禺文集》第1卷，第39页。
② 同上书，第53页。
③ 曹禺：《日出·跋》，《曹禺文集》第1卷，第447页。
④ 同上。
⑤ 曹禺：《雷雨·序》，《曹禺文集》第1卷，第211页。
⑥ 同上书，第209页。

世界。

……飞到一个真真干净，快乐的地方。那里没有争执，没有虚伪，没有不平等的……没有……（仰着头，好像眼前就是那么一个所在）……

这仰头、凝神远望天边外的神态，这向着天边飞的欲动与意象，是极其动人而又发人深思的。

我们从作家的回忆和传记材料里，发现了这神态、欲动原是属于曹禺自己的——

我是非常喜欢《鲁滨逊漂流记》的，它激起我的想象，幻想到海上去冒险。我曾经想做发明家，发明一艘飞快的船，装上机器，跑得很快很快，我为此还画了一张图，装在一个瓷娃娃肚里，这样的书是诱人神思飞扬的。[①]

一放学，他就和小朋友跑出去玩耍。添甲（曹禺的小名）最高兴去的地方是老龙头火车站，眼看着喷吐着浓烟的火车从面前风驰电掣般飞驶过去，一直看到火车消失在远方。这时，他就凝神伫望着那闪光的双轨，向远方延伸着，似乎伸到天边外。他朦胧地感到那远方有一种神秘的诱惑，陷入一种莫名的憧憬之中。直到小朋友喊他，他才从这境界里醒过来。[②]

其实，我们每一个人在自己的经验中，都可以发现类似的神态与欲动：无论是生长在农村还是城市，谁在自己童年时期不曾凝望高空、青山、大路，想着天外天、山外山、路延伸而去的无穷远方呢？[③]

人是生活在现在，脚踏着大地的；但人同时又本能地渴望着，在某一时刻，忘记现在，脱离大地，进入另一个陌生的、不可知的时空，去追索也许永远也得不到自由的天地，也许永远也达不到的生命健全发展的绝对理想境界。于是，人们就像曹禺所说的那样，永远为"旷野里那伟大的凄厉的唤声"[④]所迷惑，永远不满足于已有的生存方式，奔涌着生命的不息冲动……

在《雷雨》中，另一个不安宁的灵魂是周冲的母亲蘩漪，在这一点上，母子俩确实有气质的相近，他（她）们同时最早闯入曹禺的艺术构思中，大概不是偶然。但周冲的不安宁，是一个未曾涉世的少年，处于人的童年状态，对未知的形而上世界的朦胧的追求，带有更多的梦幻色彩。而支配着饱经人世沧桑的蘩漪的，则是那更现实，却也更明确、强烈的情欲的渴求。曹禺这样介绍自己所创造的"她"："她也有更原始的一点野性：在她的心里，她的胆量里，她的狂热的思想里，在她莫名其妙的决断忽然来的力量里"，"当她陷于情感的冥想中，忽然愉快地笑着，当她见着她所爱的，快乐的红晕散布在脸上，两颊的笑涡也暴露

---

① 曹禺：《我的生活和创作道路》，《曹禺研究专集》上册，第 97 页，海峡文艺出版社 1985 年版。

② 田本相：《曹禺传》第二章"小戏迷"，第 17 页。

③ 也有人指出，曹禺对周冲的描写受到了奥尼尔《天边外》的影响，也可以说，这是一种能够表现人类某些共同特征的平等精神现象。

④ 曹禺：《日出·跋》，《曹禺文集》第 1 卷，第 405 页。

出来的时节，你才觉得出她是能被人爱的，应当是被人爱的。你才知道她到底是一个女人，跟一切年轻的女人一样”。读者也许还记得，当曹禺说到他的性情与他的戏剧中的苦夏氛围时，曾经说“苦热会逼走人的理智”；在一定意义上，他在蘩漪身上所着力发掘的，正是人的非理性的情欲，以及人的魔性方面，蘩漪的内在魅力，实出于此。① 但《雷雨》中的蘩漪给人们最深刻的印象，还是那令人窒息的压抑感。请看曹禺赋予她的外在形象：“脸色苍白，只有嘴唇发红”，“她的嘴角向后略弯，显出一个受压抑的女人在管制着自己”，“她那雪白细长的手，时常在她轻轻咳嗽的时候，按着自己瘦弱的胸，直等自己喘出一口气来，她才摸摸自己胀得红红的面颊”——是怎样一种情热、欲望的火在内心燃烧，又用着怎样的力量才将这热、这火压下去呵！难怪她一出场就嚷着“闷”，“我简直有点喘不过气来”；这种无时不有的、几乎成为蘩漪象征的感觉，自然早已超越了生理的意义，而意味着生命热力的被郁结，以及随之而产生的难以言传的精神痛苦，并且形成一种持续的紧张：生命之弦越绷越紧，几至于崩裂。满蓄着受着压抑的力，必然要随时地寻求某一个缺口，以便冲决而出。由此而产生了狂躁——这是一种超常态的欲望与对欲望的超常态的压抑，二者互相撞击而激起的近乎疯狂的情绪力量。请听蘩漪的独白——

热极了，闷极了，这里真是再也不能住的。我希望我今天变成火山的口，热烈地冒一次，什么我都烧个干净！……

而“火山”终于爆发——

（向冲，半疯狂地）你不要以为我是你的母亲。（高声）你的母亲早死了，早叫你的父亲压死，闷死了。现在我不是你的母亲，她是见着周萍又活了的女人，（不顾一切地）她也是一个要一个男人真爱她，要真真活着的女人！……

（失去了母性，喊着）我没有孩子，我没有丈夫，我没有家，我什么都没有，我只要你说——我是你的！

这里的“不顾一切”——冲决传统伦理道德的束缚，不惜放弃以至亵渎在传统中视为最神圣的母亲的尊严、权利，赤裸裸地要求着一个男人对一个女人的情欲与性爱，确实骇世惊俗、震撼人心。这才是《雷雨》中最为炫目的一道闪电，最扣人心弦的一声惊雷。它把从来“有母性，有女儿性，而无妻性”②的中国妇女几千年受压抑的精神痛苦一下子照亮，因受压抑而千百倍加强了的反抗的魔性也在一瞬间全部释放。尽管只是瞬间的闪亮，但毕竟是生命的真正闪光；作者说：“这总比阉鸡似的男人们为着平庸的生活怯弱地度着一天一天的日子更值得人佩服吧。”③

但作者又说：“她的生命烧到电火样地白热，短促；情感，郁热，境遇，激成一朵艳丽的

① 曹禺在《雷雨·序》中说：“平心讲，这类女人总有她的‘魔’，是个‘魔’便有它的尖锐性，也许蘩漪吸住人的地方是她的尖锐。”

② 鲁迅：《而已集·小杂感》，《鲁迅全集》第3卷，第531页，人民文学出版社1981年版。

③ 曹禺：《雷雨·序》，《曹禺文集》第1卷，第215页。

火花，当着火星也消灭时，她的生机也顿时化为乌有。”①——这是不能不使人想到人生的悲凉与残酷的。

蘩漪确实具有“最‘雷雨’”的性格。

三、“极端”：大爱大恨与复仇

我们从蘩漪的非常态的表现里，已经感觉到了她的性格的极端处，而这正是曹禺的一个自觉追求。他在《雷雨·序》中这样说：

> “极端”和“矛盾”是《雷雨》蒸热的氛围里两种自然的基调……
>
> ……不是恨便是爱，不是爱便是恨；一切都是走向极端，要如电如雷地轰轰地烧一场，中间不容易有一条折衷的路。代表这样的性格的是周蘩漪，是鲁大海，甚至于周萍，而流于相反的性格，遇事希望着妥协、缓冲、敷衍便是周朴园，以至于鲁贵。但后者是前者的阴影，有了他们前者才显得明亮。鲁妈、四凤、周冲是这明暗的间色，他们做成两个极端的阶梯。

在这里，剧作家在设计他的戏剧生命时，是以性格的极端与妥协来划分他的人物的；而以后的接受者（导演，演员，观众，读者，评论家……）似乎都没有注意到这一点：他们另有一种划分标准。这种作者创作追求不进入接受视野的现象，倒是颇值得注意。

曹禺甚至于将周萍也列为极端性格体系，这大概有点出人意料。其实，剧作者在周萍一出场时，便已经告诉我们，这个人尽管现在已经是“一个美丽的空形”，“在他灰暗的眼神里，你看见了不定、犹豫、怯弱同冲突”，但他是“生在田野里的麦苗移植在暖室里”，他的过去，也即他的原始生命仍然充满了“不成形的原始人生活中所有的那种‘蛮’力”，他之抛弃蘩漪而选择四凤实在也是因为他厌恶“忧郁过分”与“一切细致的情绪”，而倾心于更粗犷也更健康、更原始的生命。因此，他也有如蘩漪那样“极冲动而敏锐的红而厚的嘴唇”，在“他感情的潮涌起来的时候”，也就是在他为非理性的直觉、本能所驱使时，他也是趋于极端的，这实在是蘩漪始终迷恋于他的真正原因。就是在剧本的具体描写中，他偶尔闪现出狠毒、怨恨、暴烈、狠恶的表情也正显示着他的性格与内心世界的这一角（参看周萍跳窗前与四凤的对话，第四幕周萍与蘩漪对话中的作者提示）。

自然，真正能够作为这种极端的“交织着最残酷的爱和最不忍的恨”的“‘雷雨’式的性格”的象征的，还是蘩漪。当我们从文学剧本中读到（或观众们从舞台上看到）下列场面时，是不能不如闻惊雷般产生灵魂的震撼的：

> 忽然一片蓝森森的闪电，照见了蘩漪的惨白发死青的脸露在窗台上面。她像个死尸，任着一条一条的雨水向散乱的头发上淋她。痉挛地不出声地苦笑，泪水流到眼角下，望着里面只顾拥抱的人们……

① 曹禺：《雷雨·序》，《曹禺文集》第1卷，第214页。

(她)不做声地走进来,雨衣上的水还在往下滴,发鬓有些湿。颜色是很惨白,整个面部像石膏的塑像,高而白的鼻梁,薄而红的嘴唇死死地刻在脸上,如刻在一个严峻的假面上,整个脸庞是无表情的,只是她的眼睛烧着心内的疯狂的火,然而也是冷酷的,爱和恨烧尽了女人一切的仪态,她像是厌弃了一切,只有计算着如何报复的心念在心中起伏……

这里出现的蘩漪形象很自然地使我们想起了鲁迅的一段描写:

……像毒蛇似的在尸体中蜿蜒,怨鬼似的在黑暗中奔驰……:这是豫告"真的愤怒"将要到来。[①]

这里,热是炙热,冷是酷冷,爱则大爱,憎则大憎,都推于极端:无所顾忌,无所束缚,不留余地,呈现出生命的无羁与沉酣,显示着生命的力度与强度。同时,爱与憎、热与冷又互相渗透、补充,或者互为表现:爱之极即转化为憎,憎之愈甚,爱之愈烈,爱到彻底,必然骇人。而这一切最后都化为复仇:大憎而复仇固然顺理成章,大爱而复仇,更显出爱之深刻。

应该说,这样的情感及情感表达方式所显示的生命的状态,正是中国传统中所缺乏的。中国所有的只是中庸之道,这却是曹禺所极端"恨恶"的。[②] 这恨恶大概也指他自己:他一直为自我性格中的易于妥协而恼恨终生。实在说,曹禺在他自己身上及周围环境里,并没有发现蘩漪。曹禺确实说过,"我算不清我亲眼看见多少蘩漪"[③];曹禺的传记作者甚至根据作者自述,具体地说明,蘩漪的原型是他同学的嫂嫂[④]。但人们往往忽略了曹禺的补充说明:"她们多半没有她的勇敢。"[⑤]这就是说,蘩漪的命运是生活本身提供给剧作者的,但蘩漪大爱、大恨以至复仇的情感方式、行为方式却是曹禺想象的产物[⑥];曹禺在《雷雨·序》里早就说过,蘩漪是剧中人中最能抓住他的想象的人物之一[⑦]。而这种想象正是对于剧作者不能实现的内心欲求的一种心理补偿。或者说,曹禺是要通过自我生命中及现实生活中所匮缺的雷雨式的情感及情感表达方式的创造来达到一种新的生命境界——这也许不是无根据的猜测吧。

① 鲁迅:《华盖集·杂忆》;《鲁迅全集》第3卷,第50页。

② 参看曹禺:《日出·跋》,《曹禺文集》第1卷,第449页。

③ 曹禺:《雷雨·序》,《曹禺文集》第1卷,第215页。

④ 田本相:《曹禺传》,第146页。

⑤ 曹禺:《雷雨·序》,《曹禺文集》第1卷,第215页。

⑥ 《雷雨》第一个英译本译者姚克也看出了这一点。他在《我为什么译〈雷雨〉》(载《中流》第2卷第2期)中指出:"周蘩漪这样的女性在中国是很多的,同时也可以说在千万个中间找不出像她这样一个,……不知道有多少女性有着火一般的热情蕴蓄在她们的心里,可是她们像永远不会爆发的火山一样,让冷酷的岩石压住心中白热的熔岩。这种女人只有蘩漪的一半,变成阴郁,烦闷,痛苦的僵尸;却没有蘩漪的另一半,不能轰轰烈烈地挣脱一切压迫与顾忌,喊出她爱人的名字来。"

⑦ 有趣的是,在《雷雨》诞生后二十年,北京人民艺术剧院决定将《雷雨》重新上演,扮演蘩漪的演员去体验生活,寻找蘩漪的生活根据时,找到了一位北洋军阀时代大官僚的儿媳妇——但演员在她身上只发现了受压抑的哀怨、孤独、寂寞、空虚、痛苦,而找不到复仇的烈火(参见吕恩:《我和蘩漪》)。

四、“挣扎”与“残忍”

《雷雨》的情节是曲折的，但似乎并不新鲜。人们很容易就指出，剧本中过去的故事周朴园与梅侍萍之间的恩怨，不过是始乱终弃传统模式的改造；而研究者们早已注意到，剧本中现在的故事——蘩漪与周萍的爱的纠葛与蘩漪的复仇和希腊悲剧《希波吕托斯》《美狄亚》之间也有某些相似之处。[①] 可见，当曹禺宣布一两段情节也是逗起他的兴趣的因素之一时，真正吸引他的不仅是情节本身的曲折性，而且是在这曲折背后所隐藏着的人的生命形态，或者说，他是自觉地把自己的生命体验与认识注入多少有些现成的情节中的。

据说，曹禺最先写出的，也是最吸引他的戏剧、人生片断，是《雷雨》第三幕四凤对母亲发誓和以后周萍推窗进入四凤卧室的戏。[②] 有趣的是，在这一段戏中（如果再加上周冲来看望四凤的戏）处于中心位置的竟然是四凤：所有的人都死死地抓住她，借以自我解救——周冲把四凤看做是“引路人”，想仰仗着她的帮助，一起走到理想的、因而也是现实中永远得不到的“我们的真世界”里去；鲁妈恳求四凤不要重走自己当年走过的路，以便使自己摆脱发生在昨天，今日又重被唤起的恶梦；而周萍，剧作者早在他出场时就告诉我们，他是把四凤作为能够“把他由冲突的苦海中救出来”的“心中的太阳”的，他要借助于流动在四凤身上的“青春”“充溢着的血”，灌注于自己生命的空壳内，使之有力量打开“狭的笼”，离开“这个能引起人的无边噩梦似的老房子”。在这里，无论是周冲还是鲁妈、周萍，都表现出一种要从现存的不可忍受的生存方式中挣扎出来的强烈欲念；然而不但他们自身没有或缺乏自我挣扎、自我解救的力量，而且在他们生活的环境里，也没有发现、找到任何足以改变他们生存状态的外在力量，于是，他们就只有心造出一个充满美与力的幻影，这就是四凤。现实的四凤完全不足以承担解救的重任，这是每一个旁观者（包括作者在内）都十分清楚的；但剧中人却执迷地将四凤美化、幻化，这本身即会产生一种悲凉感，这一切绝望的挣扎又反过来给现实的四凤——一个没有文化、多少有些虚荣心的普普通通的女孩子——加以她所不可能承受的超负荷的精神压力。前述所有人物挣扎的努力，在四凤的感觉中都成为了一种威逼：周冲逼她一起飞，鲁妈逼她对天发誓，周萍则逼她幽会——这都隐含着一种残忍，而且令人恐惧（鲁妈逼四凤起誓时的雷声无疑会加强这种恐惧感）。然而，周冲、鲁妈、周萍特别是周萍的这种给人以悲凉感与残酷感的绝望的挣扎，在另一位剧中人也就是剧本女主人公蘩漪的眼里，竟然是一个可望而不可即的幸福。蘩漪就是这样对周萍说的，“你不能看见了新世界，就一个人跑”——在蘩漪的心目中，周萍与四凤梦幻式的终不免破灭的爱情，竟是一个新世界。在那一夜，她站在四凤家的窗外，“痉挛地不出声地苦笑”，望着里面只顾拥抱的情人，心中燃起的是嫉妒得几乎疯狂的火：

① 参看孙庆升：《曹禺论》，第231页，北京大学出版社1986年版。

② 曹禺：《简谈〈雷雨〉》，《曹禺研究专集》上册，第82页。

这对幻美的嫉妒，更是包含着双重的悲凉。再想想他们因此而付出的代价：一个个落入了乱伦的陷阱之中，这不仅在生理上会造成可怕的后果，而且精神上的压力也已超过了这些善良的人们所能承受的心理极限。于是，他们终于走到了结局——最有理由活着、对于死亡最没有思想准备的四凤与周冲死了；而经历了这一切，最不愿意活着的鲁妈与蘩漪却偏偏活了下来：这结局仍然是残忍并令人恐惧的。这样，我们终于把握住了在曲折的情节背后蕴涵着的曹禺式的观念："挣扎"与"残忍"。其实，他在《雷雨·序》里早已有过明确的表述：

……这堆在下面蠕动着的生物，他们怎样盲目地争执着，泥鳅似的在情感的火坑里打着昏迷的滚，用尽心力来拯救自己，而不知千万仞的深渊在眼前张着巨大的口。他们正如一匹跌在沼泽里的羸马，愈挣扎，愈深沉地陷落在死亡的泥沼里。周萍悔改了"以往的罪恶"。他抓住了四凤不放手，想由一个新的灵感来洗涤自己。但这样不自知地犯了更可怕的罪恶，这条路引到死亡。蘩漪是个最动人怜悯的女人，她不悔改，她如一匹执拗的马，毫不犹疑地踏着艰难的老道，她抓住了周萍不放手，想重拾起一堆破碎的梦而救出自己，但这条路也引到死亡。在《雷雨》里，宇宙正像一口残酷的井，落在里面，怎样呼号也难逃脱这黑暗的坑。自一面看，《雷雨》是一种情感的憧憬，一种无名的恐惧的表征。

这挣扎与残忍，以及与之相联系的悲凉与恐惧自然是曹禺的个人话语，是曹禺对于中国人的生存状态的个人体验与发现。但另一方面，也积淀着时代的共同发现。事实上，从鲁迅开始，在他的著作中就不断出现挣扎的意象。鲁迅以后，无论是茅盾的《子夜》《林家铺子》《春蚕》，还是老舍的《骆驼祥子》，作家都在他的主人公身上，发现了绝望的挣扎，以及终不免失败的命运。可以说，"挣扎"是中国现代作家对于现代中国各阶层人民生存方式与命运的共同发现。在这共同的艺术发现背后蕴藏着的悲凉的美感，也几乎是共同的。但在悲凉的基调上配置着的各种复调并不相同，显示着不同作家共性中的个性，在曹禺这里，就是一种因残忍而引起的恐惧感；恐惧与悲凉的复合，使曹禺的剧作具有更加强烈的震撼力——这显然与前述曹禺气质中的郁热有关，他更期待着、更醉心于：强烈、紧张、残忍，甚至不无恶意地试验人的心理承受力。因此，他要用尽一切艺术手段将恐惧感钉入读者与观众心灵深处，如一支钳子似的夹住人的心灵，使人喘不出一口气来，并由此而反弹出一种生命的活力。

五、"距离"与"悲悯"

正如曹禺个人气质于郁热之外，还包含着对立因素——沉静一样，曹禺也并非一味地追求外在戏剧结构与内在心理情绪的紧张与力度，他还有另一面对立的追求：

《雷雨》诚如有一位朋友说，有些太紧张（这并不是一句恭维的话），而我想以第四幕为最。我不愿这样戛然而止，我要流荡在人们中间还有诗样的情

> 怀。……我把《雷雨》做一篇诗看，一部故事读，用“序幕”和“尾声”把一件错综复杂的罪恶推到时间非常辽远的处所。因为事理变动太吓人，里面那些隐秘不可知的东西对于现在一般聪明的观众情感上也仿佛不易明了，我乃罩上一层纱。那“序幕”和“尾声”的纱幕便给了所谓的“欣赏的距离”。这样，看戏的人可以处在适中的地位来看戏，而不致于使情感或者理解受了惊吓。……①

曹禺自己大概也没有觉察，他在这里实际上已经提出了另一种戏剧观念。这就是说，曹禺存在着两种心理素质、两种心理要求，外在于作品生命，就形成了两种戏剧观念、两种戏剧样式：他内心的郁热，急待情绪的宣泄，要求戏剧发挥抒情释愤的功能，对读者与观众产生移情的作用，这就形成了《雷雨》文本中太像戏的戏剧形式，也即戏剧化的戏剧；但他内心的寂寞感（这是一种淡化了的痛苦）及沉静的生命形态的深层诱惑，又使他醉心于情感的理性节制。因此，他在《雷雨·序》中，一再地提醒未见面的导演与演员“应该懂得‘节制’”，“应该小心翼翼地做到‘均匀’‘恰好’”，“要调整自己成了有韵致的波纹，不要让情感的狂风扫了自己的重心，忘却一举一动应有理性的根据和分寸”；他才精心设计了“序幕”和“尾声”，让其间弥漫着的沉静的宗教般的情感与情绪，造成欣赏的距离，产生陌生感（如同童年时听“古老的故事”一般；序幕与尾声中的姐弟俩就是作者的期待观众），在理性的思索中，探求“里面那些隐秘不可知的东西”，以达到一种宗教式的超越。这样，《雷雨》的戏剧化、注入式的文本与超越的框架（“序幕”与“尾声”）之间，就形成了一种矛盾，我们已经说过，这矛盾根源于曹禺内在气质的不同方面，正是这一矛盾内在地决定着、制约着尔后对于《雷雨》的不同接受。

当曹禺出于他的内心需要，精心设计“序幕”与“尾声”时，他实际上，也就预先设计了他的戏剧的接受者以及可能产生的接受效果。对这一点，他在《雷雨·序》里同样说得很清楚，只是人们一向不予注意罢了：

> 我诚恳地祈望着看戏的人们也以一种悲悯的眼来俯视这群地上的人们。所以我最推崇我的观众，我视他们，如神仙，如佛，如先知，我献给他们以未来先知的神奇。……我请了看戏的宾客升到上帝的座，来怜悯地俯视着这堆在下面蠕动着的生物……
>
> （我）想送看戏的人们回家，带着一种哀静的心情。低着头，沉思地，念着这些在情热、在梦想、在算计里煎熬着的人们。荡漾在他们的心里应该是水似的悲哀，流不尽的；而不是惶惑的，恐怖的……

这就是说，曹禺要用他的序幕和尾声消解他在文本中竭尽全力注入观众与读者心灵中的全部情感：恐怖、惶惑，以及郁热，也即将文本的戏剧效果消解殆尽，而转化为一种悲

① 曹禺：《雷雨·序》，《曹禺文集》第1卷，第220—221页。

悯，这类似于宗教的终极效果。[1] 在悲悯的眼光俯视中，剧中人之间的一切矛盾、冲突、争斗也都消解：无论是处于情热中的蘩漪、周萍、侍萍与四凤，还是在梦想中的周冲，在计算里的周朴园、鲁贵，都同是在尘世中煎熬而找不到出路的“可怜人”。悲悯，作为一种审美情感，更是对于充溢于剧作中的激情的一种净化与升华、超越。观众——接受者也因此由看戏的宾客升到上帝的座位，即是站在更高的角度，远距离地因而也更加理智地来审视现实生活中人、我的一切挣扎，“征兆似的觉出这酝酿中的阴霾，预知这样不会引出好结果”——这乃是更高意义上的一种清醒。

但是，我们仍然不免要产生这样的疑问：在《雷雨》诞生的 1930 年代中期，以至在以后的漫长岁月，中国的土地上能够有这样的上帝般冷静、理智、超越的接受者吗？看来，曹禺期待中的接受者与现实的接受者之间，注定要产生距离——而这一距离几乎预先就规定了曹禺戏剧生命的历史命运。

节录自钱理群《大小舞台之间——曹禺戏剧新论》，北京大学出版社 2007 年版

① 曹禺曾经和他的传记作者谈到宗教对他的影响：“我接触《圣经》是比较早的，小时候常到教堂去。究竟是个什么道理，我自己也莫名其妙。人究竟该怎么活着？为什么活着？应该走怎样的人生道路？那时候去教堂，也是在探索这些问题吧？……我觉得宗教挺有意思，……对于宗教，我有些好奇心。”（《我的生活和创作道路》）——曹禺对宗教的本体论显然不感兴趣，而关注于宗教里所蕴涵着的人生哲理、人生智慧与境界，这在中国现代作家对于宗教的态度上很有代表性，值得注意。

《雷雨》的神秘命运色彩探微

陈国华

曹禺虽然把他的悲剧《雷雨》建筑在人与社会冲突的审美视角上，但在表现人与社会冲突时，时时显露出神秘的命运色彩。曹禺在《雷雨·序》中说他的创作是情感酿成“对宇宙间许多神秘事物的一种不可言喻的憧憬”①。

一、《雷雨》的神秘命运色彩与基督教文化

曹禺在《雷雨》中对悲剧命运的思考，渗透着基督教文化。序幕和尾声中重复出现巴赫的《B小调弥撒曲》，极力渲染一种庄严、神秘的气氛，充溢着浓郁的基督教氛围。从周朴园的命运，我们也可以看出基督教色彩。根据基督教教义，“为夫者，以高压手段胁迫其妻处于不平等地位，使其生活于一种与神圣婚姻相违反之境地，即犯罪；婚姻既为天定，又属神圣，人世不得无故拆散之、离弃之，若谓必须分散之，以耶稣之意见论，即奸淫矣”②，周朴园离弃侍萍于前，又胁迫蘩漪于后，“犯罪”“奸淫”都占。剧中周朴园的赎罪意识是忏悔心理的一种外化表现，他试图借此来补偿愧疚与失落的灵魂。但周朴园的赎罪方式远离了宗教赎罪的要求，反而加重了自我的罪恶，作品也因此让周朴园的灵魂完全陷入孤独。《雷雨》的结局是悲惨的，作者让那些大大小小的悲剧性人物统统毁灭，而唯独留下周朴园这个制造悲剧的元凶活在人世。这种处理方式也可以从基督教的教义里找到根据。《圣经》中说，对于那些作恶多端的罪人，“耶和华必记念他们的罪孽，追讨他们的罪恶”③。周朴园疯妻丧子的下场，正是应验了上帝的诅咒。《雷雨》把“惩恶”与“劝善”有机地统一起来。曹禺为周朴园的性格设计了一个由“恶”向“善”转化的归途，让他在深刻的感悟中进行良心的忏悔。这种设计无疑渗透着基督教的伦理意识。在《雷雨》的结尾，作者让周朴园皈依基督。这种宗教归宿，很容易引起人们对它进行宗教意义上的思考。

剧中其他人物之间也充满着原罪与赎罪的情结。圣经中说：“与继母行淫的，就是羞辱了他父亲，总要把他们二人治死……人若娶他的姐妹，无论是异母同父的，是异父同母的，这是可耻的事，应担当自己的罪孽。”④周萍与蘩漪的乱伦、与四凤的乱伦使他陷入罪恶

① 曹禺：《雷雨》，人民文学出版社，1994年，第31页。
② 梁工：《基督教文学》，宗教文化出版社，2000年，第433页。
③ 《圣经旧约·何西阿书》，中国基督教协会，2003年，第885—886页。
④ 《圣经旧约·利未记》，中国基督教协会，2003年，第113页。

的漩涡，最终得到报应。周萍临死前悲愤地对父亲说："您不该生我！"这里暗含着"自己来到世上，就是一个罪恶"的"原罪"情结。按照"原罪说"理论，人在尘世中呈现自己的天性，难免要犯下种种宗教意义上的罪恶。周冲性格中凝聚着更为深层的赎罪意识，他想通过改变四凤的社会地位来实现自我，或者说从"原罪"网中救赎自己。但他没想到，自己对四凤的追求也陷入了"原罪"与"报应"的情结之中。曹禺笔下的各种人物身上几乎都交织着"善"与"恶"两种因素，并由此构成个体本身及个体与群体之间尖锐激烈的矛盾冲突。"恶"虽然毁灭了"善"，但它本身却经过"善"的感化，走向"忏悔"之途。从人物命运来看，他们都是"上帝"苦难的子民，各有各的人生不幸。《雷雨》中从前至后依次经历"原罪→审判惩罚→救赎"的嬗变过程，其中浸透着大量的基督教人文意识。曹禺给剧中主人公指明了精神和身体的生存困境和解救的方向，这是其审美理想的集中体现。

二、《雷雨》的神秘命运色彩与古希腊的命运悲剧

古希腊悲剧被称为"命运悲剧"。郭沫若说《雷雨》"所强调的悲剧，是希腊式的命运悲剧"①。《雷雨》探索着命运背后的神秘力量，弥漫着浓厚的古希腊悲剧的精神气息。古希腊悲剧绝大多数都是以人与命运冲突的审美模式来表达人类对不可理解的宇宙人生的神秘感和困惑。古希腊悲剧作家有着共同的命运观：人的悲剧是由不可知的命运造成的。因而，在古希腊悲剧中，命运被理解为先天注定的灾难和死亡。古希腊悲剧始终笼罩着一层超自然的神秘色彩和一定程度的命定观念。主人公按照自己的欲望竭力奋争，但终究难逃命运的罗网。

曹禺在《雷雨》中表现出的命运观，与古希腊悲剧极为相似。在《雷雨》中，命运的阴云笼罩在每一个人的头上，剧中的主人公都在命运的火炕里打滚，都拼着性命与命运抗争，但所有的抗争都是以失败告终，他们最终都无一例外地被命运的巨掌击得粉碎。曹禺曾说过，一部《雷雨》所展示的"全都是巧合"，充满了鬼使神差的偶然性事件。当悲剧走向结局时，几乎在场的所有人物都发出了"宿命的哀叹"。"在这场戏中笼罩着浓厚的宿命的气氛，使这悲剧的结局带上神秘的色彩。"②《雷雨》中神秘的、残忍的"命运"时时显现，"狭的笼"意象在《雷雨》中反复出现，这是作者受古希腊悲剧影响而产生的"人难以逃脱命运牢笼"的观念的映射。在《雷雨·序》中，曹禺说："我念起人类是怎样可怜的动物……生活在狭的笼里而洋洋地骄傲着……。"曹禺认为《雷雨》受古希腊悲剧影响更大的主要原因是，他从古希腊悲剧对命运的迷惑不解中感受到了某种震撼心灵的美学力量，并直接把它运用到《雷雨》的情节设计和创作中。曹禺正是从人和命运冲突的审美视角，说明无论人们多么以为自己能主宰自己的命运，都不过是在狭笼里作无谓的挣扎。

① 郭沫若：《关于曹禺的雷雨》，见《曹禺研究五十年》，天津教育出版社 1987 年，第 217 页。
② 田本相：《论雷雨》，《戏剧艺术论丛》1979 年第 1 期。

三、《雷雨》的神秘命运色彩与西方戏剧思潮

曹禺对西方戏剧思潮有着较强的吸收力与消化力。曹禺曾说:“外国剧作家对我的创作影响较大的,头一个是易卜生……第二个是莎士比亚……从美国的奥尼尔,我也得到许多益处。”①

(一)《雷雨》的神秘命运色彩与莎士比亚的性格悲剧

莎士比亚的悲剧被称为“性格悲剧”。他的悲剧作品向人的内心发掘,人物的悲剧命运往往是由于主人公的自身弱点与现实的复杂冲突或是人性与邪恶势力的尖锐对立造成的,透过人物的悲剧命运,放射出人性的光辉。《雷雨》中的神秘命运色彩受其一定的影响。《雷雨》的悲剧,可以说与蘩漪“雷雨式”的性格有直接关系,带有“性格悲剧”的痕迹。

蘩漪被称为《雷雨》中“最为炫目的一道闪电”。著名学者钱谷融先生则把蘩漪形象高度概括为“雷雨性格”。正因为蘩漪的“雷雨性格”和变态心理,使她处在一个不可替代的焦点式的位置上。这个丰富复杂的人物形象,成为整个剧作的灵魂人物。蘩漪的反抗具有疯狂性、激烈性和破坏性,在她的身上人性表现出巨大的审美张力。像蘩漪这样具有“一颗强悍的心,敢于冲破一切,做一次困兽之斗”,被热情烧得疯狂了的个性是独特的。曹禺形容他的女主人公“是一柄犀利的刀,她愈爱的,她愈要划着深深的创痕”②。《雷雨》以蘩漪为核心人物辐射出去,展示了人间最惨烈的悲剧。所以,曹禺在《雷雨》中让他的人物通过内在的冲突走向毁灭的命运,毁灭是他的人物性格发展的必然结局。

(二)《雷雨》的神秘命运色彩与易卜生的社会悲剧

易卜生的悲剧被称为“社会悲剧”。朱光潜在分析易卜生作品时写道:“悲剧之产生主要正在于个人与社会力量抗争中的无能为力。这些社会、自然力量虽然可以用因果关系去加以解释,但却像昔日盲目的命运一样沉重地压在人的头上。”③我们用这句话来形容曹禺作品中的命运观念,也是十分恰当的。曹禺对命运之谜和生命意义进行了执着的探索。“宇宙正像一口残酷的井,落在里面怎样呼号也难逃这黑暗的坑”,这种看似消极的宿命观在曹禺这里有着特殊的意义。一方面,曹禺和易卜生一样没有把人的命运抽象化、理念化,而是把对人的命运与对社会人生的思考切实地融合起来。周萍与蘩漪的乱伦关系,就是双方知其不可为而为之的反抗。这种有意识的乱伦深刻、强烈地折射出封建家庭对人性尤其是女性的束缚到了怎样忍无可忍的地步,这就使《雷雨》的现实主义锋芒穿透命运主宰的迷雾,显出逼人的寒光。另一方面,曹禺对命运的思考立足于人类生存的悲剧性体验,表现出人在恶劣、荒谬的生存环境中的无助和无奈,让人眼睁睁地看着美好的东西被无情地撕裂,不能不感到无比的愤慨和恐惧;同时,也让观众感受到人性的力量,它与自我内心渴望冲破樊篱的冲动相结合,激发出对生命的憧憬和激情。曹禺通过《雷雨》表现出

① 曹禺:《论戏剧·和剧作家们谈读书和写作》,人民文学出版社,1994年,第174—183页。

② 曹禺:《雷雨》,人民文学出版社,1994年,第17页。

③ 朱光潜:《悲剧心理学》,上海文艺出版社,1986年,第125页。

人们对宇宙间主宰人的命运的神秘力量的畏惧与无奈，也充分反映了在当时的时代背景之下中国知识分子所共有的迷惘与困惑。在蘩漪身上，我们可以看到娜拉的影子。在《雷雨》这部命运悲剧的作品中，凸显着现实社会的内涵。田本相说："曹禺在这些纠缠着血缘关系和令人惊奇的命运巧合中，深刻反映着现实的社会内容。《雷雨》中的命运的巧合性，从表面上看来好像是'命运'在捉弄人……但都更深刻地揭示人物命运的残酷性，他把日常生活中阶级压迫的残忍和冷酷戏剧化了。"[①]易卜生的《群魔》对《雷雨》的创作影响也较大，甚至可以说《雷雨》是中国化了的《群魔》。两部剧作都表现了一种混乱的人伦关系酿出的个人悲剧命运。

（三）《雷雨》的神秘命运色彩与奥尼尔的灵魂悲剧

奥尼尔的悲剧被称为"灵魂悲剧"。他开拓了从人物的内心矛盾窥视人物命运的审美视角。他说："戏剧的唯一题材：人同自己命运的斗争。"[②]奥尼尔剧中人物的命运悲剧，主要是从人的内心矛盾即人的"灵魂悲剧"中去考察人的命运与悲剧真谛，从而深化了人们认识命运及其悲剧的独特审美体验。奥尼尔在他的一系列"灵魂悲剧"中，竭力探索着一个在"生活背后推动一切的不可思议的力量"[③]。这种力量不是存在于外界，而是存在于人的灵魂深处。这种潜在力量，其实就是弗洛伊德所说的"潜意识"。潜意识是奥尼尔的灵魂悲剧中导向"自我毁灭"的恐怖幽灵。同命运之神一样，潜意识也是一种独立于人的意识之外的非人所能控制的力量。

曹禺从奥尼尔"灵魂悲剧"所体现的这种独特而深刻的悲剧审美观中受到了启示，他在《雷雨》中较深刻地挖掘了人物的心理冲突。类似奥尼尔悲剧人物内心深处的潜意识的幽灵，也时常出没于《雷雨》中人物的心灵世界，支配着他们的行动和命运。奥尼尔那种极致性的爱与恨交织冲突的艺术手法，激发了曹禺塑造蘩漪的灵感。蘩漪做出的"母亲不像母亲，情妇不像情妇"的不可思议举动，其实也是长期性压抑之后潜意识的喷发。这种从潜意识洞察人生悲剧真谛的视角，在一定程度上反映了时代的审美意识，在开拓悲剧审美视野、探究人生奥秘和表现现代生活的复杂性上，有其独特的深刻之处。种种看似神秘怪诞、不可思议的潜意识，客观上反映了社会及其意识形态给人们的精神造成的深刻创伤。因此可以说，"灵魂悲剧"往往同时也是震撼人心的社会悲剧。潜意识的悲剧审美视角，不仅增强了《雷雨》撼动人心的悲剧力量，而且丰富了《雷雨》的审美内涵与神秘色彩。

奥尼尔和曹禺分别通过莱维妮娅和蘩漪这两个叛逆的女性形象，来唤起现代人对命运的思考。曹禺的《雷雨》中的"雷雨"意象与奥尼尔的《安娜·克里斯蒂》中的"海"意象相似，他们都以现实的客观存在物为象征物，并将象征与人物性格和命运有机地融合起来。《雷雨》中，"雷雨"已成为剧中人物性格和命运的象征，使之带有不可言喻的神秘色彩。奥

① 田本相：《曹禺传》，北京十月文艺出版社，1988年，第750页。

② 奥尼尔：《戏剧及其手段》，转引自《美国作家论文学》，三联书店，1984年，第253页。

③ 奥尼尔：《关于面具的备忘录》，转引自《外国现代剧作家论剧作》，中国社会科学出版社，1989年，第75页。

尼尔《进入黑夜的漫长旅程》中的母亲玛丽和《雷雨》中的鲁妈发出的同样的感叹:“命”和“天”,奥尼尔把它叫做“潜藏在生活背后的神秘力量”,曹禺则把它叫做“主宰”。周冲如同奥尼尔《天边外》中的罗伯特一样,被命运残忍地扼杀,这残忍的背后必定有一个神秘的“主宰”。《雷雨》与奥尼尔的《榆树下的欲望》这两部戏剧中都体现了作者的命运决定论思想。这两部戏剧阐释了人们无论怎样挣扎都逃脱不了悲剧的命运,这种不可避免的厄运是人们自身的特点和社会使然。在奥尼尔的剧作中,曹禺发现了一个表现现代生活的崭新视角,即由人物的精神领域解剖现实生活中人的命运的特殊角度。

四、《雷雨》的神秘命运色彩与中国传统文化

陈思和指出:“从戏剧家曹禺的名剧《雷雨》里的命运观来说……是现代人情欲与罪恶构成的自我毁灭的见证,是‘自作孽不可活’的中国式的命运观的表现。曹禺在创作《雷雨》时综合了许多外来影响的因素……即便是外来影响成分,在融入过程中表现出来的也是中国化的艺术思维特征。”①

(一)《雷雨》的神秘命运色彩与善恶报应思想

善恶报应思想在儒家经典中早有体现,如《易》经中“积善之家必有余庆,积肥不善之家必有余殃”的格言,《书》经中“天道福善祸淫”的古训。《雷雨》贯注了善恶报应思想和外来佛教的“因果报应说”。周朴园不仅是一个“原罪”的形象,同时还犯有大量的“本罪”(现实罪恶),他在罪恶的泥潭里愈陷愈深。“恶有恶报,善有善报”,周萍终于学着父亲的榜样与继母通奸、与妹妹乱伦,致使各种矛盾关系激化,最终导致周、鲁两家的彻底毁灭。

曹禺在展现人与命运进行抗争的同时,带有浓厚的中国传统宿命论色彩。中国传统的宿命论,就是善恶有报,因果相连。这种宿命论观点在《雷雨》中时隐时现,在中国观众和读者的心里引起共鸣。当观众明白了人物之间错综复杂的关系之后,他们便开始与剧中人物一起,战战兢兢、如履薄冰地往前走。因为他们知道,报应的巨雷随时都会在头顶炸响。观众会将天意与周朴园自己早年始乱终弃的恶果联系在一起。而蘩漪与周萍的乱伦,更是从一开始就埋下了“迟早会遭到报应”的谶言。蘩漪也因此显得诡异而乖戾,周萍则胆战心惊。周冲虽然是最无辜的,没有造任何孽,但是按照中国人的宿命观念:父母作的孽,甚至于祖上作的孽,都可能报应到子孙头上,因此,他的毁灭仍可以说是一种报应。

(二)《雷雨》的神秘命运色彩与民间信仰

中国民间信仰是深植于中国老百姓当中的信仰及其行为表现。民间信仰属于“潜文化”或“隐文化”的范畴,它盛行于民间,活跃于民间,构成民众精神生活与民俗文化的重要组成部分。整个中华民族自发的信仰基本上是一致的,不论帝王将相,还是农夫商贾,都信仰“天”,信仰“鬼”,信仰“命”。

民间信仰的重要特点之一,是对自然力量的恐惧和崇拜。较为盛行的是崇拜风雨雷

① 陈思和:《20世纪中外文学关系研究中的“世界性因素”的几点思考》,《中国比较文学》2001年第1期。

电等自然神灵，人们对雷电越是感到神秘、恐惧、敬畏，人们就越信仰它。当闪电划破长空、隆隆雷声震撼大地之际，人们会不由得心惊胆战。闪电和雷鸣都来自苍天，闪电能够把大地和苍天连接起来，霹雳具有无比的威力，能够把参天古树劈成两半，能够使坚固的屋子坍塌，能够燃起熊熊大火。雷电的种种威力使人们感到极为神秘，因而对之格外敬畏。从古至今，人们对被雷电击伤就有种种忌讳，并试图对雷击造成的灼痕作出各种神秘的解释，如“天罚说”等。“雷雨”是蕴含着神秘力量的自然意象，在此自然意象下，《雷雨》中的人物命运风雨飘摇也就是顺理成章的事情了。《雷雨》中多处用“雷声大作”“雷声霹雳”“雷声轰轰”等词语来隐喻神秘力量的警告；四凤也惊恐地喊着“雷，雷”，来表示她对自己处境的恐惧感。胡炳光认为，“雷雨”实际上代表的是冥冥之中主宰着人们命运的一种力量。

综上所述，《雷雨》的神秘命运色彩与古希腊悲剧有着直接关联，同时又带有浓重的宗教色彩。只是在《雷雨》中，命运不再是简单地来自于神秘的天意，而是隐藏在了人物错综复杂的社会关系和心理作用下。表现主义、象征主义等西方现代戏剧流派都对曹禺的戏剧创作产生了深刻的影响。中国传统文化对曹禺的命运观的影响也不容忽视。正是这种神秘的命运色彩增加了《雷雨》的艺术感染力和震撼力。

原载《中州学刊》2007年第2期

非理性世界中的人类生存困境

——对《雷雨》主题的再认识

郭运恒

“五四”以来，中国新文学一直是以反帝反封建为主要内容的，因此启蒙话语在中国作家笔下也一直处于强势地位，除了鲁迅等少数作家以外，很少有人对人的存在作形而上的探寻。《雷雨》自发表以来，虽然以其表现的深广、感情的激越以及主题的复杂在中国话剧史上取得了经典性的地位，然而，长期以来，研究者大多从社会的政治、经济层面来揭示其主题内涵，认为它暴露了封建性资产阶级大家庭的罪恶，王瑶、唐弢等几位有影响的中国现代文学史大家都持这一观点。这在一定程度上影响了我们对《雷雨》主题的认识。其实，从《雷雨》的内容来看，曹禺在注重社会政治、经济等层面对人的影响以外，更多关注的是人们的非理性世界，特别是人的生存困境。本文试图从《雷雨》特殊的话剧形式、复杂的人物形象以及神秘的戏剧氛围等方面来探讨曹禺对非理性世界的体认和对人生存困境的关注，以期从更深层次来把握《雷雨》的主题内涵。

一、“序幕”和“尾声”的意义

话剧《雷雨》是由四幕剧外加“序幕”和“尾声”组成的，以前人们在考察文本时，大多注意它的主体部分，而很少留意“序幕”和“尾声”。其实，曹禺对“序幕”和“尾声”的钟爱不亚于主体部分。曹禺非常重视“序幕”和“尾声”，即使为着演出考虑，也不忍心把它们删去，其原因就在于首先它们具有强烈的戏剧功能，曹禺说：“‘序幕’和‘尾声’……仿佛有希腊悲剧 Chorus 一部分的功能，导引观众的情绪进入更宽阔的沉思的海。”①

“序幕”和“尾声”把一件错综复杂的罪恶推到十多年前。一个白发苍苍的老人（周朴园）到某教堂附设的医院内探视两个患了精神病的老人（蘩漪和侍萍）的沉重故事，被姊弟两人童稚的声音冲淡，十多年前的汹涌激荡，被安详平和的场面代替，人们忘记了先前的罪恶，怀着悲悯的心情注视着这一切。序幕一开始的场景为我们提供了一个肃穆、寂静的环境，甚至有一种神秘的恐怖，经由场景的渲染，反观故事本身，我们在一片苍茫里失语，这种失语大多是由于对生活的繁复、玄秘的无可解说，一种无法主宰自己命运的慨叹便油然而生。再来看一下尾声：

① 曹禺. 曹禺全集（第1卷）[C]. 石家庄：花山文艺出版社，1996.（以下所引《雷雨》内容，均出自同一版本，不再一一标注）

开幕时舞台黑暗，只听见远处教堂合唱弥撒声同大风琴声……

老妇至窗前，慢吞吞地拉开帷幔，痴呆地望着窗外。老人又望一望立在窗前的老妇，独身坐在炉旁的围椅上，呆呆地望着火，这时姑乙在左边长沙发上坐下，拿了一本圣经读着。

舞台渐暗。

这些描写，显示着生命归于沉寂，万物进入消歇，年轻的一代在命运面前或死亡或出走，只留下年老的一代，独自面对人生的无常，体验命运的拨弄。这种神秘的氛围，造成了《雷雨》对非理性事物的憧憬，对命运不可知的无奈。

从时空的角度来看，"序幕"和"尾声"既可以给观众（读者）造成一种"欣赏距离"，又可以引起人们对命运无常的遐想。"因为事理变动太吓人，里面那些隐秘不可知的东西对于现在一般聪明的观众情感上也仿佛不易明了，我乃罩上一层纱。那'序幕'和'尾声'的纱幕便给了所谓的'欣赏的距离'。这样看戏的人们可以处在适中的地位来看戏，而不至于使情感或者理解受了惊吓。"从时间上说，前后相差十年，十年前的激烈震荡，十年后早已化为陈迹。这十年是青年人死亡的震荡被逐渐沉淀的十年，同时又是老一代对过往忏悔、追问以至沉思的十年，抑或是以病态的精神来逃脱、规避的十年。从空间上来说，"序幕"和"尾声"的故事情节仍然发生在十年前的周公馆，不过此时这里已卖给医院，但是原来事件的参与者（周朴园、蘩漪、侍萍）仍未能离开此地，尽管他们都曾企图逃出这个地方，结果又都被一种不可知的力量推回到这里。人的挣扎的无望、斗争的徒然更加促使人们向不可知的命运趋近。这种安排，让人战栗地感觉到达摩克利斯之剑时时高悬，人类的每一步前行都如履薄冰，无法摆脱命运的安排。

"序幕"和"尾声"的存在是对《雷雨》故事本身的超越，它给人们造成一种辽远空疏的距离，为观众（读者）选取了一个俯视的角度。在这样一种角度下，一方面，观众（读者）和作者一样，对宇宙间许多神秘事物有一种不可名状的憧憬，另一方面，观众（读者）又超然物外，用一种悲悯的态度和眼光，注视着那些在非理性事物面前彷徨无告的可怜的人们。

二、人类的困境与挣扎

《雷雨》艺术地呈现了现代人的生存困境。由于文化与个体的矛盾，灵魂与肉体的冲突，现实与理想的反差，现代人在生存的困境中艰难地挣扎着，时常演绎着无力把握自己命运的悲剧，并进一步使现代人陷入无法逃脱的苦难和深层的孤独之中。

"每一种文化形式一经创造出来，便在各种不同程度上成为生命力量的磨难。"①文明的诞生必然引发种种规约的制定，借此保护人类，抵御自然和调节人际关系。但是当一条规约被确定下来以后，秩序就决定了一切，人的生命活力和鲜活的个性就会被僵化的规约所限制。"因而，人在他们引以自傲的能够创造'文化'的这一上帝般的特性中，不但没有

① 刘小林．现代性中的审美精神[M]．上海：学林出版社，1997.

感到幸福，相反却感到了囚笼般的压抑。这意味着，人一旦觉醒，首先所面对的是文化规约给他带来的种种苦难，由是，文化与个体的冲突不可避免地发生了。”[①]《雷雨》就深刻地表现了文化规约下人类的生存困境与挣扎。

《雷雨》中的周朴园是整个悲剧事件的肇始者，是自私、冷酷、虚伪的封建色彩浓厚的资产阶级的典型。长期以来，周朴园曾作为封建资本家的典型遭到无情的批判和挞伐，但是，我们的问题是：周朴园本身有没有产生悲剧的可能？或者换句话说，周朴园有没有值得我们同情的地方？回答显然是肯定的。周朴园年轻时曾经留学德国，受过现代个性主义观念和民主政治思想的影响，像所有的年轻人一样，他追求爱情的自由和婚姻的自主，曾不顾家庭的反对，大胆地与侍女侍萍相爱，并生下两个儿子。但在传统观念和封建家庭的压力下，他抛弃了侍萍，与贵门小姐结婚。表面上看这是一次偶然的举动，实际上则包含着丰富的内涵。一方面，周朴园是在封建文化的长期浸染下长大的，封建伦理纲常、门第观念等种种文化规约，不可能不对他产生影响，于是在权势与爱情之间他选择了权势；另一方面，他毕竟受过西方民主自由观念的影响，抛弃爱情而屈就权势，就意味着对自己曾经的信仰的放弃，这就必然导致他内心的痛苦与不安，再加上以后生活的诸多不如意，因此灵魂的孤寂促使他常常念及侍萍，表现出亲手打碎心爱之物的那种后悔。

在第四幕里作者又表现了周朴园对不可知命运的恐惧，以及由此引起的与他平日专横、霸道完全异样的精神状态——衰老、软弱、萎缩等，脱去阶级的外衣，展示了作为人的周朴园的本色：

> 周朴园：……（严重地）在外面淋了一晚上的雨，说话也非常奇怪，我怕这不是好现象。——（觉得不好的恶兆来了似的）我老了，我愿意家里平平安安地……

并且当他以为以前的私密已经被别人知道时，还表现出了道德上的痛苦和忏悔，他说出一切真相，要周萍认母，为维持家庭的完整作最后的挣扎。而当挣扎无效，年轻的生命一一崩溃时，他则只能听天由命：

> 周朴园：（寂静，自己觉得奇怪）年轻的反而走我们前头了，现在就剩下我们这些老（的）……

剧作最终显现出在“残忍”宇宙之下他所处的真实处境——他也是一个被命运预先判决的可怜人物。“尾声”中曹禺又特意安排他在十年后出现：苍老的周朴园无限悔恨，一人绝望地承担着命运的残忍，所有悲剧的重荷……在所有人或死、或疯、或走之后，只剩下他自己清醒地面对着残酷的往事。十年前他自己不经意的一句话——“家里人也只有我一个人还在醒着”，竟在冥冥之中成了人类无法逃脱生存困境的谶言。

蘩漪的形象也深刻地体现了这一内涵。蘩漪是追求个性解放的“五四”新女性形象，

---

① 李扬.诗性之思[J].文学评论，2004，(2)：119—124.

曹禺说她最具“雷雨”性格，“她有火炽的热情，一颗强悍的心，她敢冲破一切的桎梏，做一次困兽的斗”。那么，是什么促使蘩漪走上了反抗的道路？对于这个问题，我们可以做两方面的分析：首先，在婚姻上，周朴园是在极端自私的心理基础上与她结为夫妻的。婚后她被幽禁在周公馆里，严酷的道德和封建家长的威严统治着她，使她青春的生命逐渐枯萎。这种状况对于追求个性解放的“五四”新女性来说，是绝对不能忍受的。其次，在深层次上，蘩漪显然不是从反对封建文化思想的高度来反抗周朴园的，她只是从自身最鲜活的感性出发来反抗压抑自己的一切，确切地说，是生命的本能驱使着蘩漪走向最“雷雨”的反抗。因为她在一个没有人气、令人窒息的周公馆里过着一种“非人”的生活。正是长期得不到抚爱的本能，让蘩漪觉察到这绝不是人应该过的生活。她甚至于恳求周萍带她一块走：

周蘩漪：（恳求地）不，不，你带我走——带我离开这儿，（不顾一切地）日后，甚至于你要把四凤接来一块住，我都可以，只要，只要（热烈地）只要你不离开我。

显然，在这段话中，我们可以看出蘩漪对屈辱生活方式的选择，完全背离了自己追求个性解放、爱情自由的初衷。即使我们将她的这段话解释为对旧有生活方式的厌恶，乃至于一时情急的无心之言，也完全不能否认这是其生命本能的无意识挣扎。从某种程度上说，没有非道德的“本能”的召唤，蘩漪很难走上反抗的道路，当她以这种有悖于理性的举动进行反抗的时候，其自身也就无助地陷入了灵与肉的冲突之中。尽管她勇于承担由于屈从本能而造成“乱伦”的这一既定事实，但在其意识深处，她也深知此事有违“常理”，因而她怕别人知道屋里“闹鬼”的真相，在遭受了鲁贵的一次惊扰以后，她竟拿话套了鲁贵“十几回”，其胆战心惊由此可见一斑。另一方面，在由此而来的身份认同上，她也陷入了不可调和的矛盾怪圈：她是周朴园的妻子，但周朴园把她当作精神病人；她是周萍、周冲的母亲，可周萍说“世界上没有像你这样的母亲”；她还是周萍的情人，但周萍避之犹恐不及。于是在多重角色的认同中，蘩漪弄得“母亲不像母亲，妻子不像妻子，情人不像情人”，在灵与肉的矛盾冲突中，她越来越神经质，变得忧郁而又阴鸷，最终在失去儿子、情人的双重打击下精神崩溃。

鲁迅说：“人生最苦痛的是梦醒了无路可走。做梦的人是幸福的；倘没有看出可走的路，最要紧的是不要去惊醒他。”[①]现在的问题是，说蘩漪被“五四”的个性解放唤醒也好，被周萍引诱也好，当她以自己的本能去反抗现实时，却发现传统规约的铁壁横亘在面前，无论如何也难以冲破，只能在“梦醒了无路可走”的困境中挣扎。当然，在这种人生困境中挣扎的不仅是上述的周朴园、蘩漪，还有周萍和周冲，甚至侍萍和四凤。他们一个个在灵与肉、理想与现实的矛盾冲突中被逼入一个无法预知的迷局，像作者所说的那样，“这堆在下面蠕动着的动物。他们怎样盲目地争执着，泥鳅似的在情感的火坑里打着昏迷的滚，用尽

① 鲁迅.鲁迅全集（第1卷）[M].北京：人民文学出版社，1981.

心力来拯救自己，而不知千万仞的深渊在眼前张着巨大的口”要吞噬他们。于是他们演出了一连串的“抓住”：“周萍‘抓住了四凤不放手，想由一个新的灵感来洗涤自己’；蘩漪又‘抓住周萍不放手，想重拾起一堆破碎的梦而救出自己’；侍萍（鲁妈）也抓住四凤，希望她不要重走自己当年走过的路，以永远地摆脱发生在昨天、今日又被唤起的梦；周朴园又抓住侍萍，希望借助她的‘明智’，既结束旧梦，又维护周公馆的既成秩序；甚至天真的周冲，也在抓住四凤，想仰仗她的帮助，走入理想的境界：这样一个抓住一个，揪成一团，‘正如一匹跌在泽沼里的羸马，愈挣扎，愈深沉地陷在死亡的泥沼里’。”①

三、神秘的戏剧氛围

戏剧文学的环境气氛主要通过舞台上的道具和布景，以及人物的语言、动作、表情等渲染出来。与集中尖锐的矛盾冲突和引人入胜的故事情节相比，戏剧的氛围如何就显得不是那么重要了。然而，《雷雨》在驱遣舞台布景和环境渲染方面，将其作用发挥到了极致，成为表现人物性格、彰显主题内容的一个不可或缺的重要部分，使其对人的生存困境的表现及人的非理性的形而上的思考更具“现代”意义。

首先，《雷雨》第一幕中，用了相当多的笔墨来渲染天气的“闷热”。如果我们简单地将“闷热”归结为雷雨到来之前天气特有的征兆，那就完全忽略了作家的用意。“闷热”“暗示着一种情绪、心理、性格，以至生命的存在方式”②。在《雷雨》里，几乎每一个人都陷入一种“情热”——欲望与追求之中：周冲充满着“向天边飞”的生命冲动，沉溺在永远不能实现的生命自由的精神幻梦里；鲁大海则满蓄着反抗的、破坏的、野性的力；侍萍和周朴园也都难以摆脱曾有的情爱纠葛；蘩漪、周萍、四凤则充分表现了人的非理性的情欲的渴求，尤其是蘩漪，她更有原始的一点野性，更充分地发展了人的魔性，当欲望得不到满足时，她的“极端”的“交织着最残酷的爱和最不忍的恨”的“雷雨”性格近于疯狂地爆发了，终于摧毁了一切……

其次，从戏剧氛围上，作者也是在渲染一种紧张、恐怖的气氛。第四幕一开始的环境气氛是这样的：半夜两点钟的光景，周朴园一个人坐在沙发上读文件，四周是黑暗的。外面还隐隐滚着雷声，雨声淅沥可闻……在天空偶尔闪过的电光下，屋外的树木和电线杆都蓝森森的，但一瞬又回到黑暗中。周朴园放下文件，哈欠，疲倦地伸一伸腰，然后大喊：“来人啦！来人！——这儿有人吗？”“怎么屋子里一个人也没有！”空洞地说“家里的人只有我一个人还在醒着”。在周围的一片死寂中，周朴园感到莫名的恐惧，他失去了平时的强势地位，突然还原为一个普通的人，他有着莫名的疑惧与担心，甚至有一种灾难将临的恐怖感。经过应有的环境和气氛来烘托渲染，周朴园作为人的原始本性显露无遗，我们明显地感觉到，即使像周朴园这样惯于操纵和控制别人的人，在一股具有吞噬一切光明与希望的

① 钱理群，等. 中国现代文学三十年（修订本）[M]. 北京：北京大学出版社，1998.
② 钱理群，等. 中国现代文学三十年（修订本）[M]. 北京：北京大学出版社，1998.

神秘力量面前，竟也有如此惶惑、弱小的时候，那么我们就会更加真切地感觉到超验事物的可怕，显示出作者对人的生存困境和非理性主题的深层把握。

一部文学作品成功的关键，在于其对生活真相的揭示和对美学价值的赋予，更在于其所表现出的无限多义性，还在于是否能够经得起多种的解读，是否能够映照多样的人生。对于《雷雨》来说，其问世以来，曾得到的赞誉和指责，都说明它的成功。但长期以来，在对其主题的认识上，由于意识形态上的原因和批评方法的简单，仅仅从政治、经济层面来赞誉和指责它，显然都失之肤浅。只有从曹禺对人类生存困境的关注和对非理性世界的追问入手，我们才能更深刻地把握《雷雨》的经典性意义。

原载《河南社会科学》2007 年第 4 期

论《雷雨》的超现实性

陈　军

《雷雨》一直被当作一部深刻的现实主义作品被人们接受和解读。《雷雨》暴露封建大家庭扼杀人性的罪恶，写上流社会的虚伪和残忍，下层人民的痛苦和不幸，表现劳资矛盾，在周冲等人物身上还提出了青年问题。人们从中看到了过多的现实：20 世纪 30 年代，左翼戏剧艺术家夏衍就受《雷雨》的现实主义成就的启发而“痛切的反省”“开始了现实主义创作方法的摸索”[①]；40 年代，张庚在《悲剧的发展——评〈雷雨〉》论文中高度肯定了《雷雨》的现实批判意义，他说“他底创作竟部分地有了反封建的客观意义”[②]，周扬在《论〈雷雨〉和〈日出〉》中也指出：“曹禺的成功，不管它的大小，正是现实主义的成功。”[③]《雷雨》的现实性就此得到权威的确认和定评……80 年代初，戏剧界针对《报春花》《于无声处》等问题剧的出现，开展了关于现实主义创作方法的争鸣，主要围绕“社会主义戏剧是不是需要现实主义”以及“需要什么样的现实主义”这两个问题展开讨论，最终大家明确：现实主义并没有过时，而主张要回到曹禺、回到《雷雨》这样以写人、反映生活的真实为主要内涵的现实主义大道上来。《雷雨》的现实主义经典地位似乎已经是不争的事实，曹禺的研究者都异口同声地说，曹禺是选择了现实主义的，并认为他是中国现实主义戏剧最高成就的代表者。但回到曹禺是否就是回到现实主义？回到《雷雨》是否就是回到社会问题剧？它本身所具有的非现实主义的因素是否会动摇我们的认识结果？除了现实主义，《雷雨》还有哪些艺术要素值得我们注意和发现？

有意思的是，曹禺本人对把《雷雨》处理成一部具有现实意义的“社会问题剧”非常不满，强调“我并没有明显地意识着我是要匡正讽刺或攻击些什么”[④]。“我写的一首诗，一首叙事诗，这诗不一定是美丽的，但是必须给读诗的人一个不断的新的感觉。这固然有些实际的东西在内（如罢工……等），但决非一个社会问题剧。”[⑤]他在《雷雨·序》中更是明确表明：“《雷雨》对我是个诱惑，与《雷雨》俱来的情绪蕴成我对宇宙间许多神秘的事物一种不

---

① 夏衍：《上海屋檐下·自序》，戏剧时代出版社 1937 年版。

② 张庚：《悲剧的发展——评〈雷雨〉》，参见王兴平、刘思久、陆文璧编《曹禺研究专集》上册，海峡文艺出版社 1985 年版，第 551 页。

③ 周扬：《论〈雷雨〉和〈日出〉》，参见王兴平、刘思久、陆文璧编《曹禺研究专集》上册，第 567 页。

④ 曹禺：《雷雨》，人民文学出版社 1994 年版，第 180 页。

⑤ 曹禺：《〈雷雨〉的写作》，《杂文》1935 年第 2 期。

可言喻的憧憬”。[1] “《雷雨》的降生是一种心情在作祟，一种情感的发酵，说它为宇宙一种隐秘的理解乃是狂妄的夸张，但以它代表个人一时性情的趋止，对那样‘不可理解的’莫名的爱好，在我个人短短的生命中是明显地划成一道阶段。”[2]作者一再提醒我们注意《雷雨》的非现实性的另一面。那么，《雷雨》除了现实主义的创作方法外，有没有其他的创作方法存在？这使我们立刻注意到《雷雨》中浪漫主义、表现主义和象征主义成分的客观存在，使得《雷雨》这部作品本身呈现出无比的丰富性。实际上，现实主义并不是《雷雨》唯一的创作方法，它本身可以说是现实主义、浪漫主义、表现主义和象征主义等多元创作方法的耦合互渗。《雷雨》也不是一部纯粹的现实主义作品，它兼具浪漫主义和现代主义品格。一句话，《雷雨》既是现实的，也是超现实的或非现实的，仅用现实主义的批评理论框架并不能准确、完全、贴切地界定它。

一、《雷雨》中的浪漫主义色彩

王晓华在《压抑与憧憬——曹禺戏剧的深层结构》中指出：“曹禺前期戏剧的深层结构乃是闭锁的世界与理想国的对照与对立，因为曹禺前期戏剧的主体结构几乎毫无例外的是闭锁的世界，而在这闭锁的世界的边缘和裂缝中，则存在着充满亮色的‘天边外’，即昭示希望的理想国。”[3]在《雷雨》中，充满着浪漫主义色彩的理想国是由鲁大海和周冲两个人建构的。

《雷雨》中的鲁大海为人耿直、性格倔强。他领导工人罢工以争取自己的权利，他敢于当面揭露周朴园罪恶的发家史，他明白自己的生存处境和地位，懂得下层人民与上流社会的对立。在第三幕，当周冲跟他说“我想一个人无论怎样总不会拒绝别人的同情”时，他更是一针见血地指出：“同情不是你同我的事，也要看看地位才成。”他拒绝有钱人的施舍，主动断绝与周家的来往，厉声斥责周萍的不是，这些都表现出穷人应有的骨气和硬气。他的反抗无疑为作品增加了亮色，使得曹禺的现实主义作品并不消沉，他最后的出走也给人们带来希望。

周冲可以说是《雷雨》中的一个“另类”，在《雷雨》出场的人物中，周冲是那样的单纯和幼稚，几近于一个符号，性格上并不生动。但曹禺自己讲：“在《雷雨》里的八个人物中，我最早想出的，并且也较觉真切的是周蘩漪，其次是周冲。”[4]可见周冲在作者心目中的位置，因为他的身上有着作者的情感和理想的寄托。在《雷雨》中，周冲是那样清纯、充满活力，作者是这样描写他的出场：“外面花园里听见一个年轻的轻快的声音，唤着‘四凤！’疾步中夹杂着跳跃，渐渐移至中间门口。”在以后的剧情中我们看到：他天性未泯，极富同情心，他愿意把自己的学费拿出一部分来供四凤读书，他还当着父亲的面为鲁大海这些矿工工人

① 曹禺：《雷雨》，人民文学出版社 1994 年版，第 180 页。
② 曹禺：《雷雨》，人民文学出版社 1994 年版，第 182 页。
③ 王晓华：《压抑与憧憬》，中国社会科学出版社 2001 年版，第 1 页。
④ 曹禺：《雷雨》，人民文学出版社 1994 年版，第 182 页。

们说话；他具有平等意识，在爱情上主动追求四凤这样的穷家女孩；他与周围的世界格格不入，对未来充满着憧憬和幻想，是黑暗王国里的一线光明。在第二幕中，他满怀希望地对四凤说："有时我就忘了现在，（梦幻地）忘了家。忘了你，忘了母亲，并且忘了我自己。我想，我像是在一个冬天的早晨，非常明亮的天空，……在无边的海上……哦，有一条轻得像海燕似的小帆船，在海风吹得紧，海上的空气闻得出有点腥，有点咸的时候，白色的帆张得满满地，像一只鹰的翅膀斜贴在海面上飞，飞，向着天边飞。……"这段带有强烈的乌托邦色彩的话，无疑给作品增加了诗意和亮色。曹禺说："周冲是这烦躁多事的夏天里一个春梦。在《雷雨》郁热的氛围里，他是个不调和的谐音，有了他，才衬出《雷雨》的阴暗。"①

《雷雨》中理想国的出现给读者带来了想象和慰藉，它使我们确信：尽管现实社会如此丑陋、龌龊，但并不令人绝望，我们从中也能感受到人的尊严、勇气以及爱与美的力量，增强我们活下去的信念。因为人在任何时代都是需要乌托邦的，它是人的一种本能的精神诉求！《雷雨》的这种富有诗情和想象的浪漫主义色彩使它超越了一般的现实主义作品。

二、《雷雨》中的表现主义因子

曹禺受到奥尼尔表现主义戏剧的影响已是学界的公认，其典型的例证是：曹禺的《原野》和奥尼尔的《琼斯皇》的相似与相像，第三幕仇虎在森林中逃跑的幻觉描写及其内心悲剧冲突被认为学习和借鉴了《琼斯皇》的表现主义艺术，这已有多部专著对此进行比较和分析。然而一个被忽视的事实是：曹禺吸收表现主义的艺术技巧不自《原野》始，早在其处女作《雷雨》中就已经有表现主义因子的存在，学界对曹禺与奥尼尔戏剧关联的纵向考察不够。倒是一些研究者敏锐地感悟到《雷雨》中的周冲特别象奥尼尔戏剧《天边外》中的罗伯特，二者都表现出对理想的渴求以及压抑与憧憬的个性特点②。

20 世纪初产生于德国的表现主义，在对现实问题的关注上与传统现实主义相同，但在关注的领域和侧重点上却有很大的区别，它不追求再现生活的原貌，而主张透过现实的表象去审视人类的本质。表现主义认为：人的真实不是其外在的言谈举止，而在其精神、情感、欲望、潜意识等"灵魂"的内部。表现主义戏剧如凯撒的《加来市的居民》、托勒的《转变》、斯特林堡《鬼魂奏鸣曲》、奥尼尔的《毛猿》等更注重人物情感复杂的心灵写实、探询人类灵魂的奥秘，所以又被称为"心理现实主义"。这种"心理现实主义"是对客观"照相式"的传统现实主义（包括自然主义）的一种超越。奥尼尔在《论悲剧》一文中说："旧的'自然主义'或者你不妨把它叫作'现实主义'（天哪！多么需要一位天才来一劳永逸地把这两个概念区别清楚啊！），已经不再适用了。自然主义或现实主义是我们父辈为认识自我所作的一种果断的努力；他们使人难堪地把家庭里不可外传的照片公开出来。可是对我们来说，他们往日的这种胆量简直算不了什么：我们彼此拍摄了大量的照片，什么无耻的姿势都有；我们对平庸的表面现象实在是过分容忍了。我们已经羞于在锁眼里窥探，羞于老是

① 曹禺：《雷雨》，人民文学出版社 1994 年版，第 185 页。

② 这在田本相、朱栋霖、焦尚志等人的专著中都曾提及。

斜眼睨视那些沉甸甸的无灵性的肉体——这种事情多得很——却看不见他们中间还有什么坦率的灵魂。”①

表现主义因子在《雷雨》中主要体现为作者力求写出人物的全部心灵奥秘来，以及戏剧冲突的内向性特征。曹禺将他的透视力深入到封建家庭精神生活领域，着意于人物灵魂的观察和描写，而不是浮面地描摹人物外在的性格特征。例如作者对周朴园的刻画，除了揭示其作为封建家长所具有的虚伪、专制、残忍的性格特征外，作者还深入到其内心深处，写出了他的复杂的心灵世界。他对侍萍不无思念，他保留了她的照片，牢记着四月十八日是她的生辰，客厅的摆设仍保持着三十年前的老样子。这不是虚伪，而有着他对初恋的真诚怀念。第四幕开头，经历了一天变故的周朴园主动亲近周冲，可以看出其父爱复苏、略带温情的一面，他的这种非正常的举动自然让周冲感到怪异。最后他命令周萍认母、向侍萍表示忏悔，也反映出他人性的觉醒。在序幕和尾声中，周朴园把周公馆捐为教会医院，他本人成了基督教信徒，去看望已经疯了的蘩漪和侍萍，默默承受着人生原罪带来的痛苦。这使得读者在对他憎恶的同时也有一丝悲悯。《雷雨》中另外一个人物蘩漪身上则有着过人的意志力，其心理的错综和复杂更令我们触目惊心，她的身上“交织着最残酷的爱和最不忍的恨”②，其内心发展也经历了由常态向变态滑落的轨迹。想想蘩漪为了让周萍在自己身边，居然同意他把四凤接来一块儿过；为了阻止周萍和四凤的出走，不惜唆使自己的亲生儿子和周萍争斗；后来竟不顾廉耻当着众人的面承认与周萍的乱伦关系，可见一个人的情感被逼到什么地步。在蘩漪和周萍的对话中，有很多都是来自人物内心深处的独白，表现出强烈的倾诉性和敞开性。曹禺说：“我算不清我亲眼看见多少蘩漪……这类的女人许多有着美丽的心灵，然而为着不正常的发展，和环境的窒息，她们变为乖戾，成为人所不能了解的。”③在剧中，曹禺对女性变态心理的刻画、对人物潜意识深处情欲或遗传因素的揭示无疑是准确而成功的，早在《雷雨》发表不久，郭沫若就曾指出：“《雷雨》的确是一篇难得的优秀的力作。……作者于精神病理学、精神分析术等，似乎也有相当的造诣。以我们学过医学的人看来，就使用心地要去吹毛求疵，也找不出什么破绽。”④

与人物精神隐秘的揭示相一致，《雷雨》的戏剧冲突也具有内向性特征。《雷雨》中的戏剧冲突都不是浮于行动事件的表面，而是置于人物的心灵，表现为剧中人之间的心灵交锋与人物内心自我冲突，这是曹禺戏剧冲突的独特之处。因为同时代很多剧作的冲突往往都着眼于人物的社会的政治的阶级的伦理的冲突，而很少注意人物冲突的生理和心理特点。《雷雨》中蘩漪与周萍的冲突共有六场，我们不难看出蘩漪由爱到恨再到疯狂的心路历程，而周萍的心理世界则经历了由躲避到厌倦、失望再到决绝的嬗变过程。在剧中第

① 奥尼尔：《论悲剧》，参见《外国当代剧作选》(1)，中国戏剧出版社 1988 年版，第 752 页。
② 曹禺：《雷雨》，人民文学出版社 1994 年版，第 182 页。
③ 曹禺：《雷雨》，人民文学出版社 1994 年版，第 183 页。
④ 郭沫若：《关于曹禺的〈雷雨〉》，参见王兴平、刘思久、陆文璧编《曹禺研究专集》上册，第 544 页。

一幕两人有一场冲突。因有周冲在场，蘩漪对周萍是旁敲侧击，暗示周萍不该喜新厌旧，而此时的周萍则竭力躲避。第二幕为两场冲突：第一场蘩漪纠缠周萍不放，要周萍留下来、并厉斥周萍的绝情，而周萍则表示厌倦两人的不正常关系，并对自己的行为表示忏悔。在另一场冲突中蘩漪直接威胁警告周萍。周萍则表示不会妥协，可谓剑拔弩张、山雨欲来。第三幕是一个行动场面，蘩漪尾随周萍来到四凤家，从外面把四凤房间的窗子关上，对周萍采取报复。第四幕又有两场冲突，第一场蘩漪放下身份哀求周萍，希望周萍带她走，哪怕带上四凤也成，而周萍则让她彻底绝望、厌恶。在另一场冲突中我们看到蘩漪孤注一掷、鱼死网破。不惜挑动周冲与周萍争斗，公开与周萍的暧昧关系，并叫来周朴园阻止周萍出走，结果一疯一死。人物的行为举止、矛盾冲突都能从其生理和心理找出根据，这里有性的魔力、情爱的欲望、爱与恨的转化、情与理的争衡等，这种来自人物内心的意志冲突有着强烈的心灵的进攻性。

总之，《雷雨》对人的精神领域的开掘，在一定程度上增加了作品表现生活的广度和深度，反映了作者对传统现实主义话剧的突破和超越。在另一层面上，我们也可以说：表现主义因素的存在使得《雷雨》的现实主义走向了开放和深化，即他的表现主义是经过现实的熔炉锻造的，他的现实主义是有着深刻的心理动因的。

三、《雷雨》的整体象征世界

在《雷雨》中，曹禺除了对现实世界的描摹外，还煞费苦心地为我们营造了一个非现实的自然世界即“雷雨世界”。作者以“雷雨”为题，是因为整个戏剧的发生、发展的全过程都是在雷雨的气氛中进行的，从头至尾作者都在努力营造着一种烦闷、郁热、焦灼的雷雨氛围。“屋中很气闷，郁热逼人，空气低压着。外面没有阳光，天空灰暗，是将要落暴雨的神气”（第一幕），“午饭后，天气很阴沉，更郁热，湿潮的空气，低压着在屋内的人，使人成为烦躁的了”（第二幕），“虽然方才落了一阵暴雨，天气还是郁热难堪，天空黑漆漆地布满了恶相的黑云，人们都像晒在太阳下的小草，虽然半夜里沾了点露水，心里还是热燥燥的，期望着再来一次的雷雨。……狂雨就快要来了。最后暴风暴雨，一直到闭幕。”（第三幕），“外面还隐隐滚着雷声，雨声淅沥可闻，窗前帷幕垂下来了，中间的门紧紧地掩了，由门上的玻璃望出去，花园的景物都掩埋在黑暗里，除了偶而天空闪过一片耀目的电光，蓝森森的看见树同电线杆，一瞬又是黑漆漆的。”（第四幕）在大自然世界中不断出现的蝉鸣（第一、二幕），蛙噪（第三幕），闪电（第三、四幕）、雷响（贯穿全剧），这些构成了整个《雷雨》的压抑与郁热的氛围，造成了一种原始的神秘感。正是在这样的气氛和背景下，人物登台亮相，带着与雷雨俱来的骚动和不安，他们“盲目地争执着，泥鳅似的在情感的火坑里打着昏迷的滚，用尽心力来拯救自己，而不知千万仞的深渊在眼前张着巨大的口”。[①] 在整部剧中，戏剧情节的紧张性、戏剧结构的锁闭性，人物冲突的尖锐性都和弥漫在剧中的整体氛围应

① 曹禺：《雷雨》，人民文学出版社 1994 年版，第 181 页。

和着。

同时，在《雷雨》中，大自然世界虽然是作者苦心经营的一个自足自立的世界，但并不独立于现实世界之外。作者成功地把自然世界与现实世界有机交织在一起，使得自然界的“雷雨”在戏剧中除了渲染气氛外，还起到结构全剧、推动剧情发展和帮助刻画人物的作用。第二幕中，蘩漪警告周萍后，随即说了这样一句意味深长的话：“小心，现在（望窗外，自语，暗示着恶兆地）风暴就要起来了！”预示她就要采取报复行动。果然，第三幕，她深夜尾随周萍来到四凤家，从外面把四凤房间的窗子关上，让周萍被堵在房里脱不了身。这可算是气氛参与剧情的确证。而全剧前后四次提到由于刮风下雨导致电线走火的细节，也为最后四凤、周冲的触电而死设下了埋伏。“雷雨”背景的渲染还有助于刻画人物，第三幕蘩漪关窗前有这样一段作者的“提示语言”：“雷声轰轰，大雨下，舞台渐暗。一阵风吹开窗户，外面黑黝黝的。忽然一片蓝森森的闪电，照见了蘩漪的惨白死青的脸露在窗台上面。她象个死尸任着一条一条的雨水向散乱的头发上淋她。痉挛地不出声地苦笑，泪水流到眼角下，望着里面只顾拥抱的人们。闪电止了，窗外又是黑漆漆的。再闪时，见她伸进手，拉着窗帘，慢慢地由外面关上。雷更隆隆地响着，屋子整个黑下来。”这段情景结合动作的描写，较好地反映出蘩漪性格中因情生妒、继而生恨的扭曲阴骘的个性特点。曹禺在《雷雨·序》中就是借用自然界的雷雨来评说蘩漪这个现实中的人物的，他说：“她是一个‘最雷雨’（原是我的杜撰，因为一时找不到适当的形容词）性格。她的生命交织着最残酷的爱和最不忍的恨，她拥有行为上许多的矛盾，但没有一个矛盾不是极端的，‘极端’和‘矛盾’是《雷雨》蒸热的氛围里两种自然的基调，剧情的调整多半以它们为转移。”[①]

当然，《雷雨》中的“雷雨世界”不只是全剧发生的自然背景和情节、人物的一种建构，它更多的还是一种意蕴深长的象征。可以说在周公馆（包括鲁家住宅）内展示的是一个人的世界，在周公馆（包括鲁家住宅）的外面则是不可测知的大自然——风、雨、雷、电。外界大自然的变化与室内人物的情境紧密牵连着、呼应着，外界气象的变幻万千正是人物神秘莫测的无常命运的象征，也暗示着人物可能的不幸结局。这里要特别提到《雷雨》中的“雷雨”意象。曹禺在《日出·跋》中说：“我常纳闷何以我每次写戏总把主要的人物漏掉。《雷雨》里原有第九个角色，而且是最重要的，我没有写进去，那就是叫‘雷雨’的一名好汉，他几乎总是在场，他手下操纵其余八个傀儡，而我总不能明显地添上这个人……”[②]这名叫“雷雨”的好汉就是民间传说中的“雷公”[③]，他在我国可以说是一个原型意象，这个手执巨锤、青面獠牙的“雷公”是传说中主宰正义、诉诸因果报应的神，而在《雷雨》中他的缺席的“在场”则是剧中主宰人物命运的一种隐喻性的象征。在风雨交加的雷雨世界里，仿佛有一种神秘的、不可抗拒的力量，主宰着每一个剧中人的喜怒哀乐、生死存亡。《雷雨》有着

① 曹禺：《雷雨》，人民文学出版社 1994 年版，第 182 页。

② 曹禺：《日出·跋》，参见《曹禺研究专集》上册，第 30 页。

③ 在《日出·跋》中，曹禺说自己曾解释过：“写《雷雨》，我不能用如旧戏里用一个一手执铁钉，一手举着巨锤，青面红发的雷公，象征《雷雨》中渺茫不可知的神秘，那是技巧上的不允许。”

过多的巧合和偶然性，剧中人物的血缘关系也错综复杂。几乎每个人物出场都在挣扎，都想实现自己的意志，却偏偏实现不了，角色的行为愿望和行为结果产生逆向冲突，最后死的死、疯的疯，以悲剧而告终。正如《雷雨·序》所说："在《雷雨》里，宇宙正像一口残酷的井，落在里面，怎样呼号也难逃脱这黑暗的坑。"①毫无疑问，《雷雨》除了现实悲剧内蕴即反封建和个性解放的主题之外，它还是一部命运悲剧，表现了命运对人的主宰和人的生存困境。我们再来看看第三幕中"四凤跪誓"的场面，如果我们能真的注意到：跪誓场景中隆隆滚过的雷声，人物身上所承载的两难的困境，四凤不无畏惧的毒誓，再联想到她后来的惨死。我们就会不得不感喟生命的无常和对命运的恐惧，而强烈地感受到作者所说的"天地间的'残忍'"②。在《雷雨》里，自然的雷雨世界有着超现实的象征意蕴。

四、多元创作方法的形成、价值及其反思

由以上分析不难看出，《雷雨》在创作方法上除了现实主义的一元以外，还有浪漫主义、表现主义和象征主义等多元创作方法的存在，我可以用一个等式来表示曹禺的《雷雨》世界，即《雷雨》世界＝现实世界＋超现实世界＝现实世界＋理想世界＋表现（心理）世界＋象征世界，由于理论形态所存在的范型滞后现象，我很难用一个概念来界定这种"四不象"的创作方法（这说明范型更新何等必要）。而在《雷雨》多元创作方法的构成中，现实主义仍是基础，这也是读者和评论家喜欢从现实角度去解读《雷雨》的原因之一。《雷雨》的理想主义是建立在对生活黑暗不满的基础上的对未来的憧憬和向往，理想和现实有着鲜明的对照关系；它的精神世界的挖掘是可以从现实生活中找到外在依据的，并不突兀和费解，而《雷雨》的象征世界也是与现实世界有机交织在一起的，并不抽象和神秘。《雷雨》以现实主义为基点与曹禺戏剧观中特别注意中国观众的接受水平和欣赏趣味有关，他在《日出·跋》中明确指出，"怎样会一面真实不歪曲，一面又能叫观众感情愉快，愿意下次再来买票看戏，常是使一个从事戏剧的人最头疼的问题。"③中国观众是不愿看那些过于抽象晦涩、情节性差的艺术作品的，这对曹禺创作就有内在的规定性，因为他是以中国观众的审美接受为基准来批判地借鉴外国戏剧遗产的。我个人认为曹禺把多元创作方法凝聚在一起的内核是他的自在自然的生命哲学观，即曹禺的创作始终关注人的生命存在，把人当作真正的人来写。从他的作品中不难看出作家对生命本体的现实的人文关怀、对自由生命的向往、对人的自然欲求的肯定和对人的精神世界的抚慰，以及对人的生命存在几近寓言式的哲学思考等，正如李扬所说："曹禺是中国现代作家群中仅有的几个有意识地进入对人类本性的深刻思考的作家之一。"④

探究《雷雨》多元创作方法的成因，则与作者接受外来影响的多样性息息相关。曹禺

① 曹禺：《雷雨》，人民文学出版社 1994 年版，第 181 页。
② 曹禺：《雷雨》，人民文学出版社 1994 年版，第 180 页。
③ 曹禺：《日出·跋》，参见《曹禺研究专集》上册，第 42 页。
④ 李扬：《论作为一种文人生存模式的"曹禺现象"》，《文艺理论研究》1995 年 6 期。

写作《雷雨》时还在清华大学西洋文学系读书，师从清华大学五大特级教授之一的王文显先生，王文显先生特别酷爱戏剧，在戏剧方面有着十分丰富的个人藏书，他亦曾用英文创作《梦里京华》和《委曲求全》两部剧本。在他的引领下，曹禺所在的班级有一批同学喜爱戏剧，这包括后来走上戏剧创作道路的张骏祥、李健吾、杨绛等人。曹禺们在大学期间如饥似渴地阅读西方戏剧名著，从古希腊悲剧、莎士比亚戏剧到易卜生的社会问题剧、契诃夫的现实主义戏剧一直到当时比较前卫的象征主义、表现主义戏剧(例如奥尼尔等作家作品)，从古典到现代无不涉猎。所以，尽管曹禺在《雷雨・序》中否定了别人说他是某一个作家的信徒或承袭了哪一个作家的灵感的说法，但他还是坦率地承认:"也许在所谓的'潜意识'的下层，我欺骗了自己:我是个忘恩的奴隶，一缕一缕地抽去主人家的金线，织好了自己丑陋的衣服，而否认这些褪了色(因为到了我的手里)的金线也还是主人家的"①，这说明:作为现代戏剧大师，曹禺吸收了古今中外的各种戏剧资源。同时，这句话也暴露了曹禺创作"整合"性的特点，即他在创作中虽然转学多师、借鉴多人，但可贵的是，在这过程中曹禺并没有不加选择地全盘接受、一味模仿他人，而是有着彰显自己主体精神的"整合"品质的。也就是说这些思想和艺术资源经过曹禺本人的创造性转化，最终变成曹禺自身的个性特色，以至于他自己说:"我追忆不出哪一点是在故意模拟谁。"②

总之，曹禺是一个有着开阔胸怀，并把各种表现手法融为一体、为我所用的剧作家。他清醒地看到各种创作方法的长处及其局限性，并能取长补短、博采众长，融化成自己的艺术技巧。《雷雨》创作方法的多元化带来了《雷雨》主题的多义性，使得它在对现实关注的同时，更加深刻地体现了作家对生命存在的一种终极关怀，这就拓展了戏剧的意义空间。《雷雨》的现实主题也许会随着时代的发展变化而过时，但其所具备的对人的生命存在的形而上的关注和思考，却使它具备了超越时空的价值与意义。超现实性促生了曹禺戏剧的超越性！与此同时，它也带来了《雷雨》审美的多样性。在情节设计上，《雷雨》既有情节的生动性，又有内在的抒情性；在人物塑造上，《雷雨》中的人物既有外在的动作性，又有突出的心灵进攻性，人物性格也呈现出多元组合(善与恶、好与坏、爱与恨)的斑驳特征，表现出人性的丰富性和复杂性；在美学风格上，《雷雨》既有焦灼、炽热、紧张的特点，又富有强烈的诗意色彩，从而使《雷雨》呈现出独特的别样的艺术魅力。最后，作为一部戏剧经典，《雷雨》文本的开放性给我们提供了巨大的阐释空间，带来了《雷雨》接受的多样性和多变性，使我们有了一个"说不尽的《雷雨》"。

所以我们要充分重视《雷雨》的超现实性的特点及其价值，只有这样才能对文学经典作出现代解读和客观公正的评价，但遗憾的是，长期以来，我们一直注意《雷雨》的现实性一面，把它奉为现实主义的经典佳作，而对其超现实的另一面却视而不见或有意规避。这是因为从 20 年代《新青年》始，新文学就力倡现实主义，胡适的著名论文《易卜生主义》就从现实审美需求出发，将"易卜生主义"的精髓归结为两点，即创作上的写实主义和思想上

① 曹禺:《雷雨》，人民文学出版社 1994 年版，第 178 页。
② 曹禺:《雷雨》，人民文学出版社 1994 年版，第 178 页。

的个性解放①,鲁迅和文学研究会诸君子写出了大量的“为人生”的现实主义作品。如果说20年代文学还存在现实主义、浪漫主义、现代主义(当时叫新浪漫主义)等多样化的探索。那么从30年代初直到新时期伊始,现实主义成了“一边倒”的发展态势,逐步占据文坛主流,并被奉为圭臬,而浪漫主义、现代主义的创作方法则受到人为的排斥和压抑,并形成一种错觉:凡是伟大的作品都是现实主义的作品,把现实主义作为唯一合理的创作模式和审美范式。人们在提倡“现实主义”时还加了许多修饰语,诸如普罗现实主义、社会主义现实主义、革命现实主义等,对“现实主义”这一创作方法进行约束和限制,其结果使现实主义这一概念本身受到改造以至置换。人们也习惯用现实主义的最高标准来衡量一部作品,所以《雷雨》被看成一部现实主义杰作而受到推崇并不奇怪,《雷雨》的演出一直没有序幕和尾声,总是强化其现实的社会的政治的内容,而忽视《雷雨》的超现实性的另一面,其结果是在解蔽的同时也遮蔽了一些客观存在的内容,削弱了我们认识问题的深度。实际上,以单一的现实主义批评视角来阐释《雷雨》正是对经典的丰富性和复杂性的一种阉割!本文的写作宗旨可以说是对现代文学批评的批评,并以“去蔽”的方式重估经典的价值。

原载《文学评论》2009年第2期

① 实际上,易卜生戏剧创作历程可分为三个阶段:早期是浪漫主义,中期是现实主义,晚期是象征主义,而以晚期象征主义成就最大,胡适在其日记中也承认这一点。但他在《新青年》“易卜生专号”中却力倡写实戏剧,这是“五四”时代使然,现实发展和审美需求使“五四”先驱者对易卜生戏剧有意的“误读”。

《雷雨》最初文本的结构、叙事和主题

王晓枫

《雷雨》的最初文本于1934年由靳以、巴金经手刊载于《文学季刊》第1卷第3期，由“序幕”“四幕正式悲剧”及“尾声”组成。

一、以“二人戏”为主体建构而成的鸿篇巨制

细读《雷雨》全剧，一个有趣而几乎很少被提及和重视的艺术现象便会“顽强”地“浮出水面”，那就是遍布其中的大量的“二人戏”场面。以下是全剧各幕“二人戏”场次及其各自人物关系的详细统计：

第一幕：1. 鲁贵与四凤（父女）；2. 大海与四凤（同母异父的兄妹）；3. 鲁贵与四凤；4. 蘩漪与四凤（主仆、情敌）；5. 蘩漪与周冲（母子）；6. 周朴园与周萍（父子）。第二幕：1. 周萍与四凤（主仆、恋人）；2. 周萍与鲁贵（主仆）；3. 蘩漪与周萍（后母与继子、情人）；4. 蘩漪与鲁贵（主仆）；5. 侍萍与四凤（母女）；6. 鲁贵与侍萍（夫妻）；7. 蘩漪与侍萍（周公馆太太与鲁贵的妻子）；8. 蘩漪与侍萍；9. 周朴园与侍萍（前夫妻）；10. 周萍与周冲（同父异母的兄弟、情敌）；11. 周萍与四凤；12. 蘩漪与周萍。第三幕：1. 鲁贵与四凤；2. 四凤与周冲（被追求者与追求者）；3. 大海与周冲（矿工与少爷）；4. 侍萍与大海（母子）；5. 侍萍与四凤；6. 四凤与周萍。第四幕：1. 周朴园与仆人（主仆）；2. 周朴园与周冲（父子）；3. 周朴园与蘩漪（夫妻）；4. 周朴园与周萍；5. 蘩漪与周萍；6. 蘩漪与鲁贵；7. 蘩漪与大海（周公馆太太与鲁贵之子、四凤之兄）；8. 周萍与大海（周家少爷与四凤之兄）；9. 周萍与四凤（恋人、同母异父的兄妹）；10. 周朴园与仆人。

若再算上“序幕”中的姑奶奶甲与老人、姊姊与弟弟的场景，整部《雷雨》中的“二人戏”就多达36场！也就是说，相对于“一人戏”（俗称“独角戏”）或三人及以上的“多角戏”而言，《雷雨》主要是依赖“二人戏”构建而成。纵观全剧，除了蘩漪在第二、四幕中、四凤在第三幕中、周朴园在第四幕开始时的极个别、短小的“一人戏”及各幕、剧末的“高潮戏”（如第一幕中的“喝药”、第二幕中的“打架”及第四幕中的“揭老底”等）外，剩下的基本上就是形形色色的“二人戏”及少量带有过渡、铺垫性质的“多人戏”（如第一幕中蘩漪、周冲、四凤及蘩漪、周冲、周萍的“三人戏”，第二幕中鲁贵、侍萍和四凤的“三人戏”，第三幕开始时鲁贵一家人的“多人戏”等）了。全剧中八场分量很重、篇幅颇长的“二人戏”对它的构成有着“主体”与“骨架”的作用与意义，它们分别是：第一幕开头鲁贵与四凤的“对谈”戏，第二、四幕中蘩漪与周萍的“对手戏”，第二幕中周朴园与侍萍“相认”的戏，第三幕中周冲对四凤

"交心"的戏及侍萍逼四凤"发誓"的戏,第四幕周萍与大海"对话"的戏。——从此角度来纵览《雷雨》全剧的构成便显得别有意味。《雷雨》全剧中周、鲁两家的八个人物在一天内的不同时段、空间以不同的组合轮番登场,演绎着各自及之间的爱恨情仇、恩怨纠葛。这种"二人戏"场景构成了极其丰富的戏剧美学意蕴:在以高密度对话为主的话剧范式中,它能牢牢地吸引住读者(观众)的耳目及注意力,从而构成了整个剧作中颇具戏剧冲击力和心理震撼性的重要场景;它们的演进、铺垫直接推动了整个悲剧"高潮戏"的到来,让全剧显得张弛有度、有理有节、跌宕起伏、荡气回肠!

对于剧作家而言,在一部作品中编排了以"对话"为主的大量的"二人戏",是在很大程度上面临着巨大的挑战甚至隐藏着极大的危险的。首先最大的弊端莫过于因冗长、乏味而流于庸俗、陈腐,缺乏戏剧文本所必有的各种紧张、冲突与矛盾等特质;其次过分不着边际的"瞎扯"很容易让读者(观众)如坠五里雾中、摸不着头脑甚至有不知身在何处、意欲何为之感;再次非常容易冲淡全剧的主旨与延缓戏剧高潮的到来,使整部作品变得因毫无吸引力(丧失阅读与观赏的价值)而沦落到平庸、浅薄的惨状。仔细阅读《雷雨》最初文本,上述的种种顾虑便会烟消云散,事实无可辩驳地证明,它的确是一部构建精良的艺术珍品!全剧人物不多,故事也不是特别复杂、曲折,但天才的剧作家却把它打造得如一座富丽堂皇、精致匀称的宏大而精美的建筑,从总体轮廓到细部装饰,几乎达到了"增之则多、去之则少"的化境!它犹如一部结构宏伟完整、音符充盈丰满、节奏错落有致、旋律绵延起伏的交响叙事诗篇。在"序曲""正曲"与"尾声"中,前后照应、浑然一体,各个声部之间,各个动机(主题)之间,交相辉映、穿梭自如,所有构成全曲的音乐元素全被充分地调动和利用到了恰如其分的程度,共同成就了它跨越时空的永久性魅力!若以人物出场的多少这一独特的视角或宏观地瞻仰或微观地品味整部剧作便会发现,大量的"二人戏"与数量极少的"一人戏"及比例适中的"三人戏"(含"多人戏")之间,因搭配合理、过渡自然、铺垫绵密、布局恰当、结构合理而显得效果奇佳、魅力无穷——戏剧结构美学意义上的旷世经典从此横空出世!

"二人戏"在文本构成与表演流程意义上的独特价值正在于它的相对"封闭"与"私密"性上。正如"一人戏"大多数情况下最适合于角色展示其内心及情感等诸方面的不为(愿)人(剧中其他角色及读者、观众)知的"隐秘"一样,"二人戏"对于剧中其他角色在戏剧情节上的"遮蔽"与"保密"效应就更加显著和强烈,(最典型的例证莫过于直到剧终,周朴园不知蘩漪与周萍的"私情",鲁贵到最后下台时也不知侍萍与周朴园三十多年前竟是夫妻!)同时又能确保整个剧情特别是矛盾、冲突及高潮的合理延续与到来。《雷雨》最初文本中大量精彩的"二人戏"堪称杰作,它们的存在共同构成了这部大戏无数精彩的段落与场面,如同一个遍布无数"暗道"与各种"机关"的迷宫:山穷水尽、柳暗花明、曲径通幽、暗度陈仓。——对于《雷雨》全剧而言,它们的存在在其构成意义上无疑是"主体"性和"结构"性的!换言之,若抽去它们,这座宏伟、精致的"建筑"将轰然坍塌、不复存在。

二、以"层层剥离"为主要方式的多维精致叙事

如果说文本的客观存在是一个既成、宏观和静态的事实,那么探究它的生成与构建则

更多地需要在未成、微观和流动的状态下进行了。——由叙事入手无疑是个不错的选择！从总体、宏观的角度来看，《雷雨》最初文本大致属于“倒叙（序幕）→正叙（本剧）→回应（尾声）”式的具有明显“间离”效应的“讲故事”的宏大叙事类型。剧作家在1935年7月发表的《〈雷雨〉的写作》中一再申明“我写的是一首诗，一首叙事诗”，“因为这是诗。我可以随便应用我的幻想，因为同时又是剧的形式”，“我的方法乃不能不把这件事推溯，推，推到非常辽远时候，叫观众如听神话似的，听故事似的，来看我这个剧，所以我不得已用了《序幕》及《尾声》，而这种方法犹如我们孩子们在落雪的冬日，偎在炉火旁边听着白头发的老祖母讲从前闹长毛的故事，讲所谓‘Once upon a time’的故事，在这氛围里是什么神怪离奇的故事都可以发生的”，“假若我们认定这是老早老早的一个故事，在我们那 Once upon a time 的序幕前题下……于是这些狂肆的幻想也可以稍稍松了一口气，叫观众不那样当真地问个究竟，而直接接受了它，当一个故事看”。剧作家甚至更多地强调了它“受古代希腊剧的影响”；对于“序幕”及“尾声”中回响的巴赫B小调弥撒曲，强调“那点音乐是有点用意的”，“这点音乐会把观众带到远一点的过去境界内，而又可以在尾声内回到一个更古老、更幽静的境界内的”。——期望剧终时读者（观众）的情感复归于“丰富的平静”之中！《雷雨》最初文本在戏剧叙事方面可谓匠心独运，就其严谨、精妙程度而言堪称大师手笔，多角度、“层层剥离”的叙事风格是它的显著特征。

对于叙事者而言，当他（她）在叙说“他人（事）”之时便是一个“客观”（“全知”、第三人称）叙述者，而当他（她）在叙说“自身”时便是一个“主观”（第一人称）叙事者。（在具体的叙事过程中，这两种常见的形式共同运用、密不可分。）比如《雷雨》第一幕中鲁贵在向四凤讲述“抓鬼”情节时他便是叙事学意义上一个不折不扣的“客观”叙事者：由于处在一个“偷窥者”的角度，“事不关己”又下作好奇，所以在向与此事（人）有关联者（四凤）讲述时，便能惟妙惟肖、生龙活虎、神情毕现、抑扬顿挫、张弛有度地和盘托出！第二幕中周朴园与侍萍那一大段的“相认”戏，则是“亲历者”在时隔三十多年后的追忆及对自身“当下”处境的叙说，这便是典型的“主观”叙事；另外剧中不同场次蘩漪与周萍的对手戏中关于“闹鬼”的叙说，也属于这种“主观”叙事。“第一人称”“现身说法”多少有些切肤之痛及身心投入、角度单一而深入。曹禺在《雷雨》中娴熟地将这两种不同视角的叙事运用得挥洒自如、浑然天成。这种多维叙事“层层剥离”地解开了一个个戏剧之谜；对于同一件事、同一个情节，在不同人物、不同场次的不完全叙述中，读者（观众）得到的是部分的、个别的和只言片语式的认知与感受；但随着剧情的不断推进，事情的真实面貌便渐次地多角度地被呈现出来。最典型的场面莫过于第四幕中的“高潮戏”：在四凤因与周萍已有身孕的实情被揭开后，在四凤得知自己与周萍竟是同母异父的兄妹时，当周萍得知自己乃周朴园与侍萍（四凤之母）亲生时，当蘩漪最终知晓眼前的“鲁奶奶”竟是自己丈夫的前妻、自己情人的生母时……当这一切逐渐地被一一揭开时，整个悲剧便不可避免地被推向了最高潮！——而这一奇效的产生，无疑得益于这种“层层剥离”式的严谨、精致与高超的叙事手段。

《雷雨》最初文本的多维叙事还在于它叙事手段的多样化。相对于常规性的顺序、线性式叙事而言（如第二幕与第四幕的开始），它的“非常规”叙事就更显得技高一筹、寓意无穷。如第一幕开始时，鲁贵与四凤的对话便早就开始了，（读者和观众只能在以下的对话中得知他们之前说了些什么）；无独有偶，这种“横断面”式的叙事同样出现在第三幕刚开始，大幕拉开时，“正是鲁贵兴致淋漓地刚刚倒完了半咒骂式的家庭训话”（《雷雨》第三幕剧情提示），其实他“咒骂”了什么、训话的内容在以下的对话中读者（观众）仍然能听到。这种叙事手段很巧妙、自然地保证了戏“脉”的平稳延续，可谓无戏处仍有戏、戏在戏中更在戏外。甚至《雷雨》全剧的构思与生成，也是这种“横断面”式的路数：“我先写的是最吸引我的一些片段：如第三幕四凤对母亲发誓和以后周萍推窗进入四凤卧室的戏，又如第一幕中喝药以及第二幕鲁侍萍和周朴园相认的戏。后来如何穿插，又费了一番思考，才组织成这样一个剧本”①。——作者在此宏观地透露了《雷雨》全剧“特殊”的“生产流程”！

《雷雨》最初文本的叙事学意义还在于它秉承了有史以来古今中外优秀戏剧的经典叙事传统。在叙述、展开、伏笔、照应、语言等诸多方面的精致与严谨，使得整个剧情此起彼伏、前呼后应、合辙合槽、天衣无缝。最明显的例子就是第二幕中关于花园里那根掉落的电线及往后随剧情的发展而被一再强调、最后终于断送了两个年轻的生命。再如第三幕中侍萍逼着四凤发的“毒誓”也很快在第四幕中得到了残酷的应验！这种经典叙事在整个剧作中比比皆是、不胜枚举。人物之间复杂的关系，始终处于一种或明或暗的“胶着”状态，因而对叙事的要求也就格外严格，稍有差迟即悖于情理甚至会“穿帮”“露馅”，而《雷雨》全剧的绵密、细致、严谨、精彩的多维叙事无疑堪称典范！

《雷雨》经典叙事的迷人魅力还在于它的叙述语言的多重语义方面。剧中主要人物的许多道白具有非常丰富甚至超越具体剧情的深厚内涵：例如第一幕中蘩漪拒绝喝药时的道白：“这些年喝这种苦药，我大概是喝够了”；第二幕中周萍对蘩漪说的“父亲一向是那样，他说一句就是一句的”；周朴园在第一幕中训斥完周萍后的“总结”：“我的家庭是我认为最圆满、最有秩序的家庭，我的儿子我也认为都还是健全的子弟，我教育出来的孩子，我绝对不愿叫任何人说他们一点闲话的”。——这些戏剧人物的叙述语言均超出了它们字面上的单一含义而显得意味深长：既特指又泛指，既揭示言说者的性格又透露着被言说者的秉性，或者就直接成了对叙述者自身的莫大讽刺！在第二幕中当蘩漪得知周萍深夜要去鲁家会四凤后，不露声色地从四凤口中探得了她家住“杏花巷十号”的“信息”的同时即将之传达给了读者（观众），也为在第三幕中周冲及自己前往鲁家作了必要的铺垫，可谓信手拈来，一石“三”鸟。——这些都是《雷雨》叙事语言的多重语义所产生的恒久而巨大的艺术魅力所在！

三、升华到宗教关怀层面的命运大悲剧

曹禺在1935年与1936年分别发表了《〈雷雨〉的写作》与《〈雷雨〉序》两篇“宣言”式的文章，反复、详尽地阐释着他的创作初衷与剧作主题。他坦言：《雷雨》写的是“一首诗，一

① 曹禺：《简谈〈雷雨〉》，原载《收获》1979年第2期；引自曹禺著、傅光明主编《悲剧的精神》，京华出版社2006年3月版，第45页。

首叙事诗”，它“必须给读诗的一个不断的新的感觉”[①]；“在《雷雨》里，宇宙正像一口残酷的井，落在里面，怎样呼叫也难逃脱这黑暗的坑”，“这堆在下面蠕动着的生物，他们怎样盲目地争执着，泥鳅似的在情感的火坑里打着昏迷的滚，用尽心力来拯救自己，而不知千万仞的深渊在眼前张着巨大的口。他们正如跌在沼泽里的羸马，愈挣扎，愈深沉地陷落在死亡的泥沼里”[②]。他愿“诗样的情怀”“流荡在人们中间”，所以要他们“把《雷雨》做一篇诗看，一部故事读，用‘序幕’与‘尾声’把一件错综复杂的罪恶推到时间非常辽远的处所”，有了“欣赏的距离”，“看戏的人可以处在适中的地位来看戏”，“以一种悲悯的眼来俯视这群地上的人们”[③]；“我最推崇我的观众，我视他们，如神仙，如佛，如先知，我献给他们以未来先知的神奇”，在“上帝的座”上“来怜悯地俯视着这堆在下面蠕动着的生物”[④]。

剧作家在这里反复强调的“蠕动的生物”“沼泽里的羸马”及“这群地上的人们”，包括、涵盖了本剧中的所有人物特别是八个主要人物。与残酷得像一口井似的宇宙、与“千万仞的深渊”、与“死亡的泥沼”相比较，他们显得是何其的微弱、渺小、无奈和绝望。他们的“呼号”“盲目地争执”“泥鳅似的在情感的火坑里打着昏迷的滚，用尽心力来拯救自己”等等所有徒劳无助的挣扎，只会让他们陷入更残酷的境地以至最后的死亡，任何人也逃离和摆脱不了命运之神的无情捉弄！与这些微弱生灵相对的，是宇宙这大无边际的“黑暗的坑”“千万仞的深渊”和“死亡的泥沼”等等这些命运之神的化身，是它们无可置疑地处在相对前者而言的绝对强势地位，并对他们有着生杀予夺、玩弄于股掌间的至高无上的特权！无论是富贵体面、专横狡诈的还是卑微下贱、隐忍求生的，无论年轻纯真还是世故怪僻的……谁是最后的赢家？谁又能最终逃脱得了命运之神的摆布？正是这一个个“蠕动着的生物”的悲剧结局成就了《雷雨》这部旷世经典壮阔、深邃的命运大悲剧主题！《雷雨》“天问”式结局与博大的悲悯情怀使她的悲剧主旨振聋发聩、引人意想绵绵，这是她的深刻与仁慈，也是她恒久的魅力所在！

年轻的天才剧作家在给他笔下的各色人等一个无可置疑的悲剧命运后，涌动在他内心深处的悲悯情愫，便渐次荡开、浮现：人间苦（“残忍”“冷酷”），人很微弱而无奈（“蠕动着的生物”）；正由于此，人才需要心灵的慰藉与拯救，宗教关怀便成了一剂良方。精心设计的“序幕”与“尾声”寓意深远，昔日华丽、气派的周公馆变成了某教堂附设医院，巴赫 B 小调弥撒圣咏般的天籁之声回荡其间。剧作家期望以此造成“欣赏的距离”并交代了剧中的其他各主要人物的命运归宿（鲁贵酗酒而死、大海生死不明，年迈的周朴园于每年的大年

---

① 曹禺：《〈雷雨〉的写作》，原载《杂文》月刊 1935 年第 2 号；引自曹禺著、傅光明主编《悲剧的精神》，京华出版社 2006 年 3 月版，第 1 页。

② 曹禺：《〈雷雨〉序》，原载《雷雨》，上海文化生活出版社 1936 年 1 月出版；引自王兴平、刘思久、陆文壁编《曹禺研究专集》（上册），海峡文艺出版社 1985 年版，第 16 页。

③ 曹禺：《〈雷雨〉序》，原载《雷雨》，上海文化生活出版社 1936 年 1 月出版；引自王兴平、刘思久、陆文壁编《曹禺研究专集》（上册），海峡文艺出版社 1985 年版，第 17 页。

④ 曹禺：《〈雷雨〉序》，原载《雷雨》，上海文化生活出版社 1936 年 1 月出版；引自王兴平、刘思久、陆文壁编《曹禺研究专集》（上册），海峡文艺出版社 1985 年版，第 23 页。

三十来这里探视、看望疯狂了的蘩漪和痴呆了的侍萍)。难能可贵的是,作者很早就清醒而深情地对他的读者(观众)寄予了至高无上的期望:“我最推崇我的观众,我视他们,如神仙,如佛,如先知,我献给他们以未来先知的神奇”。在古今中外的文学史上,曹禺无疑是高度重视自己作品受众群体的大师级天才之一,赋予他们至高无上、全知全能的接受位置更突出了他的博大雄心与悲悯情怀。这样,《雷雨》作为命运悲剧即已青史留名,浑厚的宗教关怀更让它拥有了浓郁的形而上意蕴。读者(观众)“处在适中的地位”在“上帝的座”上“以一种悲悯的眼来俯视这群地上的人们,带着一种哀静的心情,低着头,沉思地,念着这些在情热,在梦想,在计算里煎熬着的人们”,在“诗样的情怀”里荡漾着“流不尽的”“水似的悲哀”①!在这里,剧作家本人、剧中的各色人等及读者(观众)在一种浓郁圣洁的宗教氛围中血肉相连、休戚与共、同呼吸共命运,世间万物在一刹那显得如此和谐、崇高、意蕴无穷!

原载《中国现代文学研究丛刊》2010 年第 1 期

---

① 曹禺:《〈雷雨〉序》,原载《雷雨》,上海文化生活出版社 1936 年 1 月出版;引自王兴平、刘思久、陆文璧编《曹禺研究专集》(上册),海峡文艺出版社 1985 年版,第 24 页。

“完形”方法与命运原型模式的呈现

——《雷雨》艺术方法及其悲剧主题的重新探讨

杨　朴　杨　旸

《雷雨》的厚重性和深邃性主要是来自《雷雨》的“完形”艺术方法：人物甲没有表现出的行为和性格用人物乙来补充；乙没有表现出的经历和思想性格用甲来补充。人物“完形”方法造成了《雷雨》的三种艺术效果：一是突破了舞台对话艺术形式的局限，创造出一种悲剧命运的完整形式。由于人物之间的互为补充，就使人物的经历和思想性格更为丰富完整。二是突破了人物表现的局限，创造出一种悲剧命运的原型模式。由于人物之间的互为补充，同时也就表现了人物之间悲剧命运的永恒循环重复，从而呈现出一种悲剧命运的原型模式。三是突破了故事的局限，揭示出造成悲剧命运原型模式的社会文化根源。由于悲剧命运原型模式是社会文化模型铸成的，这就使《雷雨》的主题超越了故事本身，而指向了造成悲剧命运原型模式的诸种社会文化原因的思考与揭示。

悲剧命运原型的艺术“完形”

格式塔也称“完形”，是指人们以一种心理中先在的“完美图形”把看到的不完整的形式完整化。比如我们看月牙时，总是以我们先看到过的圆月原型形式使月牙得到圆形化的补充。“完形”并非指客体本身的形状，还包含了“经由知觉活动组织成的经验中的整体”。[①] “完美图形”的“整体”实际是一种先在的原型形式。艺术家的创作与观众或读者欣赏的“完形”就是把他所创作与所看到的不完整的形式用先在的原型形式“完整化”。曹禺表现《雷雨》中的人物成功地运用了这一方法。如果我们把《雷雨》看成是一出命运悲剧，其中所有人物命运悲剧的表现都是不完整的：周朴园与梅侍萍的重逢充分地表现了他们爱情的悲剧，但他们爱情的发生却没有表现；周萍与四凤的爱情发生得到了充分表现，但他们爱情悲剧的缘由却没有得到表现。然而，观众和读者却好像看到了他们爱情从发生到决裂的全过程。一些学者曾经认为，是曹禺运用了互为补充的艺术，从而使人物得到了丰富、完整的表现。但我们以为，这种互为补充是依据了一个先在的原型形式的，是用先在的原型形式对不完整形式“完形”。人物的互为补充实际上是一种“完形”，是用先在的“完美图形”即爱情悲剧的原型形式“完形”，而并非人物之间经历的简单相加。

周萍与周朴园的互为“完形”，实际是在用命运悲剧的原型形式把他们的悲剧完整化

① 鲁道夫·阿恩海姆.《视觉思维》，滕守尧译，成都：四川人民出版社，2007年，第3页。

即原型化了。《雷雨》的重心是描写周朴园与梅侍萍相逢情感纠葛的“现在的戏剧”，而周朴园对梅侍萍的爱情和“始乱终弃”的“过去的戏剧”，则是通过他们的对话交代出来的。他们的爱情在《雷雨》中并没有直接呈现。那他们到底有没有爱情呢？有人认为那是周朴园这个贵族公子哥对“女下人”的玩弄，没有真正的爱情。如果我们理解了曹禺对周萍和周冲与四凤的爱情表现，是对周朴园和梅侍萍爱情的“完形”补充，我们也就自然理解了周朴园与梅侍萍是有爱情的。如果我们不能说周冲和周萍与四凤没有爱情，我们也就不能说周朴园与梅侍萍没有爱情。周冲对爱情的浪漫憧憬和周萍对爱情的热烈向往都是当年周朴园的爱情思想。曹禺正是依据了爱情悲剧原型形式各有侧重地表现了周朴园和周萍、周冲两代人的两个方面：用周萍、周冲的爱情表现爱情的发生，用周朴园表现爱情的悲剧；两者的“完形”正表现了爱情悲剧的原型形式。

周冲对四凤的爱情是一个爱情刚刚萌动的青年男子的遐想，它带有超过爱情对象本身的浪漫性质，是根据爱情理想也包括人生理想产生的热烈痴迷的感情。因而，在周冲的感受里，四凤是被美化为一个带有崇高的神性的少女。在这样一个被美化了的少女面前，在这样一种刚刚萌发的爱情面前，在这样一种被浪漫诗性裹卷着的情感面前，周冲还来不及考虑现实的问题，如四凤是一个不同于自己阶级的成员，也没有文化和教养，是不是和自己“门当户对”，还有自己的有文化有教养的母亲、特别是专制的父亲允不允许等等。他完全是被一种浪漫的理想鼓胀着、燃烧着、激动着。周萍对四凤的爱情是超越了周冲的浪漫阶段的，它更包含着性爱的性质，但较之于周冲，周萍对四凤的阶级地位、与他们周家门不当户不对、他们的相爱为社会习俗所不容、父亲不能同意这门婚事是应该有考虑的。在爱情发生时，周萍是敢于并冲破了这个界限的。《雷雨》对周朴园与侍萍当年爱情没有表现的，正是由周冲、周萍与四凤爱情的表现呈现了出来。这就使观众和读者可以想见，当年周朴园与侍萍的爱情是像周冲那样浪漫，又像周萍那样热烈。“完形”的方法首先使周朴园的爱情得到了原型化的完整化表现。

正像没有表现的周朴园的爱情由周冲和周萍补充了那样，没有表现的周萍（其实也隐含了周冲）与四凤爱情决裂的原因也由周朴园来补充了。曹禺通过这种“完形”也把周萍的命运原型化了。周萍与四凤（还有蘩漪）的爱情是经过了一个决裂的阶段的，周萍要到矿上去，为什么要离开四凤呢？最明显的理由是要摆脱纠缠他的后母兼情人蘩漪，因为那是为社会伦理道德所不容的。但这里面包含着周萍在爱情和世俗功利之间的重新选择。周萍的这个重新选择曹禺并没有明确的表现，但这种选择被周朴园在与侍萍的爱情和家庭要求之间的选择中有了补充的“完形”表现。周朴园与侍萍相爱三年并生了两个孩子，但有一天（大年三十）侍萍“突然”被周家逐出了家门，那是因为周朴园的家庭要周朴园娶一个有钱有门第的小姐。这与其说是周朴园顺从了家庭的意志，倒不如说是周朴园在爱情和世俗功利之间重新进行了选择。因为，周朴园在爱侍萍的时候，有着周冲那样的浪漫和周萍那样的热烈，在爱情和社会功利之间是不顾及社会世俗功利价值的，包括不顾及家庭的阻挠反对的。但是他现在顾忌了害怕了退缩了，表面看是周朴园的软弱，但实质上还是周朴园的自私，从爱情价值观走向了曾经强烈反抗的社会世俗功利价值观。周萍与四凤其实也包括与蘩漪决裂的原因，就是周朴园当年在爱情和社会世俗价值观的重新选择。周萍与四凤继续爱下去，就违背了家庭对子女结婚的门当户对的要求，他就得失去家庭长子继承父亲事业的资格，这是当年周朴园不愿意选择的，同样也成了周朴园的儿子周萍重新选择的价值立场。周萍与蘩漪的爱情与决裂同样反映了周萍的价值立场的转变。在周萍的显意识中，他要从与继母蘩漪私通的乱伦罪感中挣脱出来，因而，他要赶快离开家到矿上去，然而，这只不过是周萍在爱情和世俗价值选择的极端放大。我们回顾一下周萍和蘩漪的爱情便可以明了这一点。周萍是一个受过新思想教育的青年，他爱蘩漪并非是凭着性本能的一时冲动，而是经过了理性的思考。他曾向蘩漪表示，他恨他父亲，甚至希望他死。为什么呢？是源于弗洛伊德所说的儿童"杀父娶母"情结吗？"杀父娶母"是儿童的潜意识愿望，而周萍的恨父及与继母私通则是有意识行为。周萍之所以这样做，有两个原因：一是父亲周朴园在家庭中的专制，使继母蘩漪陷于无限的苦闷之中；二是蘩漪虽然是周萍的母亲，但并非亲生母亲，并没有直接血缘关系。然而周萍考虑这样两点还是基于对蘩漪的爱。周萍对蘩漪的爱情心理，《雷雨》没有直接的表现，但《雷雨》表现了周冲对母亲蘩漪的心理感受，周冲觉得母亲不是一般的女人，有文化，有气质等等，蘩漪的这种形象和气质同样或者更强烈地被周萍感受到，并且与周冲不同的是，周萍带有更浓烈的性爱意识。周萍在与蘩漪发生爱情关系时，不可能不在爱情和乱伦之间进行再三考虑，但最终周萍选择了爱情，也就是说，在周萍与蘩漪发生爱情时，他是宁可犯下乱伦的罪过的，这里面当然也包括对社会世俗价值的放弃。到了周萍要摆脱蘩漪的时候，周萍确实恐惧着乱伦的罪过，但其中起着最重要作用的是，周萍与蘩漪的爱情若继续发展下去，就可能暴露，意味着他将身败名裂，变得一无所有。而这种在爱情和世俗两者的价值取向上，与他要抛弃四凤其实是一致的，也与他的父亲周朴园当年抛弃侍萍是一致的：背叛爱情，选择世俗价值取向（并非是向世俗妥协）。

上一代人周朴园的爱情在下一代人周萍那里得到了补充性表现，下一代周萍的爱情与世俗价值抉择的缘由，在上一代周朴园对世俗价值的选择上得到了补充性表现。但不只是表现的丰富，更重要的意义在于，《雷雨》以两代人的互为补充，使一种爱情悲剧命运原型最终得以"完形"呈现。并且，又表现了下一代人的爱情悲剧命运正是上一代人爱情悲剧命运原型的循环和重复，《雷雨》就这样达到了对命运的深度表现：父子相同的选择表现了对爱情悲剧命运原型的不可摆脱性、永恒的循环性。蘩漪还说她看见了周家祖辈及父辈的罪恶，这就更丰富了对人的爱情悲剧命运原型的深度表现。

侍萍和四凤的表现互为"完形"，也同样是为了复现爱情悲剧命运原型的。侍萍被周朴园抛弃的命运是粗略交代出来的，但在四凤被周萍抛弃的具体表现中，侍萍被周朴园抛弃的悲剧情节却得到了丰富；四凤被周萍抛弃，造成了四凤极大的精神痛苦，而她的命运却在她母亲侍萍一生的悲剧命运中得到了"完形"。侍萍之所以要坚决找回在周公馆打工的四凤，不仅是因为自己的悲剧一生的教训，还有自己母亲梅妈一生的教训，因为梅妈当年也像侍萍那样坚决不同意女儿在周公馆打工——由于自己没有听从母亲的忠告而使母亲竟被活活气死，这就透露出梅妈与侍萍同样的遭遇和同样的悲剧命运。梅妈、侍萍和四凤这三代人在《雷雨》中是互为“完形”的，这互为“完形”的悲剧人生都是重复性的：下一代人重复着上一代人的悲剧命运；上一代人不想让下一代人重复她们上一代人的悲剧命运，但上一代人没有办法阻止下一代人重复上一代人的悲剧命运。也就是说，她们的悲剧命运是轮回的、不可改变的、必然的。

悲剧命运原型模式的“完形”

曹禺通过“完形”的方法把悲剧命运表现了出来，但表现悲剧“命运”并非曹禺的最终目的，曹禺最终目的是要通过“完形”方法呈现人生悲剧命运的原型模式，而不仅仅是周朴园和侍萍等几个人的悲剧命运。《雷雨》人物的互为补充不仅是互为“完形”，还互为重复。互为“完形”表现了他们命运的完整性，互为重复表现了他们命运的重复性。这就说明了他们命运的相同性，是对同一种命运样式的重复。周萍重复着周朴园的爱情悲剧命运，周朴园也重复着他父辈的爱情悲剧命运，周家一代又一代的男人重复着这种爱情悲剧命运；四凤重复着侍萍的爱情悲剧命运，侍萍重复着梅妈的爱情悲剧命运，四凤家一代又一代的女人重复着这种爱情悲剧命运。曹禺以命运样式的重复揭示出了一种悲剧命运的原型模式。

曹禺对《雷雨》表现内容的“不可言喻”的理解和“我始终不能给它以适当的命名”恰恰证明了曹禺要表现的正是一种悲剧命运的原型模式。1936 年曹禺给《雷雨》写序这样说：“《雷雨》对我是个诱惑。与《雷雨》俱来的情绪蕴成我对宇宙间许多神秘的事物一种不可言喻的憧憬……我不能断定《雷雨》的推动是由于神鬼、起于命运或源于哪种显明的力量。情感上《雷雨》所象征的对我是一种神秘的吸引，一种抓牢我心灵的魔。《雷雨》所显示的，并不是因果，并不是报应，而是我所觉得的天地间的‘残忍’，(这种自然的‘冷酷’，四凤与周冲的遭际最足以代表，他们的死亡，自己并无过咎。)如若读者肯细心体会这番心意，这篇戏虽然有时为几段较紧张的场面或一两个性格吸引了注意，但连绵不断地、若有若无地闪示这一点隐秘——这种种宇宙里斗争的‘残忍’和‘冷酷’。在这斗争的背后或有一个主宰来使用它的管辖。这主宰，希伯来的先知们赞它为‘上帝’，希腊的戏剧家们称它为‘命运’，近代的人抛弃了这些迷离恍惚的观念，直截了当地叫它为‘自然的法则’。而我始终不能给它以适当的命名，也没有能力来形容它的真相。因为它太大，太复杂。我的情感强要我表现的，只是对宇宙这一方面的憧憬。”[①]强烈诱惑、神秘吸引、抓牢心灵，促使曹禺非要创作《雷雨》的“魔”，是决定人间“残忍”和“冷酷”命运的“主宰”。曹禺就是要通过人物命运的表现逼使那决定人物命运“角色”即“太大，太复杂”有着神秘力量的“角色”出场。对于这“角色”曹禺之所以“我始终不能给它以适当的命名”，就因为它是一种原型，一种悲剧命运的原型模式，而悲剧的原型模式是不可能被明确命名的。

原型理论家认为，原型是需要通过某种模式故事表现出来的：“我说的‘原型’是指由

① 曹禺：《雷雨·序》，北京：人民文学出版社，2008 年，第 180 页。

观念和感情交织而成的一个模式，在下意识里广泛为人们理解，但却很难用一个抽象的词语来表达，同时它又是那么‘神秘’，不经过周密的考察是完全无法分析辨明的。这种复杂的心理情结需要通过某种模式的故事，既体现它又像是掩盖它的真正含义；待到它的原型意义被‘分析’出来，或者根据表达它的语言找出了它的寓意之后，整个奥秘才会昭然若揭。”①曹禺以“完形”的方法表现人物命运的重复，就是通过模式性的故事揭示悲剧命运的原型模式。

曹禺对命运的不可抗拒的表现其实也是对悲剧命运原型模式的表现。这个爱情悲剧命运原型模式的实质是，一对男女青年本着纯真的感情产生了十分美好的爱情，然而在外在的力量作用下，男主人公最终选择了世俗价值而背叛了自己曾经热恋的女人也毁灭了自己刻骨铭心的爱情。这是许许多多的人不断重复的爱情悲剧命运样式，因而是一种爱情悲剧的原型模式。曹雪芹曾以“木石前盟”和“金玉良缘”两个神话来象征这种爱情悲剧命运原型模式（所不同的是，贾宝玉没有主动就范于“金玉良缘”）。周朴园、周萍和周冲，梅妈、侍萍和四凤等，任何人也看不见这个悲剧命运的原型模式，但却无一例外地被这个悲剧命运原型模式制约着、框范着、束缚着、禁锢着、折磨着，任何人也无可逃遁地重复着这一悲剧命运原型。这个悲剧命运原型模式深刻地表现了人的爱情和世俗价值的永恒矛盾，也深刻地表现了人的选择的悲剧性。曹禺是非常明确地意识到了这个原型模式的巨大制约作用的。曹禺说：“这堆在下面蠕动的生物，他们怎样盲目地争执着，泥鳅似的在情感的火坑里打着昏迷的滚，用尽心力来拯救自己，而不知千万仞的深渊在眼前张着巨大的口。他们正如一匹跌在沼泽里的羸马，愈挣扎，愈深沉地陷落在死亡的泥沼里。”②他们之所以是“盲目地争执着”，就因为他们别无选择地陷在了既定的悲剧命运的原型模式之中。还是曹禺自己说得深刻：“在《雷雨》里，宇宙正像一口残酷的井，落在里面，怎样呼号也难逃脱这黑暗的坑。自一面看，《雷雨》是一种情感的憧憬，一种无名的恐惧的表征。”③曹禺意象化理解的“井”和“坑”，“是一种情感的憧憬”“一种无名恐惧的表征”，正是曹禺对悲剧命运原型模式的无意识理解。

曹禺深刻地感受到了这种爱情悲剧命运原型模式对人的毁灭性力量，也再一次地感受到了创作中“自主情结”的巨大推动作用。曹禺所感受到的有一种力量推动他进行《雷雨》的创作，那就是他对爱情悲剧命运原型模式的思想感悟，这种思想感悟推动着他非要把它表现出来不可。原型理论家荣格说：“我们最好把创造过程看成是一种扎根在人心中有生命的东西。在分析心理学的语言中，这种东西就叫做自主情结。它是心理中分裂了的一部分，在意识的统治集团之外过着自己的生活。依靠其能力负荷，它可以表现为对意识活动的单纯干扰，也可以表现为一种无上的权威，驯服自我去完成自己的目的。这样看

① L. A. 费德莱尔：《好哈克，再回到木筏上来吧！》，载叶舒宪选编《神话——原型批评》，西安：陕西师范大学出版社，1987 年，第 344 页。

② 曹禺：《雷雨序》，北京：人民文学出版社，2008 年，第 181 页。

③ 曹禺：《雷雨序》，北京：人民文学出版社，2008 年，第 181 页。

来，那种与创造过程保持一致的诗人，就是一个无意识命令刚开始发出来给以默认的人。”①曹禺说：“累次有人问我《雷雨》是怎样写的”，“老实说”“连我自己也莫名其妙”，②“我并没有显明地意识着我是要匡正、讽刺或攻击些什么。也许写到末了，隐隐仿佛有一种情感的汹涌的流来推动我，我在发泄着被压抑的愤懑，毁谤着中国的家庭和社会”③。曹禺又说：“《雷雨》的降生是一种心情在作祟，一种情感的发酵，说它为宇宙一种隐秘的理解乃是狂妄的夸张，但以它代表个人一时性情的趋止，对那些‘不可理解的’莫名的爱好，在我个人短短的生命中是显明地划成一道阶段。”④这就是曹禺理解到的爱情悲剧原型模式在起作用。爱情悲剧原型模式成了一个有生命的独立存在，支配着曹禺的创作。陈思和十分敏锐地指出了曹禺创造的无意识现象，他说《雷雨》“许多地方都是无意识的，是无意当中碰到了天机，天机不可泄露，他因为年轻幼稚不懂，他去触到了这种最不能碰触的人性的罪与恶，这样才产生出一个对人类来说很残酷的写照，也恰恰产生了一部中国现代文学史上最伟大的作品。”⑤曹禺创造中的无意识现象最重要的就是对悲剧命运原型模式的深刻揭示。

《雷雨》的厚重性和深邃性在于，《雷雨》把许多作品才能表现的命运原型模式表现在一部作品中了。原型模式是对诸多作品的概括和抽象，原型批评家指出：“在诗歌里——这里我们将特别考虑悲剧诗歌——有一些题材具有一个特殊形式或模式，这个形式或模式在一个时代又一个时代的变化中一直保存下来；并且，这个形式或模式是与被这个题材所感动的人的心灵中的那些感情倾向的某一模式或配搭相呼应的；我们可以断定诗歌中这样的一些题材的一致性。”⑥《雷雨》表现的悲剧命运原型模式是一个时代又一个时代许许多多作品表现的统一性模式，从《诗经》中《氓》开始的一直到当代的《人生》，期间有《莺莺传》《杜十娘怒沉百宝箱》《秦香莲》等一系列作品，都或显或隐地表现这一模式。《雷雨》不仅以“完形”的方式表现了几代人爱情悲剧的原型模式，还由父子、母女等命运交织的永恒循环与重复来表现，这就造成了《雷雨》特别强大的思想震撼力。王富仁说《雷雨》始终保持着经久不衰的新鲜生命力，“主要在于他深刻揭示了历史的真实和生活的真理”。⑦ 曹禺揭示历史的真实和生活的深刻所依赖的正是他对悲剧命运原型模式的把握。

悲剧命运原型模型的“完形”

曹禺运用互为补充的方法表现出了人生悲剧的原型模式，但这种原型模式并非荣格

① 荣格：《心理学与文学》，冯川、苏克译，北京：生活·读书·新知三联书店，1987 年，第 144 页。

② 曹禺：《雷雨·序》，北京：人民文学出版社，2008 年，第 179 页。

③ 曹禺：《雷雨·序》，北京：人民文学出版社，2008 年，第 180 页。

④ 曹禺：《雷雨·序》，北京：人民文学出版社，2008 年，第 182 页。

⑤ 陈思和：《中国现当代文学名篇十五讲》，北京：北京大学出版社，2005 年，第 193 页。

⑥ M. 鲍特金：《悲剧诗歌中的原型模式》，载叶舒宪选编《神话原型批评》，西安：陕西师范大学出版社，1987 年，第 121 页。

⑦ 王富仁：《王富仁自选集》，南宁：广西师范大学出版社，1999 年，第 217 页。

所说的原始记忆的原初模式，而是指在人与现实社会和人与人发生关系时所反复经历的人生样式，侍萍和周朴园等无数人的无数次重复，就使这种人生样式呈现为一种原型模式。曹禺以人物“完形”的艺术方式，极其鲜明地凸显了这种人生悲剧的原型模式，惊心动魄地显示出这种人生悲剧原型模式的“残忍”和“冷酷”。那么，造成这种“残忍”“冷酷”循环和衍生悲剧命运原型模式的强大力量到底是什么呢？人生悲剧命运原型模式应该是由人生悲剧的“模型”模塑出来的，这个塑造人生悲剧原型模式的“模型”又指的是什么呢？《雷雨》既把这种爱情悲剧命运原型模式表现了出来，又暗示了造成这种爱情悲剧原型模式的诸种社会文化原因。

《雷雨》还有一个爱情悲剧原型模式和造成这种原型模式的模型之间的“完形”。

在看过《雷雨》震颤灵魂的悲剧之后，观众和读者就会陷入深深的思考：是什么东西造成了四凤、侍萍和梅妈这些女人的人生悲剧命运原型模式？是什么东西造成了周冲、周萍和周朴园这些男人的悲剧命运原型模式？观众会沿着结局向前追溯《雷雨》的情节线索，就会逐步发现，造成四凤和周萍自杀的原因是因为他们知道了兄妹乱伦的真相，而周冲的自杀也是因为四凤自杀导致的；那又是什么东西导致四凤与周萍不知情的兄妹乱伦呢？那就是周朴园对侍萍的抛弃。蘩漪的恶魔性是令人惊骇战栗的，周萍与继母蘩漪的乱伦更是令人厌恶的，但这些又都是怎样造成的呢？这些也都是当年周朴园抛弃侍萍造成的。《雷雨》的所有悲剧都是由此发端的。没有周朴园抛弃侍萍就没有《雷雨》所有人物的悲剧，因而，观众或读者还会进一步思考：周朴园为什么要抛弃侍萍呢？观众或读者在曹禺的人物“完形”方法中得知周朴园爱侍萍，会像周冲爱四凤那样浪漫，像周萍那样热烈的，但为什么要抛弃曾经爱过并且还在爱着的侍萍呢？因为周朴园的家庭要周朴园与有钱有门第的小姐结婚。周朴园的家庭——在曹禺“完形”方法作用下，周朴园的父亲也是一个类似于周朴园那样专制型的封建家长，可以允许儿子周朴园与侍萍婚前相爱，但决不允许他和侍萍结婚。因为，侍萍出身低微，是老妈子的女儿。一个阔家的大少爷是不能娶老妈子女儿为妻的。周朴园顺从了家长的意志，放弃了自己的爱情。这里面隐藏着产生人生悲剧模式的“模型”的各个方面，是各个方面构成了《雷雨》人生悲剧模式的“模型”。

不平等的阶级观念是产生人生悲剧原型模式的最重要方面。周朴园之所以抛弃侍萍——在周萍和周冲身上也蕴含着抛弃四凤的因素，而蘩漪的话也揭示出周朴园父辈曾经有过类似的行为；侍萍与梅妈之所以被抛弃，四凤也蕴含着被抛弃的命运——就是因为侍萍等几代人是属于无产阶级，而周朴园等人是属于资产阶级。这里构成了一个二元对立的模式：资产阶级和无产阶级的对立，资产阶级的男性不能够越过阶级的差别和无产阶级的女性结婚。婚姻应该是爱情结合的形式，但周朴园等人爱情和婚姻是分离的，周朴园与侍萍有爱情但不能结婚，而周朴园与蘩漪结婚（蘩漪之前，周朴园还娶过一个女人），但没有爱情；侍萍爱着周朴园，但却不能结婚。这里似乎隐含着这样一个结论：资产阶级的男人不能获得自己的爱情，而无产阶级的女性也不能获得有爱情的婚姻。悲剧的发生就在于资产阶级的男人不能跨越阶级的鸿沟。旧时代婚姻“门当户对”的传统其实质就是阶级差别的不可逾越。人应该是平等的，这种平等应该表现在各个方面，但在实际上人是不平等的，特别是在封建专制的时代，人是分等级的，分高低贵贱的。人的等级与高低贵贱是由经济状况和社会地位来区分的。人的感情是不分等级与高低贵贱的，但阶级的观念却把人分成了等级与高低贵贱，正是这个等级和高低贵贱的差别毁灭了周朴园和侍萍等人的爱情。

封建家长制是产生人生悲剧原型模式的第二个重要方面。人并不是生来就具有阶级观念和高低贵贱的差别的，年轻人在产生爱情的时候是本着自然的感情，并不用阶级观念来衡量，比如周冲是何等的单纯、浪漫和充满诗意，但是年轻人的这种纯粹的爱情却常常遭到父辈的强烈反对和干预。周朴园与侍萍的爱情就是这样被毁灭的，而周萍与周冲与四凤的爱情也暗暗地隐含着对父亲周朴园爱情悲剧的重复。这里又构成了一个二元对立的结构：父与子的矛盾冲突。这就是封建家长制的恶果。封建家长常常是用自己的意志干预儿女的婚姻，而他们用于干预的出发点就是根据阶级的差别和对人的高低贵贱的分别。在封建社会中，不仅所有的人会以经济状况分出高低贵贱的阶级，就是在同一个阶级家庭中的父子，也要分出高低贵贱，“父为子纲”，父亲的意志儿子是不能够违抗而只能顺从的，父亲的话就是绝对的命令，不执行父亲的命令就是大逆不道。儿子在自己的爱情与父亲的阶级意志之间是必然要选择前者而放弃后者的。更为严重的问题是，当年曾经反对父亲专制意志的儿子一旦成了父亲，就站在了曾经反对过的父亲的立场而强烈反对和干预儿子的爱情了。这是个怪圈。周朴园重复了这一怪圈，封建社会中的很多人都重复了这一怪圈。

男权制统治思想是产生人生悲剧模式的第三个重要方面。在《雷雨》中，受伤害最为严重的是女性，侍萍要投河而死，蘩漪成为恶魔性的人物，蘩漪之前周朴园的那个妻子默默无闻死去，四凤最后触电身亡。当然男性也是悲剧的命运，周朴园虽然有自己的事业，但他没有自己的爱情，内心空空荡荡；周冲和周萍都走上自杀的道路。这里虽然都是悲剧命运，但有一点是非常清楚的，就是女人的悲剧命运是由男人造成的。男人在造成女人悲剧命运的同时，也造成了自己的悲剧命运。《雷雨》还隐秘地包含着一个男与女对立的二元结构。比如周朴园的父亲，他之所以可以毫不犹豫地反对儿子的爱情，除了他站在阶级和父亲立场上的同时，还是站在男性的立场上的。或者可以这样说，男性的立场正是他阶级和父亲立场的基础。在封建专制社会，女性是低于男性的“第二性”。男性为了自己的利益，完全可以不顾及女性的情感与利益，哪怕造成女性悲惨的人生甚至死亡。中国许许多多的爱情悲剧就表现了这一方面，《孔雀东南飞》中的焦仲卿、《杜十娘怒沉百宝箱》中的李甲、《长恨歌》中的唐明皇等等，都极为深刻地表现了这一主题。从这一方面看，周朴园在侍萍和有钱有门第小姐间的选择，看上去自私的行为，实际上不是周朴园个人的自私，而是男性立场的自私。周朴园对侍萍、周冲与周萍对四凤，以及侍萍母亲梅妈所受到的伤害、周朴园父辈对女性的伤害所重复的就是男性对女性的损害、欺侮和凌辱。

爱情价值观的缺失是产生人生悲剧模式的第四个方面。周朴园等人在爱情和家族利益的选择中之所以最后都选择了家族利益，还在于，家族利益即阶级利益包括男性利益是被社会广泛承认的价值，而人的爱情则是绝不被社会认可的价值。封建社会在人与社会、与群体的关系中所强调的永远是社会群体的利益，而没有给个人留下一点空间。这就是个人观念的缺失，人性观念的缺失，人的价值观念的缺失。这样，当周朴园与父亲所代表的家庭利益发生矛盾冲突时，他就没有一个被广泛承认的价值立场、价值观念可以遵循、可以退守、可以坚持、可以对抗、可以依托、可以据理力争。因为社会没有给周朴园的爱情提供明确的价值观念这个“理”，而社会群体的价值观念虽然违反人性但却堂而皇之、神圣不可侵犯，是至高无上的“天理”。但是爱情是人的最基本最自然也是最重要的感情，它是不能被其他利益所彻底代替的，它也是放不下的。周朴园放不下（周冲放不下，周萍放不下）。但是，在周朴园那里，它又不能被肯定被实现，而只能留在内心之中的，周朴园留恋与侍萍的初恋，而不能与蘩漪产生感情，这就酿成了蘩漪和四凤及周萍周冲等人的一系列人生悲剧。《雷雨》告诉人们，爱情悲剧一旦产生，悲剧的并非爱情自身，它产生的悲剧力量还要推动和导致一系列更沉重的人生悲剧。

曹禺在《雷雨》中，以“完形”的方法，不仅为读者展现了一种人生悲剧的原型模式，还深刻地揭示了造成这种人生悲剧原型模式的“模型”。这种人生悲剧的“模型”是由阶级差别、封建家长制、男权统治思想和爱情及人性价值的缺失几个方面构成的。在《雷雨》中，曹禺深刻地揭示出了悲剧的模型（模子）产生悲剧的原型模式，悲剧的原型模式产生悲剧的人生。《雷雨》震颤灵魂的深刻性在于，它以两家几代人反复出现的人生悲剧模式，深刻地表现出，人一旦与这个“模型”遭遇，就被强行地按在这个模型里，被这个模型所塑造，被这个模型所模式化。而在封建社会，这个模型是无处不在的，人是无所逃遁的。就这样，《雷雨》透彻骨髓地让人们感受到了封建社会里人们悲剧命运的必然性，爱情毁灭的必然性，人性毁灭的必然性，人生悲剧模式的必然性。悲剧原型模式的表现和悲剧原型“模型”揭示的是《雷雨》最深刻的悲剧主题。

原载《社会科学战线》2010 年第 11 期

“绝子绝孙”的《雷雨》

张耀杰

四幕悲剧《雷雨》，是曹禺创作的第一部现代戏剧作品，也是中国戏剧史上标志着现代话剧走向成熟的经典巨著。关于该剧神秘混沌的思想内涵，可以套用莎士比亚研究中关于哈姆雷特的一句老话来加以形容：有多少个读者观众，就会有多少种各不相同的解读感悟。尽管如此，贯穿全剧的核心密码只有一个，就是由替天行道的鲁大海所发布的“绝子绝孙”的天谴罚罪。剧中所有人物的故事情节和前途命运，冥冥之中都是围绕着这个核心密码逐步展开的。

一、原始情绪中的文化密码

古希腊悲剧作家索福克勒斯的经典悲剧《俄狄浦斯王》(Oedipus Tyrannus)，取材于希腊神话传说中俄狄浦斯杀父娶母的故事。拉伊奥斯年轻时曾经劫走国王佩洛普斯的儿子克律西波斯，因此遭到来自天神的天谴诅咒。他的儿子出生时，神谕显示他会被自己的儿子所杀。为了逃避被儿子所杀的命运，拉伊奥斯刺穿新生婴儿的脚踝，把他丢弃在山野中等死。奉命执行的牧羊人心生怜悯，偷偷将婴儿转送给邻国科林斯的国王波吕斯充当养子，这个婴儿被养父取名为俄狄浦斯。俄狄浦斯长大后，从神谕得知自己将会杀父娶母。为了逃避杀父娶母的命运，他只好选择离开科林斯自我流放。有一天，他来到忒拜的一个岔路口，在与一群陌生人的冲突中失手杀死并不相识的亲生父亲、忒拜国王拉伊奥斯。接下来，他因为帮助忒拜人除掉危害民众的狮身人面怪兽斯芬克司，而被拥戴为国王，并且在不知情的情况下，娶国王的遗孀也就是自己的生身母亲约卡斯塔为妻。在与自己的母亲共同生育二男二女之后，俄狄浦斯才得知自己犯下了杀父娶母的乱伦大罪。母亲约卡斯塔羞愧自杀，悲愤不已的俄狄浦斯也刺瞎自己的双眼，再一次选择自我流放。

弗洛伊德的精神分析学说，把人类一切创造性活动都归根结蒂于遭受压抑的性本能或性力，尤其是潜意识中的恋母憎父的俄狄浦斯情结，甚至于提出“宗教、道德、社会和艺术之起源都系于俄狄浦斯情结上”[①]的极端命题。他的这种学说虽然有简单化、绝对化的嫌疑，潜意识或集体无意识中诸如恋母憎父、兄妹相恋、乱伦群婚之类的情爱情结，在艺术创造中所发挥的最为内在的驱动力量，却是不容置疑的。作为中国戏剧史上最具艺术创

① 弗洛伊德：《图腾与禁忌》，中国民间文艺出版社，1986年，第92页。

造力的影剧大师，曹禺所有的影剧作品都直接根源于他在《〈雷雨〉序》中所介绍的“原始的情绪”和“蛮性的遗留”。

在《〈雷雨〉序》中，曹禺鉴于诸多演出者和评论者认为《雷雨》是社会问题剧或政治宣传剧的严重误读，采用“原始的情绪”的概念回应说：

> 累次有人问我《雷雨》是怎样写的，或者《雷雨》是为什么写的这一类的问题。老实说，关于第一个，连我自己也莫名其妙；第二个呢，有些人已经替我下了注释，这些注释有的我可以追认——譬如“暴露大家庭的罪恶”——但是很奇怪，现在回忆起三年前提笔的光景，我以为我不应该用欺骗来炫耀自己的见地，我并没有显明地意识着我要匡正、讽刺或攻击些什么。也许写到末了，隐隐仿佛有一种情感的汹涌的流来推动我，我在发泄着被抑压的愤懑，毁谤着中国的家庭和社会。然而在起首，我初次有了《雷雨》一个模糊的影像的时候，逗起我的兴趣的，只是一两段情节，几个人物，一种复杂而又原始的情绪。①

接下来，曹禺对于连他自己都莫名其妙的“原始的情绪”，进行了多侧面多角度的阐述解释。

其一，作为创作《雷雨》一剧的原动力和内驱力，这种“复杂而又原始的情绪”，得之于“原始的祖先们”的神道信仰，或者说是宗教迷信：

> 《雷雨》可以说是我的“蛮性的遗留”，我如原始的祖先们对那些不可理解的现象睁大了惊奇的眼。我不能断定《雷雨》的推动是由于神鬼、起于命运或源于哪种显明的力量。情感上《雷雨》所象征的对我是一种神秘的吸引，一种抓牢我心灵的魔。《雷雨》所显示的，并不是因果，并不是报应，而是我所觉得的天地间的“残忍”。（这种自然的“冷酷”，四凤与周冲的遭际最足以代表，他们的死亡，自己并无过咎。）如若读者肯细心体会这番心意，这篇戏虽然有时为几段较紧张的场面或一两个性格吸引了注意，但连绵不断地、若有若无地闪示这一点隐秘——这种种宇宙里斗争的“残忍”和“冷酷”。在这斗争的背后或有一个主宰来管辖。这主宰，希伯来的先知们赞它为“上帝”，希腊的剧作家们称它为“命运”，近代的人撇弃了这些迷离恍惚的观念，直截了当地叫它为“自然的法则”。而我始终不能给它以适当的命名，也没有能力来形容它的真实相。因为它太大、太复杂。我的情感强要我表现的，只是对宇宙这一方面的憧憬。

荣格在《集体无意识和原型》一文中介绍说：“一个民族的神话集是这个民族的活的宗教……宗教是联系心理活动过程的一个重要环节，这个过程是处在心灵深处的深邃幽暗之处，既独立于意识，又超越意识。”②《雷雨》中的“复杂而又原始的情绪”正是如此，它直接

---

① 本书所依据的《〈雷雨〉序》及《雷雨》剧本，是田本相编《曹禺文集》第1卷收录的上海文化生活出版社1936年1月出版的版本。见《曹禺文集》第1卷，中国戏剧出版社，1988年。

② 荣格：《集体无意识和原型》，引自《西方二十世纪文论选》第一卷，胡经之、张首映主编，中国社会科学出版社，1989年，第301页。

根源于曹禺童年时代所听到的流传于民间社会的神话传说和鬼怪故事："《雷雨》是一种情感的憧憬，一种无名的恐惧的表征。这种憧憬的吸引恰如童稚时谛听脸上划着经历的皱纹的父老们，在森森的夜半，津津地述说坟头鬼火、野庙僵尸的故事。皮肤起了恐惧的寒栗，墙角似乎晃着摇摇的鬼影。然而奇怪，这'怕'本身就是个诱惑。我挪近身躯，咽着兴味的口沫，心恐惧地忐忑着，却一把提着那干枯的手，央求：'再来一个，再来一个！'"

其二，《雷雨》中"复杂而又原始的情绪"，包含着以神道设教、替天行道的宗教先知加抒情诗人自居的曹禺，对于即将遭受天诛地灭、天谴罚罪却又盲目无知、洋洋自得的'人类'，所表现出的一种"如神仙，如佛，如先知"般"升到上帝的座"的"悲悯的心情"：

> 写《雷雨》是一种情感的迫切的需要。我念起人类是怎样可怜的动物，带着踌躇满志的心情，仿佛是自己来主宰自己的命运，而时常不是自己来主宰着。受着自己——情感的或者理解的——捉弄，一种不可知的力量的——机遇的，或者环境的——捉弄；生活在狭的笼里而洋洋地骄傲着，以为是徜徉在自由的天地里、称之为万物之灵的人物，不是做着最愚蠢的事么？我用一种悲悯的心情来写剧中人物的争执。我诚恳地祈望着看戏的人们也以一种悲悯的眼来俯视这群地上的人们。所以我最推崇我的观众，我视他们，如神仙，如佛，如先知，我献给他们以未来先知的神奇……我是个贫穷的主人，但我请了看戏的宾客升到上帝的座，来怜悯地俯视着这堆在下面蠕动的生物。

曹禺为自己设定的神道设教、替天行道的宗教先知加抒情诗人的特权身份，其实就是荀子在《礼论篇》中所说的"礼有三本：天地者，生之本也；先祖者，类之本也；君师者，治之本也"的"君师"身份。在曹禺看来，几乎所有的个人，都是不能够独立自主地掌握自己前途命运的被奴役、被主宰、被操纵、被天谴、被罚罪的"鬼"、"傀儡"和"可怜的动物"；几乎所有的个人以及包括家庭、学校、企业、社团、党派、民族、政府、国家在内的人造集体，都是他或实施天诛地灭的天谴诅咒，或实施阳光天堂的超度礼赞的目标对象。

其三，《雷雨》中"复杂而又原始的情绪"，是曹禺那份"性情中郁热的氛围"与烦躁郁热的自然环境天人合一、天人感应的结果："与这样原始或者野蛮的情绪俱来的还有其他的方面，那便是我性情中郁热的氛围。夏天是个烦躁多事的季节，苦热会逼走人的理智。在夏天，炎热高高升起，天空郁结成一块烧红了的铁，人们时常不由己地，更归回原始的野蛮的路，流着血，不是恨便是爱，不是爱便是恨，一切都走向极端，要如电如雷地轰轰地烧一场，中间不容易有一条折衷的路。代表这样的性格是周蘩漪，是鲁大海，甚至于周萍……"

其四，作为创作《雷雨》一剧的集动物本能的野性蛮力和宗教精神的神性魔力于一身的原动力和内驱力，"原始的情绪"和"蛮性的遗留"与曹禺潜意识中根深蒂固的恋母憎父的"俄狄浦斯情结"密切相关。作为该剧核心密码的"绝子绝孙"的大结局，所要打击的首选目标，就是一心要保家卫道的周朴园。周朴园的三个儿子周萍、鲁大海、周冲，无一不是曹禺化解不开的恋母憎父情结的化身。"绝子绝孙"的天谴诅咒，正是出自周朴园并不相认的亲生儿子鲁大海之口。大儿子周萍在引咎自裁前，另有对于周朴园的血泪控诉："爸，你不该生我！"周冲神往于天边外的阳光天堂般的"真世界"的直接原因，是父亲周朴园在

“喝药”一场戏中，针对母亲周蘩漪的精神强暴。用周冲的话说，“我恨这不平等的社会，我恨只讲强权的人，我讨厌我的父亲，我们都是被压迫的人，我们都一样。”

曹禺在《〈雷雨〉序》中，还把周冲之死归因于俄狄浦斯式的恋母憎父情结的彻底破灭：“待到连母亲——那是十七岁的孩子的梦里幻化得最聪慧而慈祥的母亲，也这样丑恶地为着情爱痉挛地喊叫，他才彻头彻尾地感觉到现实的粗恶。他不能再活下去，他被人攻下了最后的堡垒，青春期的儿子对母亲的那一点憧憬。他于是整个死了他生活最宝贵的部分——那情感的激荡。以后那偶然的或者残酷的肉体的死亡对他算不得痛苦，也许反是最适当的了结。”

在发表于1981年《人生》创刊号的《从“关关雎鸠”想起的》一文中，晚年曹禺对于自己童年时代根深蒂固的恋母憎父的俄狄浦斯情结另有回忆：“我小时候，老师教《诗经》，并不从‘关关雎鸠，在河之洲。窈窕淑女，君子好逑’这首诗启蒙。我的老师十分得意，挑选‘父兮生我，母兮育我……’那篇开讲。这大得我父亲的欢心，到处赞扬教师得‘天地之心’。似乎世界都从‘父母之恩’发展出来。男女总要结为‘父母’，这样造成人类的历史。因此，我幼时的生育知识的第一课，是从《诗经》明了的。后来又是‘多福、多寿、多男子’，许多的祝辞，以及孟子讲的‘不孝有三，无后为大’种种，滔滔不绝地灌输。于是骂人也从‘绝子绝孙’骂起。颂老人，‘子孙满堂’；祝新婚，‘早生贵子’。叨叨了下上古今几千年，延续到今天，我们就成为拥有十亿人口的泱泱大国。”

晚年曹禺在与田本相的谈话中，依然在回忆孩童时代的一天：父亲万德尊脸色阴冷地从外面回来，他“怯怯地喊道‘阿爹、阿爹’”迎了上去，父亲先是没好气地让他背诗，接着便是重重的一记耳光：“我的父亲是一个喜怒无常的人……这一巴掌给我的印象太深刻了。父亲这个人真使我想来可恨，这就使我联想起《朝花夕拾》中，鲁迅写的《我的父亲》中的扼杀儿童的情景。”①

其五，以神道设教、替天行道的宗教先知加抒情诗人自居的曹禺，还以形而上的诗意眼光，看到了“原始的情绪”和“蛮性的遗留”中阳光天堂般神圣的美好的另一面：“我爱着《雷雨》如欢喜在融冰的春天，看一个活泼泼的孩子在日光下跳跃，或如在粼粼的野塘边偶然听得一声青蛙那样的欣悦……我对《雷雨》的了解只是如母亲抚慰自己的婴儿那样单纯的喜悦，感到的是一团原始的生命之感。”

在谈到该剧的“序幕”和“尾声”时，曹禺在《〈雷雨〉序》中进一步解释说：“《雷雨》诚如有一位朋友说，有些太紧张（这并不是句恭维的话），而我想以第四幕为最。我不愿这样戛然而止。我要流荡在人们中间还有诗样的情怀……我把《雷雨》做一篇诗看，一部故事读，用‘序幕’和‘尾声’把一件错综复杂的罪恶推到时间上非常辽远的处所。因为事理变动太吓人，里面那些隐秘不可知的东西对于现在一般聪明的观众情感上也仿佛不易明了，我乃罩上一层纱。那‘序幕’和‘尾声’的纱幕便给了所谓的‘欣赏的距离’。这样，看戏的人们

① 田本相、刘一军编著：《苦闷的灵魂——曹禺访谈录》，江苏教育出版社，2001年，第81页。

可以处在适中的地位来看戏，而不至于使情感或者理解受了惊吓。”

按照荣格的说法，“（原型模式）是一种很奇怪的东西，它的存在，派生于人的精神的深处——它使人联想到我们和史前时代分隔开来的时间鸿沟，或者唤来一个将光明与黑暗作对比的超人世界。这是一种超越人类理解力之上的原始经验……它把罩在画着秩序井然的世界的图画之上的帷幕从头到底撕裂了开来，并允许对尚未生成的事物这一深邃莫测的地狱略作一瞥。这是否就是其他世界的幻象，或者是精神上蒙昧的幻象，或者是关于史前时代的事物之始的幻象，或者是关于尚未诞生的一代又一代人的幻象？我们很难说其中任何一种是的，也很难说上述的全都不是。”[①]曹禺所说的“原始的情绪”和“蛮性的遗留”，一方面是出于对于荣格的“集体无意识”理论中的“原型模式”的学习借鉴，明显打上了欧美戏剧尤其是基督教文化的一些烙印；另一方面，也贯穿着中国传统神道文化中更加神秘混沌也更加根深蒂固的集体无意识。《雷雨》中的周朴园、鲁侍萍、周蘩漪、鲁四凤不断祈求的最高主宰，就是中国本土神道信仰中的“天”及其“天意”“天命”。按照存活于中国民间社会的宗教观念，既是自然现象又是人格化的最高主宰的“天（老天爷）”并不是一个孤家寡人，在他手下有许多神仙鬼怪可供调遣驱使。《雷雨》中直接操纵八个出场人物的既是自然现象又是人格化的宗教神祇的“雷雨（雷公）”，就是中国民间普遍认同的一员替天行道的罚罪天神。到了《原野》中，因为杀死焦大星及小黑子而迷失于原野黑林子之中的仇虎及花金子，不仅于失魂落魄、神魂颠倒中采用了更加通俗也更加亲昵的称呼“老天爷”，而且直接遭到了与“天（老天爷）”相对应的俗称“阎王”的“黑脸的阎罗（地藏王）”替天行道、天谴罚罪的末日审判。

二、《雷雨》中“最‘雷雨’的性格”

《雷雨》是一部描写家庭里面通奸乱伦的传奇故事的宿命悲剧。三十年前，周公馆的少爷周朴园与女仆梅侍萍未婚同居，先后生育了周萍、大海两个儿子。周公馆为了让周朴园与门当户对的一位小姐正式结婚，在除夕之夜驱逐了梅侍萍和刚刚三天的二儿子大海。侍萍母子投水获救后嫁给鲁贵，改姓为鲁的她又生育了女儿四凤。三十年后，鲁贵和四凤成为周公馆的仆人，鲁大海成为带领工人在周家煤矿罢工闹事的工人代表，周朴园的太太周蘩漪生育了“二少爷”周冲。在外地帮工的鲁侍萍来到周公馆寻找女儿时，竟然与周朴园意外重逢。剧中八个人物之间，因此形成或乱伦通奸或替天行道的复杂关系，冥冥之中等待着他们的，却是一场天诛地灭、绝子绝孙的天谴罚罪。

在《〈雷雨〉序》中，曹禺对于剧中八个主要人物有过这样的分析说明：“夏天是个烦躁多事的季节，苦热会逼走人的理智……人们会时常不由己地，更归回原始的野蛮的路，流着血，不是恨便是爱，不是爱便是恨。一切都是走向极端；要如电如雷地轰轰地烧一场，中间不容易有一条折衷的路。代表这样的性格是周蘩漪，是鲁大海，甚至于周萍，而流于相

① 荣格：《心理学与文学》，伍蠡甫主编《西方古今文论选》，复旦大学出版社，1984 年，第 457 页。

反的性格，遇事希望着妥协，缓冲，敷衍便是周朴园，以至于鲁贵。但后者是前者的阴影，有了他们，前者才显得明亮。鲁妈、四凤、周冲是这明暗的间色，他们做成两个极端的阶梯。所以在《雷雨》的氛围里，周蘩漪最显得调和……她是一个最'雷雨的'(原是我的杜撰，因为一时找不到适当的形容词)性格，她的生命交织着最残酷的爱和最不忍的恨。她拥有行为上许多的矛盾，但没有一个矛盾不是极端的，'极端'和'矛盾'是《雷雨》蒸热的氛围里两种自然的基调，剧情的调整多半以它们为转移。"

把这段话说得直白一点，剧中的周蘩漪、鲁大海、周萍属于极端性格，也就是"交织着残酷的爱和最不忍的恨"的"一切都走向极端"的"最'雷雨'的性格"。被置于对立面的周朴园、鲁贵，属于避免极端的妥协性格。鲁妈、四凤、周冲，是属于两个极端之间的中间性格。

到了《〈日出〉跋》中，曹禺又依据老子《道德经》中"损有余而补不足"的"天之道"与"损不足以奉有余"的"人之道"的神道格局，给出了另一种分析说明："《雷雨》里原有第九个角色，而且是最重要的，我没有写进去，那就是称为'雷雨'的一名好汉。他几乎总是在场，他手下操纵其余八个傀儡……写《雷雨》，我不能如旧戏里用一个一手执铁钉，一手举着巨锤，青面红发的雷公，象征《雷雨》中渺茫不可知的神秘。那是技巧上的不允许。"①

按照存活于中国民间社会的儒、释、道三教合流的宗教神道观念，《雷雨》中的"雷公"既是自然现象也是人格化的宗教神祇，一直充当着替天行道、天诛地灭的罚罪天神。在"最重要"的"雷公"之上，另有最重要的既是自然现象又是人格化的最高主宰的"天(老天爷)"，最终决定着发生在天堂、地狱、人间三界之中一切的一切。《雷雨》中的所有人物，都是替天行道的"雷公"，依据至高无上的"天(老天爷)"的天命天意而加以主宰的人间"傀儡"。他们之间所存在的只是大同小异的量的差异而不是质的区别。借用恩格斯在《反杜林论》中的说法，他们同属于因"缺乏自我规定的意志"而"甘受奴役"的异化人物。②

三、周朴园的保家护种

周公馆是一个既通奸乱伦又谋财害命的人欲横流、罪孽滔天的宗法制男权家庭，性欲减退的周朴园，是这个家庭中主宰一切的男权主子、专制家长。他的头脑中所充斥的，是中国传统神道文化中以天神天命天意天理天道天堂为本体本位，以人身依附性质的天、地、君、亲、师的礼教纲常来捆绑限制所有个人的神道信仰体系和社会价值体系。其中既包括保护所有个人最为低等的动物性的生存权、生殖权的"人命关天关地""不孝有三，无后为大"的所谓仁爱，也包括根除消灭所有个人意思自治、独立自主的人身、情爱、财产、言

① 《〈日出〉跋》，上海文化生活出版社《日出》单行本，1936 年 11 月。

② 恩格斯《反杜林论》中的原话是："甘受奴役的现象发生于整个中世纪，在德国直到三十年战争后还可以看到。普鲁士在 1806 年战败之后，废除了依附关系，同时还取消了慈悲的领主们照顾贫、病和衰老的依附农的义务，当时农民曾向国王请愿，请求让他们继续处于受奴役的地位——否则在他们遭受不幸的时候谁来照顾他们呢？……无论如何，我们必须认定，平等是有例外的。对于缺乏自我规定的意志来说，平等是无效的。"见《马克思恩格斯选集》第 3 卷，人民出版社，1972 年，第 138 页。

论、信仰等自由权利的“存天理，灭人欲”的纲常伦理，尤其是通常所说的三纲（君为臣纲、父为子纲、夫为妻纲）、五常（仁、义、礼、智、信）、三从（未嫁从父、既嫁从夫、夫死从子）、四德（德、容、言、工）。

正是因为有这一套中国传统的神道文化武装头脑，周朴园才会相信自己的家庭是一个“最圆满、最有秩序的家庭”，自己所教育的子弟是“健全的子弟”。为了保家护种，他不惜置妻子、儿子的情感于不顾，像替天行道的天神一样实施着“存天理，灭人欲”的天谴诛心之术：“（冷峻地）蘩漪，当了母亲的人，处处应当替孩子着想，就是自己不保重身体，也应该替孩子做个服从的榜样。”

为了逼迫周蘩漪喝下她深恶痛绝的苦药，周朴园先后命令四凤、周冲、周萍像“傀儡”一般依次上阵，充当天谴诛心的帮凶打手，直到周蘩漪面对与自己乱伦通奸的大少爷周萍而被迫屈服：“（望着萍，不等萍跪下，急促地）我喝，我现在喝！（拿，喝了两口，气得眼泪又涌出来，她望一望朴园的峻厉的眼和苦着的萍，咽下愤恨，一气喝下）哦……（哭着，由右边饭厅跑下）。”

周朴园在逼哭周蘩漪之后，又祭出所说是投水自尽的梅侍萍的阴间亡灵，对大少爷周萍实施新一轮的天谴诛心之术：“将近三十的人应当懂得‘自爱’——你还记得你的名字为什么叫萍吗？”“那我请你为你的生母，你把现在的行为完全改过来。”

在“喝药”这场戏中，周朴园是比照着在自己心目中早已被神圣美化的梅侍萍的形象，来强制周蘩漪“替孩子做个服从的榜样”的。令他料想不到的是，周蘩漪早已离经叛道，走上了与周萍乱伦通奸的人生歧路。三十年前投水自尽的梅侍萍，转眼之间却“活见鬼”般出现在他的面前。他与侍萍三十年前生育的第二个儿子，竟然就是带领罢工闹事的鲁大海。鲁侍萍以“天”和“不公平的命”的神圣名义，率先对周朴园表现天谴诅咒的怨恨之情。与周朴园并不相识的亲生儿子鲁大海，更是借着“两千二百个小工”的阴司亡灵的名义，用一句“姓周的，你发的是绝子绝孙的昧心财！”的天谴诅咒，彻底打破了周朴园的心理平衡。

当天深夜，大白天还在居高临下针对家人实施“存天理，灭人欲”的天谴诛心之术的周朴园，一旦置身于“雷雨（雷公）”的震慑之下，马上像软弱下来的鲁侍萍、周蘩漪一样低头认命、乞怜上苍。他先是耐不住寂寞，从心底里哀叹道：“怎么这屋子里一个人也没有？”接着便一反常态，主动招呼小儿子周冲陪自己说话：“今日——呃，爸爸有一点觉得自己老了，你知道么？”“你怕你爸爸有一天死了，没有人照拂你，你不怕么？”

再后来，周朴园在大儿子周萍面前敞开心扉，向至高无上的“天”哀哀乞怜道：“（畏缩地）不，不，有些事简直是想不到的。天意很——有点古怪，今天一天叫我忽然悟到为人太——太冒险，太——太荒唐，（疲倦地）我累得很。（如释重负）今天大概是过去了。（自慰地）我想以后——不该，再有什么风波。（不寒而栗地）不，不该！”

有了这样的人生感悟，当鲁侍萍为寻找四凤而再一次来到周公馆时，周朴园才会认亲悔过。他认亲时所搬用的精神法宝，依然是强制蘩漪喝药、周萍悔过时所采用的“存天理，灭人欲”的纲常伦理：“（尊重地）不要以为你跟四凤同母，觉得脸上不好看，你就忘了人伦天性。（沉重地）萍儿，你原谅我。我一生就做错了这一件事。我万没想到她还在，今天找到这儿。我想这只能说是天命。(向鲁妈叹口气)我老了,刚才我叫你走,我很后悔,我预备寄给你两万块钱。现在你既然来了,我想萍儿是个孝顺孩子,他会好好地侍奉你。我对不起你的地方,他会补上的。"

周朴园的低头认命和当众悔过,虽然表现出了痛改前非、重新做人的契机,只可惜为时已晚,一张针对周公馆连同依附于周公馆的鲁贵一家替天行道、天诛地灭的天罗地网,已经开始收网合围。因为遭受"绝子绝孙"的天谴罚罪而丧失几乎所有人生寄托的周朴园,只好由信仰中国传统神道文化的佛教徒和卫道士,演变成为在天主教堂的弥撒神曲中寻求精神解脱的天主教徒。

四、周蘩漪的乱伦通奸

被曹禺寄予最大份额的爱怜与同情的周蘩漪,是《雷雨》中"不是恨便是爱不是爱便是恨"的"一切都走向极端"的"最'雷雨'的性格"。但是,她与周朴园的"遇事希望着妥协,缓冲,敷衍"之间,只存在量的差异而没有质的区别。他们都属于恩格斯《反杜林论》中所说的因"缺乏自我规定的意志"而"甘受奴役"的"傀儡"般的空洞人物;他们的共同之处就在于欺软怕硬的多重性格:既强暴又软弱;既高度女性化又极端男权化;得意亢奋时居高临下地针对别人实施"存天理,灭人欲"的天谴诅咒,失意落魄时的乞怜上苍和纠缠别人中祈求形而上的拯救与新生。

年老力衰的周朴园,已经较为彻底地消解了青春期的本能情欲,从而变成念经吃素、礼佛卫道、保家护种的男权主子和专制家长。而年富力强、多情多欲的周蘩漪,在周朴园身上所得到的不是情和欲、灵和肉的全面满足,反而是全身心的禁锢压抑。久而久之,便酿成了她"最'雷雨'的性格"的情欲冲动和神奇魔力。在以周萍为情爱救星的情欲追逐不能如愿的情况下,她甚至幻化出一个仰之弥高、求之弥切的"新的世界":"你欠了我一笔债,你对我负着责任,你不能看见了新的世界,就一个人跑。"

为了所谓的"新的世界",或者说是为了在满足自己变态情欲的前提下获得拯救与新生,软弱下来的周蘩漪甚至不惜容忍一男二女的群婚生活:"(恳求地)不,不,你带我走,——带我离开这儿,(不顾一切地)日后,甚至于你要把四凤接来——一块儿住,我都可以,只要,只要(热烈地)只要你不离开我。"

对于被剧作者曹禺诅咒为"阉鸡似的男人"的周萍来说,周蘩漪奉之为爱情救星的引诱纠缠,本身就是一种诛灭人性的精神强暴:"(望着她,忍不住地狂喊出来)哦,我不要你这样对我笑!(更重)不要你这样对我笑!(苦恼地打着自己的头)哦,我恨我自己,我恨,我恨我为什么这样活着。"

以"最'雷雨'的性格"追求变态情爱的周蘩漪,一旦亢奋起来就会像疯子一般肆无忌惮地走极端。至高无上的"天(老天爷)"连同替天行道的"雷雨(雷公)",是她对周萍和四凤一次又一次实施天谴罚罪的神道筹码。连亲生儿子周冲和合法丈夫周朴园,最后也被她拉出来充当破坏周萍与四凤的情爱关系的现实筹码。最具自相矛盾的讽刺意义的,是已经离经叛道的周蘩漪,用来败坏与自己一样追求"新的世界"的周萍和四凤的正当理由,恰恰是她已经背离的三纲五常、三从四德之类的纲常伦理："你受过高等教育的人现在同这么一个底下人的女儿，这是一个下等女人。"

正是周蘩漪自相矛盾的报复行动，一步步地把周公馆连同鲁贵一家推向"绝子绝孙"的大结局。然而，在真相大白的紧要关口，周蘩漪并没有把离经叛道的变态情欲坚持到底，反而像周朴园一样在良心发现中幡然悔悟："突然发现一个更为悲惨的命运，逐渐地使她同情萍，她觉出自己方才的疯狂，这使她很快地恢复原来平常母亲的情感。她不自主地愧恨地望着自己的冲儿。"

与周朴园当众向鲁侍萍低头悔过相仿佛，周蘩漪对于鲁侍萍贤妻良母式的传统美德的精神回归，是在命运重锤狂暴打击之下换来的一种灵魂救赎。但是，这种回归传统的道德觉悟为时已晚，在随之而来的一场天诛地灭的天谴罚罪中，周蘩漪只能与鲁侍萍一样，在精神倒悬、失魂落魄中彻底疯狂。

笔者如此解剖周蘩漪的性格内涵，并不是要抹杀她身上所具备的时代色彩。恰恰相反，一个被曹禺认定的"中国旧式女人"的周蘩漪，不再盲目顺从于传统神道文化中三从四德、男尊女卑的纲常伦理，甚至敢于当众呐喊出"现在我不是你的母亲。她是见着周萍又活了的女人，她也是要一个男人真爱她，要真真活着的女人"的情爱追求。在 20 世纪 30 年代的中国社会，这无论如何都是一种人性解放的时代强音。

五、鲁大海的天谴诅咒

在《雷雨》中的八个主要人物之间，存在着四组连环套式的或一男二女或二男一女的三角情恋。老一辈的周朴园与鲁侍萍、周蘩漪是第一组；周朴园与鲁侍萍、鲁贵是第二组；周蘩漪与周萍、鲁四凤是第三组；周萍、鲁四凤、周冲是第四组。超然于这些乱伦通奸的三角情恋之外的，只有像石猴孙悟空那样阉割消解掉本能性欲的工人代表鲁大海。

第一幕中，鲁大海刚一上场就像鬼神附身的巫师神汉一般，对四凤预言着与他作为工人代表的职业身份毫不相干的天谴诅咒："刚才我看见一个年轻人，在花园里躺着，脸色发白，闭着眼睛，像是要死的样子，听说这就是周家的大少爷，我们董事长的儿子。啊，报应，报应。"

《雷雨》中最不该被忽略却偏偏一直被人们忽略的关键细节，是鲁大海以中国民间宗教神道中阴魂不散的冤死者的名义，向他并不相识的亲生父亲周朴园发出的天谴诅咒："哼，你的来历我都知道，你从前在哈尔滨包修江桥，故意在叫江堤出险——""你故意淹死了两千二百个小工，每一个小工的生命你扣三百块钱！姓周的，你发的是绝子绝孙的昧心财！你现在还——"

这个直接从剧作者曹禺的"原始的情绪"和"蛮性的遗留"中孕育出来的"雷公"崽子般的怪汉子，最接近于曹禺在《〈雷雨〉序》中为自己设定的神道设教、替天行道的宗教先知加抒情诗人的特权身份。他以替天行道的临时过客和局外超人的眼光所发布的天诛地灭、绝子绝孙的天谴诅咒，直接启动了由至高无上的"天（老天爷）"连同替天行道的"雷雨（雷公）"，所主宰操纵的一场纲举目张、一网打尽的神圣罚罪——

纯美的四凤，因为母亲三十年前与周朴园犯下过未婚同居的通奸“原罪”，便被注定了重蹈覆辙的人生宿命，于不知不觉中与同母异父的兄长周萍偷情通奸，从而怀上周公馆第三代的子孙，最后在“绝子绝孙”的天谴罚罪中触电而死。

纯情的周冲，因为是既偷情通奸又谋财害命的周朴园的儿子，便于不知不觉中卷入新一轮的情欲追逐，从而注定了追随四凤触电而亡的悲惨命运。

大少爷周萍由于约束不住自己的本能欲望，先后与继母周蘩漪和异父同母的妹妹鲁四凤犯下乱伦通奸的双重罪恶，最后只好用开枪自杀的方式，把周公馆推向“绝子绝孙”的极端绝境。

经过“雷雨（雷公）”替天行道的天谴罚罪，罪孽滔天的周公馆存活下来的老一代的未亡人周朴园、周蘩漪、鲁侍萍，都因为“绝子绝孙”而丧失了人生寄托，只好在失魂落魄的精神倒悬中苟延残喘。寄生在周公馆里充当仆人的鲁贵，也因为周、鲁两家的“绝子绝孙”而丢掉饭碗以至于落魄而死。只有寡情无欲、替天行道的鲁大海，以外姓人的身份亡命天涯，曹禺还要在“尾声”中借着周朴园之口，暗示了他的不得好死、不能善终：“我怕，我怕他是死了。”“（摇头）我找了十年了，——没有一点影子。”

应该说，鲁大海的可爱之处，并不在于他巫师神汉般、雷公崽子般替天行道的神圣光环，而在于他身上仅有的一点既脆弱幽暗又真切平实的人性之光：在既被周朴园开除又被自己所代表的工人同事背叛之后，鲁大海所谓“我们这次罢工是有团结的，有组织的”之类的教条信仰，于无形之中化为乌有。泄气落魄的他颇为知趣地收敛起替天行道、天谴诅咒的虚嚣张狂，表现出一份养家糊口的平常心。失魂落魄中面对母亲鲁侍萍的一句“钱完了，我也许拉一晚上车”的哀哀诉说，充分证明这个寡情无欲的怪汉子，其实与周朴园、周蘩漪等人一样，拥有既强暴又软弱、既高度女性化又极端男权化的“最‘雷雨’的性格”。

六、周冲的阳光天堂

《雷雨》中的八个主要人物，几乎都怀揣着一份或婚外之恋、或家外之家、或天堂净土、或精神家园的浪漫幻想。相比之下，周冲身上所体现出的恋母憎父的“俄狄浦斯情结”，就显得更加浪漫超脱也更加神圣美好。甚至可以说，周冲是从曹禺的“原始的情绪”和“蛮性的遗留”中直接孕育出来的一个纯真纯情的少年天使。全剧中最为神圣辉煌也最具艺术魅力的所在，就是像天使一般纯真纯情的周冲，在初恋情人鲁四凤面前神往陶醉于阳光天堂般的“真世界”的一场春梦：

> 有时我就忘了现在（沉醉在梦想里），忘了家，忘了你，忘了母亲，并且忘了自己，像是在一个冬天的早晨，非常明亮的天空……在无边的海上，……有一只轻得像海燕似的小帆船……像一只鹰的翅膀，斜贴在海面上飞，向着天边飞。那时天边上只淡淡地浮着两三片白云，我们坐在船头，望着前面，前面就是我们的世界。
>
> ……我同你，我们可以飞，飞到一个真真干净、快乐的地方，那里没有争执，没有虚伪，没有不平等的，没有……（头微仰，好像眼前就是那么一个所在）……

被周冲称之为“真世界”的阳光天堂般的净土家园，归根到底只能是形而上的彼岸性的乌托邦，永远不可能在此岸世界里落地生根、开花结果。正如曹禺在关于周冲的舞台提示中所介绍的那样：“他身体很小，却有着大的心，也有着一切孩子似的空想。他年青，才十七岁，他已经幻想过许多许多不可能的事实，他是在美的梦里活着的。”

无论周冲的“美的梦”如何地浪漫高傲，终究需要一点此岸性的世俗因缘。大煞风景的是，这种世俗因缘偏偏是现实社会中最为黑暗、最为丑恶的所在。当周冲神往于阳光天堂般的“真世界”的时候，他正坐在“白天蒸发着臭气，只有半夜才从租界区域吹来一阵好凉风的水塘边上”的杏花巷十号鲁贵家里。站在他面前的，是他从来没有当作“底下人”却又确实是“底下人”的“凤姐姐”，也就是从来没有读过书却偏偏被周萍、周冲兄弟一厢情愿地认定为女神般的“引路的人”的性感女子四凤。为了与身份低下的鲁四凤结合在一起，周冲甚至愿意与她的另一个男人在阳光天堂般的“真世界”里群婚杂居：“你愿意同我一块儿去么，就是带着他也可以的。”

与此相印证，周冲的母亲周蘩漪以及《原野》中被花金子斥骂为“天生的王八”的焦大星，为了满足自己最低限度的情爱冲动，同样自甘堕落地表示过要与“第三者”的“他”或“她”，一起去过一男两女或两男一女的群婚杂居的淫乱生活。

话又说回来，周冲这种彼岸性的阳光天堂般的群婚杂居，恰恰是中华民族乃至全人类集体无意识中普遍存在的一种“原始的情绪”和“蛮性的遗留”。在《红楼梦》中，被预先设定了补天救世的神圣身份的贾宝玉，正是在“太虚幻境”的天堂美梦中，向他所钟情的侄媳妇秦可卿奉献了自己的童贞。贾宝玉的梦游太虚幻境历来被视为中国古典文学的“意淫”典范，而曹禺戏剧对于更加多姿多彩的“意淫”场面的经典描绘，却始终没有引起研究者的充分注意，这不能不说是曹禺研究的一大缺憾。

在白莲教之类的民间宗教中，同样存在着一个被形容为“真空家乡，无生父母”的天堂老家。“真空家乡，无生父母”的“八字真言”，[①]还经常被以真命天子自居的皇帝及准皇帝们，用来充当奉天承运、替天行道、改朝换代、一统江山的革命口诀。也许可以这样说，正是因为白莲教的“真空家乡”、贾宝玉的“太虚幻境”，以及周冲的天边外的“真世界”，所印证的恰恰是中国传统神道文化乃至全人类的宗教信仰中非理性的“原始的情绪”和“蛮性的遗留”，它们才具备了一种既空灵又永恒的艺术价值和精神魅力。周作人在谈及“猥亵的歌谣”时，曾经为人类文明史以及艺术史上既原始野蛮又大同小异的“意淫”现象辩护说：“在野蛮民族，各国缺少教育的人民中间，猥亵的笑话非常通行”，这是社会“男女关系很不圆满”的产物，“过着端庄的生活而不能忘情于欢乐，于是唯一的方法是意淫”。猥亵的笑话、歌谣等等“即是他们的梦，他们的法悦”。“他们的粗俗不雅至少还是壮健的，与早熟或老衰的那种病的佻荡不同。”[②]

① 《销释收圆行觉宝卷》，转引自[美]欧大年著《中国民间宗教教派研究》，上海古籍出版社，1993 年，第 158 页。

② 周作人：《猥亵的歌谣》，《歌谣周年纪念增刊》，1923 年 12 月 17 日。

七、周萍的人性幽暗

从表面上看,《雷雨》中为曹禺所偏爱的男性人物,一个是作为理想化的自传性人物的天使般的周冲,另一个是同样作为理想化的自传性人物的巫师神汉、雷公崽子般的鲁大海。前者是曹禺的"俄狄浦斯情结"中偏于一极的"最残忍的爱"的恋母结晶,后者是偏于另一极的"最不忍的恨"的憎父结晶。但是,所谓"最雷雨的性格"中"最残忍的爱和最不忍的恨",是不可能像切死猪肉那样截然两分的。就像无论如何切割断开都要保留着阴阳两极的磁铁一样,曹禺笔下的每一个人物,都存在着自相矛盾的"最残忍的爱和最不忍的恨"的阴阳两极。这一点在同样具有自传性的写实色彩的周萍身上,有着更加集中的体现。

《雷雨》一开场,曹禺便通过鲁贵纠缠四凤要钱一场戏,借着戏曲舞台所常见的从头道来讲故事的旁白腔调,把周萍与周蘩漪离经叛道的乱伦通奸,以及周萍正在酝酿的自我放逐式的离家出走,作为周公馆的头等大事摆了出来。一心要离家出走的周萍,所要逃避的既是父亲周朴园的专制权威,更是继母周蘩漪变态乱伦的情欲追逐。他满心指望着到外边的世界中构建一个属于自己和四凤的更加人道的"新的世界",以便开始新一轮的情爱生活,结果却是事与愿违、适得其反。无论他如何努力,等待他的都是天谴罚罪的"绝子绝孙"。

《雷雨》中先后出场的八个主要人物,全部被曹禺斥之为被"雷雨(雷公)"所主宰操纵的"傀儡"。在这些"傀儡"般的人物中,肯于和敢于承认自己"傀儡"般的人性幽暗和精神空虚的,只有被同胞弟弟鲁大海斥骂为"你父亲虽坏,看着还顺眼。你真是世界上最用不着、最没劲的东西"的周萍。在《〈雷雨〉序》中,剧作者曹禺对于周萍另有诸如"一个情感和矛盾的奴隶""一棵弱不禁风的草"以及"阉鸡似的男子"之类雪上加霜的天谴诅咒。

"阉鸡似的"周萍,虽然不是古希腊悲剧中能够把独立自主的主体意识贯彻到底的俄狄浦斯式的英雄人物,却是《雷雨》全剧中最具人情味儿的一个善人。周蘩漪拼命呐喊的"她也是要一个男人真爱她,要真真活着的女人",所要求的只是男女有别、男尊女卑的男权性的人性解放。周萍在鲁大海面前对于自己所祈求的彼岸家园的推心置腹,才真正标志着《雷雨》中男女平等的最高境界:"我说的话不是推托,我也用不着跟你推托,我现在看你是四凤的哥哥,我才这样说。我爱四凤,她也爱我,我们都年青,我们都是人,两个人天天在一起,结果免不了有点荒唐。然而我相信我以后会对得起她,我会娶她做我的太太,我没有一点亏心的地方。"

话又说回来,周萍最后怨天尤人的开枪自杀,虽然是《雷雨》中最大分量的人格担当,与古希腊的悲剧英雄俄狄浦斯表现出的"我的罪除了自己担当而外,别人是不会沾染的"的崇高境界,是不能够相提并论的。曹禺戏剧与黑格尔《美学》所介绍的主要表现"自由的个人的动作的实现",以及"对自己的罪行负责正是伟大人物的光荣"[①]的古希腊崇高悲剧

① 黑格尔著、朱光潜译《美学》第3卷下册,商务印书馆,1981年,第309页。

之间,存在着难以逾越的文化鸿沟。

八、鲁四凤的在劫难逃

既是周萍的性感之药又是周冲、鲁侍萍、周蘩漪的希望之光的鲁四凤,是《雷雨》中深藏不露的一个核心人物。她有自己的一份本能情欲和生命活力,却又一直在逆来顺受地任人摆布。

母亲鲁侍萍把四凤当作洗雪耻辱的命根子,希望通过保全她的处女贞节,来补偿救赎自己三十年前与周朴园主仆通奸的人欲罪孽,所以坚决反对把她送到大户人家去当"底下人"。

父亲鲁贵把她当作换取酒资、赌资以及风流钱的摇钱树,不仅自作主张把她介绍到周公馆当"底下人",而且一心想借助于她弄到更多的钱财去寻欢作乐。

在既是情人又是异父同母的兄长周萍眼里,四凤是一剂祈求拯救与新生的灵丹妙药,既可以形而下地在她身上获得肉欲的满足,又可以形而上地把她神圣化为精神救赎的圣女救星。

到了情窦初开的"二少爷"周冲眼里,四凤更被神化为追求天边外的阳光天堂的"真世界"的"引路人",逼着她带领自己一块去"飞"。即使在老辈情敌周蘩漪的眼里,四凤也是追求欲望满足和情爱实现的"新的世界"的象征。

保家护种的周朴园与鲁四凤之间虽然没有直接联系,鲁四凤却偏偏怀上了周公馆的第三代子孙,从而注定了她与周冲、周萍一道在"绝子绝孙"的天谴罚罪中被一网打尽、天诛地灭的悲剧宿命。

第三幕中有一场直接动用替天行道的"雷雨(雷公)",对偷情通奸的周萍、鲁四凤及周蘩漪实施天谴罚罪的诛心戏:

> 鲁四凤　有,有,你听,像有个女人在叹气。
>
> 周　萍　(听)没有,没有,(忽然笑)你大概见了鬼。
>
> [雷声大作,一声霹雳。]
>
> 鲁四凤　(低声)哦,妈。(跑到萍怀里)我怕!(躲在角落里)

接着这个"活见鬼"式的戏剧场面,剧中刻意写下了这样一段舞台提示:"雷声轰轰,大雨下,舞台渐暗。一阵风吹开窗户,外面黑黝黝的。忽然一片蓝森森的闪电,照见了蘩漪的惨白死青的脸露在窗台一面。她像个死尸,任着一条条的雨水向她的头发上淋她。痉挛地不出声地苦笑,泪水流到眼角下,望着里面只顾拥抱的人们。闪电止了,窗外又是黑漆漆的。再闪时,见她伸进手,拉着窗扇,慢慢地由外面关上。"

随着母亲鲁侍萍的上场,四凤遭遇到的是比周朴园逼蘩漪喝药更加残酷的"存天理,灭人欲"的诛心之术。四凤已经奉献出她的灵魂,说出了"我以后永远是妈的了"的诛心话语,鲁侍萍依然不依不饶,仿佛神鬼附身而又心术恶毒的老巫婆,仰仗着至高无上的"天(老天爷)"和替天行道的"雷雨(雷公)"的名义,对亲生女儿实施着天谴罚罪的精神强暴:"孩子,天上打着雷,你要是以后忘了妈的话,见了周家的人呢?""孩子,你要说,你要说,假若你忘了妈的话……”

回报鲁侍萍天谴罚罪的诛心之术的，是鲁四凤完全彻底的精神屈服：“（不顾一切地）那——天上的雷劈了我。（扑进鲁妈怀里）哦，我的妈呀！”

这是《雷雨》中与周朴园对于周蘩漪的逼喝药、周蘩漪对于周萍的性诱惑鼎足而三的又一场惊心动魄的重头戏，其艺术魔力恰恰在于触及灵魂、诛灭人性的天谴罚罪。

1935 年 4 月《雷雨》在日本演出时，曹禺专门给剧组人员写下一篇真情表白的私人信件，其中特别强调了这场戏的舞台处理：

> 尔难道不喜（恕我夸张一点这是作者的虚荣心，尔且放过了这个。）雷声轰轰过去，一个男子（哥哥）在黑得像漆似的夜里，走到一个少女（妹妹）窗前说着呓语，要推窗进来，那少女明明喜欢他，又不得不拒绝他，死命地抵着窗户，不让他亲近的场面？尔难道不觉得那少女在母亲面前跪誓，一阵一阵的雷声，（至于雷雨象征着什么，那我也不能很清楚地指出来，但是我已经用力使观众觉出来。）那种莫名其妙的神秘终于使一个无辜的少女做了牺牲，这种原始的心理有时不也有些激动一个文明人心魂么？使他觉到自然内更深更不可测的神秘么？①

这里所说的“原始的心理”，就是《〈雷雨〉序》中进一步介绍的集动物本能的野性蛮力和宗教精神的神性魔力于一身的“原始的情绪”和“蛮性的遗留”。在四凤眼里，已经占有她的肉体的周萍就是她的神圣救星。这个“缺乏自我规定的意志”的弱女子，原本是母亲鲁侍萍从精神到物质的双重奴隶，自从被周萍占有之后，她便无怨无悔、死心塌地做稳了男权主子周萍从肉体到灵魂的双重奴隶。她所渴求的阳光天堂般的神圣理想，就是在家外之家的“新的世界”中，继续恪守已经被中国传统女性恪守了几千年的“妾妇之道”：“萍，我好好地侍候你，你要这么一个人。我跟你缝衣服，烧饭做菜，我都做得好，只要你叫我跟你在一块儿。”

大雷雨之夜，四凤刚刚在母亲面前发誓“我以后永远是妈的了”，接下来就在周萍的诱惑下跨出离家赴死的第一步。走投无路的四凤，连说话的口吻都与前辈女性周蘩漪惟妙惟肖：“萍，我现在已经没有家，哥哥恨死我，母亲我是没有脸见的。我现在什么都没有，我没有亲戚，没有朋友，我只有你，萍，你明天带我去吧。”

一旦周萍答应要带她出走，四凤马上打消寻死的念头，一头扎在他的怀里，把刚刚奉献给母亲的自己，自相矛盾地奉献给周萍：“真的，真的，真的，萍，你是我的救星，你是天下最好的人，你是我——哦，我爱你！”

这几乎是苦命的四凤一生之中仅有的快乐时光。在她的头顶之上，由“天（老天爷）”和“雷雨（雷公）”所主宰操纵的天诛地灭、天谴罚罪的天罗地网已经收紧。片刻之后，周萍与四凤之间同母异父的兄妹身份便真相大白，注定要使周公馆“绝子绝孙”的四凤，于失魂落魄中奔向剧作者曹禺为她精心安排的死亡陷阱，在周公馆花园走了电的藤萝架下触电

① 曹禺：《〈雷雨〉的写作》，《杂文（质文）》月刊第 2 期，1935 年 7 月 15 日出版于日本东京。

而死。

九、天谴天堂的诗化悲剧

按照传统戏曲“戏不够，神来凑”的编剧套路，每一部戏曲传奇之中，大凡要有一个或天神、或地祇、或皇帝、或清官的大救星来惩恶扬善、赏忠罚奸。以古希腊悲剧为源头活水的西方戏剧，也同样不乏“机械降神”的戏剧处理。在《雷雨》中，只是因为“技巧上的不允许”，剧作者曹禺才没有把“象征《雷雨》中渺茫不可知的神秘”那尊“一手执铁钉，一手举着巨锤，青面红发的雷公”，请上现代话剧的写实舞台；而是通过一再“重描”周公馆花园里那根漏电的电线，为四凤与周冲的惨亡以及周公馆及鲁贵一家的“绝子绝孙”埋下伏笔、设下陷阱。在曹禺的刻意编排之下，随着一场大雷雨的到来，周冲与已经怀上周家第三代子孙的四凤，在夜奔中触电而死。与同母异父妹妹乱伦通奸的周萍也随之开枪自杀。与亲生父亲周朴园刚刚相认的鲁大海，在母亲鲁侍萍的阻拦之下放弃复仇远走天涯。老一辈的鲁侍萍和周蘩漪，一个在沉默中发疯，一个在狂躁中发疯。

同样是在曹禺的刻意安排之下，作为罪魁祸首的专制家长周朴园，在“序幕”和“尾声”中把“一天夜里连男带女死过三个人”的周公馆，卖给了一家天主教堂的附属医院。周朴园自己也由此前的念经吃素、礼佛卫道，转变为对天主教的精神皈依。天主教堂中巴赫《B小调弥撒曲》的背景伴奏，既实现了对于观众及读者的精神洗礼和心灵抚慰，也对剧中惨遭罚罪以至于“绝子绝孙”的阴间世界的惨死者和人间社会的未亡人，实施了阳光天堂般的精神超度和灵魂安顿。《雷雨》全剧至此较为完整全面地呈现出了一种既根源于中国传统文化，又充分吸纳外国文化的“阴间地狱之黑暗＋男女情爱之追求＋男权家庭之反叛＋专制社会之革命＋舍身爱人之牺牲＋天诛地灭之天谴＋替天行道之拯救＋阳光天堂之超度”的密码模式，其中最为原始、最永恒也最具艺术魅力的文化密码，是形而下的天诛地灭、绝子绝孙的天谴罚罪加上形而上的神圣美好的阳光天堂所合成的天罗地网。

对应着天堂、地狱、人间的宗教“三界”连同序幕、尾声中的教堂弥撒，可以把《雷雨》一剧的主题内涵区分为四个方面：

其一是被贬斥为“鬼”“傀儡”却又活灵活现的八个主要的出场人物。他们同属于因“缺乏自我规定的意志”，而只能在天谴罚罪加阳光天堂的天罗地网中讨生活的“最‘雷雨’的性格”。除了相互之间大同小异的共性之外，每个人物又各有自己的一份人性亮点：在以颇为人道的“新的世界”为神圣归宿的周萍、周蘩漪、四凤身上，或多或少地存在着人性觉醒、个性解放的时代精神。在替天行道的雷公崽子般的工人代表鲁大海身上，存在着极其原始野蛮地从事阶级斗争的政治色彩。

其二是在至高无上的“天（老天爷）”连同替天行道的“雷雨（雷公）”的主宰操纵之下，借助于既相互依附又相互伤害的八个主要人物所实施的“绝子绝孙”的天诛地灭、天谴罚罪。用曹禺写在《〈雷雨〉序》中的话说，就是“也许写到末了，隐隐仿佛有一种情感的汹涌的流来推动我，我在发泄着被抑压的愤懑，毁谤着中国的家庭和社会”。

其三是天使般的周冲所神往的阳光天堂般神圣美好的“真世界”，和这个天边外的彼岸性的“真世界”，在“绝子绝孙”的天谴罚罪中的彻底破灭。

其四是序幕、尾声中印证着周冲所神往的阳光天堂般的“真世界”，以及周萍、四凤。周蘩漪所追求的婚外之恋、家外之家的“新的世界”的教堂弥撒，对于阴间世界的惨死者和人间社会的未亡人的灵魂安顿和精神超度。

归结了说，曹禺从事剧本创作的原动力和内驱力，是集动物本能的野性蛮力和宗教精神的神性魔力于一身的“原始的情绪”和“蛮性的遗留”，以及由此而来的以神道设教、替天行道的宗教先知加抒情诗人自居的“如神仙，如佛，如先知”般“升到上帝的座”的身份特权意识。像这样的“原始的情绪”和“蛮性的遗留”，其实就是《论语·述而》中“敬鬼神而远之”的孔子绝口不谈的“怪、力、乱、神”。作为这种“原始的情绪”和“蛮性的遗留”较为充分地激活展现，《雷雨》中若隐若现地贯穿着一种既根源于中国传统神道文化，又充分吸纳外国宗教文化的“阴间地狱之黑暗＋男女情爱之追求＋男权家庭之反叛＋专制社会之革命＋舍身爱人之牺牲＋天诛地灭之天谴＋替天行道之拯救＋阳光天堂之超度”的密码模式；从而成就了中国现代戏剧史上第一部集大成的百科全书式的四幕悲剧。借用曹禺在《〈雷雨〉的写作》中的话说，可以把这样一部四幕悲剧界定为“一首诗，一首叙事诗”，一首“叫观众如听神话似的，听故事似的”来欣赏感悟的戏剧化的叙事诗和宗教化的戏剧诗。

选录自张耀杰：《曹禺：戏里戏外》（第二章），东方出版中心 2012 年 1 月第 1 版

因革命之名:重释《雷雨》的乱伦悲剧主题

陈奇佳

一

学界关于《雷雨》的讨论已有很多且很充分了,但相对来说,对于它在中国现代悲剧创作中示范意义的研究,则略显不足,本文因此重点就两个方面的问题展开讨论:《雷雨》如何将西方传统的悲剧主题融汇、化入了中国语境之中,并以之诠释中国人时代性的精神痛苦;《雷雨》的这种诠释方式有何美学意义?

从悲剧艺术这一面来考察《雷雨》的价值有着学理上的必要性和必然性。

话剧在20世纪初中国的兴起,一方面固然是因为其文本形式较能满足知识界改造中国社会现实的诉求,另一方面,却也是因为其在美学方面的蕴涵。胡适1918年发表的《文学进化概念与戏剧改良》对这一点已说得非常清楚。他认为较之中国传统戏曲,话剧代表了戏剧进化的方向,而悲剧艺术则标示了此种进化方向的高峰:唯悲剧"故能发生各种思力深沉,意味深长,感人最烈,发人猛省的文学"。[①] 到了1930年代,对一般精英知识阶层来说,"悲剧自然是最高形式的戏剧艺术"[②]这样的观念已成为不刊之论。《雷雨》创作的原始动机,实际也和曹禺对古希腊命运悲剧的学习、摹仿有直接关系:

> 我不能断定《雷雨》的推动是由于神鬼,起于命运或源于哪种显明的力量。……《雷雨》所显示的,并不是因果,并不是报应,而是我所觉得的天地间的"残忍"。……这种种宇宙里斗争的"残忍"和"冷酷"。在这斗争的背后或有一个主宰来管辖。这主宰,希伯来的先知们赞它为"上帝",希腊的戏剧家们称它为"命运",近代的人撇弃了这些迷离恍惚的观念,直截了当地叫它为"自然的法则"。而我始终不能给它以适当的命名,也没有能力来形容它的真实相。因为它太大,太复杂。我的情感强要我表现的,只是对宇宙这一方面的憧憬。[③]

但创作界的状况与这种理性认识的水平却有着明显的差距。虽然,自"五四"以来,中国精英戏剧界就一直努力在戏剧中彰显一种悲剧的精神(这种努力可往前追溯至春柳社

① 胡适:《文学进化概念与戏剧改良》,夏晓虹《胡适论文学》,安徽教育出版社2006年版,第38页。

② 钱钟书:《中国古典戏剧中的悲剧》,李达三、罗刚《中外比较文学的里程碑》,人民文学出版社1997年版,第359页。

③ 曹禺:《〈雷雨〉序》,见《曹禺全集》第1卷,花山文艺出版社1996年版,第7页。

时期),但在《雷雨》问世之前,中国话剧界并未诞生一部足够成熟的悲剧作品。这其中原因固然有很多,中国传统苦情戏审美模式的影响则是不可低估的一点。悲剧及其相关的文化概念源于西方,它既涉及一种关于悲剧美学的形而上学的解释,又涉及一套近乎自足的、与此形而上学解释密切相关的文本构造方式体系,中国传统戏曲虽不能说与西方这一话语系统完全格格不入,但其中差异却是明显的。如果对这一点没有明晰的体认,单单将结局之悲苦当作悲剧文本的第一要务(必须指出,胡适的《文学进化概念与戏剧改良》在这方面起到了相当负面的引导作用),作家们就容易以为:去掉了大团圆结局(再加上一些应时的所谓现代文明观念),苦情戏实际上就是悲剧。田汉、郭沫若等"五四"时期的创作一定程度上都映射了此种观念。传统对于作家潜意识的影响毕竟是深刻的。

和前辈们相比,曹禺对于悲剧源自于西方文化的根性的理解就要深刻得多。除了某些局部的细节,《雷雨》无论是故事结构上、剧情的演进方式上,还是人物性格与情节主题的对应关系上,基本上都和中国传统文化,尤其是戏曲文化没有明显的直接联系——虽然该故事讲述的是一个中国式的故事,剧中人物的情感也全然是属于中国人的情感。他主要是从西方文化的根源中,汲取其悲剧创造的灵感。研究者们所早已指出的《雷雨》与易卜生《群鬼》在结构上的暗合,①以及其对奥尼尔戏剧多方面的借鉴等等,都说明了这一点。不过除了这些,本文所欲强调的是,在曹禺所借鉴、吸收的各种西方悲剧文化传统中,居于核心地位的是他对于西方传统悲剧主题——就《雷雨》而言,就是对乱伦主题的借鉴和化用。正是由于对乱伦主题大胆的横向移植,曹禺为我们彰显了一种源自于西方的、但对中国式生存经验同样具有高度阐释能力的戏剧表现模式。同时,他基于"五四"之革命精神化用了乱伦主题,这使得《雷雨》中关于乱伦主题的阐释与中国人切实的生存经验紧密地纠缠在了一起。这促成了中国现代悲剧主题革命化诠释风格的形成。

乱伦一直是西方悲剧的重要主题。从索福克勒斯《俄狄浦斯王》、欧里庇德斯《希波吕托斯》到莎士比亚《哈姆雷特》、拉辛《费德尔》到近代以来霍普特曼《日出之前》、奥尼尔《悲悼》等等,对这一主题的表现可谓不绝于缕。西方的悲剧家们常常通过这一主题的展现,将笔下人物置入到一种近乎无解的绝望情境:任何一个个体,无论他有意或无意地陷入乱伦的情境中,他作为个体的生存价值便已遭到不可逆转的否定,而在此否定中,命运、性格抑或是社会环境对于个体不可摆脱之决定作用便得以凸显。中国的文学传统在开端之

---

① 有关曹禺与奥尼尔、易卜生之间关系的研究文献甚多,在此不复赘述。就《雷雨》而论,它与《群鬼》的关系尤其值得重视。无论是在主题选择还是在戏剧结构等方面,《雷雨》对《群鬼》的借鉴都是明显的。《群鬼》中隐伏的乱伦主题也可能是《雷雨》悲剧主题的一个直接来源。著名话剧演员叶子(叶仲寅)曾经提到:"曹禺喜欢《群鬼》……我发现《雷雨》颇像《群鬼》,不过《雷雨》是演出来的,《群鬼》是说出来的(指乱伦关系)。(田本相、刘一军:《曹禺访谈录》,百花文艺出版社 2010 年版,第 226 页。)

研究《雷雨》在中国悲剧艺术史上的地位,认识到它与西方经典作品之间的密切联系非常重要,以此,我们才能公正地谈论这部作品特殊的原创价值。苏雪林、刘绍铭等发现《雷雨》有较多接受西方经典作品影响的痕迹,便以此否定曹禺的艺术原创力,是浅薄的;但国内一些学者对这些视而不见,将《雷雨》中表现的所有一切都当作曹禺的原创或若有若无地贬抑西方前辈剧作家的成就,则也不是科学客观的态度,事实上并无助于我们认识曹禺剧作的真正价值。

处，尽管对乱伦问题也有触及（如《诗经》《左传》），但就文学主题而言，这一主题是长期隐没不显的，偶有触及，在伦理上基本是彻底否定的，不会予以丝毫的同情；在文学表现上，则多用改写或隐语的方式加以遮掩。[①] 而这一主题却在《雷雨》中第一次得到了正面彰显并成为推动情节发展和展现人物个性的决定性力量。

在《雷雨》的矛盾关系中，蘩漪与周萍这一对后母与继子之间的逆伦关系，在情节发展中居于核心的地位，它决定了故事最终的悲剧性结局：因为这两个人如果不是存在着这种无法克服的先天的母子伦理关系，当事情败露之际，周萍未必会自杀，蘩漪也就不一定发疯了。而剧中最动人的人物个性，即蘩漪的性格，也是在此种乱伦关系中得以尽情显现。面对乱伦的压力，这个女人选择的是不放手。她并非不知道此种关系所可能带来的各种后果，但对她来说，这份感情曾经让她成为“真活着的女人”，但也让她“忘了我自己”，[②]让她宁愿以美狄亚的方式毁灭一切而绝不放手。曹禺评论蘩漪时说：“她的生命烧到电火一样的白热，也有它一样的短促。情感，郁热，境遇，激成一朵艳丽的火花。当这火星也消灭时，她的生机也顿时化为乌有。……她的生命交织着最残酷的爱和最不忍的恨，她拥有行为上许多的矛盾，但没有一个矛盾不是极端的。”[③]这种直面乱伦关系而“不后悔”[④]的决然，让蘩漪将自己“极端”面展现到了极致，同时也迎来了她必然的毁灭命运。

如果说，蘩漪与周萍之间是一种自觉的逆伦关系，《雷雨》中还有一条不那么触目惊心但同样是决定性的乱伦感情：周萍与四凤之间的兄妹恋情。虽然两人在恋爱时并不知道双方之间的血缘关系，但正是这种不知情使得两人犯下无可挽回的大错。这一过失最后直接导致四凤、周冲两条无辜而美丽的生命的消失，周朴园家族因而也陷入了彻底崩溃的命运。

《雷雨》刚一发表，国内评论界就有人注意到了它这方面的特点，颇强调《雷雨》与《希波吕托斯》《费德尔》之间的承继关系。在《雷雨》之前，类似后母与继子间不伦关系在中国文艺界还从来没有成为严肃文艺的表现主题。[⑤]《雷雨》中的相关表现，应当是受到西方文化传统的启发。不过，如果评论仅仅停留在《雷雨》与《希波吕托斯》《费德尔》间的承继关系上，则又不免流于表面。因为在《雷雨》中，后母与继子之间这样一种特定的乱伦关系，实在不是曹禺的关注重心。他所关注的，更集中在乱伦关系为个体造成的无法解脱之困境以及个体在此种处境中绝望又勇敢挣扎之间的矛盾冲突上（这一点，主要是借着蘩漪与

① 白居易《长恨歌》谈及李隆基纳儿媳为贵妃这一事件时说杨玉环嫁入皇宫之前“养在深闺人未识”就是改写事实的典范；《红楼梦》对秦可卿、贾珍不伦关系的描写，则是近乎春秋笔法的隐语了。当然，如《金瓶梅》之类色情小说就不在我们的讨论范围内了。

② 曹禺：《雷雨》，《曹禺全集》第1卷，第178页。

③ 曹禺：《〈雷雨〉序》，《曹禺全集》第1卷，第9页。

④ 曹禺：《雷雨》，《曹禺全集》第1卷，第78页。

⑤ 单就乱伦题材来说，“五四”以来，已颇有一些作家触及了乱伦的话题，如向培良的《暗嫩》、白薇的《打出幽灵塔》、欧阳予倩的《屏风后》、郭沫若的《叶萝提之墓》等等。但《暗嫩》故事的讲述基本停留在对异域风情猎奇般的介绍上，而《打出幽灵塔》《屏风后》主要是宣扬某种革命意识形态的话题，创作者只是试图通过这种情节的设置极言专制体制的罪恶，其中情节与乱伦主题其实没有什么必然的关系。

周萍的感情纠葛来表现）；同时，他也借乱伦关系所造成的死局感慨命运之残忍、悲悯人生之不幸（这一点，主要是借着四凤与周萍的感情纠葛来表现）。因此，如果说《雷雨》中乱伦主题承继了《希波吕托斯》《费德尔》中的话题，更不如说它体现了曹禺从整体上融汇西方悲剧文化精神的襟怀。

二

尽管乱伦主题源自西方悲剧文化传统，但曹禺将之横向移植进入中国语境时，做了充分的中国化改造。这使得《雷雨》中有关乱伦的表现不但不显得突兀虚假，反而能够有效阐释当时中国人的生存焦虑。这种中国化改造的关键就是把“五四”精神所彰显的革命意识形态化入乱伦主题，这使得剧中的乱伦表现不再单纯指向情节层面的动人刺激，同时还具有多重复杂意蕴的隐喻内涵。

曹禺从多个方面来构建乱伦主题之于革命意识形态的隐喻关系。这其中，“暴露大家庭的罪恶”①、女性权利、阶级对立意识是尤其值得重视的几点。

曹禺早就意识到，《雷雨》的创作和“暴露大家庭的罪恶”的自觉意识有着直接关系：“写到末了，隐隐仿佛有一种情感的汹涌的流来推动我。我在发泄着被抑压的愤懑，毁谤着中国的家庭和社会。”②

“五四”的前辈们已从多个方面揭示：封建家长制、封建家族制是中国传统社会最基础、最广泛也是最具威力的组织制度，它对中国人生存的操控，从肉体到精神，无远弗届。由于这种家族制度总是和人们的日常生活联系在一起，以至于很难为人察觉——或者说，当人对它的力量有所察觉时，他已经病入膏肓，已被这种力量摧毁。鲁迅《祝福》、巴金《家》等都是控诉封建家族制的经典文本。曹禺步前辈的足迹，把这一主题进一步深化。在他的笔下，周朴园诚然是封建家长制、封建宗法制的代表，③他的存在给《雷雨》中几乎所有的人物如蘩漪、周萍、周冲、四凤、侍萍等，都造成了极大的精神压力，事实上，他的存在也就是造成这些人悲剧命运的罪恶渊薮。但问题在于，周朴园从其本性来说，并不是一个彻头彻尾的恶人，他对侍萍的思念、对蘩漪的关心，不都是虚假的。但他的思念和关心最终都只能以极大伤害所爱的人的方式来表现。所以如此，是因为作为封建家长制代表的他，只能以此种方式来表现他的爱与关心，他没有办法也没有能力来正常地表现那些正常的感情了。这是周朴园的悲剧所在。

《雷雨》中乱伦情节始终围绕着“大家庭的罪恶”对人性所造成的伤害而展开。其激情叙事把事情推向了一种极端的地步：仿佛不通过这一场彻底的颠倒，旧伦理纲常种种隐秘

① 曹禺：《〈雷雨〉序》，《曹禺全集》第1卷，第7页。

② 曹禺：《〈雷雨〉序》，《曹禺全集》第1卷，第7页。

③ 《雷雨》中对此的揭露非常多，也特别传神，第一幕周朴园逼蘩漪喝药的场景便极具代表性。周朴园曾说：“我的家庭是我认为最圆满、最有秩序的家庭……我教育出来的孩子，我绝对不愿叫任何人说他们一句闲话的。”（《雷雨》，《曹禺全集》第1卷，第70页）这通表白可视作其本质特性极具反讽意味的自供状。

的、对人性至为酷烈的戕害就不可能得到揭示，身处于其中的人就不可能得到灵魂层面的净化。曹禺亦以此从革命的必要性上赋予了乱伦主题根本意义上的正当性。我们不难注意到，在“序幕”和“尾声”中，当周家这个“大家庭”彻底崩溃后，周朴园所表现的一切便显得自然而富有人情味了。这个情节的设计是不无象征意味的：通过那雷雨之夜的涤荡，旧秩序加之以周朴园个人身上的枷锁已被摧毁（虽然代价极为惨痛），人性开始复归。

对于女性权利的捍卫及张扬，则是《雷雨》叙事中更令人瞩目的一个特点。曹禺通过对女性权利的强调，有力地抑制了乱伦主题所包含的禁忌性刺激的因素，而把这个主题与当时精英知识界最前卫的精神追求合理地联系了起来。

在谈到“五四”运动历史贡献时，郁达夫说：“五四运动的最大成功，第一要算‘个人’的发见，从前的人是为君而存在，为道而存在，为父母而存在，现在的人才晓得为自我而存在了。我若无何有乎君？道之不适于我者还算什么道。父母是我的父母，若得无我，则社会、国家、宗族等哪里还有？”[①]而在这一场人的解放的运动中，中国思想界还提出了更具革命意义的主张：解放妇女。因为长期以来妇女较男性遭受着更为深重的压迫，所以，妇女的解放程度就成了中国人的解放程度的一个自然标志。[②]

而在这个问题上，曹禺比前辈激进大胆得多。他借着乱伦主题，将目光探向了一般意识形态的隐秘之处。他把平素人们不敢直视的问题直接呈现在人们的眼前：如果压抑人性的传统制度是不合理的，那么，它的诸种关于性伦理的规范是否也有大不合理之处？是否可以说，长期以来对于女性的性伦理的规范是更为残酷、不合人性需要的？如果此种追问是合理的，人们是否能够进一步推想：如果一个女性基于她自然的人性要求对这一体制提出挑战，那么，无论她有何种过激之处，她的此种挑战的勇气都应当激起人们的深切同情？曹禺正是据此来凸显蘩漪性格的革命性颠覆力量。当最后的希望破灭，蘩漪在毁掉自己的同时也毁掉了周萍。她当着周朴园（丈夫）、周冲（亲生儿子）、周萍（继子、情人）、侍萍（曾经的情敌）、四凤（现在的情敌）的面昂然说道：“我忍了多少年了，我在这个死地方，监狱似的周公馆，陪着一个阎王十八年了，我的心并没有死；你的父亲只叫我生了冲儿，然而我的心，我这个人还是我的。（指萍）就只有他才要我整个的人，可是他现在不要我，又不要我了。”[③]因着自我对自我的支配权利（“然而我的心，我这个人还是我的”）、因着自我情欲的需要（肉体情欲在蘩漪与周萍的感情纠葛中占有相当比重），在这里，蘩漪几乎是公然践踏了传统性伦理的各种基本规范。

这样，身体的“出轨”就成了逃离乃至反抗封建体制的一种象征。《雷雨》对蘩漪这种

① 郁达夫：《中国新文学大系·散文二集·导言》，《中国新文学大系·散文二集》，上海文艺出版社2003年版，第5页。

② 沈雁冰、周作人、周建人、胡愈之等在1922年8月1日《晨报副刊》发表的《妇女问题研究会宣言》即明确指出：“在居人类的半数的女性，人格尚不被正确的认识，尚不曾获得充分的自由，不能参与文化的事业以前，人类无论怎样进化，总是偏枯的人类。”“五四”前后中国知识分子在这方面发表了许多具有革命精神的意见，在此不多作征引。

③ 曹禺：《雷雨》，《曹禺全集》第1卷，第178页。

自觉自为反抗意识的描写[①]，使得故事主题彻底摆脱了对动物性禁忌本能的猎奇意味而拥有了一种新鲜的革命内涵。这也使得蘩漪的故事在某种意义上成为了一个大型隐喻——关于女性追求自我身体权利的大型隐喻。

另外，《雷雨》中的乱伦故事还包含着阶级分析的因素。《雷雨》中鲁大海这条线索明确地表达了青年曹禺对阶级对立这一革命性话题的兴趣，但事实上，其乱伦悲剧主题的展现，也隐含着强烈的阶级对立的内容，这突出表现在周萍（以及周冲）悲剧命运的构建上。

剧中的周萍尽管有重大的性格弱点，却不算是坏人，有很多让人“设法替他找同情”[②]之处。他抛弃蘩漪而转向四凤，花花公子式寻找肉体刺激并不是主要原因（虽然这也是一个重要的原因）。他躲避蘩漪，是因为良心的歉疚；他发自肺腑地喜欢四凤，则是因为四凤身上那种自然淳朴、富有生命力的“活泼”[③]气息深深地吸引着他。四凤出身低微，没什么文化，见识也不高，但她的“新鲜”、她的“活”“美”[④]却让周萍这位资产阶级大少爷从灵魂深处嗅到了一种从未有过的清新气息，这种气息使他感觉到生命本身是有意义的。他感激地说：“我见着四凤，四凤叫我明白，叫我又活了一年。”[⑤]他因此“抓住了四凤不放手，想由一个新的灵感来洗涤自己”[⑥]。

阶级对立在这里就成了乱伦悲剧的一个推动因素。在曹禺的笔下，劳动阶级虽然社会经济地位较为低下，但灵魂却是比较洁净、更具生命活力的；统治阶级虽然在各方面都居于上层，唯独在灵魂上却是肮脏的，如“阉鸡似的男子”那般“凡庸”而“怯弱”。[⑦] 只不过在《雷雨》中，命运的残忍和不可捉摸突出表现在：当一个统治阶级的灵魂意识到自身的这

① 必须指出，文中提到的蘩漪的“自觉自为反抗意识”是指其明白自我情爱本性【“我把我的性命、名誉，交给你，我什么都不顾了”（《雷雨》，《曹禺全集》第1卷，第80页）】、并不肯“违背我的本性”（《雷雨》，《曹禺全集》第1卷，第77页）的自觉意志，而不是说她对压迫自己的对象有何理性认识。恰恰相反，就个体的意识形态属性来说，蘩漪完全是一个“中国旧式女人”，（《雷雨》，《曹禺全集》第1卷，第47页）《雷雨》文本中并没有任何蘩漪受过新式思想影响的表现。理解这一点非常重要：蘩漪这种基于身体本能的反抗，正显现了传统制度对人性戕害的深重和普遍性。但不知源于何时，蘩漪却被学界当成“五四”新女性的代表（曹禺本人后来也加入到这种观念中来了，可参见《关于〈雷雨〉在苏联上演的通信》，甚至有人将她当成“受西方个性解放思想影响的畸形女性”典型（韩日新：《三四十年代曹禺和夏衍的剧作比较》，《文学评论》1991年第2期），这实在是对蘩漪形象特质的一个不小的误读。

当然，在舞台表演的时候，表演者则完全有必要透过人物际遇将剧作“五四”批判精神的价值命意表现出来，不然，就容易将《雷雨》演绎成一个遭受性压抑的“旧式中国女人”乱伦出轨的故事了。对着这一点，著名话剧演员吕恩曾有过生动的回忆：“我演《雷雨》里的蘩漪，起先总是把握不住尺度，抓不住准星，是同情还是仇恨？周总理曾对蘩漪有个评价，他说：‘《雷雨》里的蘩漪，她是反封建的嘛，她是没有罪的啰！’我反复琢磨她的这一性格特点，抓住她反封建这个准星，人物的魂与神都出来了。如果掌握不好这一点，琢磨不透她反封建的深层的思想，就会演成歇斯底里，那样就歪曲了人物性格，也歪曲了作者的本意。”（《曹禺访谈录》，第219页）

② 曹禺：《〈雷雨〉序》，《曹禺全集》第1卷，第13页。

③ 曹禺：《雷雨》，《曹禺全集》第1卷，第29页。

④ 曹禺：《雷雨》，《曹禺全集》第1卷，第60页。

⑤ 曹禺：《雷雨》，《曹禺全集》第1卷，第165页。

⑥ 曹禺：《〈雷雨〉序》，《曹禺全集》第1卷，第8页。

⑦ 曹禺：《〈雷雨〉序》，《曹禺全集》第1卷，第10页。

种根本弱点并期待一个劳动阶级的心灵对自我有所拯救时，孰知“这样不自知地犯了更可怕的罪恶，这条路引向死亡”。[①]

需要指出的是，此时曹禺关于阶级对立、阶级矛盾的认识还是比较肤浅、流于表面的，剧中他将这方面的内容融入乱伦主题，也是比较生硬的。和大家庭的罪恶、女性权利这两点不同，故事中周萍因为想要净化自己的灵魂却反而“犯了更可怕的罪恶”的命运悲剧，像是作者强为剧作添加上去的一种悲剧因素而不是乱伦主题自然的结果（故事中周冲的殒落看起来也更显是一场意外）。尽管如此，我们对《雷雨》这方面的特点仍有必要予以充分的重视。我们能够从中看到青年曹禺以革命话语改写乱伦主题的冲动和渴望，为了凸显革命的倾向，他甚至不惮于牺牲局部情节的自然合理性。另外，沿着这一条线索，我们能够看到曹禺对悲剧主题构建的一种强烈的个人偏好：他总是愿意在其悲剧构造中加入阶级对立的内容，《雷雨》如此，《日出》《原野》《蜕变》等同样如此（虽然他对阶级问题的认识水平直到 1949 年也无更深一步的发展）。

三

黑格尔曾经说：“真正的悲剧动作情节的前提需要人物已意识到个人自由独立的原则，或是至少需要已意识到个人有自由自决的权利去对自己的动作及其后果负责。”他认为，正因为东方思想普遍地都不具备对个体绝对价值的这种关注意识，东方的世界观“一开始就不利于戏剧艺术的完备发展”。[②] 黑格尔对东方世界观的基本判断当然存在着一些偏见，他对悲剧特征的概括也很难说就是一种放之四海而皆准的美学标准，但没有疑问，他关于悲剧美学与“个人自由独立的原则”关系的提示，则的确道出了启蒙时代以来西方悲剧艺术的基本特点。尽管 20 世纪以来，现代悲剧关于“个人自由独立的原则”的表现已渐趋暧昧与含混，这一价值核心仍然在大部分悲剧创作中无可争议地居于核心地位，并构成了威廉斯所谓“自由主义悲剧”[③]的基本美学底色。

《雷雨》对乱伦主题的移植与阐释，就可视作中国艺术家的悲剧创作融入了现代世界悲剧艺术主潮的一个标志。乱伦主题本是一个与命运、神秘力量更有关涉的悲剧主题，但曹禺通过革命意识形态深层次的挑激，使得故事变成了封建专制体制下个人际遇的一曲悲歌。在曹禺笔下，所谓的乱伦故事其实本是个体在此种专制体制下终极命运的一种象征。周冲、四凤这样美丽的生命不免夭折；周萍这样软弱而不乏追求的人不可能看到任何希望——如果他看到了所谓的希望，这希望就很有可能潜藏着“更可怕的罪恶”；蘩漪这样倔强的特立独行者，不毁灭无以显示其个体生命中的不同凡响之处。甚至像周朴园，虽然他是此种专制机器在地上行走的代表，但他也必须泯灭自我的个体本性才得以成为这一代表——从这个角度说，他虽是施害者，但也是受害者。在这样一张巨网中，个体不可能

① 曹禺：《〈雷雨〉序》，《曹禺全集》第 1 卷，第 8 页。
② 黑格尔：《美学》第 3 卷（下），朱光潜译，商务印书馆 1981 年版，第 297 页。
③ 威廉斯：《现代悲剧》，丁尔苏译，译林出版社 2007 年版，第 79—80 页。

有逃脱的幸运。基于此,《雷雨》中乱伦故事激发了一种革命热情,它符合艺术逻辑地成为了一种与不公正命运、不公平体制的抗争性力量。

需要指出的是,尽管《雷雨》故事主题与乱伦有关,但它之于中国现代悲剧的影响,重心却根本不在乱伦故事的移植这一面。在中国的文化语境中,无论作何种解释,乱伦故事看上去都显得过于激进了一些。《雷雨》对后来中国现代悲剧的影响,主要体现在革命意识形态与悲剧主题结合的形式上(即如何运用革命观念考察个人命运的问题)。夏衍曾说,他乃是"读了曹禺同志的《雷雨》和《原野》"才发生了戏剧艺术观念的重大"转变",认识到革命的正当性不能简单通过"宣传的手段"①来表达,"必须写人物、性格、环境"。② 他的话部分地道出了《雷雨》悲剧主题叙写策略的巨大示范价值。

当然,在现代革命意识形态的挑激下,古老乱伦主题所迸发出的革命色彩,绝不止驻足于启蒙形态的个人独立自由价值的阐发。它所触及的内容还要激进得多,它借着对古老性伦理秩序的颠倒与倾覆,认真表现了女性对自我身体、性要求的自觉意识以及种种身体需要的合理性。我们知道,社会制度对于个体操控最深刻、最具普遍性意义的部分,就突出地体现在性伦理规范上。而对女性而言,不合理社会制度对她的戕害、压迫最为深重的部分,通常也正表现在这个层面上。这是因为,这时给她带来巨大苦难的,不仅是社会机器的压力,而且还来自于每个男性甚至是同性的迫害。男性革命家的革命意识在性伦理这个层面,非常容易与传统意识形态招抚,以至于无意识中成为继续压迫女性的共谋。这也正是《雷雨》中蘩漪反抗姿态的巨大美学象征意义所在。她对于乱伦那种没有丝毫歉疚和畏惧的倔强姿态,是站在女性立场上对传统压迫人性的制度最激烈、最不妥协也是最具普遍意义的挑战。诚然,由于那种过于激进的姿态,蘩漪在反抗不合理制度的同时,碰触了人类文明的底线,她因此不免悲惨收场。在此种悲剧情境的构造中,人们不难看到,悲剧"个人自由独立"的价值原则在此间得到了一种新的诠释——革命意识形态敦促人们从更基本的地方、从更为个人性的地方,以更清醒的批判眼光(来认识传统意识形态塑造的各种话语陷阱)考量所谓的"个人自由独立"问题。

因此,某种意义上也可以说《雷雨》已经彰显了一种"身体悲剧"的可能性。伊格尔顿认为,人类的身体本身应当成为悲剧的重要表现主题。现代悲剧对于人类身体痛苦的遗忘,很可能就是其在现代社会中趋于式微的因素之一:

> 人类历史包括身体的历史,几个世纪以来,它在关于身体的痛苦方面几乎没有什么变化。……当前对身体的偏见部分是作为一种针对某种理性主义、客观主义的观点作出的反应形成的。这具有反讽意义,因为人的身体乃是给予我们一个客观世界之物。它是客观性的扎根之处。固然,存在着一大群文化世界,全都要求得到某种客观的身份,但是它们只有在由"物种身体"(species-body)本身

① 夏衍:《〈上海屋檐下〉后记》,《夏衍全集》第1卷,浙江文艺出版社2005年12月版,第232页。
② 夏衍:《谈〈上海屋檐下〉的创作》,《夏衍全集》第1卷,浙江文艺出版社2005年12月版,第227页。

形成的母体中才可能是客观的。[①]

在《雷雨》中，对身体的支配权一直是矛盾的关键。蘩漪通过乱伦关系，意识到了自己对情欲的需求与不满，进而为了捍卫这种身体权利，她要求不顾一切地维持这种乱伦关系。虽然即使对蘩漪来说，乱伦事实上也是一个不堪直面的丑闻，但对于身体的支配权还是成了她敢于超越禁忌的更为重要的内驱力。在《雷雨》之后，曹禺也没有再回到乱伦的故事题材上来，但对女性身体的关注意识，则一直成为其悲剧创作的中心话题，这个特点，在《日出》《原野》《家》《北京人》中表现得都是很明显的。这种意识，可能对中国现代作家的悲剧意识都产生了一定的影响作用。夏衍的《上海屋檐下》《芳草天涯》[②]、巴金的《寒夜》等关于女性特殊的关照角度，未尝不可视作是对《雷雨》所揭橥的问题的回应。

《雷雨》此种创新，置于世界范围内的悲剧创造中，也不失其特色意义。现代悲剧作家诚然是不吝于谈论乱伦话题的，奥尼尔、劳伦斯、阿瑟·米勒、阿尔比等都有过一些直接表现乱伦问题的名篇（如《奇异的插曲》《悲悼》《儿子与情人》《桥头远眺》《是谁害怕弗吉尼亚·沃尔芙》等等），但他们把握这些作品时弗洛伊德主义的男性立场都是很明显的，曹禺审视问题的视角明显有别于"国际主流"也是明显的。而近来作家谈论乱伦话题、关注女性身体的虽然很多，但把这个问题上升到悲剧美学的角度精心构建的，则也还较少成功案例。

《雷雨》问世距今已近 80 年了，但回望这部作品，我们仍不难感受其中包孕的生命活力。曹禺在其中所表现的高尚的艺术旨趣、发端于中国社会实际的艺术关怀精神（即文中讨论的基于"五四"革命精神对西方悲剧主题的创化、保卫女性身体权利的意识）在当前仍不失其艺术上的示范价值。

原载《中国现代文学研究丛刊》2013 年第 1 期

① 特里·伊格尔顿：《甜蜜的暴力——悲剧的观念》，方杰、方宸译，南京大学出版社 2007 年版，第 6 页。

② 《芳草天涯》是否属于悲剧，可能会引起一些争议，但夏衍本人的态度是明确的。他在该剧的《前记》中引托尔斯泰的话说"人类……在过去、现在、未来，无论在什么时候，他最痛苦的悲剧，恐怕要算是——床笫间的悲剧了。"他同意托尔斯泰的话，但他希望人类的未来能够摆脱这种悲剧，只"把'现今的'恋爱定义为人类生活中最痛苦的悲剧"。（《夏衍全集》第 2 卷，第 236 页）

论《雷雨》的形式意味

李　扬

在中国话剧文学史上，曹禺是对形式、技巧最为关注的作家之一。他曾经说过，“如果技巧脱离了人物的灵魂，脱离了人物的思想感情，技巧就会变成‘把戏’”。①(P.84) 在曹禺看来，形式并不是外在于内容的存在，形式自身就是内容的一部分。正像马赫金所说的，“作品的每一个成分都是形式和内容的化合物。没有不具形式的内容，也没有无内容的形式”。②(P.299) 为了使自己作品的内容与形式达到完美的契合，在戏剧创作中，他往往在结构安排、情节布局上费尽心思，《雷雨》“序幕”“尾声”的设置、《日出》“拉帐子”的手法、《原野》中的表现主义因素都是作家这种艺术追求的体现。在我看来，《雷雨》的形式正是作家殚精竭虑的结果，无论是背景音乐、情节结构还是“序幕”和“尾声”的设置，诸种形式因素都与作家所要表达的主题融为一体，两者互为补充，相互衬托，最终形成了《雷雨》这一“精致的瓮”。

在诸多艺术类型中，音乐是最具神秘性的艺术形式。它所用的材料与结构都是非语义性的，通过声波的振动和节奏的变化来传达作者的思想与感情，进而介入我们的生活。而话剧作为一门综合性很强的艺术类型，剧作家往往需要通过音乐来配合作品的思想表达，但有些时候，剧作家对音乐的选择，往往不能被导演所理解，因而也不能最终呈现在舞台上，《雷雨》就是这样的例证。在中国话剧舞台上，《雷雨》是被上演次数最多的剧作之一，但遗憾的是，在诸多演出版本中，几乎没有导演肯将作家本人特意选中的巴赫《b小调弥撒曲》③作为背景音乐。原因可能是多方面的：一方面是由于“序幕”“尾声”很少被搬上舞台，另一方面可能也是因为长期以来宗教问题在中国的敏感性所致。即便在学术研究界，探讨《雷雨》与巴赫的《b小调弥撒曲》的关系的论文也并不多见，这在某种程度上限定

① 梁秉堃：戏剧大师曹禺的生命之幕[A]. 李玉茹. 倾听雷雨[C]. 上海：上海文艺出版社，2000.

② 巴赫金：文艺学中的形式主义方法[A]. 李辉凡. 巴赫金全集第二卷[C]. 石家庄：河北教育出版社，1998.

③ 关于“序幕”“尾声”中的音乐，《雷雨》的各种版本均作“Bach: High Mass in B Minor Benedictus qui venait Domini Nomini”，《曹禺全集》将此句注为“巴赫：《B小调弥撒曲》”，不确。曹禺引文部分不合拉丁文文法，经核查巴赫《b小调弥撒曲总谱》，此句的斜体字部分原文似应为“Benedictus qui venit in Nomini Domini”，意为“那个以主之名而降临者应得到保佑（赐福）”。这一差异是因为巴赫《b小调弥撒曲》的版本问题还是其他原因所致，待考。这段拉丁文的审校、翻译得到了南开大学历史学院叶民先生的指导和帮助，特此致谢。

了《雷雨》研究的视角。近年来，伴随着艺术观念的开放，已经有学者开始注意到这一问题，先后有多位学者围绕基督教、受难、救赎、复调进行过详细讨论，[①]在某种程度上深化了学界对《雷雨》的认识。稍感遗憾的是，由于《b小调弥撒曲》的宗教启示意义，研究者往往将观照的视角引向剧作与基督教的关系领域；而在探讨“复调”问题时，又将这一论题引向巴赫金的复调话语理论。实际上，巴赫金的复调理论与巴赫音乐中的复调有着很大区别：如果说巴赫金的复调所营造的是一个众声喧哗的世界的话，巴赫音乐中的复调却是用不同的声部不断重复表达同一主题。虽同称“复调”，但两者差别很大。限于篇幅，本文不拟探讨《雷雨》通过背景音乐所呈现出来的基督教义和悲悯情怀，仅想讨论《b小调弥撒曲》所隐含的怪圈意象——这一意象是通过音乐中的卡农传达出来的。

按照《中国大百科全书》的解释，卡农是“一种纯以模仿手法构成的复调音乐形式。当先后进入的各个声部自始至终在相同或不同的音高上演奏(唱)同一旋律时，即称卡农。其最先出现的声部称为起句或主句，随后进入的各声部称为应句或答句。”[②(P. 329)]美国学者霍夫施塔特(R. Hofstadter)在《哥德尔 艾舍尔 巴赫——集异璧之大成》一书中讨论了巴赫音乐中的卡农与哥德尔的数理逻辑、艾舍尔的版画中的循环往复、周而复始的“怪圈”现象。在他看来，“所谓‘怪圈’现象，就是当我们向上(或向下)穿过某种层次系统中的(这里，系统是音乐的调子)一些层次时，会意外地发现我们正好回到我们开始的地方。有时我用‘缠绕的层次结构’这个词来形容出现怪圈的系统”。“怪圈”并未仅仅停留在数学、音乐、版画领域，它“存在着有穷与无穷之间的冲突，因而使人有一种强烈的悖论感。”[③]在我们看来，这种“悖论感”正是作者对人生图景的一种隐喻。这样，巴赫笔下的“卡农”将不再是一种音乐形式，而是对人生世相的一种写照。他的《b小调弥撒曲》非常完美地体现了他的卡农技巧，杨周怀在一篇论文中这样阐释这部作品：“‘受难’这个词的曲调是以卡农形式而重复出现的。第16段的低音都是‘低音型’，每四小节为一组的带有半音的‘低音型’，一共重复了12次，直到曲终。这就加重了在小调乐句中对‘受难’的沉痛、悲伤的气氛，然而却结尾在G大调的和弦上，这G大调和弦又为下一段(第17段)‘第三日复活’作了准备，虽这G大调和弦的词是‘被埋葬’，但大调和弦却暗示从被埋葬中我们看到了复活的亮光。”[④(P. 63)]霍夫施塔特用“说谎者悖论”来表述巴赫音乐中的这种怪圈：来自克里特岛的艾皮曼尼蒂斯说，“所有克里特岛人都是说谎者”。而在我们看来，《雷雨》中的每一个致

① 相关讨论参见高浦棠的《曹禺与巴赫》(《延安大学学报》2002年第1期)、郭怀玉的《曹禺话剧的复调音乐论略》(《戏剧文学》,2009年第9期)、李扬的《试论〈雷雨〉的音乐语言》(《徐州师范大学学报》,2010年第1期)、邹红的《试论曹禺前期剧作中的音乐元素》(《文学评论》,2011年第2期)等论文。

② 中国大百科全书总编辑委员会：中国大百科全书·音乐、舞蹈[C]. 北京：中国大百科全书出版社，2002.

③ 参见霍夫施塔特：《哥德尔　艾舍尔　巴赫——集异璧之大成》，郭维德等译，第15—21页，商务印书馆1996年。

④ 杨周怀：巴赫的B小调弥撒[A]. 董秀玉. 爱乐·音乐与音响丛刊第7辑[C]. 北京：三联书店，1998.

力于颠覆传统秩序的青年人，无一不是曾深深地浸淫于传统中的人，正是这种“自我相关”的特性，使他们的“反传统”事业不断陷入失败的魔咒。曹禺在晚年曾经这样回忆音乐中循环往复的旋律给他的创作带来的启示：“我在构思中，就有一种向往。不知是什么原因，交响乐总是在耳边响着，它那种层层展开，反复重叠，螺旋式上升，不断深入升华的构架，似乎对我有一种莫名的吸引力；还有古希腊悲剧中那些故事，所蕴藏的不可逃脱的命运，也死死纠缠着我。这原因很可能是，那时我就觉得这个社会是一个残酷的井黑暗的坑，是一个任何人也逃脱不了的网，人是没有出路的，人们无法摆脱悲剧的命运。而这些都是决定着《雷雨》结构的因素，它就是一个天网，天网恢恢，在劫难逃！”①(P. 63)很显然，这种音乐旋律无意间契合了他对现代人处境的理解：“我念起人类是怎样可怜的动物，带着踌躇满志的心情，仿佛是自己来主宰自己的运命，而时常不是自己来主宰着。受着自己——情感的或者理解的——捉弄，一种不可知的力量——机遇的，或者环境的——捉弄；生活在狭的笼里而洋洋地骄傲着，以为是徜徉在自由的天地里，称为万物之灵的人物不是做着最愚蠢的事么？我用一种悲悯的心情来写剧中人物的争执。”“他们怎样盲目地争执着，泥鳅似的在情感的火坑里打着昏迷的滚，用尽心力来拯救自己，而不知千万仞的深渊在眼前张着巨大的口。他们正如一匹跌在泽沼里的羸马，愈挣扎，愈深沉地陷落在死亡的泥沼里。”②(P. Ⅴ—Ⅶ)在这种情境下，曹禺将巴赫的《b 小调弥撒曲》作为《雷雨》的背景音乐，让人们在这种循环往复的旋律中体味人生况味。这是作家在《雷雨》中悄悄布下的第一重“怪圈”意象，以最隐晦的方式暗示着作家对现代人生存境遇的理解。

而在剧作的主体部分，作者又通过对情节结构和人物关系的巧妙布局再度强化了这一“怪圈”意象。曹禺曾经说过，“一个戏的结构，绝不是形式，它是一种艺术的感觉，是一个剧作家对人生对社会的特有的感觉。”③(P. 63)在《日出》中，他通过对《道德经》《旧约》《新约》中的几段话的重新排列，来表达自己对社会人生的看法。④ 而在《雷雨》中，曹禺则是通

① 田本相.曹禺访谈录[M].天津：百花文艺出版社，2010.

② 曹禺.雷雨[M].上海：文化生活出版社，1936.

③ 田本相.曹禺访谈录[M].天津：百花文艺出版社，2010.

④ 在《日出·跋》中，他曾这样解释这几段引文的用意：“我为人向来暗涩，又不大会议论，而最奇怪的，这块‘自由土’又仿佛是不准人有舌头的，于是即便见到这本戏种种的弱点、幼稚，我只好闭口无言。惟一的补救方案就是我在《日出》前面赘附着的八段引文，那引文编排的次序都很费些思虑，不容颠倒，偏爱的读者如肯多读两遍，略略体会里面的含义，也许可以发现多少欲说不能的话藏在那段引文里。”（曹禺：《日出》，文化生活出版社，1936 年版，第Ⅷ页）1980 年，曹禺则在与田本相的谈话中这样解释引文排序所隐含的意思：“‘天之道其犹张弓欤？高者抑之，下者举之’这里说的‘天之道’，我的理解，就是应该有个道理，是应该如此的道理。这好像张弓射物，举得高了就放低些，低了就举高些：‘有余者损之，不足者补之’。‘天之道是损有余而补不足’的，这就提出个贫富之分，贫富之别了。‘人之道则不然’了，那是相反的，是‘损不足以奉有余’的。但是，我整个的想法还不在这里，我的想法是要毁掉它，当时不敢说出来，于是写出来，就用了一大串《圣经》上的话。开始就是要警觉，你看那些人就是那么贪婪恶毒，荒淫无耻。我曾提醒人们要按顺序读我所引用的语录，然后，就说，你看那天，天也无光，你看那地，地也是空虚混沌；非惩罚这个社会不可了。跟着我走吧，‘我是世界的光’，跟着我能得救。”（田本相 刘一军：《苦闷的灵魂——曹禺访谈录》，第 23—24 页，百花文艺出版社 2010 年）

过情节结构、人物关系的排列组合来呈现人“无路可走”的主题。我们不妨将这种人物关系暂且称之为“代际同构”，这里的“代际同构”是指：属于不同年龄段的人，演绎着同一种心灵轨迹；表面上看，剧中人物的思想、个性似乎存在着巨大的代沟，有着很大的不同，甚至没有任何相似之处；但宏观俯瞰，他们在相同的年龄时段却有着极大的相似性；这些人物在剧中相互映衬，让读者能从一个人身上看到另一个人过去（或将来）的影子，一组人物合为一体则在舞台上呈现了一个人一生的人生轨迹，从而构成一种人生道路的代际循环。如《日出》中的翠喜、陈白露、小东西，《北京人》中的曾文清和曾霆，前辈人总能在后代身上看到自己过去的影子，而在读者（观众）看来，按照后辈的行为逻辑，他们将渐渐趋向于前辈所走过的道路，由此构成一种“人生秩序”。《雷雨》则是曹禺通过这种人物关系组合呈现这一主题的初步尝试。

谈及这一特点，人们往往会想起侍萍、四凤母女在周公馆高度重叠的人生际遇，在论及《雷雨》的“命运”观时，这层关系已经被很多学者尝试讨论过。不过，我们不拟在这里讨论侍萍母女极度巧合的人生轨迹，而更愿意关注《雷雨》中的另一重隐性的“代际同构”：周氏父子的人生循环之路。表面上看，周朴园、周萍、周冲父子三人似乎是像水和油一样不能相混：周朴园往往被看作是家庭里的暴君；周萍是一个始乱终弃的花花公子；而周冲则是一个富有理想、充满朝气的纯洁少年……其实，这一切不过是一种表面现象。在故事的深层，剧作家让我们走着近乎雷同的人生轨迹。在剧本的深层符码中，无论是三十年前的周朴园还是现在的周萍，和我们正看到的周冲并没有什么本质上的差别。作者这样介绍登场时的周朴园：“他的脸带着多年的世故和劳碌，一种冷峭的目光和偶然在嘴角逼出的冷笑，看出他平日的专横、自是和倔强。年青的一切的冒失、狂妄已经为脸上的皱纹深深遮盖着，再也寻不着一点痕迹”；当周冲为鲁大海辩护时，他这样训斥后者：“你读过几本关于社会经济的书？我记得我在德国念书的时候，对于这方面，我自命比你这种半瓶醋的社会思想要彻底的多！”在这里，“冒失、狂妄”并不具贬义，而是年轻人逸出传统的人生常模的一种尝试与努力，而作为留学生的他，也有着自己的“理想”……正是在这种思想取向的主导下，周朴园违逆家长意志，打破门第观念，疯狂地爱上了周公馆女仆梅妈的女儿。[①] 而周萍也曾经有过“可以炼钢熔铁，火炽的，不成形的原始人生活中所有的那种‘蛮力’”，在这种情形下，他视礼教如无物，疯狂地爱上了自己的后母，甚至说出“恨自己的父亲，愿意他死，就是犯了灭伦的罪也干”的忤逆之言。正是在这个意义上，作家也将周萍列入了“一切都走向极端，要如电如雷地轰轰地烧一场，中间不容易有一条折衷的路”[②(P. Ⅷ)]的性格类

① 对于周朴园与侍萍的关系，学界曾经有过多种解读，周朴园的“玩弄女性”“虚伪”饱受诟病。实际上，周朴园与侍萍一起生活了多年，生下两个儿子的事实来看，恐怕很难用“玩弄女性”来概括他与侍萍的关系。我们不妨从侍萍的角度来拼接周朴园、侍萍曾经的过去。从侍萍与周朴园再度相遇时“欲走还留”的情态以及“朴园”“傻话”之类的语言交流，似乎也暗示着他们曾经有过的甜蜜时光。或许，我们可以从《雷雨》中周萍、周冲对四凤的迷恋中看出些许周朴园与侍萍相恋的模糊印迹。关于这一问题，此处不再详论，相关讨论参见李扬：《现代性视野中的曹禺》，第113—116页，人民文学出版社2004年。

② 曹禺.雷雨[M].上海：文化生活出版社，1936.

型。因此，无论是周朴园还是周萍，在他们的青年时代都曾经有过像周冲一样的冲破现有秩序的“理想”。

但年青人的理想终归仅仅是一种“理想”，它总有与现实相遇的一天，这一时刻，也往往是理想幻灭的时刻。在家族的压力下，周朴园选择了妥协：在大年三十逼走了为自己生了两个儿子的侍萍，另娶一位门当户对的人家的小姐。最终，由一个有热情、有反叛精神的青年渐渐变成了老于世故的中年人，一个家庭里的暴君。他现在的教育理念是：“我的家庭是我认为最圆满，最有秩序的家庭，我的儿子我也认为都还是健全的子弟，我教育出来的孩子，我绝对不愿意叫任何人说他们一点闲话的。”而在他与社会的“雕琢”与“教育”下，周萍也“成为怀疑的，怯弱的，莫名其妙的了”，他开始恨与继母的“不自然的关系”，时常顾虑他者的眼光、外界的看法……即便是与正在热恋中的四凤的关系，他也深知“我这样的家庭怎么允许有这样的事”。从此，他变得畏首畏尾，开始后悔自己过去的“冒失”，变得犹疑、矛盾，像躲避瘟神一样逃避蘩漪……周朴园、周萍的转变说明了人无论有过什么样的信誓旦旦，在现实秩序面前终将无能为力。那么，是不是充满理想的周冲能冲破这一人生怪圈呢？答案是否定的。实际上，曹禺已经在剧作中给出了周冲的未来。从周冲在威严父亲面前的闪烁其词就可以看出他的懦弱，虽然他有着美好的理想，但“妥协”已成为他生命中的常态：喝药一场，他明知母亲不想喝，但在周朴园的威仪面前，他劝母亲“为我喝一点吧，要不然，父亲的气是不会消的”；他本想分一半教育费让四凤上学，但在目睹了周朴园的蛮不讲理之后，再也没有勇气向父亲提及此事；他喜欢四凤，但当他发现周萍与四凤一起离家出走的时候，他竟然吞吞吐吐地说“我忽然发现……我觉得……我好象我并不是真爱四凤；以前……我，我，我……大概是胡闹！”面对此情此景，无怪乎蘩漪会恼怒异常：“你真没有点男子气，我要是你，我就打了她，烧了她，杀了她。你真是糊涂虫，没有一点生气的。你还是你父亲养的，你父亲的小绵羊。我看错你了——你不是我的，你不是我的儿子。”事实上，这一次次的妥协与退缩已经预告了周冲未来的命运：设若周冲没有触电而亡，以他这种善于妥协的性格，在不远的将来，他一定会像自己的父辈、兄长一样，乖乖地回到长辈所营造的社会秩序中去……然而，这并不是事情的结束，他们毕竟良知未泯，毕竟曾经有过充满理想和追求的青少年时代，当他们老之将至，回想起自己一生的时候，他们会像自己的父亲一样追悔过去曾经有过的一切，在忏悔中度过自己的余生。按照这样的逻辑链条，周朴园、周萍、周冲的人生轨迹构成了一组饶有意味的循环，三个人看似互不相干，但他们每个人的存在都在提示着另一个人的过去（或将来）。《雷雨》似乎将读者带入了一条时光隧道，在人生的长河中往来穿梭：在热恋中的周萍和周冲身上，似乎看到了周朴园与侍萍相恋时的影子；通过逸出常规的周萍所面临的压力和内心的焦虑，可以体味到周朴园赶走侍萍前后的烦恼；而在渐入老境的周朴园身上，则预示着周萍、周冲的未来。他们的人生轨迹表明，周朴园、周萍、周冲都未能逃脱文化传统给人布置的生命怪圈，他们父子三人三位一体，构成了“文明人”难以撼动的一种生存秩序：以激进的“反传统”始，以渐渐被“传统”同化终。

这显然是作家刻意安排的结果，他试图通过这种“代际同构”来表现现实秩序的难以改变。尽管他们中的每一个人都曾经有过冲决传统的理想乃至行动，但在现实面前总是显得那样羸弱不堪，最终不得不回复到铁一般真实的现实秩序中去。理解了这一切，也就理解了作家在《雷雨·序》中对自己笔下的人物关系的说明："夏天是个烦躁多事的季节，苦热会逼走人的理智。在夏天，炎热高高升起，天空郁结成一块烧红了的铁，人们会时常不由已地，更归回原始的野蛮的路，流着血，不是恨便是爱，不是爱便是恨；一切都走向极端，要如电如雷地轰轰地烧一场，中间不容易有一条折衷的路。代表这样的性格是周蘩漪，是鲁大海甚至于是周萍，而流于相反的性格，遇事希望着妥协、缓冲、敷衍便是周朴园，以至于鲁贵。但后者是前者的阴影，有了他们前者才显得明亮。鲁妈、四凤、周冲是这明暗的间色，他们做成了两个极端的阶梯。"①(P. Ⅷ) 作家通过这一人物关系设计和情节结构的布局，暗喻着现代人所面对的"人生秩序"。② 这是《雷雨》向我们昭示的第二重"怪圈"意象。

类似《日出》中颇受后人诟病的"重描"现象，曹禺似乎总喜欢在剧作中不厌其烦地给读者反复提示，而不是点到为止。在《雷雨》中，为了加重读者对这种循环关系的理解，作家布置了第三重"循环"："序幕"与"尾声"的首尾相衔。在以往的学术论著中，专家学者对《雷雨》的"闭锁结构"多有论列，但多从戏剧冲突展开的层面讨论这一问题。我们在这里关注的是《雷雨》的"序幕"和"尾声"的紧密衔接。这是"序幕"的结尾、第四幕的结尾和"尾声"的起始部分：

序幕

……

[老妇人渐渐倒在地上，舞台全暗，听见远处合唱弥撒和大风琴声。

弟声　（很清楚地）姐姐，你去问她。

姊声　（低声）不，你问她。（幕落）你问她！

[大弥撒声。

第四幕

……

[鲁立起，向书房颠踬了两步，至台中，渐向下倒，跪在地上，如序幕结尾老妇人拿下的样子。

[舞台渐暗，奏序幕之音乐（High Mass——Bach）若在远处奏起，至完全黑暗时最响，与序幕末尾音乐声同。幕落，即开，接尾声。

① 曹禺. 雷雨[M]. 上海：文化生活出版社，1936.

② 需要说明的是，对这种"自然的法则"和"天地间的'残忍'"的如实呈现并不意味着作家就是相信"宿命论"的，相反，他在《雷雨》中，为正在"情感的火坑中打着昏迷的滚"的现代人开出了一剂冲破这"生命怪圈"的药方：以一种最"雷雨的"性格，"冲破一切的桎梏，做一次困兽的斗"（《雷雨·序》）。当然，这也只是作家的一种"理想"，不幸的是，他也像自己笔下的周冲一样，慢慢地被自己所身处的世界同化，在某种意义上讲，他以自己的一生演绎着自己笔下人物的悲剧。

尾声

[开幕时舞台黑暗。只听见远处教堂合唱弥撒声同大风琴声，序幕姊弟的声音：

弟声　姐姐，你去问她。

姊声　（低声）不，弟弟你问她，你问她。

[舞台渐明。景同序幕，又回到十年后腊月三十日的下午。老妇（鲁妈）还在台中歪倒着，姊弟在旁。

……

从上述段落可以看出，作者采取了一种近乎极端的方式来强化“序幕”与“尾声”的连续性：在舞台指示中不止一次地说明“老妇人倒下的样子”、音乐在“序幕”、第四幕结尾及“尾声”中的高度一致，由此可以看出作者对这一细节的格外看重。不但如此，为了提示读者序幕和尾声是不间断地连在一起的，作家不惜让姐弟在“尾声”的开始部分重复“序幕”结尾的对话，以使读者明白：“序幕”和“尾声”紧密衔接，而《雷雨》的主干部分则是被“序幕”和“尾声”紧紧地环绕着的。这是作者在《雷雨》中构筑的第三重“怪圈”。

为了强化这三重“怪圈”意象，作家特意为这个故事“罩上一层纱”——“序幕”和“尾声”，以将故事推向遥远的过去，让读者能静下心来远观剧作。如果说作者在剧中不断提示的循环意象还是一种隐喻性的存在的话，那么，作者利用“序幕”和“尾声”所激发的震惊效应，将这种隐喻不断放大，最终使作者心目中的“天地间的‘残忍’”和“自然的法则”得到了最高程度的形式应和，真正实现了内容和形式的有机统一。关于“序幕”和“尾声”的用意和功能，曹禺以及20世纪80年代的很多研究者已经有过非常深入的研究，不过，人们多围绕“欣赏的距离”和布洛的“心理距离说”展开讨论。这一观照角度，既与作家的创作意图高度契合，也与审美心理学密切相关，极大地推动了《雷雨》研究。在这里，本文不想重复前人的既有结论，仅想从世界戏剧理论发展的角度来谈谈“序幕”和“尾声”的某种功能。

20世纪二三十年代之交，传统的“亚里士多德式”的戏剧理念受到了前所未有的挑战。亚里士多德所说的悲剧是“借助人物的行动，而不是叙述，通过引发怜悯和恐惧使这些情感得到疏泄”①(P.63)的理念受到了以皮斯卡托、布莱希特为代表的戏剧家的质疑，他们致力于创作一种“叙述体戏剧”，追求“陌生化效果”，进而引发了一场戏剧领域的革命。现在看来，《雷雨》的“序幕”“尾声”在让人感到震惊的同时，也有着某种“陌生化”效应。一方面，《雷雨》的“序幕”和“尾声”非常不合“序幕”“尾声”的常规②，另一方面，从风格角度来看，《雷雨》的主体部分可用剧烈、摄人魂魄称之，而“序幕”“尾声”的整体氛围却是那么的舒缓、静谧，充满了神秘感。这两者之间的高度不谐调，自然会让熟悉传统话剧表现方式的读者感到惊异，当他们要问一问“为什么”的时候，作家的目的也就实现了：“‘序幕’和‘尾声’的用意，简单地说，是想送看戏的人们回家，带着一种哀静的心情。低着头，深思地，念

① 亚里士多德. 诗学[M]. 陈中梅译. 北京：商务印书馆，1996.

② 参见邹红《试论曹禺前期剧作中的音乐元素》(《文学评论》2011年第2期)中的相关讨论。

着这些在情热，在梦想，在计算里煎熬着的人们。荡漾在他们的心里应该是水似的悲哀，流不尽的；而不是惶惑的，恐怖的，回念着《雷雨》像一场噩梦，死亡，惨痛如一只钳子似的夹住人的心灵，喘不出一口气来。”以用它来“导引观众的情绪入于更宽阔的沉思的海。……把一件错综复杂的罪恶推到时间上非常辽远的处所。因为事理变动太吓人，里面那些隐秘不可知的东西对于现在一般聪明的观众情感上也仿佛不易明了，我乃罩上一层纱。那‘序幕’和‘尾声’的纱幕便给了所谓的‘欣赏的距离’。”[①](P. XVII—XVIII)一句话，设置“序幕”“尾声”就是要拉开观众与剧情之间的距离，不是控制观众的感情，而是引导观众进行更为深沉的理性思考。在这种情况下，“序幕”“尾声”成为作家阻滞感情共鸣的一种手段。

事实上，这绝不是作家的一次偶然起意，而是隐含了他对戏剧理论的深沉思考。曹禺在《〈雷雨〉序》中一再强调演员的“节制”：“演鲁妈与四凤的应该懂得‘节制’，……要学得怎样收敛运蓄着自己的精力，到了所谓‘铁烧到最热的时候再锤’，而每锤是要用尽了最内在的力量。尤其是在第四幕，四凤见着鲁妈的当儿是最费斟酌的。两个人都需要多年演剧的经验和熟练的技巧，要找着自己情感的焦点，然后依着它做基准来合理地调整自己有韵味，自己成了有韵味的波纹，不要让情感的狂风卷扫了自己的重心，忘却一举一动应有理性的根据和分寸。具体说来，我希望她们不要嘶声喊叫，不要重复地单调地哭泣。要知道这一景落眼泪的机会已经甚多，她们应该替观众的神经想一想，不应刺痛他们使他们感觉倦怠甚至于苦楚，她们最好能运用各种不同的技巧来表达一个单纯的悲痛情绪。要抑压着一点，不要都发挥出来，如若必需有激烈的动作，请记住：‘无声的音乐是更甜美’，思虑过后的节制或沉静在舞台上更是为人所欣赏的。”[②](P. XV—XVI)显而易见，作家在尝试让演员拉开和角色的距离，称之为“间离”也未尝不可。因此，综观《雷雨》一剧，无论是在艺术审美层面，还是对舞台表演的理解方面，都体现了作家在戏剧理论上的一种自觉。用布洛的“心理距离说”来解释这一切自然不错，但如果借用戏剧界的专有理论来解释他的这种追求的话，那么，“序幕”和“尾声”的存在，实现了读者、观众与剧情之意的“间离”，而他反复要求的表演中的“节制”，则从另一方面实现了演员与“角色”的“间离”。我们认为，“序幕”“尾声”的这种功能，在某种程度上强化了作者精心营造的“循环”意象，将作品的形式意味放大到了极致，最终烘托出作者所欲表达的主题——“自然的法则”“天地间的‘残忍’”“他们正如一匹跌在泽沼里的羸马，愈挣扎，愈深沉地陷落在死亡的泥沼里”——这一死寂般的人生怪圈。

需要特别申明的是，尽管我们在讨论“序幕”“尾声”的功能时运用了布莱希特的戏剧理论术语，但并无意说曹禺受到了布莱希特的影响。到目前为止，我们还只能在“平行研究”的层面讨论两者间的相似：我们尚没有任何证据证明，曹禺在创作《雷雨》的时期与皮斯卡托、布莱希特存在什么交集；同时，我们也没有证据表明曹禺的这一艺术追求与中国京剧存在这样或那样的关联——尽管布莱希特的戏剧理念与中国京剧表演艺术确实有着

① 曹禺.雷雨[M].上海：文化生活出版社，1936.

② 曹禺.雷雨[M].上海：文化生活出版社，1936.

某些渊源，曹禺又对中国传统戏曲非常熟稔。我们只是想借此表明，在中国话剧尚在起步阶段，诸多编、导、演都还在致力于创造生活幻觉以把观众留在剧场的情况下，曹禺却独辟蹊径，开始考虑表演中的“节制”和“距离”问题，这本身就值得充分肯定。特别值得玩味的是，曹禺并没有在“亚里士多德式”和“非亚里士多德式”之间作出非此即彼的选择，而是在“创造生活幻觉”的同时，又试图运用“序幕”“尾声”破除自己刚刚营造出来的生活幻觉，由此造就了中国话剧文学接受史上的一幅怪异图景：一方面，导演们为了在舞台上营造一种生活幻觉，删掉了“序幕”“尾声”，以获得强烈的演出效果，将观众留在剧场里；而另一方面，作者、研究者却又对“序幕”与“尾声”倍加珍视，极力强调它对剧作审美的重要性。这两种诉求在《雷雨》问世近80年来并行不悖，“共鸣”与“超然”的同在，共同营造了《雷雨》在中国的独特生存场景，使这部剧作在演出院团、场次、研究论文数量诸方面独领风骚。

在曹禺的前期戏剧创作中，《雷雨》是其酝酿时间最长也是最耗费心神的一部剧作，为了达到作品形式的圆满，作者费尽心思。但这也使《雷雨》显得过于“精致”，精致得甚至有些过分，以至于作者自己也“很讨厌它的结构，我觉出有些‘太像戏’了。技巧上，我用得过分。仿佛我只顾贪婪地使用着那简陋的‘招数’，不想胃里有点装不下，过后我每读一遍《雷雨》便有点要作呕的感觉。”①(P. XIV)不过，尽管技巧的过度使用确实使《雷雨》一剧稍欠自然，但我们依然有理由认为，《雷雨》中的技巧并不是可有可无的“小摆设”，它在实现了剧作的内容与形式的高度统一的同时，无意间也使中国话剧在戏剧观上有了与现代世界戏剧发展潮流对话的潜在可能。

原载《戏剧艺术》2014年第1期

① 曹禺. 日出[M]. 上海：文化生活出版社，1936.

《雷雨》主题的多义性解读

丁罗男

曹禺的剧作常常引来各种争议，其中，《雷雨》是在主题上争论最多的，即《雷雨》到底想写什么？这个问题历来有各种不同的看法。

在传统的现实主义创作中，剧本主题的表达往往依赖于戏剧冲突（尤其是主要冲突）的设置与展开。而《雷雨》的冲突不仅紧张激烈，还特别错综复杂。全剧八个人物，几乎每个人物之间都有程度不同的冲突或纠葛。那么，究竟什么是全剧的主要冲突？《雷雨》诞生八十年来，读者、观众、导演和批评家的意见一直不太统一，因此产生了各种对主题的解读和面貌各异的舞台呈现。最有意思的是曹禺自己从来没有对此表过态，不但在 1936 年的《雷雨・序》里没说，后来大家争论不休时他也不说。记得 1981 年，我曾经当面请教过曹禺先生的看法，他笑了笑，只说了一句话："八仙过海，各显神通嘛！"仍然没有回答。

当然，这也许同他的个性有关，曹禺说自己的性格是属于比较柔弱、犹豫的那种，别人请他看戏，他一般都说好话，不大提批评意见的。所以我想，他要那么强烈地歌颂生命力，写像蘩漪这样性格刚烈、敢爱敢恨的人物，可能从创作心理学上来讲，跟他对自己软弱性格的不满也有关系，是潜意识里的一种补偿作用吧。他的个性比较柔弱，比较容易妥协，一旦外来的强势的东西加到他身上，他的创造力就受到很大的影响，这也许就成为新中国成立以后曹禺始终写不出优秀剧本的一个原因。另外，曹禺不回答这个问题，恐怕是因为真的想不清楚到底哪个是冲突主线。他写《雷雨》更多的是受到"一种情感的汹涌的流"[①]的推动，而不是"主题先行"，想好了什么是主要冲突，什么是次要冲突（可能分析得那么清晰也就写不出来了）。再说，剧本一旦诞生，就是一个活的生命体，而且应该是一个多面体。剧作家最好还是不表态，你用理性的表述限制了剧本自身的活力，导演只能按这个路子做，从不同的角度解释它的余地就没有了。从这点上说，曹禺的做法是很聪明的。

我归纳了一下，历来对《雷雨》的主要冲突与主题的解释大概有如下几种：

一、以周朴园与鲁妈为主要冲突线

这是最早出现，也是至今常被运用于演出的一种解释，即认为在《雷雨》所有的冲突中，鲁妈（侍萍）与周朴园的冲突是主线。这样的分析又分别出自两种不同的理由与诠释：

① 曹禺：《〈雷雨〉序》，《曹禺文集》第 1 卷，中国戏剧出版社 1988 年版，第 211 页。

第一种，命运悲剧：《雷雨》问世后不久，许多学者认为其长达三十年的悲剧故事，根源在于当年周朴园对鲁妈的始乱终弃。周、鲁两家的恩怨情仇似乎逃脱不了冥冥之中的“天命”。剧中，鲁妈的台词好几处都讲到“我的命好苦”，当周朴园见到她时责问：“谁指使你来的?”她的回答也是：“不公平的命指使我来的”。鲁妈的宿命观很强，像她这样一个经历了重重苦难的底层劳动妇女，信命也是非常自然的。鲁妈三十年前被赶出了周家，这辈子也没想到会再见周朴园，更没有想到四凤又去到周公馆。最可悲的是自己的女儿竟然跟自己亲生的儿子发生了乱伦关系，这一切对她来说除了命苦就无法解释了。从这个角度演绎的《雷雨》演出版本，在早期还是不少的。

第二种，社会悲剧：在20世纪30年代左翼戏剧，特别是50年代“社会主义现实主义”创作思潮的影响下，对《雷雨》主题的解释转向了以阶级压迫与阶级斗争为纲的社会悲剧，重点揭批了周朴园这个封建色彩非常浓厚的资本家，他不但年轻时为迎娶“有钱人家的小姐”而赶走替他生了两个儿子的鲁妈，而且如今对在他矿上当工人的小儿子鲁大海，也使用了卑劣的手段，买通工人把带头罢工的鲁大海给“卖”了。当然，剧中受迫害时间最长、最深重的代表人物是鲁妈。20世纪50年代演出时有人感到《雷雨》的故事仍不够突出阶级反抗，在1955年人民文学出版社的《曹禺选集》里作者受此影响也改了一稿(后来又改了回来)。那一稿突出了工人阶级的代表鲁大海，不但加了鲁大海的戏份，还让鲁妈坚定不移地站在儿子这边，跟资本家周朴园斗争。特别是第四幕，把本来躲之不及的鲁妈改成了一个勇敢的斗士，原来剧本描写四凤触电身亡、周萍开枪自杀后，鲁妈是“慢慢地跪下，瘫倒在地”，改成了雄赳赳地站在台中央，言正辞严地控诉周朴园的罪恶。这一改动把整个戏搞得已经不是《雷雨》了。

尽管直到今天，仍有一些学者坚持认为周朴园与鲁妈的冲突是构成《雷雨》的主线，但我个人觉得这个分析是有悖于原作的实际情况的。

首先，按照这种解释，剧中主要人物蘩漪应该放到什么位置上呢？曹禺曾明确说过，在《雷雨》的八个人物中，他最早想出来并感到真切的就是蘩漪。他在序里用大段文字向读者介绍他对蘩漪的认识，对于蘩漪这样勇敢的女人——有火一般的热情，在阴沟里面讨生活，却心比天高，就像压在石头底下顽强生长的一棵草，作者充满同情与赞许，花费了最大的心血来塑造的。这种解释却把蘩漪放在了一边，不是主要角色了，这显然不符合剧本的原意。

其次，《雷雨》所叙述的全部故事虽然要从三十年前周朴园抛弃鲁妈讲起，但这并不等于《雷雨》展现的主要冲突一定是这对矛盾。这正好说明叙事学概念中的“故事”(本事)与“情节”的区别。从《雷雨》四幕戏的情节(冲突)线来分析，所谓“在危机中开幕”的第一个冲突是在周萍的“去”(离开蘩漪)和蘩漪的“留”(挽救与周萍的爱情)之间展开的，而整个第一幕里鲁妈还未来到周公馆。剧中鲁妈与周朴园一共只见过两次面，第一次是第二幕中的不期而遇，周朴园的突然出现使她躲避不及，鲁妈的精神状态是赶紧带着女儿离开周家，不许四凤再见周家的人，不许鲁大海与周家再纠缠，根本没有找周朴园“算账”的意思。而周朴园也是想尽快用钱打发鲁妈走人，并没有进一步加害鲁妈的企图。可见，两人的关系在戏中并未形成意志或行动上的冲突。到了第四幕高潮一场戏，周、鲁的第二次见面也是出于偶然，双方都很被动。鲁妈追踪四凤来到周公馆，当得知四凤已怀上周萍的孩子后，万箭穿心的她无奈地答应他俩远走高飞，而此时赶到的蘩漪为了最后留住周萍，把周朴园从楼上叫了下来。周朴园见到鲁妈在场，误以为前事败露，变被动为主动地说了一句："侍萍，你到底还是回来了……我想你也会回来的。"鲁妈到这时候还想掩盖事情的真相："不，不，您弄错了。"但一切都晚了，一场大悲剧不可避免地爆发。至此，鲁妈与周朴园仍然没有正面地冲突起来。只要细读剧本而不是从概念出发，就不难看出，他们的两次见面既不是贯穿全剧的情节线，也不构成推动戏剧动作发展的主要冲突。

二、以蘩漪与周萍为主要冲突线

持这种观点的诠释也有两种情况。

第一种，伦理悲剧：在最早对《雷雨》的评论中，就有人把它归结为伦理悲剧。这可以说与《雷雨》创作的主旨背道而驰。从伦理角度来看，蘩漪跟周萍的爱情是破坏了传统的伦常关系，因为蘩漪不能克制自己的情感，最终导致悲剧的发生，过去许多旧戏剧旧小说就写了不少这样的故事。如果她能够安分守己，或者像周萍一样"知错图改"，慢慢地也没事了，鲁妈不会来了，最终大悲剧也不会发生。这种解读自然要谴责蘩漪，但是评论者明白作者是带着同情来写周蘩漪的，于是就对《雷雨》进行了批判。据说早年《雷雨》在天津演出时，就有一个老学究写了一封半文半白的信给剧场，警告他们不许再演出这样的戏，短短一封信里写了三遍"你们演这样的戏，简直是禽兽不如！"暴露出一副可笑又可憎的封建卫道士面孔。

有意思的是，从伦理悲剧的角度来理解，《雷雨》就接近拉辛的《费德尔》了。17 世纪法国古典主义强调人应该用理性来规范和控制自己的情感，这是古典主义非常崇尚的伦理原则。《费德尔》的作者要告诫读者观众，像年轻的王后费德尔那样放纵自己的情欲是不行的，她一味地追求自己的爱情，爱上了王子，遭到王子拒绝后，还听从奶奶的诡计，到老国王面前告恶状，导致王子被驱逐出境而死于非命。等到费德尔听到消息，终于觉悟了，忏悔自己丧失理智，不守伦理规范的罪过，自杀身亡。当时就有人从这个角度看《雷雨》，这当然是完全错误的解读，很清楚，《雷雨》绝对不是一般的伦理悲剧。

第二种，爱情悲剧：充分肯定蘩漪追求爱情的合理性，因为她跟周朴园没有爱情，当周萍两年前出现在她面前时，两人相爱了，他们的感情是以对周朴园的不满与反抗为基础的。但在这样一个封建家庭里，这种爱情肯定没有好结果，周萍终于在恐惧中背弃了蘩漪。所以，把他们的这一对矛盾纠葛作为主线来处理，一方面歌颂了蘩漪对自由与真挚爱情的追求，同时也批判了封建家庭对爱情和人性的压制和扼杀，这种解释在相当长的时期里是比较流行的。有研究者在新近出版的专著中，还是以此作为贯穿《雷雨》全剧的冲突主线。[1] 这个说法确实有符合剧本结构实际的一面，但是也有值得商榷的地方：第一，既然说反封建，却又把封建家长周朴园这个主要的对立面人物放到冲突主线之外，怎么解释呢？第二，如果强调这是一个爱情悲剧的话，观众的同情显然在蘩漪一边。那么周萍也是跟当年的周朴园抛弃侍萍一样，是一个始乱终弃、不忠于爱情的反面形象，这样势必把周萍本身也是受害者的一面弱化了。仔细阅读曹禺的《雷雨·序》，能够发现他为周萍作了很多辩护，他说如果演出的话，请演员千万不要把周萍演得很坏，他的意思是周萍有不少值得同情的地方，那么，直接把他处理成蘩漪的对立面就会对这一点有所弱化，这是一个缺陷。于是，又出现了第三种处理方法。

三、以蘩漪与周朴园为主要冲突线

这是20世纪60年代，华东师范大学中文系钱谷融教授首先提出来的，他所写的《〈雷雨〉人物谈》在当时影响很大，后来受到了批判。今天看来，钱先生的意见有一定的合理性，尽管在当时的语境下，他的社会批判意识还是很浓。他认为周蘩漪和周朴园这两个人物才是《雷雨》最主要的对立面，蘩漪之所以爱上周萍就是因为她跟周朴园的矛盾，根源在这里。

这种解读进一步强化了《雷雨》的社会悲剧性质和反封建意味。钱先生指出，《雷雨》的反封建跟以前的作品不同，以前多是写农民反抗地主，也可能写童养媳反对家庭的包办婚姻等，是两个阶级之间的冲突，但在《雷雨》中，蘩漪是个太太，她在鲁妈面前摆出来的架势完全是女主人的，她对四凤的态度，当然包含着嫉妒在内，那种颐指气使的劲头也很足。如果按阶级划分，蘩漪当然也属于统治阶级的一员。然而，《雷雨》的可贵之处恰恰是写出了即使在统治阶级内部，在这样一个封建专制家庭里，蘩漪虽然没有受到物质上的压迫和肉体上的虐待，但她受到的精神摧残是一点也不少的。她在周公馆十八年，人性完全被压抑与扭曲了，所以看上去是一个"阴鸷"的人，有点神经质，甚至难以理喻，这其实不是她本来的面目。钱先生讲得很对，但还是没法回避一个问题：如果蘩漪和周朴园构成主要冲突的话，前面说的贯穿全剧的蘩漪和周萍之间"去"和"留"的动作与反动作又怎么解释？因为戏剧冲突不是一个抽象的推理，它是直接呈现在观众眼前的。如果蘩漪与周朴园是主要冲突，而此剧的情节却是蘩漪与周萍的冲突推进的，显然说不过去。四幕戏中，蘩漪跟周萍的正面交锋多达七次，还不算第三幕在鲁贵家里的戏——他俩虽没有面对面冲突，但蘩漪在外面冒着大雨将窗户反锁，目的就是不让周萍跑掉，使周萍和四凤的事在鲁家暴露。而相比之下，蘩漪和周朴园的冲突场面就是四次，当然有两次达到了非常激烈的程度，如第一幕周朴园逼蘩漪喝药，第二幕蘩漪对着周朴园轻蔑地斥道："你忘了你自己是怎样一个人啦！"但总比不上蘩漪与周萍的冲突来得直接和频繁。所以把蘩漪和周朴园作为一条情节的主线还是存在问题，《雷雨》的复杂性就在这里。

---

① 参见朱栋霖：《曹禺：心灵的艺术》，北京大学出版社2010年版。

四、以蘩漪与周朴园、周萍父子为主要冲突线

这是关于《雷雨》主要冲突的第四种解释，我觉得在现实主义的解读方法中是最合理的一种。中央戏剧学院的晏学教授提出主要冲突的双方应是：以蘩漪为一方，以周朴园和周萍父子俩为另一方。这一解释弥合了前面两种处理的缺陷，避免了把蘩漪与周萍作为主要冲突，却把周朴园撇在主线之外的问题；而如果蘩漪和周朴园是主要对立面，又如何解释蘩漪跟周萍的冲突为什么那么强烈呢？将两种解释黏合在一起，尽管有点折中的意味，但是，把周朴园父子放在一起作为冲突的反方，是有一定的道理的，因为他们虽然也有矛盾，各自性格也不同，但在维护与归顺封建专制文化上无疑具有同一性。

有的评论说周朴园就是将来的周萍，周萍就是过去的周朴园，这不对，至少是不准确的。这父子俩是处于不同历史条件下的两个人，比如说，周萍身上的软弱，周朴园没有。周朴园作为这个封建家庭的第一代，他身上有强悍的一面，德国留学回来办实业的行为证明他有能力也不乏手腕。在家里他也是个谁见谁怕的人。第一幕周冲想跟他商量，把自己的学费挪一部分给四凤去上学，话还没说完就发生了蘩漪喝药一场戏，之后周朴园问他刚才想说什么事，周冲含着泪不想再说了。周朴园往沙发中间一坐：“十分钟后我还有一个客来，嗯，你们关于自己有什么事说么？”他好像在开办公会议，家人全部要听他的，这种架势周萍身上是没有的。但是尽管如此，在维护和归顺封建专制秩序和礼教文化上，他们父子俩有同一性。周朴园口口声声说，“我的家庭是我认为最圆满，最有秩序的家庭，我的儿子我也认为都还是健全的子弟”。所以，他要在这个家庭里始终保持一个居高临下的地位，维护着三纲五常的“秩序”。对于周朴园，曹禺说过一句很精辟的话：“他是一个坏到了自己认为很好的人。”周朴园的逻辑是：你必须服从我，因为我这是爱护你！他的专制是通过所谓的仁爱表现出来的，这是封建礼教文化的一大特色：把坏事当好事来做。所以他逼蘩漪喝药，并不是要故意整她，他是真的认为蘩漪精神有点毛病，他不能理解蘩漪，当然他后来一句话还是露出了马脚，说“你就是不考虑自己的身体，也要给孩子们做一个服从的榜样”，他实在不能忍受蘩漪当着孩子们的面来顶撞他的权威。

但是，周萍不一样，他两年前从乡下回来时，还带着外面一点新鲜的空气、一点进步的思想，所以刚到父亲身边的时候，对很多东西看不惯，而这一点恰恰跟蘩漪产生了共同语言，两个人也是真心相爱的。但不久他就害怕了，在自己的生命里闪亮一下的热情很快熄灭。他不像蘩漪，蘩漪是一团火，不顾一切燃烧的火，而他只是一根火柴，闪亮以后马上没光了。他冷静下来想想，觉得不能再跟她保持这样的关系，此事要是给父亲知道，家庭的体面、个人的前途全都完了，于是他决定放弃，重新归顺父亲所代表的那个“秩序”。当然，放弃并不那么容易，于是他又抓住了四凤。蘩漪起初以为周萍爱上四凤是喜新厌旧，我看过有的演出，就把周萍演成一个“花花公子”似的少爷，其实不然。周萍之所以抓住四凤出于两个原因，一是他萎缩的生命希望在青春活泼的四凤身上得到一点力量。周萍是个患了贫血症的人，想从四凤那儿输点血气，在蘩漪那儿他曾经体会过，但蘩漪的爱他受不了，更重要的是这种关系他不想继续。二是缠住四凤就更有可能摆脱蘩漪。所以不能把周萍想象成跟周朴园一样强势，他是这种封建家庭培养出来的第二代，恰恰是不健全的子弟，缺少生命力的一代。曹禺从《雷雨》开始一直关注这代人，后来不断地塑造出类似的人物如焦大星、曾文清、高觉新等，都是“阉鸡似的男人”，形成一个“多余的人”系列。尽管他们有文化，人品也不错，也有才华，但失去了生活的目标和动力，只是一个生命的空壳，周萍就是这样。从这个意义上来讲他也是一个受害者。说周朴园与周萍两人有同一性，是对周朴园讲的家庭“秩序”的态度而言，到底要冲破还是归顺？周萍的形象是归顺、服从，所以可把他们看作一个整体。第二幕周萍斥责蘩漪说：“如果你以为你不是父亲的妻子，我自己还承认我是我父亲的儿子！”蘩漪后来终于明白：“哦，你到底是你父亲的儿子！”她发现周萍完全变了，立场已经完全站到了他父亲这一边。面对这一对父子，蘩漪尝尽了爱与恨的滋味，她原先出于对周朴园的恨，才对周萍发生强烈的爱，但最终发现自己深爱的人却帮着自己厌恶的人一起，把她仅剩的一点爱情与希望褫夺得干干净净！她这样愤怒地警告周萍：“一个女子，你记着，不能受两代人的欺侮！”蘩漪绝望了，第四幕高潮时她当着这么多人的面，当着周萍、周冲的面，甚至鲁妈、四凤的面说的一大段台词，把自己与周萍的关系及缘由全部公之于众，可谓声嘶力竭，实际上也是她的一首“天鹅哀歌”。

五、以人与命运为主要冲突线

进入新世纪以后，又出现了对《雷雨》主题的现代主义解释。2007 年，上海戏剧学院推出了王延松导演的新版《雷雨》，这次演出的最大突破，就是摒弃了单一地从人物之间的冲突来进行诠释的传统模式。按导演的想法就是“回到《雷雨》原初的面貌”。他认为曹禺在《雷雨》中表述的许多内容，历来被忽视或者有意识地撇开了。其实曹禺原初并不完全是从平视的角度看这出悲剧的，而是从一种俯视的角度，把全部悲剧的根源归结为人与命运的冲突。

这表面看起来好像又回到古希腊悲剧的领域去了，但应该说也符合曹禺创作《雷雨》时的实际情况，当时才二十出头的他，真的能把笔下的人物、家庭、社会看得那么透吗？能够回答那么多的问题吗？他在《雷雨・序》里说：“我就像一个孩子那样睁大了眼睛，充满了一种恐惧……”，很多东西他还看不懂，甚至对于这些人物怎么会走到那样悲剧性的结果，他也不是完全理解，这是事实。使得《雷雨》具有了现代性。按照启蒙主义和现实主义文艺的角度，世间一切都是可以通过理性的分析找到规律的，启蒙理性正是这样解释历史，创作文学作品，建立它的真善美学说的。但是现代主义文艺对这一理性传统重新进行了反思，认为现实不像启蒙主义回答的那么清楚、那么简单，很多问题无法解释。这是一个现代性的困惑和焦虑，现代主义相信人不可能完全了解自己、掌握自己，这也是现代人的命运观。

为此，新版《雷雨》特地恢复了历来被演出者删去的序幕和尾声。这是悲剧发生十年之后，周公馆已改成教会医院，白发苍苍的周朴园除夕来看望住在这里的两个疯女人——鲁妈和蘩漪，在舒伯特的弥撒曲旋律中，徐徐进入这段有些久远的故事。曹禺曾经解释序幕与尾声的作用，是想拉开欣赏距离，让观众不至于被那些惨死的悲剧画面所惊吓，而是看完之后情感恢复到“古井似的平静”，他希望观众用一种类似宗教的彻悟，用一种静谧的怜悯心情看待这一切。不光蘩漪、鲁妈、四凤、周冲是值得同情的，周萍也是值得同情的，甚至周朴园也有值得同情之处。如果你站在更高的高度来看，那么这批芸芸众生都逃不出命运之网。王延松导演在演出中还使用了“唱诗班”的形式，使舞台上增添了些许神秘的诗意，吟唱的是曹禺中学时代写的一首小诗，其中有“不久长，不久长……不久我将冷硬硬地睡在衰草里”，“我要寻一室深邃暗涧做我的墓房，我的灵儿永在深林间为你歌唱”这样的诗句，基调悲观灰暗，很难相信出自十几岁少年的手笔，这使我们联想到曹禺的生活经历，他小时候那冷冰冰的家庭氛围，体现了作者深深的苦闷，同时也是对宇宙、人生执着的一种沉思。在舞台布景的设置上，该演出也不再用传统的写实风格，而是在上下两层空间中，突出由许多门窗及帷幕包围的老房子，创造出“功能与意味双重复合”、半实半虚的视觉形象。

关于《雷雨》的故事主线，王延松导演表述为“一个男人和先后两个女人情爱故事的循环再现”。具体地说，就是指周朴园与侍萍、蘩漪，以及周萍与蘩漪、四凤的情爱关系。这样，我们就看到以蘩漪为核心，构成了时间上错位的两组“一男两女”情爱关系的循环轮回（如图所示）。那么，是什么造成他们的情爱悲剧呢？王延松解释说：“沿着这样的《雷雨》的故事主线，透视其中人性的作为，我们会发现《雷雨》中角色特有的精神困扰和感情迷失，大多是通过情爱与伦理的内心冲突完成的。情爱与伦理是完全对立的两个混战的世界，这种混战过去有，现在有，将来也不会停止……人类原本一直难以逃离的情爱与伦理两个混战的世界，始终是人性为之永久重点的‘泥沼’。”（王延松：《寻绎现代主义〈雷雨〉的“新面目”》）

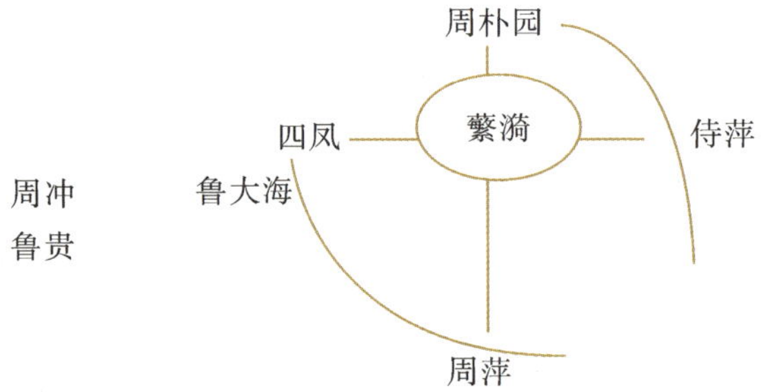

这里，值得注意的有两点：第一，导演把剧中人物之间的外部冲突，引向了每个人物的内心，人的内心始终存在着情爱的冲动和伦理的需求，而这两者又是水火不相容的，这就造成了悲剧的根源；第二，导演把情爱与伦理看成人类面临的一个悖论、一场“混战”，说不清谁对谁错，因为它们都有其存在的合理性。比如说，剧中的两个男人周朴园、周萍与三个女人侍萍、蘩漪、四凤，在人性深处都经历了情爱与伦理的激烈冲突，都一度打破伦理的束缚而迸发出情爱的火花，周朴园的爱上丫头、周萍的爱上后母，以及蘩漪的追求继子、侍萍和四凤的僭越身份的恋情，无不如此。所不同的是，两个男人最终都自觉地用伦理需求扑灭了情爱之火，而三个女人则都在被动地抑制（侍萍、四凤）或无法抑制（蘩漪）的情爱燃烧中成为牺牲品，当然从更高的层面上看，他们全都是这场“混战”的牺牲品。于是，这种新的解读使得新版《雷雨》的主题超越了以往的各种诠释，既不是纯粹以鲁妈、四凤等人的遭遇演绎的“命运悲剧”，也不是崇尚伦理精神的“伦理悲剧”或张扬自由爱情的“爱情悲剧”，更不是简单的反封建、暴露大家庭罪恶的“社会问题剧”。

围绕着两组“一男两女”的情爱故事循环再现的主线来解读，鲁大海、鲁贵和周冲就成了不太重要的人物，导演将原先八万多字的剧本压缩成三万多字，鲁贵等人的戏砍掉很多，确实给人一个全新的面貌。这种现代主义的解读我觉得还是符合《雷雨》的基本精神的，青年时代的曹禺对现实人生悲剧的疑惑，对“天地间的残忍”的恐惧，确实具有现代性，甚至对人为什么活着，人应该怎样才算真正地活着等一些哲学命题，都有一种现代式的反思和焦虑。这次现代主义阐释版《雷雨》的演出我还是很欣赏的，达到了一个新的高度。这也说明经典杰作的魅力，正在于它艺术形象的多义性，其丰富内涵是可以不断地被挖掘的，虽然是80年前的作品，就像莎士比亚的戏剧一样，可以有不同的解释，可以长演长青。

选自耿发起、田本相、宋宝珍编，《〈雷雨〉八十年》，天津古籍出版社，2015年1月版

存在主义的“诗”之“思”

——论作为象征剧的《雷雨》

杨经建

众所周知，曹禺的《雷雨》(本文所论及的《雷雨》是 1934 年版本)无论是在剧作命题、舞台设置还是故事情节、人物形象上都具有象征意味。因此，不少人称其为象征剧。曹禺早期曾接触过叔本华、尼采等早期存在主义思想，他“同情叔本华对生活沉沉的忧郁”，也热爱“尼采丰盛的生命力与超人的思想”，①受过他们非理性主义哲学(美学)的影响，这些对《雷雨》的象征主义原色有着决定性意义。尽管学界对《雷雨》有过存在主义层面的审视，但都缺乏一种存在本体论美学意义上的考量和阐释。事实上，“象征主义文学本身意在通过一种新的表现方式以引起对存在的新的解释”。② 也因此，“它以鲜明的内指向性引导观众超越情节的现实指称进入存在之思，使曹禺戏剧丰富深邃的内蕴得以有效传达”。③

一、对生命存在的寓言式思考

无疑，曹禺为《雷雨》写的“序”堪称解读《雷雨》最为权威的文本，其中一些话语被反复引用和注解。如“《雷雨》对我是个诱惑。与《雷雨》俱来的情绪蕴成我对宇宙间许多神秘的事物一种不可言喻的憧憬。”“《雷雨》的降生是一种心情在作祟，一种情感的发酵，说它为宇宙一种隐秘的理解乃是狂妄的夸张，但以它代表个人一时性情的趋止，对那些‘不可理解的’莫名的爱好，在我个人短短的生命是显明地划成一道阶段。”④这意味着，曹禺是从“情”的角度对“生命之惑”的存在状态进行了把握。

鲁迅当年翻译厨川白村的《苦闷的象征》，强调“文艺是人间苦的象征”，其目的直接将象征引向对于自身生命与存在的体验，所关注的焦点是人在现世中的生存境况。毋庸置疑，曹禺试图通过《雷雨》写作过程，对长期以来纠缠、困扰他的宇宙之谜、生命之惑尝试作一次完整解答。曹禺在《雷雨》的“序”中强调的“原始的情绪”“蛮性的遗留”以及“复杂而又原始的情绪”由此亦可得到诠释。而《雷雨》中生命苦闷的象征是从叙事伦理的视角来展开的。确切地说，曹禺是从“情欲”角度对生命存在状态及生存意志冲动予以把握；于是

① 转引自钱谷融：《曹禺和他的剧作》，《上海师范大学学报(哲学社会科学版)》1979 年第 3 期。

② J. M. 布洛克曼：《结构主义》，李幼蒸译，北京：商务印书馆，1981 年，第 39 页。

③ 何宇宏：《曹禺戏剧话语的叙事策略：话题的符码化》，《中国文学研究》2008 年第 3 期。

④ 曹禺：《曹禺论创作》，上海：上海文艺出版社，1985 年，第 10 页。

在《雷雨》中生命被叙述为非理性的存在，个体在寻求欲望的满足中确认自身的价值，这在某种程度上关涉到存在主义的“欲望哲学”。

存在主义先行者叔本华的生存意志论堪称现代西方哲学中最为典型的欲望叙事。在他看来，世界上的万事万物都是作为表象而存在的。而作为其基础的不是康德所说的“自在之物”，更不是黑格尔所说的“理性”或“绝对精神”，而是一种非理性的、盲目的、永动不息的、永不疲惫的欲望冲动。这种欲望冲动是一种求生存的欲望冲动，叔本华将之称为生存意志。因为叔本华发现，康德把人叙述为理性的人是不对的。他认为人不仅有理性，而且有欲望与情感，即意志。而且，人最本质的东西是意志或意欲(Will)。因此，每个人的生命都是意志或意欲(Will)的一个表象。意志总是冲动的，所以它在每个人身上的表现形式就是“欲望”。叔本华的逻辑是：人具有欲望，这是生命的本性；有欲望，就证明想去得到一些现在还没有的东西。所以，欲望说明缺乏，缺乏则意味着痛苦。这种痛苦是生命存在应该承受的。如果欲望得不到满足，你会痛苦；如果欲望得到了满足，你又会无聊，还是痛苦；在欲望得到满足后又会有新的欲望产生，而新的欲望意味着新的痛苦。生命意志是无限的，而个体生命是有限的，生命意志在个体生命身上不可能得到满足……这一发现对叔本华来说是给自己找了一个难题：发现人的本质是欲望之后怎么办？叔本华令人意想不到地走向了“禁欲”。这似乎是一个悖论——从传统文化的迷雾中敞亮欲望是对生命意志的肯定，而禁欲却是对生命意志的否定。质言之，叔本华的欲望叙事不仅是对启蒙理性的有力颠覆，而且是对西方的整个理性主义传统的无情打击。因为尽管他走向了禁欲，但他毕竟是从与传统理性主义不同的另外一个路向上，即从生命存在论角度去叙述人、人的欲望。①

从叔本华出发又超出叔本华，尼采的酒神精神是有史以来的最为确切的欲望叙事。尼采曾在《悲剧的诞生》倡导古希腊神话中的酒神狄奥尼索斯。尼采赋予了酒神以独特的精神内涵，直接把酒神看做生命本能的表现者。“尼采说，酒神状态是‘整个情绪系统激动亢奋’，是‘情绪的总激发和总释放’。……在‘醉境’中，万物浑然一体，个体的东西融化到了万物之中，我不是单纯的个体，而是与万物为一，逃脱了无常的纷扰，忘记了死亡和时间给个体造成的焦虑，感到有一种永远创造、永远富有春意的狂意和慰藉”。② 尼采的酒神精神由此成为对存在本体论的阐述：酒神精神实际上是对人类生命形式的极限性或极端性肯定。惟其如此，酒神精神使人醉在“神秘的自弃”状态中，忘记人生的惨痛；通过毁灭个体的强大力量让人认识到自身的渺小和虚无；在否定自身的同时获得对于世界的更大的肯定中抵达痛苦和喜悦的极限，从而领略到一种解除个体化束缚、复归本真的神秘体验，获得与世界本体融合的极大快乐。在某种程度上这或许就是曹禺说的对“宇宙”中神秘力

① 杨经建：《新感觉派的“欲望叙事”与存在主义的“艺术生理学”》，《人文杂志》2012 年第 5 期。

② 秦忠翼：《酒神精神：艺术和人生的理想境界》，《中国文学研究》2009 年第 3 期。

量的"不可言说的憧憬"。

如前所述，在《雷雨》中存在着一个以情欲为叙事逻辑的象征系统。在曹禺的笔下，情欲不是抽象物而是生命存在的本体即人的实在形态；而当"情"与"欲"纠缠不清并陷入错位、变异的人际关系时，各种形态的情欲最后都殊途同归：全都归于毁灭。周朴园之所以最终也陷入悲剧性的根本原因，就在于他先是在情欲的驱使下违逆了家族的伦理秩序法则（年轻时与侍萍），另一方面又始终具有很强的伦理秩序意识——罪恶感，并且极力维护现存的伦理秩序。周朴园既是制造悲剧的人，他本身也没能逃脱悲剧的命运。

而最能说明问题的就是那个最具有"雷雨性"的人物蘩漪。所谓"雷雨性"体现在蘩漪的绝然而然的态度，这是一种"酒神"般或"极端"化的生命冲动，用《雷雨》中一句形象的话来描述即"困兽的斗"。因为她以情欲这种基本生存欲望的满足——一种非理性的生存方式抓住了过去已几乎令她绝望的生活，"她什么都看不见，她就看到了热情，热情到了无可寄托的时际，便做成自己的顽石，一跤绊了过去。"甚至不惜选择了一种疯狂的方式——乱伦。为此，她厌弃了作为母亲和妻子的角色和身份，只把自己还原为一个女人，正如她所呐喊的——"我是人，是一个要真正活着的女人。"她"冲破了传统的伦理道德和乱伦禁忌，一任情欲泛滥，在得到性爱之后很快又失去了，为了保住可怜的爱情，她彻底丧失了理智，最终毁灭了整个家庭也毁灭了自己。"①

福柯曾对类似于蘩漪的这种"绝望情欲的疯癫"有过如此阐述："因爱得过度而失望的爱情，尤其是被死亡愚弄的爱情，别无出路，只有诉诸疯癫。只要有一个对象，疯狂的爱情就是爱而不是疯癫；而一旦徒有此爱，疯狂的爱情便在谵妄的空隙中追逐自身……但是这种惩罚也是一种慰藉；它用想像的存在覆盖住无可弥补的缺憾；它用反常的欣喜或无意义的勇敢追求弥补了已经消失的形态。"②的确，极端的爱与极端的恨使蘩漪在毁灭他人的同时也毁灭了自身。所以她的疯癫——对情欲恣肆汪洋的沉溺与豪放，处于一种生命的沉酣状态，具有了狂放的酒神精神：在尼采看来，酒神是生命欲望的象征，它体现了性欲的放纵和生命的沉醉。在性欲的濒死体验中个体于毁灭中融入了原始的生命之流，获得了与世界本体融合的最高欢乐。

曹禺曾指出，"'极端'和'矛盾'是《雷雨》蒸热的氛围里两种自然的基调，剧情的调整多半以它们为转移。"③如果说蘩漪是"极端"的代表，那么周萍则是"情感和矛盾的奴隶"。实际上，在《雷雨》的欲望叙事中，周萍始终处于叙事的驱动点——构成了剧作中的五重三角性爱关系（周冲/四凤/周萍；四凤/周萍/蘩漪；周萍/蘩漪/周朴园；蘩漪/周朴园/侍萍；周朴园/侍萍/鲁贵）的纽结。问题更在于，周萍绝不仅仅是以矛盾、怯懦、无行动感而作为与蘩漪相对照的角色出现的，而是一旦他听命于内心情感便将道德观念约束抛诸脑后，

① 方忠：《乱伦禁忌·性压抑·情的迷失》，《中国文学研究》2007年第4期。

② 米歇尔·福柯：《疯癫与文明》，刘北成译，北京：三联书店，2003年，第26页。

③ 曹禺：《曹禺论创作》，上海：上海文艺出版社，1985年，第7页。

"一种可以炼钢熔铁，火炽的，不成形的原始人生活中所有的那种蛮力"——情欲这种生命本能的冲动在他身上便奇迹般地复活了。所以蘩漪才说："只有我明白你，只有我知道你的弱点，你也知道我的。"事实上，在《雷雨》曹禺只在两个人身上用了"渴"的字眼：周萍面对四凤，感到"这次的爱不只是为求自己心灵的药，他还有一个地方是渴"。蘩漪则痛诉："我已经预备好棺材，安安静静地等死。一个人偏把我救活了，又不理我，撇得我枯死，慢慢地渴死。"关键在于，在《雷雨》那郁闷酷热的环境中，"渴"最贴切地表达了生命本体最原始的欲望。对于在情欲中奔突着的蘩漪和周萍来说，正是一种难以遏制的生命本能的渴望促使他们作出最惨烈的挣扎。亦如曹禺所言，"人们会时常身不由己地更归回原始野蛮的路。流着血，不是爱就是恨，不是恨就是爱，一切都走向极端，要如雷电轰轰烈烈地烧一场，中间不容有一条折衷的路。"①

应该说，周萍的悲剧性几乎是与生俱来的并集中体现了作者痛感的"宇宙是一口残酷的井，人类在无望的挣扎"②的命题，他在临死前说的"爸，您不该生我"，便包涵了他对于生命存在的全部感受和认识。

剧作中唯有侍萍于冥冥中意识到情欲这种原始生命力的不可抗拒性，也预感到这种非理性生命冲动所导致的"残忍"和"冷酷"，所以她说："人犯了一次罪过，第二次也就自然地跟着来。"当她觉察到四凤与周萍正如三十年前的她与周朴园的翻版后，面对残酷的"天道"她还是一字一血地作出了抉择："你们一块儿走吧。"她愿意自己来承担这个"罪孽"——所谓我不下地狱谁下地狱，祈求儿女们通过这个"孽障"走向新生，一种毁灭中的重生。

实际上，尼采在有关酒神精神的言说中一再强调，酒神精神达到了肯定的极限，它肯定万物的生成和毁灭，肯定矛盾和斗争，甚至肯定受苦和罪恶，肯定生命中一切可疑可怕的事物。因为，要创造就必须破坏，破坏意味着个体的灾难和毁灭，但这正是创造的必要前提，是宇宙生命整体新陈代谢的必然法则，是健全和丰盈所产生的痛苦。柏格森沿着尼采的思想又向前走了一步，提出了"生命冲动"说，其"生命冲动"既被当作一种主观的非理性的心理体验，又被视为一种创造世界万物的宇宙意志；"生命冲动"不仅具有创造力也有破坏性，由此也就成了一种派生万物的普遍存在的神秘力量；它永远在变化运动和创造中，没有终止的时刻，生命的意义和价值就在于这种无休无止的创造过程中。进而，柏格森通过对艺术创造过程的剖析并指出，作为一个艺术家只需注意"生命冲动"的流变所引起的主观感受，并着意用自己的作品去表现这些感受，其他一切都可以置之不顾。只有这种绝对超然的审美态度才能带来真正的艺术——也即尼采所谓的"形而上的慰藉"。③ 在此，柏氏的生命冲动说与尼采的酒神精神具有意义的通约性。

① 曹禺：《曹禺论创作》，上海：上海文艺出版社，1985 年，第 10 页。

② 曹禺：《曹禺论创作》，上海：上海文艺出版社，1985 年，第 10 页。

③ 周国平：《悲剧的诞生：尼采美学文选》，北京：三联书店，1987 年，第 28 页。

所有这些意味着，曹禺一方面把人类“复杂而又原始的情绪”——情欲作为一种合理性的生命存在形式来对抗现实世界的理性秩序法则，以此发现被压抑的人性本能和不可知的命运玄机，从中体悟生命存在的困境和人的存在的本真状态；另一方面又对作为合理性生命存在形式的情欲的存在价值和可能性有所保留，这使得他与尼采等存在主义者的“本能冲动造反逻各斯”[①]的生存意志说有着明显的差异。这种差异缘于曹禺受道家主张返璞归真、生命自由、精神超越的哲学思想的影响，源于他对人的现实存在的超越性反思，以及对人的生命存在几近寓言式的哲学思考。诚如斯言：“曹禺是中国现代作家群中仅有的几个有意识地进入对人类本性的深刻思考的作家之一。”[②]

二、人生与梦幻的深层维系

《雷雨》初版的序幕与尾声是作者十分喜爱的，但是舞台上演出的《雷雨》却几乎都是截头斩尾的。对此曹禺说：“我不愿这样戛然而止，我要流荡在人们中间还有诗样的情怀。”他又说：“我写的是一首诗，一首叙事诗，……我可以随便应用我的幻想，因为同诗又是剧的形式，所以在许多幻想不能叫实际的观众接受的时候，我的方法乃不能不把这件事，推到非常辽远时候，叫观众如听神话似的，来看我这个剧，所以我不得已用了‘序幕’和‘尾声’。”[③]这使得曹禺对序幕与尾声的坚持类似于“痴人说梦”。

有鉴于此，笔者以为，完全可以在诗学层面将《雷雨》视为一种梦幻的象征。要言之，曹禺式“痴人说梦”——超现实梦幻本身就是象征主义的表现形态。“‘梦’的范畴并不仅仅为象征主义者所独钟，但它在象征主义诗学中却具有特殊的地位。首先，从超验本体论出发，象征主义者追求对‘不可知’(Inconnaissable)的事物的领悟与把握，试图以‘通灵’的想象力沟通与神秘世界之间的感应，他们笔下的文本因而带有幻象性特征，而‘梦’由于它固有的幻象属性与不可知的超验领域建立了根本的联系。”[④]在此，“梦幻的象征”所指的是《雷雨》把握世界的艺术方法以及自身审美结构的生成特征，它“既不是通常意义上的情节结构，也不是结构主义者所说的无意识结构，而是指作品所表征的世界结构。戏剧作为行动的艺术，直接呈现着人的活动和人的世界，而由于人的活动所造就出的世界是有其深层结构的，所以，成功的戏剧必然是呈现和营造某种深层结构的能指系统。伟大的剧作家由于其心理结构的丰富和强大，必然在同化现实世界的深层结构的基础上，建造一个具有自己深层结构的艺术世界。曹禺之所以成为伟大的戏剧家，正是因为他在自己的作品中创造出了具有独特深层结构的世界”。[⑤] 这意味着，人生与梦幻的深层维系构成了《雷雨》中

① 刘小枫：《现代性理论绪论——现代性与当代中国》，上海：上海三联书店，1998 年，第 23 页。
② 李扬：《论作为一种文人生存模式的“曹禺现象”》，《文艺理论研究》1995 年第 6 期。
③ 曹禺：《曹禺论创作》，上海：上海文艺出版社，1985 年，第 16 页。
④ 吴晓东：《象征主义与中国现代文学》，合肥：安徽教育出版社，2000 年，第 288—289 页。
⑤ 王晓华：《曹禺戏剧的深层结构》，《艺术百家》1997 年第 1 期。

生命存在感与艺术创作观的内在统一性。

这点《雷雨》颇似《红楼梦》。《红楼梦》的前五回以虚实相交的笔法，勾画了一真一幻的两个世界，建立了作品的整体构架，规范了全书的基调。致使小说文本在叙事时态上始于洪荒终于未知的幻境，超越了某一特定时代而指向千古；叙事场景从梦境到人间的反复导致了无场景，赋予人间事物以非人间的因果阐释，流露着强烈的宗教哲学意识。质言之，在《红楼梦》中梦幻与真实之间构筑起一种叙事张力，或旁观者的清醒与当事者的执迷构成一种艺术张力，它所指是一个空——色——情——空的循环，也是一个由“迷”到“悟”的过程，也即，梦幻的框架为这个叙说之过程提供了无穷的象征意味，它使前世、今世与来世相浑融，在阅读效果上产生“人生如梦”的幻灭感；所谓“你本来自尘土，仍要归于尘土”，这或许是人类的终极归宿。

就《雷雨》的序幕和尾声而言，序幕与尾声使得戏剧情节趋于完整：“过去”的事件和“现在”的结果前后贯通。具体说，序幕的时间定于一个“冬天”的下午，一位面色苍白、神情沉静而忧郁的老人，来到十年前是自己的家（周公馆）而现今却是教堂的医院，来看望自己的妻子；与此同时，陪妈妈来医院看病的姐弟二人，在等待妈妈的时候听了一个故事。显然，“冬天”是与剧情发展的四幕剧“夏天”相对应的季节；“夏天”的高温烧灼着身心，人在欲望无法控制时“原始的蛮力”便容易爆发；“冬天”给人的感觉是万物冷峻而静穆，人们清醒而理智；尤其是，当“冬天”与天主教堂的沉静、肃穆的气氛相映衬时，就“把一种错综复杂的罪恶推到时间上非常辽远的处所”，使得“里面那些隐秘不可知的东西对于现在一般聪明的观众情感上也仿佛不易明了”。① 这使观众的心态变得沉稳而安定。不仅如此，舞台的文字说明是“开幕时，外面远处有钟声。教堂内合唱颂主歌同大风琴声”。幕落之际文字则是“姑乙在左边的长沙发上坐下来，拿了一本《圣经》读着”。在此，序幕和尾声从时间的距离上将空间变形——将“过去完成时”的惨烈场面在“欣赏的距离”中消解，让观众“带着一种哀静的心情低着头，沉思地，念着这些在情热，在梦想，在计算里煎熬着的人们”，②用清醒的理性光辉刺穿愁雾惨淡的悲欢离合、生生死死，体味舞台之外的意蕴，思索“宇宙间许多神秘的事物”。即或，在促使观众陷入沉思和反省、心灵得到净化的同时，也为全剧奠定了一种诗的氛围和情调。曹禺以一种诗意的感受为创作的触媒，成功地营造了梦幻般的象征氛围。“《雷雨》的‘序幕’和‘尾声’也显得那样空灵和寂寞，几乎没有正面的冲突，观众的心灵不但没有‘雷雨’中的浮躁之感，反而得到了某种程度的净化，突显了《雷雨》含蓄、沉静、诗意的戏剧风格。”③

加之，序幕与尾声中重复地出现了一段管风琴伴奏的多声部合唱：巴赫《B 小调弥撒曲》。曹禺说“那点音乐是有用意的”，因为它“会把观众带到远一点的过去境内，而且又可

① 曹禺：《曹禺论创作》，上海：上海文艺出版社，1985 年，第 16 页。
② 曹禺：《曹禺论创作》，上海：上海文艺出版社，1985 年，第 16 页。
③ 陈军：《〈雷雨〉“序幕”与“尾声”的作用》，《文艺争鸣》2009 年第 3 期。

以在尾声中回到一个更古老、更幽静的境界内”[①]，“仿佛有希腊悲剧（合唱队，歌队）一部分的功能，导引观众的情绪入于更宽阔的沉思的海。”[②]正如尼采在《悲剧的诞生》中所云：“舞台和情节一开始不过被当作幻象，只有歌队是惟一的‘现实’，它从自身创造出幻象，用舞蹈、声音、言词的全部象征手法来谈论幻象。”[③]从而使观众也置身于类似“歌队”的地位并获得“上帝”般超越的俯视目光，并与那个作为灵魂忏悔者和生命彻悟者的周朴园一起以悟透的眼睛透视到这些东西的虚幻：茫茫宇宙，主宰人类命运的神秘事物究竟是什么？这个谜很可能永远没有可解的谜底，它只是作者对人类命运的辽远的思索。“曹禺正是凭借自己细腻敏感的生存认知触及了人类隐蔽于内心深处的‘存在’意识，他试图体察人类‘存在’所包纳的一切世态炎凉，并将自我的存在体验最终上升为对于整个宇宙人生的终极关怀。”[④]

曹禺还在《雷雨》的“序”中明言：“周冲是这烦躁多事的夏天里一个春梦”，他“有着一切孩子似的空想”，“已经幻想过许多许多不可能的事实”，“在美的梦里活着的”。《雷雨》中有一段周冲描述梦想的独白：“有时我就忘了现在，（梦幻地）忘了家，忘了你，忘了母亲，并且忘了我自己。我想，我像是在一个冬天的早晨，非常明亮的天空，……在无边的海上……哦，有一条轻得像海燕似的小帆船，在海风吹得紧，海上的空气闻得出有点腥，有点咸的时候，白色的帆张得满满地，像一只鹰的翅膀斜贴在海面上飞，飞，向着天边飞。那时天边上只淡淡地浮着两三片白云，我们坐在船头，望着前面，前面就是我们的世界。”这是周冲对四凤说的话，其中虽然流露出某种“五四”青年的意识观念，但其核心却是曹禺颇为服膺的尤金·奥尼尔的剧作中“天边外”命题的显露：“天边之内”的世界隐喻现实世界平庸生活状态，“天边外”则是一个包含无比广阔想象的空间——精神能向无限高远自由飞翔的空间。只是连续不断的失望绊住周冲的脚，他痛苦地感觉到现实的丑恶，一种幻灭的悲哀袭击他的心，乃至在情爱里他依然认不清真实：抓住他心的并不是四凤或者任何美丽的女人；他所“爱”的充其量只是一个抽象的观念，还是个渺茫的梦。所以当四凤不得已地说破了她同周萍的事并准备双双出走时，他才意识到梦幻的破灭：“我忽然发现……我觉得……我好像并不是真爱四凤；（渺渺茫茫地）以前，……我，我，我——大概是胡闹。”当理想破灭的时候，生命也自然化成空影。

概言之，周冲不能接受周朴园为他预设的生存方式和人生本质，周朴园则不能容忍周冲的自我选择。周冲选择的生存方式无法实现，最终自己不能成为自己，于是就产生一番悲喜歌哭。在此意义上，个体生命成为独立的自己是否可能？归根结蒂则是自由是否可

① 转引自田本相：《曹禺年谱》，天津：南开大学出版社，1985年，第217页。

② 曹禺：《雷雨》，北京：人民文学出版社，1994年，第187页。

③ 周国平：《悲剧的诞生：尼采美学文选》，北京：三联书店，1987年，第33页。

④ 陈坚：《存在的“人”与“人”的“存在”——曹禺悲剧关于存在命题的探询》，《浙江大学学报（人文社会科学版）》2004年第6期。

能？周冲以其“春梦”作了回答。所谓“此系身前身后事”，正在进行的感同身受其实都是破灭后的回忆、梦幻般的追思。以存在主义视域观之，梦幻的象征就是以有限的存在方式（语言）指向无限的存在意义（神秘），从而实现对现存的超越。在海德格尔那里，人不仅要学会“思”更重要的是学会“栖居”；人进入诗意的栖居的途径是诗化；人的本质就在于他能趋向神性，用神性来度量自身且跨越大地和苍天之间的维向进入自己的本质，敞亮了栖居的面貌，此一敞亮就是诗意。或者说，周冲的“春梦”不啻为海德格尔的诗意栖居的梦幻形态。

总之，《雷雨》作为一出象征化剧作，其梦幻式象征结构是一个任何概念都涵盖不了的大制作。它是大现实，给每一个人物的出路都安排得那么山穷水尽，以致无法改变。然而，它又是大超越，其大悲切、大梦境全都超越世间。

三、存在的梦魇与生存的悲剧的审美展示

无须赘言，“曹禺前期悲剧作品中关于人类与宇宙的悲剧意识正是来源于对人的‘存在’的深刻领悟。”[①]而在《雷雨》这样的“存在”之“诗”中，人类往往无法剥离生存的悲剧性处境以及存在性焦虑，即使他们用自为性选择去确证自我存在，但是生命存在的本质却获得了充盈和敞亮。

尽管《雷雨》反复地慨叹“命”“命运”的残酷，以致不少人将其视为一种现代型的“命运悲剧”，但笔者认同于“《雷雨》所要传达的是一种悲悯的生存论悲剧观”。[②] 而在存在主义哲学家那里，叔本华宣称“悲剧的本质也就是展现人的存在的一种方式”。[③] 在追求悲剧的“形而上的慰藉”的尼采看来，“或者将这种悲剧精神更清晰地概括为：人的理性和自然感性生命永远处于对立冲突之中，并且没有任何归结点，由此而构成一种命运，人虽然解不开命运之谜，却又勇敢地接受命运的挑战。”[④]存在主义后期思想家雅斯贝尔斯则揭示了在悲剧性毁灭中呈现出人类的伟大：一方面，“悲剧显露在人类追求真理的绝对意志里。它代表人类存在的终极不和谐”；另一方面，“悲剧能够惊人地透视所有实际存在和发生的人情事物；在他沉默的顶点，悲剧暗示了人类的最高可能性。”[⑤]完全可以说，“从绝对理念精神到个体存在不可遏止的生命冲动，从理性世界在冲突和毁灭中的逻辑性运行到非理性世界即身体本能、情感欲望的无限释放和体验，这就是存在主义的悲剧意识与西方传统悲剧意识的‘现代性’差异。”[⑥]

① 华枫：《存在的困境与超越的途径》，《四川戏剧》2008 年第 2 期。
② 章池：《从〈雷雨〉看中国现代悲剧观念的生成》，《安徽师范大学学报（人文社科版）》2004 年第 3 期。
③ 蒋孔阳：《西方美学通史》第 6 卷，上海：上海文艺出版社，1999 年，第 459 页。
④ 周春生：《悲剧精神与欧洲思想文化史论》，上海：上海人民出版社，1999 年，第 2 页。
⑤ 雅斯贝尔斯：《悲剧的超越》，亦春译，北京：工人出版社，1986 年，第 30 页。
⑥ 杨经建：《存在与虚无——20 世纪中国存在主义文学论辩》，北京：人民出版社，2011 年，第 324 页。

不难发现，在《雷雨》中曹禺以沉沦在欲望中的人类的"挣扎"与理性秩序之间不可解决的冲突，暗寓了人类存在的永恒悲剧性，表达了他悲天悯人的宇宙情怀。这种由存在的困境引发的人类的悲剧处境，在雅斯贝尔斯看来是在"人类生命中是基本的，不可避免的"。① 所以，《雷雨》反复地慨叹"命""命运"的残酷只是一个通俗的表达，上升到文化哲学的高度即生存的悲剧性。

换言之，剧中人物所谓的"命"其实是一种海德格尔的"此在"的"被抛出状态"。海德格尔在《存在与时间》中试图通过对人类"此在"的生存方式的分析来探询"存在的意义"；海德格尔将"此在"的本真状态消逝于日常生活之中称为"沉沦是此在本身的生存论规定"。② "此在"沉沦于世的状态无异于"被抛出状态"，而"被抛"的本质特性就是它始终笼罩在无法穿透的遮蔽之中：我们无法解释我们如何在"此"和为什么在"此"，我们只能把在"此"这回事单纯地承担起来。问题的关键更在于，人在这种入世状态中总是有意无意地要按照一种外在的标准和并非本己的意志行事，这种标准和意志相当于通常的"自古皆然""人皆如此""一般认为""固不待言""习以为常""已成定论"之类的观念，是"此在"的一种非本真的存在。因为入世的过程就是使自我消融于他人，变为"常人"的过程。常人不是这个人、那个人，也不是人本身，而是一种非人，一种无所用心、无所操持的生存状态。③也如曹禺在《雷雨》的"序"中说的："我念起人类是怎样可怜的动物，带着踌躇满志的心情，仿佛自己来主宰自己的命运，而时常不能自己来主宰着。受着自己——情感的或者理解的——捉弄，一种不可知的力量的，——机遇的，或者环境的——捉弄。生活在狭的笼里而洋洋地骄傲着，以为是徜徉在自由的天地里。称为万物之灵的人物，不是做着最愚蠢的事么？我用一种悲悯的心情，来写剧中人物的争执。我诚恳地祈望着看戏的人们，也以一种悲悯的眼来俯视这群地上的人们。"这就是《雷雨》从存在主义视角对于人的生存性悲剧的审美表达。

在《雷雨》中"周公馆"的象征意义是不言而喻的。作为一种现实中的生存处境，"周公馆"在其本质上更是生命时空性存在的象征，犹如奥尼尔的《毛猿》中具有整体象征意味的戏剧场景——"铁笼"。"周公馆"的象征意蕴用周萍的话说则是"这个能引起人的无边噩梦似的老房子"，被锁闭于其中的人被一种高压状态笼罩着挣不开，以至于每一个人出场时都嚷着"闷"或"郁热"。"'郁热'无疑构成了《雷雨》的整体氛围。可以说在周公馆（包括鲁家住宅）内展示的是一个人的世界，在周公馆（包括鲁家住宅）的外面则是不可测知的大自然——风、雨、雷、电。外界大自然的变化与室内人物的情境紧密牵连着，呼应着，外界气象的变幻万千正是人物神秘莫测的无常命运的象征，也暗示着人物可能的不幸结局"。④

① 雅斯贝尔斯：《悲剧的超越》，亦春译，北京：工人出版社，1988 年，第 15 页。
② 马丁·海德格尔：《存在与时间》，陈嘉映译，北京：三联书店，1987 年，第 155 页。
③ 张世英：《天人之际：中西哲学的困惑与选择》，北京：人民出版社，2007 年，第 350 页。
④ 陈军：《再谈〈雷雨〉的主题》，《中华艺术论丛》2007 年第 7 期。

唯其如此，曹禺在《雷雨》的“序”中反复提到“井”“笼”“坑”“泥沼”等具有“围困”意味以及“门”“窗”等具有“逃离”意味的两类空间意象。如果说“围困”类意象是为了昭示了现代人生存环境的困窘和生存的痛苦，那么，“逃离”类意象则喻指现代人从困境中逃脱的艰难和突围的无望。亦即，“围”与“逃”的意象折射了曹禺独特的生存论观念，体现的是曹禺式的残酷命题“宇宙像一口残酷的井，落在里面，怎样呼号也难逃这黑暗的坑。”[①]简言之，《雷雨》向世人展示了作为“此在”的人的存在的梦魇与生存的悲剧。

事实上，无论是奥尼尔笔下的“铁笼”还是曹禺构建的“周公馆”，都类似于雅斯贝尔斯所谓的“边缘处境”或“极限情境”。雅氏断定“极限情境”乃是人的“此在”的基本情况，它包围着“此在”使之困居于其中的铜墙铁壁；它更是使人毁灭的原因，它将矛盾、不安、犹疑、恐惧、作呕、无聊注入到人生中来，这样生存着的人“是永不停息、永无止境地向前追求的冲动，他没有终极目的，自知没有意义，特别是因为他心目中明白地知道他的末日”。而这恰恰是人成为一个存在者的机会：绝望正是一个转折点。“边缘处境的本原带来一种基本冲动，在失败中争取通往存在的道路。”“人怎样体验失败，对于人成为什么样的人，是有决定意义的”，“他怎样体验自己的失败，说明他将成为什么样的人”。所以，失败在雅斯贝尔斯哲学中占有重要地位。失败愈大，愈有机会成为真人。真正的人（的存在），雅斯贝尔斯称之为 Existenz。[②]

与“周公馆”相应的是，曹禺还营造了一个非现实的自然世界——“雷雨世界”。

曹禺之所以在《雷雨》的“序”中强调《雷雨》的剧情发生在“夏天”，皆因，从生理角度观之，夏天炎热天气造成人体生理新陈代谢混乱，导致非理性的欲望无序产生和增强；从心理层面而论，夏天是个烦躁多事的季节，苦热会逼走人的理智。由此，“雷雨”式的“郁热”不只是戏剧的氛围，更是对非理性的欲望（情欲）这种生命体验方式和生命冲动形式的形容或描述。于是，人的生命被叙述为非理性的存在，个体在寻求欲望的满足中确认自身的价值。超常态的欲望和对欲望超常态的压抑，二者互相撞击激起生命白热化的爆发，使《雷雨》笼罩在无边的“郁热的氛围”里，不可逆阻地炙烤着每个人的心灵。

曹禺并不是静态地、简单地再现“雷雨”的物象形态，而是结合剧情发展施以它不同的隐喻内涵，暗示出某种超以象外的意味，使其既具有一种宇宙世界的共性，又具有人类社会的通性，这就为戏剧行动的发生发展创设了象征化的悲剧情境氛围。或者这么说，“雷雨”在剧中并非某个特定事物或人物的单独象征而是含有多重寓意的复合象征：象征着周公馆令人窒息的郁闷气氛和某种隐隐约约沉重又恐怖的压迫和惩罚的力量，周、鲁两家人都被笼罩在其中接受“洗礼”；象征着人物性格和动作的峻急、强烈和人物心理的急剧冲突，尤其是集中体现在蘩漪身上。正是在这样的气氛和背景下，人物登台亮相，带着与雷

① 曹禺：《曹禺论创作》，上海：上海文艺出版社，1985 年，第 10 页。

② 王玖兴：《雅斯贝尔斯哲学》，《世界哲学》2005 年第 3 期。

雨俱来的骚动和不安，他们“盲目地争执着，泥鳅似的在情感的火坑里打着昏迷的滚，用尽心力来拯救自己，而不知千万仞的深渊在眼前张着巨大的口”。①

曹禺的天才之思更在于，“周公馆”与“雷雨”的上下对应、内外交融给剧作提供的乃是没有边界的宇宙语境——对一种具有现实时限的家（国）语境的超越；这就使得《雷雨》中的生命存在（角色）其本质并非“家”中人而是“宇宙”中人。他（她）们并不以为自己此时此刻的生存之所就是故乡。就像《红楼梦》一开篇就重新定义故乡并嘲笑世俗的常人“反识他乡是故乡”。在宇宙视域中生命的存在并非生灭于世间地图上的固定点，而是在大宇宙中往往返返的自由点，不知从何处来，到何处去。而人类只能以海德格尔所谓的“去蔽”的诗意方式，令“天道”自己显身，而从中窥探人类在“天”、在宇宙中的真实际遇。而存在的“去蔽”是人——此在——在世的一个生存过程与经验，与“去蔽”相生的是“遮蔽”或隐匿。艺术作品中“真理”的“去蔽”和“遮蔽”的双重性质尤其是“遮蔽”性表明了生命存在是一个有限性的此在。在《雷雨》中人的有限性存在与“最高的存在”——“一种不可言喻的憧憬”相接。“曹禺正是凭借自己细腻敏感的生存认知触及了人类隐蔽于内心深处的‘存在’意识，他试图体察人类‘存在’所包纳的一切世态炎凉，并将自我的存在体验最终上升为对于整个宇宙人生的终极关怀。”②

原载《厦门大学学报》2014年第3期

① 曹禺：《曹禺论创作》，上海：上海文艺出版社，1985年，第9页。

② 陈坚：《存在的“人”与“人”的“存在”——曹禺悲剧关于存在命题的探询》，《浙江大学学报（人文社会科学版）》2004年第6期。

论《雷雨》故事与结构的经典性

胡德才

一

在中国百余年的话剧史上，无论从文学性与剧场性的完美结合，还是从历史意义与审美价值的高度统一来看，《雷雨》都是首屈一指的。《雷雨》既是中国话剧文学最负盛名的经典作品，又是演出场次最多具有最长久的舞台生命力的话剧艺术精品。《雷雨》既是中国话剧走向成熟的标志，又是具有丰厚的人文内涵和审美意蕴、堪与古今中外戏剧名作媲美的中国话剧的标杆。就成就和影响而言，曹禺堪称中国话剧第一人，那么，《雷雨》则可坐中国话剧的第一把交椅。

《雷雨》所取得的艺术成就，它之所以在国内外享有盛誉，具有如此重要的历史地位，我们可以简要地归结为它的经典性。

虽然因为感受文学艺术作品的读者和观众心灵的复杂与微妙，我们很难用简单的标尺去度量经典。但一般地讲，真正的经典总是能经受住时间的淘洗和历史的考验。那些深刻地描写了人性的真实与复杂而具有震撼灵魂的伟大力量的作品，那些优美地反映了人类的普遍情绪、情感而能深深地打动读者和观众心灵的作品，总会普遍受到心智正常的人们的喜爱。真正有生命力的经典性作品，往往就像一座蕴藏丰富的金矿，难以探测到底，不断地开掘总有新的收获和惊喜。笔者以为戏剧中的经典应该在以下方面有出色的表现：1. 戏剧经典是以“故事”为最高要素的；2. 戏剧经典是具有精巧的结构艺术的；3. 戏剧经典是浸渍于人性之中的；4. 戏剧经典是高扬悲剧精神或喜剧精神的；5. 戏剧经典是富于独特的语言魅力的；6. 戏剧经典是超越时空的。

《雷雨》的经典性主要体现在以下方面：经典的戏剧故事，精巧的结构艺术，深邃的人性内涵，强烈的悲剧精神，独特的语言魅力。对于《雷雨》成功的人物创造所揭示的复杂而深邃的人性内涵、强烈的悲剧意识，以及语言艺术成就学界已有深入的探讨并得到一致的认可，而对《雷雨》的故事情节以及结构艺术，虽多有肯定，评价却有分歧。第一个明确否定《雷雨》的结构艺术的是曹禺本人，他说：“写完《雷雨》，渐渐生出一种对于《雷雨》的厌倦。我很讨厌它的结构，我觉出有些‘太像戏’了。技巧上，我用的过分。”[①387] 后来的研究

① 曹禺. 曹禺全集：第1卷[M]. 石家庄：花山文艺出版社，1996.

者即以此为据，视之为《雷雨》的不足或局限，进而肯定《日出》在情节结构上“有了新的进展”。作家对自己创作的评价，无论褒贬，往往感性多于理性，难免特定情境下的情绪化因素，虽有重要的参考价值，却不足以成为评价其艺术成就的主要依据。笔者认为，历史证明，《雷雨》的成功，首先正是其戏剧故事和结构艺术的经典性，其结构之精巧、完整和统一也在作者其他所有剧作之上。

二

戏剧和小说一样，在当代人的探索和实验中，出现过淡化情节、不要故事的倾向，但在中外文学史和戏剧史上似乎很难找到没有故事和情节的伟大小说和经典戏剧。英国小说家佛斯特曾强调“小说是说故事”①，王国维曾断言：“戏曲者，谓以歌舞演故事也。”②高尔基说：“对戏剧的基本要求是：戏剧应该是现实的、有情节的、充满着行动的。”③小说、戏剧同为叙事艺术，都是讲故事的艺术。戏剧是由演员扮演人物在舞台上面对观众表演故事。小说和戏剧的不同在于，小说是讲故事，戏剧是演故事。而戏剧对于剧作家而言，还是讲故事，只是和小说家讲述的方式不同而已。因此，当代剧作家沈虹光坚持：“戏剧需要讲故事”④。中外戏剧史上的经典戏剧所讲述的故事人们耳熟能详，《俄狄浦斯王》《哈姆雷特》《罗密欧与朱丽叶》《窦娥冤》《赵氏孤儿》《梁山伯与祝英台》《暗恋桃花源》……无不情节精彩、故事感人。

《雷雨》的经典性首先就体现在它的戏剧故事的经典性，虽然仅有精彩的故事情节并不足以使一出戏剧成为一部经典，但精彩的故事情节却是一部伟大的戏剧不可缺少的要素，是其成功的基础和具有顽强的舞台生命力的前提。如《俄狄浦斯王》历经两千多年还活在当代戏剧舞台上，《雷雨》八十余年来广受欢迎和赞誉，具有顽强的舞台生命力，奥妙究竟何在？笔者认为，首先就在其独特的故事、精彩的情节。

早在两千多年前，亚里士多德在《诗学》里第一次对悲剧进行理论阐释和总结时曾把情节列为悲剧艺术的“六个成分”的首位，指出“情节乃悲剧的基础，有似悲剧的灵魂”。⑤[23]亚里士多德是在考察了古希腊戏剧创作实践的基础上作出这样的判断的。他举例说：“情节的安排，务求人们只听事件的发展，不必看表演，也能因那些事件的结果而惊心动魄，发生怜悯之情；任何人听见《俄狄浦斯王》的情节，都会这样受感动。”⑥[43] 亚里士多德谈的是悲剧，但适合于不同体裁的戏剧，如喜剧和正剧。亚里士多德在《诗学》里以将近三分之一的篇幅重点讨论的“情节”指的是经过了布局安排的故事情节，实际包含了我们今天所说

① 佛斯特.小说面面观[M].广州：花城出版社，1981：34.

② 王国维.戏曲考原[M]//王国维戏曲论文集.北京：中国戏剧出版社，1984：163

③ 高尔基.论剧本[G]//罗晓风，选编.编剧艺术.北京：文化艺术出版社，1986：180

④ 沈虹光《戏剧的讲述》（2008年11月6日在中南财经政法大学的演讲稿），转引自胡德才《论沈虹光的话剧创作》（《戏剧艺术》2012年第1期）。

⑤ 亚理斯多德.诗学[M].北京：人民文学出版社，1982.

⑥ 同上。

的戏剧故事和戏剧结构。从上文所引亚里士多德所举的《俄狄浦斯王》的情节例证可知。本文则将戏剧故事情节与戏剧结构艺术分开来讨论。

故事情节之于戏剧之所以重要，原因之一，是故事情节乃是剧作家观察生活、体验生活、深入思考、有所发现、有所感悟，进而呈现于戏剧中的现实的或历史的人生状态。戏剧是生活的反映，戏剧中的故事情节就是生活的缩影、人生的写照。精妙的戏剧故事往往具有原创性，改编自历史或民间传说的戏剧经典往往能脱胎换骨、推陈出新，其故事情节能体现出创作者新的思考和发现，显示出创作者的智慧。原因之二，故事情节是作为叙事艺术的戏剧得以立于舞台之上的基本骨架，没有精彩故事情节的戏剧犹如身体羸弱的病人，既不能以健康的形象给人留下美好的印象，也不能有饱满旺盛的生命活力。原因之三，故事情节既是剧作家反映生活、思考人生、拷问人性、探寻心灵的载体，更是戏剧吸引观众走进剧场、进而拨动观众的心弦，使之感动、沉思、悲伤、喜悦、激动、奋进的媒介。一出没有精彩故事情节的戏剧既难以集中再现人生的多变与精彩、人性的微妙与复杂，也难以将观众吸引进剧场并让观众在剧场屏息静气观赏至剧终。

《雷雨》自诞生至今，从一般读者、观众到评论家和导演，最先被吸引并留下深刻印象的还是它精彩的故事情节。夏淳在导演《雷雨》的创作谈中回忆自己读高中一年级的时候第一次接触刚刚发表的《雷雨》，“简直就像发现了一座宝山一样，感到新鲜惊奇、色彩浓郁，一口气读完还爱不释手。”①《雷雨》给一个初次接触它的少年学生的惊奇和震撼，主要还是它新奇别致的故事与情节。第一篇关于《雷雨》的评论出自戏剧家李健吾，李健吾初读《雷雨》后，告诉朋友，“这很像电影”。朋友则告诉他，“他喜欢这出戏，因为这简直是一部动人的小说”。无论像电影或者像小说，都是就故事情节而言的。李健吾当年即称赞《雷雨》是“一部具有伟大性质的长剧”，“作者的心力大半用在情节上”，而且，“在这一点上，作者全然得到他企望的效果”。② 这是深谙戏中三昧的剧作家的评论，切实中肯。

《雷雨》达到了恩格斯所提出的“较大的思想深度和意识到的历史内容，同莎士比亚剧作的情节的生动性和丰富性的完美的融合。”③《雷雨》情节的生动性和丰富性是无法用简短的文字来概括和陈述的。而不同的读者、观众、研究者和导演也会从特定的角度予以概括和表达，但《雷雨》故事情节的某些核心要素却是都会注意到的。甚至《雷雨》最早被禁演的理由也是因为它的故事情节的“出格”。早在 1935 年即《雷雨》发表的次年，北京第一次公演《雷雨》，国民党当局就认为该剧“有伤风化”，因为它写“儿子跟后娘偷情”“少爷和丫头恋爱”，扮演周萍的陶金等八个主要演员因此被抓捕、被拷打④。“有伤风化”固然是借口，拷打演员更是愚蠢，但说《雷雨》里有“儿子跟后娘偷情”“少爷和丫头恋爱”的故事情节

① 夏淳.生活为我释疑——导演《雷雨》手记[G]//《雷雨》的艺术.上海：上海文艺出版社，1982：8.

② 李健吾.《雷雨》——曹禺先生作[N].大公报，1935-08-31.

③ 恩格斯.致斐·拉萨尔[M]//马克思恩格斯选集：第 4 卷.北京：人民出版社，1972：343.

④ 演员陶金的回忆。转引自乌韦·克劳特《戏剧家曹禺》(《曹禺研究专集》上册第 218 页，海峡文艺出版社，1985 年)。

却是事实。

关于《雷雨》的故事情节，有学者从对文学史的考察出发，认为它是古典的“痴心女子负心汉”叙事模式在现代的新演变①，还有学者将《雷雨》的故事情节概括为：“一个延续两代的出身资产阶级家庭的青年和无产阶级姑娘的恋爱悲剧故事。”②

进入新世纪，王延松导演的“全新解读版”《雷雨》也是首先建立在导演对《雷雨》经典故事的重新解读之上的。王延松重新解读《雷雨》的故事主线，将《雷雨》的故事情节表述为：“一个男人和先后两个女人情爱故事的循环再现。”③

《雷雨》故事情节的经典性可以概括为三个方面：一是奇巧性。侍萍三十年前为周家侍女，与周家公子周朴园相爱生子，惨痛的经历使她时刻提防女儿重蹈覆辙。可三十年后，女儿四凤偏偏又在同一个周公馆帮佣，并与周家公子周萍相爱并怀孕，而周萍却是自己同母异父的兄长。二是重复性。既有侍萍、四凤母女两代同为周家侍女及其相似经历与命运的重复，也有周朴园、周萍父子先后与两个女人的感情纠葛的重复。三是复杂性。因为有三十年前周朴园与侍萍的相爱生子，致使《雷雨》中分属两个家庭两个阶级的八个人物陷入到了血缘关系与性爱关系织成的复杂网络之中。如周萍与后母蘩漪乱伦又与侍女也是同母异父的妹妹四凤相爱，蘩漪与四凤既是主仆又是情敌，鲁大海与周朴园既是势不两立的工人与资本家，在血缘上又是父亲和儿子。四凤爱着周家长子周萍，又被周家幼子周冲所爱。

正是故事情节的奇巧性、重复性和复杂性，使得《雷雨》的情节具有了恩格斯所赞赏的莎士比亚戏剧式的“情节的生动性和丰富性。”因而也具有了独特性和经典性。

三

戏剧结构是对戏剧故事情节的安排与组织，因此，戏剧情节与戏剧结构是密切相关的。亚里士多德强调情节是悲剧的基础和灵魂，他说的“情节”既包含戏剧的故事情节，更指故事情节的组织即戏剧的结构布局。因此，可以说，在戏剧美学史上，亚里士多德最早提出了“结构第一”的思想。他在《诗学》中反复强调，在戏剧的“六个成分里，最重要的是情节，即事件的安排”。他之所以首先重点“讨论事件应如何安排，因为这是悲剧艺术中的第一事，而且是最重要的事”。④ 在《诗学》之后两千年，中国戏剧家李渔在《闲情偶寄》里谈戏剧创作时，开篇即立论：“结构第一”。他说：“填词首重音律，而予独先结构”⑤。中西经典戏剧理论都将结构放在戏剧艺术的首位，这是符合戏剧艺术的规律的。结构对所有文

① 吴建波. 论“痴情女子负心汉”叙事模式的历史演变——从周朴园形象的塑造说开去[J]. 文学评论，1989(1)：71-80.

② 蓝棣之. 现代文学经典：症候式分析[M]. 北京：人民文学出版社，2006：58.

③ 王延松. 寻绎现代主义《雷雨》的“新面目”——关于全新解读《雷雨》创新演出文本的阐述[G]//王延松. 戏剧解读与心灵图像. 上海：上海人民出版社，2010：59.

④ 亚理斯多德. 诗学[M]. 北京：人民文学出版社，1982：21-25.

⑤ 李渔. 闲情偶寄[G]//中国古典戏曲论著集成：七. 北京：中国戏剧出版社，1959：10.

学艺术样式都很重要，但对戏剧尤其重要，因为戏剧是受时间和空间严格限制的以观众的在场为前提的舞台艺术，戏剧结构就是“在时间和空间方面对戏剧行动的组织”①[24]。因此，没有好的情节和结构，戏剧根本不能成立，也就更谈不到吸引住观众了。

如前所述，戏剧需要讲故事，而且要讲精彩的故事，而剧作家是否高明，就看他是怎样讲故事的，这就是戏剧讲述的艺术，也就是戏剧结构的艺术，正是精巧的结构艺术才使故事更显得精彩，甚至令人惊奇。

霍洛道夫在《戏剧结构》中谈道：“在世界剧作史上尽管采用的结构处理方法是多种多样的，但不难看出有两种结构类型，一种是锁闭式结构，另一种可以叫做开放式结构。”②[24]如果再考察当代世界戏剧实践，则还有第三种类型，可以称之为拼贴式结构。每一部戏剧的结构是千差万别的，但经典的戏剧结构类型主要有三种：锁闭式、开放式、拼贴式。

《雷雨》所运用的锁闭式结构显然是苦心经营的结果，曹禺以一个谙熟西方戏剧的外文系即将毕业的大学生在动笔写他的第一部剧本的时候，有展示他从西方戏剧里学来的技巧的强烈愿望是非常自然的。于是，从古希腊悲剧《俄狄浦斯王》到法国佳构剧和易卜生戏剧的结构技巧就都成为了他借鉴的对象，但他不是简单的模仿，而是自主创造。

《雷雨》采用锁闭式结构，既是戏剧故事情节的需要，也是因为锁闭式结构更能让作者展示从西方戏剧里学来的戏剧技巧。

《雷雨》精巧的结构艺术主要体现在两个方面，其一是巧妙而成功地运用了“回顾法”。

戏剧作为舞台艺术，它是表演“现在”发生的事，戏剧在时态上都是“现在进行时”。但生活中的任何事情都不是孤立的，都会有它的连续性，有它的前因后果。《雷雨》里在夏日的某一天所发生的事就和周鲁两家三十年的种种纠葛相联系。那些在戏剧开幕之前已经发生但又与“现在的戏剧”密切相关的故事，就是所谓“过去的戏剧”。

《雷雨》借鉴西方戏剧技巧，巧妙运用“回顾法”，有三点成功的经验。

(一)选择最佳时机切入剧情

《雷雨》选择的剧情开始的时机是：夏天的一个上午，周朴园三天前刚从矿上回家，正设法镇压、瓦解工人的罢工运动；周萍为了摆脱后母蘩漪，正想离家到矿上去；蘩漪想留住周萍，为了破坏周萍和四凤的关系，已通知四凤的母亲侍萍到周家来带走四凤；周冲正在追求四凤；四凤听说母亲要来，既高兴，又因和周萍的关系而焦虑；而掌握了女主人隐私的仆人鲁贵则正伺机采取行动；工人代表鲁大海正在门房等着见董事长周朴园；在济南某学校做女工的鲁侍萍正坐火车向周公馆赶来。

八个人物各怀心事、各有目的地行动着，这是一个普通的夏天的上午，又是一个决定他们命运巨变的非凡的日子。幕布一拉开，剧作家就在看似平静的“现在的戏剧”的展开中将“过去的戏剧”穿插其间，并以“过去的戏剧”推动“现在的戏剧”向前发展。让人隐隐感觉到平静表面下的躁动，于无声处的惊雷。

① 霍洛道夫.戏剧结构[M].上海：华东师范大学出版社，1981.

② 同上。

（二）巧设戏剧秘密

戏剧运用“回顾法”没有小说那么自由，既不能让人物在舞台上陷入沉思和回忆，也不能通过梦境、幻觉等手法展示人物的心理活动。戏剧只能通过演员在表演“现在的戏剧”的过程中将“过去的戏剧”自然地交代出来。而且这交代本身要有戏剧性和动作性，要构成戏剧冲突，刻画人物性格，并能吸引观众。

《雷雨》在“回顾法”的运用上，成功地借鉴了西方戏剧的编剧技巧，以“秘密”为关键，使戏剧结构精巧，引人入胜。《雷雨》设置的戏剧秘密主要有三个，也就是《雷雨》在“现在的戏剧”所发生的一天的时间里运用“回顾法”讲述了三十年来先后发生的三件“过去的戏剧”事件，这三个“过去的戏剧”事件即三个“秘密”一旦公开，就决定了“现在的戏剧”的加速发展，直至悲剧的发生。

《雷雨》设置的三个戏剧“秘密”即三个“过去的戏剧”事件是指：

1）三十年前，周朴园和侍萍的私情。当年，周公馆的少爷周朴园和丫头梅侍萍相爱，生了两个儿子。在三十年前大年三十的晚上，在梅侍萍生了第二个儿子的第三天，周家为了给周朴园娶一位门当户对的小姐，将侍萍赶出家门。侍萍抱着已奄奄一息的儿子跳河自杀了。人们都以为她死了。

2）三年前，蘩漪和周萍的私情。周公馆的女主人蘩漪和丈夫的前妻之子周萍之间的乱伦，即剧中的周公馆“闹鬼”。

3）三月前，周萍和四凤的私情。周公馆的大少爷周萍又和家里的丫头四凤相爱并使四凤怀孕。

这三个“幕前情节”就是《雷雨》的“过去的戏剧”的主要内容，也是戏剧的三个“秘密”。它们对“现在的戏剧”的发展至关重要。

巧妙运用“秘密”，是戏剧结构中的一种有效手法。戏剧中的“秘密”对观众都是公开的秘密，只对剧中人才有意义。如蘩漪和周萍“闹鬼”，除了最善于窥探别人隐私的仆人鲁贵，对剧中所有其他人就是秘密，所以，鲁贵就常常以此“秘密”要挟蘩漪。而侍萍被周朴园遗弃跳河自杀、后被人救起并未死去则对剧中其他人都是秘密。同样，周萍和四凤的兄妹恋爱与乱伦也是秘密。

戏剧的“秘密”产生戏剧悬念。但戏剧的悬念并不在于观众不知道剧中的秘密，恰恰相反，我们之所以被戏剧所吸引、所感染，就在于我们知道剧中人所不知道的秘密。正是处于这种旁观者清的位置上，我们才有更浓厚的兴趣，有更多审美的愉悦。我们知道周萍和四凤是兄妹，可是他们不知道，因而，他们恋爱关系的发展就更能牵动观众的心弦。就像英国戏剧理论家威廉·阿契尔所说：“实际上，我们就好像是处在上帝的地位上，正在以不可思议的洞察一切的目光，注视着那些可怜的、茫然无知的凡人如何跌跌撞撞、瞎摸瞎碰地在生活的迷宫中踟蹰彷徨。”①

① 威廉·阿契尔.剧作法[M].北京：中国戏剧出版社，1964：141.

《雷雨》中的三个幕前情节、也是三个“秘密”，经过作者的精心安排，分别在第一幕、第二幕和第四幕得以回顾交代。

第一幕第一场戏就通过鲁贵和四凤父女的谈话，回顾了三年前周公馆“闹鬼”的故事。正是蘩漪与周萍之间的乱伦这一秘密在戏剧开篇的揭破，将周萍、蘩漪、四凤之间的三角性爱关系正面呈现出来，将“过去的戏剧”与“现在的戏剧”互相交织，以推动“现在的戏剧”向前发展。同时，鲁贵的无赖、四凤的单纯、蘩漪的叛逆等人物性格也初步得到表现和刻画。

第二幕鲁侍萍来到周公馆，与周朴园不期而遇，从而揭开了三十年前所发生故事的帷幕。侍萍三十年前被弃投河遇救的秘密虽然只是泄露给当事人周朴园，但已决定了“现在的戏剧”的发展方向。鲁贵、四凤被辞退，整个第三幕的剧情都因此而来。正是剧中这一最重要的戏剧秘密的初步暴露，剧情才不以人们的意志为转移向悲剧的方向推进。

第四幕写周萍和四凤相携出走，侍萍坚决不同意，双方相持不下，四凤晕倒，最终吐露真情，她怀上周萍的孩子已经三个月了，从而揭开了又一个秘密。四凤怀孕的秘密一旦暴露，她和周萍相携出走就成为任何人都无法阻挡的必然的选择，而尚要作“困兽之斗”的蘩漪最后奋力一搏，引来周朴园与侍萍当众相认，最后就导致了悲剧的瞬间发生。

（三）通过“误会”“发现”和“突转”造成奇异的戏剧效果

第四幕最后一场戏，蘩漪叫来周朴园本意是阻止周萍和四凤的出走，她出于阶级偏见，认为周朴园不会同意周萍和家里的丫头四凤相携出走。因此，她倨傲而语带讽刺地请周朴园见见侍萍一家“好亲戚”，见见媳妇四凤。要四凤叫周朴园爸爸，要周萍给侍萍这个妈叩头。她不知道鲁侍萍就是三十年前“跳河死了”的梅侍萍，也不知道当天下午周朴园和侍萍已见面并相认。此刻的周朴园也就完全误会了蘩漪的意思，他以为蘩漪知道了侍萍的真实身份，因而借此讽刺他因过去的荒唐而造成的眼前的尴尬。于是，他当众与侍萍相认，并要周萍认生母。至此，侍萍的身份完全暴露，戏剧的秘密全部公开。四凤发现恋人乃是同母异父的兄长，自己已怀上他的孩子，因难堪夺门而出，并触电自尽；蘩漪发现因自己的疯狂无意中导致周萍等人陷入了比自己更悲惨的命运，并因留意到四凤的异常而让儿子周冲追出去照看，又导致周冲触电身亡；周萍发现四凤原是自己的同胞妹妹，在痛苦中开枪自杀。

“发现”和“突转”是亚里士多德对古希腊悲剧情节结构艺术的总结。《雷雨》是一部成功借鉴古希腊悲剧的结构技巧、在悲剧精神上也最接近古希腊戏剧的中国话剧，“发现”和“突转”是其情节结构中的关键因素。在第二幕里，侍萍和周朴园的彼此发现，导致了鲁贵、四凤被辞退以及鲁大海被开除，剧情发展快速转向，迅速向高潮逼近。至于第四幕最后周朴园出场，点明侍萍的真实身份，四凤、周萍、蘩漪发现真相，则直接导致了“突转”的同时出现。转瞬之间，剧中人物疯的疯、跑的跑、死的死。周萍、四凤发现彼此兄妹乱伦，各自自杀，周冲追赶四凤，同归于尽，蘩漪侍萍两位母亲则双双发疯。八个人物，死了三个，疯了两个，跑了一个。剩下两个老头，鲁贵在悲剧发生时不在场，周朴园则从此开始去咀嚼他人生的痛苦和悲哀。剧作以此揭示“天地间的‘残忍’”，命运的不可逆转，从而有力地反映出悲剧的深刻性。

四

《雷雨》结构的精巧还体现在精心构筑了错综复杂的人物关系。

错综复杂的人物关系是构成《雷雨》尖锐激烈的戏剧冲突的前提和基础。《雷雨》的人物关系之所以是错综复杂的，就因为这种关系不是单层的，而是多重的。《雷雨》中的人物关系主要有三重：血缘关系、性爱关系和阶级关系。

一是血缘关系。《雷雨》的八个人物，首先是按血缘关系联系起来的，如图 1。

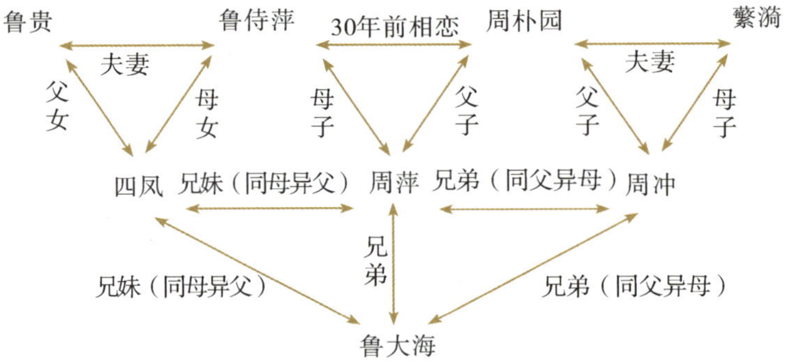

图 1 《雷雨》中八人物血缘关系示意图

二是性爱关系。《雷雨》的八个人物，除了工人鲁大海之外，其他七个人物都卷入到性爱关系里去了。在《雷雨》诞生六十周年的时候，导演王晓鹰征得曹禺的同意和支持，“换一种眼光来重新审视《雷雨》”，强调“把人物作为一个个有着各自完整、独立的情感世界的具体的个人，去开掘他们的内在生命体验，从而开掘出《雷雨》超越社会、超越时代的深层意蕴。”因此排演了一出“没有鲁大海的《雷雨》”①。除了鲁大海之外，《雷雨》中的其他七个人物之间构成了五个互相牵连的三角关系，如图 2。

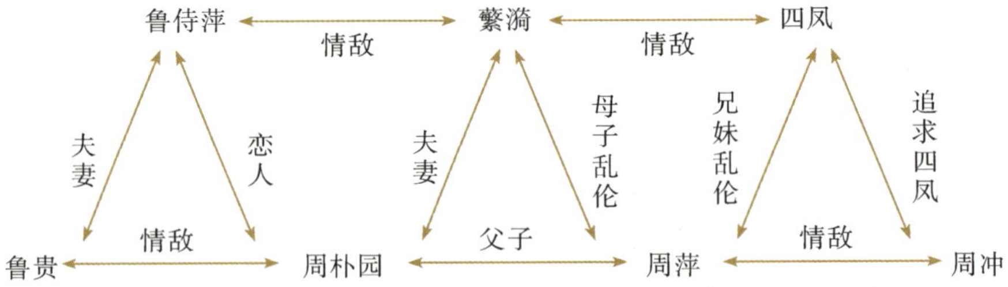

图 2 《雷雨》中七人物三角关系示意图

三是阶级关系。周家和鲁家，主人和仆人、资本家和工人，构成了两个阶级之间的

① 王晓鹰. 让《雷雨》进入一个新的世界——《雷雨》导演构想[G]//王晓鹰. 从假定性到诗化意象. 北京：中国戏剧出版社，2006：161.

关系。

《雷雨》正是采取锁闭式结构，巧妙运用“回顾法”，构筑错综复杂的人物关系，使全剧情节发展错综变化、矛盾冲突尖锐激烈。

《雷雨》中几乎任意两个人物站在一起都能构成戏剧化的场面，《雷雨》是场场有冲突，幕幕有高潮。有好几场戏如第一幕周朴园逼蘩漪喝药、第二幕周朴园与鲁侍萍重逢、第四幕周萍携四凤出走等都写得非常有层次，剧情发展波澜起伏、层层推进、环环相扣、引人入胜。

人物则始终处于不断发展着的矛盾冲突之中，各自的性格也得到了成功的表现。剧中的八个人物，每个人都有自己的追求，并且只为自己而行动，从而不自觉地共同促成了整个悲剧的发生。

周朴园所追求的是维护自己的尊严和家庭的秩序；蘩漪所追求的是要留住周萍，让周萍永远陪伴自己；周萍则想避开蘩漪，逃离周公馆；四凤是想跟周萍出走、跟周萍结合；周冲又在追求四凤；而侍萍却要把四凤带出周公馆；鲁贵想的是要能够永远保住自己和四凤在周公馆的饭碗；而鲁大海则要为工人的利益向周朴园进行斗争。

八个人各有自己的目的和行动，然而又互相联系和牵扯，从而形成了极其紧张复杂的戏剧冲突。冲突的结果如何呢？八个人中的每一个人都失败了：蘩漪留不住周萍；周萍走不出周公馆；侍萍带不走四凤；四凤不能跟周萍结合；周冲也得不到四凤的爱；鲁贵不能重返周家；鲁大海的罢工斗争也失败了；而周朴园也完全失去了家庭的秩序和自己的尊严。

《雷雨》就这样通过周鲁两个家庭八个人物错综复杂的矛盾冲突，揭示了人性的丰富和复杂，暴露了资产阶级家庭的罪恶，预示了旧家庭及旧社会必然没落的命运。结构精巧而严密，是《雷雨》具有悲剧的典范性和长久的艺术生命力的重要原因。

曹禺在《〈雷雨〉序》中曾提到要“把《雷雨》做一篇诗看，一部故事读。”①[14] 其实，伟大的戏剧都应该既是伟大的诗篇，又一定讲述了一个独特而精彩的故事，而精彩的故事要在舞台上呈现给观众，并具有长久的生命力，必须有精妙的讲述技巧，也就是独特的结构艺术。《雷雨》诞生八十余年来，令人百读不厌、久演不衰，就因为它遵循了戏剧的规律，显示了戏剧的魅力。故事精彩，结构巧妙，正是它作为一部经典戏剧的首要条件。

原载《兰州大学学报》2016 年第 3 期

① 曹禺．曹禺全集：第 1 卷[M]．石家庄：花山文艺出版社，1996．

悲悯天地间的“残忍”

——论《雷雨》的逆向构思

陈国恩

《雷雨》的成就经得起时间的检验。不过，迄今所进行的研究都依据从生活到艺术的典型化路径来探讨它的艺术创造过程，实际情形恐怕不是这样简单。如果说从生活到艺术的典型化路径是现实主义理论中形象思维展开的顺向过程，那么《雷雨》的成就恰恰证明，它是剧作家从内心冲动出发寻找恰当的生活表现形态这样一个逆向构思的杰作。《雷雨》在情节设计上相当严谨，细节上非常真实。但是不能不看到，它在一些重要关节上存在明显的漏洞。这些漏洞，泄露了作者在逆向构思过程中因为超越了现实的可能性而无法打磨得更为精致的遗憾，可以说是文本的一些裂隙，但艺术的规律又保证了它们没有损害作品的真实性；相反，曹禺处理得当，有力地体现了艺术创造的神奇。这里涉及一个重要的理论问题，即现实主义作品是不是一定要简单地以生活真实为标准，可不可以从虚构的角度把文本的裂隙理解成作家才华的独特表现？《雷雨》是一个经典，正好给出一个回答，让人从文本的裂隙中窥见一个戏剧家如何凭借其出众的才华创造出艺术真实的奇迹。

一、文本的裂隙

《雷雨》充满了巧合，曹禺自己也说它太像戏。但换一个角度，这表明它结构上的严谨，它的每一个场景几乎都是丝丝入扣的。在一些精彩的片段中，人物的上场和下场按实际生活的标准，只要相差几秒，后面的故事就会完全两样。比如，鲁妈来到周家，发现周朴园保留了她在周家时的家具及摆放的格局，她深受震撼，其实也是感动。这时周朴园为了找雨衣走进来。只要周朴园晚进来几秒，或者鲁妈早走一步，错过了见面的机会，就不会有后来的故事。又比如戏剧高潮时，蘩漪把所有人关在周家的客厅，把已经睡了的周朴园叫下来，要周萍当着他的面向鲁妈喊声“妈”。周朴园不明就里，听见蘩漪要周萍认“妈”，以为鲁妈是周萍亲妈的真相已经暴露，便无奈地端起身份说：“侍萍，你到底还是回来了。”然后转向周萍：“萍儿，你过来。你的生母并没有死，她还在世上。”至此真相大白，连疯狂的蘩漪都发现闯了大祸。只要周朴园晚下来几秒钟，这个乱伦的真相就不会暴露，家破人亡的悲剧也就可能避免了。

然而，天才也是人。一个二十三岁的青年，其生活经验不是无限的，艺术驾驭能力也没达到举重若轻的境界；再说，虚构的真实性还有一个现实可能性的限度。所谓“智者千虑，必有一失”，曹禺很明显地在《雷雨》中留下了一些漏洞。

曹禺自己说，他原本要写一个叫雷雨的大汉，但写不进去。今天看，这是因为生活那么令人窒息，人性那么黑暗，他想破坏点什么，要写一个叫雷雨的大汉，来表达他的愤怒。但钱谷融在《〈雷雨〉人物谈》中说，曹禺其实已经写出了这个人物，那就是蘩漪。钱谷融把蘩漪看作是整个戏剧冲突的推动力，认为在每一个关键时刻都是蘩漪把冲突引向最后毁灭的方向。她承担起了“雷雨”的角色。在曹禺感到遗憾的地方，钱谷融作出了精彩的解释，把遗憾抹平了。艺术需要一种理由，对美的领悟有时来源于一点慧心，好的批评提升了艺术作品的成色。

不过，这里要提出来讨论的文本裂隙，是另外性质的。但只要不拘泥于机械的现实主义理论，它也未必不是天才的创造，而且同样会是整个戏剧艺术成就的一个非常重要的部分。

众所周知，为了周朴园娶一个富家小姐，周家把侍萍赶出家门。那是二十七年以前的事，大年三十夜，侍萍带着出生才三天的小儿子离开了周家。这个迎娶进门的小姐应该是周朴园的正式夫人，但剧本几乎没有提到她在周家的生活细节和最后去向。按生活的逻辑，这位太太出身富贵，明媒正娶，到十八年前蘩漪取代她的位置，这中间将近十年，至少大部分时间她是周家的少奶奶、女主人，无论如何不应该说不清楚她的来历和结局。

陈思和在《细读〈雷雨〉》一文中非常敏锐地注意到了一个细节：周朴园和侍萍提起从前，总说那是“三十年前”的事。三十年前，其实不是侍萍被赶出家门的时间，而是周朴园与侍萍相爱的日子。他们相爱三年，在大家庭里公开生了两个孩子。三十年后他们意外重逢时说起，却不是侍萍被赶出家门的二十七年前，也不是他们有了儿子的二十八年前，说明他们记得的是爱。这也从旁证明了周朴园是爱侍萍的，但同时也旁证了他忽视新进门的太太，他对正式的夫人没有什么感情。周朴园从无锡几次搬家，直到现在当了煤矿公司的董事长，成为社会上一个体面的人物，却一直带着侍萍喜欢的家具，把房间布置成三十年前的老样子，这对娶进来的太太是非常残酷的。但再残酷，她在周家的地位却是一个事实，哪怕她是封建婚姻制度的牺牲品，忧郁而死，也总得有一个合理的交代。而现在的剧本，没法说清楚。

我们可以把这个正式太太的消失归因于她这个角色与作品的主题关系不大。因为与主题关系不大，所以不正面来写，把她省略了。但哪怕彻底忽略她，如果按生活的逻辑，也要有一个合理的结果，按这个逻辑可以在周朴园的家庭中找到她存在过的一个位置。换言之，作者可以不写她，但剧情有前因后果，读者可以据此把她放到戏剧的人物关系中，对她的来龙去脉给出一种解释。不能让她莫名其妙地消失，又莫名其妙地安排一个更为年轻的蘩漪来替代。曹禺对此没有令人信服的说明，明显地是因为他并非简单地遵循生活的逻辑来做典型化的处理，而是为了一个更高的目的，照自己的主观想象来安排人物，造成了“招之即来、挥之即去”的效果。

类似现象，在曹禺的创作中其实并非个别。比如《日出》，陈白露对初恋情人爱得铭心

刻骨，这个情人却不知所终。锲而不舍地追寻而来的不是这位身为诗人的情人，而是方达生。这种角色的调换，扩大了想象的空间，增加了作品的社会容量，还增加了艺术的神秘魅力。一个艺术家，没义务按照读者或者观众的要求把人物和故事交代得十分清楚，他可以制造一些悬疑，让人们去思索。从作家的创作心理来说，这可能也是他表达错综复杂感情的一种方法。这样的感情，他自己也理不清楚。越是富有创造力的作家，越可能表现这种非理性的诗人本色。他们关注的是如何表达难以言说的情绪和感觉，而非清晰的人物关系。难以按常理来清理的人物关系，恰恰可以造成一种效果，与他所要表达的迷蒙情绪相吻合。

但是，这类文本的裂隙不可能根据习惯上所理解的现实主义的原则，把作品中的生活内容理解成经得起现实逻辑检验的那种生活来解释。有一种流行的观点，认为剧作家只是把实际发生过的生活加以典型化。这保证了作品在故事情节和人物细节上经得起现实逻辑的检验。但这样的观点却不曾想到艺术家可能压根儿没有遭遇过这样一段人生故事，比如曹禺就不可能在生活中认识完全像周朴园这样一个带封建专制色彩的资本家，更无从谈起熟悉他的个人经历，包括他的家庭和工厂。曹禺的艺术创作根本是一个想象的过程，是依据一些人物的零碎印象，作品是在一种迷茫却很深刻而纠结的情绪中创造出来的。他在想象中摆不平从最初的构思中逐步展开、变得越来越复杂的人物关系，只能按照某种更高的目的做了简单化处理，比如把周朴园明媒正娶的太太一笔勾销，安排一个蘩漪取代她的位置，因而在剧情上留下了一个明显的漏洞，使观众和读者感到一头雾水。但因为剧情的精彩和艺术的动人，观众和读者实际上又不会去计较这样的缺憾。他们陶醉在戏剧所营造的激情中，为人物的不幸命运而悲伤，为宇宙间的残忍而流泪，从而进入了悲剧的审美境界。在这样的审美状态中，又有谁会去计较故事发展中存在的某些不合理，剧情安排中的某些纰漏？

钱谷融对《雷雨》中没有写出来的大汉形象的解释，依据的就不是生活的逻辑，而是艺术的逻辑。他认为从效果上说，蘩漪就是那个叫“雷雨”的大汉，因而曹禺实际上已经实现了他的原初构想。同样，《雷雨》中周朴园娶进门的那个太太的莫名其妙的消失，换成了蘩漪，对这一文本的裂隙，也必须从艺术的逻辑上来看，方能给出合理的解释，从而彰显艺术想象的神奇和美妙。

二、逆向的构思

真正的艺术，不会限于对真实事件的模仿。周朴园第一个太太的来龙去脉说不清楚，根本原因，我认为是受制于一种艺术规则。这一艺术规则超出了生活的常规，因而曹禺服从这一艺术规则，就难以在现有的主题和人物关系中替这个人物的存在给出一个更为有力的合理性说明。

曹禺的尴尬是什么？是他为了完成基于家庭乱伦关系的悲剧主题而必须有周朴园的

第一个太太，但在故事的后来发展中，这个太太不仅起不了什么实际的作用，反而会因为她的继续存在而使曹禺所追求的悲剧难以成立，化为乌有。换言之，曹禺是为了主题而倒过来安排人物。从主题到人物，这一逆向构思，造成了人物关系上的一些不合理，却出色地实现了悲剧的效果。

主题和人物关系，在艺术构思中肯定是互动的。从人物到主题，再从主题到人物，是一个逐步丰富、不断充实和完善的过程。《雷雨》孕育于一种情绪，曹禺说："《雷雨》的降生，是一种心情在作祟，一种情感的发酵，说它为宇宙作一种隐秘的理解，乃是狂妄的夸张。但以它代表个人一时性情的趋止，对那些'不可理解的'莫名的爱好，在我个人短短的生命中是显明地划成一道阶段。"他又特别地说明：

写《雷雨》是一种情感的迫切的需要。我念起人类是怎样可怜的动物，带着踌躇满志的心情，仿佛自己来主宰自己的命运，而时常不能自己来主宰着。受着自己——情感的或者理解的——捉弄，一种不可知的力量的，——机遇的，或者环境的——捉弄。生活在狭的笼里而洋洋地骄傲着，以为是徜徉在自由的天地里。称为万物之灵的人物，不是做着最愚蠢的事么？我用一种悲悯的心情，来写剧中人物的争执。我诚恳地祈望着看戏的人们，也以一种悲悯的眼来俯视这群地上的人们。所以我最推崇我的观众。我视他们，如神仙，如佛，如先知。我献给他们以未来先知的神奇。①

一个二十三岁的天才青年心中升腾起"人类可怜"的喟叹！他需要一个悲剧来宣泄痛苦，表达对"天地间的'残忍'"的抗议，平衡内心因为找不出精神出路而产生的强烈纠结和煎熬。他为此恐惧，但恐惧反而因其巨大的不确定性和威慑性而成为一种诱惑："这种憧憬的吸引，恰如童稚时谛听脸上划着经历的皱纹的父老们，在森森的夜半，津津地述说坟头鬼火，野庙僵尸的故事。皮肤起了恐惧的寒栗，墙角似乎晃着摇摇的鬼影。然而奇怪，这'怕'本身就是个诱惑。我挪近身躯，咽着兴味的口沫，心惧怕地忐忑着，却一把提着那干枯的手，央求：'再来一个！再来一个！'"在一个迷狂的想象陷阱里，期望一个悲剧——人性的悲剧，让自己的灵魂受到震撼和洗礼，也让人们透过这毁灭性的窗口窥见天地间的残忍，来重新审视各自的人生和这个社会，来认识自我。富有诗人气质的年轻的曹禺，基于他创作《雷雨》的那个令人压抑的夏天②突然产生的内心冲动而向往一个归宿，一次灵魂的喘息——这是构成《雷雨》悲剧主题的心理依据。

但是，问题来了：如何完成这一主题？不言而喻，曹禺需要几个人物，需要一段错综复

① 曹禺《雷雨·序》，《曹禺全集》，第1卷，第6页，人民文学出版社2014年版。

② 曹禺的《雷雨·序》中说："夏天是个烦躁多事的季节，苦热会逼走人的理智。在夏天，炎热高高升起，天空都结成一块烧红了的铁，人们会时常不由己地，更归回原始的野蛮的路，流着血，不是恨便是爱，不是爱便是恨。一切都走向极端，要如电如雷地轰轰地烧一场，中间不容易有一条折衷的路。"《曹禺全集》第1卷，第7页，人民文学出版社2014年版。

杂的情感纠葛。说得更直截一点，就是按这一主题，他需要一段乱伦关系，唯有如此才能把人性的悲剧写得惊心动魄，让悲剧的长剑直刺进人的灵魂，造成震撼和恐惧。如果说，曹禺最初想出来的两个人物中，周冲代表着单纯，代表着作者他自己对生活的美好想象，要让整个故事所宣示的堕落和毁灭有一个诗美的背景，来调和绝望的感情，给人们留一点青春的慰藉，可以说这是明知人类无望却偏要坚持世事仍有可为这么一种执着的理想主义情怀，那么蘩漪就代表着一种破坏性的力量，代表着恶。蘩漪的“恶”，在于她跟周家的秩序格格不入。与一般的所谓正常社会格格不入。蘩漪是正常秩序的破坏者，她是一个异数。

在周朴园家，所有的人都对现状不满，但都没有蘩漪走得远。鲁妈，身世最为不幸，最有权利控诉，但世俗可能难以理解的是，她其实仍然“爱”着周朴园。这不仅因为她与周朴园有共同的孩子，而且还因为她“理解”周朴园的身不由己，因此当她看到周朴园三十年来带着旧家具，心里还有她，就动了真情，迫不及待地想让周朴园知道站在他眼前的这个老妈子就是当年的侍萍。她伤感地对周朴园说：“你自然想不到，侍萍的相貌有一天也会老得连你都不认识了。”女为悦己者容，说明她关心的是她在周朴园心里已经青春不再，说明她是希望把美的形象留在周朴园心里。这哪里是恨？显然是一种铭心刻骨的爱。于是，人们看到三十年后的侍萍把一切苦难归于命，答应周朴园不在周萍面前暴露母亲的身份，要把四凤带走，避免给周家造成更大的混乱，当然这也为了避免给自己带来更大的伤害。侍萍是一个被侮辱者和被损害者，但她愿意配合周朴园维持周家的平静，愿意承担所有的罪孽，牺牲自己。可以说这源于她的善良，但善良是要有感情基础的。

周萍，明显是周家秩序的破坏者。他与后妈乱伦，起源于他们共同的对周朴园专制性格的不满，就像蘩漪提醒他所说的：“你忘记了在这屋子里，半夜，我哭的时候，你叹息着说的话么？你说你恨你的父亲，你说过，你愿他死，就是犯了灭伦的罪也干。”真的是逆天之举！然而，周萍走了他爹的老路，那是一条几千年来男人喜欢走的浪子回头金不换的路：当周萍有了新爱四凤，当他发现与后妈乱伦陷入了可能万劫不复的险境时，他忏悔了。一忏悔，就占据了道德高地：就在蘩漪绝望中提出只要他不抛弃她，她可以和他一起出走，甚至可以让四凤一起住时，当他得知是蘩漪在雷雨之夜从外面把窗户关住，使他被堵在鲁家时，他就咬牙切齿地说：“（狠恶地）我要你死！”周萍显然从一个秩序的破坏者，转变成一个秩序的维护者。他在思想上认同了传统，在行动上与蘩漪划清了界线。

其他几个人物中，鲁大海想破坏的是周朴园的社会秩序，在伦理观念上他却是与周萍一致的：一听说周萍答应娶四凤，他就表示支持，并谅解了周萍此前的背叛行为。四凤原是对周家伦理秩序的一个冲击力量，但她是不自觉的。一旦知道真相，她便受这个家庭、这个社会所认可的观念的逼迫，惨烈地结束了花样的生命。鲁贵是一小市民，虽然捣蛋，但所求不过一己私利而已。

蘩漪，只有蘩漪，对周家秩序构成了致命的打击。她说自己在周家十八年，得不到温情，就像生活在一口活棺材里，已要闷死。她对周朴园的权威不屑一顾，痛斥周朴园是天底下最大的伪君子。她与周朴园前妻的儿子乱伦，还口口声声说只有她才懂周萍，似乎周萍与她私奔是一段浪漫的情缘。她为了自己的幸福，把亲生儿子周冲当工具，要拆散周萍与四凤，留住周萍的心……她的一切反抗，表现得理直气壮，表明她是站在与周家伦理秩序完全对立的观念上。她有自己的思想支撑，她对周家秩序的破坏，是自觉的，彻底的。她是一个行动派，敢恨敢爱，像一把烈火，也像从黑暗的天宇上划过夜空的一颗流星，在最后的燃烧中把周家彻底葬送了。

这样一个人，是完成《雷雨》悲剧主题的关键，没有她就没有《雷雨》。显然，她不可能有一个替代的人物，她的角色功能是周朴园的第一个太太难以承担的。周朴园的那个太太，大家闺秀，取代了同样尝试冲破礼俗、但最后因失败而认命了的侍萍，显然代表着传统秩序，代表着周家固有的道德，她不可能成为蘩漪这样一个无法无天的"坏"女人。所以当曹禺根据主题来设计人物及其相互关系时，只能让这个太太在完成了自己的使命——周家因为要娶她而把侍萍赶出家门后，彻底消失。她若在周家继续存在，蘩漪就进不来。蘩漪进不了周家，就不会有后来天翻地覆的悲剧——周朴园的这个太太，是侍萍的同龄人，她可以当周萍的娘，决无可能与周萍发生乱伦关系——除非曹禺瞎编。但如果没有乱伦关系，《雷雨》便不再是《雷雨》。

单纯为了一个交代，曹禺或许可以通过戏中的人物提示这个太太是被休的。但被休所引起的冲突具有家庭革命的意义，会分散作品现有的主题，损害悲剧的效果。或许还可以说她死亡，但这又会引出她有没有孩子等问题。再可以假设她与周朴园两人没有爱情，也没有孩子，但如果这些要在戏剧中有所交代，问题就会复杂起来，同样会削弱周朴园与蘩漪这条主线的矛盾冲突。从艺术构思所要求的效果上说，曹禺要的只是年轻的蘩漪与继子周萍的乱伦，而不是周朴园与他第一个太太之间的冲突。因此，就只有一个最好的办法：让这位太太成为一个谜。剧情虽然不完善，但观众会被戏剧的冲突和巨大的悲剧效果所震撼，用不着去追究为了造成这样的效果作家曾经过于心急地省略了一些必要的交代。当然，批评家可以，而且应该追究构思上的这一缺失，不是为了责备剧作家的疏忽，而是寻找剧作家创作时的心路历程，发现一部伟大的作品如何从一些最初的情节碎片和人物影子开始孕育，他在艺术创造中的想象方式，他解决艺术挑战时所采取的方法，从而理解一部天才之作的分量。

总而言之，周朴园第一个夫人的设置，仅仅是戏剧的结构艺术的需要：作者借她的出现而把侍萍赶出家门，埋下了悲剧的前因；因她的消失而为蘩漪的出场创造了条件，从而制造了这个悲剧的后果。她的出现和消失，是曹禺为完成主题所进行的逆向构思的一个产物。这种形式上的需要，可以与生活的逻辑分离——生活中有这样的可能性，而又说不清楚它的来龙去脉。不仅曹禺自己弥合不了这个文本的裂隙，观众和读者也难以按照自己的生活经验补上这个情节的漏洞。它成了一个艺术之谜，但只要直接呈现给观众的舞台形象，其一言一行，恩爱情仇，悲欢离合，都合乎严谨的心理逻辑，像《雷雨》所呈现给大家的那样的效果，那就是成功。

三、悲悯天地间的“残忍”

曹禺说：“这些年我不晓得‘宁静’是什么，我不明了我自己，我没有古希腊人所宝贵的智慧——‘自知’。除了心里永感着乱云似的匆促，迫切，我从不能在我的生活里找出个头绪。”可以看出，他是在一种含混的诗性情绪中创作《雷雨》的。痛苦像用一把钝刀割肉，钻心的疼，“写到末了，隐隐仿佛有一种情感的汹涌的流来推动我。我在发泄着被抑压的愤懑，毁谤着中国的家庭和社会”①。心中涌动的那一股悲情，需要外在的表达形式，他便直截了当地让代表“恶”的蘩漪取代周朴园的第一个太太，以完成他要“毁谤着中国的家庭和社会”的初心。艺术想象与内心冲动，存在着密切的联系，在曹禺的逆向构思里，原是包含了丰富的社会内容的。

曹禺的内心纠结，我认为是时代性的困惑在一个敏感的诗人心里所激起的波澜。经过新文化运动的洗礼，到 20 世纪 30 年代初，个人本位的五四伦理观不仅没有得到社会认可，反而遭遇了更为严重的挑战。年轻的曹禺把这种时代性的困惑，包括个人本位的伦理观自身存在的问题，置于想象的熔炉里，创造了蘩漪这样一个不朽的艺术形象。

《雷雨》中，蘩漪的形象是最为复杂的，但大家似乎没有怎么充分地意识到，这在相当程度上是因为曹禺处处为她乖戾的行为提供了合理性的辩护。比如，被逼喝药后，她对周萍说：“今天这一天我受的罪过你都看见了，这样子以后不是一天，是整月，整年地，以至到我死，才算完。”没有温暖，甚至没人理睬，一条鲜活的生命落在一口棺材里，这是她十八年来在周家的生活写照。更重要的，是曹禺从蘩漪的角度强调，是周萍把她从活棺材里救了出来，周萍现在怎么能丢下她不管：“这不是原谅不原谅的问题，我已预备好棺材，安安静静地等死，一个人偏把我救活了又不理我，撇得我枯死，慢慢地渴死。让你说，我该怎么办？”通过蘩漪的这一申诉，曹禺事实上表达了一个强烈的观念，即蘩漪与周萍既已突破了名分，作为独立的生命个体，在两性关系上他们是平等的，她有追求个人幸福的权利，而周萍本应承担责任。这里，蘩漪坚持的是五四式的个人本位的伦理观和基于个人权利的契约精神、责任意识。从人的权利角度看，蘩漪的这一坚持和对周萍始乱终弃的指责并非胡搅蛮缠。天赋人权、生而平等，生命有其独立于封建礼教的自身的权利和价值。在她与周萍的关系上，是周萍主动引诱了她这个比周萍只大了几岁的年轻的后妈，而且他们两个的走近源于对周朴园专横的共同不满，自有其内在的必然性。

而一旦从蘩漪的立场看问题，观众和读者就会给这个人物许多同情，理解她被抛弃时的愤怒，理解她为争取自己的个人权利时的疯狂。而周萍后来认同了传统的观念，从五四

① 曹禺《雷雨·序》，《曹禺全集》，第 1 卷，第 5 页，人民文学出版社 2014 年版。

的立场看，他就与他父亲一样的虚伪，蘩漪就有理由谴责他："你现在也学会你的父亲了，你这虚伪的东西，你记着，是你才欺骗了你的弟弟，是你欺骗我，是你才欺骗了你的父亲！"明白了这一点，人们就不难理解曹禺对蘩漪的喜欢：

我喜欢看周蘩漪这样的女人，但我的才力是贫弱的……我想她应该能动我的怜悯和尊敬，我会流着泪水哀悼这可怜的女人的。我会原谅她，虽然她做了所谓"罪大恶极"的事情，——抛弃了神圣的母亲的天责。我算不清我亲眼看见多少蘩漪。（当然她们不是蘩漪，她们多半没有她的勇敢。）她们都在阴沟里讨着生活，却心偏天样的高。热情原是一片浇不熄的火，而上帝偏偏罚她们枯干地生长在砂上。这类的女人，许多有着美丽的心灵。然为着不正常的发展，和环境的窒息，她们变为乖戾，成为人所不能了解的。受着人的嫉恶，社会的压制，这样抑郁终身，呼吸不着一口自由的空气的女人，在我们这个社会里，不知有多少吧。在遭遇这样的不幸的女人里，蘩漪自然是值得赞美的。她有火炽的热情，一颗强悍的心，她敢冲破一切的桎梏，做一次困兽的斗。虽然依旧落在火坑里，情热烧疯了她的心，然而不是更值得人的怜悯与尊敬么？这总比阉鸡似的男子们，为着凡庸的生活，怯弱地度着一天一天的日子更值得人佩服吧。①

没有深刻的同情和理解，是决写不出这种激扬文字的。

当然，一个杰出的剧作家刻画人物时，肯定要从这个人物的观点来看问题，写出这个人物的性格和他言行的合理性。但比较而言，曹禺对蘩漪的同情，显然不同于他对侍萍等人的同情。他对侍萍的同情，是建立在人道主义基础上的，同情她的颠沛流离的苦难，而对蘩漪的同情却非常地纠结。他不全赞同她的行为，可是也正因这样而更深地理解了她生命中交织着的"最残酷的爱和最不忍的恨"——纠结的根源，原是他对五四新思想的坚守和这种坚守遭遇了现实的严峻挑战。

五四新文化运动所倡导的新道德，对传统的以家国为本位的道德观造成了颠覆性的冲击。但这种冲击所造成的道德失序，需要时间来逐渐地重建。只有当新的道德被社会广泛地接受，成为人们日常生活中自觉遵循的规范，它才算真正成立，但这一任务到 30 年代其实远没有完成。道德的重建，涉及社会最为深刻的内在变革。在新道德的倡导过程中，不仅顽固派指责它"铲孔孟、覆伦常"，即使新文化阵营中也不乏有人认为它需要从实践中按历史进步的方向协调它与传统文化观念的关系。并非新旧绝对地对立，而是要在协调人际关系过程中按有利社会健康发展的原则逐渐淘汰旧传统中不合现实需要的成分，不断地积淀新的道德思想，而在此过程中免不了会有一些悲剧性的人物成为历史进步的牺牲。

如果说鲁迅的《伤逝》表现的是新道德的软弱无力：基于个人优先的道德观要从困境

① 曹禺《雷雨·序》，《曹禺全集》，第 1 卷，第 8 页，人民文学出版社 2014 年版。

中先救出自己的涓生告诉子君他不再爱她了，本希望子君从此再回到从前的勇敢，他的错误是有意无意地遗忘了子君从前的勇敢所凭借的是爱，而当他以所谓真实的告白摧毁了这一精神支柱后，子君就只有死路一条。那么到《雷雨》中的蘩漪，她根据个人优先的道德原则追求自己的幸福、捍卫自我的权利时，遭到了更大、更具普遍性的阻碍。她破坏了家庭和社会的一般规则，特别是她所坚守的个人优先的原则按其自身的逻辑进一步向个人权利方向延伸时，不可避免地伤及了那些无辜的人们，把整个周家及与周家有关系的一些人带入了一个巨大的悲剧。比如当她把自己的亲生儿子周冲用作情场恶斗的工具时，就把一个纯真的孩子的生命所赖以存在的精神依靠——母亲的形象毁了。从这个意义上说，周冲的死亡未尝不是对蘩漪作为母亲的疯狂行为的一个残酷报复。

这是五四式的理想主义新道德观到 30 年代面临更为尴尬境遇的一个写照，也是新的道德观在对旧的传统造成重大冲击后，受制于文化发展的钟摆效应，社会整体的道德秩序向新旧道德达成某种平衡的方向调整，因而旧观念在新条件下获得了某种合法性，开始重新发挥重要影响的一个结果。一句话，新的道德观念不是有了更大的话语权，而是遭遇了更大的合法性危机。比如，与《伤逝》中涓生所坚持的新道德伤害到真正的弱者子君不同，蘩漪式的抗争如果获得周萍的响应，他们本是可以冲出家庭，开始新生活的。这从新道德的立场看未必有罪，而且几乎肯定可以避免后来的悲剧。四凤会因此获得解脱，侍萍与周朴园也不见得水火难容。当然，这已不再是《雷雨》了，但从生活的逻辑看，这种可能性是存在的。问题是周萍浪子回头，回归了传统的立场，使蘩漪陷于绝境，开始了困兽之斗。这表明，在 30 年代的曹禺眼中，传统的道德规范在社会上反而拥有了更大的势力，新思想的影响反而不如十几年前的五四时期。五四时期，许多青年陶醉于玫瑰色的梦想，反叛家庭，追求个人幸福，不少作家写出了赞美恋爱自由、婚姻自主题材的小说。虽然这些反叛者无论是生活中还是在小说里，都很快尝到了梦幻破灭的滋味，但比起《雷雨》的悲剧，毕竟带着一点理想主义时代的亮色——而《雷雨》中，蘩漪的反抗，无论是对他人还是对她自己，都完完全全是一个悲剧。

蘩漪的命运及《雷雨》中的众多人物的悲剧性表明，个人本位的道德观在实践中所产生的这种极端性，把它与中国社会的冲突和它自身的矛盾性充分地暴露了。它的被社会广泛接受，需要在历史的发展中与中国传统文化取得协调，在改造旧有观念的同时，其自身也须进行调整，从而能成为人们日常生活所遵循的原则。但这需要时间，需要足够成熟的理性精神的支持。在 30 年代初，不仅蘩漪不具备与此相应的理性精神，而且曹禺自己也无力作出清晰的解释。蘩漪的痛苦，其实也是曹禺的痛苦。因此，他才在那个不平静的夏天陷入了烦躁与焦虑。当然，艺术天才之神奇正在于作为作者的曹禺在理性上把握不了，在情感上他却准确、深刻、强烈地感受到了它，并且用生动的形象表达出来他的迷惑。

在生命的无奈中，曹禺在形式上转向宗教的救赎。曹禺并非宗教的信徒，但他早年所接受的宗教影响足以使他从基督教的忏悔形式中找到虚幻的精神出路。整篇《雷雨・序》

洋溢着深沉的忏悔的调子，初版的《雷雨》还有序幕和尾声，写晚年的周朴园把劫后余生的蘩漪、侍萍养起来，来赎他的罪，给那些观念上并不那么封闭的观众和读者一种基于人性忏悔的情感温暖，与戏剧中惊心动魄的悲剧冲突形成了强烈的对比，以一个情感旋律的变奏增加了戏剧的感染力。

至此，我们无疑能更深刻地理解曹禺说的这段话："我用一种悲悯的心情，来写剧中人物的争执。我诚恳地祈望着看戏的人们，也以一种悲悯的眼来俯视这群地上的人们。"[①]他是对生命怀着敬畏，对个性充满了敬意，对建立在个性解放基础上的新道德怀着期待，但又分明强烈地感受到了所有这些在实践中所遭遇的严重挑战。这一纠结，是新文化运动带给30年代那些经受了五四洗礼的青年的精神考验，是现代性的追求与中国社会的现实一时无法取得协调的一个结果，反映出一个具有悠久文化传统的中国在面临西方现代性力量竞争时蹒跚却又因青年的推动而坚定向前的艰难。对曹禺个人来说，这孕育了他内心强烈的冲动，因而要写出这个变动的时代里人们的期待和焦虑，写出新旧道德激烈冲突中的天地间的残忍，同时写出人性的忏悔和宽恕。因此，《雷雨》才有一个"雷雨"式的大汉——充当了要冲破板结的道德秩序的先锋，因此经历了"最残酷的爱和最不忍的恨"的蘩漪这一形象，才有了围绕蘩漪这个形象的其他人物——"他们怎样盲目地争执着，泥鳅似的在情感的火坑里打着昏迷的滚，用尽心力来拯救自己，而不知千万仞的深渊在眼前张着巨大的口"[②]。于是，也就有了曹禺为了表达他对人生的这一悲悯，在一个令人烦扰的夏天，在梦幻纠缠中，要让蘩漪直接取代周朴园的第一个太太的位置，哪怕要因此留下文本的裂隙。但是，也正因为这样，才有了《雷雨》这个中国现代话剧史上彪炳史册的杰作。

原载《文学评论》2017年第4期

① 曹禺：《雷雨·序》，《曹禺全集》第1卷，第6页，人民文学出版社2014年版。
② 同上。

后　记

自 2017 年参与承担曹禺资料长编《雷雨》研究资料的编选工作，迄今已近三年。三年当中，遍寻相关研究资料，并反复阅览，精心甄选，录入、修改、校对，终于有此资料集成。其间头痛、眼花、腰酸、腿麻之状，如鱼饮水，冷暖自知。如今，重担落地，可以舒一口气了。

本资料收入的文献主要以报刊论文为主，其中也包括少量研究专著中有关《雷雨》剧作的研究资料。在信息技术发达的今天，搜集研究资料似乎不是什么难事，但要从浩繁的文献资料中寻找精当的文献支持，却也并非一件易事。特别是一些相对比较专业的文献资料库，使用起来还有诸多的不便。正因如此，本资料中收录最为集中丰富的是民国时期的研究资料，其中有部分论文是首次被收录进《雷雨》的研究资料选编当中。对于中华人民共和国成立以后的研究资料，则本着精选的原则，收录了其中相对比较重要的研究成果，对于一些同题的研究文献，只能择其一二收入。对于一些虽涉及《雷雨》研究，但超出《雷雨》研究范畴的重要文献，如黄之岗、周扬、吕荧、陈瘦竹、孙庆升等名家的研究成果，因研究资料长编的分工不同，只能忍痛割爱，交付其他卷目收录。

为维护文献资料的历史严肃性，对收录的原文尽量保持原貌，只是原文中一些明显的字词错误，注明作了些许改动；对于原文中的引文因版本不同造成的文字出入，也依照原文未作改动。

在阅读甄选文献的过程中，深深感受到《雷雨》剧作的巨大影响力，也体会到一代代学人对于《雷雨》文本的深入挖掘和学术探索，从中可以窥见他们孜孜不倦的学术热情和不断开拓的学术精神，值得后辈学人们学习和效仿。

《雷雨》自问世以来，深受观众喜爱和评论家们的关注，相关研究成果特别丰富，所以选编是一项难以决定取舍的工作，因本人才疏学浅，加之篇幅的限制，尽管尽了自己最大的努力，但选择失当或遗珠之憾仍在所难免，恳请方家批评教正！

编选过程中，得到了本项目组全体同仁的指导和帮助，是他们指明了编选的思路、方向，并提供了许多文献资料的搜集整理和文本转换工作。同时，还要特别感谢长江出版社的督促和支持以及责任编辑邱萍女士的辛勤劳动。在此，谨致以诚挚的谢意！

最后，需要特别说明的是：本书作为湖北大学中国语言文学学科建设的重要成果，其编选和出版得到了湖北大学“中国文化传承与发展”省级优势特色学科群和湖北大学“中国语言文学与哲学文化”省级一流学科建设项目的大力支持，在此一并感谢。

池周平

2020 年 8 月